本書由全國古籍整理出版規劃領導小組資助出版

國家清史編纂委員會・文獻叢刊

桐城派名家文集

10

薛福成集

主編 嚴雲綬 施立業 江小角

時代出版傳媒股份有限公司
安徽教育出版社

圖書在版編目（CIP）數據

桐城派名家文集. 第10卷，薛福成集 / 嚴雲綬，施立業，江小角主編.
—合肥：安徽教育出版社，2014
ISBN 978-7-5336-7884-5

Ⅰ.①桐… Ⅱ.①嚴…②施…③江… Ⅲ.①中國文學—古典文學
—作品綜合集—清代 Ⅳ.①I214.91

中國版本圖書館CIP數據核字（2014）第143590號

桐城派名家文集 ⑩薛福成集
TONGCHENGPAI MINGJIA WENJI

出 版 人：鄭 可
質量總監：張丹飛
策劃統籌：吳壽兵 錢 江 夏業梅
責任編輯：夏業梅 杜偉偉 江 舟
裝幀設計：何宇清
責任印製：王 琳

出版發行：時代出版傳媒股份有限公司 安徽教育出版社
地 址：合肥市經開區繁華大道西路398號 郵編：230601
網 址：http：//www.ahep.com.cn
營銷電話：（0551）63683011，63683013
排 版：安徽創藝彩色製版有限責任公司
印 刷：安徽新華印刷股份有限公司

開 本：787×1092 1/16
印 張：68.25
字 數：953千字
版 次：2014年10月第1版 2014年10月第1次印刷
本册定價：560.00元
全套定價：5480.00元

國家清史編纂委員會出版委員會

總序

戴逸

二〇〇二年八月，國家批准建議纂修清史之報告，十一月成立由十四部委組成之領導小組，十二月十二日成立清史編纂委員會，清史編纂工程於焉肇始。

清史之編纂醞釀已久，清亡以後，北洋政府曾聘專家編寫清史稿，歷時十四年成書。識者議其評判不公，記載多誤，難成信史，久欲重撰新史，以世事多亂不果。中華人民共和國成立後，中央領導亦多次推動修清史之事，皆因故中輟。新世紀之始，國家安定，經濟發展，建設成績輝煌，而清史研究亦有重大進步，學界又倡修史之議，國家採納衆見，決定啓動此新世紀標志性文化工程。

清代為我國最後之封建王朝，統治中國二百六十八年之久，距今未遠。清代衆多之歷史和社會問題與今日息息相關。欲知今日中國國情，必當追溯清代之歷史，故而編纂一部詳細、可信、公允之清代歷史實屬切要之舉。

編史要務，首在採集史料，廣搜確證，以為依據。必藉此史料，乃能窺見歷史陳迹。故史料為歷史研究之基礎，研究者必須積累大量史料，勤於梳理，善於分析，去粗取精，去偽存真，由此及彼，由表及裏，進行科學之抽象，上升為理性之認識，才能洞察過去，認識歷史規律。史料之於歷史研究，猶如水之於魚，空氣之於鳥，水涸則魚逝，氣盈則鳥飛。歷史科學之輝煌殿堂必須巋然聳立於豐富、確鑿、可靠之史料基礎上，不能構建於虛無飄渺之中。吾儕於編史之始，即整理、出版文獻叢刊、檔案叢刊，二者廣收各種史料，均為清史編纂工程之重要組成部分，一以供修撰清史之用，提高著作質量，二為搶救、保護、開發清代之文化資源，繼承和弘揚歷史文化遺産。

清代之史料，具有自身之特點，可以概括為多、亂、散、新四字。

一曰多。我國素稱詩書禮義之邦，存世典籍汗牛充棟，尤以清代為盛。蓋清代統治較久，文化發達，學士才人，比肩相望，傳世之經籍史乘，諸子百家，文字聲韻，目録金石，書畫藝術，詩文小説，遠軼前朝，積貯文獻之多，如恒河沙數，不可勝計。昔梁元帝聚書十四萬卷於江陵，西魏軍攻掠，悉燔於火，人謂喪失天下典籍之半數，是五世紀時中國書籍總數尚不甚多。宋代印刷術推廣，載籍日衆，至清代而浩如烟海，難窺其涯涘矣。清史稿藝文志著録清代書籍九千六百三十三種，人議其疏漏太多。武作成作清史稿藝文志補編，增補書一萬零四百三十八種，超過原志著録之數。彭國棟亦重修清史稿藝文志，著録書一萬八千零五十九種。近年王紹曾更求詳備，致力十餘年，遍覽群籍，手抄目驗，成清史稿藝文志拾遺，增補書至五萬四千八百八十種，超過原志五倍半，此尚非清代存留書之全豹。王紹曾先生言：『余等未見書目尚多，即已見之目，因工作粗疏，未盡鈎稽而失之眉睫者，所在多有。』清代書籍總數若干，至今尚未能確知。

清代不僅書籍浩繁，尚有大量政府檔案留存於世。中國歷朝歷代檔案已喪失殆盡（除近代考古發掘所得甲骨、簡牘外），而清朝中樞機關（內閣、軍機處）檔案，秘藏內廷，尚稱完整。加上地方存留之檔案，多達二千萬件。檔案為歷史事件發生過程中形成之文件，出之於當事人親身經歷和直接記録，具有較高之真實性、可靠性。大量檔案之留存極大地改善了研究條件，俾歷史學家得以運用第一手資料追踪往事，了解歷史真相。

二曰亂。清代以前之典籍，經歷代學者整理、研究，對其數量、類別、版本、流傳、收藏、真偽及價值已有大致瞭解。清代編纂四庫全書，大規模清理、甄别存世之古籍。因政治原因，查禁、篡改、銷燬所謂『悖逆』、『違礙』書籍，造成文化之浩劫。但此時經師大儒，聯袂入館，勤力校理，盡瘁編務。政府亦投入巨資以修明文治，故所獲成果甚豐。對收録之三千多種書籍和未收之六千多種存目書撰寫詳明精切之提要，撮其內容要旨，述其體例篇章，論其學術是非，叙其版本源流，編成二百卷四庫全書總目，洵為讀書之典要、後學之津梁。乾隆以後，至於清末，文字之獄漸戢，印刷之術益精，故而人競著述，家嫻詩文，各握靈蛇之珠，衆懷崑岡之璧，千舸齊發，萬木争榮，學風大盛，典籍之積累遠邁從前。惟晚清以來，外强侵凌，干戈四起，國家多難，人民離散，未能投入力量對大量新出之典籍再作整理，而政府檔案，深藏中秘，更無由一見。故不僅不知存世清代文獻檔案之總數，即書籍分類如何變通，版本庋藏應否標明，加以部居舛誤，界劃難清，亥豕魯魚，訂正未遑。大量稿本、鈔本、孤本、珍本，土埋塵封，行將澌滅。殿刻本、局刊本、精校本與坊間劣本混淆雜陳。我國自有典籍以來，其繁雜混亂未有甚於清代典籍者矣！

三曰散。清代文獻、檔案，非常分散，分別庋藏於中央與地方各個圖書館、檔案館、博物館、教學研究機構與私人手中。即以清代中央一級之檔案言，除北京第一歷史檔案館所藏一千萬件以外，尚有一大部分檔案在戰爭時期流離播遷，現存於臺北故宮博物院。此外，尚有藏於沈陽遼寧省檔案館之聖訓、玉牒、滿文老檔、黑圖檔等，藏於大連市檔案館之内務府檔案，藏於江蘇泰州市博物館之題本、奏摺、録副奏摺。至於清代各地方政府之檔案文書，損毀極大，但尚有劫後殘餘，璞玉渾金，含章蘊秀，數量頗豐，價值亦高。如河北獲鹿縣檔案、吉林省邊務檔案、黑龍江將軍衙門檔案、河南巡撫藩司衙門檔案、湖南安化縣永曆帝與吳三桂檔案、四川巴縣與南部縣檔案、浙江安徽江西等省之魚鱗册、徽州契約文書、内蒙古各盟旗蒙文檔案、廣東粤海關檔案、雲南省彝文傣文檔案、西藏噶厦政府藏文檔案等等，分别藏於全國各省市自治區，甚至清代兩廣總督衙門檔案（亦稱葉名琛檔案），英法聯軍時遭搶掠西運，今藏於英國倫敦。

清代流傳下之稿本、鈔本，數量豐富，因其從未刻印，彌足珍貴，如曾國藩、李鴻章、翁同龢、盛宣懷、張謇、趙鳳昌之家藏資料。至於清代之詩文集、尺牘、家譜、日記、筆記、方誌、碑刻等品類繁多，數量浩瀚，北京、上海、南京、廣州、天津、武漢及各大學圖書館中，均有不少貯存。豐城之劍氣騰霄，合浦之珠光射日，尋訪必有所獲。最近，余有江南之行，在蘇州、常熟兩地圖書館、博物館中，得見所存稿本、鈔本之目録，即有數百種之多。

某些書籍，在中國大陸已甚稀少，在海外各國反能見到，如太平天國之文書。當年在太平軍區域内，為通行之書籍，太平天國失敗後，悉遭清政府查禁焚燬，現在中國，已難見到，而在海外，由於各國外交官、傳教士、商人競相搜求，携赴海外，故今日在外國圖書館中保存之太平天國文書較多。二十世紀，向達、蕭一山、王重民、王慶成諸先生曾在世界各地尋覓太平天國文獻，收獲甚豐。

四曰新。清代為傳統社會向近代社會之過渡階段，處於中西文化衝突與交融之中，産生一大批内容新穎、形式多樣之文化典籍。清朝初年，西方耶穌會傳教士來華，携來自然科學、藝術和西方宗教知識。乾隆時編四庫全書，曾收録歐几里得幾何原本，利瑪竇乾坤體儀，熊三拔泰西水法、簡平儀説等書。迄至晚清，中國力圖自强，學習西方，翻譯各類西方著作，如上海墨海書館、江南製造局譯書館所譯聲光化電之書，後嚴復所譯天演論、原富、法意等名著，林紓所譯茶花女遺事、黑奴籲天録等文藝小説。中學西學，摩蕩激勵，舊學新學，鬥妍争勝，知識劇增，推陳出新，晚清典籍多别開生面、石破天驚之論，數千年來所未見，飽學宿儒所不知。突破中國傳統之知識框架，書籍之内容、形式，超經史子集之範圍，越子曰詩云之牢籠，發生前所未有之革命性變化，出現衆多新類目、新體例、新内容。

清朝實現國家之大統一，組成中國之多民族大家庭，出現以滿文、蒙古文、藏文、維吾爾文、傣文、彝文書寫之文書，構成為清代文獻之組成部分，使得清代文獻、檔案更加豐富，更加充實，更加絢麗多彩。

清代之文獻、檔案為我國珍貴之歷史文化遺産，其數量之龐大、品類之多樣、涵蓋之寬廣、内容之豐富在全世界之文獻、檔案寶庫中實屬罕見。正因其具有多、亂、散、新之特點，故必須投入巨大之人力、財力進行搜集、整理、出版。吾儕因編纂清史之需，賈其餘力，整理出版其中一小部分；且欲安裝網絡，設數據庫，運用現代科技手段，進行貯存、檢索，以利研究工作。惟清代典籍浩瀚，吾儕汲深綆短，蟻銜蚊負，力薄難任，望洋興嘆，未能做更大規模之工作。觀歷代文獻檔案，頻遭浩劫，水火兵蟲，紛至沓來，古代典籍，百不存五，可為浩嘆。切望後來之政府學人重視保護文獻檔案之工程，投入力量，持續努力，再接再厲，使卷帙長存，瑰寶永駐，中華民族數千年之文獻檔案得以流傳永遠，霑溉將來，是所願也。

二〇〇四年

前言

桐城派興起於清代康熙之際，延續至民國初年，前後達兩個世紀之久。其陣營之壯大，内涵之豐富，在中國文化學術史上，實屬罕見。近百年來，社會變遷，貶之者較多，譽之者亦不乏人，分歧頗大。自上世紀八十年代以後，在解放思想大潮的推動下，不少學人已不約而同地認識到：作爲清代文化學術領域内一種重大的存在，桐城派是一個繞不過去的話題。可以説，没有對桐城派系統、深入的研究，要想寫好清代文學史、學術史、文化史，當非常困難。而且，不少桐城派作家的社會實踐活動，涉及清代社會的諸多方面，如政治、經濟、軍事、教育、學術、文藝等，有些影響至爲深遠；且其詩文中史料甚豐，值得治史者細心發掘。然而，由於種種原因，桐城派所受到的學術關注，還很難説與其重要的歷史地位、影響相稱。很多研究有待於深化，不少的領域還是空白。文獻資料的搜尋、整理則長期停留在分散、零星的狀態。

桐城派名家文集係國家清史編纂委員會文獻組的規劃項目。此項目的確定與實施，無疑使桐城派文獻資料的整理工作邁入了一個新階段。其便利學人，推進桐城派研究的作用，自不待言。桐城派自興起、形成，歷經發展、變化，兩百多年中，直接或間接與桐城派相關聯的作者，可能近千人。影響所及，北達京都，南逾五嶺，東及吴越。文獻遺存十分豐富。我們此次從其發展過程中選擇各個階段的若干代表人物的文集，編纂整理，試圖爲廣大讀者提供一套大體上能體現桐城派不同階段特徵的文獻資料；在以歷史發展綫索爲主的基礎上，適當兼顧地域的因素。本着上述意圖，文集收入的作家爲：戴名世、方苞、劉大櫆、姚範、姚鼐、吴德旋、陳用光、方東樹、姚椿、管同、劉開、姚瑩、梅曾亮、吴敏樹、曾國藩、龍啓瑞、戴鈞衡、王拯、方宗誠、張裕釗、黎庶昌、薛福成、吴汝綸、賀濤、范當世、馬其昶、姚永樸、姚永概，共二十八人。持此一編，基本上可以感知桐城派演化的不同階段的根本特徵，亦能從中窺探清代社會某些方面的情景。

文集分甲、乙兩編。甲編收入姚範、吴德旋、陳用光、方東樹、姚椿、管同、劉開、姚瑩、吴敏樹、龍啓瑞、戴鈞衡、王拯、方宗誠、薛福成、馬其昶、姚永樸、姚永概等十七位作家詩文集。因爲在本項目擬訂規劃時，上述十七位作家的詩文尚未見到整理本出版，所以此次編纂、整理時，盡力求全：在對其已刊刻作品進行校勘、標點的同時，又儘可能蒐集其未刊稿，希望由此提高資料的完整性。乙編爲戴名世、方苞、劉大櫆、姚鼐、梅曾亮、曾國藩、張裕釗、黎庶昌、吴汝綸、賀濤、范當世等十一位作家的文章選集。上述作家，或爲桐城派開宗立派的大師，或爲推進桐城派轉變、發展的巨匠，其詩文本當全部匯録，但考慮到均已有整理本出版，因此本文集以其文選入編，雖然未能以全貌示人，但經過編者認真選擇、整理的文選，當亦能在基本方面體現出各位作家的文章風貌。

國家清史編纂委員會、國家清史編纂委員會項目中心與文獻組對桐城派名家文集的編纂十分重視，給予了多方面的指導與扶持。安徽省哲學社會科學界聯合會、中共桐城市委員會、桐城市人民政府從始至終對整理工作提供各項支持，諸多實際困難得以化解。顯然，若無上述各方面的關心，文集必然很難完成。時代出版傳媒股份有限公司安徽教育出版社一向重視文化傳承，扶持學術，毅然承當了文集的出版工作。在此，謹對一切關心、支持本項目的機構、人士深致謝忱！

桐城派名家文集乃是文化學術界第一次較大規模的桐城派文獻資料整理工程，難度可想而知。而我們則學力有限，每每有力不從心之憾。因此，文集内難免有不少疏誤之處。出版之後，希望得到廣大讀者的積極回應，給予指正。

嚴雲綬　施立業　江小角

二〇一一年九月廿五日

凡例

一、桐城派名家文集分甲、乙兩編；甲編收入姚範、吴德旋、陳用光、方東樹、姚椿、管同、劉開、姚瑩、吴敏樹、龍啓瑞、戴鈞衡、王拯、方宗誠、薛福成、馬其昶、姚永樸、姚永概等十七位作家詩文集，乙編爲戴名世、方苞、劉大櫆、姚鼐、梅曾亮、曾國藩、張裕釗、黎庶昌、吴汝綸、賀濤、范當世等十一位作家選集。

二、凡收入甲編的名家文集均保持其原刻本編次。不同年代刊行的文集或詩集按其刊刻年代先後編排。有輯佚稿者按文、詩分類編年，附於原刻文集之後；年代不明者，酌情處置。

三、每位作家文集前之整理説明，簡要説明作家、著作版本的主要情況。甲編各文集後附録清人所撰寫的年譜、附記、墓志銘等相關資料。

四、底本之選擇兼顧底本完整性與準確性兩原則。若兩者不能兼顧，則以訛誤少、校刻精之本作底本，其殘缺部分以他本配補。

五、凡底本不誤而他本誤者，一般不出校記。

六、底本之明顯的版刻錯誤，如因形近致誤的『己』、『已』、『巳』之類，可以依據上下文予以辨識者，逕改之，不出校記。

七、凡底本之訛、脱、衍、倒，確有實據者，予以改正，并以符號標識。以圓括號表示誤字或應删之字，改正之字置於括號後；以方括號表示增補之字。

八、文中脱漏、殘缺或難以辨識之處用方框表示。

九、底本與他本文异，但義可兩通、難以取捨者，以校記説明。一般虚字有异而文義無殊者，可不出校。

十、文字盡量保持原貌，通假字、异體字一般均依原文，不改爲現代通行體，亦不求統一。過於冷僻之字可酌改爲通行字。文中如有外文詞語之翻譯與現在通行譯法不同者，不作改動，仍存原譯。同一譯名在文集中前後相异者，亦存原譯，不予統一。

十一、校記力求簡短，摘引正文時僅舉所校詞語。校記置於該篇篇末。

十二、文中引文與原書小异但不失其本意者，不改動亦不出校。節引原書文字大异且失其原意者，出校説明，但不改正。

十三、標點符號依照一九九六年中華人民共和國國家標準《標點符號用法》的規定使用。考慮到古代漢語的特點，原則上不使用省略號、破折號、着重號和連接號。

十四、凡直接引用的文字用雙引號表示，若引文中復有引文，則加單引號。古人引書多述其大意或節略其文，凡此等處不用引號。

薛福成集

點校　周中明

整理説明

薛福成，字叔耘，號庸庵。清道光十八年（一八三八）生於江蘇無錫，光緒二十年（一八九四）逝於上海，享年五十七歲。一生主要擔任曾國藩、李鴻章幕僚，浙江寗紹台道，出使英法意比四國大臣，是近代資産階級改良主義政治家、思想家和文學家。

一

薛福成是畢生致力於禦外侮、圖自强的政治家。他生於外患内憂日益嚴重的年代。三歲時，中英鴉片戰争爆發。隨後，英、法、德、日、俄等國相繼侵犯我國土。二十三歲時（咸豐十年，一八六〇），英法聯軍甚至侵入北京，縱火燒了圓明園。同年，洪秀全領導的太平軍已占領包括福成家鄉無錫在内的南方大片國土，遂迫使其舉家遷至蘇北寶應縣之東鄉。

他出生於書香門第。其父薛湘，字曉帆，道光二十五年（一八四五）進士，歷任湖南安福、石門、新寧縣知縣，以文辭受知於曾國藩，於咸豐八年（一八五八）病逝於新寧縣官署。母顧氏，係國子監生顧鈞之女。薛湘生前『恒橐筆遊四方』，由其妻『主持家政』。她教育子女甚嚴，『每歸自塾中，必親理其餘課。寒暑風雨之夕，一燈熒然，讀聲至夜分乃罷』〔一〕。

同治三年（一八六四），曾國藩領導的湘軍收復天京，洪秀全自殺，太平天國遭到鎮壓，衹是北方的捻軍方興未艾。因此，同治四年（一八六五），清廷命曾國藩赴北方督師剿捻。曾即張榜招賢，福成便作上曾侯相書，受到曾國藩賞識，隨即被邀入其幕府，直至曾國藩病逝。福成説：『余從公八年，前後出入幕府共事者三十餘人，多一時賢俊，余頗得晨夕晤談，以擴見聞，充器識，皆文正提奬之力也。』〔二〕『擴見聞，充器識』，這就是福成在曾國藩幕府八年的主要收穫。

同治皇帝病逝，光緒元年（一八七五），朝廷諭令：『内外大小臣工，竭誠抒悃，共濟時艱。』福成應詔陳言，以治平六策、海防密議十條，請山東巡撫丁寶楨代奏。結果引起朝野重視，『京師頗多傳誦者，議論一播，鼓動中外』〔三〕。同年八月，福成即被直隸總督李鴻章攬入幕府。

在北洋幕府十年間，福成除為李鴻章代擬文稿外，還由他建言作出了許多重大決策。如抵制朝廷使英人赫德既任總稅務司又兼任總海防司。李鴻章按照福成的意見，以總司海防應專務練兵，不宜兼任總稅務司為由，使赫德兩利相權，不得不放棄總海防司一職。這就使中國的海軍建設和海防大權未落入外國人之手。又如光緒八年（一八八二），朝鮮發生內亂，日本要乘機派兵霸占朝鮮，代李鴻章署理直隸總督的張樹聲要奏請朝廷出兵，福成認為這樣『輾轉籌商』，會坐失時機，遂『請發超勇、揚威、威遠三兵輪即日東駛，仍函商總理衙門續發陸軍前往』。結果因我兵輪比日本兵輪提前半天抵達朝鮮仁川，致『倭使不虞我軍之突入也，又自覺兵少而勢孤』，『遂與朝鮮成約，尋盟而退』〔四〕。避免了朝鮮重蹈琉球為日本滅亡的覆轍，福成也因此『以功遷道員』〔五〕。

光緒十年（一八八四），福成擔任浙江寧紹台道五年。適逢法軍入侵越南進逼我廣西，法艦又侵犯我福建臺灣、馬尾，浙江甯波、鎮海等地。結果臺灣基隆失陷，而浙東海疆在福成的領導和防禦下，卻擊退了法艦長達四個月的進攻，並使法師孤拔被擊傷致死。因此，福成於光緒十四年（一八八八）九月被升任湖南按察使。未及上任，次年四月，又被朝廷任命為出使英法意比四國欽差大臣。

自光緒十六年至二十年（一八九〇至一八九四），福成在國外出使五年，進行了許多外交活動。如竭力與英國交涉，在仰光、香港及南洋各地設立領事，以保護華人利益；議定中英滇緬界務商務條約；為防沙俄插手，而密陳帕米爾情形；為國內各地發生的教案，上疏提出治標治本的辦法；考察、洽商進口軍艦、輪船及各種機器；等等。此外，福成還有更為重大的理想和追求，即他要利用在國外考察之機，『蘄使古今中西之學，會而為一』〔六〕。光緒二十年（一八九四）五月，他奉命回國出任都察院左副都御史。乘船到上海，即因『紅海炎熱，闖洋颶風所苦』而病逝。

二

薛福成是力倡變法改良的思想家。其作品的思想內容，即體現了這個特色：

(一)他最早提出了『變法』的主張。在光緒五年(一八七九)作的籌洋芻議變法一文中,他明確指出:『今天下之變亟矣。』『華夷隔絶之天下,一變為中外聯屬之天下。』『彼其所以變者,非好變之,時勢為之也。』針對當時封建頑固派阻撓變法的論調:『以堂堂中國而效法西人,不且用夷變夏乎?』他予以駁斥道:『是不然!夫衣冠、語言、風俗,中外所异也;假造化之靈,利生民之用,中外所同也。彼西人偶得風氣之先耳,安得以天地將洩之秘而謂西人獨擅之乎?又安知百數十年後,中國不更駕其上乎?』他嘲諷那些頑固派:『生今之世,泥古之法,是猶居神農氏之世而茹毛飲血,居黄帝之世禦蚩尤之暴而徒手搏之,輒曰我守上古聖人之法也。其不僨且蹶者,幾何也!』康有為公車上書變法是在一八八八年,福成的變法一文雖遠不及康有為的影響大,但他在時間上要超前九年,其歷史進步性,不容忽視。

(二)他倡導學習『泰西風俗,以工商立國』〔七〕。開辦股份公司,『官紳商民,各隨貧富為買股多寡,利害相共,故人無异心,上下相維,故舉無敗事。由是糾衆智以為智,衆能以為能,衆財以為財。其端始於工商,其究可贊造化。盡其能事,移山可也,填海可也,驅駕風電,制禦水火,亦可也。有拓萬里膏腴之壤,不藉國帑,藉公司者,英人初闢五印度是也。有通終古隔閡之塗,不倚官力,倚公司者,法人創開蘇彝士河是也』。他斷言:『公司不舉,則工商之業無一能振。工商之業不振,則中國終不可以富,不可以强。』〔八〕

(三)他主張『廣用機器』,『以機器養民』。針對保守派説:『廣用機器,不啻奪貧民生計。』他説:『余觀西洋用機器之各廠,皆能養貧民數千人或數萬人。』『中國以屏除機器為養民之法』,『必有人所能造之物而我不能造者』,『中國之民,非但不能自食其力』,『非但不能成貨以與西人争利,且争購彼貨以自供其用而厚殖西人之利』。因此他認為,中國若『用機器以造物,則利歸富商;不用機器以造物,則利歸西人。利歸富商,則利猶在中國,尚可分其餘潤以養我貧民;利歸西人,則如水漸涸而禾自萎,如膏漸銷而火自滅,後患有不可言者矣』〔九〕。可見他早就認識到,是否實行機械化、工業化,關係到國家民族的興亡。

(四)他主張學習西方近代科學,培養專業人才。指出中國『宋昭以來,』『取士專用時文試帖小楷,若謂工於藝者即無所不能,究其極乃一無所能』。他認為應學習西方:『士之所研,則有算學、化學、電學、光學、聲學、天學、地學及一切格致之學,而一學之中又往往分為數十百種,至累世莫殫其業焉』,『治術如是,學術亦如是,宜其驟致富强也。中國承宋明以來之積弊,日趨貧弱,貧弱之極,恐致衰微』〔一〇〕。他認為西方的科學技術,『乃天地間公共之道,非西人所得而私也』,我們學習它,『蓋相師者未必無相勝之機也。吾又安知數千年後華人不因西人之學再闢造化之靈機,俾西人色然以驚,睪然而企也』〔一一〕。福成的期望,不正在逐漸成為我們今天和未來的現實麽?

(五)他贊揚西方君主立憲的民主政治為『最良』、『盡善』,是『宇宙之大勢』。他親自旁聽和考察西方的議會,認為『西洋各邦立國規模,以議會為最良。然如美國則民權過重,法國則叫囂之氣過重,其斟酌適中者,惟英、德兩國之制,頗稱盡善』〔一二〕。他還把『東洋諸國力摹西法者,日本也。南洋諸國力摹西法者,暹羅也』,與不摹西法的『南洋各邦若緬甸,若越南,若南掌,或亡或弱矣』,兩相對比,從而得出結論:『今之立國不能不講西法者,亦宇宙之大勢使然也。』〔一三〕

上述思想內容,不僅在當時堪稱先知先覺,具有進步性,即在今天仍不失其值得借鑒的現實意義。在他的作品中當然也有忠君、迷信等封建糟粕,是我們所必須予以批判和揚棄的。

三

薛福成是以『經世之文』『首屈一指』〔一四〕的文學家。他與張裕釗、吴汝綸、黎庶昌同為曾國藩的四大弟子。黎庶昌說,在四大弟子中以福成跟曾國藩『相從獨久』,『尤拳拳於曾文正公之德之業,反覆稱述,樂道不厭』〔一五〕。福成本人也一再推崇曾國藩在幕府經常講的『文者,道德之鑰,而經濟之輿也』〔一六〕,使他『頗得廣所未聞,講明塗徑,而為之益劬』〔一七〕。因此,福成之文,比方苞、劉大櫆、姚鼐等桐城古文,有頗為重大的發展和極其鮮明的特色:

一是作者有全球視野的思維方式和講求實證的論辯方法。如他的論俄羅斯立國之勢、西洋諸國導民生財說、南洋諸島致富强說、論中國在公法外之害諸篇,無不從全球視野、世界眼光立論。不祇寫國外的題材如此，寫國内的題材亦然。如他的創開中國鐵路議作於光緒四年（一八七八），當時作者並未出國，却能針對『都中議論洶洶，若大敵之將至者』，『議者皆曰：鐵路若開，恐引敵入室也』，他駁斥這些『議者』『皆揣摩影響而不審於事實者也』。他列舉實證寫道：『昔普之攻法也，陰遣死士先壞其國中鐵路，法人行師濡滯，終以是敗。若果足為敵用，普人何不留為入法之塗而必壞之乎？然則鐵路者，所以徵兵禦敵而不能為敵用者也。』『設有不測，則壞其一段而全路皆廢，祇一舉手之勞耳，惡能為敵用哉？』他由此進而説明：『今泰西諸國，競富争强，其興勃焉，所恃者火輪舟車耳。』『輪車之制不行，則中國終不能富且强也。』〔一八〕在此十年之後，先期任出使英國大臣的郭嵩燾，還為兩廣總督張之洞『有請由漢口開鐵路至盧溝橋之奏』，而上書李鴻章，説張之洞『此議為亂天下之本』〔一九〕。由此更可見，絶非出國就有全球視野；薛福成的這種思維方式和論辯方法，不僅處於閉關鎖國時代的方、劉、姚不可能有，即使在與福成同時代的人中亦頗為罕見。

二是他所寫的題材，多屬攸關國家安危、民族興衰、人民貧富的重大題材，從中我們可以强烈地感受到他所處的那個時代的氣息和呼聲，理想和追求，苦惱和無奈，羞辱和悲憤。方、劉、姚等桐城派傳統所寫的題材，多數為封建文人和官吏個人的家傳、壽序、祭文、墓志銘之類，這類文章雖然也能在一定程度上反映當時的時代風貌，但畢竟缺乏直接描寫國計民生的重大題材。有的學者説姚鼐『不關心國計民生』，『文章雖多，無一語涉及民間疾苦者』〔二〇〕。這種指責雖言過其實，但説他不直接寫國計民生重大題材，而與薛福成文章的取材迥然有別，則是確鑿無疑的。薛福成在文章題材上的如此巨大變化和發展，顯然既繼承了我國古代以文章為『經國之大業』〔二一〕的優良傳統，又體現了曾國藩以文章為『經濟（經世濟民）之輿』的要求。它拉近了作家與時代的距離，密切了文章與國計民生的聯繫，因而給文學的發展注入了勃勃生機和强大活力。

三是他的作品篇幅，不祇有短小精悍的小文章，也有不少萬言以上的長篇大論。如他的應詔陳言疏、創開中國鐵路議、與法蘭西立約通商保護越南議、籌洋芻議等等，每篇皆長達萬言以上。作品容量如此大幅擴張，無疑是適應了社會生活日益復雜的時代要求，是對方、劉、姚等桐城派繼承歸有光專門擅長寫『小文章』的又一重大變化和發展。

四是在風格上，薛福成的文章也不同於傳統的桐城文那樣平淡、典雅、沉穩、藴藉、含蓄，而是顯得汪洋恣肆，雄辯有力，鋒芒畢露，尖鋭犀利，頗有戰斗性。如同治四年（一八六五），清廷命曾國藩北上剿捻，福成作上曾侯相書，要其『分遣諸將，或截擊，或迎擊，或斷其道，或擣其堅，或襲其輜重，或披其形勢，或攻其無備，或散其脅從，彼一二兇渠之首旦夕可致麾下。復責各省之吏，捕餘孽，安反側，撫創痍，則捻寇之蹤跡一舉蕩盡。然後澄清吏治，永杜復起之漸』。這里連用八個『或』字，給人以排山倒海、鋭不可當之勢。其酣暢淋漓的文風，顯然有别於桐城派傳統文風。好在薛福成絶非一味主張對捻寇『一舉蕩盡』，而是强調『捻寇之難治』，在於『山東、河南數省，吏治疲玊已久，民貧俗悍，習於為非，善撫之則皆民也，不善撫之則皆捻也。故絶捻之源，首在吏治』〔二二〕。他如此一針見血地坦言捻源在於吏治的腐敗，可見其文風是多麼犀利尖鋭！

由於他比傳統的桐城派别具鮮明的特色，因此人稱他是屬於曾國藩的湘鄉派。其實以曾國藩為首的湘鄉派，畢竟仍是桐城派的一支。對此，福成説得很清楚：『余謂自桐城派盛行，而海内假託者亦衆，近世高材生言古文者，或遂厭棄桐城，然以文正之賢，不能不取義法於桐城，繼乃擴充以極其才，然則桐城諸老所講之義法雖百世不能易也。』〔二三〕可見他們不但不『厭棄桐城派』，而且還把桐城義法推崇為『百世不能易』的圭臬，祇是『不屑屑以桐城軌範自拘』〔二四〕，而能『擴充以極其才』而已。

四

薛福成的著作，他親自編定的有：庸庵文編四卷，庸庵文續編二卷，庸庵文外編四卷，庸庵海外文編四卷，籌洋芻議一卷，浙東籌防録四卷，庸庵筆記六卷，出使公牘十卷，出使奏疏二卷，出使英法意比四國日記六卷；他逝世後，由其子薛瑩中編定的有：庸庵文别集六卷，出使日記續刻十卷。這些著作的版本，可分兩類：刻印本和石印本。前者較早較精，後者稍晚稍次，多屬對前者的翻印，兩者僅個别文字有差异。

本文集的校勘有三種情況：（一）庸庵文編、文續編、文外編、海外文編等四種，以始於光緒十四年（一八八八）陸續刻印，光緒廿一年（一八九五）將上述四種文編合為庸庵全集的刻印本為底本（該書藏於上海圖書館，續修四庫全書影印），以臺灣文海出版社影印的上述四種文編，光緒廿四年（一八九八）傳經樓刻印的庸庵先生七種中上述四種文編，光緒廿三年（一八九七）上海醉六堂石印的庸庵全集中上述四種文編為參校本。文海影印本及傳經樓刻印本，皆與底本相同，唯石印本稍有出入。

（二）庸庵筆記以光緒廿三年（一八九七）遺經樓刻本為底本（該書藏於天津圖書館，續修四庫全書影印），以清代筆記小説叢刊石印本、一九三七年萬有文庫本、二〇〇〇年江蘇古籍出版社南山點校本為參校本。籌洋芻議以庸庵先生七種之一為底本，參校上海醉六堂石印本。

（三）浙東籌防録以庸庵先生七種之一為底本。出使公牘、出使奏疏以臺灣文海出版社影印本為底本。庸庵文别集以光緒廿九年（一九〇三）上海醉六堂石印本為底本。這四種皆無參校本。

因薛福成日記上下册，已列入國家清史編纂委員會·文獻叢刊，於二〇〇四年由吉林文史出版社出版，故其出使四國日記、出使日記續刻，本文集不再收入。除日記外，本文集所收其文章堪稱最為齊全。

由於水平和能力所限，本文集的校點難免有許多不當之處，敬請讀者和專家不吝指正。

周中明

【注】

〔一〕庸庵文編卷三先妣事略。
〔二〕庸庵文外編卷三上曾侯相書，文末『自識』。
〔三〕庸庵文編卷一應詔陳言疏，文末『伯兄撫屏云』。
〔四〕庸庵文編卷二上張尚書論援護朝鮮機宜書，文末『自識』。
〔五〕清史稿薛福成傳。
〔六〕出使英法意比四國日記光緒十六年正月十六日日記。
〔七〕庸庵海外文編卷三振百工説。
〔八〕庸庵海外文編卷三論公司不舉之病。
〔九〕庸庵海外文編卷三用機器殖財養民説。

〔一〇〕庸庵海外文編卷三治術學術在專精説。
〔一一〕出使英法意比四國日記卷二，光緒十六年四月初一日日記。
〔一二〕出使英法意比四國日記卷三，光緒十六年七月二十二日日記。
〔一三〕出使英法意比四國日記卷四，光緒十六年九月十八日日記。
〔一四〕庸庵文續編卷下書合肥伯相李公用滬平吴，文末『黎蒓齋云』。
〔一五〕庸庵文編卷首庸庵文編序。
〔一六〕薛福成在季弟遺集序（庸庵文編卷三）和拙尊園叢稿序（庸庵海外文編卷四）中兩次如此説。
〔一七〕庸庵文編卷三季弟遺集序。
〔一八〕庸庵文編卷二創開中國鐵路議。
〔一九〕郭嵩燾養知書屋文集卷十三。
〔二〇〕劉季高校點惜抱軒詩文集前言。
〔二一〕曹丕典論論文。
〔二二〕庸庵文外編卷三上曾侯相書。
〔二三〕庸庵文外編卷二寄龕文存序。
〔二四〕庸庵文外編卷四向伯常哀辭。

目録

卷四……八六

庸庵文續編……一一一

卷上……一一一

卷下

籌洋芻議

浙東籌防錄

卷三　咨　移　札　照會　告示……二五五

卷四　電報……二七一

庸庵文外編……二九〇

卷一……二九一

卷二……三一四

卷三

卷四

庸庵海外文編

出使奏疏

出使公牘

卷二　咨文……五三一

庸庵文別集

卷四　述異

卷五　幽怪

附録

庸庵文編

凡例

一、是編分類纂次：首奏疏，次論議，次書，次贈序，次序跋，次傳狀，次書事，次碑誌，次記，次銘贊，共得四卷。各類仍按年月先後為序，而以代作者附後。

一、近來諸家刻集，有代作者，或不入集，或注代字於題下，竟不知所代為何人。古人於代作之文皆入集，如昌黎有代張籍與李浙東書，東坡有代張方平諫用兵書，皆於題中標出所代之人，兹編謹仿其例。

一、是編各文所用體例，與大雲山房文稿通例，大旨不甚相歧，間有因時變通者，亦必參酌於子史與諸名家之集，未敢率爾妄作。

一、大雲山房文例謂地名、官名，必據今時書之；其或沿古稱者，存當時語也。蓋地則如湖北曰鄂、安徽曰皖之類；官則如藩司曰方伯，臬司曰廉訪之類。習俗既沿舊名，偶或借用無妨也。惟巡撫不得稱中丞，謝山全氏已辨之。故謝山集中多有稱撫軍者，然細繹左傳撫軍之義，係指太子，巡撫稱此，亦是假借。世俗以巡撫兼副都御史銜，故稱為中丞。蓋以都御史當古之御史大夫，副都御史當古之御史中丞也。雖詳稽古制，稍有異同，然大旨尚不相遠。以沿習既久，非此則文意不顯，故有時亦借用之。又如金、元於各路設行中書省，明初改為布政使司，而俗語相仍，不廢行省之名。亭林顧氏嘗謂近代文家所指之地，不曰某司而曰某省，於義為不覈，固已！然亦以沿習既久，稱某省則人人多解，稱某司則意義轉晦，且其上尚有督撫，而僅曰某司亦恐易滋牽混，故不能不仍行省之稱，亦從宜從俗之意也。

一、古文用字原宜避俗，然尤貴存當代典制，俾覽者得所考證。今讀史記、漢書地名、官名，或頗驚其古雅，不知在當時亦祇沿俗稱也。閱一二千年之久，時異勢殊，始漸覺其古雅耳。故行文雖不妨稍沿舊稱，若過存避俗就古之意，轉使當代典制湮没不彰，於義無取焉。即如紅頂花翎等字，文中雖不多用，而有時不能不用者，亦於古文體例無損。

一、凡籍隸滿洲蒙古漢軍者，皆以名著而不以姓著，即其居官行文發檄，但標其名之首一字以代姓，世人耳目亦習之已久。今如必考其姓，如赫舍哩瓜爾佳等氏，書曰某公某公，無論一時未能盡考，轉使後世茫然不辨為何人，此拘於文例而不知例固可以義起也。編中於塔齊布公、多隆阿公，每篇初見之處，則書曰塔齊布忠武公、多隆阿忠勇公。以下續見，則不妨省文曰塔公、多公。如此則參酌得中，亦以誌當時風俗，最為明覈。殆猶唐代以字行者，史但書其姓字，不必盡書其名也。

一、三代以前，蠻夷戎狄，大抵在今十八省內，即最遠亦多相毗連。至如漢之匈奴，唐之突厥，不聞史家稱之曰匈夷、突夷者，蓋以其地絕不相蒙也。近今西洋人紛來互市，如英吉利、法蘭西、俄羅斯諸國，與古之所謂蠻夷戎狄者，其地皆相去數萬里。而文人執筆，往往稱英吉利曰『英夷』，法蘭西曰『法夷』，此不學之過也。編中於諸國直書之曰英吉利，曰法蘭西，曰俄羅斯，猶曰匈奴，曰突厥，曰回紇也。或舉其一字，曰英、曰法、曰俄者，省文也。因彼諸國施於公牘，著於條約者，亦常以此為稱也。

一、凡文格稍近，或意義稍次者，均入外編。亦有文稍宜後出者，則入續編。

一、奏議自應詔陳言一疏外，惟在合肥伯相幕中代擬疏稿，其關繫大局者，尚不下數十篇。然究係代作，將來伯相必有專書，且與外洋交涉之端，有稍宜後出者，茲僅選錄一二，以著梗概。

一、文中有應三擡雙擡單擡字樣，謹依皇清文穎及諸家刻集體例，概作平擡，以歸簡易。題目及評語，尤限於地位，如有當擡之字，則空格以誌之。

一、曾文正公嘗稱科場有句股點句之例，蓋猶古者章句之遺意，而又以大圈密點，狼籍行間為不足法。竊思古之作者，每一文出，未嘗不審於點定，今是編不加圈點，而稍仿點定之義，故句皆有點云。

一、文後有評語暨自識之語，或叙作文之由，或書後來事實，頗足與文中意義相發明。茲悉照錄以備查考。即評文之語較深切者，亦仿古文辭類纂例錄之，無者不復加評。

卷一

應詔陳言疏乙亥

奏為應詔陳言，仰贊高深事。竊臣伏讀邸鈔，欽奉慈安端裕康慶皇太后、慈禧端佑康頤皇太后懿旨，諭令內外大小臣工竭誠抒悃，共濟時艱。仰見聖朝博采讜言之至意，海內臣民，同深欽仰。恭惟皇太后、皇上勤求治理，綸音初布，即停三海工程，斥去宮中紛華浮麗之品，申明列聖家法，所有不安本分之太監，分別斥革定罪。用御史李宏謨之奏，將內務府大臣立予革職。九卿科道陳言者，莫不立蒙褒答。凡所謂節用愛人之政，親賢遠佞之謨，皆已實見諸施行。四海嚮風，翕然稱頌，孰能復有遺議！然臣所欲進其愚悃者，則慎終如始，日新又新之說也。伊古聖人，造詣愈高，則兢治愈密。蓋節儉之至，而仍慮及耗費；清明之至，而仍慮及壅蔽；憂勤之至，而仍慮及因循。惟謹之於微，防之於漸，而後聖德無纖毫之累。治本既懋，上理可臻，若夫用人行政諸事宜，莫外乎遵循成憲。然必有修明之術，有補救之方，有變通之道。臣竊就管見所及，謹擬治平六策，曰：養賢才，肅吏治，恤民隱，籌漕運，練軍實，裕財用。均期有裨實務，稍濟時艱。如蒙聖明俯賜察覈，天下幸甚！

世運之所以為隆替者何在乎？在賢才之消長而已。夫天之生才，恒足以周天下之用。然而賢才有盛有不盛者，則培養之道為之也。曩者大行皇帝御極之初，皇太后殷殷求治，博訪賢才。大臣薦舉，每多不次擢用。於是碩輔盈朝，勳臣輩出，四方瓌俊，奮袂崛起，以贊中興之運。是豈無術以致之哉？蓋由虛懷宏獎，振古罕有，而又不拘一格，隨宜器使，用能光顯丕業，至今猶被其庥。邇年以來，獎進之賢才，似稍不如前矣。竊恐數十年後，老成凋謝，繼起無人，此事之大可慮者也。

夫欲賢才之奮興，必先培養於平日。培養之術，其要有三：

一曰重京秩。自古設官，重內輕外。漢汲黯出守淮陽，則至於流涕；唐班景倩入為大理，則喜若登仙。此古帝王居中馭外，鼓舞豪俊之微權也。我朝頒祿，因明舊制，京員俸薄，不逮漢唐十分之一。又自耗羨歸公之後，外官有養廉，而京員無養廉，人情益重外輕內。然其初升轉猶易，京外兩途，互為出入，故供職者不以為苦。近日京員盼慕外放，極不易得，恒以困於資斧，告假而去，絕跡京華。其留者衣食不贍，竭蹶經營，每於國家之掌故，民生之利病，不暇講求，此京秩所以愈輕也。查乾隆二年，增京官恩俸，法良意美，度越元明，似宜略仿前謨，酌為推廣，別籌恒款，普加京員養廉。籌款之法，宜取諸節省之餉項。方今滇黔關隴，次第肅清，勇營大半凱撤。將來所節餉需，合計不下一千餘萬。應查明各省停撥之餉，酌提十分之一二，飭令每歲解部，以備京員養廉之用。所費於國計者甚微，所裨於治體者實大。至若清要之選，當課以經世之具，勿專尚小楷之精，試律之巧，俾獲講求實用。其各部院保舉人員，在聖明鑒衡不爽，隨宜超擢以勵其氣，中外迭用以練其才。庶舉世重外輕內之見，可以默轉於無形。百年樹人之計，在此舉矣。

一曰設幕職。伏查雍正元年，世宗憲皇帝命督撫保舉幕賓以彰激勸，諭旨有云：今之幕客，即古之參謀記室。凡節度、觀察等使赴任之時，皆徵辟幕僚。功績果著，即拜表薦引。彼愛惜功名，自不敢任意苟且。臣謹案我朝名臣，若方觀承、嚴如熤、林則徐，近年如大學士李鴻章、左宗棠，始皆託跡幕僚，洞悉中外利病，故能卓著忠勳。可否略仿漢、唐、宋遺法，仰承世宗鼓勵人材之盛心，准令各督撫奏辟幕僚，自京外官以至布衣，如有才守出群者，許即專疏保薦，視其本職，計資論俸，一體升轉，無職者量加錄用。行之稍久，必有閎駿之士，出乎其間。此亦造就之一法也。

一曰開特科。隋唐以降，始專尚考試。然其時科目甚多，登進之途頗廣。明初始專以八股取士，文風渾樸，得人稱盛。今行之已五百餘年，陳文委積，剿說相仍，而真意漸汩。取士者束以程式，工拙不甚相遠，而黜陟益以難憑。遂使世之慕速化者，置經史實學於不問，競取近科闈墨，摹擬剽竊以弋科第。前歲中式舉人徐景春，至不知公羊傳為何書，貽笑海內，乃其明鑒。然則科舉之法，久而漸敝，殆不可無以救之矣。我朝康熙、乾隆年間，兩舉詞科。一時名儒碩德，及閎雅儁異之才，悉萃其中。文運之隆，遠邁前古。非賢才之獨盛於此時也，誠以大臣之舉，非聞望素著者，不敢妄登薦牘。其與冥搜於場屋，決得失於片時者，迥不侔也。誠法聖祖高宗遺意，特舉制科，則非常之士聞風興起。其設科之名，或稱博學鴻詞，或稱賢良方正，或稱直言極諫，應由部臣臨時請旨定奪。庶賢才無沈抑之患，可輔科舉所不逮。而前此空疏之弊，亦且漸以轉移。或謂方今科甲人員不少而復舉特科，恐益致仕途之壅滯。不知特科乃曠世而一開，所用不過數十人，且其所舉，大半亦出於科甲，是未足為科甲之累，而適所以劑科甲之窮。補偏救敝之方，不外是矣！

蓋重京秩，則賢才奮於內矣； 設幕職，則賢才練於外矣； 開特科，則舉世賢才無遺逸之虞矣。臣之所願養賢才者，此也。

自來吏治之升降，視乎牧令之賢否。牧令之黜陟，由乎大吏之考察。大吏果賢，則吏治不患其不肅也。伏讀皇太后懿旨，諭令各直省督撫秉公舉劾，任用賢能。煌煌聖訓，整飭吏治之宏規，不外是矣。臣愚以為方今激勸牧令，又有兩端： 一在清其途，一在勵其氣。

何謂清牧令之途？國朝捐輸之例，向因不得已而設。我宣宗、文宗御極之初，首停捐例。當時以為美談，嗣因髮捻肇釁，餉需浩繁，始議推廣捐例。然收數未見贏餘，仕途益形龐雜。臣嘗考乾隆年間常例，每歲捐監、捐封、捐級等項，收銀約三百萬兩。今捐例既從折減，以示招徠，而每歲戶部收銀，轉不及百五十萬。是何也？名器重，則虛銜彌覺其榮，雖多費而有所不惜； 名器濫，則實職不難驟獲，雖減數而未必樂輸。人情大抵然也。自頃軍務告竣，餉需大減。如謂國家闕此百數十萬之經費，臣有以知其不然矣。況今甘捐、皖捐、黔捐等局，所得無幾，所傷實多。該省既已肅清，尤宜亟行停止。今欲議停捐例，宜於各省鹽課、洋稅項下，均匀指撥，合成鉅款，以抵京銅局之所入。其捐輸常例，但留捐監、捐封、捐級與捐雜職等項，概收實銀。人人知名器之足貴，則戶部收數，亦必不至於過絀。國計無纖毫之損，吏治有澄清之益。轉移之機，非細故矣！

何謂勵牧令之氣？東漢縣令，往往入為三公。唐世凡官不歷州縣，不擬臺省。宋制非兩任州縣，不得除監察御史。自明以後，行取知縣，皆入為御史及主事，得人最多。我朝康熙年間，名臣如郭琇、彭鵬、陸隴其、朱軾，皆由縣令入為京員，理學經濟，震耀一時。康熙四十四年，御史黄秉中疏言知縣考選科道，殊覺太驟，廷議停止。乾隆初年，又以主事人多缺少，凡行取知縣，改以知州揀選，在當日酌更成法，原所以協一時之宜。然行之百年，州縣無望於清華，漸乏循良之積，京員未膺夫繁劇，或少練達之猷，吏治與人材，不免兩為減色。今欲整飭吏治，陶鑄人材，莫如復聖祖初年行取舊制，或稍變通其意，州縣兩途，並予行取。凡科甲出身保舉卓異之員，知州行取授御史，知縣行取授主事，庶銜缺亦足相當，而上司操此為激揚，牧令羨此為清貴，吏治必有振興之一日。或謂近日京員壅滯，而復參用外員，恐愈失疏通之意。不知康熙以前，京員練習民事，上而督撫，下而道府，莫不起自京員。方今聖朝知人善任，若果摩厲京員，俾與外員互為出入，正所以疏通京員也。京外兩途，無扞格不通之患，而後郅治可期矣。

夫既清其途，復勵其氣，然後責大吏以考課，雖中材之牧令，猶將自奮於功名。然尤有宜治其本者，則養廉坐支各項減成，不可不復也。查各省文職養廉，向支錢糧耗羨。同治八年，部議廉俸復額，必須各省錢糧耗羨徵收足額，始可抵放。此亦本末兼權之意。惟是州縣養廉，大者無過千兩。蓋與坐支各款，均屬辦公不可少之費。今皆減成發給，其公私之用，必至竭蹶，欲其不妄取於民，不可得也。州縣無清廉之操，欲其課農桑、勤撫字、善催科，不可得也。且錢糧之不足額，半由民欠，半由官虧，與其靳數成之發款，而虧無限之公帑，似不如全復舊額，而嚴覈官虧。可以勖官常，即可以裕國計，馭吏之本，莫先乎是。若夫勸懲之具，表率之資，是在大吏平時之措注，非一朝一夕之故也。臣之所願肅吏治者此也。

天下當有事之時，軍餉之不能不藉資於民力者，勢也。曩以剿辦粵捻各寇，不得已而設局抽釐，酌取商賈之贏餘，略濟餉需之支絀。以視元明之加賦籌餉，相去不啻霄壤。加以我國家二百餘年深仁厚澤，浹髓淪肌，商民踴躍輸將，源源接濟，故能饋數十萬嗷嗷待食之軍，而滅方張之寇。惟其如是，而民情大可見矣。然民力必休養於平日，始可借資於一時。今海內軍事已平，臣愚以為聖朝軫念民瘼，此其時也。軍興以來，釐金之旺，素推東南數省。今試以江蘇一省論之，江蘇久遭兵燹，創痍呻吟，元氣未復，向已力籌鉅餉，剿平諸寇，今則戶部指撥之款，各省歲協之餉，悉以江蘇為大宗。計其所出，地丁居其一，漕糧居其一，洋稅居其一，鹽課居其一，釐金又居其一，每項各數百萬。幅員不廣於他省，而財賦倍蓰過之，民力之竭，亦可知矣。以臣所見，閭閻十室九空，而百物昂貴，小民奔走拮據，艱於生計，力田之農，終歲勤動，尚難自給，偶遇水旱，即不免流移道路，其顛沛饑羸之況，不可殫述也。一省如此，他省可知。伏惟聖慈恫瘝在抱，似宜乘此群寇蕩平之際，與民休息，漸裁釐金。即以一時經費未充，尚難驟撤，可否飭下各省督撫察度情形，或酌減捐數，或歸併釐卡，以為異日盡裁之漸。至於布帛粟米，為群黎衣食所資，尤宜普除釐捐，大慰民望。若再因循不革，恐承平無事，上下視為定額，必將有不可少之出款，與為抵銷。一旦復有不虞之事，將籌何款以應之？故裁之所以為異日緩急計也。若夫釐金之外，又有厲民之政，則莫如四川津貼一項。四川古稱饒沃，國初定賦，以其薦經寇亂，概從輕額，故其地五倍江蘇，而錢糧不逮五分之一。厥後生殖日繁，物阜民富，仕宦之人，遂視四川為財藪。其公私雜費，與一切陋規，莫不按畝加派，名曰津貼。遷流日久，變本加厲，取之無藝，用之愈奢。凡州縣供應上司之差，小者千金，大者逾萬，綜計民力所出，逾於正賦之額，幾有十倍不止者。夫聖主有輕徭薄賦之仁，而小民轉受苛派無窮之累。揆厥由來，雖非一日，而循是不變，終為厲階。茲欲剔除宿弊，誠宜大加整頓，斟酌時宜，明定經制，飭下疆臣，風厲僚屬，敦尚廉隅，庶積習可蠲，而於國計民生兩有裨矣。臣之所願恤民隱者此也。

自元明漕東南之粟以實京師，累代講求，其法屢變。元用海運，患多漂溺。明用河運，患多勞費。二者得失維鈞，今則海道便利，事捷而費省。運河梗阻，法敝而費多。竊嘗綜其利弊論之，蓋河運不如海運，海運不如商運。臣請略陳其說。自前明以屯田養衛軍，以衛丁運漕糧。國朝改為旗丁，其始法非不善，曁其弊也，屯戶不能耕，而傭平民以耕；旗丁不能運，而募水手以運。於是積耗多而遊手繁，旗丁誅求於州縣，州縣暴斂於平民。其取盈於旗丁者，則有閘官，有弁兵，有倉書。其取盈於州縣者，則有上官，有豪紳，有胥吏。上下交征，而州縣之取諸民者，往往三四倍於正賦。其費之出於上者，則有漕艘之修，有旗丁之糧，有州縣之支銷，有糧道之經費，加以閘官、衛官之俸，漕標、河標之餉。溯查嘉慶年間，協辦大學士劉權之疏言：南漕每石需費十有八金。蓋合上下浮費而言之，國家歲漕四百萬石之米，是有七千餘萬金之費也。近歲海運之法行，蓋窮極變通之候，在國家減省浮費，裨益實多。其州縣之漕章，亦經各省大吏，酌中釐定，明予以辦公之經費，隱絕其無限之浮收，民情翕然，至今稱便。乃聞議者頗欲規復河運，苟非狃於故見，則必有所利於其中者也。啟中飽而便私圖，孰甚於是！是河運之不如海運明矣。

臣又聞京倉支用，以甲米為大宗。八旗兵丁不慣米食，往往由牛彔章京領米易錢，折給兵丁，買雜糧充食。每石京錢若干，合銀一兩有奇。相沿既久，習而安之。官俸亦然，領米輒發米鋪，或因攙雜泥沙，霉爛不堪復食，則發糖坊，每石得銀一兩有奇。赴倉親領米者，百不得一，蓋涉途遠則侵蠹必多，經時久則折耗自易。以漕運無窮之勞費，而每石僅獲一金之用，亦可慨矣！今誠統計南漕抵倉之米，每歲共有若干，飭令各省將折漕之價，與其應發水腳之費，解交部庫。所有甲米官俸願領銀者，照漕折銀數發給。每歲部發鉅帑，慎選廉幹之員，於天津、通州、京倉三處，招商運米。宜於免關稅外，援糧船帶免他稅之例，定為運米若干石，准免他稅若干。回空之船，一體給照免稅。倉米既滿而運米鬻於市者，亦如之。商人惟利是騖，一聞定例，則江、浙之米，與奉天牛莊之米，必將航海而來。山東、河南之米，亦由運河而至。京東、豐潤、玉田之米，絡繹駢集，惟所擇之。如此則有七便焉：米色精潔，一便也；部庫充裕，二便也；民力久紓，三便也；內外支銷漕項，節省至千萬兩以外，四便也；甲米官俸，所得有豐於前，五便也；都門內外，米商奔赴，百貨流通，六便也；饑民見米之易售，多種稻田，漸興水利，七便也。有此七便，上下交益，是海運之不如商運明矣。

或謂滄海茫茫，恐一旦有不測之變，招商亦難經久，終不如河運之可恃。不知護運道以備不虞可也，慮滄海之有警，因謂海運不如河運，此因噎廢食之見也。況今洋面平穩，輪船迅速，雖在多事之秋，富商大賈，挾數百萬之貲，致數萬里之遠，踰山涉波，艱難險阻，曾不假尺寸之勢，什伍之衛，不患不達。而運河數千里，節節淺阻，一有烽塵之警，亦未必暢然可行。為今之計，宜以海運與招商並舉。如招商著有成效，不妨漸推漸廣，而略以海運輔之，仍隨時保護運河，量加修濬，每歲酌行河運十數萬石，務使運道毋廢而已。若是而謂運道有壅閼之虞，京倉有闕乏之患，必不然矣。臣之所願籌漕運者此也。

自古養兵無善政，南宋之括財，晚明之加賦，皆為兵多所累。識者病之。我朝綠營兵額五十餘萬，較之宋、明，業已大減。然養兵之費，歲二千萬，幾耗天下歲入之半。軍興二十餘年，各省剿賊，皆倚勇丁以集事，曾未聞綠營出一良將，立一奇功。臣蓋嘗深究本末，而知其弊也。查各省綠營舊制，馬兵月餉銀二兩，步兵一兩五錢，守兵一兩。平時仰事俯畜，尚難自給，咸以小貿營生，手藝餬口。承平日久，或沒齒不經戰陣。其居將領之任者，亦復狃於因循，拘於文法，於是乎有老弱濫竽之籍，有役使趨走之卒，有侵減虛懸之餉。其兵仰食縣官，視為當然。悍者飲博無賴，願者疲玩不振，每遇操演之期，巧飾虛藝以炫耳目，一聞徵調，膽寒氣沮。甚者僱人頂替，行則需車，役則需夫，繁索供張，官民交病。洎乎臨敵，真能折衝致果者，百無一二。積弊相嬗，雖有豪傑之士，無由奮興。然則綠營之不可復恃者，時勢然也。自楚軍、淮軍相繼並起，勇丁月餉，倍於綠營之戰兵。其得力尤在法令簡嚴，事權專壹。自統領以至營官什長，莫不情意相洽，誼若一家，而又可撤可募，隨募隨練，用其方新之氣，故能奮建殊勳。然今之勇營，已稍不如前矣。

若使積年屯駐，不見大敵，久而暮氣乘之，又久而積習錮之，恐復如綠營之不振。故中外之議，皆主撤勇而練兵。

夫練兵誠急務也！然使僅守綠營舊制，是兵愈冗而愈弱也。臣愚以為居今日而修戎備，與其以一餉養一兵，而十兵無一兵之用，何如以兩餉養一兵，而一兵獲數兵之用。昔人謂兵貴精不貴多，其成效可覩也。臣謹案乾隆四十七年，增兵六萬有奇。大學士阿桂上疏力爭，以歲餉驟加，恐難為繼。厥後果因帑藏大絀，疊議裁汰。頃者海內用兵，未遑兼顧。綠營兵餉，欠發甚鉅。自是每有戰守之事，一倚勇營，而綠營幾同虛設。近見各省整理綠營，如浙江之減兵加餉，直隸、河南之添餉練軍。前大學士曾國藩在兩江總督任內，整頓外海水師，舊兵一萬餘名，裁為二千餘名，以濟添給薪糧，修造船隻之費。部議韙之，蓋中外大臣皆已深鑒綠營之敝，而思有以救之，非一日矣。可否推行此法，飭下各省督撫，裁汰綠營虛額，與其衰廢斥退之缺，病故開除之缺，一概勿補。仍體察各路情形，或存綠營原額之半，或減存三之一。以其所節之餉，酌加馬步口糧。分隸數鎮，會合訓練。營制太破者，歸而併之。汛防太散者，撤而聚之。約計腹省有勁兵一萬，邊省萬五千人，即可以彈壓盜賊，隱備不虞，仍酌留得力勇營，參錯屯駐，有事則輔以召募，藉戰守之實務，行訓練之成法。如是則平時無冗食之兵，臨事獲勁旅之用。循名覈實，化弱為强，計無過於此矣！

雖然，方今要務，整理綠營之外，尤有培護根本之計，有慎籌門戶之計。所謂根本之計何也？我國家神武開基，東三省勁騎，為亘古所僅見。近以徵調絡繹，漸至凋零，老者物故，弱者未壯。其於布陣合圍之法，馳驅擊刺之術，漸失其傳。若不及時整飭，恐斯事遂為絕學。似宜飭下吉林、黑龍江將軍，挑選駐防子弟，優加廩餼而勤練之，務使制勝妙技，賡續不窮。將來健旅日出，北可固邊塞之防，西可備新疆之用，所裨豈淺鮮哉！所謂門戶之計何也？東南軍事，以水師為最利。長江水師，利用舢板、長龍、快蟹等船。外海水師，利用廣艇、紅單、拖罾等船。而論今日海疆所需，則輪船尤為利器。然其操演之法，與長江水師，截然兩途；與外海水師，亦迴然異轍。苟非專門名家，窮年畢世，不能洞悉其精微。今中國閩、滬各廠，雖陸續製造輪船，似尚乏統帶輪船之將才，則利器不可得而用也。夫事當締造之初，非破格鼓舞，不足以彰激勸。似應飭下海疆大吏，薦舉輪船將才。其尤異者不次拔擢。俾天下知功名之路，相率研求，殫精畢力，以備干城之用。庶幾將才益練，水師益精，而外侮無虞矣。臣之所願練軍實者此也。

孟子有言：『無政事則財用不足。』大學平天下一章，於理財之道，蓋兢兢焉。臣之愚策，如所謂加養廉、停捐例、裁釐金，皆有妨於財用者也；如所謂覈冗餉、籌漕運、減兵額，皆有裨於財用者也。以其所贏，補其所絀，原足相當。而論方今不涸之源，則尤賴朝廷崇尚節儉，以風天下。天下盡趨於節儉，而財用無不足之虞。故臣又以為理財之政，不必開其源也，惟在節其流而已。節流之法，不必廣其術也，惟在覈州縣之交盤而已。謹查吏部定例，州縣交代，正限兩月內，不能結者，謂之初參； 展限兩月，復不能結者，謂之二參； 如舊任官虧缺正項錢糧，或並無虧缺，而新任官遲延不接者，皆由該督撫題參革職； 交代未清，而該上司不聲明者，司道府州降三級調用，督撫降一級留任。此行之久而無弊者也。降及晚近，州縣交代，不盡依限完結。上司憚處分之繁，亦遂不依限題參，往往藉輾轉駁查，宕延歲月。及其浸久，舊任困於旅費，無款可交，終身寄寓，子孫流離，皆所不免。其新任以舊款未清，轉相牽率。於是交代不結者，什有八九，而上司亦遂有參不勝參之勢。庫款之所以日虧，職是故也。

臣聞近來辦理交代，以山東為最善。山東一省，自前撫臣閻敬銘申明舊例，刊刻交代章程十一條，頒發州縣，並通飭各屬，不得藉各項工程名目，報銷正款錢糧。其交代逾限者，參革毋貸。同治初年，每歲藩庫所收正雜各款，不過八九十萬兩。近則藩庫收款至二百五六十萬以外，藉支本省餉需，及京協各餉。一省如此，天下可知矣。夫州縣職司錢糧，坐擁倉庫，計其公私之用，每歲多耗數千金，未甚覺其費也。然合天下千五百州縣計之，是三年而耗二千萬也。彼曾任州縣者，亦以挪移甚便，不能節縮衣食，終不免窘乏之虞，查抄之累。此公私兩損之道也。若交代素嚴，俾州縣預知節嗇，則國家少虧帑之虞，州縣免終身之累。此公私兩便之道也。如臣愚見，可否飭下戶部申明舊例，並咨取山東交代章程，通行各省，實力辦理。又恐積虧之後，驟加整頓，則新舊相混，窒礙必多。欲杜侵虧，惟有寬既往而嚴將來之一法，酌復養廉以裕其力，禁止攤賠以清其流。庶各省大吏，易於措手。自兹以往，逾限必參，一參必革。功令嚴而虧挪少，虧項絕而庫藏充。理財之道，莫先乎此矣！臣之所願裕財用者此也。

以上六策，皆史冊經見之端，士民欣慕之事。或經列聖創垂而著為良法，或係大臣籌措而迭見成功。臣不過就聞見之餘，略參引伸之義，冀可推行乎海內。先期斟酌乎時宜，雖國家大政，不止此數端。然苟非治術所深資，平時所切究，亦不敢掇拾細故，冒昧瀆陳。臣自惟學識疏庸，無以仰答高厚生成於萬一。謹體聖世求言之意，稍攄千慮一得之愚，臣不勝戰慄待罪之至！伏乞皇太后、皇上聖鑒。謹奏。

再密陳者，自古邊塞之防，所備不過一隅，所患不過一國。今則西人於數萬里重洋之外，飆至中華，聯翩而通商者，不下數十國。其輪船之捷，火器之精，為亘古所未有。恃其詐力，要挾多端，違一言而瑕釁迭生，牽一髮而全神俱動。智勇有時而並困，剛柔有時而兩窮。彼又設館京師，分駐要口，廣傳西教，引誘愚民。此固天地適然之氣運，亦開闢以來之變局也。臣愚以為欲禦外侮，先圖自強；欲圖自強，先求自治。臣所擬治平六策，於中國自治之方，既略陳其要矣，兹復謹籌海防密議十條，冀於自強之道，稍裨萬一。伏惟聖明鑒其愚誠，俯賜採擇焉。

一、擇交宜審也。昔者樂毅伐齊，必先聯趙；諸葛守蜀，首尚和吳。蓋有所備，必有所親，其勢然也。洋人之至我中國，專恃合從連横，而我以孤立無助，受其箝制，含忍至今。誠欲於無事之時，多樹外援，則擇交不可不慎也。方今有約之國，以英、法、俄、美、德五國為最强。五國之中，英人險譎，法人慓悍，所至之地，便思窺伺釁隙，隱圖占踞。此中國之深仇，不可忘也。俄國地廣兵强，為歐洲諸國所忌，今且西守伊犁，東割黑龍江以北，據最勝之地以扼我後路。是宜羅設大防以為藩籬，而尤注意於東三省，嚴為之備，而婉與之和。此中國之强敵，不可忽也。美國自為一洲，風氣渾樸，與中國最無嫌隙。其紐約與蒲公使所立新約，則明示以助我中國之意。蓋亦恐中國稍弱，則歐洲日强，還為彼國之害也。故中國與美國，宜推誠相與，略棄小嫌。此中國之强援，不可失也。德人新破法國，日長炎炎，幾與俄、英鼎峙，幸其通商之船尚少，則交涉之事亦無多。此亦中國他日之强敵，不可恃為援，亦未至驟為患也。自昔列國爭雄之世，得一國，則數國必折而受盟；失一國，則諸國皆從而啟釁。蓋擇交之道得，則仇敵可為外援；擇交之道不得，則鄰援皆為仇敵。誠宜豫籌布置，隱為聯絡，一旦有事，則援助必多，以戰則操可勝之權，以和必獲便利之約矣。

一、儲才宜豫也。自中外交涉以來，中國士大夫拘於成見，往往高談氣節，鄙棄洋務而不屑道，一臨事變，如瞽者之無所適從。其號為熟習洋務者，則又惟通事之流與市井之雄，聲色貨利之外，不知其他。此異才所以難得也。今欲人才之奮起，必使聰明才傑之士，研求時務而後可。昔漢武帝詔舉茂才異等，可為將相及使絕國者。似宜略仿此意，另設一科。飭令內外大臣各舉所知，亦不必設有定額，其新科進士，大挑舉人，優拔兩貢，如有洞達洋務者，亦許大臣保薦。仿學習河工之例，別為錄用。其用之之道，如膽識兼優，才辯鋒生者，宜出使；熟諳條約，操守廉潔者，宜稅務；才猷練達，風骨峻整者，宜海疆州縣。求之既早，斯用之不窮。彼士大夫見聞習熟，亦可轉移風氣，不務空談。功名之路開，奇傑之才出矣。

一、製器宜精也。西人器數之學，日新月異，豈其智巧獨勝中國哉？彼國以製器為要務，有能獨創新法者，即令世守其業，世食其利，由是人爭自奮，往往有積數世之精能，創一藝而成名者。中國則不然，凡百工技藝，視為鄙事，聰明之士，不肯留意於其間。此所以少專家也。夫周官考工一冊，自梓匠輪輿，以逮梟桌函裘陶冶，莫不設為專官，子孫世守勿替。他若奇肱氏之飛車，公輸般之攻具，諸葛亮之木牛流馬，其精詣獨至之處，何嘗不逮西人哉？正以後世不崇斯學，故浸失其傳耳！今欲鼓舞人心，似宜訪中國之巧匠，給之虛銜以風勵之，隨時派員帶赴外洋，徧遊各廠以窺其奧窔，有能於洋人成法之外，自出心裁者，優給奬叙，或仿西人之法，俾獲世享其利，庶巧工日出，足與西國爭長矣。

一、造船宜講也。外國輪船之制，有商船，有兵船。商船以運貨為主，式略短而中寬。兵船以戰陣為主，式較長而中狹。至其暗輪之高下，食水之淺深，皆自截然不同。方今閩、滬所造輪船，不盡可作兵船者。其初用意，蓋欲取兩式而兼營之。然其弊也，運貨不逮商船之多，戰陣不若兵船之勁。是欲求兩便而適以兩誤也。竊謂自今以後，各廠造船，宜令訪上等兵船之式，專精仿造。如有商民願繳造價，公置輪船者，准其赴局專造商船。如此分晰辦理，庶中國之船漸推漸精，而經費不至浪擲矣。

一、商情宜恤也。查西洋立法，以兵船之力衛商船，即以商船之稅養兵船。所以船數雖多而餉項無缺者，職是故也。往年中國議定章程，設立輪船招商局，奪洋人之所恃，收中國之利權，誠為長策。惟是推行未廣，華商之應募領船者，尚屬無幾。且自中外通商以來，江、浙、閩、廣諸商，亦有置買輪船者，大抵皆附西商之籍，用西國之旂，雖經費甚大，利歸西人，而諸商曾不以為悔者，其故何也？蓋為華商則報稅過關，每虞稽滯，掣肘必多；為洋商則任往各口，無所攔阻，獲利較易也。今誠體恤商情，曲加調護，務使有利可獲，官吏毋許需索，關津不得稽留。令明法簡，將來繳價造船之商，自必源源而來。貿易既盛，漸可駛往西洋諸埠，隱分洋商之利，然後榷其常稅，專養兵船，務使巡緝各洋，以為保衛商船之用。從此兵船益多，而經費不絕。富强之道，基諸此矣。

一、茶政宜理也。中國出口之貨，以絲茶為大宗。茶葉一項，與洋人進口之鴉片，其價值略足相當。然鴉片之來，為害於中國甚深；茶葉之往，為利於西洋甚大。洋人以茶葉為性命，恃以消瘴毒，除疾病，不能一日稍離。閒嘗詢諸茶商，覈諸近日新聞紙，綜計每歲各路出口之茶，價值約在三千萬兩以外。若榷其什一之稅，是歲入六百萬也。今者海關稅則，刊在條約，不可復改。

而各省之茶捐茶稅，收數未旺，隱漏尚多。夫欲籌禦外之規，必先操裕財之本。欲勿累吾民而財足，莫若仍取諸外洋。昔管子謹正鹽策，而諸侯斂袂朝齊，誠知利權所在，足制諸侯之命也。方今中國大利，被洋人網羅盡矣，祇此物產之菁華，可以默操其權。宜於閩、浙、湖、廣、江西、安徽出茶諸省，酌加稅額，而嚴覈其隱漏。茶稅暗增，則茶價亦昂，顯取諸內地之民，實隱收洋人之利。惟其經理之法，宜出之以漸，濟之以權，務使洋人相安於不覺。數年之後，必有成效。舉凡製器造船之費，練兵籌餉之源，皆可取資於是矣。

一、開礦宜籌也。中國金、銀、煤、鐵等礦，未經開采者，處處有之。貨棄於地，而外人垂涎久矣。似不妨用彼國開挖之器，興中國永遠之利。查有礦苗旺處，由各省大吏諮訪民情，察度地勢，果其毫無妨礙，始許興辦。其開采之法有二：一曰官采，由官酌撥款項，僱洋人，買機器，隨宜辦理； 一曰商采，仿淮鹽招商之法，查有殷實華商，准其集貲報名，領帖設廠，置備機器，自行采取。官為稽其廠務，視所得之多寡，酌定收稅章程，嚴禁隱漏。如是則地不愛寶，民無棄財，不失中國饒富之權，不啟彼族覬覦之漸，似亦籌餉之一助也。

一、水師宜練也。外國兵船之式，船主為全船綱領。其下有總領官，主水陸攻戰； 有領隊官，主船中排隊；有大夥、二夥、三夥，專佐船主行船。此外如管理機器，看守瀛表，與夫裝送子藥，視敵取準，各有專司。其收放帆篷，登陟桅頂，駕駛舢板，抽水救火等事，皆令水手操練。職司有定位，作息有定時，習之既專且久，所以能縱橫無敵。今中國輪船，亦頗仿效西法，參用洋人，究未造其深際，無他，學習不如閱歷之精，而所用洋人無上選也。昔巫臣教吳，武靈胡服，始皆借才異國，終則遠出其上。唐太宗駕馭蕃將，多能得其死力。竊謂沿海大吏，與出使外洋之員，皆宜留心物色。如洋將中有挾高才而願遊中國者，不妨羅致一二人，縻以厚祿，善為駕馭。先令教練一船，久則推演漸廣。仍仿俄國初年練兵之術，選沿海勤敏之子弟，送入西船，俾習各司，而協貼其經費，數年回國，分配各船。庶技藝日精，水師日勁，不難操券而決矣。

一、鐵甲船宜購也。西洋守港之恃鐵甲船，猶行軍之恃營壘。尋常輪船，當之輒碎。又有鐵甲小船，所以纏護礮臺，四面伏擊，最為靈活堅利。惟食水過深，不能遠越重洋。是以至中國者，頗屬寥寥。今中國既有輪船數十號，亦宜酌備鐵甲船，外則巡緝洋面，恃為遊擊之師，內則扼守要口，勝於礮臺之用。蓋有一鐵甲船，而諸輪船即可依護以增氣勢，尤幸彼之不能來犯，我即可恃為專長。苟非未雨綢繆，則倉猝必難籌措。似未可以需費稍鉅，而失此遠圖也。蓋鐵甲小船，不難由內地仿造。其大者工程繁重，驟難得其要領，非在外國定購不可。又恐定購之後，難越重洋，不妨將鐵料如式剪裁，分拆運送，飭匠釘配。但必議價定造，不可承買舊船耳。

一、條約諸書宜頒發州縣也。西人風氣，最重條約。至於事關軍國，尤當以萬國公法一書為憑。如有阻撓公事，違例干請者，地方官不妨據約駁斥。果能堅韌不移，不特遏彼狡謀，彼且從而敬慕之。如或詭隨骫法，不特長彼驕氣，彼且從而非笑之。蓋西洋立國，非信不行，非約不濟。其俗固如此也。方今海疆州縣，商船之絡繹，傳教之紛繁，事事與洋人交涉，乃當其任者，往往以未見條約，茫然不知所措，剛柔兩失其宜。其偏於剛者，既以違約而滋事端；其偏於柔者，亦以忘約而失體統。啟釁召侮，職此之由。似宜將萬國公法，通商條約等書，多為刊印，由各省藩司頒發州縣。將來流布漸廣，庶有志之士，與辦事之官幕書吏，咸得隨時披覽，一臨事變，可以觸類旁通，援引不窮矣。

以上十條，皆係顯著之端倪，亦有可乘之事會。臣謹稽之古籍，準之時宜，慮欲周而臆見不敢參，謀欲決而先機不容緩，用敢附片密陳梗概，伏乞皇太后、皇上聖鑒。謹奏。

伯兄撫屏云：光緒元年四月，平遠丁稚璜宫保在山東巡撫任内，代上此疏。奉旨留中，旋交軍機大臣發各衙門議奏。其海防密議十條，由總理衙門彙入各行省大吏議覆海防各摺核議。而治平策六篇，則由吏、户、禮、兵四部分議。於是總理衙門議先上，以擇交、儲才兩條關係較重，且與南北洋大臣所論大意相同，始定遣使往駐西洋各國之議。蓋謂此舉為可聯與國而練人才也。

又議准將條約諸書，由總理衙門刊印，頒發各關道、各行省，分行州縣。其製器、造船、恤商、茶政、開礦、練水師、購鐵甲船各條，大致頗多許可，并行南北洋大臣酌辦。各部所議之事，除設幕職，復行取、籌漕運三條，由吏部、户部議駁，開特科一條，由禮部議請暫緩外，其恤民隱、練軍實、裕財用三端，并下各行省酌辦。自是十年以來，有停止捐例之令，有津貼京員之議，有稽覈州縣交代之新章，而四川之裁撤夫馬局，各省之蠲免米商釐稅，及汰減緑營，添設練軍，吉林、黑龍江相繼遣大臣練兵，皆以此疏為之嚆矢。當此疏初上時，京師頗多傳誦者，議論一播，鼓動中外，建言者往往響應而起。昔賈長沙、董江都條議漢事，或於數十年後見之施行，後儒稱其通達治體，切於世事。吾於此文亦云。

朱亮生云：此疏洋洋灑灑，浩浩落落，有千巖萬壑之觀，有清廟明堂之概。循繹數過，始知為綱者六，為目者幾二十；有綱中之綱，有綱中之目，有目中之目。以新聖德為治平緣起，此為綱中之綱。養賢才則有重京秩、設幕職、開特科三端，肅吏治則有停捐例、復行取、加養廉三端，此為目中之目。篇中所議停捐納，行海運，裁兵加餉，皆與鄙見不謀而合。其復養廉、恤民隱、重京秩、核交代，皆絶大關係，為治亂盈虚之所從出，言之誠不厭其詳。至酌裁釐金，為後日緩急計，識慮更深。若京員因謀食不遑，未能講求治道，及科目求速化，置經史於不問，尤能言人之所不敢言。而開特科所以劑科甲之窮，復行取無礙於疏通之路，措辭復甚圓湛。作者於二十一史因革損益，成敗得失，了了胸中。而本朝掌故，近今利弊，尤諳悉無遺。故能折中立言以成至文。最可愛者，直言無諱中，復能處處婉曲，筆筆斡旋。讀者但覺其忠愛懇摯，不見其激烈迫切。奏疏中有數文字也。瓣香從何處得來？知其淵源所漸者遠矣！

曾栗誠云：海防密議十條，筆達而圓，意新而確。此議未出之前，係是人人意中所無；此議既出之後，乃覺人人意中所有。方洋務之初起，世之人或驚為異事，或鄙棄而不屑道，或挾其緒餘以自重，數者皆非也。篇中所引，如周官考工記、漢武帝、唐太宗、管子、樂毅、諸葛亮等，皆於時事極為貼切。今之所謂洋務者，實多前古已行之事，似極奇創，卻極平常。尤妙在事事從淺處顯處著筆，使人易曉而世易行。宜乎乙亥、丙子間，斯議傳播一時也。

代李伯相擬陳督臣忠勳事實疏壬申

奏為督臣忠勳卓越，始終盡瘁，謹陳大略情形，請旨宣付史館以備查覈，恭摺仰祈聖鑒事。竊惟大學士、兩江督臣曾國藩因病出缺，業經欽奉恩旨，軫念忠良，飾終典禮，至優極渥。伏讀二月十二日上諭，稱其學問純粹，器識宏深，秉性忠誠，持躬清正。天語褒許，允為千古定評。至其生平戰功政績，昭昭在人耳目，並有歷年奏報可稽，無俟臣之贅述。惟臣昔佐曾國藩戎幕數年，邇來共事亦為最久，知之稍詳。其前後所歷困苦艱難之境，隱微曲折之情，與其夙昔志行之所在，有外人所不能盡知者，請為聖主敬陳之。

伏查咸豐初年，粵賊蔓延東南各省，分黨北竄，群寇和之，流毒幾徧海內。承平已久，民不知兵，綠營將士，既未得力，各省辦團練者，尤鮮成效。曾國藩以在籍侍郎，奉文宗顯皇帝特旨，出治鄉兵。於舉世風靡之餘，英謨獨奮，不主故常，雖無尺寸之權，毅然以滅賊自任，奏請仿前明戚繼光束伍成法，募勇訓練。旋駐衡州，創建舟師，凡槍礮刀錨之模式，帆檣槳櫓之位置，無不躬自演試，殫竭思力，不憚再三更製以極其精。初次出師，援岳州，援長沙，皆不利。世俗不察，交口譏議，甚者加意侵侮。當是時，勢力既不行於州縣，號令更難信於紳民。蓋不特籌饟籌防，事事掣肘已也。曾國藩忍辱負詬，堅定不搖，庀材訓士，奮兵復出，湘潭、岳州，連戰大捷，盡驅粵賊出湖南境，遂剋武漢、蘄黃，肅清湖北。咸豐四年秋冬之間，長驅千里，席捲無前，湘勇之旌旗，遂為海內生色。厥後各路之殺賊立功者，咸倚為重。以一縣之人，而征伐徧於十八行省；以捍衛鄉閭之舉，而終以底定四方，前古未嘗有也。湖北既清，遂率水陸諸軍，循江東下，駸駸乎有直擣金陵之勢。無如事機不順，進圍九江不剋，而督臣楊霈之師，潰於上游，賊復竄踞武漢。曾國藩以孤軍困於江西，其部下得力良將，皆遣回援湖北。金陵巨寇勾結楚粵諸賊，乘間飆至。曾國藩兵分餉絀，又無地方之任，事權掣肘，一如在湖南時。崎嶇數年，僅支危局。然其所規畫設施，非僅為屏障一方之計，丰采隱然動天下矣。咸豐七年，丁父憂回籍，三疏懇請終制。文宗顯皇帝鑒其孝思肫切，准令暫守禮廬。既復奉命視師，廓清江西，進圍安慶。旋以蘇常淪陷，授鉞東征，畀以兩江重任。當此之時，賊勢如飄風疾雨，蹂躪大江南北，幾無完土，蘇、皖兩省糜爛尤甚。曾國藩於無可籌措之時，多方布置，奏薦左宗棠襄辦軍務，募勇湖南；徵鮑超於皖北，調蔣益澧於廣西；定計不撤安慶之圍，自率所部萬人，馳入祁門。甫接皖防，而徽、甯復陷。諸路悍賊，麕集祁門左右，疊進環攻，幾有應接不暇之勢。曾國藩示以鎮靜，激勵諸軍，晝夜苦戰，相持數月之久。群賊望風授馘，喪膽宵遁。自是軍威大振，而時局遂有轉機矣。迨安慶告剋，沿江名城要隘，以次底定。而全浙復陷，吳越之民，接踵告急。曾國藩以賊勢浩大，定議分道進兵。其弟曾國荃統得勝之師，進薄金陵，攻守並施，鏖兵連歲。楊岳斌、彭玉麟專率水師，掃蕩江面。鮑超以霆軍東西馳擊。外此則左宗棠援浙之師為一路，臣鴻章援蘇之師為一路。其淮潁一帶，則有袁甲三、李續宜、多隆阿諸軍，分途並峙。將帥聯翩，羽書絡繹，曾國藩總持全局，會商機宜，折衷至當。數年內軍情變幻，奇險環生，風波疊起，其籌兵籌餉，議剿議防，憂勞情狀，殆難縷述。朝廷復虛衷延訪，凡天下大政及疆吏之能否，無不殷殷垂問。曾國藩知無不言，言無不盡。聖明鑒其忠悃，每有論奏，立見施行，用能庶政一新，捷音頻奏。議者以為戡定粵逆之功，惟曾國藩實倡於始，實總其成。其沈毅之氣，堅卓之力，深遠之謀，即求之往古名臣，亦所罕覯也。

方臣之初募淮勇也，曾國藩授臣以手訂水陸營制一編。臣披玩數四，覺其所定人數之多寡，薪糧之隆殺，皆參酌時勢，簡要精嚴，允為久遠不敝之規。又酌撥湘勇數營，俾獲觀摩練習。臣抵滬之後，擴充訓募，實以此軍為發軔之始。迨金陵既剋，累函囑臣勿撤淮勇，以備剿捻之用。同治四五年間，曾國藩剿捻齊、豫，雖未見速效，然長牆圈制之策，實已得其要領。臣得變通盡利以竟全功。其創始之勞，實不可沒。臣於七年七月，曾經附片奏明，初非推美之辭也。

致治之要，莫先察吏。曾國藩之在江南，治軍治吏，本自聯為一氣。自軍旅漸平，百務創舉。曾國藩集思廣益，手定章程，期可行之經久。勸農課桑，修文興教，振窮戢暴，獎廉去貪，不數年間，民氣大蘇，而宦場浮滑之習，亦為之一變。其在直隸未及兩年，如清積訟，減差徭，籌荒政，皆有實惠及民；前後舉劾屬吏兩疏，尤為眾情所翕服。其法於莅任之始，令省中司道將所屬各員酌加考語，開摺彙進，以備校覈。一面留心訪察，偶有所聞，即登之記簿。參伍錯綜而得其真，俟賢否昭然，具疏舉劾。闔省驚以為神，官民至今稱頌。曾國藩平生未嘗專講吏事，然其培養元氣，轉移積習，則專精吏治者所不逮也。兩淮鹺務，自兵燹以後，疲滯極矣。商本既虧，引岸漸廢，加以營弁把持，票法全壞。曾國藩自駐安慶，即將淮南北鹺綱次第整理，奏定新章。以運商運鹽到岸，弊在爭售，則立督銷總局以整輪規。場商收鹽入垣，弊在搶跌，則立瓜州總棧以保牌價。以商本宜輕，方利轉輸，則定緩釐以紓商力。以正課所入，絲毫為重，則定奏報以務稽查。計自同治三年春初，至九年冬杪，共收課銀至二千萬兩以外，釐錢至七百萬串以外。近來湘淮各軍餉項，及解京之項，實以鹽利為一大宗。而商民樂業，上下獲益，則其平日用意之公且溥，尤有在立法之外者矣。

自泰西各國通商以來，中外情形已大變於往古。曾國藩深知時勢之艱，審之又審，不肯孟浪將事。其大旨但務守定條約，示以誠信，使彼不能求逞於我，薄物細故，或所不校。曾國藩自謂不習洋務，前歲天津之事，論者於責望之餘，加以詆議。曾國藩亦深自引咎，不稍置辯。然其所持大綱，自不可易，居恒以隱患方長為慮，謂自强之道，貴於銖積寸累，一步不可蹈空，一語不可矜張。其講求之要有三：曰製器，曰學技，曰操兵。故於滬局之造輪船，方言館之繙譯洋學，未嘗不反覆致意。其他如操練輪船，演習洋隊，挑選幼童出洋肄業，無非求為自强張本。蓋其心兢兢於所謂綢繆未雨之謀，未嘗一日忘也。

臣於曾國藩忠勳之蹟，謹略舉其大端若此。至其始終不變，而持之有恒者，則惟曰以剋己為體，以進賢為用，二者足以盡之矣。大凡剋己之功未至，則本原不立，始為學術之差，繼為事業之累。其端甚微，其效立見。曾國藩自通籍後，服官侍從，即與故大學士倭仁，前侍郎吳廷棟，故太常寺卿唐鑑，故道員何桂珍，講求儒先之書，剖析義理，宗旨極為純正。其清修亮節，已震一時。平時制行甚嚴，而不事表襮於外，立心甚恕，而不務求備於人。故其道大而能容，通而不迂，無前人講學之流弊，繼乃不輕立說，專務躬行，進德尤猛。其在軍在官，勤以率下，則無間昕宵，儉以奉身，則不殊寒素，久為眾所共見。其素所自勖而勖人者，每遇一事，尤以畏難取巧為深戒，雖禍患在前，謗議在後，亦毅然赴之而不顧。與人共事，論功則推以讓人，任勞則引為己責。盛德所感，始而部曲化之，繼而同僚諒之，終則各省從而慕效之。所以轉移風氣者在此，所以宏濟艱難者亦在此。曾國藩秉性謙退，受寵若驚，從戎之始，即奏明丁憂期內，雖稍立功績，無論何項褒榮，概不敢受。迨服闋之後，戰功益著，寵命迭加。其弟曾國荃累以戰功晉秩，亦必具疏懇辭，至於再四。其深衷尤欲遠避權勢，隱防外重內輕之漸。故於節制四省、節制三省之命，辭之尤力，非矯飾也。臨事則懼大功之難成，終事則懼盛名之難副，故位望愈重，而益存欲然不足之思。前幾回任兩江，朝廷許以坐鎮。聞曾國藩仍力疾視事，不肯少休。臨歿之日，依舊接見屬僚，料檢公牘。其數十年來，逐日行事均有日記，二月初四日絕筆，猶殷殷焉以曠官為疚，戰兢臨履之意溢於言表。此其剋己之功，老而彌篤。雖古聖賢自强不息之學，亦無以過之也。

自昔多事之秋，無不以賢才之眾寡，判功效之廣狹。曾國藩知人之鑒，超軼古今，或邂逅於風塵之中，一見以為偉器，或物色於形迹之表，確然許為異材。平日持議，常謂：『天下至大，事變至殷，決非一手一足之所能維持。』故其振拔幽滯，宏獎人傑，尤屬不遺餘力。嘗聞江忠源未達時，以公車入都謁見，款語移時，曾國藩目送之曰：『此人必立名天下，然當以節烈稱。』後乃專疏保薦，以應求賢之詔。胡林翼以臬司統兵，隸曾國藩部下，即奏稱其才勝己十倍。二人皆不次擢用，卓著忠勤。曾國藩經營軍事，卒賴其助。其在籍辦團之始，若塔齊布、羅澤南、李續賓、李續宜、王鑫、楊岳斌、彭玉麐，或聘自諸生，或拔自隴畝，或招自營伍，均以至誠相與，俾獲各盡所長。内而幕僚，外而臺局，均極一時之選。其餘部下將士，或立功既久而浸至大顯，或以血戰成名，臨敵死綏者，尤未易以悉數。最後遣劉松山一軍入關，經曾國藩拔之列將之中，謂可獨當一面，卒能揚威秦隴，功勳卓然。曾國藩又謂：『人才以培養而出，器識以歷練而成。』故其取人，凡於兵事、餉事、吏事、文事有一長者，無不優加獎借，量材錄用。將吏來謁，無不立時接見，殷勤訓誨。或有難辨之事，難言之隱，鮮不博訪周知，代為籌畫。別後則馳書告誡，有師弟督課之風，有父兄期望之意。非常之士，與自好之徒，皆樂為之用。雖其桀驁貪詐，若李世忠、陳國瑞之流，苟有一節可用，必給以函牘，殷勤諷勉，獎其長而指其過，勸令痛改前非，不肯遽爾棄絕。此又其憐才之盛意，與造就之微權，相因而出者也。

竊嘗綜叙曾國藩之為人，其臨事謹慎，動應繩墨，而成敗利鈍有所不計，似漢臣諸葛亮。然遭遇盛時，建樹宏闊，則又過之。其發謀決策，應物度務，下筆千言，窮盡事理，似唐臣陸贄。然涉歷諸艱，親嘗甘苦，則又過之。其無學不窺，默究精要，而踐履篤實，始終一誠，似宋臣司馬光。然百戰勳勞，飽閱世變，則又過之。臣於曾國藩，師事近三十年，既確有聞見，固不敢阿好溢美，亦何忍令其苦心孤詣，湮沒不彰，反覆籌思，義難終嘿，謹撮叙大略，據實瀆陳，相應請旨飭付國史館，查照施行，以彰先帝知人之明，而示後世人臣之法。所有督臣忠勳卓越，始終盡瘁情形，恭摺由驛馳陳，伏乞皇太后、

皇上聖鑒，訓示。謹奏。

伯相初聞文正公之喪，亟欲具疏臚陳事蹟，請付史館。惟以相隔較遠，於近事未能周知，乃馳書金陵幕館，屬福成與錢子密京卿就近考覈，福成遂草此疏寄呈。輾轉稽延，倏逾兩月。時則署兩江總督何公，湖廣總督李公，安徽巡撫英公，皆已陸續具疏表章。朝廷恩禮優渥，至再至三。伯相以謂若再陳奏，近於煩瀆，因寢不上。然其後每與幕僚談及，頗惜當時未用此稿。又謂此等大文，其光氣終自不磨滅也。自識。

李眉生云：此篇翔實扼要，在吴楚兩疏之上。

楊利叔云：傳千古大人物，須有大學識，方能窺見其精微，須有大手筆，方能包舉其體用。是時吴楚兩疏，吴疏出李眉生廉訪之手，楚疏出李次青方伯之手，二李皆文正公門人，必能窺見底藴。然余讀此作，透切完密，始覺毫無遺憾。

代李伯相覆陳疊奉寄諭分別籌議疏己卯

奏為疊奉寄諭，分別籌議，恭摺密陳，仰祈聖鑒事。

竊臣欽奉光緒五年六月初七日上諭：都察院奏代遞貴州候補道羅應旒敬呈管見一摺，所陳整學校以新吏治，練兵民之武技以自强，精機汽之器械以利用，參西國之法例以謀遠，握朝野之利權以儲費，各條有無可采？著李鴻章、沈葆楨體察情形，悉心妥籌，具奏等因。又奉九月三十日密諭：翰林院侍讀王先謙條陳洋務事宜一摺，所奏審敵情、振士氣、籌經費、備船械各節，不無可采。著李鴻章、沈葆楨即將海防事宜，並該侍讀所陳備船械一條，切實籌議，先行具奏。王先謙所稱任將、擇使二事，亦為儲才起見。李鴻章等如有所知，著隨時密行陳奏，以備録用。此外各條是否可行？並著分別妥議，具奏等因。又奉十月二十四日密諭：丁日昌遵議覆奏各摺不無可采，現議整頓輪船水師，自非擇將帥、精器械不可。西人熟習輪船操練，應如何設法訪訂之處？著李鴻章、沈葆楨與出使各國大臣函商辦理。至學堂、練船、出洋諸舉，皆為豫儲將才之計，尤當擴充精選，以備異日之用。丁日昌片内所奏各節，除減額兵、停武科二事，均無庸議外，所稱擴充礦務、裁撤水師及凡非極要處所，祇須防以水雷，暫可停造礮臺，並裁汰腹地勇營。著李鴻章、沈葆楨妥議具奏。至所奏稍寬釐税，以杜洋票一節，於餉項有無裨益？著一併籌議，具奏等因，欽此。並先後鈔録原摺，給閲前來。仰見聖主虚衷聽納，博訪周諮，曷勝欽服！

臣於十月二十七日，業將海防購船選將各節，切實籌議，密摺覆陳。此與丁日昌之所謂擇將帥、清器械，王先謙之所謂振士氣、備船械，大致尚不甚歧異，現可無庸贅論。伏思近來時事多艱，朝廷深思遠慮，廣開言路，内外臣工，得以抒其蘊蓄，暢所欲言。嘉謨異策，原可輻湊並進，惟是言者之精粗深淺，既有不同，即所言甚當，或礙於成例，或阻於浮言，或絀於經費，或乏於人才，往往難見諸施行。而凡一事之利弊，又非確有見聞，難遽懸斷。其事之關涉他省者，尤非南北洋大臣權力所能及，耳目所能周。往返行查，迹近推宕。兹臣謹將確鑿可行者，籌定一二。其於事理稍疎，與格於時勢，暫宜緩行者，不復置議，以附實事求是之義。即如礦務一節，丁日昌、王先謙、羅應旒皆言之。今直隸之開平，湖北之當陽，安徽之貴池，臺灣之雞籠，均已試辦。冀有數處稍著成效，即可逐漸擴充。洋藥酌加釐稅，與機器製造，輪船招商各節，王先謙、羅應旒皆言之，除洋藥釐稅并徵，應由總理衙門與英使威妥瑪商辦外，其織造機器，已創辦於蘭州，輪船攬儎，已設局於津滬各埠，招商借款，目下辦法，原不出此。若辦理日有起色，商情自更踴躍，官本亦較易籌。要之此數端者，仰賴朝廷主持於上，臣等乃得審度機宜，妥為經營。既須臨事變通，尚難豫設成法，又望各省大吏意見相同，呼應無甚隔閡。各處輿情歷練既久，賢才因之奮興，則風氣漸開，富强之基可立矣。

至羅應旒之條議，如兼課西學以資實用，鼓勵巧工以新製造，獎勸巨商以握利權，均可節取而酌行之。將來遇有此等事件，應由臣等隨時請旨核辦。王先謙之條議，以日本吞併琉球，藐視中國，意在整軍經武，大張撻伐。譬彼强鄰，斯事關係較重，必深籌乎彼此進退之機宜，熟審乎本末輕重之分數。日本國小財匱，其勢原逐於泰西諸邦，惟該國近來取法西人，於練兵製器各務，刻意講求，頗有振興氣象。中國水師尚未齊備，餉需亦未充足，若彼不再肆鴟張，似仍以按約理論為穩著。但倭人性情桀驁，設令狡焉思逞，亦不可無以待之。中國自强之圖，誠難一日稍緩矣。他如墾辟荒田，嚴汰冗員，整頓釐權，皆各省應辦之政。擇使一事，亦係要務。俟有所知，隨時密陳以備錄用。丁日昌之條議，洞晰中外情勢，多閱歷有得之言，與空談無實者不同。所議購船及延西人教練一節，山東、浙江及閩粵各省，均須暫備蚊船。前奉旨飭臣代為經理，俟各該省籌款解到，或仍交赫德承辦，以資熟手。若購辦鐵甲船，經費果能湊齊，應函商出使大臣李鳳苞等設法訪購。其續延教練西人，亦請曾紀澤、李鳳苞等就近物色，必須專門名家，才能出眾，而又恪聽調度者，始敢決計延訂。赫德如有所知，苟係上品，亦可招用。但中西教法不同，上等人材，肯來中國者頗少，祇能懸其格，尚難遽得其人也。海口非極要處所，防以水雷，即可停造礮臺。既節糜費，又示敵以不測，固為合算。惟水雷事理頗奧，各省真能講求者頗少。釐稅宜稍崇寬大，以廣招徠。是在多選廉平之員，專司榷務，必於餉項有裨。至腹地勇營，及沿海紅單艇船之類，原可酌量裁撤。惟各省地勢遼闊，伏莽尚多，非有得力防營，不足以資控制。艇船弁兵額餉，較輪船勇餉為儉，間能捕盜於淺水之處，以輔輪船所不逮，恐亦未可盡裁。應請敕下各省督撫參酌時宜，認真淘汰。凡艇船之窳敗無用者，勇營之虛弱不得力者，量加裁撤。既昭覈實，又不至偏廢矣。

抑臣更有請者，邇來各國環伺，外侮交加，未雨綢繆，正在今日。閱丁日昌之議，令人憂危之意悚然而生。倘蒙聖主堅持定見，激勵人才，勿為浮議所搖，勿為常例所格；內外臣工，同心戮力，以圖自治自强之要。則敵國外患，未必非中國振興之資，是在一轉移間而已。所有疊奉寄諭，分別籌議緣由，恭摺由驛密陳，伏乞皇太后、皇上聖鑒、訓示。謹奏。

代李伯相籌議海防事宜疏 庚辰

奏為海防要圖，分別緩急，遵旨妥籌，恭摺密陳，仰祈聖鑒事。竊臣承准軍機大臣密寄十一月初二日奉上諭：梅啟照奏請整頓水師擬定各條，開單呈覽一摺，所稱請飭船政局及江南機器局，仿造鐵甲船，預籌購買外洋鐵甲船，及槍礮等件，推廣招商局船赴東西洋各國貿易，添設海運總督，設立外海水師提督，裁改海疆各種笨船，嚴防東洋，練習水戰，長江水師添撥中號輪船各節，係為自强起見，著李鴻章、劉坤一按照摺內所陳，悉心籌商，妥議具奏。原摺單著鈔給閱看等因，欽此。仰見聖主整飭海防，虛衷博訪至意，曷勝欽服！

從來禦外之道，必能戰而後能守，能守而後能和。無論用剛用柔，要當豫修武備，確有可以自立之基，然後以戰則勝，以守則固，以和則久。自泰西各國競起爭雄，陸兵以德國為最精，水師以英國為最盛，至其船堅礮利，則無論國之大小，莫不精益求精。蓋外洋以戰立國，分爭互峙，實有不能不尚武之勢。萃千萬人之心思才力，以治戰艦槍礮，遂月異而歲不同。日本雖蕞爾彈丸，近亦思學步西人，陵侮中國。夫以中國風氣較遲，地廣民眾，為各國所環伺。即使俄與日本暫弭釁端，而濱海萬餘里，必宜練得力水師，為建威銷萌之策。揆之事勢，固難再緩。梅啟照所謂購〔一〕求船礮，誠思患豫防，綢繆未雨之至計也。

查原奏單內第一、第二條，請令船政大臣及江南機器局仿造鐵甲船，從前閩滬輪船多係舊式，以之與西洋兵船角勝，尚難得力。閩廠後來所造揚武等數船，則漸漸合用矣。然欲仿造鐵甲船，尚恐機器未全，工匠未備，不若西洋購材製料，取攜較便，廠肆既多，可以任意選擇。惟是中國製造之法，宜漸擴充，果使所造行駛之速，鋒棱之利，不遜於洋廠，雖需費稍多，亦可免洋人之居奇，開華匠之風氣。擬請敕下船政大臣，詳查該廠仿造鐵甲究須添備機器若干？船長廣及喫水若干丈尺？鐵甲厚若干？仿照何項新式？每點鐘能行若干里？約須造價若干？詳細酌估具覆。如能合算，即以應購鐵甲之費附入該廠，剋期造辦。至滬局製造槍礮彈藥各項，工器太繁，經費支絀，已飭停造輪船。同治十三年，試造小鐵甲船，不能出海，礮位布置亦不合法。雖該局機器略備，而無精熟此道之員匠，於西洋新式隔閡尚多，似可緩議也。

第三條請俟俄事定妥，仍速購鐵甲船。臣前奏明南洋與臺灣購鐵甲船二號，北洋購鐵甲船二號，合共四號，斷難再少。現據李鳳苞電報，已在德國船廠訂造鋼面鐵甲一隻，彙集各國新式，核開價目，船礮兩宗，約需規平銀一百四十萬兩，而添購魚雷、電燈及回國運費，尚不在內。蓋既購利器，須擇其最新之式樣。李鳳苞親歷英、德各廠，再三悉心考校，始行定議，自必確有所見。惟臣初次請撥兩船之款，僅得福建六十萬兩，出使經費兩次借撥六十萬兩，部餉三十萬兩。本多短絀，今需價稍昂，計兩船不敷，已一百數十萬兩，至續請兩船所指淮南鹽捐及招商局官款，即使如數撥濟，尚短百萬，焦灼莫名。臣已函告李鳳苞，商令此後定船如能較前價稍減，或此間籌足款項，方可續訂。第已定之一只，除先匯英銀二十萬磅，合銀七十七萬五千餘兩外，將來分期續匯，只有儘借撥出使經費，及部餉三十萬，酌量匀湊。若續訂一隻，所短百萬以外，應請敕下總理衙門、戶部迅為籌撥的款，以濟要需。至南北洋經費，短解日多，臣於三月、六月間，兩次奏催，請比照京餉章程，預定延欠處分，經戶部議覆，奉旨俞允在案。惟尚無分別藩司、督撫明文，各省報解，仍不及八成之數。今梅啟照擬請將藩司照貽誤京餉例議處，督撫於藩司處分上減一等議處，實與前次部議相符，且邊防海防，無分軒輊。陝、甘既比例京餉，則海防豈可歧視！擬請旨敕下該衙門申明舊例，行知各省，自此次定章以後，倘再有拖欠遲逾，均即照例議處。惟原撥經費四百萬兩，除去福建、廣東截留之款，即使解足八成，合南北洋不過得二百萬餘兩，每處僅得百餘萬。目前添購後膛槍礮及水雷電線等項，需用繁巨，以後船隻到齊，歲費實苦不支。是欲購大宗船械，非隨時另籌不可，鐵甲船尤非另籌不可也。

第四條請推廣招商局船，赴東西洋各國。夫欲自强，必先裕餉；欲濬餉源，莫如振興商務。商船能往外洋，俾外洋損一分之利，即中國益一分之利。微臣創設招商局之初意，本是如此。近來該局和眾、美富兩船，已往舊金山、檀香山等埠，明春擬派海琛船運載兵弁赴英，驗收碰快船回華，均足為商船出洋之先導。然此事須逐漸擴充，非倉卒所能收效。至日本自設輪船公司，關税獨減，中國商輪前往，榷税加重，故局船因虧耗而停行。所請酌派豐順、保大試行東洋之處，應暫緩議。

第五條請添設海運總督。查運河為黃水梗阻，每歲止能運十萬石，而百萬石斷不能運，誠如梅啟照所言。然往時河運費多弊重，以有倉場，有漕督，上下各衙門，層層鈐制也。今海運百萬石，招商局與沙船甯船分運，毫無貽誤，經費較省，流弊尚少。若於煙臺添設總督，多一衙署即多一重胥吏丁役需索之繁，恐經費漸難撙節，弊端仍難淨除。如慮海上有事，固非空設一大員所能為力；如令其節制沿海水師，則既有南北洋大臣及各省督撫，又有添設外海水師提督，又設漕督，未免號令紛歧，事權不壹。應請無庸置議。

第六條請將海疆各種笨船一律裁改。臣於同治十一年五月、十三年十一月，兩次奏請將各省紅單、拖罟、艇船、舢板等項，分別裁併，抵養輪船。前福建撫臣丁日昌亦嘗奏稱裁併五十號艇船，可養給一號大兵輪船，裁併十號闊頭舢板，可養給一號根鉢輪船。臣於去年十一月，議覆丁日昌條陳摺內，奏稱艇船兵餉較儉，間能捕盜於淺水之處，以輔輪船所不逮，雖未可盡裁，請擇其窳敗無用者，量加裁撤。今梅啟照請將各種笨船，除多槳可以逆風者漸留少半，餘皆裁改。與臣等前議大致相同，意在騰出餉項，化無用為有用，實為救時要政。擬請敕下沿海各省督撫悉心酌度，力任怨謗，認真辦理。

第七條請嚴防東洋。查日本國小民貧，虛憍喜事。長崎距中國口岸，不過三四日程。揆諸遠交近攻之義，日本狡焉思逞，更甚於西洋諸國。今日所以謀創水師，不遺餘力者，大半為制馭日本起見。至朝鮮為東三省屏蔽，關係尤鉅。臣前勸其與西人立約，並導以練兵購器，無非望其轉弱為强。他日如該國有警，或須派兵應援，或別有救急之方，固當惟力是視也。

第八條請設立外海水師提督。從前丁日昌有設立北洋、中洋、南洋水師提督之議，與前督臣曾國藩所陳沿海七省、沿江三省歸併設防之說，大旨略同。北洋俟鐵甲二船購到，海上可自成一軍。擬請添設水師提督額缺，其體制應照長江水師提督之例，節制北洋沿海各鎮，按期巡洋會哨，以專責成。南洋船隻，亦尚未齊，或如梅啟照所議，暫將統領輪船之松江提督，改為蘇浙外海水師提督，節制蘇浙沿海各鎮。擬請敕下南洋大臣察酌情形，隨宜妥辦。惟閩、粵、臺灣，與松滬相去遼遠，勢難兼顧。且福建統領輪船之提督彭楚漢，與松江提督李朝斌，望均勢敵，難相統攝，似應與廣東聯為一氣耳。

第九條請令海疆提鎮練習水戰，大致即是設立外海水師之說。梅啟照謂水能兼陸，陸不能兼水，敵船可以到處窺伺，我挫則彼乘勢直前，彼敗則我望洋而歎，洵係確論。夫水師所以不能不設者，以其化呆著為活著也。今募陸勇萬人，歲餉約需百萬兩，然僅能專顧一路耳。

若北洋水師成軍，核計歲餉，亦不過百餘萬兩。如用以扼守旅順、煙臺海面較狹之處，島嶼深隱之間，出没不測，即不遽與敵船交仗，彼慮我斷其接濟，截其歸路，未必無徘徊瞻顧之心。是此項水師，果能以全力經營，將來可漸拓遠島為藩籬，化門戶為堂奧，北洋三省，皆在扞衛之中。其布勢之遠，奚啻十倍陸軍。即此以觀，而南洋之利用水師，亦可想見。然所以議之數年尚無成者，以無大宗經費購辦鐵甲船快船也。竊查定制，各省綠營兵數六十餘萬，歲餉約二千萬兩。邇者直隸、河南、兩江、閩、浙、湖北等省，皆加餉練兵，其餘歲發兵餉，自五六成至七八成不等。然自剿辦粤、捻、回各逆，專倚勇營。迨內地肅清，各省復不能不酌留防勇以資彈壓，而綠營則竟無可調用。其兵精則姑循守舊章，是多一倍餉額也。自海上防務興，而築礮臺，造戰艦，購槍礮，練海軍，厥費甚鉅。原所以代綠營、勇營之用，而綠營、勇營仍未少減，是又多一倍餉額也。中國財用本不甚裕，而有此三倍之餉額，所以愈形支絀。今海上如有水軍一枝，勝於陸勇數萬人；陸勇一支，勝於綠營數萬人。值此多事之秋，勇營分防要地，尚難裁減。如欲實事求是，整軍經武，惟有稍汰綠營，積存餉項，以為購造船械，創立海軍之經費。擬請敕下各疆臣，查明該省綠營兵現存實數，除加餉練兵省分及邊要各鎮或難驟減，其餘酌度形勢，通減二三成。汰減之法，凡老病死亡斥革之卒，皆空其額，不復挑補；沿海營兵，可挑入水師者亦如之。每歲疆吏核明所減兵數與所節餉數，咨報戶、兵二部。戶部即提出此款，撥歸南北洋，為籌辦海軍之用。如此數年後，或有成數可稽。夫今之議者，頗謂勇營亦有流弊，不如綠營經制之兵，若汰經制之綠營，而立經制之海軍，一轉移間，可收實用，且所減僅二三成，而又出之以漸，措辦尚無窒礙。裕餉强兵之道，舍此似無他術也。

第十條請長江水師添撥中號輪船。查前侍郎臣彭玉麟奏請添造十七八丈之中號輪船十隻，為江陰以下海防之用。奉旨敕下兩江、福建、廣東各省籌辦。果使款項應手，剋期趕造，則江防聲勢較盛。惟需費已近百萬，現在閩、滬、粤三廠，餉項皆形竭蹶，能否認定分辦，尚難懸揣。梅啟照擬撥長江提督輪船二隻，沿江五鎮，每鎮一隻，計共七隻，已稍減於彭玉麟所請之數。與其無款而中輟，不如少造而有成，似宜俟閩、粵各廠參酌會商，量力分造，必令仿兵船之式，而不必豫定船數，亦防務之一助也。

以上梅啟照所陳十條，或亟宜興辦，或暫可緩行，或稍俟變通。至梅啟照議創水師，注意於鐵甲船，所稱遴選武員有智謀而小心者，文員有膽略而耐勞者，為之統將，自係識時之論。或謂敵本用此，中國即有數號鐵甲，豈能制勝？不知西洋各國，去中國數萬里。其大鐵甲來者不過數號，其餘均係快船兵船之類。中國亦須逐漸添製，但得利器與之相敵，加以客主勞逸之勢，我自可操勝算。至日本地陋財匱，近雖倔强東海之中，其力量亦斷不能多購[一]真鐵甲也。所有梅啟照條陳各件，謹分別緩急，遵旨妥籌。恭摺由驛密陳，是否有當？伏乞皇太后、皇上聖鑒、訓示。謹奏。

【校】

〔一〕『購』，原作『講』，據石印本改。

卷二

中興敘略上戊辰

昔我文宗顯皇帝初嗣服，廷臣黼黻右文，訑逴遠略。各行省大府迨郡縣吏，曹於利弊，恪守文法，以就模式，不爽銖寸。泰極否生，兆於承平。時則群盜洪秀全等，反於粵西，恃桀騁狂，闞儗非常。疆臣致討，匝歲益横。天子乃簡元輔為經略大臣，授鉞南征。當是時，頒內府金給饋餉，無慮千萬；徵集綠邊諸宿將，滿、漢各營勁旅，暨東三省鐵騎隸麾下。兵眾饟饒，剪兇豎宜若反手。然而賊以死黨數千馳踞邊城，陸梁睢盱，忽伏忽突。瞯瑕蹈便，宵軍我軍，天不佑順，良將勁卒，損折過半。賊始收吾軍實，圍我桂林，迫我長沙，殘我武昌，徇我九江，鼓脅徒眾，舳艫蔽江東下，未浹月而金陵又告陷矣。自賊起孤寇，遭王師，一歲間飆馳行省六，轥名城數百。戕賊顯官，眾暴至數十百萬，民以大困。夫豈賊始謀及是哉？毋亦當事二三大臣，為謀不臧，釀激退避以至是也。賊既覆金陵，據為偽都。侵下旁郡邑，別遣賊數萬渡淮，北瞰中原，犯畿甸。一軍泝江西上，復收安慶、九江，再擾湖南北。由是海宇幾無完土。

適會今侯相曾公以侍郎居憂在里，奉詔哀義旅討賊。連戰皆大捷，收奪荊山以南失土，乘勝席捲而東，與賊相持江滸。朝廷亦命科爾沁忠親王討賊之北犯者，圍而殲諸山東境，賊燄少熄。然當此之時，賊猶控據長江，橫溢四出，覆城殺將無虛日。環寇之師且十萬，遞勝遞負，無寸尺功。相拒守閱八年之久，日以偷窳。賊因詭道擣我杭郡，俾我精銳南趨，乘間襲吾戎壘，師熸帥殉，列城崩潰，乘勢脅略，盡收吳浙膏腴地。孑黎孤城，喁喁北望，於是曾公始受東征之命。當是時，自皖江以西屬之灊、霍，北跨淮、淝，東並江入海，南踰浙水及括蒼，皆粵賊。劍閣以南訖於滇黔，土寇錯起如蝟。苗、回諸賊，嘯踞蠻洞。中原西自陝洛，南帶淮泗，北距河，東苞汶濟傅於海，撚寇跳踉其中，與粵賊相表裏。而西洋島族，乘釁騁變，更相與合從內嚮，震我京師。天子北幸於灤之陽，全局岌岌，天下震駴！

然而曾公以部卒萬人，渡江馳入祁門，塹濠扼險，且守且戰，群孽望風授馘，喪膽宵遁，遂收我皖南地，進拔安慶而建節焉。文宗顯皇帝崩，今天子即位，旋蹕京師。兩宮皇太后垂簾訓政，勤勤求治，靡有倦意。內誅僭豎，外僇戎帥之不職及跳奔者，乃益倚任曾公，授之相位，東南軍事，咸命節制。當是時，朝廷大事，及天下有大黜陟，必以諮曾公。曾公竭誠靡隱，算無遺策，爰薦李公帥吳，左公帥浙，分兵餽饟，授以節度。俾介弟中丞公躬統雄師，長驅東邁，連拔沿江堅城名關數十，旬月間收地千餘里，徑造金陵城下。賊震栗失措，連喙吳浙之賊，大舉奔援，死咋不能齮吾壘。李公、左公則以其間恢吳浙地。賊既喪吳浙，勢益孤，食益乏。曾公復自上游分遣水陸之師，數道並進，遂合金陵之圍。若攻不解，卒摧崇墉，梟元惡，分軍四出，蕩滅遺燼。自是南戒無事矣，乃悉移其甲兵財賦以北逐撚寇，盡殪其魁。中原綏謐，西洋之人亦且讋慄弭伏，不敢敗和議。俾我得以專力西征，則苗、回之平，可企足待也。夫以一二桀猾之徒，煽邪誘蒙，以干天常，傾天下全力未能勝，挫衄甚矣！及夫狂氛益張，外訌內憂，相挻而作，顧乃撫創殘之地，召未訓之士，鼓行前進，掃除數百萬狺狺之豺虎而滅其景跡。數年之間，區宇奠定如故，獨非人事邪！

傳曰：『得人者昌。』豈不信哉！因叙其大略如此。

中興叙略下 戊辰

粵孽肇釁，毒延寰區。毅卒武師，折北不救。守疆大吏，往往連城百數，聞變周章，卒以跳奔致寇；或乃與時進退，張虛級以誑取功賞。即有一二才傑之臣，躬與其間，大都挫抑壅閼，百無一施。甚者相牽率以抵於敗。幸而不敗，則亦困而後濟，僅以搘持一二，坐視寇之燎原而莫之遏以救吾民也。若是者何哉？承平既久，人即晏安，賢才日以衰息，當事者既莫之能倡，才稍稍出，而又莫之能用故也。

若夫鼓召儁雄，參會智能，以光輔中興之業，則惟今相國曾公實倡於始，實挈其成。公之初起，兵不滿萬，進與賊遻，丰采隱然動天下，而尤以知人名。當是時，朝廷用人及天下所屬望，皆以曾公一言為重。凡天下鷙異閎駿非常之才，雲合而景附。其所舉至建牙開府者，踵相接以起。若其訓兵積粟，雄峙上游，扶贊賢傑，布之海內，身處一州之任，而繫天下之重，則有中丞胡文忠公。迨夫胡公既没，東事方殷。是時循江長驅，收地千里，批亢抵巇，進薄僞都。鏖百萬之寇而無撓志，竟以滅賊而斡全局，則有威毅伯中丞曾公。又若運謀設奇，幽契鬼神，驅駕豪彥，盡其力能，用能累殿方州，迭蕆凶渠，以蕆曾公之緒，則有肅毅伯揆相李公。彼三公者，皆以不世出之姿，而曾公致之大用，始終相倚如左右手，功最高，用才亦最廣。若夫分當一面，犄角兇儔，戰攻並庸，水湧陸驤，或籌略冠時，或英鷙邁倫，芟夷廓清之功，亦前代所罕覯，則有若恪靖伯尚書左公。尚書總督陝甘楊公，兵部侍郎彭公，將軍多隆何忠勇公，一等子提督鮑公，至如忠誠奮發，累建奇勛，部曲精良，異材輩出，不幸齎志以没。而灝氣偉節，亦常與三光同明，則有若江忠烈公，塔齊布忠武公，羅忠節公，李忠武公，李勇毅公，王壯武公。此數公者，後先受曾公之知，或超自帷幕，或拔自行陣，或以講學之儒，一旦敦起，屬之軍旅，或自下僚推轂以進，未一二年而名位幾相並。用是戮力一心，更進迭起，以夷巨艱。康海內，其他建立稍微，而皆已大顯於時，及才宜大顯而先没者，又未易以一二數也。

夫古今盛衰之運，以才為升降久矣。今夫前聖良法，垂之數百年無弊，舉而行之者，不得其才，則亦為病民之政。發謀決策，戡定亂略，任之非才，則往往致敗。是故事須才而立，才大者必任群才以集事，則其所成有大者焉。才尤大者，又能得任才之才以集事，則其所成又有大者焉。累而上之，能舉天下之才會於一，乃可以平天下。夫天下曷嘗一日無才哉？上莫之倡，則雖中材以上，往往不能自奮，比槁項黧馘而人莫之知，幾且不能以自信，或遂漸於習俗，以自喪其才，於是乎才敝而天下與之俱敝。往者楚軍之剋安慶也，在今天子嗣服之初，八月之朔。是日也，五星聚張翼之間，占者以為楚地有賢才佐致治平之兆。迄今數中興文武之佐，其什七八皆楚才也。夫豈天之生才於楚獨厚哉？以有倡之者也！語曰：『一人善射，百夫決拾。』而況名世之興乎！

練兵己巳

練兵視將，練將視敵。駕駟馬，馳峻坂，控馭之無術，鮮不蹷者。雖有湛盧之劍，良工磨而淬之，然後百用而鈋不頓。治兵，猶御之御輿也，工之礪劍也。募萬人之軍而樹之將，供之財糗、芻稿、器仗無不具，期年而用之，或窳以敗，或整而弱，或以雄視天下，則將之才否固殊焉。故曰練兵視將。夫殺敵者，兵也；導其兵使殺敵者，將也。今夫敵有堅有脆，有鈍有銳，有椎有黠。其用武之地，則有山，有陸，有江，有海，有溪港，有阨塞。其技則有艦，有步，有騎，有火攻，有矛矢。其事則有近剿，有遠禦，有野而鬬，有城而守，有隧而攻。若此者術博事繁，因時異施，雖上智不能畢其巧。為將者非目擊而身嘗，固不能洞其機牙，而悉其情勢。將不閱敵之情勢，而使導其兵以殺敵之事，譬猶閉戶索圖，而指畫山川之形勢，雖或彷得崖略，然究其弊，不疏則舛。是故，敵不勁者將不練。何以知其然也？昔者唐有安史之難而後郭李興焉，宋有女真之難而後韓岳興焉，明有倭寇之難而後俞戚興焉。近世洪揚搆亂，毒被寰區，其始將才乏絕，有扶而樹之者，則江、塔、羅、李、楊、彭、多、鮑接跡興焉。夫此數賢者，豈專恃鶩異閎駿卓絕之才哉？蓋其身歷艱危，屢困益奮，焦神極能，磨以歲月，始各精其制敵之術耳。其敵益强，其績益茂，故曰練將視敵。

今天下營兵之不振，其有由矣。承平日久，或没齒不更戰事，為之將者，亦且酣嬉卒歲，拘文畏嫌，趨便養尊，蒐校不勤。甚者浚財自豐，營徇私圖，於是乎有衰窳綴名之卒，有傭僕詭寄之籍，有侵減虛懸之饟。其兵仰食縣官，視為當然，骫滑苟媮，飲博無藉。願者執業營生，曠怠厥事。臨操麕集，紛應期會。時則巧演虛藝以炫耳目，一遇徵調，膽寒氣沮。行則需車，役則需夫，繁索供張，官民交病。洎乎臨敵，名能折衝致果者，什不二三覯也。積習相沿，歷久益敝。其始也，因不戰而無才，無才而兵以不競；其末也，雖有賢才，亦束於勢而牽於習，雖欲振勵之無由。譬之水，源清而流漸濁，流遠不可復澂也；譬之廣厦，楹棟橈腐而垣頹陊，非撤而新之，不可復支也。故嘗試論之，近日天下有三耗，而養兵居其太半，三耗不去，則民不紓，國不富。

何謂三耗？曰：河工也，漕運也，養兵也。數十年來，耗天下正賦幾盡，而巨寇隨之以起。今河漕之弊，幸以河徙而大減也，天也。往者粤寇之殪也，撚黨之殲也，不用一兵之力，而練勇之績，百倍綠營。然而可以救時，未能經久，於是練勇以漸而撤，而綠營之制，裁者蓋寡。世之議者，知營兵之不足倚也。於是有倡練兵之謀者，其議以為綠營勢難驟振，而畿輔根本重地，不可無備。宜就諸營選材武者，優其廪餼，旬試月校，練為數軍，遠法古人選鋒之意，近仿明代十團營之制，宜若可以建威銷萌，靖内寇而禦外侮矣。然而五六年間，累作累輟，迄無成議。無他，病在拘守綠營之舊制也。綠營舊制，厥有數弊，曰令太繁，權太分，情太隔。且入練出征，一再相傭代，則所練非所用，所用非所練；練之，特文具耳，糜餉耳。一旦有變，何備之足恃！

然則今之練兵宜如何？曰：當無事而言練兵，蕲其驟能剋敵，不可必也；當極敝而言練兵，雖欲稍襲舊制，不可為也。為今之計，惟有用練勇之制，行練兵之政，減舊兵之籍，益新練之兵。蓋綜其術，有五杜、四裕、三戒，而終之以四效。

是故，慮其習於浮惰也，則招選欲慎，演閲欲勤，約束欲簡以嚴，此以杜浮惰之弊。慮其病於牽掣也，則一軍之權付統將，一營之權付營將，俾責專而各事事。此以杜牽掣之弊。慮其工於冒襲也，則慎覈其餉，而嚴課其技，重立禁約，責成哨隊長，違者併黜。此以杜冒襲之弊。客兵遠戍，服食語言弗諳也，惟其民亦外視而相疾，兵因民之見疾，斯不免鱎之以勢，而客主益相齟齬。今募北方土著之民，練以南方久征之將。夫募北人，則習其風土，而與民無迕。用南將，則歷更戰陣，而教練有法，雖其兵將不相習，然界以威柄，加意拊循，久必有效矣。此以杜兵民不和之弊。養兵萬人，分之則勢隔而情渙，聚則不可以久。今宜以省垣為軍府，凡用人布令選閲之期，咸於是集；無事則分路設防，不時調使巡哨以習其勞，分期踐更以均其役。蕲令脈絡貫通，可分可合，則緩急足倚。此以杜勢隔情渙之弊。

五弊既杜，則又有宜裕之者四。練兵雖以萬人為率，然不必一朝募也。得統將數人，始定軍數；得營將數人，始定營數；要以得人而止，且使將之才，有餘於兵之外，勿使兵之數，有餘於將之外。此任將而裕其力。方今州縣所舉有才之科，意必有廉明習事，忠樸耐勞者，似可量宜採擇，以備營哨官之用。異等者不次擢之，俾地無棄材，且以開北方之風氣。此求人而裕其材。綠營雖敝，勢難驟撤也。今就營兵，略選精者以入練。入練者，裁舊營之額；其未入練之兵，老死者空勿補，獲戾者黜勿補。營兵漸減，則移其餉以供練軍。此補苴而裕其餉。馳逐之長，莫如馬隊；遠攻之長，莫如火器。欲占時地之便利，則馬隊與火器，不可不加意選練，以待不時之用。此制寇而裕其具。夫是之謂四裕。

上之所不可不戒者三：戒部例之紛而撓軍政也，戒用人之拘而多宦習也，戒經費之絀而乏恒款也。

其練之而成也，則有四效。新軍既練，營兵可減。稍以此制推之他省，則窳壞之習以漸而變，一效也。馬賊梟匪土寇之起，即時調遣，鋤其穴根，二效也。洋人要求無已，實陰伺我强弱以為進退，畿輔有練軍，則隱若長城，洋人不敢肆為桀悖，三效也。昔之恒屈於洋人者，非以無備故邪。國誠無備，則凡事容忍，浸至骫法傷政，損威墮防，後雖悔無及矣。今以練兵鎮中外之人心，則當事者亦增氣自壯，而可以理折無厭之請，四效也。

凡此五杜、四裕、三戒，審之勿失，乃收四效，而練兵之能事畢矣！若夫樹功之博隘，臨事之變化，非可以豫言也。其權在將，將亦不能自主也，其機在敵。

曾文正公總督直隸時，余隨襄幕事，會有練軍之議，因作此篇。歲乙亥，余上治平六策，復申是說，部議頗韙之，下各行省酌辦。近十年來，各省加餉練兵者已居三之二，然課其實效，仍不如淮楚諸軍之得力。即篇中所謂，雖有賢才，亦束於勢而牽於習，雖欲振勵之無由也。而所籌加之公費，亦或少儉焉。當事者可以洞其微矣！自識。

治河 癸酉

自古治河無善法，河之經流，久而不能不變者，勢也。自禹疏九河，河自碣石入海，迄王莽時逾二千歲，河之變遷不一次，而大勢以北流為歸。自東漢王景導河由千乘入海，歷唐至宋九百餘年，河之變遷不一次，而大勢以東流為歸。自宋仁宗時，横隴商胡，頻年大決，東流北流，迭為開閉，朝議紛紜。訖北宋之世，東北分流，靡有定局。自金明昌之世，河始分入於淮。有明中葉，北流斷絕，而全河遂奪淮流。於是向之東北流者，改而南流矣。咸豐乙卯，河決銅瓦廂，全河去淮，由大清河入海，於是向之南流者復改而東流。綜計四千餘年之中，河流之大變，惟此數者為最甚。

今值大變未久，當事者不能不謀所以善其後。於是有議復淮河故道者，是欲挽之南流也；有議就大清河築隄者，是欲保其東流也；更有恐其北入畿甸，挾滹沱河為患者，是逆慮其北流也。事體既宏，興舉不易，且中外之論不合，而南北之見復歧，夫事之不易決也審矣。蓋嘗考之，中國之水，惟河最濁，沙淤既久，下流必先壅滯，河乃決其上流卑下之所，故黄河無千年不變之道。今宋歐陽修謂河水已棄之高地，決不可復，其理然也。今自淮河之雲梯關以東，康熙之世，諸鉅公所迭議疏濬而未能如志者，況其後受病益深，河道且淤為平陸，夷為田廬。今誠挽河使南，而河之故道，積沙久淤，且高於平地一二丈，必不能容受全河也。則其勢必將復決，決而北，則山東、河南，先被其災，是徒費財力而啟泛濫之禍也；決而南，則淮揚通海，先罹其禍，且駸駸乎有入江之勢，是混江、淮、河三瀆為一也，豈非宇宙一大變哉！且不觀南河未徙之時乎？曩者以全盛之際，專力河工，耗竭天下財賦，奚啻三之一。猶且聖主宵旰於上，勞臣奔走於下，僅得一日以安，未幾而險工又見告矣。今幸全河北徙，經費裁減什八九，顧猶必欲復之，何邪？噫！是必廳汛官弁之素酣豢於斯者也，否則狃於習見而不能統觀全局者也，否則貧員遊客之素仰給於斯者也。

議者又曰：今故道之不能容河，固已！則請以北隄為南隄，而復築隄於其北，可省隄工之半費。是又不然。蓋河隄之北皆平地也，今欲行河於平地之上，是猶築垣而居水也，亦已危矣。然則謂河之南流有害，而河之奪濟遂無害乎？曰：否。自河由張秋穿運而東，挾汶入海，而汶水不能濟運，則有阻運之患。大清河河身狹隘，全河貫注其中，遊盪靡定，頻年大溜，衝齧隄埝，決溢田疇，山東之民，告昏墊矣，則有病民之患。河之患先中於山東沿河州縣，及直隸之開州、長垣、東明，而其他如曹州之多水套，沮河侯家林、石莊戶之累告決溢，沙河、趙王河之淤為平地，皆河流遊盪所致。失今不治，誠不知其何所底止矣。

夫議復淮河之害既如彼，河奪濟流之害又如此，兩害不能兼去也。於是徇北人之見者，則欲驅河使南；徇南人之見者，則欲留河在北。是皆以鄰國為壑也，非公論也。夫兩害相形，取其輕者。今山東侯家林諸工，猶不如向者豫工豐工之鉅也。歲修搶修之費，猶不如向者南河廳汛之繁也。若謂河流遷徙靡常，十年之後，恐有大決，則今將挽之南流而大決立見。與其糜數千萬之鉅費，而自致決裂之大變，不如因氣運之自然，猶可以無悔也。為今之計，必不得已，則用大清河築隄之說乎。夫自銅瓦廂至利津海口，約千數百里，自銅瓦廂至雲梯關，亦千數百里，其地相等也。規復故河，需銀二三千萬，大清河築隄，亦需銀二三千萬，其費又相等也。以相等之地與費，而改其已然者其勢逆，因其自然者其勢順，順逆之分，明者必能辨之矣。是故，慮大清河之狹，不能容河也，則寬其隄以蓄之；慮山東之有棄地，耗正賦也，則以淮河涸出之地抵之；慮山東之物力，不能獨舉也，則以數省協助之，而況以濟之清，刷河之濁，前人已有主其說者，而其地又與漢之東流故道為近，儻治之有人，目前之患，或可少弭。若必求萬全之策，使無一地一民之被其害，則自古所未見也。所謂治河無善法也！

自河、淮交會七八百年，始有銅瓦廂之決。今自清江浦以下，直至雲梯關，淮水故道盡為河沙所淤。遙望儼如陵阜，高於平地者數丈，而淮瀆之故道亦亡。淮水半自洪澤、高寶等湖洩入運河，以達於江；半自運河洩入裏下河，分為十數支，由鹽城、興化一帶入海。今如挽河使南，其故道既不能受，勢必挾淮水由運河南入於江。

數百年後，江之下流，自金山、焦山以下，亦當淤爲平地。江、淮、河、濟四瀆盡亡，而中國必有洪水之患，雖神禹復生，不能治矣。所謂宇宙一大變也！今之議者，但見河之爲患於北，頗欲徙河使南，不知侯家林、賈莊等處決口工程，用帑不過數十萬兩，較之向者豫工豐工之費，其減省奚啻一二十倍，而汎濫之害，初非甚於曩時也。且昔年南河、東河歲修之費，開支七八百萬兩，盡以供大小人員之浮冒。自銅瓦厢決口以後，東河、南河所支歲費，約不過百萬兩左右。孰得孰失？明者自能辨之！乙亥七月識。

創開中國鐵路議戊寅

竊惟政莫先於利用，功莫大於因時。上古生民之初，山無蹊隧，澤無舟梁，百里之內，有隔閡不相通者。聖人者出，刳木爲舟，剡木爲楫，舟楫之利以濟不通，服牛乘馬，引重致遠以利天下。迄於今日，泰西諸國研精器數，創爲火輪舟車，環地球九萬里，無阻不通。蓋人心由拙而巧，器用由樸而精，風氣由分而合；天地之大勢，固如此也。方舟車之未創也，人各止其域，安其俗，至老死不相往來。若居中古以後，棄舟車而不用，是猶謀食而屏耒耜，禦寒而毀衣裳也，必凍且餒矣。今泰西諸國，競富爭强，其興勃焉，所恃者火輪舟車耳。輪舟之制，中國既仿而用之，有明效矣。

竊謂輪車之制不行，則中國終不能富且强也。考輪車之創於西洋也。康熙年間，英國北境以馬車運煤，始作木軌以約車輪，迨道光十年，造成鐵路，始以火輪車載客載貨。其法愈研愈精，獲利不貲。煤鐵價減四之三，因得肆力製造，擴充諸務，遂以雄長歐洲，既而推行於俄、法、德、奧、美諸大國。即如美邦新造，四十年前，尚無鐵路，今通計國中六通四達，爲路至二十一萬里。凡墾新城，闢荒地，無不設鐵路以導其先；迨戶口多而貿易盛，又必增鐵路以善其後。開國僅百年，日長炎炎，幾與英、俄相伯仲。蓋聞美之舊金山，乘輪車至紐約，爲程萬一千里，行期不過八日，是萬里而如數百里之期也；旅費不過洋銀百餘枚，是萬里而如千餘里之費也。是故中國而仿行鐵路，則遐者可邇，滯者可通，費者可省，散者可聚。請稍言其崖略：今天下大勢，江淮以南多水路，江淮以北多陸路。南方諸省，其地非盡饒沃，其民殷阜。此無他，以其支河別港，縱横貫注，而百貨得以流通也。北方諸省，其地非盡磽瘠，其民貧苦。此無他，以其沙多水淤，道里修阻，而百貨不能流通也。邇者歲入財賦，洋税千數百萬兩，釐金千數百萬兩。大約在南方者什九，在北方者什一。誠能於西北諸省多造鐵路，俾如江南之河渠，經緯相錯，則貧者可變為富。即東南諸省，得鐵路以通水道所不達，則富者可以益富。釐税之旺，必且數倍曩時。此便於商務者一也。

自有輪船以來，江浙漕糧，改行海運，而國與民兩便。然議者猶欲規復河運，以防海道之不測。與其擲重貲以復河運，不如招商股以開鐵路，鐵路既成，譬如人之一身，血脈貫通，則百病盡去。且昔日西征之師，轉運費逾千萬。今年晉、豫薦饑，山西米價騰踴，每石需銀至四十餘兩。設令有鐵路可運，由津至晉千餘里，核計西人運價，每石不過三兩左右。合之天津米價，亦不過六兩以外耳。今以轉運無路，而價昂輒逾七倍。是饑民之死於溝壑者，亦至七倍之多也，豈不哀哉！設令輪車盛行，則漕運也，賑糧也，軍餉也，皆不勞而理，不費而捷矣。此便於轉運者又一也。

曩者海氛不靖，動輒調兵遠省，經年累月，僅乃成行，籌糧籌費，拮據不遑。比其稍集，而彼又不知何往。所以未及交綏，情勢已為之大絀。何則？彼萃而攻，兵雖少而見有餘；我分而守，兵雖多而形不足。彼有輪船以資遄發，故一動而諸路受其警；我無輪車以利徵調，故悉鋭而一路尚難固也。昔普之攻法也，其初靜以待動，示不用兵。逮聞法將伐普，始以電報召諸將，不十日而數十萬之師，畢入法境，遂使法人不及措手。此鐵路之為用大也。誠令及時興造，一旦有事，雖雲、貴、甘肅之兵，半月可集。然則中國而有鐵路，即令每省養兵一萬，合十八行省計之，無異處處有十八萬之兵也。中國而無鐵路，即令每省養兵十萬，而汊港紛歧，防不勝防，仍猶尫者之不能起，跛者之不能行也。矧此制一行，中國雖裁防兵之太半，而聲勢聯絡，日見其强；他日即以裁兵之費，增營鐵路，復收鐵路之利以供國用，一舉而三善備焉。此便於調兵者又一也。

且今中國興舉之事不為不多，然皆必得鐵路以濟其窮者何也？凡遠水之區，洋貨不易入，而土貨不易出，今輪船所不達之處，可以輪車達之。出入之貨愈多，則輪船之懋遷益廣。此與輪船相表裏者也。煤鐵諸礦去水遠者，以輪車運送，斯成本輕而銷路暢，銷路暢而礦務益興，從此煤鐵大開，經營鐵路之費亦益省。此與礦務相表裏者也。輪車之馳，日千餘里。其行倍於驛站最速之馬，從此文書加捷。而民間寄信章程，用西法經理，俾與鐵路公司相附麗。其利甚溥，並可稍裁驛站，協濟鐵路之費。此與郵政相表裏者也。方今閩、滬諸廠，入款日絀，出款日增，無自然之利，而專待撥公帑，未有能持久者也。今宜令出洋學徒，研究鐵路利病。數年之後，各廠竟可自造。推行既廣，則製者修者，日至而不窮。議定章程，按給工價之外，津貼廠費若干，較之購自外洋，既省運費，又免緩急不時之虞。各廠得此挹注，亦可經久不廢。此又與機器諸廠相表裏者也。

夫開鐵路之便，如此其廣，否則不便如彼其多。是故，西洋諸國視建鐵路與城郭宮室等，近以區區之日本亦復銳意營造。然而中國獨瞠乎居後者，何也？則囿於見聞，而異議有以阻之也。議者皆曰：鐵路若開，恐引敵入室也，恐奪小民生計也，恐當路之衝，冢墓必遭遷徙，禾稼必被薰灼也。不知此皆揣摩影響而不審於事實者也。昔普之攻法也，陰遣死士先壞其國中鐵路，法人行師濡滯，終以是敗。若果足為敵用，普人何不留為入法之塗而必壞之乎？然則鐵路者，所以徵兵禦敵而不能為敵用者也。是故，當總路扼要之處，必駐營以守之，每段十里五里，設巡役以瞭之，所以防護之者至周且密。設有不測，則壞其一段而全路皆廢，祇一舉手之勞耳，惡能為敵用哉？且鐵路公司既設，於是有修路之工，有駕駛之人，有巡瞭之丁，有路旁短送之馬車，有上下貨物伺候旅客之夫役，計其月賦工糈，八口之家足以自贍。緣路則可增設旅店，其饒於財者，可以廣買股分，坐權子母。是皆擴民生計者也，乃謂為奪民生計，謬矣！若夫遷冢墓、薰禾稼之說，殆指洋人言之，然惟中國不為。故洋人惜良法之不行，欲代中國倡行之。中國先自舉動，則萬國公法固無干人自主之權者。且中國政務以順民心為本，其冢墓當道者，稍迂迴以避之。鐵路寬者不過盈丈，狹者數尺，兩旁稍營餘地，豈有薰灼之患！二者皆拘墟之臆說，其無足慮甚明。

由是言之，此事不為，則永無創闢之機。何也？成見終難遽融也。為之則必有振興之日，何也？習俗可以漸化也。往歲吳淞口之開路也，南方士大夫見慣不驚，漸有稱其便利者，是風氣亦在倡之而已。夫濫觴之水，可為江河；勾萌之達，可被山阿。西洋諸國，五十年前亦猶今日之中國。為今之計，宜有以稍倡其端，以新中國人之耳目。則數十百年後，不患不如今日之西洋也。且西洋鐵路雖長，其始或數十里，或數百里，皆由積累以成通衢。今宜擇繁盛密邇之區，試辦一二，俾民觀聽日洽，鼓舞於不自知。夫擲數百萬之帑項，以開千古非常之功。此庸人所驚，而聖人所必為也。民俗既變，然後招商承辦。官為掌其政令，定其稅額，恤其隱情，而輔其不逮。可以漸推漸廣，漸續漸遠。自京師而西，可為路以達太原，南可為路以達汴梁，東南可為路以達清江浦。由太原而西，可接而達於西安，於蘭州，於蜀、滇、黔。汴梁而南，可接而達於漢口，於長沙，於桂林。清江浦而南，可接而達於蘇、皖，於江西，於浙、閩、廣。由是再極於四周，錯綜交互，無遠弗屆。如是而不聯遐僻於呼吸，變貧弱為富强者，未之有也。而要其發軔之端，必自近地始。然斯事至繁且賾，其始行之有變通之法，有杜漸之宜，有推廣之功，一不慎則弊端立見。茲謹議其大指，而略具條目如左。

一、平地開路百里，合計買地填路，及一切工程物料，置備火車機器之費，約需銀四十萬兩。近聞開平礦務議開鐵路，而居民慮其不便。蓋以鐵路緜亘不斷，其兩旁雖築路拱，以留原有之直路，然民車農車，與夫牛驢耕具，勢不得越路而往來，則橫路不可不開也。當此造端之始，必以便民為本，他日擴充營建，乃不至有所阻撓。將欲便民，莫若用旱橋之一法，俾鐵路出橋上，而行人車馬皆出橋下。其布置之疏密，宜相度形勢，或十餘里，或數里而建一橋。因其故道，勿令隔絕，則民無怨言。雖因此多費數萬金，固勢所不能已也。開平礦政既有功效，則磁州、荊門、大冶諸礦，亦可仿行矣。

一、自大沽至天津，水路紆曲，逾二百里。若由陸路開徑道，不過百里。似宜籌經費，集商股，修一鐵路，與水道相輔並行。俾民聞見日多，數年之後，運載漸旺，他處必有聞風而起者，未始非為山覆簣之一助也。

一、中國士大夫不知鐵路為何物，驟聞是說，不免疑駭，及目見之，則此事本甚平常，無足驚異。從前吳淞口鐵路，若留至今日，則知其利者必漸多。今既先創造天津、大沽一路，則自吳淞至上海，自臨清至張秋，自清江浦至桃源之仲興集，自周家口至汴梁，自常山至玉山，自袁州之蘆溪至萍鄉，自江山越仙霞嶺至浦城，自南安越大庾嶺至南雄，皆可漸次經營，以便商旅，以利轉運，以裕稅課。統計成本，約皆在百萬兩內外。無論或招商股，或籌官款，皆易集事。商民既見慣不驚，或可漸推漸廣，以收日積月累之功。

一、外洋鐵路有雙單行之別，雙行者可以一往一來，單行者，或今日往而明日來，或半日往而半日來。雙行之路，占地寬不過一丈二尺。單行之路，占地七尺。此路雖在官道之中，既須填築加高，與官道判若兩塗。自於官道中車馬行人，無擁擠磕碰之患。其十字午貫之路，除建旱橋一法外，又有於兩旁設立柵門，瞭望火車將至，則閉柵以止行人，俟火車既過，然後啟柵。其法不如旱橋之盡善，而用費亦可稍簡。至造路之費，地價亦其大宗。如有田廬侵礙官道者，當不惜重價以償貧民。萬一墳墓、田廬，不願遷徙，自當設法繞避，勿稍勉强。必使官吏盡知此意，則紳民自無阻撓矣。

一、買地築路，議不得損民墳墓，侵民田廬，以順民心。然非常之原，黎民所懼，彼傍路之人，疑奪其生計，必出死力以相撓。近聞閩省創辦電線，恒被鄉民毀壞。然彼不過耗費工程而已，若鐵路受損，動關數十百人之性命，其勢尤危。今立法在何處開路，宜就地先招股分，不得則以商股充之。其闢路人工，路旁巡役，與夫搬卸貨物，伺應旅客，均先招用近地之人，不足則另募以補之，以為拓民生計之明證。夫土著之人，耳目易周，呼應易靈，且一人業此，足化十人，十人足化百人，推而至於無窮，則不費財而民心可大附。此要結於無形之術也。

一、洋人於中國鐵路，望之甚殷，或慮內地貿易繁盛，彼又將請添口岸。不知西洋諸國，本無內地開口岸之例，即日本鐵路漸興，不聞洋人之有他求。若因此而輟要務，是猶慮人借貸，而不自理其田產也。其究也，必將借貸於人而不可得。且今經營內地鐵路，洋貨得我之轉輸而銷路益暢，我得洋貨之附益而轉運益多，固屬一舉兩利。洋人有執照遊歷內地者，亦聽其附我輪車。總之守定約章，無瑕可蹈，彼斷不能為意外之請也。

一、鐵路創辦之始，似不能不購之外洋，又不能不僱用一二洋人，然宜亟令閩滬諸廠招募華匠，刻意研求，有知此中窾要，及能駕駛火車者，給厚糈以鼓舞之，庶數年之後，可以自造自修，不至授柄於人，亦不至一旦有事，猝然停廢。公司股分，宜仿輪船招商局之例，不得轉賣洋人，非惟豫防流弊也，保中國自主之權，當如此也。

一、火車大行之後，各州縣驛站漸次酌裁，其費可供鐵路之用。惟州縣辦公，頗有仰給驛站者，宜查明有驛州縣，向得餘費若干，由鐵路公司如數津貼，以為辦公之用。如是則官與商浹洽，公事不至掣肘矣。

一、外洋有鐵路新式，其窄不過一尺內外，地勢不必修平，下栽木樁為架，上置浮梁，梁上鋪鐵為轍，轍與輪相轄，兩旁復有平輪，夾木梁而行，以防傾側，用以運兵載糧，費省工速。其木架隨時可搭，不用可拆，如涉水之有浮橋，所以濟急一時也。近者普、法之戰，俄、土之戰，均用此路以運軍儲。蓋倉卒之秋，修治鐵路，非惟費多，亦且不暇，不若用窄路之為便。他日有不虞之事，仿而行之，亦事半功倍之道也。

與法蘭西立約通商保護越南議 壬午

竊觀法使寶海所議中國與法國應辦越南事宜三條，大旨不外分界、通商與保護越南。果能互崇信義，秉公立約，則法人有悔禍之意，越南有可存之機。從此釁端漸弭，邊疆漸固，而中國之經理外務，漸能制勝於無形。即異日朝鮮、琉球諸藩國，亦當隱蒙其益。此中國盛衰強弱之機括所由分也。然嘗考之以敵情，徵之以近事，復將寶使前後文函反復玩味，竊慮法人未必遽就範圍，尚將故作波折也。洋人之得步進步，即欲行此三條，而節目尚多可議也。約事之多歧，人言之可畏，稍不詳審，或致貽悔於將來也。夫事不籌之於豫，則設慮不周；思不集之於衆，則獲益不廣。福成因斯事關係全局，謹審其剛柔、緩急、進退、迎距之機宜，議其大略如左。

一、和戰二事，宜虛實相濟也。邇年以來，外侮環逼，議者或偏於主戰，或偏於主和，不知二者皆非也。夫壹意欲戰，則將使彼不能轉圜，兵連禍結，致成不了之局。且中國武備未精，未可為孤注之一擲也。壹意欲和，則彼窺見我之情實，益肆要求，無所底止，一國得志，而諸國效尤矣，中國將奚以自立邪？是故，為今之計，莫如以和為體，以作可戰之勢為用。昔者英人之救土耳其也，廣調戰艦，進泊黑海，仍隱勸土人與俄講解，故俄人有所顧忌，而其約易成。庚午天津之案，誤在未調重兵，不免於倉猝之間為法人所挾制。甲戌臺灣之役，雖有重兵，又誤在議和太速。近者東北邊調軍防俄，而伊犂改約，未受大損。朝鮮告變，雄師電邁，而倭人氣沮，受盟而退。此皆其明驗也。且所謂作可戰之勢者，即使事機所值，偶出於戰，亦必時時執願和之說。如是則敵不能歸曲於我，而轉圜亦易。夫法人之破東京也，瞰其無備，突啟波瀾，無理極矣，乃轉歸咎於河內總督之藐視，自稱並無侵佔土地之意，時以交還東京，補立和約為言。戰國時蘇代之論秦王曰：必令其言如循環，用兵如刺蜚。夫殘破人之國都，而猶厚貌甘言，自云並無惡意，可謂言如循環矣。恃強陵弱，不崇朝而取東京，可謂用兵如刺蜚矣。中國亦宜稍襲其意，惟知雖戰而無礙於和，則其究亦並不至乎戰。此和戰二事，虛實相濟之妙訣也。

一、法國上下之謀議，不可不審明也。法在歐洲，習於戰鬥，素稱强國。自改為民政，而其國人始有息肩之意。且畏德人戰勝之威，割其腴壤，償以鉅費。法之君臣，痛心疾首，未嘗不思蓄鋭觀變，以全力求逞於德也。今瞷越南之貧且弱，欲稍稍蠶食其地，如英之據印度，俄之滅波蘭。然法之所畏莫如德，德與法同壤，而國勢日强，不啻臥虎伺榻。俄奥諸國，又法之世仇，而德之與國也，英人每以滇境通商，忌法人之佔先著，法人豈不知之？法之牽制既多，竊料彼國經營越南，僅用財力兵力十分之一，計猶為之，若必老師糜餉而多後患，則彼必長慮卻顧，有所不為矣。何則？彼非畏中國也，畏歐洲諸國之議其後也。今法聞中國發兵之信，攘臂而起者，固非無人，然究其歸宿，必係願和者多，願戰者少。觀其外部接寶使電信，即飭西貢巡撫勿得生事，其情可見。竊嘗以管見度之，其言戰言和，紛紜無定者，法之上下議院也。經畫邊務，兼顧大局，適可而止者，法之朝廷也。不憚啟釁，欲以拓土為功者，法之西貢巡撫也。至其使臣寶海，奉厥朝廷之意，原以排難解紛為職，然彼亦量中國之情勢以為進退，苟騁其口舌，先得便利，未嘗不見可而進，冀著其為使之功。審此數端，而越南之事乃可措手矣。即與寶使議辦越事，尤不可不善為駕馭矣。

一、滇粵各軍不能驟撤也。自法人侵擾越南，中國分道出師以示聲援，未嘗明言拒法，而越南君臣以壯其氣，不致驟立受虧之約。劉永福等以堅其守，不肯遽為退避之謀，即法人亦以兵少勢孤，有所顧忌。此誠綏邊字小之要著也。迨兩國之軍日益相逼，恐肇釁端。姑因寶使之言，酌許退軍，以便兩國派員會議。乘風轉帆之妙，誠莫亟於此。乃寶使照會稱中國已飭官兵退紮，足令法國派出驅逐黃黑旗黨巡軍，無有阻難，是我退而彼反求進。情殊叵測，且與前言不符，誠有如總理衙門所慮者。即使寶使並無此心，或因譯漢文義稍有訛舛，然中國救越之得勁也以出師，則其鬆勁也必以退師。若竟如寶使照會所稱退回本境，法人見中國退兵之速也，彼之議院，必因此窺我之怯餒而謀濟師；彼之西貢巡撫，必益以覷越之虛弱而謀佔踞，勢必進攻劉永福等，以規北圻諸省，不必寶使先有此情也。倘法人乘機思逞，即寶使亦力不能禁也。彼時執前議以責寶使，彼將置之不理。若我兵因法人爽約，既退復進，恐必激成釁端，轉非弭事之道。福成愚以為此時粵軍分布富良江以北，與法軍尚隔一江，不必撤退，或令其最近東京之一路，酌量移營，滇軍前敵在興化以東者，宜密飭酌度形勢，退舍數十里，已足表和好之誼。若寶使以未退回本境藉口，宜答以兩國相交，未聞有施無報，中國既退紮以示先施，法軍亦宜退出東京以昭睦誼。如此乃足間執其口，而折其無厭之求。即至會議之時，兵備尤不可稍懈，庶聲威振而和局可成矣。

一、立約分界保護，最宜詳審也。越南全境近三十省，順化都城在富春省，富春以北，以廣治省廣平道為左圻，其河靜、乂安、甯平、清化、南定、興安、河內、海陽、北甯、廣安、諒山、太原、高平、山西、興化、宣光十六省為北圻，富春以南，以廣南省廣義道為右圻，而南圻九首中，有嘉定、邊和、定祥、永隆、安江、河僊六省，已為法人所踞，設西貢巡撫治之。惟廣和、富安、平順三省尚屬越南，是南圻所存不過三分之一。惟北圻境壤緜廣，而十餘年來，中國疊次出師，為越南剿平劇寇，如吳亞終、黄崇英、李揚才、陸之平等，悉就擒滅。富良江以北之山西、太原、諒山、高平、北甯、宣光、海陽等省，皆中國所戡定之地，且其土產較瘠，非法人所垂涎。其素稱膏腴，為彼所注意者，蓋在越都左右圻及南圻所餘之地。又以經營富良江商路，則北圻迤南之地，亦難盡讓歸我。此法人之隱情也。竇使照會稱法國願設法自海口以達滇境，通一河路以裨商務，又稱兩國在紅江中間之地，劃定界限，北歸中國巡查保護，南歸法國巡查保護，併互相立約，將越南之北圻現有全境永遠保全。夫僅曰保全北圻，則北圻以外，如順化都城，即非所保矣。萬一此約既定，彼即進取越都，我將不能過問。且紅江即富良江也，富良江以北之地，不及北圻之半，是中國所巡護，僅有越地五分之一，未昭平允。況彼既認保勝為中國所開之口岸，保勝在富良江以南，則其中又多轇轕，似宜如總理衙門所議，北圻歸中國保護，南圻歸法國保護，以與之磋磨。雖明知彼必不允，然進求乎上，僅得其次，將來或能辦到富良江以北北圻之地，歸中國巡查保護。越南現有南圻全境，歸法國巡查保護。富良江以南北圻之地，與其都城左右圻之地，仍令越南自為經理。由兩國遣使，常駐越都，設法保護。其富良江上下游，俾越南認為法人通商之路，如中國長江通商之例。至其設官分治，設關收税，均由越南自主。如此則措注允協，可無南顧之憂矣。

一、法人如不認越南為中國屬邦，我亦宜勿認法越之舊約也。法越兩國甲戌年所立和約，聲明越南操自主之權，並不服屬他國。是法人早伏狡謀，欲使中國不得與聞其事，而越人自墮其術中矣。又稱越南之平定、海陽兩省，溯上洱河，可達滇境，是其蓄意開通商路已非一日。然越南之朝貢中國，乃中外所共知。彼既不認為我之屬邦，我亦宜勿認其前約。況雲南為中國之地，則通商允不允之權在我。苟能握其要領，善為操縱，彼自須就我範圍也。

一、法人宜以東京交還越南，以符原議也。法人之初下東京也，曾行文越南，謂河内總督不以禮相待，致有攻戰，然實非利其土也，請越南王派員赴河内妥議，以便交還城池。又稱欲補立條約，即許退出東京，並將所取庫銀及海防關税銀三十七箱交還越南，仍許越官依舊收税。寶使亦迭次切實言明，彼國並無佔併東京北圻土地之意。是法人之踞河内，初意本在要盟。今保勝通商，既如所請，則交還城池與帑項，亦必議定日期。東京既須交還，則彼設局巡查北圻之説，似宜駁罷。何則？既稱巡查，則必駐兵，駐兵則越南不能自立，富良江以南之地，恐終難保全也。

一、滇境通商為英人所忌，宜令法人知之也。英人於煙臺條約早有通商雲南之議，衹以緬甸陸路多阻，迄今無成。乃法人捷足先登，開通江路，則緬甸通滇之路更難。英人有慮其事者，見於本年七月新聞紙，謂嗣後法與緬鄰，倘英緬失歡，則法人必濟緬以軍火，緬與法將立保護之約，將來法必全滅越南，而以緬為外府，大非英人之利等語。是英人慮之熟而忌之深矣。春間越南侍郎陳叔訒託招商局代稟，有欲以重賂求救英德諸國之説。厥後越南王咨兩廣總督，求給憑照，往聘英德諸國，不可謂謀之不臧。中國固宜玉成其事，隱示扶持，雖英德未必遽能助越，究竟有益無損，且易動法人顧慮之心。此亦辯論時隱讋法人之一助也。

一、處置劉永福，須妥為斟酌也。永福本黑旗黨之渠魁，始為流寇，繼受越南提督之職，扼守山西、保勝一路，榷商税以供軍餉。故法人必欲驅之，以通保勝商路。然永福素恃此為餉源，誓死不肯退讓。又前嘗敗法師，北圻之民與黄黑旗黨之嘯聚者，頗恃之以為固。法之兵輪，累次駛向山西，不戰而退，似稍憚永福威名者。寶使初次照會謂：中國應設法使商貨暢行，如驅除盜賊，撤去保勝境上關卡之類。其後照會總理衙門，則稱中國兵退紮，足令法軍驅除黃黑旗黨，無有阻難。此皆指劉永福而言。然使中國竟代法人驅剿永福，非惟清議所不與，且為中外所竊笑，固萬無此理。若竟聽法人進攻永福，則彼兵威既盛，或因此盡併北圻，中國將何以禦之？今欲籌善處之方，保勝既作為中國許法人通商之口岸，而永福嘗詣粵軍求救，願為前鋒，似莫如由中國授以一官，編其部眾為一二營，於富良江北擇地安插。其軍餉許由中國給發，日後即在保勝關稅開支，諒永福不敢不遵。法人既得通商之利，又聞永福為我用，斯足稍戢其狡謀矣。

一、通商章程，宜詳議慎覈也。法人知中國地產之厚，考求商路。殆閱十年，其著議謂開通紅江商路，則川、黔、西藏之貨可由水道直達東京，各商咸願捆載而來，數年後進出口貨物當增至數萬萬法郎。故其經營不遺餘力。彼既蓄意日久，我自難於阻遏，且就大計論之，亦可不必終阻。何也？使法人謀開此路，而中國初未覺察，則法人獨享其利，而中國將受其害； 今由兩國會議通商，原期兩國共分其利，果能使滇、蜀土貨暢銷，邊民日臻富庶，則中國之獲益尤厚。倘將來保勝一關，每歲進出口貨價各有一千萬兩，是歲得洋稅百餘萬也。惟此為邊地通商之始，與江海各口情形不同。從前各口通商所議條約，大半由逼迫而成，中國受虧過鉅。此次兩國本無交涉，中國因越事慨允商務，似不能援照江海各口章程，必當明示限制，仿今歲朝鮮與美國立約之意，議一最公允之規條，以昭友誼，或酌增稅項，或漸收政權。如此則他口續立之約，可援例議辦； 已立之約，可隱為挽回。其有裨於全局，豈淺鮮哉！

一、越南既歸兩國保護，則兩國所辦之事均應一律也。分界通商之議既定，法廷必仍遣使駐越，與聞國政，名為保護。彼時中國若意存省事，憚於遣使，則越南之事，中國仍不得與聞，將獨任法使以把持，啟其挾制侵佔之漸，是以越南委之於法也。西洋於半主之國，無不遣使駐紮，況約章既定，無復重要事件，他日兩使駐越，原不過遇事會議，照約辦理而已。然既欲保全越南，則循例之舉，實不可闕。或謂朝鮮、越南，同為屬邦，朝鮮既不遣使，越南豈能獨異？不知朝鮮之不遣使，因其為我屬邦，而與西洋諸國平行也，慮體制之難壹也。越南之不能不遣使，因兩國既有保護之名，則兩使必有會商之務也，恐措施之不壹也。隨機應付，各有所宜，難一概而論耳。

一、富良江以北各省，宜駐兵巡防也。中國所以力護越南者，欲固我滇、粵邊圉也。而富良江以北各省，又滇、粵切近之藩籬也。越南不靖，則北圻不安；北圻不安，則滇、粵亦不安。今欲保全越南，如能跨富良江南北而守之，固屬甚善，即勢有不能，則江北各省，宜駐防軍也必矣。蓋法人既有巡查越南之說，則其軍必不能盡撤，而我一旦撤師，示以未遑遠略，又將啟彼狡謀。且邇來粵軍頻歲出關，驅剿叛寇。即遇班師入塞，亦常分布要害，以顧邊防。其餉項仍不能稍減，古人所謂事不可息，則住與行，勞費相等也。今令滇、粵各軍分駐越境，計不過於額餉之外多加運費，而緣邊有拱衛之師，屬國壯輔翼之勢，防軍以巡練而少懈弛，强敵覘舉動而憚聲威，其為利也多矣！且法人以江北數省乃中國所戡定，故其意甘讓而不爭。萬一越南日就衰弱，終至為法所滅，則中國分此一隅，亦差免為各國所輕視。此乃將來最後之一著，而今則未可明言也。惟各軍暴露已久，宜以休軍為名，入屯各省城中，越人方恃我為捍蔽，必無異辭。斯邊陲收坐鎮之功，將士免久役之苦矣。

以上各端，或理論於事前，或籌措於事後，雖法人未必遽能盡允，然福成以為頗有把握者，以法人所深願者在通商，所不願者在開釁也。今脅之以所不願，餌之以所深願，堅持前說，不稍遷就，則管見所擬似有八九可成。夫寶使原議三條，大旨固在撮合兩國之好。然窺其意，實尚無定衡。我苟力與相持，則所得或稍溢於三條之外；我不力與相持，則所得或尚歉於三條之內。寶使之所設辭推諉者，不曰本國議院不允，即曰西貢巡撫不允。今中國亦宜如其法以相抵制。其有關於兵事者，可託滇、粵兩督以拒之；其有關於界務者，可託越南及劉永福等以拒之；其餘一切不可允之事，更可託中外清議以拒之。拒之有辭，而彼乃知所允之非易得矣。夫得失既巨，周折必多。果能貫以全神，始終不懈，俾斯事持平議結，則東西洋各國知中國漸習外務，不敢肆其侵侮。從此力加整頓，益圖富强，中外交涉之事，庶有豸乎！

援越南議上 癸未

今越南之事急矣！法蘭西之皺張矣！越亡則法必進齕滇疆，侵我廠利，索我商埠，不與則以兵威相劫，與之則得步進步，靡所底止。雖智者將何以禦之！且法一二邪黨，蔑視中國，顯違輿論。謀併越南，迨知中國不能不爭，乃遣公使脫理古逞其狡悍，欲以危言脅我；既不為動，復以巧言餂我，必欲使我不與聞越事而後已。萬一墮其術中，閉關守境，棄越不援，則彼益知中國可侮，他日必轉誣中國以隱助越人，來致詰問，然後借端進規滇境之利。否則責令我兵助剿劉永福，以明其並不助越。是何如昌言越為中國屬邦，不能强中國以不問，堅辭博辯，與之相持，使彼終無辭以難我。法廷知中國不為所撓，則邪黨之言不售，而其氣已奪，彼上下議院必仍申前論，排去邪黨，休兵省費，而與中國講解，是越南尚可恃中國以存也。

且今日中國之援越，非徑與法失和之謂也。今之局勢，與古稍異。自泰西各邦分峙以來，凡兩國相爭，即有決裂之心，決裂之備，無明告人以決裂之說者，必故和其辭，斂其形，以懈敵怒而蓄厚勢。將來若請鄰國評斷，既非釁自我開，必謂我直彼曲。即如法人之侵越也，突破東京，復蹶南定，其用兵之猋鋭，可謂不留餘地。然其為辭，不過曰欲令越南遵行舊約，欲輔越王整理國政，欲開通滇越商路，俾各國與中國皆獲其益。其言固甚甘也。法之於越，尚且如此，而況中國之於法乎！中國雖不委越於法，然中外文告不必有與法失和之辭，則彼國紳民益不願啟釁以妨商務，以負不韙之名，以蹈舍近圖遠之失。而中國乃得徐為布置，拯越南之急而無後患。何則？中國之援越，非好勤遠略也，非博字小之虛名也，非謂越南服事中國永無侵叛也。中國之謀，在自固滇粤邊圉耳，在杜法人無厭之求而與議定一範圍耳，在使東西洋各國不輕中國，庶朝鮮諸邦得稍自立，琉球諸案得以復理耳。

為今之計，宜徧告友邦，兼告法國：以越屬中國數千百年，揆諸公法，斷難置之不理。廣選良將、能臣、謀士，徧布滇粵三省，俾滇粵增募勁旅，分戍北圻，而仍變其名曰防邊，曰彈壓土寇，曰助越南經理北圻。夫其辭順，則彼無所藉口也。由滇粵募師，則勢不張皇也。用緣邊之人為士卒，則瘴癘非所畏也。宜布告中外官民，謂法與中國和好有年，雖近因越事，稍有嫌疑，然中國斷無與法失和之心，法之商民在各口者，允宜加意保護，格外優待，以昭睦誼。夫優待保護，本在條約，是不過款以虛言也。法議院之主議者惟商民，而大事之定計在議院，是厚結其商民之心，即隱掣其政府之肘也。宜介英俄請越於法，啗英、俄、德諸國以紅江通商之利，先導越南與諸國立約，密濟劉永福以餉械，俾得盡力抗法。夫英俄勸法，法雖不允，然英俄怒法之頑，所以益我之援也。先許諸國紅江通商，則法無所挾以歆動各國，所以孤法之黨也。扶助劉永福使捍越邊，所以樹法之敵也。

數策並施，相機利導，倘能酌中定議，或仍如寶海分界之說，而稍加變通，或以越南為兩屬之國，由中法立約保護，要使彼此形勢相均，權利無失。從此滇粵邊圉可固，而法人可窒其無厭之求，朝鮮諸國可以自立，琉球諸案可以復理，大局轉移，在此一舉！竊願廟堂之上，堅持定謀，始終不搖，通中外之隔閡，衷群說於一是，剛柔互濟，策力兼用，提倡風氣，賢才益興，定傾濟變，決於須臾矣。

援越南議中 癸未

或問兩國有事，先論强弱。以法戰艦之衆，士卒之練，火器之精，迥非中國所能敵。且法人謀取越南，處心積慮，已十餘年。今中國以兵援越，無乃挑强敵之釁乎？謹應之曰：自古勝負之機，曰理，曰情，曰勢。越為中國屬邦，朝貢之例，載在會典。中國累次出師保護越南，剿平黃崇英、李揚才、陸之平等，地球諸國皆知之。去冬寶海奉其國命，備文申明法國無侵佔北圻土地之意，亦無貶削越王治權之謀，迨外部易人，忽爾中變，是揆之常理而法當自恧也。法之紳商廣布新聞紙，謂外部不宜倡議襲取東京。各官聯名具稟，謂民情不願開釁。

其外部至稱病不出，其議院不肯多籌兵餉，謂北圻可攻則攻，否則決計調停。各處電信及各口新聞紙，皆言之鑿鑿。是核以輿情而法已自餒也。法國地居四戰，船礮兵額雖多，分防英、奧、俄、德諸國，其能遠調者不過十之一二。然涉重洋四五萬里，運兵之費，一可當十。況越境重山疊嶂，如離紅江稍遠，彼即不能逞志。是衡以大勢而法將自絀也。

夫理、情、勢三者不順，法人早自知之，故並無與中國失和之意。近聞中國勢將決裂，乃調兵船東來以備不虞，但無事時鐵艦遊歷亦所常有，即法使脱理古素善恫喝，近亦不復挾動兵之説，若我因兵船稍形疑懼，彼轉將肆其恫喝矣。今當漠焉與之相忘，固可保無事也。然中國猶懼其有失也，是故因法之兵船麕集越南口外，將擊阻我軍與運軍火赴越者，則令滇、粵由陸路濟師以避之。因法軍堅守東京、南定，未可助越進攻以授彼口實也，則令我軍遙作聲威，深溝高壘以待之，猶懼法人欲罷不能也。是故，與之辯論以開其悟，示之形勢以伐其謀，請各國之公評以止其私，執通商之利柄以啗其志。法人或恥敗軍殞將，則越人早致書西貢巡撫，卑禮遜辭以謝之。猶不能已，或令越人稍出李維業卹款以餌之。法人或戀東京、南定，則彼早行文越南，謂並非利其土地，即當交還城池，宜令越人執原議以索之。又不可得，或姑許紅江開礦以易之。若既如是委曲求全，而法人猶來尋釁，是在我固可以無悔，何也？以我無啟釁之道也，以法人恃強不戢，我即盡捐越南以畀之，猶將啟釁於我也，以彼得越南，其勢益張，不如及今圖之，猶得理、情、勢三者之順也。

為今之計，宜速籌大宗的餉二百餘萬兩。如各省關撥解不能足數，可稍發戶部四成洋稅存款，與出使經費以附益之。分撥廣東、廣西、雲南三省，並稍備接濟劉永福餉械之用。俾廣東速整水師，調集兵輪，布紮廉瓊海口，操巡粵越洋面。廣西並舊軍募足萬五六千人，據守太原、高平、諒山、宣光、北甯等省，均宜入駐省城，而北甯之軍尤須厚集其勢。雲南並舊軍募足萬人，扼守保勝之大灘，仍分兵赴山西興化，擇險紮營，與黃佐炎、劉永福兩軍相犄角，務使越人氣壯力完，不遽折而入於法，則法人勢難持久，當無不就我範圍者。前者粵軍自北甯退紮安勇，安勇乃北甯屬縣，距北甯三十餘里，其意蓋恐法兵來攻。如拒戰則釁端即啟，退讓則失地損威，故稍居僻邑以便進止。不知北甯為紅江以北數省障蔽，糧貨所萃，粵軍在關外者，購糧皆在北甯，北甯失則糧路斷，我軍祇可全退入關矣。如法人窺我怯弱，但遣鋭師數百襲取北甯，則我現駐安勇之師亦斷不能不退，且將舉關外數省棄之，何如先據北甯，示以堅守之形！法人與劉永福等戰事方殷，若我不與挑戰，斷不肯來攻我軍，致益一敵。今宜於北甯城外掘斷來路，多埋地雷，營牆內外，多挖地道，以避大礟之轟擊。法人雖來不足為患，且法聞我守具既嚴，斷不驟窺北甯。北甯固，則諒山、太原、高平數省皆固矣。至於山西、興化，逼近江邊，兵輪可直抵城下。法人素畏黑旗兵，累次不戰而退。如以兩城委之劉永福，當可堅守。無如永福兵數不多，近聞滇軍出關者僅七百餘人，勢孤力弱，宜令大隊陸續速進，專固劉永福後路，俾永福得悉其精鋭馳赴前敵。如此則紅江上游，法難深入，既足扼商路咽喉，滇粵兩軍分布江北，已得越地三分之一。但能穩守堅拒，則越南雖削弱，足以圖存。法難遽得志於越，不能不轉商於我，即法欲饜志於通商，亦不能不求成於我，操縱進退之權，惟中國主之。此其措注得失，在幾微間耳。然則經營北圻，烏可一日緩哉！

援越南議下 癸未

輔積弱之邦，糾散旅，撼堅城，抗方張之敵而不慄，偉哉劉永福！蓋豪傑之士也。竊觀永福驅其徒眾，進薄東京、南定，累挫法師，殪其渠帥，馳檄遠邇，忠義鬱發。其志可嘉，其才足用，中國誠宜及時調護，俾不至於蹉跌。庶永福常能助越禦法，撐持危局，而中國亦得用吾全力以制其後。然則中國所亟宜措注者，其術安在哉？

一曰密助餉械也。蓋聞永福舊部約有二三千人，今河內之戰，其眾至一萬數千，則大半越兵與團眾之烏合者。而永福餉源，僅恃保勝設卡抽釐。兵事方起，商旅裹足，餉必不繼。設令數月之後，糧盡眾散，而法之新兵方到，乘間進攻，則永福危矣。宜亟令滇、粵諸帥稍分餉項，運濟永福，時其闕乏而資給之。至西式槍礮藥彈，永福僻在邊嶠，艱於購致。然器不利則不能命中致遠，而勇者必怯，强者必弱。亦宜令滇、粵各軍寬為籌備，稍選精品，分給永福，俾得掩所短以奮所長，則法人亦不能獨恃其長矣。

一曰密授機宜也。法師操練素精，器械犀利，今既因敗增兵，必將力戰洩忿。其兵輪復扼踞紅江，互相援應，若與戰於平地，永福殆非其敵。為永福計者，當固守上游以避其鋒。彼地山徑叢雜，林莽阻深，加以天時溽暑，水潦方降，法人必不敢冒險深入，而永福則不時出没，伺間狙擊，或設伏以誘之，或乘夜以劫之，或亟肆以疲之，俾法人備多力分，百端惶惑，終當大為所困。又聞永福所得法俘，殺戮陵虐，甚為法人所恨。夫戰爭當務實事，虐待俘囚，於事無益，而徒激敵怒，使致死以求勝，甚無謂也。殺敵致果，與優待敵俘，相濟為用，如能禮而卹之，既可為異日議和之地，而敵怒稍懈，則我戰必剋，亦兵家之要著。宜令滇、粵邊將，召劉永福至營，密為開導。永福勇略有餘，苦於不諳近來外洋情勢，既告之，當必豁然無所疑也。此二說者，皆宜速而不宜遲，宜隱而不宜顯。

若法人以暗助永福來相詰問，則我固未嘗許法以必不助永福，而助之又無實事可證，法人固無如我何也。或謂法人既為永福所創，他日如議罷兵，彼必欲得永福而甘心，或盡驅黄黑旗黨，不居紅江左右而始快，將如之何？應之曰：西人之律，凡欲殺人而為人所殺者，則被殺者勿恤，而殺人者勿問，以其情急於自救也。永福救越南之急，則於越為忠臣，法人欲滅永福，而永福自救其急，則於永福為無罪，且法無端破越東京，殺其總督等官，若皆追問前事，法將何以處之？法人如不欲和則已，法人苟欲議和，則稍習公法而識時宜者，當不復以為言也。至紅江通商之後，處置永福，本為最難，然亦當視法之勝負與永福强弱以為權衡。若法人未能遽剋永福，永福亦不願離故地，而中國復欲借紅江通商以紓越難，似可仿去冬寶海之議而稍變之。由中國在保勝設關，征收洋稅，编永福之眾為數營，其餉項由關稅支發。夫永福為護越而興兵，若法兵可退，越禍可解，永福亦復何求！　儻通商以後，永福能戢其部眾，與洋人耦俱無猜，固不妨仍駐故地，萬一未能相安，亦不妨調守太原、北甯、高平諸省，俾稍離江岸以弭釁端。要之永福常在北圻，眾情翕附，未始不可藉以隱讋洋人也。然則中國之於永福，始終當以全力護之而已。

張振軒宫保云：三議處方於變症之後，表裏虛實，洞中支蘭，扶危定傾，別無勝算。所難者中外一心，堅持定見耳。

上李伯相論西人傳教書己巳

宮太保年伯中堂鈞座：春間接讀賜函，過蒙眷注，獎誨勤拳。頃聞黔蜀教民之案，洋人以未得所欲，嘖有煩言，復駛兵船溯江西上，冀遂其虛聲恫喝之謀。逖聽傳聞，敢陳瞽說。

曩者洋人不靖，因我粵寇之難，抵巇搗虛，震驚京師。當是時，洋人以全力爭傳教，傳教不行，則約不成，約不成，則兵不退。與時變通，以釋近患，非得已也，勢也。和議既成，驟難無故而變約。且邇年內寇未盡除，海防未盡修，故含詬捐忿，彌縫瑕釁，非得已也，亦勢也。勢之所在，明者知不可違，則姑從容靜鎮以徐為之圖，而不必斥言其害。然而十數年來，布於海內，其法於各州郡先立教堂，招誘愚民，濟之財而餌之以藥，其人輒變天性，背人倫，惟傳教之師是從。其始也，一二至愚極貧之民，歆其微利而趨之耳。既而群不逞之徒，倚為藏身之窟，肆其姦頑。有司不敢致詰，其賢者勉而致詰，動須關白教主，教主惟其徒是庇，而又何理之得伸？民知未入教者，受教民之虐而無所訴，一入教，則恣睢而莫之能治，於是相隨入教而不辭。甚者剖家財之太半，輸之教主無難色。是其始莠民趨之，繼且迫平民而附之矣。其始民赴洋人之利，繼且傾所有而納洋人矣。浸淫蔓延，日久益熾。其間強直守正不惑之民，恃氣積憤，強與之抗。而虛憍樂禍者，亦或藉以生事，於是教堂之設，閉境堅拒者有之，率眾攻毀者有之，仇殺教民兼及教士者有之。一夫攘臂，群口讙呶，官不能禁。斯時欲右民而抑教，則洋人持約而責其後，恐因此召兵而誤大局，且啟內民玩法之漸。其或扶教而懲民，則民誰不氣沮心懾，以從洋人之教，是驅吾民以歸敵也。中外牽率，進退交疐，則不得不調停客主之間，為之治其獄，償其室，委曲經營，煩辯費財，僅乃無事。事未畢，而各省攻教之獄復紛然起矣。中國之釁，何時而弭！雖然多事，猶中國之幸也，何也？以民之未盡變於夷也。竊恐數十年後，耳目濡染，漸不之怪，則附之者日益多。彼洋人斂中國之財，啗中國之民，即率中國之民，啟中國之變，膠固盤結，踞我堂奧，瞷瑕伺會，飆迅雲合以起，而洋人糾群國以制其弊，雖有聖人，不能為之謀矣。英法諸國之遠闢疆圉，蠶食西土，大率用此術耳。

議者或曰：吾自修吾政教而正吾民心，則彼教當不振以去。此誠探本之論矣，然譬諸治疾，或治其本，或治其標，標不治，有旋傷其本者矣。昔者堯舜之世，民心無不正，而風俗至純美也。然使有執左道挾幻術以蠱其民者，則堯舜必執而戮之。夫堯舜不恃其風俗之純美，而謂民之無可蠱也。苟有一人之蠹於教，則堯舜不能保天下民之不受其蠱，而足以傷純美之教化，夫是故不得不以刑法佐教化之窮。今天下人心遠不逮堯舜之世，而異教之蠱吾民，與入教之民之撓吾政者，非特於法不能禁，又當從而保護之，勢將盡化天下為姦民，而良民無以自立。本之不治，孰甚於此邪！

然則為今之計宜如何？曰：尼洋人之傳教，則變速而禍小，徇之畏之，則變遲而禍大，與其坐而待莫大之變，何如先事而制其小變？且洋人之心，雖我徇之畏之，固未嘗不思變也。抑又聞之，日本、朝鮮諸國，嘗禁傳教而甚洋人矣，洋人悉銳壓其境而不能螫也，豈中國之人才兵力不如諸小國哉？然所以許其傳教者，則以向之屢困於洋人也。夫向之屢困於洋人，非中國人才兵力之不逮，其弊由於不審敵情而和戰無定議，承平久而人不知兵。厥後賢才勃興，兵威至盛，雖堅拒洋人之傳教不難，然悉力以角內寇，而未暇與洋人校也，故彼得縱橫肆侮以至今日。今內寇將略平矣，誠令豫講戰守，廣儲人才，察諸國之可與者，厚約結之，以攜其交而披其黨，一旦有事，則閉關絕市，扼其牟利之源，然後確持定謀，據險逆擊，未覩洋人之必得志也。

夫苟操是數者，則洋人雖欲為變，固不足為中國病，且適以自速其病。夫苟操是數者，則洋人一有桀詐，暴其罪狀而擊之可也。否則重與之議約，許其通商而罷其傳教可也。否則嚴立條約，俾吾有司得致法於教民可也。不然則坐受其困矣。伏惟中堂規置六合，弛張不測，淵深閎廓之謨，想已早定於胸中，非鄙儒所敢擬議。客冬金陵侍坐，竊聞談及洋人事，英氣偉辯，感發愚衷，至今耿耿，故因覘洋人之縱恣而敢縱論及之，惟希亮察不宣。福成謹上。

季懷弟云：洋人傳教，是中國一大變局。將來為害，何所底止！其不可不及早禁阻，已無疑義。文止將傳教之禍與當禁之故，暢切言之，雖未能速見施行，後必有用其言者。至其意議層出，泉涌濤驅，格高氣邁，當在昌黎、眉山之間。

李眉生云：此集中最精詣之文。

此余十六年前所作，蓋專論理不論勢者。理勝則言之短長高下皆宜，而文自不可磨滅。故録存之。自識。

上李伯相論赫德不宜總司海防書己卯

宮太傅中堂鈞座：頃見總理衙門來書，將以赫德總司南北洋海防，添購快船蚊船，分駐大連灣、南關兩處，由南北洋各派監司大員，與赫德所選洋將會同督操。詳繹總理衙門之意，豈不以中國創辦水師，久無成效，而倭人發難，擅廢琉球，外侮日迫，亟圖借才異國，迅速集事，殆有不得已之苦衷。然福成竊見其患，未見其益也。夫赫德之為人，陰鷙而專利，怙勢而自尊，雖食厚祿，受高職，其意仍內西人而外中國。彼既總司江海各關稅務，利柄在其掌握，已有尾大不掉之勢。若復授為總海防司，則中國兵權餉權，皆入赫德一人之手。且以南北洋大臣之尊，尚且畫分界域，而赫德獨綜其全。南北洋所派監司大員，僅獲列銜會辦，而赫德獨筦其政。彼將朝建一議，暮陳一策，以眩總理衙門。既藉總理衙門之權牽制南北洋，復藉南北洋海防之權牽制總理衙門，南北洋不能難也，總理衙門不敢違也。數年之後，恐赫德不復如今日之可馭矣！

或謂赫德以治兵為榮，非以攬權為事；即以權論，亦不過十餘號礮船耳，夫奚足為重輕？噫！何言之易也！中國創辦海防，以全力經營者，原衹此十餘號礮船，乃舉以畀之赫德，彼得是為嚆矢，漸拓規模，中外魁柄，潛移於不覺，此履霜堅冰之漸，不可不慎也。或又謂借才異國，古有明效，何獨於赫德而慮之？不知赫德長於理財，本不以知兵名，中國初振武備，所倚惟一赫德，恐為東西洋各國所竊笑。如欲延攬洋將以供任使，宜致書出使大臣，訪求專門名家而又能受南北洋調遣者，酌量訂募，庶免太阿倒持之患。其獲效亦必勝用赫德遠甚。

福成昨讀中堂復總理衙門一書，未嘗無長慮卻顧之意，特以既有成議，不欲顯與立異耳。竊謂中堂自任以天下之重，天下安危所繫，不得不剴切言之。總理衙門亦斷無不從之理！與其使赫德掣肘於異日，而釀無窮之患，不如使赫德觖望於一時，而葆固有之權。此中得失，不待智者而決也。又繹中堂核定赫德所擬章程，凡海防司所領糧餉軍火，應先移文監司大員，由監司大員轉稟南北洋大臣給發，似稍足限制其權矣。然其定章又謂用人支餉造械諸事，惟赫德一人主之，雖南北洋不得侵越。則所云核轉一節，實無予奪增減之權，不過奉行赫德文書而已。事權倒置，孰甚於此！若謂總理衙門已與定議，不能中止，宜告赫德以兵事非可遙制，須令親赴海濱，專司練兵，其總稅務司一職則別舉人代之。赫德貪戀利權，必不肯捨此而就彼也，則其議不罷而罷矣。且蚊船徒能株守一口，快船僅備兩號，聲勢亦孤。赫德所謂海防，本不過敷衍之局。今欲聲威雄壯，戰守咸宜，非購鐵甲船不可。從前南北洋謀創水師，所以久無成功者，良由中外視為緩圖，餉不裕而權不壹也。今若以畀赫德之權畀南北洋，供赫德之餉供南北洋，添製船械，廣羅將材，精心訓練，提倡風氣，將何功之不可成！是在中堂力任之，與總理衙門密商之而已。福成因斯事利害較鉅，輒敢攄其千慮一得之愚，惟恕其狂瞽而財擇焉，大局幸甚！六月二十三日，福成謹上。

伯相既得是書，躊躇旬日，始撮舉書中要語函達總理衙門。總理衙門以專司練兵，開去總稅務司一缺之説告赫德，赫德果不願行，遂罷此議。己卯八月識。

上張尚書論援護朝鮮機宜書壬午

昨讀大疏，圓暢修潔，布置井井，而見幾之明決，籌辦之迅速，亦為中外意料所不及。私衷企佩，匪可言喻！退而就事理之曲折反覆思之，此舉以順討逆，以强制弱，必可迅速成功。所慮者，日本兵船先到耳。日本外務卿井上馨素饒謀略，秩望較崇，有便宜行事之權。今年朝鮮與西洋各國立約，中國不使與聞，彼已深懷忌恨。萬一此次乘朝鮮内亂，逞其狡謀以與中國為難，甚屬可虞，不能不豫為之防也。然猶可冀幸者，日本海道彎環紆曲，井上馨由東京起程，非十餘日不達朝鮮，不若中國兵船由煙臺東駛之捷也。儻倭艘與華輪後先偕到，或雖先到數日，而稍有觀望，未及肆毒，猶可措手。中國宜於此時飆馳電發，為朝鮮速定内變，内變定而日本無能為矣。今聞揚威、超勇、威遠三船已同時起椗，似宜速告吴軍門，不必俟南洋兵船之會集，可先率一二營東渡，直指朝鮮都城。其餘泰安、湄雲、登瀛州、澄慶等船，及招商局船之運陸兵者陸續進發，一則迅赴事機，取疾雷不及掩耳之勢；一則使日本、朝鮮見我軍絡繹不絶，莫測其多寡之數。此兵法所謂實者虚之，虚者實之也。

夫朝鮮之亂已逾半月矣，近日消息尚無所聞，若彼但幽其王，奪其柄，未敢顯拒王師，王師既到，宜為書聲明，專討亂黨違命啟釁之罪，檄召李昰應赴兵船問狀。彼如挺身來前，或歸罪他人，或飾辭狡辯，宜一概勿理，不動聲色，暫予羈留。先以威遠一船載送來華，致之京師，聽候朝命。其大隊官兵暫駐朝鮮，為之捕誅亂黨。不數日而大事可立定，此善之善者也。若李昰應伏匿不出，亦不顯然抗拒，宜以代禦外侮為名，引兵疾入王京，擇地駐營。然後為之捕治亂黨，嚴究主使，仍遣人開導昰應，諭以出則貸其重戾，不出則罪及親族。彼懾於兵威，不敢不出；出則選精卒衛送兵船，運赴中國。若彼畏罪出奔，而亂黨不時出没，官軍一到，彼勢自衰，可即擒誅餘黨，檄數昰應罪狀，布告遠近，俾所在郡縣執之以獻，敢有藏匿者罪之。抑或竟挾王出走，國都無主，宜以大軍代守王京，分兵邀截要路，稍以精卒驅其後，馳檄解散其脅從，亦許是應束身歸罪，待以不死，敢有傷損及王者罪不赦。若此則彼勢孤黨散，亦必自敗，無足深慮也。抑或彼竟肆然罔忌，矯朝鮮王之命，驅煽徒黨，授兵登陴，力與我抗。朝鮮之民久已不覩兵革，一聞雄師壓境，火器精利，莫不氣餒心怯，揆彼輿情，必莫肯為之用也。是宜嚴兵城外，作欲攻圍之勢，仍檄諭闔城官民，示以為彼除害，不忍玉石俱焚之意，責以擒獻罪人，即一切勿有所問。不出三日，內變必作，蓋順逆之理，强弱之勢，固如此也。若夫罪人既得，或未及致之中國，而亂黨有劫奪之慮，不能不便宜從事，則臨以天朝之威，重以康穆太妃之命，賜之死可也，雖國王不能為請也。或罪人既在兵船，而倭人有邀截之意，則慮之不可不周，定計宜密，措注宜速，鼓輪疾駛，徑入大沽可也，雖其黨未必及謀也。

然福成所鰓鰓過慮者，則恐日本兵船先到，而井上馨以狡毒之計行之也。蓋日本之睥睨朝鮮，非一日矣！若井上馨遽以兵船入其國都，或翦除亂黨而並廢其王，或與李是應相合而行廢立之事，或執是應送東京，藉以市德於朝鮮。此三者，皆非中國之利也。夫使其翦除亂黨而並廢王也，日本必立其素所親厚者為王，留兵久駐，號稱保護，漸收權利，為蠶食鯨吞之計。然彼大勢未定，而中國兵船倏至，亦非其意計所及。中國宜乘此時據理力爭，必使前王復辟而後已！彼見眾心不附，公論不與，而中國兵力又較盛也，必有所怯而徐示轉圜。倘中國持之稍緩，則事機一失，後悔難追矣。如其與亂黨合而行廢立之事也，則其意將厚其毒而取之。中國宜專以討亂為辭，直逼朝鮮。若日本出而排解，告以中國屬藩之事不願他國與聞。朝鮮官民見我勢壯氣盛，必有應之於內者。如其執送是應於東京也，日本必張大其辭，誇示諸國，以謂朝鮮朝貢中國二百餘年，未獲纖毫之助，此次削平內難，必待日本為之出兵。顯以形中國之短，隱以責朝鮮之報，非多索口岸，即更立新約，此中國所病也。然猶幸我軍隨後即到，可以有辭。宜致謝日本曰：朝鮮係中國屬邦，貴國篤念交誼，代平其亂，感謝弗諼。然貴軍勞苦可念，搜除亂黨之事，當由中國任之。如此則稍杜倭人之口矣。

凡此數端，皆隨其機而應之，庶稍化後著為先著。萬一倭軍雖到，或以兵力未厚，徘徊觀釁，或專理論使館被燬之事，必尚相持未決。中國宜遣使以溫語撫綏倭人，許以亂平之後諸事可代為清理。仍出其不意，引軍疾入王京，既踞上游，則百務可代朝鮮主持矣。日本館人被殺，必索抵償，自不妨以捕斬亂黨為抵償人命之用，所謂一舉兩得者也。大抵數千里外，軍情敵勢，瞬息千變，厚非可豫為揣測。然相機利導之方，大旨固不離其宗。倘於函致吳軍門時，授以機宜，或有裨益。是否有當？伏惟裁擇。六月二十九日，福成謹上。

光緒八年夏六月初九日，朝鮮内亂，日本使館被燬，倭使花房義質奔還其國。十七日，日本議遣尚書井上馨督兵船駛往朝鮮，制府張公接閱電信，謀之幕僚，欲函請總理衙門奏明請旨發兵往援。余謂輾轉籌商往反之間，已五六日，若倭兵先到朝鮮，彼且虜其王而踞其都，如琉球故事，事機得失，間不容髮！請發超勇、揚威、威遠三兵輪即日東駛，仍函商總理衙門續發陸軍前往。制府頗以為然，遣提督丁汝昌、道員馬建忠，督帶超勇等三艘，以二十五日起椗，又豫調南洋及招商局輪船，以備運送陸兵。於是丁汝昌等以二十七日辰刻抵朝鮮之仁川口，而倭軍亦於是日未刻有一艘先到，僅遲半日耳。見我兵船已先在，為之奪氣，遂不敢動，倭官與丁軍門等以禮相見。二十八日，日本續到三艘，共水陸兵一千數百名。花房義質以兵五百人駐王京，與朝鮮議約，開列多款，百端要挾。適總理衙門亦奏明派提督吳公長慶，率淮軍六營繼往。余遂於二十九日上是書，制府韙之，寄致軍前酌度遵辦。我軍以七月初八日，抵朝鮮之南陽府，吳軍門接到此議，閱之大喜，與丁提督、馬道密商，意見相同，決計遵行。是時倭使與朝鮮大員連日會議，相持未決，頗肆咆哮。朝鮮偵知我大軍將到，拒之益堅。倭使於初十日挈其眾悻悻出王京，示將決裂也。馬道馳詣倭船，告以同心討亂之意，而吳軍門遽於十二日親率大軍疾馳至王京駐營。倭使不虞我軍之突入也，又自覺兵少而勢孤也，深悔出京之失計，然已無可奈何，遂與朝鮮成約，尋盟而退。惟李昰應尚盤踞王宫，亂黨數千，日夜營造兵器，内外勾結，禍且不測。吳、丁、馬三君密定機宜，十七日巳刻，共入王京，往拜李昰應，以禮周旋。申刻，昰應來營答拜，與之筆談，延至日暮，以計遣其從者。丁汝昌親率小隊，以肩輿擁李昰應就道，冒雨夜馳百二十里。十八日，至南陽海口，即上登瀛州兵輪，鼓輪疾駛，解送天津。吴軍門親督所部，宵攻亂黨，盡殲其渠，朝鮮之亂乃定。壬午八月識。

此事樞紐，全在赴機迅捷。時則余友黎君蒓齋為出使大臣，駐日本，偵得確音，急遞密電，制府得與僚吏熟籌，豫為之備。罔誤機宜，余於是役頗盛稱蒓齋為首功。惜乎制府奏事匆促，未及特筆為之表章，然其功自不可掩也。又識。

答張副都御史書 癸未

幼樵先生中丞閣下：昨奉惠書，敬聆一一。法易政府，寶海撤回，滬上已得電信。此事竟不出去冬拙議第三條所慮之中，蓋法人決計吞越，而仍藉辭欲踐甲戌舊約，固由新易政府，然核計法廷定議濟師，已在滇軍撤退之後，滇軍之退，尚在寶海來議之先。洋人電報，數萬里外，瞬息相通。彼既窺吾隱情，自無不圖進取之理。當寶海來議之初，未始非秉其政府之意，迨知吾志不在遠略，則悔其從前之失計，遂並寶海撤之，以為翻改前議地。洋人辦事之狡狠往往如此，似尚不在政府之易與不易也。

今籌所以應之之方，則較之往年更為棘手。往者以剿辦土匪為名，隱作疑兵，彼尚莫測吾計所在。今此意已早為所窺，若再進兵，其勢必至開釁。夫以疲窳積弱，萬不可扶之。越南向又不甚歸心中國，而中國至殫全力以殉之，固為非計，然使坐視越南之滅，逡巡而不為之計，且不自為計，今歲越亡，而明年滇粵告警矣。又事之至可憂者也。竊嘗於萬難設法之中，勉籌應敵，大抵不外三策。

今者法人之告我曰：並無與中國為難之意，欲責越南踐甲戌舊約耳。夫越南本屬中國，而私與法盟，有擅許法人通商滇境之約，彼又始終未告中國也。為今之計，莫如仍令滇粵諸軍，分紮北圻諸省，作欲進趨東京之勢。且告法人曰：中國欲討越南擅立私約之罪耳，非與法為難也。其於越南，則明責其罪，而陰示以保護之意，分導越官歷聘英、德諸國以布疑陣，撫用劉永福以聯指臂。法雖濟師，不過千人以外，而中國勁旅一萬數千，彼且勢孤氣餒，號令不能行於北圻諸省，終無以遂其吞併之謀與通商之志。久之必仍遣使設辭轉圜，然後見風收帆，相機應付，或仍與寶海所議無甚懸殊而後止。此上策也。

滇粵各軍，分守富良江以北各省，聯絡民團，收用劉永福等以張聲勢，仍明告法人以滇境通商非中法條約所有，斷不能允。萬一越南為法所滅，中國即畫江而守，猶得披越地三分之一。而法人戀於滇境之通商，必仍與中國講解而後罷。此中策也。

斂兵入關，聊固吾圉，雖云嚴申儆備，徒示怯弱而已。雖以餉械稍資劉永福，無異掩耳盜鈴而已。究之越南終為所滅，永福終為所併，而滇粵邊境亦日以多事。此下策也。

以上三策，行之雖稍判難易，而後效則顯然易明。若用上中二策，則為之將帥者，須審於剛柔緩急之機。其申明紀律，奮揚威聲，宜仿虞詡增竈之謀。其堅守不戰，應變識時，宜仿司馬仲達受巾之智。此中籌度，殆非易易也。往者伊犁之役，中國調兵設防，決計翻案，而俄約未受大損，琉球割島分隸一事，幾為日本所紿。迨中外合力，設法轉移，而利益均霑一條，不至為倭人所幸得。自有此兩舉，而中國之經理洋務，大有轉機。越南安危，視乎中國措注之得失，實為中外交涉一大關鍵。然得失愈巨，措注愈難。今欲與强敵相持，挽回全局，則所以伐交伐謀而善其後者，固有無窮曲折，其一切機宜，尚非筆墨所能罄也。初春尚寒，惟為道自愛不宣。福成頓首。

上閻尚書書癸未

年伯大人鈞座：秋間接奉賜書，憂世之心，溢於言表。伏維起居曼福，儀型百寮，抃祝無量。承示戶部歲費支絀，勢實岌岌。竊嘗深惟其故，固由外患漸逼，種種費用，日益浩繁，而漏卮之最大者，則在於養兵。漢唐以前，臨事調發，無事歸農，尚少養兵之費。故其時國計常裕，自府兵廢而兵農始分，數十百萬之眾坐而待食。故宋明以後，國用恒絀，甚至括財加賦，而事益不可為。本朝經制之兵，旗綠各營歲餉用銀約二千萬兩，幾去歲入之半，然綠營之不可用，乾隆以來聖訓蓋屢及之。厥後楚淮諸軍剿滅內寇，皆以勇營著績。近雖節次裁汰，留防之勇尚需歲餉一千數百萬兩，而綠營餉仍難去，是養兵費加倍矣。

邇者西洋種族紛至沓來，恃其船堅礮利，日肆侵侮。中國欲圖自强，於是不得不修礮臺，購火器，不得不設船政與機器局，不得不練水師，造鐵甲船，不得不遣使分駐各國，以結外援而詗敵情，綜計歲費亦不下一千數百萬兩。而綠營勇營餉仍難去，是養兵費又加倍矣。夫漢唐以前所無之費，宋明以來有其一而已足以自困，宋明以來所有一倍之費，今則化為三而尚未知底止，此固管蕭所不能謀，陶猗所不能支者也。且今之釐金洋稅，合計歲入三千萬兩以外，實為昔年所無。幸稍補苴闕乏，然無事時所出仍浮於所入，有事更無論矣。誠以此時適遘開闢以來未有之奇局。東西洋各國，方日務製器、通商、開礦，其嗜財如性命，用財如泥沙，及至用兵，雖糜餉數千萬億而不惜。中國綢繆武備，斷不能如各國之耗費。然為事機所迫，竟有欲罷不能之勢。今於三大宗之中，如去綠營，則數百年舊制似難驟改；如去勇營，則所留實多百戰之餘，今皆分扼要隘，彈壓土寇，撤之則更虞單弱。各省所稱無可裁減，似非盡虛辭搪覆也。至於捍禦外侮，則築礮臺，練水師，治火器，最為當務之急，所費尤難減省。然則今之時勢，誠如鈞諭所云：萬分無計者矣。

顧福成於窮極思變之時，審度事理，必不得已，或者裁減綠營乎。昔胡文忠公有言，凡染宦場與綠營習氣者，文武二途萬無可用，只宜屏棄。蓋以二百餘年之流弊，積重難返，雖欲整理而無由也。夫勇營固不能無窳弱之弊，然或易一將而壁壘更新，或募一旅而旌旗變色，非若綠營之不能振作。綠營既決然無用，則是空養游惰六十萬人，坐耗歲餉二千萬兩，將何以堪！為今之計，惟有淘汰綠營，而於勇營及海防諸務，亦仍精心綜覈。綜覈之法，祇可視督撫為何如人而可否之。督撫有如曾文正、胡文忠諸公者，所請雖一概照行可也。督撫有如英西林、文質夫諸公者，所請雖一概痛駁可也。至各省綠營，近來發餉有八九成者，有六七成者，雖尚未能盡裁，若再普減兵額二成，每歲可省餉三百萬兩，普減三成，每歲可省餉四百數十萬兩。以十年計之，則四千餘萬矣。得此一項撙節，尚可稍紓財力。若謂經制之兵，減之恐冒不韙，則前哲所論，與時勢所趨，確有明證，專賴有大識大力，卓然不惑於流俗者，起而變通之，庶以匡維全局。今又適值鈞座兼掌兵部，此固難得之機也。

或又謂綠營過單，則護餉、解犯、捕盜諸差，恐難應手，不知僅減二三成於諸差尚可無誤。且有勇營駐紮之處，不妨責令分任其勞。其汰之之法，但令各省於營兵之老死者，緣事革退者，勿復募補，則兩三年內，必可減去三成矣。營兵既減，營中將弁舊額，亦須酌裁以昭覈實，或稍撥補勇營與海防諸營之缺。至於添練輪船水師之處，其原設艇船水師亦少實用，可漸裁也。夫沿海各省原設水師，承平時久多廢弛，或專恃洋煙妓博各種規費以餬口，或船已朽爛無存，將弁尚按期支領修船、造船經費，視為本署入款。此等有名無實之費，似宜設法查驗，大加裁減，務稍撥補輪船水師之餉。他若長江內河各舢板水師，為扼守江河汊港之用，曩歲肅清江面，深得其力，此則當仍舊貫者也。

因鈞諭殷殷垂詢，輒敢發其狂瞽之論，未知可備采擇否？冬深驟寒，惟為道為民珍重不宣！十一月二十七日，福成謹上。

代李伯相答彭孝廉書丙子

孝廉足下：頃接惠函，就諗文祺休暢，榮問日新為頌。煙臺一役，議結滇案，暫以釋外憾而戢戎心。然此事錯誤在前，鄙人勉强了結，殊未慊心。過蒙揄獎，祇增慚恧。來書援引古今，推究形勢，謂中國之洪荒，以聖人制度文物闢之；外國之洪荒，以火輪、舟車、機器、電報之類闢之。崇論閎議，於中外大局洞若觀火，足破拘墟之見。

嘗謂自有天地以來，所以彌綸於不敝者，道與器二者而已。開闢之初，生民渾噩，所需於世者蓋寡。其後不能無以自養，不能不相往來，即不能無爭鬥。聖人者出，於是有耒耨之教，有舟楫之利，有弧矢之威。其風氣所趨，不能不然者道也，而道之所寓者器也。數千年來，土宇日闢，智巧日生。吳、楚、秦、越，昔之所稱戎蠻者，今皆為中原腹地。匈奴、突厥，昔之常作邊患者，今即是蒙古外藩。而天復使泰西諸國研精器數，以通我中華，於是有農織之機器，有火輪之舟車，有洞鐵之槍礮。蓋中國所尚者道為重，而西人所精者器為多。然道之中未嘗無器，器之至者亦通乎道。設令炎帝軒轅復生乎今世，其不能不從事於舟車、槍礮、機器者，自然之勢也。今之議者，動引古聖，啜糟粕而去精華，務空談而忘實踐，失之彌遠。欲求馭外之術，惟有力圖自治，修明前聖制度，勿使有名無實，而於外人所長，亦勿設藩籬以自隘，斯乃道器兼備，不難合四海為一家。蓋中國人民之眾，物產之豐，才力聰明，禮義綱常之盛，甲於地球諸國，既為天地精靈所聚，則諸國之絡繹而來合者，亦理之固然。

來書謂世界日開，其機自外國動之，其局當自中土結之，實為遠識至論。其效即不在今日，亦當見諸千百年後也。因執事留心世務，故略抒一二，復頌元祺，不具。某頓首。

伯相評云：精鑿不磨之作。

贈陳主事序 壬申

天地之變，遞出而不窮者也。有大智者燭幽闡微，與時推移，以御厥變，則天下被其休。否則瞢無適從，敝敝焉執故常之見，以與世變相遷，而變乃環起而不可止。自有天地以來，清淑純靈之氣之所鬱積，神聖君師之所經營而垂法，恒在中國。其外去中國益遠，則紀載有所不及詳焉。莊生有言：六合之外，聖人存而不論；六合之內，聖人論而不議。夫聖人之智，豈不能閎覽而遐矚哉？蓋其時舟車有所不通，重譯有所不達，幸而荒遐隔絕，不必鑿空騁奇，俾外人抵隙以入。譬之人，理其一心，而百體順從，不令自應。中國者，天地之心也。變之未至，聖人所能防也。然而天下之生民已久，機巧日以繁，而風氣日以闢，勢之所至，變且隨之。國家德威遠暨，北窮大漠，西跨蔥嶺。凡昔苗蠻、貉羯、羌回之族，能為中國憂者，皆囊括而箠使之，邊圉之益斥，已大變於古矣。

近者泰西諸國，競智爭雄，器數之學，日新月異。其權至能制御水火，驅駕風電，恃其飆鋭，逴數萬里，瞰我中國。中國震於所不習，罔知所措。其始僉議驅攘，地廣師疲，輒為所乘，得勢益逞，徵求無厭。中國欲力與之軋，則群敵聯盟，協以謀我；欲嚴與之絕，則備多力分，難以持久。於是議立約章，歲益加增；瀕海之衝，設闤互市。通都下邑，廣傳彼教。時則華戎錯沓，動生釁尤，浸尋蔓延，厥憂未艾。而彼諸國方乘時逐利，牽率以至，浩乎如大江洪河之東注於海，終古不可復分。此殆天地自然之勢，雖天地不能自為主也。變之驟至，聖人所不能防也，雖然中國之變已亟矣！為政者將謀善其後，則不可無御變之道。

今之士大夫，習聞春秋攘夷之説，頗疑海外絕域，非儒者所宜道。其尤者深矉太息，以謂中外交接之事，宜一掃刮絕去，援引古昔，用相呰謷。夫疾疢之在身，暴客之伺睨而入室，人孰不惆焉惡之哉？惡之益篤，則不能不儲藥石，戒守備，以蘄所以自全者，今諱疾而遷忌於醫，甚寇而不知所以禦之，吾恐變患之無窮期也。夫變已深而抗之過激以僨事者，躁也；坐視而不豫為之謀者，玩也；欲求御變之道而不務知彼知己者，瞀也。方今海外諸國，力與中國競者，曰英，曰法，曰美，曰俄，曰德。其他往來海上，無慮數十國，中國之情狀，彼盡知之矣。而其礮械之精，輪艦之捷，又大非中國所能敵。中國所長，則在秉禮守義，三綱五常，犁然罔斁，蓋諸國之不逮亦遠焉。

為今之計，莫若勤修政教，而輔之以自強之術。其要在奪彼所長，益吾之短，並審彼所短，用吾之長。中國之變，庶幾稍有瘳乎。同治十一年春，相國毅勇侯曾公，肅毅伯李公，奏遣刑部主事陳先生蘭彬荔秋率童子若干人，出赴亞墨利加，究習西學，期以十九年來旋。先生年已逾艾，毅然無難色。蓋先生兼文武才，而識閎氣沈。欲為中國建無窮之業，其素志也。他日勉諸童子卒業而歸以傳中國，並識諸國形勢風俗性情之所宜，而知所以御之，縱收效不於其躬，後之人必有享其成者。抑予更有言者，先生所攜皆童子，童子志識未定，去中國禮義之鄉，遠適海外饕利朋淫腥羶之地，歲月漸漬，將與俱化，歸而挾其所有以誇耀中國，則弊博而用尠。為之傅者，其必有逆睹其弊而善為防閑者邪？然則先生此行，務畢究洋人之所長，更善察洋人之所短可也。

予與先生相知也久，於其行不能無言以贈，故叙其臆見如此，而於遠行惜别之情則從略焉，知先生不以此為苦也。

送王協亭西征序壬申

回教興於西域，逾千二百年，流博而勢益强。其説澶漫僻窳，其人率外柔内鷙，睚眦觸迕，必報乃已。雖天性之慠很，亦其教如此也。自唐之世，回人稍稍東徙，散入州郡，宗其遺教不變。曩者國家以全盛之力戡定西域，凡回部之隸中國者，什有三四，而種族來者滋益多。於是自潼關以西，訖於河湟之境，北並塞垣抵玉門，南逾劍閣，跨滇池之南，皆回人之所錯居。與齊民齒，習尚既殊，客主違言，積釁韜疑，以相忮恨。官不能理，則惟其競者是右。訟獄滋豐，譌言朋興，尋仇不已。相訌益劇，雲南先變，而秦隴繼之。彼回人者，哀嘯群醜，奮兵四起，飆迅雲驋，不可復制。其屠燒攻剽之燄，殆與粤寇相和應。今粤寇已夷，而回人叛者，疊被芟刈，其氛亦漸蹙矣。創痍逋迸，不患麋之不勝。其餘衆畏威悔禍，必且相率就撫。撫之而其教不能驟變，則其心仍與吾民貳。吾民追思前忿，其侵之也必加厲。往復相激，則變故復生，此必至之勢也。

竊意當此之時，宜乘兵威鋤其桀猾尤無良者，而貰其馴弱者，與之更始，剗去畦畛，選擇賢吏，誘令革其舊俗。浸淫漸摩，歲月益異，庶回人漸化其慠很之性，而去其尋仇之習。自兹以往，患其少休。為是説者，其效雖若迂遠而難蘄，然值此廓清之會，設謀張法，宜可乘時更新。稍一不慎，則不免釀憂而為他日悔。

湖南王君鎮墉協亭，佐侯相曾公幕府六七年，一旦奮然長征，將赴隴右，參京卿劉公軍事。劉公之軍，皆百戰勁卒，威聲震海内，其成功可坐而必。軍謀變化，予不能以遙揣，至若事後綏馭之宜，雖聖人有不能易。予故持是與協亭別，俾以貢於當事諸公而加意焉，且試質諸協亭，其果以為然乎否也？協亭，侯相甥也。往當粵寇之難，其同邑雄駿魁閎之士，皆由布衣致大用，兹者攄其所蓄，與其嚮所飫聞於舅氏者，以夷艱而拯厄，功名之大顯，可計日待也。協亭勉之哉！

予又聞玉門以西西域之地，回人不靖，別城往往陷没。他日隴右耆定，朝廷必命移兵討之。協亭儻以其時膺閫外之寄，參予說而施之，或亦綏輯之一助也。然回人堅忍尚詐，多反復，進止機宜，不可不審。予贈子止於此矣！無錫薛福成序。

卷三

李氏藏書目錄序己巳

有書數萬卷，上自經、史、百子，旁逮星算、方輿、藝術之流。金石之刻，崖略犻完，潔緻精良，可披可哦。昕夕自怡，此篤志之士所蘄也。然非有力而博好，積之以歲月之劬，則往往不能以驟致。即致矣，或侵於事物，或無過人之才與識，則亦不能卒讀，讀之而不能施於用也。夫書之為用博矣，彼不善讀之，則高者迂而寡要，庳者繁而鮮通。其道無當實用，而世乃以概讀書之士，用相訾謷。雖然豈果讀書之足病邪！

今夫用兵，事之至險艱者也。往者粵寇橫起，如濤湧飆駭而莫之禦矣。有一二洽聞博通忠果之大儒，奮跡崛興而為之倡。其下諸儒生附而從之，然後勇者宣其力，幹者盡其能，藝者陳其巧，而大難以夷。以彼非常之業，舍儒生莫屬。此亦足以間執群議，而壯讀書之士之氣也！善讀書者，上之則以擩嚌聖藴，斡旋世運；其次則講明修政立教之術。逮夫一郡一邑之利病而興革之，其餘業則亦發為辭章，疏為議論考證以貺來世。其用之博隘不同，其各本所心得以為用則一也。

孝感李君，官畿輔久，富藏書，精善逾常本，出示書目兩冊，屬序其簡端。余惟君以通敏之才，歷宰十數縣，固周知民隱而裕於識矣。今去州縣之劇，需次郡守，郡守官尊而事差簡，不至糜其日力，而君又挾其過人之才識，未嘗一日去書不觀，則吾不能測其所得也。抑聞燕、趙間古多豪傑，今相國曾公總制畿輔，實設禮賢館，延州郡士，而用君董其成。夫以君所蓄，日與士大夫稽經諏史，搜其髦傑而登進之，以稱相國扶才劘俗之雅意。吾見北方之學術，駸駸乎趨於閎實而未艾也，則君之所施於物者，其又可量也夫！

曾文正公奏疏序癸酉

同治壬申之冬，常熟張瑛鍥曾文正公文鈔竟，將續鐫其奏疏，就謀於福成。憶往歲從文正公遊，獲徧觀其前後疏稿，又見公所自甄錄存三之一，猶及五百篇。福成戎幕多暇，亦以意選鈔成帙，與公所自錄不無一二異同，然大端歧者寡矣。公自壬戌以前，轉戰無定居，其疏稿間有闕佚。又其密薦大臣，籌議邊計，當時或未留草，亦已不可盡睹。今敹篋中所藏，裒其尤精者，得二百篇，付諸剞劂，以飫綴學之士之慕云。

蓋自公始進於朝，即侃侃言天下事，如議大禮，議軍政，議所以獎植人才，皆關經世之務甚鉅。厥後出膺重寄，於天下大事，益無所不陳。然公生平治軍最久，故疏中言軍事亦最多。每建一策，議一制，必綜貫其本末利病，而徐規其遠者大者。其發為文章，精純簡暢，窮盡事理。朝廷於公言無不從，及行之而效或立睹，或遲之益遠，卒皆如公言。方道光、咸豐之際，海內承平久，中外臣僚狃於無事，拘守文法，委蛇骫骳，流風相師，一旦狂寇睨隙思逞，莫之能制。居高位，臨事而顛僕者，肩相望也。公適以卿貳奉諱家居，受命而出，號召鄉兵，剗除成格，自創營制，引孤軍搏賊。當是時，賊勢如潰隄之河，如燎原之火，舉世方束手相嚮，而公奮然踔起里閈，揞持其間，眾駴朋疑，惎撓笑侮，孑立寡助，進退交困。公前後持一節不少挫，含詬忍尤，屢跲愈奮，從容規恢，大耆厥武。自一時將相文武名賢，以逮一藝一能，罔不陶鑄拔擢，棋布宙合，以熙中興巍巍之業。昔曾子論士之任重道遠，必取宏毅。若公之積一誠以扶世變，所就至重且遠，可謂宏毅之極者邪！

福成既編次公疏，復揭其大旨如此，亦以明士或遭值時變，惟秉道不惑以赴重遠之途，事雖艱必可為，寇雖勁必可夷。後之志乎天下事者，幸勿震於其勢而自桎也。

五省溝洫圖說序甲戌

五省溝洫圖說，歸安沈先生夢蘭所著也。先生於乾隆、嘉慶間，客遊畿輔，嘗推周禮溝洫之制，以謂治河良法，用之西北五省為尤宜。其說頗晰而精。書舊有板，燬於寇。今僅存一帙，一時鉅公見而韙之。余昔往來南北，恒怪冀、雍、青、豫，古稱沃野，而今地利不古，若揚州田居下下，而財賦為天下最，豈地氣衰旺有時而變與？

及究古今治地之不同，乃知地利之闢與否，必隨人力為轉移也。

自先王立井田之法，封建侯國，棋布中原，諸侯各世其土，子其民。凡朝貢、賓祭、會盟、征伐，一切取給國中，則治地不得不盡力。君民相勖，殫精竭能，劬於經畫，累世益繕，積數千年不變。然後地無遺利，人無遺力。洎乎兩漢，循吏效績，亦多在江淮以北，視為膏腴腹地。每繹漢書地理志有今併為一郡，而在漢為數郡者，而漢一郡之財賦，復數倍於今郡焉。若夫漢之會稽一郡，跨今江蘇、閩、浙二十餘郡之地，而漢不以要郡視之，其時地利未盡闢也。魏晉以降，北方多難，古明君賢相經營之迹，湮滅不復存。而東南田益闢，其民所以治田之法亦較西北獨勤。北方之農則稍惰不事事，置水利不講，亦已積千餘年，故地利不逮東南遠甚。

夫古今地豈異哉？蓋人力所轉移，有由然也。往者元虞伯生氏，明徐昌國氏，及我朝怡賢親王，皆嘗精思北方水利，慨然欲起而大治之。然或議沮不行，或興修於一時，而旋輟於久遠。余嘗深惟其故而惜之！蓋西北諸水，挾沙以行，雖有溝洫，而每歲所需濬治之力，固宜數倍東南。其民狃於積習，謂人力概無所施，於是以惰致貧，以貧滋惰，其田益不治，而良法終以是廢。

今先生之說曰：『西北渾流洶涌，而衝決為患，其退也，則河泥滯澱，而淤塞為患，作為溝洫以治之，使縱橫相承，淺深相受。伏秋水漲，則以疏洩為灌輸，此善用其決也。春冬水消，則以挑濬為糞治，此善用其淤也。』烏乎！可謂要言不煩矣。余謂任斯事者，宜多得賢能有司，因地之宜，以時董勸，積勤化惰，浹以歲月，俾民享已然之利，而知用力之效，則相率競奮，雖復古饒沃之迹不難，即河患亦不必防而可弭。先生之成書也，逾六七十年，而近世能行之者益尟。歲甲戌，江蘇廉使應公既得圖說，亟付書局，將刊行之，先屬叙其指要，他日庶有推本成說，變通盡利，以趾美曩哲者乎。是則西北生民之慶也夫！

季弟遺集序壬午

余少與季懷以問學相切劘。季懷好攻古文辭，潭思不輟。余詰以『時變方殷，士無論遇不遇，當蘄以有用之學表見於時，胡為矻矻於文藝之末？』季懷曰：『不然。夫文之至者通乎道，古文於文體最尊，且自古夷艱澤世之偉人，無文不行。如賈誼之疏，董仲舒之策，諸葛武侯出師表，陸宣公奉天改元大赦制，其所以斡旋世運，鼓動倫類者，獨非文章之力邪而賤之也？』余乃稍稍致力古文辭。季懷亦漸講經世學，凡余所觀之書無不觀。

其後余佐曾文正公幕府，攜季懷同往，聞公論文之旨，以謂聖門四教冠以文。文者，道德之鑰，而經濟之輿也。故其尚論古今與求賢之法，一以文為之的，而幕府之得人獨盛。凡魁閎瓌偉能文之士，輻湊並進，余與季懷頗得廣所未聞，講明塗徑，而為之益劬。

季懷旋往山東，從今尚書、前山東巡撫朝邑閻公游，飫聞東躬宰物切實之論。復參今尚書平遠丁公幕事，丁公巡撫山東，總督四川，倚季懷如左右手，用其策輒效。季懷閱事久，識益精，文亦日益進。顧其神蘊超邁，不多為文，偶有撰述，必與余互視數千里外。余每歎其高夐幽澹深沉寥之境，非可强幾也。然至掎摭利病，考覈古義，苟有所疑，隻字片語，必讎勿貸。季懷之於余文也亦然。余與季懷有聞輒改，雖四五易稿不厭也。

歲辛巳，秋七月，余在天津，忽聞季懷噩耗，驚慟不可為懷，亟貽書諸弟，裒集季懷遺稿，僅得古文三十八首，釐為二卷，古今體詩一卷。悲夫！士固有負絕人之資，或困於無師友，與時地之憑依，不獲昌其學而竟其施。若數者既兼之矣，上之宜可奮迹天衢，澤被甿庶，次之亦當攄所心得，著書成家，垂之無窮。吁嗟吾弟，其才未及大用，其所韞之發於文者，百不逮一，而天驟奪之年，施於時者未遐，即傳於後者亦尚未可必。此余所以不能無疑於天道，而益憂吾道之孤，不僅骨肉之私悲也！今付之剞劂，特序其大指如此。芒乎芴乎！四顧寂寥，安得復起吾弟一與論文乎！嗚呼！追思疇昔風雨一鐙，群聚講習之樂，何可得也！

籌洋芻議序 乙酉

原文見籌洋芻議卷首，此略。

浙東籌防錄序 丁亥

原文見浙東籌防錄卷首，此略。

代李伯相重鍥籌濟編序 己卯

光緒戊寅春三月，常熟楊君恩海視其祖靜閒先生所輯籌濟編三十二卷，某受而卒讀，睪然曰：『是書也，不特備荒良法，乃古今仁人君子濟世之全術也。』亟勸重鐫，以永其傳。其秋九月，工成。繕本由都察院奏進，詔敕大吏印頒各行省。先生之澤被天下益宏，而楊君復貽書屬叙其簡端。叙曰：

郅治之世，非無災祲，而民不甚病者，司牧者之彌其闕也。然舉天下睊睊待盡之民，環籲而請命，則勢有所不給。憂民者圖之於豫，盡其心與力所能為。雖時和歲豐，民物康阜，而不敢釋此慮也。天之生斯民也，任一鄉者，一鄉之民待牧焉；任一縣者，一縣之民待牧焉；推而至於郡、於行省、於天下，莫不皆然。豈惟如是而已！匹夫行善，利澤在一鄉一縣，積而充之，可以振動天下。蓋仁民之量，具於人人。古之人任天下事，能使有責者盡其責，無責者盡其量。然後天地生民之道，推暨而不窮。

近歲北方大旱，自畿輔以往，西逾太行，跨大河，達秦隴，南瀕淮漢，東傅海，方地數千里，愆陽扇炎，槁壤龜坼，山童木枯，穀果夭閼，公私無儲，流甿載塗，背棄骨肉，不相顧恤。飢寒羸憊，踣乎溝壑者，不可勝數也。某忝居高位，蒿目疚心，博求拯濟之術，招賢獎能，省災勸分，集糧平糶，饘窮黎，開井泉，發籽種，籌巨帑，利轉運，亦賴諸君子戮力相佐。知無不為，為無不勉，風聲所鼓，薄海內外。航輩恐後，振救不過十二三，未能慊然於懷。然後知古昔盛時，遇饑歲而不為害者，其備皆豫於數十百年之前，乘時藉權，積累經營，非一朝夕之功也。

先生是編，有治本之要，有濟急之法，有先事之備，有臨事之機，有事後之培養，有事外之補救。譬如醫者治疾，可謂集古方之大成者已。雖然同是方也，或驟用則效，屢用則窒，施之此則協，施之彼則誤。無他，不審乎時與地之宜也。夫成法不可廢，而運用在一心；心之憂民無已，則無不盡之心與力而仁術備。如是而不審乎時與地之宜者，未之有也。先生學問根柢經史，居鄉居官，講求經世術，試之輒效。今讀是編，嘉謨善政，燦然畢具。後之牧民者，通其意而推行之。於戲！其獨備荒也哉！

季懷弟云：此文深入於古，飄灑閎俊，用筆已得化境。

跋曾文正公手書冊子 丙子

始余與秀水陳寶衡容齋，居曾文正公莫府，共事七八年，相善也。已而別四五年，復會於天津，握手相勞苦。時容齋當以知縣待闕山東，將別，出所藏文正手書格言見視，徧徵諸名公、貴人、通儒題詠，已盈帙二三寸矣。

猶憶乙丑、丙寅間，從文正淮北軍次，是時同在莫府者，若獨山莫友芝子偲，嘉興錢應溥子密，武進劉翰清開生，黟程鴻詔伯旉，漵浦向師棣伯常，遵義黎庶昌蒓齋，東湖王定安鼎丞，桐城方宗誠存之，吳汝綸摯甫，皆一時豪俊。文正每治軍書畢，必與群賓劇談良久，雋詞閎義，濤湧飆至，間以識略文章相勖勉。或長日多暇，則索書之紙，雜陳几案。人人各饜其意去，追惟曩遊，忽忽逾十年，文正没亦五年矣。

嚮之同為賓僚者，皆散之四方，死者十二三矣。今獨與容齋相對啜茗譚往事，且展文正手書，公之藹容毅氣，猶若可即而覿也，如侍燕間而聞所不聞也，如追疇昔之師友而重晤一堂也。容齋容齋，其善葆是冊昕夕出而玩之，以蘄踐乎文正所書之言之意，則於修身莅民景行之資，綽有餘裕矣。余與容齋相違之日久，誼不可無言以贈，於其別書是以貞之。

顧貞女傳 乙亥

有終身不嫁以守其志，以孝於父母，以庇其兄弟，及其兄弟之子若孫者，曰顧貞女。貞女父顧翁，世居無錫，諱鴻逵，余姊壻福基之大父也。福基幼失父母，貞女字之如父母。余姊自顧氏歸甯，每稱貞女慈惠不容口，余家長老驚歎以為賢。福基早卒，遺孤敬輿始一歲，貞女偕余姊撫孤十年。余姊復卒，敬輿益無恃。貞女撫之如撫福基，長養教誨以至成人。

先是貞女字同縣孫履成，婚有日矣，履成暴病卒，貞女聞赴慘然。將死，父母諭止之，然知其性烈，乃許勿再字以遂其志。由是終身不嫁，事父母，即父母意所未達，貞女將順必謹，家人有微過，掩覆不以聞，俾徐自改，終得父母歡。侍母疾，衣不解帶，閱寒暑罔倦。父没，慟曰：『吾事畢矣！』欲遂死之。家人交言敬輿新失母，幼無所依，棄長兄之嗣非孝也，乃稍稍節哀撫視之。貞女兄弟六人，其三皆早卒，室中孤寡，莫不仰貞女如慈父母。貞女一以恩覆之，靡有薄厚疏數也。維鈞，諸弟庀家政，無鉅細，必諮而後行，事以無隕。

同治某年某月，朝廷旌其貞孝。今年貞女年六十矣，敬輿請於余曰：『願有述也。』乃撮所聞為之傳，以付敬輿使藏之家。

薛福成曰：余少聞顧翁善積著之術，以富雄一縣中。翁好施濟，接賓友，家事一倚貞女。余嘗至其家，僮僕各職其職，內外斬斬，禮法肅然，余既已心異之。其後翁家毀於兵燹，貞女所以求慰翁意者益虔，析翁所予私財，以煦諸弟及兄弟之子孫，己則布衣蔬食不厭。夫以貞女才行如此卓卓，若使為丈夫，豈僅有聞鄉里也哉！然後知人真性不厚，而能以才行傑然自見者，自古未嘗有也。

季懷弟云：敘事雅潔，贊語渾樸有味，尤深入古人之室。此境不可强致，根柢厚，書味深，方能得之。

道銜奉天府治中蔣君家傳 丙子

君諱大鏞，字和叔，號九山，無錫蔣氏。以道光甲辰進士，官直隸知縣，垂十餘年。所至得民和，考治行尤異。咸豐初年，粵寇起，大兵絡繹南下，君自知雄縣調赴糧臺。未至，大府以淀河漫溢侵官道，檄還治之。修隄建橋，驛路遂通，師行無滯。粵寇北犯，調知通州，益起京東團練張聲勢，賊亦不至。上嘉其能，嘗召諭大臣，近畿防務宜法通州。累選西路同知，順天府治中，積勞以知府用，加道銜。會同列有甚之者，陰屬御史摭款劾君，按驗不實，而繼之者劾益力，君坐罷職。已而自悼曰：

吾為清白吏二十年，今言路恣為謾，汙我已甚，且官可去，名不可點。於是援例赴都察院剖辯。

朝廷命大臣廉得實，還君官，並議原驗大臣罰俸，選奉天府治中。奉天，陪都也，官多，俸尤儉。率仰贍州縣吏，州縣地曠瘠，困於積耗，皆浚民侵公以償所費。又與旗員錯治，政令歧出。其下緣為姦利，上官力不能禁，滋相容隱，貨賂公行。吏道益刓不肅，君獨皦然自振厲。上官諷以稍去崖岸，毋自苦。君正色謝不敏。頃之，頌聲翕然，近遠交稱蔣君清官也。旋隨大臣勘事吉林，先是吉林將軍等私以庫金寄市權子母，事頗覺，大臣馳至即閱庫，君請勿發封驗視，戒俟三日後詳閱。大臣尤之曰：『不發封，焉知不受給邪？』君曰：『某固知受給也。今其金多在市，倉卒窮治之，則將軍以下罪皆死，而金不復還庫矣。貰期三日，庫金數十萬可盡歸也。』越三日，復閱庫，果如君言。大臣以是服君智略。奏聞，將軍以下得減罪遣戍，然皆感君甚。瀕行，集金數萬為餽贐。君峻卻之曰：『吾為國家保鉅帑也，敢有私哉？』復隨大臣赴朝鮮會議邊界，設辭辯答不窮，俾朝鮮讓甌脫地博六十里，緜二千里。其後方展邊牆未竟，以同治八年十二月卒官。

君內行純篤，事上馭下，與待交遊，一以謹恕。遇義所宜執，則懍然不可干。卒用伉直不諧於時，宦久不達以終。然以君所樹立，視世之闒茸軟媚以躐顯貴而聲施闐如者，其得喪何如也，君審之熟矣。所著有詩文集若干卷，藏於家。子汝修，直隸候補知州；汝僩，候選府經歷；汝傳，兵部車駕司郎中；汝倫，早卒。

薛福成曰：余聞前盛京將軍滿洲都興阿公，有古名臣風，勳滿天下，而操行廉介不苟，其没也，幾無以為斂。方蔣君為治中時，公嘗謂曰：『此間不嗜財者，惟吾與子二人。』烏乎！公其有激而云然邪！然以蔣君之賢處此，猶持圜鑿入方枘也。君之所有，百不一施，宜哉！今聞朝廷力顧陪都根本地，且懲舊法末流之弊，議所以更張之道甚具，而君不及少待以有所為也。悲夫！

處士崔君家傳丙子

咸豐之世，粵賊踞金陵，土寇蠭起劫敓。宜興荊溪縣當賊衝，多峻山鉅谷。溫台諸郡流民就墾其中，尤貧無藉者，乘間出没，助寇作聲勢。縣令患之，謀請兵大府，盡逐客民。既成議矣，處士崔君鄉居聞之，驚曰：『是以一莠甚百良也！彼雖非土著，皆客此數世，茹澹力作，為子孫計良苦，一旦奪其田宅，此不毆之歸賊，即逋嘯為盜耳。』與其兩弟謁縣令，力尼之。且請行保甲法，俾客民自察其奇邪者，縣遂無事。

薛福成曰：自古患端起於至微，知之者隱忍不言，其禍卒至一發不可遏。今吉林長白山金匪，江西封禁山教黨，始皆設厲禁，空其地弗居。然愚民趨利，禁之不能絕也。不能禁而用虛文為治，其地其民，且委諸法令之外，蘊姦藪慝，為患滋巨。智者慮患之未然，壹切以厚民生為本，而禁惡之法，陰行於其中。此與民同利之術也。崔君可謂勇言大計者哉！

君性樂易，果於行善，與人交，不立畦畛。然常面折人過，鄉里倚勢侮弱者必力抗之，其尤卑賤者益右之。精醫術，時出神奇以濟病者。值歲水旱，設廠賑饑民，未嘗不以身倡，勞瑣事無所避。居濱湖，湖口有蘭山，迆出水際里許，行舟觸伏石立碎，昏夜尤險絕。君謀諸里黨，築樓樹鐙其巔，山下有小港二，鳩傭分濬，俾避風者艤之。港純石為底，工多，至鬻私田以償費，自是傍山行舟者無沈溺患。咸豐十年，賊陷縣城，縱兵掠四境。君投水不死，因避警遠徙，憂憤發病歸，遂卒，年六十一。子徵彥，與福成同年友善。福成每從問崔氏先德，於是歎荊溪風俗之近古，與君好善之篤也。

君諱書冕，字芝青，荊溪縣歲貢生。弟書黼、書黻，皆以文行著，前後舉於鄉。兄弟三人自為師友，鄉人敬信。縣有大事，必會議可不可，蘄便民而已。雖與縣令意相左不為撓，令亦無以易之也。至今縣人稱其鄉族之公廉能任事者，必曰崔氏云。

先妣事略 丁丑

先妣太夫人姓顧氏，考諱鈞，國子監生，貤贈資政大夫。先世自元明以來居無錫為望族。先妣生五歲而孤，依母侯夫人作苦茹澹，衣食僅自給。親黨中有以饑寒告者，先妣痛自節嗇，稍周其衣食，有不繼，恒如饑寒之在身者。長老歎異，以其仁慈之性不可及也。年十八，歸我先考府君，凡生六男一女。其詳見於伯兄福辰所述先府君行狀。

先妣逮事大父母，是時府君授徒養親，家貧。先妣裁冗緝匱，佐以女紅，具甘旨，必腆。府君幾自忘其艱，大父母亦以是忘府君之艱也。大父母性方嚴，或時不懌，家人悚懼。先妣善承大父母意旨，輒能轉怒為怡，諸姑娣姒咸自謂弗如也。府君既舉於鄉，迄成進士，恒橐筆遊四方。先妣主持家政，自婚嫁賓祭以至延師課子，區處井然有程度。從兄有早失父母者，撫之如子，從兄亦依先妣如母。凡三黨貧乏者，孤寡癃廢者，暨婚喪力不能自舉者，輒厚佽卹之。府君每自外歸，問家事，輒喜曰：『雖吾在家，不是過也。』

先妣於福成兄弟，未嘗加以疾言遽色，然教誡不少倦。每歸自塾中，必親理其餘課。寒暑風雨之夕，一燈熒然，誦聲至夜分乃罷。暇輒為言某能讀書，身享令名，榮及父母；某不能讀書，汙賤危辱，瀕於死亡。福成等聳聽汗下，罔敢自逸。故督責非甚嚴，而所學或倍常程。府君自外歸，輒又喜曰：『雖吾自教，不是過也。』

先妣御下寬，雖臧獲賤隸，不忍斥其名，聞人有過，惟恐彰之。福成兄弟習其意，自幼至長，未嘗敢以惡聲加人。戚黨有父子婦姑勃谿者，聞先妣言，輒自戢，及將遠別，其婦泣曰：『吾失所天矣！』已而果不良死。其善氣感人多如此。

咸豐八年，府君卒官湖南。俄而粵賊擾鄉里，舉家僑徙寶應。所居卑窪多濕，遂得足疾，時發時愈。歲甲戌，伯兄福辰迎養山東濟東泰武臨道官舍。其冬，手足忽偏痹不仁，調治已漸愈。越二年，疾復大作。福成時在保定，聞耗疾馳至山東。四日而先妣卒，實光緒三年二月二日，壽六十有八。

嗚呼！先妣自遭府君之戚，洊丁寇亂，轉徙異鄉，田廬燬廢，親故凋亡，百感交集。吾姊及仲兄福同又相繼卒，其疾之所由來漸矣！天降禍於福成兄弟，何酷也！光緒五年月日，男福成述。

刑部湖廣司主事張君家傳己卯

張君諱璐，字子佩，一字寶卿。常熟縣東唐市人。與其弟珽、弟瑛，皆以制舉文鳴於時。珽早卒，君與瑛益講儒者實學，嘗慕震川歸氏及桐城諸先輩之為文也。間攄所得，未嘗輕示人，人亦鮮知之者。道光二十五年成進士，授主事，刑部湖廣司行走。久之，補湖廣司主事。總辦秋審，有坊役索賄殺人，君廉得實，將致法焉。上官庇之，寢其事。君力爭不聽，居恒鬱鬱引為深恥。既慨天下多故，需才實亟。嘗守儒先主靜之訓，以謂非學無以廣才，非靜無以成學。剸繁茹精，日躋高明，以應天下事，何施不可！用此自勖，兼勖其弟瑛。噫！君之志殆無窮矣。咸豐八年六月二十一日，疾卒京師，年四十九。

常熟距吾縣不百里，其地擅江山之勝，士大夫豁朗多文，皆能自奮科第，致通顯。如君之遇，非不可以有為者，乃天驟奪之年，既不竟其施，又無以究其志而就所學。豈天之所阨，恒在一二賢豪者邪？是非余所能知已！君弟瑛，字仁卿，砥行好古，與余善。子祖仁，同治十二年舉於鄉。

薛福成曰：余與君弟仁卿先生，同鎸曾文正公奏議，始相識，為述君行頗詳。君，先大夫同年友也，然余不及見矣。先生又言常熟鄉民業漚菅，歲饑，貨滯不流，君勸富人居貨待時，且盡力為之倡，民以存活者數百家。遇不稱才，乃澤一鄉，亦足以覘君所蓄云。

贈資政大夫前兵部侍郎廣西巡撫壯節鄒公行狀己卯

曾祖顯臣，國子監生，皇贈中憲大夫、江西督糧道。祖士起，縣學生，皇贈資政大夫，廣西巡撫。父麟書，乾隆三十六年舉人，淮安府學教授，皇贈資政大夫，廣西巡撫。

公諱鳴鶴，字鍾泉，號松友。其先由錢塘徙武進，復徙無錫，世居賓雁里。嘉慶二十一年舉於鄉，二十五年會試中式。越二年，殿試，以知縣發河南，歷知新鄭、羅山、光山、祥符縣事。所至勸積穀，興水利，課藝植，建義塾。未幾，民譽翕然，政聲上聞，連獲鄰境劇盜，送部引見。以知州用，擢蘭儀廳同知。究心河防，凡鳩材慮工畚築宣洩之宜無不精。大府倚如左右手，課績常最，累權衛輝、陳州、開封府事，三護開歸、陳許道。天子數優詔嘉勞，旋開蘭儀同知闕，以知府候補。公為人，忠果任事。苟職所當舉，與民生休戚所繫，毅然以身先之。嫌疑禍福，無少顧望。臨危蹈艱，累奮奇績。亦卒以此取嫉於世。

道光二十一年夏六月戊戌，河決祥符之張灣，冒隄頂而入，破護城大隄。己亥至開封城下，居民號謼奔徙，咸謂：『非鄒公不能活我！』巡撫牛公鑑亟檄公權開封府事，從民望也。開封城在河隄下，久不治，益隤，大溜洶洶殷殷，激盪震奔，自南門而東而西而北，環城四匌。天大雨，平地水深二丈，去堞不盈尺。公以謂自古治水之法，詳於隄禦而略於城守。今河薄城下，當以守隄法守城。乃明賞罰，同甘苦，審地勢。請於大府，徵財與粟於下縣，檄召南北岸守河兵吏，斂其材入城，視水所向，積土為阜。或縛薪偃木以殺水勢。尤當衝者，隳磚為壩，縋磐石壓之。城有闕培之，有竇塞之。民之溺者阽者，寒且饑者，拯之濟之，煦而哺之。守城八十餘日，城崩於水者積六百餘丈，輒復繕完而崩不止。材益殫，勢益危，眾兇懼，將潰矣！公啟牛公率僚屬拜且禱，願隕身救民，辭旨甚哀，繼以痛哭。水為卻退旁趨，公益捍禦之百方，每至智力並窮，亦時有天幸，常轉危為安。其後水勢稍衰，防守復百餘日，而決口合龍。

方事之急也，天子授公知開封府，出重臣，攜帑金數百萬塞河，又發賑撫金數百萬。水既退，議遷行臺省於洛陽。公力止之，選廉能吏分勸郡邑士民醵財紓患。未數月，集貲二百餘萬緡。迺修崇墉，翼然更新。濬城濠，築礮臺，開渠達惠濟舊河以渫積潦，復護城大隄七十餘里。城中百廢具舉，悉規舊制。是役也，公以素習河事，為上下所推服，所請於大府無不從，卒捍大患，而河南士民思公如再造焉。

二十三年，河決中牟，公以疏防奪職，留工効力。旋丁生母憂，而中牟大工告竣，得旨以道員用。服除，除江西督糧道。文宗顯皇帝即位，詔求賢才，內外大臣交章薦公可大用，擢順天府府尹。俄而群盜洪秀全等橫於廣西，上命大學士賽尚阿公為經略，督兵往剿，超授公廣西巡撫。

咸豐元年夏五月，公馳抵桂林，疏陳粵中積弊，致盜賊縱橫狀，非假以歲月，不能疏抉而廓清之。又言創行團練，稽覈糧臺，事繁巨，請調左江道嚴正基等自輔。許之。二年二月戊戌，賊自永安州突出，經略使諸將追之，遇伏，亡總兵官四人。賊北趨桂林，勢張甚，提督向忠武公榮聞警，率師由間道疾馳三百里，先一日入城。公亦先期庀守具，號召鄉團，分布要隘，部署文武官紳，分門分地而守，北扼甘棠渡以通餉道。庚戌，賊至城下，連日攻城。公以向公老將，知賊虛實，凡戰守事悉以諮之。向公亦傾心為公謀，相得歡甚。皆露宿城上，督率將士，捕奸民內應者斬之，詗城外空房被賊踞者火之，賊豎雲梯傅城，縱燎飛石摧之。又以東面對河上關得形勢，遣將移營據之以瞰賊巢。賊以呂公車宵突我城，公命擊以大礮，火箭木石齊發，盡焚其車，車中賊皆燔焉。當是時，援兵數道集城外，諸將故等夷，不相統攝，經略大軍在陽朔，隔賊不能進。公曰：『賊勢方强，城之存亡，決於呼吸！指揮諸將，經略之責。今經略聲息不相達，軍令紛歧，此危道也。』乃具疏自請總統援軍，違令者以軍法論。召諸將示以疏稿，諸將皆受命維謹。經略聞之，頗不懌。公分遣諸將擣古牛山等處賊巢，連戰皆捷。賊乘間來襲，皆敗去。圍城三十三日，竟不能窮公方略。夏四月辛巳朔，賊棄營夜遁。向公赴援桂林也，經略初不知，及聞賊將退，急檄向公追賊。而是時諜者皆言賊將出我不意，還攻桂林。粵民一日數驚，咸籲留向公。向公亦病不能行，公乃遣諸將分道追賊。經略聞之，滋不懌。會賊北攻全州，將入湖南境。時議頗責經略不能遏賊，經略乃連疏劾公稽留勁兵，閉城自守，不能出師躡賊，助聲援，公遂落職歸。而全州陷，賊益强，不可復制，經略亦獲譴去矣。

是年冬，賊陷武昌。兩江總督陸公建瀛奏請起公籌辦緣江防堵事宜，公力疾至金陵，陸公已赴九江，公與將軍忠勇公祥厚、布政使祁公宿藻等，籌守備甚具。公於是三守危城矣！明年正月，九江兵潰，陸公退入金陵。賊驅脅益眾，舳艫十萬中江而下。公日夜憂勞，病益劇。

陸公謂公無守土責，將奏令還家養疾。公怒曰：『吾豈臨難苟免者哉？』拂衣起。賊攻城十日，公知事不可為，賦絶命辭二章，聞儀鳳門陷，率鄉兵馳至三山街，與賊遇，從者皆散，賊刃之，公大罵，格傷二賊以死，賊殘其尸。時咸豐三年二月己酉也，春秋六十有一。

公生有摯性，少孤，事母至孝。父資政公易簀時，貧無以葬，遺命俟子成立後營葬。乃刻苦嚮學，環宵旦不輟，既成進士，始卜吉營窀穸。初釋褐時，即裒集古今循吏事蹟，昕夕玩覽，故公於治民治河最精。尤喜稱述儒先之書，所至必訪其賢士，折節下交，表章先哲，不遺餘力。當世名公卿如王文恪公鼎，林文忠公則徐，粟恭勤公毓美，皆一見傾倒，待為國士。然公自負其能，見世之陋庸闒茸不事，事者無貴賤，壹以氣陵之，不為禮，世亦以此望之。其在鄉居官，所規畫以𤔡士民者甚衆，兹不著。著其大者，所著有世忠堂詩古文集、撫粵奏議、桂林守城日記、道齊正軌，共若干卷，藏於家。妣華氏、鮑氏、方氏，生母李氏，皆贈封夫人。配蔡氏夫人。子四：覲颺，浙江溫州府同知；覲儀，候選通判；覲宸，國子監生；覲皋，刑部額外郎中。女子六，皆適士族。孫若干人。曾孫若干人。

公既殉節之明年，大吏奏聞，詔贈道銜，賜邮如例。同治七年，大學士總督兩江曾文正公疏請以巡撫例優邮，並予謚，報可。御史朱鎮摭浮言詆公，詔收前旨。翰林院編修朱福基等赴都察院白其誣，詔下兩江總督廉得實，左遷鎮主事，仍賜邮如例，予謚壯節，賞騎都尉，兼雲騎尉世職。

公死事餘二十年，議謚立傳已久，然竊觀史館甄采諭旨奏疏雖備，而公平生志節與歷官事實，或闕而未詳，謹論次如右，以備史氏之采擇焉。謹狀。

季懷弟云：此文共二千二百餘字，所詳記者，不過三事：守開封，守桂林，及殉節金陵也。三者係公一生大事，亦即作文自然之章法，其他事皆帶敘而已。提筆公為人數語，挈起全神，貫注通篇血脉。公自負其能數語，亦與通篇事蹟呼應。敘守開封，曰自古治水之法詳於隄禦而略於城守，所以明不得不詳敘梗概，以備後世禦河守城之法。敘守桂林，曰經略聞之，頗不懌。經略聞之，滋不懌，具有史筆。曰在鄉居官所規畫甚衆，則一切行誼及諸善政，均括在内矣。此審於詳略之要也。行狀一體，綜計八家及歸、方、姚諸集，寥寥不過十數篇。梅伯言雖為人作行狀，不列於集，蓋行狀體宜詳，詳則文難出色。自歸熙甫李公行狀以後，惟此足與抗衡。

卷四

科爾沁忠親王死事略丙子

咸豐、同治之間，科爾沁忠親王視師山東，初戰不利。久之，始削平教黨及諸土寇，乘勝南征，擒張洛行於宿州，殲苗沛霖於下蔡。淮潁以北揭竿烏合之徒，掃刮無遺種，威聲赫然震中原。既而追捻寇於光、黃、汝、鄧之間，多山谷沮洳，騎不得騁，累中賊伏，喪其良將恒齡、舒通額、蘇克金等。王益憤，日夜逴一二百里，宿不入館，衣不解帶，席地而寢。天未明，傅爨畢，士皆橐糗糒，王手一鞭，上馬飆馳。一日，王先其大軍，自率親兵數千與賊十餘萬夾水而軍。賊久怖追軍，無所掠食，步賊足皆腫裂，不能行，會薄暮，未測我軍虛實，願就撫。總兵陳國瑞為之關說，已有成言矣。賊先遣二渠來謁王，王見賊渠，怒甚，語未半，趣命斬之。賊眾大驚，皆散走，迸入山東境。王益疾追。當是時，官軍與賊皆重趼羸餓，環寒暑不能休息，勢且俱踣。賊揚言王少寬我，即降。

同治四年夏四月己丑，王督陳國瑞、郭寶昌、成保、何建鰲等軍，與賊戰於曹南。敗，退入空堡。賊圍之數重，且欲掘長濠以困之。官軍糧草俱乏，逮夜，洶洶欲潰。諸將咸啟王請突圍出，不許。固請，乃許之。王部分諸將，自與成保馬隊俱，使降賊桂三率數百騎為前驅。王飲酒至醉，上馬，馬踶逸不肯行，乃易馬以出。時已二更矣，天星昏黑。桂三有異志，既出堡，即反走，突衝我軍，賊乘之。陳國瑞所部步隊四千，覆潰幾盡，國瑞僅以身免。餘軍與賊不相辨識，長驅並騖於昏黑中。遲明，見道旁小圩，收隊入保，不知王所在。俄有賊首戴三眼花翎紅頂，揚揚過圩去，官軍望見慟哭曰：『嘻！吾王死矣。』比賊去，跡至麥塍中，見王已遇害，身受數傷，旁一僮同死焉。乃以騎載王尸，告有司斂之。總兵何建鰲，內閣學士全順，皆死於陣。

王前後督師逾十載，斥私財數十百萬以充軍實，自恒齡、舒通額戰没，常懷必死之志。性友愛，王弟至營，與同寢處；將別，忽引上坐拜之，告無生還意，戒善事太妃，卒無他語。王子來省王，中塗，有司館之，王子固辭未能卻，王聞，大怒，將殺之，僚屬為請，猶罰跪良久，且役以勞賤事，困苦之。王每安營定，展馬鞍帳外，獨坐飲酒。一卒奏炙肉於前，諸騎卒環而乞肉。王徧啖以片脯，乞者踵至，至盡一烝豚，日以為常。王薨之夕，京師中皆聞怪風自南起，鬼聲數千，啁啾隨之，須臾，向北去，蓋忠靈不泯云。

黎蒓齋云：摹寫生色，有暗啞叱咤之氣，是從項羽本紀後段脱胎者。

叙益陽胡文忠公御將 戊寅

咸豐之世，粵寇俶擾。益陽胡文忠公治湖北七年，威名滿天下。環東南萬里被賊之區，其民喁喁相告，皆曰胡公援我。以余所聞，凡公所以察吏、理財、養民、睦鄰之具，罔不精絕一時。然公所以能指揮群英而為天下雄者，其御將之略，尤超軼古今云。

初公以道員募鄉兵擊賊，隸曾文正公部下。追賊至江西，文正密薦公才可大用，俾率師還援湖北，旋拜巡撫之命。公初起角巨寇，軍弱，連戰不利，潰而復集者數矣。會羅忠節公澤南以湖北上游地不可不爭，請於曾公，引所部三千人，由江西轉戰而前，連拔數城，薄武昌而壘。朝命聽公節制。羅公故以名儒講學，學者所稱羅山先生者也。曾公初練鄉兵，招之出。楚軍規制，皆所手定。門弟子多崛起，為名將。當是時，羅公以甯紹台道赴援湖北。公一見執弟子禮甚恭，雖與僚屬語，必稱羅山先生，事無鉅細，諮而後行。詢其軍將吏之勇怯材鄙而擢汰之，羅公亦稍稍分其眾隸公，俾部勒其士卒。由是盡傳楚軍規制，變弱為强自此始。羅公力攻武昌，被重創，三日薨。公哭之慟，以女弟妻羅公長子。舉其裨將李忠武公續賓代領其軍，勇毅公續宜佐之。二李者，故羅公高第弟子，沈毅多大略，公以昆弟遇之，而漸增其餉，俾益募兵，遂剋武昌，盡收湖北諸郡邑，悉鋭攻九江，將沿江以矙金陵。時李公父母皆篤老，方事之殷，以不能歸省為憾。公為迎養其父母，晨昏定省，如事父母。日發書慰二李，二李皆感激，願盡死力。忠武既剋九江，鼓行而東，師鋭甚，會援賊大至，戰没盧江三河鎮。

公方奉太夫人諱，有旨百日後起視事。公具疏懇辭，忽聞忠武死綏，遂投袂起，以大事屬勇毅公，俾鳩潰散，修守備，弔死療傷，期年而後用之。且謂之曰：『迪庵自任滅賊而賫志長瞑，吾誓為竟前功，以報死友於地下，當與吾弟勉之。』迪庵者，忠武公字也。勇毅於是日夜訓厲其眾，眾益奮，南解寶慶之圍，北奠淮西地，大敗悍賊陳玉成之眾於挂車嶺。賊再竄湖北，再平之，勳望隆然。不數年，超擢安徽巡撫。先是從曾公起兵者，羅公、李公皆以陸師稱強，其專領水師，則楊公岳斌、彭公玉麟，功名與羅、李相上下。羅、李既皆為公用，而水師諸將亦奉曾公命，先後援鄂，分布江漢間。當是時，兵將駢集，客主牴牾，往往違言。公傾心調和，泯其異同，具餉必豐，獎薦愈隆，務揚善表功以聯諸客將，諸客將皆親附公與曾公等。曾公久駐江西，不莞吏事，權輕餉絀，良將少，勢益孤，列郡多陷者。公名位既與曾公並，且握兵餉權，所以事曾公彌謹，饋餫源源不絕。

湖北既清，乃遣諸將還江西，受曾公節度，軍勢復大振。曾公素有知人鑒，所識拔多賢俊。公常從問士大夫賢否，聞曾公有一言之獎，輒百方羅致，推轂惟恐不盡力。或畀以軍寄，致大用。是時公所擢任於儔人中者，又有忠勇公多隆阿，今一等子提督鮑公超。多公性頗忮，而老於兵事，饒智勇。鮑公後起，以驍果剋敵，功尤多。二人不相下，公因激勵而兩用之。謂多公曰：『鮑超戇悍，非兵家所貴，賴吾子庇蔭以有今日。超之功，皆子之功也。幸始終左右之。』謂鮑公曰：『多公言汝勇而無謀，汝能奮功名無蹉跌，則可以問執人口矣，勉之！』二郎河之戰，賊來益眾。超將退矣，公遣騎馳書告曰：『寇深矣！如林翼輩，生死無足重輕。君威名蓋世，宜自重！盍少退？』超益疾鬥，遂大捷。公知多、鮑二人皆好勝，各予卒萬人，當一面。二人爭以戰功相掩，勳伐皆為天下最。

湖北當四戰之衝，為賊必爭地，備多力分。公乃整権政，通蜀鹽，改漕章，每月得餉金四十萬兩，養兵五六萬人，驅除群寇。又謂守疆當戰於境外，分兵援江西，援湖南，援安徽、河南、浙江，未嘗不以天下大局為兢兢。而天下之求將才者，亦不之他省而之湖北。一時以善戰名者，若都興阿、舒保、劉騰鴻、蕭翰慶，皆公麾下之選也。公量能授事，體其隱衷，而匡其不逮，或家在數千里外，輒饋資用，問遺其父母，珍裘良藥，使歲月至。公嘗言天下無不可造之才，惟汩於仕宦與綠營舊習者皆屏勿進。其人忠樸有志節，雖無巨績，揄獎必逾其量。或選耎貪冒不事事，敗軍政，罰亦不少貸。以是人咸感其遇而服其公，莫不樂為之用。昔李勇毅公嘗告曾公曰：『胡公待人多血性，然亦不能無權術。』公答之曰：『胡公非無權術，而待吾子昆季則純出至誠。』勇毅笑應曰：『然。雖非至誠，吾猶將為盡力以滅此賊也。』是時將帥同心如此，故卒有成功云。

季懷弟云：綱領燦舉，聲暢色楙，與荆川叙沈希儀事相彷彿，知其得力於史、漢深矣。

書過善人事己卯

嘉慶十九年，淮南州縣旱饑。含山濱江之鄉有銅城閘鎮者，歲比有秋，鄰縣饑民扶老繈幼，就食者數千人。鄉人大驚，為闔戶罷市。自門隙瞷之，眾無所得食，益洶洶。處士過實圃先生恐有變，亟出慰之曰：『諸君饑求食，當謀所以食爾，請與諸父老議之。』明日，集里中好善者，富出財，貧輸力，自倡巨貲，綢繆經紀，張席隙地以居之。老羸婦孺，計口賦食。傭其壯者於四鄉農戶，俾自食其力。寒有襦，病有藥，殁有棺，孕且育者厚賙之，給以曠壤，課蒔蔬菜，儲水具，警火灾。其冬，山鄉得雨，遣丁壯以所得傭值，歸而種麥。麥熟，乃各挈婦子歸，歡聲徹衢巷，呼曰：『善人！善人！』由是四方至者，皆知有過善人云。

余同年友竹潭孝廉，先生孫也。光緒五年正月，竹潭手一冊，請余書其事，且述先生訓曰：『吾家僅萬金產，以賑饑耗其半。次年，歲大穰，糶穀獲倍蓰利，遂復其初。人何憚而不為善哉！』余謂：『此先生勉子孫為善之言耳。若豫存獲報之心，則計較得失，必不能破產以求仁，即勉為之，而報非可必得，將遂不振人之急乎？彼其時但以活人為心耳，雖盡耗其產何慮！惟然故仁術無不周，而澤之被人者宏，卒受天佑，其產可復而其後必昌，報施之理然也。嗟夫！方饑民索食洶洶，人以引避為智，相率閉拒，則彼計無復之，勢將剽敚，一鄉被其患，而過氏無獨全之理。先生挺然以一身肩其任，弭變之智與恤難之仁兼至，究亦無損於其家。故知存計較得失之心者，公與私兩失；去計較得失之心者，公與私兩得。通是義也，雖任天下事可也。』

過先生諱華，字曙初，號實圃。他行多可述者，非大誼所存，故不著。

書遊擊過君殉難事己卯

過君名勝祥，含山人。以布衣從軍，積功至遊擊。咸豐十年，粵賊縱橫皖南諸郡，君以偏裨從副將朱威肅公景山，駐軍甯國之北四十里曰竹塘以禦賊，連戰皆捷。既而諸營稍稍潰陷，八月乙酉，君與主將皆力戰死。越三日，郡城大營亦陷，提督周忠壯公天受死之。其後七八年，君既得優恤，贈雲騎尉世職。又十餘年，君之族人竹潭孝廉，語余謀所以傳後者，余為書而論之曰：

曩者大軍覆於金陵，賊得勢益逞，東徇吳越故地，傳於海，迭縱悍黨西犯，鏖戰江淮五嶺彭蠡之間，列城陷者數百。藎臣烈士，良將賢吏，挺義蹈忠，斷脰決腹而一瞑不視者，何可勝數！然或全軍淪陷而聞見無徵，姓名俱湮，或已蒙褒錄，而事蹟不顯著；雖欲闡揚無由，蓋有可傳之實而不傳者多矣，匪直此也。居今日而溯千百年之前，又上溯之至於無垠，其間勁節偉烈，可傳而不傳者何限！即幸而假靈於文以永其傳，而文亦久而必敝。然則自達者視之，古今直須臾耳，傳不傳又何足道哉？而況余之文不足以傳君哉！雖然，忠義之士蹈死不慄，彼何嘗有毫末計名之心？天地之所以奠，日月之所以明，江河之所以流，皆賴此正氣之與為維持。是則千古勁節偉烈，雖或傳或不傳，謂之至今存可也。

過君之事，幸未沈泯。余特稍誌崖略以例其餘，亦以慰竹潭之志云。

書桐城程忠烈公遺事並序辛巳

贈太子太保記名提督忠烈程公學啟，發迹在安慶，授命在嘉興，而其下蘇州一役功最高，雖三尺童子聞其名，莫不敬悚。余嘗病官書載公戰功雖具，而公之雄略偉節有未詳者，謹再摭拾所聞，以俟作史者采擇云。

公幼不喜讀書，亦不事生產，然倜儻有大志。粵賊陷桐城，聞其名，購求不得，乃執其父以招之。其父貽以密書曰：『忠孝不兩全，汝可為我一出，伺賊之瑕，得當以報國，亦大丈夫事也。』公乃出詣賊而父得釋。偽英王陳玉成奇愛之，稍任以兵事。俾屬偽將葉芸來守安慶，芸來倚如左右手，妻以女甥高氏。今尚書威毅伯曾公之圍安慶也，陳玉成自江南大舉來援，累為楚軍諸將所折挫，圍益急。芸來分其悍黨授公，俾出駐城外為犄角。公私忖圖賊數年，迄未得間，今其時矣！遂以其眾降官軍，日呼賊黨出降。賊窘且慍，膊公妻子於城上。公率降眾導官軍晝夜環攻，未匝月而城拔，賊眾殲焉。

曾文正公自祁門來，公進謁，文正奇之，使將千人，而未大用也。會今大學士肅毅伯合肥李公以道員率師赴援上海，乃命公屬李公東下。李公既巡撫江蘇，僅有上海彈丸地，賊糾黨數十萬來攻，李公督諸軍大創之。又至，又大創之。凡三卻悍賊，而公之功為最多。賊自是不敢窺上海，公領偏師，進剋旁縣十數。

李公察公才可獨當一面，漸令增募其眾至七八千人，使洋將戈登以常勝軍三千人與俱，進逼蘇州。公批亢蹈危，力爭要害，稍翦城外賊壘。偽忠王李秀成自金陵聞警赴救，累戰皆敗。當是時，李公遣諸軍由常熟趨無錫，以斷賊常州之援。秀成以謂無錫道不通，則蘇城危，乃大會諸酋，與我軍鏖戰無錫境上，喪其眾十萬，復遁入蘇城拒守。適李公由滬至蘇，督軍破婁門外石壘長城，燬賊營略盡。公亦盡奪蠡口、黃埭、滸墅關諸隘，水陸軍三面傅城，賊眾兇懼。是時秀成之黨，惟偽慕王譚紹洸所部皆粵賊，每戰猶致死；自偽納王郜雲官以下，皆有貳志。副將鄭國魁與雲官有舊，雲官密致款於國魁，為介紹於公。公與國魁及戈登以單舸會雲官等於洋澄湖，賊黨謀殺公，雲官苦止之。公與雲官等約為兄弟，俾斬秀成、紹洸以獻。諸酋不忍於秀成，請圖紹洸。公與諸酋指天誓曰：『自今以往，富貴相保，匿悃不告，必死於礮！』諸酋亦指天誓曰：『自今以往，反正輸誠，有渝此盟，必死於兵！』誓畢，各歸其軍。既而秀成察雲官等戰不力，覺有變，自度力不能制，而上游官軍攻金陵甚急，秀成迫欲赴援，乃以守城事屬紹洸，執手泣别曰：『好為之，無幾相見。』遂率死黨及其孥賄乘舟宵走。官軍以西洋炸礮攻城，賊益不支。越三日，紹洸召雲官等焚香設誓，雲官使其從者刺殺紹洸，遂據紹洸偽府，夜開齊門迎降。公令鄭國魁以二營入城，時同治二年十月丁卯也。

明日，賊獻紹洸首。公親入城撫視，精壯猶逾十萬，降酋列名者八人，曰偽納王郜雲官，偽比王伍貴文，偽康王汪安均，偽甯王周文佳，偽天將范啟發、張大洲、汪懷武、汪有為。方歃血誓死生，乞公請於李公，求授總兵副將等官，署其眾為二十營，仍屯閶門、胥門、盤門、齊門。雲官猶未薙髮，公欲無許，恐有變，乃姑許之，而密白李公請誅之。李公謂殺降不祥，恐嘉興、常州賊黨聞之，堅守不下。公固爭之曰：『今賊眾能戰者十倍於我，粟支五年，即令憑城拒守，我軍攻之，非數年不下，徒多殺士卒與脅從之民無為也。僇八人而全數百萬生靈之命，不亦可乎？人責鬼譴，某自當之！公不從某言，請公自為之，某不敢與聞軍事矣！』李公曰：『既若此，任汝為之，毋僨吾事。』公乃復入城，與雲官等要約，以李公命盡許所請，勸令出城行參謁禮。明日，日方中，李公臨公營，雲官等詣營，請李公受謁。公分軍守婁門，且陰遣營遮其歸路。李公見八人者，慰勞周至，漸引其從者宴於外，肅八人者設宴帳中，稱有公事，遽歸大營。俄而礮聲舉，營門閉，婁門軍亦舉礮應之。八人者相視色動，回顧從者，皆不在旁，欲出不得。忽聞大呼殺賊，蒼頭卒百餘人挺矛直入，八人者驚起止之曰：『願見撫軍，惟命是聽！』卒遽前斫之，皆死。八人者將死，皆頓足曰：『乃為程某所賣！』公自婁門馳入雲官偽府，以雲官之令召賊酋桀黠者數百人，皆誅之。俾賊眾盡繳軍器，賊眾皆懾伏聽命。明日，李公整部入城，傳令止誅〔一〕其魁，籍其老弱及丁壯願歸農者，資遣歸鄉里，能戰者編入營伍，得其貲財積粟以贍軍，蘇城大定。

李公由是遣軍分道攻拔常州、嘉興，以蹙上下游之賊。賊備多力分，而杭州、金陵相繼恢復。論者謂不剋蘇州，則金陵、杭州不能遽拔。微公設計招降，則蘇城不下；下蘇城而群酋不誅，則後事未可知，而淮軍亦不能盡銳出征，迭摧堅城也。夫始約而終背之，其事譎而不正，無以服群酋之心。然公亦若願當其禍而設誓者，公所謂不有其躬以狥功名者邪！卒之大局轉旋，生民蒙福，公之成功甚偉，而忠孝之忱，亦於是盡矣！

公之進薄嘉興也，涉自浮橋，麾眾登城，死傷甚眾。城上發炮，飛鉛貫公左腦，暈絕。舁歸營，部下將士奮攻入城，遂殲賊眾。而公創甚歸蘇，溫詔詢公傷狀，賞賚稠疊。李公旦夕往問候，及將出視師，公猶為李公籌軍事，流涕執別。創漸合，留敗骨為梗，醫言不可去，公自拔之，血涌不止。傷腦及喉舌，不能食飲，遂以同治三年三月庚戌卒。將卒之數日，口中念叩，皆蘇城降酋事；時奮拳作格鬥狀，忽瞋目叱曰：『汝等敢從我乎？』或曰公平日意之所注，疾革神瞀以至此也。

公廉於財，馭軍紀律嚴，所過肅然。目不甚知書，而行軍披覽地圖，指撝不爽銖寸。或以事怒將吏，旋覺其誤，立起自責，往謝不敏，故得人死力。每遇敵，登高望之，即知其强弱堅瑕，偏正分合。隨宜應之，臨機果斷，赴敵迅疾。每爭一隘，必斷賊援師絕糧道，動中竅要，其將略殆天授也。戈登初與公為昆弟交，每戰必偕；及誅降酋，戈登詈公，誓不相見。聞其卒，乃哭之，乞於李公，以公督戰時二長斿攜歸國為念，其為遠人推服如此。

蕭敬甫云：此篇詳叙下蘇城事，而剋安慶事次之。以其為公奇績所在，亦即平定粵賊全局所繫也。近見各書於此事或不甚詳，或雖詳而未能挈其綱領，無以感發人意。及讀此篇，吾無間然，始知偉人偉事，必有偉筆以達之，乃可傳之不朽。

【校】

〔一〕『止誅』，原作『誅止』，據石印本改。

敘曾文正公幕府賓僚 甲申

昔曾文正公奮艱屯之會，躬文武之略，陶鑄群英，大奠區宇，振頹起衰，豪彥從風，遺澤餘韻，流衍數世。非獨其規恢之宏闊也，蓋其致力延攬，廣包兼容，持之有恒，而御之有本。以是知人之鑒，為世所宗，而幕府賓僚，尤極一時之盛云。竊計公督師開府，前後二十年，凡從公治軍書，涉危難，遇事贊畫者，閎偉則太子太傅、大學士、肅毅伯合肥李公，禮部侍郎、出使英吉利、總理各國事務大臣長沙郭公嵩燾筠仙郭公原籍因避家諱，改書其郡，下從此例，兵部侍郎、巡撫陝西長沙劉公蓉霞軒，雲南按察使平江李元度次青； 明練則四品卿銜、內閣侍讀長沙郭崑燾意城，候補道、長沙何應祺鏡海，武岡鄧輔綸彌之，歙程桓生尚齋，主事甘晉子大，直隸清河道溧陽陳鼐作梅，河南河北道奉新許振禕仙屏，四品卿銜、吏部員外郎嘉興錢應溥子密，候補道長洲蔣嘉棫蒓卿，定遠淩煥曉嵐； 淵雅則知和州、直隸州長沙方翊元子白，江蘇按察使中江李鴻裔眉生，四品卿銜、刑部主事歙柯鉞筱泉，候補道黟程鴻詔伯旉，候選知府陽湖方駿謨元徵，江蘇知縣溆浦向師棣伯常，出使日本、記名道遵義黎庶昌蒓齋，知冀州、直隸州桐城吳汝綸摯甫。 右二十二人，李公功最高。 公之志業，李公實繼之。 郭公、劉公與公交最深，所議皆天下大計。

凡以他事從公，邂逅入幕，或驟致大用，或甫入旋出，散之四方者，雄略則太子太保、大學士、恪靖侯長沙左公，兵部尚書衡陽彭公玉麟雪琴，前布倫托海辦事大臣、漢軍李雲麟雨蒼，權福建布政使護巡撫事益陽周開錫壽珊，候補直隸州、贈太常寺卿、雲騎尉長沙羅萱伯宜，安徽布政使權巡撫事新建吳坤修竹莊，甘肅甘涼道合肥李鶴章季荃； 碩德則兵部尚書、總督兩江開縣李公宗羲雨亭，兵部尚書、總督湖廣合肥李公瀚章筱泉，前兵部侍郎、總督東河河道南昌梅啟照筱巖，前兵部侍郎、巡撫安徽衡陽唐訓方義渠，都察院左副都御史吳川陳蘭彬荔秋，兵部侍郎、巡撫山東桂陽陳士杰俊臣，光祿寺少卿江夏王家璧孝鳳； 清才則太僕寺卿瑞安孫衣言琴西，監察御史烏程周學濬縵雲，前知建昌府江陰何栻蓮舫，候補直隸州湖口高心夔碧湄； 雋辯則候選道陽湖周騰虎韜甫，前湖南布政使劍州李榕申甫，兵部侍郎、巡撫廣東望江倪文蔚豹岑，前山西冀甯道東湖王定安鼎丞。 右二十二人，左公、彭公功最高。 李雲麟聞公下士，徒步數千里從公。 皆才氣邁衆，練習兵事，而受知於公最先。

凡以宿學客戎幕，從容諷議，往來不常，或招致書局，並不責以公事者，古文則瀏陽縣學教諭巴陵吳敏樹南屏，前翰林院編修南豐吳嘉賓子序，候選內閣中書武昌張裕釗廉卿； 閎覽則前翰林院編修德清俞樾蔭甫，芷江縣學訓導長沙羅汝懷研生，諸生新城陳學受藝叔，知永甯縣當塗夏燮謙甫，江蘇知縣獨山莫友芝子偲，舉人衡陽王開運紉秋，季水楊象濟利叔，刑部郎中長沙曹耀相鏡初，出使俄羅斯參贊、道員武進劉翰清開生，知易州、直隸州陽湖趙烈文惠甫； 樸學則海甯州訓導嘉興錢泰吉警石，知棗强縣桐城方宗誠存之，候補郎中海甯李善蘭壬叔，舉人江甯汪士鐸梅村，候選道石埭陳艾虎臣，諸生南匯張文虎嘯山，德清戴望子高，儀徵劉毓崧北山，其子壽曾恭甫，海甯唐仁壽端甫，寶應成蓉鏡芙卿，候選知府金匱華蘅芳若汀，候選縣丞無錫徐壽雪村。右二十六人，吳敏樹、羅汝懷、吳嘉賓名輩最先。敏樹與張裕釗之文，所詣皆精。 莫友芝、俞樾、王開運、李善蘭、方宗誠、張文虎、戴望皆才高學博，著述斐然可觀。

凡刑名、錢穀、鹽法、河工及中外通商諸大端，或以專家成名，下逮一藝一能，各效所長者，幹濟則蘇松太兵備道南海馮焌光竹儒，徐州兵備道歙程國熙敬之，候選主事海甯陳方坦小浦，候選教諭宜興任伊棣香，候選知縣江甯孫文川澄之； 勤樸則前兩淮鹽運使涇洪汝奎琴西，候選直隸州漢陽劉世墀彤階，候補道瀏陽李興鋭勉林，候補知府衡陽王香倬子雲； 敏贍則監察御史武昌何源鏡芝，江西知縣忠州李士棻芋仙，候補同知宣城屠楷晉卿，候補知府富順蕭世本廉甫。右十有三人，皆能襄理庶務，剸繁應瑣。雖其用之巨細不同，亦各有所挾以表見於世。

凡福成所嘗與共事，及溯所聞而未相覿，或一再晤語而未共事者，都八十三人。其碌碌無所稱者不盡錄。

古者州郡以上，得自辟從事參軍記室之屬，故英儁之興，半由幕職。唐汾陽王郭子儀精選幕僚，當時將相多出其門。降及晚近，舍實用而崇科第，復為壹切條例以束縛賢豪，而登進之塗隘矣。惟公遭值世變，一以賢才為夷艱定傾之具。其取之也，如大匠之門，自文梓楩枏以至竹頭木屑之屬無不儲； 其成之也，始之以規矩繩墨，繼之以斧斤錐鑿，終之以磋磨文飾； 其用之也，則楹棟榱棁，椳闑扂楔，位置悉中度程，人人各如其意去，斯所以能回乾軸而變風氣也。

昔公嘗以兵事、餉事、吏事、文事四端，訓勉僚屬，實已囊括世務，無所不該。幕僚雖專司文事，然獨兼攬其全。譬之導水，幕府則眾流之匯也。譬之力穡，幕府則播種之區也。故其得才尤盛。即偶居幕府，出而膺兵事、餉事、吏事之責者，罔不起為時棟，聲績隆然。夫人必有駕乎天下之才之識之量，然後能用天下才，任天下事。福成居公幕僅八年，於未及同遊者，知之不詳，然於公知人之明與育才之心，粗有所睹矣。謹詮次公賓僚姓名，並敘其爵里著於篇，而於所未知者則姑闕焉。

伯兄撫屏云：此篇脱胎漢書公孫宏傳贊，品評確當，布置精嚴。驟視之，若不過撮敘人姓名爵里；細玩之，乃絶有關繫之事，亦絶有關繫之文。

書益陽胡文忠公與遼陽官文恭公交驩事 乙酉

伯相遼陽文恭公官文總督湖廣時，宮保益陽胡文忠公巡撫湖北。文忠才氣卓犖，以一行省之力，經綸天下事。文恭拱手以聽，遂成大功，海內兩賢之。然二公離合之始末，議者或未之知也。

咸豐五六年間，粵賊陷踞武昌、漢陽，蔓及旁郡，蹂躪數千里。是時文恭由荊州將軍改總督，凡上游荊、宜、襄、鄖諸郡兵事餉事悉主之；文忠駐軍金口，進規武昌，凡下游武漢、黄、德諸郡兵事餉事悉主之。二公值湖北全境糜爛之餘，皆竭蹶經營，各顧分地。文忠尤崎嶇險阻，與劇寇相持，獨為其難。督撫相隔遠，往往以徵兵調餉互有違言。僚吏意嚮，顯分彼此，牴牾益甚。文恭於鉅細事不甚究心，多假手幕友家丁，諸所措注，文忠尤不謂然，既克武昌，威望日益隆，文恭亦欲倚以為重。比由荊州移駐武昌，三往拜而文忠謝不見也。或為文恭説文忠曰：『公不欲削平巨寇邪？天下未有督撫不和而能辦大事者，且總督為人，易良坦中，從善如流。公若善與之交，必能左右之，是公不翅兼為總督也。合督撫之權以辦賊，誰能禦我！』文忠亟往見文恭，推誠相結納，謝不敏焉。文恭有寵妾，拜胡太夫人為義母，兩家往來益密，饋問無虚日，二公之交亦益固。文忠於是察吏籌餉，選將練兵，孳孳不少倦。文恭畫諾仰成而已，未嘗有異議。每遇收城剋敵及保薦賢才，文忠輒陰主其政，而推文恭首尸其名。

朝廷以文恭督湖廣數年，內靖寇氛，外援鄰省，成功甚偉，累晉大學士，授為欽差大臣，寵眷隆洽。文恭心感文忠之力，而文忠亦益得發舒，凡東南各省疆吏將帥之賢否進退，與大局一切布置，每有所見，必進密疏，或與文恭會銜入告。文忠所引嫌不能言者，亦竟勸文恭獨言之，訏謨所定，志行計從。人謂文忠有旋乾轉坤之功，不僅澤在湖北也。

既而文忠遭太夫人喪，得旨賞假百日，營葬後即起視師，駐軍皖鄂之交。省中大政，皆歸文恭主持。文恭聽已革總兵樊燮之訴，奏劾湖南巡撫幕賓今侯相左公。左公為文忠同學友，文忠嘗薦其才可大用者也。既被嚴劾，文忠慍不言，貽書曾文正公，密解其獄，且薦左公襄辦江南軍務。文恭有門丁頗為姦利，奔競無恥者，多緣以求進，文忠所素欲參劾者，文恭或薦之，得居要地。府中用財無訾省，不足則提用軍餉，耗費十餘萬金。文忠積不能平，獨居深念，若重有憂者。當是時，今協揆朝邑閻公以戶部員外郎總理糧臺，兼運帷幄籌，往謁文忠，請間言事。文忠屏人，以督府事告之曰：『方今籌餉如此艱難，而彼用如泥沙，進賢退不肖，大臣之職也，而彼動輒乖謬。今若不據實糾參，恐誤封疆事。為朝廷憂，吾子以為奚若？』閻公對曰：『公誤矣！夫本朝二百年中，不輕以漢人專司兵柄。今者督撫及統兵大臣，滿漢並用，而焯有聲績者常在漢人，固由氣運轉移，亦聖明大公無私，剗刮畦畛，不稍歧視之效也。然湖北居天下衝，為勁兵良將所萃，朝廷豈肯不以親信大臣臨之？夫督撫相劾，無論未必能勝，就使獲勝，能保後來者必勝前人邪？而公能復劾之邪？且使繼之者或勵清操，勤庶務，而不明遠略，未必不顓己自是。彼官至督撫，亦欲自行其意，豈必盡能讓人？若是則掣肘滋甚。詎若今用事者胸無成見，依人而行，況以使相而握兵符，又隸旗籍，為朝廷所倚仗，每有大事，可借其言以得所請。今彼於軍事餉事之大者，皆惟公言是聽，其失祇在私費奢豪耳。然誠於天下事有濟，則歲捐十數萬金以供給之，未為失計。至其位置一二私人，可容者容之，不可容則以事劾去之，彼意氣素平，必無迕也。此等共事人，正求之不可必得者，公乃欲去之何邪？』胡公擊案大喜曰：『吾子真經濟才也！微子言，吾幾誤矣。』由是益與文恭交驩無間言，文恭亦敬服之終身。

迨文忠薨於位，未幾而文恭劾巡撫嚴公澍森去之。威毅伯曾公巡撫湖北，又劾文恭去之。湖北從此多事，其閎整富强之績，亦稍隤矣，後人於是益以文忠之能用文恭為美談云。

薊州景忠祠碑 辛巳

上即位之五年，有大事於惠陵。三月，禮成。行禮官、吏部主事、前河南道監察御史臯蘭吳君行至薊州，繕封密疏，仰藥卒。守土者遞其遺疏吏部，奏諸朝。其大略以一死泣請懿旨，豫定將來大統之歸。兩宮皇太后特命廷臣集議。議既上，奉懿旨皇帝受穆宗毅皇帝付託之重，將來誕生皇子，自能慎選元良，纘承統緒。其繼大統者，為穆宗毅皇帝嗣子。守祖宗之成法，示天下以無私。皇帝必能善體此意也。吳可讀以死建言，孤忠可憫，著交部照五品官例議恤。當是時，薊之士民，醵貲蠲地，為君營葬，東望惠陵，以成君志。於是眾情翕慕，薄海抃詠，穆然神愉，竦然意肅。我先皇無子而有子，緊吳君之靈實相之，忠讜一奮，宗社獲祐，至尊嘉悼，志遂名立，君於是為不死矣。

既，薊人復謀建祠以祀。時伯相合肥李公總督直隸，疏聞於朝報，可卜址薊州東之馬伸橋，君授命地也。庀材鳩工，再易寒暑。七年秋，舉人李汾以蕆事告大府，顏其祠曰景忠，並請竪碑甄叙大凡，以慰薊人之誠。系之以詩曰：

盛清受命，委祉繩繩。聖以傳聖，十葉相承。穆宗晏駕，前星弗炳。我皇纘緒，海宇綏靖。上奉懿訓，家法昭垂。矧天子聖，大孝無私。自古議禮，異說蠭起。圖之不豫，慮有偏倚。臣民喁喁，有懷欲攄。曰此大事，相顧趦趄。卓哉吳君！摯性邁群。惠陵襄禮，鬱此孤芬。返抵薊門，風雨荒村。五更草奏，晨雞已喧。以軀易仁，千秋寸晷。鳩甘如飴，一瞑不視。行類大愚，誠與天通。九重感歎，默鑒其忠。優予褒贈，國是乃定。巧言佞辭，孰敢熒聽？昔君奮筆，彈劾戎臣。不憚危身，而志則伸。直聲四震，關西之儁。跆而復起，晚節彌峻。君之肝膽，秋月同明。君之志行，喬嶽崢嶸。薊人慕義，輸金與地。為奠幽墟，為營祀事。盤山之陽，泃水之湄。鼓鐘祼薦，於赫新祠。靈之來兮，徘徊層巘。青霞為導，白雲為輦。靈之下兮，若在戶庭。春薦谿蘩，寒菊秋馨。東眺寢宮，咫尺依護。靈旗往覲，無朝無暮。耿耿丹心，人鬼所欽。士女瞻拜，慷慨悲吟。野叟村農，來致肸蠁。忠藹之忱，油然以長。群倫表式，協於大同。伐石鐫辭，昭示無窮。

贈朝議大夫知府銜揀發湖北知縣予諡武愍王公衣冠墓表甲戌

粵寇之難，文臣以死事贈諡者餘五十人。同縣王公以揀發知縣死湖北，破格褒顯，海內榮之。縣令未受事禦寇得諡者自公始。公少劬問學，氣果行方，授徒鄉里數十年，稱述必宗宋儒。嘗以文受知前巡撫林文忠公，招入衙齋讀書，久益歎為古君子。試於鄉，連擯不遇。晚乃舉道光二十九年順天鄉試，教習宗學，叙勞得知縣。謁選吏部，適湖北行省奏闕人，請以選人揀發。

當是時，粵寇久踞金陵，縱悍黨西鶩，力刳上游形勝地，湖北已再陷再復，而賊復麇至。選人皆畏沮不欲行，循例赴部謁假。公曰：『若仕必擇地，則夷艱揹危仗節之士，不復見於今世，寇何由平！』肅冠帶往聽旨，果發湖北。或言寇已深入，道且梗，盍徐行。公挈一子二僕，從間道疾驅，至則賊圍武昌。巡撫陶文節公方嬰城守，兵弱，勢不支。官吏祈大府檄出請援兵，稍稍引去。公欲入城，益陽胡文忠公以布政使駐軍城外，惜公才，留贊戎幄事。公不可，縋城入，陶公連稱『義烈男子！』且曰：『吾死於此，職也。子無守土責，盍速出。』公又不可，乃登陴助守。明日，城陷，陶公殉節黃鶴樓，公馳往哭，死之，仲子燮及二僕皆從死。時咸豐五年二月庚戌也，春秋五十有二。六年冬，胡公剋武昌，以公父子死事狀聞，詔優恤，賜祭葬，贈知府銜，國史立傳，祀昭忠祠。子燮從祀，贈主簿銜。均授雲騎尉世職。既而言官奏請建祠無錫，疆臣奏請建祠武昌，皆報可。最後給事中謝增等以謚請，得旨賜謚武愍。

嗚虖！公未嘗一日為守土吏，即令聞難不亟赴，赴不遽入城，於誼未有以訾公也；奮袂勃起，父子蹈義若渴，一瞑不視，以激當世避危選事之風，然後知公所以憂天下者為無窮，而所蓄未易測也。公賢遠矣！

公廉於財，好振人緩急。家屢空，事親必得歡心。其後每念祿養不逮，未嘗不流涕也。在宗學時，人率歲六七至，公獨留宿三年，教諸生不倦。與外兄李剛烈公福培少同學，以行誼相砥鏃，嘗同居京邸，夜深論時事，慷慨罵諸將吏跳奔者，皆面發赤，戟手搏案，讙聲震鄰舍，僮僕為之驚起。其後並以知縣死節，又同時得謚，當世驚其不負所志云。

公諱恩綬，字樂山。祖濬，本生祖浩，父鼎汾，皆贈朝議大夫。配楊恭人。子男七：亶翔，繼兄後；燮，字理齋，候選從九品，沈敏多幹略，公縋城時，戒勿入，涕泣請從，卒以孝死；庭楨，由副貢生襲雲騎尉，今任湖北江夏縣知縣；賡陛，候選巡檢；紀庸，早卒；立坊，候選巡檢；忠蔭，候選主事。女一，適訓導糜其相。孫五人。庭楨以咸豐七年十二月，自湖北招魂歸，葬公衣冠惠山馬鞍塢之新阡，以理齋祔於昭。楊恭人後公數年卒，以同治某年月日祔葬。越數年，庭楨由江夏謁假旋里建祠，來請曰：『願有述也。』福成乃論次公大節，與飾終之禮之始末，俾揭於墓之原。

代李伯相布政使銜直隸按察使贈太常寺卿丁公墓表 辛巳

同治九年，西洋人之旅居天津者，與官民積不相能，客主挺爭，訛言朋興。是時遇缺題奏按察使丁公率淮軍四千人赴天津，備非常。天子授公天津河間兵備道。公開誠示眾，消釋群疑，扶良詰姦，遠人賓順，屬郡無事。既而居民不戒於火，天津舊有救火會，其人皆輕俠尚氣，即與西洋人不洽者也，猶以前嫌，相約不救火。公聞警趨赴，未及呼儀仗，跣一足，跪泥塗中，向火泣禱。救火者聞風踵至，烈焰頓熄。梁家園何隄將潰，築者披靡。

公親執畚鍤，躍立水中，幾滅頂不為動，水勢驟卻。眾益奮，隤土疾築，隄以不壞。自是天津士民咸謂公之精誠足以禦水火，格蠻貊，翕然頌之曰賢父母！

余適奉命總督直隸，以公居余部下久，其樸直果毅之氣，可屬大事，又能深得民心若此，始知其不僅習兵略也。凡察吏、庇民諸政一埤之，鉅細事無不理。前後倚如左右手者近十年，不意中道淪謝，志業未副。追溯往事，愴然不能為懷者久之。公始習舉子業，設皋比為句讀師，窮年佔畢書生耳。咸豐三年，粵賊踞金陵，淮南諸郡相繼陷，公始集里中子弟，部勒以兵法，累戰有功。同治紀元，余創募淮軍，赴援江蘇，公率偏師從余渡江，屢遌悍賊。自是轉戰江、浙、楚、豫、山東之境，剋復郡縣城汛三十餘處，擒斬偽王逆酋十數，招撫降眾數萬，公未嘗不在行間。晟舍之戰，賊憑河為險，公率所部梟重河，拔密椿，破其兩壘。諸軍相隨奮擊，立剋之，湖州賊由此不振。沭陽之戰，時值霖雨，平地水深數尺，捻酋任柱西渡沭河狂竄，公首先解衣涉水，將士隨進至河干，伐木為梁，畢渡乃斷之。眾知無退路，窮追破賊，任柱勢蹙就殲。乍浦降眾多桀黠，未釋兵，恐有變。公諭其酋曰：『汝械來自賊中，與我軍異，盍繳舊易新，示無相歧。』眾然之。繳軍器已盡，始告以奉檄遣撤狀，量給塗費。眾愕眙聽命，遂分道歸鄉里。

公之勇決善戰，審幾定變多如此。積功，擢遇缺題奏按察使，賞戴花翎，加布政使銜，西林巴圖魯名號。任天津道數年，屬境大水，公手定章程，設饘粥廠以棲流民，廬竈藩溷，悉有程式；選賢員發賑鄉村，條教縝密，道無殣者，他郡多奉以為法。以憂去官，紳民籲留者數萬人。服除，起權津海關道。會直隸山西河南大旱，公廣勸商民分財濟賑，噓枯濯痍，鄰疆蒙澤。遷按察使，攝布政使，平獄訟，甄賢否，廩然以不得其職為懼。觀公所勉欲樹立者，其意量殆不可窮。遽以光緒六年五月十九日卒，年五十五。以七年某月某日，卜葬合肥西鄉椿樹岡南之新阡。

公諱壽昌，字樂山，其世系邑里行誼，余已誌之幽堂。有子二人：功浩、功勳。公之卒也，余具公戰功治績上於朝，得旨宣付史館立傳，賜恤如例，並於天津建立專祠。公之治行，在天津為尤異，天津士民哀之如喪父母。朝廷援禮經禦災捍患則祀之義，豈特以慰士民之思，亦俾世之吏於兹土而能燾其民者知所勸也。故余復甄叙大略，貽諸其孤，俾揭於墓以告後之人。

誥授奉直大夫戶部雲南司主事王君墓誌銘 庚辰

君諱綷，字莘鉏，無錫王氏。其先蓋出自裘氏，縣人稱其族曰裘王，所以別於王氏也。祖諱某，父諱以銓，皆贈奉直大夫。莘鉏以同治二年進士，授翰林院庶吉士，改補戶部雲南司主事，加員外郎銜。光緒二年，為福建副考官。明年，丁母顧宜人憂。既歸葬，復至京師，授徒以自給。明年夏四月某日，卒。年四十八。娶吴宜人。子三：蘊時，副貢生；蘊亭，蘊貞，皆幼。蘊時等既奉喪南歸。逾年，吴宜人卒，將以某年月日，合葬無錫某鄉某原，先期來請銘。余少時出試於有司，莘鉏方以制舉文雄庠序，試輒魁其曹，而即之溫溫，有不自足之色。余始知莘鉏所蓄，非制舉文所得限也。後遭寇亂，分走四方，不通問者數年。同治初元，以秋試遇於京邸，握手相勞苦。莘鉏頗自述顛沛危險饑驅之狀，聞者猶為心悸，而莘鉏處之夷然。余又知莘鉏飫歷憂患，所造殆益進矣。是時海內多故，余憫夫沈溺聲病小楷之學者，迷不知返，輒舉時務所宜施行者，以語人人。同坐者或引去，或橋舌愕眙，莘鉏獨傾聽歎服，謂非篤於俗學者所及見也。莘鉏既再試再掇高第，為操觚士所祈嚮，聲譽隆然。余以莘鉏才智穎然邁流輩，勸其刻苦以力追古之賢豪。莘鉏自謂舉業有一日長，於晞古傳後無當也，當讓趣操不合於時者。夫以莘鉏之才與遇，而退然不矜，審於自處若此。嗚呼！其賢於世之倖躐亨衢，高自標揭，觝鑠古今，而言行不相顧者，蓋亦遠矣。

余累試累擯於有司，橐筆遊戎幕，與莘鉏相覿之日少，或閱數年始一見，見其意氣灑然，不異疇昔，顧稍為塵俗事所困。余又惜莘鉏以絕人之才，而泛愛無町畦，不能擇人而事其事，至自奪其日力也。然莘鉏聞余至，則賓就之，語未嘗不移日。同時朋侶，虛衷好善，知我如莘鉏者，其可復得邪？莘鉏內行孝友，劬躬養親，撫教諸弟妹皆成立，居官接物，坦中樂易，不為齦齦矯俗之行，然能以道自守。嘗語其弟綜曰：『吾生平無他長，惟不競進取，差足自信。今世俗最重師生誼，吾有師在樞府，而未躋華秩；有師在戶部，而未獲優差。吾死，當以是銘吾墓。』銘曰：

古也尚賢，為官擇人，何才不伸？今也膴仕，非暱罔試，為人擇事。皦皦王君，默抱孤芬。離俗超群，睨彼騰債。浮雲一瞬，胡欣胡慍！有階可緣，而足不前。高風邈焉！志亢行俯，氣如春煦。不刓其矩，十蘊一宣。遽奪之年，盡然問天。梁溪之滸，青原膴膴，貽庥終古！

代李伯相兵部侍郎河南巡撫錢公墓誌銘 乙亥

公諱鼎銘，字新之，號調甫，太倉錢氏。曾祖諱文棨，祖諱鳳孫，皆贈資政大夫。考諱寶琛，由翰林洊擢巡撫，歷湖南、江西、湖北三行省，焯有聲績。妣三，皆陳氏，贈夫人。公少劬學，以道光二十六年舉於鄉，教習官學，選贛榆縣訓導。旋援例簽分戶部主事，以憂歸。

咸豐季年，賊覆我大軍於金陵，盡陷江以南膏腴地，南苞浙水，東傅於海。曾文正公督師江上，既剋安慶，將欲東兵以援吳越，而賊縱悍黨分道搏戰，蔽遮不得前。當是時，吳中官吏士民皆棲上海，上海以彈丸地孤懸賊中，勢岌岌，且不支，乃謀乞援楚軍。前中允馮公桂芬實主其議，謂此行非公莫任。公亦慷慨勃發，遂駕輪艦，越偽卡十數，徑詣安慶，謁文正公，力陳東南百姓阽危狀，且言上海中外互市要地，百貨駢集，榷稅所入，足餉數萬人，若棄之資賊，則東南無轉機矣。文正猶慮地僻遠，即有急，聲援不相逮。公開陳形便懇摯欷歔，繼以痛哭。文正亦為泣下，乃許濟師。顧念上游地博，兵益少，適某募軍淮右，將援鎮江，始奏令移嚮上海。公復與馮公謀，勸吳人集重貲，僦西洋輪艦五，絡繹上迎，潛師疾濟。蓋沿江遵海，深穿賊境一千餘里，自古行軍所未有也。師至上海，賊大舉環攻，死咋不休。某憑國寵靈，將士用命，二年之間，迭馘兇渠，剋名城，與楚師上下夾攻，遂清江表。議者謂公實發其端，公亦自是赫然負時望，駸駸大用矣。

方乞師安慶也，江蘇巡撫薛公煥遺將募楚勇萬二千人，將東行矣。文正公以所募皆各營所汰，徒耗軍食，不可用，遣公往截散之。公馳遇之漢口，簡所募九百人以歸，餘眾悉遣散，無譁者。文正大奇之，移師之議遂決。某自上海進規蘇浙郡縣，方事之殷，羽書狎至，徵餉繕兵，百務蝟集。公遇事贊畫，濟變不驚，積功以道員用。粵賊既平，淮軍四五萬人北剿流寇，常追逐一二千里不能息。公駐清江浦，轉運糧仗，訖寇滅無告闕餉者。

同治七年冬，曾文正公以首揆總督直隸，疏薦公才，請調赴行省，備任使，某亦累疏言公緩急可倚。天子授公大順廣兵備道，數月，進直隸按察使，尋遷布政使。越二年，遂擢河南巡撫。公官畿輔日淺，值永定河連決，淫潦齧民田，歲大祲。公以藩司綜理荒政，區畫條教，靡隱不周，噓枯濯痍，惠澤下布。莅河南，以全力餉張曜、宋慶兩軍，西征回寇，轉戰嘉峪關內外，功為多。河決菏澤、東明等處，山東巡撫丁公寶楨躬臨塞之，隄將合而稭料告罄。眾以為危，會公已先期運料百垛，浮河東下，舳艫相銜，比至而隄遂合，近遠驚歎。其通敏知大計多如此。公既感激知遇，欲得當以報朝廷，諸所講求，未嘗不鋭意興革，顧未及究其志。光緒元年五月，暴得疾，丁巳，卒於開封官舍，年五十二。天子震悼，褒恤有加禮，旋得旨以公政蹟事實宣付史館。

公配陸氏，繼配陳氏，皆封夫人。子男二：溯耆，優貢生，賞主事；溯時，二品蔭生，欽賜舉人。女三，適翰林院編修陸繼輝、嘉定生員廖壽鏞、副貢生汪曾懷。孫三人。公以是年冬十二月某日，歸葬太倉二十二都露字圩之原。其孤具行狀來請銘。銘曰：

惟智軋敵，惟仁庇民。踔險迎師，義泣鬼神。天河蕩穢，百悴一愒。騰躡高衢，飆興雲逝。有韞未宣，屢奮益騫。方駕而稅，孰司其權。婁江之滸，弇山之壥。鑽石埋幽，用諗來者。

代李伯相刑部直隸司郎中余君墓誌銘戊寅

咸豐十年，粵賊攻陷金陵大營，乘勢東下。是時兩江總督駐常州，不能守，退趨常熟。賊遂陷常州，進陷蘇州。巡撫徐莊愍公有壬死之，遺疏劾總督有城不守，有兵不戰，縱賊至此。既而松江、太倉、嘉興等州郡數十城同時淪陷，東南孑黎喁喁怨望曰：『疆吏實為此禍。』於是臺諫交章劾總督。同治元年，逮入都，下刑部議罪，擬斬立決。當是時，直隸司郎中武進余君實司審讞，有謀緩是獄者，以甘言餌君，或訹以危語，皆不為動，卒如讞草奏。奏上，詔大學士六部九卿翰詹科道會議，議皆如刑部讞。而謀緩是獄者十餘人獨為異議以上，或並劾君議獄多曲傅重典，以深文鍛鍊為能，奉旨改斬監候秋後處決。其後卒未從末減，議者以君執法之力為多。刑部諸大臣亦覆奏君在部多所平反，無深文鍛鍊實迹。然言者終用前事，摭他案劾君，撤銷記名御史及京察一等。越數年，以憂歸，遂不復出。

光緒四年秋，君之子思詒素服來謁，手行實一編，稽顙請余誌其墓，蓋君已於往年九月二日卒矣。按狀，君諱光倬，字省來，號幼冰。曾祖諱慶瀛，贈中憲大夫。祖諱王錫，揀選知縣，考諱保純，知廣州府選用道，皆贈資政大夫。妣姚氏、楊氏，皆贈太夫人。

君少好學，屬文操筆立就。性伉爽，重然諾。平生自矢不欺人，亦不受人欺。以道光二十七年進士，觀政刑部，補安徽司主事，升廣西司員外郎，旋升郎中。總辦秋審處，累決疑獄，每引刑律，條分節解，無少留滯。同列皆斂手下之，精力尤過絕人。每夜襆被郎署，秉燭治官書，四鼓進內廷白事，請諸大臣畫稿訖，復入署讞獄，晝夜不息以為常。嘗夜半屬草，語其子曰：『吾無財產貽汝曹，區區之心，即貽汝曹者也。』戶部虧鈔票事起，權貴人因此興大獄，株連無辜，京師騷然。久之，權貴人坐罪死。君盡心剖決，省釋者百餘人。歸田後，徜徉山水九年以終，壽六十二。配周恭人，先卒。子三：思詒，工部主事；思詢、思謨。女三：其二早夭，幼適戶部員外郎惲寶楨。孫三人。思詒等將以十二月二十日，葬君武進縣德澤鄉楊巷之原，祔於先墓。余與君同年舉進士，僅一再相見，知君未審。然君能奮然當官，卒躓於時而不悔。思詒所述，當不誣也。茲足以銘矣！銘曰：

不豐於仕，不慆於職。朋謀所惎，官偃名植。嗷然一節可矜式，平生操行吾未識。青原沈沈山峎岉，銘幽詔遐石不泐。

季懷弟云：運筆運意，無處不善。規橅廬陵，殊得佳境。

重建蘇州南禪寺鐘樓記甲戌

鐘樓之設，所以警昏旦，虞非常，啓堙鬱也。蘇郡南禪寺，創自有唐中葉。明成化間，始建鐘樓其旁，迭燬迭建，見於郡邑志。厥地倚城南偏，東迫滄浪亭，有陂池竹石之勝，宋賢蘇子美之所寄跡也。西馳不百武，為郡學宫，廣袤一二里，林木蓊然以深。大氐南禪寺左右，地皆亢爽虚闢，以故往來遊觀者，樂睎其境，而咸會於滄浪亭。庚申之變，環亭之高甍複宇，悉燬於寇，鐘樓亦摧蕩無遺址。鴻響弗播，罔以振幽宣滯，已餘一紀。

歲癸酉，廉使永康應公攝方伯事，始議修復滄浪亭，鳩工庀材，欻還舊觀。每春秋暇日，咸得徘徊遐眺，匪惟攬山川之勝，亦令人想見昔賢之遺風。既，知吳縣事，高君心夔復承方伯命，籌復鐘樓，聳踞南禪寺之背，望之翼然。移故海宏寺鐘置樓上，以屬滄浪亭浮屠，時其撞擊，鏗鍧朝夕。由是蘇之士民，神懌氣愉，而瞻聽益嚴以竦。噫！滄浪之蹟顯於世，將及千年，鐘樓建亦數百年，其間興廢者屢矣！

往者粵寇干紀，諸所剗夷焚刮，沈泯不復睹者，何可勝道！而滄浪亭獨不終廢，兹樓亦附以益永，豈適會其時與抑必以其人與！蓋萬物興廢繫乎時，而時運之推移則待乎人。自古神聖不傳之藴，得人則闡。宰物庇民理天下之法，下逮一郡邑之先務，得人則張。經史百子九流六藝之要最，得人則相嬗於不敝。故凡使廢者復興，興者終以不廢，皆人也。方今海内偃兵，朝政修明。各行省大府逮郡縣吏，罔不摶精揖志，蘄以復承平舊迹為治，則所云百廢之興，今殆其時矣，獨兹樓也乎哉！

雜記四首　己卯

余嘗以盛夏過揚州，天旱，艤舟穹隄下，忽見密雲矗南面，耕甿走相告曰：『龍見矣！』須臾，天四圍如墨，有二龍皆長數丈，垂雲端，夭矯蟠紆，乍有乍無。俄大雨驟至，雷風隨之。二龍去余舟益邇，暴長餘十丈，屈伸良久始杳。龍之前，白雲擁護之，故不見其首云。明日，渡江，復有三龍錯見如前狀，已而遇雨。噫！龍之澤足以潤物，其智足以待時，時未至則潛伏深淵。其與蝘蜓何以異！一旦乘雲氣，薄青冥，神彩驚人，而膏澤被乎寰區。彼固感時而動也，天之澤物有其時，不能不假靈於龍，豈特龍之待時與？龍之靈，時亦待之矣！

階前兩蟻穴，東西相望。天將雨，蟻背穴而鬥。西蟻數贏什五，東蟻敗，乘勢蹙之。將傅壘矣，東蟻紛奔告急，遽出穴如潮涌，濟師可三倍，逆諸礎下。相齮者，相禽者，勝相嗾者，敗相救者，相持僵斃不動者，杳然眩目。西蟻伏尸滿階，且戰且卻，又有蟻自穴中出，嚮東蟻若偶語者，蓋求和也。東蟻稍稍引退，西蟻亦分道收尸。明日視之，則西蟻徙穴益西，無敢東首者矣。夫蟻智相若，力相等，兩陣交鋒，數多者勝，蟻似能用其眾者。然倏忽之間而勝負異焉，則一勝烏足恃哉？余以是知天道好還，而盛衰之不常也。

余院中畜兩雞，其一赤羽高足，其一白羽朱冠。每晨起爭食，鼓翼怒目，蹲相嚮者良久。俄聞肅然有聲，方丈之內，風起揚塵，騰蹴奔啄，皆血淋漓染翮距，猶不退。然白羽氣少憊矣，余懼其兩斃也，呼僮執之，分繫於庭之槐。一日，鄰雞啄食其旁，赤羽餘怒未渫，乘間自斷其繫，與鄰雞鬥疾力，負重傷，損一目，創半月不愈。余命並釋白羽，自是赤羽遇敵即逃，而白羽竟稱雄院中，食必饜所欲乃已。異哉！赤羽一挫其威，至令弱敵增氣，可為好鬥者戒也。然使白羽不獲鄰雞之力，則無以雄其儕。吁！蘄勝敵者可無助乎哉！

窗外有棗林，雛雀習飛其下。貓蔽身林間，突噬雀母。其雛四五噪而逐貓，每進益怒，貓奮攫之，不勝，反奔入室。雀母死，其雛繞室啁啾，飛入室者三。越數日，猶望室而噪也。哀哉！貓一搏而奪四五雛之哺，人雖不及救，未有不惻焉概於中者，而貓且眈眈然惟恐不盡其類焉。烏虖！何其性之獨忍於人哉？物與物相殘，人且惡之，乃有憑權位、張爪牙、殘民以自肥者何也？

後樂園記 丁亥

甯紹台道署西偏有獨秀山，始蓋纍石為之，高二仞，周六丈耳。山上下古木蒼鬱，皆數百年物。前巡道李公可瓊搆雲石山房其側，選屬縣高材生月一會，殿最其文藝，獎誨尤劬，瓌彥輩出。雲石山房之名，為浙士所稱慕，餘六十年不衰。余以甲申之夏，來巡浙東，考所謂雲石者，初以能出雲物為異，已沈湮無遺蹟，山房亦渺不可識，蓋屢圮屢築，非其舊矣。

余稍稍修治，雜蒔花木，界以竹籬，境漸幽勝。每治文書畢，來此小愒，如釋徽纆而翔雲表，神氣為之灑然。山上有螺髻亭，亭下有清涼洞，穿洞而南，方沼前橫，波平意靜。大魚聞人足音，輒騞然躍起。沼中荷蓋千柄，淨不可污，殆以至潔成其高敻之品者與！山之右入碧籬，有堂三楹曰攬秀堂。稍南右折，又入碧籬，有室三楹，東向，曰滴翠軒。庭中芭蕉挺立，葉大陰濃，仰視幾不見天，謂之綠天。綠天之南有適然亭者，用雜樹幹為之，覆以椶皮，絕去雕飾，偶一徘徊，如適山野，又如置身太古，睹渾樸之風焉。循牆而南，折而左，苞荷沼西南東三面，皆修竹蒻蒻，秋聲一起，巔搖柯動，琮琤送響，尤清絕移人。余瞰南牆外有隙地，稍展拓其阯，植梅百株，謂之梅塢。塢東搆亭，隔池與螺髻亭相對，為暑日觀荷之所，曰送香亭。其西積土為露臺，以恣登眺。四迆植桂十餘株，謂之小山叢桂。再西出塢，就叢竹中曲折開一徑，可以北達綠天。遊者疑若無路，忽又得此，知造物者之理不可窮，皆如是矣。凡靈卉嘉樹蔬藥之屬，名於譜，宜於地者略具。春夏之交，陽和布暄，生氣蓊勃，群綠盡坼，眾芳爭妍。嘗以謂天下文章奇麗之境，悉在吾園。至若風之寥，雲之翱，眾鳥之音，草木之榮落，凡接於耳呈於目者，四時不同，晨夕暘雨不同，高下嚮背，意象又不同。

方余治此將成，適法蘭西擾海疆，羽書狎至。余登露臺四望，天童、太白諸山，遙矗數十百里外，隱隱如屏障。左顧甬江，繞郡奔流而東，氣勢雄闊。豁襟抱而滌塵垢，頗從容籌禦寇保民之略。事既定，復就此課士，將賡李公遺韻，因取宋賢范文正公先憂後樂之旨，名之曰後樂園。

竊思古之君子，無時不憂，無時不樂。濂溪周子勸二程子尋孔顏樂處，柳子厚謂氣煩則慮亂，視壅則志滯。為政者必有遊息之物，高明之具，使之清曠平夷，恒若有餘，然後理達而事成。是故，惟靜能制動，雖金革百萬之眾，必有以應之，樂也； 惟簡可御繁，雖百務叢脞，諸艱環集，必有以理之，樂也。若夫民物雖康，思教澤之未周，則憂； 外侮雖紓，思武備之未精，則憂。即余與諸文士講明道藝，勉晞曩哲，宜若可樂。然恐溺所樂而忘吾闕，則又憂，或眾見為樂而有憂者存，或眾見為憂而有樂者存。憂樂之節，惟聖賢能自慊，亦惟静觀者能默會焉。若范公之所謂樂，必天下無一夫不被其澤而後可。此殆期之終身，不能必得者也，而其志不容一息懈焉。以其可樂之機，涵於吾性中也，然則求吾自得之趣，將奚適而不樂？以吾之樂推之一世而不敢遽樂，吾之樂奚適而不後哉！

峴臺銘並序丁亥

余既葺後樂園而稍拓其南隙地以為梅塢，刜奥草，刳糞壤，鳩廢瓦，積成小邱，益命輦土崇之，覆以平石，繚以横檻。余每休暇登瞭，環郡數十里外，群峰錯峙，若奔若蹲，若屏若墉，若龍蛇之蜿蜒，若人行垣外而聳其髻。蓋園中獨秀山竹樹蓊蔚，末由縱眺，夫勢處高明而所睹不宏，有蔽之者也。竊謂閎覽之原因乎地，而擇地之效視乎人。惟登此則郭外諸山，歷歷可見，因合見山二字，顏之曰峴臺。臺雖庳隘不逾尋丈，可以舒煩憂，滌塵氛，規形勢，察利病，以視夫高甍複榭，僅供登臨之樂者，所得孰多孰寡，智者必能辨焉。銘曰：

明州之城，群山所宫。體勢盤礴，而廓其中。瞻矚不遐，罔豁予衷。斯臺既闢，精神四通。天童太白，雲氣冥濛。樓名海曙，塔有天封。咫尺對峙，翼然摩空。憑虚長嘯，地大天穹。經緯百務，胸羅眾峰。雨暘明晦，萬象不同。世事盡然，變態奚窮。終古不騫，以静為宗。來此寫懷，泠泠長風。

長白瓜爾佳氏死事三公贊並序己卯

道光八年，回酋張格爾就禽，餘黨出没塞外。越二年，悉鋭犯邊，喀什噶爾幫辦大臣、莊毅公塔斯哈力戰死之。其後二十年，粵孽干紀，王師致討。公之子天津鎮總兵、武壯公長瑞，涼州鎮總兵、勤勇公長壽，皆在行間，累戰有功。咸豐三年，追賊入險，冒甚雨，忍饑疾鬥，三日，没於陣。三公者既先後蒙朝廷加等優恤，賜謚、賜廕，賜祭葬，皆如例。

歲己卯，勤勇公之子、尚書榮祿仲華以三公列傳見視。竊惟父子兄弟效命疆場，豈三公之初志所及哉？彼其英氣壯猶，固欲殄巨寇，綏邊圉，以著勳名於勿替也。不幸未遇其時，而忠節萃於一門，豈惟讀是傳者為之嘆惜，抑其世世子孫所當承先志而自奮者也！因為之贊曰：

聖清御宇，豪彥雲興。豐鎬舊家，簪紱相仍。篤生忠良，應時而升。兩世三賢，節鉞早膺。群醜跳邊，憎我威稜。桓桓莊毅，揚威西域。雹邁風驅，靡堅不剋。將星遽頹，邊氛尋熄。有子剋家，殫誠報國。武莊純孝，曾閔之徒。昆季同舟，笑語㖃㖃。忽入戰場，辟易萬夫。兇渠慴伏，狐鼠睢盱。喋血窮追，不有其軀。死而得所，身殄魂愉。勤勇倜儻，干城之選。秉孝為忠，撫時扼捥。壎唱篪和，其音如貫。偉節彌彰，爛若雲漢。維彼三公，雅志夷艱。其志未就，其韞未宣。委祉後昆，鳳舉蟬嫣。孫曾趾美，勿忘勿愆！

庸庵文續編

卷上

代李伯相籌議日本改約暫宜緩允疏 庚辰

奏爲日本議結球案，牽涉改約，暫宜緩允。遵旨切實妥籌，恭摺抑祈聖鑒事。

竊臣承准軍機大臣密寄十月初四日奉上諭：前據總理各國事務衙門奏議結琉球一案，又據右庶子陳寶琛奏球案不宜遽結，舊約不宜輕改，當經惇親王等酌議宜照總理衙門所奏辦理，業經允准。旋據左庶子張之洞奏日本商務可允，球案宜緩。復經惇親王等議以日本與俄深相邀結，又與福建、江、浙最近，今若更動已成之局，未必甘心，且恐各國從而搆煽，卒至仍歸前說，或併二島而棄之，益爲所輕等語。自爲揆時度勢，聯絡邦交起見。惟事關中外交涉，不可不慎之又慎。李鴻章係原議條約之人，日本情事，素所深悉。著該督統籌全局，將此事應否照總理衙門原奏辦理，並此外有無善全之策，切實指陳，迅速具奏。總理衙門摺片各一件，單三件，陳寶琛、張之洞摺各一件，均著鈔給閱看等因，欽此。仰見聖主審於馭遠，虛衷采納，不厭精詳，曷勝欽服！

從前中國與英法兩國立約，皆先兵戎而後玉帛，被其迫脅，兼受矇蔽，所定條款，受虧過鉅，往往有出地球公法之外者。厥後美、德諸國，及荷蘭、比利時諸小國，相繼來華立約。斯時中國於外務利弊，未甚講求，率以利益均霑一條列入約内。一國所得，諸國安坐而享之；一國所求，諸國群起而助之。遂使恊以謀我，有固結不解之勢。同治十年，日本遣使來求立約，曾國藩始建議宜將均霑一條删去。及臣與該使臣伊達宗城往復商訂，並載明兩國商民，不准入内地販運貨物，限制稍嚴。嗣後該國屢欲翻悔，均經駁斥。自是秘魯、巴西立約亦稍異於前，誠以内治與約章相爲表裏，苟動爲外人所牽制，則中國永無自强之日。

近聞各國駐京公使每有事會商，日本獨不得與。其尚未聯為一氣者，未始不因立約之稍異也。至內地通商，西人以置買絲茶為大宗，貲本較富，稍顧體面。日本密邇東隅，文字語言略同。其人貧窘，貪利無恥，一聞此例，勢必紛至沓來，與吾民爭利，或更包攬商稅，為作奸犯科之事。明代倭寇之興，即由失業商人勾結內地奸民，不可不防其漸。此議改舊約，尚宜酌度之情形也。琉球原部三十六島，北部九島，中部十一島，南部雖有十六島，而周迴不及三百里。北部中有八島早被日本占去，僅存一島。去年日本廢滅琉球，經中國疊次理論，又有美前統領格蘭忒從中排解，始有割島分隸之說。臣與總理衙門函商，謂中國若分球地，不便收管，只可還之球人。即代為日本計算，舍此別無結局之法。此時尚未知南島之枯瘠也。本年二月間，日本人竹添進一來津謁見，稱其政府之意，擬以北島中島歸日本，南島歸中國，又添出改約一節。臣以其將球事與約章混作一案，顯係有挾而求，嚴辭斥之，不稍假借。曾有筆談問答節略兩件，鈔寄總理衙門在案。旋聞日本公使宍戶璣，屢在總理衙門催結球案，明知中俄之約未定，意在乘此機會圖占便宜。臣愚以為琉球初廢之時，中國以體統攸關，不能不亟與理論。今則俄事方殷，中國之力暫難兼顧，且日人多所要求，允之則大受其損，拒之則多樹一敵，惟有用延宕之一法，最為相宜。蓋此係彼曲我直之事，彼斷不能以中國暫不詰問而轉來尋釁。俟俄事既結，再理球案，則力專而勢自張。

近接總理衙門函述日本所議，臣因傳詢在津之琉球官向德宏，始知中島物產較多，南島貧瘠僻隘，不能自立，而球王及其世子，日本又不肯釋還。遂即函商總理衙門，謂此事可緩，冀免後悔。此議結球案，尚宜酌度之情形也。臣接奉寄諭，始知已成之局，未便更動。而陳寶琛、張之洞等又各有陳奏。正籌思善全之策，適接出使大臣何如璋來書，並鈔所寄總理衙門兩函，力陳利益均霑及內地通商之弊，語多切實。復稱詢訪球王，謂如宮古八重山小島，另立王子，不止王家不願，闔國臣民亦斷斷不服。南島地瘠產微，向隸中山，政令由其土人自主，今欲舉以畀球，而球人反不敢受，我之辦法亦窮等語。臣思中國以存琉球宗社為重，本非利其土地，今得南島以封球，而球人不願，勢不能不派員管理。既蹈義始利終之嫌，不免為日人分謗，且以有用之兵餉，守此甌脱不毛之土，勞費正自無窮，而道里遼遠，音問隔絶，實覺孤危可慮。若憚其勞費而棄之不守，適墮日人狡謀，且恐西人踞之，經營墾闢，扼我太平洋咽喉，亦非中國之利。是即使不議改約，而僅分我以南島，猶恐進退兩難，致貽後悔。今彼乃議改前約，倘能竟釋球王，畀以中南兩島，復為一國，其利害尚足相抵，或可勉强允許。如其不然，則彼享其利而我受其害，且並失我内地之利。臣竊有所不取也。謹繹總理衙門及王大臣之意，原慮日本與俄要結，不得不揆時度勢，聯結邦交，洵屬老成持重之見。然日本助俄之説，多出於香港日報，及東人恫喝之語。議者不察，遂欲聯日以拒俄，或欲暫許以商務，皆於事理未甚切當。

查陳寶琛摺内所指日本兵單餉絀，債項纍纍，黨人爭權，自顧不暇。倭人畏俄如虎，性又貪狡，中國即結以甘言厚賂，一旦中俄有釁，彼必背盟而趨利，均在意計之中。何如璋節次來函，亦屢稱日本外强中乾，内變將作，讓之不能助我，不讓亦不能難我，洵係確論。蓋日本近日之勢，僅能以長崎借俄屯駐兵船，購給煤米，彼蓋貪俄之利，畏俄之强，似非中國力所能禁也。豈惟日本一國，即英德諸邦，及日斯巴尼亞、葡萄牙各國，皆將伺俄人有事，調派兵船，名為保護商人，實未嘗不思藉機漁利。是俄事之能了與否，實關全局。俄事了，則日本與各國皆戢其戎心；俄事未了，則日本與各國將萌其詭計。與其多讓於倭，而倭不能助我以拒俄，則我既失之於倭，而又將失之於俄；何如稍讓於俄，而我因得借俄以懾倭，則我雖失之於俄，而尚可取償於倭。夫俄與日本强弱之勢，相去百倍。若論理之曲直，則日本之侮我，為尤甚矣！而議者之謀，若有相反者，此臣之所未喻也。至若江蘇之上海，浙江之甯波，福建之福州、厦門，均係各國通商口岸。日本即欲來擾，既無此兵力餉力，亦必不敢開罪於西人。惟臺灣孤懸海外，地險產饒，久為外人所窺伺。苟經理得宜，亦足控蔽東南，應請廟謨加意區畫，漸收成效。

中國自强之圖，無論俄事能否速了，均不容一日稍懈。誠以洋務愈多而難辦，外侮迭至而不窮，不可不因時振作。臣前奏明南北洋須合購鐵甲船四號，其數斷難再減。所有請撥淮商捐項一百萬兩，僅准戶部議撥四十萬，不敷尚多，應請旨飭令全數撥濟。各省關額撥海防經費，前經奏明嚴定處分章程，仍未如額籌解，倘再延玩，尚擬請旨嚴催。水師、電報、各學堂，亦已陸續興辦。數年之後，船械齊集，水師練成，聲威既壯，縱不必跨海遠征，而未始無其具，日本囂張之氣，當為之稍平，即各國輕侮之端，或亦可漸弭。又總理衙門慮及日本於內地運貨蓄意已久，轉瞬修約屆期，彼必力請均霑之益，或祇論修約，不提球案，恐並此南島而失之。臣愚以為南島得失無關利害，修約須彼此互商，斷無一國能獨行其志者。日本必欲得均霑之益，儻彼亦有大益於中國者以相抵，未嘗不可允行。若有施無報，一意貪求，此又當內外合力，堅持勿允者也。臣再三籌度，除管理商民、更改稅則兩條尚未訂定，應俟後日酌議外，其球案條約及加約，曾聲明由御筆批准，於三箇月限內互換。竊謂限滿之時，准不准之權，仍在朝廷。此時似宜用支展之法，專聽俄事消息以分緩急。俟三月限滿，儻俄議未成，而和局可以豫定，彼來催問換約，或與商展限，或再交廷議。若俄事於三箇月內即已議結，擬請旨明指其不能批准之由，宣示該使。即如微臣之執奏，言路之諫諍，與彼之不能釋放球王，有乖中國本意，皆可正言告之者。臣料倭人未必遽敢決裂，即欲決裂，亦尚無大患。明詔既責臣以統籌全局，切實指陳，臣不敢因朝廷議准在先，曲為迴護，亦不敢務為過高之論，致礙施行。

若照以上辦法，總理衙門似尚無甚為難之處。所有日本議結球案，牽涉改約，暫宜緩允。遵旨妥籌緣由，恭摺由驛五百里密陳，是否有當，伏乞皇太后、皇上聖鑒、訓示。謹奏。

伯兄撫屏云：駿邁閎通，爽朗縝密，最為奏疏中出色之作。此文與前編論赫德不宜總司海防書，論援護朝鮮機宜書，均能斡旋時務，裨補大局，功用非淺。有志之士，勿謂經濟與文章可歧為二也。

代李伯相議請試辦鐵路疏 庚辰

奏為鐵路為富强要圖，亟宜試辦，籌款立法，尤宜得人豫為考究，遵旨妥議，恭摺仰祈聖鑒事。

竊臣承准軍機大臣密寄十二月初二日奉上諭劉銘傳奏籌造鐵路一摺，所請籌款試辦鐵路，先由清江至京一帶興辦，與本年李鴻章請設之電線相為表裏等語。所奏係為自强起見。著李鴻章、劉坤一按照摺內所陳，悉心籌商，妥議具奏，原摺著抄給閱看等因，欽此。仰見聖主廑念時艱，力圖振作，周諮博訪，不厭精詳，曷勝欽服！

伏思中國生民之初，九州萬國，自為風氣，雖數百里之內，有隔閡不相通者。聖人既作，刳木為舟，剡木為楫，舟楫之利以濟不通，服牛乘馬，引重致遠，以利天下。自是四千餘年以來，東西南朔，同軌同文，可謂盛事。迄於今日，泰西諸國，研精器數，創造火輪、舟車，環地球九萬里，無阻不通。又於古聖所制舟車外別出新意，以奪造化之工而便民用。邇者中國仿造輪船，亦頗漸收其益。蓋人心由拙而巧，器用由樸而精，風尚由分而合。此天地自然之大勢，非智力所能强遏也。

查火輪車之制，權輿於英之煤礦，道光初年，始作鐵軌以約車輪。其法漸推漸精，用以運銷煤鐵，獲利甚多，遂得擴充工商諸務，雄長歐洲。既而法、美、俄、德諸大國相繼經營，凡占奪鄰疆，墾闢荒地，無不有鐵路以導其先。迨戶口多而貿易盛，又必增鐵路以善其後，由是歐美兩洲，六通四達，為路至數十萬里，徵調則旦夕可達，消息則呼吸相通。四五十年間，各國所以日臻富强而莫與敵者，以其有輪船以通海道，復有鐵路以便陸行也。即如日本以區區小國，在其境內營造鐵路，自謂師西洋長技，輒有藐視中國之心。俄自歐洲起造鐵路，漸近浩罕恰克圖等處，又欲由海參崴開路以達琿春。中國與俄接壤，萬數千里，向使早得鐵路數條，則就現有兵力，儘敷調遣。如無鐵路，則雖增兵增餉，實屬防不勝防。蓋處今日各國皆有鐵路之時，而中國獨無，譬猶居中古以後而屏棄舟車，其動輒後於人也必矣！

竊嘗考鐵路之興，大利約有九端：

江淮以北，陸路為多，非若南方諸省，河渠貫注，而百貨流通。故每歲所徵洋稅釐金二三千萬兩，在南省約十之九，在北方僅十之一。儻鐵路漸興，使之經緯相錯，有無得以懋遷，則北民必化惰為勤，可致地無遺利，人無遺力，漸與南方相埒。此便於國計者利一也。

從來兵合則强，兵分則弱。中國邊防海防，各萬餘里，若處處設備，非特無此餉力，亦且無此辦法。苟有鐵路以利師行，則雖滇、黔、甘、隴之遠，不過十日可達。十八省防守之旅，皆可為遊擊之師。將來裁兵節餉，併成勁旅，一呼可集，聲勢聯絡，一兵能抵十兵之用。此便於軍政者利二也。

京師為天下根本，獨居中國之北，與腹地相隔遼遠，控制綦難，緩急莫助。咸豐庚申之變，議者多請遷都，卒以事體重大，未便遽行。而外人一有要挾，即欲撼我都城。若鐵路既開，萬里之遥，如在戶庭，百萬之眾，剋期徵調。四方得拱衛之勢，國家有磐石之安，則有警時易於救援矣。各省官商，絡繹奔赴，遠方糧貨，轉輸迅速，皆願出於其塗，藏於其市，則無事時易於富庶矣。不必再議遷都，而外人之覬覦永絕，自有萬年不拔之基。此便於京師者利三也。

曩歲晉豫薦饑，山西米價騰踊，每石需銀至四十餘兩。設有鐵路可運，核以天津米價與火車運價，每石不過七兩左右。以此例之，各省遇有水旱偏災，移粟輦金，捷於影響，可以多保民命。此便於民生者利四也。

自江浙漕糧改行海運，議者常欲規復河運，以防海道之不測。鐵路若成，譬如人之一身，血脈貫通，即一旦海疆有事，百萬漕糧，無虞梗阻。其餘如軍米軍火、京餉協餉，莫不應手立至。此便於轉運者利五也。

輪車之行，較驛馬十倍之速，從此文書加捷，而頒發條教，查察事件，疾於置郵。他如偵敵信，捕盜賊，皆朝發夕至，並可稍裁正路驛站，以其費擴充鐵路。此便於郵政者利六也。

煤鐵諸礦，去水遠者，以火車運送，斯成本輕而銷路暢，銷路暢而礦務益興。從此煤鐵大開，修造鐵路之費可省，而軍需利源，更取不盡而用不竭。此便於礦務者利七也。

凡遠水之區，洋貨不易入，而土貨不易出。今輪船所不達之處，可以火車達之，出入之貨愈多，則輪船運貨亦與火車相為表裏。此便於招商輪船者利八也。

無論官民兵商，往來行役，千里而瞬息可到，兼程而塗費轉輕，無寇盜之虞，無風波之險。此便於行旅者利九也。

以上各端，西洋諸國所以勃焉興起者，罔不慎操此術，而國計、軍謀兩事尤屬富强切要之圖。劉銘傳見外患日迫，兼憤彼族欺陵，亟思振興全局，先播風聲，俾俄日兩國潛消窺伺之心，誠如聖諭係為自强起見。

查中國要道，南路宜修二條，一由清江經山東，一由漢口經河南，俱達京師。北路二條，宜由京師東通奉天，西通甘肅。誠得此四路以為根本，則傍路繁要之區，雖相去或數百里，而地段較短，需費較省，則招商集股，亦輿情所樂就。從此由幹達枝，縱横交錯，不患鐵路之不振興。惟統計四路，工費浩繁，斷難並舉。劉銘傳擬先造清江至京一路，與臣本年擬設之電線相輔並行，庶守護易而遞信彌捷，洵兩得之道。蓋先辦一路，雖於中國形勢尚偏而不舉，然西洋諸國，五十年前亦與中國情形相等，惟其刻意營繕，爭先恐後，故有今日之氣象。劉銘傳之意，蓋欲先創規模，以為發軔之端，庶將來逐漸推廣，不患無奮興之日也。

顧或謂鐵路若開，恐轉便敵人來犯之塗，且洋人久思在中國興造鐵路，此端一起，或致彼愈滋煩瀆。不知各國之有鐵路，皆所以徵兵禦敵，而未聞為敵用。何也？鐵路在我內地，其臨邊處皆有兵扼守，彼豈能憑空而至？萬一有非常之警，則壞其一段而全路皆廢，扣留火車而路亦無用。數十年來，各國無以此為虞者，客主順逆之勢然也。至洋人擅在他國造路，本為公法條約所不准。若慮其逞强爽約，則我即不自造鐵路，彼獨不能逞强乎？況洋人常以代中國興利為詞，今我先自興其利，且將要路占造，庶足關其口而奪之氣，使之廢然而返矣。

或又謂鐵路一開，則中國之車夫販豎將無以謀衣食，恐小民失其生計，必滋事端。不知英國初造鐵路時，亦有慮其奪民生計者。未幾而傍路之要鎮，以馬車營生者且倍於曩日。蓋鐵路祇臨大道，而州縣鄉鎮之稍僻者，其送客運貨，仍賴馬車民夫，鐵路之市易既繁，夫車亦因之增衆。至若火車盛行，則有駕駛之人，有修路之工，有巡瞭之丁，有上下貨物，伺候旅客之雜役，月賦工糈，皆足以仰事俯畜。其稍饒於財者，則可以增設旅店，廣買股份，坐權子母。故有鐵路一二千里，而民之依以謀生者，當不下數十萬人。況煤鐵等礦由此大開，貧民之自食其力者，更不可數計。此皆擴民生計之明證也。

或又謂於民間田廬、墳墓有礙，必多阻撓。不知官道寬廣，鐵路所經，不過丈餘之地，於田廬、墳墓尚不相妨。即遇官道稍窄之處，亦必買地，優給價值； 其墳墓當道者，不難稍紆折以避之。

劉銘傳剿捻數年，於中原地勢民情，固親歷稔知者也。惟是事端宏大，經始之初，宜審之又審，俾日後勿滋流弊，始足資程式而行久遠。臣嘗博采衆議，外洋造路，有堅窳久暫之不同，其價亦相去懸殊，每里需銀自數千兩至數萬兩不等。清江浦至京，最為衝要之衢，造路須堅實耐久，所需經費雖未能豫定，為數自必不貲。現值帑項支絀之時，此宗巨費，欲籌之官，則挪湊無從；欲籌之商，則散渙難集。劉銘傳所擬暫借洋債，亦係不得已之辦法。從前中國曾借洋債數次，議者恐各省紛紛援例，致受洋人盤剝之累，經戶部奏明停止。顧借債以興大利，與借債以濟軍餉不同。蓋鐵路既開，則本息有所取償，而國家所獲之利又在久遠也。

惟是借債之法，有不可不慎者三端：

恐洋人之把持，而鐵路不能自主也。宜與明立禁約，不得干預吾事，但使息銀有著，期限無誤，一切招工購料與經理鐵路事宜，由我自主； 借債之人，毋得過問。不如是則勿借也。

又恐洋人之詭謀，而鐵路為所佔據也。宜仿招商局之例，不准洋人附股。設立鐵路公司以後，可由華商承辦，而政令須官為督理。所借之債，議定章程，由該公司分年抽繳，期於本利不至虧短。萬一偶有虧短，由官著追，只准以鐵路為質信，不得將鐵路抵交洋人。界限既明，弊端自絕。不如是則勿借也。

又恐因鐵路之債，或妨中國財用也。往時所借洋款，皆指定關稅歸償，近則各關撥款愈繁，需用方急，宜議明借款與各海關無涉，但由國家指定日後所收鐵路之利，陸續分還。可遲至一二十年繳清，庶於各項財用無所牽掣。不如是則勿借也。

凡此數端，關係較鉅。聞洋人於債項出納之間，向最慎重，若盡照所擬辦法，或恐未必肯借。彼若肯借，方可興辦。與其速辦而滋弊端，不如徐議而免後悔。又聞各國鐵路，無一非借債以成，但恃素有名望之監工，踏勘估工之清單，與日後運載之利益，足以取信於人。中國南北鐵路，行之日久，必可多獲盈餘。誠設立公司名目，延一精練監工為勘估，由總理衙門暨臣等核明，妥立憑單，西洋富商或有願為稱貸者。至鐵路應試造若干里，如何選料募匠，如何費省工堅，非悉心考究，無由握其要領。一切度地用人，招商借債，事務繁賾，非有特派督辦之大員呼應斷不能靈。

查劉銘傳年力尚强，英氣邁往，曾膺艱鉅，近見各國環侮，亟思轉弱為强，頗以此事自任，惟造端不易，收效較遲。儻值外患方殷，朝廷或畀以軍旅之奇，自應稍從緩議；現既乞假養痾，別無所事，若蒙聖主授以督辦鐵路公司之任，先令將此中竅要專精考校，從容商榷，即俄日各國，驟聞中國於多事之秋，尚有餘力及此，所以示之不測，未始非先聲後實之妙用。且以其暇招設公司，商借洋債，雖能否借到鉅款尚無把握，然以劉銘傳之勳望，中外合力維持，措注較易於他人。其舊部駐防直蘇兩省不下萬餘人，將來講求愈精，或另得造路省便之法，或以勇丁幫同修築，或招華商巨股，可以設法騰挪，當與隨時酌度妥辦。蓋劉銘傳以原議之人始終經理，即待其效於十年以後，尤屬責無旁貸。儻更有要任相需，仍可聞命即行，獨當一面也。

再中國既造鐵路，必須自開煤鐵，庶免厚費漏於外洋。山西澤潞一帶，煤鐵礦產甚富，苦無殷商以巨本經理。若鐵路既有開辦之資，可於此中騰出十分之一，仿用機器洋法開采煤鐵，即以所得專供鐵路之用。是礦務因鐵路而益旺，鐵路因礦務而益修，二者又相濟為功矣。

所有籌辦鐵路，力圖自强，宜豫為考究。設法試行各緣由，恭摺由驛密陳。是否有當？伏乞皇太后、皇上聖鑒、訓示。謹奏。

再臣接准軍機大臣密寄十一月二十一日奉上諭前據劉銘傳奏請籌造鐵路，當經諭令李鴻章等妥議。茲據張家驤奏稱開造鐵路約有三弊，未可輕議施行等語，著李鴻章悉心妥籌具奏，原摺著抄給閱看等因，欽此。竊思凡建一事，必兼權乎利害重輕，而後無疑畏拘牽之慮；凡議一事，必確得之閱歷考校，而後無揣摩影響之談。

臣於鐵路之利益大端，與籌款之難，防弊之法，既詳陳之矣，至張家驤所稱清江浦為水陸通衢，若造成鐵路，商旅輻湊，恐洋人從旁覬覦，藉端要求等語。臣謂洋人之要挾與否，視我國勢之强弱，我苟能自强，而使民物殷阜，洋人愈不敢肆其要求；我不能自强，則雖民物蕭條，洋人亦必至隱圖狡逞。即如越南國政，不善經理，以致民生凋敝，日就貧弱，法人乘間侵奪其六省，以洋法經營，日臻富庶，是其明鑒。蓋强與富相因，而民之貧富，又與商埠之旺廢相因。若慮遠人之覬覦，而先遏斯民繁富之機，無論遠人未必就範，即使竟絕覬覦，揆之謀國庇民之道，古今無此辦法也。

張家驤又謂開造鐵路，恐於田廬、墳墓、橋梁有礙，民間車馬及往來行人，恐至擁擠磕碰，徒滋騷擾。查外洋鐵路，有雙單行之别。雙行者，占地寬不過一丈二尺。單行者，占地七尺。今南北官道，寬至二三丈及四五丈不等，鐵路所占不及官道之半。既須填築加高，與官道判若兩途，自於官道中車馬行人無所妨礙。其十字午貫之路，則有建旱橋之法，有於兩旁設立柵門，瞭望火車將至，則閉柵以止行人，俟火車既過，然後啟柵之法。至造路之費，地價亦其大宗，如有田廬侵礙官道者，當不惜重價以償貧民，輿情自可樂從。萬一有民間墳墓及田廬，不願遷售者，自無難設法繞避。其他跨山越水，建造橋梁，外洋自有成法可循，未聞其不便於民也。

張家驤又謂水陸轉運及往來之人，祇有此數，若以鐵路奪輪船之利，恐招商局數百萬款項一旦無著。查近水之區，運貨利用輪船，其行稍遲而價較廉；遠水之地，運貨利用火車，其行更速而價較巨，二者固並行不悖。即或鐵路初成之時，招商局生意略減，該局既將旗昌原價繳清，復分年拔還官帑，成本日輕，每歲得漕項津貼，縱令運載稍分於鐵路，亦尚可支持周轉。數年之後，商貨日多，更可與鐵路收相濟之益。且北方地非磽瘠，而繁富之象遠遜南方，蓋由運路艱阻，而其民於所以殖貨之原，亦遂不肯勤求。若一旦覩運銷之便，則自耕織以外，必更於藝植之利，工作之利，一一講求，可無曠土遊民之患。即如江、浙、閩、鄂等省，自通商以後，絲茶之出其地者，倍於曩日，則謂水陸轉運，衹有此數者，似又未盡然也。

以上張家驤所陳三弊，臣逐細研求，尚覺不甚確鑿。大抵近來交涉各務，實係中國創見之端，士大夫見外侮日迫，頗有發憤自强之議。然欲自强，必先理財，而議者輒指為言利；欲自强必圖振作，而議者輒斥為喜事；至稍涉洋務，則更有鄙夷不屑之見，横亘胸中。不知外患如此其多，時艱如此其棘，斷非空談所能有濟。

我朝處數千年未有之奇局，自應建數千年未有之奇業。若事必拘守成法，恐日即於危弱，而終無以自强。語曰：非常之原，黎民懼焉。及臻厥成，天下晏如也。臣於鐵路一事，深知其利國利民，可大可久！假令朝廷決計創辦，天下之人，見聞習熟，自不至更有疑慮。然臣不敢謂其事之必成者，以集款之非易，而籌借洋債亦難就緒也。果使鉅款可集，而防弊之法又悉能如臣所擬，則此等大事，固當力排浮議，破除積習而為之。若洋債未能多借，商股未能驟集，則雖欲舉辦，一時亦尚無其力。臣因張家驤所慮，而遵旨妥籌，略抒管見如此，謹附片具陳。是否有當？伏乞聖鑒、訓示。謹奏。

庚辰冬，劉省三爵帥上疏請開鐵路，合肥傅相覆疏既韙其說，於是都中議論汹汹，若大敵之將至者。斯時主持清議者，如南皮張庶子之洞，豐潤張侍講佩綸，雖心知其有益，亦未敢昌言於眾，遂作罷論。迄今距庚辰十年矣，南皮張公亦總督兩廣五六年矣，復有請由漢口開鐵路至蘆溝橋之奏，既蒙俞允，即中外議者亦以為是者七八，以為非者不過二三。可知事到不能不辦之時，風氣年開一年，雖從前主持清議之張公，亦竟明目張膽而言之矣。再一二十年後，烏知譏鐵路、畏鐵路者之不轉而為譽為盼也？此疏於鐵路要端，似已囊括無遺，與前編創開中國鐵路議，亦有互相發明之處，故兩刊之以訊來者。己丑秋自識。

代李伯相張尚書籌議懾服鄰邦先圖自强疏壬午

奏為懾服鄰邦，先圖自强，酌籌緩急機宜，遵旨覆陳，仰祈聖鑒事。

竊臣等承准軍機大臣字寄八月初三日奉上諭給事中鄧承修奏朝鮮亂黨已平，球案未結，宜乘此聲威，特派知兵大臣駐紮煙臺，相機調度；厚集南北洋戰艦，分撥出洋梭巡；為扼吭拊背之謀，其駐朝鮮水陸各軍，暫緩撤回，以為犄角；責日本以擅滅琉球，肆行要挾之罪，日人必有所憚，球案易於轉圜等語。所奏不為無見，著李鴻章、張樹聲酌度情形，妥籌具奏等因，欽此。仰見聖主恢擴遠謨，周諮博訪至意，曷勝欽佩！

竊惟跨海遠征之具，莫切於水師，而整練水師之要，莫先於戰艦。中國閩滬各廠自造之輪船，與在洋廠訂購之輪船，除商輪僅供轉運外，如北洋之鎮東等六船，南洋之龍驤等四船，福建之福勝、建勝，廣東之海鏡、清海、東雄，俱係蚊船式樣，專備扼守海口，難以決戰大洋。此外北洋之船凡七，分駐旅順、天津者曰揚威，曰超勇，曰威遠，曰操江，曰鎮海，駐煙臺者曰泰安，駐牛莊者曰湄雲；南洋之船凡十五，駐江甯者曰靖遠，曰澄慶，曰登瀛洲，駐吳淞者曰測海，曰威靖，曰馭遠，駐浙江者曰元凱，曰超武，分駐福建之臺灣、厦門各口者曰伏波，曰振威，曰藝新，曰福星，曰揚武，近因越南多事，由船政派赴廉瓊洋面巡防者，曰濟安，曰飛雲。合計兵輪二十二號，其中有馬力僅一百匹內外。未可充戰船者，如泰安、操江、湄雲等船，衹可轉運糧械；馭遠則已朽敝，須加修理；惟北洋之超勇、揚威兩快船，南洋之超武、揚武、澄慶等船，較為得力。此中國戰艦之大略也。

自本年六月，朝鮮亂黨滋事，日本興兵報怨，臣樹聲遵旨迅派揚威、超勇、威遠三船東渡，復調澄慶、威靖、登瀛洲與泰安等船陸續前往，今朝鮮雖事局粗定，一時尚難撤回。鄧承修之意，欲請特派知兵大臣進駐煙臺，相機調度，厚集戰艦，更番出巡，自為整軍經武，讋服强鄰起見。然既思厚集其力，則必有得力戰艦十餘號，乃足壯聲勢而敷調撥。近日南洋僅有測海、馭遠、靖遠三船，臣鴻章前過江甯，晤左宗棠，面稱長江要口乏船分布，礙難再調，自係實情。北洋、天津等處，僅有操江、鎮海兩艘，往來探送文報；煙臺則無駐守之船，均甚空虛。今中國所有戰艦，惟閩浙兩省七號之中，或尚可抽調一二，然彼所駐，皆屬要地，實虞顧此失彼。且所謂知兵大臣者，無夙練之水師，無經事之將領，以為之用，船少力孤，情見勢絀，不能服遠，轉恐損威。萬一日本窺我虛實，悉簡精銳，轉向他口蹈間抵瑕，為先發制人之舉，尤宜豫籌所以應之。此臣等所不能不躊躇審顧者也。查日本兵船在二十艘以外，而堅利可用者約十餘艘。其中扶桑一艦，號稱鐵甲；比叡、金剛兩艦，號半鐵甲；東艦一船，號次等鐵甲。雖非上品，究勝木質。以彼所有，與中國絜長較短，不甚相讓。況華船分隸數省，畛域各判，號令不一。似不若日本兵船，統歸海軍卿節制，可以呼應一氣。萬一中東有事，勝負之數尚難逆料。是欲制服日本，則於南北洋兵船整齊訓練之法，聯合布置之方，尤必宜豫為之計也。

自古兩國相持，或乘藉勝勢，專以虛聲相恫喝；或隱修實政，轉恐密議之彰聞。務虛者聲揚而實不副，終有自絀之時。務實者實至而聲自遠，必有可期之效。從前日本初行西法，一得自矜，輒敢藐視中國，臺灣一役，劫索恤款，後更廢滅琉球。中國方以船械未齊，水師未練，姑稍含忍以待其敝。然比年以來，臣鴻章與內外諸臣熟商禦侮之要，力整武備，雖限於財力，格於浮議，而購船製械，選將練兵，隨時設法，粗具規模，復創設電線以通聲息。茲值朝鮮有釁，臣樹聲欽承廟謨，調派水陸雄師，飆馳電邁，既藉電報之力，事事得佔先著，遂能綏靖藩服。日本見中國赴機迅捷，不似曩時之持重，亦稍戢其狡逞之謀，與朝鮮議約尋盟，言歸於好。雖所索償款略多，然日人初意實尚不止此。其所以知難而退者，未嘗不隱有所憚。至彼國議論洶洶，群疑滿腹，恐中國乘機責問球案，聞初議募債洋銀二千萬圓，添購船艦。今雖尚未舉行，敵情豈云無備！中國地大物博，但能合力以圖之，持久以困之，原不患不操勝算。然苟於此時揚兵域外，彼或鋌而走險，以全力結納西人，多借洋債，廣購船炮，與我爭一旦之命，猶非策之上者，固不如修其實而隱其聲之為愈也。

臣等再四籌商，德廠所造之定遠鐵甲船，今冬可以來華，第二號鐵甲船，亦儘明年可到。容俟二艦到後，選將募兵，精心教練。而新式快船所以輔護鐵艦者，尤不可少，或在洋廠訂購，或在閩廠仿造，必須酌籌鉅款，陸續添備。如有餘力，更宜添製鐵甲船。此則全賴聖明主持於上，樞臣、部臣、疆臣合謀於下，庶水師乃有成局，海外乃可用兵。軍實益蒐，威聲自播。倘能不戰屈人，使彼帖然就範，固為最善。若猶囂張不靖，則聲罪致討，諸路並進，較有實際。前歲宍戶璣回國，顯肆要求，中國聽其自去，彼終未敢決裂。今又遣榎本武揚前來駐京，或可相機議辦。其球案未結以前，進止遲速，權自我操，似毋庸汲汲也。

臣鴻章此次奉命出山，持喪僅逾百日，隱疚實多。儻以進圖東瀛為名，移駐煙臺，果能於事有濟，亟願效此馳驅。惟煙臺本是北洋轄境，距津沽海程僅一日餘。若論控馭海防，調度兵艦，則駐津駐煙固無二致。即欲震懾日本，而彼亦深知我之虛實。煙臺無礮臺，無陸軍，又無兵船，先無自立之根本，轉恐無以制人。臣鴻章積年措注，所有支應局水師學堂及廠塢局所、淮軍大隊全在天津。若挈以俱行，則煩費既多，挪動不易。若獨自前往，將何所憑藉以張聲威？何從分撥以資調度？況自津至滬以達閩粵，電報迅捷，軍情頃刻可通；煙臺則水陸電線俱無，南北各省即有可商調之事，旬日不得回信，呼應尤覺不靈。臣等愚見，欲圖自强之實事，當以添備戰艦為要，不以移駐煙臺為亟。中國戰艦足用，統馭得人，則日本自服，球案亦易結矣。

至吳長慶所部陸軍，遵旨暫留朝鮮，彈壓亂黨，免致再有蠢動。丁汝昌帶往各兵船，仍留朝鮮南陽海口，與相依護。聞日本陸軍分布王京內外，兵船五號留駐仁川港者，亦均未撤退。在日人方謂朝鮮後患之須防，而我軍亦為朝鮮善後之久計，互相牽制，即以潛銷敵謀。容臣等隨時相度情形，奏明辦理。所有懾服鄰邦，先圖自强，遵旨酌籌緩急機宜，謹合辭恭摺由驛具陳。是否有當？伏乞皇太后、皇上聖鑒，訓示。謹奏。

黎蒓齋云：中國欲圖自强，當以添備戰艦為要，不以移駐煙臺為亟。三語扼定主腦，實無容復贊一辭。篇中指陳大勢，如聚米畫沙，不稍含混。鄧君見之，當亦心折。

代李伯相籌議先練水師再圖東征疏 壬午

奏為自强要圖，宜先練水師，再圖東征，遵旨妥籌覆陳，仰祈聖鑒事。

竊臣承准軍機大臣密寄八月十六日奉上諭翰林院侍讀張佩綸奏請密定東征之策，以靖藩服一摺，據稱日本貧寡傾危，琉球之地，久踞不歸，朝鮮禍起蕭牆，殃及賓館。彼狃於琉球故智，劫盟索費，貪婪無厭。今日之事，宜因二國為名，令南北洋大臣簡練水師，廣造戰船；臺灣、山東兩處，宜治兵蓄艦，與南北洋掎角；沿海各督撫迅練水陸各軍，以備進規日本等語。所奏頗為切要，著李鴻章先行通盤籌畫，迅速覆奏等因，欽此。仰見聖主研求至計，不厭精詳，曷勝欽佩！

臣昨於覆奏鄧承修請派知兵大臣駐紮煙臺摺內，曾聲明跨海遠征之舉，以整練水師，添備戰艦為要，戰艦足用，統馭得人，則日本自服，球案亦易結等語。今張佩綸請密定東征之策，亦謂不必遽伐日本，南北洋當簡練水師，廣造戰船以厚其勢，臺灣、山東治兵蓄艦以備掎角。與臣愚計大致不謀而合。惟中國力籌整頓，既欲待時而動，則朝鮮與日本所立之約，究因毀使館、殺日人而起，目前可勿駁正。緣朝日昔年立約，中國並未與議，彼雖未明認朝鮮為我屬國，而天下萬國固皆知我屬矣。似不如專論球案，以為歸曲之地，轉覺理直而勢順也。至日本國債之繁，帑藏之匱，薩長二黨之爭權，水陸軍勢之不盛，原係實情。但彼自變法以來，壹意媚事西人，無非欲竊其餘緒，以為自雄之術。今年遣參議伊藤博文赴歐洲考究民政，復遣有棲川親王赴俄，又分遣使聘意大里，駐奧斯馬加，冠蓋聯翩，相望於道。其注意在樹交植黨，西人亦樂其傾心親附，每遇中東交涉事件，往往意存袒護。該國洋債既多，設有危急，西人為自保財利起見，或且隱助而護持之。然天下事但論理勢，今論理則我直彼曲，論勢則我大彼小。中國若果精修武備，力圖自强，彼西洋各國，方有所憚而不敢發，而況在日本。所慮者彼若豫知我有東征之計，君臣上下，戮力齊心，聯絡西人，講求軍政，廣借洋債，多購船礮，與我爭一旦之命，究非上策。

夫未有謀人之具，而先露謀人之形者，兵家所忌。此臣前奏所以有修其實而隱其聲之說也。自昔多事之秋，凡膺大任、籌大計者，祇能殫其心力，盡人事所當為，而成敗利鈍尚難逆睹。以諸葛亮之才略，而兵頓於關中。以韓琦、范仲淹之經綸，而勢絀於西夏。迨我高宗，武功赫濯，震懾八荒，然忠勤如傅恒、岳鐘琪，而不能必滅金川，智勇如阿桂、阿里衮，而不能驟服緬甸。彼當天下全盛之時，聖明主持於上，萃各省之物力，挾千萬之鉅餉，薦一人無不用，陳一事無不行，猶且遷延歲月，相機了局者，時與地有所限也。日本步趨西法，雖僅得形似，而所有船礮，略足與我相敵。若必跨海數千里，與角勝負，制其死命，臣未敢謂確有把握。第東征之事不必有，東征之志不可無。中國添練水師，實不容一日稍緩。

諭旨殷殷以通盤籌畫責臣，竊謂此事規模較鉅，必合樞臣、部臣、疆臣同心合謀，經營數年，方有成效。從前剿辦粵捻各匪，有封疆之責者，以一省之力剿一省之賊。朝廷責成既專，一切兵權、餉權與用人之權，舉以畀之，故能事半功倍。今則時勢漸平，文法漸密，議論漸繁，用人必循資格，需餉必請籌撥，事事須樞臣、部臣隱為維持。況風氣初開，必聚天下之賢才，則不可無鼓舞之具；局勢過渙，必聯各省之心志，則不可無畫一之規。儻蒙聖明毅然裁決，則中外諸臣乃有所受成，似非微臣一人所敢定議也。張佩綸謂中國措置洋務患在謀不定而任不專，洵係確論。治軍造船之說，既已詢謀僉同，惟是購器專視乎財力，練兵莫急乎餉源。昔年戶部指撥南北洋海防經費，每歲共四百萬兩，設令各省關措解無缺，七八年來，水師早已練成，鐵艦尚可多購。無如指撥之時，非盡有著之款，各省釐金入不敷解，均形竭蹶。閩粵等省復將釐金截留，雖經臣迭次奏請嚴催，統計各省關所解南北洋防費，約僅及原撥四分之一。歲款不敷，豈能購備大宗船械？今欲將此事切實籌辦，可否請旨敕下戶部、總理衙門，將南北洋每年所收防費，核明實數，並閩省截留臺防經費，由南洋劃抵外，再撥的實之歲款，務足原撥四百萬兩之數。如此則五年之後，南北洋水師兩枝當可有成。至臺灣為日本要衝，山東為遼海門戶，兩省疆吏誠不可無熟悉兵事者，妥為區畫，與相掎角。此又在朝廷之發縱指示矣。

臣前奏懾服鄰邦緩急機宜一疏，業已詳陳梗概，所有自强要圖，宜先練水師，再圖東征緣由，遵旨迅速妥籌，恭摺由驛密陳。是否有當？伏乞皇太后、皇上聖鑒、訓示。謹奏。

章琴生云：看似與張侍讀之論無甚异同，疏中亦聲明大致不謀而合，實則隱駁侍讀東征之策，卻又絕不費手。觀其識議明豁，辭旨雋永，是漢唐以來奏疏中有數文字。中間自昔多事之秋一段，與侍讀原疏針鋒相對，所謂持矛刺盾也。讀者不觀侍讀之疏，不知此文用筆之妙。

代李伯相得復陳遵旨籌畫密抒愚悃疏甲申

奏為遵旨復陳，密抒愚悃，恭摺仰祈聖鑒事。

竊臣准軍機大臣密寄三月二十五日奉上諭，中國自與法國通商以來，講信修睦，歷有年所，惟期永固邦交。嗣法國與越南搆兵，當以越南我朝舊服，不得不為保護。且越境土匪滋擾，尤恐竄入中國邊疆，是以派兵駐紮北圻地方以資防堵。仍一面照會法國使臣，以免彼此猜疑，乃越南昧於趨向，致使該國教民抗我顏行。此皆越南大臣不識事機所致，朝廷與法國並不願傷睦誼也。本日據總理各國事務衙門接到李鴻章電報，興化已被法兵據守，粵稅司德璀琳密稱若早講解，可請法國止兵等語，自係為保全和局起見，著李鴻章通盤籌畫，酌定辦理之法，即行具奏。李鴻章迭經被人參奏，畏葸因循，不能振作，朝廷格外優容，未加譴責。兩年來法越搆釁，任事諸臣一再延誤，挽救已遲。若李鴻章再如前在上海之遷延觀望，坐失事機，自問當得何罪？此次務當竭誠籌辦，總期中法邦交從此益固，法越之事由此而定，既不別貽後患，仍不稍失國體，是為至要。如辦理不善，不特該大臣罪無可寬，即前此總理各國事務衙門王大臣，亦不能當此重咎也等因，欽此。仰見聖慮精詳，洞燭時勢，訓勉周至，曲示矜全，曷勝惶悚！

竊維中外大局，關繫綦重，若不綜其始終本末，則事理不能顯著，而籌畫恐有難周。臣敢披瀝肝膽，謹為聖主密陳之。蓋法人之經營越南實在二十年前，始取西貢六省為其屬埠，繼復攻奪河內、海防等處，旋踞旋退，逼脅越南，與立和約，認為保護。斯時中國尚有內寇，未暇詰問。法人以中國向不務遠略，誤謂鐵案已定，遂謀漸占越南矣。光緒六、七年間，法人籌兵籌餉，端倪大露。中國始悉其隱謀，咸陳保護越南之策，所以維體統而綏邊圉，其為謀固甚忠也。無如法人蓄鋭積慮，已非一日，遂成騎虎之勢，攻城奪地，不留餘步，中國爭之以口舌而不應，爭之以函牘而不應，不得已而派兵分駐越境。其事雖自朝廷主之，臣之愚見，亦謂藉防邊為名隱掣法軍之勢，不難乘機講解，使彼此可以收場。適法國前使寶海有分界保護之議，臣知相持既久，必致決裂，因與訂約三條，以期稍有結束。乃外而疆臣，內而言路，皆大不以臣言為然，均謂越地必不可分，通商必不可允，而法之政府亦不肯遵約，竟撤寶海回國，於是越南之患愈變而愈棘矣。

自昔艱難之世，議論愈多，則是非愈淆，而任事者亦愈無把握。迄於今日，西洋各國紛至沓來，尤為千古未有之奇局。其中得失利病，非閱歷有素者，驟難得其要領。即如滇鏡通商，他日辦成，決無大損，可於各海口通商之事見之。法人既得越南，必不進逼滇粵，但使妥訂約章，定能永久相安，可於中俄接壤之事見之。至於藩邦見削，外侮交乘，中國宜奮兵自強，式遏敵燄，乃為正理。惟用兵必先訓練。西洋各邦，皆以數千年之戰國，研究兵理，精益求精；中國風氣初開，未必各省多得勁旅。用兵必先裕餉。西洋賦稅煩重，往往什取三四，一遇戰事，富商集餉，動逾千萬；中國財力已殫，未必商民盡輸鉅餉，而船艦之精，火器之利，遠遜西人，尤其餘事。既審勢而量力，不能不持重而待時。去歲廣西撫臣徐延旭慷慨談兵，嘗稱欲盡殲法眾，剋復西貢，乃未幾而一蹶不振。臣未嘗不壯其志，而憫其不知彼己，不達時宜也。

臣於去夏奉旨赴粵視師，當時起自田里，驟無可攜之軍，暫駐上海，籌調兵餉。適法使德理固來議越事，未及就緒，遵旨北行。秋間德里固復來天津，會議兩次。彼時德里固氣燄較盛，要挾較多，不能遽就範圍。蓋法人之欲得越南，始終不少鬆勁。儻竟允其將駐越全軍先自退出，非惟眾口必譁，亦恐朝廷難允。且我軍無端自退，與力屈而退，同一棄越，固不如暫與磋磨，徐待其變，故臣於山西不守之後，尚主堅守北甯之議。此臣前後辦理越事，未敢遷延觀望，亦非敢畏葸因循也。

諭旨責臣以竭誠籌辦，今日時勢如此，恐斷不能如前歲與寶海所訂三條之妥。然誠能速與議結，猶可比之遇險而自退，見風而收帆。凡事慮敵之要挾，不如行之於敵未要挾之前，謂其意之自我出也；凡事畏敵之決裂，不如先示以我無決裂之心，俾其計之無所施也。詳譯稅務司德璀琳與法總兵福祿諾之意，如臣殫精竭慮，措置得手，則不貽後患，不失國體兩層，或尚可以辦到。中國誠能先結此案，以其閒暇選將練兵，通商裕餉，造船簡器，中外同心，切實經理，何嘗不可爭雄於各國？惟是事平之後，有志之士當共臥薪嚐膽，講求實事，不宜復尚空談，互相牽掣，乃有蒸蒸日上之機。

至目下法越之事，總當竭臣綿力，仰副聖懷。然臣不能不鰓鰓過慮者，約有兩端。大抵國勢隨兵勢為轉移，法既連占越地，日肆鴟張，即與講解，豈能盡如人意？將來越地分界，必有以分地太少為言者；滇境通商，必有以通商宜拒為言者；其他條目不少，指摘必多。臣既膺重寄，固當順受其責而不敢有辭，力當其衝而不敢退避。但恐意見益歧，則謀議難定，枝節橫生，此一端也。法為歐洲强國，而議院各黨持論每有異同。今揆其本計，雖非必欲失和於中國，難保無傾邪喜事之徒別創新議，或要我以必不能行之事，則於羈縻之中尤當相機應付，恐難剋期成議。此又一端也。

夫天下事本難逆料，然如辦一國之事，則謀定政舉，可以操券而成；惟議定和約，必俟兩國俱允，方能定局。其遇事機緊迫之際，往往一言齟齬，則玉帛變為干戈，一人阻撓，則風波起於呼吸。苟非眾志悉協，時會已到，決難强為撮合。臣前所以屢與法使會議而無成功者，職是故也。為今之計，挽救不宜再遲，苟有轉圜之計，臣必因勢利導，趕為設法。萬一彼所要求，有必不能從之事，臣當儘力駁拒，不稍遷就。仍復加意籠絡，徐圖機會。尤願宸衷默為審定：何者可行？何者難允？先具大略規模，庶幾國是衷於一定，不致為空論所搖，而臣亦有所遵循矣。

抑臣更有請者，天下大事，獨任則每致人言，合辦則易臻周密，可否俟法事稍有端緒，請旨簡派才望卓著之大臣，馳赴天津，綜理斯事？臣雖駑鈍，必當殫竭智慮，和衷商榷，務使妥洽而後已。如蒙聖明俞允，俾臣屈時遵辦，大局幸甚！微臣幸甚！

所有遵旨覆奏緣由，恭摺由驛五百里密陳。伏乞皇太后、皇上聖鑒、訓示，謹奏。

伯兄撫屏云：侃侃而陳，毫無躲閃。研究時務，於事之利病得失，不啻燭照數計，雖好議者不能易一説以難之。後段指明空論之足撓國是，此事所以愈難辦也，而天下則隱受其患矣。北宋以來，皆坐此病。

蕭敬甫云：作者幕府所擬奏疏，均係經世大文，驅邁雄闊。上擬漢唐，實為一時獨步。正編僅刻三篇，續編僅刻五篇，余終以未窺全豹為憾。聞當選刻別集，煌煌大觀，企予望之。

書編修吳觀禮論時事疏後丁亥

光緒初年，翰林院編修吳觀禮抗疏論時政。其言得失參半，獨疏中疆吏侵官，藩司曠職二語，議者尤嘖嘖稱誦。大旨謂各行省有布政使司，理財用人，皆其專責。總督、巡撫，乃朝廷所遣督察之官，不過考其成而已。今通省政事，必由督撫主持，是為侵官。藩司讓權督撫以卸責，是為曠職。烏虖！斯言也，在不知治體者皆為所眩，抑未就數百年官制沿革一考之也。

自宋廢藩鎮，金元始就各路設行中書省，皆以重臣位望稍亞於宰相者領之。明太祖廢中書省，而行省之名亦罷，改為布政使司。又因政務繁重，設左右布政使分治之，而聽考核於吏、戶諸部。當時布政使之職特重，往往入為尚書侍郎及副都御史，而尚書亦常有出為布政使者。又特設按察使司，專理刑名，而藩臬兩司又各有副使參議，襄理其事，今之道員是也。洎明中葉，以布政使不能統攝各司道，乃遣部院大臣為巡撫臨其上而權始壹，後又增設總督。本朝因明舊制，各省政事之權，未嘗不操於督撫，故體肅而任專。晚近吏治稍刓，大吏以遷調頻仍，莅事日淺，不能獲指臂相使之效。時艱益棘，牽制愈多，號令不行，浸至覆敗相隨屬。

自曾文正、胡文忠諸公乘時踔起，刬去文法，不主故常，漸為風氣。各省自司道府以下，罔不惟督撫令是聽，於是政權復歸於壹，而事乃無不濟，治道蒸蒸日上矣。試以今日吏治兵政，與三十年前絜長校短，其相去為何如？吳君獨未之知邪？

大抵吳君於古今官制，但拘其名，不明其意。夫今之督撫，猶元之行中書省，明初之布政使司也。自督撫設而布政使之職輕，其權殺矣。其一省刑名、漕糧、運鹽、關稅，既各有官分任而不為所屬，其所司亦祇以丁賦與用人二事為大。即以用人論，若盡歸藩司去取，而督撫不聞問，勢必上下隔閡，指撝不靈。若藩司謂賢而用之，督撫復謂否而黜之，則政令紛歧，下無適從，不若由藩司請命督撫為畫一。且闔省司道與藩司體制相並，儻謂督撫不當問藩司之政，則亦不當問各司道之政，而藩司更不能問各司道之政。藩司曰：『吾之所司，不必關白督撫。』各司道亦曰：『吾之所司，不必關白督撫。』一省之政，乖迕紛錯，竟無統緒，其如朝廷遣大臣臨制之意何？果若所言，則必督撫養尊廢事，政柄旁移，然後謂之不侵官，勢將曠職而後已！藩司任意專斷，與上齟齬，然後謂之不曠職，勢將侵官而後已！藩司曠職，尚有督撫督率其上，至督撫曠職，而政事全弛矣。疆吏侵官，不過藩司承順於下，至藩司侵官，而體制益舛矣，豈非馴至大亂之道歟？若吳君謂督撫二官可省其一，吾必以為知言。今乃欲責疆吏以不事事，抑不知其意何居也？

小儒昧時務，滯見聞，立言之蔽，往往如此，獨怪一時議者從風而靡。余恐其誤人學識也，不可以不辨。

蕭敬甫云：洞悉古今設官用人之意，辯論深切著明，耐人尋玩。吳君見之，應自悔其失言矣。

卷下

書太監安得海伏法事己卯

同治八年夏四月，福成自江南如保定，道出山東，時余弟福保在巡撫宮保平遠丁公幕府，福成就謁公。公留之宿，與語天下事，逾二旬不倦。將別，公歎曰：『方今兩宮垂簾，朝政清明，内外大臣，各職其職，中興之隆，軼唐邁宋，惟太監安得海稍稍用事。往歲恭親王去議政權，頗為所中。近日士大夫漸有湊其門者，當奈何？』有問復言曰：『吾聞安得海將往廣東，必過山東境。過則執而殺之，以其罪奏聞，何如？』福成與福保同對曰：『審如是，不世之業也。其難如平一劇寇，功尤高。然布置欲豫，審幾欲密欲斷。否則不惟賈禍，亦恐轉益其燄而貽天下患。』公頷之。

其秋，安得海果出都，公即奏聞，奉上諭丁寶楨奏太監安得海矯旨出都，舟過德州，僭擬無度，招搖煽惑，聲勢赫然，著直隸、山東、江蘇總督、巡撫迅遴幹員，嚴密擒捕，捕得即就地正法，毋許輕縱！而丁公初具疏時，聞安得海已南下，亟檄知東昌府程繩武追之。繩武躬登屬，馳騎烈日中，踵其後三日，不敢動。複檄總兵王正起發兵追之，及泰安，圍而守之，送至濟南。當是時，朝旨尚未到，而安得海大言我奉皇太后命，織龍衣廣東，汝等自速戾耳。官吏讋焉。丁公念朝旨未可知，欲先論殺之，雖獲重譴，無憾。知泰安縣何毓福長跪力諫，請少待之。會朝旨亦至，乃以八月丙午夜，棄安得海於市，支黨死者二十餘人。籍其輜重，得駿馬三十餘匹，黄金珠玉珍寶稱是，皆輸内務府。

方丁公奏上朝廷也，皇太后問恭親王及軍機大臣：『法當如何？』皆叩頭言：『祖制太監不得出都門，擅出者死無赦。請令就地誅之。』醇親王亦以為言。命既下，天下交口稱頌。伯相合肥李公閱邸鈔，矍然起，傳示幕客，字呼丁公曰：『稚璜成名矣！』曾文正公語福成曰：『吾目疾已數月，聞是事，積翳為之一開。稚璜，豪傑士也！』烏虖！自古宦寺起細微，干朝政，憂時者或出死力與之角，角而不勝，身攖其毒者，相隨屬也。或至罪盈惡積，神人交憤，僅而去之，而天下旋受其敝。又或權力足以相勝，濡忍不斷以釀大患，不旋踵而禍及其身。丁公獨擿巨慝於萌牙之時，易如反掌，其忠與智勇，可謂兼之矣。然嚮非列聖家法之嚴，皇太后之明聖，與諸王大臣之匡弼，其安能若是神速哉！福成故謹書之，以俟後世之安天下國家者取則焉。

季懷弟云：叙述得體，文亦深得古意，造詣不在漢唐以下。

書長白文文端公相業 丁亥

聖清御宇，餘二百年，凡磊落閎偉蓋世之勳業，皆出滿洲世族，及蒙古漢軍之隸旗籍者，漢臣雖不乏賢儁，不過以文學議論，黼黻隆平而已。先皇措注之深意，蓋謂疏戚相維，近遠相馭之道當如此。而風氣文弱，不嫻騎射，將略非所長，又其次也。乾隆、嘉慶間，防畛猶嚴，如岳襄勤公之服金川，二楊侯之平教匪，雖倚任專且久，而受上賞為元勳者，必以旗籍當之。斯制所由來舊矣！雖然，人才視時勢為轉移者也，限於一格，則時棟不出，用之無方，則賡續不窮。必有深識偉量者默燭先幾，乃能知窮變通久之道，而斷然行之不疑。此其斡旋氣運之功，何可及邪！

長白相國文端公文慶，以咸豐初年為大學士、軍機大臣。是時海內多故，粵寇縱橫，經略大臣，如賽尚阿、訥爾經額兩使相，皆以失律獲咎。公嘗言：『欲辦天下大事，當重用漢人。彼皆從田間來，知民疾苦，熟諳情偽，豈若吾輩未出國門一步，瞢然於大計者乎？』平時建白，常密請破除滿漢藩籬，不拘資地以用人。曾文正公起鄉兵擊賊，為壽陽祁文端公所觝排，又累戰失利。公獨謂曾某負時望，能殺賊，終當建非常之功，時時左右之。胡文忠公以庚子江南科場失察，與公同鐫秩，公嘗與胡公語，奇其才略，由貴州道員，一歲間，擢巡撫湖北，所請無不從者，公實從中主之。當是時，袁端敏公甲三督師淮上，駱文忠公秉章巡撫湖南，公嘗薦其才，請勿他調以觀厥成。其兼筦戶部也，今相國朝邑閻公方為主事，明習部務，公常采用其議，雖他司所掌，亦詢之以定稿。鄭親王端華、侍衛肅順漸進用事，然獨嚴憚公。

公累世貴顯，氣度渾融，能斷大事，為八旗王公所敬信。端華、肅順雖頗被裁抑，弗敢怨也。及公將薨，遺疏謂各省督撫，如慶端、福濟、崇恩、瑛棨等，皆難勝任，不早罷之，恐誤封疆事。其後數人皆如公所料，而廟謨亦頗循公成畫。未及數年，曾、李、左諸公聯翩大用，遂以削平群寇。曾公剋金陵報捷也，推使相官文恭公居首，而已次之，海内稱其讓德。今伯相李公將平捻寇，將軍都興阿公甫受命督師而寇適滅，都公謙不報捷，大功之成，由漢大臣專報。自兹役始，迨左文襄公平回寇，則竟不參以他帥。滿漢已無町畦，功名之路大開，賢才奮而國勢張，蓋文文端公之力為多。夫宰相以薦賢為職，薦一世之賢，平一世之難，其功固不淺；若所薦不僅一世之賢，而移數百年積重之風氣，非具不世出之深識偉量，其孰能之！余故表而書之，以謂中興之先，論相業者，必以公為首焉。

書宰相有學無識丁亥

昔司馬子長不善漢相公孫弘，其所以譏切弘者，曰希世用事，曰曲學阿世，曰意忌，外寬内深。然觀其請罷西南夷，及沮卜式，黜甯成，皆有大臣之言。獨惜其年老，閲世深，氣衰意倦，不肯廷諍耳。厥後匡衡、孔光、張禹等相繼為相，史又稱之曰：『皆持禄保位，被阿諛之譏。彼以古人之迹見繩，烏能勝其任乎？此數人者，學行炳然，皆足媲公孫弘；及為相，依阿苟容，又甚於弘，竟無一事可稱述者。』余謂位至宰相，當知其遠者大者，若識度不閎，則其氣不足以鼓之，力不足以守之，雖學行敦美，不過為釣名譽，弋富貴之資耳。卒之大節無稱，為世訢譏，而學不能施於用，行不能要其終也，烏足道哉！烏足道哉！

相國某公者，累掌文柄，門下士私相標榜，推為儒宗，以問學淹雅負重望。一時考據、辭章之士，與講許氏學者，翕然稱之。道光季年，以尚書入為軍機大臣，與首相穆彰阿共事無齟齬。咸豐初，遂為首相。粵賊之踞武昌漢陽也，進陷岳州以逼長沙。曾文正公以丁憂侍郎起鄉兵，逐賊出湖南境，進剋武、漢、黄諸郡，肅清湖北。捷書方至，文宗顯皇帝喜形於色，謂軍機大臣曰：『不意曾國藩一書生，乃能建此奇功！』某公對曰：『曾國藩以侍郎在籍，猶匹夫耳。匹夫居閭里，一呼，蹶起從之者萬餘人，恐非國家福也。』文宗默然變色者久之。由是曾公不獲大行其志者七八年。侍郎吕文節公賢基疏論天下事，頗忤政府。是時皖北全境糜爛，某公請派吕公還籍治團練，無兵餉以畀之。吕公自陳書生不知兵，陛辭日，痛哭而出。未幾，遂殉舒城之難。刑部員外郎邵懿辰以經學文章名於世，性戇直，好議天下大計，與某公學術不相中，又素與曾公善，時為軍機章京，會粤賊北犯，某公請遣懿辰出防河。人謂懿辰：『黄河綿亘千里，縱有勁兵數萬，且不易守，而況徒手無一兵者乎！此政府欲置君死地，否則以疏防罪君也。』已而粤賊果渡河轥畿輔，懿辰坐是鐫秩去，寇氛日棘，某公乞病予告。同治初元，徵用耆舊，復以大學士銜補禮部尚書，入值鴻德殿。適兩江總督何桂清以玩寇棄城，逮入刑部獄。輿論皆謂死有餘罪，某公獨上疏力救之，為言路卞寶第等所糾。士大夫誦其彈章，交口稱善，由是清望益減。蓋好賢惡不肖，宰相職也。某公於賢者嫉之如仇，於不肖者愛之若命，觀其好惡，可以卜其相業焉。

又有相國某公者，以咸豐初年入政府，後遂為首相，力薦何桂清兼資文武，必能保障江南。迄蘇、常告陷，猶不悟，力庇桂清，謀貰其罪。與端華、肅順等共事，肅順尤横恣，某公未嘗迕之。庚申之變，乞病予告，亦以同治初元徵起。某公條議時事頗備，不自上疏，諂軍機大臣，請代陳之。其大旨謂楚軍徧天下，曾國藩權太重，恐有尾大不掉之患。於所以撤楚軍、削曾公權者，三致意焉。是時曾公負朝野重望，天子方倚以平賊，軍機大臣見而哂之，由是不獲再用。但有旨暫權都察院事，以疾篤辭，遂卒。

夫此二公者，學非不淹雅，行非不廉謹也，而一任天下事，不能當乎人心若此，則利害之私撓乎中，愛憎之公變於外也。秦誓曰：『以不能保我子孫黎民，亦曰殆哉！』幸而二公早退，不竟共用耳。其識固難與公孫弘比倫，其學亦尚不如匡衡等，而其希世用事，依阿苟容，墮壞國事於冥冥之中則一也。余故表而論之，以為宰相不可無識，識擴之欲其閎，審之欲其定，乃能不為私意所淆，不為俗論所拘。夫然後居宰相位，可不負生平所學矣。

方存之云：讀書論世，須先明是非。是非不明，則學術大誤，而天下後世亦必受其誤。即如某相為近今士大夫所推仰，以其門生之徧天下也。然彼所以推重之者，私也，非公也。作者不避嫌怨，大聲疾呼，於兩相心事看似抉摘遠遺，卻極平允確鑿，不過欲以是非正告天下後世耳。即如上篇書文文端公相業，亦所以明是非也。此等文為一代文章家所不多見，不蕲傳而自無不傳，猶隱得春秋遺意，而文之閎雅翔實又其餘事。

書陳玉成苗沛霖二賊伏誅事 丁亥

粵賊據金陵，控長江，垂十二年。自楊秀清死，賊所仗以力抗官軍者，惟陳玉成、李秀成最强。玉成黠猾與秀成頡頏，而鷙勇慓鋭則過之，海内稱為四眼狗者也。嘗攻李忠武公續賓於三河鎮，覆其軍，與張忠武公國樑相持江上，迭有勝負，大敗德興阿、勝保二帥之師，縱横死咋，所陷城殺將為最多。胡文忠公在上游，與曾文正公協謀，以安慶玉成分地，其父母妻子皆在焉，進規安慶以致玉成，玉成果悉鋭西上。是時大帥則曾、胡二公，左文襄公與今伯相合肥李公，皆在幕府。合多隆阿忠勇公、鮑武襄公超諸將之力，苦戰累月，初不利，後乃大創之，玉成反旆而南，攻陷金陵大營。張忠武公死之，蘇常諸郡皆陷。於是道員、今威毅伯宫保曾公以兵萬人急圍安慶，多公率萬人圍桐城禦援賊，李勇毅公續宜以萬人駐青草塥，為兩軍援，鮑公以萬人為遊軍，東西馳剿，水師將楊公岳斌扼駐濱江要隘，並助守圍軍內外長濠，集厚力、張遠勢以待敵。玉成自江南掃境而至，與多公、李公鏖戰於掛車河，大敗；進薄圍軍，不剋。玉成私念湖北、江西楚軍根本，衝其腹心，必撤圍自救。乃從英霍間道入犯湖北，連陷黄州、德安、隨州，武漢、襄樊皆大震，嗾悍酋李世賢、黄文金各挾其全部，轔徽饒信三府。李秀成糾賊十餘萬圍撫州，攻建昌，進陷吉安、瑞州，以逼南昌、九江，皆援安慶也。曾公、胡公分遣諸軍且防且戰，竟不撤圍軍。玉成乃分黨踞所陷城，自率悍賊東援安慶。多公邀擊於練潭，於高河鋪，於掛車河，皆大敗之。玉成之黨入自集賢關，築壘菱湖赤岡嶺以圍我圍軍。曾公憑濠拒賊，與鮑公軍夾擊，破賊四壘。賊將劉瑲林跳而逸，水師捦磔之，復展外濠，環賊十八壘於圍內，俘斬無脫者。瑲林，玉成部下驍將也。既失之，軍勢遂不振，告急金陵。金陵賊益縱，玉成復率楊輔清等三偽王分援安慶、桐城，晝夜疾鬥，屢進屢北，賊眾崩潰。其江西援賊，則左文襄公以一軍特起，鮑公亦以全軍馳往，連與賊遌，大敗之於樂平，於景德鎮，於豐城，於河口。群賊失勢東遁，官軍遂拔安慶、桐城，徇瀕江郡縣，皆下之。李公由青草塥回援湖北，悉復所陷城。玉成退入廬州拒守。

同治元年夏四月，多公軍剋廬州。玉成以皖、鄂脅從數萬人，奔苗沛霖於下蔡，欲與同拒官軍。苗沛琳者，以諸生為團練長，劫其眾以叛。大帥勝保招降之，猶持兩端，意叵測，受官於朝，不肯冠帶，使其下呼己為苗先生，攻巡撫翁同書於壽州，陷之，殺豪族之不附己者。有詔褫沛霖布政使銜川北兵備道，將進兵討之。沛霖乃復求撫於勝保，亦陰通款玉成，玉成偽封為平北王。累書招玉成，謂鳳、潁二府形勝可踞，諸鄉寨練丁，皆習戰守，足備徵調。玉成信之，既去廬州，多公以勁騎蹂其後，脅從敗散略盡，惟餘親兵三千人。沛霖出城迎玉成，執禮甚恭，見其親兵皆百戰精銳，欲奪有之，乃給玉成駐眾城外，僅以百餘人入城。沛霖分兵防守諸門，多具酒食，陰令部卒引玉成從者入賬酣飲，而以盛饌饗玉成，伏兵齊起，遂虜之。送勝保軍中，勝保欲降之，不屈。因述勝保敗狀以為誚，檻送京師。行至延津，有詔磔死。

玉成既死，親兵三千皆降於沛霖，為致死力，沛霖以是益橫。明年，科爾沁忠親王追剿捻酋張洛行於潁北，沛霖引兵掎其後，設伏守隘，而洛行就擒。自謂連立大功，當受上賞，顧以前罪削籍，三年未復，鞅鞅不平。進據壽州懷遠，斷臨淮大營饟道，南畏楚軍之威，欲北趨中原，號召群捻，而蒙城扼其衝，乃悉起練眾攻圍之，連營百餘里，勢張甚。將軍富明阿、總兵王萬青、詹啟綸等引軍赴援，皆堅壁不敢戰。俄而科爾沁親王督大軍南下，以總兵陳國瑞為先鋒。王之誅張洛行也，獮薙積寇無遺種，淮甸之民，震其餘威，聞王將至，則已心膽欲碎。竊竊私語，謂苗先生陷我於死也。陳國瑞以數千人先至，連日夜攻擊，破沛霖數壘。沛霖之黨皆夜驚曰：『王爺率大軍數十萬至矣！今其先鋒軍威尚如此，況王爺親至，我輩其能免乎？』親兵三千人相與謀曰：『我輩故英王舊部也，苗先生肆其詐慝，誘殺我英王，復以威劫我，使為之用，是苗先生乃吾仇也，我輩何苦為之盡力？卒令自就死地，孰與報讎雪恥，以邀爵賞而紓死乎？』一夕，沛霖登營牆，有所指揮。親兵二人掖以赴之外，挺矛舂之，殪。報詹啟綸，啟綸不信，拒之。遲明，報王萬青，萬青往驗之，信。剄其首，迎獻於王。淮南北練黨聞沛霖死，數百里間皆啟城寨降。王嘉王萬青之功，奏賞黃馬褂。萬青甚二親兵之分其功也，殪之以滅口。還至高郵，暴病以卒，人謂二親兵為祟也。

伯兄撫屏云：曾、胡之謀安慶，與陳玉成之救安慶，一勝一負，往往掣動天下大局。當時聚精會神，堅才輻湊，而將士之精練亦恰到好處，用能擒此劇賊。玉成既擒，而粵賊之平可計日待矣！至曾公圍安慶，而玉成之黨復圍我圍軍，曾公又與鮑公夾擊，以圍圍我圍軍之賊。兵勢變幻，不可名狀，文勢亦適與之相稱。苗霈霖本無大伎倆，而玉成之擒乃在其手，厥後為其下所戕，則由於黨眾之驚惶。後段敘練黨之驚，親兵之謀，洵係傳神之筆。此篇不立間架，祇隨事曲折敘去，自覺光燄熊熊，鴻文無範，獨闢町畦，傳世何疑！

書合肥伯相李公用滬平吳 丁亥

咸豐庚申、辛酉間，粵賊陷據蘇浙兩省郡縣，江蘇之境，自大江以南皆淪於賊。其僅存者，則提督馮子材以一軍守鎮江府城，巡撫薛煥與署布政使蘇松太道吳煦等皆棲上海，僅保松江、上海兩城與黃浦以東三縣而已。既而浦東之奉賢、南匯、川沙等城皆被賊擾，松江亦失而復得，上海屢受圍逼，勢岌岌。吳煦在滬，頗諳洋人性，能聯絡為用，以厚餉募勇數千，使洋將華爾以泰西陣法部勒之，名曰常勝軍。戰稍有功，復以重利啗英法兩國兵官，兵官欲保通商口岸，皆盡力助戰守。上海當江海綰轂口，雖寇氛日迫，而商賈輻湊，關稅釐金視承平時旺數倍，煦執利權，亦頗有綜覈才。然宦江蘇久，為積習所漸，不能自拔，且素不知兵，僅倚洋將禦賊。洋將恃功驕倨，緩則索重賞，急則坐觀成敗。巡撫以餉權在煦，而才又不如煦，傫然不能有所為，嘯諾而已。前後募勇五萬餘人，以不能訓練，遇賊輒北。

吳中紳耆避寇在滬者，皆知其危，屢議赴曾文正公安慶大營乞師。巡撫以下皆弗善也，然意雖不懌，而無辭以阻之。會巡撫為言路所劾，朝廷密令曾公薦能勝撫蘇任者。曾公初欲薦沈文肅公葆楨，既念沈公雖精吏治，而軍事閱歷不甚深，乃薦幕僚延建邵遺缺道今伯相合肥李公，欲令創開淮軍風氣，以彌楚軍之闕。又議鎮江為上游形勢必爭地，欲令駐軍鎮江，與揚州防軍聯聲勢，上可以會剿金陵，下可以規復蘇、常。是時在籍戶部主事太倉錢鼎銘與紳士十餘人附輪艦西上，謁見曾公，力陳東南百姓阽危狀，欷歔流涕，縱聲長號；退至幕府見李公，復言滬瀆商貨駢集，稅釐充羨，餉源之富，雖數千里腴壤財賦所入，不足當之，若棄以資賊，可惋也。李公乃入言於曾公，定計徑趨上海。吳中士民不支官帑，醵財得白金十八萬兩，租西洋巨艦五，絡繹迎師，鼓輪東下，穿賊境千餘里。賊以其行之捷也，又心畏洋人，皆在江岸遙望，不敢何問。

李公遂以同治元年三月，率所部楚軍及新募淮軍共五千五百人至上海，軍於城南。甫一月，奉命署理江蘇巡撫。而總兵黃翼升亦率水師十營東下，受李公節度。初薛煥等聞李公將至，內不自安，乃以鉅餉購英法兩國提督，代攻嘉定、青浦兩城，下之。洋人欲令李公分兵守兩城，李公曰：『吾所將數千人，皆戰兵也。能合不能分，豈區區守此二城者乎？俟鉅寇自來送死，觀我勝之！』已而偽忠王李秀成糾賊數十萬來攻，洋人皆斂手不出戰，欲試李公能否，亦畏賊之悍且眾也。李公督諸軍力戰，破走劇賊，洋人始同聲嘆服。賊復糾黨麇至，李公三戰三捷。滬防肅清，洋人益傾心，奉約束維謹，其兵官皆奮欲自效，以隨同殺賊為榮，始漸得洋人死力矣。

李公初奏明以籌餉責吳煦，既念煦筦餉權，多牽掣。

前在安慶出兵時，曾文正公謂不去煦，政權不壹，滬事未可理也。於是製造局、支應局，咸擇人任之以分其權。一夕，李公便服跨馬踏月，直入道署。煦倉猝出迎，李公與談他事，款語良久，忽謂曰：『我忝為巡撫，而此間所收稅釐確數，尚未周知。聞君有簡明計簿，可借我一觀乎？』煦揣李公匆匆翻閱，未必能得要領，因檢十數本呈之。李公曰：『當尚不止此。』煦復檢呈數本。李公復索之，煦復呈之，如是者三。李公乃曰：『此事條目繁重，非今夕所能徧閱，我將攜歸詳閱之。』顧命從者，取懷中黄袱挈之馳去。煦出不意，而無如之何。李公閱簿籍，益知上海餉源不竭，可大有為也。於是疏劾道府數人，去煦羽翼，奏調安徽道員王大經總辦牙釐局事，已披煦權太半。金陵官軍被賊圍甚急，徵援師於滬。李公乃奏派煦督常勝軍往援，以法蘭西人白齊文為將。未及拔隊，白齊文倡衆索餉，大譟。因褫白齊文兵柄，煦亦以不善統馭罷職。自是餉權無旁撓矣。

當是時，每月稅釐所入不下五六十萬金。而薛煥所募五萬餘人，皆疲弱不耐戰。李公稍稍淘汰幾盡，輒募淮勇補其闕，用楚軍營制練之，皆成勁旅。最後得水陸軍六萬餘人，四出攻擊，威聲隆然。西洋諸國火器精利，亘古無匹，中國初不知購習，諸軍皆畏其鋒而未能得其用。李公既與洋人習，聞見漸稔，以英吉利人戈登領常勝軍三千人，俾總兵程學啟挾以攻戰，精勁為諸軍冠。又采用委員丁日昌條議，益購機器，募洋師，設局製造，頗漸窺西洋人之〔一〕奥窔。而淮軍各營皆頗自練洋槍隊，助軍鋒，所用開花礮大者可攻城，小者以擊賊陣，破賊壘，遂能下姑蘇，拔常州，連克嘉湖諸郡。設非借助利器，殆不能若是勍且捷也。

夫上海彈丸小邑，迫臨海濱，形如釜底，論古今用兵常理，謂之絕地可也。曾文正公議進軍必由鎮江，取高屋建瓴之勢，有深意焉。然上海自洋船互市以來，後路既無不通，西人各願保護口岸，駕馭如法，可得其力。程忠烈公學啟嘗有言曰：『滬地四面臨水，汊港紛歧，雖賊衆數十萬來前，我軍即數百人，踞一卡，扼一橋，足以拒守。且由滬趨蘇二百餘里，輔以水師，則處處皆捷徑。』此之謂天然形勢，殆閱歷有得語也。自古用兵勝負，只爭數端，日訓練精，器械利，財用足，形勢便。然焯然之財用形勢，爭之者衆，其用易窮。惟上海初與各國通商，隱為勝地，而世猶見謂庳陋迫蹙，故賊不以全力爭之，即傑士藎臣欲憑尺寸樹功名者，亦所不爭也。蘇浙兩省皆為賊踞，道路壅隔，商貨流貤，必以上海為樞紐，稅釐遂冠絶一時。而世但見謂創痍拮據，自顧不遑，故戶部無徵調之檄，鄰省無受協之款。惟如是而形勢財用，乃可專恃。然後招淮上之健卒，傳楚營之規制，研西法之窾要，開華軍之先聲，將士同心，上下齊奮，既剋蘇州，而上下游之賊震惶失措，金陵、杭州相次戡定。所謂擊中則首尾俱應者也，豈天特留此數者，以貽李公而啟中興之運者邪？

夫既遭逢時會，當世尚忽不及覺，而李公之籌略閎遠，英氣蓋世，足以任之； 淮南之豪彥雲興，策力兼懋，又足以輔之； 且得程公智勇絶倫之將當一面。由是與楚軍代興，功濟寰宇，有以也夫！有以也夫！余於是憬然於大功之成，必先由蒼蒼者之默為布置，非盡可以人力求也。

黎蒓齋云： 體驗極精，論斷極確，非目見不能道其隻字。然實在目見之人，亦豈能敘得如此詳明簡要？此等絶大事業，須得此大手筆以傳之，愈可垂之不朽。并世不乏才人學人，若論經世之文，當於作者首屈一指。

【校】

〔一〕『之』，原缺，據石印本補。

書漢陽葉相廣州之變丁亥

西洋諸族初至中華，仰互市之利，其國地皆懸隔數萬里外，航海遄來，頗馴順不敢肆。後以禁煙肇釁，發難之地，實在廣東。自使相琦善撤防引敵以就和議，馴至割香港，輸重幣。粵人固已決眥切齒，思一渫其憤而未得間也。撫局屢變，倏戰倏和。使相耆英卒與英吉利訂江甯之約，約中既定於廣州、福州、厦門、寧波、上海港口通商，又有許英領事官居五處城邑專理商賈事宜之語，於是甯波、上海、厦門領事館雖不在城中，常得與道府以下官相見。福州城中烏石山頂建洋樓，大府弗能禁，且與行相見禮。粵人聞而詬病之，合辭訴大府，請毋許洋人入城。不省，乃大起團練，傳檄遠近，不支官餉，亦不受官約束，鬨鬨與官為仇矣。是時耆英總督兩廣，英人復以入城請，納之懼激變，拒之慮啟釁，密告英人粵民鷙悍，請徐圖之，期以二年後踐約。既，鹿邑徐廣縉為總督，漢陽葉名琛為巡撫。英人以兵輪闖入粵河，申前約。總督密召諸鄉團練，先後至者逾十萬人，自乘扁舟赴英船，告以眾怒不可犯。耆老十餘輩，迭入領事館，陳說百端。英酋方謀留總督為質，兩岸練勇呼聲震天。英酋懼，請仍修舊好，不復言入城事。於是粵人益自得，謂洋人固易制也。好事者宣言於外，欲遂乘勝沮敗通商事。英公使文翰貽書總督，願重定和約。粵人請為載書，嚴禁洋人入城。文翰見眾情洶洶，恐妨商務，遂莅盟。總督、巡撫會疏入告，宣宗成皇帝嘉之，封總督一等子，巡撫一等男。時道光二十九年也。

咸豐二年，徐廣縉移督湖廣，巡撫坐遷總督。是時群寇縱橫，而廣東差完，又為中外通商都會，稱殷富地。凡鄰近諸行省調兵食，購器械，率仰給廣東。總督亦頗能選將募兵，擊平境內土匪及群寇之闌入者。五年，拜體仁閣大學士，名位愈隆，寵眷稠疊。葉相以翰林清望，年未四十，超任疆圻，既累著勛績，膺封拜，遂疑古今成功者皆如是而已，不知天下事多艱難也。然性木彊，勤吏事，治兩粵久，屬吏憚其威重，皆不敢違。初以拒洋人入城有賢聲，因頗自負，常以雪大恥、尊國體為言。凡遇中外交涉事，馭外人尤嚴，每接文書，輒略書數字答之，或竟不答。顧其術僅止於此，既不屑講交鄰之道與通商諸國聯絡，又未嘗默審諸國情勢之嚮背、虛實、强弱而謀所以應之。英人以入城之約為粵民所撓，居常悒悒，兼憾葉相之摧沮，而懾其積年虛望，未有以難也。

東莞會匪倡亂，合他寇圍廣州，勢張甚。有議借洋人力禦寇者，葉相斥之退。諸寇旋敗散。按察使沈棣輝督軍剿賊，功尤多。列上官紳兵練之力戰者，請獎薦，葉相格不奏，兵練皆解體，棣輝憂憤而卒。葉相檄諸府州縣，凡昔通匪者，吏民格殺勿論。黠悍者皆假捕會匪名相仇殺，前後斬十餘萬人。從賊者不敢歸，或軼擾廣西、江西，或遁入海，棲諸島中，英人以火輪船圍而降之。英方與俄羅斯爭雄，欲驅降賊以敵俄。賊首關鉅、梁楫悍遠行，堅請英領事官巴夏禮先攻廣東，可以得志。巴夏禮謂師出無名，留香港數月，日夜訓練。六年九月，有水師千總巡粵河，遇一劃艇，張英國旗。千總知奸民慣借英旗以自護也，登艇大索，執逸匪十三人，拔其旗，以獲匪報。西洋通例，以下旗為大辱。巴夏禮馳與爭論，千總弗為禮。巴夏禮大恚，照會葉相，謂按和約，拿匪當移取，不當擅執，毀旗尤非禮。且華民在英舟為傭，實無罪，責歸所獲十三人。其駐粵公使包泠譙讓書亦至。葉相曰：『此小事，不足校，其畀之。』遣一微員，送十三人者於領事館。是時巴夏禮已與公使及水師提督密謀，欲乘此時求入城，翻前約，又見所遣僅微員，疑有意折辱之，遂不受，曰：『此水師事，當送水師提督舟中，若併送千總來，乃受。』微員復命，葉相曰：『繫之。』遂繫十三人於獄。

丁丑，英酋忽遣通事來告：『越日日中不如約，即攻城。』亦不省。己卯，葉相方在校場，閱武闈馬箭，忽聞礮聲從東來，吏報英兵艦進奪獵得中流礮臺。文武相顧愕眙，葉相笑曰：『烏有是。日昃，彼自走耳。』令粵河水師偃旗勿與戰。英船進迫十三洋行，明日，英人趨鳳凰山礮臺，守兵以有勿與戰之令也，則皆走，不知所往。明日，英人奪踞海珠礮臺，遂駕礮注擊總督署。司道冒煙進見，請避居。葉相手一卷書危坐，笑而遣之。十月乙酉朔，日當午，礮聲震，城驟崩，缺口餘二丈，英兵既入城，復退出。葉相遣知府蔣立昂往詰領事用師之故，英水師提督亦在坐，同辭答曰：『兩國官不晤，情不親，誤聽傳言，屢乖舊好，請得入城面議之。』葉相堅守前約，亦心憚洋人詭譎，慮既見而受辱也，遂不許。巴夏禮請先議定相見禮，然後入見，或於城外設公所為會議地。亦不許。是時英兵不滿千，而兵勇及團練赴援者數萬人，皆畏敵火器，未能力戰，於是炸礮連日分五路入城。十一月，礮晝夜發。辛未夜，西關外洋樓大火。粵民火之也，先焚美利堅、法蘭西居室，次日，始延及英館。凡昔十三行皆燼焉，喪失貨財無算。英兵亦攜火具，焚緣濠居民數千家以報之，遂悉眾登舟。己卯，退泊大黃滘礮臺，稍稍駛去。巴夏禮知法美二國館被焚，喜曰：『二國必與我矣！』大抵群酋隱謀，初守便宜，欲以兵劫盟，改前約，俟得所欲，乃報國主，故其開礮入城，務作聲勢，恐嚇葉相。葉相亦微覺之，謂彼實無能為，固不敢困我也。

葉相狃前功，蓄矜氣，好為大言以御衆，漸忘其無所挾持。每到危迫無措，亦常有天幸，獲轉圜。默念與洋人角力，必不敵，既恐挫衄以損威，或以首壞和局膺嚴譴，不如聽彼所為，善藏吾短。又私揣洋人重通商，戀粵繁富，而未嘗不憚粵民之悍，彼欲與粵民相安，或不敢縱其力之所至以自絕也。其始終意計殆如此。英商以洋行被毀，所喪貨財多，憤甚，馳報國主。群酋知不能隱，亦馳報國主，遂斂船退舍以待命。國主下議院議，上議院大臣力主稱兵，下議院紳民不允。有調停其說者，謂宜先遣特使至中土，請重定盟約，並索償款以恤群商；不許則先禮後兵，理直辭順，乃可激衆怒用之。國主以為然，簡二等伯爵額爾金赴粵，調派兵輪，分泊澳門、香港，俟進止；　遣使告法美二國合從之利。額爾金貽書葉相，大略謂舊約凡領事官得與中國官相見，所以聯氣誼，釋嫌疑，故兩國無難辦之事。自廣東禁止入城以來，浮言互煽，壅閼不通，致有今日之釁。粵民毀我洋行，群商何辜，喪其資斧。請訂期會議償款，重立約章，則兩國和好如初，永無齟齬。否即以兵戎相見，毋貽後悔。葉相謂其語狂悖，置不答。額爾金再三趣之，皆不答。法美兩國領事官亦以燬屋失財照會葉相，請酌給賠償，且言英已決計攻城，願居間排解。議者或勸撫定法美以伐敵交。葉相謂彼皆比周以脅我也，遂不聽，且不設備。粵民揚言英使果來，當群起擊之。額爾金淹留香港，久不得中國要領。欲與他省大吏議之，則皆以葉相握通商大臣關防，不敢攙越為辭。欲入都，則是時未設總理各國事務衙門，無主之者。適法美兩國兵船至香港汲淡水，將赴日本，乃諷之同攻廣東，謂得志中國，則日本不戰自服，遂與聯盟。

七年五月，英師攻東莞，不剋。己丑，瓊州鎮總兵黄開廣以釣船、紅單船百餘與英師戰於三山，我軍潰，英師追至佛山鎮而止。九月，諜報英船驟至，將大舉攻城。葉相笑曰：『訛言耳！必無是事。』十月戊申朔，忽有英法兩國小火輪船入粵河，豎白旗，示無戰意；遞照會，仍言入城索償及通商事。葉相答以通商而外，概不能從。於是英、法、美三國兵船皆集黃埔。十一月戊寅朔，進泊花地。癸未，進泊沙面登河南岸，奪民屋以駐兵。法人美人皆不欲戰，謂：『我於中國素無怨，何必棄好尋仇？』英人謂曰：『方今中國內寇益横，又瞢於外交之道，助之不知德，病之不知怨。貴國篤念交誼，中國且益自尊，謂小國不敢叛天朝也。貴國如不欲責償款，我將獨進，如有所得，我自擅之。』二國乃與約得利均霑。美船雖從而不助戰，英又兼供二國一月兵餉。

當是時，文宗顯皇帝憂粤事，密戒葉相：『海內多故，餉源在廣東。凡馭洋人務持平，勿偏執，釀釁端。』葉相於英兵之退，既增飾擊剿獲勝狀以聞，累疏稱英國主厭兵，粤事皆額爾金、包冷、巴夏禮等所為，臣始終堅持，不為所脅，彼技已窮，行自服矣。粤民疾視英人，互播流言，或稱英屬國印度已叛，英兵敗績，連喪其渠，或稱英船遭颶風，火器已蕩盡。葉相摭以入奏，又稱英兵縱火焚民居，自致延燒洋樓，今反索償款，此端萬不可開！因自陳布置之方，駁辯之辭甚具。天子又特戒之，謂浮言難盡信，當相機慎圖，勿存輕視意。顧南北相距七八千里，實狀無由上達。又以葉相駐粤，綜理洋務久，更事多，必有把握，故常優旨答之。葉相失事時，猶奉溫諭褒勉，蓋冀其措注得宜也。將軍、巡撫、司道進見，商戰守策，而葉相澹若無事然。或密詢其故，則曰：『彼第作戰勢來嚇我耳。張同雲在敵中，動作我先知之，我不與和，彼窮蹙甚矣。』張同雲者，本通事，葉相購為外間者也。有識時者退而歎曰：『强寇豈可以空言應哉！已則無備，輒謂人窮蹙，譬猶延頸受暴客白刃，尚告人曰：「彼懼犯法，窮蹙甚矣！」自欺如此，禍其可紓乎！』

粤民自使相琦善莅粤後，嘗疑大府陽剿陰撫。葉相亦畏粤民之悍，遇事尤裁抑洋人，欲求衆諒。然粤民見葉相之夷然不驚，轉疑其與英人有私，及英人累致書不答，且不宣示，則愈疑之。僚屬見寇勢日迫，請調兵設防，不許；請招集團練，又不許。衆固請，葉相曰：『姑待之，過十五日，必無事矣。』乃乩語也。先是葉相之父志詵喜扶乩，葉相為建長春仙館居之，祠呂洞賓、李太白二仙，一切軍機進止咸取決焉。乩語告以過十五日可無事，而廣州竟以十四日先陷，人咸訝之。或曰：『洋人賂扶乩者為之也。』然其事秘，世莫得而詳云。戊子，得密報，敵已分布巨礮，將攻城。或稱宜遣紳商赴船觀動靜。葉相盛怒，傳諭官紳士庶，敢有赴敵船者按軍法。英人復照會葉相，一欲相見，二欲在河南岸建洋樓，三欲通商，四欲進城，五欲索償款及兵餉銀六百萬兩。仍不見答。己丑，英香港總督會同法美二國提督張榜郭外，限以二十四時破城，勸商民暫避其鋒。庚寅旦，敵據海珠礮臺，礮聲如百萬雷霆，併擊總督署，開花彈芒燄四射，火箭入南門，延燒市廛，火光燭天，闔城鼎沸。葉相微服奔粵華書院。千總鄧安邦率粵勇千人殊死戰，殺傷頗相當，以無後繼遂不支。辛卯，日未中，洋人登城，城內礮臺及觀音山頂徧豎紅旗。

葉相知城陷，始派弁持令箭出新城，懸萬金賞，調潮勇攻觀音山。戰良久，不能剋。巡撫柏貴檄紳商伍崇曜等議和，往見葉相。仍以『斷不許進城』五字語之。壬辰，將軍穆克德訥暨白旗西北城上，開西門，縱居民遷徙。洋人塞城上礮門，分兵巡城瞭望，張榜禁止殺掠，謂此行惟仇總督，不擾商民也。癸巳，將軍巡撫會同出榜安民，謂和議可定，城內士民毋驚恐。伍崇曜等趨英船謁公使額爾金，不得見。見其繙譯官威妥瑪，領事官巴夏禮，及通事張同雲、李小春，往返三四，和議不成。英人索葉相甚急。乃以乙未夜，移居左都統署圃之八角亭。戊戌，英人括總督署中財物，並取布政司庫銀二十萬兩以去，釋南海縣獄囚，分隊引路尋總督。己亥，突劫將軍巡撫都統至觀音山，詭云會議公事。旋搜至八角亭，擁葉相置大轎中，尚冠帶翎頂如平時，遂登觀音山，度飛橋，踰城出。薄暮，舁入舢板小舟，攜上火輪船。從者或以手指河，攝之以目，蓋勸之赴水也。葉相憒不悟，將軍巡撫等會疏劾葉相，旋得旨以乖謬剛愎之罪褫其職。壬寅，洋人送將軍巡撫等還署，挾葉相至香港，猶每日親作書畫以應洋人之請，從者力勸不可題姓名，乃自書海上蘇武。八年二月，英人挾至印度之孟加臘，居之鎮海樓上，惟武巡捕藍瓌，與一櫛工二僕實從。葉相猶賦詩見志，日誦呂祖經不輟。九年正月，藍瓌病卒。葉相寢疾，西醫治之，不效。三月丁丑，卒。英人歛以鐵棺松槨，伴以水銀，並所作詩歸於廣東。時人讀其詩，未嘗不哀其志，而憾其玩敵誤國之咎也，因為之語曰：『不戰不和不守，不死不降不走。相臣度量，疆臣抱負。古之所無，今亦罕有！』蓋反言以嘲之云。詩曰：『鎮海樓頭月色寒，將星翻作客星單。縱云一范軍中有，怎奈諸君壁上看。向戎何心求免死，蘇卿無恙勸加餐。任他日把丹青繪，恨態愁容下筆難。』又曰：『零丁洋泊歎無家，雁札猶傳節度衙。海外難尋高士粟，斗邊遠泛使臣槎。心驚躍虎笳聲急，望斷慈烏日影斜。惟有春光依舊返，隔牆紅遍木棉花。』蓋葉相在鎮海樓，洋官五日繪相一次，分報英國主及香港、上海洋官，而葉相之父當城破時倉皇出走，未得音問，故其詩云然。

英法兩國兵久踞粵城不去，而北門外九十六鄉之義師起，設團練局於佛山鎮，揚言戒期攻城，然心志不齊，號令不壹，訖於無成。英人初志在得入城見大吏，藉以通隔閡，馭商民。乃粵民一激再激，葉相復一誤再誤，使拱手而有粵城，非英所望也。然其意終在更定約章，索償款，增商埠。又因粵事，益知中國易與，遂糾法、俄、美三國兵船北上，駛入大沽，阻我海運，立約而還。既而約事中變，科爾沁忠親王以重兵扼大沽。九年，擊敗英法兵船，英人退至香港，益募閩粵亡命，操練不輟。十年，復悉鋭犯大沽北塘礮臺，連敗官軍，陷天津，逼京師，寇燄披猖，海内震動。英法兩國乃迫索巨餉，别訂約章，大得便利，視舊約加倍蓰焉。

嗟乎！西洋諸國之勃興，亘古以來未有之奇局也。其得失利弊，與前史所著迥殊，非默究數十年，不能得其竅要。或視為尋常，忽不加察，而大受虧損；或上下内外，堅持力爭，而無關至計。粵民激於前此大府議和之憤，萬衆一辭，牢不可破，必阻其入城一事以為快，屢請屢拒，紛紜者二十年。而大沽之失，天津之約，皆成於此。由今觀之，甚無謂也。英法兩國於和議定後，至同治元年，始退出城。英人占將軍署為領事廨，沙面造洋樓為通商埠。法人占布政使署為領事廨，並踞新城總督署，改建天主堂，而粵人固無如之何。

夫民氣固結，國家之寶也。善用之，則足以制敵；不善用之，則築室道謀，上下乖暌，互相牽累，未有不覆敗者。觀於粵人已酉之役，官民一心，措注協矣，厥後志滿氣囂，動掣大吏之肘。微特中材以下不能用粵民，即使同治以來中興諸將相當之，恐有大費躊躇者。葉相之瞻顧徬徨，進退失據，亦固其宜。尋至城陷帥虜，而粵人坐視不能救，其憤盈激昂之氣，亦稍積矣。是果可常恃乎？昔侯官林文忠公初禁洋煙之時，洋人未識中國虚實，有顧忌心，若使林公久於其任，未必無以善其後，乃使相琦善繼之，而大局一壞不可振，耆英、伊里布又繼之，和議遂定。彼時舍此固無以弭外患，而主和議者，例受人指摘。下流之居，未必如世俗所譏之甚也。粵民之與官相抗，亦琦耆伊三相有以激之。葉相見林文忠、裕忠節諸公，或以挑釁獲重咎，或以壯往致撓敗，而主和之人，又皆見擯清議，身敗名裂，於是於可否兩難之中別創一格。以蘄所以自全者，高談尊攘，矯托鎮靜，自處於不剛不柔，不競不絿之間，乃舉事一不當，卒至辱身以大辱國，而洋人燎原之勢，遂不可復遏。然則洋人之禍，引其機者琦相，決其防者葉相也。要之御非常之變，雖豪傑之士，鮮不智勇俱困焉，蓋因前事無可師，而俗論不可徇也。若以太平文吏，翰苑侍從之才當之，豈不難哉！豈不殆哉！

葉相廣州之變，亦中外交涉以來一大案。紀載者不下十餘種，或怨誹過當，或傳聞失實。惟粵人李鳳翎洋務續記一卷，七絃河上釣叟英吉利廣東入城始末一卷，所書較為明覈。余病其選辭未盡雅馴，且月日尚有未審，事蹟尚有未確者，乃集十數種書，大加考訂删次，并參覈江上蹇叟所著中西紀事，復附益以余平日所素聞於粵人者，稍加論斷以垂鑒戒焉。自識。

中西紀事謂粵城之陷在十二月，洋務續記謂在十一月，英吉利入城始末謂在十月。觀洋人於是月十七日賀元旦，乃中國冬至後十日也，自以洋務續記為確。又識。

方存之云：中西紀事於英人陷粵城事，過嫌疏略。此外專記此事者數家，則又冗穢蕪蔓，傳聞失實，有不能擇言之病。此篇選辭雅馴，采録精審，摹寫葉相與粵人及洋人心事，形容曲肖，卻無一語不確實，無一句不平允。至其隨事曲折叙去，意韻深遠，音調鏗鏘，篇中頓挫停蓄，或順遞，或逆接，或明揭，或隱藏，或豫攝下意，或總挈全旨，用筆自有法度。此種大文，殆得左傳、漢書之神髓者。

書金寶圩團練禦賊事 戊子

古於用兵扼要設守之處，大者曰城曰關，小者曰堡曰戍，又曰圍。江淮間水高於田，築隄捍水曰圩，圩與圍音相轉。今人於南方衛田之隄，北方禦寇之堡，通呼之曰圍，而文則皆從圩云。金寶圩在宣城、當塗、蕪湖數縣之間，延袤百餘里，地饒沃，阻固城、石臼等湖，及句溪水陽江為固，有水數重，名曰水套。圩長丁翥，諸生也。好讀書，磊落多奇氣。咸豐六年，創辦團練，率士民完守備。賊始來犯，圩民禦之，敗，賊遂長驅掠民舟，連越水套而進。圩民或伏叢莽中，以鳥槍擊一賊，殪之。賊驚為伏兵也，皆反走。圩民競起逐之，賊還趨舟，或已撤之矣，倉卒阻水不能渡，皆棄械乞命。圩民氣益奮，乘勢縱擊，斬溺萬餘人，奪獲財物、軍器無算。金寶圩之名，遂聞於大江南北。既而人人習戰，雖婦孺亦能鳴金助威聲，賊累進累北。

皖南殷富士民避寇者，趨之如歸。圩長益定章程，斂財為團練費。又往往截奪賊所虜資糧，屹立賊中者六七年。久之，健兒皆挾厚貲，酣嬉自得，或耽酒嗜煙，不復思戰。會官軍已剋太平、蕪湖、甯國，圩民恃援兵且至，不設備。偽侍王李世賢率悍賊十餘萬，將援金陵。皖南郡縣被兵久，民物凋殘，賊無所得食，睨金寶圩之完且富也，遂用鎖圍法，漸逼漸進，每越一水，則圩民內徙避之，勢益蹙，遂無鬥志。賊以同治元年十二月丁酉破圩入，男女死者九萬有奇，丁翥力戰死之。是時水陸官軍皆為勁寇所縻，不能赴援，再遲一月，則勢可相及而圍解矣，乃事機不諧，致使忠藎之士與孑遺之民，同及於難。豈非天哉？

嗟夫！天下事未有不成於憂懼，敗於逸豫者也。當賊之方熾，守圩者皆不有其生，萬眾一心，故能驟勝。迨見狂氛已衰，眾志稍懈，而變生倉卒，則雖欲振奮，其可得乎？夫一圩之存亡，繫九萬人之生死，或疑此中有定數焉，然竟謂不由人事不可也，惜哉！惜哉！

賊既退，兵部侍郎、衡陽彭公斶貲購地為大塚，勒石誌之。曾文正公奏聞於朝，旌卹如例。

書欒城唐公祠戊子

咸豐三年，粵賊北犯畿輔，以九月乙巳攻陷欒城，知縣唐盛死之。先一日，有公車兩舉子南還，道出欒城，聞警避入城，以知縣有循聲，且同鄉也，偕往謁之。知縣謂此非避寇地，宜速去。詰旦，親送出城。行未及三十里，回望煙塵大起，居民扶老攜幼，踉蹌踵至，皆曰城破矣，知縣降賊矣，乃引車走避村中。

數日，賊退，始詢城破顛末。知縣之送行還署也，有一監生邀於道者曰：『賊已至矣，請入敝廬一飯，然後登陴庀守具。』既入室，則以微服進之，曰：『好官不可徒死。』言未畢而賊至，監生衣縣令衣，出罵賊，賊刃之，死。知縣出曰：『我，縣令也。何傷彼為？』賊欲降之，乃與約曰：『依我一事，請止殺，勿傷一民。』賊許之。又謂賊曰：『止殺所以救民也。今閉城無食，民且饑死，請開門令出謀食。』賊又許之。知縣自出呼於道，使伏匿者盡出。城中虛無人，知縣乃服朝服，坐堂皇，大罵不屈。賊殺之而去。欒城之民相與建唐公祠，以監生配。

於戲！知縣能使監生願以身代，則其平日居官賢可知。蕞爾孤城，無兵無餉，巨寇猝至，不能責之以必守，但可責之以必死。唐公不忍闔城之民同死於賊，設計以盡出之，然後朝服一罵，尤足信其前此之非畏死矣。雖以中庸之道繩之，其偽降若不可訓，世之好議者亦疑焉，然唐公可謂智、仁、勇三者兼之矣。

黎蒓齋云：叙事簡覈，接筆無一平處，可藥膚庸之病。

書劇寇石達開就擒事戊子

粵賊石達開與洪秀全、楊秀清同起潯州之金田，偽稱翼王，逾嶺涉湖，乘勝循江而下，攻陷金陵。旋叛秀全不與通，糾黨踞江西八府，與曾文正公相持連年。既乃突入浙江，由福建、江西以擾湖南，聲勢震盪。巡撫花縣駱文忠公多調宿將，與力角於洞庭衡山以南，僅驅出境。達開乃還齮廣西諸郡，仍繞湖南北，徑窺四川邊境，退入滇黔之交，奔突萬餘里，蹂躪數百城。厥性慣走邊地，避實蹈瑕，每為官軍所蹙，則跧伏山中，倏伺形便，飄然遠颺。自謂生長嶺嶠，善陟奇險，躡幽徑。恣其出没，使官軍震眩失措，莫之能防。然亦卒以此擒滅。

同治二年三月，由雲南犯四川，使其先鋒賴裕新率賊萬餘，由甯遠冒險深入。裕新敗死，餘衆窮日夜力兼行，飄忽如風雨，闌入陝西，欲引官軍追之北上。俾南路空虚，達開遂自率大隊渡金沙江，將北窺大渡河。大渡河為西南巨塹，賊由越巂冕甯大小兩路而來，必走安慶壩及萬工汛。緣河二百餘里，有渡口十三處，若西繞土司轄境，皆仄徑，可北越松林小河，由上游瀘定橋及化坪林徑渡，入薄天全雅州。是時駱文忠公總督四川，長沙劉蓉為布政使，綜理營務，贊畫軍謀，偵知松林地諸土司受賊賂，將讓路。駱公乃調總兵唐友耕一軍，專防安慶壩至萬工汛，檄知府蔡步鐘率雅州勁勇馳往助之，檄諸軍陸續馳扼雅州榮經及化坪林以張聲援，檄松林地土千戶王應元率所部士兵，駐守松林小河，檄邛部土司嶺承恩統夷兵截斷越巂大路，逼賊使入土司境。伺賊入險，即鈔其後路，使不得退。先重賚嶺承恩、王應元夷兵土兵，並許獲賊財物悉賞之。布置既定，達開率衆可四萬，繞越巂冕甯前進。知越巂諸要隘嚴兵以待，果由小徑趨王應元所轄之紫打地，其旁兩山壁立，隘口險仄，易進難退，前阻大渡河，左阻松林河，右阻老鴉漩河。達開以土司之納其賕也，夷然信之，長驅入險。

是時大渡河北岸尚無官兵，達開使其下造船筏速渡。渡者已萬餘人，會日暮，忽傳令撤還南岸，謂其下曰：『我生平行軍謹慎，今師渡未及半，儻官軍卒至，此危道也，不如俟明日畢渡。』遲明，遣賊探視，忽見大渡河及松林河水陡高數丈。達開謂山水暴發，一二日可平也，當少俟之。越二日水勢稍平，忽見官軍已到北岸，用槍礮隔水擊賊，有死者。達開欲退出險，遣其黨回視隘口，則土司已斷千年古木六大榦，偃於地以塞路，且有夷兵把守。欲索兩旁小徑，則皆千仞絶壁，無可攀躋。賊衆遊弋大渡河、松林河南岸，晝夜伺間衝突，皆被官兵士兵擊退，死亡者萬餘人。嶺承恩復由後路鈔入，攻奪馬鞍山賊營，絶其糧道。夷兵或三五為輩，伏險狙擊，或自山巔隕木石殺賊，官兵亦不時渡河雕剿。達開進退無路，約書於矢，隔河射入王應元營，啗以重利，求讓路，應元不應。復以利誘嶺承恩，承恩攻之益急。達開徇於眾曰：『吾起兵以來十四年矣，跋險阻，濟江湖，如履平地。雖遭時艱難，亦常蹷而復奮，轉敗為功，若有天祐。今不幸受土司迂，陷入絕地，重煩諸君血戰出險，毋徒束手受縛，為天下笑，則諸君之賜厚矣！』因泣稽顙，眾皆泣稽顙。尅日加造竹筏，誓於死中求生。

夏四月癸巳夜，達開盡斬嚮導二百餘人祭旂，悉眾分撲大渡河、松林河，每數十人乘一筏，人以擋牌蔽身，皆披髮銜刃，挺矛植立。眾筏同時齊奮，為官兵土兵槍礮所擊，悉隨驚湍飄没，浮尸如群鶩蔽流而下。達開在圍中匝月，糗糧既罄，殺馬而食，繼啖桑葉草根皆盡。官軍與承恩、應元四面兜剿，直入紫打地，盡毀賊巢。達開喪其輜重，率餘黨七八千人，奔至老鴉漩，復為夷兵所阻。妻妾五人攜其二子，自沈於河。達開望見官軍豎投誠免死大旂，乃攜一子及偽宰輔等三人，與其餘黨呼曰：『石達開降！』嶺承恩等羈之營中，訊其餘黨之旐倪及脅從者，逾四千人，分塗遣散。其積年老賊二千餘人，唐友耕派營分駐彈壓。五月丙午朔，達開等五人過河，至唐友耕營中。越二日，解送成都。明日，官軍夜以火箭為號，會合夷兵，圍擊偽官二百餘人，悍賊二千餘人殲焉。達開到成都對簿，有司訊其前後抗官軍事甚悉。口如懸河，應答不窮，自稱年三十三，於當世諸將負盛名者，皆加貶辭。惟謂曾文正公雖不以善戰名，而能識拔賢將，規畫精嚴，無間可尋，大帥如此，實起事以來所未覯也。乙卯，磔達開於成都市。

是役也，達開不自入絕地，則不得滅；即入絕地而無夷兵四面扼剿，亦不得滅。然使諸土司中始無得賄縱賊之人，以達開之審於行軍，亦決不肯竟入絕地也。知土司之隱情而善用之，則視乎當事者之籌略矣。至賊眾臨渡而山水忽發，又似天意滅賊云。

按達開初到大渡河邊，北岸實尚無官兵。而駱文忠公奏疏謂唐友耕一軍已駐北岸，似為將士請獎張本，不得不聲明其防河得力，因稍移數日以遷就之。當時外省軍報，大都如此，亦疆吏與將帥不得已之辦法也。達開之眾，半渡撤回，係唐友耕親告余弟季懷者，余追憶而書之。其他月日與地名人名，則仍考駱公奏疏，以免譌舛云。自識。

蕭敬甫云：作者本以經世議論之作為最長，然觀以上九篇，記事尤極精美，令人百讀不厭，固知能者無所不可，是真以史、漢之筆法，敘一代之要事者。連日把玩，智慧為之一增，茅塞為之一闢。亟録一册，以當枕中之秘。

母弟季懷事狀 戊子

母弟季懷，諱福保，於兄弟行第四，季懷其字也。幼讀書，外吶而中瑩，每課三四行，終日讀，猶多疐字。然嘗仿東萊博議文法，尚論古人，則已妙解獨得，天才穎發，先大夫見而大奇之。年十八，以古學受知學使者臨川李公聯琇，與余同補縣學生。李公學故閎邃，其相士懸格尤峻，從遺卷中拔取余兄弟，後常詫其事以語人人。避粵寇之難，舉家僑徙寶應之東鄉。兄弟數人，益以讀書求志相砥鏃。聚居斗室中，晝則縱觀經史，質問疑義。夜則一燈圍坐，互論聖賢立教微旨，古今理亂得失之要最，有不合，則斷斷辯難，歡聲與僮僕鼾聲相應。俄而鳥鳴日出，余亦頹然欲臥，季懷方啟戶至宅後，觀田禾滴露以為樂，徜徉而歸，歸乃高臥，日中方起。如是者五六年，是時余兄弟怡怡愉愉，樂道娛親，幾不知饑寒之將迫，寇警之環逼也。

會曾文正公以使相剿撚寇北上，張榜郡縣，招賢俊，諮籌略。余上便宜萬餘言，文正立延余入戎幕，且問余居江北久，交遊中頗有佳士乎？余答有弟福保，學識堯然特出，所知殆無其儔。文正曰：『可與俱來。』余乃挈季懷從文正臨淮、徐州、濟甯軍中，適今相國朝邑閻公巡撫山東，從文正求士，文正知閻公與先大夫同年進士，交尤摯，乃薦季懷入閻公幕。閻公之學，以苦身勵行，約己奉公為宗。季懷飫聞其說，所造益進。無何，閻公移疾歸，薦布政使平遠丁文誠公寶楨自代，復薦季懷為掌箋奏以佐之。當是時，撚寇破運河長牆，風馳而東，蹂躪登、萊、青等府。丁公新授〔一〕事，兵勢弱。山東士民既以不能禦賊怨訾大吏，丁公與諸客將謀分扼膠萊河，蹙賊海隅，諸客將皆欲自駐善地，而以惡地與他將，往復勘議，爭數日不決。圍未合而賊突出，諸客將不任咎，反乘機歸罪以撼丁公。杌隉〔二〕已甚，季懷勸丁公容忍百端，為草密疏，陳其顛末。朝廷始知客將之妄，卒直丁公而絀客將。季懷因勸聯絡淮軍，獲殲劇賊任柱、賴文光等。明年，巨酋張總愚突入山東境，諸路客將駢集。季懷為丁公密籌所以駕馭調和之方甚具，遂滅張總愚。

方事之殷，丁公欲代季懷援例捐貲為道員，致之大用，季懷辭不受。又欲舉統五六千人，復力辭之。事既平，丁公具密疏，薦季懷凡百餘言，大率稱其學博行高，器略冠時，可屬大事。特詔徵赴吏部引見，終以資地淺，不能驟進，以同知直隸州分發陝西補用。復不宜其水土，改發浙江。逾年，丁公總督四川，銳意興革利弊，裁郡縣夫馬費，改鹽法為官運商銷，修都江堰水利。奸商墨吏多不便，嗾言官摭款劾之。天子為發重臣赴勘，又嚴劾之。丁公遂鐫職，暫權總督事，貽書敦請季懷入蜀。季懷為丁公揣勢揆情，得不逞者誣謗之萌而逆折之，措注輕重，各適其宜。未幾，上下翕然，浮言遽熄。丁公復職，蜀鹽亦適有成效，贏利歲百餘萬金，滇黔兩省兵餉皆仰給焉。所裁夫馬費，又歲省數十萬金，蜀民始免重斂之困。丁公嘗曰：『吾數月不見季懷，遂不聞讜論。賢者儻不宜遠邪！』丁公天資高，性卞急，不能無疏闊。諸司道統將才皆弗如遠甚，罔敢僇一言，言又不能得要領。季懷轉圜無形，每為丁公引其端而籌之益精。其言初甚平無奇，然熟思終無以易也，用是能輔丁公所不逮，措之無不效。

光緒六年，丁公應詔薦賢，仍以季懷居首。明年，以知府留四川，將應吏部檄入都，順道還里小憩。塗中觸暑得瘧疾，遽以七月二十四日卒，年四十二。娶楊氏，生一子：聰彝。季懷卒後五年，補縣學生，篤謹好學，宜有成立。

烏虖！方季懷佐戎運籌，內夷寇難，外捍群侮，措危彊如磐石，出生靈於水火，賢帥折節，傾心推轂，年未三十，遂膺特召。方謂躡天衢，流膏澤，可掜契致，乃位不稱其才，年不副其遇，豈非命邪！季懷孝友篤摯，門內無間言，性澹泊寡營，於人世間榮利，視之蔑如，而不自標揭，胸中無執滯，任其自然而已。始頗伉直不能容惡，晚乃不露鋒穎。嘗自言恐流禪學，蓋用此自警也。疾革，處置後事，神明炯然，已乃笑曰：『余竟止於此乎！』端坐而逝。平時於經史百子無不窺，然但涵嚌大意，默究精微，所守甚約。為文章，瑰閎幽瀹，高辭微旨，翛然塵壒之外。余既刊而行之矣。

自季懷之卒，余久欲狀其志行，卒卒未果。今已八年，恐遂沈泯，乃拉雜書之。光緒十四年秋七月，兄福成述。

伯兄撫屏云： 余兄弟中惟作者與季懷幼同學，長同遊，知季懷尤深，而又攻古文，故余以季懷事狀屬之。此文狀季懷，但將季懷性情、學問、事業，質實寫出，無一句虛辭，亦無一言溢量，而季懷乃必傳無疑。世之為行狀及墓銘者，往往搆設虛事，滿紙浮辭，以冀其傳。孰知其人本無可傳，文既作偽，盡失古意，更無可傳。然後知人之傳不傳，仍在所自為，而文章無權也。

黎蒓齋云： 文寓俊邁之氣於綿密中，其叙季懷贊畫丁文誠始末，辭非溢美。觀文誠兩次特薦，非獲季懷之助，知季懷之深，而能若是乎？ 自余與叔耘始在曾文正公臨淮、徐州軍幕，今二十五年矣。曩與叔耘談及，相別二十餘年，所遇人才，似無出向伯常及季懷右者。季懷，余曾序其青萍軒遺集，今年又補為伯常墓志，以見二子者之不得竟其志業，實厄於天，而亦重為人才惜也！讀此益增人琴之感。己丑十一月記。

【校】

〔一〕『新授』，原作『新陞』，據石印本改。

〔二〕『杌隉』，原作『杌受』，據石印本改。

甯波府學記戊子

聖人之道之在天下，猶日月之懸於太清也。生民之初，狉榛鴻荒，人與萬物無異。自燧人氏、有巢氏、包羲氏、神農氏、黃帝氏、少皞氏、顓頊氏、高辛氏，繼世迭興，於所以養之、居之、教之之法漸備。堯舜氏作，明峻德，修五典，於是人倫之教益備。三代之隆，修明不懈，則天下皆大治。及我夫子，雖不得位，而推闡至精，立萬世準，為生民未有之盛。蓋堯舜集上古聖人之大成，而夫子又集堯、舜、禹、湯、文、武、周公之大成者也。

聖人没而微言絶，九流百家，競起爭鳴。其道皆得聖人之一偏，善用之，非不足以輔治興化；極其弊，皆能為聖道之害。其彌近理而亂真者，則有楊氏之學，有墨氏之學。楊氏為我，墨氏兼愛，其初標立宗旨，非無毅然救世之心，而孟子充其究竟，斥為無父無君，惟恐其蔽塞聖道，不得不出全力以排之。楊墨之道既熄，自漢迄宋明，與聖道並峙者，則有老氏之學，有佛氏之學。老氏雖尚無為，經世者多陰用其術，厥後流為放達，遁為清談，而病乃不可藥。佛氏晚入中國，鼓動最雄，其所得精微之處，與聖人不過毫釐之差。高明之士，心飫其說，於是韓子始出排之，程子、朱子及諸大儒相繼排之。蓋恐其與吾聖道角立，彼日盛則我日微也。降及今日，彼佛老之學之麤者，不過自儕於巫祝之流；其精者為養性棲真之士之所託，尚不甚為吾道患。當楊墨佛老極熾之時，諸大賢奮力觝排，若不知其所終極。豈料楊墨當孟子没後，其傳即絶；佛老至今浸微浸衰，僅緜一線於天地之間。而聖人之道，歷久而益明，閱世而愈尊。吾故曰聖人之道之在天下，猶日月之懸於太清也；彼異學之惑人心，晦聖道，猶浮雲積霧之蔽日月，無損於日月之體，而雲霧有必散之時。若諸儒之究明聖道而所得各殊，譬之瞭日月者，遇時有明晦，擇地有高下，又有目力之不同，其用力，或候其氣，或驗其光，或推其行，要皆僅得一體，未由睹日月之道之全。

方今泰西通商，輪船四馳，凡大瀛海所環之地，既通為一，其別於中國之儒教者，則有耶穌之教，有謨罕默德之教，有宗喀巴之教。耶穌以敬天為說，其自託救世，近於墨氏兼愛之旨。又有假耶穌餘緒，自闢門戶者，曰天主教、希臘教、猶太教。天主教尤變本加厲，尚詐力，為中外士民所詬病，而其氣勢固足與耶穌之教相敵。謨罕默德貌以清真為宗，實以强忍陰鷙為用，張威力以劫人。其徒雖稍不逮耶穌之盛，而其教所行之地，猶視儒教為廣。宗喀巴傳佛法，又稍變其宗派。其徒之持呪炫術者，亦近於巫祝之流。然數百年來，馴蒙古、西藏勁悍好殺之俗，啟其從善之心，未嘗無益於中國。往嘗取耶穌、謨罕默德之書閲之，非竟無一得之長，然義陋辭鄙，尚遠出佛老二氏下。竊怪其何以能垂世立教，至數萬里之遙，一二千年之久？蓋中外懸隔，聖道未行於彼域。譬之日月所不照之處，得爝火之光，亦可燭幽隱而救顛隕。且遐方得氣稍偏，不能遽以中和之道化之，或者風氣之變當有其時乎。

近者異教闌入中國，有衛道之責者，方怒然憂之，然彼教可來，則吾教亦必往。來者如楊墨佛老之偶熾，久而必衰；往者如漢以前之滇、黔、閩、粤，為儒教所未及，今皆文物炳然，則漸被漸遠，徧幬乎海內外，亦理所必有，非漫為高論以自壯也。聖人之道，證之吾心而無不安，即證之海外之人之心，亦未有謂不安者。甚有一二聰明之士，謂彼聖人之道，實不如吾聖人之道之中正者。夫人心之公且明若此。昔者以碔砆當美玉，荑稗代稻粱。當其未睹玉與穀，但知碔砆、荑稗之足寶；既睹之，未有不爽然自失者。期之以積久，則漸摩而不自知；鼓之在無形，則畛域所不能隔。然則數千百年後，謂聖人之道，如日月之徧照乎八荒，豈非可豫必者哉！

甯波之為郡，面滄海，枕甬江，崇山蟠亘，靈湖貫輸，清雄奇秀之氣，笁生瓌傑，名賢接跡。其地為東南一都會，琛賮駢集，而民頗知勤儉，敦本業。郡有學宮，歷代增繕，規制閎巨，為諸郡冠，顧年久陊剝，經兵燹，日益圮。同治元年，知府邊葆誠修葺大成殿，重建崇聖宮、東西兩廡、大成門、櫺星門、名宦鄉賢等祠，重修四圍宮牆，及尊經閣、明論堂、忠義節孝等祠牆垣。以三年二月蕆工，董其成者為郡紳陳政鑰等。七年，創建習禮公所，製祭器，樂器咸備。光緒七年，知府宗源瀚重建大成殿、尊經閣，其餘皆重修之如前，而崇聖宮及兩廡、大成門、櫺星門，亦並修焉，創建習樂公所，以九年七月蕆工，董其成者為郡紳張善仿等。前後共費錢二萬八千餘緡，皆郡之士民輸財所集也，可謂崇本急公者矣。上下協力，既敕既周，學宮之制，於是大備。

郡之士大夫請記其事以鑱諸石。竊惟南豐曾氏，臨川王氏，及後諸儒論學之旨，精矣，備矣，尚復何所言哉！甯波地濱海，為異教所先入，逢掖之士，用為大慼，故著聖道之當昌於彼域者以解之，且留吾言以訊之千百年後，果能幸而中焉否也？

黎蒓齋云：學記惟曾王為傑出，厥後諸家迭有發揮，實已陳陳相因，難再着筆。曾文正公江甯府學記，亦係文家翻空出奇之法。此篇按時與地立言，乃無一語不創闢，無一筆不俊雅。就文章而論，固極翻新，然靜思之，確有是理，亦必確有是事。此之謂立言不朽，而文之雄駿閎肆，深造古作者閫奥，又其次也。

蕭敬甫云：用意深遠，行文壯闊，確係近日甯波府學記。吾輩為文，欲推陳出新，當於此等文字每日三復之。

笠山宏遠礮臺銘並序 戊子

浙東防海關鍵在甯波，其門戶在鎮海。大小浹江匯甯波上游諸山溪之水，分流趨鎮海南境。大浹江環縣城西南東三面入海，所謂甬江口也。招寶山扼其北，金雞山峙其南，最據形勝。小浹江繞金雞山之南而東北入海，在甬江口東北十里，所謂小港口也。由港口東望，則定海、金塘、大謝諸山，緜亘海中數十百里，若屏障然。其間有兩口，可行巨舟，峽開浪湧，謂之蛟門，蓋亦外海入內洋捷路也。余觀甬江口外，雖為浙洋往來之衝，然有游山、虎蹲山為蔽。其旁險礁走沙，隱見不測，戰艦難以直駛。是以凡窺鎮海者，常自蛟門入，而小港之險要，遂與甬江口相埒。往歲法蘭西寇鎮海也，其酋以鐵甲大船先入蛟門，余方慮小港無備，猝為所乘，彼乃越港口而北，折向西南，突趨虎蹲山下。我招寶山礮臺，開礮再擊敗之，敵始氣懾左次。

事既定，余上書大府，請嚴武備，復言營建招寶山礮臺。知府杜冠英、參將吳杰之力為多，今又奮謀勇，遏巨寇，厥功尤偉。請以築臺事始終責二人，勿令他人參越。中丞盧江劉公韙其議，檄余督杜君等經始其事，檄支應局訂購德意志國克鹿卜廠二十四生的後膛鋼炮二尊，二十一生的後膛鋼炮五尊。余與杜君揆地小港之左曰笠山者，明代禦倭舊址也，創建堅臺，氣勢閎整，顏曰宏遠。稍進則於金雞山前建一臺，曰平遠，於招寶山威遠臺之下，加營礮洞，以輔上層舊礮所不逮。二臺對峙，正扼江口。又稍進則金雞山下與招寶山後，各聳一磯，夾江相望，於此分建二臺，曰綏遠，曰安遠。全工以光緒十四年冬告竣，共用白金十五萬五千餘兩，而宏遠一臺，幾去其半。距余建議之初，已四年矣。因以克鹿卜礮尤大者二尊，次大者一尊，置宏遠臺上，其餘四尊分置四臺。一有寇警，則節節嚴防，環伺迭擊。彼固無飛越之理，然惟笠山地形突出海濱，三面受敵，且居甬江口前路，勢可兼顧諸臺。今得此新礮，東禦蛟門之口，西扼虎蹲、游山之險，俾敵艦不敢肆泊內洋。苟練之勤而用之精，雖鐵甲可破也。

抑余聞西洋諸國經營臺礮，月異而歲不同，小有利病，不憚變通修改以極其精。其研究無窮期，故措注無敗事。余願與杜君及後之任防事者共勉斯意，勿謂制勝之方已盡於此而自足也。銘曰：

巖巖蛟門，潮汐吐吞。横截滄海，極望無垠。隔閡島夷，為越屏藩。近控四明，遠眺天台。虎蹲崛嵂，金雞崔嵬。笠山之崖，據險為臺。選材海外，精器西來。迺召卒徒，畫地慮工。鏟祚磯岸，俯臨驚潨。壘高如雲，隄亘似虹。創古所無，蜚聲寰中。諏期演習，人靜風息。天地清曙，遙岑涵碧。礮聲忽縱，震耳蕩魄。雷霆飆騰，崩裂崖石。又如奔電，威燄噴射。既墮復躍，積水群飛。天吴遁逃，海若驚唏。蛟龍萬怪，震惶無依。憶昔豪酋，來窺我疆。標鋭無前，鐵艦雲翔。我師守隘，闃然深藏。伺間突擊，燬其艅艎。敵負夷傷，氣鬱不揚。偃旂轉輪，罔敢鴟張。昔之簡器，未極精利。驟當大敵，亦完守備。今之籌邊，良法畢研。器無不新，備無不全。甬江之湄，崇臺錯峙。互為聲援，大小相倚。此其首衝，鎖鑰足恃。良將健兵，莫或玩弛。遠人聞風，狡謀斯弭。浙東之防，千年如砥！

吴摯甫云：浙東礮臺，乃作者數年心力所萃，故言之倍親切有味，銘辭尤閎壯瑰雅。

雲石銘並序 戊子

甯波郡城遙拱群山，地平曠，四周數十里無巖巒之勝，惟鎮明嶺在城西南隅，其脈與四明諸峰相連，然實無岡阜，特地勢稍隆耳。東南數十步，有石介然，相傳天將雨，輒有雲氣覆其上，謂之雲石。

是石也，明嘉靖郡志已志之，不知昉於何代。大抵太古以來即有是石，與四明山俱奠者也，顧往往沈湮不顯。順治中，鄞人聞性道訪得其地，前巡海道王公爾祿鬻金買撤民屋而石果出。由是甲科鼎盛，其後復隱不見。乾隆四十五年，諸生何承浩等復搜得之，掘地出泉，鑿池護石，環設石欄，搆亭其側，立碑記之。舊說城中有湖無山，藉此石為形勝。或者以石小疑之。山與石之靈不靈，不在巨細。苟非潛脈所通，元氣所積，雖蜿蟺磅礴數百千里，皆頑石也。惟此石為鎮明嶺之望，而鎮明嶺又為四明諸峰之鎮，偉哉造化，何奇不毓！端倪所著，在恍惚有無之間。夫雲觸石而出，膚寸而合，不轉瞬而淩虛飛揚，輝映遐邇，蓋有文明之象，則一石顯晦，繫文運盛衰，理或有之，不得以其小而忽之也。

予以光緒十年夏來巡浙東，求所謂雲石者不可見。越四年，籌濬城河，始得一池，讀其碑，知雲石在其下，乃刳朽壤，除積翳，數尺以下，清水瀠然，遂得雲石。郡之賢士大夫來請曰：『曩聞此石不常見，見則人文蔚起。道光初，李公曉園、周公澗東，相繼為巡道於此，建雲石山房課士，一時閎雅魁碩之儒暨登巍科者多出其中。今公以經史碩學課士，且特建書院以大其規，院中亦搆雲石山房，而此石復出，豈運會適相值歟，抑精誠所默感歟？若謀所以褒是石者，勿使沈埋棄擲於荒榛、斷瓦、糞土之中，儻可光吾郡而垂之無窮。』予喜逢斯盛，又重違眾意，因命築垣池上，闢戶通出入，屬石旁寶雲寺僧司其鑰，毋許居民委塵垢焉，遂銘之以慰邦人士之誠。石長不及五尺，廣二尺，驟視之，與常石無以異也。銘曰：

一卷崢嶸，靈氣自生。蒸為奇采，上薄太清。翕受日月之精，蘊結山川之英。彼光怪之發露，或先睹而皆驚。儻無心而偶出，俄降澤乎群萌。亘萬年兮毋泐，永鎮護於四明！

籌洋芻議

薛福成自序

光緒五年，日本兵船入琉球，以其王歸，遂滅琉球。是時，日本勢益張，而西洋德意志諸國方議修約事，議久不協，俄羅斯踞我伊犂，索重賂，議者尤洶洶。余愚以謂應之得其道，敵雖强不足慮，不得其道，則無事而有事，後患不可言。竊不自揆，網羅見聞，略抒胸臆，筆之於書，凡得籌洋芻議十四篇。既屬稿，以呈伯相北洋大臣合肥李公，公大韙之，為達總理各國事務衙門，備采擇。辛巳，余友遵義黎庶昌蒓齋，以出使西班牙參贊，超授出使日本大臣，至，自西洋攜一冊視余，且曰：『曩過倫敦使館，見曾侯案上有是書，諷玩數周，心益異之，手寫一通，請曾侯用泰西糖印法印得數十冊，稍貽同志。今且盡矣，而索者未已也，盍速付諸剞劂！』余謂：『此特一時私論，大端所宜發揮者，十未得一二，遑敢張之以速戾邪！』且今距與蒓齋相晤時又四年矣，事變愈繁，時艱未艾，余所欲言者滋益多，官事牽擾，卒卒尠暇，不知何日能賡此志？而二三友朋時借鈔不輟，或勸暫鐫之，稍免傳鈔之訛舛。余乃並識蒓齋語於簡端，儻異日閱歷益進，或所見更有異同，豈特借為自鏡之資，亦以顯天下之理之日出不窮焉。爾時十一年冬十一月，無錫薛福成自序於甯紹台道官廨。

約章

兩國議和，不能無約。約章行之既久，恐有畸重畸輕之事，以致兩國之有偏損也，不得不訂期修改，以劑其平，此中外通行之例也。然修約之舉，期於兩國有益無損；損一國以益一國，不行也；一國允而一國不允，不行也。伊古以來，未聞有修約不遂而遽至決裂之舉。惟其如是，則存自利之見者，不得恣睢以從事；有自護之權者，不妨從容以徐商。

曩者滇邊案起，英國威使以馬加里之死，多方挾制中國，務持大體，不得不量予變通，以弭外釁，於是始立煙臺之約。今前案早結，而英國於約內之事尚未盡行。其理絀則其氣衰，所以威使支吾延宕，但嗾德國巴使藉修約之事多所要求，要求不得，旋肆恫喝，恫喝不應，而彼之技乃窮。即令佯示決裂之形，中國惟當靜以待之。其萬不能允者，始終堅執一辭，而彼固無如我何也。如其可允而有大損於中國者，宜取大益以抵之；有小損於中國者，宜取小益以抵之，損益適足相當。彼商民猶未愜望，或將如英國新約之訂而不行，否則相持不決而修約中止，要之不失為中道，固非中國所慮也。雖然中國立約之初，有視若尋常而貽患於無窮者，大要有二：

一則曰一國獲利各國均霑也。西人始來不過一二國，中國不知其牽率而至者如是其眾也。既因有此約，一國所得，諸國安坐而享之？一國所求，諸國群起而助之，是不啻驅西洋諸國，使之協以謀我也，失計莫甚於此！從前諸國以英國為主謀，英國允而各國無不照行，是尚有統宗之處。今則德國雄長，歐洲每事與英競勝，且煙臺條款，德人藉英之力霑利多矣，今復以修約而誅求無已，而英人亦乘間而導之，合力以謀之，此皆『利益均霑』一語階之厲也。往者不可救，來者猶可追。今欲頓棄前約，彼必不肯從也。是莫如存其名而去其實，使彼相忘於不覺。往見戊辰與英國所訂新約第一條及照會之文，用意甚善，惜乎其未行也。又聞總稅務司赫德之議，擬訂各國通行之約，另設一漢文條約底式，凡有外國訂約者，即按通行之約以授之，此誠省事之良法也。利益均霑之文不必去，而其弊自去矣。今歲德國修約，尚未定議，英法亦屆修約之期，如竟能罷論，固善。不然，則三國同時議約，宜告之曰：『約文有一體均霑之語，若稍有參差，則一事兩歧而開辦無期，莫若乘立約之始而會歸於一。英法德三國既允，其餘諸國可無慮矣。他日屆期修約，彼即不能迭出以相嘗，萬一意見不合，不過互相牽制，不行新約而止耳。各國無端之喧聒，其少紓乎？

一則曰洋人居中國不歸中國官管理也。夫商民居何國何地，即受治於此地之有司，亦地球各國通行之法，獨中國初定約時，洋人以中西律法迥殊，始議華人治以華法，歸華官管理，洋人治以洋法，歸洋官管理。然居此地而不受治於有司，則諸事為之掣肘。且中國之法重，西洋之法輕，有時華人洋人同犯一罪，而華人受重法，洋人受輕法，已覺不均。今即以人命論，華人犯法，必議抵償，議撫恤，無有能倖免者。洋人犯法，從無抵償之事，洋官又必多方庇護，縱之回國，是不特輕法所未施，而直無法以治之矣。此無他，有司無權之故也。為今之計，既不能强西人而就中法，且莫如用洋法以治洋人。按煙臺條款，有照會各國議定審案章程之約，赫德亦謂：『華洋訟件，宜定一通行之訊法，通行之罪名，乃能經久無弊。』近聞美國與日本議立新約，許歸復其内治之權，外人皆歸地方官管轄。中國亦宜於此時商之各國，議定條約，凡通商口岸，設立理案衙門，由各省大吏遴選幹員及聘外國律師各一人，主其事。凡有華洋訟件，均歸此衙門審辦。其通行之法，宜參用中西律例，詳細酌覈。如猶不能行，即專用洋法亦可。何也？治華洋交涉之事，本與中國自治之法不同，以洋法治華人，所以使華人避重就輕也，以洋法治洋人，所以使洋人難逃法外也。補偏救弊，舍是無他術矣。

夫條約之要義，固不止此二端，而以此二端為最鉅。即驟與之商，未必肯聽，則於無形之中潛寓轉移，可也。即不然，用以抵其所索之款，可也。若夫法國之約，莫如約束教民；俄國之約，莫如清理邊界。似皆宜於通行之約之外別立專條，其間幾微之得失，實為中國安危之機，是又當以全力注之者矣。

邊防

跨兩洲之地，負北冰海而立國，利則乘時進取，不利則蓄鋭觀變，有長駕遠馭之謀，有居高臨下之勢，則俄羅斯固天下莫强之國也。曏者泰西諸國，畏俄忌俄，如六國之擯秦，據守海道，扼其咽喉，俾俄之水師不得縱横四出。俄人亦以久居陸地，未騁厥志，輒思發憤為雄土耳。其一役覬得黑海，為訓練水師之地，及英人出而阻撓，始立約罷兵。然已割土，國腴壤立，為附庸之國者四，俄之號令騣騣越黑海而南。彼又於歐亞兩洲之間，蠶食諸小國，烽火將達印度北境。英之君臣旰食深謀，而無如何也。德人藉俄之援，以破法而弱英，英亦熟視而不敢救。

而德奥諸國之於俄，又未嘗不畏而防之，然則俄為歐洲諸國之憂也久矣！

雖然，俄之憂在歐洲者顯而緩，俄之憂在中國隱而重，何也？俄之邊境包中國東西北三面，橫亘二萬里，自踞守伊犂之後，其近邊浩罕諸國，與哈薩克、布魯特諸部，彼皆以兵威脅服，已不啻撤我外藩。東三省自黑龍江以北，綏芬河以東，甌脱之地割歸俄屬者數千里，不特庫頁島為俄所有，即吉林所屬割去之地已多，其野產貂，其人漁獵。俄人建屋、墾荒、開鐵廠、偫糗糧、買牛羊、設輪船公司於黑龍江上，經營井井，殆有深意。且彼所居之圖們江口，距陪都根本之地千里而近，形勢尤嫌單薄。又聞甯古塔、琿春等處旗民，每被俄人侵侮陵暴，至不能安其生理，且時有尋釁之意。夫以歐洲諸國與俄人比權量力，非不互有勝負，然不能不畏之者，地勢使然也。中國兵力餉力未逮歐洲一大國，而彼尚可合縱連橫以拒之，則其勢盛，而中國之勢孤，諸國扼守要害不過數處，非若中國之防不勝防，則其勢專而中國之勢散，而況中國練兵製器之精，傳信行軍之捷，百不如西人。俄非無事之國，不得於西，將務於東，此必至之勢也。然而近數十年來，幸獲相安者，何也？俄之先世為元所逼，危蹙甚矣，今雖國勢中興，而餘威尚震。我朝康熙、乾隆全盛之時，一定黑龍江邊界，再定準、回諸部，闢地萬里，威聲遐播，俄人拱手奉約，不敢稍有異言。厥後，乘英法之變，割我黑龍江北境，而尚無大隙也。迄於今日，其貪得無厭，窺中國物產之豐而求濟其欲者，俄之商民也；其恃强求勝，稍有違言，不盡恪守約章者，俄之邊吏也。至俄之君相，雖不能無動於商民與邊吏之言，然以兩國和局逾二百年，長慮卻顧，未肯輕於一發，非若英法之以力相競，深知中國之虛實也。為中國今日計，宜因其機而導之，師老子善勝不爭之訓，守孫武知彼知己之謀，略細故而昭大信，使之無隙可乘，中國乃得以其暇，講求一切富强之具，事固大可為也，時亦大可乘也。

若夫目前自固之策，所最宜注意者，在東三省；其次則新疆；其次則內外盟蒙古，蒙古之日就貧弱，殆氣運使然，中國宜扶持、培護，使各保分地，常為北方藩衛。新疆初復之區，非屯勁旅不足以捍禦回寇。其憂在經餉之難籌，然其物產有金、銅、鉛、鐵、鹽、皮王、棉花、藥材，有雪泉灌溉之利，誠能廣興屯田以裕軍食，招民耕墾而收其什一之賦，采銅鑄錢以便民用，定鹽課、興礦利、流通百貨以確釐稅，數年之後，内地協餉可減其半，庶各省之力少紓，而新疆亦稍足自立，斯為經久之道。至東三省中吉林，五方雜處，風氣偷弱，山中金匪不下十餘萬，固宜設官分汛，力圖富教，常以遊兵驅剿，漸清金匪之源；黑龍江馬隊，夙昔稱强天下，今其舊兵雖已耗散，而民風樸勁，募練尚易為力；鄂倫春獵戶槍無虛發，熟習山徑，俄人所憚，宜結以恩信，籍其人數而稍部勒之，酌給口糧、鉛藥，無事則習其業，有事則資其力，可以節餉糈而設無形之備。且黑龍江地居極北，尤為要衝，宜擇忠清强毅知兵之重臣，實力經營，寬籌其餉，而假以事權，需以歲月，庶其有濟。

凡此皆當今籌邊之要務，而不可一日緩者也。然探其本，則籌邊不過自强之一端，中國籌邊之要，在中外上下戮力一心，清求自强之術而勉行之，則不言防邊而邊自固矣。

鄰交

古之豪傑，論交鄰之道，不外兩端：諸葛亮之以蜀抗魏也，知吳之可結為援也，故曰釋怨以聯和；伍員之為吳謀越也，以其同壤而世為仇讎也，故曰去疾莫如盡。今與中國同處一洲之内，而國勢稍足自立者，莫如日本，論外侮之交侵，不能不樹援以自固也，宜有吳蜀相親之勢。然日本人性桀黠，蔑視中國，彼將以遠交近攻之術施之鄰邦也，實有吳越相圖之心，其機甚迫，而其情甚可見也。

蓋日本在唐宋以前，未嘗不朝貢中國，其後平氏、源氏、北條氏、足利氏、織田氏、豐臣氏、德川氏，迭執兵柄，倔强東海之中國，主虛擁神器者逾七百年。元代誤用驁將，突遇颶風，棄師海外，是天意欲存日本，非其戰勝之功也。明之中葉，邊備日弛，海濱奸民誘倭人為寇掠，而彼常有輕中國之心。十數年前，彼國中多故，諸侯群起而力爭，德川氏狼狽失據，因以黜大將軍而列藩亦廢，盡改郡縣，駸駸乎有强幹弱枝之勢。又大開互市，宗尚西法，甚至改正朔、易服色，建置鐵路、電綫、機器之屬，不遺餘力，國債至二萬萬以外。近又購鐵甲船於英國，西人嘖嘖稱許，而彼之氣燄益張。夫彼之所以不惜重費，經營如此其勤者，必曰有所取償也。彼之所以敬事西人，交際如此其密者，必曰可以求助也。然彼有所益，則必有損者在矣；彼既曰强，則必有弱者在矣。

竊嘗爲日本籌審度，知其志必不僅在朝鮮、琉球也。何也？朝鮮、琉球壤地之博，民物之豐，不逮中國之百一也。且日本之在海濱亦多事矣，數年之中，一人臺灣，再議朝鮮，三廢琉球，今其兵船且遊歷至福建，隱有耀武之意。彼蓋自謂富强之術遠勝中國，故欲迫中國以所難堪，使我怒而啟釁，而彼乃得一試。其技幸而獲勝，彼固可任其取求；萬一不勝，彼恃西人爲排解，决無虧損於其國，其爲謀亦狡矣。故此時琉球之廢，非謂其地足貪，民足用也。彼特以此嘗中國也，中國而力與之校，固藉爲開釁之端；中國而不與之校，亦愈知中國之弱，漸且南犯臺灣，北攻朝鮮，浸尋達於內地，殆必至之勢矣。

今試就日本近事與中國絜長校短而論之，日本仿行西法，頗能力排眾議，凡火輪、舟車、電報及一切製造貿易之法，稍有規模，又得西人之助，此其自謂勝於中國者也。然日本土地、人民，不及中國十分之一，國債纍纍，歲入之款，半輸息銀，則其餉不足恃也；國庫空虚，百用仰給紙幣，紙幣不能用之國外也，一旦有事，船礮、軍火皆無可購，則其械不足恃也；日本近更軍制，寓兵於農，通國陸軍常額不過三萬二千，則其眾不足恃也。惟彼海軍有戰艦十五號，大礮數十尊，不盡新製，毀之者曰朽敗難用，譽之者曰操練頗精。兵之精不精，必經戰陣覈其實，當與中國相等，彼西人之稱之者，要不過阿好之言，亦挾爲恐嚇中國之具耳。况日本自變法以後，悍將驕兵之失職，廢藩舊族之懷怨，常思乘間竊起，以齮執政諸大臣。彼又北畏俄人，西防中國，苟勢有不支，西人且易相護而爲窺伺，彼之政府籌之審矣。所以未敢徑與中國爲難，而必以琉球試其端者，職此之由。然則日本雖詭譎，仍視中國之舉動以爲進止也明矣。

夫今之時勢，與元明迥異，自强之權在中，即所以懾伏日本之權亦在中國。彼可購而得之，我亦可購而求，彼可學而能者，我亦可學而至，而況中國之才力物力，十倍於日本者哉！琉球蕞爾國，存止絕續，原不足為中國輕重。然日本相侵之志，危矣！迫矣！僥焉不可終日矣！中國於自强之術，不宜僅託空言，不可阻於浮議，誠能一日奮然有為，而決之以果，課之以實，固旋至而立有效者也。是故，為今日計，御俄人之道，利柔非柔也，化其爭競之氣也；御日本之道，利用剛非剛也，示以振作之機也。軍志有之，曰：『上兵伐謀，其次伐交。』夫誠措注得宜，則敵之狡謀可戢行，且介西人以求成於我也，而西人之交又何必不合於我也！

利器

蓋嘗觀於壯士之赴鬥，以有器與無器校，則有器勝；以利器與不利之器校，則利器勝。匹夫杖劍，雖被褐懷寶，而暴客不敢睨者，氣奪於所畏，備豫於先事也。中國比年以來，講求制敵之利器，各省所購新式前膛後膛大小洋礮，不下數百尊；所購所製之新式後門洋槍，不下數萬杆；其餘水雷及師舟式礮船，均已逐漸購備，禦西人雖不足，禦東人則有餘矣。然西人所以誇詡日本，日本所挾以傲中國者，則彼有鐵甲船，而我無之也。蓋聞日本定購鐵甲船三號，原質本係木船，其上面蒙鐵不過厚三四寸，其馬力不過二百八十匹，其價不過每船三十萬金，非真鐵甲船也。又聞外洋鐵甲船最大者，其機器有一千五百匹馬力〔一〕，食水太深，中深口岸恐難購用。蓋船價之高下，視船之精粗、大小、厚薄、新舊為準的，其式固各有不同，其價亦難以懸斷，非由駐洋明練之大員精心考校，無從得其要領。姑就一時濟急之用，約略計之，夫日本三船之價不滿百萬，今中國誠能籌銀三百萬兩，則視日本已三倍有餘矣。就中國口岸相需之船，大小參用，少則可購四號，多或至五六號。非必用之以摧敵也，但使得此利器坐建無形之威，則假託者自恧然而氣餒，旁觀者亦竦然而神驚，不待兩陣交鋒，可以潛消鄰釁，已省無窮之費。否則，彼欲騁所長，其勢必迫我以交鋒。否則，彼所購之鐵甲船三號，其究亦必取償於我。此中之得失利病，不待智者而決矣。

雖然當此經費支絀之際，即尋常用度已日不暇給，何能復籌額外鉅款，憂時者知難設法，不得已而為籌借洋債之一說。夫使中國果萬無可籌，暫借外資以展大計，固無一可。惟外洋諸國，如土耳其之顛危，西班牙之貧弱，日本之困匱，皆為國債所累。甚者罄歲入之款，不足以供息銀，於是苛斂橫徵，而內變迭作。中國債項僅逾千萬，近年各省關餉額為洋款所分，已覺異常耗竭，況西征之餉借息加重至一分二釐，西人遂視為成例，不肯少讓。設因累於輪息，而輾轉加借，十年之後，積累益巨，利不勝害，不可不慎也！然則洋款之難借如此，經費之難籌，如我利器終不可致乎？謹查光緒二年，部撥西征餉銀二百萬兩，由庫存銀四成洋稅提出批解，仍劃各關應解海防經費之半，分年歸款，此誠轉移之妙術也。計此三四年中，所省之息銀已近百萬矣。夫庫儲重款，原所以備緩急非常之用。今鄰國之侮，甚於回寇，海防之棘，重於邊疆。可否援照成案，撥發部庫存銀二百萬兩，以為創製利器之用？仍以滬關二成洋稅，及粵潮閩浙山海五關四成洋稅之半，分年劃補。如此一轉移間，則以海防之費用之海防，不待籌撥於各省，而帑項無虧缺之虞，不受盤剝於外人，而器械有剋期之舉。再援照同治十三年籌辦江防成案，截留長江三關四成洋稅，一歲所入，幾可敷三百萬之數。其養船之費，則各處所解南北洋之款，如無缺額，尚可勉供。

其駕船之才，則江海水師宿將與出洋學生武弁藝成而還，皆可以備遴選。且中國所造之木輪兵船，如無鐵甲船以相依護，亦不能以成軍。蓋木輪得鐵甲而氣始壯，鐵甲得木輪而勢益張也。古人有言：器械不利，以其將卒予敵也；將卒不練，以其器械予敵也。是故有是船即不能不練兵，不能不選將，而欲駕馭將領，日起有功，則推擇統帥尤其至急者矣。

或曰：以區區琉球之故，而滋勞費，可乎？不知日本所圖，並不在琉球也，我之所重，亦不在琉球也。設令日本復封琉球，而利器之購遽爾中止，則彼愈有以窺我之因循，或且伺間思逞將迫我以不得因循之勢。誠及此時，毅然振奮，特發重貲，入西廠訪善式訂期定造，彼西人必先動色相告，傳播遐邇，固可稍戢其揚日本抑中國之心，日本聞中國之有備也，亦必知難而退，或者器未至而彼先服也。此古人先聲後實之妙用也。

【校】

〔一〕『馬力』原作『力力』，據上下文意改。

敵情

聯泰西各邦以謀中國，其勢可虞；分附近鄰邦以合西人，其勢更可虞。日本之依附西人，妄有覬覦，天下共知之矣。然東西皆有約之國，按之公法，一國不協，各國可以從中調停，而今日之中國，斷不能得之於西人者，何也？彼西人之始至中國也，中國未諳外交之道，因應不盡合宜，彼疑中國之猜防之、蔑視之也，又知中國之可以勢迫也。於是動輒要求予之以利而不知感，商之以情而不即應，繩之以約而不盡遵。今中國雖漸知情偽，而彼尚狃於故智，輒思伺中國有事以圖利也。中國以琉球之故，與日本稍有違言。英、德使臣雖未干預，若使與聞此事，彼必虛張日本之聲勢，以脅持中國；彼必代日本護其短，而故評中國為非；彼必稍損中國，以益日本，因以市恩於日本；彼必反謂損中國者為助中國，因以責報於中國。夫西人於條約公法研之甚熟，豈無真是非者哉？然彼欲善自為謀，勢固必出於此也。往者日本將廢琉球之時，昌言不願各國公使與聞。彼素恃西人為黨援，尚且如此，中國亦宜用此例，或逆拒於無形，或昌言而布告，勿使西人參與其間，則進止自由，可免掣肘之虞矣。

或曰：『然則中國有事，各國調停之說，終不可恃乎？』曰：『此其機仍在中國而已。中國釁，各國出而調停，未嘗無小益。中國未能自强，而狡寇爭雄，各國因之玩侮，必致有大損。況今駐華各使，惟利是視，又值修約之際，蹈瑕伺間，詭謀百出，不豫為之防，是倒持太阿以授之也。至若美前總統，位望較崇，宅心敦厚，未染虛詐之習，不妨倚為排解。法、美、荷蘭三國，舊與琉球有約，其駐倭公使，不妨聯為指臂。但恐倭人性情堅韌，未必肯聽耳。若幸而轉圜，固有裨補，即終不見納，亦無後患也。』

或曰：『天下强邦，皆有獨親獨厚之國，然後緩急足倚。中國孤立久矣，今誠於修約時稍讓以利，其可使之親厚我乎？』曰：『相親厚之道，在布置於平日，非一朝一夕之故。今中國讓之以利，彼且謂恫喝而得之也，必有得步進步之心，是讓之仍無益也。若夫英法相親以拒俄，俄德相親以制法，德奧相親以主歐東之政，彼其先未始非仇敵也，一旦釋怨修好，則一國順而全局為之轉移。中國與美有相助之約，則美可親，與俄為最舊之交，則俄可親，其他若英若德若法，茍可結約，均宜因勢而導之，迎機而赴之，而此中得失，則以識彼性情為樞紐。蓋嘗考西人之俗矣，西人以交際與交涉判為兩途，中國使臣之在外洋，彼皆禮貌隆洽，及談公事，則截然不稍通融。中國之於各使亦宜以此法治之，是讓以虛而不讓以實也。西人於練兵、造船、製器及一切技藝，喜自耀其所長，未嘗秘為獨得。中國誠能切實講求，彼謂我有自强之道，先已敬慕悦服，又知我不相鄙薄，不難罄中藏以相示，或時以微利啗之，是得其技而兼得其心也。西人頗尚豪爽，而又好為不情之請，以給中國。中國宜擇其可允者允之，不可允者不防直指利弊，告以必不能之故。彼亦詞窮而氣沮，是折其非乃能折其心也。得此數者，以與西人從事，復由駐洋公使察其隱情，隨宜措注，但能於諸國中得其一國，而諸國無不相助矣。近聞日本與美議立新約，美許歸復日本內治之權利，日本許增兩口通商以酬答之。夫此有所贈，彼有所答，是名為相讓而實無所失也，而有事時可得合從連横之助，又何憚而不為哉！且中國地博物阜，西人通商所獲之利十倍於日本，彼於日本何所愛，必厚彼而薄此哉？亦在其道而已。夫誠得西人以為外援，彼日本區區之國，將從風聽命之不暇，尚何桀驁之有！』

藩邦

昔者齊桓公合諸侯致江黃，管仲曰：『江黃遠齊而近楚，若伐而不能救，則無以宗諸侯矣。』桓公不聽。楚伐江滅黃，君子閔之。厥後衛人滅邢，莒人滅鄫，雖以齊晉之强大不能過問，此無他，形勢使然也。中國朝貢之邦，有定期者六：曰朝鮮，曰琉球，曰越南，曰緬甸，曰暹羅，曰南掌。朝鮮、琉球最恭順，越南次之，其餘三國不過羈縻勿越而已。往者英人自印度入緬，割其西南邊要地，近因國中多故，失好於英，有日蹙百里之虞。暹羅國勢稍完，近亦親慕西人，用其政俗，且絶中國朝貢。南掌介暹、緬之間，東西交迫，蠶食過半，若存若亡。此三國者，中國既不能護之以力，又不能服之以威，宜以度外置之，止其貢使，彼有急難，亦勿與知，但嚴修吾邊備而已。至如朝鮮，襟帶海表，屏障中原；無朝鮮，則遼水東西皆將受警。越南毗連兩粵，孱弱已甚，屢為群寇所擾，非援以偏師，不足以固吾邊圉。琉球為日本所廢，中國雖爭之無益，然又未可默默也。三者必皆有以處之。

竊謂救琉球之患，宜待其變；去越南之患，宜審其機；防朝鮮之患，宜變其習。夫琉球彈丸小島，逼近日本，其不能託庇中國，勢也；中國受其朝貢，本至微薄，不必因此興兵搆怨，亦勢也。然日本無故廢滅琉球，國人之清議不與者半，主其謀者薩摩人耳。彼遣兵設官，勞費不貲，而琉球地極磽瘠，固毫無所得。中國宜明示不貪朝貢之意，留餘地以自處，兼詰其滅人宗社之故，仗大義以執言，仍於自治自強之道實力整頓，亦即張我虛聲，仿日本兵船來遊之意，常選船遊歷東洋，以習海道。彼初得琉球，屯兵彈壓，坐耗鉅費，又冒不韙之名，國人之惎薩黨者，必起而議其後。度彼不能無悔，俟其悔而圖之，或遣大臣往議，隱予以轉圜之機，則事易決也。故曰宜待其變。

若夫越南為法人所侵削，失地六省，雖與法人立約議和，而國勢陵夷，殆難復振。李揚才窺其可侮，從而生心糾數千之黨，徘徊邊外，睢盱川伏，諒不過草竊之輩，決非梟雄之才。然越南軍久疲不練，賊既陷踞數城，有趨逼東京之勢。前者中國發兵萬餘，由桂林出鎮南關逾二千里，出關追賊復千餘里，道遠兵多，饋餫難繼。賊復據險不戰，以老我師，設稍有不利，損威非淺。為今之計，不必臨以宿將重兵也，宜簡精鋭三四千人，選資望稍輕而知兵者率之，以扼賊後，相機進剿。別遣兵輪船一二號，載精卒千餘，往護越南之東京。東京為通商巨埠，江海深通，往來得飆忽之機，糧械有轉運之便。彼既慮我之夾擊，又未測我軍多寡，其衆必聞風驚散。斯時進止機宜，仍用越南人為嚮導。越南人心既固，自可扼守城隘，以絶其糧；招諭土寇，以孤其黨；聯絡民練，以布其勢。彼進退失據，必可成擒，所謂出奇制勝者也。故曰宜審其機。

若夫朝鮮幅員之廣，非不足與日本相埒，無如僻在東海，顓顓自守，日即貧弱。俄羅斯環其北，日本逼其南，並思覬釁而動，彼必不能禦也。議者咸謂宜勸朝鮮與西洋諸國立約通商，俄倭有事於朝鮮，西人忌其吞併且礙於商務也，必起而助之，此誠牽制之良策也。然朝鮮風氣未開，勸之必不肯聽；就令見聽，而彼與諸國相處，因應必不合宜，事變滋多，是引敵入〔一〕室也。今欲使朝鮮善於擇交，必先擴其聞見。按朝鮮有遣生徒入國子監讀書之例，宜選其聰穎者調入同文館，課以洋學，數年之後，咨回本國，隨才錄用，中國所刊條約、公法及譯刻洋學諸書，酌頒若干部於其國，漸摩既久，庶使自知孤立之形，亦漸求保邦之略。此説雖若迂緩，而實治本之圖也。故曰宜變其習。

夫如是則琉球、越南已然之患，有以救之，朝鮮未然之患，有以防之。字小之道，不外乎此。其餘力所不能及者，宜於無事時早為之計，不為之計恐又有如琉球之事也。或曰：『萬一琉球復國，中國將仍以藩服待之乎？』曰：『中國之不能保琉球，地勢限之也。即幸而復國，亦必設變通之法，俾可持久，否則中國以朝貢之虚名，動受制於日本也，而今則未遑議此也。』

【校】

〔一〕『入』，原作『人』，據上下文意改。

商政

昔商君之論富强也，以耕戰為務。而西人之謀富强也，以工商為先，耕戰植其基，工商擴其用也。然論西人致富之術，非工不足以開商之源，則工又為其基，而商為其用。邇者英人經營國事，上下一心，殫精竭慮，工商之務，蒸蒸日上，其富强甲於地球諸國。諸國從而效之，迭起爭雄，泰西强盛之勢，遂為亘古所未有。夫商務未興之時，各國閉關而治，享其地利而有餘。及天下既以此為務，設或此衰彼旺，則此國之利，源源而往，彼國之利，不能源源而來，無久而不貧之理。所以地球各國，居今日而競事通商，亦勢有不得已也。今以各國商船論，其於中國每歲進出口，貨價銀在二萬萬兩上下，約計洋商所贏之利，當不下三千萬，以十年計之，則三萬萬。此皆中國之利有往而無來者也，無怪近日民窮財盡，有岌岌不終日之勢矣。然則為中國計者，既不能禁各國之通商，惟有自理其商務而已。商務之興，厥要有三：

一曰販運之利。自各口通商，而洋人以輪船運華貨，不特擅中西交易之利，抑且奪內地懋遷之利。自中國設輪船招商局，而洋商與我爭衡，始則減價以求勝，繼因折閲而改圖，彼之占我利權者，雖尚有十之四，我之收回利權者，已不啻五之三。通計七八年間，所得運費將二千萬，雖局中商息未見贏餘，而利之少入於外洋者已二千萬矣。所慮者，一局之政，主持不過數人，控制二十七埠之遥，精力已難徧及，又自歸併旗昌之後，官本較多，萬一稍有蹉跌，其勢難圖再舉。夫事之艱於謀始者，理也，而人之篤於私計者，情也。今夫市廛之內，商旅非無折閲，而挾貲而往者，踵相接也。何也？以人人之欲濟其私也。惟人人欲濟其私，則無損公家之帑項，而終為公家之大利。為今日計，雖難用衆建少力之法，縣分數局，他日如必有變通之勢，或即用局中任事之商，兼招殷實明練者，量其才力、貲本，俾各分任若干埠，無論盈虧得失，公家不過而問焉。此外，商人有能租置輪船一二號，或十餘號，或數十號者，均聽其報名於官，自成一局。又恐商情之相軋也，則督以大員，而齊其政令。恐商利之未饒也，則酌撥漕糧，而彌其闕乏。但使商船漸多，然後由中國口岸推之東南洋各島，又推之西洋諸國。經商之術日益精，始步西人後塵，終必與西人抗衡矣。其利豈不溥哉！

一曰藝植之利。今華貨出洋者，以絲茶兩款為大宗，而日本、印度、意大里等國起而爭利，徧植桑茶，印度茶品幾勝於中國，意大里售絲之數，亦幾埒於中國。數年以來，華貨滯而不流，統計外洋所用絲茶，出於各國者幾及三分之二。若並此利源而盡為所奪，中國將奚以自立，是不可不亟為整理者也。整理之道，宜令郡縣有司，勸民栽植桑茶。蓋種桑必在高亢之地，而種茶恒在山谷之中，非若罌粟之有妨稼穡，是在相其土宜，善為倡導而已。其繅絲之法、製茶之法，有能刻意講求者，宜激勸而獎進之。至於絲茶出口，十數年前以加稅為中國之利，今則各國起而相軋，一加稅則價必昂，價昂則運貨者必去中國而適他國，而稅額必為之大減。夫西洋諸國，往往重稅外來之貨，而減免本國貨稅，以暢銷路。今中國絲茶兩宗，雖不必減稅，亦不宜加稅。但使地無閒曠，則產之者日益豐，而其價日益廉，即出口之貨日益多，不特於稅務有裨，亦為民興利之一大端也。

一曰製造之利。英人用機器織造洋布，一夫可抵百夫之力，故工省價廉。雖棉花必購之他國，而獲利固已不貲，每歲貨價之出中國者數千萬兩。中國海隅多種棉花，若購備機器，紡花織布，既省往返運費，其獲利宜勝於洋人。然中國雖有此議，而尚無成效者，何也？創造一事，人情每多疑沮，其才足以辦此者，苦於資本難集，而一二股商，又以非所素習而不為，此大利所以盡歸洋人也。竊謂經始之際，有能招商股自成公司者，宜察其才而假以事權，課其效而加之優獎，創辦三年之內酌減稅額，以示招徠商民，知有利可獲，則相率而競趨之，迨其事漸熟，利漸興，再為釐定稅章，則於國課必有所裨。推之織氈、織絨、織呢羽，莫不皆然。夫用機器以代工，作嫌於奪小民之利，若洋布以及氈絨呢羽，本非出自中國，中國多出一分之貨，則外洋少獲一分之利，而吾民得自食一分之力，奪外利以潤吾民，無踰於此者矣。

是故中國之於商政也，彼此可共獲之利，則從而分之；中國所自有之利，則從而擴之；外洋所獨擅之利，則從而奪之。三要既得，而中國之富可期。中國富，而後諸務可次第修舉，如是而猶受制於鄰敵者，未之有也。

船政

今將乘時勢，規遠圖，修利器，上之固我藩籬，成軍於海嶠，次之興我貿易，藏富於商民，則整理船政，其急務矣！自閩滬設廠，仿造輪船以來，迄於今日華匠能以機器造機器，華人能通西法作船主，功效不為不著。然造船愈多，則養船之費愈重，閩廠以經費支絀告者屢矣！局外不察，從而議之，至謂工廠可撤，輪船可廢，不知西人每造一器成一藝，其勞費倍蓰於中國，先難後獲，凡事皆然。夫為之而旋輟，不如其勿為，擲千百萬之鉅款，忽棄已成之功，灰志士之心，長敵人之氣，失策莫甚於此矣！

雖然欲理船政，必先籌費。船政日漸擴充，而專待公家之帑項，其勢固有所不支。往歲議定，華商僱買輪船章程，然自招商局外，並無商人在廠租造輪船者，何則中國商務既未甚興，即有一二購船之商，亦遠赴外洋各廠？蓋以洋廠購船之價，較廉於華廠造船之價也。然則中國之船政欲廣招徠，莫如研求廠務，俾船價與外洋相等，必無舍近圖遠之人；欲謀持久，莫如經營商務，俾用船與外洋相等，必有日新月盛之象。況商船既多，則入廠修船者迭至而不窮，而租船造船之商皆事勢所必有。他日由一廠分為數廠，而公家之帑項可毋甚費，且商船既盛，而兵船不患無養之資。是論今日之船政，舍振興商務，無他術矣。若夫目前補救之資，如直隸、奉天、山東、浙江等省，已各調輪船一二號為巡洋捕盜之用，而供其歲費，所以稍紓船廠之力也。然節於此，仍費於彼，亦非可久之道。是宜察沿海水師之可減者，若紅單艇船，若闊頭舢板，各裁去數十號，或分防陸勇裁去數百人，均可養兵輪船一號。在各省大吏相其形勢而酌劑之。而輪船之分隸各省者，又當得精研洋學、閎達沈毅、知兵大之帥，統歸節制，以一號令。每歲會操一二次，察各統將之勤惰，能否而進退之。庶中國多造一船，可多得一船之用矣。雖然猶未也。

聞華民之寓居外洋也，往往以勢孤氣餒，為他國之人所輕侮。蓋西洋通例，雖二三等之國，莫不有兵船巡歷外埠，名為保護商人。曩者揚武練船，遊閱東南洋各島，而呂宋旅居華民，喜色相慶，至於感泣，以為百年未有之光寵。一埠如此，他埠可知。間嘗取海外華人之數，合傭工商賈併計之：呂宋一島約四五萬人，新加坡及檳榔嶼諸島約十萬，美國舊金山及其近埠約十四萬，流寓越南及西貢等處約三十萬，古巴、秘魯各十餘萬，其他若日本，若新金山，若太平洋之檀香島，厥數或逾萬，或不及萬。凡華人聚居之處，莫不有會館，有經董，彼皆自願集貲，引領以望華官之至也久矣，而兵船抑無論也。

蓋養一兵船，歲費不過二萬兩。以一埠六萬人計之，每三人而蠲費一兩，尚易為力，況其中必有殷實商人為之倡者。彼略有所費，而藉華船保護，稍張聲勢，便足與諸洋人齒，偶有交涉，隱受無窮之益，此必華民所樂聞者也。

為今之計，宜告駐劄各國公使，如各埠華民有願得中國兵船以壯聲威者，自籌歲費，報明領事，領事請公使咨船政，船政酌度撥遣，或一年調還，或半年調還，再選他船更番前往，藉資遊練。如一埠不能養一船者，或數埠共養一船，使之往來於其間，中國有事則悉數召歸，以備調遣。夫如是船廠無養船之費，而獲捍禦之資；兵船無坐食之名，有歷練之實；商賈傭工蠲費不多，頗霑利益；公使、領事權力雖弱，亦倚聲援。蓋一舉而數善備焉。而中國商船之遠適他邦，未始不以此為之嚆矢，是又振興商務之要端也夫！

礦政

今天下日趨於貧之故，大端有二：一則商務不盛，利輸於外，猶水之漸洩而人不知也；一則礦政未修，貨棄於地，猶水之漸涸而人不知也。蓋天地生人、養人之具，火化之用，莫大乎煤；轉移之用，器械之用，莫大乎五金。此中外不易之勢也。中國於取煤之法，雖研求之未精，而民間猶或務之。其取五金之法，則廢而不購久矣。周禮廿人一官，掌金、玉、錫、石之地，若以時取之，則物其地圖而授之。知古聖人經緯天下，所以為斯民利用厚生者，籌之蓋詳。漢書地理志州郡有銅官、鐵官者凡數十處。迄於唐宋，未嘗不採取五金，其事時見於史傳。自明之晚季，以礦稅為厚斂之端，宦豎四出，徵求無藝，有司因之苛派百姓，海內騷然。當時既受其弊，後世遂相戒不敢復議，此礦政所以不修也。近數百年來，天地菁英之氣鬱而不發，鄉曲土豪與無業遊民遂敢糾黨開礦，作奸犯科，抗拒官吏。幸而逐之，當事者慮其易聚難散，不得不封閉礦硐，垂為厲禁，而礦政益以不修矣。由前之說，弊在所任非人，藉其名以漁利，而並無其實，固不當因噎而廢食也。由後之說，弊在委棄寶藏，故玩法者欲起而攘之，將防玩法之民先收自然之利，苟上有治之之法，而民自難遁於法之外也。然而猶有狃於故見，而或疑為多事者，亦可謂不審於時與勢之宜者矣。

夫民於五金之用，一日不可缺，一人不可無。今以天下之大，而所用銅鐵皆仰給外洋，至於金銀，如英美所屬之新舊金山，每歲出於礦者數千萬，奚啻取之如泥沙？中國無生之之道，僅以古昔所有互相轉輸，又已用之盡錙銖。通商以來，僅三十年，而外國日富，中國日貧，復數十年則益不可支矣，是可不籌所以振之哉？且中國礦產之饒，甲於地球諸國，苟善取而善用之，固大可為之資也。而論採取之道，則官商分辦之外，惟礦屯一法為最善。何以言之？今天下額設綠營之外，每省各有防營，無事坐食，既糜巨餉，去之又不足以建威銷萌，益示弱於鄰敵，是以新疆之豫軍，畿輔之淮軍，莫不經理屯田，以裨軍食。其他如河防、水利、礮臺、城垣，諸工亦往往借助於各營。此誠撙節財用，酌劑盈虛之要道。

竊聞西南滇、黔、楚、粵、隴、蜀諸省，五金並產，寶氣充積。誠擇礦苗最旺之山，每省先撥一二營，試行採鍊，於以創開風氣，逐漸推廣，有六利焉。向聞傭工開礦，一人所獲每敷一人之食，如得佳礦，即有盈餘。營勇開礦，計每丁終歲所獲，即不能抵所支之餉，如或僅抵十之五六，亦可省營餉之半也。若礦屯漸多，即所節甚鉅，其利一。勇丁遊閒無事，浸至習成驕惰，騷動閭閻。今於操練之餘，課以礦務，使之勤動於山谷之間，猶得葆其樸勇之氣，其利二。礦產皆在窮巖絕嶠遼廓之區，於此分屯各營，則苗蠻有懾服之心，客匪絕佔踞之望，其利三。官商開礦，籌本最難，本之難籌，尤以工費為大宗。營勇有額支之餉，經始之初，祇須購機器、訂礦師，成本既輕，事乃易集，其利四。礦務既興，則運送必有舟車，淘鍊必有工匠，未始非小民謀食之資，其利五。無論金銀銅鐵，中國之所出漸多，則外洋之來者漸少，一年計之而不足，數十年計之而有餘，其利六。有此六利，則礦屯之舉，尤勝於官商之經營也審矣。

若夫選將領、擇官吏、聯民情、定規制，則恃乎各省大吏之體察情勢，訪求人才，視其意之輕重而效之大小判焉。昔宋蘇軾治徐州，以利國監為鐵官，商賈所聚凡三十六冶，冶各百餘人；採礦伐炭，多强力鷙忍之民，欲使治戶各出十人，籍其名於官，授以刀槊，教之擊刺，每月庭集而閱試之以待大盜，此寓强於富之術也。而礦屯之說，則足以寓富於强，推而行之，富一方可，富天下亦可，譬猶導水者之引其泉，將滚滚而不竭也，而豈有洩涸之患也哉！

利權一

自來有天下者，取諸民以制國用，即量所入以治民事，此古今不易之通義也。孟子論取民之法，準乎什一，以為輕乎此與重乎此，舉非堯舜之道，蓋必如是而後用可足，用足則事治，事治則民治也。後世幅員日廣，道路之轉輸有費，官吏之徵調有費，往往取之甚輕，而民之所供已至數倍。況地之肥磽，民之勤惰，萬有不齊，於是取民之制，不得不務從其儉，以恤民艱。我朝承明代加賦之後，悉除一切無名賦額，厚澤深仁，曠古未有。通計一歲取諸民者，惟江浙腴壤於什一為近；　此外由內地推之邊省，又推之甌脱荒遠之區，有數十而取一者，有數百而取一者，並有羈縻勿絕，一無所取者。蓋地曠民貧，不得不薄賦以示綏懷相承久矣。然其當治之事，當設之防，或更倍於內地，又不能以取之者微而置之不理。故合計天下地丁正賦約二千餘萬兩，僅足供綠營兵餉之用，而其餘出欵尚繁，入欵有限，即令無偏災，無大役，猶且汲汲不遑。迨稍值事變，不得已而議開捐例，議減俸廉，議令州縣攤捐，各款所得甚隘，而其弊不可勝窮也。所節甚微，而其耗不可勝言也。

昔者粵孽搆難，一時名臣謀士，創為權貨抽釐之法，誠以有寇不能不募兵，有兵不能不籌餉，自然之勢也。明之晚季，軍餉皆出於加賦，一絲一粟必取之力田之農。農之謀食也艱，稍奪其事畜之資，即已流亡失業，所以流寇愈熾，馴至事不可為。若夫釐金悉取諸商，商有餘貲以營貿易，莫不自顧身家，且所抽之釐，仍加諸所售之貨之價，則於商並無所損，而其利實取之衆人，所以積少成多，而民無大怨。各省釐金最旺之時，通計歲收不下二千萬兩，今亦有一千四百五萬兩，所以能剿除群寇，懋成中興之業者，職是故也。夫明之貽誤與今之成功，其得失較然明矣！

邇者軍事漸平，而經理釐務之人或失其初意，不無病民之事，於是論時務者莫不扼腕抵掌，欲去釐金，而洋人亦遂執洋貨免釐之稅以繼其後。夫釐金果不便於民，俟中國財用充足，徐圖裁減可也；外人而撓我自主之權，不可也。中國整飭釐金之弊，嚴杜中飽，俾商民樂業，可也；予洋人以壟斷之柄，不可也。何也？洋貨既免釐，必旋及於土貨；洋商之運貨免釐，必更攬庇華商之貨，釐金之利，豈不盡失耶！且今軍事雖平，而各路防營尚不可撤，各省田賦尚未復額，一切城廨倉獄善後之工，尚未盡修，莫不恃釐金為挹注。苟或去之，則拘攣貧弱，百務俱廢。異日彼乘我無備，求減洋稅，將何以應之！且華商因避釐金之故，競買稅單，而洋稅因之稍旺，釐金既去，則洋稅必多偷漏，是洋稅隨釐金而減者，又自然之勢也。萬國公法有之曰：『凡欲廣其貿易，增其年稅，或致他國難以自立自主，他國同此原權者，可扼之以自護也。』又曰：『若於他國之主權、徵稅、人民、內治有所妨害，則不行。』今各國徇商人無厭之請，欲有妨於中國，其理之曲直，不待言而明矣。

利權二

凡兩國交涉之事，條約所及者依約而行，條約所不及者據理而斷，中外各國所以敦誼於不敝也。按舊約，各貨納稅後即准由中國商人徧運天下，路過稅關，不得加重稅則，只可按估價則例，每兩加稅不得過若干分。此約立於道光二十二年，維時海內無事，田賦足額，尚無釐金名目，當事者又不知中國稅額較之地球各國有輕至四五倍、七八倍者，故與洋人立約如此耳。厥後天下多故，餉無所出，始創為抽釐之法。蓋西國通例，量出為入，一歲中有額外用度，輒加派於各項之中，或有兵事，亦由眾商捐集巨餉，殆與中國抽釐名異實同，而於例定之商稅則迴不相涉也。夫中國有自主之權，軍餉籌之中國，非各國所能干預。創辦釐捐之初，洋商之貨亦在各子口抽課，均無異辭。

迨咸豐八年、十一年訂立條約，與各口通共章程，始議定洋貨土貨倘願一次納稅，免各子口徵收紛煩，每百兩徵銀二兩五錢，給予半稅單，為他子口毫不另徵之據；其不領稅單者，仍應逢關納稅，遇卡抽釐。斯乃格外通融之法，體恤洋商已無微不至。彼洋商運洋貨，以子口半稅抵內地釐捐，其獲利過於華商遠矣。然而商人無厭之求，靡所底止。往歲滇案未結，英國威使復徇奸商之請，藉端要挾，所欲甚奢，日久相持，始立煙臺條約。定於租界內不抽洋貨釐金，又洋貨運入內地，不分華商、洋商，均可請領半稅單，是又格外通融之法，所以優待洋商流通洋貨者至矣，盡矣，蔑以加矣！

聞各國議院於中國釐金一事，本不以為非。戊寅八月新聞紙，英之大臣以煙臺條約未遽核准，並有慮中國之責其食言者，威使徘徊觀望，其理既絀，其氣自衰。彼之本計，不過俟德法諸國修約之後，坐享其成。其或從中播弄，或隱為主謀，均未可加。然各國所據以爭者，舊約之說也，蓋嘗細繹舊約之意，當時既並無釐卡，則內地祇有常關耳。常關稅額較輕於洋關，其曰路過稅關不得加重稅則者，譬如江海關納稅，復過蘇關，浙海關納稅，復過杭關，均不再按值百抽五之例納稅耳。然該關之稅，仍自當完。故後此議定不領稅單者，有逢關納稅之欵，而各商無不遵行。至釐卡收捐，專為籌餉而設。名之曰捐，則非稅可知；名之曰卡，則非關可知。二者既不能相混，則條約固無不得抽釐之文，彼西人將何說之辭！且查同治元、二年間，上海洋商屢請領事阻止租界抽釐，英國卜公使批劄駁斥，法、美兩使亦意見相同。乙亥七月，新聞紙錄字林新報，有同治二年英使批上海英領事稟，並美國外務大臣復英公使之語，均言租界應由華官抽收華商之捐。夫租界且如此，況在租界之外。舉是以折之，而彼當無辭也。

洋人之貨，一入華人之手，聽其或留或售，或用或不用，洋人不得過而問焉。則華人以名義所在，自捐公家之餉，亦固其所。西洋諸國無物不徵，無人無事不徵，即如商賈既稅之於合夥，又稅之於出入貨物，又稅之於發收銀錢，又稅之於合夥，又稅之於每歲所贏之利。其徵斂之繁，十倍中國。設使中國欲減其稅項，以便華貨之暢行，彼能允之乎？舉是以折之，而彼當無辭也。

洋人之說，動謂以釐金之故，致洋貨阻滯不行。考近年進口洋貨，每歲值銀至八千萬兩以外，較之十數年前，幾逾一倍，可謂年盛一年矣。而猶云貿易不暢，其將誰欺！舉是以折之，而彼又當無辭也。

總之，洋商於已得之利則習而忘之，未得之利則變幻百出以圖之，充其無窮之慾壑，雖盡去商稅猶未以為足。眾商日聒之領事，領事日唆之公使，公使非不知事之難行，姑肆其恫喝，以嘗試中國。幸而得請，可以要譽市恩；萬一中國必不能允，彼亦有辭以謝眾商矣。然則應之者在洞燭其情，始終勿為所搖而已。

利權三

閒嘗聞西人為持平之論者曰：『洋商之求免釐金，非敢干〔二〕中國之政，特以中國釐卡林立，收數互有異同，運貨者不能約定，成本恐多折閱耳。』審如是，則加洋稅免釐金之說也。昔者日爾曼未一統之時，小邦棋布，關稅煩苛，百貨不能流通。自普人稱雄，始集各邦，議立統關，入口貨但徵稅一次，稅亦視前加重，以各邦幅員之大小按月均分。近者德相畢士麻克，又在其國讓加進口稅。今裁撤釐金之議，德使巴蘭德頗主之。若知中國必不能允，彼或以統關之說進。然中國之形勢與德國異，中國之地以開方道里積算，贏於德國者幾及二十倍；各省各口所設釐卡，皆有必不可緩之用待以支銷。今洋關加稅，中國萬不敷用；加稅多，洋人又未必願也。則惟有堅持舊章，與之駁而已。且中國所需之物，祇有此數，即去釐金，貧民不必因之多用洋貨。其販運在數百里內者，抽課本微，即或道路縣遠，納釐較多，獲利亦較厚。其數輒加之售貨之內，而華民亦不因此少用洋貨，是釐金並無損於洋商也。中國之護商旅也，陸路則有防勇，水路則有水師，皆恃釐金以給巨餉。去釐金必去水陸各營，盜賊之起何以彈壓？洋貨土貨皆將阻滯不行，是釐金大有益於洋商也。

夫無損如彼，有益如此，然而巴使拾威使之緒餘，起而相爭。彼謂天下强國，德猶出英之上，故凡英所不能行於中國者，欲競而得之，以示豪舉。然竊以為誤矣！巴使於約章之原委，釐金之竅要，實未究心，徒受威使之愚弄而不自知。今以洋船貿易論，英商居十之七，美、德、法及東西洋各國，共居之十三，就令爭而獲利，亦不過英取其十，而德取其一。威使自知無可置喙，乃嗾巴使於修約之時，强中國以所難行，事成則英商坐享其利，不成則德人且以不諳公法為笑於天下。威使為英計則得矣，何英之智而德之愚耶！德之君相，素以豪傑成名，一聞此中曲折，亦必不以巴使為然也。

或曰：中國加洋藥之稅，罷洋貨之釐，以相抵可乎？曰：抽釐則利權在我，加稅則利權在彼。即令倍加洋藥之稅，與釐金若足相抵，然洋藥在中國例本當禁，專恃此為利源，名已不順，萬一異日有可禁之機，必以礙於帑項而中止，是使中國留終古之毒也。且洋藥之為物，輕微易藏，在於把握，若加稅過重，偷漏必多，仍無補於國計。而釐金之利，則一去不可返矣。威巴諸使每舉關卡一二小節，以為要挾罷釐之辭，不知此等乃通商常有之事，就案清理則可，藉為要挾之資則不可。而況彼之所曉瀆者，又各有一是非也。然則洋貨加稅之說可行乎？曰：必不得已，如所加之數逮於釐金之數，又於立約之時善防其弊，則固未嘗不可行。西洋各國稅額大，較以值百取二十、取四十為衡，又多則有值百取六十者，有值百取百者，又有通行免關稅者，蓋於軒輊之中各寓自私之計，不若中國之大公無我，出入一體。今酌中定論，自洋藥而外，均以值百取二十為斷，或於釐金所失之數稍足相償乎。

【校】

〔一〕「干」原作「于」，據上下文意改。

利權四

自巨寇竊發以來，軍餉告匱，始立榷釐之法。古之人有行之者，漢之算緡，唐之除官錢，宋之頭子錢，其意皆相同也。救時之彥，創為此策，而軍餉賴以支持者逾二十年。邇者群寇削平，洋人頗謂：「軍事起則抽釐以助餉，軍事定宜免釐以恤商。」不知此說似是而實非者也。蓋自各國通商，而洋貨之販運，洋人之遊歷，日益繁多，不能無水陸各營以資保護，不能無船政機器諸廠以精製造，不能無江海各隘礮臺以固藩籬。凡若此類，雖質之洋人必皆謂當為之事，而歲出之經營亦十倍於前日。是故通商之事既不可廢，則各項經費一日難減，即各省釐課一日難停也。

夫中國於釐務苟持之甚堅，洋人或出於加稅之一說，萬一所加之數，竟如中國所需之數，則其中又有利有弊。何也？當子口稅章初定之時，洋商以半稅而免內地釐金，其利本優於華商。華商之巧者，不免與洋商狼狽相依，譸張為幻，於是有代華商領半稅單，而取其規費，有用運照庇送無運照之土貨，有用洋船代洋商攜帶洋藥，各貨有憑運照免納釐金，未到子口之先，已將土貨銷售，是洋稅與釐金均受其病也，是使守分之華商不能獲利也，是驅守分之華商不得不為奸商也。今定稅例，華商洋商一律，凡進口之洋貨，納稅於海濱之通商正口；凡出口之土貨，納稅於內地之第一子口。各釐卡量加裁併，論其大勢，宜密於近海而疎於內地。用新定稅額，一徵之後，任其所之，不復重徵，是舉前此弊端一舉而清之也，不必立防弊章程而弊自絕矣。內地各省，祇須於最要之口，設立總卡，既可撙節浮費，而華貨販運較近者並無所徵，則小民咸受其益，此皆中國之利也。

然而猶有慮者，釐金取之華民，中國有自主之權，今既盡歸之洋稅，設洋人於下次修約復以稅重為言，勢必致固有之利權動為洋人所牽制，是宜於立約時，聲明加稅與停釐相抵，如異日酌減稅額，亦宜酌復釐金，以昭平允，永杜洋人之藉口。此一端也。

中國既權釐金所入，盡歸之洋稅，其或華人自在內地販運土貨，若免其徵稅，既恐洋商隱附於華商，以滋弊混，若偶經一卡，而亦用值百抽二十之例，勢必有所難行。是宜明訂章程，核定道里之遠近，如某處至海口，須經幾卡，則貨稅亦可作幾次分繳。如是則華人不以苛斂為苦，而所經各卡，節節稽徵，洋稅不能偷漏。此又一端也。

二端既立，乃可祛其弊而收其利矣。然則中國既得其利，洋商獨無利乎？曰：有！洋商運貨入中國，可豫定成本若干，贏餘若干，操券而來，必如願而返，利一也。關稅交納之後，運入內地，無守候驗貨之煩，無逐卡停留之苦，行運既速，成本較輕，利二也。洋商一次納稅，雖若稍重，然隱加之售價之內，仍取償於華民。華民但知洋貨之不復納稅也，無不樂於販運，或益從此暢銷，利三也。利之所在，顯然易明，洋人何憚而不為！然竊料洋人昧於遠圖而溺於近利，加税一説勢固必不我從也，則惟有堅持舊章，與之駁辯而已！

變法

竊嘗以謂自生民之初以迄於今，大都不過萬年而已。何以明之？以世變之亟，明之也。天道數百年小變，數千年大變。上古狉榛之世，人與萬物無異耳。自燧人氏、有巢氏、包羲氏、神農氏、黄帝氏，相繼御世，教之火化，教之宫室，教之網罟、耒耨，教之舟楫、弧矢、衣裳、書契，積群聖人之經營，以啟唐虞，無慮數千年，於是鴻荒之天下，一變為文明之天下。自唐虞訖夏商周，最稱治平。洎乎秦始皇帝吞滅六國，廢諸侯，壞井田，大泯先王之法，其去堯舜也，蓋二千年，於是封建之天下，一變為郡縣之天下。嬴秦以降，雖盛衰分合不常，然漢、唐、宋、明之外患，不過曰匈奴，曰突厥，曰回紇、吐番，曰契丹、蒙古，總之不離西北塞外諸部而已。降及今日，泰西諸國，以其器數之學勃興海外，履垓埏若戶庭，御風霆如指臂，環大地九萬里，罔不通使互市，雖以堯舜當之，終不能閉關獨治，而今之去秦漢也，亦二千年，於是華夷隔絶之天下，一變為中外聯屬之天下。夫自群聖人經營數千年，以至唐虞；自唐虞積二千年，以至秦始皇；自始皇積二千年，以至於今。故曰不過萬年也，而世變已若是矣！

世變小，則治世法因之小變；世變大，則治世法因之大變。夏之尚忠，殷之尚質，周之尚文，始於禹，始於湯，始於文武周公，閲數百年則弊極而變，或近至數十年間，治法不能無異同，故有以聖人繼聖人而形迹不能不變者，有以一聖人臨天下而先後不能不變者，是故惟聖人能法聖人，亦惟聖人能變聖人之法。彼其所以變者，非好變之，時勢為之也。今天下之變亟矣。竊謂不變之道，宜變今以復古；迭變之法，宜變古以就今。嗚呼！不審於古今之勢，斟酌之宜，何以救其弊！且我國家集百王之成法，其行之而無弊者，雖萬世不變可也。至如官俸之儉也，部例之繁也，緑營之窳也，取士之未盡得實學也，此皆積數百年末流之弊，而久失立法之初意，稍變則弊去而法存，不變則弊存而法亡。是數者，雖無敵國之環伺，猶宜汲汲焉早為之所；苟不知變，則粉飾多而實政少，拘攣甚而百務弛矣。

若夫西洋諸國，恃智力以相競，我中國與之並峙，商政礦務宜籌也，不變則彼富而我貧；考工製器宜精也，不變則彼巧而我拙；火輪、舟車、電報宜興也，不變則彼捷而我遲；約章之利病，使才之優絀，兵制陣法之變化，宜講也，不變則彼協而我孤，彼堅而我脆。昔者蚩尤造兵器，侵暴諸侯，黄帝始作弓矢及指南車以勝之；太公封齊，勸其女紅，極技巧，通魚鹽，海岱之間，斂袂往朝。夫黄帝、太公，皆聖人也，其治天下國家，豈僅事富强者？而既廁於鄰敵之間，則富强之術有所不能廢。

或曰：以堂堂中國而效法西人，不且用夷變夏乎？是不然。夫衣冠、語言、風俗，中外所異也；假造化之靈，利生民之用，中外所同也。彼西人偶得風氣之先耳，安得以天地將洩之秘而謂西人獨擅之乎？又安知百數十年後，中國不更駕其上乎？至若趙武靈王之習騎射，漢武帝之習樓船，唐太宗駕馭蕃將與內臣一體，皆有微恉存乎其間。今誠取西人器數之學，以衛吾堯、舜、禹、湯、文、武、周、孔之道，俾西人不敢蔑視中華。吾知堯、舜、禹、湯、文、武、周、孔復生，未始不有事乎此，而其道亦必漸被乎八荒，是乃所謂用夏變夷者也。

或又曰：變法務其相勝，不務其相追。今西法勝，而吾學之敝敝焉以隨人後，如制勝無術，何是？又不然。夫欲勝人，必盡知其法而後能變，變而後能勝，非兀然端坐而可以勝人者也。今見他人之我先，猥曰不屑隨人後，將跬步不能移矣。且彼萃數百萬人之才力，擲數千萬億之金錢，窮年累世而後得之，今我欲一朝而勝之，能乎？不能乎？夫江河始於濫觴，穹山基於覆簣，佛法來自天竺而盛於東方，算學肇自中華而精於西土，以中國人之才智視西人，安在其可以不相勝也？在操其鼓舞之具耳！

噫！世變無窮，則聖人御變之道亦與之無窮。生今之世，泥古之法，是猶居神農氏之世而茹毛飲血，居黄帝之世禦蚩尤之暴而徒手搏之，輒曰我守上古聖人法也。其不憊且蹶者，幾何也！且今日所宜變通之法，何嘗不參古聖人之法之精意也！

浙東籌防錄

薛福成自序

光緒十年，法蘭西攻越南，剋之。與我廣西防邊諸軍遇，倉卒受創，惘然不靖，遣其巨酋，作言恫喝，要求無藝。不應則以兵船逴至海上，驚恐吏民，鯨呿豨突，不戢益張。於是詔下瀕海諸行省戒嚴，而福成適奉分巡浙東之命。巡道職雖主察吏，然備兵防海實其專責，又監督兩海關，為巨鑲所自出。凡與遠人交接事，剛柔緩急，稍失其宜，往往納侮而為他日患。竊用此為兢兢，既受事，寇警益迫，籌防益棘。撫院廬江劉公，不以福成不敏，檄令綜理營務，盡護諸軍。

當是時，浙江提督祁陽歐陽公駐鎮海之金雞山，以本標練兵千暨楚勇二千五百人防南岸； 統領撫標親兵記名提督壽州楊公岐珍駐招寶山，以淮勇二千五百人防北岸； 統領撫標小隊記名總兵壽州錢公玉興，以衢標處標練兵千暨淮勇二千五百人，分扼甯波至梅墟及育王嶺、牆下潭等隘，並備有事時策應南北岸兩路。又有威遠、靖遠、鎮遠三礮臺礮兵，以守備吳杰領之。元凱、超武兩輪船在海口，而紅單師船五六，往來不常。兩統領之軍及礮臺兵輪，仍總統於提督，而皆遙受節度於中丞。中丞傳宣號令，籌議大計，悉下營務處，凡戰守機宜，無鉅細一埤遺之。其佐理營務處者，則有知甯波府上元宗君源瀚，治行焯著，識略頗閎； 試用同知太平杜君冠英，抗談經濟，多得要領。二君皆銳敏喜任事，每有所建白，未嘗不中吾志也，既倚之如左右手矣！ 歐陽公練戎機，有雅量，二統領亦精心兵事，奮欲有所樹立，皆與福成交久，契合無間言。福成時與商榷，必盡心乃止，未嘗有不同之見。顧中丞既不駐甯波，將吏不甚相統攝。巡道位稍下，權力輕，所與共事者皆等夷，若稍顓己自用，則必有所齟齬而志不壹，志不壹，則勢不完而防不密。

竊嘗自念所居之地，尤以聯上下、化異同為職。吾職稍有不舉，輒稟稟然懼之。故凡進言於中丞者，懼將吏之隱情有不上達也，懼中丞之德之威有未下究也；

凡調和於將帥之間者，懼其有町畦而意計相歧也，懼吾積誠之未至也，懼吾謀雖忠，議雖密，或稍矜意氣，致聽者不能虛受也； 凡鼓舞群才而為吾輔者，未事則懼不盡所長，既事則懼不彰其績，而當夫策力並進，未有折衷，又懼不能砥礪損益，歸於至當也。慎此數者，識之不忘。幸而文武一心，上下輯睦，奮其智能，各事其事，綢繆寒暑，不怵不慆。於是因形勢，設鉅防，定民心，蒐軍實，用與國，伐敵謀，清間諜，杜鄉導，申紀律，明賞罰，勵客將，布利器，備禦稍嚴。寇氛已逼，恃其慓鋭，突進無前。我艦我臺，縱礮拒之，毀壞敵船，偃旂轉輪，僅能出險。再進再卻，折北夷傷，悍酋嚄唶，既愯且驚。毒技險謀，鬱不得渫。屢肆桀黠，魚雷舢板，乘宵入襲，以遺我禽。彼乃久居狂風怒濤顛頓振撼之中，飽嘗潮汐，與我相持四五十日，欲蹈瑕伺間以圖一逞，卒不可得。迨和議成，復逗遛三閱月，乃退去。

是役也，法水師將孤拔乘中國海軍未成，以鐵木戰艦十餘，縱橫南洋，齮我海疆。其別將統陸師由越南進窺廣西邊境，中國將吏分道禦之。馬江之戰，以不設備而大敗。然法用詭道單勝，諸國咸羞稱之。臺北之戰，迭勝迭敗，以法人全力所注，受圍最久，戰守亦最苦。鎮南關之戰，先大敗，後大勝，窮追出關，遂復諒山。非此一戰，法尚未肯就款也。惟廣東以重臣宿將，絡繹布置，先聲所震，敵氣自懾，遂不敢犯。鎮海一口，本非敵所必犯，以追南洋援臺兵輪船至此，又因浙防聲勢弱，有輕我心，我乃出其不意，逆摧兇燄。彼既敗之後，復稍務持重，不敢浪戰。故法船在浙洋四月有餘，而民不受兵，其完固清謐之效，殆與廣東相並云。

茲輯當時文牘、書檄、電報稍有關繫者，釐為四卷，時時取以自鏡，並付剞劂，以質當世達時務者。夫武備日新，事變無窮，此詹詹者，本不足道。然存其梗概，用為防海之嚆矢焉，亦以鳴安不忘危之意云爾。時十有三年歲次丁亥，秋七月，無錫薛福成自序於分巡甯紹台道衙齋。

凡例

一、是録凡九類，分為四卷：曰稟，曰詳，為一卷；曰書牘，為一卷；曰咨，曰移，曰札，曰照會，曰告示，為一卷；曰電報，為一卷。九類中，各以歲月之先後為次第。

一、是録凡詳稟、書牘、咨札、照會、告示、電報，所有稱謂格式，悉依原本。

一、詳稟督撫院等件，大抵照准者居多，例不重録原批；間有一二刊附院批於後者，或與原稟稍有出入，或別有關係之事，可備後來參考。

一、稟牘，凡紅白稟皆印發，皆寫事由；惟夾單稟不用印，則不寫事由；亦有夾單仍用印，寫事由者，以其事關機要也。兹録悉照原本，用存公牘格式。

一、凡一事而並稟督撫院及南北洋大臣者，間有一二不同之句，則於所叙稿中，雙行夾寫以免另叙。此各衙門辦理公牘通例也，兹録亦照原本以存格式。

一、凡並稟之事，其關涉防務者，皆先稟撫院，繼稟督院及南北洋大臣，則題亦先列督撫院；其關涉洋務者，皆先稟南洋大臣，繼稟北洋及督撫院，則題亦先列南北洋大臣。大抵事有專屬，非意為先後也。月日則本無甚先後，即相去亦不過一二日，但憑先發者之月日，自足備查。

一、辦事之體要，稟詳之外，莫切於書牘。稟詳所不能盡之意，皆以書牘達之。當防務緊急時，撫院手書往返，一旬之內必有數起。兹就所上撫院書，選存十之三四，而措注之要端皆在其中。移領事數書，所以折服教士，使之帖然就範，關繫非淺。又有數件，因與防務相涉，並録存之。

一、電報為從前所無，今則數千里外，機要之事皆用電傳，儘有憑電籌商剖決而不復見於公牘者。若但録公牘而不録電報，則於事之顛末掛漏必多，故就當時電報之有關繫者，選存十分之一，別為一卷。

一、是録凡稟詳、咨札、照會、告示，皆大書年月日於後；書牘則側注於結尾之下；電報則以月日時刻，冠於所遞之地之上。均依原式。

一、凡稟詳、書牘、咨移、照會，照公牘格式，原擡之處自應悉如其舊。惟尚有應擡字樣，若統作平擡，體例恐致混淆。茲於公牘原擡之處皆空一格，於應擡字樣，無論單擡、雙擡、三擡，統作平擡，以歸簡易而示區別。

一、凡打電，均用號碼，故遇應擡之字皆不擡，稱名處亦不側寫，茲錄悉仍其舊，以存電報格式。

一、凡電報，道府聯名同發者，今悉仍其舊。

一、目錄，例不注月日。惟書牘一門，上劉中丞書為較多，故注月日於下以別先後； 電報則以某月日時遞某處為題，目錄亦依之。

一、是書以稟咨書牘等九類為綱，間有無類可入而關繫海防要務者，則緣本書體例而連類及之，附錄於稟咨等件之後，用備後來參考。

一、是錄所登，一篇有一篇之用。或尚恐原文義蘊未宣，則附識數語以暢其旨。又有一二要端，關繫最鉅而稟咨等九類中無可見者，亦詳記於附識之中，以備將來防海程式。

一、凡篇後附錄、附識之文，尤限於地位，不能不與原錄體例稍有變通。今除譯錄洋文中英條約照原式外，凡有應單擡、雙擡、三擡字樣，皆空一格、二格、三格以誌之，其餘概不空格。

一、凡他處來電，例不入錄。然有與原遞之電互相發明者，特附錄於原電之下，以昭區別。

卷一上　稟牘

稟撫院劉 鎮海釘樁豫備堵口辦理情形由

大人閣下，敬稟者：竊職道接奉憲台札開，據甯鎮海防營務處杜丞冠英稟稱：前議攔阻海口，試釘樁木，因款項難籌，不敢再瀆。惟是機勢日緊，沈船一道，似須有人籌備，方可應急時之需。陸勇祇能挑運石塊，放船非其所長，必須得力水師方能濟事。可否仍照前案，知會陳副將帶勇前來會商辦理等情，到本部院。據此，除批沈船一事更難猝辦，必不得已，仍以兩岸釘樁，中留行船之路，尚可早籌豫辦。新任甯紹台薛道業已赴任，可就近稟商酌辦。如果信息加緊，准函致陳副將，帶勇五十名，來鎮幫助辦理。如工作需用多人，或就鎮防添派陸勇，或僱短夫，亦無不可。仰該丞就近稟商提軍門暨楊統領酌辦等語，仍仰該道籌議具復等因。到道奉此，仰見慎重防務，審度緩急，指示機宜，曷勝欽佩。

職道遵於閏五月二十七日，馳赴鎮海，先歷招寶山礮台，審視口門，形勢天然，實有可扼之險。查西人阻拒敵船之法，其用於水深之處者，曰浮礮臺，曰浮筏，曰浮繩，曰衝拒；其用於水不甚深之處者，曰築壩，曰沈船，曰沈石，曰釘樁。而岸上之礮臺，與水中之水雷，則無論深淺皆宜用之。招寶與金雞兩山口門之内，潮漲時水深二丈七尺，潮退時不過二丈，則以釘樁、沈船為較合法。前經杜丞以購器釘樁之說，節次稟明憲台核辦，無庸贅叙。

職道查勘杜丞所試辦之樁，以長三四丈、圍四五尺之木攢聚一叢，作方格形，其根深入泥底，約及二丈，上用鐵練箍紮，更屬緊牢。數月以來，屹峙水中，尚無衝損搖動之迹。該口除塗泥淺水四十丈不計外，深闊處約六十丈。據杜丞擬稱，中間約留缺口十丈，以便船行，而於兩邊各釘樁木，每木二三十根釘作一叢，每叢相隔數尺，横排水面，要使敵船不能闖過，估計工料，約須洋銀七千數百圓之譜。職道竊思外洋堵口之法，利弊各半，所宜深慮者，莫如阻礙本國商船、兵船往來之路，先致自困。

尤恐關稅釐捐從此無著，則二十餘營之防軍，餉源先罄，更為可慮。因晤商提軍門，且與杜丞及宗守源瀚詳細籌商，擬寬留中間船路，或十五六丈，或二十丈。仍一面購具舊船，以備不虞。萬一有警，即載石沈船，橫亘口門，亦易為力。然非到萬分危急之秋，總以備而不用為最妙。

惟近日警信頻仍，防務孔棘，勢難稍緩須臾，已囑杜丞剋期興辦。所需經費，先飭甯波釐捐局撥給洋銀千圓，以資購料。其餘俟接奉憲批後，陸續給領。仍令節省浮費，覈實經營。其用款無論如何，總不得踰洋銀七千數百圓之數。倘值和議驟定，海防解嚴，亦即亟令停工，以免虛糜款項。至開辦之始，尚須由職道遵照公法條約，照會各國領事，諒彼族必無異辭也。是否有當？均候示遵。恭請鈞安，伏惟垂鑒！職道福成謹稟。

光緒十年六月初二日。

稟撫院劉 遵飭暗阻海口引水密行辦理情形由

大人閣下，敬密稟者：竊於本年六月初一日，奉到鈞諭，接北洋大臣電信，錄發諭旨一道，即飭欽遵辦理等因。奉此，查各國輪船僱用引水，條約祇有聽其僱覓字樣，並未指明中國必須備有引水，使其僱用。今法人狡焉思逞，處置引水一端，實為要著。甯波向有引水，洋人必得生、師密士二名，領有執照，常駕小船，在鎮海口外遊行，以備僱用。現與本關代辦稅務司紀默理密商，並飭洋務委員李圭詳細議覆，若由稅司諭令該二人嗣後凡遇別國船隻，仍照常引帶；見有法國旂號之船，不得受僱。又恐彼等在洋，為法人所逼，不敢不遵，或啗以重資，暗為引帶，仍無益於事。若竟撤銷執照，不使出洋，各國領事必不應允。惟有給費暗僱一法，似尚易行，亦無窒礙。

查必得生、師密士二人，每人月得引費，約洋銀一百五十圓。職道因與紀稅司商定，密令該二人各將其船，回泊鎮海近口一帶，不准出洋遊行受僱。每人每月，由官給洋銀一百五十圓，以資度日。如近處有別國船隻，仍准引帶；如見法船，應速駛回口內。倘遇別國人詢問，即以引費不敷，將有他圖為辭，各國自無從藉口，惟給費暗僱，至少亦須一月。如法事一時難定，則按月發給。如不及一月，大局已定，仍照一月發給，即自六月初四日為始。二人均各悅服，遵具洋文切結備案。正籌辦間，師密士已接法國兵船之信，欲僱令在定海、鎮海各口引帶，允否即須覆信定見。據紀稅司密稱，應另酌給洋銀二百五十圓，方可免其受法人之僱。職道亦經允許，事關大計，不敢不從長籌畫，相機措注。

惟是沿海漁民眾多，良莠不一，倘貪利受惑，為害將不可勝言。除分行密察，妥慎辦理，隨時稟報，並飭甯波府及漁團保甲委員，一體確查，曉以利害，申明賞罰，勿令該漁人等稍被煽惑，致誤事機外，理合照錄稅務司所送節略，謹呈察閱。是否有當？尚乞訓示遵行，實為公便，肅此恭叩鈞安。伏維垂鑒！職道福成謹稟。

光緒十年六月初三日。

稟督撫院南北洋大臣　夾單

敬稟者：竊照甯波鎮海口門，擬釘樁豫備堵禦，業將試辦情形，稟請憲臺、撫憲核示。

嗣據甯鎮海防營務處杜丞稟稱：現在派員採辦物料，並安設機器樁架，俱已齊集，剋日興工。自招寶山石廠臺腳起，至對面金雞山止，兩邊排釘樁木，環以鐵練，中留船路十餘丈，以便船隻往來，並飭派紅單師船兩隻，靠樁拋椗。釘樁之處，日則插旗，夜則懸燈，以示行船趨向等情。即經職道照會各國駐甯領事，並擬稿咨請提軍門會銜出示曉諭在案。

刻又據杜丞稟：釘樁處旗用紅色，燈用白色，酌留樁木一株，潮漲時高出水面五六尺，用作標誌。職道以號樁出水過短，不能及遠，批飭酌量情形，悉心妥辦。此項樁木既釘，非到萬分緊急之時，不得輕議堵塞，但嚴備以待消息，鎮靜以定人心耳。

茲將釘樁示稿，錄呈憲鑒。其照會大致相同，故不重贅。是否有當？伏乞訓示遵行。肅此恭敂崇安，統維垂督。職道福成謹稟。

光緒十年六月十二日。

院批：所稱每木二三十根釘作一叢，每叢相隔數尺一層，似尚過密。或隔丈許釘一叢，中間以樁散釘入水，其所留口門，須俟事勢緊急，再行堵塞。此繳。

稟南北洋大臣督撫院　夾單為英國有保護定海舊約請轉咨酌奪由

敬密稟者：竊惟法人毁約，以兵船遊弋各口，為恫喝要求地步，民情惶惑，警報頻聞，備戰籌防，刻不容緩。伏查甯波鎮海為浙東海疆要口，幸口門寬衹六十丈，金雞、招寶兩山對峙，尚有可扼之衝。現在修築營壘，添駐各營，於該口排釘樁木，安放水雷。已將各項要事，商請提軍門分派各員，迅速趕辦，俾事歸專責，而免臨時推諉貽誤。布置已粗具端倪，惟定海一區，係甯鎮屏蔽，孤懸海外，港口紛歧。雖有貞字等營扼要分駐，而既乏兵輪，四面受敵，又為南北洋必爭之地，欲求設防周密，倉猝殊無良法。

職道向聞道光二十六年，中國與英國互立保護舟山條約五款。其第三款，中國依允英國之兵，退出舟山以後，亦不讓與別國。第四款，英國依允嗣後有別國攻打舟山一帶地方，英國必為保守，務當將舟山送還中國。此事係兩國交誼和好，不須中國出款等語。查舟山密邇上海，且逼近長江口外，若一旦有事，而被他國侵佔，則於英之香港商務與東方貿易，最有妨礙。英若不守第四款之約，則我亦不守第三款之約，兩國之損益得失，實無甚軒輊。立約之初，具有深意。揆之公法，自應永遠遵行。況英為著名大國，必不甘心讓法而自廢前約，以示弱於歐洲。雖中國自籌要防，不宜借力外人，以啟窺伺之漸，然苟有兵駐守，再得英船一二號停泊於此，並以舊約照會法國，法人恐開釁於英，畢竟有所顧忌，未始非形格勢禁之一法。

職道竊思此事於刊行條約中雖未載及，而詢之英國駐甯領事，考之外洋新聞紙，均已確鑿無疑。既彼此兩有裨益，斷不至無端廢棄。惟外省案卷，自兵燹後，無可查考，默計軍機處及内閣衙門，必有檔案可稽。似應將此約照會英國公使，請其照約辦理。萬一彼未能遵行，亦可杜英人異日之藉口，於我固無加損。謹將翻譯新聞紙，暨洋文中英條約，錄呈詧核。伏乞中堂、憲臺俯賜咨明總理各國事務衙門，查案酌奪施行，大局幸甚！專此肅稟密陳，恭請崇安，伏祈垂鑒。職道福成謹稟。

敬再密稟者：定海孤懸海中，居南北洋適中之地。道光年間，英人入寇，先踞定海，而後北入長江，南取香港；咸豐十年天津之變，英法皆有兵船屯駐定海，以顧後路。蓋不特浙江一省之藩籬，實亦海疆全局之關鍵。為今日計，宜合南洋數省之全力，練水師一大枝，建閫定海，則左顧右盼，著著爭先，最為上策。否則亦宜有得力兵輪五六號，多築新式礮臺，輔以水雷，鎮以勁旅，廣儲煤米子藥，亦或可以固守。若兵力、餉力，既皆不逮，則近人魏源等皆謂定海宜棄而不宜守，其論之詳矣；然我棄而彼取之，於此屯兵、屯糧、屯煤，經營踞守，將來北犯天津、煙臺，西擾長江諸埠，皆得以此為後路，恐大為南北洋諸省肘腋之憂，則棄之又斷斷不可。

夫欲戰守確有把握，決非一省之力所能辦到。思維再四，勢無萬全。因念英國舊約保護舟山之說，若中國毫無備禦，而求助外人，固多流弊；若僅用以鈐制法人，使法忌英而不犯定海固善。否則法將與英構釁，是為法多樹一敵，為我多得一助，所謂牽一髮而動全神者也。職道抵任後，竊嘗留心察訪，聞英領事與稅務司談及此事，據稱去年英商恐中法有事，損彼商務，憶及道光年間，英有願保舟山以免損壞港滬商局之約，即具稟香港總督，咨詢外務衙門，旋接復稱仍可照前約辦理。嗣英廷又將此約交大狀師查覆，狀師謂立此約後，咸豐年間，彼此失和，重在天津立約。照公法，兩國失和後立有新約，如未聲明前約仍照行，則前約皆廢。故助保舟山之説，應作廢紙。然英廷既守公法，不保舟山。法人知有此約，亦未必敢攻舟山以召英人之怨等語。職道默揣英廷用意，始則欲護商局，未嘗不思踐約；繼畏法人强横，恐因此而啟釁端，不能不豫籌推諉之說。然彼國狀師之言，亦頗多支離失實。按之公法，兩國雖立新約，未將前約聲明作為廢紙，即亦不能遽廢。英人初意，或料法人不過恫喝要求，彼固不便明助中國，以敗法事；且法使與英使或已隱相約定，但使英不助我，法亦不撓壞商局，均未可知。今若果有戰事，則外洋商務之在中國者，英實居其八九，且定海居港滬之間，於英最有關係。

法人專利無信，英人亦所深知。

職道昨以此中利害，為英領事固威林詳道之，該領事深以為然。來書自稱官居微小，未敢擅權，應請稟咨總理衙門，照會本國欽差，最為妥便等因。則該領事之隱情，已可概見。蓋英人如得中國一照會，亦可有辭以告法人，法不得以『與英無干』四字拒之，或能辦到。英法兩國，私自定議，法許不擾定海，英亦不明為保護，則於地方已不為無益矣。不揣固陋，覼縷密陳，再敂鈞祺。福成謹又稟。

光緒十年七月初四日。

附錄翻譯洋文中英條約

大清大皇帝、大英君主因欲和解兩國情意未洽之處，願修舊好。

大清國特派欽差便宜行事大臣、太子少保、兩廣總督、宗室耆英，大英國特派全權公使大臣、香港總督、世襲男爵德微斯，各將所奉全權大臣便宜行事之上諭互相校閱，諸屬妥當。現將會議商定條約開列於左：

第一款

一、大清皇帝前允諭云：一俟地方平靜而後許洋人入廣東省城，可無阻礙。因地方官一時未能强令民情依允，經兩國大臣議定，洋人進城之條姑且暫緩。此非大英君主舍此利權，不過暫緩而已。

第二款

一、英國商民可在廣州城外一帶地方照前約有所限制者，計共七十處地方，平安來往。有所保護至各該地方名目，已由該縣官於一千八百四十五年十一月二十一日，即道光二十五年十月二十二日，詳細照會英國領事。照此而行，英國商民可於各該處河道兩岸，如鄉村不多，可以遊歷。

第三款

一、大清皇帝依允英國之兵退出舟山之後，該舟山以後亦不讓與別國。

第四款

一、大英君主依允，嗣後有別國攻打舟山一帶地方，英國必為之保守，務當將舟山送還中國。此事係兩國交誼和好，不須中國出款。

第五款

一、因兩國路程寫遠，現只須奉大清皇帝批允之後，立即將英兵退出舟山。後經大英君主批准，此約兩國均須遵守。

大清皇帝、大英君主各大臣同在廣東虎門蓋印畫押，以昭信守。

大清道光二十六年三月初九日。

大英一千八百四十六年四月初四日。

附錄英宜遵約保護舟山説

舟山彈丸之地，孤懸海外。地瘠薄，鮮物產，魚鹽販夫之所寄跡，無富商殷實之戶。市厘寥落，支港紛歧。四面受敵，無可扼守。中國視之，迥不若臺灣、瓊州之重。然而英人東來，由舟山而得香港，以此為通商發軔之始。因與中國互立和約，不准讓與別國，並申明保守舟山，不須中國出款。是何也？蓋以舟山當南北洋適中之地，又居上海、香港之間，貼近長江口外，關係通商全局。苟為他國所有，華洋各貨，就近囤積，必成大埠，足以全奪香港之利，而香港將成廢地。故立約保守，以息他國之覬覦。舟山有事，不難據約以爭，不必自居局外，他國亦不能概以局外之例例之。誠以收永遠之權利，為中國謀者小，而自為謀者大也。

自法取越南，中法搆釁，譯光緒九年十二月初七日英京所刻新聞紙，內載香港通商會館司事，懇祈英國外部大臣守一千八百四十六年即道光二十六年條約，保護舟山，永遠不讓與別國。嗣經外部復稱，仍可照約辦理。具見情勢相同，中外商民，竊相稱頌。以為英所以執牛耳於歐洲者，以其君民一心，共保權利，固非他國所能及也。頃有自香港來者，據稱英廷畏法强横，復有游移之意，香港諸商，因此甚為惶惑。按各國訂立新約，必將舊約聲明作為廢紙，方不照行，此地球公法也。查中英天津條約，並未聲明將保護舟山之約作為廢紙。而英廷顧不免疑慮者，豈不欲自結於中國，並應得權利而願失之耶？豈有畏於法人，而恐保護舟山將結法人之怨耶？豈受法人之恫喝，謂如沮其索償兵費之計，即當與英為難耶？

吾嘗熟察形勢，審觀時變，而慮英之為法所欺，或致貽悔於將來也。英自近年以來，持盈保泰，日就因循。今者舟山之事，有約不守，隱喻法人以退讓之意，而其中餒已甚矣！法人知之，中外通商各國，亦無不知之。法且乘英之中餒，恣其陵轢，顯迫英之避舍，以成其雄長歐洲之勢，亦事所必至，未知英更何以待之。且中國商務，英居其九，東西洋各國居其一。自法人以兵船遊弋各口，中國紛紛防堵，商務窒滯，不能流通。英之暗受虧損，不下數千萬磅，而未敢聲言，反自居局外之例，坐視利權之盡失，而其耗折更不知何所底止。今基隆之役，馬尾之戰，法之肆毒已不留餘地。中國亦命滇粵諸軍，乘虛徑擣東京。近又聞鮑爵帥率其舊部出關，收阮氏之餘眾，仗劉義為先驅，則法之不能全有越南必矣！法既失越，必於中國沿海各島取一地以相抵。邇來中國發憤自强，決計不肯償無名兵費，則中法戰爭未已，曠日持久，勢所必然。英之商務，不可復問。是法欲拓其本無之土，而致英失其固有之利也；是法所明擾者在中國，而所暗損者尤在英國也；是法所欲索之八千萬佛郎，未必可得，而英之所耗，恐已不止此數也；是英甘心讓法，既為法人所竊笑，恐又為歐洲各邦所輕視也。何法之强而英之懦耶？何法之智而英之愚耶？不僅此也，英如不守保護舟山之約，日後如有他國與中國以利益相讓，中國以舟山許之立埠，英必緘口無言矣。坐見商務之日壞，利權之日削，香港之遂成廢地，豈不大可惜哉？

為英國今日計，不過以一兩號兵船往泊舟山，申明舊約，照會法國。法既與中國搆釁，必不敢再樹一敵，當舍定海而不圖。是英祇用一二號兵船，而定海可全；定海全而英之商務亦全。從此信義兼著，盟約勿渝，商民感頌，名實無損，不愧為歐洲第一等强邦。吾知英之君相善謀國事，明於遠略，必不河漢予言也。倘英以商務之重，不自居於局外，而以一言評中法之曲直，法人不得以『與英無干』四字拒之，必以有所牽制，而戢其强悍不馴之氣。得失之機，禍福之會，間不容髮，在英所以處之何如耳？吾故曰：舟山關係通商全局，英宜亟加保護，非為中國，實自為也。然觀從前所立保護舟山條約，英人之自籌國計，其意亦可謂深且遠哉！

此篇係余屬幕賓楊楷所撰，余復重加删潤，當時頗費經營。脱稿後，請本關税務司葛顯禮翻譯洋文數分寄往倫敦報館，刊刻分布。厥後英領事每來晤談，頗及定海之事。微窺其意，似其本國已密令留意者，又不肯稍露端倪，語氣在離即之間。余固默料英之駐滬總領事，必已與法使巴德諾脱私自定議，法不犯定海以激英商之怒，英亦不明言保護定海以撓法事，蓋兩國自謀之道必出於此，然尚未見實迹也。次年正月，法艦追南洋三輪，并在滬浙洋面阻遏漕運。新聞紙皆言法將孤拔欲先往占普陀，以為屯兵之地。余忽接滬電局來電，轉達英國總領事之意，言英有保護舟山之約，普陀亦舟山屬，如法果往佔，英願助中國驅逐等語。蓋至此而英人之衷始盡揭焉。彼總領事驟聞孤拔之揚言欲佔普陀，信以為實，遂怒法人不踐原約，而宣其驅逐之説，不知孤拔惟蓄意不往，所以揚言欲往，此正兵法虚者實之實者虚之之意。英總領事猝未料及，而致徵色發聲，旋知孤拔之實不往，則又默爾無言。此中機括，惟余始終體會，故知之最深，他人皆不知也。余始聞英有保護舟山之舊約，思用以鈐制法人，經營半年，頗收隱效。蓋惟如此用之，最為得訣。設使英果有保護舟山之實事，恐將來又生枝節，今惟英亦用虚與委蛇之法，故中國但收其益而不受其弊。天下事虚實交相為用，有時實用不如虚用者，此類是也。蓋浙省籌防之全力，什八在鎮海，而什二在定海，兩處相較，則鎮海堅而定海瑕，當時孤拔若以全軍直趨定海，則定海事未可知。定海稍有疏虞，鎮防將士亦為奪氣。實以一隅而關全局。乃法艦泊鎮海口外數月，與定海相距咫尺，絶無睥睨之意。其往來兵船經過定海口門者，日夜有之。定防將士遥與相望，而絶不來相犯。覘敵情者，可深思而得其故矣！自識。

稟撫院劉 飭令甯郡天主教堂遷徙江北岸辦理情形由

大人閣下，敬稟者：竊查甯波城內，向有天主教堂兩處，為法國所派浙江通省主教住址，教士學徒數十人，而華人之入教者頗衆。目下防務吃緊，民心未安，若聽其散居各處，非特難於防範，且恐人民憤激，易滋事端。前月曾有謡言，謂教堂有運藏大礮情事，職道派人查訪，係屬訛傳。然法人若久居城內，終多隱患。當經照會英國領事官兼辦法事固威林，飭令天主教堂內法人男女老幼，一併移往江北岸暫住。嗣據該領事函復，以該教士等不願遷移，并據法國主教趙保祿兩次函陳，語多强横。經職道峻詞婉喻，再三開導，並設法使之悚然自危，籌辦半月，甫肯搬出。尚有意、比兩國男女教師，及華民食教之病弱婦稚數十輩，仍住堂內。現派衛安勇十名分往看守，名為保護，實亦隱寓伺察之意。其分紮江北岸之衢標左哨百人，與原駐之衛安勇五十人，聲勢相聯，稍資彈壓。刻下兵勇民教，均屬帖然，堪慰憲廑。

昨又據統帶貞字等營成守幫幹稟稱：定海教堂七處，近據北門外普慈寺僧密報，有法教士二人往寺周閱，並詢藏放火藥處所，又向各處查探隘卡，行蹤詭秘，形迹可疑。且民間傳言教堂運礮多尊，倘法船抵口，後路空虛，即便轟城等語，民心洶洶，恐致生事，稟請照會英領事即令遷徙來甬等情。現已照會英領事固威林，即令該教士等迅速搬赴甯波江北岸，或往上海暫住，悉聽其便。法之傳教士既離教堂，則入教之華民無所附麗，可少無窮流弊。除俟領事覆到辦妥後，再行稟聞外，一面函商成守妥籌辦理，合將甯郡天主教堂遷往江北岸情形，並照錄兩次復英領事函，馳稟梗概。再鎮口釘樁一事，近日天時晴霽，當可趕緊補鑲深釘，已迭催杜丞令其及早竣工。前稟添募衛安勇一百五十名，均經職道面驗，能舉一百八十觔大石者入選。兹已募足，人皆精壯靈動，即飭該管帶督率加緊訓練以備有用，合併附陳。恭請鈞安，伏維垂鑒。職道福成謹稟。

計抄呈清摺一扣。

光緒十年七月十九日。

中丞批答，甚加獎許。復召首府，諭以省城内教堂應悉如甯波辦法。首府等按照清摺内余與領事教士辯論之語，與諸教士理論。約及一月，亦遂盡數遷出。附識。

稟撫院劉 防備法船冒混進口先後辦理情形由

大人閣下，敬稟者：竊於本年七月二十日，奉憲台檄開，照得前准北洋大臣李電開，接准總理衙門於七月初四日來電，奉旨著沿海督撫及統兵大臣速飭各防營，見有法船進口立即轟擊，毋稍遲迴，致落後著等因，欽此！欽遵轉電前來，業已通行各統領在案。惟中國防營，恐未盡識各國旗號，又恐法船偽託別國之旗，萬一誤傷，固屬別生枝節，若誤容法船入口，為害更鉅。應由關設法分別，並先選熟識洋船之人一二名，送交招寶、金雞兩礮臺，以便登高識別，檄飭遵照妥速辦理等因。奉此。

查法寇鴟張，兵端已開，海口駛進船隻，亟宜防範，以杜冒混掩襲之弊。從前西洋各國交仗之際，每有敵國冒用他國旗號，混過礮臺，再換本國旗幟，開礮轟擊之事。法人狡猾，恃蠻無理，此等詭計固所不免。職道前聞馬江開戰之信，即照會各國領事，凡有兵船駛來鎮海，務須先期知會，並囑超武輪船管駕鄧驄保隨時察看，俟其船抵口時，派弁持職道名片過船一接，以便與洋船兵官，彼此晤談聯絡，亦藉以知其礮數人數，頗收無形之益。又於虎蹲山、七里嶼兩處，各設綠地黃斜十字方旗，如七里嶼見有法船，即豎旗知照虎蹲山，轉示金雞、招寶，遞相呼應，俾可預為之備。前有英、美兩國護商兵船各一號，駛進江北岸停泊。英船名勇敢，兵官經樂遜。美船名亞爾思打，兵官海領頓。均與職道往來拜晤，相待以禮。職道復將各國旗式顏色，繪圖曉諭軍民，務使一望了然，不以誤認而致驚疑。迄今尚屬相安。又以前僱引水一事，該洋人二名，雖訂定不領法國船，而尚許其領他國船。當由職道函商稅務司，轉飭必得生、斯買貼即師密士二人，如到鎮海領港，先赴鎮海新關，告明係領何國之船，然後出口。即由新關洋人賈歷轉告杜丞，業經節次籌辦各在案。如此則何國兵船商船進口，可以豫得消息，隱寓稽查，於杜絕冒混之法，似已十得六七矣。茲奉前因，即經檄據洋務委員李圭查議稟覆，並據稅務司函覆前來。因本關無可派令前往瞭望辨認之人，請由超武、元凱兩船派人赴口外虎蹲山、七里嶼兩處，專司瞭望，辨別船隻，懸掛暗號傳信。該兩山本設有燈塔旗杆，由新關派人看管。中外各船進鎮海口必由之路，擬由職道會同提軍門出示海口，大致聲明恐敵船闖入，嗣後中外各船，夜晚不得進口；日間來者，應於未過燈塔之先，高懸某國旗號，除常見之江天、永甯、宜昌等商船外，其餘無論何船，均令在虎蹲山暫行停輪，俟派小艇迎上，登船詢明後，送過礮臺；如來船並未懸旗，或形迹可疑，不准經過礮臺等語。一面照會各國領事，一面移行鎮海防營。並將示稿繙譯洋文，由稅務司刊入外國新聞紙，俾各國商船兵船咸獲周知。如來者果係法船，其面貌言語均有分別，真僞不難立辨，一經察出，立即阻止。倘再不遵，礮臺即行開礮，盡力轟擊。如此辦理，自斷不至混入。

察核所議各情，似尚周妥，惟該員李圭所擬各國暗號式樣，至十七號之多，恐難辨認。經商請提軍門咨覆，以號數太繁，必多疑似，總以認別法船為要著，擬仍以綠地黄斜十字旗為准，以歸簡要等因。職道伏思各國與中國各船，雖未可一一識別，致滋繁混，然須先事招呼，則輪船礮臺可以預備往接查看。而夜間懸燈，亦須分別顔色，現擬分以三色：如係局外各國輪船，則用白色；係中國船，則用紅色；係法船，則用綠色。燈須極大，便於瞭望。日間遇有法船，則仍用綠地黄斜十字方旗，將旗釘於板上，搓油禦雨，繫繩制風。又另製黑色圓者一式，為中國輪船暗號；尖者一式，為局外各國輪船暗號。送請軍門轉飭元凱、超武兩管駕派定妥弁速往辦理；並令元凱、超武、寶順三船，每晚泊於釘椿所留口門之間，以阻來船，白晝泊於椿門之兩頭，以備查看進口船隻。似此節節識別，呼應相通，法船雖來，似難猝然混入，堪以仰副憲廑。惟虎蹲山、七里嶼兩處洋面，風浪較大，難以泊船，其派船迎詢一節，將來或用舢板，或用安旅小輪。平時似祇能泊在口門以内，今由提軍門飭兩兵輪管駕妥議，統俟咨覆到後酌辦。

職道更有慮者，法人狡詭，此次閩洋之戰，聞以遠鏡窺定礮臺，注意轟擊，蓋礮臺高矗，形色顯然，可以一望而知。今鎮口兩岸各臺，率皆依山傍麓，但能隨其山之土草，做成與山色相似，使遠窺不能仔細，亦虛實參用之法。現已商請軍門，並行貞字營統領成守酌核飭辦。

以上禁止各船夜晚進口，並令懸旗停輪於虎蹲鎮口查詢各節，俟軍門覆到，即由職道照會各國領事，並會銜出示曉諭，再刊入外國新聞紙，一切事宜容再隨時稟陳外，謹將防備法船混入，先後辦理情形，肅稟具陳，仰候憲台督核，訓示遵行。恭請崇安，伏乞垂鑒。職道福成謹稟。

光緒十年八月初三日。

稟撫院劉 虎蹲山設立暗號並於游山派弁迎詢來船辦理情形由

大人閣下，敬稟者：竊照前奉憲飭中國防營，恐未盡識各國旗號，應由關設法分別，並先選熟識洋船之人一二名，送交招寶、金雞兩礮臺，以便登高識別等因。當經職道商請提軍門，並將先後已辦、擬辦各情形，縷晰稟陳，諒邀鈞鑒，旋准提軍門分飭妥議，往復會商，即照前稟各節，分別趕辦。惟據杜丞暨元凱、超武兩管駕會議，因虎蹲山風浪甚大，難以泊船，查得虎蹲山外一二里曰游山者，擬撥安旅輪船駐泊，派弁迎詢來船察看知會。已將議定各事由職道移行各營，一體查照辦理，並將夜間不准船隻駛進鎮口，及游山停輪候查等議，照會英、美、德國各領事暨本關稅務司，轉飭兵商各船遵照。一面會銜出示曉諭，刊入外國新聞紙，務使周知。如此逐漸布置，想法人雖譎，未必遽能冒混入口。其餘未盡事宜，自應隨時察辦。兵機瞬息，不能事事預定。已咨商提軍門轉飭各營認真加意，總期慎益求慎，有備無患，以副憲臺諄切告誡至意。謹照錄示稿，並畫暗號旗式呈電。恭請鈞安，伏維垂鑒。職道福成謹稟。

再前稟擬飭將各礮臺做成與山色相似，以免敵人窺注，現據管帶礮兵守備吳杰稟稱：礮臺直立，草皮泥不能貼住，若上顏色，雨淋即落，擬用外國之呵爾太塗成黑色，甫可耐久。雖與山色不能渾聯為一，而較之三合土色少為隱暗等情，當請提軍門就近飭辦，知關憲廑，合併附陳。再請鈞安！福成又稟。

光緒十年八月十一日。

稟撫院劉 請於鎮海添設電線以捷軍報由

大人閣下，敬稟者：竊查鎮海距甯波水程六十里，陸路四十里，當此海氛不靖，駐紮重兵，軍書旁午，遇有緊要消息，不能呼吸相通。若快船又須乘潮上下，殊嫌遲緩。前聞宗守面稟憲台，擬請於甯鎮設立電線一道。因上海電報總局估價銀五千兩，需款較鉅，無可籌措，事遂中止。職道抵任，適值防務戒嚴，警信日至，因思軍報之遲速，軍事之利鈍繫之。況今輪船迅捷，瞬息變幻，與曩時內地用兵，迥不相同。近聞北洋籌辦防務，推廣電報，除天津所設正線外，多分枝線，以達新城、大沽、北塘、蘆臺及山海關，莫不曲引旁通，節節呼應。如此則臨敵應變，必可聲息無阻，調度靈捷。

職道查甯郡為全浙之門戶，而鎮海口門，尤浙東之鎖鑰。每至事機緊迫，間不容髮，萬一得信稍遲，恐滋貽誤。經飭洋務委員李圭，商之本關税務司葛顯禮，函詢上海大北電線公司，訂一最實最廉之價。據開約數，需洋銀二千四百八十四圓，而江北岸過江之水線在外。仍稱須履勘丈量，再定確價。職道詢之宗守，此價較前數減省三倍，似無浮冒。惟洋人習氣，始則減開價目，往往於經辦之後，逐漸加增，令人不能中止，自必訂議明確，方可舉行。適葛税務司屢詢此事能否必辦，職道知洋人性情，於此等事件，皆樂為成就，而葛税司人亦明練誠實，頗肯出力相助，因答以現當餉需支絀之際，倘需價稍多，勢所難辦，若大致不離洋銀二千數百圓之譜，則為數尚廉，可以毅然任之。復與提軍門及宗守籌議，意見相同。而洋務委員李圭亦願勉襄是舉。疊與葛税司切實商辦，函邀大北公司於八月十二日派洋人來甯勘量。自鎮海城外營務處杜丞冠英所駐之鼇卡起，沿江至郡城和義門外江北岸新江橋邊止，計陸線直路共三十九里。又用水線過江，至甯郡原設電報局止，計長一千尺。除挑擡人夫用勇丁充當不計外，其水陸各材料，暨川資水腳薪工等項，共需洋銀二千五百三十六圓，有續增二百九十七圓在內。較之原估之數，又已減少。約十日內完工，開具工料清單，由委員李圭核明稟呈前來。職道當擬辦之初，曾函商電報總局經紳元善，據覆稱上海製造局欲接線至洋場，路僅十里，洋人開價，至需規銀一千七百兩之鉅，今此單十分便宜，勸即決計訂辦等語。蓋税務司與李委員皆願盡心竭力，贊成要務，如電桿本須每根洋銀四圓，一經設法籌措，僅需兩圓有奇，計省洋銀五百餘圓；又勸大北公司一再減讓，該公司亦希冀浙省日後生意，是以逐款核實，格外遷就。竊思此項電線，固於甯鎮收便捷之益，如憲台調度各營，指示機宜，在省發電，可以直達鎮海。即海口緊要軍情，亦可徑達省垣，無轉折遲誤之虞。其有裨於防務者實大，擬候批准，即由職道照會稅務司，並飭李委員與該公司議定，應令來甯建造，剋日竣工。所需經費洋銀二千五百餘圓，可否仰懇憲台俯念事關大局，准飭甯釐局動支給領，作正開銷，海防幸甚！

至各省電局，向歸商辦者為多，惟線由官造。如廣西之龍州，北洋之山海關等局，則歸官辦。蓋以商報絕稀，無所取貲，商人不願賠墊也。今自鎮至甯商報亦少，商局既不肯承辦，若官自設局，需費必多。因與甯郡電報局紳士華志青再三商酌，擬歸該局兼管，每月經費最少須貼洋銀三十圓，如收有報貲，仍行扣算。當此公項支絀，不敢不從長計議。擬令該局將鎮海所收商報之貲，按月開呈甯釐局核明後，其不敷之數，應請飭局一併支給，實為公便。謹照錄大北公司來單，肅稟具陳，伏祈察核，批示遵行。恭請崇安。職道福成謹稟。

光緒十年八月十三日。

院批：　據稟自甯至鎮，擬設立電綫，便捷軍情，准其照辦。所需經費，均可作正開銷。惟梅墟策應之營，尤須與前敵呼吸相通，應於梅墟營中留一電綫，無論由甯出鎮，均可徑電錢鎮坐營。似須專僱一人，在錢鎮營中安設電房辦理。此事所加之費，亦即核實彙總開報。仰候檄飭防軍支應局，轉飭甯釐局遵照支給。至另稟所請前運省城之打字機，由甯領回應用，是否尚存？並候飭局立即查明具覆，暨候行司知照。此繳。

此線造成甫三閱月，而法船已至。一切調度機宜，由杭而甯，由甯而鎮，頃刻可傳達各營。雖相距數百里，而號合迅捷，如在一室。於是撫院不進駐甯波，而與駐甯波同；巡道不常駐鎮海，而與駐鎮海同。蓋撫院與巡道，於海防應辦之事甚多，若離衙署，轉覺滯於一隅，不能兼顧全局。今不曠通籌調度之事，復收前敵指揮之益，自非電線不為功。方事棘時，電報往來，日十餘起。軍機變幻，瞬息靈通。余自此役以後，益知電報之為用於軍國甚鉅。附識。

稟撫院劉　夾單

敬稟者：　竊職道前稟虎蹲等山設立暗號，並於游山派弁迎詢來船辦理緣由，接奉憲批所定辦法，均屬周妥。其餘機密事宜，仰即隨時商請提督，轉飭各營，認真加意防範，此繳，摺存等因，奉經咨行照辦在案。當前稟發後，又准提軍門移開，據甯鎮海防營務處杜丞、元凱、超武兵輪貝、鄧二管駕會稟稱：查識別來船暗號一節，擬由超武、元凱兩船，選派熟悉各國旗幟水手兩名，於金鷄山望臺，攜帶千里鏡，輪流調換，常川駐宿，專司瞭望。如遇法船駛來，懸掛綠地黄斜十字旂；別國船隻，懸掛黑旂；中國船隻，懸掛紅旂，俾各營一目了然。至夜間船隻，難以認識，誠恐瞭望錯誤，反致張皇，應請毋庸懸燈等情。擬即准照所議辦理，移請核覆前來。

職道以杜丞等所稟，但云金雞山望臺派人駐宿，而於虎蹲、七里嶼兩處如何辦理，並未提及。其間相隔十里，不無遠近前後之分。而游山之外，七里嶼燈塔之內，須撥安旅輪船駐泊迎查，則瞭望聯絡，亦不可省。復經檄據該丞稟覆，據稱金雞山與七里嶼眼界相同，七里嶼所見，金雞山亦能見之，且七里嶼管燈洋人，謂房屋窄小，食宿不便，是以前稟未曾議及等語。又據另稟擬於江天、永甯、宜昌等常見之船外，如遇未經領事知會，及未扯旂，不肯於游山外停輪待查之船，即行開礮；設遇兵輪二三隻或四五隻，同時駛來，查驗不及，無論扯何國之旂，一面開礮攻擊，一面閉塞口門各情。又經職道檄飭洋務委員李圭議覆，據稟虎蹲山管燈人處，向來備有各國通行停輪之旂。如見有來船已至游山、虎蹲之間，即懸旂令其停輪；如不停輪，再由鎮海礮臺聲礮；倘有假冒希圖闖入之船，並不停輪，即行開礮。第一礮擊放船頭半里之外，再不停輪，第二礮攻擊船身。此係各國海上阻船通例。如來船並不遵照示諭，夜間仍欲進口，或在日間並未懸旂，不肯於游山外停輪待查，自應照此通例，徑行開礮阻止。即被擊破，咎由自取，與礮臺無涉。至船多同時駛來，無論扯何國之旂，即行開礮攻擊，恐局外和好各國，一聞此令，勢必譁然不服，稅務司亦謂難行，自應毋庸置議等因。職道節經察核杜丞、李委員等所論，分別照會稅務司照辦。一面咨行查照，現又摘敘照會英、美、德國各領事，以昭詳慎。昨聞基隆獲勝，各口尤須嚴防。其餘應辦事宜，惟有隨時商請提軍門相機辦理，期收實效，仰慰憲廑。

再前擬礮臺做法，俾與山色相似，守備吳杰擬以呵爾太染成微黑色，然數月之後，仍恐退淨。此次職道舟回鎮海，於十里外用遠鏡窺視礮臺，巍然高矗，太覺顯露。因與杜丞等商之，據杜丞稱擬於蔴袋等物疊砌之外，貼以草皮土泥，俾敵人驟難識別。仍俟試辦後，再行定議。謹將虎蹲山懸旂知會來船停輪，及金雞山派人瞭望續後辦理各情，肅泐稟報，仰祈憲台察核示遵。恭請崇安，伏維鈞鑒。職道福成謹稟。

光緒十年九月初一日。

卷一下　稟牘　詳文

稟撫院劉報赴定海閲勘礮臺防營並請抽調營勇赴定海防守由

大人閣下，敬稟者：竊維定海一廳，孤懸海中，居南北洋適中之地，為敵船往來所必經，亦即中外用兵所必爭。若多事之秋，洋輪踞此，可以屯兵、屯煤、屯糧，縱横四出，未必非狡寇所注意。定海有警，則鎮海各口，不能高枕無虞。蓋定海實甯鎮兩防之前敵，亦浙東全境之藩籬也。職道履任之初，即擬赴閲定防，察其是否可恃。適值馬江、臺灣相繼開戰，防務喫緊，未便遠離。近聞警信稍鬆，職道即於八月二十四日，馳赴鎮海，乘超武輪船出口，由蟹箝門、竹山門抵定海廳城。一路輪行，遥見長隄一線，隄底濃煙四出，礮聲隆然，而礮洞隱於隄身，驟難窺測礮之所在。沿隄槍聲，又不知人數多寡，布置似尚得法。旋晤貝鎮軍及成守邦幹，詢以軍需。據云籌糧支四五十日，藥彈可資兩三仗；其沿海長隄長濠及隘卡九處，一律修築完整；置備釘桶篾簍數千，各口趕釘三杠漁網，火藥分儲五處；五奎山繞山加築土城，獺山五奎山礮臺外，均釘巨樁兩層，築護土三丈；另築一隄，隄外開濠，濠外豎立木城，皆已竣工等語。

二十五日黎明，會同貝鎮軍成守等，乘惠濟小輪，由五奎山後循隄而東，至十六門口，轉由大渠門過五奎山前，進吉祥門即火燒門，出竹山門，又循隄而西，出螺頭門口外，轉由盤棋山抵五奎山。一路測量水勢，約十五六托，至二三十托，最深者五十餘托；港面闊十餘里、六七里不等。如欲阻截海口，斷無此鉅款，且萬難設法。旋登五奎山周閲形勢，貝鎮軍等深慮孤峙無援，山係石質，不能鑿穴置礮。如敵在吉祥門外，以大礮轟擊，兵勇無可藏身，一有挫失，則軍心皆震，恐致牽動全局，殊覺躊躇無策。二十六日黎明登岸，循大隄而西，由竹山、嘴獺山、螺頭山、虹橋，過毛嶺卡，至東嶽宫，循隄至東港浦青壘頭，察閲隄身高闊，隄濠二道，足資扼守。其西皋嶺、姚嶴、螺頭、毛嶺四卡，曉楓、頑河、長春、西碶、青亭等嶺五卡，與各營壘皆極堅整。試放鋼礮，尚能有準。

試演地雷一具，猛烈無比，似係陸戰利器。惟隄底暗藏各鐵礮，身短彈小，不能及遠，為可惜耳。二十七日，復乘超武兵輪，進鎮海口門，順便察看釘樁沈船工程，兼閱礮臺。即經梅墟，晤錢統領商論要務，回抵甯波郡城。

職道此次渡海，親歷定海各要隘，知成守於一年之間，督率弁勇，濬築長濠長隄，創建石卡土城，工程浩大，措注周密，實有他人積三四年所不能辦到者。其堅忍耐勞，諳練戎機，固不可及，而合防營員頗各具樸勇之氣，軍心固結，地方人民亦屬相安。貝鎮軍廉勤果毅，接篆以後，與成守和衷共濟，壁壘一新。竊見貝鎮軍成守談及防務，皆誓以死中求生，義形於色。若論人事之措施，及兵力餉力所能辦到者，不過如此。惟定海地居衝要，四面受敵，既無堅利兵輪，又無得力礮臺，查合防鋼礮僅得四尊，且非精品。其資以守禦者，專恃陸師，而口門甚多，處處可以登岸，實非四五千人所能兼顧。如西碶嶺、長春嶺分紮一哨，螺頭山僅紮一旂，西皋嶺、姚嶴等卡，無兵分守，單弱可虞。職道細加體察，似尚須厚集兵力，始足以敷分布。極知目下餉項支絀，未可輕言添募。然既有所見，不敢不陳。如蒙憲台俯念定防關繫緊要，能否再於閩省防營內，酌量抽調赴定，以資防守？非惟全浙之福，亦大局之幸也！謹將察勘定防情形，肅泐具稟。恭請崇安，伏惟垂鑒。職道福成謹稟。

光緒十年九月初三日。

再稟撫院劉　夾單

敬再稟者：職道由定海回甬，順道察勘鎮海各礮臺。據杜丞等議及，欲稍分小港礮臺之礮，置臥龍岡，稍分超武、元凱兩船之礮，置招寶山後面，二處頗皆扼要。職道亦謂方今用礮，愈分愈妙，愈隱愈妙，抽撥苟能得地，自屬有益無損。聞提軍門、楊統領皆以為然。除已由杜丞等稟辦外，其口門釘樁二十一叢，有四叢已各滿百枝，箍以鐵練，較為穩固。其餘每叢，或六七十枝，或三四十枝，尚須補釘足數。惟八月初旬，風潮極大，已有四叢被其衝壞，更須設法另補。沈船二十四隻，有一隻衝至口門外數十丈，似係裝石未滿之故。杜丞擬將樁縫各船，逐漸補添石塊，使之填足。惟各樁如須每叢釘足百枝，尚少樁木千餘根。一時購料維艱，且樁船愈密，潮退時內高外低，施工不易。加以風雨過多，致難蕆事。

前奉鈞電屬催釘樁等事，遵即函詢杜丞，並與宗守商定屬杜丞將應釘之樁數算明，與兩輪船、四紅單暨礮臺弁兵，均勻分派，各認若干。俾各有責成，互相比較，以便早日完工。昨據杜丞復稱即已照辦，且稱時已深秋，風浪較大，工作尤為費力；惟有會同陳副將親自督率，嚴加催趲，俟叢樁釘齊，趕於沈船前後，加釘散樁等語。至梅墟釘樁一節，據宗守稱甯郡木料無多，購辦頗需時日。若在滬上徑購洋木，則該價須加至四五倍。現計口門所需補釘之正樁千餘枝，杜丞等搜覓月餘，尚未辦妥。其散樁二千枝，更不知年內能否齊集。是就人手物料而論，梅墟釘樁，或須遲至明春，殊恐緩不濟急。而杜丞函致宗守，亦極慮其難，不願承辦。

職道與宗守籌商再四，竊謂梅墟與口門情形稍異，與其釘樁，不如仿定海長隄之法，沿江修築土隄。士卒既可護身站足，而隄洞置礮，隨處阻擊，即土礮亦可得力。聞昔淮軍攻湖州時，開花礮所擊，輒能糜爛。惟裏山七里橋一帶，賊倚土隄為固，人匿隄下，開花礮竟無所施其技。近者福州之長門、金牌，臺灣之基隆、淡水，所築三合土礮臺，法船以大礮遙擊，皆已殘毁無存。惟劉爵帥所築之沙泥礮臺，完善如故。礮彈陷入沙泥，輒即不能開花。是蓋以柔剋剛，以土制火制金，乃造化無窮之妙用。且土功祇需人力，可以剋期動工，既省經費，而獲益較鉅。適宗守因事赴梅墟，與錢統領面商各事，現擬暫緩釘樁，仿定海三杠掛網，兼防海新論繩裹敵輪之法。該處礮臺，擬不作三合土，以省浮費。沿江土隄之說，錢統領亦甚以為然。俟新勇略加操演，即可議築。想諸事當由錢統領分別稟請憲核。

又梅墟電線，錢統領謂不必過江。江北段營官營壘之旁，適有民房，可以租作電氣房。且有馬船渡信甚便，毋庸多出水線與造屋之費。如此略為變通，是亦撙節之一道也。肅此再敂鈞安。福成謹又稟。

光緒十年九月初三日。

再稟撫院劉 夾單

敬再稟者：職道到定海，連日與貝鎮軍成守晤談。據稱內地布置，似略有數分把握，惟五奎山首當敵衝，孤懸難恃，設有疏失，必致震動全防。擬移臺內大礮，分置老岸隄上，東西夾擊，守五奎山前洋面；以空礮臺誘敵登岸，轟以地雷，較為穩著。並遞有說帖一扣，請為轉呈憲台鑒核。職道親至該臺，再三審度，所見相同。因與商議，若五奎山徑棄而不守，雖於兵機確不可易，恐眾論不能相諒，似莫如稍用變通之法，移去臺中大礮，保全利器，固是要著。且分擊以作遠勢，正即所以保五奎山。該處隄內有濠，隄洞分置鐵礮，若稍撥礮兵照料，而於岸邊埋伏地雷。敵船倘以大礮遙擊空臺，固無所慮，礮兵隱身隄下，可避礮彈；敵如近隄登岸，則隄礮出其不意，隨處狙擊，彼船必有損傷；若地雷一處得用，更可摧敵而獲全勝。如此則五奎山雖設守具，不致多耗精鋭以墮士氣，似係萬全之策。貝鎮軍成守皆以為然。倘蒙俯如所請，即懇飛咨貝鎮軍，並飭成守趕速籌辦，庶於定防全局有裨。又該防大礮甚少，貝鎮軍成守搜羅廢礮，約可得鐵十餘萬斤，擬改鑄礮彈。再購生鐵萬斤，可就地鑄成大礮四尊，分置要地。計其費不過鋼礮一尊之價，似尚合算。聞即具咨稟，專候憲裁核定。肅此再敂鈞安。職道福成謹又稟。

附呈說帖一扣。

光緒十年九月初三日。

附録定海鎮貝錦泉統領貞字營成邦幹說帖

竊五奎山礮臺置鋼礮一尊，彈遠不及十里，大鐵礮四尊，改修礮架，彈遠三四里，此外別無大礮可以擊遠。探聞閩江、基隆礮臺被敵毁壞，均因臺無及遠之礮，任敵從容還擊，人力無從保護。臺既被轟，礮亦隨毁，深為可恨。五奎山礮臺，緊封吉祥門，水深三四十托。不論何項鐵艦，均可遊行。倘敵船一至口外，即以巨礮遙擊，該臺無及遠之礮，敵能擊我，而我不能還擊敵船，已無從設法抵禦。雖該隄之外，現已釘樁兩排，加築護土三丈，嵌樁於土，或可當敵彈。另築高闊土隄，阻敵搶臺。而無如臺後隄後，貼近石山，敵彈不須準擊礮臺，對山遙轟，不論空心實心，彈落石上，炸裂開花，其力甚猛。山皆石質，不能開掘土洞，在臺在隄兵勇，無地駐足，不得不退伏山陰，俟其登岸，再行出擊。果天奪其魄，於大炮儘力轟臺之後，見我兵寂無動靜，即蜂擁而上，踰隄搶臺，則退伏山陰之兵，奮力馳往，與決死戰，勝負尚未可定。第法教士在定多年，法船來定多次，必深知五奎山周圍僅止里許，四面環海，絕地孤懸。萬一逞其狡謀，轟臺之後，不遽上山，先於大渠、吉祥兩門，闖進數船，繞山轟擊。山陰亦毫無障蔽，不能隱伏一人，且石多土少，不能穴隧，兵勇進退無路，敵彈如雨，祇能坐以待斃。所有內地防軍，限於隔海，臨事不能赴援，此大可慮也。兵家先計敗，後計勝。倘該山一有挫衄，內地居民必頓生驚擾，在防軍心因之搖動，貽害大局，豈堪設想！

錦泉等身膺重任，不能不力求穩著，再四會同審量。五奎山礮臺，果有六百磅子鋼礮四五尊，能擊敵船於十里之外，彼以礮來，我以礮往，於礮上用功練準以角勝負，豈不甚善？無如該臺礮位，彈小而不能擊遠。反覆籌思，與其困守絕地，有用之兵，有用之礮，均付之孤注一擲，不若及早變計，移礮分置老岸隄上，該山兵勇，隨礮守隄，有益防局之為得也。五奎山，海中小嶼，毫無依傍，以兵據守，不過僥倖萬一之計。如老岸有得力之礮，互相遙守，守較穩而無害。今擬移三礮分置東隄，移兩礮分置西隄，趕築土臺五座，計椿石工匠之費，每臺不過洋銀五百餘圓。工作以兵勇任之，半月可望告成。如敵船闖至五奎山前洋面，東西隄礮交互對擊，使不得停泊；敵船闖進山後內洋，即藉隄礮扼擊，使不得直撲老岸。一轉移間，五奎山仍守而不棄。老岸增此礮力兵力，防局更固。該臺礮位與現派駐臺兵勇，移守老岸，雖敵勢甚猛，決無先敗之虞。則內地民心，不至震懼，軍氣不至沮喪。並擬於該臺置土礮兩尊，於該山徧窖地雷，於現築土城土隄內，虛張旂幟，選派善泅者二十人，埋伏山內。敵至之時，臺內仍開礮誘敵，使其儘力轟擊，多耗藥彈。敵如踰濠越隄，登岸搶臺，即齊發地雷以殲之，可操勝算。如能獲一小勝，則內地之軍氣倍壯，民心愈安。其利害得失，不待智者而自決矣。

錦泉等愚昧之見，以現在兵礮扼守五奎山，於防局無甚大利。如五奎山一有挫失，必至貽害全防，所關並非淺鮮。其所以未敢輕請變通辦理者，因該山礮臺創造有年，該山兵勇又係郭前鎮咨定派撥，未便率意更張。兹幸巡閱到定，謹請復加察勘，並具說帖一扣，乞即據情轉呈撫院憲鑒核。是否有當？恭候裁示遵行。

稟撫院劉定海法教士業已遷去照錄函件呈請察核由

大人閣下，敬稟者：竊查定海天主教堂擬令遷移一事，經職道迭次函致英國領事官固威林，俾轉告法國主教趙保禄，峻詞婉喻，百方開導。而趙保禄來函，與貽定海廳陳丞書，語多蠻横，隱寓恫喝挾制之意。職道以稍示鬆懈，則彼欲益張。須使知我意百折不回，則彼未嘗不因疑生餒，於是持之益堅，與領事等往返辨論，筆舌兼施，剛柔互用。且再三申明不能保護之說，復隨時設法旁敲側擊，中其所忌，相持復一月有餘。

迨八月下旬，職道與領事等談及將赴定海，忽於起程之前一日，由英領事送驗憑單三紙，乃係法主教遣意、比二國教士，往定海代法教士看守堂屋者。職道抵定海，詢之成守陳丞，據稱法教士似知職道將到，甫於昨夜盡數遷去，僅來意、比二國男女教士三人，在堂看守。蓋定海居民入教者有二千餘人，法教士未去之時，每日糾教民二百，在天主堂内操演，槍聲遠震，殊屬可慮。今則庭戶闃然，官民無不慶忭等語。職道已飭陳丞等選派老成兵役，分住堂内，名為保護，亦藉以兼察動靜。

職道昨晤英領事，甚稱此事辦理得法，頗為心折。刻下法教士既離定海，教民無所附麗，自無意外之虞，堪紓憲廑。謹將法主教來函，及與英領事往返函件，摘要録呈鈞鑒，肅稟。恭請崇安，伏惟垂察。職道福成謹稟。

計抄呈清摺一扣。

光緒十年九月初四日。

稟撫院劉遵飭勘辦梅墟釘樁事宜由

大人閣下，敬稟者：竊職道前接劉令頌年電稱奉憲台面諭梅墟釘樁事宜，應即速辦。旋因劉令道經上海，職道函致江海關邵道，俾劉令親赴吳淞，詳細察勘辦理情形。迨劉令由滬回甬，職道與甯波府宗守詢知梗概，復屬劉令將地形水勢、庀材租器各事，確切考究，通盤籌畫。因梅墟地勢與鎮海口門稍異，故擬仿廣東、吳淞之法，不釘叢椿而釘聯椿。茲據宗守送到節略，並繪呈圖式，雖核之初議，不無稍為變通之處，而大致可期堅穩適用，不至虛糜帑項。

昨聞劉令轉述鈞諭，叢釘不如散釘之妙。此中布置，具有深意。惟內地松椿，根粗梢細，長至四五丈，不能上下均齊，根根峭直，以之散釘，恐難得力。查吳淞口係用十五六寸見方根梢一律之洋木散釘，其力頗為堅實。若仿其制，似尚合宜。現量梅墟江面，寬一百十餘丈，除淺處不釘外，以九十丈江面計之，中留口門約十六丈，共釘七十四丈。兩邊各釘三十七丈，即仿吳淞之式，每隔一丈，對釘兩巨椿，約需椿木一百四十八根。又口門兩邊各直排五對，亦每間一丈釘一對，計需椿木二十根。又各斜釘六對，俾成勾股之形，以壯椿力，計需椿木二十四根。凡對椿之間，各留空處橫嵌一椿，鋪以平板，人行其上，如橋面之式，用粗長熟鐵條穿釘其兩頭，另以鐵螺絲鈴緊，使三木聯而為一，計需橫椿木共二十六根。總計需用巨椿二百十八根。擬選購呂宋鐵槽木，即俗所呼硬木者用之，每根見方十二寸，長約四丈。緣測量梅墟江中水勢，潮漲時水深不過二丈以內。四丈長之椿，以二丈入土，二丈在水，潮退時水面可露數尺，潮漲時椿與水平，足拒敵艦矣。此項硬木，劉令在上海洋行確詢價值，每根連運甬水腳，約規平銀二十兩，計二百十八根，需規平銀四千三百餘兩。租用椿架兩三副，每架僱工人兩三名，其幫打並拖運木植粗重等事，概用梅墟兩岸營勇。又需熟鐵條二三百根，鐵螺絲五六百對。總計椿木與椿架、鐵料等項，一概在內，約需規平銀五千兩。較之內地松椿每叢百根之經費，亦大略相等。

如此則需費並不加多而辦法約有數善：每間一丈，散釘兩巨椿，上嵌橫木，無論大小船皆不能過，除口門沈船外，可省椿縫沈船之費，一善也；叢椿百枝，椿縫沈船，激怒水勢，鎮海口門，兩岸皆有高山，故行舟溜險之外，尚無他患，若梅墟兩岸平疇，水怒必傷隄岸，今散椿形如木橋，水勢無激怒之虞，亦無阻遏之患，二善也；叢椿沈船，雖相依傍，而仍各自為力，今每邊三十七丈，與口門之直排斜排，皆有横嵌之巨木，又有穿鈐之鐵條，聯成一片，其力愈覺厚不可搖，三善也。有此三善，且與散釘之憲諭相合。前與統領親兵小隊等營錢鎮玉興晤商，亦頗以為然。查梅墟有礮臺四座，其在上游兩岸者，謂之上礮臺；在下游兩岸者，謂之下礮臺。今於上下礮臺居中之處釘樁，最為扼要。即以礮臺護樁，礮力所及，彌形穩固。此事經職道與宗守籌商考訂，不厭精詳，漸得竅要。而經營相度，皆係劉令之力。

查劉令明幹耐勞，練達時務，若令一手承辦，必能切實經理。職道與宗守意見相同，擬即責成劉令始終其事，仍由職道與宗守隨時督率考覈。其工程大端，如尚有須斟酌盡善之處，亦遇事妥商辦理。又職道接奉函諭，梅墟釘樁准照所擬核實辦理。是事機所在，不必再緩。而購辦木料，必須一次整運，較為合算。擬即檄令甯釐局將現估釘樁經費，發給劉令，實用實銷，以期無誤要防。再吴淞用十五六寸見方之木，及火輪樁架，其費更大。茲擬用尋常機器架木，僅十二寸見方，費較撙節。合併聲明，所有梅墟釘樁事宜，謹繪圖肅稟具陳。恭請鈞安，伏惟垂鑒。職道福成謹稟。

附呈釘樁圖式一紙。

光緒十年十月二十九日。

釘樁有二法：一曰叢樁，一曰聯樁。鎮海口門所釘者叢樁也。此則仿照廣東吴淞之式，議釘聯樁，厥後因經費不敷，未及舉辦。録此以存籌釘聯樁之梗概。附識。

稟南洋大臣兩江督院曾 澄馭兩船在石浦沈没開琛瑞三船應如何進止請飭遵由

宫保大人爵前，敬稟者：竊於本月初四日，據石浦廳同知黄貽橋、象山縣知縣鄒文沅先後稟稱：光緒十年十二月二十九日，法船七艘追逐南洋援臺兵輪，分泊石浦潭頭山洋面。澄慶、馭遠兩兵輪，被逼入港，停泊天后宫前。三十日夜四鼓，我兵輪與法船相拒，礮聲不絕。至十一年正月初一日辰刻，探報兩輪已相繼沈没。同泊商漁等船數十號，及地方兵民，均相安無事等情到道。伏查開濟、南瑞、南琛三船，於除夕四更駛入鎮海口內，彼時尚不知澄、馭二船下落。迨正月初二日，始聞有在石浦被圍之信。職道一面電請浙撫憲劉就近電撥防軍一營，馳往石浦，會同象石練軍，以張聲援。復挑選道署衛安勇五十名，甯波府署巡防勇四十名，交石浦都司鄭碧山帶往，以備策應照料。復札飭石浦廳象山縣設法接濟煤糧，許其報明支款。原冀稍與相持，敵船不熟水道，煤盡而退，則兩船尚可保全。無如石浦距甯波三百餘里，又隔於海汊，必須水陸兼行，聲息不能驟達。援軍星夜拔隊，非初四五日不能馳到。而二船已於初一日沈没，竟不能拒守數日以待援應，殊深惋惜。現聞該船勇丁各攜十六門後膛槍，登岸四散，而此二船幸未毀壞。查該船及船中克鹿卜礮位，與各項要件，當時製備之初，用費數十萬金。今雖沈水，將來用吸水大機器浮出，尚堪駛用。若該將弁等竟自棄去，則沿海貧民漁戶及台郡匪徒必來乘機搬竊物件，拆毀船板，即地方官亦不能兼顧。應請嚴檄責成該二船將弁等勿徑棄去，妥為看守，徐籌浮駛之法。

頃又據象山鄒令稟報，初三日午刻，石浦口外法船七號，悉數南行，開往臺溫洋面。似因該處謠傳開濟等三船奔向溫州，故法船特往尋擊； 尋之不得，難保不去而復來。然彼在海嶼四路招尋，亦必有十數日或五六日耽誤。此時三輪遵照電諭，乘隙駛回上海，或徑回江陰，最為穩慎。若再遷延，恐又被敵攔截。無如統領吳鎮既赴石浦，該三船管駕又以不敢自主為辭，且因數日以來，時有謠傳佘山尚有兩法船之説，故職道亦未便强之使行。惟目下確知法船大隊既已南行，若法僅留一二船在佘山等處，其勢甚孤，且不過巡瞭送信之船，亦未可定。從前法人聞援船既出，不敢不結大隊而行，今則其氣甚驕，故敢零星散布洋面。兵法進退、虛實、屈伸、緩急機宜，使敵莫測。開、琛、瑞三船，本皆係碰快之精艦，倘見敵船小而少，儘可乘其畸零，擊其驕惰。比法大隊聞知，而我船早已收入口內。即能覆其一二巡船，亦足稍令我軍增氣，而償澄馭兩船之失。萬一不願與彼交鋒，則燒足煤火，裝齊子藥，黑夜潛駛。佘山即有法船，自知勢孤，未必敢追，即追亦未必能得利也。職道仍當隨時代為確探，若果有危險之處，必不迫使出口； 若有隙可乘，即當恪遵電諭妥為勸導。然勸而見聽，尚難豫定。如有指揮進止之處，均求鈞電徑飭該統領管駕等施行。是否之處，伏候鈞裁。恭請崇安。職道福成謹稟。

光緒十一年正月初五日。

稟撫院劉 法船在口米船不到請招商運米免收釐稅由

大人閣下，敬稟者：竊查甯郡地處海濱，產米無多，向藉江蘇鎮江等處及浙西各屬，販運接濟。承平無事之時，年須進口一二百萬石，方敷民食。刻下法船臨泊口外，水陸接仗，蘇商米船不到，糧價日昂，鎮海尤甚。聞一鋪甫開，釜秉駢湊，頃刻已盡。當此大軍雲集，足食為先。雖正月十五、十七日兩次獲勝，已挫凶鋒，第恐狂寇相持不退，則各營計口授食，不能一日缺乏，必須及早圖度，以定民志而固軍心。職道與甯波府宗守再三商酌，祇緣無款可籌，不能派員採辦，因邀集紳董籌議招商販運，一面分檄紹台各屬，勸諭商船販米來甬。成效如何，尚無把握。應請憲台咨明江蘇、江西撫憲，轉飭各屬遵照曉示商民：或由內河販運，經過各關卡，運甯米船，持有護照，免收釐稅，即便查驗放行。一面檄飭杭嘉湖衢嚴等產米各屬，出示招商，一體遵辦。倘有殷商富戶，同心敵愾，樂為捐助，並乞俯准立案，量予給獎。以期踴躍輸將，防務幸甚！再米糧一項，浙省並不抽收釐稅，蘇省如何辦理，應否奏免？並候憲裁。肅此恭請鈞安。職道福成謹稟。

光緒十一年正月二十日。

稟南北洋大臣督撫院 夾單

敬稟者：竊照法船侵犯鎮海，先後接仗，業將沈船塞口，禁止往來各情形，稟陳憲鑒在案。自照會曉諭以後，美國領事司提文，屢次函請欲准江表商輪停泊口外之虎蹲山，卸客起貨，駁船盤運，並擬親自往接，保護通商。面與職道再三商論，且云前次德國商船來甯，曾據法船謂此來並不欲擾商務，自可照常往來等語，曉聒不已。而華商關照等船，亦皆滿載貨物，群聚關前，以待報驗出口。據稅務司葛顯禮節次函稱，似可准予進出。職道當與甯波府宗守，營務處杜丞，及洋務委員李圭，反覆討論，仔細籌商。竊思所以禁阻船隻往來者，一恐與法船交接，知我口內軍情，遞傳消息；一恐交戰之時，商船進出，或致誤傷，轉生枝節。蓋為慎重防務，杜絕奸宄起見，而甬滬聲氣隔斷，商貨不通，民之生機將絕，受困亦實不少。今寶順一船，尚未沈下。原期將來開通較易，而華船之小者，於口門尚可往來。中外商民，日望准行，其情甚急。日來商漁小艇，或有進出，尤難一律禁止。若必開礮轟擊以警懼之，於心固有未安，且恐驅貧窮失業之漁戶船戶，為敵所用，亦屬非計。美領事前稱願令商輪不與法船稍通言語，令權衡輕重，似可略與變通。現經商定如有華船問及，令杜丞勸以勿走，有願走者，亦不甚禁阻，並與言明如遇開仗誤擊，或守候耽誤，皆無可歸怨。至美領事欲以江表至虎蹲山外，搭卸客貨一節，如不再來諄請，則我固可勿提。倘竟援華船之例，再來饒舌，則告以交仗之際，礮彈誤傷，與我中國無干，夜間仍不能行船，亦不得與法船交接。如願遵議，姑予准行。一面令杜丞通知礮臺兵輪，夜間加意嚴防，無論何船駛來，仍即開礮轟擊，勿稍懈忽。如此辦法，似於防務、商務，皆無妨礙。既可扼注餉源，亦顧商民生計，更無慮洋人之藉口矣。職道與宗守等籌議，意見相同，稅務司葛顯禮亦甚以為然。謹將鎮口往來船隻，略示變通辦理緣由，肅稟具陳，是否有當？仰祈察核，訓示遵行。恭請崇安，伏惟垂鑒。職道福成謹稟。

光緒十一年二月初四日。

北洋大臣批：據稟鎮海往來船隻，略示變通辦法，以免商民失業，所籌甚是。現在中法定議停戰，和局將成。惟條款未定之先，仍應嚴加防備。如夜間口門以外無論商輪民船，不令行走，方足以昭慎重。此繳。

稟南北洋大臣督撫院為在上海禁阻法船領港人給酬銀兩由

宮保、中堂大人閣下，敬稟者：竊查法船兩次攻犯鎮海，經我軍奮勇轟擊，該船受傷卻退，連日惟於洋面游弋，去來無定，時對小港開放數礮，別無舉動。此次雖由各軍戒備謹嚴，亦賴金雞、招寶兩山扼險，虎蹲山兀峙其前，敵人未諳沙線，是以未敢輕犯口門。職道日前訪聞有英、美、德國之人，經法船僱為嚮導。當經照會領事，請其電致駐滬總領事，設法撤回。旋據照覆，或稱查無其事，或稱自甘脫籍，不能禁止等語。竊思敵人遠來，海口情形未悉，必須僱募領港，則禁阻領港之人，實為第一要著。初聞法人在滬，以重資購覓引水，即經電請江海關邵道，設法禁阻。嗣據電復，探得孤拔以按月洋銀八百圓，商僱精於浙洋之英德兩人，遇難許給恤銀三萬兩，已派員勸止。據云訂留兩人，須總酬兩千金，願立保永不助敵。當經電陳撫憲、憲台諭示照辦。並又電致邵道，查明英人名郝爾，德人名貝倫，均係領有執照，曾充甬江引水十餘年，滬關稅司盛稱其聲望。兩人謂熟悉浙洋而有執照者僅四人，其二經職道於去秋僱定，月需經費洋銀三百圓，稟准照給。其餘即此二人，已由西國律師溫來德經手，訂立合同畫押，酬銀二千兩，加律師勞金四十兩，由邵道墊給。今將洋文合同二紙，並抄譯原文，及委員商訂情形，錄摺函覆前來已稟請撫憲轉飭撥款歸墊，應請憲台轉飭甯釐局撥款解交歸墊。現聞孤拔與巴德諾脫立意欲奪避入鎮口之三輪，苦心竭力，招覓引水，苦無好手。其次者索價至五六萬金，迄無成議。果能杜絕引水之受僱，則無異去敵之耳目。雖有堅船利礮，其伎倆亦稍窮矣。肅此稟陳，並將合同原文、商訂情形、英美各領事往來照會，錄呈憲鑒，仰祈察核示遵。除稟南北洋大臣，暨撫督憲外，恭請崇安。職道福成謹稟。

謹錄呈往來照會函件清摺一扣，合同原文、商訂情形清摺一扣。

光緒十一年二月十一日。

督院批：所辦甚好。去年法船初來闖口，即由滬雇得帶水一人，階之厲也。據請撥款歸墊，仰候撫部院核示遵行，並候南北洋大臣批示。繳清摺存。

稟撫院劉陳明鎮海撤防後宜添築堅臺並購巨礮由

大人閣下，敬稟者：竊惟防海之要，首在建築礮臺，購置大礮，可以扼據形勢，四面轟擊，使敵人不敢近岸；然後輔之以兵輪，阻之以巨樁，護之以水陸勁旅，則雖大敵當前，而不為所撼。查鎮海南北兩岸大小礮臺，共十餘處，洋土各礮，共七十餘尊，布置已極周密。然礮力皆難及遠，大抵專備擊近口之敵船所用，而無可攻十里外者。惟招寶山威遠礮臺，係升任撫憲楊於光緒二年相度建造，規模較鉅。計用經費銀三萬八千兩，臺內購存德國博洪廠後膛螺絲鋼礮一尊，彈重二百四十磅，彈路及八里，可以洞穿鐵甲。其次則僅有英國瓦瓦斯前膛鋼礮一尊，彈重八十磅，以禦鐵甲，力已嫌其小矣。職道去年屢至鎮海，察勘防務，一切皆確有可恃，惟以大礮無多用為隱慮。此次法船犯口，幸賴憲台先機籌布，措注精嚴，提軍門亦老於軍事，從容應敵，佐以同知杜冠英、都司吴杰等之講求有素，臨事輯睦，遂能力挫兇鋒，守禦完固。而浙東士民，亦頗追思升任楊撫憲十年前創造之功，相與感頌不置。然使南岸有堅鉅礮臺，更得大礮數尊，則摧敵之功，或當不止如此。竊查天津大沽北塘礮臺，備擊鐵艦之礮，不下數十尊。所以建威銷萌，使狂寇趑趄而不敢進。若得力之礮僅有一尊，聲勢固覺稍單，幸而一發即中，敵船受傷旋退。又得開、琛、瑞三船合力抵禦，遂成卻敵之功，固非事前所能豫必也。刻下和局可成，法船將退，人未忘戰，將士於閱歷之餘，方將互證心得。似宜乘此機會，考校利病，相機建置，務使全浙門戶永臻穩固。大凡籌防募勇等事，皆事畢即散，不過備一時之用。惟築臺購礮，最為切實經久，有一分工力，必有一分明效，可以垂諸久遠，使後來受無窮之益。

職道詳察形勢，鎮海口外，即古之蛟門，夙稱天險；招寶、金雞兩山，雄踞南北岸，口門外數里，則虎蹲山、游山兀峙於前，復有潮汐消漲之異勢，險礁暗沙之分佈，故洋人每論南北洋各口，亦稱鎮海為天然形勝。惟北岸威遠礮臺，尚須增添大礮。南岸自金雞山以南，至小港口、笠山等處，沿海數十里，一望平沙，海面深闊。從前鄭成功、英吉利攻浙，皆從此登岸。小港口鎮遠礮臺，去歲提軍門以其地勢孤危，遂將礮位九尊遷入烏龍岡、沙蟹嶺兩處。今春於空臺四旁，多埋地雷，備敵登岸，與之鏖戰。良以臺身較小，難當敵礮，不得已而出此也。法船在游山、金塘之間，幾及三月。論者謂小港若有堅實礮臺，及能洞穿鐵甲之大礮數尊，注定轟擊，可驅法船出數十里外。彼既無地駐泊，其勢自難持久。職道管見，俟法船退後，似宜於招寶山威遠礮臺添置大礮兩三尊；

於小港口之笠山建造大礮臺一座，購置大礮三四尊。豫備專攻鐵甲，不惜工費，期於精整。如此則大臺為小臺之障，而小臺亦收夾擊之功；邊礮與主礮相依，而邊礮亦獲近攻之益。南北兩路，互相應援，聲威雄壯，無隙可乘矣。

前奉鈞檄，飭職道督同甯波府籌辦海防捐輸，節經陳守邀集郡紳勸認捐款，各紳初以庚辰俄警書捐洋銀六萬圓，原議籌辦本地防務，後稍撥歸他用，未孚眾志，且近年商務蕭索，不無為難之意。幸賴陳守條理精詳，聯絡得法，盡心勸勉，漸有端倪。職道每晤二三巨紳，亦微動以如集款稍多，可議建臺添礮，為甬防策萬全之意，各紳聞之，頗覺欣然。現據陳守稱甯郡五縣，與定海一廳，擬勸捐洋銀二十二萬五千圓，而絲茶、洋藥、鹽店、錢當鋪、牙帖等捐，尚不在內，合之似可得洋銀三四十萬圓之譜。若能收繳齊全，其成數尚有可觀。夫辦捐本為海防，而籌防宜計長久，可否仰求憲台專案奏明，准於甯屬各捐項下，統提三成，留作海口築臺購礮經費。屆時如有不敷，再為另籌。所提之款，於收捐之際，按成核扣，儲存甯釐局，並飭下省局，日後不得將此項移作防餉，地方官雖有緊要公事，更不得稟請挪用。郡紳知憲台綢繆未雨，永庇浙民之意，必且踴躍書捐，不致如前次之延宕歲月，措繳不齊。是一舉而防務、捐務兩有裨益也。

杜丞、吳都司於鎮海各礮臺，始終其事，均已確著成效。以後建築礮臺工程，似應仍歸杜丞一手經理。管守礮臺諸務，仍責成吳都司一人。杜丞樸練耐苦，事必躬親，吳都司血誠奮勇，勤於操演，均能不負委任。職道仍當會商提軍門，隨時督率查核，不敢瞻狥諉卸。至防海新論凡築礮臺之法，皆宜低宜暗藏。而近來德國最新之式，專因高山為基，不用礮門，可以四面轟擊，不用太平蓋，可免壓重塌陷，礮制亦比前更精，敵礮既難仰攻，雖顯露而無害。旅順黄金山礮臺，大抵仿之。茲事本非倉猝可就，捐款亦非一時可齊，極宜從容商榷，詳究地形沙線礮路自然之勢，購求式樣，繪具圖說，博訪眾論，詢謀僉同，然後可以定局。抑或求憲台巡閱浙東之便，相度機宜，集思廣益，勘定基址，及一切規制，更昭妥協。又查洋礮以克鹿卜為最精，近則阿姆斯脫郎，功用幾與相埒，而博洪瓦瓦斯等礮稍次之。惟礮彈及放礮之法，各有不同，須指名專購一種，以便礮手易於演習，緩急可以移調。即局製子彈，亦易昭畫一。應請鈞裁臨時酌定。

現值各國環伺，時艱孔棘，中外交涉既繁，即爭端未能盡弭。即以近事而論，如津案，滇案，球案，俄案，臺灣生番之案，越南之案，朝鮮之案，無一兩年不申警海防者。今法約雖定，而隱患方長。倘蒙憲台懲前毖後，規畫全局，經營武備，保障巖疆，則功德之留貽，永垂於勿替矣！職道忝任備兵，職當防海，一得之慮，不敢不盡其愚，伏祈俯賜裁擇。專肅泐稟，恭叩崇安，統惟垂鑒。

職道福成謹稟。

光緒十一年四月十三日。

院批：據稟此次撤防後，鎮口宜添修堅臺，並購巨礮等情，所見甚是。本部院忝撫此邦，既經歷此番戰事，亦欲為浙防圖久長之策。通計須添購三百磅以上長彈鋼礮一樣十尊，以三尊益招寶，兩尊益金雞，兩尊益小港，三尊益定海。騰出招寶金雞八十磅四十磅礮，分移温乍兩防。其小港礮臺，並宜設法相地堅築，以顧口門南路。惟現在餉需竭蹶，去年京餉，所欠尚鉅；今年藩運兩庫京餉，尚未報解絲毫，本省月餉，現已難支。將來遣撤補給欠餉，需款尤鉅。鎮口應辦事宜，目前無力兼顧。惟據稱甯郡捐輸，可集至洋銀三四十萬。如果能於釐捐之外，湊捐此數，應准如來稟以七成提充軍餉，其餘三成准留甯郡為購礮建臺之用。如有不敷，再行陸續籌撥，總期辦理妥善為止。捐款收齊，立即購礮動工，決無挪移別用之慮。應由該道府曉諭甯紳，努力輸將，無稍觀望延誤。至西洋礮臺，新式日出，臺仿何式？礮購何種？屆時該道可博訪周諮，督同杜丞妥為製購，以收實效，抑本部院更有說焉。臺以堅為貴，礮以巨為貴。若守臺之人，無必死之心，則有臺與無臺同；放礮之人，無命中之技，則有礮與無礮同。遽謂一臺一礮實操卻敵之券，未免言之太易。總之戰陣之事，全在將領得人，平時訓練，臨時堅忍，佐以堅臺巨礮，戰守稍有幾分把握。然兵凶戰危，敵情萬變，若據今日已然之陳迹，謂可必操他日之勝算，尚非真知兵者也。嘉該道留心防務，將來會有獨當一面之時，故不憚為之進一解焉。仰即遵照，切切！此繳。

稟撫院劉 勘定鎮海口門築臺添礮事宜由

大人閣下，敬稟者： 竊職道接奉鈞札内開，前據該道建議辦理鎮海善後事宜，現在礮已購定，所有築臺自應豫為布置，以免礮到無所安置。合亟札飭，札到該道即便查照，督飭杜守周諮博訪，妥籌辦理，務須堅益求堅，精益求精。仍將遵辦緣由，先行稟復察奪，毋違等因。又准防軍支應局移開，職道前轉杜守稟鎮海礮臺及元凱、超武兩輪應用礮位，並購礮水腳等請示緣由。奉憲批查元凱等船安設礮位，應由該道酌辦，仰防軍支應局，將省城所購克鹿卜礮合同廠單照抄一分，移知查照等因。奉此，當經陸續札行營務處杜守妥籌遵辦。職道意計所及，復與杜守往返函商，務求衷於至當。職道於本月十二日馳赴鎮海，會同統領親兵小隊等營錢提督玉興及杜守冠英等，徧歷招寶山、小金雞山、安遠礮臺，暨小港口之笠山臺等處，周覽形勢，商度機宜，意見大致相同。當屬杜守先將擬議辦法詳細叙明，以備轉稟。十三日傍晚回抵郡城，旋據杜守稟明大略情形，請以購礮、築臺、添礮三項為次第，分作三次置辦，庶冀經費有著，不致工廢半途等語。職道查核省局移到合同廠單，現已由上海地亞士洋行，訂購二十一生的邁當八寸徑口十三噸半重克鹿卜新式後膛鋼礮五尊，二十四生的邁當十寸徑口二十噸零七五重克鹿卜新式後膛鋼礮二尊。則此時宜先就此項大礮，豫籌築臺布置之法，以免臨時不及措手。其餘應辦事宜，量其緩急，逐漸經營。人力財力不致竭蹶，則雖勿求速效，而必可有成。茲就杜守所擬斟酌緩急，釐定先後次第，分為首要、次要、又次要三端，伏候憲台察覈，批示遵行。

查鎮海口門形勢，右金雞，左招寶，而金雞山前麓海中有石磯一座，名曰小金雞山，與招寶山下安遠炮臺旁之石磯相對，江面最狹，去歲椿船水雷即設其前。現擬於二石磯之上，安置二十一生的克鹿卜鋼礮各一尊。其礮洞須開前後礮門，礮床或用兩頭千觔柱，鐵路六條，如輪船礮架式樣； 或用當中千觔柱，下安旋轉鐵路，如小港臺舊置四十磅克鹿卜礮床式樣。以便攻前擊後，防敵船於和戰未定之先混駛入口，開戰時反從內攻出，我礮外向，不能回擊，如去歲馬江覆轍。此亦事機之切要者。

招寶山為鎮海縣城屏蔽，右江左海。從前建築威遠礮臺，兼顧前左右三面，惜僅置二百磅子博洪礮一尊，餘皆光膛生鐵礮，不能及遠。雖正月十五、十七日兩戰，憑仗國威，連燬敵船，究嫌礮位太單，不無僥倖。現擬於下層靠北山腳，添置二十一生的克鹿卜鋼礮兩尊，該處地勢過低，必須用石甃砌，倘嫌稍窄，即將下層小炮洞拆去一間，便可敷用。其上層原有二百磅礮一尊，前因兼顧三面，故礮門寬一丈一尺。今既添置兩礮，則此一門宜加鑲鐵板，門框改小一半。營房礮洞三合土亦宜加高，以臻完密。又小港口為南岸最易登陸之區，舊建鎮遠礮臺，僅用經費銀六千數百兩，且無大礮。本年敵船停泊游山，距該臺不及四里，未使受創，既屬可惜，被其攻逼，亦復可危。該臺東北半里之笠山頂，有前明禦倭小礮臺舊址，惟太嫌窄狹，擬稍鑿之使平，展之使寬，築一堅實閎整之大礮臺，以二十四生的克鹿卜鋼礮二尊，二十一生的克鹿卜鋼礮一尊，安置其上。礮臺前面鐵板須二尺厚，硬木須四尺厚，營房用三合土，如礮臺式。其由小港口至金雞山，地形散漫。請照杜守前議，於北面濱海一帶，飭令營勇堆築寬六丈高三丈土隄一道；南面臨河一帶，堆築寬三丈高一丈六尺土隄一道。如此則南岸四周無隙，鞏如磐石，敵既不能登岸偷襲，而守臺弁兵更資膽壯。至笠山礮臺前面之隄，尤須格外加工。隄內再起土牆一道，務使臺身隱於隄牆之內，不過稍露臺頂，即置礮之所，亦不妨受隄遮蔽，稍令與隄面相準。蓋放礮時本須稍仰，則礮子仍可越隄而出。敵船在海面，形勢稍低，仰而攻臺，既為隄牆所隔，斷難命中。臺之四旁空隙處或多堆土阜，作為疑臺，以亂敵之耳目。長隄上不當出礮之處，間栽竹柳，以蔽敵之瞭望。敵若欲轟擊全臺，必先以礮力攻去大隄，而所耗藥彈固已不貲，且隄亦豈能遽去。

竊觀笠山地勢，較之招寶山尤為扼要當衝。此處既置大礮，則外而蛟門、金塘洋面，內而游山、虎蹲、招寶，皆可兼顧，使敵船不敢近泊口門，所慮迫臨前敵，稍覺孤危。敵若以精艦巨礮萃攻我臺，易遭摧毀。去歲提軍門撤徙鎮遠臺中礮位，僅留空臺，蓋亦不得已之舉。今與杜守等商得以隄護臺，以礮護隄之法，且別搆堅臺，備鉅礮，是可收設險應敵之利，而無淺露受攻之弊。以上所擬，先將已訂大礮七尊安置妥帖，而大局似形穩固。將來一有海警，當以笠山大礮臺為第一重門戶，而招寶山居第二重，小金雞、安遠兩礮臺尤在後路，扼守口門，輔以椿船，助以水雷，更無罅漏可入。蓋數處礮臺，分之則自為戰守，合之仍連環呼應。此首要工程也。

招寶山雖有大礮三尊，必有中礮以資夾輔，乃能使敵應接不暇。舊置生鐵礮四尊，彈路遠僅三里；瓦瓦斯後膛四十磅礮二尊，亦嫌過小。應請購換一百二十磅克鹿卜鋼礮六尊，分布稍周，則捍禦得勁。小港口雖造笠山大臺，其鎮遠舊臺宜加鑲木框，及八寸厚鐵板鐵門，並請添購八十磅克鹿卜鋼礮五尊，分置臺上，以作笠山護衛，並可彌縫大臺之闕。此次要工程也。

杜守又稱笠山築臺，兼顧三面，形勢與招寶山相似，而水勢不同。蓋招寶之前，虎蹲以北，淺沙礁石相間，惟中泓深處可容輪船，即虎蹲南面，亦祇容一船直駛。鐵甲船身笨重，難近礮臺。今笠山外洋面遼闊，八寸厚鐵甲可以環集來攻。查八寸厚鐵甲，能載六百磅子大礮，我不可無以應之。似應添購三十生的克鹿卜大礮一尊，以備抵禦。此說所慮亦遠，倘限於經費，驟難舉行，似宜於築臺時豫籌基址，稍有餘力，即便購辦。又杜守前稟超武、元凱兩輪應備之礮，所籌亦尚切實。惟小金雞、安遠兩臺，實足抵兩大兵輪之用，若礮臺、兵輪同時並舉，又恐力有不及。自應先儘口門盡力營度，其兩輪暫用舊有之礮，一俟餉力稍紓，續為經理。此又次要工程也。

綜此三端，約計新造笠山、小金雞、安遠礮臺，及修築招寶、小港等處舊臺，需費銀二十萬兩左右；添置招寶山一百二十磅克鹿卜礮六尊，約銀五萬兩；添置小港口八十磅克鹿卜礮五尊，約銀三萬數千兩；添置笠山大臺三十生的克鹿卜礮一尊，及元凱、超武購二百磅子克鹿卜礮三尊，哈乞克司五管格林礮十六尊，約需銀十三四萬兩。總共約用銀四十五萬兩，似可蕆此工矣。

論防務則此皆關緊要，論籌費則不能不分先後。擬請憲台專案奏明，指撥的款，分年辦理，庶無躐等而進之光緒十一年十月二十八日。

再稟撫院劉　夾單

敬再稟者：職道前以本關稅務司葛顯禮留心時事，於外洋防守海口事宜，素能講求，曾經函詢梗概，屬其代為考究。茲據葛稅務司送到駐倫敦稅務司金登幹及阿姆斯脱郎廠主兩函，並新創大礮所用藏形礮架説略一本，其大旨謂與其將礮位多尊安置一臺，莫若多設礮坑，置礮禦敵，既省造臺之費，而又以暗擊明，俾敵礮無從擊我，洵為守口良法。昨以此説函商杜守，旋據復稱阿姆斯脱郎藏形礮口徑八寸者，擬請添購三尊，一安饅頭山，一安金雞山，一安招寶山，挖坎藏置，旋轉轟擊，既可分敵船之勢，亦得收輔助之功等語。職道查守口以礮臺為主，然防敵艦之聚攻，總宜散而不宜合，宜隱而不宜顯。既省造臺之費，即可隨處分置，使敵應接不暇。饅頭山與笠山相連，其峰較大，在此掘坎置礮，敵所不覺，可與大臺收夾擊之效，而大臺亦資其護衛，將來裨益無窮。一俟築臺有緒，似即應綢繆及此。此亦當在次要工嫌，亦免闕費中輟之慮。惟是外洋築臺之式，皆視礮式以為衡，臺之遠近高低，與礮之輕重大小，莫不比較測量，故用之不爽尺寸。應請札飭防軍支應局速約地亞士洋行，派人赴鎮海與杜守面議礮床式樣，免致後來枘鑿不靈。計時似難再緩，克鹿卜礮七尊，明年冬間即可到滬，所有起礮碼頭，礮臺地基，均須於明春飭勇興築，繩索機具，亦須豫備。應派何營築臺，何營挑隄，亦須及早派定。至南北洋建築礮臺，現皆加意講求。杜守擬於明春乘坐元凱輪船，親往各口一觀，庶可考校以臻盡善。如蒙核准，似應仿照江南築臺章程，工料由防軍支應局遴派樸實廉幹之員承辦。其每臺應需若干，仍由杜守會同詳細估計，稟候示遵。一切督築事宜，均歸杜守經理，庶責成專而浮言亦少。茲據杜守所稟，詳加斟酌，復與統領親兵小隊等營錢提督籌商梗概，所見均無不協，用特覼縷陳之，謹候核奪施行，並求鈞座於開歲閲兵之便，赴鎮履勘，指示機宜，俾有遵循，更昭周妥。除小金雞、安遠礮臺情形已由杜守通稟外，肅泐寸稟。恭敂鈞安，伏惟垂鑒。職道福成謹稟。

程之列，如蒙核定購辦，容再函詢價值。倘該廠有人來甯，即令前赴省垣，與軍裝局商訂合同，以便與前購之礮辦法歸於畫一。

又據杜守稟稱甯局舊存石子礮藥，本年辦防，甚賴其用。就現添大礮七尊而論，石子礮藥一項，必須常備十萬磅，七星餅藥亦宜添購十萬磅。此外門火為最要之需，其種有二：一種横拉銅炸火，一種直拉卷紙銅絲火。去年託楊統領由天津取到數千枝，又向省局領到數千枝，並取上海、金陵所造者，分別試驗。大約中國所造上等者，過火十之八九，其次僅五六成可用，非火性上穿，即火力不到，只可備作操練之用。惟外洋所造，枝枝應手。春間開仗，係將外洋拉火，分給應用。應請及早向洋行購辦，以資備用等情前來。竊思火藥門火，與臺礮相輔並重，不宜缺少，是否應如杜守所請，飭局籌辦？伏候訓示遵行，再敂鈞安。福成謹又稟。

光緒十一年十月二十八日。

詳督撫院法國商民教士暫令不准進口辦理情形由

為詳復報事：本年十月二十九日，奉憲台、督憲楊札開，據福建通商局司道稟稱，竊准俄國書領事照會，敝署領事現聞甯道照會甯波口稅務司，不准法國傳教神父、神女再入甯境居住傳教，查法教士皆係安分，謹守教規，敝署領事因有代為保護之責，且恭讀上諭，亦有一體保護字樣。照會查照，希將甯紹台道照會不准法國傳教神父、神女入境居住傳教情形，煩為稟請札飭甯紹台道仍准該傳教男女入境居住，安分傳教等由。查此案業奉前憲台何咨行浙省在案，據稱前情，是否屬實，無從懸揣。或因該處民教一時實不能相安，地方官求保全之道，是以暫令該傳教男女毋庸入境，亦未可知。惟保護法國安分商民，前曾欽奉諭旨，理合據情稟請察核，俯賜咨會浙撫部院，並行甯紹台道轉飭地方官查明妥辦等情，到本部堂。據此，查此案前接俄國書領事照會，請飭甯波道府，務將法國在彼傳教神父、神女協同保護等由，當經何前部堂查案檄行甯波道府，移行遵照在案。茲據前情，合亟札飭，札到該道，立即督同甯波府，轉飭地方官查明妥辦，尅日詳復毋違等因。奉此，伏查甯郡地屬海疆，當閩江開戰之時，警報疊至，民心惶惑，愚悍喜事之輩，群相鼓煽，遂有拆毀教堂之謠。府縣聞信稟商，萬分焦灼。職道與兼理法事之英國領事固威林往返熟籌，遂令法教士暫移江北岸聚居。蓋甯郡城外之江北岸為通商碼頭，各國領事所居，有巡捕及練軍駐紮，足資彈壓，庶免彼此生事，實係保護之善法。即固領事來函，亦稱為情理兼至，是以稟明浙撫憲、憲台批准照辦。而法國駐甯主教趙保祿，頗疑地方官有藉辭驅逐之意，屢次投函，語多挾制。嗣以固領事再三開導，謂俟海防事竣，和議有成，即可各歸原處。且教堂屋宇，均有兵役為之守護，可緩急輕重，隨時措置。若愚民意在滋事，固當禁其囂張，倘教士桀黠不馴，亦當稍示裁抑。即如秋初，甯郡眾議洶洶，頗欲與教堂為難，經職道督率府縣，妥為勸導，遂得無事。而法主教趙保祿，終以遷居而未釋於懷，動引七月初六日諭旨以為要挾之地，復隱示若不遂其意，即當呼召法船到甬，以為恫喝之資。職道不為所動，明告以能受地方官約束，乃為安分守業，始得在保護之列，否則須照干與軍事例懲辦。趙保祿知不可撼，遂亦默然無言，而郡民信地方官之無所偏倚，所以尚能帖然。是持平正即保護之法，然法教士雖稱謹守教規，究與法人氣息相通。且其意亦何所底止，始則求聽其出入自如，繼且欲任其兵船往來而始快。趙保祿詭計百出，或因不能逞志於甯郡，冀借俄領事之言以肆其嘗試，此仍須據理審勢而拒之者也。前奉前憲台、督憲札行前因，又經申明保護之意，通飭各屬，一體剴切示諭，隨時查察，禁民滋事在案。奉札前因，除札飭甯波府轉飭查明妥辦，並容職道隨時督同稽察外，合將辦理大概情形，具文詳覆，仰祈憲台察核。除詳撫、督憲外，為此備由呈乞照詳施行，須至冊者。

光緒十年十一月初三日。

法釁既開，是年七月初六日諭旨，保護法國安分守業之教民。蓋所以靖愚民浮動之氣，不使藉端生事，即所以釋教民疑畏之心，不使激而為變也。此等措注，仁至義盡，隱裨全局，實非淺鮮。然桀黠之教士，藉為要挾之資，勢固難免。此在守土之官，所以應付之者，剛柔緩急，最難得訣。過於剛，則必致民教相攻，外敵方張，而内變先作矣。過於柔，則彼族之心，本無底止，始則求聽其出入自如，繼且隱與法船通聲息矣。馬江覆轍，豈堪再見！竊觀甲申之役，各口所以處置教士，或剛或柔，似未能盡愜人意。惟浙東所以待教士者，不惡而嚴，教士之設法以撼之，亦復不遺餘力。乃其勁氣内斂，識力堅定，頗具百折不回之概，所以能不動聲色，使教士教民氣讋心服，弭變無形，可云毫髮無遺憾矣。此其權衡曲當，不僅閱歷有得，良由學問中來。蕭穆識。

卷二　書牘

上劉中丞書

敬稟者：接奉賜函，謹聆壹是。福成於六月二十二日，馳赴鎮海，閲視釘樁工程。據杜丞面稱購運木料出山，甚費周折，又值連日風潮甚大，難以動手，甫於是日開工。又據云若十日無大風雨，中泓釘下數百枝，一切較有把握。水雷缺少之件，已託鼇局赴滬購買電氣箱七隻，不敷應用，亦函請省局速解三隻等語。福成回郡後，即電稟釘樁堵口情形，旋接鈞電，隨已錄告杜丞，並手書獎勉，催令迅速蕆工。茲因關係防務緊要各事，端緒較繁，請為鈞座縷晰陳之：

一、前電所稱水雷代沈船一節，係是釘樁工竣後辦法。今則因機器不多，人手不齊，又值風雨，樁難速釘，杜丞等連日封石版等船，以備釘樁之不及。然該船所索租價甚昂，輿情亦多不順。甯紳聞將封口，更為著急。宗守言其恐銀米來源一斷，內變先作，防海新論亦稱封口利弊相半。近日閩省封口較早，致船難出入，不無餘悔。福成原稟謂非到萬分緊急，不遽堵塞者，即是此意。且船石沈之甚易，起之較難。英美領事屢以為言，恐水道從此變壞。雖臨警時一切不顧，但慮前敵當慌忙之際，或受一虛驚而倉猝沈船，或敵艦偶過而匆遽塞石，則先自坐困，悔不可追。昨在鎮海，親自燃放水雷一枚，應手即發，聲勢震盪。若以十餘具排列口門二十丈中，據杜丞稱敵船不能飛越。倘慮毀一二船後，敵船在後者仍可衝進，則以水雷一疊二疊三疊四疊置於口門，雖需雷較多，而工價比沈船猶省十倍。竊料敵船如毀一二，其在後者必疑畏而不敢進矣。因提台頗形焦急，故為商一靈捷之法。今仍一面趕催釘樁，一面研考得失，俟憲函到時，再行詳覆。

一、釘樁經費，原稟需洋銀七千數百圓。前接提台來書，以樁工未能速成為慮，頗致疑於撥款之不應手。宗守亦言須豫購木料，逐漸搬運，不得不札局陸續發洋銀四千圓，仍面囑杜丞撙節動用。

一、甯郡裁減各用款，現奉鈞批，准歸併衛安營節省項下支銷，亟應遵辦。惟他項皆可歸併，其江北岸巡捕經費一款，為數較鉅，實屬不敷。此間洋務有勝於他埠者，惟江北岸巡捕房歸道管理，事權畫一，最裨大局。即如上海洋場，捕務歸洋人自辦，儼如異域，仍歲收捐數甚鉅，並聞江海關道歲貼籌防費錢二萬餘串。前者各領事有文到道，其意未嘗不思仍攬捕務，仿上海收捐之例。今若因經費稍絀，漸致公務竭蹶，則彼族藉口，更為有因。所以不揣冒昧，為再三之瀆，已另具詳文稍陳梗概。至衛安營經費之實數，久在憲台洞鑒之中，惟外間不知底蘊，即省局亦不能無疑義。福成到任伊始，無所庸其迴護，今另詳已據實直陳，請嗣後將節省一項，存在甯郡釐捐總局。道署但司核發，不司收支，庶免瓜田李下之嫌。如蒙將巡捕費一項，俯賜批准，大局幸甚！

一、福成未到甬時，頗疑衛安勇人數既寡，但能稍資巡防，未必可備戰守，私衷默揣，亦謂可裁。迨接篆後，察訪輿論，接見哨長，閱視大操，見其步伐整齊，於洋陣、洋槍、洋礮皆極嫻熟，向無一名虛額，而人人不乏樸勇之氣。蓋此係常勝軍汰存之餘，固多精鋭。其初創營時，即以洋法部勒，至今未染習氣。洋人談及，頗不輕視。馬前道亦稱美使在此看操，甚加獎許，謂可與外洋之兵相埒。此等營勇，若人數稍多，臨事似可得力。今值多事之秋，各處紛紛請勇保護。原數百五十人，除分撥保衛關庫及巡防六門外，復因江北岸連日驚擾，派勇五十名巡駐彈壓，遂覺肅然，洋人亦深感悦。近聞法事日棘，和局難成，終恐營勇不敷分布，擬請添募新勇百五十名，趕與舊勇會合訓練。如遇緊急，可備一戰。俟事平後當速將新勇遣撤，以節經費。

一、法人如果決裂，浙洋之最可慮者，莫如定海。英美領事皆言，甯波一口法人未必覬覦，然於定海則難保無意。或因定海而波及甯鎮，亦事之未可知者。福成因詢英領事以保護定海之約，據云知之，但於該國果否派船來定，則不提及。洋務委員李圭曾於閒談中聞英領事云：『既有此約，本國自必照辦。』美領事亦云：『果有此約，想英使必已向法使提過，自可輟其妄想。』竊謂英人不必實有兵船來泊定海，但使法人聞知此約，彼恐多樹一敵，必不鹵莽。是一紙舊約，賢於數營勁旅矣。尚擬隨時隨事，旁敲側擊，設法令其就範，總期不觸不背，裨益防務，亦不致有流弊。

一、法人之傳教者，散布各口，最為隱患。客歲越南之禍，由傳教人勾結教民，大肆其毒。甯郡城內，向有教堂六七處，合英法大小男女不及百人，俱歸英領事管理。較之他口，尚不為夥。然一遇有事，儘足為患。福成商之英領事，告以事急時，恐華民遷怒教堂，玉石俱焚，不如遷往江北岸，較易保護。領事允俟接到照會，即將傳教人盡數遷往。若能酌駐兵勇於此，名為保護，實則拘禁。今雖已派衛安勇五十名，聲勢稍單，尚未足隱示彈壓，而戢該教族奸宄之心。查衢處練軍千人，提台初議，以一營紮育王嶺，專顧南路，以一營紮江北岸之白沙，專顧北路，兼護商局。嗣經宗守與錢統領議以一營分紮育王嶺及牆下潭，一營駐城牆上，白沙則不復紮營。查此議大致尚無不妥，惟城外已有大教場兩營，屹然可恃。其城牆上一營似不妨分一二百人駐江北岸，以保護之名寓彈壓之實。且與大教場及城牆均相距咫尺，一切呼應靈通。如蒙鈞飭錢統領酌辦，則防務洋務兩受其益矣！

以上各端，偶有所見，拉雜陳之，諸候訓示遵行，不勝翹禱！肅此恭請鈞安。薛福成謹上。光緒十年六月二十六日。

上劉中丞書

敬稟者：前奉六月二十八日排遞賜書，備聆訓誨，指示周詳，曷勝銘感！馬江開仗，沈燬兵輪七隻，閩船幾已蕩盡，可為惋惜。釁端既開，未知如何了局？浙防以定海為最要，昨已密稟詳陳顛末。此間急務，莫如釘樁，亦已電稟大略。茲再將近辦各事，具陳如左：

一、釘樁凡遇大風大雨，潮漲潮退，皆不能動手，故工程頗覺遲滯。杜丞派人赴滬，添購樁架兩副。頃聞購買不易，如日內能到，當較妥速，仍請特札催令速成。緣杜丞承辦之事較多，必得憲台再三督促，則杜丞既可專力於斯，且指揮亦較靈耳。

一、口門水雷，杜丞已先下十六枚，尚留十九枚。今屬令臨警再下，免被潮水衝移。其留郡十枚，宗守云擬移往鎮海。至電線一項，昨據陳守稱已電致滬上訂購三英里左右，聞需價五百餘兩。

一、前稟暗僱引水洋人二名，每月給費洋銀三百圓；又師密士不受法人之僱，紀署稅司議另給洋銀二百五十圓。接奉憲批，俟事平後移支應局領款歸墊。今已屆期一月，暫札釐局發給洋銀五百五十圓，仍一面移支應總局。惟議辦此事之始，漫謂和局有成，未必遽至決裂。故所費以月計之，尚不甚多。今法釁既開，未知所屆，若終歲常僱，費頗不菲。然使遽將該引水二名辭去，又恐其為法人所僱，或且隱招法人至此，未免惜小費而誤大計。思維再四，似以常僱為較妥。至師密士另加之洋銀二百五十圓，僅以一月為度，將來可以截止。

一、衢標練軍，已陸續到齊，分紮城牆，得錢鎮玉興統領，精心訓練，數月之後，可期得力。其江北岸現議分駐一哨，與大校場亦呼應甚近。至法國之天主教堂教士，昨由道照會英領事，請其盡徙往江北岸。該領事初甚以為然，頃又因教士等安土重遷，暫求免徙，據稱俟都中明文，再決行止。惟中法失和，該教士等已不在保護之例，彼亦中情畏怯，容再設法駕馭，俾漸就範。

一、南洋經費，六月間已撥二萬兩與釐局，搭放軍餉。昨又因定海需餉孔殷，撥銀五千兩與釐金五千兩，合成萬兩濟之。值萬分支絀之秋，得此一款接濟，深有裨益。惟聞八月間，即已一年屆期，擬再請奏明展限截留一年，以資周轉。

一、衛安勇以洋法部勒，實集常勝軍精鋭之餘，兼二十年之教練，始有此步伐技藝。惜其隊太零星，難成片段。值此防務喫緊，如守衛關庫，保獲商埠，彈壓教士，已屬不敷分布，何暇議及籌防！必不得已，擬再添募百五十人，責成該管帶與原隊百五十人，會合訓練。其前任移交節省項下之洋銀一千四百餘圓，僅敷一月有餘之用。嗣後擬即捐廉給餉，惟須請撥發前膛槍百五十桿，所需子藥一律按期給發。如此則衛安勇三百人，有事時與諸軍犄角，似可抵一二營之用。抑福成更有請者，刻下法寇盤旋閩臺洋面，若不能得志，難保不蹈瑕抵隙，顧而之他。各省辦防，皆另派重臣，濟以勁旅，協以巨餉。惟浙省雖經蓋籌未雨綢繆，而限於餉力，聲勢稍單。倘其來犯，既無得力船礮以與之爭勝，惟有在陸路厚集兵力以待之。又未便臨渴掘井，必須豫為之備。可否由憲台添畀七百人之餉？俾得練滿千人。查衛安勇向按洋法，無一名虚額，洋槍亦較嫻熟，若精練數月，似可抵二三千人之用。倘以甫經裁減，未便添募，擬請改其名曰安甬軍。此軍若成，可專護郡城，及為臨警四面策應之師。惟不便聽各處紛紛請撥，畸零分紮，致化有用為無用。且衛安勇向為洋人所重，各領事皆指請保護，蓋步伐口令素與相同，今若添練，則洋人皆耳而目之，未始非先聲後實之一助。

以上各條，因事關緊要，不敢不覼縷陳之。肅此虔敂鈞安，伏惟垂鑒！薛福成謹上。七月初七日。

答英國領事官兼辦法事固威林書

逕復者：先後接奉兩函，以法教堂趙主教聲稱人口不便遷移，請查照出示，轉為函商各等因。並據該教士致函前來，本道查中法既經開仗，該教士等理難保護。惟念釁端與彼無干，姑從優待。若城内外散住各處，難保無謠言煽惑，致百姓含怒尋仇，地方官斷不能禁。是以函請貴領事轉令遷往江北岸，安其身家，得與各國商民共獲保護。此係本道格外寬厚之意，倘該教士不願遷移，本道亦不勉强，然斷不能認為保護。本道既不認保護，將來如有危險之事，彼自不能有後言也。大抵眾怒難犯，聞外洋各國亦常有不能彈壓百姓之事。兵勇既因法人擾海口，全行檄調，此時實不能在内地保護傳教之人。應請貴領事轉致趙主教，勸令早為之計，切勿自誤，致負本道一番美意。如能遷往江北岸，團聚一處，且得衛安勇與練兵保護，必可安全。否則恐百姓一時憤怒，不知教士為善人，並不問將來和議之難復與否，起而與之為難，或有甚於擊門辱罵之事，本道實不能過問也。病人孤哀幼孩暫留堂内，亦是一法，然能盡搬尤妙耳。此復。即頌日祉。

名另具。七月初七日。

教士如不願遷移，即不能認為保護。此係大公至正之理，所以能鈐制彼族，使帖然就我範圍者在此。既遷以後，余復派兵駐江北岸，名為保護，實寓彈壓拘守之意。又派衛安勇駐城内之教堂，名則代為看守，實寓稽查伺察之意。次年法艦臨口，教士教民皆恪守約束，無敢萌異志者。事後思之，凡籌辦海防，欲清内間，馭教族，似以此法為妥。自識。

答英國領事官兼辦法事固威林書

啟者：昨接來函，旋又接趙主教來書，知昨日六點鐘法國男女已盡搬出，甚以為慰。惟趙主教謂遷居由本道逼迫，則大不然。蓋中法開仗，和約即作廢紙。既不能照約保護，則中國百姓之共伸義憤，勢所難禁。本道不得已而為兩全之法，勸令團聚一處，以便保護，此乃本道之厚意也。頃讀七月初六日諭旨，法國官商教民等，願留内地安分守業者，一律保護等因。蓋從前之保護，係與法國互敦睦誼，故須以客禮相待。今法國友邦之誼既絶，則所謂願居内地而安分者，必其能受地方官之管理，乃能得地方官之保護，此萬國通例也。因貴領事賢能夙著，明於治體，故本道縱論及之，仍望轉達趙主教為幸。趙主教以未接本道覆函為疑，查中法業經開仗，本道不便與法國人通信，此亦中國之通例。倘日後中法議和，當仍以客禮相待，自必有函即答。至前日所發告示，本道遣差往視，已分貼矣。專泐布復，順頌日祺。

名另具。七月十三日。

上劉中丞書

敬稟者：奉七月二十九日賜函，敬聆壹是。稽查洋船事，大致已議有端倪。此事必須輪船、礮臺與各防營詢謀僉同，方能辦妥。故照會示稿，應候提台咨復也。定海英約，福成亦非欲必得英助，不過藉以牽制法人。昨屬幕友撰英宜遵約保護舟山説一篇，意在激英而疑法，已與税務司商譯洋文，寄往英國新聞報館。據税務司云，英雖未必照辦，暗中定有裨益。教民遷徙一節，經英領事照復遵辦，而教士等尚多不願，前劄飭定海廳會同成守妥籌辦理，未據稟復。昨英領事又以滬上洋商有申請英國調停中法之説，微勸暫為緩辦。蓋欲觀望和局之成，或可免遷也。福成持議仍未鬆勁，容俟稍緩詳陳一切。沈船一事，經宗守杜丞等妥速籌辦，可免貽誤。

粵電有法在香港造輪製衣之說，似是法人恫喝故智，與金牌登岸之謠相同。英守局外之例，難准法人造船。今察法人行徑，係專力圖攻臺灣。數月以内，他口尚可無事，否則將有他國出為轉圜。雖防務不可一日不嚴，而管蠡之測，有不防豫陳者：敵船不入口，勝添十營精勇。蓋論甚為明確，大抵中國既無得力水師，則防務惟以礮臺與堵口及陸營三者相輔並行。堵口如沈船、沈石、釘樁等事，非謂竟能堵住，不過敵船遇有攔阻，則礮臺可開礮儘擊。然彼若以鐵艦大礮輪擊礮臺，則船活臺呆，往往燬壞。彼既燬臺，然後駛近口門，拔樁去船登岸，則惟陸營力戰足以禦之。竊謂戰守之把握，陸營當得四成，礮臺當得四成，堵口當得二成，此防務之大略也。至礮臺之堅脆，則視乎建築之得地勢，與工料之合洋法與否。礮力欲遠，則克鹿卜大礮不可不多。礮兵宜精，則平時之操演不可不密。數者既得，則礮臺完固，而敵船自難入口矣。宗守以船裝石待沈之說，意在保全水利，亦不至匆遽失措。儻有可採否，肅此虔敂鈞安！薛福成謹上。八月初七日。

附錄甯波府知府宗源瀚稟復撫院封船堵口夾單

敬稟者，竊奉憲札飭封船隻，務取高大能阻敵船者為堵口之用等因，當經卑府一面辦船，一面親詣鎮海，會晤在事文武，將沈船措置之方詳商確審。七月二十八日傍晚，親見高大一船沈下。二十九日清晨，始自鎮回甬。此事卑府奉札，若僅封辦船隻，其事易了。乃先委劉令，而又親赴海口數日，力謀樁船辦法，不敢推諉草率，僅以封船為畢事者。謹將區區之忱，為大人陳之。鎮鄞兩處馬頭，船隻頗多，而憲札謂須高大能阻敵船者，為破的之至論。當月初警報迭至時，杜丞急何能擇，未嘗不先封鎮江船四十隻，又石版船十四隻，而皆不合用。是即封船一事，亦已不易，況以人力堵塞海口，中華從古所未有。言之似易，行之甚難，行之而冀其能阻敵船為尤難。道光年間，鎮海堵而未成。此次福州未嘗不堵，而夷船來往自如，其效可睹矣。卑府知杜丞辦事苦而且難，是以將頭等次等海船寬深各丈尺查明後，即親詣海口，面商提台統領，並由杜丞邀集在事之水師陳副將、鄭都司，輪船貝、鄧兩管駕，暨吳守備，將辦法利病多方討論，卑府一無閱歷，豈望有裨？惟集思廣益，略資折衷，或較勝於衆論紛紜，迄無一定耳。

海口實寬百餘丈，潮大時深將三丈，專恃樁固難，專恃船亦難。水師先議沈船於樁外，然百餘丈之海口，海船寬祇二丈內外，深祇一丈內外，即僅擇七八十丈水面沈船，亦須高大船四十祇。此等船皆值洋銀數千圓，或萬圓。杜丞與紳董陳紹唐將船中值錢之槓具等項除盡，多寡牽計，每隻亦須千圓，四十船計需洋銀四萬圓。樁外汪洋，兩邊無所倚靠，萬一遇大風濤，船破石坍，把握何在？自應沈於排樁空處，使樁靠船，船靠樁。而水師將弁力言現已釘樁二十一叢，水勢漸已內高外低，釘樁木牌，前半已在水中，勇皆赤腳涉水，若樁叢中再以船鑲緊，儼如海口築壩，激怒水勢，樁與船或且衝動，而內江出水不暢，且為民害，亦不能不聽其言。卑府與杜丞再三商酌，船身在外，惟將較窄之船頭插入樁叢，計樁叢空處寬二丈數尺，船頭闊二丈以內，或不甚礙水道，仍於外間船尾兩邊，另用數樁約住。與憲台沈於樁外各當排樁空處之批，適相符合。現先試沈一船，察看數日，有無流弊，便可漸有把握。此議定沈船之地位也。

至於用船之數，現已釘樁二十一叢，排船空處須船二十隻。樁門左右數處水深，為輪船向走之路，須用深一丈數尺之頭等船。兩旁水勢略次，船隻亦即以次漸殺，用深一丈內外之船。其樁門原擬寬二十丈，現擬收至十數丈。原擬用寶順輪船橫沈，水師謂向來十餘丈船身橫阻水道，船底沙泥必被水衝空而船下陷，非直沈不可。直沈則寶順輪船亦祇寬二丈數尺，必須另用寬二丈外之頭等船四隻，鑲幫封口。此雖臨時始用，而亦必須先備。計共需二十四船，現在鄞鎮兩處備辦均已足數，買價每隻頭等洋銀一千四五百圓，次等千圓上下，再次數百圓。杜丞固惟恐多費，陳紳尤視如己事，除擔保外，又已自墊將二千緡。船戶知為沈石之用，非買不可，不付價不肯放船，卑府已向總局陳守商付船價洋銀五千圓，由杜丞處總算，仍諄飭陳紳，愈省愈妙。而統計船價，極省亦在二萬內外。應請札飭甯總局，除已付五千圓，仍將船價准由杜丞算明，陸續具領。至於排樁之內，雖議再備二十船頂靠樁叢以壯樁力，此船應沈與否，可以臨時察看，船亦不妨較小，或可租而不買。然椿外之船，需費已多，應否備辦，伏候憲裁。總之不難在備船，而難在費大。雖超武管駕鄧聰保言五月在粵，見用鐵槽木斜交三道堵口，聞費洋銀十餘萬圓，杜丞親聞閩人言閩買夾板船堵口，費亦必重於浙；而卑府與在事文武皆知憲台籌款極難，故未敢過於求備。此用船與買價之數也。

船隻既備，似沈石為易事，而猶有數難。卑府非親到目覩，亦不知也。以極笨之海船，置極溜之海口，損具盡去，以空船放至椿叢，二十八日，親見竭數十人之力始至。若於岸邊將石裝滿，到椿叢更難，故必先定沈船之地位，將空船各置位次，然後再以石實之。頭等船裝貨二千數百石，次者一千數百石，今易之以石，重於貨矣。船之板片，不足阻敵，惟恃艙內之石，故載必求滿，石塊貴大不貴小。二十八日所沈一船，豫裝之石尚未及半，是日用二十四隻小船，由南岸勇丁運石數時，而高處頂艙仍空二尺。卑府與楊統領、杜丞等在海口，親見該船鑿數洞後，逾一點鐘時，始漸沈至艙面，又逾半點鐘，始鼓浪沈下。是非豫裝滿載不能速沈，而二十四船約需五六萬擔之石，談何容易！雖幸鎮口山多，取石尚易，然碎石已完，須另用火藥轟取。楊統領擬商提台，責成南北岸各營，每營認裝兩三船以期其速而且足。船至地位，石塊滿載，而仍非椿木趕先釘足，不能沉下。現在椿門左右，四叢已各足百枝，故試沈一船在椿門之左，其餘十七叢枝數，統計尚不及一半。若先沈船，則水勢激溜，空處亦窄，將來椿架木牌不能安放，即不能補釘。其勢非補足一處之椿，不能沈一處之船，月餘來惟恃卑府豫買椿架兩副得用。杜丞因架少且貴，且椿木亦不湊手，故未添買，令機器局自做一副，近始望成。詢之鄭都司，在滬時見有一架，索價三百數十兩。卑府力勸杜丞，即日遣人往看，合用即買，一面多方廣購五丈長之椿木。其卑府稟留在象山港紅單船，亦令從權調來幫釘，仍將釘椿甚苦之船勇礮兵時加犒賞。據陳副將、吳守備云：『如此添架、添人、添木，即可日釘百餘枝。但使無風浪之阻，千餘枝計十日可竣。』鄭都司情願緩到石浦署任，留鎮幫同督催。

海口風浪，有者其常，無者其暫。得無風浪之一日，即須眾力畢舉。查超武、元凱二輪，向皆有隨船操習之營兵。如蒙函商提台，飭該二輪撥人幫釘，則其事更速矣。至於海口之水，大潮二丈八九尺，小潮二丈四尺，潮平二丈光景。椿木遇大潮始漫頂，平時露出水面有七尺內外。惟沈石之船，至高亦祇一丈數尺，其上仍有一丈餘之水。若船上加船，則為提台一語道破，海船之桅夾鱉殼，多突出船面，勢甚不平，斷難再加。文武會商，敵船小者，亦喫水一丈數尺，椿船森列，勢難率意闖過。殆惟另用水雷等船，偷至椿邊，意圖轟毀。必賴口內各小礮臺兩岸兵勇，極力護此椿船，敵之狡計，自無可施。此外似無他策，前數年防俄時，有人謂海船尾高數丈，適可障水。不知阻敵仍祇恃艙中受載之石，若木板船尾，輪船摧之甚易，無裨也。

天下事舉之而後重，履之而後艱，古人之言益信。卑府於鎮海堵口，本不敢輕上條議，惟和議未翻以前，自墊錢買椿架兩副，私商杜丞，買木試釘。初不料卒為憲台定議取用也，今奉特札備船沈石，仰體憲意，必求能阻敵船，關係極大，需款亦巨，不憚煩瑣，詳考確審，故敢據實直陳。是否之處，統祈訓示祇遵。恭請勛安！卑府源瀚謹稟。

寇警方棘，撫院以沈船一事檄甯波府宗守獨任之，此其稟覆情形，甚為詳切，錄之以見沈船之梗概。大抵鎮海釘椿沈船之議發於宗、杜二君，尚在余未莅任之時。余謁撫院，頗韙其說，及奉檄籌復，決計行之。厥後釘椿則杜君力任，而宗君佐之；沈船則宗君力任，而杜君佐之。二君皆能耐勞覈實，苦心經營，余於堵口一端，不過挈其大綱，因人成事而已。宗君心精力果，觀其籌議沈船，已可概見。余與共事九閱月，深知其能。蓋當防務緊急之時，非合群策群力，斷難集事也。附識。

移英國領事官兼辦法事固威林書

啟者：前接貴領事照覆，以定海所有法國教士應勸令遷移一事，立即轉告趙主教，如該處教士不遵本道所言，無論有何事端，當與本道無涉等語，具見貴領事關顧大局，明達治體，本道甚為欣佩。旋奉撫憲批示，此事毋任稍延，致生不測，仰即作速辦理。經本道札飭定海廳會同成統領遵辦去後，昨接趙主教來函，頗多不倫之語。本道尚有不能已於言者，大抵多事之秋，衆疑易啟，衆怒難犯，禍機一發，如火燎原，驟難禁遏。定海既有天主堂伏奸藏礮之謠，設令兵民積憤，突起而燬堂殺人，如庚午年天津之事，官吏雖欲保護，恐已無及。從前中法和約未廢，中國憚於啟釁，故法尚可向中國索抵償，索撫恤。今法之兵釁已啟矣，中國既無所復忌，而法亦無可復索。一時兵民義憤之氣，亦斷非官吏所能抑制。故本道之勸令及早遷徙，實係一番美意，並非虛語。趙主教以教堂藏礮之説，本道未飭定海廳查驗，遽令遷移，有同兒戲。不知疑謗由於憤怒，本不必辨虛實，或官白其冤而兵民未信，或今日察驗而明日復疑，終不如速避之為愈。本道亦謂此説未必確實，故尚壹意保護。若果使確實，本道當照干預軍事之例，從嚴懲治。否則亦如廣東辦法，勒令盡數依限出境，豈猶以暫赴上海與住江北岸相勸耶？

查七月初六日諭旨，法國官商教民，願留內地安分守業者，一律保衛。此我國家格外優厚之意，趙主教亦引此以為證。本道之所以代為教士思患預防，必處之安全之地者，原即實做保衛二字。然法國官商教民，既稱願留中國，必須尊敬官長，恪遵約束，始謂之安分守業，趙主教亦知之否耶？至各教堂因屢次搬動，不無虧累，此係法國國家驟開兵釁所致，該主教似可向法國國家索取賠償，本道不便過問也。趙主教又謂本道冒昧舉動，恐致自貽伊戚，累害無辜；又云如此妄行不息，定海等處必將自招禍患。彼不過隱示其伎倆，謂可呼召法艦來攻甯定耳。欲以此等大言恐嚇本道，本道不懼也。本道惟知遵照疊次諭旨，激勵兵民，同仇敵愾，久置禍福利害於度外，亦復何所顧慮！果若所言，趙主教適自顯其有干預軍事之權，是定海兵民之所疑慮，洵屬不誣矣。本道亦知趙主教因搬動費事，情急而為此語，不過一笑置之。然使兵民傳播，則趙主教與諸教士恐受奇禍，此又本道關愛之言也。

總之，定海地當衝要，又值此危疑之際，兵民與法之教士，斷難相安。是以上憲恐滋事端，批令速為料理。

其勢不可復留，仍請貴領事轉告趙主教，勸令趕早搬移為要。至內地偏僻之處，如有天主教堂安分守業，可無庸遷徙者，本道自當一律保護。以後趙主教如有所言，可由貴領事傳達，不必逕自函致本道，恐徒滋辯論也。專此泐布，順頌日祺。

名另具。八月十三日。

辭嚴而理足，氣勁而神和。用意則無語不堅，用筆則無垂不縮。妙在處處杜其遷延之意，破其矯强之辯，折其恫喝之謀。每説到盡頭處，卻又為之出脱，予以轉圜之路。所以能使趙主教氣懾心服，就我範圍。其於剛柔操縱緩急輕重之宜，無不恰到好處。若使辦理洋務者皆能如此，又何至有重慶、温州等處之教案疊出耶！此與招諭法船脅從一示，並為洋務中登峰造極之文。蕭穆識。

移英國領事官兼辦法事固威林書

啟者：昨布一函，未及繕發，適貴領事派務繙譯官來署晤談，並出示貴領事所接法國李總領事來函，其於定海教士遷移一節，大旨與趙主教之説相同。查教堂伏奸藏礮之謠，本道亦未信為確實，然此中關鍵，本不重在實事之有無，而重在人心之憤怒。眾怒所注，萬喙難回。若謂詣堂查驗，即可息謗，然往往有官紳詣堂之日，即愚民滋事之時。庚午天津一案，足為前鑒。本道以為惟及早遷徙，可保萬全。若兵民積疑生忿，斷非官吏之空言所能維持調護。即泰西各國，亦常有此情形。竊謂中法如用兵不息，將來各處驅殺法國教士之案，層見疊出，必不僅定海為然。今定海由本道暗中設法，或可免啟釁端。但天主堂內法教士，不可不趕速搬移耳。若以堂內男女人口較繁，不能盡徙，似可略仿甯郡教堂辦法，其羸病及十二歲以下者暫留堂內，就本地教民之能照料者，選一人在堂照料。本道亦當飭定海廳選派妥役，兼撥老成勇丁數名，住堂看守保護，並出示曉諭以安教民之心。一俟中法議和，法國男女教士仍可回住定海，固一無所損也。專此泐布，順頌日祺！

名另具。八月十四日。

上劉中丞書

敬稟者：　昨奉初十日賜函，敬聆壹是。法船僅數號留泊閩洋，其大隊悉赴臺北。連日雖無確電，似孤拔已踞基隆。惟淡水能否與之相持，尚無準信。查臺北之不能堅守，皆由礮臺不甚得力之故。鈞示擬撥鹽包四萬，鑲護礮臺。福成昨為提台述之，提台之論，則謂鹽見水即融，恐難經久，不如變價，備購蔴袋、繩網、棱薦、棉絮等物，此說似甚有理。溫州忽有焚燬教堂之案，又將添出許多周折。甯郡無業遊民，前亦有浮動之意，幸聞信稍早，豫遏其萌，得以無事。定海教士，遷延觀望，堅不肯搬。福成擬於二十四日赴定海勘閱防務，亦順便將教堂事察商妥辦。既有溫州之案，則驅之更有辭矣。沈船事已陸續辦妥，而釘椿尚遽難就緒。一則因椿架無多；一則因椿船日密，退潮時內高外低，施工不易；又多大風相阻，尚須催趲杜丞等猛力加功。如能及早蕆事，則堵口究稍有把握。甯鎮添設電線一事，關繫重要，而訂價尚廉，提台與宗守皆極勸稟辦，並云萬一公項支絀，各營與官場尚可集捐湊數。惟念此等要務究以開銷公項為正理，未便不請憲示而逕自捐辦。又因福成初許稅務司以必成，所以能議價若是之廉，故此時亦難作罷論也。肅此恭請鈞安！　薛福成謹上。八月二十三日。

此信發後，鹽包遂未撥發。余屢與鎮海營務處杜丞等籌商遮護礮臺之法，旋據杜丞稟稱，邀同馬江觀戰之守備屠用裕赴各臺察勘，據云招寶山威遠礮臺最為衝要，前面三合土厚六丈數尺，又加堆土袋一丈一尺，上蓋棉絮、棱薦，儘可抵禦，惟臺中大礮略少耳。其北面後海雖屬淺塗，亦恐受敵，因商借元凱、超武兩輪之四十磅子鋼礮各二尊，分置山嘴隱僻之處，並將威遠礮後面堆護裝土蒲包，厚約二丈，金雞山礮臺外面則堆裝土蔴袋，厚一丈六尺。又圍繞以毛竹籬笆，海中望之，儼如竹行。又棉絮二千餘條，棱薦三千餘條，均經採辦齊備，擬運往各礮臺，相機位置。楊統領於東門外築長隄一道，東嶽宮舊臺擬堆蒲包，中開礮口十餘門，有事時即將親兵營過山礮拖放。於是布置乃逐漸就緒。附識。

上劉中丞書

敬稟者：昨奉八月二十七日鈞函，敬聆壹是。定海防務，兵力雖不甚厚，幸成守能耐勞苦，實力經營，貝總鎮勤廉明決，和衷共濟，似有數分把握。添營一節，恐目下已無可分撥，即能多增數百人，亦有裨益。至五奎山變通辦法，倘蒙允准照行，似於全防實有關係。釘椿之事，已嚴催杜丞。此事實有兩難，一則風潮之阻礙，一則購料之艱阻。大抵甯郡木植，合用者本不甚富，其離水次稍遠者，加之運脚，則需費又較昂。當杜丞稟辦之初，意在慫恿必行，故其估價從儉。及核定領款，既不便驟請增添，遂不得不就木價計較，價未湊手，屢購不成，其所以稍耽時候者在此，所以料段不長，入底不深，間被衝壞者亦在此。今既疊次摧趲，杜丞亦甚知著急，已屬宗守於購料事隨時幫助，當可逐漸就緒。梅墟添設枝線，實屬要務。此間水線必須由江北岸渡江，而錢統領謂電房在梅墟之江北，可用馬船渡信，如此則水線與建房費可省。然須添置電字機一具，與用打報學生及繙譯各一名，此實萬不能省者。鎮海設局，須歸併甬局經理，每月酌貼經費，目前報資無多，聽其開報結算。且俟事平之後，報資漸增，再歸入電報公司辦理。梅墟所需打報繙譯二名，亦應託總局派往，約須月費洋銀二十二圓，當令核實開報。肅此恭敂鈞安！薛福成謹上。九月初五日。

上閣中堂書

年伯中堂鈞座：數月以來，時事益艱，不敢以膚末之辭瀆陳清聽。中法之事，決裂至此，法人之蠻橫無禮，安肆侵欺。殆習知昔日之中國，不肯啟釁，漫謂示將用武必可得所欲以去。今彼既得越南，復以觀音橋一役為辭，責償兵費，奮其詐力，謀奪臺灣。若使得志，彼不婪索鉅款，即當久踞不還。倘臺軍再能與法相持數月，則彼國議院必以開釁為非，而歸咎於始謀之人，可使各國漸知悔禍，懍然於中國之不可侮。得失之機，在此一舉。惟中法業既開戰，而法使巴德諾脫尚留駐上海之租界，暗中偵探消息，購募漢奸，辦運煤糧，散布謠說，為害甚巨。蓋法使在滬，則彼可以聯絡各國，而敵軍之聲氣靈通； 法使離滬，則彼不能布置一切，而敵軍之援應自絕。巴使所居，雖名為法租界，然仍係中國之地。按之公法條約，無兩國業既開戰，而使臣仍居其地者。即指名擒捕，或限期驅逐，誰曰不宜！

今福成審時度勢，擬請朝廷密敕南洋大臣，派兵會同江海關道嚴密擒拿。拿到後，應遴派和平穩練之妥員，伴送至內地河南等處安置，嚴兵守衛，而優禮款待，無論巴使如何咆哮，均置之不理。一面布告各國以法人燬我船廠，攻我臺灣，而巴使仍居上海，與公法條約不合，且其謀害中國，實有不得不拿之勢，仍許俟議和後釋還。竊聞巴酋係法相斐禮之死黨，法之用兵，惟斐禮、孤拔與巴酋等三數人實主其謀，國人皆不願也。彼既煽法人以擾中國，復逗遛中國之境，偵我虛實，制我要害，聽其所為而不之禁，竊於古今兩國交兵之例未之前聞。而狃於西人之說者，動曰法人尚未宣戰，法使尚難驅逐，不知法既逞雄馬江，襲踞基隆矣，此其欲以不宣戰之說誤我，而彼收速戰之利也。凡和約之絕與否，當以戰不戰為憑，不以宣不宣為重。設令法人乘勝長驅而終不宣戰，我仍將束手受攻乎？ 此可決其無是理矣！ 即如中國駐法大臣曾侯，因爭論越南之事，與法人意見不合，早離法境。獨巴使不肯循例出疆，徘徊滬上，肆其詭謀，潛相毒害，直輕中國為無人，是迫我以不得不拿之勢。即請諸國秉公評論，亦斷不能歸曲於我。福成愚以為庚申年僧邸之擒巴夏禮，實係失著，以其正在議和而忽起波瀾，致圓明園被焚也。今若擒巴德諾脫，最為先著，以法人肆擾，業已盡其力之所至，不能再加暴横，或因去其耳目，失其謀主而自絀也。夫法自搆釁以來，著著佔先，今我若出其不意而擒巴酋，似亦爭先之一說。蓋在我既有辭可執，足以驟奪其氣，且待之以禮，則不至重激敵怒。而操縱變化，權仍在我，上策也； 明降諭旨，聲明不能容留之故，嚴行驅逐，中策也； 由南洋大臣督同江海關道隱為防範，下策也； 若聽其久留，肆行無忌，受害實深，是謂無策。福成用是不揣冒昧，抒其一得之愚，幸財擇焉。肅此虔敂鈞安！ 九月十二日。年愚侄薛福成謹上。

閻相得書，頗善其策，然以事關重大，恐妨和局，遂不果行。附識。

與統領撫標親兵等營楊軍門書

西園仁兄大人閣下：昨日緗文太守談及油簍一物，可禦礮彈。據稱曾經試驗，以二三尺高之油簍，實土其中，於數丈外開放洋礮，彈或不能入簍，或雖入簍而陷於土中，不能透出，間有一二透過者，其力亦已微矣。弟查油簍以籐條編成，本係柔韌之物，外面糊以油紙，陳油浸漬已久，更覺滑膩，簍中復實之以土，深得以柔制剛之妙，且油能禦雨，兼可耐久，用以遮護礮臺，似較之椶薦、敗氊、魚網、蔴袋、鹽包等物，更為得力。惟必須向油店逐漸收購，不能倉猝製備多具。茲弟特先購一百箇，送往招寶山礮臺。即請執事查收應用，仍希詳細察驗，如有裨益，當再陸續購運也。手泐布達，敬頌勛安，不宣。福成頓首。十月初六日。

與統領親兵小隊等營錢總鎮書

榮山仁兄大人閣下：昨奉惠書，承示修整梅墟礮臺，相度兩岸形勢，絕無屏蔽，因飭各營於操練之暇，沿岸建築土牆，南岸至十里舖東石橋庵為止，北岸至十里舖西清水浦為止。今長牆一律工竣，南岸計長十里，北岸計長七里，高八尺，寬二丈，走馬牆高六尺，並多築小礮臺以容礮車等因。仰見藎籌碩畫，布置精嚴，督率之勞，無間寒暑，豈僅甯防之鎖鑰，將為全浙之長城，敬佩無量！前與執事面議創築土礮臺一節，今屬幕友楊生著議一篇，錄備察閱。自來行文與辦事，往往不必盡同，蓋有須臨時相機措注，而不能豫定者也。此議大旨似尚不謬，自在高明擇而用之，變而通之耳。泐此敬頌勛安，諸惟朗鑒，不宣。福成頓首。十月二十一日。

附錄創築土礮臺議

聚萬國之人，日殫其心思才力，以競勝於水陸攻守之地，於是舢板之製，易而火輪，火輪之製，進而鐵甲。而礮臺扼守之法，亦迭出新式，日益堅固。一臺之費，至擲數十百萬金錢，而毫無顧惜。詳求禦礮之術，如築土垣，及用隔堆太平蓋諸法，皆足取效一時。然礮臺愈大，則受礮愈多。敵以大礮歷時轟放，亦必陊落剝壞而不能抵禦。蓋礮臺之利在據險要，擅形勢，而礮門礮路皆有一定之準向，不可移易，誠不如船礮之靈便。故其得失相參，利害相等，而皆不可以必勝。夫礮火之猛且烈，固無勝之之策，而未嘗無制之之道。火者土之母，金者土之子，子母不相剋，故金火之用，至礮而極，而遇土即止。柔之制剛，理固若是。昔者林文忠公嘗言及之，近德國人希理哈作防海新論，亦云礮臺用石築者易破，用土築者難破。此已驗之事，非臆說也。考香港英國土礮臺法，依高築臺，上平下坡，穴土為門，中置礮座，草木叢生其上，不露臺跡，遠望若邱阜然，敵所不覺，易於為我所乘。而敵礮所注，輒中土垣，不能洞入。工費既省，到處可辦，無曠日歷久之虞，可收隨築隨用之效。泰西諸國亦多行之。

然放礮之兵，露立無蔽，敵礮攢擊，往往不能還礮。又其臺僅守一面，敵上岸抄襲，不難占奪，尚不能有利而無弊。竊嘗深思其意而變通之，其法用石架屋，高廣及丈，其深倍之，上鋪石板，前為礮門，四面築牆，後為小門以通出入，小門之傍稍後，更築一楹如前式為藥房以藏礮藥。屋外挑土，堆成巨阜，高十丈，占地圍七十丈，頂圓而尖，迤邐斜削而下，中若隧道。礮門之上，用長松三層，直列向外，中貫鐵條，埋於土中。其上多植老藤、蒙葛、竹柳之屬，根柢蟠結，枝葉蓁密，最能禦礮。臺前種樹以遮敵目，不能準擊礮門。其外環開深溝，達之河港。臺中建屋之處，亦開水道，注之外溝，以瀉積水。每屋一楹安礮一尊，更可於一臺之中，列建數屋，各開礮門，廣安礮位。視地勢之險易廣狹，礮之大小多寡，以定臺之正側圓橢，隨時隨地，相度建置，而其大指則具此矣。

築土礮臺，其利有十：形如土阜，草木蒙翳，敵雖用遠鏡窺測，不能辨別，利一也。取料既易，到處可辨，無待外求，利二也。用土約一萬七千餘方，每方核銀一分有奇，計銀二百餘兩，更加一切工作，得銀三四百兩，不憂不足，利三也。其價既廉，則有餘力，可以多築礮臺，防守易固，利四也。僅費數百金，而其功用與數十百萬之礮臺等，利五也。我兵伏處臺中，無所恐畏，可以安意放礮，恣轟敵船，利六也。敵礮所擊，必有摧敗，然西岸之土仍復西岸，於我毫無所損，利七也。敵必中我礮門，始能傷我，而敵礮之來，必自上斜下，礮門平固，深進四五尺，即中其處，必隨勢落下，不能入內，利八也。藥房在後，安置妥密，萬無轟裂之患，利九也。敵船之來，必先用一船駛進，試我礮力，我先放小礮，懈敵之心，俟其衆船逼近，然後用洋製上等大礮，突行轟擊，可以隨時沈没，利十也。

惟臺中深奧不見天日，陰氣蒸鬱，藏藥受濕，易致霉壞，礮兵久住，多生疾疫，不可無慮。宜於臺後築屋數間，平日一儲礮藥，餘為軍士住宿之所，臨警始將藥徙入藥房，礮兵盡住臺中。多購燥性之物以除其濕，水道既通，數月亦可以無害。外此則詳細思之而尚無他弊也。事之至近易效，無過於此矣！

答總辦省城防軍支應局務唐吴觀察書

藝農、殿臣仁兄大人閣下：昨奉惠函，示及奉中丞面諭，欲照天津各口辦法，用數丈長巨木繫以鐵練，紮成長排，以塞口門，與沈船釘樁參輔並行。特委翟倅赴鎮海，會同杜丞查看辦理，屬弟就近妥商具復，以便回明舉辦等因。翟倅於十九日由鎮赴甬，述及與杜丞及輪船管駕等熟商數日，僉謂鎮海口門風潮較大，即使聯成浮筏，恐臨時運掉不靈，轉於沈塞石船之要務有所妨礙。今擬於口門之外，兩邊重釘巨樁，横施鐵練兩三道，亦藉可阻攔來船，騰出時候，即能堵塞口門，事既輕便而費亦較省。弟查大沽口門係東南向，廣東口門係南向，風浪稍輕，運用浮筏，尚易為力。鎮海口門係東北向，平時風勢較異，復有金雞、招寶兩山扼束兩岸，而虎蹲山正對口門，潮長潮落，勢皆迅激，則浮筏之不易運用，自係實情。鄙意亦謂必欲舉辦，似不如鐵練之有益。翟倅隨即旋鎮，據云已稟商提台，一俟議定，即當通報。頃接提台來函，知翟倅等已徑稟貴局，想已回明中丞，酌定辦法。除專復方伯外，肅泐布復，敬請勛安，諸惟朗鑒，不宣。福成頓首。十月二十一日。

移英國領事官固威林書

密啟者：法船遊弋浙洋，逼攻鎮口，本道於保護洋商各事，已隨時與貴領事妥商辦理矣。第思法人自去年索償不遂，遽至棄好尋仇，本係無理取鬧。浙江向係自守之省，如有外侮，必竭力捍禦！然於一切和戰大局，不聞不問也。今查虎蹲山以內，口門向稱天險，甲於他口；水陸防軍，奮勇輯睦，布置嚴密；營內精於用礮，究於西法者，復有多人。度法船未必遽能得手，即使稍勝，亦不過浙民被其害耳，法人究無絲毫之益。又恐與華民結怨日深，則法教士之在中國者，不能常受保護也。且甯鎮係通商口岸，而法船久泊口外，以致船貨難通，是其主意不過在擾壞商務耳。貴國商務較多，虧損尤大。應請貴領事函致駐滬貴總領事，詰問法人：究竟是何意見？若其意在擾商務，貴國固當糾合各國，切實與之理論，責令退去；若其意欲仍與中國議和，亦宜敦請友邦出而調停，不宜為此損人無益之舉也。貴領事於保護洋商諸要務，隨事經營，不遺餘力。如能設法使法船早退，則不僅貴國商民蒙其福，即各國商民亦受其惠，本道尤欣佩無涯矣！專泐奉布，順頌日祺！

名另具。光緒十一年正月二十九日。

上劉中丞書

敬稟者：開春以來，防務日棘，所有緊要事件，均經陸續電稟，以是稟函稍稀。福成於二月初四日馳赴鎮海，分往南北岸礮臺、兵輪、陸營，察看情形，慰勞將士。初五夜亥刻回郡。自正月十五、十七日兩次擊壞敵船，兇鋒已挫，賊膽自寒，而我水陸諸軍，壯氣百倍，晝夜嚴防。加以虎蹲形勢絕險，為沿海各口所不及。若法祇此六七船，彼亦未必能逞志也。惟南北兩岸，意見不無齟齬。其端起於鄭參將鴻章，吳守備杰平時積不相能，此次復以有功無功，相形見絀，屢因細故互生猜嫌，幾欲列隊開槍決鬥。強敵在門，將領不和，最為大忌。福成已先令宗守馳往和解，復再三面告杜丞，俾勸勉吳守備，切勿恃功逞忿，致失事上之禮，務於提台體制無虧，以期力顧大局。如鈞座再密諭杜丞，俾勖吳守備以大義，當更有裨益。但此事不便過於揭明，蓋冀痕迹漸融，則日後尚可共事也。竊思吴守備臨財廉，禦敵勇，操練勤，實為難得之材，惟任氣犯上，罔知禮讓，最其短處。伏願憲台用其所長，戒其所短，於裁抑之中，寓曲成之意，則造就將才，必可收效於將來。

賞項一事，先據杜丞函稱提台及楊、錢統領面商定議，除賞礮臺兵輪等外，尚擬勻派各營，同霑憲惠。職道答以分之見寡，每人所得幾何，似不如遵憲電核實之諭，所以提台有函請鈞示之舉，其所慮亦甚周到，與管見正相符合。惟福成昨至鎮海，與提台統領及杜丞等晤談，始知各營望賞之心甚切，彼之所爭在顔面，而不在數目之多寡。且兩旬以來，放哨巡瞭，晝夜勞苦，此次浙防挫敵，為近年來之創舉，而設防又必合衆力而成，若使衆情稍有不協，亦非所宜，則給賞稍示周溥，似無不可。福成不敢固執前見，特再詳陳此中曲折，以便鈞裁參酌施行。如用提台等之初議，則不妨聲明一次如此，以後亦不至沿為成例也。

再十五日之戰，楊統領在招寶山礮臺首先望見法船，始作準備，又復親自督戰獲勝。今讀鈞疏，未為表明，意稍不樂。若憲台他日遇便，稍有以激勵之，當更感奮矣。恭請鈞安，伏惟垂鑒。薛福成謹上。光緒十一年二月初六日。

上劉中丞書

敬稟者：連接初五、初六日鈞函，敬聆壹是。閩軍援浙五營，望後即可抵甬，蓋籌布置周密，南岸可免空虛。致劉道一函，應即留存轉交。鎮海口門寬百餘丈，初議釘樁沈船，每樁一叢，相去丈許。原衹備阻兵輪，今雖出示封口，而商漁小船仍由樁間出入，勢難禁遏。杜丞、吴守備等初擬轟擊一二，以警其餘。然法人方以甘言惑衆，謂此來並不阻礙商務，而我先自擊燬民船，非特恐釀蜀省東鄉之案，又慮驅失業之貧民漁戶為敵所用，更屬失計。今議定明示封口，而暗弛小船之禁，既為窮民留一線生機，而釐税亦不無潤色。行之旬日，尚覺有利無弊。蟹浦穿山事未及行，乃起而力爭者，皆以引敵為慮，祇可罷論矣。

商務一說，福成屢設辭以激各領事，而各領事亦無如之何。英領事勸以三輪大礮移置礮臺，而駛空船至餘姚，以絕法人之望。然此事固辦不到，萬一法船窮追直入，又將如何？目下情勢，祇有協力嚴守而已。宗守孝思甚切，力請終制。此時鈞座想已一面奏留宗守，兩三日內，即須起程，應俟伊到省後，再遣員勉以大義。必不得已，或許俟防務解嚴後，准其給假歸葬，如此則情義兩全矣。

此間釐局支應，及營務處提調兩席，甚有關係。宗守在郡多年，情形熟悉。渠又稱百日內不能見客，福成告以彼或在局鈎稽出入，或發議論致道府酌辦，或有事函商前敵將領，本可不必見客。但宗守向畏清議，且以不早請終養為憾，恐尚未肯遽出耳。肅此虔敂鈞安，伏惟垂鑒。薛福成謹上。二月初十日。

上劉中丞書

敬稟者：竊奉初八、十三日兩次賜函，敬聆壹是。西園得手書慰勉，倍加感奮。杜丞亦已遵鈞諭勸吳守備，極能領悟，從此可期相忍相讓，不至齟齬矣。自出示封口以來，椿門夜挂巨綱，即小船亦不能出入。白日由營務處派人查驗，據杜丞稱奸宄斷難混入。至商輪准泊虎蹲山外卸貨，其駁船入口，由超武鄧管駕派人稽查。此事與杜丞等再三核議，始定辦法，似不至有流弊。法船六隻久泊口外，無甚舉動，每日或放礮數響，或升豎紅旗而不戰。頃聞孤拔已潛赴臺北，將於日內猛攻淡水。竊料其船中精銳，或有抽去，彼之所以放礮升旗者，蓋內有所怯而藉以張聲勢也。若欲設計攻敵，正在此時，惜乎少魚雷船耳。查甯郡漁戶及善泅水之淡菜戶，向多熟習海道，如用以送水雷，備火攻，偵敵情，購敵線，最為得力。福成去秋即與宗守詳籌募用，因乏餉而中止。今已勸明郡中紳士，募水勇二百人，舉一知兵習海道者為管帶，由道統轄訓練。其餉由紳民集捐，與官無涉。俟眾紳議定章程後，即當詳稟候示遵行。如成軍一月以後，或可出奇制勝。

昨據象山鄒令及象石練軍劉副將疊報稱，有台匪二百餘名，乘紅頭漁船十四隻，遊弋石浦洋面，登岸劫掠，仍即上船，飄忽無定。恐其蔓延鴟張，求為稟請憲台分撥鎮定兩處紅單船，或橫溪防營赴剿等語。此時法船逼口，鎮定紅單船及橫溪防營，斷難撤動。已函請鄭都司碧山督率駐石之紅單船，及扮商師船梭巡洋面，相機剿捕。又聞春夏之交，向有台州漁船千餘號赴石浦採捕，恐匪徒混迹其間，或勾法寇為患，不可不稍示防範。擬俟閩軍五營抵甬後，由福成商請劉道就駐橫溪之一營內，分撥一哨駐防象石。是否可行？伏候示遵。肅此虔敂鈞安，伏惟垂鑒。薛福成謹上。二月二十日。

答伯兄書

撫屏大哥大人尊前：二月初八日，馬遞一函，諒早收到。頃接十一日手書，具聆壹是。此間與法開仗情形，大致已括於致傅相及王仲良兩電之中。仲春以後，法船在金塘洋面呆泊，每日或豎紅旗以示欲戰之意，或對岸開數礮而已。此次防務得力，在法船初來之際，礮臺兵輪，連擊壞其兩船。以後遂不敢駛近礮臺，遠泊十餘里外，仍思乘夜放魚雷入口，又用舢板撲岸，皆為我軍所覺，屢次擊退擊沈。又以開花大礮對我礮臺轟擊，每一彈大至五百餘斤，其彈或墜麥田，或墜海岸及內河，皆不開花，此中大有天意。間有一二打著礮臺者，嵌入泥土，亦不開花。蓋自客歲弟到任後，中丞委弟綜理海防，營務處獲與歐陽軍門及楊、錢兩統領，請求布置，而宗太守源瀚、杜司馬冠英皆以通才，好談時務，凡有陳說，弟無不酌擇行之。軍門統領均老於軍事，閱歷甚深，其所以綢繆防務者，不遺餘力。沿海兩岸，修築長牆，緜亘殆二三十里。衝要之口，埋伏地雷。每於山岡顯露之處，設立疑營，壁壘森羅，旗幟高豎。凡礮臺皆換石為土，取以柔制剛之妙；換明為暗，務使虛實相間，敵不知吾礮吾兵之所在。從前洋人挑釁，中國籌防，未盡得訣，堅瑕虛實，一望了然。彼以千里鏡注視吾兵民所居，軍實所萃，貨物所屯，以開花礮攻之，一彈所炸，鮮不糜爛，故當之者無完壘，攖之者無堅城。今經營半年，而狡寇適至，彼但遙見一片長牆，既無以辨吾孰堅孰瑕，孰虛孰實，或對高處疑營開礮，則虛無一人，徒耗藥彈。敵在海面，風潮顛簸，所放之礮，往往不能取準。如欲闖入口門，既以水道不諳，恐困於險礁淺灘，又為礮臺兵輪叢樁水雷所阻。且法人涉數萬里遠來，煤米藥彈必不充足。彼一彈之價，值數十金，若放礮而漫無把握，不啻以艱貴之物浪擲諸無垠之海岸。正欲其墮吾術中，亦恐法人覺而自止。弟早與軍門統領言之，今果不出所料。彼既不肯漫然放礮，即放礮亦毫無所中。蓋炸彈一遇鐵石，立即開花，今皆遇水土，竟無一人損傷，我軍亦置之不理。但欲伺其近岸而擊之，彼終不敢駛近，自此遂不甚開戰矣。

至於遷去天主教士以清間諜，客歲費兩月心力，然後辦到。今甯鎮定海，廓然無內顧之憂，所以能放手辦事，此層亦最得力。又如海口百餘丈之寬，釘樁沈船，周密無間，係弟督同杜冠英始終經理，今敵艦果不能駛入。而南洋三輪入口後，有所憑依，不致被轟於魚雷者，樁船力也。他若造甯鎮電線以捷軍報；豫以厚犒僱養善領港之洋人，以絕法船之嚮導；密聳英領事揚言保護定海，以杜法人之窺伺。由今思之，皆係必不可緩之要著。其他小事，隨時相機措注，更難縷述。

弟自元宵以後，百務環集，寢饋為廢，飛檄發電，筆不停揮，手腕欲脫，今始稍覺清暇。鄙意所尤快者，如滇，如粤，如閩，如直隸，如奉天，如臺灣，皆星使聯翩，會辦絡繹，宿將棋置，且由部撥大宗巨餉，然要不過勝負互見，甚者如馬江之敗績；惟浙防無督辦之大臣，亦未撥巨餉，僅由弟與健飛軍門承乏其間，健翁任戰事，而籌畫一切則弟任之，位望最輕，用餉最省，而氣勢完固，有勝無敗。非特中法開戰後所僅見，實與洋人交涉後初次增光之事也。

承詢邸鈔未見弟名，蓋因中丞匆匆叙戰，偶爾遺漏，然正與弟意暗合。夫為其實而不居其名，最為上乘。凡人求見姓名於奏報者，蓋為希冀奬叙起見。弟之本心，惟兢兢以不能盡職防海為懼，豈復稍計及於奬叙！中丞平日倚弟籌防，始終言聽計從，毫無掣肘，今或鑒及弟之不汲汲於表見，故不以其待諸將者待之。夫課其實用而緩其虛名，不可謂中丞非真知我也。雖然，此事之梗概，請再為兄詳陳之。大抵中丞叙戰之疏，悉本軍門統領報戰之文。軍門統領於此素不甚留意，一以屬之營中之文案。近來營中文案，大率貧窮餬口之士，本無識時務知文墨者，不過掇拾浮辭，潦草塞責而已。蓋論海防報戰之體，與剿粵捻寇時情形迥異。剿寇之役，重在臨陣決勝，故叙戰宜詳；海防之役，重在平時布置，故叙戰宜略。今鎮海兩次擊敗法艦，若覈實甄叙，不過彼此各開幾礮，法艦受傷旋退，寥寥數語，足以括之。惟必將事前布置之曲折擇要叙明，而所以致勝之由不言自喻。正文不過淡淡著筆，則愈簡實而愈精神。彼營中辦文案者，固不足以語此，於弟之布置各端，既一字不及，即於軍門統領之布置各端，亦一字不及。突叙礮臺開礮一事，無以起發人意，使人閱之，轉覺其敷衍無聊，疑非事實。然則浙省以卓然非常之績，而出以黯然無光之文，固屬可惜。弟推本於營中文案之無好手，雖係實情，仍宜曲諒。以前敵倥偬之際，實不暇精心營度也，且務實不務名者，固不於此爭得失。因來書殷殷詢此，輒縱論及之。至當時弟不專具稟牘以備中丞采擇者，嫌與諸將爭功也。方今和議已成，或不致再有翻異，鏡清砥平，可翹待矣。泐此縷復，敬請大安！　弟福成謹上。二月二十七日。

此係遞通州家信。因其指述防務情形頗為詳悉，特附錄以備查考。自識。

上劉中丞書

敬稟者：　頃奉二月二十三日賜函，敬聆壹是。款議已定，法船既稱三月朔日停戰，或可開駛他往。鈞諭彼船雖去，鎮口沈船仍不可動，仰見思深慮遠。如留之以備他日防務，自可少費財力，裨益大局，惟此中亦有為難之處。自去冬以來，椿門漸窄，商民船隻出入，間有被椿木碰壞，或因撞損椿木而受罰於有司，未免嘖有煩言，或來道署遞稟，彼時以籌防之說駁之，始各帖然以去。刻下貨船出入，皆僱兆昌小輪拖帶民船易碰椿門，惟火輪能直走中間，不致左右晃漾。需費較鉅。若承平日久，商民勢必不願。至封口以來，有一英國兵輪在口內者，英領事屢函請開口，放其駛去。今日又稱奉本國提督電調赴日本，刻不容緩，請電飭營務處速即開口等語。答以三月朔日以前，尚未停戰，斷難開口，恐領事尚須前來攪擾也。輪船在口外起駁，尚離椿門四五里。美國領事司提文屢以駁船費鉅，商家賠累，將來須向官索償為辭，疊請准商輪入口。雖援萬國公法以拒之，該領事復向稅務司屢肆咆哮，蓋費口舌已彌月矣。若一聞我防務已鬆，斷無不求商輪入口之理，是不起沈船一節必辦不到也。

又傳聞口外新漲淤沙一道，蓋口門有樁船阻礙，水流既緩，其力不能衝刷浮沙，但恐愈漲愈高，而口門從此遂廢，關係良非淺鮮。竊謂盡去樁船，則在防文武半年之心力，與前後所用經費，均付一擲，固屬可惜；若不去則於浙東數郡水利有礙，不得不為民請命。而領事之催迫，稅釐之減損，猶其餘事。且釘樁費約萬金，沈船費約二萬餘金。沈船經風浪剝蝕，一二年後，釘即散脫，待至再有防務，其板片早已朽爛，飄流入海，即叢樁亦必不能屹立如故。萬一稍有留者，若恃以為用，必至貽誤。猶將去之惟恐不速，是祇有臨時籌辦之一法，而甯郡農商之受其病則在目前，似不必徇楊統領、杜丞等一偏之見而妨大局也。查寶順一輪，本未沈下，若再稍開兩旁，留出口門約三十丈，則各船皆無關礙，水力亦能刷沙，乃為經久之道。此後仍當隨時相機酌度，亦未敢豫執成見也。郡紳水勇之募，暫從緩議。象石台匪，得段副將馳往當可速了。閩軍數日內當可到郡，他日似應撥處標一哨赴石浦，如能全往則尤妙耳。肅此虔敏鈞安，伏惟垂鑒。薛福成謹上。二月二十八日。

敬再稟者：此次浙防穩固，得力在法船初到時，兩次擊中敵艦，挫其兇鋒，敵從此不敢駛近礮臺，二月內竟無戰爭。而平日布置之頗得力者，則在徙教士以絕內應，添電線以捷軍報，杜引水以扼天險。由道會同提台出示，嚴禁兵輪水手登岸，俾不致蹈石浦之覆轍。豫請鈞座發嚴厲之電，致錢統領以怵南洋三輪管駕，俾知無復退步，始拚命幫輔礮臺，以成摧敵之功，初非三輪之前怯後勇也。然必釘樁沈船，則百餘丈之口門，始有所憑依，礮臺兵輪益能著力，此舉亦最為得勁。由今思之，以上各事，竟是無一可緩。至法人之失著，在舍定海而攻鎮海，以鎮堅而定瑕也，然非豫為密籌，形格勢禁，則彼亦難就我範圍。此事經福成去秋與稅務司密商，以法占定海，有礙英國商務之說，聳動英商，多著議論，繙成洋文，寄往倫敦報館刊布。復以危辭往激英領事，俾願踐保護舟山之約。領事雖不露端倪，今年正月接滬局來電，始悟英駐滬總領事，與法使巴德諾脱實已密訂法不犯定海，英亦不宣保護之説以礙法事，所以法人揚言佔踞普陀，始終不敢前往，以普陀亦定海屬也。是法船之不窺定海，其受英人牽制為不小矣。竊思中法開釁以來，馬江一戰，受害最鉅，其餘若臺若粤，互有勝負，惟浙省經鈞座督飭文武，斟酌機宜，循序布置，將吏隱情，無不上達，上下遠邇，聯為一家，正不必如他省之星使聯翩，會辦絡繹，而防守完固，毫無損傷。實數十年洋人入華以來所僅見。似應將大略情形疏陳梗概，以明將來防海之準的。其前敵立功將吏，如杜丞、吴都司等應破格保奬，以昭激勸，至於提台統領督率之功，亦不可没，想鈞座必已據實為之論列。再南洋三輪，自正月十五日以後，兩次擊敵，甚為出力，應請專疏保奬，以踐前説。此皆天下之公論也。和議雖成，宗守若能接辦甯局，可於捐務有裨。伊年來襄理防務，頗著勤勞，若蒙列入奬叙，亦是縶維之法。再敂鈞安！福成謹又上。

卷三 咨 移 札 照會 告示

咨浙江提督軍門歐陽

為咨呈事:本年十二月初八日,奉撫憲劉札開,本年十一月二十九日,接准兵部火票,遞到軍機大臣字寄,光緒十年十一月十七日奉上諭:『前據卞寶第奏訪求地營築法繪具圖說呈覽一摺,當諭令楊昌濬、劉銘傳酌辦。沿海防務緊要,均應妥籌備豫,並著各該將軍、督撫酌度情形,一體籌辦,原摺及圖說均著鈔給閱看。昨據都察院代奏教職陳麟圖條陳防務,請暗修礮臺,多備小輪船應敵,漁船有二弊,不可用等語。前疊據臣工陳奏修築礮臺等事,先後諭令各該將軍、督撫籌議,朝廷博采眾論,期無遺策。陳麟圖所奏是否可行,著一併酌核辦理。原摺均著摘鈔給閱看,將此各諭令知之,欽此。』遵旨寄信前來,承准此,除咨行外,合行恭錄札道,移行欽遵辦理等因。奉此,除分行外,相應咨呈貴軍門謹請察照,移行欽遵辦理施行,須至咨者。

計粘鈔原奏各件。

光緒十年十二月十三日。

附錄署湖廣督院卞中丞原摺

奏為訪求地營築法,繪具圖說,敬呈御覽,並另造模式,咨送軍機處以備參考,恭摺仰祈聖鑒事。竊聞記名提督劉永福前在越境,講求避礮之法,開挖地營,極資得力。臣曾函託雲貴督臣岑毓英就地訪求築法,據稱劉軍地營,實該督為之創始,初在臨安館驛等處設法挖築,曾殲巨寇。今春駐越南興化城外,築成連營十餘里,營外排釘鹿角柵,復於柵外安置地雷,我軍萬眾盡伏地營,不見一人。法人屢次攻撲,未能得手,又以氣毬升高窺探,知其堅固,迄不敢近。三月間糧竭,我軍撤動,法夷在隔河施放開花巨礮,自辰至申,一千數百餘響,並未擊傷我軍等語。由該督臣函復,並繪圖貼說附寄前來。臣當按其圖說,詳加考較。竊以為法夷犯境,礮械最為長技,而惟此暗地挖營,足以避其轟擊,因將原寄圖說反復推求,詳晰注釋,飭令防營在於省城東門外洪山地方如法挖築。臣隨親往閲看，派勇藏入地營，外用大礮安放子藥，距地營稍遠處對面轟擊。試演一過，未傷營內一人。以此推究，敵礮遠至，可以無虞，倘其棄舟登岸，攻撲地營，我軍由內施槍，連環擊放，實可立於不敗之地。陸地防守，最為合宜。謹繪圖詳說，恭呈御覽。並造具模式，咨送軍機處以備參考。至應否諭飭沿海防營仿照辦理之處，出自聖裁。所有訪求地營圖式緣由，理合恭摺具陳。伏乞皇太后、皇上聖鑒訓示，謹奏。

附録地營圖説

謹案：地營圖，係平地開挖暗營。每營四面安立，分內外中三層；每層挖明濠以通人行，寬三尺，深約五六尺明濠兩面，用石灰築牆，或用木板竹笆排釘，或即加泥捶緊，就濠深五六尺處鋪架地樓板，再於地樓下挖深數尺，開放溝道以防雨水。中外兩層暗營，參差挖築，均由明濠向外一面橫開地穴，方如斗形，以能容五六人為度。仍就斗形，於平地築土牆三面，厚約二尺，高約四寸，即於牆上橫鋪木板，用樹支撐，再於板上築泥尺厚，以作營頂，如土浮鬆，酌量加厚。就其向外土牆離平地二寸，開槍眼五六處，人藏其中，便可施槍應敵。槍從暗營施放，離地雖只二寸，槍口稍昂，子出漸高，行至二三百步，便著敵人胸腹。暗營口門，緊逼明濠，應防飛彈墜入，仍用木板橫蓋濠上，接住營頂，以土鋪築。其餘不立地營之處，即留明濠以便透亮。敵人攻撲，先令外層應敵放槍，外層槍過，中層接放，中層槍過，外層槍手又可上藥接放，連環轟擊，敵自難近。設遇敵礮遠至，營頂連牆高地尺餘，不至受擊。或有礮彈低過，人在暗營，營上有土遮護，不能為害。即恐礮彈低落，暗營門口，均經遮蓋，無虞滾裂。倘竟滾入空濠，而濠身不寬，炸裂不能及遠，亦可無傷人之慮。其內層暗營，由明濠向外挖築，左右橫通數尺，或半工字形者，係營勇造飯並輪班休息之所。上仍橫架木板，以土鋪築，其下用樹支撐，如暗礮臺兵房一般。當口明濠，仍用板蓋鋪土，火藥糧草，均就安放。另開曲折暗巷，通過中外兩層。我兵盡伏地中，往來行走，不見一人。敵從遠地放礮，我可安排靜待，視其逼近，即從暗中擊之。再於地營之外圍釘鹿角柵，或深開地道，並於鹿角地道之外埋伏地雷，自足立於不敗。

敵人棄舟撲營，誤觸地雷，暗營兵勇均可衝出平地，乘勢追擊，固不僅利於守也。防營如法挖築，無事之時，可就中間餘地，支架帳房，用資栖止； 遇有警報，便將帳房撤去，藏入地營，准備迎敵。 至其臨機挖築，或如方城，或如太極，或如彎月，或如一字長蛇，或以中外兩層挖出之土堆放中間餘地，將內層暗營高築尺許，開眼放槍，為中外兩層接應，而於內層明濠向內一面，開挖橫穴，安放火藥糧草，均可因地制宜，不必拘泥。若必兼用大礮，地營之內，無可施轉，或即露置平地，另開暗穴，藏伏二三人，乘隙偷放，則又在乎將士之臨敵應變也，合併陳明。

此但循例轉咨之件，浙軍未及照辦。本屬無甚關係，細思此法，須在秦、豫、滇、粵土厚水深之地為相宜，大抵偶一用之，出敵不意，或可取勝，非恃為行軍常法也。海濱之地，掘土二三尺，即已見水，則施之海防，更形窒礙。曩在北洋，屢見有條陳是說者，多格不行，蓋地處低窪，勢有所窮也。惟以其著意在陸戰避礮，言之不厭其詳，姑錄之以備一格。

原文中尚有附錄陳麟圖條議，因其精蘊無多，茲從刪節。至浙防得力之大端，稍與此說相似者，則在修築長墻。甲申之夏，余與歐陽軍門及楊、錢兩統領，時時商論，以謂鎮海海口散漫，南岸育王嶺、布陣嶺、孔峙嶺、清泉嶺、沙蟹嶺，北岸蟹浦、灣塘、沙頭堰等處，均係登岸要區，而招寶山至梅墟尤關緊要，苟非聯築長墻，形勢總覺顯露。軍門統領老於戎務，知剿滅捻寇之役專用長墻圈制以成大功，當時皆身在行間，熟悉此中甘苦，於是就營壘所駐，經營布置，劃分地段，各率所部修築隄墻，往往躬親督役，不避風日。凡南北兩岸，緜亘數十里，聲勢聯接。工甫竣而法船至矣，彼既無以測我虛實，故放礮多不能取準； 如欲逼岸，又恐遇伏； 如欲縱礮毀墻，則彼以珍貴之藥彈與我土石相搏，巨彈一枚僅能毀墻數尺，法又必不為也。故余謂軍門統領之修築長墻，其耐勞踏實，固不可及，而所以建守口之功者，當以此事為嚆矢。附識。

咨統領援臺兵輪提督銜記名總兵吳

為咨會事： 照得本道於正月初八日申刻，接奉南洋爵督憲曾電開，琛、瑞、濟三船已奉旨相機進止，請轉告確探乘隙速回，兵機迅速，切勿拖延。倘洋面仍有法船遊弋，則未可造次輕駛等語。酉刻又奉爵督憲曾電轉北洋爵閣督憲李電開，石浦法船於初三午回去，琛、瑞、濟似應趕飭回江口，快船生火足，即偶遇敵艦無妨等語。又接爵督憲曾電開，請轉飭琛、瑞、濟三船，如探無法船，即刻相機駛回江陰，勿稍涉拘泥，致失機宜等語。又接撫憲劉兩次電開，望催令三船乘間迅駛回江，勿失機會等語。除節次鈔錄原電封送冰案外，本道查鎮防連日派探船出洋，昨據營務處杜丞電報，南自普陀山，北自羊山，均無法船，又迭據石浦象山廳縣稟報，法船南駛，是目下甯滬洋面似無敵蹤。應請貴統領一面速派小輪及妥實弁勇，向前確探，如無敵艦，趕督三輪生足煤火，駛回上海、江陰，以副上憲盼望保護之意。若稍遲疑，則敵艦或赴溫洋尋擊不遇，改輪而北，或赴閩添煤再來，數日之間，恐已措手不及。各領事及稅務司皆云：『敵聞三輪在此，必來尋擊。或故在口外放礮，俾我先自封口，則三輪困在口內，而彼得專力攻臺。即此間地方受害非淺，且長江亦更空虛，彼可惟所欲為矣。若以長江為退步，則有節節礮臺，易進難退，彼自不敢深入重地也。事機得失，間不容髮。』想貴統領必已相機布置，妥速定計。本道疊次文函，不憚為再三之瀆，誠以大局所關，不敢緘默。嗣後儻以遲誤而致失機，本道不敢任其責也。相應咨會貴統領請煩查照迅速施行，須至咨者。

光緒十一年正月初十日。

移管帶象石練軍劉副將

為移會事：照得澄慶、馭遠兩兵輪，在石浦港內被困，經本道電請撫憲抽營往援。頃奉撫憲電開，法未入內港，必是水淺。吳統領已親往，但使煤彈不缺，姑可相持。若法調淺水船來戰於水中，陸師徒望洋而歎。惟勢危義無不救，所苦甯鎮正在戒嚴，不得已勉力抽撥段副將一營，會同劉副將象石練軍一營，赴石浦以作聲援。望先函告，札另發等因。奉此，除本道另撥勇赴援外，相應移會貴副將，請煩查照憲電事理，審度機宜，盡力援應，或出奇制勝，懋建殊勳，本道有厚望焉。須至移者。

光緒十一年正月初三日。

移署石浦營都司鄭遊擊

為移會事：照得法餤披猖，困我澄慶、馭遠兩兵輪在石浦港內，亟應設法救護。除電請撫憲撥營馳援外，本道復於衛安營內挑選精練勇丁五十名，甯郡巡防勇內挑選四十名，交哨長周炳榮、費炳禮帶赴石浦，聽候貴都府調遣，稍張聲援。如法船漸退，希即飭令速回郡城，以顧甯防。風聞兩兵輪內，有一輪弁勇已逐漸登岸，幾致無人駐守。素仰貴都府明練樸勇，熟諳海道，應請督率貴部紅單船之廣勇，及派去之衛安等勇，暫登彼船，協力守禦。或相機設法，駛以出險，則保全兵輪，厥功甚偉，本道有厚望焉。相應移會貴都府，請煩查照施行。須至移者。

光緒十一年正月初三日。

札定海廳同知陳

札定海廳知悉：本年九月十五日，准署定海鎮貝咨開，為照定海各口，經本鎮商准撫部院，議設三杠魚網以備海防，乃近有沿海不肖漁民，因礙行船，竟敢於昏夜駕舟，盜砍三杠，竊取竹料，迨工匠聞聲趕捕，即已遠颺。若不嚴行查禁，實於防務有礙。現經派撥舟師，嚴密巡邏，如再有奸民黑夜盜砍，立即駕舟追拏；儻趕不及，即令開礮遙擊，格殺勿論。除飛飭統領靜安勇黎遊擊派船巡防，並出示嚴禁外，合亟咨請轉飭示禁等因。准此，合亟札飭。札到該廳，迅即一體出示嚴禁，以儆愚頑而杜奸細。毋違，切切！此札。

光緒十年九月十八日。

三杠挂網者，以巨竹聯成弧三角式，植於水中，多挂魚網於其下，每在海口扼要之處星羅棋置，以礙船路。其竹杠之鋒鋭，頗足損壞木船，而魚網絓罥敵輪，亦能使輪船受困，深得以柔剋剛之妙。其工價之廉，不逮釘樁三分之一。凡籌辦海防，或值經費不充，人手不齊，欲為省儉速成之謀者，往往以杠網代釘樁，雖勢輕力弱，似無大益，然苟布置得宜，亦足阻拒敵船。存此以誌海防之一法。附識。

札甯波府鎮海縣

札甯波府、鎮海縣知悉：查淹葬之患，實始於停棺；人禍之酷，莫甚於暴骨。本道巡閲海防，屢過鎮海，見叢棺累累，到處皆是，日久朽壞，尸骸滿地，惻然傷之。當此海疆戒嚴，將士雲集，尸氣所蒸，易成疫癘，死者難安，生者受害，甚可悲也。訪得鎮邑自東城至西城内外，以及招寶山、白家埠等處，暴露之棺已有一千五百餘具，而南岸金雞山一帶更難計數。其中無主者固多，有主者亦復不少。或妄信堪輿，貪求吉壤，或俗尚奢靡，恥於儉葬，始暫厝以有待，繼習焉而遂忘，釀此澆風，大干例禁。至於從軍兵勇，間有在防身故，羈棺異鄉，孤魂無依，尤堪憫惻，若不設法掩埋，更無以激士氣而勵戎行。本道昨聞駐鎮各營將領及兵輪管駕，多有願籌此善舉者。復晤北號紳董候選郎中鄭綬祺，據稱願佐該縣妥為辦理，其見義勇為，當仁不讓之風，良足嘉尚，合亟札飭。札到該府立即轉飭該縣，該縣即邀同鄭紳，並添請公正紳董，妥議章程，廣勸商民，集貲購地，或公建一塋，或分建數塋，以為叢葬之所。其舉辦之法，似應由該縣出示曉諭，先令在城紳董，帶同地保，就近挨棺編號標記，登簿備查。該地保傳知各處，無主之棺，統由官山官埋；有主之棺，勒限認領營葬，無力自葬者，酌助葬費，倘逾限不葬，均發官山官埋。並商之各營，如能酌派勇丁，幫同舉棺掘穴，尤覺省費而事可速成。先查明棺數多寡，然後分次扦埋，每次或五十棺一扦，或百棺一扦，務令男女各分一行，不可混亂。遇有棺朽骨露者，須用小棺檢骨，毋許稍有遺落倒亂，方行入土。此事先自近城辦起，俟漸有端緒，即可推之各鄉各圖，推舉公董，分途經理。兹值創辦之初，本道先行捐廉以為之倡，發交該縣轉給善堂紳董領用。俟其議定章程，即由該縣申報，以備察核。除札鎮海營務處杜丞，及照會鄭紳遵辦外，仍候咨請提軍門、楊統領查照，該府其轉飭該縣，該縣其聯絡紳營，悉心籌措，以修要政而裨防務。切切！特札。

光緒十年十二月初十日。

札石浦廳同知黃象山縣知縣鄒

札石浦廳、象山縣知悉：照得援臺澄慶、馭遠兩兵輪現泊石浦內港天后宮山腳下，被法船圍守各口，意在奪此兩船。然敵艦喫水較深，未必遽能闖入，且彼於石浦地方無所歆羨，該處百姓原可不必驚惶。惟敵計在截我船出路，待其煤糧罄竭，士卒潰散，彼乃可放小舢板入港，駕船以去。查被圍雖僅二輪，實為南北洋全局所關係，既有二輪在彼放礮守禦，法之小輪究不敢肆然入口。是援助戰艦，即所以保衛地方。但能稍與相持，法船煤盡而退，或可乘間衝出。惟恐澄、馭兩船出口稍久，煤糧子藥或未充足。合亟札飭，札到該廳、縣即便遵照，多派丁役，探明澄、馭兩船情形，隨時詳報。並與該二輪互相通問，如煤糧子藥有不足之處，一面相機設法，妥籌接濟煤糧；一面馳稟本道飭局撥濟子藥，仍候移請防軍支應局，將該廳、縣所墊煤糧實價給發，以禦悍寇而維大局。切切！特札。

光緒十一年正月初三日。

照會英國領事官固威林

為照會事：照得本道接福州電音，中法兵船業經開仗，所有法國商民及天主教堂內教士人口，散居各處，恐內地人民共伸憤怒，易滋事端，應請貴領事查照，轉飭法國商民教士，如有住在甯城內外一帶，即將人口傢具什物一併移往江北岸，以便稽查保護。本道為綏靖商民，兼顧大局起見，貴領事賢明夙著，必能體會。除檄飭府縣一體遵辦外，相應照會貴領事，請煩查照飭遵辦理，望速施行。須至照會者。

光緒十年七月初五日。

照會浙海關稅務司葛顯禮

為照會事：查江北岸地方，各國火輪、夾板等船進口，常有洋人附船而來，其間雖係有約各國體面官商居多，而無約之國及形迹可疑之人亦所不免。當此中法交戰，法人詭譎多端，進口各船，若不設法嚴密稽查，雖保無奸細混入，為害地方。查新關向章，凡船隻進口，均飭扦手洋人，於外國房艙所搭來甬洋人，查詢姓名，稟報查考；其華人常坐之上下兩艙，坐客甚多，勢難逐一詢問，止將人數開報，即見有形迹可疑之人，意謂該船既准附搭，或無他慮，故亦不暇詰問。即如數日前有印度人二名，搭江天輪船華人所坐之艙來甬，即未據扦手稟報。此等洋人，既可前來，不加詢問，則法人之改裝者及為法人所使之人，或混入口內，亦何不可。本道之意，嗣後火輪、夾板等船進口，務須嚴飭扦手洋人，除外國房艙附搭洋人仍照常逐名詢問稟報外，所有中國人常坐之上下兩艙，見有西國及東南洋各國附搭之客，亦應逐名詢問稟報，並諭巡捕房督捕華生，於船到碼頭搭客上岸之際，協同扦手稽查。如見該洋人有可疑之處，即由督捕華生派捕尾隨，留心察看。果有違犯情事，如係有約之國，由華生送交領事官辦理；如詢係無約之國，即將該洋人留在捕房，報知貴稅務司，或准其暫住，或令原船出口，或應根究情節，均由貴稅務司函商本道核辦。嗣後凡法國人無論商民教士，止准出口，不准進口。即先自甯波出往他處者，亦不得再回。如有自他處進口，及復回甯波者，船隻到岸，應飭令扦手洋人及督捕華生，攔阻不准上岸，務令原船出口。似此辦理，庶火輪、夾板等船進口所搭洋人，均有稽查。除照會英國固領事查照飭遵，並諭飭督捕華生協同扦手認真稽查外，相應照會貴稅務司請煩查照，希即轉飭扦手洋人協同巡捕，務將進口各船艙內逐一查詢，如遇法國人，即行攔阻，不准上岸，飭令仍由原船出口，以杜假冒而免溷跡。望切施行。須至照會者。

光緒十年九月初七日。

照會浙海關稅務司葛顯禮

為照會事：頃據鎮海營務處杜丞電稟，停泊石浦之兵輪，已被法圍，備塞五船，移泊口門，樁燈不點，楊統領來商，可否將虎蹲山七里嶼塔燈暫停不點等語。相應照會貴稅務司迅即傳電鎮海七里嶼、虎蹲山洋人撤去塔燈，並飛飭定海之小龜山頂及嶼心腦兩處看守塔燈洋人，一體知照，即請貴稅務司查照施行。須至照會者。

光緒十年十二月二十九日。

余接鎮海來電，夜四鼓，披衣起，立督吏繕文書，移請稅務司電飭速去塔燈。文去後，約熟五斗米頃，而稅司遣人來報鎮海口外塔燈已撤矣。大抵無事時則慮商船夜行之不便，有事時則慮敵輪夜行之便。此雖小事，稍一疏忽，便恐失機，不可不慎也！自識。

照會英國領事官固威林美國領事官司提文

為照會事：照得現值法船遊弋浙洋，飄忽無定，堵塞海口係為保衛地方起見。敵來倉猝，斷難豫知，只得先行照會貴領事，嗣後無論何時，敵船一到，即行沈船塞口，不再照會，以免貽誤防務。為此照會貴領事，請煩查照施行。須至照會者。

光緒十年十二月三十日。

照會浙海關稅務司葛顯禮

為照會事：照得法船遊弋浙洋，鎮定一帶防務喫緊。前與貴稅務司商定，所有鎮海口外金塘山南角雙尖之紅色警船石樁一座，金塘門內鵝礁上之黑色警船鐵樁一座，虎蹲山尾之礁上黑色警船鐵樁一座，游山東北角夏老太婆礁上之紅色警船重木樁一座，又有游山礁東之黑色條編浮球一箇，小游山淺灘角之黑色條編浮球一箇，均應一律撤除。凡險礁暗沙，既無標誌，庶使敵輪迷於所向。一俟法燄少息，再行安置。今既逐漸收淨，合亟照會貴稅務司，請煩查照存案備查。須至照會者。

光緒十一年正月初七日。

去塔燈所以阻敵之夜行，去警船、浮樁等具所以礙敵之晝行。厥後敵屢覓引水不得，竟不能為患，未始非先去塔燈、浮樁之效。然則各關無事時便商之具，皆有事時引敵之具也，可不慎哉！當事機緊迫之秋，設令敵船驟到，攔截口外，則我雖欲去而不能，即去之而敵於海口灘礁淺深曲折之數，亦已望知梗概。此其所爭得失，固間不容髮也。自識。

照會英國領事官固威林美國領事官兼署德國領事司提文浙海關稅務司葛顯禮

為照會事：　照得鎮海為浙東門戶，前以防務緊要，於口門排釘巨樁，中留船路，以備臨警堵塞，用資保衛，業經照會在案。今法船逼近口門，相去不過數里，又時以舢板遊弋窺伺，兼聞有魚雷船伺隙思逞。本道會商地方文武水陸各營，恐奸宄冒充商漁等船乘間混入，自正月十五日開戰之後，已將所留船路口門堵塞。今復添備釣船，於小金雞山淺水等處，一律沈下。以後無論商船、民船，一概不能進出。倘有不自小心，猝然駛近口門，礮臺即開礮轟擊，水雷亦不免觸發，或致損船傷人，概與礮臺、兵輪官弁無涉。一俟法船退去，仍當設法開通，以便商旅往來照常行駛。本道為保護地方及中外商民生業起見，除會同提軍門出示曉諭官商軍民人等遵照外，相應照會貴領事、稅務司請煩查照，一體飭知施行。須至照會者。

光緒十一年正月二十五日。

照會英國領事官固威林

為照會事：　照得法船逼犯鎮口，本道風聞有前在江天商輪之引水人一名，係貴國人，經法船僱去，用為嚮導。因其從前往來甯波，土人無不熟識，兵民籍籍，頗有煩言。此時鎮口水陸各軍，戰守得力，紀律嚴明，本道復隨時設法督同府縣，保護洋商，原可安靜無事。萬一鎮防再有警信，則兵民必謂貴國之領港人引法船到口，或且因法船之肆擾而遷怒於英商，則江北岸洋房不無可慮。彼時本道雖曉諭而不聽，欲保護而無從矣。本道因思貴國在甯波通商數十年，主客相安，互敦睦誼，與本地官商兵民毫無纖芥之猜嫌，乃法人詭謀百出，故用貴國人為引水，欲使貴國商民不能在甯波安其生業，與彼法商相同，其計可謂狡且毒矣！　在法人慓悍驕橫，藐視各國，今復欲敗貴國名譽，以自成其一國之私計。若果使貴國夙守本業之商人無端受其波累，豈不甚為可惜？本道素佩貴領事力顧大局，思患豫防，應請電致駐滬之貴總領事，妥速設法，撤回法船之引水人，並諭飭貴國商民水手人等，嚴守局外之例，以後勿再受法人引誘，貽累洋商，庶符公法而昭睦誼。本道此言，非僅為地方計，實亦為貴國商業之在甯郡者計也。相應照會貴領事，請煩查照施行。須至照會者。

光緒十一年二月初十日。

覷定領事及洋商心事以立言，頗中竅要。領事覆文，雖陽不肯承認，然已隱為警懼。後聞其頗致書駐滬總領事，禁約洋人勿受法船招誘，致累甯埠安分之洋商。所以孤拔欲僱募引水，更形費力。附識。

照會美國領事官司提文

為照會事：照得法船逼犯鎮口，本道風聞有貴國人根甯汗，向充江天商輪之大副，又曾充招商局美富船主，近二三年來充海幫引水，現經法船僱去，用為嚮導，兵民嘖嘖，甚有煩言。相應照會貴領事，請煩查照施行。須至照會者。

光緒十一年二月初十日。

會同浙江提督歐陽曉諭中外商船以海口釘樁出入須認旂燈示

為出示曉諭事：照得鎮海金雞、招寶兩山之間，為中外船隻出入總口，地居衝要，屯紮勇營，欽奉諭旨辦理海防，嚴密布置。業經本軍門、道會議，商請撫部院通飭各營將士，將南北兩岸礮臺營壘次第辦有端倪。今據營務處杜丞測量口門水勢，擬叢釘巨樁，環以鐵練，用資備禦。現在派員採辦物料，並安設機器樁架，俱已齊集，剋日興工。經本軍門、道審度形勢，自招寶山石廠臺腳起，至對面金雞山止，兩邊排釘樁木，中留船路，橫寬十丈以外，以便中外船隻往來，並飭派紅單師船兩隻，靠樁拋椗。釘樁之處，晝則插旂，夜則懸燈，以示行船趨向。但恐中外各船未及周知，除照會各國駐甯領事暨本關稅務司查照一體曉示外，合亟出示曉諭，為此示仰商民船戶人等知悉。如有船隻進出鎮海口門，務須認明旂燈釘樁處所，勿稍自誤。其各懍遵毋違，切切！特示。

光緒十年六月初六日。

勸諭居民各安生業毋得造言煽惑示

為曉諭嚴禁事：照得法人構釁，駛至中國大小兵輪不滿十號，分泊福州、臺灣等處，與我大軍相持，未決勝負。法將孤拔疲於奔命，敵艦既連有損傷，糧餉又艱於接濟，斷無餘力再擾他口。乃昨聞甯城居民無端驚恐，甚至中夜倉皇，相率奔徙。此必有匪徒造言煽惑，欲圖乘機搶劫，而無知之輩墮其術中，實堪痛恨！本道統轄浙東，凡在人民，皆吾赤子，豈肯故為隱飾，貽爾等以不測之禍？今外有定海之屏蔽，内扼鎮海之礮臺，陸營勁旅，重重填紥，水雷巨樁，層層密布，萬一有警，斷非倉猝即能到此！倘實在事機緊迫，儘可明白示諭，豫勸爾民暫避烽煙，一走内港，即可坦然無事。又何必先事驚惶，不顧本業，不惜資財，受行路之苦累，啟匪徒之窺伺，甚無謂也。除密訪造謠之人，嚴拿重辦外，合再出示曉諭，仰吏民紳商人等一體知悉。爾等務須各安生業，不得無故自驚。倘有棍徒膽敢造言生事，搖惑人心，一經訪拿到案，定以軍法從事，決不寬貸！本道念切民瘼，不得不再三告誡，爾等其詳思之，無貽後悔。切切！特示。

光緒十年七月初八日。

繪明各國旂式示

為繪圖曉諭事：照得英、美、德各國，以中法失和，時有兵船進口保護洋商。恐本地愚民無知，疑為法船，造謠生事，特將英、美、德三國旂式照畫於右，俾衆咸知，以免疑誤。特示。

光緒十年七月初十日。

馬江敗後，甯郡居民一日數驚，動輒謠傳法船入口。是時英美德諸國，以保護商務，兵船往來者較多，商船來甬者亦時有之。各國本未失和，勢難拒絶，然居民則不知其旗式之截然不同，亦不辨其為商船、兵船也，通謂之法兵船而已，杯蛇市虎，訛以傳訛，甚至晝夜驚惶，遷徙絡繹。余既出此示，民心漸定。此雖小事，亦可備倉猝應變之一法。自識。

會同浙江提督歐陽禁止兵輪弁勇登岸示

為出示嚴禁事：照得目下海防喫緊，法船在口，業已開仗，凡我兵民各宜齊心協力，敵愾同仇，所有防口之元凱、超武兩兵輪，並南洋駛到之南琛、南瑞、開濟三快船，及協同防守之釣船、紅單船，各該管駕哨弁等，務宜約束弁勇，晝夜在船，專意戰守，不准擅自登岸。倘有一人登岸者，准兵民指認擒送，定即以軍法從事。該陸營將士，亦不得散亂張皇，造謠煽惑。但能鎮靜無譁，即操可勝之券。合亟出示曉諭，為此示仰水陸各軍弁勇人等一體知悉，其各凜遵。切切！特示。

光緒十一年正月十六日。

澄慶、馭遠兩兵輪之被圍於石浦也，弁勇稍稍登岸，或潛携洋槍散去。迨孤拔以雷艇來攻，兩輪管駕雖欲抵禦，而人手不敷，心力不齊，以及於敗。余深鑒此弊，乃會同軍門出示，復連發函札，嚴辭告誡，故與法艦相持數月，兵船將士無敢登岸，晝夜嚴防，使狡寇無隙可乘。事後思之，此著殊不可少。自識。

法船臨境勸居民各安生業示

為出示曉諭事：照得本月十五日，法船四艘攻犯鎮海，經我礮台戰艦、水陸官軍，齊心協力，開礮奮擊，五礮均中法船，洞穿船腰，其三船均畏不敢進。固由將士努力，敵愾同仇，亦由招寶、金雞兩山扼束，虎蹲兀峙其前，潮長潮落，均不易行駛，可稱天險。現在口門排釘樁木，密設水雷，更有兵船五號，聯絡堵禦，軍火糧餉，儲備充足，各營晝夜嚴防，無不踴躍鼓舞。法人雖狡，諒難窺越。且法船數本無多，往來數萬里洋面，實已疲於奔命。其大船喫水較深，尤不敢駛進口門自觸淺礁，致遭沈擱。凡我居民各宜自安生業，切不可聽信謠傳，輕舉妄動，自貽伊戚，其各以上年遷徙者為戒，勿蹈故轍，是所厚望。為此示仰地方紳民人等一體知悉，各宜遵照，毋違！特示。

光緒十一年正月十七日。

自法船犯口，兩次開仗之後，甯鎮居民無一遷徙。閭閻街市，熙攘景象，不異平時。雖海口礮聲隆然，而人皆漢然置之，不以為意，與上年聞馬江之警紛紛遷避情形迥殊矣。余覩此氣機，於是心知法寇之決無能為。自識。

會同浙江提督歐陽招諭法船脅從諸人示

為剴切曉諭事：照得法船遊弋浙洋，逼犯鎮口，屢經水陸將士合力擊退。風聞法船多有閩、廣、溫、台及本郡被虜之人，間或改裝登岸，購買食物，偵探消息。又聞法人性情暴悍，平日役使爾等，無異牛馬，及至臨陣，必驅為前鋒，代法人衝當礮火，死則投尸於海。且法人將爾等翦髮塗面，使與法人同狀，臨戰稍不向前，即被法人屠戮，進則代法人先受槍礮，是爾等進退惟有一死，亦可憫之甚矣。況爾等留在法船，即幸而不死，一經查訪，確有指名，則本籍官紳鄉保照叛逆例辦理，必且禍及父母妻子，辱及祖宗墳墓，終身污賤，不得還鄉，不齒人類。既投至危之地，又被至惡之名，深為爾等不取也。本軍門、道念爾等本屬良民，食毛踐土，二百餘年，何忍甘心助寇，反戈相向，推原其故，或出於迫脅，不能自拔，或貪其微利，苟延殘喘。爾等試清夜自思，於法人何親？於君國何仇？爾之祖宗父母，當生爾之日，無不願爾等為忠臣義士，顯親揚名，榮耀鄉里。今乃靦然役於異族，生為不忠不孝之人，死為無名無義之鬼，至於轟殘肢體，棄尸大海，而人莫之恤，爾之祖宗父母能無恫乎？

本軍門、道體上天好生之德，宣朝廷寬大之恩，今為爾等代籌善策：若法人派爾登岸探信購物，正是爾等脫離虎口，出死入生一大機會；如能赴官投首，以敵船實情來告者，不但不加誅戮，並可酌給川資，咨回原籍；或有偵明敵情，投報要信，抑或密勸多人同謀反正，自必優加獎賞，量其才力，留營錄用。又聞法將孤拔，暴戾性成，虐待其下，即法人亦多懷不服，前月在馬祖澳幾至自相鬨斗。倘法之將士，有偕我國人，慕義來歸者，本軍門、道亦一體接待，較在彼國必倍加隆重引進之人，亦當重賞；如有挈一鐵艦、一兵輪投誠者，本軍門、道必咨稟大憲，奏請優旨，除查照船價給賞外，仍破格錄用，超授官階；有能擊斃孤拔以投效者，其賞與獻一鐵甲船相等；擊斃孤拔之裨將以投效者，其賞與獻一兵輪相等；更有為敵引水，能導彼鐵艦兵輪擱於淺礁者，賞亦如之。本軍門、道開誠布公，昭示準的，神明可鑒，決不食言。爾等從法則進有死傷之慘，退受鞭撻之苦，污及鄉里，戮及宗親；不從法則有還鄉之樂，有向義之名，功名富貴，惟爾自求。

本軍門、道不憚反覆開導，爾等亦可幡然悔悟，知所趨避矣。合亟出示曉諭，為此示仰被法船誘脅人等知悉，務須激發天良，勉為忠孝，轉禍為福，在此時也。倘其執迷不悟，甘為異類，本軍門、道激勵將士，敵愾同仇，臨陣所獲，必盡斬殺勿赦。如爾等改裝登岸，潛作奸細，一經查拏，定即梟示。仍一面購線查訪爾等在法船者姓名，行知本籍，照叛逆例懲辦，恐爾等後悔難追矣。爾等好自思量，勿負本軍門、道一片血誠，懇切勸諭之至意。切切！特示。

光緒十一年正月二十八日。

此示用意在解散法船脅從之人，尤使法船不敢重用脅從之人。中間一段，更欲離間孤拔部下將士，俾自相疑貳。此中妙用，正自無窮。至其運筆遣辭，極淺極顯，句句打入愚人心坎。斯為文告中傑作。蕭穆識。

勸募毀沈敵艦明設賞格示

為出示曉諭事：照得法人逼攻鎮口，兩次開戰，挫其凶鋒。然敵艦尚泊游山外之金塘洋面，或五或六，往來飄忽，擾害商民，且恐日久別生詭計，潛圖侵犯，亟應設法驅剿以靖地方。本道之意，不論華人洋人，如有能獨運奇思，創一精器，或造水雷，或用火筏，或善泅水，能經久涉遠，或善縱火，能儳物扮商，如沈法人一鐵甲船者，賞銀二萬兩，沈一木質兵輪船者，賞銀一萬兩，仍查明履歷，遵照新章，准予越級保獎。或船雖未沈，而毀壞敵船，使彼不堪復用，確有證據者，賞如沈船之半。本道言出必行，斷無失信之理。甯郡夙號名區，豈乏智巧通達之士。即洋人之旅居於此，經商致富者亦復不少。惟願各盡心思，揣摩得法，毋以空談敷衍，毋稍輕率鹵莽，殲茲巨寇，共建殊勳，是本道所深企禱者也。合亟出示曉諭，仰員弁兵勇中外商民人等一體知悉，其各乘時立名。切切，毋違！特示。

光緒十一年二月初八日。

法船經礮臺兵輪兩次擊挫之後，仍在口外，每日對礮臺放礮數次。余欲以虛聲恫喝之，使不敢安然停泊也，乃徧張此示於郡城内外。諜者果言法船將弁連夕警備，分布竹木、鐵綱於艦旁，以防水雷，蓋不能休息者二十餘日，逮停戰信到，乃止。自識。

驅逐遊勇並嚴禁結黨拜盟示

為曉諭嚴禁事：照得自去年以來，防務解嚴，凡甯波、台州、鎮海、定海各防營，陸續遣撤勇丁至七八千人之多。其籍隸湖南者，均經本道察度情勢，或派兵輪，或僱商輪，送往漢口，俾得遄歸故鄉，各安田里，所以為該勇等籌生計，即為地方籌安謐也。乃聞該勇等，多有去而復來，或留滯不去，且時有會匪混迹其中，行踪詭秘，黨類繁夥。前月顔孝文一犯，由鎮海文武拿獲，搜出木戳圖記各件，語多悖逆，實為會中著名頭目。當經會商提軍門發交鄞縣，審訊確供，即按軍律正法，以昭炯戒。本道詳閱供辭，深訝該犯讀書識字，兼挾技藝，儘可自食其力，何苦為此至拙至險之計？大抵始則受人煽誘，繼則藉以自豪，惡習所錮，自蹈刑章，可恨亦可憫也！

查例載凡不逞之徒訂盟結拜弟兄，彼倡此應，為害良民者，照謀叛律治罪；自首者，准其分別減免；有窩藏者，照容留外省流棍，發近邊充軍。法令何等森嚴，人人當知自愛。該勇等所以既撤復來者，或稱招訪親友，或欲再謀入營。試思辦防數年，餉項支絀，在營者尚須遣撤，豈有復行招募之理！該勇丁等逗遛數月，旅資闕乏，必致饑寒，饑寒所迫，則流而為盜為匪，以干刑戮，勢所難免矣。本道用是惻然於懷，不能不嚴行曉諭，著該勇等迅速還鄉，各以所能，自謀生理，農工商賈，任所自為。及此承平之時，共享安全之福，豈不樂哉！

自示之後，除移行地方文武驅逐遊勇外，一面明查暗訪，倘仍有怙惡不悛、結黨拜盟、煽惑愚氓者，定必嚴拿，查照律例，以軍法從事。如有前由輪船送到漢口，私自折回者，一經員弁認出，亦即從嚴究辦。又如棧房民戶，容留遊勇，致滋事端，應視該勇所犯之輕重，分別科罪，客棧仍即封閉，不准再開。本道有言在前，決不姑寬。懍之慎之，無違！特示。

光緒十二年六月十八日。

卷四 電報

光緒十年六月二十三日遞杭垣

撫憲鈞鑒：釘樁動工，福成昨往閲視，甯紳皆言此間銀米由外接濟，一塞口則税釐源斷；英美領事亦來商懇。竊思釘樁仍留船路，非必遽塞，然到臨警一塞，將來啟之較難，且鎮海封船，價昂而衆情不順。因思一活法，兩邊釘樁，中留二十丈，臨警布水雷十餘，一夕可辦，轟擊更準，敵不敢越，較沈船石，力猛工省。商之提台及杜丞，亦皆謂然。惟中間二十丈，似不可再寬，寬則需水雷更多矣。是否如此？伏候示遵！福成。

七月初十日亥刻遞杭垣

撫憲鑒：法船退出閩口，聞有往厦、往粤、往金陵之説。鎮海並無法船，已出示嚴禁謠言。前此屢誡海口，如有敵輪，無論兵商，必當雷礮齊轟，並塞石船，必不使平行入口。福成。

十二日遞總理衙門

總理衙門總辦苑董馮雙大人鑒：中法開仗，法約似廢，法之傳教人可令出境。查各口傳教法人尚不甚多，若能回國，則入教之華民無所附麗，可絶後患。若稍參活著，可許俟議和再來。甬上法人頗自危懼，專聽都中消息。可否回明堂憲，奏明請旨？俾各省畫一辦理，定以限期，並應速照會各國守局外例，勿以煤米火藥接濟法船，並請英丹公使飭大東大北勿為法人遞電，使彼呼應不靈。該公司曾立合同，儘可飭電報局與議，或稍誘之以利。事關大局，機不可緩。福成。

十三日遞杭垣

撫憲鑒：聞法船退泊閩口外百里之馬祖島，修船裝煤，兼添食物，頗有各洋船接濟。洋人云：『本當守局外之例，不濟法船。因未接中國照會，故可從權。』擬求電請總署照會各國守局外例，勿以煤米火藥軍器接濟法船，並令大東大北公司勿為法軍遞電，斷其呼應。該公司立有合同，需我利益，似可就範。福成。

十二月二十六日遞杭垣

撫憲鑒：二十三日閩電，稱有法船七隻泊閩口，向北開行，屬飛告援臺兵輪嚴備。適惠濟船到甬，福成與宗守商令惠濟持函，探往溫台洋面，於二十五日晨開駛。今聞兵輪實泊台洋，尚無法船攻圍，係甬人自台來述之。鎮定各防，已飛令戒備。福成。

除夕遞金陵

宮保爵憲鈞鑒：吳統領電稟想已到，開濟、南琛、南瑞三輪現泊招寶山口外，一兩日內，恐敵來尋。該處釘樁，如到倉猝，不易進口，且礙各臺開礮之路，甚屬可危。目下以保全師船為上策，聞敵計在燬我師船，或乘虛犯長江，似宜趁敵船未到，急調三輪回滬，先顧門戶，添備子藥煤米，可以進退自如。否則法以一二鐵甲停泊浙洋，三輪又被牽阻，長江益虛矣。伏候鈞裁。福成。

同日遞杭垣

撫憲鑒：頃吳統領差官至甬局發電，知南琛、南瑞、開濟三船已於二十九日九點鐘，在石浦外洋與法交鋒，彼此放礮未中，遇霧而散，餘二船不知何往。三船現泊招寶山口外，據云法船南去，恐不足恃，與其泊口外引敵賈禍，不如收入鎮口，或回入吳淞口。擬請飛商提台與吳統領為要。福成、源瀚，除夕四更。

光緒十一年正月初二日夜遞福州

督憲鈞鑒：援臺五輪在石浦洋遇法船衝散，開、琛、瑞三輪駛回鎮海口內，澄、馭二輪避石浦港，現被法圍甚急。法船十餘號縱横蘇浙洋面，尋擊援輪。聞基隆僅留四船，勢甚空虛。可否設法致音劉爵帥，急攻基隆，乘機恢復，絕彼煤路，法當自困。福成。

初三日申刻遞金陵

宮保鑒：鈞電謹悉。澄、馭兩船在石浦被困，福成已勉撥守城勇一哨馳往，並電請撫憲電撥一營往張聲援，又檄象山令妥籌接濟煤糧，吳鎮安康選帶弁勇由陸親赴石浦。三輪此時乘隙回滬最穩，奈統領既出，該管駕不敢自主，又恐回滬惹人非笑。擬請急電嚴飭該管駕趕早回滬，免遭法人攔截。福成。

初四日申刻遞杭垣

撫憲鑒：據石浦廳象山令稟，澄、馭二船於初一日辰刻沈没。恐敵舍石來鎮，已飛致鎮防嚴備。福成、源瀚。

初六日酉刻遞福州

督憲鑒：初二日甫得象山文武報，澄、馭二船入石浦內港，一面切致提台，調水師出身之粵將鄭碧山，屬帶道署衛安勇、府署巡防勇，於初三日赴石。復電稟撫憲，調淮軍一營，亦於初三夜赴石援應。乃旋據澄、馭二船報，於元日已被法人用水雷轟沈。初四夜，得報港外法船已開去，似往台溫洋面，尋擊開、琛、瑞三輪。三輪實在鎮海，恐其來覓，惟有嚴申警備以待之。福成、源瀚。

初七日申刻遞金陵

宮保鑒：兩電已轉致吳鎮等，現探甯、滬、石浦洋面均無法船。似因謠傳開、琛、瑞三輪向溫洋，特往尋擊；尋之不得，必來鎮口。恐敵以一二鐵甲攔截鎮口，三輪既無退步，又無出路，殊屬可危。似不如暫回淞滬，添煤添糧，簡選將士，再定進止，最為活著。可否以此意電奏請旨？法船既往南路，四處尋覓，尚有七八日耽誤。及今駛出，機會最好，稍緩又恐難行。福成。

初八日巳刻遞鎮海

營務處杜覽：領事來函，請暫令商船入口，如塞口則於一點半鐘前知照。現敵船稍遠，似尚可行。仍望電復。福成。

初十日午刻遞金陵

宮保鑒：法換俄旂，語本鈞電。不過滬界法館，防我捕拿。今洋面並無俄船也。敵欲燬我師船，福成早言之。領事、稅司皆云敵知此處無出路，必裝煤再來。閩浙洋六七日可往返，今期近矣。若師船進長江，彼既不乘虛內犯，且有節節礮臺，彼決不敢深入重地。福成爲保蘇浙，保師船，保長江計，非僅顧一隅也。管駕弁勇，半係甯人，不無顧戀，且新敗之餘，心目間無非風鶴。求電飭吳統領勿爲所搖，再飭龔道代僱小火輪前探，以防意外。福成亦再仔細確探，但須乘機即行。倘待至口外再有法船，即該管駕欲行，此間亦必堅留，不使遭危險也。福成。

十一日申刻遞天津

傅相鈞鑒：法使行文各國，在淞口搜船，意在阻我運糧；洋人多惡其狠毒。可否電商英美各使力拒此說？緣英美諸商亦大不便也。琛、瑞、濟尚在鎮口。福成。

十四日巳刻遞鎮海速

營務處杜：三輪來江北岸，惹洋人非笑，百姓驚疑，斷斷不可！且候撫憲續電。福成。

未刻遞鎮海

營務處杜：漁船傳言舟山東南有法船，似未確。望派探船往普陀探之，取僧寺一物爲憑。福成。

酉刻遞上海

電報總局鑒：頃漁船傳言普陀山有法兵，望一面轉致英領事，請其驅逐，仍俟確探再電聞。福成。

附錄十四日申刻上海來電

頃駐滬英領事，遣人來探普陀山法兵佔駐，確否？據云：普陀係舟山屬，舟山歸英保護，如確，英可驅逐。希探示。滬局叩。

十五日巳刻遞金陵 急

宮保鑒：法船已到鎮口外，以四艘横泊，請電飭三輪同心守禦。並擬由道會同提台出示，嚴禁兵輪弁勇登岸。福成。

同刻遞鎮海

營務處杜：敵在口外，望鎮靜嚴備，禁止水師弁兵登岸。無論大小商民船，不准進口。防被暗算，夜多派兵勇，更番巡瞭，最宜防者小港。福成、源瀚。

遞梅墟

統領錢棨翁：法船已排游山外，鎮口自必嚴備，所最宜防者小港，其次則牆下潭，郡城三營當會商嚴備。泗手十人，飭由鎮海赴尊處留用。福成、源瀚。

遞鎮海

提台軍門鑒：鎮口本已布置，諒必鎮靜嚴備。無論大小商民船，概不准進口。防被暗算，請出示嚴禁兵輪弁勇水手登岸；夜多派兵，更番巡瞭；尤宜防者小港，今夕係元宵，更備其乘令節來犯。福成、源瀚。

遞杭垣

撫憲鑒：法船已到，以四艘横泊游山外，求電飭三輪同心守禦，以贖前愆，否則必據實嚴參。現擬由道會同提台出示，嚴禁兵輪弁勇登岸。牆下潭空虚，如能由省派營填紮，俾錢鎮得專防近隘，尤有裨益。福成、源瀚。

申刻遞鎮海 急

營務處杜：聞二法船入游山港，宜裝齊子藥，對準彼船，俟其再近，百礮齊發，稍錯又恐落後。巴夏爾係孤拔坐船，若孤來則尤潑悍，今夕元宵宜嚴備。福成。

同刻遞鎮海 急

提軍門楊西翁、杜徵兄覽：敵轟招寶山礮臺，務請格外鎮定，但使陸軍嚴守，以礮保樁，雖臺稍壞，亦可無慮。並請激勵三輪，同心守禦。福成。

附錄十五日亥刻鎮海營務處杜來電

三點鐘法船攻招寶礮臺，我臺開礮迎擊，頭礮中法船身，二礮中桅，三礮中尾。南洋三輪亦擊中兩礮。法船退，餘船横排來轟，我輪船礮臺極力擊退。英稟。

戌刻遞福州

督憲鑒：孤拔以鐵艦兵輪於十五日來攻鎮口，閩臺法軍必甚空虛。可否飛致諸軍，乘機攻擊，必可得志。福成。

亥刻遞鎮海

提台、楊統領、杜司馬、吳守備均鑒：頃知法船敗退，諸公忠勞，可敬之至！彼雖退未必遠，又恐示弱以懈我。祇要我備得周密，夜尤嚴防，彼鐵甲必不能入我口。諸公儘力辛苦一場，蓋世之功也。望傳諭兵勇，出死力者必重賞，傷亡者必優恤，道府必作主。福成、源瀚。

同刻遞杭垣甚急

撫憲密鑒：三輪在口内，孤酋斷不能忘情。三輪怯餒已甚，恐再臨事倡逃，則全局瓦解。應請憲台電飭錢統領，派員持令箭，往告三管駕：無論何時，如有再移進白家埠一步者，應並前罪嚴參，先行就地正法；能堅守亦專疏保獎。該輪若以全力扼住口門，敵輪究難駛入。事到今時，不得不下此急著。福成。

南洋開濟、南琛、南瑞三輪自石浦敗後，畏法如虎，避入鎮海口内，統領、管駕皆氣沮心懾。余聞其弁勇大半多甬入，戀家心勝，則戀戰氣衰，尤為兵法所忌。余乃出示禁止弁勇登岸，以絶其反顧。又念法艦與三輪隔樁相望，礮聲不息，設令三輪震法餘威，回輪遁入内港，則元凱、超武兩輪勢必被其牽率，陸營士卒亦必望風而驚，恐致全局瓦解。余躊躇再四，始發此電。俄頃而中丞回電已到，悉如余説。余轉電錢統領，適吳統領在座見之，面發赤，良久無言，乃謂錢統領曰：『吾三輪誓與此口為存亡，決不內移一步！請電告中丞勿念。』其後三輪扼守樁門，礮擊法艦，連中要害。相持三閱月，迄未少退，厥功甚懋。論者謂此電之力為多。蓋新敗之餘，必嚴申紀律，使畏軍令甚於畏敵，乃足以作弁勇之氣。余之於統領管駕，本無他意，不過願附古者愛人以德之義，而統領管駕非但不余咎，轉相親慕，蓋諸君亦自知一激之不為無助也。附識。

十六日午刻遞杭垣

撫憲鑒：昨戰頗得利，法一輪被擊穿船腰，夜退駐烈港。進口小船見其搬運物件過船，船頭亦破，旋用別船拖去。初仗得此，足壯士氣。鈞電已立致錢鎮，轉示吳統領及三管駕，甚有愧奮之意。鎮防將士力戰有功，福成昨偕宗守發電慰勞，許兵勇出死力者加等獎賞，傷亡者優恤，應請憲電再激勵之。福成。

未刻遞天津

傅相鈞鑒：孤拔以兩鐵甲、兩兵輪、一木船撲犯鎮海口門，意在尋開、琛、瑞三輪。十五日未刻，孤拔坐小輪來測水道，我礮臺擊之，幾中，乃遁去。申刻，一大黑艦直撲招寶山，我礮臺兵輪合力迎擊，折其頭桅。該艦連中五礮，創甚，敗退。三法船繼進放排礮，我亦開排礮禦之，苦戰良久，法船乃退駐金塘山，距鎮三十餘里。目下口已半封，尚留一舊輪未沈。惟有聯絡將領，激勵士氣，嚴備法人夜襲及在小港等處登岸。家兄處求轉示之。福成。

申刻遞鎮海

提軍門楊西翁、杜徵兄覽：今日有無戰事？如不戰則仍宜防夜，防霧，防敵以舢板在他處登岸，猝驚我軍，至水雷小船衝波而來，白晝尚易混過，黑夜尤難望見，請格外加意。福成。

酉刻遞上海

電報總局鑒：法船於十五日申刻攻鎮海口門，礮臺兵輪與防軍合擊之，一大鐵艦洞穿五彈，退泊金塘山。

金塘亦係舟山屬，英可保護。望轉致英領事，設法驅逐法船。福成。

戌刻遞梅墟

錢統領鑒：接撫憲電，添一營來甯，係為牆下潭起見。福成。

十七日辰刻遞鎮海

杜徵兄覽：接吳統領電，知敵昨夜兩放魚雷船，仍是石浦故智，敵志可知。現留寶順一船，口門僅五丈餘，兵商輪已難進出。日來米價驟長，紳士極言全堵之慮，望時時為萬全計。法添兩船，日內必有大戰，宜嚴備。福成、源瀚。

未刻遞鎮海

開濟船吳統領：前日之戰，仗三輪儘力相助，忠奮可佩！昨夜法放魚雷船，仍是石浦故智，務宜逐夜嚴防。能否潛伺該小船來，圍擊沈之，略示懲創，且稍償澄、馭之失。聞法添二船，日內必再戰，請嚴備。吳克生已留用否？福成、源瀚。

申刻遞杭垣

撫憲鑒：昨晚法受傷之大艦開向北駛，今日有添二船之說，聞自南來。昨電請提台防魚雷夜襲，商由吳統領撥舢板六隻，格林快礮六尊，洋槍六十枝，在椿外巡護。戌亥刻法果兩放魚雷小船，均擊退。福成。

酉刻遞鎮海

提軍門楊西翁、杜徵兄覽：頃接撫憲電，屬弟飭甯局撥洋銀二千圓，交徵兄存儲，備將來力戰有功之賞，其數由軍門酌定，核實毋濫等語。特此轉電。福成。

戌刻遞杭垣

撫憲鑒：今日巳刻，法一大黑艦駛入虎蹲山北，攻我招寶山礮臺。臺開一礮，中其煙筒，再礮中其船桅，横木下墜，壓傷兵頭。南琛、南瑞復從旁擊中三礮，穿其後艄，法船創甚，急放黄煙，收旂轉輪，僅獲出險遁去。明日恐仍有戰事，已電致鎮防嚴備。福成。

亥刻遞杭垣急

撫憲鑒：今日法船敗退，恐三四日内必添船猛攻。杜丞函稱椿外小金雞山及定遠礮臺水淺，既防魚雷，又防淺水船衝入，請買二三百石釣船十隻或八隻趕速駛鎮裝石。可否照辦？以防不測，乞速示！福成、源瀚。

同刻遞福州

督憲鑒：南洋三船，尚在鎮海口内，孤拔專尋此三船而來。十五擊傷法一船後，十六夜法二次放魚雷船，均被擊退。十七午，一法船駛近虎蹲山，礮臺兵輪擊中五礮，法船受傷即退。孤拔以數船泊游山外，聞尚須由臺調船來攻，意仍專注南洋三輪。求飛致臺軍，急攻基隆，乘機剋復，絕其煤路，並使孤酋奔命不暇，三輪亦可早出口，庶不至以利器拘於口内。礮兵已優賞。福成。

十八日午刻遞鎮海甚急

開濟船吴統領鑒：頃聞歐陽軍門商勸執事購備頭號大鐵錨三具，分繫開、琛、瑞三輪之尾，俾船首朝夕外向，不致於潮退時移動，為敵所乘，如馬江覆轍。弟思鎮口潮勢洶湧，深佩軍門識力，應勸台端速辦，雖費數千金可勿惜。勝負之數，決於此矣！福成。

馬江之役，閩廠兵輪九號，又有紅單船、釣船相輔，與法之鐵木兵輪七號相持十餘日。閩輪在内，法艦在外，凡潮長時船首皆外向，則法船之尾適對我船之首，斯時我若猝然擊法，則法敗；潮退時，船首皆内向，則我船之尾適對法船之首，斯時法若猝然擊我，則我敗。蓋兵輪大礮，皆在船首也。閩帥及其將弁習焉不察，而孤拔老將審之熟矣。一旦出我不意，乘潮退時開礮縱擊我船，倉猝之間，欲起椗則不能動，欲開礮則皆内向，惟有束手受攻，數省之軍實，一舉而燼之，可為殷鑒！此次吴統領趕速購置三千五百磅之大鐵錨三具，分繫開、琛、瑞三輪，連夜下沉，於是相持數月。三輪之首，日夜對準法船，大礮裝齊子藥，以待開戰。法船自兩次被挫後，迄未敢進逼椿門，蓋既畏礮臺水雷之轟擊，亦慮三輪之隨時可以夾攻也。此著係守口輪船勝負第一緊要關頭，籌防者不可不知。附識。

申刻遞杭垣

撫憲鑒：錢鎮前接憲電，吳統領與三管駕皆已知之，頗能愧奮。此電裨益良多，擬再略摘電諭大意函勉之。孤拔注意三輪，未必甘休，或須添船力攻，戰事恐一時難了。福成。

戌刻遞鎮海速

提軍門楊西翁、杜徵兄覽：今夜晦雨，仍宜嚴備魚雷及敵以舢板蟻附登岸，戰士宜更番休息。民船漁船，是否仍禁進口，抑限以一定時候派人嚴查？聞有奸細來斷電線，確否？福成。

二十日午刻遞上海速

道台邵筱翁鑒：聞法人欲在滬僱引水猛攻鎮口，務懇執事設法禁阻，並叮囑各國洋人，嚴守局外之例。如竟能絕彼領港，則執事桑梓之邦，皆受庇蔭矣。福成。

亥刻遞鎮海

提台健翁鑒：昨擊沈法撲岸之兩舢板，欽佩之甚！敵知正口難入，必再肆詭謀，請嚴備之。漢奸望嚴查，必殺勿赦！接滬電，大赤山及崇明口有法船四五，似為阻漕計。法在滬欲僱引水來攻鎮口，已電請滬道設法禁阻。福成。

同刻遞杭垣

撫憲鑒：昨夜法用黑白兩舢板乘晦欲登南岸，潛襲港口礮臺，適健左旂費營官率勇放哨，伏嶺下，伺其近岸，縱排槍截擊，沈其兩舸，未逃一人。今早敵放小輪至虎蹲，被礮臺擊回。接滬電大赤山崇明口有法船四五，專為阻漕計。又在滬欲僱引水來攻鎮口。應請電達總署，飭滬道查明向充引水洋人，悉行僱用，分派南北洋各兵輪，庶各口無虞，非特保浙。再請憲委龔道會同滬道，專辦杜絕引水一事。鎮口幸先豢二引水，並去塔燈浮筒，頗獲益也。福成。

二十二日巳刻遞杭垣

撫憲鑒：接滬電，孤拔以按月洋銀八百圓，暗僱精於浙洋之英德兩人為嚮導，遇難許給恤二萬金。經滬道派員勸阻，兩人索總酬二千金，願立保永不助敵。竊思去引水，不啻去敵耳目手足。此事關係急切重大，又恐延誤，已擅電請滬道與訂合同，但須該兩人保以後永無洋人再受敵僱。福成亦已照會領事，電致駐滬領事，申明禁約。仍候憲電迅示，並請電委龔道會同辦理此事。福成。

附錄二十一夜亥刻江海關道來電

道台薛：尊意囑領事禁引港人勿助敵，恐暗中受僱，且尚未宣戰，亦難禁。頃探得孤拔以按月洋銀八百圓，商僱精於浙洋之英德兩人，遇難給恤銀二萬，弟委員勸止。據云尊處曾訂留兩人，須總酬兩千金，永不助敵，願立保，尊意如何？乞電示。邵。

同刻遞上海

道台邵筱翁：費神感極。英德兩人，須總酬兩千金，弟一面電請省示，仍先請尊處與訂合同，保以後再無洋人暗受法僱。該款請暫墊即匯。福成。

酉刻遞上海急

道台邵筱翁鑒：所有精於浙洋之英德兩人，請飭理船廳查其姓名及有無執照，抑是否素有能名。如有照，或向稱能幹，應許酬金。否則恐有假冒，且即僱去無害。如該兩人急不能待，請告領事暫留之數日，以待定議。費神之至。福成。

附錄二十三日巳刻江海關道來電

英人名化挨，德人名勃倫，均有執照，曾充甬江引水十餘年，本關稅司盛稱其聲望。兩人謂熟悉浙洋而有執照者僅四人，其二為尊處扣留，餘即伊二人。願保此外別無好手，共索酬金二千兩，再少不允。須明晨訂合同令稅司作保。是否？速電示。邵。

二十三日未刻遞厦門

軍門彭紀翁鑒：法船兩次攻鎮口，兩船受傷退泊，近無動靜。現聞浙洋有法船十隻遊弋各口，又有水陸全棄臺灣，佔駐普陀之說。應請設法轉致臺軍，乘虛急攻基隆，絕其煤路，可以有功。福成。

申刻遞杭垣速

撫憲鑒：美國人根甯汗在法船引水，昨照會美領事，請其電致駐滬領事，設法撤回，以符公法而敦睦誼，且使甯郡兵民不怨及美商，地方官亦易於保護等語。擬請轉電總署，如美使提及，亦以此意告之。明知撤回不易，亦以絕後來之受僱也。因聞領事已發京電，恐其捏造異說，稍為所搖，則鬆勁矣。福成。

二十四日午刻遞鎮海

提台健翁鑒：外間謠傳敵於二十五六日恐有舉動，今果添一船，請嚴備。又聞小港昨有法人登岸買物，日間似應派兵脫去號衣，雜於民間，分途偵察，遇可疑者執之，庶絕敵之窺伺。引水好手熟於浙洋者，滬上僅二洋人，已商滬道與訂合同，不再助敵，酬銀二千。福成。

未刻遞杭垣

撫憲鑒：法四船泊口外未動，今午駛去一船，自二十八至初三係潮汛，尚宜嚴防。查十五開戰後，口門已封，僅留寶順未沈。各領事求放進商船，時來饒舌。今不得已，照會領事，並會提台出示封口，各船均停出入。一稍止領事之煩聒，一懈敵志，或漸退去。惟寶順横泊口門，與沈無異，非到緊急，可勿沈也。福成。

二十七日午刻遞鎮海

提軍門楊西翁、吴統領、杜徵兄覽：法船日內必猛戰，請以全力嚴備。又聞法礮已轟小港及蚶子嶺，但須陸營扼定，靜以待之。敵船少，且港淺，自可無慮。又恐敵故擾南岸，而出我不意，仍攻大口，礮臺想早嚴備。周副將一營，日内由横溪拔赴蟹浦。福成。

中刻遞鎮海

提軍門楊西翁、杜徵兄、吴吉兄覽：溯查馬江、臺北、石浦鎮口，敵之舉動，皆在朔望，或前後三日内，乘潮汛也，此後數日内必有惡戰。今日放礮，敵計必別有所在，或聲東擊西，或懈我軍心。夜間魚雷及舢板偷渡，尤宜防。又恐敵船乘夜潛駛進虎蹲，來攻招寶，種種想已準備。至彼遥對營臺開礮，如我礮力所不及，惟不理最好。福成。

附録二十七日亥刻歐陽軍門來電

道台耘翁鑒：來電謹悉。法將大白鐵甲向南岸港口及弟駐所，開礮連十餘次，小港礮臺被中三礮，外牆竹泥礮房略有損傷。弟駐所門前飛來之彈，大者重二百六十磅，並未傷人。我處靜鎮不理，鬼船慢慢退下。屢承關照，感極！我軍穩守穩打，決不懈怠！利見啟。

二十八日未刻遞鎮海

營務處杜：昨司領事赴鎮，所商虎蹲卸客一事，想經執事拒絶，現擬力勸改赴穿山。惟業既封口，應由尊處會縣出示，嚴禁商漁各船在椿旁出入，以杜洋人效尤，且免領事藉口。封口告示四張，前送提台會印，究竟尚須幾張？望電示。福成。

戌刻遞杭垣

撫憲鑒：法礮連日轟擊小港礮臺，彈重二百六十磅，臺竟無損。昨法人駕礮，方登桅頂，繩索忽斷，墜壓死傷者二十餘人，其氣已奪矣。福成。

亥刻遞鎮海

營務處杜：來函已悉。司領事蠻而無理，到尊處則謂弟已允准，來署又謂執事已准。明日江表搭客到虎蹲外，該領事親自往接，置一切於不顧。稅務司恐啟釁端，力勸姑准一次，現給函交稅司帶遞。稅司人甚平正，尚能為我出力也。福成。

同刻遞鎮海

提台健翁鑒：頃接滬電，法有六點鐘來攻之說。敵兩次轟小港空臺，恐其試知無人，或思由彼登岸。若乘夜伏數百人於其中，或扛置大礮數尊，出其不意擊之，可以得志。請酌辦。福成。

二十九日巳刻遞鎮海

營務處杜：頃接英領事函稱接本國大憲電飭勇敢兵輪迅赴吴淞，現已開行，請電致營務處知照，及兵輪派一弁護送等語。已函復以封口係照會在先，此時口門能否可行，須察看辦理。如可行，則告以封口告示尚未徧貼，亦姑准此一次可也。福成。

未刻遞鎮海

營務處杜：小港礮臺，礮力本小，今又撤去，恐敵乘我空虛，徑撲南岸，望速籌補救之法。福成、源瀚。

附録二十九日亥刻鎮海營務處杜來電

午後兩奉電諭，謹悉。現與楊、錢統領面商，提台調小隊右副兩營駐衙前，策應南岸；小隊正前二營在梅墟，策應育王嶺一帶；周營駐貴駟橋，與親兵左後兩營同護海塘；親中營扼招寶山，並令親兵右營一哨駐威遠臺後，調紅單廣勇助定遠礮臺；親前右營備隊聽調；現錢統領帶親兵二哨駐江南道頭，策應南岸。如再有警，楊統領帶隊渡江，英守招寶山，照應北岸。小港空臺現置千觔礮二尊，並多埋地雷。又將烏龍岡後膛礮二尊移對港口。此外威遠、安遠臺均有礮二尊，定遠臺一尊，均可對小港轟擊。兵輪儘可扼守口門，實順相機行事，決不游移。提台隊伍亦籌備停當，小港礮兵，已與嚴約賞罰。英稟。

亥刻遞天津

盛杏翁鑒：電悉。小港礮臺，去年提台以其地勢孤危，挪去礮位，僅存空臺。二十七日，法船放十餘礮，僅中三礮，嵌入蔴土袋，及壞一亂石牆。二十八日又放九礮，無一擊中。我軍靜守不動，均未傷人，至今空臺屹然未毁也。傳言法人於二十九將力攻，因大霧大風未動。今駛去兩艘，尚留四艘，請代稟傅相。福成。

三十日巳刻遞鎮海

營務處杜：昨接電籌商南北岸策應情形，各營各臺通力合作，布置周密，欣佩之至！即商提台統領照辦為盼。福成。

二月初二日亥刻遞杭垣

撫憲鑒：今日敵無舉動，閱西字報，知孤拔費盡心力，欲以重價僱募引水，而好手四人皆被此間訂定，其劣者不能得力，今懸價六萬金而無應者。稅司等皆稱浙省所用數千金，甚為得勁。又有船戶被法船虜去釋回者，亦稱孤拔詳詢鎮口港路，似尚未忘情於三輪也。福成。

初五日亥刻遞杭垣

撫憲鑒：頃甫自鎮海回郡，細察鎮防，布置穩固，將士齊心，氣象甚好。昨商勸錢鎮乘夜襲擊法船，頗獲利，當由錢鎮自稟。福成。

法船屢挫之後，退泊金塘，惟以一大艦向前拋泊，倚游山為障蔽。余往鎮海勞軍見之，密商之錢統領玉興，謂乘夜襲擊，可以得志。初四夜，錢統領親率敢死士，潛運後膛車輪礮八尊，伏南岸清泉嶺下，四更後突擊之，五礮到船，傷人頗多，後有傳孤拔亦受傷者。法船開礮回擊，彈落水田，我軍旋即收隊。附識。

十二日申刻遞京都

總理衙門總辦苑董馮雙大人鑒：法船久泊浙洋，常有大輪船裝煤由東洋運來接濟。現查西洋各國皆守局外之例，而日本獨違公法，狡獪可恨。應請回明堂憲，電致徐星使向日廷詰問，一面在京與日使理論，如能絶其煤糧，則法船自困矣。再聞法船屢向大戢山以重價寄電信，如飭盛道訂止大北公司，稍許以利益，使法人消息不靈，必有裨於大局。福成。

十五日戌刻遞鎮海

營務處杜：來電各節，早於半月前密致税務司，轉告領事。因係封口後格外通融之事，故未便用公文照會。明日司領事到口，應由曼雲再申前説。至領事請永甯入口，弟已力拒。税務司稱永甯到後，難保法船不去搜查，尊處不必又啟猜疑等語。鄙意法船可搜永甯，我亦須細查駁船，自無流弊矣。福成。

附録本日鎮海營務處杜來電

道憲鑒：頃奉電諭，當請鄧、吳兩管帶來局商議，如永甯天明七八點鐘來，准停虎蹲北首，卸貨起客。夜間辨認不清，恐防誤擊，倘敵船來打誤傷，不管我事。請憲台知照領事，以免後言。英稟。

二十日戌刻遞杭垣

撫憲鑒：連日敵船無舉動。現密籌暗送水雷之法，而電線已罄，倉猝難購。可否飭局撥水旱兼用之小線一英里來甯？俟用過後，仍可存局備用。此事成功，固無把握，萬一能成，則收效大矣。福成。

二十一日戌刻遞鎮海

營務處杜：頃接撫憲密電，中法款議雖成，各營仍宜一律戒備，且勿宣揚等語。鄙意兩敵相持，每於將和未和之際，乘人不備，以圖一逞，此兵家之常事。法人狡詐多端，去歲諒山即其前鑒，自應嚴防勿懈，以觀其後，並望密達提台統領為荷。福成。

二十四日申刻遞鎮海

營務處杜：頃據英國固領事函稱宜昌商輪於明早到口外，並帶來一小火輪，以備拖駁船運貨出入等情，希即查照前待永甯之例，酌辦為要！福成。

三月初一日申刻遞杭垣

撫憲鑒：頃傳相轉到總署電云，法提督既約明停戰，鎮口塞河石船似可酌開一走商輪之路等語，現已電商提台，擬先將浮泊口門之寶順船拽開，數日後再將兩旁沈船各去其一，以後再察度情形辦理。如此則斟酌緩急，似無流弊，仍候憲示遵行。福成。

初二日午刻遞杭垣

撫憲鑒：電諭謹悉。口門情形，已另函稟。今所患者，洋人之饒舌，商民之多言，而釐稅濟餉猶第三層也。前見寶順側泊口門，並不橫泊，今但拽之稍進，且仍留火，是相去祇尋丈，似於防務無損。擬請憲台電覆總署，告以向留寶順輪船阻泊口門，尚未沈下，今即拽開以讓船路，其兩旁石船，擬俟一兩月條款定後，再酌議起去數隻等語。如此則總署亦可執憲電以拒洋人之喧聒矣。福成。

酉刻遞鎮海

營務處杜：電悉。法人之意，似尚防我船出擊。惟其欲通商船，與總署昨電相同。蓋因英、美各國催逼，故中、法皆先議及之。今既難弛備，又須稍示通融，以答總署。弟前見寶順似豎泊口門，並不橫阻，今但拽進尋丈，可讓船路，且仍留火，足備緩急。其兩旁石船，自應俟法船盡退，條約大定後再議矣。否則暫准永甯、江表等小輪進口，以此照會洋人，亦足杜其饒舌，如此則寶順並暫可勿動。二者孰便？請籌商示復。福成。

戌刻遞鎮海急

營務處杜：頃發電後，旋接來電。法船尚未肯退，自以暫緩開口為妥，已請撫憲電復總署矣。如洋人能不再饒舌固好，萬一總署因議約緊要之時，欲聯局外各國，再有來電，仍望豫籌通融因應，見示為要。福成。

亥刻遞天津

中堂鈞鑒：昨接總署電諭謹悉。近日民船在椿旁淺水處出入，輪船泊招寶山椿門外，起駁客貨，商路漸通。惟今日法李提督致提台函，稱兩國雖和，尚未奉畫押的音，自今貨船准其出入，惟糧械尚須扣留，法船仍要泊口外，華船仍請泊口內，如即開出，仍要放礮。俟得電音，自當速告。和議定後，大家相會等語。中丞與前敵諸統領來電，皆謂彼既不退，未便遽行開口。求轉電總署為感。福成。

初六日戌刻遞天津

中堂鈞鑒：法使北上議約，想可抵津。滇粵各軍於剋諒山後，既須按期撤退，以踐去年津約，法軍自必讓出基隆、澎湖，以昭公允。或催以基、澎讓出後，再議詳約，更覺周密。至鎮口外法船，亦勸令早退為妙。緣浙防將士，壯氣百倍，躍躍欲試，相持稍久，或恐啟釁也。福成。

初十日酉刻遞鎮海

提軍門健翁、營務處杜徵兄鑒：漁汛將届，凡官紳商民之請派巡護者，絡繹而來。甯府鄞令，屢進詢辦法。惟法船未退，兵輪紅單斷難出口，而台匪遊弋，又不可無以彈壓。擬如去冬辦法，調勇而不調船，先撥廣勇五成，交鄭仙崖帶扮商船出巡，以戢奸宄，隨後再相機酌辦。是否？希即示復。福成。

二十九日申刻遞鎮海

營務處杜：頃稅務司函稱法約已定，如接開口電報，貴處起去石船能否迅速？若需日過久，稅司可請滬關營造司來辦，三日可竣事。兹特豫為商詢。福成。

三十日午刻遞鎮海

營務處杜：津電述准法船進口之旨，已轉致提台，想見到。如法人來言，不便明阻，衹可用延宕之法，告以口外布滿水雷，須逐漸打撈；又當赴滬辦機器來，浮起石船，恐非匝月不能竣事；若彼船被碰被轟，又恐傷和誼等語。彼不耐守候，必駛往他處矣。福成。

六月初一日申刻遞杭垣

撫憲鑒：閩營禮物犒賞已送。南洋三輪，定初四日開回江南。吳鎮等探聞閩營得優禮，未免相形見絀。

應否略示恩誼？管見每輪犒賞洋銀百圓，亦體面矣。
福成。

庸庵文外編

薛福成自序

光緒丁亥，余編庸庵文，得五十五首。己丑冬，續編復出，得十九首。比出使泰西，聞見恢奇，稍有論述，直抒胸臆。然縻於使事，卒卒無餘閒，不遑復研古文辭，時用自恧。一日，敹行篋，釐未録之舊文，大較指陳時務，振筆疾書者為多，亦有前此偶軼，至今始蒐得者。不忍卒棄，稍加甄次，自甲子至壬辰，都為四卷，凡七十一首。郵致余友蕭君敬甫，校而存之，以備他日自鏡云。時光緒十有九年癸巳春三月三日，無錫薛福成自序於倫敦使館。

凡例

一、外編各類與正編稍異，有正編有而外編無者，有正編無而外編有者，是以位置先後次第，不能盡同。兹參酌諸家體例，首論説，次書後，次序，次書牘，次贈序，附壽序，次傳，次書事，次碑，次墓誌銘，次記，次哀辭祭文。各類按年月先後為序，而以代作者附各類之後。

一、幕府代擬奏疏，關繫大局者，不下數十篇，今已選其尤有關係之作七八篇，刊之正續編中，其餘擬置之別集，所以是編獨無奏疏。

一、幕府代擬，除奏疏外，惟書牘一類為尤多。亦可藉以考覈時事，表裏史學。今因曾、李兩相幕中所擬書牘卷帙不少，擬另選刻別集，故正編外編采輯不多。

一、正編體例較嚴，並不收列壽序。兹編亦僅録三首，至各類所用體例，大致與正編相同。

一、文中點句，文後或録評語，及擡頭之字概作平擡，體例均與正編相同。

卷一

選舉論上甲子

方今人才之進，取諸制藝。制藝之術，果可以盡人才乎？明初設科，始尊制藝，謂其能闡發聖賢意也，謂其根柢經史，足徵學問器識也。遷流既久，文日積日多，法日講日新，一變趨機局，再變修格調，三變尚辭華。浸淫至今，敺天下數十百萬操觚之士，敝精憊神於制藝之中，不研經術，不考史事，辨性理之微言，則驚為河漢，講經世之要務，則詫若望洋。每歲掇巍科、登顯第者，大抵取近科程墨轉相剽襲，同其文，不必同其題，有其辭，不必有其意。苟有舍是而別抒心得，高古絶俗者，有司往往擯不錄。夫人情皆憚迂遠，慕速化。古今理亂得失興壞之故，大學格致誠正修齊治平之要，求之者數十年難窺閫奧，仍無當於進取之數。孰若綴緝膚辭，規模時調，博清顯於數年間哉！

先儒亭林顧氏有言，八股盛而六經微，十八房興而廿一史廢。易堂諸子，遂創謂秦皇以不讀書愚黔首，明祖以讀書愚黔首，殆有為言之也。且時文至今日，非獨其文之譾陋，無足尚也，今即有一能文之士於此，一旦登要職，握事權，其經世宰物，未必稍異於恒人也。是何也？試之以素所不習也，彼其平居所熟習者，不過曰孰為天崇國初，孰為名家大家而已。夫先輩不可磨滅之文，豈竟無得於實學者哉？然譬諸水，六經，海也，諸子百家，江湖也。天崇國初名家大家之文，取河海江湖之水，置諸溝渠以資灌溉者也，儻日汲溝渠以資灌溉，則涸可立俟。豪賈入五都之市，猝閱瓌寶，悉讎所望，斥鉅資，輦貨以歸，久之而因此得售者稍多焉，則所積不溢於所陳之外。久之而相踵得售者益多焉，則焜耀通闤者，無非偽物以炫人耳目。是故明初以制藝取士，徵實學於制藝之中，今世以制藝取士，別制藝於實學之外，積重之勢然也。

或謂：『制藝信不足取士矣，自有明以逮近今，凡魁儒碩學，與夫瓌琦卓犖名世之大賢，曷嘗不以制藝進哉？』『是不然。夫天生異才，必使出為一世用。其翹然不可泯没，不為末流所驅煽者，固有之矣。孰知夫二百年來，聰明才傑之資，迍邅場屋，槁項黧馘以老死牖下者，肩相望也。』『然則如何而可得人才乎？』曰：『制藝之盛，已五百年，至今日而窮矣。窮則變，變則通，通則久。為今之計，其必取之以徵辟，而試之以策論乎？黜浮靡，崇實學，獎薦賢，去一切防閑，破累朝積習，則庶乎可以得人矣。』

選舉論中 甲子

或曰：『然則徵辟獨無弊乎？今即以科場論，自扃門搜檢，以至糊名易書，防檢嚴矣。然且一有罅漏，百弊叢生。若以薦舉事付有司，其能無弊乎？』曰：『是知其一，未知其二也。夫上以苟賤不廉之心虞其下，則下亦以苟賤不廉自待。不治其本而防其末，防之者益周，應之者益巧矣。且使為有司者而賢與，必能蒐訪幽隱，薦揚才傑，其可以得士之術，十倍科第，非若冥搜窮索，決片刻之短長於文藝之末也。為有司者而不賢與，則其人不可一日加於民上，不當待取士之日而始防之也。竊嘗觀漢、唐、宋之世，自賢良方正以逮直言極諫等科，皆大臣有司薦之，天子試之，非常之人，往往而出。本朝博學鴻詞一科，其被舉者雖有赴有不赴，或赴而不用。若湯潛菴、顧亭林、陸稼書、李中孚以下，凡道德經濟之彥，指不勝屈，未聞有庸陋闒茸之士廁其間。是何也？朝廷苟真切求之，非才望卓著與束修自好者，不敢妄以應詔；即有幸獲虛名者，十不過二三，且其才器必稍有過人者。若今之科舉，無論有司百執事之弊，未必能無；無弊矣，而夾帶槍替剿襲之弊，斷不能絶；諸弊絶矣，而所取之允推名手者，多不過十之一耳，能文之士之有潛德、有實學者，亦不過十之一耳，是百人而得一人也。是故以科舉取士，雖諸弊皆絶，而百人僅得一人；以徵辟取士，雖弊端偶見，而十人可得四五。』

或曰：『徵辟之盛，三代下莫如漢，然末流之弊，士以標榜相尚，甚至矯飾名譽，非議朝政，則何如渾賢否之名，而息其爭競之心哉？』曰：『是所謂因噎廢食者也。夫漢之立國四百年，風俗樸茂，政事清明，獨非得士之效與？其後上無明君，朝無是非，諸名士乃爭相倡和，樹朋黨。然上下知畏清議，漢之賴以維持者數十年。且凡物不可偏重，偏重必敝。今科第之偏重久矣，宜以徵辟之法救之。若子所言，其弊當見於數百年後。救之之術，在後之人，非愚所敢知也。』

或曰：『今之孝廉方正，與各省優貢，乃仿古徵辟之法，未聞得士盛於科第也。』曰：『天下大勢所趨，恒視上之輕重以為的。今舉天下惟科第是慕，其不由此進者，則概指為他途，未聞上下交輕，猶可以得人者也。況孝廉方正之目，間數十年一舉。其中真偽參半，若嚴先生如熤，羅忠節公澤南，皆舉孝廉方正，未可謂所得之不如科第。優貢則曩時有司奉行故事而已。今進用之塗已稍改，得人固不遜於科第也。』『然則今之取士宜如何？』曰：『常科之外，宜開特科。常科以待天下佔畢之士，試策論。論仍以四子五經命題，特易其體格而已；策則參問古今事，問之古事以覘其學，問之今事以覘其識。勿以一節之長而遽取，必統觀其實學；勿以一句之疵而遽黜，必合校其三場。特科以待隱逸之士、不羈之士，及才行素著、久困場屋之士，令內外大臣薦舉，天子親試之廷，取其學通古今、器識閎偉者授以職，罷者以禮遣歸。其科或賢良方正，或直言極諫，或博學鴻詞，隨時設目。其舉之也，或一二十年，或五六年，凡值有大政事則舉之，大謀議則舉之，大恩則舉之，灾異則舉之，舉無定歲，取無定數。其已得科第者，五品以下亦許與選。大臣得人者，受薦賢之賞；舉非其人者，受欺罔之罰。若是則人才庶少遺逸矣！雖然，法無定而用法者在人。苟此法初行，而所任或非賢者，則不知者且以咎法之不善，然則任人尤不可不慎哉！尤不可不慎哉！』

選舉論下 癸酉

曩余嘗論制藝取士末流之弊，由今思之，人才之進，不盡重制藝也。人才所由大用，其在小楷與試帖乎？且制藝號為代聖賢立言，文之至者，得不偏不易之旨，所病者體日刓及有司識不精耳。即使連掇科第，苟不工於小楷試帖，不過得一知縣而止。而世所謂清要之選，如翰林，如御史，如內閣中書，如軍機章京，大都專選小楷，或以試帖輔之，舍是末由進也；又如三品以下京員之膺試差，及大考翰詹之遷擢，舍是亦末由得也。此數端者，定制或考策論，或考制藝，或考律賦，而小楷試帖，往往兼之。自校閲之大臣，不皆邃於學，又殿廷之上，期限促迫，日趨苟簡，惟小楷試帖，一望可知優劣，不能無偏重之勢。避煩鬥捷，流風相師，久之而考者、閲者皆忘其所以然，莫不謂功令當然者矣。夫小楷取勻潤，非有鍾、王、顏、柳之書法也，試帖尚新巧，非有李、杜、蘇、王之詩派也，其理之陋，體之庳，尤出制藝下遠甚，然而囿百餘年來之穹官碩輔，必令出於其中。凡經史、掌故、律令，一概可束高閣。翰詹清班，驟聞大考，懍懍焉惟恐小楷試帖偶襮其瑕，非特不能遷轉，而罷黜且隨之。

余嘗疑策論之禁涉時務，及翰詹各員專以小楷試帖為殿最，或由故相和珅之欲攬權蔽賢，為此束縛英豪之舉。蓋此風盛於乾隆中葉以後，浸淫漸染以迄今日也。夫以四五品之華資峻望，宜於此等汩沒性靈之具，可少止矣！珍其日力，講經世宰物之略，研國計軍謀之要，豈非朝廷育才本意哉？不此之務，而尚詹詹之小技，近世如陸建瀛、葉名琛、何桂清等，皆專精小楷試帖者也，一出而殃民辱國，為世大僇，豈不哀哉！何者？所用非所學，所學非所用也。余友有官翰林者，鬚髮斑白，猶以制藝、試帖、小楷分立課程，刻苦尤過人，終身如童子之在嚴師側者。其言曰：『吾一日離此，則不能得試差。居翰林而不任試差，此饑寒之媒也。吾為此所以救饑寒也！』厥後果迭充主考學政，終以神鬱氣悴，得疾遽殞。余嘗惜其遇而惘然憫之。曾文正公入翰林，其師季侍郎芝昌勸令劬於考試之學，文正辭以體羸多病，而大肆力於理學、古文、經濟，成就至為閎遠，皆於京邸十餘年內基之。此文正所以為文正也。而今之翰林，能若是者尟矣！

或謂：『子因何桂清等而病翰林，然文武具備，經緯區宇者，如曾文正公、胡文忠公及今伯相合肥李公，皆出自翰林，則小楷試帖奚負於天下哉？』應之曰：『今世人才之進，不外考試、勞績、捐納三端。勞績尤著者曰軍功，而軍功、捐納，頗為時論所訾謷矣，惟考試有正途之目，翰林尤正途上選。胡公以編修降調家居，幸藉捐納，再得進用。李公以編修崎嶇十年，繼入曾文正公幕府，累以知兵保薦，始由道員超擢巡撫，亦不能無藉乎軍功。惟曾公已由檢討仕至侍郎，然其後奉諱家居，起兵討賊，亦因軍功始獲大用，否則以京員老耳。以軍功、捐納之蒙訴病，而三公不免涉其藩。蓋賢豪應運，不可抑遏，無論何塗，必由之以進也。若夫江忠烈公、羅忠節公、李忠武公兄弟，今伯相左公、威毅伯曾公及衡陽彭侍郎等，聯翩踔起，則純倚軍功矣。是故乾隆以前，賢才未嘗不盛，其時登進之塗，不恃小楷試帖也；乾隆以後，小楷試貼日重一日，至咸豐初年而弊不可救，幸有軍功以劑之，遂能羅英俊，濟艱難。』

今內寇已平，而强鄰環伺，其勢又稍變於昔矣，而小楷試帖之相嬗成風則如故也。瘝人志氣，錮人聰明，所謂自侮自伐也。為今之計，宜變更一切成法。如大考翰詹之類，可罷者罷之。其餘則以策論、掌故、律令代制藝、律賦、試帖，以糊名易書代小楷，以責公卿保薦賢才、重其賞罰代大臣之閱卷，尤在九重之上，精神默運，詢事考言，采宿望，覈輿論。如是而真才不出，吾不信也！

海瑞論 癸酉

有明一代，人才皆偏於剛者也。逮其末流，厥病為客氣，為沽名，為黨同伐異。若夫居風氣之中，不為末流所驅，粹然獨葆其天真者，中葉以後，吾未睹其人焉。嘉靖、隆慶間，海忠介公瑞以鯁直事君，以果敢任事，考其事，雖未盡協聖人之中道，揆其指趣，大抵任天而動，表裏如一者也。

余嘗綜論古人而得四人焉：漢之汲黯，唐之宋璟，宋之包拯，明之海瑞。其剛氣勁節，仿佛相似。宋璟輔佐良時，規模遠矣，而其德器之渾全，有非三子所及者。汲黯、包拯，亦尚遭時差隆，行其所學。獨瑞遇非其主，忠諫獲罪，始終不撓，孑立孤行，無所依附，亦可謂豪傑之士矣！

顧或者曰：『瑞之撫吳，因新鄭高相薦擢之恩，受其私屬，為摧折華亭徐氏。』此恐出自當時怨嫉者之口，蓋不足為瑞病。若其鋤强抑貴，不免過當，又或不審事之本末，而發之太驟，此則剛者之過耳。

抑又聞之，明代撫吳最著者，前惟周文襄公忱，後惟海忠介公瑞，吳民尸祝至今。余論而斷之曰：『文襄，才優於德者也，其功之濟民也遠。忠介，氣盛於才者也，其風之感民也深。』

葉向高論 癸酉

自古國家隆盛之時，非特人才昌也，或以中材而建不世之業者有之，蓋勢有可乘也；國家衰亂之際，非特人才乏也，或以藎臣而蹈覆餗之譏者有之，蓋慮有所窮也。明代閣臣，自嘉靖以後，或偏尚才氣而見擯清議，或依阿苟容而漫無建白。人才既敝，禍敗隨之。若其德器粹然，為善類所歸仰，而又能彌縫匡救，與時變通，如葉向高之忠清練達，蓋不多見。向高之入閣也，在沈一貫、朱賡相繼去位之後，請補缺官，罷礦稅，見帝不能從，又陳上下乖離之病。嘗上言今天下危亂之道有數端：廟廊空虛，一也；上下否隔，二也；士大夫好勝喜爭，三也；多藏厚亡，必有悖出之釁，四也；風聲習氣，日趨日下，莫可輓回，五也。非奮然振作，簡任老成，取積年廢弛政事，一舉新之，恐宗社之憂不在敵國而在廟堂也。嗚呼！此可謂切中時弊之言矣，惜乎神宗知其忠愛而不能用也。

史又稱向高用宿望居相位，憂國奉公，每事執爭效忠藎，帝心重之，禮貌優厚，然其言大抵格不用，所救正十二三而已。夫以向高相神宗八年，其時人主習靜泄沓於上，廷臣朋黨交攻於下，加以災傷寇盜，物怪人妖，迭出不窮，天下事已大不可為。而向高隨事補救，搘持一二，又能調劑群情，輯和異同，與東林諸君子往來，不激不隨，而以時左右之，斯可謂賢也已。

然尚有疑之者曰：『向高既致仕而去，泰昌、天啟之間，可以不出。出而值客、魏用事，既不能抗章力爭，與廷臣內外合謀，翦除巨蠹，厥後林汝翥之事，卒受群閹困辱以去。』蓋可為向高訾者，是殆不然。夫大臣之於國也，與疏逖之臣不同。疏逖之臣，見時勢不可為，去之而已。大臣之心，則有不能恝然者，且向高嘗受神宗殊遇矣，主幼國危，應召而出，義也。出而值客、魏蠱惑君心，根蒂深固，度其勢未可猝去。且攻之過激，彼將挺而走險，故不如與之委蛇，猶可從中輓回，潛移默奪。且向高在閣，忠賢必不能大肆其惡，他日因勢利導，未嘗不可乘機去之。此則向高之志也。無如熹宗昏騃受蔽，而閹臣如魏廣微、顧秉謙輩，復有甘作忠賢鷹犬者，於是向高決意求去，而明事遂不可為矣。然則向高再出而時益艱，不足為向高病，而可為明之宗社惜者也。

吾觀天啟四年以前，向高及劉一燝、韓爌等在內閣，趙南星、高攀龍、鄒元標等掌部院，楊漣、左光斗等在言路，眾正盈朝，忠賢尚有所忌憚。迨四年以後，至於七年，諸君子或竄或死，朝局顛倒，為亘古未有之大變，則向高既去之故也。向高去而閣臣半屬閹黨，善類一空，而忠賢之燄大張矣。假令向高復在閣數年，維持調護，以待懷宗之登極，則忠賢禍明，決不若是之烈。然而忠賢之得肆其毒者，天也。當此之時，雖使三楊、劉、謝復生，亦奚補於毫末哉！

蕭敬甫云：持論平允，深得葉文忠心事，非洞悉當年時勢不能道此。行文氣格亦近北宋大家。

審機 癸未

客有問於余曰：『曩見雲貴總督岑公奏陳藩司唐炯密稟越南事宜片稿，大旨謂斂兵入關，以越南北圻委之劉永福，資以餉械，俾自為守。在我不過歲捐四五萬金，而法人終當為永福所困，以視勞師搆釁，利害不侔，斯可謂老成謀國者矣！然與子之所議不同，何也？』

余曰：『唐子之言是也。其所以審應敵之機，而籌綏邊之道則未也。唐子所稱開廠務，整練軍，裁夫馬，併釐卡，皆滇中不可緩之舉。又稱彼族兵釁不可開，滇邊通商無足慮，亦確有至理。至謂我軍退入關內，但稍資劉永福以餉械，即能永守北圻，保衛越南，則余竊不謂然。蓋永福本黑旗黨之渠魁，繼受越南官職，頗有戰績。其視之過重者，則極推其韜略之精，威名之盛，欲招令來歸，以抗法而保越。此主事唐景崧之議也。其抑之過甚者，則謂永福盜賊之餘，素無遠略，首鼠兩端，緩急難恃，且法人如以招致永福，來相詰責，將何以應之？此制府岑公之議也。由前之說，不免過信道路之言，而未加詳察，由後之説，不免震於法人之餘威，鰓鰓過慮，而遂故作貶辭，皆非事實。蓋永福熟諳地利，能用其衆，曩嘗狙擊法師，斬其酋長，故法人至今憚之。且法兵在東京者不滿七百，而北圻之民與黄黑旗黨之嘯聚者，皆恃永福以張聲勢。西人用兵，向稱穩慎。法之兵輪，屢向山西，不戰而退。又見中國分道出師，莫測吾計之所在。彼知北圻之地之稍瘠也，又知中國之師十餘年來斬荊棘，冒寒暑，疊次戡定北圻，未必甘心捐與他人也。且啟釁中國，則商務先停，非其本意，故寶海有畫富良江為界之議。其意謂法所不能遽有者，而虚讓中國保護之。劉永福久踞北圻，誓死不退，而待中國驅之徙之，其用謀可謂巧矣！然天下事固有在彼行之自謂得計，在我受之亦未為失算者，何也？夫法人慮劉永福之梗，而甘以北圻之半讓中國。永福畏法人之逼，頗有暱而就我之意。若中國收用永福，使守北圻，則富良江以北漸且服屬中國。越南可扶，則倚我權力而益固，不可扶，則中國既有定界，法人不復生覬覦之心，而滇粤之藩籬可恃，此正天予中國以自强之機也。今如唐子之言，勿爭北圻，盡撤成軍，歲捐四五萬金以供劉永福。儻法人知吾計不在北圻，則分界保護之約必不能成。永福雖號能軍，平時不過在紅江設卡，抽稅供餉，其部衆不過千數百人，其餘黄黑旗黨雖有遥奉其令者，要皆烏合之徒，聚散無常。法人如遏其下游要路，則商旅不行，餉源立絶，實非有土有民者可比。是故，法人之於永福，倉猝不能剋，而持久可以剋之；兵少不能剋，而兵多可以剋之。若我軍既退，永福援少勢孤，支黨漸散，法人多調精兵，震以火器，步步進逼，永福必不能支，亦非中國略助餉械所能有濟。永福亡而越南豈能久存？法人全踞北圻，必且漸齕我邊疆，多索我口岸，則南顧之憂方從此始。彼時欲與法爭北圻尺寸之地，其可得乎？事機一失，後悔何及？故吾謂唐子之言不宜開釁是也。其所以審應敵之機則非也。』

客曰：『唐子之意，蓋謂前制府劉公三道出師之議為非計，故力言兵端之不可開，藩服之難久戍，欲亟籌固本之要圖耳。而吾子以為不能審機，何邪？』

余曰：『中國出兵之初意，如竟欲以兵力與法相競邪，斯為不達時務。若但作聲勢以伐敵謀，則審機莫善於此。蓋中國之積弱久矣，自琉球滅而越南、朝鮮相繼多故，若再置之不理，則外藩盡削，而中土豈能獨完？中國之必救越南，非為越南也，為中國大局計也。去歲中國為朝鮮、越南陸續出師，實各國意料所不及，聲威為之一振。且中國以助越剿土寇為名，隱作疑兵以牽制法人，初非顯張旗鼓，與法為難，法人斷不能與我搆釁。萬一兩軍相遇，偶出於戰，猶可以將士械鬥為解，於和局仍無大礙。所謂先立於不敗之地，而收效無形者也。今唐子以兩國之兵相距日邇，有勢險節短之虞，不得不酌議退師以弭釁端。又恐中外議者，必責以奮揚兵威，抗法保越，故力持正論以拒群議，倚重劉永福以作收場之計。使果不知永福之不能獨立，非智也，知之而姑諉之，非忠也，二者必居一於此矣。夫唐子亦今之賢者，吾知其為此說，必有不得已之苦衷。且彼誤謂法人志在全踞北圻，而不知其已有分界保護之議。充唐子之說，必盡捐越南與法而後可，必盡置外藩之事勿問而後可。此余所以不能無辯者也。』

客曰：『唐子謂由滇至越數千里，道路崎嶇，水土惡毒，瘴癘終年不解，皆非虛語。今出關士卒，染疫物故者已眾，而可以長戍北圻乎？且中國如欲守北圻，又開口岸於保勝，將何以處劉永福也？』

余曰：『由滇赴越，陸路則萬山叢雜，水路則灘多風惡，誠為危險，故自古無由此路行師者。明代征討安南，沐晟由滇入而致敗，張輔由粵入而屢捷，蓋亦地勢使然。滇人之以入越為畏塗也，由來舊矣。是故經營北圻之責，在粵而不在滇。然滇軍亦宜分布邊隘，遙作聲援，不可稍露閉關之謀以長寇志。至粵軍連歲出關，迭建奇績，若使分防廣西邊內，則地勢遼闊而控禦難周；屯駐北圻各省，阻富良江為固，則邊圉綏謐而扼守轉易。是粵軍在粵邊，與在越境勞費相等而功效不同。余所以斷斷者，恐唐子之說行，或遂謂中國不當與聞越事，而粵省亦援滇軍之例遽請班師，則貽誤匪淺。且南交之地，自唐虞以至五代，皆隸中國版圖。宋世積弱不振，棄諸化外。明宣德年間，廟謨失算，得而不守，且割廣西邊地以畀黎利，亭林顧氏早已譏之。今幸有復歸中國之機，富良江以北六七省，雖云瘠小，其幅員物產當與廣西一省相埒。越南既不能自有，中國復不為保護，是棄要地以資敵也。萬一劉永福日益强盛，竟能雄踞北圻，將於越南之外自為一國。彼亦當擇强而事，未必不漸附法人，又非中國之利也。今乘永福歸誠於我，撫而用之，彼當惟命是聽，即保勝設關，必無梗阻。儻授以提鎮虛職，編其部眾，為一二營，而以我軍與之錯處，隨宜駕馭，其餉項即由關稅給發，是仍以永福之眾守北圻，以北圻之餉供永福，可謂一舉兩得。蓋在我本不貪藩服之土地，而天時人事，欲讓不能，固不必務不貪土地之虛名而受實禍也。』

客曰：『中國初意在保護越南，若竟取其土地，毋乃以義始而以利終乎？法人志在通商，若與定分界保護之約，則滇邊必開口岸，毋乃得不償失乎？』

余曰：『中國以全力護越南，原欲稍張國勢，且為自固藩籬計，初非勞師費財以博字小之虛名也。往在乾隆、嘉慶間，越南嘗作不靖，其服事中國，本不得與朝鮮、琉球比。近歲又與法人私立盟約，不告中國，自致危蹙。中國若與法人定約分界，固無披其土地之心。儻其國勢萬難自存，則中國亦當未雨綢繆，以杜法人吞併北圻之漸。北圻為法人有，與為中國有，孰得孰失？明者必能辨之！且西洋風氣，剛則吐而柔則茹。假令中國坐視法人吞併全越，彼知中國畏事而無遠略也，滇粵邊鄙必難久安，各國亦將圜視而起，群思蠶食矣。今立分界保護之約，雖較諸法人所得，肥瘠相懸，而中國於名實尚皆無損，法人亦必恪守成約，不復妄思進取，各國亦息其侵侮之謀，即朝鮮、緬甸、暹羅諸國，當受庇於無形，日本聞之，將惕然震悚，琉球一案必可善為議結。此中國全局之轉機，非僅滇粵一隅之利害也。唐子謂煙臺條約，許英人於重慶、大理通商，迄今五年，毫無舉動，滇邊即開口岸，未必驟致殷阜。是通商一事，本無足慮。余謂各國通商以來，其最為中國隱患者，曰傳教，曰洋藥。今滇蜀教事已繁，無待滇邊之設埠，而所產土藥足以拒洋藥之來。若使土貨暢銷，則滇蜀邊氓漸臻富庶，於中國有利無損。煙臺條約所增各埠，至今未見流弊，已有明徵。但當於立約之初，慎議章程耳。即使商埠繁盛，固亦中國之益，而況口岸如在保勝，則其地並非滇境，更無妨礙也。凡余之說，皆循乎時勢之自然而順應之，蘄勿失其機而已矣。雖然，余之初議，欲令滇軍勿遽入關，暫為退舍數十里以款法人，俟議約既成，然後酌度撤留。今滇軍已退，而法廷頗有濟師之說，能否仍踐前議立約，尚未可知。至越之東京，若執法人前議，原可理論退還，無俟我之攻取。要之，事勢遷移，敵情變幻，雖和局可保，而我所得之數，或溢乎原議，或歉乎原議，尚難守成說以為衡。』『然則欲保和局而得稍優之數當如何？』曰：『審乎應敵之機而已矣！』

蕭敬甫云：反覆問答，成敗利病，瞭如指掌。行文氣勢，尤浩瀚汪洋，一往莫禦。惟其研之也熟，故其語之也詳。

唐君既陳班師之議，適升巡撫，遂將援越諸軍撤還滇境，奏明回省接印。而法人果翻前議，決計用兵，並撤寶海。蓋窺知中國無意爭越，故并不願以北圻讓中國也。厥後徐中丞敗績於北甯，朝廷震怒，褫逮徐、唐二君入都下獄。大抵滇居極邊，聲息最遲，寶海雖有分界保護之說，唐君尚未及知。向使早見此議，必不撤兵以遭嚴譴。其如相去萬里，音問難達何！自識。

洋貨加稅免釐議辛巳

竊查洋貨加稅免釐一事，福成己卯夏間所擬籌洋芻議內有利權四篇，論之頗詳。今總理衙門與威使訂定值百抽十，而議者果以為不便。其間得失利病，各關局必且詳言之。至其事之關係尤鉅，而其理顯然易見者，請再略陳梗概。

考光緒六年各關貿易總冊，進口正稅共收銀二百三十八萬餘兩，洋貨半稅共收銀二十六萬餘兩。而光緒五六年間，戶部冊報各省歲收百貨釐金將及一千二百萬兩，即使洋貨釐金仍居三分之一，亦當得四百萬兩。今若加稅免釐，則半稅亦在所免之列，是每歲當短收釐金及半稅銀四百二十六萬餘兩，而多收洋稅銀二百三十八萬餘兩。以彼易此，通計每歲虧折銀一百八十八萬兩，而落地坐賈等稅不與焉，此其較然易明者也。

若夫餉源偏重於洋關，動為外人所牽制，撓我自主之權，其弊一。各省少挹注之資，外權漸移於戶部，而疆事益難措注，其弊二。一旦有兵荒大事，無可設法以應緩急，其弊三。土貨冒洋貨以漏捐，而各卡之稽查不易，則土貨釐金亦必大絀，其弊四。釐金減半，而各卡仍不能裁減，所需經費，必盡取盈於土貨，是因欲暢銷洋貨而使土貨獨受其累，與外洋輕出口稅重進口稅之意正相反，其弊五。凡此五弊，皆為天下大局計，而非僅為一隅一時一事計也。且以二百三十餘萬兩之洋稅，散之各關，不見其多，其於原定各處之協餉，固不能多解絲毫也。若各省所收釐金，則淮軍月餉與北洋海防經費，恃為大宗。今驟闕此四百萬之鉅款，各省停減協餉，有辭可執，恐每歲少解淮餉必在四五十萬兩以外，少解北洋經費必在三四十萬兩以外。是洋貨免釐之害中，於淮軍與北洋者尤甚也。淮軍與北洋受其病，亦天下大局之病也。

雖然，斯議也，中外大臣商之數年，彼此相讓，遞增遞減而定為此數，今再為請益則不可，若驟欲駁罷，則我轉居失信之名，各國使臣必不允也。是莫如用鈐制之術，使之無辭以難我，自不得不罷論矣。鈐制之法，其說有三：一曰立約之時，聲明試辦一二年後，如於中國餉項大有虧損，即當改復舊章，或再議增加稅數。如此則中國雖受其病，不過一二年，猶愈於約章一定而後悔難追也。一曰進口稅值百抽十，於地球各國稅額尚屬最輕。此次立約，亦須聲明每逢修約之期，但許中國議加，不准洋商求減，萬一中國遇有大事，仍得仿外洋捐餉之例，就洋貨酌量抽捐。如此則洋人必甚不願，然按之公法，揆之理勢，我固氣壯而辭直也。一曰各卡雖不能抽洋貨之釐，而不能不防土貨冒洋貨與洋貨夾帶土貨之弊，應與議立章程，嚴密稽查。洋貨每過一卡，須驗票蓋戳給單而後放行。如此則洋商以稽留為苦，又必不願也，然我自立防弊之法，彼亦不能阻也。綜茲三說，與之磋磨，堅持不變，彼能從我，則於前所云五弊者，尚可收補救之功；彼不從我，亦可互相抵制，必因意見不合而終寢斯議。此以不拒拒之也，我無廢棄前議之名，而彼不能不就我範圍矣。福成因中國貧富强弱之機在此一舉，輒敢效其區區之愚，是否有當？伏惟裁察！

辦齊。此外有需用之船，亦宜酌度情勢，隨時添製。

一、購船惟鐵甲需價最鉅，浮議最多，動輒疑阻。現擬購之八角臺兩鐵甲，除以一船撥歸臺防外，一船尚須南北洋合用。惟南洋現無配合成軍之船，亟宜與商添製之法。前者部議以邊防籌餉，議捐兩淮票本。今各鹽商已認捐百萬兩，此鉅款也，然一經各處提撥，則頃刻散盡而無裨實事。似宜及早與南洋會奏截留，備購一鐵甲。夫海防與邊防相為表裏，部議所籌防餉者，原兼兩防而言之。將來各省裁勇所節之餉，均可用之邊防。其淮商所捐，應為購一利器專歸南洋，扼守江海門戶，亦即可保淮商運鹽之路。如是則可分一鐵甲，專歸北洋矣。又招商局應繳官本一百七十八萬兩，已定議分五年拔還。明知各省關需款孔殷，然散而見少，在各省關仍無大益，合而見多，在南北洋可籌大計。若失此機會，恐再難得現成之整款。擬請會同南洋，奏明於三四年內，將招商局應扣運漕水腳截留一百萬兩，訂購一鐵甲。此船亦聲明南北洋合用，惟北洋已有專軍，應暫歸北洋操練。至臺灣林維源捐項三十餘萬，去年藉以籌賑，議明由直、晉、

酌議北洋海防水師章程辛巳

一、創設北洋水師一枝，全軍須用鐵甲船二隻，碰快船三隻，新式木殼大兵輪船四隻，二等兵輪船四隻，師丹式蚊船八隻，根鉢小輪船八隻，水雷船十隻，以津沽為大營，酌量分布遼海旅順、大連灣，東海煙臺、威海衛等第一重要口，不時巡哨操練。鐵甲二船，似可泊大沽南礮臺之南高墩，約二十七八里以外，該處海底泥質，可以受錨。每歲春秋二季，調集各船大操一次。一旦有事，則鐵甲、碰快及大兵輪，可戰可守，可以馳援追擊；蚊船可以守港；根鉢船可備淺水巡剿之用；二等兵輪可以運兵送信，壯威助戰；水雷船依附鐵甲等大船，亦為戰守所必用。

一、北洋已定購碰快船二隻，現有蚊船四隻，水雷船一隻，又津沽有操江、鎮海，奉天有湄雲，山東有泰安，此四船皆可作為中等兵輪。又山東已訂購蚊船二隻。統計北洋須添備鐵甲船二隻，碰快船一隻，大兵輪四隻，蚊船二隻，根鉢船八隻，水雷船九隻，宜於五年內逐漸設法

豫三省分年歸款。又美國所存賠償餘款，統計本利積存已多，如能於數年內見還，除酌提賑款外，可與臺灣捐項合購一鐵甲。如此則南北洋各得二船，既昭公允，聲勢亦壯矣。

一、福建船政前得新式快船圖樣，祇以經費不敷，未能仿造。往者函牘頻施，屬其停造木船，專造快船。似應專案奏明，以北洋創辦水師，請旨敕令妥速釘造。造成之後，以第一號歸北洋，第二號歸閩省，第三號歸南洋。如此則該廠成船雖多，不困於養船之費，得以專力造船，似亦兩便之道也。

一、照以上辦法，除現有及已購各船，與船政可造快船外，北洋全軍應再購大兵輪四隻，約需銀八十萬兩，蚊船二隻，約需銀三十萬兩，根鉢小船八隻，約需銀不及二十萬兩，水雷船九隻，約需銀不及十五萬兩，共計一百四十五萬兩。此項若分五年開支，每歲所費約在三十萬兩上下。而兵輪及根鉢、水雷等船，閩滬兩局如能分造，則原數尚可節省。刻下部議既將海防經費章程重加釐定，若無意外阻撓，計北洋可歲收七八十萬兩，則於船隻未齊之時，分年籌購船之費，當尚易為力也。

一、北洋船隻到齊以後，除操江、鎮海、泰安、湄雲及山東所購之兩蚊船，或由各該本省供支，或仰給洋藥釐捐，其餘養船之費，統計每歲約需六七十萬兩，加以添備子藥、水雷及修船各費，每歲約需二十餘萬兩。開設水師學堂、儲才館及練船，及北洋提督之養廉公費，每歲約需十萬兩左右。再加一切費用，則每歲有的餉一百萬兩，自可支應。儻各省關能將部撥一百三十六萬之數（除各省釐金減去二成，及閩粵釐金、福建洋稅被本省截留不計外）如期解足，更可歲有積存，以備添購船隻及不時之用。然北洋規模既備，關繫尤鉅，歲額的餉一百三四十萬，斷難再減。如各省關解濟不齊，必須設法別籌。

一、北洋擬添設外海水師提督，建閫津沽，裁撤天津鎮一缺，改大沽協為總兵。應以天津鎮衙門，改為北洋水師提督衙門。其鎮標各營，或改為提標，或改隸大沽鎮，或酌選其熟習風濤者挑入兵船。即將綠營原額裁撤，大小員弁亦於水師酌量挑補。旅順、大連灣等處添設一鎮，與大沽鎮、登萊鎮均歸提督統轄。提督亦兼受北洋大臣節制。該缺應請文武並用，武員於實缺水師提督內遴補，文員自實缺二三品以上皆可擢用。如一時暫乏其人，北洋大臣亦可兼管，如總督兼管鹽政之例。

一、水師提督，惟十月至二月駐天津衙署，其餘督操巡防，常在輪船，隨時整頓。養廉公費，格外加優，年支實銀約需二萬數千兩。

一、大沽已有電線，應再接至大連灣及煙臺等處，由海底置設，需費似不及十萬兩。將來水師各船，無論停泊何口，可以呼吸靈通，指揮如意。

一、登州北面群島錯雜，自長山島、廟島以至北隍城島，緜延約百餘里。再自北隍城島以北，至旅順口外之旅順山海毛島，海面不過六十餘里，舟行過此，往往觸礁，則其中經行之通道，不過數處。北洋水師成軍以後，似可分撥數船，在此測量沙線，創設水寨。其群島之間，輪船如可繞越，或撥礮船，或布水雷，或設浮礮臺以守之。一旦有警，則以鐵甲及大兵輪船，分排橫亘於旅順、北隍城島之間，扼截敵船，不使北上。即有一二闖越者，彼接濟既斷，又懼我師之襲其後，心孤意怯，必且速退。如此則大沽北塘不守自固，燕齊遼碣之間，周圍洋面數千里，竟成內海，化門戶為堂奧，莫善於此。不然者，煙臺口外之崆峒島，既為洋船所泊，去歲德人又覬覦大連灣一埠，若中國不自經理，必盡被其占踞，後雖欲設水師，恐無可駐之地矣。

一、中國三代以前，文武未嘗分途，漢唐猶存此意，故其時將才頗盛。宋明以來，右文輕武，自是文人不屑習武，而習武者皆係粗材，不過偏裨之選，積弱不振，外侮迭侵，職此之由。泰西各國選將練兵，以及百工技藝，無不出於學校。武備一院，選聰穎子弟讀書十數年，再令入伍習練，雖王子之貴，皆視為急務。歷練既深，又多學問，故能將才輩出。其操練步伐，駕船用器，皆有一定程度，非讀書精熟，加以閱歷，不能罄其祕要。蓋中國漢唐以前之兵法，既失其傳，而其精蘊乃為外洋所得，良可惜也。福建船政有前後學堂，原為培植水師將才而設，近聞已稍懈弛，且欲兼供南北洋之用，恐亦有所不給。擬由北洋設一水師學堂，照閩廠章程，稍加變通，廣為造就。將來管駕鐵甲及碰快各船之才，既可日出不窮，而司軍火、司帆纜、司機器，以及舵水管事等人，均須取給於學堂與練船之中，蓋凡事以專門而精，人才以實練而出也。

一、北洋雖設水師學堂，所造將才須收效於一二十年之後，此時購辦各船陸續前來，需才尤亟。宜暫就出洋回華之學生與外海内江水師宿將，揀調試練而甄拔之。其有待西人教練之事，亦宜精選延訂。

一、福建船政每因經費日絀，岌岌不支。原議每歲造成兩船，今則僅造一船。工匠機器，曠日停待，殊覺可惜。將來南北洋水師練成，需船日廣，或在洋廠添購船隻，如詢明閩廠所造式樣，工料與外洋相等，而價又相若，宜就近在閩廠釘造，給以原價，俾資津貼。況廠中員匠自有月糈，不因造船而加。若造價能視洋廠稍減，則尤兩便之道矣。

一、北洋水師既成，南洋自當來取法，其閩、粤兩省，再能合力創成一軍，正符原議化一為三之説，自應商定巡洋會哨章程。先聲既播，國勢自張。萬一强敵憑陵，則合南北洋之力，可以一戰。若東人不靖，應將蚊船各守其口。由三軍抽簡精鋭，分道趨長崎、横濱、神戸三口。彼當自救之不暇，安敢來擾？此以攻為守之妙術也！

辛巳之夏，張幼樵學士至天津，與余論及北洋水師事宜，余一夕草此貽之。今者創設海軍已在七八年後，局勢又漸有異同，然觀去年所訂海軍章程，大致尚多與此相合。己丑自識。

許巴西墨西哥立約招工説 見出使四國日記　辛卯

今天下諸國人民之衆，中國第一，英國第二，俄國第三。中國人數在四萬萬以外，大約四倍於英，五倍於俄。余因考二千年來，以漢平帝、元世祖、明神宗為戸口最盛之世，然戸多不逾一千二三百萬，口多不過六千萬以内而已。國朝康熙四十九年，民數二千三百三十一萬有奇。乾隆五十七年，民數三萬七百四十六萬有奇，較之康熙年間，已增十三倍之多。道光二十八年，會計天下民數，除臺灣未報外，共得四萬二千六百七十三萬餘人，則閲時未六十年，又增一萬一千九百餘萬人矣。自粤捻苗回各寇迭起，弄兵潢池，人數幾耗一萬萬有奇。迄今蕩定之後，又已休養二十餘年，戶口頗復道光季年之盛。

余嘗聞父老談及乾隆中葉物產之豐，謀生之易，較之今日，如在天上。再追溯康熙初年物產之豐，謀生之易，則由乾隆年間視之，又如在天上焉。無他，以昔供一人之衣食，而今供二十人焉；以昔居一人之廬舍，而今居二十人焉。即較之漢元明戶口極盛之時，又不啻析一人所用以供七八人之用。蓋我聖清德威所暨，罔間內外，煦濡涵育，澤及群萌，民生不見兵革，戶口蕃衍，實中國數千年來所未有，然生計之艱，物力之竭，亦由於此。利病相倚，豐耗相循，有理所必至者矣。

今欲籌補苴之策，謂中國地有遺利與？則凡山之坡，水之滸，暨海中沙田，江中洲沚，均已墾闢無餘。抑謂人有遺力與？則中國人數眾多，人工之廉，減於泰西諸國十倍，竭一人終歲勤動之力，往往不能仰事俯畜。彼知力終不能自贍，則益好逸惡勞，或流為遊手，為傭匄，為會匪者，所在多有。倉廩不實，不知禮節，衣食不足，不知榮辱，自然之勢也。

竊嘗橫覽方輿，盱衡全局，而得補偏救弊之術焉。方今美洲初闢，地廣人稀，招徠遠氓，不遺餘力。即如巴西、墨西哥兩國，疆圉之廣，不亞中國十八行省，其民數不能當中國二十分之一，其地多神皋沃壤，氣候和平，不異中國，而曠土未墾，勤於招致，且無苛待遠人之例。誠乘此時與彼兩國詳議約章，許其招納華民，或傭工，或貿易，或藝植，或開礦，設立領事官，以保護而約束之，並與訂立專條。彼既招我華民，力墾荒土，功成之後，當始終優待，毋許如美國設謀驅逐。夫有官保護，則遇事理論，駁其苛例，不至為遠人所欺；有官約束，則隨時教督，阻其不法，不至為遠人所憎。華民在此，皆可買田宅，長子孫，或有數世不忘故土，輦運餘財輸之中國者。如此則合於古之王者有分土無分民之意，且不啻於中國之外，又闢一二中國之地，以居吾民，以養吾民也。於以張國勢，厚民生，紓內憂，阜財用，廣聲氣，一舉而五善備焉，救時之要，莫切於此。

若夫歐洲人滿之患，漸似中國；阿非利加一洲，鴻荒未盡闢，瘴氣未盡除，華民願往者尚寡；美國有驅逐華民之政； 祕魯一國，及荷蘭、西班牙所屬諸島，或迫之入籍，或拘之為奴； 而澳大利亞一洲，亦有薄待華民之意。 自當就其舊有之華民而保護之，不必導之前往也。

檀香山土人日耗說 見出使四國日記 辛卯

散維齒群島，一名檀香山，太平洋中小國也。 百年以前，尚有土人四十萬。 自華民及歐洲、美洲諸國人來者日多，戶口蕃殖，今土番僅存四萬人。 夫華人、西人生聚日蕃，乃土人所以日耗也。 自古以來，海內外大勢皆如此矣。 中國春秋之世，有赤狄、白狄、長狄等族，萃居錯處，今皆絕無此種，其餘氐、羌、戎、蠻、羯、貊之類，近世亦不少概見。 又如日本之蝦夷，美利駕之紅夷，始未嘗不致死力爭，以決一旦之勝負，繼乃驅入山谷險阻之境，終則衰耗不振，在若有若無之間。 將謂專用兵威，斬刈攻擊以殄滅其醜類乎？ 非也。 且果若此，則上干天和，外激眾憤，亦非所以靖變也。

大抵中國之民，皆神明之胄，厥種最貴，而歐洲開闢不過稍後於亞洲，亦既英儁迭興，且溯歐洲人類之始，頗有謂由亞入歐者，故其人聰明秀拔，足與中國相頡頏。 外此無能及者，即如南北美洲各國，開闢不過二三百年，今其通國士商兵農，類皆英人種也，否則西班牙諸國人種也。 昔時土著之人，殆已日漸銷耗，不僅紅夷而已，即有土番稍自樹立，能列於士商者，必與歐人婚姻數世，稍變其種類者也。 往嘗讀氏族譜，竊怪天下姓氏皆出自伏羲、神農、黃帝之後，以謂失之傅會，果若此，則開闢以來之庶民皆將無後矣。 今而知事雖不必盡然，或未嘗無此理。 蓋人之種類，貴賤不同，若各分畛域，則其氣固不相錯雜。 如中國之苗、猺、獞獠，自生自育於深山之中也，儻既錯雜群居，則種之貴者，不期蕃昌而自蕃昌，種之賤者，不期衰耗而自衰耗。 猶之松柏茂則荊棘日枯，禾黍榮則蒹稗日萎，自然之理也。 檀香山自華人、西人入居僅百年，土人祇存十分之一，再閱百年，將僅存百分之一矣。 其日就銷亡之故，即土人亦不自知其所以然也。 中國氐、羌、戎、蠻、羯、貊之類之湮沒無聞，大率類此，亦有十之一二，已漸化為華種，人亦無從知其為戎蠻羯貊氏羌也。

由此推之，臺灣之生番，楚粵黔滇之苗、猺、獞獠、犵狫、玀玀諸夷，若能永踞其山峒，則終古可自生自育，萬一與華民雜處，其必如檀香山之土番無疑也。又推之阿非利加一洲，為西人所墾闢者十有七八，再閱一二百年，則歐洲諸國人必日旺，土人必日耗無疑也。又推之澳大利亞一洲及南洋群島，分屬英吉利、荷蘭、西班牙三國，而農商牧礦之事半賴華民，再閱一二百年，則西人、華人必日旺，土人必日耗無疑也。

或謂『華民被西人苛待驅逐久矣，其他則又何望？』答之曰：『此因經理之無法，綏馭之無政也。若經理綏馭果得其宜，則華民興旺蕃盛之機實尚在西人之上。』

上古多龍鬼野獸說壬辰

上古多龍。蓋生民未蕃，聖人未出，尚未絕地天通，所以通上下陰陽之氣者，龍也。易乾卦之演龍象備矣！夫龍之為物，可豢可御，禹驅蛇龍而放之菹，此中國四千年以前事也。釋迦牟尼之時，有龍宮，有龍國，此印度二千數百年以前事也。結繩之世，龍跡尤著，無可疑者。迄於今日，人日多則龍日少矣。

上古多鬼。昔禹未鑄九鼎以前，魑魅魍魎，布於山川。厥後如丹朱之馮房後，杜伯之射宣王，山鬼貽始皇以璧，帝子飲高祖之劍，今果有此奇跡乎？可知人日多則鬼日少，時愈古則鬼愈多也。

上古多野獸。夫禹未治水，益未烈山之時，獸蹄鳥跡之道，尚交於中國。周公亦驅虎豹犀象。羅馬掘得古時兵器，皆以獅虎之骨為之，當時人少而獅虎之多若是。

是故居今日而溯萬年以前，則龍鬼野獸之多可默想也。自今以後，人氣日盛，其將為龍鬼野獸日少之世乎！

天堂地獄說壬辰

西人崇奉耶穌者，好觝排佛氏之說，尤以其尊事偶像為非。然耶穌專以天堂地獄之說勸懲泰西之人，無論夫婦智愚賢否，悉入其範圍而莫之能遁。此實佛氏之說之緒餘也。佛氏創其說，在耶穌以前，耶穌乃襲而用之，鼓動之盛，尤出佛氏上。大抵人情所不能已者，生前之利害，既必趨避；死後之苦樂，尤所顧慮。惟仁聖名賢，可以勘破此關，不為所囿，抑或神姦巨慝，一切罔顧，亦不為所牽；否則鮮有不慕天堂，不畏地獄者。佛氏與耶穌以此說動人，洵妙術也。

余謂宇宙間何地無天堂，何地無地獄，何人無天堂，何人無地獄。夫詩書之味，山水之娱，妙景良辰，賞心樂事，皆天堂也；困於飢寒，迫於水火，庸惡陋劣，卑汙苟賤，皆地獄也。或身兼五福，則生而在天堂者有之，然有居富貴而自取煩惱者，則由天堂而驟入地獄矣；或躬逢六極，則生而在地獄者有之，然有拘縲絏而不累神明者，則雖地獄而無異天堂矣。總之天堂地獄之辨，在乎一心：心之善者，其階級之多，豈止佛氏所稱三十三天也；心之惡者，其等差之眾，豈止佛氏所云十八層獄也。明乎此而天堂地獄之說可以觸類旁通，罕譬而喻矣。

佛氏與耶穌既有此言，儒者亦何嘗無此理哉！

西人七日禮拜說壬辰

泰西以星房虚昴四日為禮拜日，每閱七日，必有一日休沐。禮拜者，謂入禮拜堂拜耶穌也。當其禮拜之時，愚夫愚婦無不虔誠唪經，默數七日內過惡，必以真心改悔為期，又以餘暇至四鄉及花園、博物院、萬生苑遊玩。其俗不知始於何時，而西士誦說耶穌者，以謂凡人苦心志，勞筋骨，六日之後，不可無以休息之，稍休息之，則精神愈振矣；且人徇嗜欲，騖事物，六日之後，不可無以收束之，能收束之，則身心有主矣。

今以休息精神者斂其身心，即以收束身心者養其精神，其中確有至理，此殆與學記藏修息遊之旨相合。吾鄉高忠憲公嘗謂人心七日來復，可見天地之機，故糾同人為復七約。彼耶穌之教，似有默會於此道者，正不得以其異端而概擯之也。

是故西人以七日僅辦六日之事，亦以六日兼辦七日之事。倫敦每至禮拜前一日，午刻以後，市廛大半閉門，街上車聲稍靜，其人已皆赴四鄉遊玩矣。故每七日之中，實去一日有半云。

大九州解 見出使四國日記　庚寅

昔者鄒衍談天，以謂儒者所稱中國者，乃天下八十一分之一耳，中國名曰赤縣神州。赤縣神州內，自有九州，禹之所奠九州是也，不得為州數。中國外如赤縣神州者九，乃所謂九州也。於是有裨海環之，人民禽獸莫能相通者各為一區，乃為一州。如是者九，乃有大瀛海環其外，為天地之際焉。司馬子長謂其語閎大不經，桓寬、王充並譏其迂怪虛妄。余少時亦頗疑六合雖大，何至若斯遼闊，鄒子乃推之至於無垠，以聳人聽聞耳。今則環遊地球一周者不乏其人，其形勢方里皆可覈實測算，始知鄒子之說非盡無稽。或者古人本有此學，鄒子從而推闡之邪？未可知也。

蓋論地球之形，凡為大州者五，曰亞細亞洲，曰歐羅巴洲，曰阿非利加洲，曰亞美理駕洲，曰澳大利亞洲。此因其自然之勢而名之者也。亞美理駕洲分南北，中間地頸相連之處曰巴拿馬，寬不過數十里，皆有大海環其外，固截然兩洲也，而舊文早有分為二洲者，即以方里計之，實足當二洲之地，是大地共得六大洲矣。惟亞細亞洲最大，大於歐洲幾及五倍。余嘗就其山水自然之勢觀之，當分為三大洲。蓋中國之地，東南皆濱大海，由雲南徼外之緬甸海口，溯大金沙江，直貫雪山之北而得其源，於是循雪山蔥嶺天山大戈壁以接瀚海，又由瀚海而東接於嫩江、黑龍江之源，至混同江入海之口，則有十八行省。盛京、吉林、朝鮮、日本及黑龍江之南境，內蒙古四十九旂，西盡回疆八城暨前後藏，剖緬甸之東境，括暹羅、越南、南掌、柬埔寨諸國，此一大洲也。由黑龍江之北境，訖瀚海以北，外蒙古八十六旂，及烏梁海諸部，西軼伊犂科布多塔爾巴哈台，環浩罕、布哈爾、哈薩克、布魯特諸種，自鹹海逾裏海以趨黑海，折而東北，依烏拉嶺，劃分歐亞兩洲之界，直薄冰海，奄有俄羅斯之東半國，此又一大洲也。雪山以南，合五印度及緬甸之西境，兼得阿富汗、波斯、亞剌伯諸國，土耳其之中東兩土，此又一大洲也。亞細亞之判為三洲，既有確然不可易之勢。余又觀阿非利加洲內，撒哈爾大漠之南，有大山起於大西洋海濱，亘塞内岡比亞之南境，幾内亞之北境，尼給里西亞及達爾夫耳之南境，延袤萬餘里，直接於尼羅江之源，此其形勢殆與亞洲之雪山葱嶺界劃中外者無異，尼羅江又曲折而北以入於地中海，是阿非利加一洲顯有南北之分矣。今以瀛環志略所稱北土中土者，謂之北阿非利加洲；所稱東土西土者，謂之南阿非利加洲。此又多一大洲也。而南洋中之噶羅巴、婆羅洲、巴布亞諸大島，似當附於澳大利亞一洲。夫然則亞細亞判為三，阿非利加及亞美理駕各判為二，世俗所謂五大洲者，實有九大洲。而鄒子大九州之説，可得而實指其地矣。

雖其地之博隘險易不同，人民物產之旺衰不同，然實測全地之方里，謂其八倍於昔日之中國，自覺有嬴無縮。所謂裨海者，若紅海、地中海皆是矣；即有沙無水之瀚海，亦可謂之裨海；即中國東隅之黄海、渤海，有日本三島障其外，亦可謂之裨海。是裨海與大瀛海，殆一而二，二而一者也。而彼所謂大九州者，在鄒衍時，豈非人民禽獸莫能相通者乎？至於禹跡之九州，要不出今之十八行省，若福建、廣東、廣西、貴州諸省，則禹貢並無其山川。今於以上所叙一州之中，約略計其方里，要亦不過得九分之一。然則禹跡之九州，實不過得大地八十一分之一；而禹貢所詳之一州，又不過得大地七百二十九分之一耳。

余釋其梗概如此，然後知考地形者不居今日，則鄒子無解於荒誕之譏；稽古説者不求實事，則譏鄒子者亦終未擴拘墟之見也。

黎蒓齋云：四國日記發緘疾讀一過，雖於日記中為别調，而體例精詳，選言有要，必傳之作。其尤出人意表者，竟將鄒衍八十一分之説，指證明確。所謂文章本天成，妙手偶得之。

北户解壬辰

爾雅釋地：『觚竹、北户、西王母、日下，謂之四荒。』注云：『北户在南。』

余考今北户之地，其説有二：一則赤道之南，澳大利亞一洲是也。洲在南黄道之下，冬月日南至，則炎暑如中國之六七月；夏月日北至，則嚴寒如中國之十一二月。其氣候適與中國相反。中國以南戶為嚮陽，澳洲亦以北戶為嚮陽，此一說也。一則赤道之下，如南洋諸大島。其地有半在赤道南，半在赤道北者。在赤道北之地，自一度至十餘度，終歲酷暑，人多苦之，所以戶皆北嚮，以受北風之涼，而避炎日之照，此又一說也。北戶之地，要不外此二者而已。若夫在赤道稍南，自一度至十餘度，方苦炎熱之不暇，其決不北戶以向日也明矣。

然余觀爾雅一經，實為秦漢以前之書，雖非周公所作，要其去周公時不甚遠。當時非但澳洲為人跡所不到，即呂宋、婆羅州、蘇門答臘等處，亦尚未通中國，何以著書者已知有北戶之名？且舍此以外，實並無北戶者。余於是恍然於北戶之地三代以前未嘗不通中國也，即未必大通中國，而中國綴學之士之多聞者已未嘗不知有此地也。

卷二

書周官廿人後 壬辰

余讀周禮夏官，廿人掌金玉錫石之地，為之厲禁以守之，若以時取之，則物其地圖而授之，巡其禁令，乃知三代以前未嘗不修礦政也。假令古之聖王不以礦務為兢兢，則荊揚州之金三品，梁州之璆鐵銀鏤，雍州之球琳琅玕，奚自而納貢？而大宗伯所掌之圭璧、琮璋、璜琥，又奚自而給用哉？漢書地理志州郡有銅官、鐵官者凡數十處，迄於唐宋，未嘗不開采五金，晚明以後，始漸廢不講耳。

余謂數百年來，中國礦政之大厄有二：一則明季萬曆年間之徵礦稅也。當時並未嘗察礦苗，集礦丁，興礦利，不過宦官四出，迫脅官吏，搜括民財，俾若輩盡肥囊橐，而上僅霑其餘潤，是科斂也，非開礦也。一則光緒初年華商之集礦股也。西洋諸國興辦一事，有立公司招商股之法，當時風氣初行於上海，凡稍通聲氣之商人及無業遊民，動輒稟請通商衙門允其開礦，遂藉為集股之徽幟，數十萬金，一朝可致，彼乃恣其揮霍，飲博聲伎，窮極奢豪，或僅聘一礦師入山探視，或遠購機器，未及半塗而商本早罄矣，是售詐也，非開礦也。中國之礦，閲此兩大厄，於是上之有權者不能不禁開礦，以邀時譽而慰輿情，下之有財者相率視開礦為畏塗，不敢稍出其餘資以博後效，而中國礦政從此無振興之日矣！

夫以中國之大，言利者攘臂抵掌，高談礦務，惟開平之煤、漠河之金稍著微效，其餘則皆已覆轍相循，是何也？彼但知視開礦如掘窖，而不知視開礦如耕田也。今即有一最旺之金礦於此，如欲設立公司，則購地有費，開硐有費，鎔鍊有費，運兑有費，製機器有費，聘礦師有費，造室廬有費，雇夫役有費，必須一一詳審，措注合宜，終歲勤劬，通校出入，始獲稍有贏餘。群商糾集貲本，所獲不逮什一之利，偶不節用，而折閲且隨之。夫礦產雖豐，視如良田可也，視如金穴不可也。良田一歲不耕，則不能得穀；良礦一日不挖，則不能得金。江源之沙，燦然多金，貧民淘沙者，竭終日之力，所得之金往往與為耕農、為工藝者相等，甚且稍不逮焉。此亦造化自然之理，不明斯道則敗矣。

或謂：『耕田之利最微，若開礦僅如耕田，亦奚以開礦為哉？』應之曰：『此乃所以為天地之美利，國家之大利也。夫開一礦，仰食者不下數萬人，或數千人。果能養數萬人，是不啻得十萬畝良田也；能養數千人，是不啻得一萬畝良田也。當此人多田少，民窮財盡之時，安得廣開諸礦，為天下多擴良田乎？必能如此然後窮民有衣食之源，而禍亂於是乎不生，境內之財不流溢於海外，而國家於是乎不貧。』

書漢書惠帝紀後 癸酉

漢高帝欲廢太子，常曰：『太子仁弱不類我。』四皓對高帝曰：『太子仁孝，恭敬愛士，天下莫不延頸願為太子死者。』班氏贊惠帝曰：『可謂寬仁之主。』獨悲其遭呂太后虧損至德。

薛子曰：『人主之美德莫如仁，仁之失毗於弱，然惠帝實三代下守成令主，惜乎其享年不永也。世或以惠帝不能防閑太后，為仁弱之明證，誤矣！夫太后佐高帝定天下，制韓彭輩如縛嬰兒，譎詐悍戾，用事已久。為之子者，欲力制之，必受奇禍；欲婉諫之，又不見聽。設令文帝處此，亦惟養晦避禍而已。大抵家庭之變，雖聖人遇之，未必無遺憾。惠帝所遭之艱，天也，非人之所能為也。且帝之處太后，亦何可及哉！帝怒辟陽侯行不正，則下之獄，而太后慚不能言也。在位七年，諸呂未嘗用事。及帝甫崩，而台、通、產、祿相繼封王，高帝諸子相繼幽死，辟陽侯且為右丞相，居宮中矣。則知惠帝在時，太后猶有所嚴憚而不敢逞。其維持匡救之苦心，後世所不盡知者也。至其內修親親，外禮宰相，聞叔孫通之諫則瞿然，納曹相國之對而心説，雖三代賢主，無以過之。七年之間，如除挾書律，議除三族罪、妖言令，舉民孝弟力田者，省法令妨吏民者，若令享國長久，其治當不在文帝下。且帝天資仁厚，殆非文帝黄老之學所及也。若乃親睹太后之暴，憂傷感憤，自促其生，此則仁者之過耳。惜哉！惜哉！』

班氏贊之曰仁主，曰至德，所以推尊者蓋至，而悲之者微矣。太史公不列惠帝於本紀，蓋謂其有位無權，非致其貶，實悲其遇，其亦猶班氏之旨也夫！

曾粟誠云：此文為惠帝設身處地，確有甚難之處。至其表章惠帝之德，援證精確，論斷平允，可云讀書得間。

書漢書高后紀後 癸酉

漢惠帝時，張皇后無子，太后命取後宮美人子名之以為太子。帝崩，太子嗣位。四年，自知非皇后子，出怨言，太后幽殺之，立孝惠後宮子宏為帝。其諸子皆為王。太后崩，大臣誅諸呂，相與陰謀，以為少帝、諸王皆非孝惠子，復共誅之，尊立文帝。

蓋嘗綜而考之，惠帝凡七子，曰前少帝也，太后所名為皇后子者也；後少帝也，强也，不疑也，朝也，武也，太也，大臣所斥為呂氏子者也，而實則皆惠帝後宮美人子也。後儒不察，襲偽踵誣，並信為非劉氏子。嗟乎！惠帝諸子不幸身逢奇禍，又蒙冤終古，豈不哀哉？且大臣之陰謀曰：『少帝、諸王皆非惠帝子，呂太后以計詐名他人子，令孝惠子之，以强呂氏。今已滅諸呂，少帝即長用事，吾屬無類矣。』審如是，則惠帝之有子，帝皆及見之矣，帝豈肯以他姓子為嗣者哉？彼諸大臣欲杜後患，必滅惠帝嗣而後已。史記、漢書於高后紀與周勃傳，一再著之曰陰謀，書法可謂微而顯矣！不然，豈有主神器者非劉氏子，而齊王起兵與文帝即位，一書一詔，皆不指斥及之。蓋其説僅出大臣陰謀之口，非天下之公言也。

雖然，大臣得為是謀者孰教之？太后教之也。惠帝即位，太后欲立張皇后，虛中宮者四年。帝之生子，當在立后之前，又以其非嫡出，不早正其名位。帝崩，始取美人子名為皇后子而殺其母，逮驟聞怨言而復以殺其孫，於是張皇后無子之名轉顯於天下。天下知皇后無子，即可並疑惠帝之無子；知少帝非皇后子，即可並疑諸子之非惠帝子。訛言一布，萬喙莫辨，至令藐焉諸孤，相率就死而莫之哀。愚哉太后！慘哉大臣之心也！

陳平臨終戒子孫曰：『吾世即廢，終不能復起，以吾陰禍多也。』夫所謂陰禍者，其即此類也夫！其即此類也夫！

按外戚傳，惠帝崩，留侯子張辟彊謂丞相陳平曰：『帝無壯子，太后畏君等。』夫僅曰無壯子，則帝之有子明矣，但未壯耳。此出自當時群臣之口，可為惠帝有子之實證。蓋惠帝壽僅二十三，勢固不能有壯子。太后畏大臣為變，於是定計假庶作嫡以鎮人心，而不知轉授大臣以口實，至盡誣為呂氏子而莫能解免，張皇后亦被佯為有身之名，至幽廢十七年以薨。太后詒謀之不臧，固可深鑒。獨以惠帝之仁賢而得此報，是可哀也。又識。

曾栗誠云：熟玩此文，始知少帝、諸王確係惠帝之子，毫無疑義。後世諸儒，如張晏、劉伯莊等，誤徇舊說，又從而為之辭，可謂讀書鹵莽者矣！

書漢書文帝紀後 癸酉

文帝後元年春三月，孝惠皇后張氏薨。漢書皇后崩皆書月日，張皇后獨不書日，不成喪也。不曰崩而曰薨，用廢后之例也。皇后廢必書於帝紀，而張皇后廢不書。廢后薨不書於帝紀，而張皇后薨獨書。蓋文帝與諸臣以卑廢尊，於名不順，故諱之；諱之，故實廢而名不廢；名不廢，故以皇后書之也。書法之精審如此。

薛子曰：文帝，三代下賢主也。然於此有慚德矣！且帝以代王入繼惠帝之統，惠后親則帝嫂，義則母后也。后若得罪宗廟，不妨明詔天下，稱祖宗以廢之，否則尊尊親親之禮烏可闕哉？且大臣既誅呂氏，不難推刃於其幼主與其諸弟。當是時也，豈不欲並后除之？然卒獲無恙者，必其無瑕可摘，且素孱弱無能為也。呂太后崩，少帝孤立。后以帝母之尊，不聞下一詔出一言以主持外事，則其儽然不能為有無亦明矣！帝亦豈不知后之孱弱無待防閑，且惠帝早崩無後，后煢煢無依，宜矜而禮之以為名，顧猜嫌之情不能自克。諸臣亦以惠帝嗣滅統絕，必有謂惠后喪葬禮宜從殺者，蓋非特以廢后禮待之，直以失國之后待之而已。

嗟乎！自古藩王入纂大統，常斷斷示人，以謂我自得之。不知自得之則統不正，統不正而名不可問矣。宋太宗不為開寶皇后發喪，當時議之，後世疑之。吾不意文帝之賢而猶蹈此失，此黃老之學所以異於三代賢聖之主也夫！

曾栗諴云：文帝雖賢，然於得失之際往往不能自剋。觀其以朱虛東牟侯初欲立齊王，稍抑其功，已可概見。惠后處嫌疑之地，帝不能以禮相待，不得謂之無疚，此文論斷極其平允。

書漢書外戚傳後 一　癸酉

漢惠帝時，宣平侯張敖尚魯元公主，有女。呂太后欲為重親，以公主女配帝為皇后。帝崩，兩少帝相繼嗣位，后絕不與聞外事。太后崩，中外紛擾，后仍不問外事。大臣誅諸呂，立文帝，滅少帝、諸王，惟置后居北宮。

薛子曰：人之欲厚其私親也，必不若其自為謀之摯，愛其子，為擇賢婦以配之，此自庶人以至天子皆然。呂太后多雄略，又於公主女相習久，蓋已擇之稔矣。且呂太后時，產、祿擅將相大權，設令太后先立呂氏女配惠帝，呂氏女種性剛忍，奮其譎悍，怙寵攘權，一旦太后晏駕，必且臨朝稱制，與產、祿相表裏。當此之時，雖有朱虛、絳侯等，何益？幸而選立張氏女，不襲太后所為。諸大臣與呂氏喋血宮門，后未從中發難，稍掣大臣之肘，俾無安危所繫，豈其微哉！且安知非后之嚴與呂氏絕，俾無內主以敗哉？不然，使后稍與呂氏相往來，則朱虛東牟清宮之際，后必與少帝偕死矣，其猶得以故后居北宮哉？然則漢室之不危，張皇后未嘗無助也。雖然，太后立后時，豈必留意及此？彼特自念春秋高，惠帝仁弱，設令中宮襲我所為，上之侵己宮府大權，下之帝受其鈐制，恐為梁趙王之續，否則選立諸功臣女，功臣挾后父之貴，且與呂氏爭權。張敖素以願稱，其女又柔愨靜默，以謂是足配帝而無憂矣。

后傳又言后無子，太后使佯為有身，取後宮美人子為子。不知后立未久，宮中事皆太后制之。帝將崩而后無子，乃宣言皇后有身以慰天下。后奉太后命，育惠帝子，亦猶後漢馬后之撫章帝耳，夫奚足為后過？

自古宮闈之中，賢否是非，大抵悉視其遭際與子姓之盛衰以為衡，或淑惠而蒙詬病，或險慝而葆榮名。諸史之失實多矣，豈獨張皇后也哉！

曾栗諴云：讀書當具特識，所謂論其世也。熟玩此篇，則讀二十四史之后妃諸傳，皆可迎刃而解，不至為古人所欺矣。

書漢書外戚傳後二 癸酉

惠帝立姊女為皇后，荀悅以為乖於禮而忒於人情。其說當矣！然以余考之，后蓋非魯元公主所生也。漢書高帝二年，敗於彭城，道逢孝惠、魯元，載之以行。馬疲，虜在後，嘗蹶兩兒欲棄之，滕公嘗下收載之，徐行，面雍樹，乃馳。蘇林注南方人謂抱小兒為雍樹。計是時惠帝方六歲，公主亦十歲左右耳。迨五年秋，張敖嗣為趙王，魯元公主為王后。其年尚幼，計其生女，當已在高帝七八年。惠帝四年立后，七年帝崩。若后果為公主之女，其寡居之年，不過十二三耳。外戚傳云：『太后欲其生子，萬方，終無子。』雖曰以重親故，不亦太早計矣乎！且惠帝年二十，始行冠婚禮，太后欲早得嫡孫以繫人望。吾意其時，后年當已及笄，故太后亟望其生子。以此覈之，后蓋張敖前婦之女，非公主所生明矣。或者公主素賢，撫如己出，故太后視之亦無異公主所生耳。

又按高后八年，以魯王偃早失父母，年少孤弱，迺封張敖前婦子侈為信都侯，壽為樂昌侯，以輔魯王偃。太后之於公主，用情可謂摯矣。公主既薨，則憐外孫而及其異母之兄。公主尚在，必因憐婿而及其前婦之女。椒房之親，尊寵無匹，與其使他族得之，毋甯使張氏得之。公主之子雖孤立無助，而有姊在中宮，有兄為夾輔，庶足庇賴於無窮，此太后之隱情也。

史記外戚傳云：『呂后長女為宣平侯張敖妻。敖女為孝惠皇后。』固未明言后為公主所生，漢書采錄史記舊文，辭義過簡，乃云敖尚帝姊魯元公主，有女，若后即公主所生者。蓋傳聞稍遠，漸失其實矣。然其誤不自班孟堅始。漢杜鄴對哀帝曰：『呂太后權私親屬，以外孫為孝惠后。』蓋太后專寵之私，為諸大臣所深疾，后既被廢，或竟誣后為公主所親生以著惠帝瀆倫蔑禮，即以明后之當廢。沿訛既久，莫察其實。不知惠帝守文良主，而叔孫通以知禮自命者也。複道之築，帝且因通言而懼，豈有親為姊女而毅然娶之，叔孫通不據禮以諍者哉？然則惠帝之納后，為合於禮乎？曰：后與公主有母女之名矣，則亦與帝有舅甥之嫌，惠帝惟不知遠嫌，故被之以瀆倫失禮之名而無可解免，然固不至若是之甚也，是故禮莫先於遠嫌。

曾栗誠云：三魚堂日記亦疑惠后非公主之女，而未引伸其說。及熟玩此篇，則后非公主所生竟是鐵板注腳。后之初立，年已在十五六，迨惠帝崩時，后年當十八九。所以太后萬方欲其生子也，所以取后宫美人子為子而人信之也。夫惠帝既娶張敖前婦之女，原與公主無涉。其實無甚可譏，但無解於舅甥之名耳，結筆論斷最為精當。

書漢書外戚傳後二 癸酉

後漢書皇后紀云：『桓帝立梁皇后，悉依孝惠皇帝納后故事，聘黄金二萬斤，納采鴈璧，乘馬束帛，一如舊典。』漢舊儀曰：『聘皇后黄金萬斤。』呂太后為惠帝納魯元公主女，故優其禮為二萬斤。王莽傳：『莽以女配平帝為皇后，有司奏故事，聘皇后黄金二萬斤，為錢二萬萬。』有司所指，亦即孝惠故事也。大抵漢四百年中，惟孝惠張后、孝平王后、孝桓梁后，以聘入中宫，其餘皆自妃嬪得立。雖孝昭上官后，孝宣霍后，位已前定，然亦先入宫為倢伃，後乃得立。惟惠帝即位四年，年已二十，冠婚之禮並舉。太后又以外孫之故，倍加張后以隆禮，遂為後世聘后者所依據，孝平、孝桓皆循用之。此三后者，皆不能昌其世，豈所謂天道虧盈，物忌太盛者邪！

然張后以帝室之甥，王侯之女，躬膺重聘，正位中宫，獨無驕貴擅寵之事。嘗考孝昭上官后，孝宣霍后，孝成許后，傳皆稱其以盛寵顓房宴，甚至隔絕後宫，不能進御。孝武陳后求子，與醫錢凡九千萬，而張皇后傳但云呂太后以重親故，欲其生子，萬方，終無子，是不過太后盼得嫡孫之意，並未及后之擅寵也。且惠帝多後宫美人，屢見於史，至文帝十二年，猶有出宫得嫁者。則后不倚恃太后之勢遏絕嬪御，已可概見。蓋張敖與魯元公主皆性謹愨，后得之以處椒房，故能避權讓寵，與陳、上官、霍、許諸后稍異。厥後太后臨朝，后益遠避權寵，蓋其素性然也。或謂太后始之寵后如此其隆，晚年何獨不付以外權？豈知太后秉性剛毅，雖未嘗不重兒女之私情，獨至勢分稍逼，即骨肉至親不能無幾微嫌忌，則太后之寵后於前與抑后於後，皆理之固然。方東牟侯清宮之際，或於此時遷后北宮，然后聞代王已入即位，若自知遠嫌，當無不早自退居之理。其在北宮十七年中，宦官宮妾之侵侮，必有非人所能堪者，卒能順受以終其天年，蓋觀其始之善處尊寵，即卜其後之善處危辱也。

五行志乃謂惠帝四年十月乙亥，淩室災；丙子，織室災；是月壬寅，太后立魯元公主女為皇后。天戒若曰：『皇后亡奉宗廟之德，將絕祭祀。其後后果無子。』噫！劉向之說，何其慎也！夫子之有無，不係賢否。若謂災祥之應由人事感召，此特為有位與權者言之。是時宮府大權皆屬太后，雖惠帝不過徒擁虛位。后以弱齡甫入漢宮，善惡皆無由表見，而謂即致天戒，此蓋漢之君臣幽廢惠后以後傅會之辭，劉向沿習之而不察耳。然其所指摘不過如是，亦愈足證后之無過矣。且漢人於后之撫育庶子，斥之曰佯為有身，以著后之挾詐；后本張敖前婦之女，誣之曰公主所生，以明惠帝之瀆倫，此不過欲自掩其幽廢母后之罪耳。

劉向、班固在一二百年後，已不能辨其是非。張晏註漢書，見后喪葬不如禮，竟以私意揣測之曰：『后黨於呂氏，故不曰崩。』余悲後世溝猶瞀儒，動為前人所欺，專以禍福論往事，剿襲陳說，一倡百和，迄數千年而莫之能悟，最為害理傷義，是故不能不詳辯之，以例其餘也。

書漢書外戚傳後四 癸酉

前漢諸后，雖多以重親得立，然未嘗不選才德容貌，如孝武陳后稱佳人見長門賦，孝成許后擅文譽是也。宣平侯女，既非公主所生，驟獲正位中宮，殆不盡由太后之私愛，必其容德有足稱帝意而厭時望者。史記索隱、皇甫謐帝王世紀云：『張皇后名嫣。』集韻：『嫣，美貌。一曰長也。』古之命名，往往實有所指。顏師古駁謐說，疑其臆撰。不知謐在師古前數百年，未必不多見古書，且謐之為人，亦非造偽書者。后傳云：『太后欲其生子，萬方。』蓋后之入宮，年已及笄，則其時之能承帝寵明矣。夫惟審后非公主所生，而其年與容之大略可知。知后年與容之盛，則配惠帝時已非幼稚。帝乃得多置後宮美人以廣似續，而后之能讓寵可知。后本非失寵，而始終不問外事，則其能避權可知。由此推之，太后時宮中濁亂，后能葆躬遠嫌，皭然不滓，其難可知。文帝時，后居危疑之地，而能柔慎以終天年，不至若陳、許諸后之橫被蜚語，霍、趙、傅諸后之躁忿自戕，其難更可知。以賢若此，族望如彼，所謂有土王侯之女足以體至尊者，惟后當之無愧。

惠帝在位，后母儀天下者四年，而文帝與諸將相皆惠帝臣也，乃乘諸呂之亂，斬帝之嗣，廢帝之配，悖盭孰甚焉！文帝雖廢后居北宮，吾料帝意必有惄然不安者，故於元年復封故魯王偃為南宮侯，名為續功臣後，實欲推恩后弟以示天下，此帝之深於黃老之學也。張敖之後，自偃續封，迄於漢末，二百年不絕。外戚恩澤，未有若是之久者。后既薨，喪葬雖不如禮，或者帝知公論難違，稍追禮之以為名。既葬之安陵，旋祔之惠帝之廟，故其薨得書於文紀。仍正孝惠皇后之號，與諸廢后不同也。

抑余又考禮記哀公問疏云：『高祖時，皇太子納妃，叔孫通制禮，以為天子不親迎，從左氏義。』蓋惠帝在高祖季年，年已十六，似無不納妃之禮。而外戚傳未著其人，豈其所納者即宣平侯女邪？或者議禮未行，適遘高祖之喪，斯時三年喪禮未廢，故惠帝必待即位四年而始立后。若是則張皇后實高祖所選矣！夫惠帝四年所立與為太子時所聘，若果即一人，則后始立之時，其年尤不止十五六云。

書漢書外戚傳後五 癸酉

武帝得立為太子，長公主有力焉，因娶主女為妃，及即位，立為皇后。后擅寵驕貴則有之，其被廢以巫蠱獄，非信讞也。按後漢書桓譚傳云：『昔武帝欲立衛子夫，陰求陳皇后之過，而陳后終廢，子夫竟立。』張湯傳云：『湯治陳皇后之獄，深竟黨與。上以為能，遷太中大夫。』合此二說觀之，則陳后實無大過，而武帝以子夫故，必欲廢后。張湯等希上指，坐女子楚服等以巫蠱祝詛，其為深文周內無疑。而巫蠱之說亦從此起，訖武帝世，紛紜者數十年，所陷王侯將相，不可選紀。衛子夫雖登尊位，亦竟與其子同死於巫蠱，驟至喋血長安，幾肇大亂。甚哉！天道好還，而人主之喜怒賞罰不可以縱私欲也。況夫婦大倫為教化所自始，其可輕於舉廢也哉？然武帝雄才大略，縱情聲色，實厭苦皇后之善妒，不欲受其中制，因廢之以抑其勢，而后之無罪，帝自知之。故其告長公主曰：『后雖罷退，供養如法。』

厥後司馬相如作長門賦，謂陳后復得幸，或疑文人夸誕之辭。然考后廢時，年不過二十五六，尚未至色衰愛弛，則后雖別在長門宮，而帝不時臨幸，亦理勢所或有。熟玩相如賦語，多望幸之意，似帝與后有成約，而其後久曠不至者。后廢後又閱十四五年而薨，薨時年蓋逾四十矣。相如作賦，其在后之晚年乎？婦人四十，容貌改前，不得不藉一賦以回帝眷。帝固好色兼好文者，蓋惟相如能作此賦，亦惟帝能知此賦也。

黎蒓齋云：長門賦，相如文之最工者。孟堅好文，獨遺此賦不録，亦不載陳皇后奉金求賦事，殊不可解。豈果相如自為文以諷，非后求之，若楚辭後語所疑耶？

書漢書外戚傳後六 癸酉

昭帝即位，上官安因丁外人納其女為皇后，年甫六歲。其後上官桀安父子謀反伏誅，后以霍光外孫得不廢。光欲皇后擅寵有子，帝時體不安，左右及醫皆阿意言宜禁內。雖宮人使令皆為窮絝多其帶，後宮莫有進者，惟皇后顓寢。昭帝崩，后年十四五云。

薛子曰：昭帝之無後，霍光不能無罪焉。五行志謂上有明哲之性，而光亡周公之德。允矣！且光受遺詔，輔少主。宮府之責，皆在宰相。光於此有三失焉：自古未有六歲即立為皇后者，上官安譎計希寵而光不能止，一也；父謀反而其女仍居后位，光於此等大事但知徇私，二也；昭帝春秋已富，而光遏絕嬪御，但令幼后顓寢，致絕繼嗣，三也。大抵光之秉政，公私雜用，總之不學無術而已。

余觀孝惠、孝昭二后，早寡無子，大略相同。張后謹慤無過，因太后之遺怨，致幽廢以終其身。上官后父以大逆伏其辜，賴霍光為外助，獲享尊位四十七年，豈非有幸不幸與？然觀霍光之廢昌邑王，太后珠襦盛服，坐武帳中，出語簡重，氣象嚴毅，殆不愧將門之女。厥後為夏侯勝素服五日以報師傅之恩，知其漸漬於禮教者深矣，此又霍光善選師傅講導之力也。

書漢書外戚傳後七 癸酉

許后之廢，非其罪也。后在位十餘年，並無大過，而王氏之黨恐以日食星變罪及王氏，乃歸其咎於許后而攻之不已。蓋后以元帝外家之女而兼椒房之重，故王氏忌之尤深。迨趙飛燕姊妹譖訴於內，王氏賓客攻訐於外，又有太后主持於上，而巫蠱之獄成矣。故許后之廢，非其罪也。厥後以乘輿服物賂淳于長，交通書記，至受其侮嫚而不辭，此則不能無罪。然斯事發於王莽，而太后使入白之上，則安知獄吏無文致之辭邪？夫王氏羽翼已成，天子孤立於上，雖以椒房之親，且不能相保。吁！其危哉！

書漢書外戚傳後八 癸酉

余於前漢得賢后二人焉，一曰孝惠張皇后，一曰孝哀傅皇后。哀帝時，董賢得幸，其女弟為昭儀，皇后日疏於帝。桓譚說后父傅晏曰：『昔武帝欲立衛子夫，陰求陳皇后之過，而陳后終廢，子夫竟立。皇后年少，希更艱難，或驅使醫巫，外求方技，此不可不備。』晏入白皇后。如譚所戒，董賢果諷人誣奏后弟傅嘉，逮捕下獄，考求傅氏及皇后罪過，無所得，事乃解。班史傅皇后傳不載此事，其亦以后為莽所廢，眩於禍福之說邪！

薛子曰：傅皇后可謂賢矣。其為人謹慤靜默，殆與孝惠張皇后等。且宮闈之中，一失勢則言動皆過矣，況有陰伺而振暴之者，其能免者幾何？張后能自全於北宮幽廢之時，傅后能自免於椒房默處之日，其守身安命，有足尚者。

嗚呼！女德莫先於無過。前史所稱賢后妃者，未必盡能無過也。不能無過，且以為賢，而況無非無議者乎！

書漢書外戚傳後九 癸酉

漢自高祖帷薄不修，文帝衽席無辨，而宫闈之政不肅。然惠、昭、哀、平，短祚者四帝，其中宫皆以稚齡寡居，而頗有貞静之德、婉瘱之操。平帝崩，王皇后年僅十四。昭帝崩，上官皇后年僅十五。惠帝崩，張皇后年約十八九。哀帝崩，傅皇后年約二十以外。此四后者，皆居位未久，早罹鞠凶。傅后遽為王莽所廢殺。張后既廢，久居北宫，薨年蓋逾四十矣。上官后宗族夷滅，雖號稱太皇太后者四十年，實已近於貴而無位。王后憤漢之亡，身死尤烈。其所處之境雖不同，然皆能謹守禮法，居危疑之地而無過可摘，值興亡之會而其志彌堅。外此則高后、元后封殖外家，景后以醮婦挾險詖而弋尊位，與陳、衛、霍、趙諸后之驕侈淫妒，皆無論矣，即竇太后好言黄老，亦以干與朝政，嫉害儒術，貽譏後世。豈惠、昭、哀、平四后秉性獨賢與？無他，席豐盛者多佚志，履艱危者有憂思，憑權寵者易驕盈，茹哀苦者常斂約也。若夫王皇后抱平帝之慼，痛漢室之亡，始終一節，以王莽之神姦而不能奪其志，亦且敬憚哀傷之。比漢兵入而赴火以死，貞烈之風，千載下猶想見焉，洵足為漢二百年宫壼增光矣！雖然，身為漢后，睹其父之奪漢天下而心滋不懌，彼亦知其父之欲行篡弒而以己為餌也。此則中人以上之婦人，稍知内夫家外父母家之義者，多能惡之。然則曹操之女，楊堅之女，徐知誥之女，皆有幹蠱之賢聲，與孝平王皇后後先濟美，非皆其父激之也哉。

書漢書元后傳後 癸酉

元后非有意於亡漢也。哀帝崩，太后即日駕幸未央宫取璽綬，起王莽於久廢之中，畀之大權，何其陰鷙果決若是？孝成許后趙后、孝哀傅后皆廢於太后之手，不旋踵而皆殺之，又何忍也？余始疑太后性雖柔謹，而漢祚之移或與聞焉，既而思之，王氏謀弱漢室久矣，特假太后為傀儡耳，彼受其弟姪輩之愚弄而不自知也，及莽篡弒之械已成，太后亦無如之何。至於擲璽流涕，悲不自勝，則已晚矣！彼千古婦人之外夫家内父母家者，其亦少知所鑒邪！

蕭敬甫云：漢書書後十餘篇，援證精確，考異晰疑，均有獨見，實發前人所未發。即以文論，亦有翩翻搖曳、揮灑自如之致，此合考據、辭章為一手者也。

書五代史唐家人傳後庚辰

唐莊宗既即帝位，尊其生母曹氏為太后，而嫡母劉氏稱太妃。夫人劉氏起自婢妾，位次第三，立為皇后，而嫡夫人韓氏為淑妃。余考其時，劉氏擅寵已久，其尊生母而貶嫡母也，所以為立劉后地也。欲立劉后，不得不貶嫡室，因先貶其嫡母以樹之的。夷狄之道，違禮傷化，一至此哉！

自古嫡后或以罪罷斥，或無寵見廢者有之。韓夫人為莊宗嫡配餘二十年，而劉氏以賤妾居其上，莊宗諸子將不以韓氏為母，是嫡也而庶之矣。嫡也而庶之，是不妻其妻，因貶妻而及母，是不母其母。不母其母，則忘其父，不妻其妻，則褻其身。三綱於是蕩焉無存，而皆欲崇嬖妾之一念為之也。

劉后佞佛黷貨，讒戮勳臣，兵民怨叛，卒以亡唐。甚矣，人主之不可有所溺也！莊宗一溺於女寵，斁綱常，誤國是，百戰經營之天下，一朝而喪之，身死家滅，為天下笑，豈不惜哉！豈不惜哉！嗚呼！又何其得之難而失之易也？

吴摯甫云：辭簡義精，深入半山之室。

書明史熹宗懿安張皇后傳後丁亥

明代家法，越漢軼宋，如高慈馬后之仁厚開基，誠孝張后之倚任賢相，莊烈周后之躬殉國變，賢矣！而余謂賢德尤難及，所處尤不幸者，莫如熹宗懿安張皇后。間嘗詳繹明史，兼考明季諸稗史，后以嚴正明哲之才配熹宗昏騃之主，當客、魏權燄薰灼，屢以宮中法繩客氏。又於帝前刺魏忠賢過失，嘗舉趙高以諷帝。由是客、魏交恨，潛結中外，百端傾陷，密圖廢后，屢瀕於危，致隕元子。夫后豈不知客、魏未易猝去，而顧甘蹈危機以撼之？誠不忍見帝受其煬蔽以禍天下也！迨熹宗大漸，天下大勢盡在忠賢，忠賢陰懷逆謀，欲立魏良卿子為嗣，后密勸熹宗召立莊烈帝，並戒莊烈隱為之備，遂誅凶豎。

不動聲色而有回天之功，使明之宗社危而復安，其才德有大過人者。

甲申之變，都城已陷，帝令周皇后自盡。復遣人以帛遺懿安皇后，倉猝不得達，宮中鼎沸，后自縊未殊，而賊已入后宮。賊渠李巖者，與后同籍開封，以世家子陷賊中，號能行仁義，乃保護后，俾得從容自盡。夫后之為人，非濡忍不能引決者，祇以所居僻左，聞變已遲，幾遇窘辱。若一落賊手，則急切欲死不能矣，豈不危哉！幸得李巖保護，蓋天不欲賢明盛德之后，或遭意外之險，而亦有明列祖列宗之默為呵護也。后與周后，雖稍須臾先後死，其為殉國則一。然周后之死，薄海悼慟，異代欽仰；后之死則當時眾情已若淡忘。即福王時追謚莊烈帝后太子，獨不及懿安皇后何也？蓋周后與帝同崩，為天下所指目；后以皇嫂退居別宮，擾攘之際，眾情所不逴聞問，故置之若有若無之列也，抑當日傳聞亦有異辭焉。

熹宗舊妃任氏者，魏忠賢所納以間后寵者也。方賊入宮，任妃盛飾迎賊曰：『我，熹宗皇后也。』賊遂狎之，於是遐邇讙言懿安后從賊矣。賊既西奔，任妃流轉民間，仍自稱熹宗皇后，穢聲大播，有司遞送入都。我世祖章皇帝惡其淫亂，賜死，並召舊閹王永壽使視之，永壽一見駭曰：『此任妃也。』由是張皇后之誣始白。向微永壽一言，則覆盆之冤終古莫辨矣。然因此事在人耳目，一時播於海內，見於野史者，亦遂異說紛紜。有謂城破時，懿安皇后青衣蒙頭，徒步出宮者。有若為尊者諱，不忍明言者。亦竟有疑后隨賊西行者。順治年間，遂有天津妖婦張氏自稱懿安皇后，糾眾舉兵之事，浮言惑眾，愈出愈奇。今但觀王永壽之言，及明史所載李巖護后自盡事，則異說不辨自明。且后傳載世祖章皇帝入燕京，命太監曹化純，以甲申十月朔，合葬后於熹宗陵。則后之死得其地，死得其時，確無疑義矣。

考后生死受誣，大抵皆閹黨所為。天啟時，忠賢及其黨揚言后為海盜孫二之女，賴帝眷未衰，得不廢。忠賢既誅，其黨尚布滿宮中，未嘗不思報復，賊之入后宮也，計必有群閹指引者，所以迅疾不及防若此，儻不遇李巖則殆矣。任妃固忠賢死黨，其欲甘心於后已久，無怪其為此譸張也。群閹復因任妃事而傅會之，士大夫之素為閹黨者，亦爭傳之。迨其説流衍既廣，則雖本無成見者亦疑莫能明矣。閹黨之毒，甚於流寇，一至此哉！然究竟后之賢德不可掩，而其遭際之艱，則較諸后為尤不幸矣。

書黎靜圃先生年譜後 戊子

遵義黎先生，諱安理，字靜圃。以乾隆四十四年舉人，家居授徒餘三十年，晚乃官永從縣學訓導，旋知山東長山縣。此其自訂年譜，而於官長山後闕焉。余友蒓齋，先生孫也。光緒戊子，蒓齋由日本使署郵視福成，福成讀之數周，書其後曰：烏虖！憂患者，成德之基，立名之階，受祉之府也。先生幼遭不造，備歷險艱，日夜奮智焦神，以劬於躬而養於家，孝於親，盻盻然如恐不給。若儒，若農，若商，若醫，先生以一身兼涉其涯而不常厥業，藉博旨甘滫瀡之資，僅免隕越，而勃谿之聲，死喪之威，疾病之憂，又叢迫焉。先生順受不驚，苦心經營，調護無形，遂紓家難而慰親心。既舉於鄉，從學者漸眾，嶤然負一鄉之望。雖仍終歲孑孑，而勉持門戶，家庭底豫，志稍遂矣。迨作令長山，譜雖無考，而其後有賢子孫，科第繩繩，繼世發聞，為黔右族。

蒓齋持節東瀛，駸駸嚮用，光顯未艾，謂非先生之積劬韞祥不可也。大抵窮苦幽愁，天所以磨礪善人之具，而勤愨孝謹，亦人所以敬迓天休之源。由今以觀，先生所以處憂患者無遺憾，而天之所以報先生者有由來矣。抑余觀先生每上公車，僅攜十數金以行，雖例得馳驛，而征塗數千里往往皆徒步。為想見昔時承平之象，前輩耐勞之風，今世之士其能若是哉！吁！其可及也哉！

合肥蘇氏族譜序 癸未

古者天子建德，因生以賜姓，其後或以國，或以邑，或以官謚字，各別為氏族，而朝廷專設之官，以奠繫世，辨昭穆，故凡神明之後，歷數千年而傳緒甚明，則三代重世族之效也。秦漢以後，王侯將相，崛起草澤，幾不能自舉其先世，而譜牒亦稍闕焉。至魏晉以九品官人，矜門戶，審族地，寖成風俗。迄於有唐，譜學最盛，而攀傅假託之端亦由斯而起。廬陵歐陽氏撰新唐書宰相世系表，其紀諸名家之世蓋詳，然不免與正史牴牾，蓋歐陽氏據各家私譜而未及刊正，亦可見當時競務穿鑿以相誇耀，有糾之不勝糾者矣！

夫三代之制邈矣！秦漢之間，官失其守而譜學亡。後自魏晉以迄隋唐，私譜繁興，謬相仍，而譜學益亡。昔狄武襄之纂族譜者，與其傅會無稽，不如闕所不知。識者韙其質直，豈惟不苟為依託？抑不欲自誣其先人也。蘇氏之先出於高陽，高陽有裔子曰樊，為昆吾，得姓曰己，夏時為諸侯伯，其後氏曰蘇、顧、溫、董。周有忿生為司寇，封於河內，而蘇氏始大，眉山蘇洵所作族譜後錄既詳述之。其錄曰：『眉之蘇皆宗益州長史味道，趙郡之蘇皆宗並州刺史章，扶風之蘇皆宗平陵侯建，河南河內之蘇皆宗司寇忿生，而凡蘇氏皆宗昆吾樊。』然則蘇氏數千年之派別，括於此矣。洵與其子軾、轍，以文學政事顯名當世，而眉山之蘇始聞於天下。厥後歷元明以迄於今，蘇氏支族流衍海內，其所出益莫可殫究，然溯其先則一也。

光緒九年，合肥蘇得勝將修宗譜，請序於余。且稱合肥之蘇，明以前無可考，明初有諱旺者，從太祖征伐有功，授忠顯校尉，守禦北平都司，卒於官，歸葬城東三里，子孫遂家焉，其後有宗軾者，始創宗譜，越二百餘年而支派愈繁，不修恐散佚失序。余惟得勝以樸勇應募，從今大學士合肥李公轉戰江南北，積功至記名提督，蓋能大蘇氏之家聲而槖其族者。今又重修宗譜，則敬宗辨世之要莫先於是。得勝其謹纂所知，而闕所不知可也。夫攀追先民於曠遠之世，於實無徵，於義無取，若夫詳輯所聞，以上合三代奠繫世之遺意，俾後人得賡其緒以相嬗於無窮，是乃得勝之責也。是即所以槖蘇氏之族者夫！

寄龕文存序 乙酉

國朝康雍之間，桐城方望溪侍郎獨以樸學治古文辭，繼明歸震川氏，以上接韓、歐陽之緒。至乾隆中葉，而姬傳姚先生踔起，先生親受業望溪弟子劉君大櫆及其世父編修君範。其論古文曰：『義理、考據、辭章，三者缺一不可。』一時著籍門下高第弟子，各以所習相傳授。

自淮以南，上溯長江，西至洞庭、沅澧之交，東盡會稽，南踰服嶺，言古文者，必宗桐城，號桐城派，其淵源所漸遠矣。厥後流衍益廣，不能無窳弱之病，曾文正公出而振之。文正一代偉人，以理學、經濟發為文章。其閱歷親切，迥出諸先生上。早嘗師義法於桐城，得其峻潔之詣，平時論文必導源六經、兩漢，而所選經史百家雜鈔蒐羅極博，文選一書甄錄至百餘首，故其為文氣清體閎，不名一家，足與方、姚諸公並峙。其尤堯然者，幾欲跨越前輩。

余謂自桐城派盛行，而海內假託者亦眾，近世高材生言古文者，或遂厭棄桐城，然以文正之賢，不能不取義法於桐城，繼乃擴充以極其才，然則桐城諸老所講之義法雖百世不能易也。夫古文之由來遠矣，自昌黎迄今千有餘年，作者曾不數家，其間蓋非無篤志者矣，而或未得其傳，得其傳矣，或限於時與地而程功致力之不能深且久，則皆不可以至。然苟非瑰奇鴻博絕特之才，則雖得其傳與時與地，或能至而不必成，能成而不必造其極，甚矣古文之難言而作者之不數數覯也。

會稽孫君彥清，砥行績學，治古文有聲。光緒十年冬，彥清將自梓其文，都為四卷，曰寄龕文存，徵序於予，逾歲復來趣之益力。予讀彥清之文，擩嚌百氏，翢中彪外，馳騁不可抑遏。集中頗見規模史漢及六朝駢儷之作，蓋其聲光駿發，非桐城繩檢所能束縛也。然以彥清所有，如復能默究義法，奮追曩哲，茹精晰微，屢變益進，則傳世行遠，其又可量邪！予願彥清斂才抑氣，深思有得，擴其所已能，研其所不足，古之作者不難至也。

予壯歲獲遊曾文正公之門，粗聞緒論，顧以世事役役，大懼不能卒業。羨彥清之才之敏，而知其必不鄙棄予言也，故道予志所欲就而未逮者以勖之。

全氏七校水經注序戊子

往余好研經世之學，以謂天下要政莫先養民。方今水旱頻仍，西北尤甚，蓋農政不脩，由水利不講，考之未詳，措之無具，未有能濟於時者。竊願潛搜博討，默究時地之宜，以蘄勿窒於用。治之數年，才譾力弱，世事牽率，卒卒未遑卒業，迄今有餘愧焉。自昔言水之書，首稱禹貢，次則班志。司馬氏續漢志，攟摭無法，已不足據。惟范陽酈善長氏水經注，敍述源委，瞭如指掌，而於漢、晉以來陂塘隄堰之屬，具載興廢。儻能參稽古跡，隨宜經畫，用俾冀、兖、青、徐、雍、豫諸州之域咸成沃壤，其為功豈淺也哉！

宋元以來，此書已無善本。朱鬱儀所校盛行明代，然其訛錯淆亂，去俗本亦不甚遠也。國初顧、閻、胡、黄諸老並治水經，拾遺訂謬，時有所得，何義門、沈繹旃繼之，而集其成於全謝山先生。先生閎覽碩學，著述數十種，水經一書尤生平所致力者，校於揚，校於杭，校於粤，經七校而始有完書。剖別經注，改易次第，採諸家之長，補原文之佚，神明煥發，頓還舊觀。當時定本未及刊行，輾轉流傳，入於有力者之手，而先生之功轉晦。其後趙東潛、戴東原各有校本，多所是正，而不知皆先生為之先導也。

余備兵浙東，訪求先生手稿不可得，惟得王氏艧軒重録本。艧軒亦未見原書，特從盧氏稿本、林氏副本稿本，參合補綴而成之者。同年董君覺軒家藏是編，復以殷氏、張氏殘鈔本校之，而知艧軒之書往往據戴改全，與先生自作題詞兩相牴牾，頗失其舊。且分別大小注乃先生之創見，原書大注亞經文一格，小注亞大注一格。艧軒所鈔，高下互易者綦多，亦未能一一釐正也。歲戊子，余以董君之本，命書院高材生合趙、戴二本重加校訂，仍請董君總核之。數月畢功，付諸削氏。有志之士，精心研究，即謂得見先生之定本可也，且謂得見酈氏之原本亦可也。

夫酈氏當分割之世，戎馬稍暇，作為此書。其徵引宏富，文章家之資糧也；沿革明晰，考據家之津筏也。而其有裨於水利農政，實經濟家疆理天下之書也，世顧可忽乎哉！刊成，余奉簡命陳臬湖南，行有日矣，爰叙刻書大指，弁於簡端。其板即庋崇實書院，俾公同好焉。

代曾侯相忠孝録序 辛未

為臣死忠，為子死孝，此賢者不得已之舉也。當咸豐四五年間，粤寇横於荆揚之境，無錫王君恩綬以知縣發湖北，將謁行省大吏，而武昌被圍，巡撫陶文節公嬰城固守，勢且岌岌。城中官吏爭請大府符檄，出外請援兵，稍稍引去。君至則城閉不得入，益陽胡文忠公時以布政使統兵城外，固留君，君不可，縋城入。明日，城陷，遂與陶公同殉，君之子燮亦從死焉。

議者曰：『子之侍父，無適不從。方王君慷慨以陷危難，燮固無不從之理。獨王君於湖北未有官守，而又初至，宜若可以不死。設令因胡公留城外而相隨殺賊，未嘗不可奮有樹立也。即不然，而稍遲迴以入，其誰議之？』予謂不然。往者粵寇初發難，值海内承平久，所至望風而靡。其或責在戰守，而能以死殉職者固不乏人，至其分可以無死則甘蹈死而不慄者尟矣。人習於苟偷非一日，往往臨危之際巧伺形便以為趨避，至於相師成風，莫與禦寇，而其身之敗辱亦隨之，此時事所由不振也。夫聖人之道之在天下也，天下之人皆跂而不及，則雖矯以稍亢而不為過。以王君力扶積俗，而不恤以身先之，毋亦有苦心存焉，抑非得已而不已也。

方武昌之剋而復陷，予適引孤軍與賊相持江滸，屢奮屢躓，飽嘗艱危。當此之時，所仗以鼓人心者，祗此捨生取義之説，與二三同志，申明而倡率之，俾人人奮於殺賊，而不以利害為計。聞王君之事，益令人敬慕不能置云。

今朝廷褒忠之典有加無已，而君父子忠孝之大節既炳於天下。歲辛未，君之次子庭楨以所輯忠孝録徵言於予。予觀君之摯性穆行具載録中，獨其所以必死之故有未詳者，故予復推君之志以敘之。

代曾侯相丹陽束氏族譜序 辛未

丹陽束氏，宗晉尚書郎晳。晉書載束氏之先，出自漢太子太傅疏廣。廣曾孫孟達，新莽時避難，始去疎之足為束。自尚書郎晳以文學起家，而束氏始顯於世。其後由陽平再遷而居合肥。宋建炎中，有諱振祖者官統領，扈蹕南遷，是為丹陽束氏之始祖，世居三城里。其子孫或徙他鄉，而三城實為大宗。按其譜系，以學行、政績、節義著者，累累有之。

予惟漢晉之衰，士大夫避兵江左，冠蓋文物至六朝稱盛焉。宋之南渡，自公卿百執事以及故家右族，相率從遷。其留北者，洊遭金元之難，陵夷摧蕩，百無一存。自是人文萃於東南，而吳中實多舊族。其最著者，若吳氏、顧氏、錢氏、陸氏、范氏，名賢接跡，千有餘年不替。其次若丹徒張氏，金壇于氏，溧陽史氏，吳縣彭氏，常熟蔣氏、翁氏，武進惲氏、莊氏、趙氏，無錫秦氏、華氏，亦皆聲施焯然。豈非涵濡世澤者久，而才賢之興因之稱盛與？束氏世居丹陽，溯其望，雖未能與吳中諸舊族齒，然繼世亢宗，所從來者遠矣。

予承乏江表，適丁亂離之後，獲見一二名家遺裔，彬彬儒雅，學行敦美，為想曩昔人文之盛，令人神往不置！邇者郡邑修輯譜系，比姓相望，蓋亦鳩召亡散，振舉先緒之一端。同治十年秋，束允泰季符以重修族譜請序於予。季符，辛酉拔貢，篤雅劬學，將所謂繼世亢宗以振束氏之緒者邪？予既嘉季符之請，又樂夫江南諸舊族甫離兵革，即相與修明收族敬宗之典，以漸復曩昔人文之盛也，於是為之序。

代李伯相日本某居士集序戊寅

光緒三年，畿輔、山西、河南饑。其明年，日本某居士實來，餼饑甿以粟。余既感其意而謝之，就與語，閎豁無涯涘，蓋篤雅劬學士也。既乃視余文稿遊草、詩草及日記各卷，讀竟，叙其簡端曰：

古之以文章傳者，得山川之助而益奇。太史公周覽天下名山大川，其文豪宕有逸氣。杜子美崎嶇秦蜀，舉可喜可愕之境悉寓之於詩。蓋山川之靈不能終閟，而士蘄有以自見，或抒情紀事，鑱刻萬匯，不獲山川之助，亦無以擴其趣而孕其奇也。居士生東國，徧遊境內名山水，浮海至中華，登之罘山，濟於大河，再適吳越故墟，泛舟西湖，返過太湖之包山，北抵京師，西訪洛陽、長安古帝王之都，入蜀，沿江而下，至夏日，乘輪艦以達吳淞。凡所歷太行、嵩、華、終南之高，崤函、劍閣、棧道之險，瞿唐、巫峽、荊門、洞庭之驚湍怒濤，莫不近觀遐矚，躬攬其勝。故其文含咀道味，瑰辭奧義，間見疊出；其詩思騫韻遠，擺脫塵垢，不履近人之藩。豈非以所閱者博，得山川之助者多邪！夫亦其襟抱廓然，異於人人，故能躡屩遠遨，若是之勤且果也。

余聞日本，海東舊國，其俗近古，其傳有先秦以來未見之書，其士多恢奇博辯，往往遺世獨立，徜徉巖壑以頤其志。居士儻即其人與？抑猶有遯跡沈影，不可得而見者與？居士其為我告之！方今兩國文軌相同，往來相通，畛域之分非復曩時比。繼自今有踵居士而來游者，余將東嚮速客，延之上坐，一叩其胸中之奇也。

曾劼剛云：神來興來。

代李伯相重鍥汶濱遺書序戊寅

汶濱蔡先生詩文集十卷，語錄二十卷，舊有刊本。今權天津縣事王炳燮校其闕佚訛舛，知甯晉縣事夏子鎏重鋟諸板，請序於余。余覽誦一周，為之序曰：

唐自會昌、大中以後而人才衰。明自正德、嘉靖以後，人才雖未衰，然或不能究其用，或不盡衷於道，蓋其時科第重而朋黨興，居風氣中而能卓然不惑者寡矣。唐之初，設科取士，為目數十，凡閎偉倜儻非常之才，奮起迭用，可謂極盛。厥後專重進士，諸科漸廢，士舍帖括詩賦無所攻，其術益刓，惟相攀相軋為務，賢才寂寂者百餘年。明太祖以四子書文取士，其始風氣渾樸，往往根柢經史，涵泳道味，且用人之途，半由薦舉，故凡巨儒碩彦多出為時用。中葉以降，制藝試士既久，陳篇舊句，盜襲相仍，於是格律變而益精，風尚窮而益變，嚮之所謂根柢經史，涵泳道味者，轉覺迂而不切，末由適中度程，其高下清濁之矩，有司意為去取，如風之謬然於長空而不可執也。是時科第既益重，豪儁之士，槁項没齒，冀得當於一試，幸而得之，英光鋭氣，耗減略盡，奚暇他求。故論者謂有明一代無學問，非無學問也，舉業累之也。然而朝野上下，習於見聞，風會所趨，牢不可破。苟非由甲科進者，仕宦不逾常調，計典不入上考，曁其極敝，知有師生之情誼而不計國事，知有門戶之黨伐而不論是非。雖其雅負時望，猶蹈此失，況汶汶於科第之中者乎！其或嶷然不倚，守正擄忠，匡救百一，勢孤援弱，亦終不安其位以去。晚世國事日棘，乃拔一二異材於舉業之外，猶必群力傾排，務俾顛沛而後已。此其末流所錮，日即淪胥，雖聖人其能振救之哉？雖然，其所託為孔孟傳道之書，則其說甚純無瑕。其初立法，取明理達意而止，視夫專崇末技，炫巧鬥妍，而無實義者，猶為質勝於文，然偏重之弊已若此矣。若夫身居風氣之中，廪然有以自守，與世齟齬而不悔，砥行鳴道，以終其身為善於鄉里，雖限於時位，澤不遐施，學未大傳，要之特立之士也。

明汶濱蔡先生，早歲受業甘泉湛先生之門，不顓顓以舉業自晝，既以嘉靖間進士為巡按御史，孤行其意，累劾權貴，進直言，再起再仆，歸而講學著書，篤守儒先榘矱，不務標新異以眩後進。其行義四方多宗之，豈僅稱一州一邑之鄉先生者邪！王君、夏君表章前哲，以為邦人士模式，可謂能勤其職矣。余故樂為之序，且論晚明積習之弊，以誌余慨焉。蔡先生，甯晉人，諱靉，字天章。

曾劼剛云：抉摘晚明科第朋黨之弊，不遺餘力。此文殆有為而言之。

卷三

上曾侯相書乙丑

太老夫子元侯中堂節下：竊惟天下之將治，必有大人者出而經緯之，而天之靳之，往往有二。宋明以來，大儒間出，恒不得居將相之位以有為於時；得位矣，或限於地，或受任未專且久，或丁舉世耳目之因循而礙於更革，則亦稍稍補苴掇拾，而未暇為百世深計。此非其人不偉，位不顯，而時為之也。若夫天生瑰琦宏傑之人，而畀以至重之任，又有可因之時，則天以百世事業寄之也，不待言而決矣。

國家承平餘二百年，自粵孽倡亂，荼毒徧海內，回苗幅捻諸寇如蝟毛而起。節下以鄉兵數千，號召賢俊，為天下倡。廓清南楚，奮兵而出，蕩鄂渚，摧江州，收奪失土數千里，遂受東征之命。水陸諸軍，夾江而下，規全皖形勢之地以制賊死命。推轂群帥，選將分兵，則兩浙三吳，相次恢復。然後悉銳而拔金陵，梟元惡，掃除數百萬猖獝之豺虎而滅其景跡。節下之勳，磊磊軒天地！海內抵掌高談之士，窺見標末，開口不能誦說萬一。拘方鄙儒，豈復能仰測高深，擬議影響間哉？抑福成竊不自揣，猶有望於節下者？語曰：『行百里者半九十。』節下戡亂之業，視唐之汾陽王，明之新建伯，殆已至百里而又過之。若必如伊、傅、周、召之致治，則適及乎百里之半，而當加意之時也。伊、傅、周、召，固非福成所敢窺測，若三代下之能追蹤前哲者，莫如諸葛武侯。請設言武侯之事，假令當時滅吳盪魏，天下為一，將為一代建不拔之業，必作人才以培邦本也審矣，必飭治道以康兆民也審矣，必將策富强，定經制，消反側，防外侮，正風俗，又無疑矣！武侯雖不得行其志，而其志之所當為者則可推也。即推而上之為伊、傅、周、召，其所為亦當如是也。今節下之功，既遠出武侯上，而可為之時，又十倍武侯，天子倚之，天下信之。節下建一議，行一政，則舉世將視為轉移。又值變亂之後，百事興革，民心望治，往往更張而不見其跡，施設而易蒙其澤，是伊、傅、周、召所僅能一遇之時。而又知節下平日所自期，斷不在伊、傅、周、召下，故福成敢以其迂疏之說進焉。

福成於學人中，志意最劣下。往在十二三歲時，強寇竊發嶺外，慨然欲為經世實學，以備國家一日之用。乃屏棄一切而專力於是。始考之二千年成敗興壞之局，用兵戰陣變化曲折之機，旁及天文、陰陽、奇門、卜筮之崖略，九州阨塞山川險要之統紀，靡不切究。蓋窮其說者數年，而覺要領所在初不止此。因推本姚江王氏之學，以收斂身心為主，然後浩然若有得也。既又知為學之功，居敬窮理，不可偏廢，而溯其源，不出六經四子之說。蓋術凡三變而確然得所歸宿處，所懼知識檮昧，師心獨學於窮鄉之中，固陋不足以應世。竊自私念，必得今世巨公如節下者以為依歸，而磨礪以事，始能略有成就。昔先人以文辭受知門下，為縣令湖南，方稍欲建樹，不幸中道即世。福成時隨長兄福辰在楚，適節下辱垂弔賻，恩誼之隆，非可言喻。既而賊陷故鄉，奔馳東歸省母，相遇於江北之寶應，遂僑僻處居之。讀書奉親之外，妄畫滅賊方略，思欲親詣行轅陳獻，輒以母老家貧，不能遠行而罷。邇者節下犂平醜類，而天下至急至切之務與東南經久之規模，均惟節下是賴，蓋所謂其人其任其時三者咸會其極者。失此不言，復誰與言之？

今聞節下以剿捻寇北上，彼皆烏合救死之寇，以節下之威臨之，自當不日蕩定。但所云百世事業，不盡在此，故輒獻其前所欲云者。其北方利病與剿捕機宜，數千里外，未敢懸度。至其梗概，略具於治捻寇一篇，謹撮大端，列為條目如左：曰養人才，廣墾田，興屯政，治捻寇，澄吏治，厚民生，籌海防，挽時變。雖其間草野臆度之言不乏，而論當今要務，似不外是。言辭蕪拙，字跡粗劣，伏惟恕而察之，不勝惶悚冒昧之至！門下晚學生薛福成再拜謹上。

養人才

古之取士者，或以德進，或以事舉，或以言揚，三者兼用而不偏廢。隋唐以降，始專尚考試，然其間自巖穴顯者猶或有之，又特設制科以待非常之士。明初至今，制藝日重，得人之塗一歸之甲乙科。其初文風渾樸，期於明理而止，故凡名賢碩德與偉才異能之思自表見於時者，亦往往由之以進。然自是不就考試之人，以事舉者固屬寥寥，以德進者更闃然無聞矣。近十數年來，潢池不靖。朝廷博求賢才，大臣舉薦，率不次擢用，於是智略輻湊，虎臣輩出。四方瓌俊，雷動雲合，以贊中興之運。是豈無術以致之哉！蓋由朝廷能破千載之成格，而節下以忠孝文武為之倡，又復虛懷宏獎，振古罕有，故一代人才聞而興起，用以截亂夷囏，而惟節下之左右之也。

今巨孽已平，海内漸以無事，英儁無由自效。士之奮迅求試者，復相率而入於科舉。科舉行之既久，其法不能無敝。蓋學士大夫以制藝相切劘餘五百年，至於今陳文委積，剿說相仍，而真意漸汨。取士者束以程式，工拙不甚相遠。夫以工拙不甚相遠之文，取決於有司一時之愛憎，加以貪常嗜瑣，意見各異，而黜陟益以難憑。遂使世之慕速化者，置經史實學於不問，競務為澆劫浮尫之習以弋科第。魁碩之儒，皓首而不遇者，比比是也。

然則欲救科舉之敝而收遺逸，養人才，莫如徵辟與科舉並用。大凡以今日天下人才計之，其見收於科第者十之二，其見收於軍營及一切保舉者十之三，其沈抑迍邅而不獲一用者，猶十之五。節下誠博訪而慎擇之，若德行純懿，若經術精深，若吏治明嫻，若邱園高蹈，若練習名法，若諳曉韜鈐，若幹略過人，若文章希古，其他茂才異等，有一長一藝堪施實用者，不拘一格，取其見聞所及，或素有時望者薦之朝，復奏之天子，飭内外大臣各舉所知，仿國初舉博學鴻詞例，召試大廷，量才錄用。然後著為成法，不時舉行。如是則賢才無遺逸之患，可以輔科舉所不及，而前此空疏之弊亦且漸以轉移。

夫科舉雖敝，其法固難變革也。若但云振文風，新士習，又非一人所能主其權，一日所能蒇其功也。節下負知人之雅鑒，昨者凶豎干紀，既以之收召英豪，奏不世之奇功矣，今復為國家扶植元氣，以振聳天下人之耳目，當必有度越千古者。蓋斯事體大，非節下之德之力不能成此舉，亦無復有能勝此舉者矣。伏惟及時加意焉。平居所作選舉論二篇，謹附上。

廣墾田

江南衍沃稱天下，頃更喪亂，民死者不可勝數。其顛沛飢羸僅存之民，或無以為耕，耕亦不穫。然則事勢至此，雖天時大和，災祲不作，而甘雨下注，常委為滄海之波，民固且拱手待盡於溝壑之間而莫之拯也。時事之可憂，孰甚於此！ 雖然，福成竊觀古人之良法美意，垂為百世之利者，往往轉出於喪亂之餘。今沃野千里，曠棄不耕，誠因此時修明開墾之政，則所謂百世之利可得而建也。

開墾之政有二：曰民墾。民之有業而無力者，借以籽種牛具資之耕。其曠絕無人之處，宜益募他州之人願耕者，不計多寡，三年以後升科，給為永業，則亦可以少充國賦。曰官墾。籍無主之田，官自募民耕之，定其租，視民間租歲減什一二。數歲之後，當有成緒。且近世官吏仰食縣官，縣官所費不訾，而受者常病其薄，宜仿古祿田之法，以公田給州縣，代其俸廉，大縣以千五百畝為則，小縣減三之一。大率銀萬兩可墾田五千畝，明歲俾自耕，以其租易耕他處，三歲可得萬五千畝。若以十萬金為之，則得十五萬畝，是百縣令之食也。若以二十萬金為之，則祭祀、役食等項，地方之費歲省大半。每行省籌二十萬金，覈之經費不為多，而百世之利建焉。夫自古公田之法，往往不數十年而敝者，以官為經理，不若民之自為經理也。今以之代俸廉及充州縣公費，則州縣之重之必不後於民之自為經理也。

節下哀憐百姓，招流亡，給籽種，一切條法簡而易行。若福成之愚，豈能贊一辭哉！ 然而經費不足，是以開之不廣，請即見聞所及就其一二言之，似亦有宜加之意者。今蘇、常、松、太各屬，每縣各有善後局，局數十百人，平居皆習為姦利，至無行義之輩，其中或有稍公正者，上官使主其事，亦以鄉黨親故，莫能相禁。以故歲糜鉅萬，報銷於上官不啻以一為五，道路嗟歎，以為不如其已。由此觀之，孰若悉罷此輩，以節浮費而濟事實哉？去歲不登，蘇松差愈，常屬惟錫金下種較多耳，然畝收僅數斗。田捐之令，畝四百，差役費二百，民不得食，而州縣苛督甚於錢漕，不知有以聞節下否？ 且錢六百，固一二畝種麥資也，麥熟後資以種稻，亦一二畝。今獨以錫金言之，田捐為五十萬畝，則其所失豈可量哉？ 伏惟推此類汰去之，則官民並墾之利庶可得而議焉。

興屯政

自巨猾倡亂以來，當事者練兵募勇，奚翅數十百萬。其轉輸之費，籌濟之勞，幾於無孔不入，雖傾天下之力以供之，猶岌岌乎有不繼之勢。賴節下威力，數年之間，賊巢盡傾，兇渠授首，而前日調集之兵勇得以稍稍撤散。然就今之大勢計之，殘寇猶竊餘生，反側時多未靖，則有不可盡撤之勢；孤孑者既無家可歸，驍健者或挺而生變，又有不能盡散之情。若聚而使之坐食，則長驕惰而滋事端，固非國家之利。況十餘年間，民力已竭，幸而稍獲休息，豈能復用其力以給軍食於無事之時？然則處今日而欲為善全之策，不傷財，不累民，不弛備，並以開數百年富强之業者，蓋非講明屯政不可。

夫屯政之有利無弊，自古然矣。三代井田之法廢，惟唐府兵得寓兵於農遺意，府兵壞而天下始有養兵之費。後惟明之衛所頗合於唐之府兵，人各授田二十畝，納租六石，使之且耕且守，法至良也。洎乎中葉，邊將得請官田自便，且訓練不明，僅責以納租而止，於是有軍之名，無軍之實，而軍衛之法壞。今東南數省，戶口耗損大半，往往有田多人少之虞，勢必不能偏墾。為今之計，宜籍各省民田之無主者，官為開墾；籍各省未散之勇丁，其願受田者，每丁給田數十畝，官為相其便宜，理其經界，開其水利，給其牛種，三年之後，每歲納租數石，授為永業。俟經費有餘，往往創築城堡，仿明衛所之制，為設守備千總以訓練之，三時務農，一時講武。每省特設一屯田總兵，而統轄於提督。如此則江淮數千里要害之地，布置聯絡，隱然有指臂之勢。一旦有警，人人各自為守，無復嚮者潰逃故習。行之有效，則推之而閩浙，而湖廣，而山東河南，莫不循是行之。此制一定，國無轉運之費而驟獲勝兵，民無供給之勞而藉資扞禦，營伍不以屯聚而滋他釁，地方不以備弱而召他虞。又以位置此無業之勇丁，而為天下多墾數十百萬之田，則每歲增天下之穀無慮數十百萬石，所入之租兼足以贍國用。國家數百年富强之業，實基於此。

至其經費之所出，則暫借釐金一歲，於以措理而有餘。方今兵事漸蕆，而釐金未遽停者，正以勇丁未能盡散也。誠假一歲所入，以為斯民建不世之利，一歲之後，勇丁各業其業，而釐金可以漸裁。此乃兩得之術，即明告四方而行之，奚不可者！

或曰：『今之勇丁，習於酣豢，儻募之而不應，則奈何？』曰：『凡事之集，難乎其始，是在勸其為倡者而已。勸之奈何？凡勇丁之始應募者，其授之田，必肥以廣；給之資與籽種，必厚以倍。俾勇丁慕耕種之利，勢將奔走而歸之。萬一勇丁應募者少，則相機漸散勇丁，而別募遊民以授田，暇則以兵法部勒之，何患屯田之不廣歟！』

雖然，天下事莫亟於人才，更願於道府州縣中無論在任候補，令各條陳屯務利病，取其言之洞中窾要，斟酌時宜者，召之面詢得失，擇其才可用者，委以綜理屯務。又於行事之際，察其能否，而專其責成，則異才必出，而實政可興矣。

治捻寇

自來制寇之術在任將，而治捻之道在任吏。昔日之治捻，宜先任吏而後任將；當今之治捻，宜先任將而後任吏。方捻寇之初起也，不過饑窮烏合之徒，所至遮略剽殺，過城寨不攻，遇大軍則走。斯時得一驍將，屬以勁兵，雖數十百萬之眾，立可摧散，然今日散為民，明日復起為捻矣。即擊其眾而盡滅之，而桀惡民之弄兵者復接踵以起。蓋捻寇之難治在此。此其故何哉？山東、河南數省，吏治疲刓已久，民貧俗悍，習於為非，善撫之則皆民也，不善撫之則皆捻也。故絕捻之源，首在吏治。昔龔遂守渤海而莠民復業，張陵守廣陵而劇盜乞降。本朝乾隆季年，黔楚苗匪蠢動，福文襄王以天下全力臨之，迄於無功以没；傅鼐一同知耳，用鵰剿之法，卒以平苗。此其已事可見，故曰先任吏而後成將。今之治捻也則不然。凡兇頑狡悍之民，獮薙略盡，其漏網捕竄者，不過一二桀黠之徒為之渠率，誑誘驅脅，以與王師遻。不幸使之一再得志，飆忽慓悍，幾類流寇。語曰：『涓涓不塞，將為江河。』今已不啻涓涓矣！然及今治之，猶可圖也。圖之之機，宜檄直隸、山東、河南督撫堅壁清野，謹守封略，各以其兵策應。節下以大軍蹙之，分遣諸將，或截擊，或迎擊，或斷其道，或擣其堅，或襲其輜重，或披其形勢，或攻其無備，或散其脅從，彼一二兇渠之首旦夕可致麾下。復責各省之吏，捕餘孽，安反側，撫創痍，則捻寇之蹤跡一舉蕩盡。然後澄清吏治，永杜復起之漸。故曰先任將而後任吏。

雖然，論今之所以平捻者，豈更無當務之策乎哉？福成蓋嘗遙揣事機，而略舉其要則有四：

一曰汰冗營。夫捻所以旋滅旋熾者，豈不以大軍乏犄角之援，各路鮮堵截之兵乎？兵少援絕，而邸帥以孤軍疲於奔命，豈不以冗營為之累乎？何則？北方之號能戰者，張曜、陳國瑞二人耳。其他屯戍諸軍，支餉非不廣也，覈其額，則十人不能三數人，又未必可用。委員以數百計，類多歌呼飲博以待獎敘，其保舉之優，薪水之費，倍於他處，故凡遊河南者，率視為牟榮利之捷徑。數年以來，未見其能殺一賊，剋一寨也。今欲汰此諸軍，當自汰冗員、清浮額始。誠節此諸軍之餉，可益精兵一二萬，復選健將部勒之，則大軍多犄角之助，各路奏堵截之效矣。

一曰用鐵騎。嘗聞賊所憚者，在南有水師，在北惟鐵騎，此實地勢使然。曩者大軍在光固間，因山谷沮澤，礙於馳騁，以致失利。今賊已離其巢穴而突齊魯豫燕之境，此皆平原曠野，非衝逐不為功。宜廣調勁騎，每與賊遇，縱騎蹂之，賊雖眾，可殲也。或曰：『然則賊避我而入山谷沮澤則奈何？』曰：『以騎兵列守要道，勿與之戰。數月以後，彼食將盡，於是廣設方略，誘其支黨，俟其稍懈，則步兵蹈瑕而入，窮搗其巢，而以騎兵擒斬其逋竄者，此必勝之術也。』

一曰離逆黨。今聞賊渠悍者併力拒我，故其勢強。然彼非有骨肉之親也，非能一心協力而永無猜貳也。誠宜察賊渠之可降者，遣間招之，非誠納其降也，特使內相疑忌，腹心自潰，然後勢分力弱，而不至為大患。否則恐其中有雄桀者，一旦魁其曹而併其眾，將不可復制矣。

一曰招降附。夫賊中渠魁皆必死之寇，固決不肯就降，國家亦決無赦之之理，赦之亦必為變。若其餘固脅從耳，詿誤耳，急之則為賊死，赦之則可以散其黨而孤其勢，此易見者也。且招降之所以不易言者，懲其詐也，懲其降而復判也。詐不詐，明者能辨之。其詐也，暫羈縻之，乘其懈擊之，雖殲之可也。其非詐也，則固納之矣，猶慮其叛也。歸其老弱，籍其强壯者，分隸各營，以古者以一隸五之法治之。其不從也，廉得其為首者，誅之可也。此所謂以剿為體，而以剿撫互施為用者也。昔王陽明先生平江西賊，或先使人招撫，俟其往來猶豫爭論不決之間，乘間急擊，或令人說其酋長詣營，至則徑置之獄，而興兵擊滅其巢，功甚神速而又不留餘患。今之以撫為剿，亦當如是而已。

凡此四者，皆福成遙為臆度之辭，又所居僻遠，傳聞未必實，恐今事勢已有變更者。福成姑就數月前之聞見，略道其梗概如此。伏惟採擇而用之，幸甚！

澄吏治

欲舉天下創殘疲敝之民而致之休和，曷先乎？曰：先之州縣。今州縣有大弊二，曰捐班廣也，門丁横也。有大要一，曰考課行也。二弊不去，一要不審，雖伊葛不治。今之由捐例進者，推其本意，不過以官為市而已。夫至以官為市，則剝民以自奉，損國以肥己，固其所也。若曰姑試之職，待其有過，大吏按劾而罷之，是以土地人民為墨吏嘗試之具也。縱使旋用旋汰，而官終不得其人。其弊也，與無官等。今之病之者，不得已而用考試以困之，又非正本清源之道也。彼以捐進，庸陋固非其咎，若納其貲而考黜之，是欺天下以罔利也。考而仍用，謀國之道，不當用此具文也。是故，與其考之於後，不若停之於前。

或曰：然則當如國用不足何？曰：國用之足不足，不在捐例之行不行，而在制用者之權其出入。且今之捐例益廣而國用益虧者，何也？天下多一貪污之吏，即多無窮失業之民，以致嘯聚而為變，比其翦除，而縻餉已鉅萬矣。又或虧損公項動以萬計，逾其所捐數倍。各省試用之員，往往人浮於缺，大吏曲為調劑，輒授以無足重輕之事，其薪水之費固已不貲。然則捐例雖若於國用有濟，實乃贏於此而絀於彼耳。稽之治道既如彼，籌之國計又如此，是又何苦而不罷之哉！伏望奏減捐例以為停捐之漸，權定限制，捐雜職，許實任，捐正印，止虛銜。雜職中能稱職者，亦許隨例升轉。其前已捐而在官者，亦嚴為考察而去留之。一二年後，軍務稍平，度支稍足，然後決然停止。若其濟國用之方，又在制祿田以代俸廉，每歲節俸廉以供縣官。計其所贏，當不減捐例所得。其説固略具於開墾之篇矣。

或謂今之正途大抵不曉世務，而操守不愈於捐班，甚或一蒞職任亦有以受賕聞者。曰：是則然矣。前論徵辟與科舉並行，蓋欲以振興人才，轉移士習，未嘗無以救正途之敝也。安得以正途之敝遂謂捐班不當止哉？若夫門丁之設，尤為州縣巨蠹。今州縣官一蒞任，則僮僕什伯為群，無不褕衣甘食，肆為姦偷。其舉財賦獄訟而悉歸之者，名曰門丁，自丞尉雜職皆仰鼻息而食，把持誕謾，玩其官於股掌之上，官或之死不悟。或自慰曰：『彼權固重於我，雖智者無如何也。』噫！是猶布荊棘於門，張網羅於要道，而私憂其出入之不便我也。試問羅網荊棘誰設之哉？推其設此，大端有二：其媮者不事事，則舉官事盡委之，可以安而尸厥職。其尤不肖者，倚為姦利，外使張其爪牙，而肉實與為首尾，一旦發露，則託門丁為解，而已可以免於戾。積習相循，末流益甚。雖稍有智識者，亦狃於俗例而不敢廢。且每赴一缺，則上官之薦，紛然四至，彼屬吏安敢不遵！今胡不取各省之案牘閲之，凡州縣被民控訴者，大率多以門丁為辭，則其橫可得而知也。宜嚴禁兩司以下毋得以門丁為薦，州縣毋得輒用，用而被控者，該丁以法論，官罷黜，著為令。又嘗論之，漢郡縣得自辟曹掾，一時文學才俊之士皆出其中，故能相倚如左右手；今更之以書吏，吏習猾，官孤，益無恃。似宜漸復古制，令州縣得辟士之賢者為吏，優其禮而以次升諸朝。

即不能為此，宜且仿古三老孝弟之制，鄉舉其賢能，以賓禮禮之，使為教化之倡，而任以保甲之事，則摧租捕盜之吏可以不至鄉里。張官置吏，所以為民，又安取此闒茸委瑣之輩與之共天下哉？二弊既去，乃嚴考課。考課之行於州縣，始在慎其選，繼在養其廉，究在盡其才，三者備而後考課之法不勞而立。今州縣選補，吏部拘之以資格，大府私之以愛憎，不能為地擇人久矣。輭美巧滑，工於趨避者，則舉世以為明白公事，其翹然名能吏，通省不一二數者，雖凡事勤敏，往往可觀。至於利源所在，徵取無藝，亦不後於他人，尚安望其撫循民瘼，變化風俗哉？今宜先擇悃愊無華有實心及民者畀之縣，有幹略者次之。然其要在兩司得人；兩司得人，則州縣得人矣。雖然，州縣之俸廉，大者無過千兩，而所謂雜款陋規，及幕友修脯，與一切辦公費，奚翅倍蓰？如是而欲其不妄取於民，不可得也。州縣無清廉之操，而欲其公且慎，明且勤，不可得也。方今之務，莫如嚴飭司道以下革陋規，除雜派，限幕友修脯之制。其辦公費，令各縣籌經費之羨，漸置公田。俾長民者，不拮據於財用，而州縣始有清廉之吏。

然尤不可不盡其才也。今郡守權不敵漢縣令，縣令權不敵漢戶賊曹。縣令自笞杖以上不能專決，動須關白上官。其究也，上下以空文相束，雖賢者亦奉法救過之不贍，而不肖者反得以容其弊。又或以燕齊之人仕滇黔，甌閩之人仕秦隴，語言不諧，土風人情不悉，孑身萬里之外，歎息而思歸，甚者疾病攻之，尚安望其能修職業哉？比其稍習而安之，則遷調而去矣。候補之員委署一缺，常者一年，暫者數月。又有權缺之肥瘠不時更代，雖授實缺者留不遣，而故使無缺者代之，名為調劑，授受之際，交代糾結難清，黠吏因緣舞弊。官知任事之不久，往往於數月中肆為掊剋，以蓄數歲代缺之費。上下苟媮，豈不甚哉！今欲整飭吏治，莫如盡州縣之才；欲盡州縣之才，則必重其職任，滌去煩文，務持大體。又為奏明定例，凡五品以下任外任者，越省無過三千里；任實缺者，尚無大故，必滿任；試用之員，非稔其才勿遣，遣之而能舉其職，勿遽撤。如是始可以盡其才矣！

慎其選，養其廉，盡其才，三者無一闕，然後舉當今要務責之，任其所為，而徐考其成。卓異者不次優擢以風厲之，且宜仿有明及國初舊制，內轉為御史及部曹。其闒茸贓污者，懲之勿貸。考課之行於州縣者如此，而又無捐班以參之，門丁以蔽之，則賢才孰不勸？不肖孰不誡？吏治蒸蒸，百廢具舉。凡所以復創痍為富庶，化彫敝為敦樸者，不外是矣。

厚民生

國朝兵制，自京都滿蒙漢八旗及各行省要地屯駐旗營之外，則有綠營，分隸督撫、河漕及水陸提鎮各標，為額至六十餘萬人，約支俸餉二千萬兩，去天下歲入之半。遷流既久，積習益深。乾隆以後，日形窳敝。雖疊降明旨，飭所司實力整頓，而地廣勢散，頗難著效。嘉慶年間，蕩平教匪，已大半仗川勇之力。咸豐初年，粵寇披猖，所至無不摧靡。節下深鑒綠營之不足恃，於是倡募鄉勇，以戚元敬氏束伍法部勒之，久之皆精練無敵，各行省亦漸仿效之，而湖南勇營之旌旗幾徧海內。最後傳其規制，別募淮勇，而淮軍復興，用此誅鋤群孽，轉危為安。然十餘年來，用饟無算，所以能措持全局，彌縫闕乏者，則東南數省抽收百貨釐金之功也。向使舍此一孔，其何以饋數十萬嗷嗷待食之軍而遏方張之寇焰？然則天下當有事之時，國計之不能不藉資於釐金者，勢也。雖然，昔之創為此法，不過濟變一時而已，若軍事稍紓，循是不革，非所以厚民生而培元氣也。今巨患削平，跳梁之寇非復前日比。似可斟酌盈虚，先減釐金，漸減漸少，以至於盡裁，蘄以濯痍嘘枯，稍蘇民困。

夫釐金每百分而取其一，徵諸商者，似不為多。然以福成所親見者論之，即如江北淮揚等處，自江甯藩司所設釐局外，有漕捐、河捐、撫捐、糧臺捐，及清淮籌防、各府籌防、各縣鎮團練之捐，收數混殽，名目詭寄。三四百里間，卡局不下數十。是殆徵其十之二也，而吏役之勒措，司事之需索不與焉。彼為商者工於牟利，則仍昂其價於貨物，而小民之生計日艱。且今日之能倚釐金為巨饟者，以前日未始有釐金也。若上下既視為定額，則將有必不可少之經費待之以濟。加以官吏侵蠹其中，法久弊生，此法即為徒設。一旦復有猝然意外之變，將籌何款以應之？故減之裁之，所以為異日緩急計也。然今之所以決不能裁者，何也？閩粵殘寇尚未殄滅，兼以群捻縱橫，苗回煽亂，凡諸勇營之得力者，方且徵調四出，奔命不遑，是饟項有不可減之勢，即釐金有不能裁之勢。即使諸寇漸平，而彈壓土匪，鎮守邊陲，亦非勇營不可。然則釐金終不能去乎？竊謂勇營之所以不能撤者，以綠營之不足恃也。綠營不足恃，而兵額仍未稍減，坐糜二千萬金之歲餉，病民病國，莫此為甚！乃計臣樞臣未嘗籌及，疆吏言官未有論列者，則或牽於舊制不可改之說，或瞢於中外之利弊也。

節下拳拳於愛民憂國，既已洞晰其原矣，似宜於此時建議，普減天下綠營十分之四，可省歲餉八百萬金，以養勇營，即可先減天下釐金十分之六。蓋各省要害之地，既有得力勇營填紮，疲弱之兵不妨汰遣。所留六成，以供守汛護餉解犯之用，可敷分布。汰兵如有可用，或撥歸屯田，或招入勇營，亦尚不至窮餓。一轉移間，而國用不耗，商民不困。蓋食之者寡，則用之者舒。大學生財之大道，易之所謂以美利利天下，書之所謂利用厚生，不外是也。抑或別有遠圖，必暫假釐金為區畫，此乃與福成屯田之議相合。然當明定限制，布告四方，以一年二年為度，截然不稍延緩，始無流弊。夫用釐金以興屯政，數年之後，屯田畢理，兵餉大減，而釐金固可盡裁也。興一利，除一弊，二者交相為用，又在斷而行之耳。

籌海防

方今中外之勢，古今之變局也。推其所以啟之者，有天事，有人事。古者九州之內，各殊土而異宜，有隔數百里不相通者。然而天地之風氣，日久漸開，山川之徑塗，習行則便。自秦一天下，至漢而收滇粵，置河西，至唐而通回紇，定天竺，至元而服俄羅斯，取西域，恢拓可謂極廣。寖尋迄於今日，西洋諸國，航海通商，凡歐羅巴、亞墨利加數十國之人，頡頏並至乎中國，而以英吉利、俄羅斯、佛蘭西、米利堅四國為最強，於是地球幾無不通之國。是其所以然者，天也，非人之所能為也。西人之始至也，非敢睥睨中國也。曩者禁煙之役，既以發之驟而啟釁，釁作矣，彼猶懼天威之不測，未敢狡焉以逞也。忽而罷兵弛禁，且償其貨以驕之，繼而倏戰倏和，茫無成議，以致戰則喪師，和則辱國，於是中國之情實歷歷在西人之目，索地索幣之師紛然狎至。而粵寇乘之以起，洎乎庚申之歲，遂敢合從內向，直犯京師，既不獲已而講解以罷，而中外之大防裂矣。是其所以然者，人也，不可盡委之天也。

居今之世，事之在天者，宜有術以處之，然後不為氣數所窮；事之在人者，必有術以挽之，然後不為鄰敵所侮。竊嘗默審乎天時人事之交，其道歷久不敝者，要在知和之不可常恃，一日勿弛其防而已。防之之策，有體有用。言其體，則必修政刑，厚風俗，植賢才，變舊法，祛積弊，養民練兵，通商惠工，俾中興之治業蒸蒸日上。彼自俯首貼耳，罔敢恃叫呶之故態以螫我中國。言其用，則籌之不可不豫也。籌之豫而確有成效可睹者，莫如奪其所長而乘其所短。西人所恃，其長有二：一則火器猛利也；一則輪船飛駛也。我之將士聞是二者，輒有談虎色變之懼，數十年來，瞠目束手，甘受强敵之侵陵而不能禦。不知西人貪利，彼之利器可購而得也；西人好自炫所長，彼之技藝可學而能也。為今之計，宜籌專款，廣設巨廠，多購西洋製器之器，聘西人為教習，遴募巧匠，精習製造槍礮之法；特選勁隊，勤演施放槍礮之法。又仿俄人國子監讀書之例，招後生之敏慧者，俾適各國習其語言文字，考其學問機器。其傑出者，旌以爵賞。兼仿造火輪船數十艘，平居則以運漕，移衛所各官及漕標之兵以隸之，既以護運漕糧，實以練習海道，暇則兼操戰法。若是則彼之所長，我皆奪而用之矣。世之議者，或憤中國積弱，以效法西人為恥，不知工之巧，器之良，乃造化日闢之靈機，非西人所得而私也。

夫巫臣教吳以弱楚國，武靈胡服而滅中山，安知中國人之才力不能駕而上之乎？若夫乘彼所短，則有合併之說，有分離之說，有牽制之說。何謂合併？曩者彼聚而攻，我分而守，我防粤則彼攻閩，我備浙則彼擾滬，比援師調集，而彼又直指天津矣，此中國所以憊也。熾千斤之炭於通衢，人皆望而畏之，分為千百處，則一熄而無餘燄。苟扼其要，則每省所注意者不過一二口，又恐其力不厚，則以福建益廣東，以浙江益江蘇，以奉天、山東益直隸，一切兵權、餉權、用人之權皆畀之督師大臣。彼數萬里遠來，兵不眾而糧不繼，一不得勢，則心孤而氣餒矣。此分者合之之效也。何謂分離？夫英、法、俄、美四國，勢均力敵，其先皆有仇隙，非能始終輯睦也。昔英吉利之初發難也，俄有可聯之勢，美有效順之情，中國非但漠焉置之，抑且驅之激之，使協以謀我。聞英人之攻廣州，强摟法、美二國，迨入大沽，則俄、法、美三國皆從，三國非有大憾於我也，蓋知我之無可助而實可侮也。誠能於發難之始，察諸國之無惡意者，先啗以微利而退之，或竟密與聯結，俾為我助。如是庶足披敵之黨，屈時必有顯為排解者，有隱為阻止者。此合者離之之效也。何謂牽制？今各國來者日益多，則各口之商務日益盛。倘一國有釁，則告各國以商務停止當由啟釁之國償其利。又如英國有釁，則先以貿易之停止諭其商民。法國有釁，則先以教民之不能安居中國諭其教民。彼商民教民必不願也，而我仍默示懷柔，動其慕戀，如此則歸曲於敵，使之彼此怨尤，上下乖迕，其勢不順而謀必敗。此以各國牽制一國，以商民教民牽制彼國之效也。

夫既奪其所長，又乘其所短，二者雖未足以盡海防之至計，而所可豫籌者，要不離乎此。若夫伐謀伐交之策，練兵練將之方，其措注於臨事者本無定形，又非可豫為揣度矣。

挽時變

自泰西諸國立約以來，大抵於中國有利有害：利則通有無以裕稅餉，得利器以剿强寇，此中國之大益也；害則洋煙不禁，漸染日廣，傳教通行，許其保護，此中國之大損也。竊嘗較其輕重，要其始終，則所謂益者什一二，損者什八九，其利害之不能相抵也明甚！蓋洋煙盛，則撓我養民之權；洋教行，則撓我教民之權，教養無所施，而國不可為國矣。此時局之變之尤可憂者也！雖然，和約一定，往往數十年不改，自非國勢日張，事機絕順，無從輕議更張。居今日而論洋煙洋教，苟不知時變而嚴絕之，勢所格也；若默揆時變而善挽之，事所急也。今天下自衣冠至於負販，見困於洋煙者，不啻五人而一，是舉天下之人而廢其五之一也。而民之趨之者，尚無窮期，一染其癮，終身難去，且嗜之者亦自不願去。洋人布此鴆毒於中國，弱人精力，錮人神志，其害過於洪水猛獸遠甚。

然而持不禁之說者，曰恐擾民也，挑釁也。不知嚴禁吾民，乃中國自主之權，不必如曩者焚煙之舉也；法寬而簡則易行，不必如曩者斬決之罪也。治其源者，在絕中國人之嗜。嗜之無人，彼之煙自無所售，而來者益寡矣。且今中國之嗜洋煙者，非其性之本然，其弊在不知詬病，而視為適俗便身之具也。則莫如厲之以恥，而止之以漸。夫天下風氣之所成，恒在仕宦衣冠之地，欲民之改舊習，而不先於其所慕效，未有能改者也。誠宜奏定條例，凡京外大小文武各官，嗜洋煙者勒致仕，不改則永不起用。每屆京察及大計，書之於考，為課殿最之準的。其各官幕友，各局紳董及書吏等，犯者輒黜之；

不黜而舉發，坐其官以降級處分。凡士子之應州縣試者，責廩生保之，始許投考。諸生之應科舉者，令學官察犯者停考，能改者錄之。有司巡行閭里，見有設館誘人與嗜煙者，枷示於市，屢犯者屢枷示焉。凡此皆所以示民恥辱之端，使之知至可賤惡者莫洋煙若也。況人情所憚，在妨其進取之路而阻其衣食之源，苟非甚不肖者，孰不速改！夫所行至約，而處之甚寬，使民自漸摩祓濯而改其習。天下少一嗜煙之人，即多一有用之人；天下少一購煙之費，即少一販煙之利。彼洋人將爽然自退，即中國種罌粟之區亦且漸化為黍稷桑麻之地矣。抑又思洋煙之入口者，雖暫難明禁，不妨援西國重榷煙酒之例，酌加十倍稅釐。非特可濟要餉，且使民憚其價之昂，則嗜之者漸減，是又不禁之禁也。

至於洋人傳教，載在和約，中國既有保護之條矣。然彼所謂天主教者，慣以微利啗我愚氓，一入彀中，即為之致死而不悔。教士動輒干預訟事，偏護教民，挾制州縣，而應之者，或失之亢激，則彼駛兵船以肆恫喝。於是自疆吏以逮州縣，凡事牽涉教堂者，莫不曲意遷就，苟求無事而止。民知未入教者受教民之侮而無所控告，一入教則恣横而莫之能制，自是趨之者如水赴壑矣。然福成欲稍遏傳教之餤者，非謂違約，乃行約也。約章謂安分傳教習教之人不得刻待禁阻，是不安分者，理難保護矣。又謂如係中國律令之事，仍由地方官照例懲辦，是教民犯法，治之勿貸，非教士所能干與矣。今誠多選廉公有威、明達大體之良有司分布州縣，凡教民之倚勢犯法者懲之，教士之妄問公事者拒之。彼知入教不能求勝於平民，勢當稍沮。惟判斷公允，不違約，不刓法，宜有以折服其心。又當不動聲色，勿鼓眾民虛憍之氣以激事變，但求政平訟理。且漸擴貧民生計，毋使為饑寒所驅，則傳教者無權矣。若夫默抑教民進取之塗，似可稍參治嗜洋煙之法，而勿露其端倪。苟才智者不入其中，則天下事猶可為也。

夫洋教洋煙驟入中國者，氣運之變也；斟酌情勢，默寓挽回之術者，君相之柄也。伏惟節下出當大任，力救時艱，顧及今日為風俗人心計，為中國貧弱憂，以此二事聞天子，密抒遠謨，通行各省，畫一辦理，實萬世之福！

伯兄撫屏云：閎議鬱發，灝氣孤行。尤可寶者，另有一種樸茂神味洋溢行間，古文家無此宏邁，策論家無此精深。

同治乙丑之夏，科爾沁忠親王戰没曹南，曾文正公奉命督師，北剿捻寇，並張榜郡縣，招致賢才，余上此書於寶應舟次。文正一見，大加獎譽，邀余徑入幕府辦事。是時幕府諸賢，為劍州李榕申甫，嘉興錢應溥子密，黟程鴻詔伯旉，宣城屠楷晉卿，溆浦向師棣伯常，遵義黎庶昌蒓齋。文正語申甫曰：『吾此行得一學人，他日當有造就。』又謂余曰：『子文長於論事，年少加功，可冀成一家言。即與伯常、蒓齋同舟，互相切劘可也。』厥後余從公八年，前後出入幕府共事者三十餘人，多一時賢俊，余頗得晨夕晤談，以擴見聞，充器識，皆文正提獎之力也。按求闕齋乙丑五月日記云：『故友薛曉帆之子福成遞條陳約萬餘言，閱畢，嘉賞無已！』余在幕府，嘗見文正手稿。近閱湖南刊本，歸入品藻一類，而訛為伯兄撫屏之名。想由校者之誤，恐后世考據家或生疑義，故並及之。辛卯九月自識。

答友人論禁洋煙書丁卯

福成曰：辱惠書，以謂洋煙至今日勢所難禁，且既成風俗，亦自不必禁。斯言也，僕甚訝之！近有人傳足下亦染此者。僕以足下績學砥行，平日持議，與此相反，堅不之信。姑就來書之旨，一抒狂瞽之論，幸垂諒焉。

大抵世風日降，而人之嗜好日多。古未聞煙可吸也，即旱煙一物，至明季始有之，吳梅村以為妖，見於綏寇紀略。乃閱百餘年而有水煙矣，未幾而洋煙入中國矣，又未幾而中國膏腴之地偏種罌粟矣，有南土、西土、廣土之名矣。曩者一二巨公愍然憂世道之變，欲厲其禁而大為之防，未獲伸其志而顛沛以去，遂使世俗之論謂洋煙終不可禁。當路諸君子苟求無事而止，不知此事不禁，則養癰蓄蠹，生事之端，將有不勝言者。禁之而得其術，則轉移甚捷，實未嘗有一事。近世不惟決其防，又從而揚其波，以致洋藥之局偏布城市。民之寶之，逾於穀帛，而其害將與宇宙相終始。且自古蠹民生、敗風俗之事，曰飲，曰博，曰妓，此三者朝悔而夕改之耳。惟洋煙之癮，能改者百無一二。其性又足耗精血，損志氣，使君子不能勞心，使小人不能勞力，形神委頓，玩愒歲月。其下流無藉之貧民，因耗費不貲，往往寡廉鮮恥以求足其欲，加以煙燄薰灼，日夜銷鑠此心，則其心體因之以壞。五十年來，洋人布此鴆毒於中國，殺人之身，復殺人之心，其害過於洪水猛獸遠甚。今天下之日趨於洋煙者，如水之源源東向而無窮期也。此其故由於上不之禁。上不之禁，則民不以為詬病，而轉視為適俗怡情之具。不及百年，勢將胥天下而入之矣。

然而持不禁之說者，且以為海內之廣，勢不能人人而禁之，禁之不絕，適以擾民，不如毋禁。噫！此所謂慮趾之顛而不敢縱步焉者也。夫國家立一法，豈必遽效於旦夕間哉？盜賊之必誅也，殺人之必死也，此千古治天下之常法也。然非堯舜之世，則不能使天下無盜賊，無殺人之人。夫自古治天下者，不因之而廢其治盜賊與殺人之法也。而盜賊與殺人之人，卒以此而不比肩接跡於天下。然則洋煙之熄，亦在上之行其法耳。今計天下之財，耗於洋煙者，每歲不下數千萬。以數千萬之銀易無限之灰燼，此如漏巵之不可不塞也。然塞之之功，不必先與洋人校，而當自中國始。邇年以來，煙之來自外洋者半，其出於中國者亦半。僕謂在上者，宜飭州縣嚴禁民不得種罌粟，違者責里長拔之，仍罰其田主與里長畝米各若干石，里長舉發而先拔者，即以罰田主之米畀之。如是則民已難牟厚利，而轉有所失。而治其源者，尤在絕人之嗜。嗜之無人，彼之煙自無所售，而種者益寡，即來者亦寡矣。且今之人嗜洋煙者，非其本性，弊在不相詬病，而視為適俗怡情之具也。是當厲之以恥，而止之以漸。

夫民之耳目所慕效，大率在縈富之區與秀良之士。昔日洋煙之盛，風氣皆由此而開。為今之計，宜由大吏舉屬官之嗜煙者，劾令致仕，每屆大計，書之於考以為用舍。其各官幕友，各局紳董及書吏等，犯者輒黜之。凡士子之應州縣試者，責廩生保之，始許投考。諸生之應科舉者，令各學官察犯者停考。閭里中有嗜煙不戒者，里長籍其名於官，以不清白論。其尤無賴者執之，徇於市。凡此皆所以示民恥辱之端也，苟非甚不肖者，孰不速改？夫法必煩苛急迫以駭民耳目，勿禁可也。今所行至約，而處之甚寬，使民自漸摩洗濯而去其習，其效非可捩契致者哉！蓋今日洋煙之熾，在上之不禁耳。上之不禁，由下持不禁之議者多耳。僕不敏，不敢隨聲附和。足下儻有以教之，幸甚！

飭州縣禁種罌粟，邇來左文襄公及相國朝邑閻公多持此論。然其本原，尤在絶人之嗜。嗜之無人，則雖不禁，而民自不種。若禁民嗜烟一層尚無把握，而先禁種罌粟是適為洋藥驅除者也，轉不如暫弛此禁，猶可使財不外溢。觀於近年土藥日多，而印度洋藥箱之進口者漸減，中國銀之少漏入外洋者每歲約千餘萬兩之多。蓋印度近來多種茶葉，以奪華人之利，而洋人亦謂中國多種罌粟，以奪印人之利。是以中國總以禁絶民之嗜烟為要義，若明知驟難禁絶，不得已而出此弛禁種罌粟之下策，亦事勢之無可如何者也。辛卯九月自識。

答友人書 乙亥

薛福成曰：辱惠書，知吾兄近攻輿地之學，欲考證塞外形勢山川地名沿革，勒為一書，以蘄達之於用。甚盛！甚盛！

國朝諸老為此學者，如嘉定錢大昕辛楣，錢塘龔自珍拱祚，平定張穆石舟，邵陽魏源默深，光澤何秋濤願船，皆各有纂述。邇者李員外鳳苞，方典簿愷，奉曾文正公命，方箸地球圖說。彼二子者，皆以絶人之資，覃精竭能，博稽古籍，復參以今所聞見，他日成書，必斐然可觀。足下志力勤敏，或可與二子驂靳爭先，幸努力為之毋怠！

承詢近日洋務，雲南一案，漸有端倪。英國公使威妥瑪在京師，齗齗相爭，百方恫喝，固已變詐多端矣。然以中外全力，勉與枝梧，猶可以蕆厥事。不佞所鰓鰓過慮者，滇事雖蕆，而四方之釁正未艾也。方今俄人西踞伊犂，東割黑龍江以北，包絡外盟蒙古興安嶺，緜亘二萬里，周匝三垂，蓄鋭覼釁；法人蠶食越南，取其東京以為外府，撤我滇粵之藩籬； 英人由印度規緬甸，盡削其濱海膏腴地，以闚我雲南西鄙； 日本雖自臺灣旋師，而睨隙思逞，今又有事朝鮮矣，朝鮮固中國之外蔽也。 夫以我疆圉如是之廣，而四與寇鄰，譬諸厝火積薪，凜然不可終日。 烏虖！ 中國不圖自强，何以善其後！

夫今日中國之政事，非成例不能行也，人才非資格不能進也。 士大夫方敝敝焉為無益之學，以耗其日力，所習非所用，所用非所習，一聞非常之議，則群駭以為狂，拘攣粉飾，靡有所屆。 而彼諸國則法簡令嚴，其決機趨事如鷙鳥之發。 如是而外國日强，中國日弱，非偶然也，皆其所自為也。 今雖賢王勛臣，內外夾輔，僅能補苴揞持，一二十年後，吾輩恐未得高枕而臥也。

來書又謂今之自强，不過摹仿他人之强，誇耀他人之强，與自字義相反，允矣。 然使因惡他人之强，而遂不願自强，此又因噎廢食，諱疾忌醫之見也。 今有數人並駕於通衢，一人行百里未息，一人望塵追逐，僅至乎中道，一人惎他人之我先，不屑碌碌隨人後，終不離故地一步。 夫其僅至乎中道者，誠宜以不能爭先為恥，然猶愈於跬步未移而自以為高者也。 開闢之初，人與萬物偕生，所需於世者蓋寡。 其後不能無以自養，不能不相往來，即不能無爭鬥。 聖人者出，於是有耒耨之教，有舟楫之利，有弧矢之威。 迄於今造化之機日洩，而泰西諸國之人，研之愈精，於是有農織之機器，有火輪之舟車，有銅鐵之槍礮。 時勢之相推移，雖聖人莫之能違。 夫今之不能不用機器、輪船、槍礮，猶神農氏之不能不制耒耨，黄帝氏之不能不作舟楫弧矢也。 謂神農、黄帝於耒耨、舟楫、弧矢之外無治天下之要道則不可，必謂併耒耨、舟楫、弧矢而廢之則惑矣。 嘗謂中國人民物產風俗甲於地球諸國，若能發憤自强，原可操鞭箠八荒之具，弊在不能刪成例以修政，破資格以求才。 士大夫不肯捐除故見，務為有用之學。 其聰明才傑之士，又往往諱言洋務。 僅使一二當事者，區區於輪船、槍礮，慕效西人。 此猶見人之行百里，而勞神憊形以隨之，不能具輕車，購駿馬，以騁長途而遐矚千里也。 大抵天道數百年小變，數千年大變。 自堯舜至今世益遠，變益甚。 吾輩讀書致用，不可復為一切成說所拘，如能會通其理則幾矣。 足下開敏善悟，嚮不錮於俗學者，故略抒所懷以相質證。如有所見，幸以教我。冬寒惟珍衛不宣。

上李伯相論與英使議約事宜書丙子

宮太傅中堂鈞座：昨聞梅輝立翻悔前言，毅然由煙臺南下，其得步進步，狡獪叵測情狀昭然若揭。竊思自古兩國相持，必先審彼己情勢，情勢瞭然，而後應敵之方裕如矣。方今英之富强，固非中國所能敵，而論天時地勢，英必不願啟釁於中國者。何也？英雖主盟西土非一日，然自俄、德之交合，英人惴惴自顧，常有慮其吞噬歐洲之意。一旦有事中華，俄人必乘間長驅以闚印度，德人必興兵侵併旁近小國，以逼法蘭西，則英之唇齒亡矣，此固英之君臣所四顧躊躇者也。近聞土耳其國王為其臣民所廢，俄人意在用兵，而英人不敢漠視，香港兵船已有調歸之信。雖未必即確，然其不輕用兵之意則已有明徵。且威妥瑪在都商辦滇案，始以八條所允，既屢其欲，未嘗不漸就範圍。其既允而旋翻者，梅輝立之意，蓋謂中國非劫之以勢不能大獲所欲。故唆威使於成議之際拂衣徑出，必待我再四挽回，然後示我以勉强應允之意。此正梅輝立之妙用也。

今梅輝立已抵滬矣，度其來書，必故作決裂之語以相恫喝。我之應之，不妨以距為迎，先加駁斥，然後徐徐因勢利導，可以保其必不決裂，而轉圜必速。設令再從而將順之，羈縻之，則彼又必幡然改轍而大肆厥求矣。何也？彼之所欲本無底止，彼之所謀亦初無定衡。彼但知事窮勢迫而後言和，其和必無遺憾也；彼但知中國不見其兵船，所許必未到極至之地也。是故敵兵之來不來，不在所許之厚不厚，即令所言必允，彼以為可劫也，而兵至轉速，必復大索於所許之外。迨無可許而至決裂，則何如靳其所許，猶有可加於兵至之後，且使彼無奢望，而收拾轉易乎！

竊謂此時威使如有要挾，宜折之以理，勿稍遷就，則議和或易為功。且威使在華數十年，近將歸國，設因此兵連禍結，牽掣大局，彼將內為國主所尤，外為商人所怨，實非其所深願。彼之本計，不過見可而進，知難而退，欲乘此時迫脅中國，大得便利，以見好商人，為歸老之榮耳。其水師兵船遊弋各埠，呼召十數號，不難立集。彼挾其伎倆，或欲一試而後快，固未可知。然則為今之計宜如何？曰：設備而已矣。洋人之性，以强弱為是非。昔執事在上海，駕馭西洋兵將，有鞭撻龍蛇，視若嬰兒之風，以其時有淮軍五六萬人，戰勝攻取，先聲足以懾之也。同治九年天津之案，法國兵船數號來泊，法使羅淑亞意氣驟厲，急索天津守令之頭，迨聞執事率兵數萬由陝東行，則驕氣為之頓殺。故設防所以定和局也。或謂設防而觸其怒，不如示不設防以速其和。不知自古兩國相持，備愈嚴則和愈速，形格勢禁，理有必然。誠宜密速調兵，節節布置，俾人心固而聲援厚，隱然有虎豹在山之威。敵船一到，飭我軍嚴兵以待。斯時議和，其詘伸損益之數，自與無備者迥不侔矣。謹將緊要事宜開列於後，其中有宜急籌者，有豫擬而不妨緩行者，有姑存此說以鈐制敵人者，伏惟恕其愚陋而採擇焉。

一、勁旅宜調也。議者或謂洋兵精悍，中國之兵，十不當一，則調兵與不調同，不知調兵而謂必勝者非也。調兵而蓄鋭勿動，藉以張軍聲，固民志，彼之要挾亦當稍減，此必然之理也。且洋兵恃其船礮，最利攻堅。若戰於曠野，豈能操必勝之券？昔英軍、法軍助剿粤賊，屢挫衄而亡其將矣。淮軍以槍礮剿流寇，不甚得力，至用長牆圈制而始滅之，蓋野戰不專尚火攻也。今誠厚集兵力，自大沽接於津郡，自津郡接於通州，分段設營，萬一用武，則大沽之勢不孤，而迎敵之兵相續。彼涉海遠來，兵數不多，且無後繼，是已居可勝不可挫之勢，聞我兵力既厚，則心孤而意怯矣。直隸自周盛傳一軍以外，各鎮練軍抽調七成隊伍，可得五千人。此外河南宋慶一軍，剿捻剿回，百戰以成健旅。今聞有遣撤之議，惜小費而棄遠圖，甚非計也，亟宜咨請暫停遣撤。山西樹字六營，久經訓練。此二軍者，似須奏請諭旨作為河南、山西所遣拱衛畿甸之師，其月餉仍由兩省源源運給。濟甯銘軍全部萬人，亦宜飛調北來。如此則兵力稍厚，不至為狡寇所乘矣。

一、餉項宜裕也。曩者西師遠邁，特發部帑二百萬兩，分作四批運解，所以重邊防，勵軍心也。今若京畿有警，則腹心之患百倍新疆。似宜奏請朝廷權其輕重，暫緩批解，以觀形勢。如英事就緒，固當陸續解往，以符原議。否則宜移緩就急以顧根本。揆諸左相公忠體國之心，當必謂然。又西征軍數，洋人莫測其衆寡，且知其久練戰事。萬一海疆有急，似可奏請明降諭旨，俾左相盡率所部剋東指，仍密屬按兵勿動以待消息。洋人一聞此音，慮中國之無意於和也，則求成必速，而西軍不至掣動矣。此亦虛實相濟之權，伐謀之先幾也。

一、密告各省設防也。夫京師者，天下之首也，宜以全力護之；沿海沿江各行省者，天下之支體也，宜各自以其兵力守之。然以中國海疆之廣，洋人船礮之捷且利，又無鐵甲船、鐵礮臺以禦之，其不能處處設守也明矣。今宜令各省酌量兵力，擇要設防；力所不逮者，准令官民遷避，讓以空城。彼航海遠來，人數無多，不敢深入腹地，所占不過一二城。又與吾民齟齬，動多疑懼。夫耗兵費以守空城，猶獲石田也，而各口貿易為之停罷，則彼所損甚鉅，久必廢然退矣。昔年海疆有事，必欲處處設守，一城偶失，先自震驚，以至張皇失措，受制洋人，由不知此術故耳。

一、團練宜倡也。英人若僅以兵船數號來泊，固無事於團練；萬一志在必戰，調兵不敷堵禦，則號召團勇，其急務矣。往者粵寇之變，各省團練雖或奮績一時，終以潰散不振，而今謂其可用者何也？蓋粵寇人衆而勢盛，利攻散，不利攻整。洋人兵少而器精，利攻堅，不利攻散。彼團勇散居鄉里，攻不勝攻。以洋人之所嚮無前，而粵東三元里之役，大為團練所困，殆不過以多制少，以散制整耳。咸豐三年，天津縣令謝子澄號召團衆與獵梟槍手，摧折粵寇十萬之衆，此又團練可用之明證。誠令密為布置，數萬之衆，一呼可集，可以廣張疑軍，出奇掩襲，亦救急之一大助也。

一、滇案本末宜布告各國使臣也。中國於馬嘉里一案，特發重臣，為之輯兇，為之議恤，可謂鄭重周至。乃威使播弄其間，欲坐我以指使之名。中國若不亟自剖白，方且受英國君臣之怨，方且被各國商民之謗，方且為地球萬國所不右。今宜歷叙滇案顛末，揭明曲直之理。且威使自辦滇案以來，始則多方禁阻，不許詳告各使；繼則百端要挾，不使及時議結。宜將此兩層反覆詳述，咨明各國駐京公使，請其秉公評論。仍密飭江海關馮道，轉屬稅務司偏刻各國各埠新聞紙中，作為中國商民之言。彼都議院非無公論，久必有據理以譏威使者。如此則所費無幾，而轉移大局之機已在其中。或謂此法雖善，恐威使因愧生怒，愈激事端。不知洋人之性，剛則吐而柔則茹，可以勢禁，不可以情感。以文文忠公之斷斷好辯，而威使欽服至今，氣足以折之也。誠能道其隱微，洞中肯綮，彼自畏其國人之譏彈，英之君臣必且憬然而自悟，或亦釜底抽薪之一術乎？

一、商務一條宜堅持也。威使所索八條英使威妥瑪所索八條：一、滇案前後事宜，由總署奏明請旨宣示惋惜之意，先索觀摺底，再會商入奏。咨會各省偏發示諭，張貼各府廳州縣。一、聽英使派員赴各處查看所張示諭，以兩年為期。一、內地有關係英人身家案件，由英使派員觀審。一、滇省與英緬邊界商務，兩國派員妥議章程。一、五年為期，由英派員駐寓重慶及雲南大理等府，稽查通商事宜。一、補救通商大局一節，原有另議，其餘正子並交之議，另具節略聲明。一、欽派使臣赴英，剋期啟行，所有宣明惋惜之意之璽書，該使先查看底文。一、償款由英使咨呈本國作主，惟商務尤關緊要，尤其全力所注威妥瑪所索第六條補救通商大局一事，凡沿海沿湖沿江，酌定各埠，開作洋船往來口岸，訂明洋貨進口完稅時正子並交。惟宜昌一口，剋期開作通商馬頭，總稅務司赫德又遞威使所索第六條內另議要端，共有七〔一〕條：一、洋貨入內地，華洋一律完子口稅，領稅單。一、買洋貨時，在本口內完子稅，概不重徵。一、洋布在通商口岸、通商省分概免抽釐。一、洋貨在通商口岸抽釐，定不得過值百抽若干之章。一、出洋土貨，准華洋一律請報單入內地購辦。一、通商各口設官信局，歸總稅務司管理。一、設鑄銀官局，歸總稅務司管理。其餘似皆非其本意。此次怫然出都，故作決裂之勢，蓋為洋貨免釐一事而發也。然彼不專就此事措辭者何也？彼欲侵我自主之權，於理既為不順；擅各國使臣應議之柄，於情又為不公。且與滇案毫無關涉，究屬節外生枝。威使其自知之矣，故忽允忽翻以布其勢，旁敲側擊以紆其途。其誣及疆臣，吠及樞府，怵我以所甚危也。其請覲見，請提滇案，逆料我所不能行也。而要無非為商務一端，作引而不發之機，欲使我自屈於無形，甘心以釐稅全數相讓，彼乃安坐而享其利。吁！可謂黠矣。雖然，釐稅一宗，全允所請，每歲所損於中國者將及一千萬兩，淮軍西軍必從此而撤，京餉協餉必從此而虧，海防應辦諸務必從此而廢。不數年而他案復興，彼乘我之無備，又議減洋稅矣。斯時財匱力弱，雖欲一戰，不可得矣。是故商務之說，彼以全力爭，我當以全力拒，即不得已而遂至用兵。用兵不勝，不過賠償兵費，兵費少者數百萬，多者千萬而止耳。千萬之款，取諸釐金一歲所入而有餘，猶愈於不戰而自困也。且以每歲千萬之正款，可養勁兵十餘萬。誠如同治初年剿辦粵寇之時，聚精會神，賢才競奮，則何敵不可剋，何功不可成哉！議者又謂失之釐金，可稍取償於洋藥。洋藥乃無源之水也，釐稅所收者百萬，而民財之隱耗已數千萬矣，其可恃以為利乎？今威使既將八條作為罷論，不妨舍此而別議，或酌添一二口岸，或另加可許者一二條，所損猶輕。倘彼必理前說，亦當告以中國關稅之輕向為地球各國所未有，今宜增至什二，以昭中外之一體，以補釐稅之不足。否則飭各海關道別議辦法，必令相當乃已。庶中國利權猶保一二乎！

一、請覲見、請提滇案並非威使本意也。洋人所重者莫如利，商務一節乃其全神所注。外此二者，蓋料我所不能行，而故以此相攬耳。我視之愈重，彼索之愈急，就令許之，中國尚無大害，洋人亦無大利，是許之而轉足以止之，或未可知。若其意在必行，則提案一節，可由刑部照原供審理，堅勿改移。至岑中丞提京之說，不妨告以大員並無過犯，但可驛召至京與威使面質是非，萬無提訊之理。中國之例，雖無罪細民不得妄加呵斥，豈獨大員為然？至覲見一節，同治十二年成例具在，誠令盛設儀仗，懾以天威，彼自讋伏之不暇，似無損於體制。但未可輕易允許，或留為倉猝轉圜之地，或藉以塞他事之要求，是在斟酌於輕重之間，權衡於臨事之頃耳。

一、俄德兩國宜速遣使臣也。今日歐洲形勢，俄、德鴟張於東北，英、法虎視於西南。俄軍方下基發，窺印度，逼土耳其。英人岌岌自顧，幾有僥焉不終日之勢，其不能耦俱無猜也久矣。明知泰西諸國種類雖殊，而交涉中華則仍聯為一氣，牢不可破。然速遣俄、德之使，收外助則不足，布疑陣則有餘。何則？俄、德乘英之多事，出兵而議其後，則印度必危，土耳其必亡，歐東小國必斂袂而朝於俄德，大非英人之利也。誠早發使二國，彼恐俄德與中國之交驟合而軋己也，則顧忌多，顧忌多必不敢有事於東方矣。或謂值此中外多故，士大夫必不願行。不知以天下之大，時艱之棘，豈無忠義才略之士思得當以報者乎？彼畏葸偷安者置之可也。

以上八條，聊就所見拉雜書之，妄蹈出位之愆，謹抒愚者之慮，是否有當一二？伏祈采擇。六月十九日，福成謹上。

丁稚璜宫保云：識微鑒遠，洞中機宜。其體國之忱，匡時之略，應機之敏，料敵之明，超越尋常萬萬。篇中尤深切著明處，直將威、梅二人狡獪肺肝雕鏤出之。當事者已采擇施行，決有成效可觀。

此書既上，適威妥瑪久駐煙臺，誓不北上，仍微露願與伯相定約之意。朝廷特命伯相馳往，以示牢籠。伯相奏調余隨行襄理，凡匝月而蕆事。一切相機措注大略，與此書吻合者十之七八。蓋非必專用余言也。謀議之僉同，時勢之相迫，有欲不如此而不可得者。始知凡事皆有竅要，當局者設施次第，雖稍有先後異同，固百變而不離其宗耳。自識。

【校】

〔一〕『七』原作『六』，各本同，因下列實有七條，故改。

答某觀察書辛巳

福成曰：辱惠書，謂南洋論球案一摺多中竅要。此大惑也。南洋痛駁北洋之摺，同議一事者無此體例。蓋朝廷但使議球案，非使並議北洋之摺也。其全疏逐段看去，近似有理，迨合前後文觀之，則自相矛盾者甚多。彼謂北洋支展之法，日人未必不知，知之必附俄與我為難，是其意在速結球案也。既欲速結球案，必如總理衙門所議以全予之而後可，而彼又知改約不宜牽涉。既不改約，日人其聽我速結球案乎？此等兩歧空議，議如不議耳。無論半年以來，未見日人附俄與我為難。且北洋之意，蓋因總理衙門允許在先，而改約實不可行，南島實不可收，又適值俄事未了，若不峻辭拒絕，恐於俄人之外多樹一敵，故欲於此數月內，暫行支展之法以羈縻之，舍此別無良策也。彼云北洋未將利害權衡輕重，則其意謂必許改約，必收南島矣。然其後段又有中國如獲石田等語，其結束辦法竟與北洋相同。既隱襲北洋辦法，而其前之痛加翻駁更無謂矣。此由中無定見，任意立說，而忘其自相矛盾也。

洋務瞬息千變，不可執一而論。當琉球初廢時，中國欲與日本理論，深以不得收場為慮。蓋自揣無力用兵，又恐於顏面有損，故前歲託格蘭忒調停，無非為收場起見。乃日人飾辭延宕，終無成議。此我不欲支展，而日人利於支展者也。既而中國因俄事方殷，陳師鞠旅，有不憚用武之意，聲勢稍張。球案已閣置三年，即暫不理論，亦無所損。況總理衙門又適有願收南島與許內地通商之議，若必速結，勢難驟改成約。無論球王不釋，球祀難復，徒為日人分謗，而仍未見收場，且雖似有收場，而不如無收場遠甚。得此不毛之地，棄之不可，守之不易。此其自遺後累，而永無收場必更有甚於今日者。日人乘俄約未定，恫喝迫促，求饜所欲。此我利於支展，而日人不願支展者也。今俄約既定，中國勢居上風。日本財匱兵寡，民心不靖，其不敢啟釁於我，無智愚皆知之。萬一啟釁，而其強弱與俄相較，奚啻霄壤！中國亦尚足制之。

況中國積習，一旦無事則上下泄沓成風。留此敵國外患，以為修武備、購利器、儲人才之具，大局不為無益。假令日人此時必欲改約，必令退出全球，然後以均霑一條與之，較之總理衙門原議所得已多，非支展何以致此？若使不釋球王，不讓球地，則中國亦始終不許以改約，猶可保全內地之利。此其與徇總理衙門初議，自失內利，又冒不韙之名，守荒瘠之土，自致進退兩難，貽累無窮者，相去遠矣！總理衙門不知此義，故始終辦理未愜人意。南洋更不知此義，其詖辭邪說最足搖惑人心，不得不辭而闢之，以當面談。維順時珍重不宣。

上李伯相論援救越南事宜書 癸未

宮太傅伯中堂鈞座：敬送旌麾，瞬逾一月。伏維禮祺康泰，永卜佳城！大事已終，渥膺眷倚，曷任企慕！

昨聞越南事急，朝命督師往援，未審如何定議？竊思法越搆釁，法使寶海已有分界保護之議，而法廷忽翻成約，決計濟師。我出使大臣來電與寶海來言，皆謂一二宵小之謀，非其通國之公議，法廷亦必不肯以全力圖越。苟知中國志在必爭，自當返而變計，此固理勢之必然者。儻中國竟置勿理，彼一二宵小必自鳴得計，益肆鴟張。我雖不願決裂，務存退讓，彼且得步進步，終迫我以不得不決裂之勢。自莫如先示以不能退讓，張我虛聲，俾彼之議院猶豫而不敢定謀，彼之紳商疑沮而不肯集餉，未始非釜底抽薪之良法也。然福成愚以為當如前此鈞議，薦劉軍門銘傳率萬餘人前往，已足伐敵謀而壯聲威。中堂宜早還北洋，或暫駐南北洋適中扼要之地，調兵選將，兼籌全局。廟堂既便於諮詢，各使亦可來會議，較之局於一隅偏主一事者，相去遠矣。廷議或又以鈞座威望最隆，方略最廣，呼應最靈，姑借此一行以牽制法廷之議。冀如煙臺約事之速了，誠能一勞永逸，豈不甚善？惟既圖大舉，後難為繼，究係孤注。設彼未遽就範，則曠日持久，驟難轉圜，亦非長計。此事關係至鉅，似宜為朝廷切實言之，不必稍避嫌疑也。一得之愚，謹陳大略如左：

一、請薦劉軍門銘傳為督辦也。劉軍門在諸將中，韜略優長，聲望夙著，惟退居有年，恐其無意出山。似宜密請朝廷優以禮數，假以事權，馳往前敵，總統諸軍，相機援越，其智略氣概必可讋服遠人。所有分駐南北洋之銘軍，皆其舊部。若南北洋各撥十數營，尚於防務無損。萬一有警，不妨臨時補募。且我軍雖往救越，而法使駐京者自若也，法商在各埠通商者自若也，則並無決裂之形。南北洋各口，乃各國通商之公埠，法人必不遽圖侵犯。即有戰事，亦僅在越地而已。夫以劉軍門之才與銘軍之習戰，且得滇粵官軍為之援應，而法兵不過一二千，又在山險箐密崎嶇之地，火器不甚得力，揆諸眾寡之勢，未必彼勝我負。法人心孤氣餒，當可設辭講解，似不至驟出於戰也。

一、規畫全局不可惜鉅費也。中國徵兵遣將，本意實不在戰。然一動大眾，則弁勇之運送有費，糧械之轉移有費，將士之犒賞與一切雜用有費，或者以虛糜帑項而惜之，不知所籌在天下大計，得失之機有不可以數計者。昔英人之救土耳其也，廣調戰艦，進泊黑海，而俄約以成。俄人議伊犂之約，多遣師船，屯駐海參崴等處，迨和局既定，然後徐退。蓋凡兩國交涉，虛實之機，互相為用。欲求實事之無損，不能不藉虛聲，而欲播虛聲，仍當課之實事，以西人消息甚靈，虛聲固無倖獲之理也。且非特此也，方今各國皆擲數千萬億之鉅費，治火器，造鐵艦，習技巧，無稍顧惜。而究之實有戰事者，或數十年不一覯。然使因其不用而不為，則其國必危且弱，而其終也，轉不能不出乎戰。殆亦時勢使然，雖聖人不能違也。今如添調萬餘人援越，除正餉因其原額無庸重籌外，所有轉運賞犒及雜用各費，似可核定歲需若干，奏明由部撥款，毋使闕乏。若謂其本不出於戰而多此一舉，稍存顧惜之意，恐所失不僅什伯於此者已也。

一、兵輪船宜酌調也。此次中國出師，原不過廣張聲勢，而論聲勢之壯盛，兵輪一號可抵陸軍一二營。兵輪雖遠涉重洋，用煤而外，尚無大費。若陸軍往返跋涉，其費不啻倍蓰。故多調陸軍，不若多調兵輪之費省而威壯也。雖中國兵輪尚單，各守其地，未能多調，然兵輪本貴變動不居，涉歷風濤以資操練，乃足化呆著為活著。今由船政派往廉瓊洋面巡防者，既有濟安、飛雲兩船。此外如北洋之揚威、超勇、威遠、鎮海四船，似尚可抽調一二；江南之靖遠、澄慶、登瀛州、測海、威靖、馭遠六船，尚可抽調二三；浙江之元凱、超武兩船，尚可抽調其一；福建之伏波、振威、藝新、福星、揚武五船，尚可抽調其二。如此則兵輪已近十號，再輔以廣東善後局之小兵輪，遴派水師統將前往督率，與吳軍門全美會同操防，梭巡粵越洋面。在各省偶爾借撥，斷不因暫少一二船而有損防務，而越事之藉其聲勢，則可與萬人之陸軍相等，亦且相輔並行，固事半功倍之策也。至定遠鐵甲船，本有三月來華之信，似宜電催，以免再有稽延。國家不惜鉅帑，購此利器，正須及時而用，不可失也。

一、宜籌定駐營之地與進兵之路也。今援越之兵，除廣東、雲南諸軍，各由陸路出關外，如再派大枝勁旅，則陸路之艱阻，與海道之便捷，其勞逸相去奚啻十倍！昔漢伏波將軍馬援南征交阯，由合浦緣海而進，大功以成，厥後水軍入交，皆用此道。誠以廉州北海一口，形勢穩便，海道順利，駛往越南各海口皆不過一二日海程，必以此為會師之地也。竊謂宜就廉州北海擇地駐軍，定為老營，輔以水師，聲威益壯，然後相機進止，必有不戰屈人之威。至由海入越之塗，當以海防之桃山一口為最扼要，然有法軍駐泊，恐啟釁端。此外則有安陽海口、塗山海口、多漁海口、太平海口、望瀛海口、神符海口，皆係北圻要隘，處處可以登岸。是宜臨時審酌，非可豫為遙度也。

一、强敵之隱情宜審明也。方今法國議院，分黨角勝，莫適為主。其持議欲吞全越與意在適可而止者，衆寡之數，本無懸殊。特彼素料中國不尚遠略，姑為此舉以相嘗試，不過一二桀黠無賴，不顧大局者主之。然通國上下隱謀，仍在養精蓄鋭，報德之仇，備德之患，而不願敝其力於遠方。若須多用兵餉，或能發而不能收，則彼計所決不肯為。且法國地居四戰，與英、俄、德、意、奥諸强國境壤相接，其水陸兵額雖多，各守要地，勢難撤調。即調兵赴越，而遠涉重洋四五萬里，其餉費必加十倍。近聞法廷定議濟師，以千五百人為限，其餉以五百萬佛郎為限。法非不富且强，而兵餉之數僅能如此者，非惟勢有所格，亦見其上下之情徘徊瞻顧，未肯為孤注之一擲也。審乎此則啟釁之事斷可無慮矣！且法廷雖撤寶海，而又未派員來代，或者故留一活著，徐觀形勢，再定進止，固未可知。儻中國能出其不意，命將出師，自足間執法廷主議者之口，而隱戢其欲逞之心。彼議院因疑生沮，或且漸改成説，而千五百人可不盡來，即從此黷武之議亦益絀。此其機括甚微，而轉移甚捷也。

一、中國如發軍援越，宜籌所以措辭也。今者法軍侵逼越南，自稱並無與中國為難之意，不過欲使越人踐甲戌舊約耳。其言近似有理，中國欲正辭以折之，則近於挑釁；欲順受而聽之，則終非長計。是宜告法人曰：『越南本中國屬邦，私與法盟，未告中國，又擅立虧損中國之約，故將進兵問之，斷無與法為難之意。』此一説也。或正告法人曰：『北圻諸省，中國頻年勞師旅，斬荆棘，冒霜露，所代為戡定者。今越南不能自理，以致土寇縱横。中國不忍其民之塗炭，仍以兵力撫定其地。俟道路疏通，與各國徐議通商，自無不可。』此又一説也。二説者審時度勢，參酌用之。而為之將帥者，尤貴有能戰之才，可戰之具，而不輕於一試。蓋中外文告既無與法開釁之辭，萬一偶有戰事，猶可以將士械鬥為解。雖劇費口舌，似終無損兩國之好也。

一、導越南聯絡英德諸國也。近聞總理衙門欲仿朝鮮之事，導越南與各國立約通商。此雖要著，然已稍後而失其時。蓋越南之經營此事，如在二十年前，僅足比今日之朝鮮；朝鮮如再不與各國立約，俟至二十年後，亦當如今日之越南。固由時地不侔，難可執一而論。今法已踞越之南圻，取越之東京，翦越之南定，勢如破竹，危如累卵。中國即為代約各國，各國知不得已而求之，未必喜出望外。而法人亦必多方阻難，或且市恩各國，以遂其包攬之私。是其事之難辦，當數倍於朝鮮。即幸而有成，恐所議條約必不能如朝鮮之多獲便利也。雖然知其無大效而為之，猶愈於不為。且德為法之仇敵，而英人注意滇邊通商，又忌法之得越者也。中國果能代為介紹，俾英德各國與越南立約通商，則法人無所挾以歆動各國。或再導越南使臣歷聘英德，隱動法人顧憚之心，即遇各國有所評斷，亦必歸曲於法，法人恐無益於實而有損於名，則其議院之謀自變矣。

以上數端，皆就時勢所宜稍抒臆說。至於撫用劉永福以聯指臂，電商出使大臣以資辯論，妥籌商務以操利柄而定和局，客冬已詳議之。蓋事勢至迫，措注愈艱，於此而欲求萬全，轉恐終無一全，衹可權利害之重輕而決擇行之耳。伏求中堂主持至計，勿稍顧慮，大局幸甚！恭敏禮祺，伏惟崇鑒！四月初二日，福成謹上。

與張副都御史書 癸未

幼樵先生中丞閣下：前布一函，諒登記室。近聞越南事急，合肥伯相奉督師援越之命。法廷於四月初旬遣使赴越，將逼勒越南王畫諾，以東京永歸法兵踞守，並聲明法有保守全越之權，越之政務、稅務均歸管轄。果爾則越南亡矣！法使五月內必可到越，彼時再脅以兵威，越南孱弱，必懼而聽命。越既受盟於彼，中國更進退失據，衹可將援軍撤回，尚復何說之辭！

愚計以為此時伯相固宜暫駐滬上，以示可南可北、可和可戰，可進可退之勢，而所調之銘軍，宜速集輪船陸續運往廉州，迅於法使未到之先，往張聲援。則越南君臣之氣自壯，劉永福等之守益堅，既足牽制於無形，法使雖到，兇燄自可稍斂，或且徐示轉圜。此越南存亡呼吸之機，不容頃刻緩也。至此事之究竟辦法，與伯相顧慮大局之苦衷，請為執事略陳之。

蓋今日中國於法越之事，不外三端：曰退讓；曰決裂；曰先作勢欲戰而以和為歸宿之地。退讓一說，則謂法越甲戌舊約已閱十年，越人自入法之彀中，中國豈能代為翻悔？既恐橫挑强敵，致開大釁，惟有斂兵入關，置越南於不顧。然無論半塗中輟，示弱損威，大傷國體，從此各國生心，藩籬漸撤，琉球諸案將不可復議，朝鮮諸國將不可復保，臺灣各島將不可復安，中外交涉各事將不可復言矣。法人既得越南，覬我滇粵礦廠之饒與通商之利，必且藉端生事，乘間侵佔，或稱兵内犯，要以割地通商。斯時欲力圖自强，而事已不可為矣。是退讓之說，雖苟求省事於一時，恐十數年後，大局不堪設想也。決裂一說，則以法人之無義布告各國，大舉援越，直趨東京。夫以勁旅數萬，與法兵千餘戰於越境，未必不勝。法人初意雖不欲啟釁，然事勢所迫，難保不以兵船分擾南北洋，為牽制要挾之計。是中國代越受兵也，況戰艦火器尚非其敵，難操勝算。此決裂之說，中外當事所以躊躇審顧，未肯輕於一擲也。至先示欲戰後歸於和之說，福成去冬議之已詳，今舍此亦別無良策。然必餌以通商而後彼心稍慰，否則彼所積年歆慕之事，而我力拒之，彼知取越然後可以通滇，通滇然後可乘機進逼，徐開商埠，是堅其滅越之志也；亦必許以分界而後彼氣稍平，否則彼所力征經營之地，而我欲爭以口舌，俾引師而退，仍以越南專屬中國，必非法人之所甘心，是啟其窮兵之計也。

竊思越南全境，除京圻有富春、廣治、廣南三省外，南圻僅存三省，其六省已為法人所踞，惟北圻境壤至有十六省之多，是北圻實得越地四分之三。前者寶海分界保護之議，欲以富良江為界，拙議復稍就其說而變通之。旋聞滇粵諸帥必欲以北圻盡歸中國保護，僅以南圻三省歸法保護，此必不可得之數也。通商一事，曾侯之論謂大有益於邊防，與拙議大旨相同。近年江海各口多收洋稅，煙臺條約所增口岸未見流弊，皆其明驗。滇粵諸帥復力持不可。充是二者，則法人無可和之理，其勢必出於戰。然中外共知釁端未可輕啟，不能不稍務持重。而法人乃行之以堅決，濟之以神速，和戰互用，誘脅越王，數月之間，法越必有成局。越既屬法，中國即不能過問，是其跡近於決裂，其究歸於退讓而已矣。

竊窺伯相微旨，蓋恐赴粵之後，滇粵諸軍素非所轄，未必盡聽指揮，將欲與法講解，而通商、法界二事，中外之見不合，即法越之釁難弭；如決裂之後，法兵窺我南北洋而撤軍回援，固形狼狽；若業既大舉，仍歸退讓，則不如徑置勿理，暫免大損聲威。此伯相長慮卻顧之苦衷也。福成愚以為此時舍迅速進兵之外，別無長策。伯相則不妨暫駐滬上，以示居中策應之勢。至其歸宿，則通商分界之說終不能廢。法人雖自翻前議，今並置此不講，而必欲盡取越南，或者故作進步，以為異日講解之地。萬一彼再理前說，似不宜堅拒以絕法人之望。滇粵兩省即有異辭，似宜由朝廷裁定，或聽伯相主議，而後兩國之約可成也。

大抵中外多事之際，統兵者每恥言和，奉使者每不欲戰，謀疆場者不輕開釁，任地方者不願通商。彼求各當其職，其道不相為謀而相為用，其說可以兼聽而難兩全，是在統籌全局者，折衷而用之耳。又如滇督岑公雖號知兵，然覈其前後奏議，既稱劉永福盜賊之餘，斷不可用，又循唐方伯之議，謂稍資永福以餉械，即可保守越南；既陳明滇軍不宜久戍越地，又謂北圻斷不可割，必得全境而代為保護。前後措辭，不能相應。蓋由滇中僻遠，消息最遲，生平與洋人交涉不多，故於敵情研之未熟，以致胸無定見，則雖有籌度，未可據為確論，是又在朝廷之發縱指示矣！時艱日棘，輒復發其狂瞽之論。春闈近甫蕆事，蓋勞可念。惟順時珍重不宣。福成頓首。

代李伯相答朝鮮國相李裕元書丙子

橘山尊兄太師閣下：客臘裁復寸箋，稍攄積愫。頃永平游太守轉送五月十五日惠翰，引義謙而見推過當，非所敢任。復荷雅貺殷拳，拜登之餘，愧謝愧謝！敬審起居曼福，動靜多豫，內贊密勿，外敦鄰好，藎勞可念！

日本與貴國介在東表，前以邊境小忿，惘然有示武之意。嗣聞消釋嫌疑，言歸於好，信使往還，息事靖民，為之一慰。僕忝領畿輔，與貴國疆宇相望，且思歷朝交誼之厚，解紛排難乃分之宜。西洋英、俄諸國專務通商，地球以內，幾無不到。玆日本既導先路，諸國或思步其後塵。彼亦明知貴國物產非豐，洋貨銷路不暢，而歐洲風氣每以多開口岸互相矜耀，或雖得請以去，旋因貿易無益而遲遲不至者亦間有之。此中操縱機括，諒老成謀國者必能措注咸宜也。

僕力小任重。春夏以來，雨澤愆期，頃已疊霈甘霖，三農徧慰，似可轉歉為豐。附致非儀十六種，稍答盛誼。涼風洊至，順時節宣。書不盡意。某頓首。

代李伯相再答朝鮮國相李裕元書戊寅

橘山尊兄太師閣下：前由永平游太守轉送丁丑十月望日惠書，嘉貺益腆，感謝曷已！衹以郵程乏便，闕然未報。歲月如馳，寒燠忽更。比惟勛猷雲蔚，餐衛咸宜，撫綏群黎，慎固四封，蓋勤碩畫，至為企念！

日本與貴國議約修好，將及三年，萊館互市，未見繁盛。商民錯處，能否相安？彼國自平秀吉以來，恃其詐力，囂然不靖。近者西鄉隆盛弄兵潢池，不戢自焚。彼君臣鑒於國小多難，或不敢復勤遠略。往歲中國駐倭公使何侍講前赴東洋，僕以貴國之事，屬其留意體察，隨時調停。旋接何侍講來書，日本近以俄人有事四方，貪得無厭，怒然如猛虎之在臥榻之旁。其於貴國既無惡意，似欲聯為輔車，引為脣齒，頗疑貴國不肯傾誠相待。僕揆度大勢，泰西英美各邦相距尚遠，志在通商，無利人土地之心。俄跨有三洲土壤，實與我東北邊界毗連，又時以蠶食鯨吞為事。貴國與日本濱臨東海，俄國兵船遊弋窺伺，勢所難免，譬猶虞虢備晉，韓魏畏秦，其端不始於今日也。前聞日本欲在貴國咸鏡道之元山津開口通商，俄人陰沮其議，謂他日設有戰事，恐於日本商務有礙。英人請日本介紹通商，俄復沮之。若果屬實，其意欲使貴國孤立無援，一旦發難，可以廓然無所牽制。識時之彥，用為隱憂。昔蜀先主猇亭之敗，怨吳甚深，而諸葛武侯生平措注，以和吳伐魏為上策；唐德宗有宿憾於回紇，李鄴侯勸以釋忿尋盟，而吐蕃之勢頓衰。蓋命世英雄，燭細故而擴遠圖，往往如此。邇聞俄國與土耳其和議已成，西事方蕆，將圖東略。執事老於謀國，徹桑迨陰之計，其在斯時乎！

僕以東土屏障中原，又千里神交，氣誼相孚，不得不一攄肺腑之談。近今貴國廟謨若何？鄰交若何？固未能知其詳也。僕忝居高位，無裨時艱。所幸入夏以來，雨暘時若，此間及晉豫各屬年穀順成，億兆生靈有噓枯回生之望。附呈菲儀十六種，聊答盛誼。關山敻阻，延企為勞。惟順時自愛不宣。某頓首。

代李伯相三答朝鮮國相李裕元書己卯

橘山尊兄太師閣下：正月杪裁復寸函，旋於二月間接到客臘望日惠書，反覆於邦交一事推究得失，剖晰情勢，忠謨碩畫，傾佩無涯！比諗頤養脩齡，平章大政，保疆禦侮，措注咸宜，至為企頌！

承示日本與貴國交涉各節。倭人性情，桀驁貪狡，為得步進步之計。貴國隨時應付，正自不易。客歲駐倭公使何侍講來書，屢稱倭人倩為介紹，願與貴國誠心和好，兩無虞詐。鄙人思自古交鄰之道，因應得其宜，則仇敵可為外援；因應未得其宜，則外援可為仇敵。倭人之言，雖未必由中，尚冀迎幾善導，杜彼爭端，永相輯睦，是以曾寓書奉勸勿先示以猜嫌，致令藉為口實也。近察日本行事乖謬，居心叵測，亟宜中為之防，有不能不密陳梗概者。

日本比年以來，宗尚西法，營造百端，自謂已得富强之術，然因此致庫藏空虛，國債纍纍，不得不有事四方，冀拓雄圖以償所費。其疆宇相望之處，北則貴國，南則中國之臺灣，尤所注意。琉球乃數百年舊國，並未開罪於日本，今春忽發兵船劫廢其王，吞其疆土。其與中國與貴國，難保將來不伺隙以逞。中國兵力餉力，十倍日本，自忖可以制之。惟嘗代貴國審度躊躇，似宜及此時密修武備，籌餉練兵，慎固封守，仍當不動聲色，善為牢籠。凡交涉事宜，恪守條約，勿予以可乘之端。一旦有事，則彼曲我直，勝負攸分。第思貴國向稱右文之邦，財力非甚充裕，即令迅圖整頓，非旦夕所能見功。近聞日本派鳳翔，日進兩戰艦久駐釜山浦外，操演巨礮，不知何意？設有反覆，中國即竭力相助，而道里遼遠，終恐緩不及事。尤可慮者，日本廣聘西人，教練水陸兵法，其船礮之堅利，雖萬不逮西人，恐貴國尚難與相敵。況日本諂事泰西諸國，未嘗不思藉其勢力侵侮鄰邦。往歲西人欲往貴國通商，雖見拒而去，其意終未釋然。萬一日本陰結英、法、美諸邦，誘以開埠之利，抑或北與俄羅斯句合，導以拓土之謀，則貴國勢成孤注，隱憂方大。中國識時務者，僉議以為與其援救於事後，不如代籌於事前。

夫論息事靖人之道，果能始終閉關自守，豈不甚善？無如西人恃其慓鋭，地球諸國，無不往來，實開闢以來未有之奇局，自然之氣運，非人力所能禁遏。貴國既不得已而與日本立約通商，各國必從而生心，日本轉若視為奇貨。為今之計，似宜用以敵制敵之策，次第與泰西各國立約，藉以牽制日本。彼日本恃其詐力，以鯨吞蠶食為謀，廢滅琉球一事，顯露端倪。貴國固不可無以備之！然日本之所畏服者，西人也。以朝鮮之力制日本，或虞其不足；以統與西人通商制日本，則綽乎有餘。泰西通例，向不得無故奪滅人國，蓋各國互峙爭雄，而公法行乎其間。去歲土耳其為俄所伐，勢幾岌岌。迨英、奧諸國出而爭論，俄始斂兵而退。向使土國孤立無援，俄人已獨享其利矣。又歐洲之比利時、丹馬，皆極小之國，自與各國立約，遂無敢妄肆侵陵者。此皆強弱相維之明證也。且越國鄙遠，古人所難。西洋英、德、法、美諸邦，距貴國數萬里，本無他求，其志不過欲通商耳，保護過境船隻耳。至俄國所據之庫頁島、綏芬河、圖們江等處，皆與貴國接壤，形勢相偪。若貴國先與英、德、法、美交通，不但牽制日本，並可杜俄人之窺伺，而俄亦必遣使通好矣。誠及此時幡然改圖，量為變通，不必別開口岸，但就日本通商之處多萃數國商人。其所分者，日本之貿易，於貴國無甚出入。若定其關稅，則餉項不無少裨，熟其商情，則軍火不難購辦。隨時派員，分往有約之國，通聘問，聯情誼。平日既休戚相關，倘遇一國有侵佔無禮之事，儘可邀集有約各國，公議其非，鳴鼓而攻，庶日本不致悍然無忌。貴國亦宜於交接遠人之道，逐事講求，務使剛柔得中，操縱悉協。則所以鈐制日本之術，莫善於此，即所以備禦俄人之策，亦莫先於此矣。

近日各國公使在我總理衙門，屢以貴國商務為言。因思貴國政教禁令悉由自主，此等大事豈我輩所可干預？惟是中國與貴國誼同一家，又為我東三省屏蔽，奚啻脣齒相依，貴國之憂，即中國之憂也！所以不憚越俎代謀，直抒衷曲。望即轉呈貴國王察核，廣集廷臣，深思遠慮，密議可否。如以鄙言為不謬，希先示覆大略。我總理衙門亦久欲以此意相達，俟各使議及之時，或可相機措詞，徐示以轉圜之意。從前泰西各國乘中國多故，併力要挾，立約之時，不以玉帛而以兵戎。所以行之既久，掣肘頗多，想亦遠近所稔知。貴國若於無事時許以立約，彼喜出望外，自不知格外要求。如販賣鴉片煙、傳教內地諸大弊，懸為厲禁，彼必無辭。敝處如有所見，亦當隨時參酌一二，以盡忠告之義，總期於大局無所虧損。

夫政貴因時，治期可久；知己知彼，利害宜權；用間用謀，兵家所尚。惟執事實圖利之。緣迭奉來函，諄諄於交鄰保境之道，用敢不憚覼縷密布腹心。復候起居，書不盡意。某頓首。

趙桐生云：三書皆包舉閎遠，絶有關繫，洵為經世不刊之文。

卷四

送吳南屏遊廬山序戊辰

泛大江數千里歷訪山川奇勝，以其所得，發為歌詩，非海內無事不能得此樂也。往者粵孽煽禍，蹂躪徧於東南。凡名蹟勝區沿江之衝，莽為戰壘，幾逾一紀，童其崖，赭其墟，海內逸人魁彥趦趄不前。當此之時，欲尋勝遊以舒侘傺之胸，殆不可得。自同治初元，柄任賢相，卒精將武，策力並庸，遂奮百戰之功。不數年，劃除巨寇。東南萬里，無鳴吠之警，山川佳氣，淑靈和清。宜必有流覽景物，涵泳性情，以鳴中興之運者。天下之至樂，其在此乎！

今夫天台、雁蕩、羅浮、峨眉之勝境，洞庭、彭蠡、太湖汗漫之觀，行人遊客日往來於其間者，趾相接也。然識趣不遠乎俗，則不足以盡山川之奇，其才又不能發攄其所得。輶其才者，又或牽於職業，不能博覽而遐探。或雖身至其處，心不閒而神不曠，卒亦與不至同。然則有其時其地而不得其人，不樂也；得其人矣，又必其人之能自樂其樂，然後謂之至樂。

巴陵吳南屏先生以邃學鴻文，遺外聲利，家居有年。一旦逴孤舟，挾二弟子，順流至於金陵。侯相曾公止而觴之於幕，福成因得與聞緒論，兼讀先生之詩文及所箸書，撥華咀真，觝轢前哲，其道可師，而其氣又可親也。既，先生又歷吳越古墟，訪靈巖，浮西湖，南絕浙江，登會稽，探禹穴，返棹太湖，遊洞庭西山，避暑慧泉之上。凡三閱月而復來金陵，獲詩文四十餘首。先生之游則樂矣。今又溯江西上，將為匡廬之遊而歸。吾聞匡廬多奇跡，石梁瀑布，仙人之所往來，又如五老之峰，康王之谷，棊置錯峙者以百數。先生此行，倘躡履而徧觀之，其有以助閎壯之思而益瑰琦之作者，知必貺我於無窮也！

送日本某居士東歸序戊寅

環地球九萬里，為大洲五，為國大者數十，小者數百。風氣互殊，終古不相往來。倏焉如肝膽之相傅，几席之相接。此非人所能為也，天也。往者生民之初，山無蹊隧，澤無舟梁，民各居其地，安其俗，百里之內或隔閡如異域。迄於今，泰西諸國，研精器數，駕水火，御風霆，舟車四馳，無阻不通。蓋宇宙大勢，由分而合，天之氣運固如此，雖聖人其能禦之！今夫濱海互市之區，始皆遼曠寂寞無人地也。邇者西洋賈客，車塵雜沓，輷輷殷殷，日夜行不休。通闤巨舶，瓌貨山積，鬻藝者假靈造化，競巧鬥奇。或自標教旨，冀與吾聖人之道並峙，擔簦杖策，周遊內地，轂交踵接，異哉！天將使昔之隔不相聞者，耦俱無猜。其風俗、語言、政教，浸漬漸摩，亦將齊不壹者而使之壹邪？未可知也。

光緒四年夏，日本某居士至天津，介青浦朱格仁靜山內交於余，並視所為詩文。其言嚴謹而閎實，蓋確守吾孔子之教者也。夫日本與中國同處一洲，非若他國之遼遠，居士守孔子道不變，非若西人之與吾異術。款談促膝，如舊相識，有不知其然者矣！抑余聞日本山水奇麗，古所稱蓬萊方丈瀛洲者。儻即在是，仙人不死之藥，羨門安期生之跡，猶有存者邪？又聞日本舊國，多古書，稍存三代遺制。余欲一往問俗久矣！他日者，浮海東遊，從居士訪山川之名勝，政教之異同，居士當不余靳也。方今時勢遷流，迴異古昔，雖窮荒絕域，猶將引而近之，況在同文之國乎？

居士以八月東歸，余無以贈其行，姑與語天下大勢。居士幸藏於心，靜觀默察，數年相見，當有以貺余也。

曾劼剛云：聲色神味，無不得昌黎佳境。非用力精深，心手湊泊，不能詣此。

誥授資政大夫江蘇巡撫張公五十壽序癸酉

同治十二年夏六月十有二日，為我大公祖中丞合肥張公五十壽辰，江蘇官吏搢紳皆將晉詞為祝。福成等亦獲從部民之列，趨風鞠躔，謹擇言以侑爵曰：古之名臣，或奮迹艱難，提兵四征，虔劉群寇；而欲於無事之時澄肅吏治，或所不逮，或能精研利弊，廉惠公勤，俾士民愛其丰采，而休澤被乎無窮，則景鑠之功，又往往不著。蓋文治與武功，兼之實難。即兼其才矣，而遭時或未暇，或其地不相值，則仍不能兼其事。然則功名者，天之所吝，天苟非錫之以全福，則全名不可得而有也。

惟我大公祖合肥張公曩值海内多故，以書生踔起里閈，自募一軍，從今相國李公赴援三吳，風邁電發，無堅不摧，掃除封狼，盡收吳地。厥後李公廓清中原，公之軍未嘗不從。部下將士以功薦擢建牙專閫者，未可以一二數，而公亦遂觀察徐方，陳臬畿疆。前相國曾文正公倚如左右手，凡其時營務之措注，糧餉之轉輸，及理財、察吏，明刑諸大政，一切以公綜理其成。論者謂曾、李二公之偉烈，得公贊助之力為多。天子亦諗公才可大用，爰命移藩山西，練兵防河。則回酋聞風懾伏，不敢東嚮以窺三晉。進督七省漕運，甫受事而撫吳之命下，旋權總督兩江。兩江兼轄安徽，為公故鄉，蓋異數也。權兩江三閱月，復來莅吳。

公之為政，務鎮靜持大體，不事更令改章。然勤民急公，孳孳靡倦，案無留牘，邦無曠功，從容咨詢，治絲不棼。其率下則清而不刻，和而不徇，懲抑姦蠹，必慎必嚴。官吏悚息奉法，各張厥職，櫛垢除痓，民以大和。竊嘗追溯十稔以前，江南北無完土，孑黎喁喁，不得一夕甘寢，賴淮軍百戰而出諸水火之中。公之威望，赫然炳人耳目。乃星未一周，而復持節以來，吳中父老額手稱抃，政成頌作，如鼓應桴。則所謂文治與武功，公實以一身兼之。而天隱若惠此一方，欲公之竟其全績者，則天之錫福於公以福我三吳也，夫豈有量邪！

抑福成更有言者，往自徐州戎幕始奉光儀，迄於今雖離合不常，常獲一再進謁。竊歎公位高而心益下，業廣而氣益斂，莊子所謂其天守全，其神無郤者與！夫然故德完而福備，福備故富貴祿壽，康强逢吉，皆公之所自有，皆不足為公頌。若福成等所稱願者，惟祝公之久殿南服，優游漸摩以臻盛治，庶幾疵癘寢伏，兵氣永銷，俾吳民樂其庥，而天下亦被其澤。此則私衷脈脈所默為吳民祝者，而尋常頌禱之詞略焉。謹為序。

蕭母黃太淑人八十晉一壽序 丙子

昔昌黎韓子謂懽愉之辭難工，而窮苦之言易好。自宋景濂以壽文入集，後世踵為之者，往往徇俗薦諛，被譏通儒。如震川歸氏、望溪方氏，立言必衷古訓，雖常謂壽文可芟，而傳者頗多，蓋必曲體孝養者之心，則稱述懿孅以詔其子孫，禮所宜也。福成與富順蕭君廉甫，為兄弟交近十年。每聞廉甫道其曩昔艱苦之境，庭闈積累之業，心識之不能忘。光緒二年七月上浣，為伯母太淑人八十晉一設帨之辰，知交將詣舉觶為慶，俾福成為辭。既辭不獲，乃述所聞曰：

太淑人系出江陽黄氏，生稟懿粹，清芬益劭，以歸贈中議大夫嵩高先生。中議公績學不遇，家益貧，晚以化居自給，終歲卒卒在外，不遑問家政。太淑人節縮衣食，承闕緝匱，外償宿負，内以紡績佐甘毳，得舅姑驩心。侍姑疾，左右扶持，自聯中裙浣滌，靡少倦也。振人緩急，如恐不逮，里中惸獨者、孤寡者、衰且癃者、歿無棺者，必獲所求以去。嘗使鬻妻者將離而獲全，不肖者感德而思改。周恤親鄙，雖遇其空匱，竭情籌度，靡少吝也。居舅姑之喪，盡誠極哀。佐中議公庀大事，惟典。教四子讀書治生，以次成立。恒劬十指以贍所費，不繼則典質以濟之，必令得當乃已，靡少歉也。蓋其仁孝慈儉，約己厚人，歷數十年如一日。以是當劇寇俶擾時，雖播遷流離，屢瀕於危，常若有神相之者。治家課孫，擾變不渝，積和蘊祥，卒享丕祉。今其長子棨卿廣文，以庚子舉人，當得知縣，謁選吏部；次子樹卿俊卿，侍太淑人於里，色養無違；季子廉甫由翰林改官，再為天津縣令，政聲隆然，大府嘉異，駸駸將顯用。諸孫十五，皆能以詩書自澤，補博士弟子員者四人。自中議公捐館舍，太淑人每獲家慶，必令焚香以告。時時寓書誡子，勖以令名。家人在側者，尤昕夕匡敕，亹亹無倦容。雖壽登大耋，而神明茂清，康强猶昔日。天之降祚於太淑人者，其未艾邪！

福成獲交廉甫久，不敢以尋常頌禱之辭相溷，故撮舉太淑人積累致福之由，與其艱苦歷嘗之境，以視其後之人，俾知所鏡焉。舉以質諸同人，同人皆曰然。遂書之以為壽。

章母沈太宜人七十壽序 甲申

昔劉向撰列女傳，以母儀居首，曾子固序之，亦謂王政所自始。大抵載籍所傳仁聖賢人，命世偉才，與夫碩學魁儒，未始不成於賢母之教；而賢母之名，亦與之俱永。是故，母德以教子為大，子職以顯親為重，此古今不易之常道也。

歲在甲申，三月下浣，為我章年伯母沈太宜人登壽七十設帨之辰。同年友琴生編修與福成相善久，謂福成宜為之辭。福成辭不獲，乃敬以所聞於琴生者進而言曰：

太宜人能孝於舅姑，逮事祖姑汪太安人及姑胡太宜人，僶勉周旋，承愉化隙，終無間言。躬率子婦勤操作，先雞鳴而興，後斗轉而息。相夫子必於仁厚。年饑民病，勸奉直君出穀振佃人而燔其券。歲暮則命其子矙鄰里之門，時其匱乏，周以錢米，人有受其惠而不知者。琴生幼時，太宜人口授句讀，夜讀倦，頭觸杌欲睡，太宜人舉碪聲警之，覺則述古人劬學事以相勖，乃益奮讀，漏三下不輟，如是以為常。

咸豐、同治之間，皖南被寇，太宜人攜子婦轉徙萬山中，履險瀕危，卒免於難。嘗以耕讀勉琴生兄弟，蘄為鄉里善人。雖蹇艱迫阨，而神不加悴。既而琴生成進士，入翰林，累邀寵誥，兩弟持家，能守先業，其季亦有聲庠序，貢成均，諸孫嶷嶷有立，太宜人顧而樂之。然追念疇昔事，常怵然於懷，雖顯榮蕃盛，而意不加愉。蓋太宜人之順於舅姑，宜於夫子，刑於子婦，其所以作則於家而垂祉於後者，固有其本矣。若其始終訓督琴生兄弟，至於學成名立，乃其數十年之精力所萃而靡有已時者。

琴生今參合肥傅相幕府，贊益日宏且遠，恢張令聞，駸駸光顯，可計日待。此則劉子政、曾子固之所闡揚，而古今育才之盛與國家成教之基，鮮不溯源於此者也。福成近者有浙東之行，未及舉觶為慶，敬留一言以別琴生，惟祝琴生攄其所韞，起為名臣，於以濟時艱而慰親志，庶使太宜人教子之名，與陶士行、歐陽永叔之母並揚其徽烈，是乃朋友責善之誼也。退遂書之以為太宜人壽。

馬貞女傳壬申

同治壬申夏五月十六日，金匱縣民馬廷燦之女，以守貞不污，被殺於其舅氏子范金。縣令張君佑璧詣驗得實，乃命善為殯斂，躬自拜奠，觀者無不歎息隕涕者。既定讞如律，遂以達於行省大吏，而為貞女請旌於朝，於是縣中交口述馬貞女事，馬貞女之節著於近遠云。

初，貞女之母范氏早卒，其父廷燦貧而願，恒居市廛。女依其從母施媼，事之如母。年十八，字包文煒，嫁有日矣。舅子范金素無行，每往來施氏，介施媼遺女服飾，女立毀之，無完者，金為氣沮。久之，金父有疾，施媼往問之，欲與女偕，女辭不往，媼訹以危語，乃勉從之。夜常不解衣而寢，每登閣，必捐其階。已而金果攀緣狙伏，徑前劫女，女奮身抵拒，且號。金以衾蒙其口，鬩，遂絕。

明日，范氏使赴於廷燦，且誣以蜚語，廷燦果怒不往視，乃亟斂而殯之，厚賄漆工，戒勿聲。漆工倦而假寐，忽見貞女被髮立於前，既歸，復見之，出以告人。會金之從叔范慶，醉而罵金，具洩其事，眾乃大讙。廷燦偕包氏首於縣。時金已逸，出門三日，惘惘無所之，歸坐縣署旁之茶樓，自訴其事。吏役異而詰之，忽作女子音曰：『我死甚苦。』遂執之。一訊即服。復執訊施媼，媼自縊。金父疾已篤，聞之，亦死。貞女死凡十日而其冤大雪。明年，范金伏法於蘇州。葬貞女錫山之麓，表其上曰『馬貞女之墓』。

蕭敬甫云：起結處皆具春秋筆法，叙事亦簡暢可誦。

例授文林郎舉人崔君家傳 壬午

君諱書黻，字采堂，江蘇荊溪縣人。余作處士崔君家傳，所謂兄弟三人自為師友者，君其季也。君性穎悟，少則卓犖不羈，為文自闢畦徑，出與儕輩角藝，以郡試第一補博士弟子員。九試南北鄉闈，累薦累躓。咸豐五年，始舉順天鄉試。一試於禮部，不遇，遂不復出。

君少好縱橫家言，善料事，兼習治生術，家故饒於貲。君庀家政，貰貸以時，斂散有經。道光季年，大府檄州縣勸建義倉，君倡輸田百畝董其成。俄而頻歲大祲，倉無餘儲，君復遣人陰察傅近乏食者，旬餼以粟。歲終戶給錢數陌，勸族黨有力者分行之。人但恨不獲居君之鄉，而未識其端發於君也。崔氏族繁衍，貧富錯居，田逾萬畝，而賦不時輸。糧胥以催科不力，遭官撲責，飲毒死。其家洶洶，將甚崔宗，君挺身出貸千金償之，事遂寢。君之仁足以庇其族，而才克副之，大率如此。然君所以事親事長，遇事盡職，以合乎庸行之當然，而不自襮於人，人亦不能盡知也。古誼不明久矣！先王教睦姻任恤之行，必本孝友。有一鄉之善士出焉，好行其善而一鄉治，積而至於縣、於郡、於行省，莫不皆然，而後天下可治。若君既澤被一鄉矣，豈非治天下者基邪！

粵寇之陷荊溪也，君避之蘇州之角里，又避之靖江，主講馬洲書院。會寇已退，遂歸。君少任氣，果於有為，晚乃深自警悔。教其子徵曦，一以馴謹。徵曦病卒，君以痛子鬱鬱亦卒，同治九年十二月十四日也。年五十有八。孫三人。

薛福成曰：余聞君避寇角里時，值趙忠節公景賢以鄉兵守湖州，遣將分屯長興之夾浦。夾浦密邇荊溪，君嘗微服歸里，偵賊虛實，稍稍部署，欲將有為。適湖州不守，君乃渡江而北，惜哉！君之志於是隱矣。夫士當多事之秋，欲奮樹功名，而事機不諧，終湮没無聞者，固不可勝道邪。

薛氏殉節華夫人顧夫人家傳 辛卯

從母華夫人，同縣國學生諱某之女，貤贈資政大夫季父寄泉先生之配也。以嘉慶十　年　月　日生。季父早卒，遺孤福增尚幼。夫人茹蘗守節，持家教子，二十年如一日。性和婉，撫從子如子。福成兄弟幼時雖頑鈍，未嘗加以疾言遽色。咸豐十年夏四月庚午，粵賊陷常州。是時伯父芷軒先生倡議家人毋得遷徙，或舉曾子舉武城事以規之，謂無守土之權之責，徒委身家以餌强寇，無當也。伯父不聽，夫人等素嚴事伯父，遂不敢違。福增授徒南鄉，寇警日棘，乃募擔夫入城，欲迎母妻，鄉居避寇。撞門，門堅扃不可開。居室既深窈，內外不相聞。擔夫欲取巨石壞門，福增懼為伯父所斥責，搖手止之。潰卒闌駢於衢，洶洶有欲虜人意。福增危迫無措，徘徊終日，仍退出城。甲戌，城陷。夫人自縊於空室，而從嫂顧夫人亦入井以殉，與夫人咫尺相望云。越三年，官軍剋無錫，夫人與顧夫人皆以節烈奉詔旌表。光緒十四年，以從子福成官，貤贈夫人。

從嫂顧夫人，從兄恤贈雲騎尉世職優廩生屺望先生之配，同縣國學生諱某之長女，以道光十四年九月丁卯日生。顧氏與薛氏為世戚，夫人幼時，容德已甚著，三黨無間言。伯父芷軒先生思得賢婦，乃請於夫人之祖母為重親。年十八，歸於屺望先生。甫三日，即釋新衣，赴庖湢，操作甚劬。屺望幼失母，繼母徐夫人持家政，伯父性方嚴。屺望事親孝，常恐失父母驩，痛自貶，御妻尤嚴。夫人事繼姑如母，保抱小叔小姑如弟妹，恒以一身兼婢媼之役。伯父晚年尤卞急，薄物細故，厲聲詰責，勢若霆摧。屺望恐違親意，則雖弟妹僕媼之過，悉引為妻過。夫人恐違屺望意，則雖姑叔僕媼之過，亦引為己過順受譴責，罔敢自恕。粵賊陷常州也，夫人母家既定徙所，其弟奉母命來迎夫人同去，夫人辭曰：『吾不忍離吾舅姑與夫子而獨生也。』無錫既陷，闔城鼎沸。夫人聞賊叢刃抉門聲，抱子見寶赴井死。明日，屺望罵賊遇害。越二十八年，屺望以從弟福成官，貤贈資政大夫，贈夫人亦如例。

福成曰：嗚呼！粵寇之禍酷矣。大江以南數百城，悉遭蹂躪，戶口纔存十二三。其被驅脅，冒鋒刃，嬰饑疫，轉徙流離而死者，殆將以億兆計。其中耆紳碩士，烈婦貞女，甘死如飴，一瞑而萬世不視者，亦何可勝數！均之一死，而所以死之輕重不同矣。嘗閱忠義局所蒐訪，一邑一鄉之姓名，彙冊將盈咫，竊悲其湮沒不彰。然此固一邑一鄉之元氣也，其在家，則一家之元氣也。今日所以康濟艱難，重享清平者，豈非賴元氣之厚乎？因謹誌二夫人殉節崖略，以概其凡焉。

書方烈婦事 己卯

國子監生陽湖方恮襄事畿輔通志局，以劬學温文，為同輩所賓異，遽遘疾卒。既歸其喪，其妻趙氏以烈殉。總督直隸伯相合肥李公為奏聞於朝，旌表如例矣。而烈婦之父前知易州直隸州趙烈文惠甫，甚悲其女，復貽書請記其事。

惠甫世居陽湖，今僑寓常熟。烈婦其長女也。歸方氏，刻苦持家，慕禮義如不及。一子長綬甫六歲，而恮旅没之音至，其父迎歸徐告之，烈婦慟絕，良久乃能哭，以頭觸戶，將死。時方娠，其父戒勿辟踴，冀育次子。泣應曰：『諾。』遂不復言死。然平居與兄妻及妹言，皆身後事。密購毒藥，藏之枕篋，家人搜得潛棄之，亦佯不省。如是者再。親故來勸勉者，亦不與深言。既生一女，眾咸不怡，微睨之，無戚容，曰：『生女亦善，使我無繫戀心。』一日，乘家人熟睡，潛起趨後舍自經死。距聞赴百三十有二日，距免身八日，實光緒四年九月四日也。

夫孝子封股，烈婦殉夫，不可為天下訓，以其事難責之人人也。然至性鬱結，一瞑不視，則其得於天者獨厚焉。行雖過中，不得謂之不賢也。嗟哉烈婦！奮身從夫，舉人世之事無足以易其慮，此其中必有不如是而不自得者，惠甫於是為有女矣。余故略加論次以山塞其悲，亦以暴烈婦之志云。

書涿州獄丙戌

道光季年，涿州有富家婦謀殺其夫者，實用木器壓其喉，氣閼而殞，乃以組繫項，作自磬狀以聞於官。官馳往驗，謂洗冤錄凡自縊者，血廕直入髮際，八字不交，今此尸喉間有勒痕，與自縊者殊，疑有別故。既廉得姦夫主名，繫鞫之，具伏其平日與婦有私及合謀殺夫狀。遂以絞勒定讞，論罪如律。

是時刑部郎中滿洲耆齡公總理秋審處事，詳閱尸格，謂絞勒者八字必交，今究厥傷痕，明與絞死者殊，疑其有枉，欲以平反為能。因自知罪可逭，亦遂抵死不承，重賂宗親長老，連控於都察院，均保此婦行貞潔，力請直其讒。刑部彙覈奏上，是時宣宗恤庶獄尤劬，又懲治道骩骳，思一掃刮振勵之，特賞耆齡花翎，記名以道府簡用。天語褒奬，且勉刑部司員盡當法耆齡。凡初讞是獄者，譴謫有差。並以良家節婦横遭誣衊，特敕有司建坊旌表。於是耆齡折獄明允之名聞天下，不數年，涿人始其傳言被旌之婦已與姦夫自配為夫婦，盡踞富家田宅有之矣。其婢僕亦稍稍出言其舊主死狀，有流涕者。於是天下復知初斷是獄者之不誤也，然以案經欽定，罔敢有言。耆齡旋出守廣信，未及十年，超擢兩廣總督，改福州將軍。而涿州所建之坊，至今巋然尚存。

夫讞獄誠不易，而讞人命尤難。彼木器磕死之痕，謂為自縊與絞勒者，同一失實，然因姦謀殺，則原讞為近之。聖人在上，仁心仁聞，彌綸寰宇。為臣下者，未能承流宣化，俾庶刑措，稍有疑竇，又不能盡心推究，轉令巨憝稽誅以貽人口實，有司者之咎也。儻所謂失之毫釐，差以千里者邪！烏虖！治獄之官，豈容稍有偏倚！意在深文，固失其平；意在平反，亦失其平。光緒二年餘杭舉人楊乃武之獄，當時浙士在都者議論洶洶，必盡翻前案始慊。侯相左文襄公嘗述涿州獄以語座客，其是非至今亦疑莫能明也。自後浙江州縣逆倫之案，上官鑒前事，皆以輾轉駁詰為宕延計，兇徒無一伏法，而無辜證佐往往十餘年不得釋，羈死囹圄者頗眾。

竊謂事之不平，至逆倫之案而極。賴執法者先平其心，乃能劑不平者而使之平。若研之未審而遽欲平反，彼自謂平者，乃至不平也。莅至不平之事，復以至不平之心助之，充其極，不至釀至不平之禍，如近日浙江事不止。然平反者之初意，亦豈料其流極至此不平邪？彼其用心，不過幾微失其平而不自知也。是以古之善治獄者之宅其心，必曰如鑑之空，如衡之平。

方存之云：此為浙江楊乃武一案而發。作者在浙東，深鑒其流弊，暢切言之，殆與空談時務及僅據傳聞作文記事者不同矣！

定海三忠祠碑 乙酉

國家褒禮忠節，邁越前古千百。其有效命疆埸，蹈大難而不慄者，未嘗不贈秩賜謚，並於死事所建專祠，所以發揚其光，昭示無窮，微特以妥幽靈順民志也。道光二十一年，英吉利再陷定海。時則山陰葛壯節公雲飛為總兵，與壽春鎮王剛節公錫朋、處州鎮鄭忠節公國鴻同守，力戰六晝夜，死之，今海內所稱定海同日殉難三總兵者也。既得詔優恤如禮，有司以費不具，附祀關帝廟之啟忠祠。厥制湫隘不稱，日月既遠，棟宇敧陊，盲風霆雨，既瀸且漏，丹青黕昧，金石缺如，祈甿來庭，用萌戳思，越四十年於茲矣。

光緒十年，屬又有法蘭西之釁。湖南成君邦幹以台州府知府統兵駐定海，至之日，謁於祠下，慨然顧諸將士曰：『男兒出身勤國事，生當封萬戶侯，死當廟食百世。

如三公庶幾不負者，兹為其授命所，而俎豆他寄，神用弗歆，甚不足以稱朝廷褒忠之典。吾當率先飭而新之。』眾皆曰：『願盡力。』於是度阯哀費，庀材鳩庸，檄紳士武銘盤等董其事。閱四月，工竣。成君率所屬將佐親拜堂下，無不感奮動容，人人誓以死禦敵。

明年春，法艦薄鎮海口門，我礮臺先後擊中其兩艘。相持數月，敵計益窮。是時民間讙言夜見海濱神燈無數，有葛將軍、朱將軍效靈助戰，以故浙東郡縣二十餘城晏然不驚，若寇未至者。葛將軍蓋謂葛壯節公，朱將軍謂故金華協副將朱公貴，亦以禦英吉利戰死慈谿大寶山者也。鎮海守備既堅，定海尤危甚，海道中阻，軍書糗械皆取間道夜渡，去法船密邇，卒幸無事。成君亦晝夜督勵所部，設備維謹。法船終不犯定海，會和議成，乃退去。自海上多故，浙洋有事，則定海常為之衝，形勢孤懸，四無險阻，故凡守定海者，皆視為絕地，嚴兵待寇，而終未與寇遻。自成君始，雖由善守，亦若有天意焉。

夫人事不至而聽於神，此必敗之道，神固不祐也。若人事至而神應之，蓋積感相通之理。況以前賢忠義之風激發軍民，萬眾一心，氣勢益壯。雖猾悍之寇，有不聞而卻避者邪？福成既以定海三忠祠與慈谿朱將軍祠事達於大府，請為奏聞於朝，加封號，列祀典。又嘉成君固守定海之功，且得鼓舞將士之妙用，因為甄叙其大凡如此，並係以樂章，俾定海之民歌以祀焉。若三公忠勇大節，已焯然在史氏記，兹不具。辭曰：

海思兮雲愁，溯迢迢兮碧流。結夫容兮延企，渺神山兮不可求。望九州兮黯如霧，吾叱蒼龍吹篪兮，白黿擊鼓。飆埃雲兮欻上征，吾將叩紫闥兮，窮神靈之所處。紫闥兮四開，吳戈犀甲兮光裴回。雲為輦兮風為御，羽旄紛兮靈之下。忽披髮兮顧大荒，伴猿鶴兮往翱翔。朝丹山兮暮赤水，白楊蕭蕭兮，見昔日之戰壘。戰壘高兮古骨横，西風颯兮愁冬青。身雖殄兮靈不滅，炯丹心兮炤白日。揮長劍兮屠蛟鯨，一掃海宇兮鏡再清。天吳歌兮海若舞，駕文螭兮來復去，肅我民兮受天祐。

浙東遺愛祠碑 戊子

予以光緒十年夏，奉命分巡浙東，聞署前永豐里舊有三公祠者，祀故巡道王公爾祿，胡公承祖，段公光清，其先實胡公生祠也。祠久燬於兵，予過其遺墟，緬懷前徽，輒為之躊躇悽愴，欲重建而新之。會有軍事，卒卒未果。既復考郡縣志，以詢之諸父老，乃益歎三公之澤之長也。

父老之言曰：『王公以順治初年當巡海之任，務持大體，宣德意，於勝國遺民多所保全。創設舊院，以澤多士，由是士皆嚮學，益份份矣。胡公繼之，邕容坐理，垂十餘稔。既去而民不能忘，至為立社。最後段公由鄞縣令薦擢府道，蓋嘗三定民變，化其戾氣，薰為太和，平賦役，修水利。其犖犖大者如此。此吾郡士民並祀三公之意也，抑尚有未慊焉者。段公之前，蓋有陳公中孚，嘗濬城河，復三喉故道，吐納既靈，疵癘寢伏。李公可瓊嘗倡脩東津浮橋，行人不病涉險，蒙其庥者，餘六十年。且二公俱好士，陳公加書院膏火，李公別設雲石山房文會以課士，一時瓌俊多出其中。其所以嘉惠我浙東者，與三公後先相映也。今將重新三公之祠，為誼甚盛。然如陳公李公者，亦宜奉嘗勿輟，固邦人士所願也。』

予聞而韙之。詩曰：『蔽芾甘棠，勿翦勿伐，召伯所茇。』苟有德澤在民，民之思之者，如此其摯也。五公之嘉績善政，能使輿情抃詠，至今不衰，殆有召公之遺韻焉。於是建復祠宇，並祀五公，思揚其光，垂之無窮。且以慰士民慕戀之意，書其語以鑱於石。祠曰遺愛者，紀實也。祠為堂為室各三楹，室故有義塾，今顏之曰養正，系之以詩曰：

四明之垠，甬江之濆。鎖鑰浙東，民物如雲。海防攸寄，三郡是庇。惟良司牧，濯痍興利。嶽嶽五公，設施不同。前後相望，二百年中。丰采常新，闓澤布濩。我思公賢，如或神遇。民之感德，若鼓應枹。直道無私，不分智愚。地有遺惠，精神所麗。報以肸蠁，終古弗替。祈甿致愨，瞻拜階庭。桂醑椒漿，明德之馨。神靈孔邇，永錫蕃祉。風馬雲車，翩其來止。

代李伯相羅太夫人墓誌銘 丙子

光緒二年春，陝西延榆綏總兵官記名提督劉厚基聞其母太夫人之喪，大府念西北邊警未息，援金革毋避之禮，奏留本官，詔可。予假六月治喪事，將以今年某月某日，葬太夫人耒陽縣之某鄉某原，先期具事狀來請銘。其略曰：

太夫人耒陽羅氏諱某之女，皇贈振威將軍提督府君諱某之妻，年二十二歸府君。以不逮事舅姑為憾，歲時營祭，必誠必腆。府君家貧，授徒以自給。太夫人縮衣貶食，裁冗緝匱，庀家政，鉅細畢舉，府君以是無內顧憂。厚基早孤，太夫人紡績養子，教督日益嚴。粵寇起西南，偏躪緣江諸行省，一時豪傑皆應募殺賊，立功名。太夫人勉厚基以大義，俾奮身從戎。所嚮有功，累官至記名提督，拜延榆綏總兵之命。太夫人就養官廨，方遘疾，而厚基提兵在外，天子為賜人參療之，良已，一軍將士以為榮。太夫人念族黨中孤寡篤老，多窶且艱者，謀所以振之。乃命厚基蠲重金，自歸鄉里，買田若干頃，立義莊，設家塾。具賓興費，將蕆事矣，以光緒元年十二月丙子卒於家。享年八十有二。以子厚基貴，誥封一品夫人。孫承恩，蔭生。

昔某於同治九年督師入陝，聞人稱厚基之績弗衰，今復能輯和其軍民，不肯聽其一日釋官以去，亦其漸漬於母訓者然邪！太夫人可謂能教子矣，是宜銘。銘曰：

忠孝之桀，百祥之門。積劬韞善，以燾子孫。我銘其藏，既固既敦！

代李伯相前陝西按察使權巡撫事張公墓誌銘 己卯

光緒四年冬十二月丙子，前陝西按察使權巡撫事張公卒於京師寓舍，孤兆蘭具事狀請銘於某。其略曰：

公諱集馨，字椒雲，揚州儀徵人。曾祖諱盛，祖諱能烜，考諱式堯，兼祧考諱式均，本生考諱式封，皆以公貴，誥封資政大夫。妣氏吳，兼祧妣氏鄭，本生妣氏許，皆誥封夫人。公以道光九年進士，改翰林，授編修，累充湖北、河南副考官，旋知山西朔平府事，擢福建汀漳龍道，以憂去。復起為陝西督糧道，擢四川按察使，進貴州布政使，未及赴官，調甘肅，又調河南。奉命勘事山西，事畢，入對，仍還河南，以事奪職遣戍。復起為河南按察使，遷直隸布政使。粵寇北犯，公帥師防剿，迭有斬擒。

會總督與大帥不相能，劾公奪職遣戍。復以接戰大勝留營，從剋臨清州及馮官屯，賞五品頂戴，發江南大營充翼長，旋引疾歸。復起為甘肅布政使，以憂去。旋除福建布政使，調江西，以事奪職。復遷為陝西按察使權巡撫事。時回寇方熾，西安將軍多隆阿率勁兵入陝，公會師進剿，不數月，全陝悉平。俄而新巡撫來莅事，公既受代，奉命赴甘肅審度剿撫事宜，復被劾落職，永不敘用。旋以剿賊獲勝，銷去永不敘用處分，俾率所部援狄道河州。公遂引疾回京，凡十四年而卒。壽七十有九。

公性警敏，尤練於吏事。治朔平，值旱蝗，用古法掘塹驅之，以粟代價，收買蝻蝗百數十萬斤，蝗不為災。督糧陝西，以歲饑請蠲緩。巡撫林文忠公則徐嘉其識，具疏密薦。陳臬四川，誅鋤巨盜，平反冤獄，禁州縣之私繫無辜者。及為布政使也，甘肅地曠瘠，丁糧多不時納，納銀又違市價，州縣懼償所耗，則虛報旱災以虧公帑。公明定章程，凡已徵不解者，勒限嚴追，積弊遂清。河南地大物博，起運及河工加價銀幾三百萬兩，州縣習以延宕為虧挪計。公造徵解清冊，載明應徵起運、已徵未解、留支實欠各款，時時稽覈，按冊嚴提，不半年，庫儲無缺額。人以是服其精。及居京師，翰林年輩無如公者。公優游鉛槧，以道自頤，時與諸髦俊文讌為樂。主講金臺書院，教士猶不倦云。

嗟乎！世方操成法以繩天下之才，當官者務渾其才智，而謹身選事之流轉得自託於中庸，卒之焯有樹立者不數數覯。若公之才足以宰物理民，智足以審時應變，乃既起旋躓，至於三四，或邂逅罣議，幾不能自解免。才智誠不易得，得一才智者而困於訾謷之口，又不肯稍自斂抑以就繩墨，齗焉不得究其用，斯其可慨者已！

公初娶黃氏，繼取邵氏、王氏，皆誥封夫人，先公卒。子一，兆蘭，兵部郎中。女一，適候選郎中李經方。孫一人。兆蘭將以光緒五年冬十一月某日，葬公儀徵縣之某鄉某原。銘曰：

文宰群倫，武振三軍。胡屢跲屢奮？而不能息眾謗之紛紜！志百詘而一施，豈人事之多歧？抑天命之不可知？閟其休祉，後昆是貽。鑱辭窆石，用詒來茲！

代李伯相誥封光祿大夫兵部左侍郎徐公墓誌銘己卯

誥封光祿大夫兵部左侍郎徐公，諱夔，字俞臣。績學砥行，能文章，尤攻制舉業，研貫經史，沈思孤詣，老師宿儒往往嘆服，試於有司，輒躓。公亦不追時好以求合，益發宋元以來儒先之書，擩嚌涵泳，而壹返之身心。化其家以及一鄉，翕然而和。教其子弟以及一鄉之子弟，斐然而成。既以子樹銘貴，由太學生受封如例。公闇然自守，如布衣時，若無窮通顯晦之足攖其心者。樹銘累督山東、福建學政，公一再就養，至則登泰山，覽滄海，以拓襟抱。嘗教樹銘所以施於其職者，輒為後人法程。然公不樂久居於外，歸而澹靜自頤，徜徉山水，泊如也。惟勖樹銘及時報國。年七十有七，卒於家。樹銘在都聞赴，具事狀來請銘。

竊惟士大夫讀書發聞，早躋清華，其先世必有閟其休德，不遇於時者，蓋鬱之厚而必昌，其理然也。某與樹銘為同年生，相知最久，誼不可以不銘。按徐氏自公以上十餘世，皆居長沙。曾祖諱雲上，貤贈資政大夫。祖諱光楚，誥贈光祿大夫。父諱國搢，誥封光祿大夫。

公性純孝，居父母喪，年已六十，哀毀盡禮。既葬，益繕完遠祖祠墓，修輯譜牒。周宗黨之貧乏者，蘄副先志所未逮。御下仁恕，苟有眚，輒語子孫曰：『此輩一受惡名，終身不齒於倫類，雖欲自新無繇。』卒貰之，人亦卒無以欺市者。公之以德化人多如此。子樹銘由翰林洊擢兵部左侍郎，日益光顯矣，以言事左遷大理寺少卿；樹鈐，江蘇候補同知；樹錄，太學生；樹釗，前知江蘇六合縣；樹鋒，浙江候補知縣；樹鐸，議敘布政使經歷。孫八人。公卒於光緒五年三月十四日。樹銘等將以是年某月某日，葬公長沙縣東鄉大賢都之原。配張氏，累封一品夫人，先公卒，別葬長沙東鄉嶽基山。銘曰：

嶽嶽其容，淵淵其衷。積塞乃通，瑾瑜在握。盲者弗矚，奇輝韞櫝。有子多文，超倫軼群。騰躡青雲，潛德所耀。後昆是燾，雋聲彌劭。山高谷空，地大天穹。奠此幽宮，我銘質直。不磨不泐，下訖無極。

季懷弟云：澹雅。

代李伯相直隸按察使丁公墓誌銘辛巳

光緒六年夏六月丙戌，直隸按察使丁公卒於官。余駐天津聞赴，臚公戰功政績奏於朝，得旨宣付史館立傳，贈太常寺卿，許天津紳民建立專祠，並賜恤如例。其孤奉喪南旋，將以今年月日，葬公合肥西鄉椿樹岡南之新阡。公之從弟德昌，具事狀徵銘於余。余與公生同縣，知其先德為詳，公又從余征剿十餘年，官畿輔將十年，然則宜銘公者莫如余矣！

公諱壽昌，字樂山。先世由無為州遷居合肥之龍潭河。曾祖諱周雲，祖諱永貴，父諱世和，世以輕財積善聞於鄉里，皆贈如公官。公始攻舉子業，未竟所學。會粵寇干紀，蹂躪淮以西無完土。公隨縣中豪傑練鄉兵擊賊，嘗會攻巢、無為、潛山、太湖等城，剋之。是時築寨自保者，所在蠭起，勢分力弱，不獲大展其能。同治元年，余奉命統軍，駐上海以規全吳。公領偏師，從大軍進拔蘇浙郡縣二十餘城，擒馘僞王以下數人，招撫降眾數萬。又從征捻寇，轉戰大河以南，東薄海隅，西踰淮漢，迭奏奇捷。助守運河長牆，會圍捻渠張總愚於高唐州境，殲之。積功薦擢以按察使遇缺題奏，賞戴花翎，加布政使銜，西林巴圖魯名號。

方世之多故，任事者往往以權奇自豪。公平居恂恂，質直無華。一旦棄佔畢，履戎行，奮然有所樹立，余始知公以儒生而優將略也。公以同治九年，任天津河間兵備道。適值天津民與西洋傳教士積有違言，互相猜嫉，公平心調劑，消去畛畦，興利布化，民以大和。頻歲大水，公手定章程，勞來撫恤，全活無算。以憂去官，士民攀留，及籲請起公於家者，積牘盈咫。服除，權津海關道。時北方大旱，赤地數千里，公勸民分財振救，昕夕孳孳，鉅細必親，飢者得食，而山西、河南咸仰其轉輸，全活尤多。除直隸按察使，攝布政使，半年，還為按察使，獎能去貪，清理滯獄，惠澤下布，風紀肅然。公居官，力懲養尊骫骳之習，勤身率下，如治軍時，凡所措注，雖專門名家無以難之，余又知公以賢將而擅吏才也。夫士或有過人之才，而困於無資地，擯不得施用；既用矣，或優於此者，未必不絀於彼。若夫文武具備，焯著成績如公者，天若將有以大用之矣，乃復奪之年，所就遽止於此。此有為天下植才之責者，所不能不盡然流涕以悲者也！公坦中樂易，持躬清儉，然篤於風義，周親故之急必賙，不以有無屑意。修家乘，建宗祠，創義舉，尤獨力任之無少倦。享年五十有五。配董氏，繼配趙氏，皆封夫人。子功浩、功勳，功浩議叙通判。女一，適刑部郎中何雲藻。孫一人。銘曰：

蜀山蒼蒼，淝水泱泱。篤生豪彥，振轡騰驤。公參我軍，奮厥智勇。我倚公才，珍如珪珙。公襄我政，威惠咸宜。為民除瘼，煦寒哺饑。民豈無良，戶謳巷祝。公來民慶，公逝民哭。九重悼惜，報以馨香。傳公行能，萬夫之望。有幽新宇，永綿松檟。窆石鑱辭，用詔來者。

季懷弟云：叙事一氣旋折，辭義雅潔，銘墓文正宗也。

登泰山記丙寅

必置身高明之域，然後心與目不蔽於邇，有以發吾胸中閎廓俊邁之趣，所居彌峻，所涵彌遠。昔孔子登泰山而小天下，非謂人之目力能窮夫天下之大，蓋以天下瑰夐之境莫逾泰山，至此而襟懷超曠，與天無窮，雖極天下之大不足以攖吾慮也。同治四年，福成參督師侯相曾公幕府事於徐州，公之道甚崇閎，而不阻人以難陟也，其望則海內之所宗仰也。明年移駐濟甯，以巡閱河防，紆道泰安，觀形勢，遂登泰山。余與李榕申甫、黎庶昌蒓齋、方宗誠存之、王定安鼎丞皆從。

四月既望，乘山轎，出郡北門三里入山，盤曲上隮，將四十里。經名跡尤著者十數，皆縱覽徘徊始去。越南天門，折而東行，有碧霞宮，東嶽廟。又北上為岱頂，即天柱峰也。山之大勢，桐城姚姬傳先生嘗記之。凡今登山，皆姚先生所循道也，僻不當道者俱不往。所歷未逮玆山百一，然其景之淑，氣之靈，各擅勝概。意象迴殊，則狀之不可勝狀也，余故弗著。方余未至南天門時，級道陡聳，巍矗天半，仰睎巖隙，白雲孤翶，歷階可升，不知所極；俯視則一線危磴，窈深莫測，目眩神駭，趦趄卻顧，屏息釋慮，鼓勇復前。俄登天門，道忽坦夷，異境頓闢，覩所未覩，方自幸嚮之不遽止也，迺趨岱頂。極目四眺，諸峰起伏環列，相背相倚，若拱若蹲，皆如培塿。汶水東來，蜿蜒似帶。徂徠傑峙其上，高出群岫，其巔仿佛可及山半，而郡城踞原野，殆如方罫。遙睇穹碧，渺若無外，俯視雲煙，瞬息變滅。然後知不登泰山之巔，不知衆山之非高也。人之自立，何獨不然！出埃壒之表，掃拘墟之見，斯萬物不能為吾蔽，而物之殊形詭趣，莫遁於吾之所矚。蓋有形之高，不能常居，無形之高，不可斯須去也。

是夕，宿碧霞宫。四更後與蒓齋、鼎丞趨岱頂東之日觀峰，候日出，風雨驟至，寒甚。良久雨止，極東紅光一縷，横亘凝雲之下。俄而璀璨耀目，日輪晃漾，若自地面湧出。體不甚圓，色正赤，可逼視。其上明霞五色，如數百匹錦。顧視女牆，日景甚微，忽又不見。俟相以陰雨竟夕，未覩日出，笑曰：『君等識之，天下事未閲歷者不可以臆測，稍艱難者不可以中阻也。』越三日，馳還濟甯，遂為之記。

方存之云：此題若仿尋常遊記，敘景雖工，譬之摹繪天地，難免挂一漏萬。必從登字著意，斯謂避寬就緊。然有姚先生登泰山記一篇專美於前，益令後人閣筆。熟玩此文，於姚記之外别有發揮，寄旨深遠，壹切浮辭，刊落殆盡。惟其簡切，所以不磨。作文要訣，不過如是。

觀巴黎油畫記 見出使四國日記　庚寅

光緒十六年春閏二月，甲子，余遊巴黎蠟人館，見所製蠟人，悉仿生人形體、態度、髮膚、顔色、長短豐瘠，無不畢肖。自王公、卿相以至工藝、雜流，凡有名者，往往留像於館，或立或臥，或坐或俯，或笑或哭，或飲或博，驟視之，無不驚為生人者。余亟歎其技之奇妙。譯者稱西人絶技，尤莫逾油畫，盍馳往油畫院，一觀普法交戰圖乎？其法為一大圜室，以巨幅懸之四壁，由屋頂放光明入室，人在室中，極目四望，則見城堡、岡巒、溪澗、樹林，森然布列。兩軍人馬雜遝，馳者，伏者，奔者，追者，開槍者，燃礮者，搴大旗者，挽礮車者，絡繹相屬。每一巨彈墮地，則火光迸裂，煙燄迷漫。其被轟擊者，則斷壁危樓，或黔其廬，或赭其垣，而軍士之折臂斷足，血流殷地，偃仰僵仆者，令人目不忍覩。仰視天則明月斜挂，雲霞掩映。俯視地則綠草如茵，川原無際。幾自疑身外即戰場，而忘其在一室中者。迨以手捫之，始知其為壁也，畫也，皆幻也。

余聞法人好勝，何以自繪敗狀，令人喪氣若此？譯者曰：所以昭炯戒，激眾憤，圖報復也。則其意深長矣！夫普法之戰，迄今雖為陳跡，而其事信而有徵。然則此畫果真邪？幻邪？幻者而同於真邪？真者而託於幻邪？斯二者蓋皆有之。

俄羅斯禁苑古碑記壬辰

由烏拉嶺以東，循黑龍江以北，傅於海，俄羅斯之東半國也。其地廣莫無垠，去中國絕遠，又為瀚海所隔，自古未聞有著名大國。然歐洲諸國人往遊者，孤行冥蒐，往往於荒野掘得古碑及金石器，多有數千年前之物，攜之歸，置之博物院，供玩覽焉。俄人漸覺之，闕津吏邏禁益嚴，而西人隱藏詭奇，術亦益工。幸而得出，如獲重寶。不幸不出，受罰亦峻。蓋西人好古如性命，而俄人亦防之如寇盜云。

余謂極北空曠不毛之地，至俄始稍稍開闢。其先則皆鴻荒也，而何以亦有古跡？豈書契以前，嘗有極盛之國於此邪？抑漢魏以來，匈奴鮮卑柔然諸族，强則侵中國，弱則被逼北徙，遁逃至此，挾而藏之邪？大抵土愈荒，則閟之者愈久，而物亦以古而愈珍。吾謂訪古器，羅珍物者，當於此等荒土求之。

向伯常哀辭乙丑

余友向君師棣，字伯常，世居湖南之漵浦。湖南地曠奧，擅衡嶽洞庭之奇勝。乾隆、嘉慶間，往往有聞人。今相國毅勇侯曾公，以忠孝文武為邦人倡，獎拔英儁。中興名臣之在湖南者十八九，蓋山川偉氣，磅礴鬱積數千百年，至相國而始發之。其後進之士，亦且喁喁嚮風，爭以學行經濟相砥鏃，伯常其一也。

始伯常居里時，與嚴咸秋農為友。秋農固淵源家學，才氣英跱，而不輕許可者。同時又有舒燾伯魯，以治古文辭鳴於時，先十餘年卒。三人者皆年少為時彥，相國目為漵浦三俊者也。

同治元年，伯常持秋農薦士書，走數千里，謁相國安慶，留佐戎幕，而秋農遽卒於家。伯常得盡交海內賢士，所學益大進，相國嘗密疏論薦其才。四年夏，相國督師剿寇北上，招余入幕府，俾與伯常及遵義黎庶昌蒓齋同居。時方盛暑，艤舟淮浦，每風月之夕，相與布席艤艄，縱論古今大局成敗興廢之所以然，暨曩哲建樹博隘，學術純駁，追溯文章源流，以究其升降利病甘苦，證繇至夜分不輟。蒓齋志雖銳而稍沈默，伯常意氣尤豪健。其議飆興濤溢，邁往莫禦。嘗自稱喜讀漢書孔光、張禹傳，所以著為大臣者無大節，則學行雖美，尤足誤朝廷而隳世風，其為戒至深微也；喜讀趙廣漢、韓延壽等傳，謂彼數子者，才皆不世出，而世俗繩矩亦自不足以羈之，然其高能瑰資，治事精整，各有獨絕之詣，用能輔漢吏治，與三代比隆。意蓋隱以自命云。

其為文，不屑屑以桐城軌範自拘，每至得意疾書，如洪波汪洋，雖浮沙淤泥，未暇澄清，而不能阻其百折必東之勢。同人數用世才，必曰伯常，余與蒓齋咸自謂弗如也。已而隨大軍移駐徐州，伯常忽遘疾，八日而卒。年僅三十有一。相國率僚屬弔奠如禮，將召其族弟金陵而歸葬焉。時十一月十八日也。嗚呼！遊處半年，中道訣別。追憶曩時艤舟之樂，邈不可得。抑何天之豐其賦而嗇其年也？可哀也！辭曰：

嗟子擢秀於南國兮，播蘭芷之高芬。韞異寶於荊璞兮，固和氏之所欣。忽摧折於半塗兮，儻英華於終古。愴二老之煢煢兮，魂歸去兮泣杜宇。人生莫不有死兮，惟修短其難知。遺孤苟承委祉兮，倘副余中心之所期。

祭莫侶亭先生文辛未

維同治十年冬十月戊午朔，越三日辛酉，無錫薛福成謹以清酌時果之奠，致祭於莫君子偲年丈之靈，曰：

烏虖！我初見君，歲在乙丑。飄然一翁，神愉氣厚。彭城戎幕，兩月聚首。君之閎覽，夙聞海內。辱君下交，為折行輩。稽經諏史，每聆謦欬。自昔黔中，僻處西南。儒風樸略，古訓未諳。君開厥先，博討窮探。溯源漢代，許鄭之囿。間以詩鳴，宮徵並奏。篆書所法，秦斯周籀。閒雲偶出，輝映寰區。公卿交薦，聲徹天衢。

君心泊然，以書自娱。廣搜古籍，琳琅充積。宋槧元雕，珍逾卞璧。百方鈎致，精心研覈。萬卷玢璘，日對古人。古人雖往，精神可親。敝屣黻冕，擺脱風塵。赫赫相侯，豪賢所主。君挺瓌奇，相從江滸。獨以餘閒，證覉今古。吴越之間，山水多奇。扶筇杖策，樂且忘疲。胸懷超澹，繄我之師。

自來冶城，過從恒密。猶憶夏五，訪君之室。深談亹亹，不減昔日。秦淮泛舟，暑夕炎歊。賓朋讙譟，樽酒招邀。隔舷款語，小泊溪橋。詎謂一别，遽不相見。君嗜孤遨，淹留下縣。我從閲武，亦馳郵傳。忽聞噩耗，始怛終疑。曾無宿疾，而至於斯。既接赴書，發函驚嘻。輤車南歸，長塗萬里。回首曩遊，歲月如駛。敬奠一觴，靈其戾止。尚饗！

祭季弟文辛巳

維光緒七年閏七月辛卯朔，越六日丁酉宜祭之辰，期服兄福成以清酌庶羞之奠，遙祭於季懷七弟之靈曰：

嗚呼吾弟！遽至此邪？以弟天性之孝友，植行之清峻，籌略之閎深，文學之俊邁，微特吾自愧弗能及，即吾二十年來友天下士，所見於朋輩中者蓋寡。方謂志業益騫，徑睎古人者，必吾弟也。發其所韞，濟時艱而匡世運者，必吾弟也。孰料位不酬其才，年不稱其德，而中道摧折邪？世運之不昌，吾道之不行，於斯可卜，豈獨吾家之不造邪！嗟乎！人生不過數十寒暑，修短雖殊，同歸於盡，日月推移，如夢一覺。豈弟已先覺而吾猶在夢中邪？抑此吾之噩夢而非信然邪？

吾兄弟六人，惟吾與弟年尤相近。自髫丱以至成人，讀書同塾，應試同時。中年各走一方，雖離合不常，然考問德業，商榷時務，每論一事，馳書不厭四五反，雖數千里外如面譚，而今已矣。德業莫與考問，時務莫與商榷矣。弟之宿疾，時愈時發，已八九年。猶憶戊寅之春，吾與弟分馳燕蜀，執别滬上，語至夜分，依依不忍相舍，而吾尤以弟疾未瘳為慮。既而聞弟抵蜀後，疾竟不發，私心竊喜，以謂從此釋然矣。今歲春夏之交，弟自蜀還里，累書告以將北來一晤為十日譚。嗚呼！孰謂弟竟以宿疾而隕其生乎？孰謂滬上一别為永訣，今夏一書為絕筆乎？積懷未傾，凶問突至，病不及訊其醫藥，斂不及視其衣衾。吾行負神明，此憾殆無終極。

自今以後，存恤孀寡，教育孤兒，吾與諸兄弟任之。搜輯遺箸，表章潛德，吾當屏棄百事而獨任之。吾弟無以此為念。痛矣迫矣，言盡於此矣。嗚呼哀哉！尚饗！

庸庵海外文編

凡例

一、是編分類纂次，悉依文編原定體例。首奏疏，次論議，次書，次序跋，次傳狀，次書事，次碑誌，次記，各類按年月先後為序。

一、奏議已有出使奏疏之刻，兹擇尤要者録之，亦古文之一體也。其四六謝恩摺，暨循例諸摺片，無關宏恉者，俟録刻別稿。

一、文編體例，文後有評語暨自識之語，或叙作文之由，或書後來事實，頗足與文中意義相發明，悉照録以備查考，兹仍之。至摺片後奉有硃批尤關緊要者，間亦敬謹録入，以誌榮幸。其餘如書督撫同城之弊，亦附録郭侍郎原摺，藉資互證。

一、是編間有一二篇抵上海後脱稿，因無所附麗，故並録之。惟時，使事固未竟，且以記絕筆也。

卷一

妥籌保護浙東新築礮臺疏 己丑

奏為浙東新築礮臺，關繫緊要，擬請旨敕下浙江撫臣妥籌經久保護之法，恭摺仰祈聖鑒事。

竊臣前在浙江甯紹台道任內，適值海氛不靖，前撫臣劉秉璋調集淮楚諸軍扼險守禦，復委前參將吳杰管理南北岸礮臺，擊中敵船兩次，浙防幸獲保全。當時猶以舊臺礮力較小，不能遠擊，眾論惜之。敵船既退，劉秉璋采用臣之條議，為綢繆未雨之計，檄飭浙省支應局訂購德國克鹿卜二十四生的後膛鋼礮二尊，二十一生的後膛鋼礮五尊。派候補知府杜冠英總理築臺事宜，候補參將吳杰幫同辦理，仍檄臣督率稽查。

臣迭次馳赴鎮海口門，與杜冠英等相度地勢，擇於南岸小港口之笠山，築大礮臺一座，安置新礮三尊；金雞山前面築臺一座，置礮一尊； 北岸招寶山舊礮臺之下層，添一礮洞，置礮一尊； 又於甬江中流之兩石磯，各築臺一座，置礮二尊。前敵後路，節節設險。經始於光緒十一年，由撫臣檄派駐北岸之總兵黃錦文等所部淮軍三營，駐南岸之提臣歐陽利見所部達字等營，分任工役，劃定地段，各專責成。數年之間，淮勇趨事勤奮，剋期蕆功。惟南岸各營稍形疲玩，往往期限已迫，工程尚無端緒。臣以該營歸提臣統轄，不便過為催趲，常令吳杰以所領礮兵三百餘名代竣其役。吳杰熟諳西法，操練精勤，非特毫無虛額，抑且力顧大局，故每以數百人當數營之用。至光緒十四年十月，各臺次第告成。撫臣衛榮光派員驗收，並議以新式利器必得熟手善為照料，磨擦光亮，方免鏽壞誤事，因定給按年擦油之費，專委吳杰管理。惟提標各營自稱清苦，頗思分得擦費，希圖沾潤，密聳提臣執南北岸分派之說爭委礮臺一差。撫臣始允照辦，繼以所定礮臺經費本不甚寬裕，惟吳杰廉樸耐勞，尚能撙節敷用，標營習氣最深，彼既但思自潤，恐致貽誤，遂仍專委吳杰管帶。提臣以所求不遂，頗貽文牘於撫臣，負氣忿爭。衛榮光本擬將始終辦法奏明定案，適因調任交卸，新任撫臣崧駿接篆之初，提臣親赴杭垣，商懇撤去吳杰。崧駿審知吳杰素有功績，為浙東不可多得之將弁，又不欲顯拒提臣，致失和衷之體，因酌用臣條議，檄派提標候補副將陳勝文會同吳杰管帶礮臺，仍以演礮責成吳杰一人。議者以為提臣如稍喻撫臣苦衷，亦可以已矣。無如標營將弁仍未滿意，既憚吳杰之遇事認真，因復造不根之說以聳動提臣。此臣在甯紹台道任內，辦理礮臺，目擊情形之始末也。

今春臣由甯波交卸起程，風聞提臣復致密函於閩浙督臣卞寶第，懇其劾去吳杰。是時臣疑信參半，甫入都門，伏讀邸鈔，知吳杰果被參革職。人言嘖嘖，頗疑督臣之輕聽，大抵莅任伊始未及詢訪輿論所致。竊惟賞罰黜陟，朝廷自有權衡，非臣下所敢參末議。第念海防以礮臺為關鍵，而珍護礮位，操習礮兵，專恃將弁之得人。臣未知吳杰參革之後，現派管理者何員，誠慮標營但圖自潤，罔知輕重。提臣調劑本標，壹意求勝，則不獨國家數十萬金之巨帑付之一擲，即臣與杜冠英、吳杰及各營將士數年之心力亦覺徒勞，殊為可惜。臣在浙數年，與提臣向稱和衷，與吳杰並無私交。特以是非宜有公論，利害亦關大局，若因身已去浙，緘默不言，臣心實有所難安。擬請旨敕下浙江撫臣崧駿妥慎遴員管守鎮海礮臺，並知照提臣勿再惑標營將士之言，排擠得力員弁，似於浙省海防有裨。至四川督臣劉秉璋，山西撫臣衛榮光，前在浙江巡撫任內，皆於守護礮臺一事籌之已熟，可否敕下劉秉璋、衛榮光，詢以守臺經久之策及吳杰平日功罪？待其覆奏到日，則臣言之虛實立見端倪。閩浙督臣卞寶第離浙稍遠，甫經到任，恐有不及詳察之處。然督臣素著公忠，正得藉異同之論以資考證，當亦諒臣心之無他，決不以臣言為忤也。所有浙東礮臺關繫緊要緣由，謹具摺披瀝直陳，伏乞皇上聖鑒訓示。謹奏。

密陳標營積習難改將才宜保護片己丑

再查定例，提督專轄通省標營及各汎所有舊式礮臺，近來武備日精，講求西法。如北洋之大沽、北塘、旅順、威海衛等處，南洋之吳淞口及長江一帶，暨福州、臺灣、廣東各要隘，均已建築新式礮臺，莫不挑選勇營，或另募礮兵，遴派得力將弁、管帶駐守。未有專用標營者，誠以標營積習太深，無從整頓。昔胡林翼、曾國藩等已詳言之，若輩圖得一差，即視為利藪，偷減侵蝕，必誤大局。浙東招寶山之建礮臺，始於升任撫臣楊昌濬，遴派杜冠英、吳杰經理其事，歷任撫臣相繼委任，所需經費皆由撫臣設法籌給，故一切用人立法亦由撫臣主持，與標營絕不相干。

當升任撫臣劉秉璋在浙時，提臣歐陽利見聽鎮海參將鄭鴻章之言，屢求撤去吳杰，劉秉璋堅拒不從。未及數月，敵艦犯口，吳杰兩次開礮獲勝，是時吳杰聲望實出歐陽利見之上，至今浙東士民皆能道之。鄭鴻章旋經劉秉璋劾罷有案，迨劉秉璋升任以去，標營每思乘間攬管臺務。臣嘗以吳杰之當留，為新任撫臣詳晰言之，撫臣衛榮光、崧駿皆告臣以在江蘇時即聞吳杰之名。去年衛榮光以將才保薦吳杰，而標營嫉之滋甚。此次標營乘新舊督撫臣交替之際，設計播弄，而吳杰竟被參劾。

臣竊惟多事之秋，人才難得。方今創辦海軍，整理防務，苟稍有可用之才，必當延攬而激勵之，培養而護持之。如吳杰者，臨財廉，任事勇，操練勤，威望素著，一省之中實不多得。乃竟終於顛蹶，從此志士寒心，宵人增氣。為營將者，知守法奉公不能自全，將競以侵剋餉項，為獻媚取容之計，恐於風氣大有妨礙。臣是以不憚煩瑣，敢再據實密陳，伏乞聖鑒！謹奏。

察看英法兩國交涉事宜疏 庚寅

奏為微臣分駐英法數月，察看交涉事宜，謹陳梗概，恭摺仰祈聖鑒事。

竊臣在法國、英國、比國呈遞國書，已將各國互敦和好之意，陸續據實奏報在案。惟聞義國羅馬都城，一交夏令，瘴氣甚重，該國王及其外部大臣等皆避暑在外，必俟八九月後回都辦事。臣是以暫緩馳赴羅馬，稍以其暇詳閱接管案卷，聯絡議院官紳，謹將見聞所及，為聖主縷陳之。

竊惟數十年來，西洋諸國，惟英法與我中國素多齟齬，一二强邦迭起乘之，事變愈棘。從前英使如威妥瑪、巴夏禮等，法使如巴德諾脫等，尤窺知中國情事狃於積習，動輒要挾，勾結他國，協以謀我。與之以利而不知感，商之以情而不即應，繩之以約而不盡遵。其所由來，非一日矣。臣嘗觀光緒三四年間舊牘，前使臣郭嵩燾初到之時，枝節不少，口舌滋繁。有明係中國自主之權，而妄思侵礙者；有明係彼國訂行之款，而不即照辦者。蓋彼之商人惟利是視，不顧大體，而公使領事，向恃中國無駐洋使臣與彼外部辯論，往往逞其一面之辭，要求迫脅，惟所欲為。今則事勢既異於前，威巴諸使，或退或死，狡謀斯戢，積案稍清。

臣嘗與英法官紳往來酬酢，察其言論，多有聯絡中國之意，不復如昔日之壹意輕藐。推原其故，厥有數端：一則越南一役，法人欲索賠償，竟不可得。至今法人議論，咸咎斐禮之開釁，恨其得不償失。各國始知中國之不受恫喝也。一則十餘年中，冠蓋聯翩，出駐各國，漸能諳其風俗，審其利弊，情意既浹，邦交益固也。一則中國於海防海軍諸要政，逐漸整頓，風聲所播，收效無形。且近年出洋學生試於書院，常列高等。彼亦知華人之才力不後西人也。凡此數端，皆係聖明措注因時，及內外大臣盡力經營之效。

臣愚以為乘此振興之際，遇有交涉事件，可以相機度勢，默轉潛移，稍裨大局。大抵外交之道，與內治息息相通。如商稅受損，則財用不足矣；教民橫恣，則吏治不飭矣；海外之華民保護不及，則國勢不張矣；內地之土貨行銷不遠，則民生不厚矣。此在任使事者設法維持，隨宜籌措，雖舊約驟難更改，而情勢或可變通。臣擬於茲數者，審度情形，俟有機會，大則奏請諭旨遵辦，小則函咨總理衙門裁酌，總期捷聲息而通隔閡，收權利而銷外侮，仰副朝廷委任之意。抑臣又聞外洋各國使臣互相駐紮，皆以得見君主為榮，君主亦必接見以示優異。皇上親政以來，各使以未覲天顏，疑有薄待之意，不無私議，屢見英法新聞紙中。將來恐不免合力固請，似亦當籌所以應之也。所有察看交涉事宜，理合恭摺密陳，伏乞皇上聖鑒訓示。謹奏。

豫籌各國使臣合請覲見片 庚寅

再查外洋各國風氣，交際與交涉，截然判為兩事。

交際之禮節，務為周到；交涉之事件，不稍通融。惟其厚於交際，故可嚴於交涉。凡各國使臣初到一國駐紮之時，其君主無不接見，慰勞數語以示優待，使臣鞠躬而退，並不言及公事。此西國之通例也。

臣到英後，除呈遞國書外，其君主延請讌會一次，聽樂、觀舞會各二次，禮意頗為周浹。今聞各國駐京公使，以未蒙晝接，不無私議。萬一合辭來請，我若深閉固拒，相形之下，似覺情誼恝然。昔年英使威妥瑪，借未許覲見為辭，頗於煙臺條款多所要挾。夫靳虛禮而受實損，非計之得也。

臣愚以為今日有同治十二年間成案可循，不妨援照辦理。當時議者亦頗多疑慮，一則恐其有所瀆請，一則謂中西之禮不同也。然禮成而退，海內且傳為盛事者，何也？西例公見不言公事，即晤其外部亦然，洋使斷無不諳之理。若論禮節，可於召見各使臣之先，敕下總理衙門，告以如願行中禮，或願行西禮，各聽其便。如是則彼雖自行西禮，仍於體制無損。又聞雍正年間，羅馬教王遣使到京，世宗憲皇帝允行西禮；乾隆五十八年，英國遣使馬戛爾尼原作馬格理，今依出使奏疏，據海國圖志來華，亦奉高宗純皇帝特旨准行西禮，賜以筵宴。未知禮部等衙門是否有案可稽？似亦足備考證。臣為豫籌應付各使起見，理合附片密陳，伏乞聖鑒。謹奏。

通籌南洋各島添設領事官保護華民疏 庚寅

奏為英國屬埠擬添設領事官，保護華民，並通籌南洋各島派員先後次第，恭摺仰祈聖鑒事。

竊臣查光緒十二年，兩廣督臣張之洞派遣委員副將王榮和、知府余瓗，訪查南洋各島華民商務，奏稱該委員等周歷二十餘埠，約計英、荷、日三國屬島應設總領事者三處，設正副領事者各數處，經總理衙門議復在案。臣於光緒十六年七月，准總理衙門咨稱，據海軍提督丁汝昌文稱，此次巡洋，如附近新嘉坡各島，曰檳榔嶼，曰麻六甲，曰柔佛，曰芙蓉，曰石蘭莪，曰白蠟，皆未設領事，華商因受欺陵剝削，無不環訴哀求，擬請各設副領事一員，即以隨地公正殷商攝之，統轄於新嘉坡領事。應先與該外部商定，核給憑照。如能辦到，實於華民有裨等因到臣。當經辦文照會英國外部，援照公法及各國常例，聲明中國可派領事官分駐英國屬境。俟商有端倪，擬再咨明總理衙門詳籌妥辦。

臣竊思領事一官，關係緊要，而南洋各島，華民繁庶。若不統論全局，則一事之利弊無以明；若不兼籌各國，則一隅之情勢無由顯。臣謹綜其始終本末，為聖主敬陳之。大抵外洋各國，莫不以商務為富强之本。凡在他國通商之口，必設領事以保護商人，遇有苛例，隨時駁阻，所以旅居樂業，商務日旺。即遊歷之員，工藝之人，亦皆所至如歸。而西洋各國領事之在中國，權力尤大。良由立約之初，中國未諳洋情，允令管轄本國寓華商民，與地方官無異。洋人每有人命債訟等案，均由領事官自理，往往掣我地方官之肘。從前中國各口之枝節橫生，亦實由於此。然即在他國不理政務之領事，僅以保護商務為名者，各國亦視之甚重，稍有交涉，即籌建設。蓋枝葉繁則本根固，耳目廣則聲息靈，民氣樂則國勢張，自然之理也。

中國領事之駐外洋者，在英則有新嘉坡領事；在美則有舊金山總領事，有紐約領事；在西班牙則有古巴總領事，有馬丹薩領事；在祕魯則有嘉里約領事；在日本則有長崎、橫濱、神戶三處理事，有箱館副理事。蓋南北美洲與日本各口，迭經總理衙門與出使大臣籌畫經營，建置較密。惟南洋各島星羅棋布，形勢尤為切近。華民往來居住，或通商，或傭工，或種植，或開礦，不下三百餘萬人。即委員王榮和等所到之處，亦已報有百餘萬人。臣竊據平日所見聞，參以張之洞原奏，計華民萃居之地，荷蘭、西班牙兩國所屬，應專設領事者約四處，曰蘇門答臘之日裏埠，曰噶羅巴，曰三寶壠等埠，曰小呂宋；英法兩國所屬，應專設領事者約五處，曰香港，曰新金山，曰緬甸之仰江，曰越南之北圻與西貢，他如檳榔嶼等處，已可相機設法，或以就近領事兼攝，或選殷商為紳董，畀以副領事之名，略給經費，而以就近領事轄之，斟酌盈虛，隨宜措注，要亦所費無多。就南洋各島而論，祇須設領事十數員，大勢已覺周妥。加以略有添派，綜計歲費，當不過十萬金。竊查各關洋稅項下，每歲提撥一成半作為出使經費，約銀一百數十萬兩，而近年出使各館所需，暨遊歷人員所用，統計當不過六十萬兩。總理衙門原議，以其贏數豫備添派各國使臣之用。臣愚以為西洋頭等强國均已派有使臣，即二三等之國，亦由各使就近兼攝，似暫無須多派。惟逐漸添此十數領事者，則商政日興，民財日阜，息息有與内政相通之故，且慰輿情於絶遠，不啟華人觖望之端，收權利於無形，不開外人姍笑之漸，所獲裨益，較之所費，奚啻十倍。

臣嘗閲各國貿易總冊，以洋貨土貨出入相準，每歲中國之銀，流入外洋者約一二千萬兩。又考數年前美國舊金山銀行匯票總數，每歲華民匯入中國之銀，約合八百萬兩内外。雖該處工資較豐，而人數尚非最多，則推之古巴、秘魯可知，推之南洋各島又可知。夫中國貿易，與各國相衡，虧短甚鉅。然尚有可周轉者，以華民出洋所獲之利足資補苴也。倘此源再塞，則内地之銀必更立形匱乏。民窮已甚，竊恐事變叢生。即就新嘉坡一埠而論，設立領事已十三年，支銷經費未滿十萬金，然各省賑捐、海防捐所獲之款實已倍之，而商傭十四五萬人，其前後攜寄回華者，當亦不下一二千萬。蓋領事一官，在彼外洋雖無管轄華民之權，實有保護華民之責。縱令妥訂條約章程，必得領事隨所見聞，與彼地方官商辦，則洋官亦得藉以稽查，而土人不敢任意苛虐。即駐洋使臣欲與外部辯論，亦必以領事所報為憑，方能使洋官有所顧忌。此領事一官所以不能不設之由，而已設領事之處未嘗無顯著之效也。

今華民出洋之利已稍不如前矣，誠能於南洋各島酌添領事，尚可挽回補救而收固有之利源。然所以議之稍久，迄少就緒者，蓋亦因立約之初，中國未悉洋情，並不知華民出洋之衆，於是但給彼在中國設領事之柄，而無我在外洋設領事之文。又各國開荒島為巨埠，專賴招致華民，而洋人實屬寥寥。一經我設立領事，彼不免喧賓奪主之嫌，又礙其暴斂横徵之舉。所以始必堅拒，繼則宕延。外部以咨商藩部為辭，藩部以官民不便為說，雖管秃唇焦，而終無如彼何。此惟在局中者深知其難，而局外之視事太易者。又或稱就地可集鉅貲，無需另籌經費。或狃於洋官駐華之例，幾謂一設領事，華民即為所轄，竟無異管理地方者。此皆閲歷未深，持論實多隔閡。

當局者知其斷難辦到，不無矯枉過正之議，幾謂徒多耗費，無甚裨益，斯殆有激而然。

臣竊以為望之過奢，轉滋流弊。領事所收之身格費，船照費，原可略資津貼，正不必斂鉅貲以招物議。今已設領事之處，驗民船，稽民數，原可稍分彼權，正不必攬政柄以啟猜疑。但如臣以上所陳，則不求近效而其效最大。惟須認定主見，中外一意，合力堅持，得寸得尺，相機籌辦，必可循序就範。即如新嘉坡初設領事，英之外部亦儘力阻撓，當時頗費周折，至今乃無異議。竊查英、法、荷、日四國屬境，其苛待華民，不願我設領事者，以荷、日二國為最，而法次之，英又次之。荷、日國勢，皆昔盛今衰，其立國命脈，乃在南洋諸島，島中墾田、開礦、招商、徵稅各事，又恃華民為根柢。惟其政令不甚明肅，呼應不甚靈通。洋官往往徵取無藝，僑寓之西人又侵侮華民，或迫之入籍，或拘之為奴，或禁其往來，或朘其生計。若有華官在旁理論，究可補救一二。雖商設領事之始，彼必枝梧推宕，然我苟據理執言，因勢利導，始終堅持，諒彼亦無辭以難我。及早圖之，則難者或漸化為易。失今不圖，則易者亦漸覺其難。想總理衙門必仍知照出使美日祕臣崔國因，催商日國外部，先在小呂宋設立領事，俾便次第推廣以符原議。至英國待我華民，較為公允。臣觀各國在英屬地設一領事，視為泛常之舉，向無攔阻。又知英國君臣用意，頗欲與中國互敦睦誼，或不於此等事件稍露歧視中國之形。近與該外部商議，請照各國之例，在英地隨宜派設領事，即彼未肯速允，臣擬堅持初議，至再至三，與之磋磨，先就香港、仰江、新金山等埠酌設一二員，而檳榔嶼等六處，亦當審其地勢人數，從長籌畫。由此推之法、荷各屬，亦或較易為力。

臣非不知洋人性情堅韌，每商一事，必多波折，然苟不憚筆舌之繁，不參游移之見，不紊緩急之序，或稍有效可圖。蓋庇蔭周則民生厚，而不獨開商務；財用裕則近憂紓，而非以勤遠略；布置廣則眾志聯，而兼可詗敵情；呼籲少則國體尊，而即以銷外侮。臣為海外數百萬生靈起見，不敢稍安緘默。所有英國屬埠擬設領事，並通籌南洋各島派員次第緣由，恭摺具陳，伏乞皇上聖鑒訓示。謹奏。

滇緬分界通商事宜疏辛卯

奏為滇緬分界通商，亟應豫為籌備，不使英國獨占先著，以免臨時棘手，恭摺密陳，仰祈聖鑒事。

竊查倫敦使署接管卷內，光緒十一年冬間，英國、印度派兵出境，進據緬甸。維時出使大臣曾紀澤，承准總理各國事務衙門密電，疊次與英外部會商，初議立君存祀，俾守十年一貢之例。既不可得，始議定由英駐緬大員按期遣使賫獻儀物。其界務、商務兩事，則擬先定分界再籌通商。蓋因英人注意商務，若分劃邊界，偶有轇轕，則辦理通商，諸多掣肘，虧損無窮，固不能不審其次第也。英人自以驟闢緬甸全境，所獲已多，是以有稍讓中國展拓邊界之說。當時英外部侍郎克蕾，曾稱英廷願將潞江以東之地，自雲南南界之外起，南抵暹羅北界，西濱潞江，即洋圖所謂薩爾溫江，東抵瀾滄江下游，其中北有南掌國，南有撣人各種，或留為屬國，或收為屬地，悉聽中國之便。曾紀澤轉咨總理衙門，亦云南掌本係入貢中華之國，儻英人果將潞江以東讓我，似宜受之； 將撣人、南掌均留為屬國，責其按期朝貢，並將上邦之權明告天下，方可防後患而固邊圉等語。曾紀澤又嘗向英外部理論，欲索八募之地。八募蓋即蠻暮之新街。昔時蠻暮土司之地頗大，後乃悉為緬甸所併。其商貨匯集之區，謂之新街，洋圖譯音則為八募，距騰越邊外百數十里，在厄勒瓦諦江即大金沙江上游之東，龍川江下游之北，檳榔江下游之南，向為滇緬通商巨鎮。英人以其為全緬菁華所萃，靳而未許。迨爭論數次，克蕾始云英廷已飭駐緬之英官勘驗一地，以便允中國立埠，且可在彼設關收稅。據參贊官馬格理云，八募雖不可得，其東二三十里有舊八募城，似肯讓與中國，日後貿易亦可臻繁盛，且允將大金沙江為兩國公共之江。如此則形勢與彼同之，利益亦與彼分之，其隱裨大局，似尤較得潞東之地為勝。曾紀澤以商辦已有端緒，因與外部互書節略存卷，暫停不議，旋即交卸回華。

光緒十二年六月，總理衙門與英使歐格訥議約五條，第一條申明十年呈進方物之例，第三條中緬邊界應由中英兩國派員會同勘定，其邊界通商事宜，亦應另立專章等因在案。臣竊繹總理衙門與英使訂定之約章，及曾紀澤與外部會商之節略，雖措辭詳略不同，而大意仍相吻合。蓋外部所稱願讓之地，因立約時尚未勘定，故以兩國派員會勘一句括之。此從前商辦滇緬事務之大略情形也。溯自立約至今，已越五年，英人未嘗催問，我國家亦暫置不理。然臣近聞英廷正與暹羅勘辦界務，又屢次密派幹員，馳往滇緬交界查看形勢，探詢礦產，並有創築鐵路通接滇邊之意。議者咸知彼族布置妥協，必轉以延擱已久為辭，來相促迫，勢不能不驟允開辦。則彼從容而我倉猝，彼諳練而我生疏，彼措注已周，而我進退失據。臨時竭蹶，成算未操，斷無不受虧損之理。就今日情勢而論，商務須從界務生根，但使分界能協機宜，則他日通商亦可少滋流弊。夫審度利病，隨宜操縱，固屬總理衙門與勘界大臣之事，然使明知彼族之有隱謀而緘默不言，坐失事機，則咎在使臣。若欲先事豫籌，查探邊情，又非責之疆吏不可。惟是分界固非詳查密訪不能得其要領，而其輕重緩急之大勢，則有可計議者。大抵英人所稱願讓潞東之地，南北將及千里，東西亦五六百里。果能將南掌與撣人收為屬國，或列為甌脫之地，誠係綏邊保小之良圖。惟查南掌即老撾之轉音，臣閱外洋最新圖說，似老撾已歸屬暹羅。若徒受英人之虛惠，而終不能有其地，恐轉為外人所竊笑。儻因此別生枝節，又非計之得者。蓋南掌、撣人，本各判為數小國，分附緬甸、暹羅，似宜查明南掌入暹羅之外，是否尚有自立之國，以定受與不受。其向附緬甸之撣人，地實大於南掌，稍能自立，且素服中國之化，若收為我屬，則普洱、順甯等府邊徼皆可鞏固矣。至曾紀澤所索八募之地，雖為英人所不肯舍，其曾經默許之舊八募者，亦可為通至大金沙江張本。若將來竟不與爭，或爭而不得，臣竊有五慮焉。

夫天下事不進則退，從前展拓邊界之論，非謂區區邊界足增中國之大也。臣聞乾隆年間，緬甸恃强不靖，吞滅滇邊諸土司，騰越八關之外，形勢不全。西南一隅，本多不甚清晰之界。若我不求展出，彼或反將勘入，一慮也。我不於邊外稍留餘地，彼必築鐵路，直接滇邊。一遇有事，動受要挾，二慮也。長江上源為小金沙江，小金沙江最上之源，由藏入滇，距邊甚近，洋圖即謂之揚子江。我若進分大金沙江之利，尚可使彼離邊稍遠。萬一仍守故界，則彼窺知江源伊邇，或寖圖行船，徑入長江，以爭通商之利，三慮也。我稍展界，則通商在緬境。夫英人經營商埠，最為長技。而我在彼設關，收稅亦可與之俱旺。我不展界，則通商在滇境。將來彼且來擇租界，設領事，地方諸務究不能不受牽制，四慮也。我得大金沙江之利，則迤西一路之銅可由輪船遵海北上，運費當省倍蓰。否則彼獨據運貨之利，既入滇境，窺知礦產之富，或且漸生狡謀，五慮也。凡此五慮，皆在意計之中。

臣又竊慮英人於此數年內，壹意延宕，待我相忘稍久，乃催勘界，或更遇事要求，悉置前議節略於不顧。且謀國之道，莫患乎為敵所逆料。中國素有不勤遠略之名，外洋各國知之稔矣，所以伺機而動，迭起相乘。琉球滅而越南隨之，越南削而緬甸又隨之，今且駸駸議及朝鮮矣。竊思英廷前議節略，彼料中國未必竟受，而故以此相嘗試，固未可知。我若出其不意，據其前說力與相持，或能因此稍展界務。各國知中國辦理此等事件與前不同，亦可伐敵謀而收後效。況彼所予即有不宜收者，不妨明指之以為另索之符；彼之意即有萬難允者，不妨故求之以得抵制之益。蓋邊情不可不洞悉，而舊議不可不重理。擬請敕下雲貴督臣王文韶遴派妥員，分途偵察。如南掌之存亡，撣人之强弱，騰越關外之地勢民風，一一查詢明確，據實覆陳，以備勘界時有所依據。並請皇上敕下微臣催問英國外部以勘界定期與分界辦法。一面即可相機辯論，仍與總理衙門函電相聞，務衷至當。

臣非不知英人性情堅韌，當其驟得全緬，喜出望外，故許中國稍分其利，今則事隔數年，未嘗不思毀棄前說。然臣閱卷中節略，係英文參贊官馬格里與英外部侍郎克蕾會議時為最多，今幸二人均未更換，彼或難遽翻異。臣不過多費筆舌，多縻日力，以與之磋磨。雖無速效，斷不致別有損礙，抑或冀得寸得尺，稍補涓埃。臣因邊疆得失，動關緊要，且此事為中外全局所繫，不敢不罄其愚忱。謹摹繪滇緬交界及南掌撣人疆域全圖，恭呈御覽。所有滇緬分界事宜，亟應豫籌緣由，理合恭摺密陳，伏乞皇上聖鑒訓示。謹奏。

分別教案治本治標之計疏辛卯

奏爲英、法兩國教案牽涉既廣，關繫較鉅，謹就見聞所及，分別治本治標之計，恭摺密陳，仰祈聖鑒事。

竊臣承准總理各國事務衙門電信，知五六月間，長江上下游教案疊出，蕪湖、丹陽、無錫、江陰、南昌等處天主教堂多被焚燬，武穴被殺教士及洋關扦手各一人，皆係英籍。迭經各省查拏匪犯，或立予駢誅，或訊明定罪。而英、法、德三國使臣尚忿爭不已，來相促迫。臣屢以中國辦法詳告英法外部，外部知我辦理認真，尚無異辭。迨接其駐京使臣函電，則又往往變計。蓋各使久居中國，洞悉情勢。初因訛言四起，風警頻仍，迫爲自衛之謀，寖萌要挾之意，勾串一氣，協以謀我。遷延數月，此案不知何時議結。

臣竊維匪黨之得肆焚掠者，挾簧鼓愚民之術也；愚民之莫釋疑忿者，信迷拐幼孩之說也。按舊說謂天主教徒迷拐幼孩，挖眼剖心，用以製藥。此論不知始於何時。前儒顧炎武所著郡國利病書，亦已有烹食小兒之說，彼時中外懸隔，偶得傳聞，並非事實。然是說之流傳也久，則人心之篤信者衆。猶憶同治九年，天津案起，前大學士曾國藩初聞挖眼盈壇之說，亦欲悉心查辦。比入津境，攔輿遞稟者紛訴此事，詢以有無實據，則辭多惝怳，迨嚴加訊究，而其事益虚，所以專疏特辨此說之誣。臣於當日列在幕僚，頗知梗概。出洋以後，留心訪察，大抵天主教徒所崇奉者惟耶穌，耶穌之說亦以仁慈爲宗旨。近者禁黑奴有會，禁鴉片有會。彼於虐人之事，害人之物，尚欲禁之，豈有殘酷至挖眼剖心，而歐洲各國習不爲怪者？即彼之精於化學醫學者，亦謂無心眼入藥之理。斯必灼知舊説之訛傳，然後此案乃可下手。否則在事大小官員先懷疑慮，葛藤不斷，轇轕滋多，將何以曉彼愚民！將何以禁彼匪黨！而諸教士自忖不能久居中華，其力足以煽動各國，釀成釁端。西洋風氣，重視教務，一遇有事，鮮不上下同心。非若爭一事，占一地者，其民猶有從有不從。昔年俄羅斯之侵土耳其，法蘭西之割越南，皆以護教爲名。此中機括，不可不慎之於微也。臣非謂洋教之無損於中國也。彼天主教雖稱爲善，自歷代教王增竄私說，並漸失耶穌本意。濫於招納，不擇良莠，教士即不自為迷拐，難保無迷拐者之託跡其門，恃為護符。且男女無別，西洋習俗如此，教士偭規錯矩，亦猶中國僧道之不能盡守戒律。而入教之民，無惡不作，平民受其欺壓，積憤日深，一發難遏，地方日以多事。猶幸周孔程朱之教，彌綸寰宇，深入人心，凡列衣冠之中，鮮慕異端之學。然彼此齟齬，不能相安。

臣愚以為不與妥議章程，終非善策。近來歐洲德義等國，限制教民，立法綦嚴，大權始不旁落，無復從前挾制紛擾之患。中國許洋人傳教，既在約章，勢難驟改。惟妥籌約束之法，本係內治之要政，非各國所得干預。而彼不能不干預者，積漸使然也。當津案初結之時，總理衙門嘗照會各國使臣，修改傳教章程俱經該使駁回。由今思之，其中各條有暫難遽行者，如限定各堂華民入教之數，撤去女教士女塾卹孤局，及非教民子弟不得入男塾之類是也。有可以辦到者，如禁教士詆毀儒教，凡有教堂聽華官隨時查看，堂中所收嬰孩悉報明地方官，教民有訟教士不得徇庇之類是也。與其未必能行而悉為所阻，不如擇其可行而先為商辦，中外合力，徐與磋磨。彼既就我範圍，即可循序漸進。將來於彼所難允者，相機伺便，與之理論。抑或俟武備日精，邦交日固，竟仿西洋限制之法，要在統籌全局，因勢利導。雖效之遲速不可知，但盡一分心力，必有一分補救。臣所擬治本之計，籌經久之道者如此。

自各國立約以來，英重通商，法重傳教，所操之術不同。此次被燬教堂多屬法國，而英國祇有武穴一案，德國則並無受損，惟有兗州舊案未銷。乃三國使臣既互相邀結，法之外部復奮其全力，密聯英德外部，意在廣樹聲援，乘此事機收意外之權利。英德恐法之得權利，而不甘居人後，遂與為合從之謀。俄、美、義諸國又從而附之。彼之相約，以顧全西國大局為辭，而意則在各便其私圖；以責我保護將來為說，而意則在觀變於臨事。臣愚以為方今要著，宜令各省格外嚴防，勿再滋事，杜彼藉口，而防變之法，宜注力查禁匿名揭帖，則風不起而瀾自平，薪不添而火自熄。至辦理此案，當先有一成不變之規模。如彼責緝兇，多誅一匪徒在我不為無益，可允也，而罪必求其當； 彼索賠款，多認一償費在我尚無大損，可允也，而數必求其覈； 即彼欲以不肯保護之咎株連印官，苟察其平日玩視民事，政聲較劣，亦可允也，但須乘彼未甚催促，予以撤調處分，自足折服遠人之心，而泯其吹求之見矣。 惟彼黨藉護教為名，迫我以不能行之事，或欲別訂章程，隱收權利，且使彼教日益恣橫，自當堅定以拒之，鎮靜以應之。

昔曾國藩辦理津案，雖一時謗議紛起，閱世以後，人咸諒其心之公忠，並知其事之妥協者，蓋既保全和局，而原案外並無所讓也。 今諸國既受法人籠絡，驟不可離。 英人於武穴一案，亦欲留為觀望之資，未肯遽結。 彼勢盛則所望愈奢，時久則所謀愈狡。 為今之計，似以設法速結為妥。 欲求速結，似以堅持其大者酌讓其小者為妥。 即臣所論約束教士之法，恐彼知之而先肆要求也。 似不如暫隱勿宣，俟結案後，再與議善後章程為妥。 又聞英、法、德、義、俄、美等國多駛兵艦，往來中國海面江面，皆以保護教務為名。 外洋各報，謠諑紛紜，或稱所費不貲，或稱相機行事。 臣竊謂南北洋兵艦亦宜悉數調派，分布各處，隱備非常。 既示以勢力之不孤，且以保護彼教為名，俾知我之所費亦不少也。 如是則彼之氣平，而我之理直，我之氣亦愈壯矣。 臣所擬治標之計，弭目前之釁者如此。

以上二說，不過就臣見聞所及，妄為揣度，未知近日情形是否相符，各省教案是否已結。 耿耿寸衷，略抒愚悃。 儻蒙聖明俯察末議，敕下總理衙門暨南北洋大臣湖廣督臣，用備萬一之采擇，大局幸甚！ 除前已具函電，陸續詳達總理衙門外，所有英、法兩國教案分別治本治標緣由，理合恭摺密陳，伏乞皇上聖鑒訓示。 謹奏。

附陳處置哥老會匪片 辛卯

再此次焚燬教堂，毆斃教士，傳聞係哥老會匪散布揭帖，激發眾怒，事起則率黨縱火，事畢則潛蹤四散。 此輩皆係遣撤勇丁，所以氣勢較盛，蔓延較廣。

竊查哥老會名目，始起於四川，而流衍於湖廣。 厥後湖南營勇立功最多，旋募旋撤，不下數十萬人，而哥老會之風亦遂於湖南為獨熾。 其初立會之意，祇在互相救援，互濟貧乏而已。迨入會者眾，不免恃勢滋事。今者教堂之釁，則又為從前所未有。匪黨呈一時之意，國家受無窮之累。其情甚為可惡，其案較為難辦。惟有廣購眼線，平心訪察，將在場倡率之正兇，多獲數名，毋稍枉縱，亦足振法紀而全鄰好。

臣竊謂自今以後，凡各省防營，於湖南勇丁不宜輕募，亦不宜輕撤。大抵入會之習，在營中者為多，即或散歸鄉里，往往因挂籍會中，不能遽出。然自楚軍極盛，迄今幾二三十年，其風當漸歇矣。乃因鄰省添營，或仍在湖南募勇，則舊者已逝，而新者復起。似暫宜停募楚勇。俾哥老會之淵源不至循環相嬗，亦可杜鄰省各營傳染之患。至現有之營，果係楚勇，儻察其萬難得力，或值經費支絀，亦宜妥慎籌畫，分年設法，斷不可倉猝遣撤，致彼眾為饑寒所迫，驟生事端。其有身經百戰，保擢提鎮，撤歸田間者，不必問其入會不入會，但查其曾著功績而處境貧困者，似應由各省大吏酌量位置，俾藉一差以濟衣食。需費無幾，而保全實多。斯皆銷患無形之術也。

抑臣又聞曾國藩嘗籌處置哥老會匪，專主內嚴外寬之說。但問其有罪無罪，不問其是會非會，禁供攀以孤匪黨，免株累以定人心；告訐之脅從，概不批准，以絕仇怨誣陷之風；訪獲之頭目，必置重典，以杜煽誘猖獗之漸。俾善類不致自危，惡黨不能惑眾，洵可謂拔本塞源之論矣。然此係地方有司之事，要在為大吏者督同司道府縣，從容撫綏，恩威並濟。月計不足，歲計有餘，殆非急切所能為力也。理合附片具陳，伏乞聖鑒。謹奏。

與英外部商定派員會立坎巨提頭目疏 壬辰

奏為坎巨提回部被英兵攻擊，逐其頭目，迭與英外部商議，由中國派員會同英員封立新酋，以全兩屬體統，計可剋期妥結。恭摺密陳，仰祈聖鑒事。

竊臣查中國回疆之外，向有羈縻各回部遠慕聲教，列為屏藩，或雖未設官而正朔是頒，或雖未入貢而奉命維謹。稽之西域圖志，知八城邊外尚多屬地。即同治初年湖北所刻一統輿圖，實以康熙、乾隆內府輿圖為藍本。臣嘗觀一統圖所詳疆域，參以時憲書所頒地名，則昔年中國所屬之回部實已可得其梗概。惟自咸豐、同治年間，中國內寇不靖，未遑遠略。俄國既以兵力吞併浩罕、布魯特、哈薩克、布哈爾諸回部，擴地不下數千里。而巴達克、山魯善什克、南瓦罕諸小部，則皆服屬於阿富汗。邇來阿富汗為英屬國，英之大勢，駸駸由印度北嚮，有與俄國爭雄之意。而中國西邊之外，遂日以多事。即如坎巨提一部，近喀什噶爾南界，在蔥嶺西南，厥地縱橫數百里，戶口約近萬人，歲貢中國沙金一兩五錢，例賞大緞兩端。近年屬回之入貢中國者，祗此一部。蓋即新疆識略之乾竺特，一統輿圖及時憲書之喀楚特，同音而異譯也。但不知何時又服於克什彌爾，亦歲有貢獻。而克什彌爾，今亦為英之屬國。是以英之印度總督歲貼坎巨提經費，以助彼整理防務為名，實隱收其內政之權。去年夏秋間，坎巨提已有赴喀什噶爾告急之舉，則以英人築一礮臺俯臨坎境也。

臣於本年正二月間，疊承總理各國事務衙門電信，以英兵侵坎巨提，該頭目連戰不勝，率其逃眾，詣卡外求援，屬臣以起釁情節詰英外部。臣詢知英兵修築一路直貫坎境，北抵興都哥士大山，意在扼此隘口，以杜俄眾南侵，而保印度門戶。該頭目興師攔阻，為英兵所擊敗，其所居之棍雜城，亦被英兵占踞。臣與英相兼外部尚書沙力斯伯里晤商兩次，據稱並無滅坎之意，亦無阻坎入貢中國之意，祗因坎酋罪惡甚多，輕慢英官，不得不示懲儆等語。臣與總理衙門往返電商，妥籌辦法。因坎酋聲名素劣，勢難必使復位。該部既係兩屬之國，與專屬中國者又稍不同，祗可酌就外部之辭與之理論。外部語言閃爍，其初次存坎之說既甚游移，而必欲據坎之心則甚堅韌。幸而窺彼隱情，頗以俄餤方張，亟思聯絡中國，不欲斂怨樹敵，臣得就此設法磋磨。而英廷措注東方事務，動須俟印度總督議覆核辦，最後稱選得舊酋之弟摩韓美德拏星，可為坎巨提頭目，擬請中國派員會同英員行封立之禮。已由總理衙門電告新疆巡撫，選派妥員前往。臣與外部商訂儀節，華員英員共為一班，克什彌爾係英屬國，該員位次應稍居後。行禮之期，初訂在閏六月二十三日，現展至七月二十五日。祗須屆時彼此和衷妥辦，即可蕆事。此與英廷商辦選立坎酋之原委也。

臣惟數十年來，西洋諸國，日肆東封，俄闢琿春，英守香港。其初皆係中國之地，彼族知我中國疆土廣遠，向不計較尺寸，尤不力爭藩屬，乘間抵隙，競生無饜之謀。於是日本滅琉球，法人取越南，英人翦緬甸，相率效尤，竟無底止。甚至有覬我朝鮮，睨我臺灣者，亦事勢使然也。英人之經營坎巨提，殆非一日。此次乘釁而動，彼謂蕞爾部落，中國必度外置之。迨臣承總理衙門指示，斷斷與爭，稍出英人意料之外。彼既以立酋為轉圜，我即可藉保小為退步。雖選酋之柄隱屬於英，然既稍稍爭回體制，俾各國知兩屬小部，中國尚不肯捨棄，已稍變琉球、越、緬之前規，似於大局不無裨益。且俄法諸大邦，見中英交誼如是親睦，亦當稍戢其覨陵之氣矣。除詳細情形暨問答節略已節次寄呈總理衙門外，所有中英兩國會立坎巨提頭目，訂可剋期妥結緣由，理合恭摺密陳，伏乞皇上聖鑒訓示。謹奏。

密陳帕米爾情形片壬辰

再中國回疆邊外，有回部錯居之地曰帕米爾，山勢迴環，高原緜亘。其脈發自蔥嶺，實為大地最峻之脊。因其土多磽薄，所以無著名部落。從前隸我疆圉，羈縻勿絕者，十居八九。自俄英兩國分爭環伺，而迤北迤西稍稍歸屬於俄，迤南小部則附於英屬之阿富汗。惟東路中路，久服中國，迄今尚喁喁內嚮。然既為三大國出入之門戶，得之則可居高臨下，不得則恐失險受逼。近年以來，俄人頗盡力經營，注意在此。英人知俄之有深謀也，乃急起而隱為之防，迭派武員赴帕米爾遊歷，探訪情形。

臣於去年七月，接英外部送到秘密節略及地圖各一件。以劃清阿富汗邊界為辭，其意欲使中國收轄帕境中間之地，勘明界址，以免俄人窺伺。臣即轉送總理衙門，未及核辦。適俄兵遊獵帕境，逾月即歸。聞俄外部告駐俄使臣許景澄，欲會同中國勘界分疆，惟英於帕米爾本無分地，不當使其與聞等語。竊思英藉保護阿富汗之名遠涉帕境，其意本不在分地而在防俄。英若分地，於勢不順，而隱助中國以分地，則其事易成。英冀中國得地稍多，支格其間，可隔閡俄兵之南下，又慮中國未能速辦，今春乃有坎巨提之役。蓋修築坎路，實以綢繆帕事也。

臣前接總理衙門電信，擬以帕米爾作為三國公共之地，各不侵佔。曾與英外部妥商，許景澄亦以此商之俄外部。兩國之意，皆不甚以為然，似難勉强允從。惟分地則俄難改前說，英亦不乖本謀。臣前商之外部，已飭駐俄英使與俄外部商辦。據稱英俄須各派員赴帕查勘，再行定議。夫前日俄人所以欲擯英者，以去英則中國較易商量也。今日中國所以願合英者，以得英則俄人稍有畏憚也。臣聞伊犂定約以來，俄人所自指為邊界者，已三變其說，每變則益徙而南。今俄人又派兵遊帕，據其自告英員，欲以郎庫郎里湖為界，益與喀什噶爾等城相近。若不妥籌分界，臣恐俄人益肆詭謀，而英人亦漸生異志，事端百出，更費躊躇。今者作為公地一說，既不能行，惟有由總理衙門設法催俄分界，勿使藉辭推宕，以期與英使在俄商辦之事適相浹洽，則一勞永逸，當有把握。英雖不肯顯助中國以結怨於俄，然密通消息，稍持公論，實在意計之中，似亦可乘之機也。理合附片密陳，伏乞聖鑒訓示。謹奏。

請豁除舊禁招徠華民疏癸巳

奏為時勢互殊，例意已變，擬請申明新章，豁除舊禁，以護商民而廣招徠，恭摺仰祈聖鑒事。

竊臣溯查國朝順治、康熙年間，始嚴海禁。當時因鄭成功父子竊據臺灣，窺犯江浙閩粵，招誘平民，脅為死黨，寇勢滋蔓，沿海騷動，不能不創立禁例，以大為之防。凡閩人在番託故不歸，復偷渡私回者，一經拏獲，即行正法。厥後臺灣既平，務在與民休息，不欲生事海外。康熙五十六年，禁止南洋貿易一案，經九卿議定，凡出洋久留者，行文外國，解回正法。蒙聖祖仁皇帝特恩，令五十六年以前出洋之人，俱准回原籍。雍正六年，奉諭出洋之人，陸續返棹，而彼地存留不歸者，皆甘心異域、違禁偷往之人，不准回籍。欽此！乾隆十四年，復奉高宗純皇帝特諭，將私往噶羅巴充當甲必丹之陳怡老，嚴加懲治，貨物入官。大抵昔日海盜未殲，鄰交未訂，彼出洋之民，禁之則可以孤寇黨，弭釁端，不禁則慮其洩事機，傷國體。且承平之世，地廣而人不稠，人散則土益曠。深維至計，首懸厲禁，非苛待此出洋之民也，時勢為之也。

自道光二十二年以來，陸續與東西洋諸國立約通商。英國江甯和約第一條，華英人民各住他國者，必受保佑，身家安全。美國續約第五條，中國與美國人民前往各國，或願常住入籍，或隨時來往，總聽其自便。而祕魯條約及古巴華工條款，亦於出洋華民鄭重再三，庇之惟恐不周，籌之惟恐不至，每於海外要地設領事官以保護之。誠以今者火輪舟車，無阻不通，瀛環諸國固已近若戶庭，邇於几席，勢不能閉關獨治。且我聖朝煦濡涵育逾二百年，中國漸有人滿之患，遂不得不導傭工以擴生計，開商路以阜財用，順民志以聯聲氣，張國勢以尊體統。蓋海禁早弛，風氣大開，一視同仁，無間遐邇。前例已不廢而自廢，不刪而自刪，非偏厚此出洋之民也，時勢為之也。

臣於光緒十七年奏派道員黃遵憲為新嘉坡總領事官，屬令到任後詳察流寓華民情形，覈實稟報。茲據稱南洋各島華民不下百餘萬人，約計沿海貿易，落地產業，所有利權，歐洲阿剌伯巫來由人各居十之一，而華人乃占十之七。華人中如廣瓊惠嘉各籍，約居七之二，粵之潮州、閩之漳泉，乃占七之五。粵人多來往自如，潮人則去留各半，閩人最稱殷富。惟土著多而流寓少，皆置田園，長子孫，雖居外洋已百餘年，正朔服色仍守華風，婚喪賓祭亦沿舊俗。近年各省籌賑籌防，多捐鉅款，競邀封銜翎頂以誌榮幸。觀其拳拳本國之心，知聖澤之浹洽者深矣。惟籌及歸計，則皆蹙額相告，以為官長之查究，胥吏之侵擾，宗黨鄰里之訛索，種種貽累，不可勝言。凡挾貲回國之人，有指為逋盜者，有斥為通番者，有謂為偷運軍火、接濟海盜者，有謂其販賣豬仔、要結洋匪者，有强取其箱篋，肆行瓜分者，有拆毀其屋宇、不許建造者，有偽造積年契券、藉索逋欠者。海外羈氓，孤行孑立，一遭誣陷，控訴無門，因是不欲回國。間有以商賈至者，不稱英人，則稱荷人，反倚勢挾威，干犯法紀，地方有司，莫敢誰何。今欲掃除積弊，必當大張曉諭，申明舊例既停，新章早定，俾民間耳目一新，庶有裨益。蓋黃遵憲體察既深，見聞較熟，故言之詳切如此。

臣竊惟保富之法，肇於周官，懷遠之謨，陳於管子，民性何常，惟能安彼身家者，是趨是附。中國出洋之民數百萬，粵人以傭工為較多，其俗雖賤視之，尚能聽其自便，衣食之外，頗積餘財。至今濱海郡縣，稍稱殷阜，未始不藉乎此。閩人多富商巨賈，其俗則待之甚苛，拒之過峻，往往擁貲百萬，羈栖海外，十無一還。且華民非無依戀故土之思也，國家亦本非行驅禁之政也。特以約章初立之時，未及廣布明文，家喻戶曉，遂使累朝深仁厚意澤不下究，化不遠被，奸胥劣紳且得窺其罅以滋擾累，為淵敺魚，為叢敺爵，甚非計也。夫英、荷諸國招致華民，開荒島為巨埠，是彼能借資於我也。華民擅幹才，操利柄，不思聯為指臂，又從而擯絕之，是我不能借資於彼也。及今而早為之圖，尚可收桑榆之效。及今而不為之計，必至憂杼柚之空。

查前督臣沈葆楨奏請將不准偷渡臺灣舊例一概豁除，曾奉特旨俞允。省具文，裨實政，莫善於此，迄今海內交口稱便。出洋華民，事同一律，可否籲懇天恩，俯念民生凋敝，敕下總理各國事務衙門，覈議保護出洋華民良法，並聲明舊例已改，以杜吏民詐擾之端。由沿海各省督撫及出使大臣分途切實曉諭，奉宣德意，俾衆周知。並准各口領事官訪其平日聲名素稱良善，核給護照。如是則不事紛更，不滋煩擾，可以收將渙之人心，可以振積玩之大局，可以融中外之畛域，可以通官民之隔閡。懷舊國者，源源而至，細民無輕去其鄉之心；適樂土者，熙熙而來，朝廷獲藏富於民之益。一旦有事，緩急足倚，枝榮本固，厥效非淺！所有擬請申明新章，豁除舊禁，以護商民而廣招徠緣由，理合恭摺瀝陳，伏乞皇上聖鑒訓示。謹奏。

是疏於光緒十九年五月十六日，由英倫使館發遞。七月初十日，奉硃批該衙門議奏，欽此。總理衙門於八月初四日，覆奏應如所請，敕下刑部將私出外境之例酌擬刪改，並由沿海督撫出示曉諭：凡良善商民，無論在洋久暫，婚娶生息，一概准由出使大臣或領事官給與護照，任其回國治生置業，與内地人民一律看待，毋得仍前藉端訛索，違者按律懲治。奉硃批依議，欽此。

附陳派撥兵船保護商民片癸巳

再臣聞流寓外洋華民，往往以勢孤氣餒，為他國人所輕侮。西洋通例，莫不派撥兵船保護商民，俾旅居者增氣以自壯。近者中國海軍各艦亦嘗巡歷新嘉坡諸埠，華民喜色相慶，以手加額，謂為從前未有之光寵。惟海軍船數不多，經費不裕，勢難分撥兵輪久駐海外。華民集貲，積少成多，未嘗不願供給船費，稟請酌派軍艦，稍張聲勢。

從前兩廣督臣張之洞曾議勸辦此事，未及就緒。設令果有成效，則海軍省養船之費而有歷練之資，兵船無坐食之名而著保護之績，商賈傭工捐費不多，頗霑利益，使臣領事權力雖弱，亦倚聲援。一舉而數善備焉。

臣屬總領事黄遵憲相機利導，據稱閩商未肯出力，事難必成，臣是以有招護華民之請。蓋華商有力者之在外埠，商務之旺衰繫之，軍實之强弱繫之，即西人亦視之頗重也。理合附片密陳，伏乞聖鑒。謹奏。

卷二

滇緬分界大概情形疏癸巳

奏為遵旨與英國外部商辦滇緬界線，滇境西南兩面，均有展拓。謹陳大概情形，恭摺仰祈聖鑒事。

竊臣承准總理各國事務衙門文開光緒十八年六月十六日密籌滇緬界務一摺，請旨專派臣商辦滇緬界線商務，以重事權。奉硃批依議，欽此。仰見聖主審於馭遠，鄭重邊疆至意，曷勝欽服！臣查光緒十一年英兵進據緬甸之初，前使臣曾紀澤先與英外部會商立君存祀，既不可得，英人自以驟闢緬甸全境，喜出望外，是以有允曾紀澤三端之說。界務一端，則願稍讓中國展拓邊界。蓋指普洱邊外之南掌撣人諸土司，聽中國收為屬地也。商務二端，則以大金沙江為公用之江，在八募近處勘明一地，允中國立埠設關。八募即中國之所謂新街也。當時曾紀澤以未深悉滇地情形，持論稍覺游移，又因中外往返商查之際，未能毅然斷而行之，僅與外部互書節略存卷，旋即交卸回華。次年英署使歐格訥，與總理衙門議立緬約五條，又以三端尚非定局，遂未列入約中。

臣自去年奉命與英外部議界，蓋在歐使立約之後已六七年。查閱使署接管卷內，有曾紀澤議存節略。英文參贊馬格里又係原議之人，臣屢遣馬格里赴外部重申前說，外部堅不承認。據稱西洋公法，議在立約之後不可不遵，議在立約以前不能共守，以其有約為憑。既不叙入約章，必有所以然也。臣思英人自翻前議，雖以公法為解，實亦時勢使然。當其併緬之始，深慮緬民不服，及緬屬諸土司起與相抗，萬一中國隱為掣肘，彼則勞費無窮，固不敢不稍分餘利以示聯絡。彼之所以驟允三端者，時為之也。既而英人積年經理，萃其兵力餉力戡定土寇，復於緬境外之野人山地，稍用兵威脅服，收其全土，磐石之形已成，藩籬之衛亦固。彼之所以忽靳三端者，亦時為之也。前議三端既不可恃，則展拓邊界之舉毫無把握。且查滇邊諸土司，雖或久隸中國，然自乾隆以後，往往有私貢緬甸，以圖免擾而固圉者。英人執此為辭，來索緬甸固有之權，則或指為兩屬，或分我邊地，殆事勢之所必至。若中國既失藩屬於前，又蹙邊境於後，非特為鄰邦所竊笑，亦恐啟遠人之覬覦。

臣再四思維，深懼措注不善，致乖總理衙門推許之意，有辜皇上倚畀之恩。適值前歲秋冬以後，英兵游弋滇邊，常有數百人以查界為名闌入界內，去來飆忽。野番土目，驚聳異常。英兵常駐之地，則有神護關外之昔董暨鐵壁關外之漢董。英人用印度武員之謀，窺逼近界，以致沿邊騷動，風警頻仍。雲貴督臣王文韶慮生釁端，迭經電達總理衙門。臣承總理衙門急電，辦文照會外部，斥其違理，責令退兵，又屢赴外部苦口爭論，英兵稍自撤退，滇邊至今靜謐。臣又查野人山地緜亘數千里，不在緬甸轄境之內，若照萬國公法，應由中、英兩國均分其地。曾紀澤嘗有此意而未申其說，臣因復照會外部，請以大金沙江為界，江東之境均歸滇屬。明知英人多費兵餉，占此形勝，萬萬不肯輕棄，然必借此一著，方可力爭上游，振起全局。外部果堅拒不應，兩次停商，而臣不顧，數次翻議，而臣不顧。外部所稍依允者，印度部復出而撓之。印度部所稍鬆勁者，印度總督復出而梗之。印督至進兵盞達邊外之昔馬，攻擊野人，以示不願分地之意。

臣相機理論，剛柔互用。外部謂此議非出自總理衙門與雲貴總督，盡係使臣之私意。臣電請總理衙門向英使歐格訥辯論，以昭畫一。總理衙門洞晰機宜，力伸畫江為界之議。外部知我中外同心合謀，堅持不讓，甫稍就我範圍，然猶疊次翻騰，屢易其說。彼既重視野人山地，不願分割，於是有就滇境東南讓我稍展邊界之說。據稱已與印督商定，於孟定橄欖坡西南邊外，讓我一地曰科干，在南丁河與潞江中間，蓋即孟艮土司舊壤，計七百五十英方里。又自孟卯土司邊外，包括漢龍關在內，作一直線，東抵潞江麻栗壩之對岸止，悉劃歸中國，約計八百英方里。又有車里、孟連土司，轄境甚廣，向隸雲南版圖，近有新設鎮邊一廳，係從孟連屬境分出。英人以兩土司昔嘗入貢於緬，並此一廳，爭為兩屬。今亦願以全權讓我，訂定約章，永不過問。至滇西老界，與野人山地毗連之處，亦允我酌量展出。其駐兵之昔董大寨，雖未肯讓歸中國，願以穆雷江北現駐英兵之昔馬歸我。南起坪隴峰，北抵薩伯坪峰，西逾南嶂而至新陌，計三百英方里。又自穆雷江以南、既陽江以東，有一地約計七八十英方里，是彼於野人山地亦稍讓矣。其餘均依滇省原圖界線劃分。外部於三月二十三日，行文照會前來。

臣適探知歐格訥與印督尚多方播煽，欲阻成議，事機呼吸，變態萬端。此議雖未滿臣初志，不能不審勢而量力，見風而收帆。曾經將此情形，電請總理衙門進呈御覽。總理衙門與雲貴督臣之意，亦謂於舊界有益無損，屬即商擬條款。臣先行文外部，訂定大局。惟騰越八關，界址未清，尚須理論，外部請待印度所寄地圖，又值外部諸員避暑在外，稍有停頓。前據督臣王文韶電稱，漢龍關自前明已淪於緬，天馬關亦久為野人所占跨，則八關僅存六關。現經臣再三爭論，此二關亦可歸中國。又前年英兵所駐之漢董，本在界線之外。臣因其扼我形勢，逼處堪虞，向彼力索。外部亦願退讓，以表格外睦誼。刻下界務已竣，商務本不似界務之繁重，且已先將大意講明，無甚爭論，現正商訂條款，計可剋期蕆事矣。

臣竊惟數十年來，西洋諸國競知中國幅員遼闊，又有不爭遠土之名，一遇界務，鮮不為耽耽之視，若可聽其蠶食者。於是琉球、越南、緬甸，以藩屬而見吞，香港、琿春、海參崴，以邊隅而被攘，甚至有睨及朝鮮，議及臺灣者。中國素守好大喜功之戒，避開疆生事之嫌，得之則曰猶獲石田，失之則曰不勤遠略。顧石田棄而腴壤危矣，遠略弛而近憂迫矣。我視為荒土而讓之，彼一經營，則荒土化為奥區，以奪我利柄；我見為甌脫而忽之，彼一布置，則甌脫變為重鎮，以逼我巖疆。伺間蹈瑕，永無底止，歲朘月削，後患何窮！臣愚以為必擇一二事，以全力爭持，然後可以折狡謀而挽積習。此次滇緬界務，憑藉皇上寵靈，始變前規，稍展舊界，實惟總理衙門之功。總理衙門統籌全局，假臣事權，始終扶助，謀議相同，每有查詢，朝電夕報，俾臣得遠承指揮，稍殫愚拙。雖獲地無多，而裨益有五：風示各國，俾勿藐視，一也；隱備印度，杜其窺伺，二也；保護土司，免受誘脅，三也；扞衛滇邊，防彼勘進，四也；援用公法，稍獲明效，五也。有此五益，臣始知曾紀澤所商展之界，迄今時異勢殊，亦稍有窒礙之處。蓋南掌諸部近已盡歸暹羅，爭之已覺不易。而擺人各種，惟康東土司最大，其地與車里相仿佛，英人欲據以遮隔法暹兩國，斷不肯舍。抑且離我邊境較遠，控轄不易，固不若今日之所展，皆在近邊也。除俟條約擬議妥協，再電達總理衙門，並專疏詳報外，謹繪滇緬分界圖一幅，恭呈聖覽。以黃紅藍三線，分別舊界、新界與英所欲占而退出之界。所有商辦滇緬界線，西南兩面均有展拓緣由，理合恭摺馳陳大概情形，伏乞皇上聖鑒訓示。謹奏。

附陳駐緬英員遵約呈進方物片癸巳

再查緬約第一條內，英國允由緬甸最大之大臣，每屆十年派員呈進方物，所派之人，應選緬甸國人等語。當英兵據緬之初，使臣曾紀澤迭准總理衙門密電，以立君存祀，商之英國外部。英廷不允存祀，始改為存貢之議。迨英署使歐格訥與總理衙門訂立緬約，儘力磋磨，意存翻悔。經總理衙門堅持不懈，始將十年派員之例列入約中。誠以告朔餼羊，雖不過稍存禮意，而百年舊典未可弁髦棄之也。

惟聞英廷謀議，始得緬甸，頗出意外，慮中國之隱掣其肘，爰不憚以此虛禮款我。八九年來，英人綏輯全緬，布置既密，益務恢張。其駐緬大員尚無照約舉行之意，印度諸員異議亦由此而起。德、法諸國之好議者，亦且從而譏之，謂英以堂堂大邦，修貢中國，未免徇實利而不恤虛名。英之外部頗存顧慮，隱悔前事。臣於前年即派員赴印度部，探問入貢之期。該部人員一味支吾，頗多遁辭。臣恐久不催問，此約竟成虛設，因與外部再三理論。外部始則設辭推宕，繼稱待至光緒二十三年照約舉行，最後答文稱英廷已豫備光緒二十年第一次派員赴中國。蓋其用意甚深，實為滇緬分界，不能稍讓地也。

臣於分界各端，既斷斷與爭，不稍鬆勁，深恐彼於貢事難免變計，所以外部答允雖久，未敢信為定論。今界務已大致就緒，彼於貢務亦無異言，明年定可照約派員。初次規模既定，則以後源源納貢，不至誤期矣。理合附片具陳，伏乞聖鑒。謹奏。

附陳派營彈壓野人山地片癸巳

再臣與英外部爭劃野人山地之時，英人動以野人兇悍，中國兵力不能管理為辭，且謂中國徒爭此地而不知管理，必致野人愈横，擾累英人，所以有萬難分劃之勢。臣查野人頗知耕牧，亦通市易，其馴順之氣，實過於臺灣之熟番。前歲遊歷道員姚文棟道經此地，野人結隊送迎，環求歸屬中國者，到處皆是。此等野人，雖不隸郡縣，數百年來，中國以不治治之，聽其自生自育，未嘗不涵濡聖化於深山之中。一旦聞西人逼處，知將奪其利源，其喁喁内嚮之誠至為迫切。蓋英人進兵野人山地及滇省近邊，不過在此三年之内。

去年臣接滇商公稟，頗歸怨於騰越鎮廳之退讓。騰越鎮廳平日未諳洋務，又時時懼以啟釁獲戾，倉猝為敵所乘，措注失當，不免應之過柔，亦事理所必有。臣之與英分界，適在英人占地之後，所以爭之更覺其難，然臣不敢不俯順輿情，扼要力爭。爭之不得，亦俾遠氓知我聖朝並非棄之化外，實係時勢使然。至彼族與我爭地，動稱控制不易，冀相恫喝，彼乃得步進步，乘機侵佔。臣是以明告英人，如野人山地歸中國，則撫綏彈壓，中國任之，自係責無旁貸。今中國所分昔馬之地，係一種開欽野人所居。又老界之内，亦有野人隨地散處。儻仍如承平之世，不加管理，萬一野人出境，滋擾英人，英必以我不能守約來相詰責，尤恐枝節叢生。相應請旨敕下雲貴督臣，俟换約之後，查照約章，派撥得力練勇一二百人進駐昔馬，替换英兵，以鞏邊防，兼可約束野人，俾就範圍。

抑臣又觀西洋形勢，凡兩國接界之處，莫不明斥候，修礮臺，造兵房。雖累世和好，而設備謹嚴，遂能彼此相安無事。雲南西南兩面，昔與撣人野人各種相接，所以臺壘久圮，關堡不修，亦可無虞侵逼。今與西洋最强之國為鄰，則如何整頓一新，如何規畫盡善，想督撫臣皆久練疆圻，公忠在抱，必有先事綢繆者矣。至各省綠營舊制，往往為外人所輕視，以其用舊器而乏實用也，則又非酌練新軍不足以隱銷外侮。臣之愚見如是，理合附片密陳，伏乞聖鑒。謹奏。

附陳收回車里孟連兩土司全權片 癸巳

再滇屬東南羈縻之境，以車里、孟連兩土司為最大。近年新設鎮邊直隸廳，撫理孟連北境。計此一廳兩土司之地，約可抵內省四五府。當臣與英廷爭論野人山地之時，英外部以車里、孟連曾經入貢緬甸，亦堅索兩土司及新設一廳作為兩屬，以相抵制。臣查會典及一統輿圖，車里、孟連隸滇已久，鎮邊新設直隸廳同知一官，若忽改為兩屬，尤屬無此體制，不得不儘力堅持。厥後外部遽自轉圜，願以全權仍歸中國。果使撫馭得宜，固守封域，可以支格英、法、暹羅三國之窺伺，而臨安、普洱、思茅、元江諸府廳州當皆恃以無虞。不意英事甫定，法謀又起。

邇來法人迫脅暹羅，割其湄江東岸之地，而車里轄境之大半亦在湄江以東。法人迭次以分界為請，雖據聲稱並無侵占滇地之意，彼知英人饒舌於先，未必不思效尤於後。然英究僅有索問之空言，並未獲絲毫之實利。臣今正與英廷互商條約，聲明車里全屬中國，與英毫無干涉。約章一定，不啻借英助我作證。法人素性畏強侮弱，彼聞中國與俄爭帕米爾，與英爭野人山，皆不遺餘力，儻竟知難而退，僅請分劃界限以杜爭端，則和平互商，自易辦理。不滋口實，不起風波，尤善之善者也。理合附片具陳，伏乞聖鑒。謹奏。

强鄰環伺謹陳愚計疏 癸巳

奏為强鄰環伺，世變方殷，謹陳愚計，略備采擇，恭摺仰祈聖鑒事。

竊臣博考輿圖，遐稽史籍，知我國家幅員之廣，軼漢邁唐，而超越於宋明數倍，惟元代極盛之時差足比隆。然元之塞外諸部不時自為分裂，未若我聖朝之一統無外，控制得宜。蓋形勢之雄，治平之久，人民之眾，洵莫與京矣。自泰西諸國航海東來，始不過藉互市之名逐什一之利，相狎既久，寖有違言，釁端之起，僅在五十餘年以前。謀臣議論不一，忽和忽戰，累次失利，紛紜者逾二十年，而元氣已大損矣。厥後更定約章，稍持和局，外警之迭起環生者幾於無歲無之。中外籌議，不能不以防海為兢兢，地之險者扼之，土之荒者闢之，軍之闕者設之，才之乏者練之，械之精者購之，藝之良者習之。蓋既經藎臣碩輔，內外合謀，苦心經營者，亦逾二十年，中國聲威稍稍異於疇昔。然瀕海之區迴環萬數千里，布置既已難周，猶且艱於物力，缺於人材，限於時勢，格於議論，措施不過十之二三，而狡寇窺逼之大勢，又不僅在海而在陸矣。

臣竊按英、俄、法三國，歐羅巴著名强國也。其國都皆距中國三四萬里，彼知西洋大小諸邦競能自立，難逞雄圖，未肆西封，遂勤東略。英人初藉公司之力，蠶食五印度，未幾而沃壤數萬里盡為所併，遂與我之西藏為比鄰。近且脅服阿富汗、克什彌爾、巴達克山、什克南諸部，為英屬國。其大勢駸駸北嚮，既越葱嶺而與我之回疆相接，南併緬甸，而雲南之迆南迆西悉與毗連矣。俄國自興安嶺以外，東傳於海，包我黑龍江全境暨外盟蒙古、烏梁海諸部，西軼新疆諸城，地勢尤為廣遠。自咸豐年間來索舊地，而黑龍江以南，烏蘇里河以東，勘界一誤，蹙地數千里。至今西人動輒藉口，謂為中國不重邊地之明證，侵奪之謀，無時或息。俄人又於同治年間乘我內寇不靖，稍以兵力吞滅浩罕、布魯特、哈薩克、布哈爾諸回部，自是俄境亦接回疆。其地亘我三陲，迴環殆不下二萬餘里。法人自爭得越南，旋脅取真臘一國歸其保護，近又侵割暹羅湄江東岸之地，疆圉愈固，氣勢自雄。而兩廣、雲南邊外，益以多事。由斯以觀，中國東南兩面，大海繞之，其自東北以訖西南，則三强國之境繞之。防於海者，動虞諸國窺伺；防於邊者，日與三國周旋。至於南洋諸島，星羅棋佈，昔人所謂海外雜國，東南際天地以萬數，時候風潮朝貢者，今已為英與荷蘭、西班牙三國之外府，竟無一島能自存者。此殆宇宙之奇變，古今之創局也。

然猶有可冀者曰：『彼雖盛於一時，終將衰於異日。』顧臣觀西洋大國圖治之原，頗有條理。英、俄、法皆創國數百年，或近千年，炎炎之勢，不始今日。今其制勝之術，屢變益精，舟車則變而火輪矣，音信則變而電傳矣，槍礮則變而後膛矣，戰艦則變而鐵甲矣，水雷則變而魚雷矣，火藥則變而無煙矣，窺敵則變而用氣球矣，照夜則變而用電燈矣。專家之學，互殫智力，往往能制馭水火，呼吸風霆。新藝迭出，殆無窮期。

其恃强逞威之具既如此，然猶有可慰者曰：『彼既與我和好，未必遽蓄狡謀。』顧國必自强，而後和可恃。夫制敵而不制於敵者，莫如鐵路。英之鐵路，一已抵西藏近邊之大吉嶺，一已達雲南近邊之新街。俄之鐵路，將由塔什干而趨浩罕，近復經營西伯利亞鐵路，東聯琿春、海參崴。法開鐵路以通商貨，已由河內直接諒山。而我無一足以應之。俄人移我界碑，脅我屬部之事，時有所聞。邇來帕米爾一役，終不脫估地故智。英人力爭野人山地，印度各官志在分據險要，侵逼滇疆。臣因滇緬分界，知其隱衷。法人注意滇南諸土司，已見端倪。彼既撤我藩籬，稍久必窺堂奧，其貪得無厭之情又如此。蓋事變如此之棘，時局如此之艱，皆肇端於此數十年內。

夫自開闢以來，神聖之所締造，文物之所彌綸，莫如中國。一旦歐洲强國四面環逼，此巢燧羲軒之所不及料，堯舜周孔之所不及防者也。今欲以柔道應之，則啟侮而意有難饜；以剛道應之，則召釁而力有難支；以舊法應之，則違時而勢有所窮；以新法應之，則異地而俗有所隔。交涉之事，日繁一日，應付之機，日難一日，誠不知何所底止矣！惟是通變方能持久，因時所以制宜。伊古盛時，或多難以保邦，或殷憂而啟聖。臣愚以為皇上值亘古未有之奇局，亦宜恢亘古未有之宏謨。夫英國地多而勢散，俄國土曠而人稀，法國政煩而民困。彼有所長，亦有所短。我有所短，亦有所長。誠能棄所短而集所長，自可用所長而乘所短。未得其術，則難者益難。苟握其要，則難者亦易。臣謹擇其約而易行者，請為聖主陳其大略：

一曰勵人才。所謂才者何常？時方無事，則以黼黻隆平為貴；時方多事，則以宏濟艱難為先。夫道德之蘊，忠孝之懷，詩書之味，此其體也。而論致用於今日，則必求洞達時勢之英才，研精器數之通才，練習水陸之將才，聯絡中外之譯才。體用兼該，上也；體少用多，次也。當風氣初開之際，必有妙術以鼓舞之，則人自濯磨矣。迨豪彥競進之時，必擇異能而倚任之，則事無叢脞矣。群才之振奮，默運於九重之精神。勸之有具，斯培之有本。培之有本，斯用之不窮。至於多設學堂，隨地教人，多選學生出洋肄業，亦皆儲才之要端也。

一曰整武備。歐洲諸邦以戰立國者一二千年，凡事皆有專門名家，故中國練軍，不能不參仿西法。海軍取法於英，陸軍取法於德，已稍著成效矣。顧北洋而外，推行未廣，尚不足以建威銷萌。且論今日海軍，不在驟拓規模，而在簡覈名實，不在遽添船礮，而在增練材藝。俟其成效足與西軍相頡頏，再援昔日化一為三之議，擴充分布，則海疆自可無虞。至各省綠營，疲窳特甚，前督撫臣曾國藩、胡林翼已早言之。似宜先就臨邊之地與英、俄、法相近者，稍稍變綠營為練軍，因其舊餉，給以新式火器，而以西法部勒之，漸除廢弛拘攣之習，免為西人所笑侮。又查有可屯墾之地，不妨酌置練軍，或仿漠河金礦之例，許公司集股開礦，練營自護，隨時操練以備調用，似亦兩得之道也。

一曰濬利源。泰西諸國競籌藏富於民之法，然後自治自强，措之裕如。即臣所謂養才練兵，亦非帑項充盈不可。蓋生財大端，在振興商務。商務以暢銷土貨為要訣。欲運土貨，以創築鐵路為始基。今者國家既籌的款營造山海關鐵路，以期漸達於東三省，此固護邊至計也。然地勢稍偏，土貨不旺，尚需歲貼養路巨費，恐非持久之局。今欲使此路廣引商貨，化貧為富，似非通内地鐵路不為功。内地鐵路，仍宜查照湖廣督臣張之洞原議，分年籌費，由漢口開路，以抵蘆溝橋而達山海關，則秦、隴、楚、蜀、晉、豫之土貨日出日多，轉輸益遠，商利自饒。必有自集公司依幹路以築枝路者，不必官為籌款。寖假六通四闢，富庶之機，蒸蒸日上，不僅有事時徵兵運餉為便矣。臣又嘗閲光緒初年各關貿易總冊，洋貨入口與土貨出口，厥價略足相抵。近年洋貨驟贏，土貨驟絀，中國每歲耗銀至三四千萬兩，則以洋布洋紗暢銷故也。蓋其為物，出自機器，潔白匀細，工省價廉，華民皆樂購用。而中國之織婦機女束手坐困者，奚啻千百萬人。今上海、武昌皆已購機設廠，織布紡紗，天津亦有紡紗之議，誠宜推之各省及各郡縣。官為設法提倡，廣招殷商設立公司，優免税釐，俾資鼓勵。收回利權，莫切於此。其他養蠶繅絲之法，植茶焙葉之方，鍊鐵開煤之學，一一講求整頓，豈非利用厚生之政，探本握要之圖乎！

一曰重使職。昔漢武帝詔舉茂才異等，可為將相及使絕國者。西洋諸國，或以宰相及外部大臣出為全權公使，或以資深望重之總督出為全權公使，其視使職與將相並重。大抵相臣襄內政，使臣襄外務，外與內相表裏也；將臣尚武力，使臣尚文辯，辯與力相補救也。有百年安邊之計定於三寸舌者，富弼之使契丹是也；有一介行李之馳賢於十萬兵者，陸賈之使南粵是也。方今英、俄、德、法、美數大國各挾勝勢以相陵相伺，其事體又與古迥異。彼與我立約通商定界，動輒有大利大害倚伏乎其中。臣嘗謂國勢之振興，不盡恃戰勝攻取，但能於交涉數大端措注合乎機宜，恢張自有明效。夫總理衙門所恃為耳目，為手足，為心膂者，莫如使臣。中國古多卓犖之士，然今尚稍艱其選者，不講之於豫也。西洋久著强盛之績，然今尚不竭於用者，能練之以漸也。伏願樹之準繩，明示激勸，則風聲一播，足以奔走天下，俾人人以經濟為先資，以遠謨為急務。上之所重，下亦重之，下之所重，效自隨之。亦在聖意之專注而已。

以上四端，類皆勞臣之所經畫，聖主之所施行，臣不過稍請變而通之，擴而大之。用力既專，收效自倍，庶冀紓外患而固邦本。大抵英人堅韌，俄人倔强，法人蠻橫，而探其狡黠之謀則各造乎其極，殊令我有應接不暇之苦。然論我固有之權力，苟善用之，未嘗不為彼所深憚。誠使經理日宏，賢能日奮，必善審三國之變而備之可也，即徐待三國之衰而制之亦可也。儻因循而不早為計，則敵已迫矣，患已深矣，僾焉不可終日矣。詩曰：『必之憂矣，疚如疾首。』微臣奉使四國，稍睹外洋情勢，輒敢貢其拳拳之愚，不勝戰慄彷徨之至！所有强鄰環伺，世變方殷，謹抒愚計緣由，理合恭摺密陳，伏乞皇上聖鑒訓示。謹奏。

考察近事謹陳管見疏癸巳

奏為微臣考察近事，謹陳管見，以重民命而慎危機，恭摺仰祈聖鑒事。

竊維數十年來，中外競修武備，莫不講求火器。火器藉火藥以致其用，於是火藥隨火器而日精。其類有餅藥、炸藥、棉藥之名，未幾而爭用栗色藥，又未幾而漸尚無煙藥，性愈變而愈猛，術愈研而愈酷。中國風氣初開，往往儲藏不慎，未收其用，先受其害。謹就臣聞見所及者，為我皇上敬陳之。

溯查咸豐九年二月，長沙城中火藥局失慎，二三里內居民無得免者，溪河數處變為平陸。有一巨窖，幸未引動，否則其患更不可思議。是年秋，山東火藥局失慎，周圍震陷十餘里。撫臣奏稱死傷姓名可查者四千餘人，曾奉諭旨賑恤。同治六年十月，武昌城內有二局，中隔一湖，同時被焚。蓋因火藥局曬藥不檢，延及製藥局，轟動藥庫，焚去火藥及硝磺數十百萬斤，居民死者數千，平地百餘丈陷為巨浸。光緒十年十一月，廣東佛山鎮火藥局焚去火藥數十萬斤，燒失工匠一百九十餘名，轟聲震動省城，居民死傷甚眾。十六年九月，安徽太平府城內火藥局，訇然一震，駐局之營兵工匠皆不知所往，縣署學宮摧燬無遺，知府吳潮被壓而殞，罹害者數百家，各處殘肢斷體，令人目不忍覩。今年五月，廣東會城外三元里之火藥局，不戒於火，附近鄉村均被其患，至今擇地營建，尚未勘定。凡此諸事，久為習見之端，實非承平之福。然臣不過約舉梗概，此外府縣城鎮之局廠林立，變生意外者，亦尚不可勝數。

群黎何辜，遭此荼毒？臣嘗疑此雖繫天時，亦由人事。奉使以來，留心考察，始知西洋各國火藥局必避城市稠密之地，多在空曠寥廓之區。其議以為如此危險之物，難盡免危險之事，所以偶逢危險而不致多傷民命者，非審於度地不為功。中國各省會城府城，皆官吏軍民所駢集，倉庫市廛所薈萃，萬無可置火藥之理。其始蓋因標營弁兵操練舊式火器，稍領火藥，擇地存儲，當時火藥質粗而力輕，數微而勢薄，尚不至為大患。厥後踵事增華，研製日精，需用日繁，當事者習焉不察，方謂循舊章，藏舊地，並非無端創建，而不知藥力已十倍於前，藥數已百倍於前，戒備稍疏，輒釀巨厄。前歲松江紳民稟請文武各官，將火藥局移建城外曠地，卒以經費無出而罷。夫狃取攜之便者，未遑顧及生靈，昧久遠之圖者，鮮不安於玩愒。臣嘗思其事而怵然慮之。大抵斯民飢溺，非無急救之具，惟猝然震發，其患有不及防；勇士戰爭，初無避險之心，惟無故罹凶，其事為尤可憫。

或謂時逢劫運，非人力所能挽回。臣則以為消弭劫運者，惟在宸衷之惻怛。或謂事關大局，非仁術所能參用。臣則以為保全大局者，尚待朝廷之轉移，伏惟皇上仁慈幬物，普護蒼生，可否明降諭旨，通飭各省督撫臣，自今以後，文武各員不得在城市添建火藥局。擇地築庫，務求僻遠，或在洲沚之上，或在山嶺之間。儻有商民願捐巨費籲移舊局者，均聽酌辦，以順輿情。如一時未能驟移，不妨相機變通，將尤為猛烈之物分儲遠地，徐俟妥為經理。其如何懲儆違玩之處，可否敕下吏兵二部嚴定處分章程，以昭畫一而垂永久。如是則聖主尚好生之德，官吏存警惕之懷，蒸民免無妄之災，軍實鮮慢藏之咎，一舉而數善備焉。

竊查各省設局，無不濬濠築牆，撥兵守護，然地居繁庶，則蹤跡雜而竊盜時聞，地處寂寥，則心志壹而防衛不懈。至於蓋藏宜密，晾曬宜慎，庫窖宜分，禁令宜嚴，凡承辦此事者，罔不以是為兢兢，自可無虞失事矣。臣為重民命、慎危機起見，所有考察近事緣由，理合恭摺馳陳，伏乞皇上聖鑒訓示。謹奏。

請展接電線捍禦水患片癸巳

再臣聞本年六月，永定河水勢盛漲，南北汛各隄同時漫溢，通州北運河亦陡漲丈許，衝決長隄，以致順直數十州縣皆成澤國，漂蕩田廬，淹没人口，不可勝數。湖北荊州霪雨連緜，江流暴漲，江陵、公安各屬隄垸先後決口，巨浸汪洋，居民避水不及者均遭沈溺。

竊思江河下游水勢之漲，其上游來源必已先旺，再值霖雨不止，山水暴發，奔注下游，齧隄潰防之患，鮮不由此而生。蓋霖雨山水無可以驟挽之勢，而上游來源有可以豫知之理。方今各省電線四通八達。若由通衢幹線接一枝線，至江河之上源，短者數十里，長者數百里而止。厥費不多，厥事易集。派一妥員，專司其事。每日測量水勢，電報下游專轄兼轄各官。夫水行之速不如風，風行之速不如電。外洋各國，每藉電音以報海上颶風，俾當其衝者速為之備，無不大獲裨益。

邇來永定河為患日劇，幾於無歲不決。荊州地勢瀕江，萬城大隄亦為要工。若永定河設線，在桑乾河以上，長江設線，在夔巫重慶以上，即令來源驟旺，下游一接警電，官隄民埝，可以剋期加工。水之大至，尚在數日之後，乘間繕完，較易為力。雖時雨之行，山水之發，或出意外，而田廬民畜藉一電以保全者，當得十之三四，低窪之區聞一電而互相告戒，俾獲遷徙逃避者，當得十之七八。至於大河，流長源遠，設電尤為要訣。昔人每於河之上游，擇地標誌，謂上游水漲一寸，下游即漲一尺。今若於陝甘境內，接線以達河濱，則河流稍漲，下游得電更早。廳汛各員，皆有十日之暇，可豫集料添埽，妥籌設法，化險為夷，獲效尤鉅。推之淮漢諸水，凡可以為民利害者，皆當以此法治之。可否敕下直隸湖廣督臣暨河臣漕臣，察覈情形，相機酌辦？似於扞禦水患之道，有益無損。是否有當？理合附片具陳，伏乞聖鑒。謹奏。

議定滇緬界務商務條約疏 癸巳

奏為遵旨與英國外部議定滇緬界務商務條約，恭摺仰祈聖鑒事。

竊臣於光緒十九年七月，謹陳滇緬分界大概情形，並聲明界務將竣，續議商務，惟騰越八關界址未清，尚須理論等情在案。臣前與英廷訂明將久淪於緬之漢龍、天馬兩關歸還中國。秋冬之間，仔細考察，始知鐵壁、虎踞二關亦早被英兵佔據。幸鐵壁關距邊密邇，臣屢向英外部爭論，彼始允令英兵卻退數里，讓還關址，以庫弄河為界。惟虎踞關界限方向初甚渺茫，久無定論。乃電請雲貴督臣王文韶派員查閲，邀同八募英官履勘。英官並無異辭，印度總督則謂該關深入彼境七八十里，已與八募相近，且隸緬已百餘年，一旦棄之，有損顔面。其意難於割地，遂並靳於讓關。臣又聞印度總督以外部允讓野人山內昔馬等地，意甚不平，聽信武員邪說，屢思翻異，又欲藉端停商全約。停商之後，彼知中國界址未定，漫無限制，仍可伺機進佔。再閲數年，非特昔馬等地可以不讓，即界線亦可如彼意重定。觀於前使臣曾紀澤商辦之時，迄今事隔八年，再與議約，難易損益，相去倍蓰，其明證也。臣再四思維，決機宜速不宜遲，防患宜遠不宜邇，固不值以一隅而妨全局，亦未便爭小利而墮詭謀。度勢揆情，剛柔互用。甫在虎踞關以東劃定界線，雖未能復百餘年前舊地，較之滇邊所守新界，似已稍有展拓。此界務已定之大略也。

臣查商務辦法，應以曾紀澤原議二端為綱領，一曰大金沙江行船，一曰八募立埠設關。彼族以停議既久，堅不承認。竊思大金沙江為滇邊外絕大尾閭，兵商輪船，暢行無阻。夫名山大川，國家之寶。苟有機會，當以全力圖之。滇西遠隔邊隅，宜有通海便捷之道，局勢方為靈活。臣特將行船一事設法磋磨，外部始終支宕，以慮他國援照為辭。繼與商於約中另立一條，聲明此係滇緬交涉之事，他國不得援例，彼始勉强答允。惟於八募設關，慮之尤切，拒之尤堅。經臣再三開導，告以立約試辦，乃亦勉强答允。詎全約甫經訂定，印度總督仍堅持初議，不允設關，意在乘機要挾，責報過奢。臣思設關能否大獲利益，尚未可知，該督所索則萬不能允，且既違其意，尤恐被其掣肘，不能獲益。臣於是顯責外部無自主之權，竟將八募設關一條刪去，亦撤約中英人所得權利。如緬鹽不准運入滇境，英關暫不徵收貨稅；領事僅設一員，並限制其駐紮之地；商貨僅由二路，並化去其開埠之名。外部頗形自恧，不甚爭論。此商務已定之大略也。

竊惟中國地大物博，數十年間，東西洋各國立約通商，船艦則行我江海，租界則踞我口岸，教士流氓紛至沓來，領事臬司擅勢自恣，或奪我商民之利，或撓我官吏之權，或違我教化之經，或窺我寶藏之富，事端百出，防範難周。朝廷所以不輕允開商埠者，職此之由。惟自英人襲取緬甸以來，雲南三面與彼毗連。我所宜急，彼所欲緩者，莫如分界。彼所素急，我所稍緩者，莫如通商。曾紀澤前與議定俟分界後方能通商，蓋寓相維相制之意。邇年英兵騷擾滇邊，不得不催英廷分界。憑仗聖主威福，並承總理衙門指示，俾臣相機妥籌，悉心商辦。西面則稍拓野人山內昔馬等地，暨收回鐵壁、天馬等關；南面則稍拓宛頂邊外之地，潞江以東科干之地，暨收回車里、孟連兩土司全權，邊圉既安，覬覦漸戢。但英人按照緬約第三款，催議商務，刻不容緩。今者八募設關一事，雖未就範，然因彼既允復翻，我得收回別項權利，似於防弊去損之道不無關係。加以大金沙江行船，乘便利於境外，播聲勢於寰中，似稍足變舊規而張國體。茲合界務商務約款共二十條，臣擬與英外部大臣勞偲伯力，剋日先將草約畫諾，以杜狡變。一面賫送總理衙門，俟奏明批准後，即可換約開辦。所有議定滇緬界務商務緣由，理合恭摺具陳，伏乞皇上聖鑒訓示。謹奏。

附陳大金沙江行船片 癸巳

再大金沙江，即譯音所謂厄勒瓦諦江，其上源發於印度、西藏，貫野人山全地及緬甸全境，蜿蜒曲折五六千里，入於南海，為中國西南邊外第一巨川。臣查雲南西境之潞江、瀾滄江，非不源遠流長，然溜急灘險，每多不便行舟之處，非若大金沙江之一律深通，可駛輪艦，轉輸便捷，利澤無窮。此次定約，中國之船可隨便在大金沙江往來行走，則形勝與英共之，利益與英分之，似亦綢繆邊務之要端。

從前滇西諸郡，僻在荒徼，距督撫所駐之地尚有一二月程，以致聲氣易阻，呼應不靈。京銅運路，尤形險遠。水陸轉遞，耗費不貲。今則八募既開商埠，輪艦由江入海，旬日間可達津滬。雲南西路礦務，似可漸營海運，以節糜費而昭迅捷。至於化瘠壤為奥區，聯遐陬於内地，端倪已見，明效可期，是在經理之得人耳。理合附片具陳，伏乞聖鑒。謹奏。

附陳酌定虎踞關以東界線片 癸巳

再臣前向英廷索還漢龍、天馬二關，繼查騰越八關，除太平江以北四關確在老界之内，今既劃得昔馬等地，則四關更有外障。惟太平江以南四關，非特漢龍、天馬，久淪異域，即鐵壁、虎踞二關，亦驟難審其實址所在。臣閱滇省所繪界圖，該二關皆在界線之内。意謂必無錯誤，遂告外部，應照原界劃歸中國。外部亦無疑義，並未狡辯。既而詳加考察，微聞虎踞、鐵壁早為緬甸所占，英人復屢加工程，綢繆穩固。英兵所守之界，越虎踞關而東者已數十里，越鐵壁關而東者亦六七里。英人漸自覺之，於是爭論始起。臣與儘力磋磨，外部始允將鐵壁關讓還中國。迨滇員尋覓虎踞、天馬二關，勘得虎踞關在岔于西十里，距八募五十餘里，距南碗河邊英人所指為中國邊界者八十里。天馬關則在西南，居猛密、邦欠兩山之間。英兵從關內山坡修路一條，以通緬屬之南坎。二關雖已久圮，關門營址尚存。詎印度總督異常狡悍，不肯讓地，外部從而附和之。據稱此關深入緬境，屬緬已百餘年，若中國索問此等舊地，則緬甸應索於中國者甚多，語意極為堅韌。

臣知英人不願我境逼近八募，英兵已多年扼守，欲令退讓，勢有所難。又思百餘年前，正直緬甸强横之時，中國藩屬，如孟拱、孟養、蠻暮、木邦、孟艮諸大土司，皆被吞併，則虎踞等關之入緬，當在斯時。今又與西洋强國為鄰，臣愚以為最要關鍵，莫若劃定界限，彼此截然，不相踰越。若爭必不可得之地，久懸莫定，門戶洞開，安知今日彼所指為我邊者，他日不復為彼內地，愈占愈進，後患奚窮？臣與訂明漢龍、天馬仍歸中國。惟漢龍關尚須查勘，如未深入緬境，自可通融讓還。天馬關內所築之路，彼稱係八募南坎往來要道，礙難隔斷。今議將新路歸中國，而於稍北一大路許其借用，以示通融。仍於條約嚴立限制，以防流弊。虎踞關雖不可得，亦稍劃地以償中國。一曰龍川江中之大洲，得此則自猛卯通漢龍關較形直捷。一曰蠻秀土司全地，得此則天馬關外更依大山以為固，似較近日滇邊所守之界有展無蹙矣。

至英人允讓野人山內昔馬等地，印度總督輒謂中國雖得此地，不過交盞達土司管理，土司力量豈能制服野人，仍恐出而為患，擾累英人，不如歸英控轄等語。臣欲杜彼狡謀，告以前經附片陳明，請我皇上敕下雲貴督臣，挨換約勘界後，派撥得力精兵數百名填紮昔馬，任撫綏彈壓之事，必不僅交土司管理。因又責以信義，不允翻悔，彼族始無異言。此臣相機了結之實情也，理合附片密陳，伏乞聖鑒。謹奏。

附陳密保洋員片癸巳

再自昔多事之秋，往往借材異國。秦用由余，晉用巫臣，吳用伍員，漢用金日磾，無不推誠倚任，得其死力，宏此遠謨。誠以鄰邦環伺，交涉多端，不收其儁，無以得敵國之情，不廣其助，無以應事機之變也。

查有英文二等參贊官、二品頂戴總領事銜英人馬格里，在駐英使館當差近二十年。前使臣曾紀澤與俄外部議結收回伊犂一案，與英外部議定洋藥加釐一案，馬格里皆在事出力。臣到任後，如新嘉坡改設總領事官，燕湖、武穴等處教案和平了結，議定會立坎巨提頭目以存兩屬體統，馬格里贊襄機要，均有成績。此次商辦滇緬分界通商，訂立條約，馬格里始終其事，惟以裨益中國為心。邇者俄爭帕米爾全地，馬格里探知英俄分界，以小帕米爾劃與英國，建議轉商英廷，俾讓還中國。如是則中國不至失勢，而帕事較易就範。

臣查馬格里忠於所事，勞勩不辭，研求利病，動合窾會。儻遇交涉要務需人之際，馬格里堪備任使，用其所長，必有明效可睹。理合附片密陳，伏乞聖鑒。謹奏。

保薦使才疏甲午

奏為保薦使才，以資造就而備任用，恭摺仰祈聖鑒事。

竊惟數十年來瀛環諸國，舟車相達，琛賮相輸。始而通商，繼而傳教，又繼而遣使。於是境壤則與彼毗連，條約則許彼通行，軍制則參彼規模，船械則仿彼製造。交涉之端日益廣，需才之事日益多，而握其大綱，泛應咸宜者，尤以豫儲使才為急務。當夫安危得失，事機呼吸之秋，無使才則口舌化為風波，有使才則干戈化為玉帛。平時遇事措注，利弊所倚，亦復動關全局。

臣愚以為使才之選，宜識形勢，揣事情，諳公法，究約章，其端甚多，其用甚殷。西洋諸國經理外務，莫不用專門名家，内則自外部司員薦升大臣，外則自隨員領事薦擢公使，往往數十年不改其途。惟其練之也久，故其審之也詳。伏念皇上御極之初，始議遣使東西洋諸國，敕令内外大臣各舉所知，聖謨廣運，備極周詳。祇以風氣初開，研求未至，中外所薦既屬寥寥，其官階較顯、聲望較著者，或頗憚於遠役，不欲自鬮，或稍謝於專長，未敢自信。每值更換之際，時虞選擇之艱。至若通事之流，非不諳究語言，難免沾染洋習；梯榮之士，非不高談時務，或僅掇拾緒餘。此輩舍短取長，祇任隨員翻譯，提挈綱領專倚使臣。惟是大猷不裕，不可濟艱難；大本不端，不足資矜式。以中國幅員之廣，聰明才傑之多，誠令導之有恒，養之以漸，庸詎不能勵彼豪儁，宏此遠謨。

臣竊思賢才薈萃之地，莫如翰林院衙門。國家設官初意，惟翰林不任以職事，蓋欲擴其器識，以待大用，冀其無事不習，無職不宜也。往者粤捻諸寇，勢燄甚張，賴曾國藩、駱秉章、胡林翼、李鴻章等，由翰林出膺鉅任，而大難以平。邇來翰林人員稍形擁擠，往往有通籍二十年未得一差，未轉一階者。誠由聖主俯念時艱，激勵俊彦，俾珍日力，共勉壯猶，則以黼黻之才出潤敦槃之色，以羽儀之選懋成樽俎之功，乘時建樹，誰曰非宜！導之豫斯儲之博，儲之博斯選之精。臣於翰林人員，熟識甚寡，偶知一二，謹陳梗概。

查翰林院編修曾廣鈞，係曾國藩之孫，曾紀澤之胞侄，才華卓越，博覽多識，經世籌略，尤所飫聞。方其年未弱冠，前大學士左宗棠與談洋務，竦然驚異，推獎甚至。翰林院編修江標，研究群書，好學不倦，留心時事，志趣卓然。翰林院編修王同愈，諳曉輿圖，兼涉西學，周歷邊塞，能耐勞苦。以上三員，年力均富，儻蒙敕下總理衙門存記，酌備出使之選，該員知有以自效，當奮寬閒之歲月，研遠大之經綸。即遲之一二十年，該員等資望彌深，器識彌宏，授以重職，必有明效。斯途既闢，賡續無窮。似亦聖主因時提倡，轉移氣運之要端也。

臣奉使歐洲，默察情勢，深知使才關繫頗鉅。有所見聞，不敢緘默，仍當隨時留心訪察，仰副朝廷旁求之意。所有保薦使才緣由，理合恭摺具陳，伏乞皇上聖鑒訓示。謹奏。

卷三

英吉利用商務闢荒地說見出使四國日記　庚寅

香港、新嘉坡，五六十年前皆棄壤也。西人經營商務，每闢荒地為巨埠，而英吉利尤擅能事，以英人於商務最精也。當締造之初，必審其地為水陸要衝，又有泊船避風之澳，有險要可以扼守，有平地可以建屋，於是招致商民，創闢市廛。未幾而街衢、橋梁、闤闠、園林，無不畢具。未幾而學堂、教堂、醫院、博物院，無不畢具。又未幾而電線、鐵路、礮臺、船塢，無不畢具。寖至商貨流衍，民物殷阜，輒與中國之上海、漢口相頡頏。

夫商為中國四民之殿，而西人則恃商為創國造家、開物成務之命脈，迭著神奇之效者，何也？蓋有商則士可行其所學而學益精，農可通其所植而植益盛，工可售其所作而作益勤，是握四民之綱者商也。此其理為從前九州之內所未知，六經之内所未講。西洋創此規模，實有可操之券，不能執崇本抑末之舊說以難之。

因思神農氏日中為市，交易而退，各得其所，以王天下；齊太公勸女紅，管子正鹽策，而諸侯斂袂朝齊。是商政之足以奔走天下，古之聖賢有用之者矣。蓋在太古，民物未繁，原可閉關獨治，老死不相往來。若居今日萬國相通之世，雖聖人復生，必不置商務為緩圖。儻以其為西人所尚而忽之，則以中國生財之極富，不數十年而漸輸海外，中國日貧且弱，西人日富且强，斯固西人所大願也。

西法為公共之理說見出使四國日記　庚寅

歐美兩洲諸國勃焉興起之機，在學問日新，工商奮績，而其絕大關鍵皆在近百年中。至其所以横絕寰宇而莫與抗者，不過恃火輪舟車及電線諸務，實皆創行於六七十年之内，其他概可知矣。今之議者，或驚駭他人之强盛而推之過當，或以堂堂中國何至效法西人，意在擯絕，而貶之過嚴，殆皆所見之不廣也。

夫西人之商政兵法、造船製器及農漁牧礦諸務，實無不精，而皆導其源於汽學、光學、電學、化學，以得御水、御火、御電之法。斯殆造化之靈機，無久而不洩之理。特假西人之專門名家以闡之，乃天地間公共之理，非西人所得而私也。中國綴學之士，聰明才力豈遜西人？特無如少年精力多縻於時文、試帖、小楷之中，非若西洋億兆人之奮其智慧，專攻有用之學，遂能直造精微。斯固無庸自諱，亦何必自畫也！

上古之世，制作萃於中華，自神聖迭興，造卦畫，造市易，造耒耜，造舟車，造弧矢，造網罟，造衣裳，造書契，當鴻荒草昧而忽有此文明，豈不較今日西人制作尤為神奇？特人皆習慣而不察耳！即如堯典之定四時，周髀之傳算術，西人星算之學未始不權輿於此。其他有益國事民事者，安知其非取法於中華也？昔者宇宙尚無制作，中國聖人仰觀俯察，而西人漸效之。

今者西人踵中國聖人之制作而研精不輟，中國又何嘗不可因之？若怵他人我先而不欲自形其短，是諱疾忌醫也。若謂追隨不易而慮始終不能勝人，是因噎廢食也。夫青出於藍而勝於藍，冰凝於水而寒於水；巫臣教吳而弱楚，武靈變服以滅胡。蓋相師者未必無相勝之機。吾又安知千百年後，華人不因西人之學再闢造化之靈機，俾西人色然以驚，睪然而企也！

赤道下無人才說 庚寅

光緒庚寅，福成出使泰西，乘輪船，駛大洋，越香港而西，歷觀西貢、新嘉坡、錫蘭諸巨鎮，知西人墾闢經營之效捷矣。然其土民蠢蠢與鹿豕無異，仍有榛狉氣象。即所見越南、暹羅、緬甸諸國人，及印度、巫來由、阿喇伯諸種人，無不面目黝黑，形體短小，以視中國人民之文秀與歐洲各國人之白皙魁健者，相去何懸絕哉！

余始悟南洋諸島國皆在赤道下，自古未聞有傑出之人才。獨其物產豐饒，如再熟之嘉穀，千尋之名材，暨夫沈香、檀香、荔枝、豆蔻、肉桂、金、銀、鉛、錫、水銀、丹沙，明珠、美玉、寶石、珊瑚、琥珀、金剛鑽，馴象、文犀、孔雀、翡翠、錦雞、大貝、瑇瑁之族，往往挺秀孕珍，以供天下不竭之用。蓋其四時皆如盛夏，陽氣發生無窮，故育萬〔一〕物為最宏。然天地精英，祇有此數，終歲舒而不斂，一洩無餘，所以人之筋力不能勤，神智不能生，頹散昏懦，末由自振。大抵造物之靈氣，鍾於物，不鍾於人也。人才既衰，雖有物產，不能自用，終古受制於人。今乃為歐羅巴諸國所蠶食，無一島能自立者。即如五印度地方萬里，在昔未聞有强盛之國。元明以後，蒙古剪之。近者英吉利鱭之。至瞿曇氏之所生長，竊意當在中北兩印度離赤道稍遠之地。雖錫蘭亦有佛跡，不過遊蹤偶到而已，且其教未能經緯區宇，究違聖人之中道，不足尚也。

大抵地球溫帶，為人物精華所萃。寒帶之極北，則人物不能生；熱帶之下，人物雖繁，而人才不生。而溫帶近寒帶之地，往往有鍾毓神靈，首出庶物者，則以精氣凝斂之故也。

【校】

〔一〕『萬』，原缺，據石印本補。

攻戰守具不用之用說 見出使四國日記　庚寅

今天下之製槍則有前門後門、單響連響之殊，製礮則有前膛後膛、銅鐵純鋼之異，礮臺則有明式暗式、泥土三合土鐵鑄之分，戰艦則有蚊船、雷船、碰船、快船、鐵甲船之異，其餘水雷則伏雷、行雷、桿雷、魚雷，體製不窮，火藥則炸藥、棉藥、餅藥、栗藥，新奇疊出。慘烈如此，耗費如此，造物將何以供其鐫鑱！

然風氣盛開，即在今三四十年。而此三四十年中，攻守戰爭之事轉少於昔日者，何也？諸國皆憚於先發也。往者泰西戰事，一曰英法助土攻俄之戰，一曰南北花旗之戰，一曰普法之戰。此三役者，皆在二三十年以前，或搆兵連年，或震動大局，而拿破侖之佳兵黷武，動以全國為孤注，又無論焉。近年則如俄、土之釁，智利、秘魯之爭，或鄰邦為之勸和，或搆難而即講解，故烽火之警稍靖焉，即兵民之禍亦稍紓焉。大抵昔之籌攻戰守具也較易，故其視攻戰守也亦較輕；今之籌攻戰守具也較難，故其視攻戰守也亦較重。且其費至繁，往往傾數十年之蓄積，以僥倖於勝負不可知之數，即使偶勝，已覺得不償失，智者所不為。其術至酷，偶一設想，猶為之心悸而神驚。若一朝逞忿，一念喜爭，糜爛數百萬生靈之命，仁者所不為。是故今之時勢，善為國家謀者，常以精籌攻戰守具為無形之攻戰守，初不必見之實事也。

竊嘗觀英、法、俄、德、美諸大國，不憚殫其人力物力，窮年累世，以求槍之靈，礮之猛，艦之精，臺之堅，迨各造乎其極而又無所用之。非不用也，殆以不用為用也。夫瀛環各國，平時互相考校，於槍礮艦臺之孰良孰楛，無不確有定評。一旦有事，則弱者讓於强者，强者讓於尤强者，殆必至之勢，固然之理。强者於攻戰守早有把握，未及發難，雖取千百里之地，索千百萬之餉而不難。弱者於攻戰守茫無把握，不敢輕試，則亦割地輸幣而有所不靳。且弱國即幸而偶勝，而弱固不足以敵强，於是慮大國有再舉之師，鄰邦有勸和之議，終於棄地受盟。如光緒戊寅、己卯之間，土耳其之於俄羅斯是也。

是故與其爭勝於境外，不如制勝於國中。蓋必平時精心營度，然後能操此無形之具。若不得已而用攻戰守，則已出於下策矣。然則居今世而圖立國之本，雖伊呂復出，管葛復生，謂可勿致意於槍之靈、礮之猛、艦之精、臺之堅，吾不信也。若夫修內政，厚民生，濬財源，勵人才，則又籌此數者之本原也。

論俄羅斯立國之勢 見出使四國日記　辛卯

俄羅斯一國，商務之旺不如英，水師之盛亦不如英；地產之富不如法，工藝之良亦不如法；陸師之練不如德，學問之精亦不如德。若是則俄當為歐羅巴諸國所弱矣，然而諸國畏之忌之者，何也？俄之地形，廣博無垠，以一面制三面，有長駕遠馭之威，居高臨下之勢，且曠土既多，以其地之產養其地之人而有餘，是得地利。秋冬結冰，入夏始解，雖有强兵猛將，不足以病俄，是得天時。俄之君權特重，非若他國有議院之牽制，且其開國較遲，純樸之氣未散，內外上下戮力壹心以圖遠略，是得人和。

夫俄立國之基，初與西洋諸國不同，故不必事事如西洋。而西洋且視為最强之國，各有瞠乎其後之勢。況俄自前皇彼得羅以來，慕效西洋政俗，講求製造，風氣日開。數十年後，商務未必不日旺，武備未必不日精，工藝未必不日良，學問未必不日新。以俄事事不如西國，尚擅最强之勢，若其諸務一旦與西國相頡頏，譬猶大江洪河，出三峽，下底柱，奔騰衝突於平原之地，浩浩湯湯，莫之能禦矣。此歐洲諸國所以長慮卻顧，隱憂莫釋者也。

夫俄不有事於天下則已，俄若有事於天下，東則中國與朝鮮當其衝，西則土耳其當其衝，中則印度當其衝。而余默察俄之隱謀，則注意印度為尤甚。然果使印度折而入於俄，則中國與土耳其亦豈能一夕甘寢？英之執政知俄之睥睨印度也，乃隨事而豫為之防。竊聞俄皇之論，亦頗躊躇審顧，不欲輕動，意在撫綏其人民，輯和其部族，墾闢其荒地，聯絡其邦交，沈機觀變，引而不發，固有虎豹在山之威。然後以其全力，生聚教訓，積至數十百年後，地廣人眾，勢力且十倍英德諸國，相機而動，縱橫四出，誰能阻之！

昔者戰國之初，六國合力擯秦，而秦得閉關息民，養精蓄鋭者數世，迨開關出師，六國從風而靡，自救不贍。俄之機勢，大與秦類。蓋積之愈厚，則基愈固，蓄之愈久，則勢愈雄。今日者，俄如多事，固天下之患也；俄竟息事，尤俄國之利也。然則中西各國將若之何？曰：盡其自治自强之道而已矣。若俄之所以自謀，則非他國所能與聞也。

再論俄羅斯立國之勢辛卯

歐羅巴諸國之畏俄羅斯，其事固灼然顯著矣。夫諸國所以尤畏之者，知其雖敗而不困也。昔者瑞典國王查理，材武過人，戰無不捷，嘗伐敗俄兵，取波蘭，進擣俄都，驟迷失道，為俄所乘，全軍熸焉，身困壤壂，復割芬蘭以講，瑞典至今削弱不振。法王拿破侖矜其雄略，嘗驅六十萬鋭師逴萬里，覆俄墨斯科都城。俄人斂兵不戰，遮遏險要，乘風縱火，別遣奇軍出間道以軼之。拿破侖狼狽退師，糧盡天寒，士卒飢凍，中塗崩潰，死亡略盡。未幾而俄皇率諸國之兵徑造巴黎城下矣。英法兩國助土攻俄之役，俄之礮臺兵艦，被燬實多，於是立約定盟，禁俄之水師不得駛入黑海。未及數年，俄人遽寒黑海之盟，英法且熟視而不能禁矣。

夫兩雄相扼，莫急於挫其鋒，乃挫之而俄不加損。設復為俄所挫，將若之何！莫難於破其都，乃破之而俄且益勁。設再為俄所破，將若之何！是故六國抑秦於函谷，而終無如秦何，則六國之併於秦也可決矣；項羽摧漢於彭城，而終無如漢何，則項羽之滅於漢也可卜矣；石虎侵逼慕容氏，而終不能取燕，則燕將反取趙地；慕容垂擊敗拓跋氏，而終不能傾魏，則魏將反傾燕國。此皆必至之事，固然之理，無待蓍蔡者也。何則？俄之為國，地廣人稀，冰雪堅沍，糧無可因，城無可據，得其地不能守，得其人不能用，故諸國不窺俄則已，窺之未有不敗者。而俄則因利乘便，恢拓疆土，方無虛日。此歐洲諸國所以慄慄危懼也。

兵法云：『先為不可勝，以待敵之可勝。』惟俄有之，非俄之君相所能自為，乃其形勢然也。或曰：『俄之兇黨，蘊其癉毒，朋謀揖志，冀革舊政。俄皇權力雖重，日夜慮炸藥飛彈之禍，可謂至危。俄民亦以所享權利不能與英法德諸國齊民齒，囂然喪其樂生之心，尚何能日加强盛哉？』答之曰：『余所論者國勢也，非國政也。俄之國政，寖久亦必改變，與英法德諸國相同。昔者田氏代齊，因其霸國餘烈，往往能與秦楚爭雄；西魏創府兵及租庸調法，歷周及隋，至唐太宗始收其大效。凡至强之國，其基定於數百年前，非必一姓之所為。則余所能衡量者，亦俄之國勢而已矣，遑計其他哉！』

西洋諸國導民生財說 辛卯

西洋富而中國貧，以中國患人滿也。然余考歐洲諸國，通計合算，每十方里每英方里合中國十方里居九十四人。中國每十方里，居四十八人。是歐洲人滿實倍於中國矣，而其地之膏腴又多不逮中國。以遜於中國之地養倍於中國之人，非但不至如中國之民窮財盡，而英、法諸國多有饒富景象者，何也？為能濬其生財之源也。

蓋西人於藝植之法，畜牧之方，農田水利之益，講求至精，厥產已頗勝於膏腴之地。其人多研礦學，審礦苗，興礦利，金銀銅鐵錫鉛煤之屬，日出不窮，是不但孳之地上，又鏟之地下矣。工藝之興，新奇日著，又能切於民生日用，質良價廉，為遐邇所必需，是不但不遺地力，又善用人力矣。商務為上下所注意，風氣既開，經營盡善，五洲萬國，無貨不流，各挾巨貲以逐什一之利，是不但鳩之境內，又輦自境外矣。凡諸要端，國家皆設官以經理之，又立法以鼓舞之。夫然則以歐洲之人，用歐洲之地，而其導民生財之道，殆不啻有三四歐洲也。且其人又善尋新地，天涯海角，無阻不通，無荒不墾。其民遠適異域視為樂土者，無歲無之。噫！彼以此法治民，雖人滿何嘗不富也，而況其能使不滿也。

若中國之礦務、商務、工務，無一振興，坐視民之困窮而不為之所，雖人不滿，奚能不貧也，而況乎日形其滿也。

論中國在公法外之害 壬辰

泰西有萬國公法一書，所以齊大小强弱不齊之國，而使有可守之準繩。各國所以能息兵革者，此書不為無功。然所以用公法之柄，仍隱隱以强弱為衡，頗有名實之不同。强盛之國，事事欲軼乎公法，而人勉以公法繩之，雖稍自貶以俯循乎公法，其取盈於公法之外者已不少矣。衰弱之國，事事求合乎公法，而人不以公法待之，雖能自奮以仰企乎公法，其受損於公法之外者已無窮矣。是同遵公法者其名，同遵公法而損益大有不同者其實也。

雖然，各國之大小强弱，萬有不齊，究賴此公法以齊之，則可以弭有形之釁。雖至弱小之國，亦得藉公法以自存。惟亞細亞東方諸國，風氣不同，政事不同，言語文字不同，初與公法有格格不相入之勢，而此書亦若未挈東方諸國在內。三十年來，日本、暹羅盡力經營，以求附乎泰西之公法。日本至改正朔，易服色，以媚西人，而西人亦遂引之入公法矣。中國與西人立約之初，不知萬國公法為何書，有時西人援公法以相詰責，秉鈞者嘗應之曰：『我中國不願入爾之公法。中西之俗豈能强同！爾述公法，我實不知。』自是以後，西人輒謂中國為公法外之國，公法內應享之權利闕然無與。如各國商埠，獨不許中國設領事官，而彼之領事在中國者，統轄商民，權與守土官相埒；洋人殺害華民，無一按律治罪者；近者美國驅禁華民，幾不齒中國於友邦。此皆與公法大相刺謬者也。公法外所受之害，中國無不受之。蓋西人明知我不能舉公法以與之爭，即欲與爭，諸國皆漠視之，不肯發一公論也。則其悍然冒不韙以陵我者，雖違理傷誼，有所不恤矣。

余嘗謂中國如有秦始皇、漢武帝、唐太宗、元太祖之聲威，則雖黜公法，拒西人，其何嚮而不濟？若勢有不逮，曷若以公法為依歸，尚不受無窮之害。秉鈞者初不料其一言之失，流弊至於此極也。近年以來，使臣出駐各國，往往援據公法為辯論之資。雖有效有不效，西人之舊習已稍改矣。往歲余殫竭心力，與英廷議定設立香港領事官，此可為風示他國張本，即可為隱抽昔日受虧條約張本。無如當事諸公有一二人挾私懷忌，出死力以阻之。余獨不解其是何肺肝？中國辦事之難一至於此，可勝歎哉！可勝歎哉！

西洋諸國為民理財說 壬辰

英吉利三島及法德等國，皆不過中國兩行省地耳，然其歲出歲入之款，大都在白金四五萬萬兩以外，不啻六七倍於中國。蓋諸國之取諸民也，百餘倍於中國矣。其在民家，畜一狗馬也有稅，置一器具也有稅，佩一環釧也有稅，而田產、房屋更無論焉。於商則既稅之於貨物，又稅之於市廛，又稅之於契票，而舟車之過關津者更無論焉。關稅有值百取四十、取六十者，甚有值百取百、取二百者。徵斂若此，民必不堪命矣。而民不甚以為病者，何也？以其取之於民，而仍用之於民也。

古者中國制用之經，每量入以為出。今之外國，則按年豫計國用之大者，而量出以為入。其入焉者，無不旋出焉者也。其出焉者，又無不旋入焉者也。余觀諸國出款，以水陸兵費為最鉅，實皆自養本國之民。他如養老濟貧之費，貧民子弟入學堂之費，歲支不下一二千萬兩，水陸兵丁贍老恤傷之費，文武官致仕後半俸之費，歲支亦不下一二千萬兩，用意可謂至厚。其或造一礮臺也，製一鐵甲船也，動費千百萬金，而金工、木工、石工、開礦之工、鎔煉之工無不獲利矣。築一鐵路也，通一電線也，動費千百萬金，而巧者、樸者、富者、貧者、學通格致者無不仰食矣。至如造一橋梁，闢一園林，而日收眾人之費，無不有所取償焉。起一師旅，興一水利，而責敵以酬兵費，勸民以增田賦，無不有所取償焉。且彼取諸貧民者較富民為輕，所以養護貧民者則甚備。平時謀國精神，專在藏富於商。其愛之也若子，其汲之也若水。蓋其綢繆商政，所以體恤而扶植之者，無微不至，宜其厚輸而無怨也。

大抵天地生財，欲其川流不息。苟有壅之而勿流者，造物惡之。如隋文帝之積粟於倉，明神宗之積金於庫，將有睨而思攘之者矣。若西洋諸國之為民理財，雖有重斂之實而無厲民之跡者，無他，以其能聚亦能散也。

使才與將相並重說壬辰

昔漢武帝詔舉茂才異等可為將相及使絕國者，使才與將相並重久矣。孔子亟稱子產，其相鄭以潤色辭命為功。管仲天下才，而平戎之役，文辭彬雅，為周天子所賓敬。秦漢而後，中國疆宇廣矣。即今日拓日遠，不能無與並立之國。有並立之國，不外戰守和三事。戰資乎將，守資乎相，和資乎使，殆有交相為用而不可闕者。且相臣主內政，使臣主外務，綏外則內方可治，外與內相表裏也；將臣尚武力，使臣尚文辯，辯勝則力可勿用，辯與力相補救也。是故有百年安邊之計定於三寸舌者，富弼之使契丹是也；有一介行李之馳賢於十萬兵者，陸賈之使南粤是也。

近數十年以來，火輪舟車，無阻不通，瀛環諸國，互為比鄰，實開宇宙之奇局。英、法、俄、德、美數大國，各挾勝勢以相陵相伺，彼與我通商、定界、立約，應之稍一不審，往往貽患無窮，而使臣之責乃益重。吾觀西洋諸國，或以宰相及外部大臣出為全權公使，或以大將軍及兵部大臣出為全權公使，其視將相與使臣無纖毫軒輊焉。

大抵使臣宣國威，覘敵勢，恤民瘼，宜與廟堂謀議翕然相通。至於造船、製礮之法，練兵、儲才之要，或考其新式，或偵其密計，以告我將帥而為之備，緊惟使臣是賴。是故，無賢相之識與度，不可以為使臣；無賢將之膽與智，亦不可以為使臣。夐乎艱哉！中國可膺此選者尚寡，安能應變而不受人侮？然非士大夫之才力不如西人也，亦在有權力者之開其風氣而已矣。

用機器殖財養民說壬辰

凡人用物，蘄其質良價廉。此情之所必趨，勢之所必至，非峻法嚴刑之所能禁也，非令名美譽之所能勸也，非善政溫辭之所能導也。西洋各國，工藝日精，製造日宏。其術在使人獲質良價廉之益，而自享貨流財聚之效，彼此交便，理無不順。所以能致此者，恃機器為之用也。有機器，則人力不能造者，機器能造之；十人百人之力所僅能造者，一人之力能造之。夫以一人兼百人之工，則所成之物必多矣。然以一人所為百人之工，減作十人之工之價，則四方必爭購之矣；再減作二三人之工之價，則四方尤爭購之矣。然則論所成之物，一人可兼十百；論所獲之價，一人可兼二三。加以四方之爭購其物，視如減十減百之便利，而謂商務有不殷盛，民生有不富厚，國勢有不勃興者哉？

中國人民之衆，十倍西洋諸國。議者謂廣用機器，不啻奪貧民生計，俾不能自食其力。西洋以善用機器為養民之法，中國以屏除機器為養民之法。然使行是說也，必有人所能造之物而我不能造者，且以一人所為之工必收一人之工之價，則其物之為人所爭購，必不能與西人之物相抗也明矣！自是中國之貨，非但不能售於各國，並不能售於本國；自是中國之民，非但不能自食其力，且知用力之無益，亦遂不自用其力；自是中國之民，非但不能成貨以與西人爭利，且爭購彼貨以自供其用而厚殖西人之利。然則商務有不衰歇，民生有不凋敝，國勢有不陵替者哉？是故守不用機器調濟貧民之說者，皆饑寒斯民困厄斯民者也。此從前閉關獨治之說，非所施於今日也。

必也研精機器以集西人之長，兼盡人力以收中國之用，斟酌變通，務使物質益良，物價益廉。如近年日本之奪西人利者，則以中國之大，何圖不濟？余觀西洋用機器之各廠，皆能養貧民數千人，或數萬人。蓋用機器以造物，則利歸富商；不用機器以造物，則利歸西人。利歸富商，則利猶在中國，尚可分其餘潤以養我貧民；利歸西人，則如水漸涸而禾自萎，如膏漸銷而火自滅，後患有不可言者矣。

治術學術在專精說壬辰

中國上古之世，賢者與民並耕而食，饔飧而治，孟子譏其以大人小人之事並而為一。蓋鴻荒樸略之時，文明尚未啟也。厥後耕織、陶冶之事不能不分，分之愈多，術乃愈精。是故以禹之聖而專作司空，皋陶之聖而專作士，稷契之聖而專作司農司徒，甚至終其身不改一官，此唐虞之所以盛也。管子稱天下才，其所以教民之法，不外士之子恒為士，農之子恒為農，工之子恒為工，商之子恒為商，此齊國之所以霸也。宋明以來，漸失此意。自取士專用時文試帖小楷，若謂工其藝者即無所不能，究其極，乃一無所能。仕於京者，忽戶部，忽刑部，忽兵部，迄無定職。仕於外者，忽齊魯，忽吳楚，忽蜀粵，迄無定居。忽治河，忽督糧，忽運鹽，亦迄無定官。夫以古之聖人，所經營數十年而不敢自謂有成效者，乃以今之常人，於歲月之間而望盡其職守，豈不難哉！

泰西諸國，頗異於此。出使一途，由隨員而領事，而參贊，而公使，薦升為全權公使或外部大臣，數十年不改其用焉。軍政一途，由百總而千總，而都司，而副將，薦升為水陸軍提督或兵部大臣，數十年不變其術焉。他如或嫺工程，或精會計，或諳法律，或究牧礦，皆倚厥專長，各盡所用，不相攙也，不相撓也。士之所研，則有算學、化學、電學、光學、聲學、天學、地學及一切格致之學，而一學之中又往往分為數十百種，至累世莫殫其業焉。工之所習，則有攻金、攻木、攻石、攻皮、攻骨角、攻毛羽及設色搏埴，而一藝之中又往往分為數十百種。即如造礮，攻金之一事也，而礮膛、礮門、礮彈、礮架，所析不下數十件，各有專業而不相混焉。造船，攻木之一事也，而船板、船桅、船輪、船機，所分不下數十事，各有專家而不相侵焉。所以近年訂購船礮，每由承辦之一廠向諸廠分購各料，彙集成器，而其器乃愈精。

余謂西人不過略師管子之意而推廣之，治術如是，學術亦如是，宜其驟致富强也。中國承宋明以來之積弊，日趨貧弱，貧弱之極，恐致衰微。必也籌振興之善策，求自治之要圖。亦惟詳考唐虞以後宋明以前之良法，而漸擴充之，而稍變通之，斯可矣。

考舊知新說壬辰

吾聞西人之言曰：『華人尚舊，西人尚新。』蓋自憙其能創一切新法以致富强，而微諷中國不知變計也。詎知不忘舊，然後能自新，亦惟能自新，然後能復舊。夫日月，日新也，而容光之照，萬古如舊； 流水，日新也，而就下之性，萬古如舊。

西人敹械，所以能參造化精微者，亦本前人已闡之學，屢研而益進耳，並非一旦豁然超悟，驟得無上之祕訣也。即如中國上古之世，繼天立極之聖人，應運迭興，造卦畫，造市易，造網罟，造耒耜，造舟車，造弧矢，造衣裳，造書契，能使鴻荒氣象一變為宇宙之文明。蓋新莫新於此矣。其化由東而西，至今西學有東來之法，是能新中國，並能新及遐方殊俗者，莫中國之聖人若也。降及近古，中國之病，固在不能更新，尤在不能守舊。即以制器一端而論，惟黄帝、周公之指南車，民間尚知造鍼之法。外此如考工記所論，暨公輸般之攻具，墨子之守具，張衡之渾天儀，諸葛亮之木牛流馬，杜預之河橋，早已盡失其傳。藉令因其舊法，相與潭思竭能，庸詎不能出西人上乎？ 夫惟其輕於忘舊，所以阻其日新也。

竊嘗旴衡時局，參覈至計，為以兩言決之曰：『宜考舊，勿厭舊；宜知新，勿騖新。』

南洋諸島致富强說壬辰

南洋諸大島，星列棋置，固有千餘年前入貢中國，自齒外藩，迄今轉式微者，亦有亘古荒穢，廣莫無垠，人跡不到者。自西人相繼南來，占踞諸島，僅閱一二百年，而疆理恢闢，民物蕃昌，無不有蒸蒸日上之勢。將謂恃西人之經理乎？則離其本國數萬里，究竟來者不甚多也。謂藉土人之奮興乎？則狉獉之俗，囿於方隅，風氣未大開，智慧未盡牖也。然則其所以漸樹富强之基者，不外招致華民，以為之質榦而已矣。

大抵古今謀國之經，强由於富，富生於庶，所以昔人有生聚教訓之說。然謀庶富而欲自生之，自教之，已覺其迂矣。今彼乘中國之患人滿，而鳩我閒民闢彼曠土。數十萬人，無難驟集也，不待生也。中國之人，秀者，良者，精敏者，勤苦耐勞者，無不有之，稍以西法部勒之，而成效自著矣，非若土人之顓蒙難教也。西人所留意經營者，惟聚之之法而已矣。泰西諸國用此術者，獨英人為最精，自香港、新加坡，以及北般烏、澳大利亞，皆能驟變荒島為巨埠。荷蘭、西班牙亦知華民之可用，始則勉招之，繼則虐待之，甚有羈禁之使為奴，誘脅之使入籍者，而其功效乃終遜於英遠甚。然所以能自立於南洋者，莫非藉華民力也。

余嘗考越南、暹羅、柬埔寨等國，雖往往多受西人約束，而貿易、開礦諸利權，華人操之者六七，西人操之者二三，土人則闃然無與焉。至若呂宋、噶羅巴、婆羅洲、蘇門答臘、澳大利亞等處，商礦種植之利，華人約占其大半。惜乎受人統轄，中國又無領事官以保護之，以至失勢被侮。若使中國仿西人之法，早為設官保護，則南洋諸島之利權未嘗不隱分之。惜乎失機者數十年，一旦覺悟，已多牽制。惟英之屬島已允我設領事官，而當事者猶以費絀為辭，不願多設。是中國有可富可强之機而不知用也，亦終於貧弱而已矣，謂之何哉？

澳大利亞可自强說壬辰

往嘗論南洋諸島，終古不生人傑，至今為西人所鈐制，亦必終古無自立之時。以其地在赤道下，有發洩而無收斂，生人皆頹散昏懦，才智不生也。若數百年後，可以興人才，可以張國勢者，其惟澳大利亞乎？

澳大利亞一洲，職方外紀謂之第五大洲；海國聞見錄所繪之圖，署曰人跡不到處；瀛環志略稱其地亘古窮荒，不通別土。明代西班牙人始尋得之，荷蘭、法蘭西旋據旋棄，最後英吉利得之。謂其地廣莫無垠，百餘年後當成大國，南洋諸島當聽役屬如附庸，於是極意經營墾闢。迄今氣象振興，其言果大驗矣。

大抵地在溫帶，非極寒極熱之區，如亞洲之中國、日本，及歐洲、美洲諸大國，氣運循環，周流往復，無不可以盛、可以衰而復盛。惟寒帶、熱帶之下，則無望焉。澳大利亞實與南洋諸島不同，地處極南，其北境雖稍近赤道，其中路及南境已在南黃道之下，實與中國之吳越、楚蜀相等。惟五六月則為彼之嚴寒，十一二月則為彼之盛暑，不過互易其序耳。而天氣和平，土脈膏腴，固大可有為之地也。

此地雖為英吉利所開闢，然西人居此者尚不甚多，土人則昏蒙樸陋，風氣究未大開。是以種植商礦之權半為華人所操，西人與土人雖皆忌之，而終不能盡驅之也。

澳洲如有自强之一日，其必華人之種也夫，其必華人之種也夫！

槍礮說上 壬辰

自槍礮興而弓矢戈矛之術廢，戰陣勝負之數與前迥殊，即所以論將才者亦異。古之將才傑出者，如項羽之拔山扛鼎，其氣固蓋一世矣。至若漢之黥彭，蜀之關張，唐之褒鄂，明之常遇春、傅友德等，皆以武勇顯名於時，奮建奇績。即岳武穆將才天挺，百戰百勝，而其武藝絕倫，亦實非一時諸將所及。夫戰，勇氣也。故自古恃勇而勝者，十常七八。今之決戰則不然。設以虓猛絕倫之將，而遇快槍精礮，不能不殞於飛鉛之下。雖拔山扛鼎之雄，亦奚益哉？往者粵寇之亂，將才輩出，塔、羅、楊、彭、多、鮑諸公，出百死，入一生，撤去捍蔽，立群子最密之處而不避，用能累戰累捷。語人曰：『礮固有眼，不吾傷也。』此亦倡勇敢之一法。然究當聽命於天，不盡以人事為勝負。且當時粵寇所用，不過中國舊式槍礮耳，否則西人所廢棄之槍礮耳。若有今日至精之槍礮，恐應之之法又稍不同。

居今日而論將才，不外籌款之裕，鳩工之良，取法之精，操練之勤。四者備矣，善用之則勝，不善用之則敗。智勇固不可闕，所以用厥勇者不同矣。若夫恩威兼濟，信賞必罰，法令簡肅，實用兵機要所最先。此又古今不變，中外不變者也。

槍礮說下 壬辰

泰西諸國槍礮之精，不越四端，曰力之猛也，發之速也，擊之準也，至之遠也。諸國竭其才力物力，苦心經營者數十年，遂於猛速準遠四大端各有極至之處。今其儁士巧工，覃精研思者尚未已也。或謂果若此，則西國四端之精進將終無已時，恐復閱數十年，今日所謂精槍利礮又成廢物矣。余謂不然。凡物生長，各有止境。人之長，七八尺而止。象犀馬駝之巨，逾丈而止。千年古木，高數百尋而止。西國槍礮，殆已止於極至之境，末由再精之時也。

何以言之？今日至精至利之槍礮，如欲再加其猛，必有轉移重滯之病，有不能多開之病；如欲再加其速，必有子藥驟竭之病，有不暇命中之病；如欲再加其準，必有運掉不靈之病，有應機遲鈍之病；如欲再加其遠，必有目力不及之病，有子力墜下之病。是故欲加一端之勝，或反為三端之累。且過求一端之勝，亦必勢有所窮，利不勝害。此余所以決今日之猛速準遠為不能不止之境也。若夫隨宜而變通之，相機而損益之，蓋造者用者無時可已之事，乃其範圍固莫能軼矣。

或問：『百世以下，事久而術遷，機熟而智生，儻能別創新法以制槍礮，則槍礮可終廢乎？』答之曰：『理固有之。然此究在百世下，非余所能懸揣也。』

李德裕納維州降將論癸巳

唐文宗太和五年，吐蕃將悉怛謀以維州來降，西川節度使李德裕遣兵據其城，具奏其狀。下尚書省集議，皆請如德裕策。宰相牛僧孺謂徒棄誠信，有害無利。詔以維州及悉怛謀等歸於吐蕃。吐蕃誅之境上，備極慘酷。當時公論，咸以快虜心，絕降者，尤僧孺失策。涑水司馬氏以義利為辨，以維州與關中緩急為衡，深是僧孺而非德裕。致堂胡氏以維州本唐故地，謂僧孺用小信妨大計，德裕以大義謀國事。

薛子曰：固哉！司馬公之言。偉哉！胡氏之識也。衢有虎，已踞我大門，有人奮梃逐之，反怒逐者，謂恐攖虎怒，闖我室也。暴客入富家，發匱胠篋，贓物累累，有小盜以一物自首，反執小盜及贓物歸之大盜。曰：『吾受之，恐失盜驩也。』如是而全家不覆於盜者鮮矣！吐蕃為患於唐，猶猛獸、盜賊也，素無信義，以和款唐，侵暴不已。渾瑊與盟平涼，即謀執瑊以侵唐。其後屢和屢入寇。為唐計者，當絕和議，籌全局，甄拔賢將分布關中諸鎮，威制吐蕃，策之上也。即或多事之秋，未遑外攘，亦祇宜相機度勢，稍以金帛羈縻之。彼不悉返侵地，無弛備尋盟之理。盟亦萬不足恃，徒授吐蕃蹈瑕進取之機耳。唐之宰相，若張延賞、崔植、杜元穎、牛僧孺輩，庸瑣無謀，瞢於遠略，保祿充位，僅以議和上誤其君，外冀强虜之見哀而稍戢寇虐，拘牽文義，瞠目拱手，甘令堅墉奧區、阨塞名關相次淪没。若越人視秦人之棄敝屣於路隅，漠焉無槩於其心。自秦隴以西，訖於河湟，暨蜀右壤，悉為異域，一出國門，已多戰壘，皆庸相不事事以致之也。夫德裕之復維州，圖國之忠謀也。吐蕃陰謀三十年，始得此城，遂能併力內侵，馮陵郊甸。一旦空壁來歸，坐收千餘里舊地，非德裕奮威訓戎，苦心經營，曷克臻此！僧孺欲敗其功，創為不三日至咸陽橋之危辭以怖文宗，不思當時南蠻震懾，山西八國皆願內屬，吐蕃驟失門戶，酋豪猜貳，內變將作，以德裕才略，用西川之眾，扼其吭而拊其背，使彼自顧不暇，奚敢侵軼關中？若云責唐敗盟，則前一年圍唐魯州，吐蕃已自敗之矣。僧孺藉口信義，意不在信義也。司馬公從而和之，不亦傎乎？

吾謂考覈古人之事，當論其心，亦論其才。德裕之心，在張國勢，鞏邊防，人所共知也。僧孺之心，不過齮齕德裕，欲沮其入相之路，置國計軍謀於不恤，亦人所共知也。且文宗果憂吐蕃，儻召德裕而相之，必能運籌決勝，制馭四夷，於其相武宗知之矣。僧孺雍容高論，玩愒歲月，妨賢病國，於其相穆宗、文宗知之矣。司馬公不此之察，空為義利之辨。吾不解，僧孺之義，謂媚戎邪？豢寇邪？德裕之利謂扞邊邪，庇民邪？推是説也，勢不使唐之土地盡入於吐蕃不止。抑吾又思之，古人論古，皆有所為而言。司馬公懲章惇种、諤徐禧等之開邊搆釁，荼毒生靈，冀以正議感悟神宗。胡氏睹汪黄、秦檜輩之媢嫉賢臣，虛張敵勢，脅和誤國，置中原於度外，引孔子不徇蒲人要盟之義，鍼砭南宋君臣。言非一端，各有所當。然後知尚論古人者，先論其世，而玩尚論古人者之言，亦必先論其世。讀書者慎毋以前儒一時之褒譏定古人之是非，亦毋以尚論一事之是非概前儒之賢否，則幾矣。

論不勤遠略之誤癸巳

昔辛孔譏齊桓公不務德而勤遠略，後世庸慣避事者流，藉為畏難自恕之辭，而天下益以多事。不知桓公之病，在暮年多欲，內政不修。管仲死而賢才衰，內寵多而群小進。葵邱之會，雖稱極盛，亂機已兆。則不務德一語足以概之。蓋非遠略之不當勤，正因不知修德，無以立遠略之基也。且桓公居方伯之任，尊周攘夷乃其職耳。獨惜其德量不宏，見小欲速，昧於遠者大者，則君子不能無病焉。

竊嘗以謂古今事變不同，即所以御之者亦異。齊桓公之時，當北伐山戎，南伐楚，勢也，不得謂之遠也。漢武帝之時，當攘匈奴，開滇粵，運也，不得謂之遠也。唐太宗之時，當翦突厥，撫回鶻，權也，不得謂之遠也。迨元太祖，囊括俄羅斯，席捲五印度，餘威震於歐羅巴，遠則遠矣，何嘗非審乎機以奮厥武哉？今者環瀛五洲，近若戶庭；通商萬國，邇於几席。任事者尤當高視遐矚，恢張宏猷，然後有以導其竅，持其變。

數十年來，中國不勤遠略之名，聞於外洋各國，莫不欲奪我所不爭，乘我所不備，瞷瑕伺隙，事端遂百出而不窮。夫惟不勤遠略，是故琉球滅而越南隨之，越南削而緬甸又隨之。其北則黑龍江以南，烏蘇里河以東，勘界一誤，蹙地五千里。其西則布哈爾、布魯特、哈薩克、浩罕諸回部，盡為俄羅斯所吞併，而哲孟雄、什克南、廓爾喀諸部，皆服屬於英吉利。即朝鮮之近居肘腋，臺灣之列在屏藩者，亦恒啟他國眈眈之視。夫惟不勤遠略，是故香港、西貢、小呂宋、噶羅巴等處，各有數十萬華民，而不能設一領事。美屬之三藩謝司戈，英屬之澳大利亞，華民皆自闢利源，而無端失之，反受他人驅逐。

夫惟不勤遠略，是故商務無一船越新嘉坡而西，小呂宋而南者，而兵船遊歷，亦不踰此。出使大臣，或瞢然於條約之利病，而不知久遠之計。封疆大吏，或惘然於邊防之得失，而惟偷旦夕之安。以此應敵，以此立國，其不至召寇納侮者幾希。邑有富人，擅陂田之利，天雨，湖水溢，隄將壞，或告之曰：『隄壞，田必没，盍築諸！』富人曰：『隄去吾田遠，何築為！』無何隄果壞，田盡没，年穀不登，家以驟貧。彼富人固知田之當護，而不知不護隄之不能護田也。

嗚呼！時局之艱危甚矣，强鄰之窺伺深矣。當事者漫不加察，苟圖自便，玩愒歲時，猶偃然曰：『不勤遠略也。』此之謂無略，此之謂舍遠而不知謀近，此之謂任天下事而不事事！

論公司不舉之病 癸巳

蓋嘗閲製器之廠矣，鑄千鈞之鐵為大錘，運機一擊，無剛不柔。假令其錘減輕四五，則雖日役千人，閲歲逾時，而器有不能成者矣。又嘗乘渡海之艦矣，采十拱之木為大桅，張帆駕風，日駛千里。假令其桅減小四五，則雖廣集篙師，船堅風順，而程有不能進者矣。夫人之生於天地間也，固無不可為，無不可成，所以能與天地參。然制事御物之機勢，充其量則以一勝百，減其力則雖有若無。淮南子曰：『千人之群無絶梁，萬人之聚無廢功。』迄於今日，西洋諸國，開物成務，往往有萃千萬人之力而尚虞其薄且弱者，則合通國之力以為之，於是有鳩集公司之一法。官紳商民，各隨貧富為買股多寡，利害相共，故人無異心，上下相維，故舉無敗事。由是糾衆智以為智，衆能以為能，衆財以為財。其端始於工商，其究可贊造化。盡其能事，移山可也，填海可也，驅駕風電，制禦水火，亦可也。有拓萬里膏腴之壤，不藉國帑，藉公司者，英人初闢五印度是也。有通終古隔閡之塗，不倚官力，倚公司者，法人創開蘇彝士河是也。西洋諸國所以横絶四海，莫之能禦者，其不以此也哉？

中國地博物阜，迥異諸國。前此善通有無者，有徽商，有晉商，有秦商，皆以忠實為體，勤儉為用，亦頗能創樹規模，相嬗不變者數世，而於積寡為多，化小為大之術尚闕焉。邇者中外通商，頗仿西洋糾股之法。其經理獲效者，則有輪船招商局，有水陸電報局，有開平煤礦局，有漠河金礦局。然較外洋公司之大者，不過什百之一耳。氣不厚，勢不雄，力不堅，末由轉移全局。曩者滬上群商亦嘗汲汲以公司為徽志矣。貿然相招，孤注一擲，應手立敗，甚且乾没人財為飲博聲技之資，置本計於不顧，使天下之有餘財者相率以公司為畏塗。非但西洋絶大公司終無可冀倖之一日，即向所謂招商、電報、開礦三四局者，亦遂畫於前基，難再蘄恢張之策。如此而望不受制於人，其可得乎？

夫外洋公司所以無不舉者，眾志齊，章程密，禁約嚴，籌畫精也；中國公司所以無一舉者，眾志漓，章程舛，禁約弛，籌畫疏也。四者俱不如人，由於風氣之不開。風氣不開，由於朝廷上之精神不注。西洋舊俗，各視此為立國命脈，有鼓舞之權，有推行之本，有整頓之方，明效應之，捷於影響。中國驟行此法，無力者既瞢然試之，當軸者輒憆然置之，風氣豈有自開之理？是故風氣不變，則公司不舉。公司不舉，則工商之業無一能振。工商之業不振，則中國終不可以富，不可以强。

振百工說癸巳

古者聖人操制作之權以御天下，包犧、神農、黄帝、堯、舜、禹、周公，皆神明於工政者也。故曰備物致用，立成器以為天下利，莫大乎聖人。聖人之制，四民並重，而工居士農商之中，未嘗有軒輊之意存乎其間。虞廷颺拜，垂殳斨伯與，與皋、夔、稷、契同為名臣。周禮冬官雖闕，而考工一記，精密周詳，足見三代盛時工藝之不苟。周公製指南鍼，迄今海内外咸師其法。東漢張衡，文學冠絶一時，所製儀器，非後人思力所能及。諸葛亮在伊吕伯仲之間，所製有木牛流馬，有諸葛燈，有諸葛銅鼓，無不精巧絶倫。宋明以來，專尚時文帖括，舍此無進身之塗，於是輕農工商而專重士。又惟以攻時文帖括者，為已盡士之能事，而其他學業瞢然罔省。下至工匠，皆斥為粗賤之流。寖假風俗漸成，竟若非性粗品賤，不為工匠者，於是中古以前智創巧述之事闃然無聞矣。

泰西風俗，以工商立國。大較恃工為體，恃商為用，則工實尚居商之先。士研其理，工致其功，則工又必兼士之事。吾嘗審泰西諸國勃興之故，數十年來，何其良工之多也！鐵路火車之工，則創其説者曰羅哲爾，曰諸爾德，而後之研求致遠者，不名一家。火輪舟之工，則引其端者曰迷路耳，曰代路爾，曰塞明敦，而後之變通盡利者，不專一式。電報之工，最闡精微者則有若嘎刺法尼，若佛爾塔，若倭斯得，若阿拉格，若安貝爾。鍊鋼之工，最擅聲譽者則有若西門子，若馬丁，若別色麻，若陪爾那，若回特活德。製槍之工，則有若林明敦，若呍者士得，若毛瑟，若亨利馬梯尼。製礮之工，則有若克魯伯，若阿模士莊，若荷乞開司，若那登飛。其他造船、造鋼甲之工，則有德之伏爾鏗，英之雅羅，法之科魯蘇。造魚雷、造火藥之工，則有奥之懷台脫，德之刷次考甫，德之杜屯考甫泰西以人姓為人名。自鍊鋼以下，大抵以人名為廠名，即以廠名為物名者居多。當其創一法，興一廠，無不學參造化，思通鬼神。往往有讀書數萬卷，試練數十年，然後能為亘古開一絕藝者。往往有祖孫父子積數世之財力精力，然後能為斯民創一美利者。由是國家給予憑單，俾獨享其利，則千萬之巨富可立致焉。又或奬其勳勞，錫以封爵，即位至將相者莫不與分庭抗禮，有欿然自視弗如之意，則宇宙之大名可兼得焉。夫泰西百工之開物成務，所以可富可强，可大可久者，以朝野上下敬之慕之，扶之翼之，有以激勵之之故也。

若是者，人見謂與今之中國相反，吾謂與古之中國適相符也。中國果欲發憤自强，則振百工以前民用，其要端矣。欲勸百工，必先破去千年以來科舉之學之畦畛，朝野上下皆漸化其賤工貴士之心，是在默窺三代上聖人之用意，復稍參西法而酌用之，庶幾風氣自變，人才日出乎！

海關徵税叙略癸巳

總税務司赫德屬駐英税務司金登幹送來光緒十八年海關貿易總冊，余受而閲之，條分件繫，經緯分明。是年徵税之數，凡進口正税銀四百五十九萬餘兩，出口正税銀八百二十五萬餘兩，復進口半税銀八十二萬餘兩，洋藥税銀二百二十八萬餘兩，船鈔銀三十八萬餘兩，内地半税銀四十七萬餘兩，洋藥釐金銀五百六十六萬餘兩。以上七項，都二千二百六十八萬餘兩。比較十七年，絀十六萬九千餘兩。比較十六年，贏六十九萬三千餘兩。若就各關所徵七項銀分計之，江海關徵銀六百三十七萬餘兩，粤海關徵銀二百三十四萬餘兩，江漢關徵銀一百八十九萬餘兩，閩海關徵銀一百六十八萬餘兩，潮海關徵銀一百四十八萬餘兩，浙海關徵銀一百二十五萬餘兩，九江關徵銀一百零四萬餘兩，廈門關徵銀九十七萬餘兩，蕪湖關徵銀七十萬餘兩，津海關徵銀六十九萬餘兩，淡水關徵銀六十三萬五千餘兩，鎮江關徵銀六十三萬一千餘兩，山海關徵銀五十四萬餘兩，九龍關徵銀四十七萬餘兩，臺南關徵銀四十四萬餘兩，拱北關徵銀三十八萬餘兩，東海關徵銀三十三萬餘兩，北海關徵銀二十五萬餘兩，重慶關徵銀二十萬餘兩，宜昌關徵銀十一萬餘兩，瓊海關徵銀九萬八千餘兩，蒙自關徵銀七萬三千餘兩，甌海關徵銀三萬六千餘兩，龍州關徵銀一千七百餘兩。以上二十四關徵收之總數，即前七項徵收之總數。

近年滬粵等關收數所以益旺者，以洋藥釐金歸併之故；閩漢等關收數所以漸減者，以茶葉銷路日衰之故。綜計是年，進口洋貨價銀一萬三千五百十萬餘兩，進口正稅並洋藥稅得銀六百八十八萬餘兩，覈諸值百抽五之數，無大懸殊。然洋藥釐金，固尚不在內也。出口土貨價銀一萬零二百五十八萬餘兩，出口正稅得銀八百二十五萬餘兩，已逾值百抽八之數，與所謂值百抽五者不符，則以土貨之價已大減於初定稅則之時之價。蓋絲茶二者為之也。

余嘗考財用盈虛之故矣，大凡土脈膏沃，物產充羨，壤博民殷，商貨所趨，如水歸壑，則稅可贏。又或衆力勤劬，工藝精良，流貤日廣，為遐方日用所必需，則稅可贏。又或地雖磽瘠，專產一物，如絲如茶，居民恃為恒業，遠人聞而欣羡，則稅可贏。又或綰轂通衢，因利乘便，官山府海，發天地自然之藏，都泉布輸寫之會，則稅可贏。此數者貴審其地形，開其風氣，尤視大水之經緯脈絡以定群商之輻湊與否。夫上海扼長江之要，故稅最多；廣州扼粵江之要，故次之；漢口扼漢江之要，福州扼閩江之要，故又次之。北方之水，溜急沙淤，不便行舟，故雖以黃河之大且長，獨無榷稅極盛之關。夫殖財之源，雖因地勢，亦隨人事天時而變焉者也。核其所徵之稅，而地之衝僻，民之貧富，物之旺衰，歲之豐歉，俱可借以考鏡焉。余故摘紀其大略如此。

海關出入貨類叙略癸巳

光緒十八年，進口洋藥價銀二千七百四十一萬餘兩，洋布、羽綾、棉紗、棉線價銀五千二百七十萬餘兩，呢羽、嗶嘰、氈絨價銀四百七十九萬餘兩，鋼、鐵、銅、鉛、錫價銀七百十三萬餘兩，米價銀五百八十二萬餘兩，煤油價銀五百零四萬餘兩，海貨價銀五百二十萬餘兩，煤價銀二百萬餘兩，自來火價銀一百四十二萬餘兩，其餘雜貨價銀各數十百萬兩不等。都洋貨價銀一萬三千五百十萬餘兩，而紗布、呢羽等幾居進口貨價之半，洋藥亦幾居四分之一。為中國計，宜設方略，漸杜洋藥來源，而勸導商民仿洋法織布紡紗，尤為第一要義。其次開礦，其次鍊鐵，其次仿織呢羽、氈絨，其次仿造自來火及製煉煤油。風氣既開，而致富之能事盡此矣。

出口絲繭價銀三千零三十四萬餘兩，綢緞價銀七百九十六萬餘兩，茶價銀二千五百九十八萬餘兩，棉花價銀五百零八萬餘兩，草帽緶價銀二百零五萬餘兩，糖價銀二百零七萬餘兩，紙價銀一百五十七萬餘兩，席價銀一百二十九萬餘兩，豆價、爆竹價銀各一百十八萬餘兩，瓷器、窑器價銀一百零八萬餘兩，其餘雜貨價銀各數十百萬兩不等。都土貨價銀一萬零二百五十八萬餘兩，絲茶兩項為大宗，幾占土貨價十分之六。如欲整頓土貨，仍須注力絲茶，庶能握其綱領。其餘如棉、糖、紙、席、草帽緶等物，苟能隨事講求，隨時整理，亦有大益。此外土貨，俟鐵路開通，必有於無意中暢銷如草帽緶之類者矣。

竊查光緒元、二年間，出入口貨，約略足以相抵。今以出貨與入貨相比較，中國虧銀至三千二百五十餘萬兩之多，何哉？近兩年中，洋布、洋紗進口之價，逾於元、二年間之價約三千數百萬兩，則中國虧銀，皆紗布暢銷為之也。從此中國織婦機女束手飢寒者，當不下數千萬人。豈細故哉！而謂導民織布紡紗尚可緩乎哉？抑余又聞紡紗之效逾於織布。日本通國經營，已獲厚利。即華民自織之布，亦樂購用洋紗，以其價廉質良而易售也。故華商偶設一二紡紗之廠，亦無不獲利者。然則有提倡之責者，盍勸商民購機設廠，先仿洋法紡紗，以蘄漸及織布乎？

海關出入貨價叙略 癸巳

是年貨由英國運到者，值銀二千八百八十七萬餘兩；香港運到者，值銀六千九百八十一萬餘兩；印度運到者，值銀一千三百八十六萬餘兩；新嘉波運到者，值銀一百九十一萬餘兩；澳大利亞、大浪山、加那大運到者，值銀一百零一萬餘兩。以上英國及英屬地來貨，都值銀一萬一千五百四十八萬餘兩。由中國運之英國，之香港，之印度，之新嘉坡，之澳大利亞、大浪山、加那大者，都值銀五千五百七十八萬餘兩。出入相較，中國虧銀五千九百七十萬兩。

貨由美國運到者，值銀六百零六萬餘兩。由中國運之美國者，值銀一千零七十八萬餘兩。出入相較，中國贏銀四百七十二萬餘兩。貨由歐洲諸國運到者，值銀五百十二萬餘兩。由中國運之歐洲諸國者，值銀一千七百十六萬餘兩。出入相較，中國贏銀一千二百零四萬餘兩。貨由俄羅運到者，值銀五十五萬餘兩。由中國運之俄國者，值銀七百零四萬餘兩。出入相較，中國贏銀六百四十九萬餘兩。貨由日本運到者，值銀六百七十萬餘兩。由中國運之日本者，值銀八百五萬餘兩。出入相較，中國贏銀一百三十五萬餘兩。貨由澳門運到者，值銀三百十七萬餘兩。由中國運之澳門者，值銀一百六十八萬餘兩。出入相較，中國虧銀一百五十萬餘兩。貨由小呂宋、越南、暹羅、爪哇、埃及五國運到者，值銀三十一萬餘兩。由中國運之五國者，值銀一百八十六萬餘兩。出入相較，中國贏銀一百五十五萬餘兩。

綜而觀之，中國之銀，耗於英國及英屬地者甚鉅，而稍取盈於通商諸國。然絀者多而贏者寡，勢尚不足相補，故一歲中虧銀至三千二百五十餘萬兩之多。華茶銷於英者，年少一年；銷於俄者，年多一年。俄之用茶雖未能逮昔日之英，然華茶不至壅滯者，以俄人為之運用也。中國之貨稍稍暢銷於日本，則以日本紡紗驟盛，不能不用中國之棉花。蓋中國與日本互分其利云。

今之論時務者，或謂英人耗蠹中國，頗欲聯俄以擯英。此與兒童之見無異。夫民所以樂購此貨者，皆為衣食日用所必需而又質良價廉之故。當其不用，雖君父不得而勸之，於遠人乎何愛！當其必用，雖君父不得而禁之，於遠人乎何尤！即如日本二十年來專精奮力，研求工商之術，遂能仿造洋貨及華貨，質良價廉，幾掩其上。英人非但不甚撓之，且極口稱道之，國中樂用其貨者，比比是矣。中國地博物阜，人工甚廉，數倍日本，誠知病英人之耗蠹乎？則有日本之成法在，又何必出萬不能行之下策哉！

或謂中國雖虧銀三千二百五十萬兩，然各關所收稅釐既得二千二百六十餘萬兩，加以洋商自募牙儈，凡進口七釐出口八釐用費，共有一千數百萬兩，皆入華人之手。以彼絜此，中國尚贏數十萬兩，是中國之銀，未嘗錙銖漏入外洋也。斯又不然，考光緒元年出入貨相準，華貨尚贏百餘萬兩，若以關稅用費合計之，是中國且多贏二千餘萬金矣。當時歲贏二千萬金，中國且日見貧耗，況如今日之勢乎？是不能不亟為之計者，牧民之政也，保邦之本也，為上之責也。

趙鞅論甲午

昔孔子作春秋，至定公十三年秋，大書而特書曰：『晉趙鞅入於晉陽以叛。』且春秋嘗書晉趙盾弒其君夷皋矣。何趙氏之祖若孫迭受聖筆之誅若是其嚴也？曰：當時孔子已知趙有分晉之勢，故不稍寬貸也。然則盾之時亦豈計及分晉乎？曰：誅其心也。盾雖無分晉之心，而庇賊戀權，董狐論之當矣。鞅之書叛，亦誅其心而兼誅其跡也，且鞅嘗屢見擯於聖人矣。陽虎自魯奔晉適趙氏，孔子曰：『趙氏其世有亂乎！』孔子以道不行，將西見趙簡子，聞其殺竇鳴犢舜華也，臨河而返。蓋鞅之保奸疾賢，斵喪公室，實與後世莽操懿堅之伎倆暗合，無非志在化家為國而已，故見惡於聖人若是之深。所謂欲往見之者，殆與欲赴公山佛肸之召無異，不過姑為是說，厥後終於不往，則亦以公山佛肸待之而已。

孔子之作春秋也，寓王法，懲亂賊，無非欲正人心，挽春秋之世而為三代。今自鞅叛晉而晉分，晉分而勢力不足以文秦，於是為戰國，為無道秦，而古先聖王之法蕩然無存。此世運升降之樞紐，不可不審也。嗟夫！人臣無將，將則必誅。梁嬰父謂荀躒曰：『董安于為政於趙氏，趙氏必得晉國。』是趙氏之欲得晉國，塗之人皆已知之。安于於無事時治晉陽城甚堅，其意果何為哉？邯鄲午，晉之上大夫也。鞅逞其暴怒，無端殺之，其有無君之心明甚。左氏傳於齊陳氏、晉趙魏氏事，每多諛辭，曲筆尚不能為之諱，其梗概可知矣。

當晉定公時，六卿分峙，勢均力敵，莫敢先動。儻得英主如悼公者，起而御之，猶足攘楚擯秦也。鞅先作不靖，范中行氏乃謀伐之。鞅復與韓魏比，而逐范中行氏。是趙為首而韓魏為從。厥後知伯之滅，亦趙為首而韓魏為從。六卿併為三，而晉有必分之勢矣。罪魁禍首，歸之於鞅，誰曰非宜！叔季之世，大義不明，人心汩於勢利，但見鞅能化家為國，則嘖嘖稱道之。且有緣秦穆公上天之說，飾為登天之夢，以駭炫末俗者。不知自聖人觀之，皆亂臣賊子之為耳，烏足道哉！烏足道哉！余故揭其隱以釋經義，庶稍當聖人之微旨焉。

晉執政諸卿考甲午

昔齊桓公創霸垂四十年，身没而諸侯叛之；晉文公創霸五年而卒，子孫相繼為盟主者十世，閱百三十年而始失諸侯。其故何哉？齊自管仲死，無繼起之賢才，晉卿執政者，均極一時之選，其效自不同也。

竊嘗考之，文公拔郤縠於儔人之中，使將中軍，縠死而先軫繼之。當時狐偃、趙衰、賈佗、欒枝、胥臣輩，同心戮力，以襄遠謨。猶復旁搜俊傑，布居庶位，可謂極盛！先軫狥狄難，其子且居代之。且居卒，狐射姑既升復黜，而趙盾代之。盾卒，郤缺代之。缺卒，荀林父代之。林父卒，士會代之。會請老，郤克代之。克卒，欒書代之。書卒，韓厥代之。厥請老，荀罃代之。罃卒，荀偃代之。偃卒，士匄代之。匄卒，趙武代之。武卒，韓起代之。起卒，魏舒代之。舒卒，士鞅代之。鞅卒，荀躒代之。躒助趙氏滅范中行氏，六卿既併為四卿，未幾荀瑤為三卿所滅，而遂分晉矣。蓋晉自文公以後，登用執政，遴選於六卿之中，要必眾望所屬，才德嶷然。有以子繼父，驟得執政者，有自下軍將佐，超將中軍者。郤缺、士會、荀林父，皆以文公舊人，居官三四十年，而循序得之，無不勳業出眾，聲施爛如。荀罃以後，人才稍稍衰竭。荀偃、士匄，初不以賢能著，悼公用之。六卿皆讓，服鄭攘楚，遂以復霸。良由雄圖未墜，修舉稍易，而駕馭世臣，得其宜也。平公昧持盈之術，忘宴安之戒，怠於政事，苶焉莫振。趙武、韓起，雖號名卿，實乏尊主庇民、匡時服遠之謨略，而於封殖私家則皆未能忘懷，已漸有弱幹强枝之勢。士鞅、荀躒，瀆貨骫法，罔恤國是。其失諸侯也宜哉。

嗟夫！人才者，立國之本也。晉用先軫諸臣，遏楚方張之燄，而戢其問鼎之心，扼據殽函之險要，横塞秦衝，俾不得越桃林一步。周室賴以奠安者近二百年，其功不在管仲下。迨晉分而韓、魏、趙不能支秦，秦强而東，諸侯被其蠶食，天下悉併於秦，豈非人才盛衰之故與？或謂晉用世卿秉政，尾大不掉，浸釀分晉之禍。是固然矣！

夫自古立法，利與弊恒相乘，在人主審其重輕而轉移之。晉之盛也，既收群卿夾輔之益；其衰也，亦大受其損。然使平公以後，復有如悼公者出而匡其墜，補其偏，晉未必遽分也。然則國勢之盛衰，尤在人主一心之敬怠，豈非然哉！豈非然哉！

答袁户部書 户部郎中袁昶時為總理衙門總辦　辛卯

爽秋仁兄同年大人閣下：奉二月十三日惠書，猥承蓋注，紉佩無涯！

香港設領事一事，其用在緝逃犯，防漏税，嚴海界，於廣東全局尤有裨益。鄙人不過窺英之願敦睦誼，迎機而導，不敢以畏葸遲疑失國家之權利而已，本不足道。英人求在喀城設員，貴署堂上公函初稱港員既允，喀員亦難終拒。此論固為持平，且西陲逼近强鄰，而喀什噶爾惟俄獨設領事。領事不遂益騖往往以條約所無之事迫我疆吏，疆吏不諳洋務，甘飫其欺。英之遊員過喀城者，代為不平，輒以俄情密告疆吏。因是英欲設員，俄頗惎之。尊議得英牽制，亦可戢俄戎心，於籌邊大局，洞若觀火，實獲我心。前者港員機有可乘，未便逆料其別有所求。堅拒不受，乃貴署堂上某公因出使時商設呂宋領事，三年不成，恐香港驟派領事致形其短，意稍病之，遂因英使華爾身以設喀城領事為請，乘機力阻港事。疊接署中來電，輒謂喀員空駐，俄必生疑。一則曰難在應俄，勢須兩罷。再則曰港喀相形，利少害多。不佞若善自為謀，不過聲請罷設港員，迎合署意，即可卸後來仔肩，免無窮尤悔，豈不甚便！無如大局利害攸關，私衷實不忍漠視。

從前中國不明外務，所定條約多受虧損。如各國領事在中國者，權勢甚張，獨不許中國在歐洲及南洋設立領事，是明明不以萬國公例待中國矣。間嘗與之切實理論，磋磨半年。且暹羅、日本皆已設香港領事，而中國獨無之，英人亦自覺其不情，所以不能不允者。職是之故，將來即可為援案布告他國張本，亦可為隱换受虧條約張本。今既得而又棄之，轉覺難以措辭。若明言因喀事難在應俄而至願罷港員，使英人謂我意在親俄，則必以忌俄而啟嫌；謂我意在畏俄，則必以輕我而變計。俄之見猜，固為可慮。英之生隙，亦所宜防。港員既罷，則此後更難再議。不佞所以甯違署意，不敢附和雷同者也。

凡兩國交涉，遇本國關係利害之事，無論於彼國有無先施，皆可發端，亦無論曾否受彼國之先施，皆可相機迎拒。喀事發端在港事之前，原不因港事而起。港事因喀事而易成，則固有之。然使英果注意喀事，我雖罷設港員，彼亦未必終已。甚且如威妥瑪之故智，有別起波以圖之者矣。況兩國交涉之利，爭得一分，即受一分之益。港員之設，不妨先飫其盛情，而喀事之允否，仍宜以我之利害為衡。鄙意喀員足以牽制强俄，乘彼之以喀員為請，又可借為酬情之舉，則港喀兩利，中國兼而有之。此機胡可失也？

俄人生疑一說，尤屬昧於事情。俄果欲發難於中國，無論何事，皆可執以為辭。若猶循照公法條約，則許他國設一領事與俄何涉？此音一播，中國外交之事，俄皆得而制之，是殆以俄之屬國自居也。不則別有見解，不恤國計民生利害者也。

執事洞晰中外情勢，膽識兼裕。前讀偉議，皆關至計。此事得失較鉅，正傑人志士發抒讜論之時，職所當為，諒必獻替以挽全局，企盼何極！手泐布達，敬頌台安！福成頓首。

復許大臣書光祿寺卿許景澄時為出使俄德荷奧四國大臣　壬辰

竹筼仁兄同年大人閣下：　昨奉惠書，敬聆壹是。新疆檄撤帕米爾駐兵，惟留卡倫數處，俄廷意尚未慊。此事似不可聽彼讆言。　請查詢所謂卡倫者何時創設？如設在一二年内，不妨為總理衙門明言之，檄令疆吏暫撤，以待兩國會勘。萬一係數十百年舊設之卡倫，即此可為我地之左證。似宜先與辯明，以留餘地。否則恐俄人得步進步，必欲我讓舊設之卡倫。設令他日疆吏據舊案以力爭，為使臣者必致進退維谷。此不可不慮者也。

竊嘗以謂中外交涉，惟邊界要端，須由疆吏主持，總理衙門祇參酌其間，使臣不過傳達語言耳。何者？朝廷必據疆吏之言為鐵案也。且使臣相隔遼遠，邊事無從懸揣。如非吾地而主進取，則為生事；　本吾地而主退讓，則為蹙境。二者有一於此，皆足以干重戾。往者崇地山、宮保之獲咎，可為殷鑒，當時亦祇求迅速了事，而不知有左侯相之訾謷也。不才與執事遠役海外，同舟共濟，如故持高論而使執事為難者，有如蒼天。某生讒慝詐偽，造為邪説，離間兩館，想明者必能洞見癥結。至帕米爾作為三國局外之地一層，迭承總理衙門函電，與英國外部仔細商論。英人謂帕米爾人才物力不能自成一國，非瑞士、比利時可比，萬一有如生番劫人之事，三國中孰擔其責？孰理其事？從前歐洲多此等辦法，鮮有能善其後者。儻云公同商酌，則意見恐難畫一，必致參差。即有一國力任其事，又將為異日占踞之漸。此則措注更難者也。

尊議又謂鴻溝甌脱，均非其時，今日惟有任俄所為，聽兩虎之自鬥。然恐風波一起，英未必竟與俄鬥，而受其敝者，先在中國。俄兵必長驅罙入，盡占帕地，矙我回疆。儻欲先撤卡倫以順適其意，然後再與勘界。熟玩總理衙門來電，似已考證確鑿，與合肥傅相函意大旨相同，疆吏想亦必持此議。所謂眾論不可違也，違之恐又蹈蹙境之嫌矣。

總之俄人貪地無厭，祇有力持正論以折其氣，詳稽成案以塞其辯。彼既自知理屈，或者狡謀稍戢乎？鄙人欲求固圉息事，殆與執事同心，然有不如此不能固圉息事者，謬叨知愛，輒敢進其愚戇之論。儻勿見罪，幸甚幸甚！手泐布復，敬請台安不宣！福成頓首。

答友人書癸巳

七月二十六日，福成曰：辱惠書，見規以古誼，甚盛甚盛！僕與英廷磋磨滇緬界務，穎秃脣焦，筋疲力盡，僅能蕆事。此與名利二字渺不相涉。亦以既受此任，不能不為邊境籌數十年之安，外以折强敵，上以對朝廷，庶不負此高官厚禄與數萬里之遠行耳。承示益勵忠貞之志，疆埸之事度德量力，勿徒飾觀聽之美，而期獲旦夕之名。教我不為不摯，然高明所以測我者，實與鄙懷大相剌謬。

自古竭誠謀國，奮身籌邊，如唐之裴李，宋之韓富，當時忌者皆有違言，或以好名斥之，或以貪功疑之。執此二說以撓君子，天下乃無一事可為，衹有引身退耳。僕於古人不敢希望萬一，權位亦更非其倫。若果處優自便，以不忠為忠，見疆事之敗壞，袖手推諉，處樽俎折衝之任，緘默不言，敷衍塞責，如世之庸庸者之所為；轉可免悔吝而消讒忌，安行並進，未嘗不弋高官而養後福。然如此以得後福，不如無厚福之愈也。足下若責僕以訏謨未周，爭論不力，安邊禦侮之效未符初志，則僕知懼矣。若勸僕以軟美巧滑，玩敵誤國，則非不才之所敢聞。

方今時勢，正如賈子所云：『厝火積薪之下而寢其上，尚憪然自以為安。』僕馳驅海外，熟覩情勢，輒思殫棉力以補救一二。平日明義理而又深知我如足下，乃亦不能相諒若此，豈惑於嗛我者之言邪，抑汩於時俗之見也？

萬壽慶典，百方羅掘，得款不過數百萬金，並無四千萬之多。鄙意亦謂連年水災，可稍節省以備賑濟。如有引其端者，必蒙兩宫嘉納。惟進言之責當在執政與諫垣，或部臣而已，此外為疆臣、為將臣、為使臣者，皆非所宜言。僕今雖列班臺職，實受出使之任，未宜冒昧進言。此中精義，揆之不可不審也。忽忽率復，惟為道珍重不宣。

卷四

拙尊園叢稿序 癸巳

光緒十九年秋，余友黎君蒓齋，裒所為古文辭百餘首郵致上海，付之石印，貽書海外，徵序於余。余與蒓齋相知久，其敢以不文辭？當同治紀元，蒓齋以廩貢生應毅皇帝求言之詔，上書論時事萬餘言。是時河內李文清公棠階，以名儒入政府，建議宜擢用，風示天下。會曾文正公駐軍安慶，進剿粵寇於江南，天子命以知縣發往安慶大營差遣。中興新政，頗有采用蒓齋議者。天下因以誦蒓齋之文，而想見其人。

越二年，余入曾文正公幕府，文正告余：『幕中遵義黎君暨溆浦向師棣伯常，可交也。』余始與二君以學業相砥鏃。伯常志豪才健，不幸遘疾以没。蒓齋恂恂如不勝衣，而意氣邁往，若視奇績偉勳，可掇契致。文正意不謂然。顧時時以文事獎勉僚屬，一見許余有論事才，謂蒓垒生長邊隅，行文頗得堅强之氣，鍥而不捨，均可成一家言。居常誨人以為將相者，天下公器，時來則為之。雖旋乾轉坤之功，邂逅建樹，無異浮雲變幻於太虛，怒濤起滅於滄海，不宜嬰以成心。文者，道德之鑰，經濟之輿也。自古文周孔孟之聖，周程張朱之賢，葛陸范馬之才，鮮不藉文以傳。苟能探厥奥妙，足以自淑淑世，捨此則又何求！當是時，幕府豪彦雲集，並包兼羅。其治古文辭者，如武昌張裕釗廉卿之思力精深，桐城吴汝綸摯甫之天資高雋，余與蒓齋咸自愧弗逮遠甚。文正没後，同人散之四方，罕通音問。蒓齋蹤跡雖隔，而情意益親，數萬里外，往往互達手書，有無未嘗不相通也，升沈未嘗不相關也，文藝未嘗不相質也。

蒓齋自出幕府，浮沈州縣者近十年，充出使英、法、西班牙三國參贊者又五六年，頗以未盡所用，鬱鬱不樂。既而天子驟用為出使日本大臣，任將滿，遽丁內艱。服闋，復用之。前後凡奉使六年。適值朝鮮內變，强鄰隱集戰艦，將駛往襲取其國都。蒓齋偵知，密電馳報。余時在署北洋大臣張靖達公幕府，力勸速發兵輪，統以大將，風馳電邁，遂執戎首以歸。敵軍遲到半日耳，至則內亂已定，受盟而退，朝鮮無事。今傅相合肥李公追論蒓齋前勞，天子簡授川東兵備道，監督重慶新關。蒓齋莅官兩年，諸所規畫，卓然可觀。來書自以生平志事，垂老無成，若有未慊於懷者。蒓齋蒓齋！胡不追味文正之言，而不自得若此乎？

余昔盤桓幕府，靜觀世變，垂二十年，出而任事者逮十年，始知文正之論實不我欺。大凡經世百務，機之已至，我一措注，推挽者四出而助之，非必恃權位之重也；機之未至，我極經營，齮齕者四出而撓之，不盡由權位之輕也。蒓齋惟置其難自主者，靜以俟時，珍其所固有者，聊自怡悅足矣。

蒓齋為文，恪守桐城義法。其研事理，辨神味，則以求闕壘為師。文凡六卷，顔曰拙尊園叢稿，倉卒未及鈔示。然蒓齋之文，大半皆余所及見，其翹然傑出者猶往來余胸中也，可傳也。

出使四國奏疏序癸巳

原文見出使奏疏卷首，此略。

出使四國公牘序癸巳

原文見出使公牘卷首，此略。

日本國志序甲午

東方諸國，足以自立、足以有為者，惟中國與日本而已。日本創國，周秦之間，通使於漢，修貢於魏，而賓服於唐，最久亦最親。當唐盛時，日本雖自帝其國，然事大之禮益虔，喁喁嚮風，常選子弟入學，觀摩取法，用能霑濡中國前聖人之化。人才文物，蓋彬彬焉，與高麗、新羅、百濟諸國殊矣。唐季衰亂，日本聘使始絕。內變既作，馴至判為南北，裂為群侯，豪俊糜沸雲擾。其迭起而執魁柄者，則有平氏、源氏、北條氏、足利氏、織田氏、豐臣氏、德川氏。七八百年之間，國主高拱於上，强臣擅命於下。凡所謂國政民風，邦制朝章，往往與時變遷，紛紜糅雜，莫可究詰。中國自元祖誤用降將，黷武喪師。有明中葉，內政不修，奸民冒倭人旗幟，群起為寇。遂使日本益藐視中國，顒顒獨居東海中，芒不知華夏廣遠，一二梟桀者流輒欲馮陵我藩服，齮齕我疆圉，憪然自大，甚鶩無道。中國拒之，亦務如坊制水，如垣禦風，勿使稍有侵漏。由是兩國雖同在一洲，情誼乖違，音問隔絕。近世作者，如松龕徐氏，默深魏氏，於西洋絕遠之國尚能志其崖略，獨於日本考證闕如。或稍述之，而惝怳疏闊，竟不能稽其世系疆域，猶似古之所謂三神山者之可望不可至也。

咸豐、同治以來，日本迫於外患，廓然更張，廢群侯，尊一主，斥霸府，聯邦交，百務並修，氣象一新。慕效西法，罔遺餘力。雖其改正朔，易服色，不免為天下譏笑，然富強之機轉移頗捷。循是不輟，當具可與西國爭衡之勢。其創制立法，亦頗炳焉可觀。且與中國締交遣使，睦誼漸敦，舊嫌盡釋矣。自今以後，或因同壤而世為仇讎，有吳越相傾之勢；或因同盟而互為唇齒，有吳蜀相援之形。時變遞嬗，遷流靡定，惟勢所適，未敢懸揣。然使稽其制而闕焉弗詳，覘其政而瞢然罔省，此究心時務閎覽劬學之士所深恥也。

嘉應黃遵憲公度，以著作才累佐東西洋使職。光緒初年，為出使日本參贊，始創日本國志一書。未卒業，適他調。旋謝事閉門，賡續成之。採書至二百餘種，費日力至八九年。為類十二，為卷四十，都五十餘萬言。歲甲午，余蕆英、法使事，將東歸，公度郵致其稿巴黎，屬為之序。且曰：『方今研使力而又諳外國情勢者，無逾先生。願得一言以自壯。』余瀏覽一周，喟曰：『此奇作也！數百年來尟有為之者。』自古史才難，而作志尤難。蓋貫穿始末，鑑別去取，非可率爾為也，而況中東睽隔已久，纂輯於通使方始之際乎！公度可謂閎覽劬學之士矣。速竣剞劂，以餉同志，不亦盛乎！他日者家置一編，驗日本之興衰，以卜公度之言之當否可也。

處士曹君家傳甲午

君諱霖，字龍溪，世居金匱之盛巷。其先有諱洙者，唐陸忠宣公裔孫也。育於曹，遂後曹氏。自洙之子杲迄君之本生父鑛，比四世，皆以醫名，尤善兒科。杲與鑛邑乘皆有傳。

君幼攻儒書，兼涉醫理，潛心探索，學乃大進。性閒曠靜穆，不善治生，於人世間尊慕之事，一不以措意，夷然而已。鄉居授徒，人無知者，君亦不求人知也。晚乃以醫術濟人，求治者無弗效。愛堠山之谿壑清瑩，遂卜居焉。歲時家祭，必率諸子肄行古禮，理董其舛誤。君子是以知君之德，足以澤於鄉，刑於家也。君以道光二十二年七月庚午卒，壽六十三。卒後五十餘年，其孫櫆乃求余為之傳。

薛福成曰：君前配陳孺人，乃余外祖母陳太夫人之女弟。君之長子晉桃，娶顧孺人，又余母顧太夫人之女兄也。余兄弟幼時多病，求醫於曹，製方輒瘉。曩昔兩家戚誼甚密，兵燹以後，稍疏闊矣。又聞咸豐季年，粵寇踞縣城，曹氏戚族避奔堠山者數十家。君之季子茂椿，方以醫理自贍，劬躬損財，周其衣食，必誠必腆，人賴以濟。今其子櫆，蜚聲庠序，發聞成業，或當未艾。善人有後，諒哉！

敘疆臣建樹之基己丑

國家承平餘二百年，凡有大寇患，興大兵役，必特簡經略大臣及參贊大臣馳往督辦。繼乃有佩欽差大臣關防及號為會辦幫辦者，皆王公親要之臣，勳績久著，呼應素靈。吏部助之用人，戶部為撥巨餉，萃天下全力以經營之。總督巡撫不過承號令、備策應而已，其去一督撫，猶拉枯朽也，故督撫皆奉命維謹，罔敢違異。道光季年，海疆事起，經略大臣，才望稍不如前，權力亦稍減焉，已與各行省大吏有互為勝負之勢。咸豐之世，粵寇勢張，首相賽尚阿與總督徐廣縉，相繼奉命督師剿賊，皆無遠略以僨厥事。自時厥後，或用尚書侍郎及將軍提督為欽差大臣，或用各行省督撫兼任兵事，而能有成功者則在督撫為多。曾文正公以侍郎剿賊，不能大行其志，及總督兩江而大功告成，以其有土地人民之柄，無所需於人也。是故督撫建樹之基在得一行省為之用，而其績效所就之大小尤視所憑之地以為準焉。

大抵多事之秋，莫急於籌餉。餉源以地丁、漕政、鹽政、關稅、釐金為大宗。地丁有正額、耗羨、租糧三款，而租糧之中，有旗租、地租、屯租等名目，各行省事例不同。漕政有漕糧、漕折、漕項三款；漕項者，按糧額徵銀，以備運糧經費者也；漕折者，由徵糧之原額改為折色者也。鹽政有課、羨、釐三款。關稅有洋稅、常稅兩款。釐金有百貨、洋藥兩款。洋藥、釐稅未併徵以前，所收釐金蓋僅抵貨釐之十一云。夫承平時籌餉之權固在戶部，疆事糜爛，關稅而外，戶部提撥之檄不常至，至亦堅不應。蓋事機急迫，安危繫之，斯時欲待戶部濟餉，勢所不能。而疆臣竭蹶經營於艱難之中，則部臣亦不能以承平時文法掣之。故疆臣之負才略者，轉得從容發舒，以成夷艱濟變之功焉。

江蘇一省，丁、漕、鹽、稅、釐五者俱贏，歲入白金一千萬兩以外。曾文正公用之以削平大難，旋乾轉坤。今伯相合肥李公亦用之以招練淮軍，四出征剿。曾公所用，在江、揚、淮、徐、通、海者為多，以鹽務為最饒，而地丁、釐金輔之。李公所用，在蘇、松、常、鎮、太者為多，以洋稅、釐金為最沃，而地丁、漕政輔之。

浙江一省，亦五者兼備，歲入可得江蘇之半。左文襄公用之以驅殄悍賊，肅清西陲。蓋左公後雖去浙，而西征所藉惟浙餉尤豐也。

湖北一省，平時本仰他省協餉，自胡文忠公改漕章，通蜀鹽，整榷務，是時漢口洋關雖尚未設，而丁、漕、鹽、釐四項，歲入已四百餘萬金。文忠用之以養兵六萬，分援鄰省，規畫江淮，有匡維全局之勳。

江西一省，以地丁、漕折、釐金為大宗，而潯關之稅稍輔之，歲入與湖北相上下。曾文正公始用之以揩持危局，進兵江南。沈文肅公葆楨繼用之以徵軍調將，剋殲殘孽。惟地非天下之中，故大勢稍不如湖北焉。

四川一省，地博物阜，賦額素輕。今於地丁之外加津貼，津貼之外加捐輸，雖三倍舊額，尚僅得江南田賦之半。再以鹽課、稅、釐三項輔之，歲入不亞湖北、江西。駱文忠公用之以芟夷劇寇，兼顧滇、黔、陝、甘諸省。丁文誠公寶楨，復用之以協濟鄰餉，籌奠邊疆。蓋自文誠改鹽法，歲入又加百萬餘金矣。

湖南一省，合地丁、漕折、釐金三項，歲入約二百五六十萬金。駱文忠公用之以練兵選將，剋復鄰疆。舊時湖南本仰協餉，列在中省。乃其聲績遠聞，猶出上省之右，則人皆習戰，賢才奮興之效也。

福建一省，地丁、鹽課、釐金、茶稅等項約逾三百四十萬金，加以閩關洋稅三百餘萬金，歲入尚在浙江之上。然關稅由戶部提撥，非大吏所能主持。地又濱海，養兵較多，終歲所徵，以供地方留支之費及水陸經制兵餉，尚覺孑孑不遑。故以左文襄公之雄略，未聞有以大用之。惟船政經費，指撥關稅，由文襄始，亦富强要圖也。

廣東一省，綜地丁、鹽課、稅、釐四項，歲入幾與浙江相埒。近又有沙田煙膏闈姓等捐章，皆成鉅款，則所以籌餉之途更寬。曩昔大吏無卓絕之才識，往往襲蹈故常，或欲措施而權不屬，未能奮樹規模。近者南皮張尚書之洞頗用之以整理海防，而未竟厥緒，然固大有為之地也。

此外如直隸、陝西、安徽、廣西四省，其力皆足以自顧。如有非常措注，則必賴他省之轉輸。直隸地丁、旗租、鹽課、稅釐，歲入約三百五六十萬金以外，以在畿內，支用稍繁。陝西、安徽、廣西，歲入約自一百六七十萬至一百二三十萬金不等。廣西向無承撥京餉，十五六年前，藩庫頗積存數十萬金，今則稍稍竭矣。

又如山東、河南、山西三省，財賦以地丁為大宗，而他項稍輔之，歲入各逾三百萬金。山西以全力供京餉，事亦稍簡。山東自巡撫崇恩廢弛吏治，州縣皆侵虧錢糧，歲入幾不及百萬。今相國朝邑閻公為巡撫時，始大加整頓。丁文誠公復繼之，漸復舊額。文誠遂用之以剿捻寇，塞決河，聲施爛焉。河南久未整頓，然歷任巡撫亦以其餘力練成張曜、宋慶兩軍，馳剿捻回諸寇有功。

又如甘肅、雲南、貴州三省，向賴他省之協助。雲南歲入六十餘萬金，甘肅歲入三十餘萬金，貴州歲入二十餘萬金，皆斷斷不能自立。左文襄公歲徵東南之餉八百餘萬金，用能蕆西征之績，岑襄勤公毓英之平雲南回寇，頗隨地借資民力，亦兼仰他省協餉，若必盡用本省經制之款則絀矣。

夫天下事運之以才力，而成之以財力。若財力不裕，則才力雖宏，無所用之。余故略次各行省歲入大數，以知用之者之所以成功，俾後之有志者得所考鏡焉。

抑聞今者臺灣新設行省，既分閩關洋税三分之一，又得地丁、鹽課、釐金以附益之，歲入可逾二百萬金。劉中丞銘傳嘗用之以抗强敵，近復購戰艦，築礮臺，造鐵路，創開風氣，為天下先。他日必與福建、廣東並峙，為東南海疆屏障。苟經理得宜，非特形勢之勝，即物力之饒亦足以自奮也，而豈必以地之褊小為疑哉？

叙督撫同城之損庚寅

國朝例設總督八闕，巡撫十五闕。近又添設新疆巡撫一闕，而移福建巡撫於臺灣。當未移以前，凡督撫同城者四：閩浙總督與福建巡撫同駐福州，湖廣總督與湖北巡撫同駐武昌，兩廣總督與廣東巡撫同駐廣州，雲貴總督與雲南巡撫同駐雲南。厥初總督不常設，值其時其地用兵者設之。軍事既平，遂不復罷，亦俾與巡撫互相稽察，所以示維制防恣横也。然一城之中，主大政者二人，志不齊，權不壹，其勢不得不出於爭。若督撫二人皆不肖，則互相容隱以便私圖，仍難收牽制之益，如乾隆間伍拉納浦霖之事可睹矣。若一賢一不肖，則以小人甚君子，力常有餘，以君子抗小人，勢常不足，即久而是非自明，賞罰不爽，而國計民生之受病已深，如康熙間噶禮張伯行之事可睹矣。又有君子與小人共事，不免稍事瞻徇者，如乾隆間孫嘉淦許容之事可睹矣。若督撫皆賢，則本無所用其牽制，然或意見不同，性情不同，因而不能相安者，雖賢者不免。曾文正公與沈文肅公葆楨本不同城，且有推薦之誼，尚難始終浹洽，其他可知矣。

郭侍郎嵩燾於去廣東巡撫任時，疏陳督撫同城之弊，謂宜酌量變通，言甚切至。茲余姑就見聞所逮者述之。吳文節公文鎔總督湖廣時，粤賊勢方張，為巡撫崇綸所齮齕，迫令督師出省而隱掣其肘，軍械糧餉皆缺。文節由此死綏，武昌旋陷。厥後惟胡文忠公與總督文恭公官文相處最善，為天下所稱誦。文忠既没，文恭劾巡撫嚴樹森去之。威毅伯曾公國荃為巡撫，又劾去文恭，曾公亦不安其位以去。迨伯相合肥李公總督湖廣，為巡撫者本其屬吏，諸事拱手受成。李尚書瀚章繼之，一循舊轍，又在位日久，自此巡撫幾以閒散自居，而督撫無齟齬，政權無紛撓矣。郭侍郎之巡撫廣東也，適故相瑞麟以將軍遷總督，頗黷貨賣官，治軍尤畏葸，侍郎心弗善也，上疏微糾其失，以無奧援罷去。蔣果敏公益澧為巡撫，英鋭喜任事。瑞麟心憚之，嚴劾蔣公去職，因愈專横無顧忌。其後英翰為總督，以允闈姓繳捐事，為巡撫張兆棟所劾罷。近今張尚書之洞總督兩廣，與歷任巡撫皆不相能，朝廷至令兼攝巡撫以專其任，則督撫同設之無益亦可概見矣。咸豐、同治間，徐之銘巡撫雲南，為叛回所脅制，復倚回寇以自固，殺升任陝西巡撫鄧爾恒於境上。張尚書亮基為總督，至引疾求退，以速出滇境為幸。潘忠毅公鐸為總督，方圖以回攻回，之銘洩其謀，忠毅遂遇害。光緒初年，總督劉嶽昭與巡撫岑襄勤公毓英不相能，輿論皆不直總督，寖至罷黜。潘鼎新巡撫雲南，盛氣陵總督劉武慎公長佑，頗蔑視之。劉公鬱鬱上疏求去，朝廷罷鼎新，慰留劉公。此皆督撫不能相容之明證也。

福建督撫之外，又有將軍及船政大臣，政令歧出，尤不能畫一。自巡撫移臺灣，復裁船政大臣，而總督兼理船政及巡撫事，未始無裨於政體。余謂湖北、廣東、雲南三行省皆可廢巡撫，而以總督兼理，如福建之例。不特此也，各省之道府同城者，皆可廢知府，而以道員兼理其事，庶幾紛爭之釁可弭，民生吏治受益多矣。竊考宋代節度安撫等使皆兼知一府，故雖使相亦稱大府，此誠意美法良，非近制所及者也。夫尊如督撫，尚可兼知一府，然則以總督兼巡撫，以道員兼知府事，尚何不可之有？

附録郭筠仙中丞督撫同城急宜酌量變通疏

奏為國家設官如督撫同城一條，急宜酌量變通。謹就微臣閲歷所及，推論其源流，而究明其得失，恭摺奏祈
聖鑒事。

竊查明永樂初潯桂柳三府蠻亂，遣給事中雷填巡撫廣西，為巡撫之名所自始。景泰三年，潯梧猺亂，廷議以兩廣宜協濟應援，乃設總督，是總督、巡撫二者皆肇端於兩粵。終明之世以十三布政使為定員，而總督、巡撫或分或併，或設或罷，大率與兵事相終始。成化以後建置日繁，如京東北一路有薊遼總督、保定總督、宣大總督，又有順天巡撫、永平巡撫、保定巡撫、遼東巡撫、宣府巡撫、大同巡撫、天津巡撫、密雲巡撫，開府相望。然考其

時督撫駐紮地方，從無同城者。保定添設總督，而保定巡撫別駐真定。宣大分設巡撫，而宣大總督別駐陽和。至兩廣督撫沿革，其初分設巡撫，而後改設總督。天順二年，遣右僉都御史葉盛巡撫兩廣，則又稍易其名，成化元年，又以總督兼巡撫。嘉靖中添設廣東巡撫，總督祇兼巡撫廣西，由梧州移駐肇慶。隆慶三年，又添設廣西巡撫，總督改兼巡撫廣東。是兩廣總督、巡撫明時未嘗兼設。

國朝以來，總督、巡撫著為定制，中間小有裁併，而視明世紛更變易規模固遠勝矣。其督撫同駐會城者三，曰福建，曰湖廣，曰雲南。本不同城，而後移駐會城遂成定例者一，曰兩廣。推原立法之始，地方吏治歸各省巡撫經理，聽節制於總督，而總督專主兵。是以河南、山東、山西專設巡撫，即不復設提督，為不欲使武臣主兵，而巡撫又不得統轄提督，故為巡撫兼銜；直隸、四川、甘肅專設總督，仍兼巡撫銜，大致以兵事歸總督，以民事歸巡撫。此國家定制也。而巡撫例歸總督節制，督撫同城，巡撫無敢自專者，於是一切大政悉聽總督主持，又各開幕府，行文書，不能如六部尚書侍郎同治一事也，而參差杌隉之意常多。道光之季，兩廣蘊孽已深，叛匪一起，亂民從之如歸，蔓延徧及東南，而皖豫之捻匪、陝甘之回匪乘之以逞。為亂者皆民也，則各省撫臣之失職多矣。額設營兵多或六七萬人，少亦萬餘人，竟不得一兵之用。鎮將參遊循資超擢任為將帥者，更無一人。所用以轉戰者，皆勇也。而兵為虛設，積久又益加累，歲糜錢糧千餘萬，相與處之怡然，則各省督臣之失職尤甚矣。而自軍興以來，江忠源、胡林翼、羅澤南、李續賓及今劉長佑、曾國荃、劉坤一、劉嶽昭等，皆以司道主兵，或積功至督撫，兵權日分，總督僅守虛名。而例定分年查閱營伍，考覈將弁，均係總督專政，出巡之日為多，兩省情形亦資周覽，軍興數年，此典竟廢。同治元年，兵部議奉御史陳廷經變通營制一摺，奉旨：江蘇、浙江、安徽、江西、陝西、湖南、廣西、貴州等省，各鎮協武職陞遷調補，暫由巡撫辦理，千總以下，徑由巡撫咨拔報部。所有校閱營伍，考核將弁，並本省籌辦防剿，即專責成巡撫經理。其總督兼轄省分，軍政考核著徑由巡撫就近出考，會同具題。

至巡撫同城者，仍照舊章辦理，等因欽此。因查一省千餘里之地，能考求其利病，周知其情狀，已難其人。至於兼轄省分，原不過奉行文書，周旋應付，稍求整頓，隔閡必多。所以議歸巡撫經理，蓋亦窮而必變之勢也。而與總督分省之巡撫，軍政、民事一聽主裁；與總督同城之巡撫，軍政既不得與聞，民事又須受成總督。一則虛立其銜，一則兩操其柄，是從前督撫同城名存而實去者僅一巡撫。自頃數年，則督撫之名實兩乖，而巡撫乃尤為失職。

臣請悉其得失利病，為我皇上一陳之。傳曰：『天下之動貞乎一者也。』惟其一也，故能齊百姓之耳目，而定屬吏之從違。宋置監州而兵以弱，明置巡按而政以嚚，知道者惜之，然於政之所出猶有未分也。督撫同城，愛憎好惡之異情，寬嚴緩急之異用，同為君子而意見各持，同為小人而譸張倍出。如舉一人也，此譽之彼毁之，則是非淆；劾一人也，此遠之彼近之，則趨避易。徒令司道以下茫然莫知適從，其君子逶迤進退，以求兩無所忤，其小人居間以遂其私。國家定制錢糧及升調員缺，總之藩司，刑案總之臬司，督撫專任其成，本不易有設施，而又水火交攻，戈矛互進，是皇上設官以求治也，而督撫同城乃萬無可言治。向使一縣置兩令，一郡置兩守，百姓傯趨傯避、傯迎傯合，能一日安乎？一縣之大，百姓之愚猶足為害，何況主持數十州縣之地，御千百之屬吏，而使之兩相持，以撓政黷民，為害必鉅，此理勢之固然者也。臣自道光二十七年，通籍假歸，過武昌，目悉吏治之媮，氣習之深，心憂其將亂。其後五年而亂作，前後督撫殉難三人，伏誅二人，被劾四人。賴胡林翼開立規模，風氣為之稍變。雲南之亂則既成矣，前督臣張亮基每言及前撫臣徐之銘牽掣情形，輒至慨歎。而各直省吏治人心之弊，閩粵為尤甚。細究其由來，數十年瞻顧因循，釀亂保姦，實以督撫同城之故。以言其事既如彼，以言其效又如此，歷來同城督撫互懷猜忌，相為敵讐，獨於公事一切雍容坐視，求免於嫌怨。承平日久，循例守職，亦庶幾可以寡過。處多事之時，承積疲之俗，而多所牽掣，苟安無事，以謂之和衷，朝廷獨焉賴之。

自古中材多而賢人少，皇上委任疆吏，但使中材足以自守，其間一二賢者，弛張以時，自可相維於不敝。督撫同城，則賢者永不得有為，中材亦因以自廢，此臣所謂急宜變通者也。近年雲南督撫皆浮寄境外，一無憑藉。臣愚以為，雲貴總督一缺宜暫停罷，責成巡撫剿賊，以一事權。其閩浙兩廣總督，則或援照明制兼并一員。福建情形，臣不能知其詳。廣東督撫兩標及兩署書吏，分別裁併，營政、吏治、關稅、鹽務四者，未嘗不可整飭。權分則情多乖，責專則事易集，不獨於地方補益甚鉅，其有裨於國家之經費亦必多矣。臣伏見明臣韓雍在兩廣總督任內，疏言兩廣地大事殷，請裁總督，東西各設巡撫。當時立見施行，韓雍請分其責於兩省。今臣請重其事於專城義取，因時事亦同，揆至於國朝督撫之沿革，如河東總督偏沅，巡撫亦時有廢置。即咸豐九年裁撤南河總督一缺，斷自宸衷期使大臣無曠官虛設之員，而天下亦同受其利益。臣撫粵兩年，於地方利弊源流知之頗悉，懷此欲陳久矣。以慮語言稍涉直切，或疑其有他意，是以欲言復止。今旦夕交卸，以切身之閱歷求及時之變通，用敢推明得失利病之原，上備聖明採擇可否，仰邀皇上天恩，飭軍機大臣、吏部、兵部會議，並抄發臣摺，交各督撫公同核議，以求妥善之處。伏乞聖鑒施行，謹奏。

叙團練大臣庚寅

自府兵變為召募，有國家者整軍經武，不能不籌養兵之費，亦時勢使然也。本朝綠營兵餉，歲費二千萬金，然因額數較多，馬步守兵所得餉糈不盡能給其事畜之資，無事各謀生業，屆期始赴操練。是以川楚教匪之變，綠營兵已不盡得力，多有用川勇以成功者。近世號鄉兵曰勇營，以別於綠營經制之兵。而川勇之名，始著於時。迨粵匪、捻匪、回匪之禍，藉楚勇、淮勇之力以平之，而綠營兵之績更無聞焉，左文襄公遂有減兵加餉之策。然則餉不加裕，尚罕實用，而況無餉乎？團練之說，即古保甲之法之遺意，防小盜則可，禦強寇則不可。有得力之勁軍以剿強寇，而以團練輔之，為堅壁清野計則可，專恃團練以剿強寇則不可。咸豐、同治間，群寇蠭起，設防愈多而力愈分，用兵愈眾而餉愈匱。自閣部大臣以逮言路，頗建議勸民團練，特派大臣督之，無募兵之勞，無籌餉之難。其說非不美也，然天下事無實意者鮮成效，務虛名者多後患。

姑就余見聞所及論列之，當粵寇之始橫也，長沙則有丁憂湖北巡撫羅繞典，南昌則有前刑部尚書陳孚恩，二公皆與本省巡撫會辦軍務，同在圍城之中，而又歷時甚暫，故意見未至相歧，權力未至相軋。安徽則有工部侍郎呂文節公賢基，當皖北糜爛之時，無兵無餉，赤手空拳，卒殉舒城之難。惟曾文正公始不過奉命幫辦團防，後乃改為就地捐餉，募勇自練。數戰之後，聲威既著，於是有本省之捐餉，有鄰省之協餉，餉源廣而募勇漸多。是文正以團練始，不以團練終，且幸其改圖之速，所以能成殄寇之奇功，擴勇營之規制也。外此如河南有內閣學士毛昶熙，亦號為自成一軍，然實疲弱不耐戰，或俟賊自退，掞張將吏功績，創賊則未也。又如山東有禮部侍郎杜翮，才力尤短，信任戚友，隱撓官吏之權，以致弱者抗糧，自豪强者揭竿而起，庫藏虛耗，上下交困。相國朝邑閻公巡撫山東時，嘗太息言之。又如浙東有前漕運總督邵燦，為巡撫王有齡所劾罷。繼之者為左副都御史王履謙，尤與有齡不相能，官紳忤於上，兵練鬨於下，紹興失陷，杭州亦難固守，有齡殉難，遺疏劾履謙加嚴譴，而事已無及矣。又如通州有前湖南布政使王璪，怙勢作威，殺害避難紳商，侵奪良民財產，富擁專城，幸而賊氛未到，一方先被其毒矣。至如寇勢最張之時，江南則有侍郎龐鍾璐，江北則有左副都御史晏端書，江西則有候補京卿劉繹，數公皆清德雅望，不願多事，能使民間不知有團練大臣，已為一時罕覯。若其篤老癃廢，雖充團練大臣之數，口不言戰守事宜，一聞賊至，倉皇奔徙之不暇，遑恤其他。若是者纍纍也。

嗚呼！自兵事起，世之談經濟者，措意於團練已數十年。曾文正公雖由此發軔，然惟早變其實，並變其名，所以能有成功，否則前事可睹矣。其賢者固束手無措，僅以一死報國，或明知無可發舒，潔身遠引而已。其不賢者則齮齕大吏，蠹國殃民，不啻為賊先導，求其能捍寇保境者，十無一二。蓋在上者以不必籌餉為便，不知百端流弊皆由此起。苗沛霖以團練為名，遂據淮北以叛。咸豐季年，山東、河南、安徽立寨自固者，徧布諸郡縣，遂有寨主名目。凡為寨主者，皆武斷鄉曲，賊害行旅，官吏所不能問，王法所不能施。科爾沁忠親王藉百戰之威而剗平之，何其難也！同治七年，捻寇衝突畿輔，各營將士孤行失道及公車北上之士，有為諸寨所活埋者，竟無從問其主名。此皆團練之遺禍也。

書沔陽陸帥失陷江甯事 庚寅

兵部尚書總督兩江沔陽陸建瀛，字立夫。以道光季年，由監司致大用。頗英鋭任事，好談經濟，有蹇然當官之稱。亦稍結納賢士大夫，一時名流，如漵浦嚴正基仙舫，邵陽魏源默深，上元梅曾亮伯言，元和陳奐碩甫等，皆為所羅致。又謹事當路諸公，得其驩心，諸公既驚歎其能，爭為揄揚。由是聲望踔起，眷倚日隆，天下有大政，益埤之。

咸豐二年，粵賊出嶺嶠，越洞庭湖而北，勢張甚。陸帥時在豐工督辦南河合龍事宜，嘗從容語幕客：『群盜弄兵，無堅不摧，然實尟遠略。當今苦無任事者耳。』因屬草疏，擬戰守事四條以上。文宗嘉之，諭令察度軍情，如必親往扼要調度，可即酌量籌辦，不為遙制。又令分飭文武大員於水陸要衝，節節嚴防，毋稍疏虞。陸帥疏言：『小孤山扼長江要隘，然在小孤山設防，不如在上游黃蘄等處設防。』上授為欽差大臣，並賞還頭品頂戴，命江蘇巡撫楊文定馳守江甯。冬十月，陸帥由豐工還江甯，與將軍、巡撫等會籌防務。調兵募勇，倉猝未集。上游羽書狎至，寇警日棘。乃以十二月庚寅，祀纛出師。奏稱東西梁山及荻港各需兵千人防守，請由江蘇、安徽巡撫如數酌撥。從之。先是陸帥派兵三千，往防湖北武穴下游之老鼠峽，至是遴壽春鎮總兵恩長為翼長以濟師，俾率松江提標兵二千先行，陸帥自率續到兵數百、親軍數百，與員弁幕客乘舟溯江，倍道前進。三年春正月，丙午朔，賊去武昌，盡鋭東趨，俘男女數十萬，舳艫十萬。中江而下，新舊賊循兩岸，夾江分馳。

當是時，海內承平久，武備日弛，綠營兵尤積疲不可用。陸帥兩次所遣進防老鼠峽之兵，皆畸零湊集，兵將不習，分數不明。既到防，檥舟江岸，並不度地為營自固。綠營兵於濬濠築壘，亦本非所諳。偶或登岸操演，飾虛藝以炫眾，見者皆目笑之。聞賊將至，膽寒氣索，船已漸稀矣。乙酉夜，恩長與賊遻，麾兵進戰，中礮墮江死，師潰。陸師先以十二月乙巳晦次九江，休兵數日，已知賊棄武昌而東，乃命移舟上駛，逢潰卒白恩長敗狀。從兵聞之，凶懼，返棹順流疾行。蓋距九江未遠也。今紀載家謂陸帥以丙辰日抵廣濟之龍坪，不知龍坪在九江上游百餘里，賊於甲寅日已陷九江，豈有安行兩日不遇一賊之理？此殆奏牘鋪飾之辭，非事實也。江西巡撫張芾駐守九江，亦引軍退。賊居九江五日，九江已空無人，賊無可戀，悉眾進蹴安慶。

陸帥違小舟，夜過小孤山。是時有標兵數百駐營山椒，安徽按察使張熙宇督礮船泊山趾，名為防守，眾固知其不足恃也。然小孤山兀峙江中，巋然為東南屏障。其峰斜對南岸彭郎磯，南寬里許，北寬半里，兩岸縱礮，均及中流。彭郎磯背倚江濱，尤宜置堅臺巨礮。若使豫為措注，憑要害以格勍寇長驅之勢，即可徐籌戰守，相機截擊而乘其敝。惟築臺製礮非經營數年不為功，且必有精練陸軍及水師互相聯絡，方收實用。無論當事者未見及此，即使知之甚明，復有其事權才力，而賊勢如潮湧，如風雨之驟至，亦斷不暇辦此，則亦不能盡為不辦者咎也。陸帥徑越小孤，不敢留。標兵礮船，一夕不知所往。自是賊直躪瀕江數千里，如入無人境矣。陸帥乘肩輿過安慶城外，巡撫蔣文慶登陴問戰事。陸帥憑軾搖手曰：『賊勢浩大，萬不可敵。』蔣公邀入城同守，不聽。壬戌，賊陷安慶，蔣公殉焉。

甲子，陸帥至江甯，隨行僅十七人並兩舟而已。蓋自九江以下，水陸兼行，凡七晝夜而達會城。並撤蕪湖荻港、板子磯防兵，歸東西梁山。聲言將親督廣艇暨舢板船進防東西梁山。未及行，師船已不戰而退。將軍等致書趣令仍赴上游迎勦，不答。請結營城外為犄角，亦不答。將軍等詣商戰守事，稱疾不出。凡閉閣謝客者三日。楊文定稱總督已歸，即日拜疏，移守鎮江。於是將軍祥厚、提督福珠洪阿、副都統霍隆武、布政使祁宿藻，會疏劾總督巡撫喪師避寇狀。有詔陸建瀛前已革職，著交祥厚拏問，委員解刑部治罪；楊文定革職留任，率同文武防守鎮江；祥厚兼署欽差大臣、兩江總督。然驛程相距二千里，比奉詔旨，已在城將陷時矣。賊居安慶三日，運藩庫銀三十餘萬兩，漕米四十餘萬石，登舟去，仍留賊守安慶。丙寅，陷太平。庚午，陷蕪湖。辛未，福山鎮總兵陳勝光以水師迎戰蕪湖，眾潰，勝光中礮墮江死。壬申，賊前隊薄江甯，周視城外形勢。城上槍礮齊發，賊斂軍不動。甲戌，大隊悉到，聯營二十四座。賊船自新洲大勝關至七里洲，麕集蠭萃，莫紀其數。明日衆賊傅於城下，攜具仰攻，晨夜不息。兵民協力固守，聚寶門外米商自募練勇殺賊。賊將敗矣，城上開礮助威，誤中數人，練勇駭散。祁宿藻望見，憤甚，嘔血死。賊在儀鳳門外靜海寺中掘隧道百餘丈，抵城隅，實火藥其中。二月，乙酉旦，震聲訇然，地雷發，城隤，賊驟登。第二雷又發，殪賊數百。官兵驩踴，獻馘領賞。守陴兵轉寡，賊大至。因調西北隅防兵，北嚮堵禦。相持正急，別隊賊門於水西門，噭嘑衝入。官兵潰，祥厚等退保內城，旗營男女登陴守禦。內城又陷，死者四萬餘人。忠勇公祥厚、果毅公霍隆武、壯敏公福珠洪阿，皆力戰死之。知上元縣劉同纓公服坐堂皇罵賊，死之。前廣西巡撫鄒鳴鶴隨辦團防，亦死焉。前定海鎮總兵湯貽汾告休僑寓，從容賦絕命詩自縊。官民被驅脅屠戮者無算。陸帥乘小輿往謁將軍，還至十廟前，遇賊，叢刃斫之死。上命賞還籍没家產，給恤典贈謚。御史方俊疏論之，乃撤恤贈，仍還總督銜。

江南士庶追怨陸帥不能禦賊，浮議籍籍，謂陸帥實已降賊。建陽守備汪大臣稟報大帥向忠武公，謂望見陸帥首裹黄巾與官軍接仗。向公訪城中逸出兵民，陸帥實於城陷時被殺。劾大臣誣衊上官，抵罪遣戍。賊既陷江甯，踞為偽都，益縱悍黨四出，大江南北十餘行省皆為之震撼，前後用兵凡十二年而始剋之。嗚呼！何其失之易而復之難也。

夫數百年一逢之浩劫，若有數焉存乎其間，或非人力所能挽回。當道咸之際，民不知兵，强寇竊發嶺外，其勢飆忽震蕩。是時楚軍、淮軍風氣未開，疆臣、武臣但倚疲窳渙散傭丐充數之營兵，當彼黠悍方張之寇，譬若驅群羊咋餧虎，掇槁葦以燎於洪爐，至則靡耳。此由吏治軍政，錮習積弊，釀於百年之間。其咎不在一人，亦非一手足所能為力。即使中興諸賢，驟值此變，亦將束手。陸帥總督四布政司，權力最廣，受人責備亦最嚴。然總督之權，統轄綠營耳。彼閩境營兵，按其籍當不下十萬，而虛額頂冒去其半，守汛及武員私役再各去其半，所以徵調半年僅得數千人而止。此數千人者，皆未習戰陣，遇敵輒北，不啻竟無一兵，是總督亦徒手耳。以徒手之人，責其扞蔽江東西全境，庸有濟乎？嗟夫！膺天下之威柄者，負天下之指摘者也。陸帥狃於承平之時，憑藉國家寵靈，令肅風流，無嚮不濟，不悟兵事之難，須實有歷練，更非河工諸事可比，乃欲藉出境禦寇塗飾庸眾耳目，上希寵眷，邀取軍符以為榮。貿然一行，茫無布置，固無不僨事之理。

向使陸帥於賊未出嶺之時，豫籌鉅款，甄拔良將，募練一二萬人為生力軍，以備迎剿，最為上著。然此等深識遠慮，未可以責之陸帥。且賊縱剽疾，亦實措手不及。其次則專駐江甯，就所有之兵與餉力保會城，並在采石磯東西梁山相機堵遏，但能固守一月，待向帥大軍一到，可以不陷。乃計不出此，挈數千疲弱之師，進守鄰疆不必守之地。而於部勒之規，控扼之方，策應之機，惘然不知為何事，躬未到防，輒已敗潰。又復倉皇退避，窮日夜力狂奔以為民望，至使沿江上下將吏兵民聞風逃徙，無一堅城稍阻賊勢。既返會城，自慚喪敗，不與將軍等會議防務，以致城中無所適從，坐失事機。此其誤國殃民之大者也。蓋總督不出則已，既出而九江失守，惟有駐守小孤山為死所。均之一死，較之死於江甯為愈矣。陸帥不善自為計，及既遁逃失勢，威望埽地，官民交譏，殆無一事可為，而其始則尤誤於遠出也。然則人生不幸丁多事之秋，都崇高之位，苟無閎識以慮之，毅力以居之，其不至誤全局而自蹈僇辱者幾希。

往讀左氏春秋傳暨司馬公資治通鑑，皆善惡并書，功罪互見，所以示後人法戒也。近世國史立傳，及私家誌銘之屬，意主揄揚其賢者，而擯絕其不肖者，由是關繫絕大之事，後人但有所取法，無所取戒。余謂戒先於法，雖有志之士，抗希曩哲，力補時艱，必有所戒，乃能有所法也。即如沔陽陸帥之失陷江寧，昆明何帥之失陷蘇常，皆關繫時局之大者，措注一誤，萬事瓦裂，貽悔無窮。

後之任大事者，皆當取以為戒。然無甄敘其大凡者，再數十年，則湮没無傳矣。初抵英倫，使務稍閒，輒追憶舊聞，旁稽雜記，纂厥要最，以備遺忘而資考鏡焉。自識。

書昆明何帥失陷蘇常事 庚寅

兵部尚書總督兩江昆明何桂清，字根雲。家世微甚。弱冠入翰林，循資八遷而至侍郎。督學江蘇，值粵寇俶擾江南北，頗屬幕客草疏陳兵事，糾劾疆吏之退縮僨事者，持論多侃侃。文宗奇其才氣，改官浙江巡撫，年未四十也。撫浙數年，通判徐徵忮其同官王有齡之驟遷道員，訐告巡撫獎薦不公。何帥奏陳顛末，語稍亢激。天子責之，引疾罷歸。已首塗矣，適闕兩江總督，上詢軍機大臣：『此官以籌餉為命脈，孰能勝任者？』大學士彭蘊章奏稱：『何桂清在浙江餉徽州全軍數萬人，未嘗闕乏。』上韙其言，授兩江總督。彭相故與何帥同年進士，何帥頗謹事之，彭相亦傾心推轂，以謂夷艱濟變英傑者儔也。何帥復力薦王有齡籌餉精敏，擢江蘇布政使。由是總督、藩司，呼吸一氣。攬巡撫徵餉察吏之柄，有齡愈益發舒。巡撫趙德轍不能事事，移疾去。未幾，幫辦軍務提督張忠武公國樑攻剋鎮江，何帥以籌餉功加太子少保。

咸豐十年春正月，張公總統諸軍攻剋九洑洲，何帥又以籌餉功加太子太保。當是時，何帥渥承眷倚，慷慨談兵，訏謨輻湊，聲譽翔洽，與湖北巡撫胡文忠公林翼相上下，天下稱何胡兩宮保云。張公既剋九洑洲，進剋上關下關，遂與欽差大臣江甯將軍忠壯公和春濬濠築壘為長圍，以困金陵。賊渠洪秀全告急於江北、皖南諸巨酋陳玉成、李世賢、楊輔清、李秀成等。秀成慓悍不如諸賊，最後起，頗狡黠，欲披官軍之勢，與其黨謀曰：『官軍精鋭悉萃金陵，其餉源在蘇杭。今金陵城外長濠已成，官軍內圍外禦，張國樑又嚄唶善戰，攻之難得志。不如輕兵從間道疾搗杭州，杭州危，蘇州亦必震動，金陵大營懼我絕其餉源，必分師奔命以救之。我瞯大營虛弱，還軍急擊，蹶破大營，則蘇杭皆我有也。』乃自率悍賊千餘襲破涇縣防軍，遂陷旌德。

二月戊戌，進陷廣德，攻陷四安防營，總兵李定泰跳遁，賊由安吉、武康直犯杭州。諸路同時告警，上命和春兼督浙江軍務，提督張玉良總統援浙諸軍，分大營兵勇五之二以畀之。玉良過蘇州，布政使王有齡留之二日，俾閱城垣。壬戌，賊陷杭州，將軍瑞昌等退保子城。

三月丁卯，玉良軍至杭州，與瑞昌内外夾擊，賊黨寥寥不耐戰，遂宵遁。官軍追復臨安、孝豐、安吉等城，何帥奏稱玉良受有齡密計，攻復杭州。上擢有齡巡撫浙江。己卯，和帥遣總兵熊天喜、曾秉忠率水陸軍攻復長興。賊詗知大營留兵愈單，由浙境風馳而西。陳、李、楊諸酋各挾全部先後麇至，大會於東壩。乙酉，攻建平及東壩，皆陷之。進陷溧陽，圍金壇。先是金陵大營兵勇七八萬人，月支餉銀五十萬兩，皆取辦於蘇、松、常、太及浙江之杭、嘉、湖、甯、紹諸郡。兩江總督駐常州，專主餉事，未嘗闕乏，故能措持八年之久。及和、張二帥益募壯勇，增築長圍，需餉有加。浙江告警，大營分兵馳救，驟加行費，浙江自顧不遑，餉亦不繼，糧臺收款驟絀，月短二三十萬金。何帥馳書告和、張二帥，請自後閱四十五日發一月餉。是時頓兵日久，將卒雖習戰事，實已驕佚，酗酒狎妓，酣嬉無度，月支足餉，尚不敷用。及驟聞減餉事，則悢悢如有失。翼長提督王浚為和帥所倚，把持軍政，藉勢侵剋。眾情蓄憾，互相傳播：『賊若來攻，吾輩堅勿出戰，任大帥與翼長自為之。』賊欲圖大營，詭若將嚮蘇常者以糜官軍，遣別隊由溧陽逼宜興，進躪武進之夏溪隍里埠，烽火去常州四十里。王有齡將之杭州。己丑，如常州議兵餉事，何帥奏令會辦軍務。庚寅，有齡調駐蘇之威武振軍一千人至。辛卯，副將周天孚由浙江率數營至。大營新募潮勇數千，亦至自浙江。和帥先後調防守揚州之總兵馬德昭，及援浙之參將羅希賢，各以兵三千往援金壇。何帥檄令德昭等援常州，遣天孚及潮勇往金壇。賊遽退出武進界，盡趨金壇。

閏三月丁酉，攻陷句容，自是大營後路斷矣。戊戌，張玉良全軍至常州，中途疊接和帥檄，調援大營。及抵常州，和帥連馳羽書令箭調之。何帥曰：『彼不知我欲守常州邪？』留不遣。和帥復調馬德昭往援，亦不許。己亥，羅希賢一軍自宜興至。庚子，熊天喜一軍自廣德至。前後到郡兵勇二萬數千人。王有齡莅官浙江，何帥如失左右手。有齡由駟日發一書，為何帥規畫甚備，戒勿離常州一步。且曰：『艱難之秋，萬目睽睽，瞻大帥為進退。一搖足，則衆心瓦解，事不可為矣。』有齡蓋洞見何帥癥結而鍼砭之也。是時常州無賊，何帥飛章報捷，奏陳常鎮軍情：凡常州、宜興、鎮江、丹陽、金壇，為路五，共需兵若干，統歸張玉良節制，自任力保蘇常。辭氣甚壯，何帥意在擁衆自衛，蓋已置金陵大營於度外矣。辛丑，群賊悉詣金陵城外，進斸大營，大半多空壘。群賊環攻横突，死咋不退。副帥張公激勵將士，搏戰七晝夜。賊來益衆，餉又不繼，外無援應，諸軍能戰者多留駐常州，九檄而不至。戊申，甚雨，雷電以風，大雪厚尺餘，寒甚，人多僵凍。兵勇連日譟至王浚帳下，索餉不得，則肆掠通衢，將吏不能詰。己酉夜，諸營火起，王浚部下先遁，和帥部下繼之，全軍遂潰。和帥及幫辦軍務光祿寺卿許乃釗、翼長王浚等，狼狽走鎮江，委棄餉銀、鍋帳、軍械無算。張公部衆尚未動，聞大帥已退，張公頓足曰：『八年心力，墮於一旦！』憤激欲自裁，部將苦止之。明日，乃自殿其師，徐退至鎮江。賊不敢逼，何帥恐和、張劾己也，亟致書慰勞，請移守丹陽。

和帥先至丹陽，遣熊天喜進營白堍，張公招集潰衆。越二日，統一萬三千人抵丹陽，俾總兵馮子材以萬二千人守鎮江。張玉良自常州城西南五里亥至西北，結二十營。何帥奏稱：『丹陽以上軍務，和春張國樑主之；常州軍務，臣與張玉良主之。俟布置稍定，進圖溧陽。』實皆空言也。何帥趣和、張進援金壇，新敗之後，士氣不振，未及休養，賊已由金壇之珥村繞出丹陽南路，馬德昭迎剿於奔牛。賊趨呂城，隔絕常州、丹陽大道。熊天喜軍潰於白堍，自殺。癸亥，李秀成率賊十萬至丹陽，憚張公威名，未敢輕進，步步為營以造城下。張公開南門出戰，季成望見徽志，人馬辟易。既潰復集之軍，因連日索鍋帳、軍械於常州，不能得，復大潰。賊按兵未動，張公揮親軍奮馳鏖之，潰卒塞塗，蔽隔不得前。賊溷入潰卒中，狙擊張公，創甚，猶手刃數賊，躍馬入尹公橋下，死之。明日，和、許二帥以十二騎奔常州。何帥聞丹陽失守，大驚。總理糧臺前按察使查文經希何帥意，挈諸司道薛煥、王朝倫英祿，聯銜稟請退保蘇州。何帥得稟牘，大喜，即拜疏言：『和春已至常州，軍務仍歸督辦，臣即駐蘇州，籌餉接濟。』紳民耆老數百人，即夕執香赴轅門，跪請留常。文經諭之，不散，執鞭之士出抶之，猶不退。何帥怒，遽令開洋槍縱擊，死者十九人。先是何帥密遣親軍護送其父及兩妾至通州，特張榜禁遷徙，並派兵嚴查諸門。紳民曰：『彼置吾輩死地，自示不走，無非便其獨走之私。毋甯留之，俾與吾輩同死。』

夏四月乙丑朔，紳民復相聚遮留，聲勢益洶洶。何帥懼，微服由間道脫走，步行出東門，上馬，遇知府平翰在城外巡徼，疑其追己也，手洋槍擬翰以嚇之，翰退避，乃怒馬絶塵馳去。從者待十里外，檥舟運河之麋，遂率親兵五百赴蘇州。查文經以護運餉銀為辭，先一日登舟去。城中文武皆奔散，惟通判諾穆歡布兀坐危城中。諸軍聞總督已走，宵潰，悉奔蘇杭，縱火劫殺，為賊前導。惟張玉良尚在城外，為守禦計，先燔附城民屋，軍士因肆剽掠，丹陽潰兵繼之，賊隊踵至。丁卯，玉良赴西路輅賊接戰，賊分隊由間道來襲城，守營兵叛應賊，玉良率餘兵退營無錫之高橋。城外民屋被焚者，既無可居，皆入城助守。糧臺尚存銀七十四萬兩，米鹽薪油雜貨稱是。紳士中一舉人、一醫士倡議，擁通判為城主，苦守數日。庚午，常州陷。通判及二紳死之，紳民遭屠戮者尤眾，以何帥禁遷徙故也。何帥至蘇州，巡撫徐莊愍公有壬不納，下令從總督者，毋許一人入城，遂劾何帥棄城喪師暨親兵在道焚掠狀。奉旨革職，拏解來京審訊。何帥次於滸墅關。和帥亦由常州奔至，自殺。何帥走常熟，紳民遞稟牘，謂常熟小邑，不足煩督府親駐，請免稅駕以召寇。何帥告以親兵乏餉，紳民致餉銀千兩、贐儀二百兩，約毋逗留，檥舟三日，宣言當借洋兵，遂之上海。甲戌，張玉良禦賊於高橋，會合宜興守將劉季三退來之兵，苦戰一晝夜，兵敗復振。賊由間道繞出九龍山之西，襲陷無錫。玉良前後受敵，收餘眾退至蘇州。蘇州兵餉皆被何帥徵集常州，稍有留存者，王有齡又挾以赴浙。徐公以撫標兵不可用，俾玉良入城助守，潰兵復為內應。丁丑，蘇州陷。徐公死之，遺疏劾何帥蹙國殄民。玉良奔杭州。何帥奏稱：『和春溘逝，兵勇解體，大局搖動，非臣書生所能支持。』得旨平時侈談彼短，一旦決裂，不知認罪，猶以書生自居，可歎可恨，殊有愧書生二字。

何帥簡任兩江也，軍機大臣長洲彭相力薦之。金陵大營既陷，上慮蘇常必危。彭相輒奏云：『何桂清駐常州，籌畫精詳。又有張國樑、張玉良驍健絕倫之將，文武協力，戰守有餘，寇奚能為！』不數日，警報狎至，則蘇常相繼陷矣。上訝彭相言不讎，且無知人鑒，解彭相軍機大臣。尋自陳衰病，請致仕，許之。賊既據蘇常，分黨長驅。數月間，連陷太倉、松江、嘉興諸州郡及杭湖屬縣，惟鎮江、上海兩城孤懸賊中。越一年，浙江全境遂淪於賊矣。

夫粵賊長技，在批亢抵巇，多方誤我。善應之者，當厚集兵力，攻所必救，稍遣偏師能戰者與彼別隊相角逐，稍久則彼情見勢絀，狡謀自敗矣。且兵家之忌，莫患乎為人所致。彼聲東則我分兵以東趨，彼擊西則我悉師而西騖，銳氣耗竭，根本空虛，倉卒之間，為寇所乘。向、和二帥圍攻金陵，皆坐此以致潰退。然當和、張二帥徵兵之時，使何帥不撓其權，亟令張玉良、馬德昭等能戰之師倍道兼行，併力掎角，相機運奇，遙張聲援，廣庀餉械，源源接濟，則勍寇可卻，大營可全，蘇常亦可保也。乃無事則籌略紛紜，臨變已張皇失措，一聞賊至，心隕膽破。明知大營萬分危急，稽留勁軍，置之無用之地，是誠何心？卒至老營勢孤援絕，賢將精卒併命同殉，悍夫驕兵乘機鼓譟。大軍既覆，常州遂危。輒復率先倡逃，不能為一日之守。曩者被留之勁旅，轉瞬悉化為潰卒。群賊踵而驅之，勢如黃河奔流，一瀉千里。遂令東南都會，財賦奧區，為豺虎窟宅者五年。荼毒生靈，全局震岌，誰之咎也？君子於是平情衡量，謂何帥之罪浮於陸帥多矣，至若陷紳民以規自脫，殪父老以拒攀留，斯又陸帥所不屑為者。釁盈罪積，中外共棄，無地措身，為天下僇。雖曲護何帥者欲為解免，夫孰得而解諸？

書科爾沁忠親王大沽之敗庚寅

英吉利、法蘭西以咸豐七年冬十一月攻陷廣州，執總督葉名琛，久踞不退。注謀在改約章，索償款，增商埠。自謂據城為質，必可如其所請，講解以罷也。於是總督兩廣兼通商大臣者，為侯官黃宗漢，宗漢亦承平文俗吏耳，盱衡厲色，操下如束濕薪，退駐惠州，既不激勵兵練，籌剋會城，又不與英使會議立約退師事。習見通商以來，主和者例干清議，挑釁者亦膺嚴譴。舉凡馭遠綏邊暨戰守方略，惟以閉口不言，塞耳不聞為能。英使額爾金久不得我要領，乃糾法、美二國，駛兵船北上。咸豐八年夏四月，驟至大沽海口。大沽綠營兵素不練，多恇怯，一見敵船，驚潰。洋兵踞我南北岸礮臺，直隸總督譚廷襄、提督張殿元等皆以疏防獲罪，遣戍監候有差。額爾洋兵以大小輪船七暨舢板船駛入內河，直薄天津。額爾金等照會內閣，此來非用兵，蓋欲修好，請面見天子訴其事。文宗特遣侍郎銜耆英諭止之，不能。耆英歸，賜死。遂命科爾沁親王僧格林沁以欽差大臣視師通州，遣大學士桂良、尚書花沙納往議和約。

英人多索償款及商埠，許之恐傷國體，拒之慮挑强敵，乃以兩江總督何桂清兼通商大臣，特派桂良、花沙納馳赴上海，會同桂清，先與英人商定稅則，再議約章。亦欲姑退之以紓近患，修戎備也。六月，英、法、美三國兵船退去。秋七月，王移軍海口，修築大沽、北塘營壘礮臺，購巨礮分布要害，檄州縣伐大木，輪之海壖，植叢樁水底以禦輪船。又奏請調吉林、黑龍江、察哈爾及蒙古兩盟馬隊，前後赴軍者可五千騎。九年春三月辛未朔，怡親王載垣馳赴天津，察勘海防事宜，桂良等在上海與額爾金商定稅則。額爾金遣其弟卜魯士率兵船北駛，聲言將入京換約。桂良等告以大沽設防，當進自北塘。夏五月庚寅，卜魯士至攔江沙外。壬辰，遣其兵船闖入大沽海口，先覘形勢。王故羸師以張之。癸巳，洋輪十七艘駛進雞心灘，用炸礮摧斷鐵練。甲午，鼓輪直進，毀我防具，皆樹紅旗催戰。直隸總督恒福派員持天津道照會告以桂相已由上海馳還，請移駐北塘口外，靜待換約，否則暫令換約官數人由北塘至天津。英人摽使者，不受照會，開礮擊我礮臺，分遣步隊蟻傅登岸。王揮鞭上馬，督軍鏖戰，戒礮臺同時開礮，沈毀數船，擊殺登岸洋兵數百，生擒二人。英領隊官傷股而踅，殞焉。洋輪入內河者皆已中礮，不能駕駛，惟一艘遁至攔江沙外。是役也，英人狃於往歲海口之無備，且窺見臺中礮力輕弱，未知我增置大礮也。貿然輕進，迨我礮擊壞數船，洋兵相顧眙，心手瞀亂，縱礮鶩擊，多不能中。海潮方上，易進難退，倉卒不能出口。而我臺瞭擊敵船，蔑不中者，是以獲捷。

英船未入口者，留駐大沽以南，分嚮旅順、威海衛、大連灣、大孤山，遊泊測繪，皆海口形勝也。或在此購煤、汲淡水，轉若為濟寇後路焉。疆吏營將，聞之愷然，咸謂荒島無足扞者。會英船糧且盡，始悉南駛。當英兵開戰時，美使華若翰由北塘登岸，詣京師，呈遞國書。款以優禮，換約而返。華洋巨商知英人恥其敗挫，必興師報復，懼妨互市也，自議集捐白金二百萬兩輸償英餉，沮其再舉。於是英使法使照會通商大臣何桂清，若事事遵八年原約，即可罷兵。桂清據以入告，得旨卜魯士輒帶兵船，毀我海口防具，首先背約。損兵折將，實由自取，並非中國失信。所有八年議和條款，概作罷論。若彼自知悔悟，必於前議條款內，擇道光年間曾有之事，無礙大體者，通融辦理，令其有以回報本國。仍在上海定議，不得率行北來。儻再有兵船駛入攔江沙者，必痛加攻剿，毋貽後悔。當是時，廟謨以獲勝之後欲改前約，冀英法二國或就範圍也。然猶申戒疆臣、帥臣，不得見敵輒先開礮，致礙和局。又命留北塘一口為通使議和地。

顧北塘地勢扼要，不亞大沽。明代防倭，已有礮臺，康熙、道光年間，皆修葺之。迨王督辦海防，營度於大沽、北塘之間已二三年。北塘用帑百餘萬金，僅成南北三礮臺。會有言宜縱寇登岸擊之者，王心韙其說。旋奉旨撤北塘之備，退據大沽營城，移其巨礮，置大沽南北岸礮臺。營城距北塘陸路三十七里，水路七十里。議者謂禦寇不於藩垣而於堂奧，失計已甚。北塘紳士、御史陳鴻翊，密疏爭於朝，不聽。翰林院編修郭嵩燾在幕府，亦力爭之。王狃於大沽之捷，謂彼以船來，不能多攜馬隊，俟其登岸，我以勁騎蹙之，可以必勝，洋兵伎倆，我所深知，何足懼哉！嵩燾以議論不合，遂辭去。十年夏，英將額爾金，法將噶羅，率輪船、帆船共百艘入寇，復至大沽口，詗我設備嚴，懲前敗，不敢闌入。徐闞北塘之弛防也，遂移嚮北塘。先縱小火輪船至海岸，以鐵練繫巨樁，鼓輪拽之。須臾，樁則自拔。一樁去，復拔一樁，不二三日而數百樁盡拔矣。六月丁丑，英法馬步隊各挽礮車登岸，先據礮臺。官軍猶以其來換約，不之禦也。大吏派員持照會，請其使臣入都換約，不應。王整軍以出，所部馬隊已調赴他軍，不滿五千，合京旗步隊幾及萬人。英軍馬步可一萬，法軍八千。壬午，洋船由北塘進內港，我軍馳往扼之。適值潮縮，船不能動，懼為我軍所襲也，高懸白旗，示欲議和狀。我軍信之，不敢縱擊。比潮長，洋兵出不意薄我師，我師被挫。洋兵由北而南，將逼大沽，抵新河。我軍禦之，洋兵先以七百人出戰，王瞰其寡也，麾勁騎馳之。洋兵退，乘勢蹴之。洋兵各執一槍，精利無前。數十步外，即不能近。俄而七百人為一字陣，每人相去數十步，陣長數里，輅我馬隊三千，漸圍漸迫。我軍不能退，突圍欲出。洋兵發槍無不中，我軍如牆之隤，紛紛由馬上顛隕。近世火器日精，臨陣者以俯伏猱進為避擊之術，騎兵人馬相依，占地愈多且高，遂為眾槍之的。然後知槍礮既興，騎兵難以必勝，或反足為累也。戊子，王師敗績於新河，收合馬隊，出者七人而已。精銳耗竭，勢遂不支，退保唐兒沽。英法軍張甚，出全隊攻軍糧城，又攻副都統德興阿之營於新河，皆陷之。大沽北塘如左右戶，新河復居大沽之背。是時洋輪由北塘分嚮大沽，駕大礮，擬我礮臺以扼我前，步騎踞新河以鰌我後。大沽礮臺益危，礮穴外向，不能反擊。王所經理三載之工程與數百萬之帑金，悉置無用之地。王始悔縱敵登岸之非計，而事已不可挽矣。

庚寅，我軍復退，洋兵進踞唐兒沽。辛卯，奉硃諭云：『僧格林沁握手言別，倏逾半載。大沽兩岸，正在危急，諒汝憂心如焚。天下根本，不在海口，實在京師。稍有挫失，須退守津郡，自北而南，迎頭截剿。萬不可寄身命於礮臺，以國家依賴之身與醜夷拚命，太不值矣。南北岸礮臺，須擇大員代為防守。汝身為統帥，固難擅自離營。今有特旨，非汝畏葸，若不念大局，只了一身之計，殊負朕心。握管悽愴，諄諄特諭，汝其懔遵。』壬辰，特派侍郎文俊，武備院卿恒祺，馳往北塘海口，伴送英法二國使臣入都換約。秋七月癸巳朔，上命大學士瑞麟、尚書伊勒東阿統京旗馬步官兵九千防通州。丁酉黎明，洋兵攻大沽北岸石縫礮臺，一開花彈飆入火藥庫，訇然震發，雷砰電颺，土崩石飛，礮臺失陷，提督樂善死之，惟南礮臺尚存。王念屢挫之後，精鋭傷亡，南礮臺孤立難持久。適奉密旨，退防後路，乃撤營城及南礮臺防兵，次於通州之張家灣，與瑞麟軍相依護。庚子，以疏防故，奪王三眼花翎，領侍衛内大臣、鑲黄旗滿洲都統。洋兵進至天津，會和議屢講不就，遂逼通州。

八月戊辰，光禄寺卿勝保率偏師邀戰於八里橋，勝保紅頂黄褂，騁而督戰。洋兵叢槍注擊，傷頰，墜馬，師奔。瑞麟軍聞風兇懼，宵潰。王軍朝陽門外。己巳，天子以秋獮巡幸熱河，洋兵縱火燔圓明園。甲申，王軍亦潰，聞恭親王在長新店，與瑞麟等皆往從之。英法按軍郭外，欲邀恭親王主和議。恭親王用恒祺居間排解，往復關説甚苦，浹兩旬，和約始定。九月壬寅，暨英人、法人平。當是時，曾文正公國藩督師祁門，胡文忠公林翼駐軍太湖，進剿粤寇，相持甚急。聞變，合疏奏請於兩人中簡派一人，率精兵萬人入援。會和議成，乃不果行。

英法軍以海口封凍為虞，皆於初冬退去。議者始悟咸豐七年廣州被陷之後，未始不可善為講解。内外大臣無一諳洋情者，遂於剛柔緩急、取與操縱之訣，未能適中機宜。又或專為身謀，玩視大局，瞢然置之不理，使彼激而生變，紛紜者數年，局勢乃彌棘矣。不然，則乘大沽挫敵之後，隱示轉圜，儻得能者善為迎距，則八年原許之款，或可擇其重者抽去一二。即使仍用前約，其愈於十年所定之款猶多。且敵情叵測，大沽、北塘與各海口皆當嚴備。夫瀕海設防，猶在海駕舟也。舟之大數十丈，鑿方寸之孔，縱水漏入，則全舟沈矣。寇一入口，内地震驚，防不勝防，彼且反客為主。又以津沽屏蔽京師，而能戰之兵實不滿萬，亦覺軍勢過單。況騎隊不敵槍隊，更出人意計外乎！

自古戰、守、和互相為用，兩國修好，軍衛不撤，設防之無害於和亦明矣。是故戰愈奮，守愈固，則和愈速，不戰不守，和亦難久。要挾孔多，和固受瘥，自然之理也。北塘撤防，為議和地，時論頗歸咎於載垣、端華、肅順之誤大計。彼時三人，贊襄密勿，其責自無可辭。蓋戰和兩歧，斷非萬全之策。若十年之役，仍能卻敵，勿令深入，則彼已頻年動衆，師勞餉匱，勢當自沮。然後遣明練沈毅、夙有威望之大臣，馳赴上海，揆時度勢，與之定議，豈不愈於天津立約哉！豈不更愈於京師立約哉！

書兩江總督何桂清之獄庚寅

總督何桂清棄常州也，巡撫徐莊愍公有壬嚴劾之，上命褫職逮問。乃由常熟奔上海，屢以激團練，購內應，謀復蘇州為名，遷延兩年，竟不就逮。江蘇巡撫薛煥、浙江巡撫王有齡，皆桂清舊時屬吏，夙所薦達者也，頗力庇桂清，合疏奏請棄瑕錄用，俾奮後效以贖前罪。詔不許。薛煥奏稱嘉興軍營將士請桂清馳往督剿，俟剋復蘇州，再赴京伏罪。亦不許。言路論劾不已，給事中郭祥瑞、御史卞寶第兩疏，尤懇摯明切，海內交口傳誦。同治元年夏四月，逮入刑部獄。是時蘇常紳民憾桂清尤甚。總辦秋審處刑部直隸司郎中余光倬，常州人也，實司定讞，引封疆大吏失守城池斬監候秋後處決律，謂桂清擊殺執香跪留父老十九人，忍心害理，罪當加重，擬斬立決。

爰書既定，詔大學士六部九卿翰詹科道會議，議皆如刑部讞。諭旨復以何桂清曾任一品大員，用刑宜慎，如有疑義，不妨各陳所見。於是上疏申救桂清者十七人，大學士銜禮部尚書祁文端公寯藻為之首。疏引仁宗睿皇帝諭旨，刑部議獄不得有加重字樣為辭。不知此特就承平時尋常罪名言之，若身為大帥，失陷封疆千餘里，則不當援此為例也。又有工部尚書萬青藜，通政使王拯，順天府尹石贊清、府丞林壽圖，九卿彭祖賢、倪杰，給事中唐壬森，御史高延祜、陳廷經、許其光、李培祜等，或一人自為一疏。或數人合具一疏。其五人則余忘之矣。王拯、林壽圖之疏，最愎横無理。祁公之疏，尤令人不敢指駁。御史卞寶第疏糾之，大旨謂道光年間提督余步雲，咸豐年間巡撫青麐，皆以失陷封疆伏法，彼時祁寯藻為軍機大臣，不聞有言，何獨於何桂清護惜若此？聞者頗以為快。當是時天下無貴賤賢愚，莫不謂桂清死有餘辜。即十七人在廷會議，初無異言，自朝廷下慎刑之諭，輒思乘間翻案。然都中輿論，皆謂與桂清頗有深交者也；不則為人本在下中，無是非之鑒者也；不則自謂與桂清同隸邊籍，篤守方隅之見者也。獨祁公與王拯、石贊清以文章操守雅負時望，乃亦蔽於阿黨之私，力戰公論，則君子不能無病焉。適會李文清公棠階以耆舊起用，為太常卿，密疏言刑賞大政不可為謬悠之議所撓，今欲平賊而先庇逃帥，何以作中興將士之氣？於是上意始決，李公亦遂遷侍郎，入政府，丰采隱然，為中外所歸仰矣。

桂清對簿，自辯所以退至蘇州者，從江蘇司道之請，欲保餉源重地也，因引薛煥等四人稟牘為左證。廷旨下曾文正公查覈。文正疏言蘇常失陷，卷宗無存，司道請移之稟，無庸深究；疆吏以城守為大節，不宜以僚屬一言為進止；大臣以心迹定罪狀，不必以公稟有無為權衡。而貴州稟貢生黎庶昌伏闕上書，亦頗論及桂清。遂以是冬棄市。余光倬為桂清黨所嫉，旋摭他案劾之，撤銷記名御史暨京察一等，竟廢不復用。

書霆軍銘軍尹隆河之役庚寅

同治五年冬，捻賊偽魯王任柱、偽遵王賴汶光、偽荊王牛洪、偽衛王李允等糾合馬步精銳，由河南趨湖北，緣道驅脅眾逾十萬，盤旋德安、安陸之間，謀以一枝越襄河，躪蜀疆，一枝屯湖北為聲援，一枝闖武關，聯西捻張總愚。十二月辛卯，松軍統領提督郭松林被圍於沙岡集，受傷突走，其眾大潰。丙午，樹軍統領總兵張樹珊戰死於楊家河。是時賊騎數萬，雲翔風馳，勁疾慓悍，常以前隊挑戰，別選健騎繞出官軍後路以鈔之。官軍畏避其鋒，輒馮村堡自固，罔敢與遻，遻之尠不挫者。賊勢張甚，連陷應城、雲夢、天門，旋棄城去，屯鋸臼口、尹隆河以闚安陸。於是浙江提督一等子鮑武襄公超總統霆軍二十二營，合萬六千人，今福建臺灣巡撫、前直隸提督劉公銘傳總統銘軍二十營，合萬人，皆從南陽南下。銘軍由隨棗，霆軍由襄樊，分路進剿，迭有斬捦。

當是時陝西回黨四擾，官軍又敗於西捻。二寇交訌，鮑公疊奉廷諭及大帥疆吏急檄，趣令西師以援關中。然因楚軍敗績，東捻死咋不休，霆軍遂為所絆，不得西。賊將北趨，遇霆軍，折而南遁，復踞臼口。六年春正月，霆軍、銘軍會於安陸，賊走踞楊家垺、尹隆河等處。於是霆軍駐臼口，銘軍駐下洋港，期以庚午日辰刻進軍夾擊。先是鮑、劉二公意氣不相下，鮑公自謂宿將，殲勍寇，功最多，劉公後起，戰績不如霆軍遠甚，乃亦比肩為總統，意稍輕之。劉公謂鮑公勇而無謀，僅一戰將才耳，顧聞其威名出己上，尤邑邑不怡。然此時鮑公志在協力剿賊，無他意也。劉公召諸將謀曰：『度我軍之力，可以破賊。若會合霆軍而獲捷，霆軍必居首功，人且謂我因人成事。不如先一時出師，俟翦此寇，使彼來觀，亦當服我銘軍之能戰也。』乃於庚午日卯刻，秣馬蓐食，由下洋港逼尹隆河。賊隊盡在隔岸，劉公分五營留護輜重，躬率馬步十五營渡河鏖之。任柱以馬隊撲左軍，牛洪撲右軍，賴汶光、李允合撲中軍。左軍劉成藻五營先遇賊騎，不能支，敗退渡河。任柱來攻中軍甚急，惟右軍唐殿魁擊退牛洪，來援中軍，中軍亦已敗退矣。群賊萃於右軍，唐殿魁及其營官吳維章、田履安等力戰，死之。殿魁，銘軍之良也。師大奔，賊益縱，渡河追擊，銘軍崩潰。

適霆軍以辰刻踐期而來，勢如風雨，張兩翼以蹴賊，酣戰良久，呼聲震十餘里，大敗賊眾，剗燬楊家埄、拖船埠、尹隆河賊館數百，生擒老賊八千有奇，殺賊萬餘，奪獲騾馬五千餘匹，救拔劉公及劉成藻等於重圍之中，暨銘軍將士二千人，奪還銘軍所失洋槍四百桿，號衣數千件。一切輜重軍械及劉公之紅頂花翎，俱於次晨送還劉公營中。是役也，銘軍不先期出師則不敗；既敗，無霆軍救之，則必全軍盡没。

鮑公强自抑，若無幾微德色。劉公內慚，不可以言。自以訾謷霆軍久，邂逅擊賊，一敗一勝，慮為霆軍所笑，益恚，不能自釋。謀之主文案者，具牘報大帥合肥李公。大旨謂霆軍既約黎明擊賊，未能應時會師。銘軍孤進，初獲小勝。忽後路驚傳有賊，隊伍稍動，不知實霆軍也。我軍抽五營過河，還保輜重，賊瞯瑕來撲，以致大敗。我軍復奮與相持，會合霆軍迎擊，遂獲全勝。李公據以入告者如此。蓋歸咎他營，歸功本營，固咸同間用兵以來數十年之積習，不獨銘軍為然。李公之右銘軍，左霆軍，亦事勢所必至。李公新握兵符，亦頗慮鮑公不秉節度。鮑公疏陳獲勝狀，並據實咨報李公。李公已先入劉公言，幕府執筆者又稍有揚抑。軍機大臣、左都御史汪公元方謂鮑超虛張戰功，言盡不讎，彼既愆期貽誤，又驚動銘軍以致大敗，若科以失機與掩飾之罪，鮑超可斬也。先是左文襄公嘗密疏言鮑超驕横，已面折之。左公方將入關剿回寇，屢請廷旨趣霆軍入關，其意蓋欲朝廷稍摧折之，然後羅為己用也。汪公不省左公權略，頗篤信其辭，又不知鮑公實有大功也，故平生遇事不甚可否，此次持議獨堅，且云不一懲艾，不足儆驕將。同列均以為疑，乃僅擬嚴旨責之。

鮑公自敗賊於尹隆河後，次日即拔隊窮追，連蹙之於直河，於豐樂河，於襄河邊，殺賊一萬數千，生捦四千，解散脅從萬餘，拔出難民二萬，縶任柱、賴汶光、李允之妻，追至棗陽、唐縣界。鮑公自念破强賊，救銘軍出險，功高，冀邀褒獎為榮，塗次忽奉嚴飭，方悟銘軍之歸咎也。會湖北巡撫、威毅伯曾公奏報軍情，誤謂銘軍所剿者任柱，霆軍所剿者賴汶光，故霆軍勝而銘軍敗。是時賊勢任强賴弱，其言與鮑公自奏之疏又頗牴牾。鮑公憤鬱成疾，引發舊傷，日益危篤，奏請罷歸調理。

曾文正公已解兵符，還任兩江總督，聞之，馳書慰解。檄召總兵婁雲慶，乘輪船駛往，接統霆軍。並派員攜遼東人葠往問鮑公疾。大帥李公旋奏稱鮑公功高，請加獎護。威毅伯亦奏推鮑公之功。蓋二公皆已得文正手書也。於是溫旨稠疊頒賞人葠，並令俟疾愈後，留剿東捻，暫緩入關。調治數月，疾未瘳。曾公乃為奏請解浙江提督，遣撤霆軍十八營，留十四營改為霆峻軍，隨同淮軍剿賊。曾公稔知鮑公與淮將不能相下，若不令歸休，恐遂一病不起。鮑公既歸，則霆軍未必能得力，儻竟檄令西征，則金口之變，前鑒不遠。環顧大局，兼權統籌，不能不如是措注也。是年冬，汪公薨於位。曾文正公語幕賓曰：『嘯庵在樞府，未聞有謇然當官之聲，獨於鮑春霆事斷斷露鋒穎。彼於將之賢否，事之曲直，不能體察，以至顛倒黑白，得非將死而耄及之與？』蓋曾公心不平之，故見於辭氣者若此。嘯庵，汪公字也。鮑公既養疴家居，十年不出。曾文正公別遣大將劉忠壯公松山率萬人入關，馳剿回、捻二寇，戰比有功。左文襄公之平關隴新疆，得忠壯一軍之力為多。銘軍雖敗，恤死撫傷，簡卒補伍，峙糧敹械，休養半年而後用之。李公之滅東西捻也，銘軍功最。蓋古之將帥必倚所習用之軍以集事，不自今日始矣。然余遇銘軍將士及隨從劉公之僚友，皆云尹隆河之戰一敗塗地，總統營官與幕僚等俱脫冠服，坐地待死，霆軍拯救之功實不可忘。議者於是歎劉公始終不肯讓人，其氣盛不撓，固不可及，而以怨報德為已甚也。

書俄皇告洪大臣之言辛卯

光緒十七年春正月，出使俄、德、荷、奥四國兵部侍郎洪大臣鈞任滿將歸，詣俄皇宫辭别。俄皇免冠握手為禮畢，深語密談，不知晷之移也。其言曰：『外人謂予欲與中國為難，又有齮齕朝鮮意。此等議論，如風不可執，影不可捕，雖明者能燭其隱，而愨者易飫其欺。或有西邊大國造為此説以聳聽聞。若過信之，洵足損邦交，誤國是。中俄和好餘二百年，交誼在諸國之先。予固不肯一旦廢棄。且俄國前得波蘭之地，及割瑞典、芬蘭之地，並所定圖爾齊斯坦諸部，壤博人衆，未能心服，常思乘俄有事，逐風塵而得逞，彼時西方諸强國且睨隙而議其後。俄地懸隔過遠，氣脈不貫，呼應不靈，能無顧慮？予是以日夜兢兢，不欲生事境外，必先綏輯新得之地，俾其人志趣與俄為一，此非用數十年心力不為功。至東境創築鐵路，蓋為輸寫琿春、海參崴商貨之故。且苟無鐵路，則琿春、海參崴終覺孤懸，勢難兼顧。況以天下大勢言之，俄境雖甚緜長，自西趨東，處處皆側面也。中國由南嚮北，處處皆正面也。我雖建造鐵路，亦必聯絡中國，始能縝密無間。議者每云英人助土耳其扼守君士但丁海峽，俾俄之水師不得出地中海，故俄常欲營一屯泊水師之海口，而思有事於朝鮮。斯又不然。近數年來，我已於黑海之濱得停泊兵輪之善澳，北邊又得煤礦，苗旺質良，又於庫頁島得海口兩處，皆風静水暖，可泊輪船，亦有煤礦。且俄與丹馬，婚姻之國。俄若欲濟水師，丹馬海峽亦可假道，奚必注意朝鮮哉？貴大臣歸中國，可勸政府務崇睦誼，切勿為讒言所惎。』傳聞俄皇之説如此，數千里外輾轉演述，或恐稍汩其真，然其大旨無歧也。

竊謂俄皇所論，未必非由衷之言。顧自古交鄰之道，往往約為兄弟，齊以盟誓，不數年而時移勢改，有難副其初志者矣。今必謂俄皇之言不可信，固非事實，然所繫於時局者至重，聞此説者，能無槩然於心？總之，修內政，鼓人才，飭邊防，整海軍，審洋情，聯與國，數者缺一不可。孫子曰：『毋恃人之不來，恃吾有以待之。』此數者，無論諸國有事與否，皆我一日不可緩之事。竊玩俄皇之語，似發於至誠，則我亦當以至誠之意待之。夫使俄皇之愛中國而出於至誠也，試以六事質之，亦必謂當務之急也。

書工商核給憑單之例 癸巳

西洋製造之精，以汽學、重學、化學、電學為本原，人人用力格致，實事求是，斯其體也。國家定例，凡創一器者，得報官核給憑單，專享其利，斯其用也。

夫開物成務之功，如火輪舟車，暨傳電、鍊鋼諸大端，非一時一人智力所驟致，必有集衆能，研絕學，窮年累世，始獲變通盡利者。其用費則雖斥私財貸巨債而不惜也，其用力則雖積祖孫父子之創述而不倦也。國家既給憑單之後，凡購物之費，大較讎製器價者什八，讎創法價者什二。故或有以窶人崛起，或家財素裕，因攻新藝而致貧困，俄復富儗王侯者，其君若相必從而賓異之，旌以顯爵。如是則雖積數世之耗財竭智，有所不憚矣。

中國則不然，此興一藝而彼效之，此營一業而彼奪之，往往有締造者大受折閱，摹襲者轉獲便利者矣。而一二千年以來，亦竟無一人研精闡微，為斯民闢妙用，為天下擴美利者。此無他，政權不足以鼓舞之也。一鏡於彼之所以得，則知此之所以失矣。

西俗又有創一良法鬻與他人者，則必先報其法於官，官為核定其價。賣者獲價後，概不訾省，買者鳩貲經營，專享其息。余於初抵倫敦時，見一美國之士，潭思得然燈妙法，因本國售價不高，特赴英工部獻其術。工部為之核價英金三萬五千鎊，未及五旬，挈金如數以歸。評之者有定程，購之者無疑志。吁！此其所以能率數十百萬人之心思才力，以闖造化之靈機，而尚無窮期也。

書江西候補同知祝君殉難事 甲午

昔者中興將相之崛起，楚淮諸軍之驅除勍寇，如風埽籜，如山壓卵。其間偶以中材邂逅從軍，依末光而躡青雲者，何可勝道！若楚淮諸賢，未得志以前，力扼要衝，百戰以摧寇燄，俾不得縱橫四出。其威名尤著者，莫如向忠武公榮，張忠武公國梁； 次則忠勇公吉爾杭阿，亦復樸勁奇偉，奮志滅賊。數公英略，不亞楚淮諸賢，相繼搘持危局者殆七八年。祇以風氣乍開，天時未至，不幸中道淪喪，所部將士，前後覆没，靡有孑遺者近十萬人。忠義智略之士，未竟厥施，躬冒大難，斷脰決腹，一瞑不視，而湮没不彰者，豈少也哉！

如余所知江西候補同知祝君，亦其一也。君諱錫勳，字襄輈。世居無錫。生有摯性，事親孝，輕財好施，亦喜談兵。咸豐五年，援例以通判赴江西候補，道出鎮江，適巡撫吉爾杭阿公駐師九華山，君獻策和門，且輸礮彈五萬斤。吉公檄領健勇營，旋隸總統張忠武公部下，兼領武奮營，從剋丹陽、句容等城，敘功以同知即補。八年七月，率所部二百人，聯絡民團，駐守溧水，賊不得逞。九月，總兵虎嵩林兵潰，賊衆大至。君巷戰不勝，死之。賊焚其尸，年僅三十二耳。越十有三年，縣局采訪忠義，達諸行省大吏，以聞於朝，始獲恤廕如例。

嗟夫！奇傑之士，思乘時建樹一也。或憑藉有基，勳業爛然； 或運會不諧，功敗身殉。遭逢既已懸絕，傳不傳尚未可知，名之顯晦獨非命邪？ 雖然，祝君事猶幸見訪於縣局，而襃恤及之。其諸為襃恤所不逮者，雖欲考其姓名末由也。爰揭祝君以例其餘，為彼懷奇負異而沈泯無聞者弔焉。抑又思士之履危蹈忠，灝氣常留，其得於天地者獨厚，豈果以名之顯晦為重輕哉？ 則雖沈泯無聞，謂之有聞可也。

誥授朝議大夫戶部雲南司郎中陳君墓表甲午

君諱以咸，字韶次，蕭山陳氏。陳固巨族，世以積善聞於鄉，亦多成業發聞之士，而君尤其翹然者也。父諱圻，戶部山西司郎中，誥封通奉大夫。母湯氏，誥封淑人。咸豐十一年，粵賊陷縣城，殉節死，詔旌節烈。君幼穎異劬學，弱冠以商籍補杭州府學生，於書無所不窺，默識二十四史大事，能撮舉其要領。性孝友，坦中樂易，與物無競。治家一導以和順，兄弟及猶子輩稍有違言，君必反覆勸之，繼以垂涕，久之皆化翕然。家庭之間，愉愉如也。

粵賊之逼蕭山也，舉族數百口皆遠徙。太淑人年老戀家室，且冀幸賊不來，堅不肯避。君曰：『吾豈忍舍老親以求生耶！』遂自率其妻妾子女在城侍母。賊至劫索鉅金，許縱母出，否則必死。君出城重趼走上海，借貸無所得，轉之杭州。得金遄歸，太淑人及君庶母戴太孺人、側室楊孺人與子女六人，已及於難矣。君聞大慟，百計經營，賊許歸其喪，謀再誘致君以取盈。君雜傭衆中迎喪以出，賊未覺也。既葬，賊退。君始偕其兄弟歸理家產，稍稍復業。

同治六年舉於鄉，七年成進士，官戶部雲南司郎中，旋告歸。以光緒九年十月二十二日卒，春秋五十有四。君澹於榮利，居官僅及一年，凡同寮及同年鄉誼有以匱乏告者，必各得其意去，並無薄厚疏數也，惟鈞。居鄉立義莊，修水利，以逮施衣施藥，苟力所能濟，不稍靳也，惟賻。縣中有大公事，大府及府縣皆從民望，必以屬君，雖再三讓不聽。光緒八年夏，大霖雨，西江塘圮，水溢，民不得田。君力任修築事，先自倡醵數千金，富者相率輸財，工以告蕆，至今衆口頌之不衰。無錫薛福成分巡甯紹台時，將妻君之子光淞，遣人訪之，聞縣民談君事有感泣者。福成知善人必有後，於是毅然以女字光淞也。

君配王恭人，先卒。繼配來恭人，側室殷孺人、倪孺人、楊孺人、姚宜人。子男五人，惟光淞在。子女存者一人，歸同縣候選同知胡駕林。孫一人。光淞以某年月日葬君於山陰縣天樂鄉張家坂之原。葬十年而薛福成始表其墓，以慰蕭山士民之思。光淞已補杭州府學生，性英敏，頗研根柢之學。君祉所貽，庶幾在是。光緒二十年六月　日，無錫薛福成述。

先妣王恭人，生子光國殤。女三：長次未字殤，三適同邑候選同知胡駕林。繼母來恭人，無出。庶妣殷孺人，生女一，在室殉節。倪孺人生子光乘，女一，被害。楊孺人殉節，生子光鑑，女一，被害。生妣姚宜人生子二：長光淞，杭州府學生，刑部行走主事；次渠棻殤。先大夫葬山陰天樂鄉張家坂之原，王恭人暨倪、楊兩孺人祔葬。殷孺人遭亂失柩，無墓。姚宜人葬蕭山河沿丁，子渠棻祔，以光淞官例贈宜人。光緒二十一年七月日，男光淞附記。

白雷登海口避暑記 癸巳

英倫四面環海，水氣和而得中，無嚴寒亦無盛暑。然邦人士之貴富者，咸以避寒暑遠徙，一歲中恒四三月，而避暑必在新涼之後。當夫秋高日晶，天宇澄曠，去邑適野，舍業以遊，西人名之曰換氣。蓋都會之中，人民稠密，居之久，則氣濁神昏而百病生，必易一地以節宣之，則氣清體健而百病卻。此於養生要術研之頗精，意不專在避暑也，其避寒之用亦然。

癸巳七月之杪，余從西俗避暑白雷登海口。海口為巨紳豪商必至之地，以海氣養人軀體，尤善於郊坰清氣也。白雷登在倫敦西南三百餘里，乘火輪車約熟五斗米頃即至。邦人士營此勝區，罔惜財力。歲異月新，有穹林以翳炎陽，有幽園以栽名花，有陡入海中之新舊二隄，以待遊者涵濡海氣。岸高也，則有升車以省紆繞。波平也，則有小舟以恣蕩漾。海岸上中下三層，俱羅花木，可步可坐，可納涼焉。余初來此，神氣灑然，如鳥脫樊籠而翔雲霄之表。所居高樓，俯瞰海湄，夜臥人靜，洪濤訇豗，震耳蕩胸，滌我塵慮。少焉風止日出，波瀾不驚。西望遼敻，想像亞墨利加大洲，如在雲煙杳靄中，未嘗不覺宇宙之奇寬也。於是攜侶扶筇，任意所之。見有駛電氣車者，夷然登之，風馳雲邁，一瞬千步。製造之巧，愈於火輪。數百年後，其將行之我中國乎？俄而下車步往長隄，聽西人奏樂。披襟以當海風，或遙睇水澨，而羡鷗鳥之忘機，或旁眄釣徒，而憫眾魚之貪餌。於斯之際，蠲煩滌囂，心曠神愉，竊意世間所稱神仙者之樂不是過也。晷移意倦，浩歌以歸。歸而倚枕高臥，亦得佳趣。夢中如遊邃古之世，既覺偶睎窗外，海景奇麗，皜曜萬里，恍覩金碧世界。蓋日將西匿，倒景入海也。無何，暝色已至，秉燭朗誦杜子美詩十餘首，以暢余氣。如是者旬餘始返。其諸所訪名跡，尚多不盡記。

余自春初期滿未歸，羈懷侘傺，悄焉寡懽。今而知天與人以自得之趣，隨地可以領會，初無遐邇之別也。夫誠默體古君子素位而行之旨，將焉往而不樂哉！光緒十九年八月十三日記。

修復高子水居記甲午

古今鴻達魁壘力睎聖學之大儒，往往曠千百里、閱數十世不一覯。既覯矣，哲人已往，流風漸微。一二遺老，僅能溯其舊跡，而懭悅寥廓，弗崇弗飾，無以起人景行之思。此鄉里士大夫責也。吾縣高子，昔作水居漆湖之濱，以水為垣，豁然四達。嘗自記焉：洲可二十步，三分贏一以為廣。其外池周之，其外隄周之，其外湖周之，又其外山周之。觀此而形勢暸如矣。

夫高子之學，入聖之學也。聖人之學，本於主敬，而始於主靜。周、程、朱子之所發明，精矣備矣！是故孔、顏樂處，非靜無以尋之。喜怒哀樂未發氣象，非靜無以玩之。水，動體也，而有靜機焉，乃若高子。晚年造詣閎邃，諸所闡述，亦皆完粹無疵。用能集東林之大成，步武整庵、敬齋、敬軒，以上接周、程、張、朱之緒，非植基於靜者之效與？

歲癸巳，余友許君靜山，裘君葆良，倡議修復水居。同志數人，共襄厥功，慮材鳩庸，剋期蕆工。左建可樓，稍依原址拓之。樓西為堂三楹，左右室皆於楣後隔之以屏，闢為二軒，特虛中楹以奉高子。又西為庖湢之所，南為長廊，以攬全湖之勝。入其門先見可樓，然造之頗曲折，望之並深窈，不審其徑不能驟至也。於戲！諸君之志勤矣。

福成久役海外，恒苦使事煩冗，末由擺脫。回思故鄉雲山之勝，友朋之樂，如在天上。頃者東歸有期，儻得與二三子泛漆湖，登可樓，倚檻而遨，迎山而笑，吟弄風月，俯仰煙霞，棹移星稀，充然忘疲。抑或諷覽遺書，讜論姦諛，憑弔興亡，企仰仁賢，進茹道味，務晰淵微，挹彼精論，淑我身心，是則人生之至樂也。雖在數萬里外，益令我悠然神往也已！光緒二十年春二月，都察院左副都御史後學薛福成記。

出使奏疏

薛福成自序

奏議，古文之一體也。昔曾文正公選鈔奏議，宗賈長沙、陸宣公、蘇文忠三家。嗚原堂論文專論奏疏，亦既涵其涯而抉其奧矣。蓋古今奏議，推西漢為極軌，而氣勢之盛，事理之顯，尤莫善於賈生陳政事疏，劉子政封事，忠愛懇款，發於至性，諸葛武侯出師表，規模宏遠，謨誥之遺，皆與賈氏文相輔翼，惜乎其不多覯也。漢氏以降，文章道衰，風骨少隤。唐代韓、柳有作奏事之文，為之不多，限於位與時也。陸公以駢偶之體，運單行之氣，文正謂其理精則比隆濂、洛，氣盛亦方駕韓、蘇，洵非虚語。蘇文忠奏議，終身效法陸公，蓋以敷奏君上之體，宜乎條暢軒豁，能如是亦足矣！

夫長沙究利害，宣公研義理，文忠審人情，三家各有深詣，文正宗之允矣！竊又以謂文正奏疏，參用近時奏牘之式，運以古文峻潔之氣，實為六七百年來奏疏絶調。每欲汰幕客代擬之作，專存文正手筆，彙鈔數卷，私資揣摩，卒卒未果。然奏疏一體，前則三家，後則文正，皆福成所服膺弗失者也。曩在幕府，嘗裁奏牘均係代作。奉使四國以來，忝列京卿，有奏事之責，非使職所及者，不敢妄陳。甲午之春，期滿將歸，敹行篋得疏稿數十首，稍删循例諸作，釐為二卷，俟質當世，亦以自鏡云。

嗟夫！經濟無窮，事變日新。方今西洋諸國情狀，賈、陸、蘇三公與文正所不及睹者也。福成既睹四賢未睹之事矣，則凡所當言者，皆四賢所未及言者也。惟其為四賢所未及言，居今之世乃益不能已於言，安得起四賢於今日，抒厥壯猷，一啟後人之不逮耶？夫古人雖往，事理則同。論事者不得因其事為古人所未諗，遂謂奮筆纂辭可不師古人也。此福成所以益睪然高望於四賢也。光緒二十年春二月，無錫薛福成自序於英倫使館。

凡例

一、自己丑夏奉命出使，至甲午夏交卸回華，前後五年。凡具奏摺片之較有關係者，皆經選錄。惟四六謝恩摺，暨循例諸摺片，無關宏恉，姑存別稿。

一、呈遞國書，雖係循例之作，要為使事之綱領，不能不錄存，以誌梗概。

一、己丑五月，保護浙東新築礮臺摺片，雖與使事無涉，然係奉命出使以後所上，且海防亦洋務之要端，因其無所附麗，故應歸入此編。

一、題下所注年月日，係指使館拜發之期，到京呈遞總尚在五六旬以外。

卷上

妥籌保護浙江新築礮臺疏光緒十五年五月十五日

原文見庸庵海外文編卷一，此略。

密陳標營積習難改將才宜保護片光緒十五年五月十五日

原文見庸庵海外文編卷一，此略。

恭報暫駐法國呈遞國書疏光緒十六年閏二月十一日

奏為恭報微臣暫駐法國呈遞國書日期，仰祈聖鑒事。

竊臣於二月十九日行抵法國巴黎都城，二十二日接印任事，當即繕摺奏報，並陳明俟呈遞國書禮成，再行恭報在案。維時適值法國各大臣與議院論事不合，紛紛告退。逮外部尚書李寶接任，臣循例往與會晤，旋准函訂伯理璽天德於閏二月初四日酉刻延見。屆期由其接引大臣穆拉以朝車及副車並率馬隊來迎，臣恭齎國書，率同駐法二等參贊官陳季同、隨員聯豫、繙譯官吳宗濂、學生世增，詣其勒立色宮，宮外陳兵奏樂，臣入門鞠躬，伯理璽天德亦免冠鞠躬。臣宣讀頌詞，敬遞國書，伯理璽天德躬親祗受，宣述答辭，慰勞殷勤。其輸誠修好之意，溢於言表，足以仰紓聖廑。

臣擬將法館事務稍為料理，即行渡海前赴英國倫敦都城，俟到英後另摺具奏。除將頌辭、答辭咨送總理各國事務衙門外，所有微臣暫駐法國呈遞國書情形，理合恭摺具陳，伏乞皇上聖鑒。謹奏。

恭報抵英呈遞國書疏光緒十六年三月十八日

奏為恭報微臣抵英呈遞國書日期，仰祈聖鑒事。

竊臣於閏二月初四日在法國呈遞國書，當即恭摺具陳，並陳明俟抵英國後再行奏報在案。臣駐法國一月有餘，與該國各部大臣及各國使臣往來聯絡，並將法館應辦事宜相機措注。維時適值英國君主遊歷歐洲，暫駐法國海口。迨聞英君主將由德回英，臣即於三月初四日渡海，坐火輪車馳抵倫敦。准前使臣劉瑞芬將英署文案卷宗移交前來，英君主亦於三月十二日回國。臣往晤英首相兼外部尚書沙力斯伯里，旋接函訂英君主於三月十七日未刻接見。屆期由其外部侍郎弗爾克生來迓，同乘火車前往溫則行宫。君主豫備對騎坐車相迎，臣恭賫國書，率同二等參贊官道員黄遵憲、英文參贊官馬格理徑抵宫門，入至朝堂宴飲，旋有侍衛官導詣内殿，臣入門鞠躬，手捧國書，宣讀頌辭，馬格理以英文再為宣讀。英君主手受國書訖，口宣答辭，由馬格理譯傳，語意懇摯，慰勞甚殷，堪以仰慰宸廑。

除將頌辭、答辭咨送總理衙門外，所有微臣抵英呈遞國書情形，理合恭摺具陳，伏乞皇上聖鑒。謹奏。

恭報馳赴比國呈遞國書疏光緒十六年五月初十日

奏為恭報微臣馳赴比國呈遞國書日期，恭摺具陳，仰祈聖鑒事。

竊臣奉命出使四國，前於三月十七日在英國呈遞國書，當經繕摺陳奏在案。查比利時國與英倫隔海相望，幅員雖小，而户口繁密，介於强大之間，頗能聯絡邦交，立國規模向稱完固。臣駐英兩月，料理使事，稍有頭緒，即於四月二十二日由英國都甫海口渡海，馳抵比國伯魯色爾都城。先與其外部尚書喜梅會晤，訂見比君日期。旋接外部函稱於二十六日延見。屆期朝官以雙馬車來迓，臣恭賫國書，率同二等參贊官陳季同，翻譯、學生王豐鎬，前詣王宫。首相貝爾那導入内殿，比君出見，臣行鞠躬禮，宣讀頌辭，呈遞國書。比君鞠躬祗受，免冠肅立，口述答辭，有仰慕中國教化，遇事可效勞之語。越日，復於宫中設宴，首相及各部大臣咸集，比君入座款接，優隆有加常禮。

臣遂於二十九日馳抵巴黎，稍釐法館事務，五月初二日回抵倫敦使館。除將頌辭、答辭咨送總理各國事務衙門外，所有微臣前赴比國呈遞國書情形，理合恭摺具陳，伏乞皇上聖鑒。謹奏。

察看英法兩國交涉事宜疏光緒十六年七月初六日

原文見庸庵海外文編卷一，此略。

豫籌各國使臣合請覲見片光緒十六年七月初六日

原文見庸庵海外文編卷一，此略。

陸續訂運湖北鍊鐵織布機器情形片光緒十六年七月初六日

再前使臣劉瑞芬代胡廣督臣張之洞在英國諦塞德廠定購鍊鐵鍊鋼機器汽爐全副，又在柏辣德廠及喜克哈葛里甫廠定購紡紗織布機器汽爐全副，原議鐵布兩廠，俟造成後各分五批運赴廣東。適張之洞調任湖廣，勘地未定，築廠需時，而布機皆係細巧之件，若無廠屋存儲，恐致鏽壞。臣電商張之洞暫緩運鄂。惟織布鍋爐六座，及鍊鐵機器兩批，業已雇船送至漢口。又有築廠物料及應添器具，臣亦為之詳慎訪訂，陸續運送。

竊維鍊鐵、織布兩大端裕强兵富國之謀，握利用厚生之本，若果辦理有效，每歲中國之銀少漏入外洋者不下四五千萬兩。惟鍊鐵必與開礦相濟為用，若數端並舉，事體宏鉅，恐非一省之物力、才力所易集事。想朝廷必已默操至計，允為始終主持。然如廠屋尚待卜築，工匠亦須募練，運器之水腳難省，添製之零件猶多，固非旦夕所能動工。而外洋各國每興一利源，其初不免耗折，賴有堅忍之力以持之。中國始基初立，用帑較鉅，勢難中止。伏維聖明洞燭時勢，創建宏規，不以疆臣易任為作輟，不以浮議稍興為疑沮，俾內外合力，妥慎經營。十餘年後，當有成效可覩。

至如籌運全機，雇募洋匠，訪各廠之良法，詢購物之時價，與張之洞函電頻商，務臻妥善。此係微臣之責，斷不敢稍形怠忽。合將大概情形，附片具陳，伏乞聖鑒。謹奏。

通籌南洋各島添設領事保護華民疏光緒十六年十月初十日

原文見庸庵海外文編卷一，此略。

與英外部商設香港領事情形片光緒十六年十月初十日

再查英屬香港一島，華民流寓者十四五萬，逼近廣東省城，尤為中外往來咽喉。凡華洋各商貨物，均先至香港，然後轉運各省。其交涉事件之繁難者，一曰逃犯，一曰走私，一曰海界。祇以該處並無華員，無以通中外之情，於廣東全省政務每形捍格，是商設領事實於大局尤關緊要。前任使臣郭嵩燾，有此志而未及辦。曾紀澤任內，曾經照會英外部數次，迄無成議。揣其隱情，蓋因全島多寓華民，而洋人不過數千，若准設華官，與廣東大吏聲息相通，在彼不免多懷顧慮，所以靳而未許。臣昨辦文與外部，援照公法商定通例，而未明提香港。該外部侍郎山特生，果向英文參贊馬格理以香港一處為疑，且云恐華官不習外務，或竟侵權越分，致多窒礙。臣思新嘉坡領事左秉隆，與英官頗能相得，外部亦稱其辦理妥洽，因遣馬格理告以香港若設領事，當以左秉隆調往開辦，察其辭意似尚易商。惟遇事設法支展，必再四催問而始辦，則外部之常例也。容俟復文到日，如仍不遽允，臣再當相機辯論。理合附片具陳，伏乞聖鑒、訓示。謹奏。

滇緬分界通商事宜疏光緒十七年正月二十五日

原文見庸庵海外文編卷一，此略。

擬催駐緬英員照約呈進方物片光緒十七年正月二十五日

再臣查中英所定緬約第一條內，緬甸每屆十年向有派員呈進方物成例，英國允由緬甸最大之大臣，每屆十年派員循例舉行，所派之人應選緬甸國人等語。當時中外注意專在申明成例，惟未計及緬甸應於何年入貢，所以但有此約，而英之駐緬大員尚未舉行，但恐久不催問，此約即成虛設。臣因略查成案，知緬甸向係十年一貢，自道光二十三年入貢後，因道路梗塞，未經入貢。光緒元年始復入貢一次，是截至光緒十一年，正應緬甸入貢之期。我若不按時理論，彼亦斷不過問。數年以來，因勘界事未定，所以暫緩。然此本各為一事，未便受其牽掣。臣擬再略加查訪，即行文外部，請其知照駐緬大員，補進光緒十一年應呈方物，俟光緒二十一年再按定例辦理。萬一彼謂必俟駐緬十年始呈方物，則經此一番考覈，彼於光緒二十一年之期，斷難宕緩矣。蓋在我朝廷原不重此區區之貢，然名之所在，關繫較鉅。理合附片具陳，伏乞聖鑒，訓示。謹奏。

瀕海要區添設領事疏 光緒十七年正月二十五日

奏為瀕海要區添設領事，揀員調充，恭摺仰祈聖鑒事。

竊臣承准總理衙門文開淮北洋大臣李鴻章咨稱，海軍提督丁汝昌巡歷南洋，目擊華民人數巨萬，生意殷盛，既設領事之處尚稱安謐，其餘頗受欺陵，無不環訴哀求，請設領事。咨令酌度情形，試與英國外部商議，如能辦到，實於華民有裨等因。臣竊謂酌設領事，所費無多，而收效甚速。曾於去年十月統籌全局，縷陳聖鑒在案。查南洋流寓華民，頗有買田宅、長子孫者，而拳拳不忘中土，疊次防務、賑務，捐款甚鉅。既據同聲呼籲，不可無以慰商民望澤之誠，示國家保護之意。

惟設立領事，條約本無明文，各國知此事於我有益，往往靳而不許。即英國前議，亦謂中國只能照約而行，不能援引公法。臣初與外部商議，先破其成見，謂中英方睦，豈容與泰西分別異同？再四磋磨，外部始允照各友邦一律辦理，仍謂審量情形，刻下或有難盡照辦之處。臣亦以經費有常，必須擇要興辦，礙難處處徧設。查香港一島，為中外咽喉，交涉淵藪，前使臣屢商未就。臣擬於香港設一領事官，其新嘉坡原設領事改為總領事，兼轄檳榔嶼、麻六甲及附近英屬諸小國、小島，若慮鞭長莫及，或就近選派殷商充副領事，以資聯絡，由總領事察度，稟臣核辦。

臣既函商總理衙門，復明告外部，外部尚以中國官吏未諳西例為慮。臣告以新嘉坡領事左秉隆在任十年，彼此往來素稱和睦。臣署參贊官黃遵憲，前充美國舊金山總領事四年，穩練明慎，中外悅服。擬以此二員充補，外部乃無異辭。合無仰懇天恩，俯念員缺緊要，准將駐英二等參贊官、二品銜先用道黃遵憲調充駐劄新嘉坡總領事官，新嘉坡領事官花翎鹽運使銜先用知府左秉隆調充駐劄香港領事官，於交涉事務，流寓商民，必有裨益。除另將酌擬經費，增派隨員詳細辦法，咨呈總理衙門外，所有添設領事，揀員調充緣由，理合恭摺具陳，伏乞皇上聖鑒、訓示。謹奏。

新嘉坡總領事酌定名稱片 光緒十七年正月二十五日

再美、日、祕三國共設領事五處，日本一國共設理事三處，副理事一處，均由出使大臣刊給關防。此次增設領事，自應指明轄地，酌定名稱。臣查南洋各島英國屬地甚多，除遠處不計外，凡附近新嘉坡者，曰麻六甲，曰檳榔嶼，曰丹定斯群島，曰威利司雷省，曰科科司群島，此皆英國屬土。其各小邦歸英保護者，曰白蠟，曰石蘭莪，曰芙蓉，又有柔佛一邦，名為自主，實則為英附庸。各該處華人共三十餘萬，占居民十分之六。前於光緒十一年間，英國政府聯合各地，定其名曰海門屬部，而設一總督於新嘉坡，以統轄之。臣請以新嘉坡總督所轄之地，即為總領事所轄之地，擬刊關防，其文曰：『大清駐劄英國新嘉坡兼轄海門等處總領事關防。』香港新設領事，擬刊關防，其文曰：『大清駐劄香港正領事官關防。』如蒙俞允，可否由總理衙門頒給？抑或由臣刊發？恭候命下之日，分別刊刻，發交該員等祇領關防，以昭信守。理合附片陳明，伏乞聖鑒。謹奏。

恭報馳赴義國呈遞國書疏 光緒十七年三月初三日

奏為微臣馳赴義國呈遞國書，恭摺仰祈聖鑒事。

竊臣奉命出使英、法、義、比四國，其英、法、比三國國書業已陸續呈遞，先後恭摺陳明在案。臣於二月初一日由法國巴黎起程，初三日馳抵義國羅馬都城，先與其外部尚書兼首相呂提尼會晤，緣義王適逢懿戚之喪，半月內不能見客，旋訂於二十一日未刻接見。屆期禮官帶雙馬朝車來迎，臣恭賫國書，率同參贊官馬格理、繙譯官吳宗濂前詣王宮，掌儀大臣導入內殿，義王出見，慰勞殷勤。並稱數百年來，義國績學之士多為中國所用，交誼實在各國之先，今又益加親睦，但冀兩國內政外務蒸蒸日上，實所欣盼！臣遵舊例不用頌辭，行鞠躬禮，致遞國書。義王免冠祇受，囑臣轉奏代陳謝悃，語意懇摯，禮成而退。並於次日照章進見王后，二十四日辭行起程。因出使俄、德、奧、和臣洪鈞、臣許景澄尚有須會商之事，臣即繞道德國，停駐一日。二十九日回抵巴黎使館，摒擋稍竣，即擬馳赴倫敦，措注諸務，所有馳赴義國呈遞國書情形，理合恭摺具陳，伏乞皇上聖鑒。謹奏。

分別教案治本治標之計疏光緒十七年八月初六日

原文見庸庵海外文編卷一，此略。

密查各教堂索償數目片光緒十七年八月初六日

再法使李梅由巴黎起程，八月中旬可抵中國。現聞各使所商之事，均俟李梅到後方能定議。法人自稱所欲商者，不外四端，曰緝兇犯，懲印官，議賠款，杜後患是也。以前三端，固屬意中之事；以後一端，亦為理之所應有，而勢之所難拒。然應之不審，則彼之後患可杜，而我之後患無窮。臣所謂法人欲收權利，各國互相觀望者，未必不在於此。至懲官、緝犯，當查確實情形，非臣所能懸揣，而賠款為稍後一著，議到賠款則結案已有把握。

臣慮其將來所索之款不免浮開，密飭駐法參贊官慶常，分詣教會，根查確數。旋據覆稱：江蘇、安徽教堂，為耶穌會教士之公產；江西教堂，為辣薩里會教士之公產。均屬教王管轄，二會各有會首常駐羅馬，皆天主教也。此次鬧教，蕪湖一處受害最重，擬索償款十三萬兩有奇；無錫擬索三萬兩有奇；他處各數千至一萬兩不等。江西教堂約索二三萬兩。通計三省賠款約在二十萬兩左右，至多以二十五萬兩為度，均按房產物價券契實數開單等語。臣竊查西國政教判為兩途，設遇此等事件，皆由國家自與教會商辦，較為直截，中國則向由各國攬攬，徒令藉端要挾。此非中國之利，亦非教會所願也。

今賠款既查知梗概，倘法使索費無甚虛浮，或稍有虛浮，自當迅速與之議結。萬一與實數大相懸殊，彼或有意相難，欲為他事盤旋作勢，似不妨由總理衙門告以當屬駐洋使臣徑與教會商辦，彼知我有此一著，必可漸就範圍。至教會既在羅馬，則每事應令義使與聞，以分法國護教之權。是否有當？理合附片密陳，伏乞聖鑒。謹奏。

附陳處置哥老會匪片光緒十七年八月初六日

原文見庸庵海外文編卷一，此略。

擬請嚴禁私購外洋軍火以杜隱患疏光緒十八年四月初十日

奏為擬請申明律例條約，嚴禁私購外洋軍火，以杜隱患，恭摺仰祈聖鑒事。

竊臣於光緒十七年八月，承准總理各國事務衙門電稱：英人梅生私運軍械，接濟會匪，於行李中搜出炸藥等因。當經照會英外部，以中國教案紛起，由於會匪搆釁，而會匪軍火係由英人向香港私購運往。請速電飭香港英員，禁止軍器出口。旋據外部復稱：已由港員出示禁止，以六箇月為期。本年二月，復准總理衙門電告，商請展限續禁，當又照會外部，現已展期六箇月。先後咨呈總理衙門在案。

竊維販賣軍火，在外國視同貿易之常規，在中國實為地方之隱患。上年滬關盤獲梅生私運軍火之時，同時天津亦搜獲輪船私運洋槍等件，徒以無主名之犯，姑未深究，罰賠完案。迨十月間，建昌、朝陽教匪滋事，聞其臨陣所用，頗多外洋利器，是知內地匪黨向洋商輾轉購買軍火，蓄謀於平日始，竊發於一時，若不及早申明律例條約，嚴加禁遏，則將來伏莽之患，在在可虞。查律例於民間私鑄礮位，私藏軍器，私造鳥槍，及窩囤、興販硫磺各物，原定罪名極重，其將硝磺等濟匪者，以通賊論。光緒元年，奉天將軍崇實因捕獲私販外洋槍礮之犯，並查起洋槍火藥等件，奏請嚴定治罪專條，經總理衙門、刑部會議奏准通行在案。英人梅生一犯，徒以條約載明應歸外國官員審讞，從西律科斷，遂不能權自我操，難以盡法懲治。然律例之設，原為禁約華民，但使海關稽查嚴密，於奸民私購之事，有案必破，有犯必懲，則律例者以治洋人則不足，以治奸民則有餘。此宜及早申明者也。

查各國通商條約，英通商章程第三條，明言違禁貨物，如火藥、彈子、礮位、大小鳥槍並一切軍器等類，概屬違禁，不准販運進口； 第五條硝磺、白鉛，應由華官自行採辦進口，或華商特奉准買明文，方准進口。違者所運貨物全罰入官。又查同治五年，上海酌定採辦軍火章程，由道發給護照，知照稅務司，換給英文單查驗起貨，即他省委員到滬採買者，亦一體照章，不得私向領事官、洋商處購辦。而香港英員知中國嚴禁私販軍火，亦頗設法助我稽察，毫無異議。此則訂約伊始，已有防微杜漸之意。採辦以來，非無因時制宜之用。洋人雖欲自保利藪，終難違棄約章。我能整理，彼亦認真。我稍通融，彼益生玩。今但恪遵舊約，不必別示更張，則嗣後非有中國官員採辦印文為憑，無論何項軍火，在香港等處者，彼必一概不輕放入口，仍嚴飭通商各口，實力稽查，有違禁者，照章罰辦，則條約者不能懲洋人於犯事之後，而可怵洋人於未犯之先。此尤宜再四申明者也。

臣今與外部理論梅生罪名，稍有端倪，外部亦知梅生之罪重罰輕。惟英廷兩次禁止香港軍火出口，已示若十分睦誼，儻屆期滿，能否再請展限，尚難豫定。而內地會匪根株，未必能一時剗盡，則暗中私購，實屬防不勝防。臣愚以為，與其待鄰邦之禁而事不可，必不如申內地之禁而柄有可操，既不受彼虛情，尤可裨吾實政。可否請旨敕下總理衙門，照會各國公使，重申條約章程：所有外洋軍火一項，除由海軍衙門、南北洋大臣、各省督撫派員採辦，有地方官印文為憑外，其民間私購軍火，應飭洋商一概不得發售，洋船亦不得裝運入口。違者，所運全貨入官。並請敕下各省將軍、督撫，於民間私販各案，拏獲之後，應即照光緒元年總理衙門、刑部奏定新章辦理。其各海關稽查章程，本已嚴密，如尚有修補變通之處，應由總理衙門飭總稅務司及各關道妥籌切實辦法。要之法重而難辦到，不若法輕而務必行。誠使查獲禁物，除該貨入官，並根究購運主名懲辦外，其裝運之商船，似應分別情節，如知情則併船入官，如不知情則視所私運之貨價，加數倍示罰。如是則不待查驗於到口之日，而先拒絕於裝船之時。蓋查禁愈嚴，則私槍之價愈昂，價愈昂，而匪黨之力無能為矣。

臣嘗以為，今之時勢與昔異，昔以靖內變為先務，今以禦外侮為要圖。苟使外患能紓，則內寇雖偶有不靖，而有電線以通軍報，有輪船、鐵路以捷馳運，有我所精選彼所缺乏之槍礮、火藥以資利用，似無不操全勝之理。然使稍疏防範，則奸商牟利，遠人濟寇，致我所有者而彼并有之，其患亦不可勝言也。臣爲防遏奸萌潛消反側起見，所有擬請申明律例條約，嚴禁私購軍火緣由，理合恭摺具陳，是否有當？伏乞皇上聖鑒、訓示。謹奏。

與英外部商定派員會立坎巨提頭目疏光緒十八年閏六月十二日

原文見庸庵海外文編卷一，此略。

密陳帕米爾情形片光緒十八年閏六月十二日

原文見庸庵海外文編卷一，此略。

卷下

擬請嘉獎襄賑英員疏 光緒十八年九月十四日

奏為英員勸捐鉅款襄助賑務，懇請傳旨嘉獎，恭摺仰聖鑒事。

竊臣於光緒十七年十一月間准山東撫臣福潤咨稱，柔佛國王捐助東賑鉅款，業經奏請賞給寶星等因。本年四月間，據新嘉坡總領事官黃遵憲稟稱，接山東東海關道文開柔佛國王捐賑一案，經總理衙門議奏給予頭等第一寶星，奉硃批依議，欽此。欽遵知照前來，並將頭等第一寶星一座，執照一張，移送到坡，當經備文送交柔佛國王祗領訖。

復據該總領事稟稱，此項賑捐，本係因蘇皖水災馳電告急，新嘉坡等處既已捐解鉅款，該國王聞風興起，匯解略遲，適值山東水災甚重，乃改為東省賑款。當蘇皖告災之時，經江海關道暨出使大臣迭次函劄，勸諭紳商，僅收得洋銀二千七百餘員，及新嘉坡總督施密司出而提倡，選派華洋紳商分途勸募，共捐洋銀十萬零九千六十七員。檢查舊案，單開之數內有新嘉坡、檳榔嶼、麻六甲議政局公捐洋銀二萬五千員，此皆英國屬土。又有白蠟國王暨其議政局公捐洋銀一萬員，碩蘭莪國王暨其議政局公捐洋銀八千員，此為英國保護之邦。使非新嘉坡總督權力，萬不能集此鉅款。此外華洋人等均因該督為登高之呼，遂相率為眾擎之舉，源源湊解，不遺餘力，均由上海轉解災區，全活甚眾。

事定之後，經前兩江督臣曾國荃送給匾額一方，施密司亦經收受，但稱事關中外睦誼，理當上達天聽，乃僅由疆吏自給匾額，意頗觖望。今柔佛國王因捐賑贈給頭等寶星，華洋互傳，誇為盛事。該國王特派兵船迎迓，亦視為非常榮幸。伏思論災區則蘇皖重而山東輕，論捐款則新嘉坡多而柔佛少，且柔佛係半主之邦，歸英保護，即由新嘉坡總督管轄，雖名位仍曰國王，而權力分際遠遜總督。寶星一項洋人之所最重，同辦一事而一有一無，相形見絀。擬求代為奏請賞給施密司寶星，以表鄰國救災之情，以明中朝獎善之意，以勸異時濟美之人等因，稟請前來。又據本署英文參贊官馬格理面稱，同時英國倫敦府尹威德海，參贊瑣羅比，因聞蘇皖告災之信，在倫敦及香港等埠，先後捐募英金三萬二千六百五十四磅，約合當時庫平銀十三萬兩以外，陸續寄交英律師担文，轉送江海關道衙門，彙解災區。亦經前督臣曾國荃送給威德海匾額一方，而威德海意頗不懌，謂此係中英兩國交涉之事，彼與疆吏並無私誼，鉅款乃眾人所湊集，彼獨得一匾額，何以對眾？若得中國大皇帝諭旨嘉獎，彼自有辭可告眾人等語。臣復博加諮訪，所聞大致無異。又遣馬格理赴倫敦府尹衙門，查問前捐總數亦屬相符。

臣竊維光緒十四年蘇皖水災，前督臣曾國荃蒿目時艱，籌賑募捐，不遺餘力。其己飢己溺之懷，素為薄海所共信，雖數萬里外莫不慷慨輸將，公私競勸以拯災黎而襄盛舉。設非曾國荃至誠惻怛，大聲疾呼，亦不能鼓動若是之廣。獨惜其未悉外洋情形，誤謂貽贈匾額足以酬謝厚意，詎知鄰邦交際，厥有常經，遠人救災，尤宜優獎。彼不重疆臣之激勸，而獨慕天語之褒嘉，應付稍不合宜，未免授人口實。厥後如十五年之江浙水災，十六年之順直水災，非不較重於蘇皖，而海外捐賑之踴躍頗不如前，未始不由乎此。臣愚以為，阻後來之濟賑者其事猶小，啟他國之輕視者其患較多。蓋人有美意，我或受之而不能知，或知之而不能獎，最足令人寒心。議論所及，恐大局隱受其損。今者事隔四年，群情所注，原無奢望，且中外海程修阻，往返本多周折，設法補救，似未為遲。

蓋荒政本由地方大吏主持，非使臣所當越俎，但關繫交涉要務，目見耳聞既皆切實，亦豈敢緘默不言致瘝厥官。臣查施密司於寓居十餘萬華民留心保護，毫無歧視，照西國通行之例，本應奏請賞給寶星，以旌其美。惟格於英國定章，恐難允其佩帶。該總領事所稟請給寶星一層，可作罷論。但以遠方官紳慕義勸捐，力顧大局，其勞勩自不可沒，合無仰懇天恩俯准，將英國新嘉坡總督施密司、前倫敦府尹威德海傳旨嘉獎之處，出自逾格鴻慈。臣不敢壅於上聞，理合恭摺具陳愚昧之見，是否有當？伏乞皇上聖鑒、訓示。謹奏。

請豁除舊禁招徠華民疏光緒十九年五月十六日

原文見庸庵海外文編卷一，此略。

附陳派撥兵船保護商民片光緒十九年五月十六日

原文見庸庵海外文編卷一，此略。

滇緬分界大概情形疏光緒十九年七月二十七日

原文見庸庵海外文編卷二，此略。

駐緬英員遵約呈進方物片光緒十九年七月二十七日

原文見庸庵海外文編卷二，此略。

派營彈壓野人山地片光緒十九年七月二十七日

原文見庸庵海外文編卷二，此略。

收回車里孟連兩土司全權片光緒十九年七月二十七日

原文見庸庵海外文編卷二，此略。

强鄰環伺謹陳愚計疏光緒十九年七月二十七日

原文見庸庵海外文編卷二，此略。

考察近事謹陳管見疏光緒十九年九月初十日

原文見庸庵海外文編卷二，此略。

請展接電線捍禦水患片光緒十九年九月初十日

原文見庸庵海外文編卷二，此略。

議定滇緬界務商務條約疏光緒十九年十二月二十日

原文見庸庵海外文編卷二，此略。

酌定虎踞關以東界線片光緒十九年十二月二十日

原文見庸庵海外文編卷二，此略。

附陳大金沙江行船片光緒十九年十二月二十日

原文見庸庵海外文編卷二，此略。

密保洋員片光緒十九年十二月二十日

原文見庸庵海外文編卷二，此略。

豫籌仰光領事揀員充補疏光緒二十年三月十四日

奏為新訂滇緬條約，中國須派領事官駐紮仰光，豫擬揀員充補，恭摺仰祈聖鑒事。

竊臣遵旨與英國外部議定滇緬界務商務條約二十款，前經縷陳梗概，並派員賫送總理衙門在案。查此約第十三條，中國派領事官一員駐紮仰光，英國派領事官一員駐紮蠻允。彼此各享權利，與相待最優之國相同等語。臣嘗謂酌設領事，所費無多，而收效甚速。曾經疊次統籌全局，仰蒙聖明鑒納。英屬仰光一埠，上通新街，以接滇邊，下聯新嘉坡、檳榔嶼等處，形勢最關緊要，商務亦互相貫輸。此處向有華民四五萬人，而滇省商民之散處緬甸各口者亦復不少。邇年以來，臣屢接滇商公稟，謂中國無員駐緬保護商民，受損非淺，籲請籌設領事，以保權利。上年三月，臣接雲貴督臣王文韶電，稱仰光如設領事，滇人之福。儻有機緣，可由臣主稿會銜具奏等語。王文韶身膺疆寄，默察輿情，似於添設領事一端望之甚殷。

向來歐洲各國，狃於故常，擯中國於公法之外。華民散布南洋各島者，數百萬。中國每欲設一領事，彼輒以全力阻撓，致利源有外溢之虞，政柄有旁撓之慮。此次商議條約，英人初冀於永昌、順甯兩府各設領事，又議在雲南省城添設領事，皆為臣所堅拒。僅許在騰越所屬之蠻允設一領事，而我亦設仰光領事，以相抵。按照第十三條約語，中國領事可與彼仰光巡撫平行，其權蓋不僅照料仰光華民所有阿瓦、莽達拉、新街等處華民亦可兼歸保護。臣曾向英外部申論及之。竊思此約蒙皇上批准，互換之後，彼必迅派蠻允領事經營商務，萬一仰光領事遴選稍遲，恐致著著落後，將來我設領事，彼雖礙於約章，不能阻撓，然或隱為留難，或微示貶損，皆勢所難免。要不若同時並設，可以互相援照，互相抵制，彼亦自無異意。臣是以不敢不豫為籌及也。查有二品銜、分省儘先補用道左秉隆，精通英語，熟諳交涉，應付各事剛柔得中，前在新嘉坡領事任內十年，為英人所信服。如派為仰光領事，必於創辦規模大有裨益。

臣交卸在邇，儻蒙恩旨俞允，則酌擬經費，添派隨員，商取准照，皆新任使臣龔照瑗應辦之事。臣亦必將此事原委詳告龔照瑗也。所有擬派仰光領事緣由，理合恭摺馳陳。再此摺本應與王文韶會銜，因道途寫遠，文牘知照往返動須數月，是以未及會銜合併陳明。伏乞皇上聖鑒、訓示。謹奏。

出使公牘

薛福成自序

公牘之體，曰奏疏，下告上之辭也； 曰咨文，平等相告者也； 其雖平等而稍示不敢與抗者，則曰咨呈，曰劄文，曰批答，上行下之辭也； 其施之官稍下而非所屬者，則曰照會，曰書函，上下平等皆可通行者也； 曰詳文，曰稟牘，皆以下官告其上官者也，官在兩司上者可勿用。大臣出使，有洋文照會者，蓋以此國使臣告彼國外部大臣之辭，亦即兩國相告之辭也。 執筆者宜審機勢，晰情偽，研條約，諳公法，得其竅則人為我詘，失其竅則我詘於人。 是非於此明，利害於此形，强弱於此分，實握使事最要之綱領。 使事既有端緒，然後述其梗概而奏之，而咨之，劄之； 意有未達，則再為書以引伸之。 胥是物也，故凡治出使公牘者，必以洋文照會為兢兢，而諸體之公牘，皆由此生焉。 電報雖為昔日所無，邇來籌襄公務之機要，大半渾括於此，故亦當附公牘之列。

余奉使海外，四閱寒暑，既甄錄疏稿，都為一集，復裒咨函劄批之稍關國計民生者，暨洋文照會及電報，釐存十卷，時自覽觀，以備考鏡焉。

自我中國通使東西洋諸大邦，所以諳政俗，聯邦交，保權利者，頗獲無形之益。 然使職難稱之故，蓋由中國風氣初開，昔日達官不曉外務，動為西人所欺。 西人狃於積習，輒以不敢施之西洋諸國者施之中國。 為使臣者，遂不能不與之爭。 爭之稍緩，彼必漠視而不理，其病中於畏事。 爭之過亢，彼必借端以相尤，其迹疑於生事。 邇來當事願生事者較少，而習畏事者較多。 故失之剛者常少，而失之柔者常多。

余生性戇拙，凡遇交涉大事，輒喜齗齗爭辯。 爭之之具，必以洋文照會為嚆矢。 有時用力過鋭，彼或怒而停議，然未嘗不徐自轉圜，未嘗不稍就我範圍。 蓋我雖執彼所不願聞之言，而其理正，其事覈，其氣平，出以忠信之懷，將以誠懇之意，知彼之不能難我也，然後斷然用之以難彼而勿疑。 其端倪可見於文牘者，亦僅十之四五而已。久之彼且積感而釋疑，轉慊而為敬，欺者不敢復欺，爭者可漸息爭矣。顧欲與爭辯，則平日之聯絡布置，尤不可不慎。譬之關弓者，必和其幹，調其絲，引矢一發，彀力雖勁，不至弧折弦絕者，審固於先事也。洋文照會，皆余授意譯者所擬，然後再譯為華文。中西文法，截然不同，頗有詰屈聱牙之嫌。余恐汨其真也，未敢驟加刪潤，後之覽者亦會其意焉可耳。光緒十九年冬十月，無錫薛福成自序於英倫使館。

凡例

一、是書凡七類，分為十卷：咨文二卷，書函四卷，照會劄文批答一卷，洋文照會二卷，電報一卷。各類皆以歲月先後為次第。

一、凡一事而並咨總理各國事務衙門，暨南北洋大臣者，衹於起結處有一二不同之字句，則於所叙稿中，雙行夾寫，以免另叙。此係各衙門辦理公牘通例，今仍照原稿刊刻，以存格式。

一、中西文法截然不同，洋文照會本用西洋文理，一經譯為華文，已難盡依其舊。數人譯之，往往意同而語不盡同。輒為斟酌字句，以暢譯者之意，然讀之仍覺艱澀詰屈，微有聱牙意象。此則洋文通病也，今不復加刪潤，庶免汨其本真。

一、四國中惟英國交涉最繁，且多緊要事件；法國次之；義、比二國，雖有往來照會，不過循例公牘而已。

一、中國通行電報，不過在此十年之內，而籌襄公務之機要多在其中。前纂浙東籌防録，始刊電報，將來足備公牘之一體。茲復集電報一卷，附於各項公牘之後。

一、咨文書函照會，照公牘格式原擡之處，皆空一格。凡應擡字樣，無論單擡、雙擡、三擡，皆作平擡，以歸簡易而示區別。

一、凡打電均用號碼，故遇應擡之字皆不擡，稱名處亦不側寫，茲悉仍其舊，以存電報格式。

咨總理衙門　與英外部申明滇緬界務舊議

為咨呈事：竊照接管卷內，光緒十二年六月，中英所定緬甸條約內第三條，稱中緬邊界應由中英兩國派員會同勘定。其邊界通商事宜，應另立專章等語在案。本大臣近聞英國派員辦理緬甸、暹羅邊界之事，復閲新聞紙，知英商有由緬甸創造鐵路直達滇境之説。因查舊案前大臣曾任內互商緬甸各事，除業經改議各節毋庸申述外，當時英文參贊官馬格理與外部侍郎克蕾迭次商論，據克蕾稱英廷願將潞江以東之地，自雲南邊界之外起，南抵暹羅北界，西濱潞江，即薩爾溫江，東抵湄江左右，其中北有南掌國，南有撣人各種，咸歸中國，或留為屬國，或收為屬地，悉聽中國之便等語。查此節雖未明載約內，而此事商議具有節略存案，可援為實據。即約中第三條，亦即包括此意。

現聞英廷正辦暹緬界務，若彼果開鐵路，直通滇境，似欲將前議所分之地括而有之，因遣馬格理往外部詢問，旋准外部來文，聲稱俟暹緬交界事辦畢，然後再辦滇緬交界事宜。本大臣因辦照復，申明舊議，微逗其端，以見中國之意並非置之不論。本大臣亦未知該地情形何如，中國收受有無利益，但彼國方辦界務，自不得不重為引述，以為他時派員勘界會議之根。

所有緬甸界務，與外部往來文牘，譯漢咨呈貴衙門，謹請查照辦理。須至咨呈者。

計黏鈔二件。

光緒十六年八月二十五日。

咨總理衙門　與英外部商辦添設領事

為咨呈事：竊照光緒十六年七月初十日，承准貴衙門文開准北洋大臣咨開，據北洋海軍提督丁汝昌文稱，南洋各島，華人巨萬，惟新嘉坡已設有領事，交涉懋遷，尚稱安謐；其未設領事各島，曰檳榔嶼，曰麻六甲，曰柔佛，曰芙蓉，曰石蘭莪，曰白蠟，該處商民無不受其欺淩剝削，環訴哀求，實不忍視。新嘉坡領事既無兼管各埠明文，亦無遙制各島權勢。擬請新嘉坡改為總領事，其餘隨地設立副領事一員，即以該處公正殷商攝之，統轄於新嘉坡之總領事。至應設副領事幾處，每年經費若干，應由總領事查明撙節稟辦。惟總領事每年巡歷各小埠，應增公費以為各項川資，俾示體恤，咨請核辦等因。本衙門查外洋各屬境添設領事，均須先與該國外部商定，核給准照，方能次第籌議。應摘叙原文咨行，試與英國外部商議，如能辦到，實於華民有益，並將商辦情形咨復等因。承准此，本大臣查中英條約，未有設立領事明文，是以前任大臣於新嘉坡初設領事及續派領事時，與英外部文牘往來辯論，殊費周折。誠如貴衙門文開，須先與該國商定，方能籌議。

惟本大臣查英屬各島，華民流寓者極多，而香港一島，附近粵東，尤為中外往來咽喉。凡華洋各商貨物，均先至香港，然後轉運各省。而交涉事務，一曰逃犯，一曰走私，一曰海界，繁難叢雜。每出巨案，粵省遇事，輒派員至港，而聲氣不通，往往緩不及事。所以該處添設領事，實為刻不容緩之圖。

查閱案卷，在前任大臣曾任內，迭次照會英外部，請於該處設一領事，迄未就緒。至澳大利亞一島，現有限禁華工一事，亦關緊要。而英國政府於此二處，頗有不欲輕許之意。本大臣以為設立一處，始商議一處，枝枝節節，徒費唇舌，未見大效。因遣英文參贊官馬格理，到外部先述大意，援照公法，作籠統之辭，衹言中國欲設領事於英屬各地，不言設於何地，該外部似尚無峻拒之意。旋即將此意辦文照會，如果外部允辦，將來某處應設，某處緩辦，其操縱之權似仍在我。

本大臣又查泰西各國所設領事一官，徧於地球，所以保護人民，疏通商務。蓋枝葉盛則本根固，聲息捷則國勢張，關繫綦重。即英國在中國領事，既有二十餘員之多，而南洋各島華民流寓者有數百萬，其為中外門戶固不待言。中國從前未甚措意，而近年中外往來交涉日繁，風氣大開，若謂徧設領事，即已握長駕遠馭之規。或稱就地可籌鉅費，或冀收彼華民為我所用，此皆閱歷未深之語，其事亦斷辦不到。然嘗盱衡全局，實有不能不擇要籌措者。即就英屬各島而論，如能添設領事數員，每歲不過多費數萬金，已隱收無形之益，其效當有十倍於所費者。且商民人等環訴迭求，若置之不顧，頗足以長華民觖望之心，招外人輕侮之議。丁提督所陳，均係實在情形。惟檳榔嶼等六處，勢不能偏設領事，即公正殷商，亦難多得。或酌量添設，而改新嘉坡領事為總領事，以兼轄之，或將各島統歸新嘉坡領事管轄，令總領事以時巡歷諸島，以通民情而保商務，似尚皆切近可行。除札飭新加坡領事左秉隆，將各該島情形詳查具覆外，仍俟外部復文到日，再行商辦。相應將照會外部洋文，譯漢咨呈貴衙門，謹請查照。須至咨呈者。

計鈔單一件。

光緒十六年八月二十五日。

咨總理衙門　送摘譯英法兩國新聞紙

為咨呈事：竊照奉使一職，辦理交涉以外，自以覘國勢審敵情為要義，而耳目所寄，不能不借助於新聞紙。查泰西各國新聞紙，主持公議，探究輿情，為遐邇所依據。其主筆之人，多有曾膺顯職者。若英國泰晤士報，聲望最重，與各國政府消息常通。其所論著，往往可徵其效於旬月數年之後；雖其中採訪不實，好惡徇情，事所恒有，固不可盡據為典要，存刻舟求劍之心，亦不宜概斥為無稽，蹈因噎廢食之弊。本大臣到任以來，每飭令繙譯員生摘譯新聞之稍有關係者，隨時查閱，以備參考。茲再刪輯各條，自四月至六七月間，英法兩國新聞紙各繕一帙，相應咨呈貴衙門，謹請查照。須至咨呈者。

光緒十六年九月初四日。

咨總理衙門　英外部審量添設領事

為咨呈事：竊照南洋各島擬添設領事一案，承准貴衙門來文，與英外部商辦。經照會外部，鈔稿咨呈貴衙門在案。茲准外部覆稱英廷現已審量此事，容後再覆等語。本大臣復遣英文參贊馬格理往詢外部侍郎山特生，據稱來文已交尚書侯爵沙力斯伯里閱過，仍須侍郎克蕾復勘。伊等之意，以為可以照行，但必須商之藩部及印度部，方能定議。惟印度部若再商之印度總督，非兩三月後不能得有回音。窺其用意，似亦知勢難拒卻，又不欲遽爾允許，故稍用支展之法耳。除俟續得復文再行咨呈外，相應將外部復文先行譯漢，咨呈貴衙門，謹請查核。須至咨呈者。

計黏鈔一件。

光緒十六年九月初七日。

咨總理衙門並北洋大臣李出使大臣洪崔　送編輯中西權度比較表

為咨呈事：竊照本大臣承准貴總理衙門咨開准海軍衙門咨，嗣後遇有購買外洋船礮等項，務將外洋尺碼磅數核出中國觔重尺寸數目等因。嗣又承准貴北洋大臣咨開據北洋沿海水陸營務處劉道詳稱奉札准海軍衙門咨，購買船礮，務將外洋尺碼磅數核出中國觔重尺寸數目，擬請咨會出使英、法、德、美各大臣，會同將此數國尺寸與中國營造尺比例，各國啟羅噸磅觔重與中國漕砝秤比例，然後咨會海軍衙門，通行各省，以歸劃一。除批示並分咨外，咨請查照核復等因。承准此，本大臣查西國權度，悉由官造，頒之民間，各有定則，毫釐不爽。今欲將中西各項輕重長短數目兩相比較，必先以中國尺寸為根，而中國各省隨地隨事，各殊其用。西人著書，謂中國各尺與英幅地相校，積至一百尺，極長者當十五因制，又千分之七百六十九，極短者當九因制，又百分之九十二。懸絕如此，則欲求有據，又必以工部營造尺漕砝秤為根。近人李善蘭遵數理精蘊，每度二百里，每里一千六百餘尺之數，用西法密率推赤道周徑，以三百六十度約之，定為每一英尺當中國尺九寸八分五釐七毫七絲。其說甚精，然虛有其名，並無其器，言其理則可，施諸用則不可也。而鄒伯奇遺書，則謂每一英尺當工部營造尺九寸七分；照會典圖式，則又每一英尺當工部營造尺九寸一分一釐二毫。此皆按圖操器，校量而得，尚且歧異如此。蓋會典圖因板之燥濕而殊形，即銅尺亦因時之寒熱而異度故也。

本大臣曾用中國工部營造尺漕砝碼，將英之權度仔細比校，以為可期精密，然仍復參差不符。因念條約所載尺寸係本之粵海關，粵海關本之工部。通商之始，準此通行，頒之稅關，雖所謂八五一之數，比之李、鄒各家，差有贏餘，意必粵關沿用，稍拓其制以便徵取。然既已據此推算，即為今日中外通用之尺，不可得而改也。即令持籌布算，至精極密，然苟與此殊，即不堪施用。故用以比校西尺，必以海關尺為準。海關尺在外洋，一時難得，祇能以條約所算之尺為準。今輒據此尺布算，其觔兩輕重，亦准此法，編為三表。先以中國之整數，比英、法、意各國之散數，為第一表。再以英國之整數，比法、意各國及中國之散數，為第二表。再以法、意各國之整數，比中國、英國之散數，為第三表。今已編就，備文咨請貴衙門、大臣察核。

抑本大臣以為核准權衡度量，亦一最要之事，將來頒行各省，應據以為準繩。擬請貴衙門、大臣咨商北洋大臣、總理衙門會同札飭總稅務司經理。蓋通行權度，海關既有定式，各國制度，關吏亦所熟諳，而明算術、精繪圖者亦有其人，匯歸一處，比之英、德、美各使署各出己意，體例不一者，自當遠勝。編排既就，即可由海關用精紙刊印，頒發各處，自可以免歧誤而歸劃一。除分咨外，相應咨呈貴衙門、大臣謹請查照辦理施行。兹並購得英文各國度量權衡演算法一本，附呈貴衙門、總理衙門，可否飭交同文館學生繙譯漢文？再上海機器局所譯藝器記珠一種，亦甚詳明，似可檄取以資考證。須至咨呈者。

計鈔中西權度比校表三紙。

光緒十六年九月二十一日。

咨總理衙門並北洋大臣李　英外部答允添設各屬部領事

為咨呈事：竊照提督丁汝昌建議，增設南洋各島領事一案，承准貴衙門、總理衙門咨令與外部商議，如能辦到，實於華民有裨等因。當經照會英國外部，並鈔稿咨呈貴衙門、總理衙門在案。兹准外部復稱英廷願給中國領事文憑，與外洋各友邦領事一樣辦理，但刻下或有不能照給者，須由英廷察看定奪等語。查中國於外洋設立領事，條約未有明文，以故各國每多阻撓。即如英國，在新嘉坡初設領事時，亦頗費唇舌。兹經本大臣請其按照各國通例辦理，而英廷乃慨然允許，未始非藉表友睦之意，是以本大臣復備文申謝。雖外部照會，仍稱審量地方情形，刻下或有不能照給文憑之處。但中國之意，亦係擇要而行，並非欲一律添設。本大臣現擬於香港設一領事，而新嘉坡改為總領事，兼轄檳榔嶼、麻六甲，並附近新嘉坡歸英保護各小國，將來或於各該地選擇商董充副領事。統計增添經費，亦似無多。除俟與外部聲明應設地方，再行酌定員數，籌定費用，咨商貴衙門、總理衙門開辦外，相應將往來照會各一件譯漢咨呈貴衙門、貴大臣，謹請察照辦理。須至咨呈者。

計鈔外部照會一件，照復外部一件。

光緒十六年十一月初一日。

咨總理衙門　酌議添設領事經費及籌辦事宜

為咨呈事：竊照新嘉坡領事改為總領事官，暨香港添設正領事官，業經本大臣具摺奏明，揀員充補，鈔稿咨呈貴衙門在案。本大臣查新嘉坡總領事現轄各島暨流寓華民，較從前加數倍之多，地廣事繁，深慮鞭長莫及。計丁軍門原文所叙，曰檳榔嶼，曰麻六甲，曰芙蓉，曰白蠟，曰石蘭莪，曰柔佛，應添設領事者已有六處。但規模過鉅，殊恐所費不貲，不能不籌變通之法。

現擬令總領事選擇各該處殷實公正之華紳，畀以副領事名目，小事由其經理，大事仍待總領事核辦。該紳既各有本業，但須月給薪水百金，足資津貼。如未得其人，任闕毋濫。儻總領事力可兼顧者，亦即不必徧設。約略計算，添設副領事之地，暫以四處為衡。至總領事銜秩稍崇，雖暫不照總領事之例支領薪俸，亦應與正領事酌示區別，擬定月支薪俸四百三十兩。惟其所轄華民倍多，事務較繁，原設隨員一人，難敷照料，現擬派英館三等繙譯官那三隨往襄助。該員向係月支薪俸一百六十金，此項日後須在新嘉坡支領，即應劃撥在新嘉坡經費之內。而英館三等繙譯一員，尚須另調。又擬添供事一人，每月薪俸三十六兩。其原額隨員一人，則仍其舊。尚有出赴各島，巡護華民之費，亦須覈實開報。現擬六處，每歲各往巡二次，綜計歲費不得過六百金，不出則不開支。以上辦法，除新嘉坡領事向支歲費七千餘金，照舊在歲撥英法兩館經費分給外，尚須加費八千金左右，不敷支放。擬請貴衙門於循照年例撥給經費時，添撥此款，實為公便。

至香港領事，雖未開辦，約計歲費當與往年新嘉坡相上下，以七千金左右為率。除正領事一員照章月支薪俸外，其隨員一人，及領事署租房一所應給租費，似可均仍舊貫，但其歲費七千兩，擬請貴衙門咨行兩廣總督部堂、廣東巡撫部院就近在粵海關劃撥，歸出使經費項下扣除。免如新嘉坡之由使館收撥，以銀易鎊，又以鎊易銀洋，輾轉耗折，更添往返匯費。再香港領事，應兼歸兩廣總督部堂、廣東巡撫部院與出使大臣統轄。蓋其所辦交涉之事，大半關係地方之事，所以與使臣勢難隔膜，而與粵省尤為切近，義當兩有所屬，稍殊各口領事情形也。

所有一切籌辦事宜，是否如此？擬乞貴衙門迅速核示，以便遵循。相應咨呈貴衙門，謹請察照施行。須至咨呈者。

光緒十七年三月二十五日。

咨總理衙門　飭候補知府姚文棟順道查訪緬境情形

為咨呈事：竊照本大臣因緬甸分界事宜，亟應豫籌，以免臨時棘手。於正月二十五日，拜發密摺一件，已備文鈔稿咨呈貴衙門在案。兹據在洋期滿，稟請銷差回華。直隸候補知府姚文棟面稱，本年正月擬由巴黎起程，順道遊歷印度、緬甸等處，當經出使德國大臣洪批准在案各等情。查得該員精勤穩練，留心時務，研究輿地之學。兹既身歷緬境，本大臣檄令順路暗訪密查，儻有切要情形，隨時稟報本大臣暨雲貴總督部堂王，以備他日參稽之用。再緬甸之仰江，亦名漾貢，係扼要之地，華民在彼者不下三四萬人，並令留心查訪。當經酌給路費銀三百兩，以資津貼。相應咨呈貴衙門，謹請查照備案。須至咨呈者。

光緒十七年正月二十五日。

咨總理衙門　補錄告英外部擬派領事姓名

為咨呈事：竊照增設領事一案，初經本大臣照會外部，准外部覆稱中國欲設領事，願照各友邦一律辦理，但間有審量地方情形，刻下或有不能照給文憑之處等語。當經鈔稿，咨呈貴衙門在案。據外部侍郎言及文意，係指澳大利亞及香港二處而言。復經本大臣再三與外部商辦，始允於香港設立領事。本大臣復具一牘，聲明香港擬派左秉隆；新嘉坡改總領事兼轄海門，擬派黃遵憲。嗣准外部去冬十一月初七日覆文，有均經領悉之語。本大臣將此憑據，以為事既定局，乃次第籌辦，具奏請旨。查英國於他國領事，必須各國朝廷繕給文憑，將此文憑交與外部，由外部轉奏君主，請頒准敕。較他國辦法，稍覺鄭重。其事既載於星軺指掌中，惟他國通行辦法，均於本國派委之後，然後將姓名達知外部。本大臣以香港此舉為創辦之事，誠慮事有變遷，先將派委之名告知外部，請其覆准。原係力求穩妥辦法，詎意近日英使華爾身忽生異議。承貴衙門電飭索取憑據，檢閱前案，始知此件覆文漏未鈔咨。當時既得覆文之後，以謂事臻妥洽，不甚介懷，又值啟程往法之際，到法後又以他事雜擾，誤謂既經鈔呈，竟致遺漏，實難辭疏忽之咎。相應將照會外部文一件，外部覆文一件，補鈔咨呈貴衙門，謹請察核施行。須至咨呈者。

鈔呈與英外部尚書侯爵沙照會一件，又英外部覆文一件。

光緒十七年四月二十日。

咨總理衙門　請英員保護智利厄瓜多流寓華民

為咨呈事：竊查本大臣前准出使大臣崔文稱，秘魯所屬必沙灣、意基忌、登拏、亞里架等處，向有華商貿易，自光緒七八年間，秘魯與智利搆兵，將各地割歸智利管轄，上年智利內亂，不免滋擾。中國與智利未訂約章，無從保護，有華商永安昌寶芳等，稟請駐秘參贊轉求英國駐秘公使，一面電達英廷，一面函託英國駐智公使保護。旋准英廷電如所請，諭令駐智公使一體保護，極為得力。又南美利加洲厄瓜多國，亦有華人貿易，該國別立新例，苛禁華人，亦承英國駐劄惠愛磯之領事張百喜，駁除苛例，俾得安業。將來各該處華工有所請託，自益靈通，咨請代謝英廷等因。本大臣當即照會英外部，致謝英國睦鄰護商之意。茲接英外部大臣照覆，內稱英廷聞得本國駐智利及厄瓜多之官員能幫助中國人民，英廷深為欣喜，請煩查照等因。相應鈔録往來照會各一件，除咨行出使大臣崔查照外，為此咨呈貴衙門，謹請查核施行。須至咨呈者。

計鈔往來照會各一件。

光緒十七年四月二十一日。

咨總理衙門並北洋大臣李　義國交還中華書院產業器具

為咨呈事：竊查接管卷內，據義大利國中華書院學生郭楝臣等稟稱納坡里府，有中華書院一所，係教士馬國賢於康熙年間遊歷中國，曾蒙聖祖仁皇帝賞給器物，歸國之後，將產業建置書院。百餘年來，中國學生來義學習者，代不乏人。近年義國將書院改歸學部管理，以致侵蝕院產，牽連興訟，求為照會義國外部等情。據此，本大臣行抵羅馬，傳令該生等詢問，復據該生等遞稟，欲請義國每年撥出三萬佛郎以充經費。本大臣詳詢原委，乃知此院專為天主教而設，所有華人遠來學習者，亦祇為傳教計。書院雖係馬國賢創造，多由教士捐助，不盡出其遺產。至義國將書院改歸學部，乃係將教士產業改由國家經理，亦不止此一書院，本屬礙難辦理。惟此院原額有華生二十二名，該生等既係中國人，稟求保護，似未便置之度外。因於面商外部之後，繕具一牘，並附原稟，託其查辦。茲據外部覆稱學部已飭書院賠款一萬二千佛郎，並將一切器具交還教會，另擇善地，以資教育等語。雖不能如該生等所求，亦不至令該生等失所。所有照會外部文並外部覆文，暨院生來稟，相應彙鈔咨呈貴衙門、大臣，謹請察核。須至咨呈者。

計鈔件。

光緒十七年六月二十九日。

咨總理衙門並北南洋大臣李劉　與英外部議駁新金山葛龍巴限制華民

為咨呈、明事：竊照限制華工之例，自美國創行，英屬各地亦從而效尤。英國新金山定例，每船三百噸准載華人一名進口，仍須納進口身税銀十鎊，方許登岸。此例行之有年，去歲阿泰一案，上控於英國大審院，卒不獲勝。英屬加那大之葛龍巴，亦定例每華人一名進口，納税銀五十圓，此例行之六年。現據葛龍巴華商英昌隆號等稟稱：本年正月葛龍巴議院，議加進口税每人一百圓。無論商人、工人，無論新客、舊客，一律徵收。該處生意淡泊，自魚罐金礦以外，無可託業，實不堪此種重税，求為設法等語。查此項限制華工之例，屢經各前大臣行文外部，竟難駁除。一則以中英條約並無援照最優相待之語，頗難據以立論；二則英國管轄之權頗有限制，屬地議院所定之例，英廷只能勸令酌改，不能飭令廢除。是以屢次駁論，仍歸無益。惟是該地設例專指華人，明示限制，實不合於萬國公法。若遂置之不問，仍恐苛例日出，無所底止，大有礙於華民生計，亦恐損中國之威望。兹本大臣特備一牘，將新金山、葛龍巴二事相提並論。除俟接外部覆文，有何切實辦法，再行咨呈、明外，相應將往來照會，譯漢鈔稿，咨呈、明貴衙門、大臣，請煩查核。須至咨呈、明者。

計粘鈔。

光緒十七年七月初九日。

咨總理衙門　與英外部商禁香港出口軍火

為咨呈事：竊照八月二十一日接奉貴衙門來電，内開今年教案紛起云云，秉公商辦，並婉告有約各國等因。當即遵照辦理，並飭參贊官馬格理先往告英外部，以近來鬧事私會每向香港購辦軍火，若不由英禁止軍器出口，斷難遏其來源，恐釀釁端。外部允電港督華使留神，秉公酌辦，已將大概情形電達在案。兹接英外部大臣沙侯照會，内稱香港政府現已禁止鎗礮、藥包、彈子、火藥及水陸軍器出口。自西十月初一日起，至明年西三月底止，鈔送告示底稿，請轉達中國國家各等因。本大臣當即照復，謝其克敦睦誼，並告以六箇月期滿後，設不幸而再有未妥情形，當再告英廷，請將禁期展久等語。本大臣查英廷此次辦法尚屬認真，彼意不欲礙本國利源，所以未能永遠禁止。然隨時展期，則屬照例之事。竊料半年之後，各省匪徒尚難一律静謐。為中國計，禁止軍火，愈久愈妙。擬請貴衙門於滿期一月以前，察酌情形，電示梗概，以便本大臣照請英廷續禁。似於防制會匪之事實有裨益。茲譯錄英外部照會並香港政府告示各一件，照覆一件，咨呈貴衙門，謹請察核。須至咨呈者。

光緒十七年十二月二十六日。

咨總理衙門並北南洋大臣李劉　英員允許保護厄瓜多流寓華民

為咨呈、明事：竊照智利、厄瓜多華民經英國代為保護，前准出使大臣崔來文，當經致謝英國外部，並鈔稿咨呈在案。茲准總理衙門、貴衙門函開該處華民得英官代為保護，未嘗無益。希請英外部諭令駐智利及厄瓜多兩國使臣領事，如前保護俾華工得以安業，益見友誼之篤等因。承准此，本大臣當備一牘照會外部，茲准外部覆稱允為照辦。除咨呈總理衙門並咨會出使大臣崔轉飭駐秘參贊領事查照外，相應將外部來往公牘咨呈、明貴衙門、貴大臣，請煩察照辦理。須至咨呈者。

計鈔給外部文、外部覆文共三件。

光緒十七年八月十三日。

咨總理衙門　送出使英法義比四國日記

為咨呈事：竊查接管卷內，光緒四年八月十六日貴衙門咨行具奏，出使各國大臣應隨時咨送日記等件一片。內稱凡有關繫交涉事件及各國風土人情，該使臣皆當詳細記載，隨時咨報。數年以後，各國事機，中國人員可以洞悉，不至漫無把握。況日記並無一定體裁，辦理此等事件，自當盡心竭力，以期有益於國等因。光緒三年十一月初一日，奉旨依議欽此，欽遵在案。本大臣於光緒十六年正月十二日，由上海起程，一路訪察外洋各埠情形，隨所見聞，據實纂記。莅任以後，馳驅英、法、義、比四國，又逐事考求，於各國形勢、政事、風俗，觀其大略，編錄成帙。惟日記雖體例不一，而出使情事無甚歧異。查前出使英法大臣郭，及前出使英法大臣曾，俱有日記，所紀程途頗已詳備。若但仿照成式，別無發揮，雷同之弊，恐不能免。此一難也。出使之職，固在聯絡邦交，至如覘國勢，審敵情，貴能見其遠者大者，而事之真偽虛實，得失利病，本不易辨。或拘於一隅，而不能會其通，或震其一端，而不能究其極。若但掇拾瑣事，見其粗而遺其精，羨所長而忘所短，津津鋪敍，舍己芸人，無關宏旨。此二難也。中西通好，本係創舉，非絜四千年之史事，觀九萬里之全勢，無以通其變而應其機。偶有論說，抑揚稍過，恐失其平，或致議者之反唇，或啟遠人之藉口，必斟酌夫理之當然，勢之必然，權衡輕重，不可稍有偏倚。此三難也。有此三難，最宜審慎。本大臣奉使之餘，據所親歷，筆之於書。或采新聞，或稽舊牘，或抒胸臆之議，或備掌故之遺，不敢謂折衷至當，要不過於日記中自備一格。始於庚寅正月，迄於辛卯二月，分為六卷。用西洋糖印法，飭員楷錄，印訂六冊。由文報局附郵賫送，相應咨呈貴衙門，謹請查照。須至咨呈者。

光緒十七年十二月二十日。

咨總理衙門　與法外部議除越南等處華民身稅

為咨呈事：竊查劉前大臣移交法署卷內，有越南等處徵收華民身稅一案。自光緒十二年，經許前大臣照會法國外部，以後懸隔五年之久，至今尚未催辦。本大臣查華民寄寓越南三圻及柬埔寨等處者，約計三十萬眾。其丁壯每歲所輸身稅，約計二三十萬兩之多。苟能一律裁革，實於華民大有裨益。即使不能盡數免徵，第能使法國減去一分之稅，則華民即受一分之利。前曾函達貴衙門在案，嗣於光緒十七年夏初，接奉貴衙門來函，屬即與法外部商論。旋因教案迭出，口舌滋煩，停擱將及一年。現稍安靜無事，即已照會外部，催其將前事核辦。除俟接到該部覆文再行咨呈外，謹將此次致法國外部照會錄呈貴衙門存案備查。須至咨呈者。

計鈔單。

光緒十八年二月二十五日。

咨總理衙門並北南洋大臣李劉　與英外部議會立坎巨提新酋

為咨呈、會事：竊照英兵侵擊坎巨提回部，該頭目戰敗出奔一事。本大臣於正月十六日在巴黎，承准貴衙門、總理衙門咸電，當即馳赴倫敦，與英首相兼外部大臣侯爵沙力斯伯里會晤數次，往復辯論。英廷狃於琉球、越南、緬甸之舊樣，以為業被吞併，中國即不能過問。又揣中國向不務勤遠略，謂我平時未嘗管理坎巨提事，非若英之久筦坎政，籌貼歲費。所以深閉固拒，不願我與聞坎事，堅韌異常。本大臣就彼兩屬之說與之力爭，兼用旁敲側擊之法，隱示形格勢禁之謀，磋磨匝月，始稍就緒。議於舊酋之兄弟子侄中選立一人，由新疆巡撫，或喀什噶爾道，就近派員赴坎，會立新酋。然彼猶以坎巨提立酋，中國向不派員，苦相詰難。本大臣答以向來坎酋繼立，是否由喀什噶爾就近派員，一時無從查考。此次事屬非常，必須由中國派員以表兩屬之證據。將來尋常繼位，不妨查照向章：向若派員則仍派員；向不派員，亦不因此次而援為成例等語。外部始願遵議辦理。旋接貴衙門、總理衙門二月養電，英使華爾身轉述外部電意，既將後不為例一語誤解，又云不過請我派員到場，較會立字義為輕。本大臣恐外部或有翻異，因飭英文參贊馬格理赴外部詢問，外部實尚未變議。本大臣欲益堅前說，特再備文照會外部，解明後不為例一句之義，並申明會同字樣及中國所有納貢之權。又在外部與之言定，能選立舊酋之子更妥，如中國派員未到，不得說出所立人名。外部均已電告印度總督矣。相應將照會洋文稿譯漢咨呈，會貴衙門，謹請察核，貴大臣，請煩查核。須至咨呈、會者。

光緒十八年三月十八日咨。

咨總理衙門　摘錄曾前大臣滇緬界務舊卷

為咨呈事：竊照滇緬分界一事，前接英外部照會並劃界節略地圖等件，當經繙譯華文，就原圖加註，又本大臣照會稿一件，於二月十六日咨呈貴衙門在案。查光緒十一年，英人初得緬甸之時，經前出使大臣曾派本署英文參贊官馬格理，與外部侍郎克蕾疊次面談，由克蕾筆誌問答節略。自光緒十一年十二月起，至十二年二月止，先後會商十次。其節略經曾大臣隨時咨呈貴衙門，所有劃界緊要事宜均已議及。查閱是年英外部三月十三日照會，大致已屬允行。旋值曾大臣交卸回華，英廷於劃界一事亦久置未議。本大臣近聞英廷不日將派員來華辦理劃界事宜，茲特擇全案中節略照會之尤有關係者，摘錄數件，咨呈貴衙門，謹請察核。須至咨呈者。

計鈔單節略三件，照會二件，咨文一件。

光緒十八年四月十五日。

咨總理衙門　與英外部催問緬甸入貢年月

為咨呈事：竊查中英所定緬約第一條內，緬甸每屆十年向有派員呈進方物成例，英國允由緬甸最大之大臣，每屆十年派員循例舉行，所派之人應選緬甸國人等語。當時中外注意，專在申明成例，惟未聲叙緬甸應於何年入貢，所以但有此約，而英之駐緬大員尚未舉行。本大臣因聞英國印度部各員頗持異議，有不願遵辦之意。若不及時催問，此約恐成虛設。曾派英文參贊馬格理赴外部探詢情形，外部轉述印度部各員意見，果多支吾搪塞之語。經該參贊執定約章，與之理論。旋接外部來文，內稱應由立約之日算起，至光緒二十三年，印度政府自當豫備派員等因。本大臣查外部所定貢禮年限雖屬較遲，然既訂有定期，則屆時可查案催問，自難翻異。惟該文內有緬甸諸事更新之說，恐其後來據此一語又多矯變，不得不辦文再與辯明。相應將與外部往返照會洋文稿各一件，譯漢附鈔，咨呈貴衙門，謹請察核。須至咨呈者。

光緒十八年五月二十六日。

卷二　咨文

咨總理衙門並北洋大臣李雲貴總督王　與英外部理論英兵進佔漢董地方

為咨呈、會事：竊查英兵到滇邊土司所屬之漢董，燒燬房屋，佔踞地方一案。經本大臣辨文照會外部，詰以不得借查察地理為辭，進佔邊界，責令飭駐緬英員速即退兵。旋接英外部照復，内稱英廷自當審量此事等因。已於二月十六日譯鈔往來照會洋文稿，咨呈、會貴衙門、大臣、督部堂在案。茲於五月初六日接據英外部文，稱此事恐有錯誤，其緬甸來信所敘，英兵祇有百名曾到漢董，而其地位之遠近，月日之先後，均有不符，且稱英兵已早回八募。本大臣查滇邊相距過遠，其情形是否確實，無從考覈。惟英兵燒燬各村，駐緬英員已自認不諱。且既築路一條直通漢董，則其心之未嘗一日忘我滇邊可知。大抵英之外部亦思勉顧大局，其邊吏則壹意以進取為功，並無底止。此次英兵往來飄忽，或實已早回八募，或本大臣行文詰問之後，始經外部飭查，該英員乃一面潛自撤兵，而故挪移其月日，以掩飾其前非，均未可定。但彼既自退回，姑可將就了結。自後英兵如有越界滋擾之處，應由請雲貴督部堂、貴督部堂豫飭沿邊文武，詳查邊内邊外地名異同月日確據，電知本大臣與英外部理論，似有裨益。相應將英外部來文譯鈔咨呈、會貴衙門，謹請查核，大臣、督部堂，請煩查核。須至咨呈者。

光緒十八年五月十二日。

咨總理衙門並北南洋大臣李劉　與英外部追論英人梅生勾通會匪讞案

為咨呈、明事：竊照英人梅生勾通會匪，代購軍械一案，因判罰太輕，曾於本年正月四月兩次照會英外部，俟該犯監禁期滿，提至香港再讞，先後譯稿咨呈、送貴衙門、大臣在案。茲於西曆七月初二日，即中國六月初九日，接准外部來文稱，據上海英官律師來函，言上年此案辦結時，中國官員已極愜意。又上海英按察使來函，言此案所控祇係炸藥，故照炸藥定罪，不能加重。且謂該犯所做之事，僅係癡妄之想，並無實在險事等語。本大臣查該犯自供在鎮江通匪謀叛，又香港招雇英人十九名，滬關查獲洋槍三十五箱，種種證據，確鑿可憑，豈能以癡妄之想一語輕為開脫！因迭次電商南洋大臣、貴大臣於原控炸藥外，更以私通匪黨、偷運軍火、違例雇人三事，飭江海關道，囑西律師至英按察使處控告。旋接南洋、貴大臣閏六月文，電開梅案迭商英律師担文，謂證據不足，刑司前審供證，西例不為確據。且與稅司均言再控，必留滬質審，前斷解回，轉作罷論。彼既聯為一氣，恐再控必有反覆。已促其解回本國，經滬道廛商，已於十一日押解回國，並允不准再行來華。囑本大臣斟酌與之辯論等因。本大臣查該犯業既釋放，辯論自屬無益，祇能相機就此收束，將該犯逐出華境完案。惟外部來文强辭奪理，壹意袒護上海英讞員，不容不備文照會，正言駁斥。仍用持矛刺盾之語，略寓立竿見影之法，以申公道而儆將來。茲將外部來文及本大臣照會各一件，譯稿咨呈，送貴衙門，謹請察核，大臣，請煩查核。須至咨呈者。

計鈔單兩件。

光緒十八年閏六月二十三日。

咨總理衙門　派員前赴比國考核罪犯會

為咨呈事：竊照前准貴衙門函開比國陸使照會稱，奉本國來函，封送查照。當將洋文譯出，係該國考核罪犯會章，擬請中國派員入會。復據陸使來署，面述前因，以中國遣人一往為榮。茲將原件鈔錄寄閱，屆時希派員前往，周旋其間，見復等因。准此，本大臣查中西律法原自不同，該國所請派員入會，本屬無可考核，但不能不虛與委蛇，藉敦睦誼。當即札飭駐法三等繙譯官、知府銜候選同知吳宗濂前赴比京入會聽議，仍將考核情形據實稟復。茲於閏六月廿七日，據該員稟報閏六月十三日由法起程，馳赴比國，十四日謁見外部及刑部總辦。查各國政府派員入會者，凡十有六邦。各處博學會來赴是會者，凡百數十人，其人皆問官、律師、醫士等。自十五日起，至二十一日止，每日集議兩次，所議不外三大端：曰根究罪源，曰矜恤瘋犯，曰保全童稚。當集議之時，會中有問中國辦法者，該員遂登議座，略言中國律法，大致責成地方牧令，以教化為先，是以人民雖眾，犯法者少。十九日比王臨堂聽議，該員又將前意反覆申論。其時聽者約數百人，歡聲雷動，擊節歎美；比王亦向該員點首鼓掌以致謝，臨行又溫詞慰勞；其執政大員，多有向該員道賀，羨慕華律，讚美華官，溢於言表。二十一日會終大讌，延該員於上座，極盡敬禮。茲已於二十二日回法，據將所聞各議逐條摘譯，並將對答之言，稟報前來。相應將派員赴比入會，考核情形，咨呈貴衙門，謹請察核。須至咨呈者。

附黏鈔件。

光緒十八年七月十八日。

咨總理衙門　與英外部開議滇緬界務

為咨呈事：竊照光緒十八年六月十六日，准貴衙門電開本署具奏滇緬界務，請專派使臣在英商辦，以重事權一摺，奉旨依議欽此，除函牘外先電聞等因。本大臣當即備文照會英外部，請其派員訂期會商。適值外部新舊交替之際，未有復文到來。七月初七日，准貴衙門咨開恭錄諭旨，鈔錄原奏到，本大臣謹即欽遵辦理，復具牘至外部催問。七月初十日，接英外部照會，稱已派寶星山特生及印度部參贊一員，與本署英文參贊馬格理會同商議，定於十二日在外部衙門會商。本大臣當即照復，至期飭馬格理前往會議。茲將往來照會各件譯稿咨呈貴衙門，謹請察核。須至咨呈者。

附鈔單四件。

光緒十八年七月二十四日。

咨總理衙門並北洋大臣李雲貴總督王　與英外部聲明請英撤兵還地

為咨呈事：竊照滇緬分界一案，前准英外部訂期派員會商，已譯稿咨呈貴衙門、總理衙門在案。七月十八日，本大臣飭馬格理告外部，目前須先撤昔董英兵，為商議界務之第一事。旋於西曆九月十二號，即中國七月二十二日，英外部侍郎山特生致本署英文參贊馬格理函，稱撤兵一事必須細心審量。現中國亟欲辦理劃界要務，若俟審量昔董之事，則商議界務似須多停時日。且請中國言明何以要撤兵，及索問地段之理云云。本大臣察其語意含混，自係有心延宕。因於二十七日照會外部，詳晰言明必應撤兵及所以索還厄勒瓦諦江東邊地段之故。茲將山特生來函及本大臣照會稿各一件，譯鈔咨呈，明貴督部堂衙門、大臣，謹請察核。須至咨呈者。

光緒十八年七月三十日。

咨總理衙門並北洋大臣李雲貴總督王　與英外部催請英兵退出昔董地方

為咨呈事：竊查滇緬劃界，會同商議一事，前經本大臣照會英外部，索分野人山地，即八募以北，大金沙江以東之地，洋人所謂上厄勒瓦諦江中間一段之地也。並請英兵速退出昔董即薩洞納，以便商議分界之事等因。旋接外部大臣勞偲伯里照復，内稱已轉告印度部尚書，欲與印度總督商議，此事英廷自當用心考核等語。玩其辭氣，已不若從前之堅韌。本大臣乘其游移之際，當即辦文照會，謝其允為審量，而仍嚴催英兵退出昔董。蓋英兵若不守昔董，當即退至大金沙江以西。英外部曾自言之，中國所以必催撤英兵者，為劃江分界計也。所以必劃江分界者，為保固沿邊數十土司，俾英之邊吏不得誘脅為兩屬也。本大臣發文之後，隨遣馬格理赴外部探問，而外部議論果已漸改，謂中國此舉，未嘗無理，已微示轉圜之意。總之中西所見之理，不必盡同。本大臣亦知昔董大寨向未為中國屬地，然我索之而英廷不能堅拒者，以其本非緬屬，亦更非英屬也。本大臣仍當相機進退，因時變通，總期事可速了，裨益邊務而已。除俟外部如何照復再行咨明外，相應鈔錄與外部來往照會三件，咨呈、會貴衙門、大臣、督部堂，請煩查照。須至咨呈者。

計鈔照會三件。

光緒十八年八月二十日。

咨總理衙門並北洋大臣李　與英外部請刪除加那大苛待華民新例

為咨呈事：竊照英國屬地加那大政府苛待華民一案，本大臣屢次與外部辨駁，所有寓居加那大之華民，不令其分別看待，俾華民享受權利與別國之民相同。乃近聞本年西七月初九日加那大域多利亞議政院新改一例，係於一千八百八十六年所定華人入口之例第十三條修改，以待寓居之華民更加嚴酷。澳大利亞及加那大自主之屬地，設立分別之例以治華民，既不合中英條約之理，亦與萬國公法相背。本大臣因辦文照會外部，請英廷設法令其革除，俾華人往來加那大者可以自便。旋接外部尚書伯爵勞偲伯里照復，內稱加那大政府改易一千八百八十六年華人入口之例第十三條一節，已轉咨藩部大臣，俟接回音，再當照復，請為查照等語。除俟英外部如何照復再行咨呈外，相應鈔錄往來照會各一件，咨呈貴衙門、大臣，謹請查照。須至咨呈者。

光緒十八年九月二十六日。

咨總理衙門並北洋大臣李　巴西國請照約遣使駐京

為咨呈事：竊照光緒十八年九月初五日准巴西國駐法公使畢薩照會，稱本國伯里璽天德願照光緒七年八月十一日兩國所定條約，遣派使臣駐京，請代奏明中國大皇帝允准照辦，以固邦交等因。當經兩次電達北洋大臣、貴大臣轉電總理衙門、貴衙門在案，旋承准北洋大臣、貴大臣轉到總理衙門、貴衙門電復，即遵電示辦文照會巴西國駐法畢公使，告以既願照約遣使駐京，自應照中國現行禮節，與各友邦使臣一例接待。並詢畢使，如將所派銜名開示，即可轉達總理衙門奏明辦理等語。除俟畢使開送遣使銜名前來再行咨呈外，相應鈔錄來往照會，並問答節略各一件，咨呈貴衙門、大臣，謹請查照。須至咨呈者。

計鈔單並問答節略一件。

光緒十八年十月初五日。

咨總理衙門並北洋大臣李雲貴總督王　與英外部辨論野人山地

為咨呈、會事：　竊查滇緬劃界會商一事，前經本大臣照會英外部，獎其允為審量之意，而仍嚴催英兵退出昔董。曾於本年八月二十日，鈔錄與英外部來往照會，咨呈、會貴衙門、大臣、督部堂在案，旋將切要情形節次電達貴衙門、總理衙門察核。本大臣於九月間往晤外部尚書勞偲伯里，催問回文，稍有辯論。告以野人山地本非緬屬，英既踞緬，即為中英兩國甌脫之地，按萬國公法，本應均分。至昔董駐兵，更恐兩國邊境難安。早經備文催請速撤，惟未接回文，勢不能不與分界事併辦。勞偲伯里謂昔董英兵勢難速撤，恐中國接防兵未到，無以彈壓野人，又將滋事等語。告以英廷但約定一退兵之期，即可將滇緬界務議定大概規模。勞偲伯里總以英廷不受勒措為辭。查外部不肯速撤昔董之兵，未必非俯徇邊吏之意，有所窺伺。然其立說，每謂因議緬界而忽有此舉。近於受我要挾，情尚未甘，不能不辦文照會，示以轉圜之意。蓋野人山地本非緬屬，亦非滇屬，原在滇緬分界之事之外。本大臣初議及此，實為分界事盤旋作勢。究竟分界與分地兩端，不妨各歸各辦。但仍聲明中朝索問厄勒瓦諦江上游東段之地，不能稍改其意耳。除俟接有回文，辦理情形如何，再行咨呈、會外，相應鈔錄給英外部照會一件，咨呈、會貴衙門謹請察核、大臣、督部堂，請煩查照。須至咨呈者。

計鈔單。

光緒十八年十月十八日。

咨總理衙門並北洋大臣李　鈔送直隸候補道姚文棟稟陳滇邊及緬甸情形

為咨呈事：　竊照本年九月初五日據奏留雲南二品銜、直隸候補道姚文棟稟稱，竊職道於光緒十七年正月間道出法京巴黎，蒙憲臺札委查看印度、緬甸各埠華商情形，並密探雲南邊外與緬甸交界地勢，啟程後業將查看沿途商務及應辦事宜，歷次稟陳在案。嗣奉鈞電，諭令將途中見聞再行詳稟等因。遵查職道自正月二十八日，由馬賽海口搭趁法國公司輪舟，經地中海、紅海，歷意大利、奧地利及希臘、土耳其等國，又過埃及國京城之南，阿喇伯國京城之北，至二月十七日，始抵錫蘭。以上皆歷來使節所經，無庸贅述。自錫蘭換輪舟入孟加拉海，皆印度境。二十日抵本地舍黎。二十一日抵馬搭拉斯，南印度之都城也。二十五日抵嘎爾格達，東印度之都城也。凡印度境內商埠，大者三處，小者十餘處，閩粵流寓商人約六七萬人，此印度之情形也。三十日自嘎爾格達搭趁英國公司輪舟，三月初三日抵仰光海口，是為緬甸境。初九日自仰光海口換輪舟，入伊勒瓦諦江，十五日抵阿瓦，緬甸之都城也。二十日自阿瓦換輪舟，二十二日抵新街，為伊勒瓦諦江之上游。凡緬甸境內商埠，海口三處，沿江大者二十二處，小者二十九處。其腹地，深山之中亦有商埠，不下數十處。閩商、粵商多在海口，約有萬人。滇商散布於沿江及山中各埠，無處無之，幾與緬民相埒，約在十萬人左右。此緬甸之情形也。印緬各地皆近赤道之下，春時酷熱，較內地暑月尤盛。入境後肌膚發赤，每日須以涼水澆洗，謂之衝涼。日當午時，頭目眩暈，幾若昏迷。蓋古所謂身熱頭痛之國，即其地也。四月初五日由新街僱民船入大盈江，初六日抵蠻弄登岸，是為野人山之西麓。初七日乘竹兜度野人山，山中皆赤髮野人所居，地形極險，為中外之界限。謝清高所云峭壁不可梯繩，弱水不任舟筏；陳天祥所云上如登高，下如入井者也。初十日抵蠻允，是為野人山之東麓。過此則一望平夷，無險可扼矣。十三日抵盞達，十四日抵千崖，十五日抵南甸，皆土司，屬於雲南者也。十六日抵騰越，始為雲南邊境，渡龍川江、潞江、瀾滄江，皆極邊煙瘴之地。至五月二十七日，始抵雲南省城。是役也，自歐洲海程入亞洲，共行三萬八千餘里，行大江中三千二百六十餘里，山程二千餘里，歷時四月有奇。

職道竊查雲南邊境，西路以永昌一府及騰越、龍陵兩廳為門戶，其南路以順甯、普洱兩府及緬甯、威遠、思茅、他郎各廳為門戶，而皆以緬甸為藩籬。自英人得緬甸，藩籬撤而門戶寒矣。所幸者，猶有野人山之天險可以限隔中外。若使野人山為英所得，則英可長驅而入雲南，有高屋建瓴之勢，而雲南更無可扼之險矣。職道入滇後，稽之志乘舊卷，訪之邊民口碑，乃知野人山實係中國現屬各土司之分地，即明史所稱南牙山者，本在雲南界內，非甌脱比也。蓋乾隆時滇緬老界，西包孟碘、孟養、蠻暮，南包孟艮、木邦、孟密六土司在內。其後六土司潛為緬甸所誘，中國不復過問，於是以現屬騰越之南甸、隴川、孟卯、千崖、盞達等土司，現屬龍陵之遮放、芒市等土司，及現屬普洱之車里、十三猛土司為新界。新界西至大金沙江而止，永昌、騰越諸志，班班可考，野人山蓋在新界之內也。職道竊按目論之儒，每謂雲南天末遐荒，不關形要，而不知雲南實有倒挈天下之勢。由雲南入四川，則據長江之上游，由雲南趨湖南而據荊襄，則可搖動北方。明儒顧炎武郡國利病書，嘗極言之矣。況今有印度、緬甸以為後路之肩背，則形勢更勝於昔。英之覬覦雲南，非一朝夕之故矣。然則雲南之得失，關乎天下，而野人山之得失，關乎雲南。能保野人山則雲南安，能保雲南則天下皆安。一山之所繫，實不淺尠也。

查自騰越、龍陵兩廳，度野人山以通緬甸，其間共有九道，皆匯於新街。新街者，乾隆時蠻暮土司故地也。若能如憲臺原議，收回新街，以扼門戶之總樞，是為防邊上策。新街既淪於英而不可返，於是職道有保守野人山九道之議。守吾界以遏其闌入，猶不失為中策。若並野人山而棄之，則日後邊防無險可扼，雖使孫吳復起，亦無策矣。此就雲南西路邊務界務言之也。自西路而外，又有南路、北路，皆關緊要。南路車里土司之外，為乾隆時土司孟艮、木邦之地，即英所謂撣人在潞江下游之東者。車里與孟艮相接處，僅有小江數道，無險可扼。惟孟艮在潞江之濱，為邊外重鎮，又係商賈四集之大埠。由緬甸渡潞江而犯思茅，共有三道，孟艮總扼其江道之衝，實為要地。職道嘗論新街、孟艮之於雲南，如鳥之有雙翼。新街跨山為險，屏衛其西，孟艮扼江為險，屏衛其南，皆形勢必爭之地。若失此兩險，則如無翼之鳥，就擒必矣。

昔年英廷欲舉潞江下游以東悉歸於我，即指孟艮以內之地，於雲南邊務裨益非淺，奈之何其遲疑不受也。北路在野人山之北，有甌脱之地千八百餘里，相傳為明時茶山、里麻兩土司之故地，今亦野人居之，既不屬華，亦不屬緬。職道在邊外詳查地勢，由彼處入華，有三道：一道通西藏，一道通四川之打箭鑪，一道通雲南之永北廳。若使日後淪入於英，則三省邊防疲於奔命，實為一大隱憂。山中產黄果樹百千萬株，多難勝計，故俗呼其地為樹漿廠。外洋購買其樹中之漿以為器皿，凡可收放寬緊者，皆是此漿所成。一樹所出，每年可得小洋四百餘員，利源極大。又有金礦兩處，礦苗亦旺。以雲南民貧地瘠，而其邊外乃有此沃饒，不及今取以為資，而後來棄以資敵，甚非計也。且樹漿一物，為外洋所必需。其權自我操之，則亦可藉以制馭英人。如康熙時，俄人仰給我茶葉、大黄，即借此二物之微，以施操縱之術也。職道前過野人境時，聞者或疑為險途可畏，而豈知壺漿載道，婦孺爭迎，野官負弩執鞭，咸有求庇之意。即遠處樹漿廠之頭目，亦遣使奉書，譯其詞意，自稱本是漢民，願仍隸漢等語。彼皆恐洋人之見逼耳。

以上三節，皆係雲南邊地之要務，不可不於勘界之先熟籌而審處之。西路之野人山，本係現屬土司界內之地，有新舊各志可據，此可折之以情理者也。南路潞江以東之孟艮，為乾隆時舊土司，英廷嘗議歸於我，案懸未定，此當引伸初議者也。至北路之樹漿廠，距緬最遠，向未屬緬，而所關於我三省邊防者甚大。按公法云，遇荒地不屬邦國管轄者，無論何國，皆得據為己有。此當以兵力豫占，可以先入為主也。

職道奉委密查邊地界址，踏勘既周，詢訪既詳，不得不悉心籌畫，質之邊地耆民及有識之士，僉以為然。而雲南省垣距邊已遠，京師距雲南更遠，燭照所不能及。雖使職道上書建白，而不免有位卑言高之罪。惟據實稟請憲臺密奏朝廷，以爭先著而杜後患，鞏數千里之邊防，為億萬年之久計。是否有當？伏候鈞裁各等情。

本大臣查前駐德隨員，現保直隸候補道姚文棟，於光緒十七年正月期滿，銷差回華，道出巴黎，面稱擬順道遊歷印度、緬甸、暹羅、越南等處，舍海登陸，繞出滇黔，業經出使德國大臣洪批准在案。比經本大臣以中緬界務關係緊要，乘該道遊歷印度回華之便，可順路諮訪印緬切要情形，據實稟報本大臣，暨雲貴總督部堂王，以備他日參稽之用，密札該員遵照在案。茲據稟稱各情，於滇邊及緬甸形勢頗能留心考核，議論亦尚有見地。雖間有做不到之處，而其博諮周訪，備歷艱辛，似於時務見聞不無裨益。自應據稟詳咨以備查考，相應咨呈貴衙門、大臣，謹請查照備案。須至咨呈者。

光緒十八年十月二十八日。

咨總理衙門　遵旨謝英君主送呈自製書集

為咨呈事：竊照光緒十八年十月二十五日承准貴衙門電開，二十五日英使歐格訥覲見，呈遞國書禮成。另呈英君主所贈自製書集，奉旨著薛福成遵旨致謝。欽此。本大臣當於二十六日親赴外部，傳旨致謝英國君主友睦之意。該外部大臣勞偲伯里稱即日轉奏君主。本大臣旋辦文照會外部重申前意去後，茲接照復，內稱已將來文送呈君主閱看，君主聞中國大皇帝見愛此書，極為欣喜，已囑駐京使臣竭力辦事，必令兩國交情日益堅固等語。諭令咨復前來，相應鈔錄往來照會各一件，咨呈貴衙門，謹請查核。須至咨呈者。

計鈔單。

光緒十八年十一月十八日。

咨總理衙門並北洋大臣李雲貴總督王　與英外部詰問侵擾滇邊

為咨呈、會事：竊查滇緬分界並理論分劃野人山地一事，本大臣曾於十月十八日鈔錄與英外部往來照會，咨呈、會貴衙門、大臣、督部堂在案，旋將切要情形節次電達貴衙門、總理衙門察核。查英外部於本大臣索問野人山地之文，遲遲不覆，意存延宕。經本大臣疊次催促，至十月二十五日、十一月初九日，連接外部來文，語意既多含混，足徵理屈詞窮。文後微露其意，若中國不索野人山地，彼可稍分緬屬撣人地以償我，而又不肯明言。誠恐一經答允，彼又狡賴，所以不能不示以堅持，磋磨作勢。彼又謂車里即江洪、孟連兩土司曾經入貢緬甸，英國亦有索問之權。雖係强辭奪理，然查該兩土司昔年畏緬侵擾，實有貢緬之事。茲本大臣據理答覆，不必曲為諱飾。而英之無權索問，已可概見。至永昌府及騰越鎮廳會銜告示，措辭失當，致彼族執為中國不管野人山地之鐵據，昨准雲貴督部堂王、貴督部堂電，稱已將張鎮等記過在案，稍足示儆。再印度部尚書金白雷蠻横無理，專聽武員慫慂，不遵外部之言，非但昔董不肯退兵，又在昔馬修築礮臺，近又派兵赴盞西土司邊外之開社地方，攻擊野人。如此不顧公法，難保不恃强趁勢窺伺滇邊。似應請雲貴督部堂、貴督部堂密審機宜，整軍經武，庶足為建威銷萌之計。本大臣一面設法催問，相機應付，期於速了此事。相應鈔録與英外部往來照會六件，遣參贊官馬格理赴英外部傳語一件，永昌府等告示一件，咨呈、會貴衙門，謹請察核，大臣、督部堂，請煩查照。須至咨呈者。

光緒十八年十二月初九日。

咨總理衙門　派設檳榔嶼副領事

為咨呈事：竊照新嘉坡英屬各埠酌設副領事一案，本大臣屢飭總領事黄遵憲留心訪察，堪以派充副領事者，總期人地相宜，任闕毋濫，據實稟報以憑核辦。前據該員稟稱選得紳士候選知府張振勳，即檳榔嶼之富商，在海門等處經商三十年，聲望素著，若為檳榔嶼及其屬地威利司雷省並丹定斯等處之副領事官，堪以勝任等情，稟請查核前來。本大臣覆核屬實，曾經照會外部，請英廷允准並發諭照辦。旋接外部大臣勞偲伯里復稱檳榔嶼設中國副領事官，已轉咨英廷辦理此事之衙門矣等因，自應俟查明再辦。現據外部函稱接到新嘉坡及海門等處總督來函，稱張振勳派為檳榔嶼之副領事，無所不可，是以已認其為中國副領事等語。相應鈔録往來照會函件，咨呈貴衙門，謹請查核。須至咨呈者。

計鈔單。

光緒十九年正月二十日。

咨總理衙門並北洋大臣李雲貴總督王　送科干地圖

為咨呈、會事：竊查滇緬分界並爭論野人山地一事，本大臣曾於光緒十八年十二月初九日抄録與英外部往來照會及永昌府等告示各件，咨呈、會貴衙門、大臣、督部堂察核在案。英外部自經本大臣疊次催促，仍為印度部及印度總督所牽制，未肯就範。旋又送到照會一件，措語尚多矯强，專以中國無管轄野人山地證據為辭，而於本大臣前詰數端仍無一句詳覆。不知中國近年雖無管轄野人山地證據，英與緬甸更無管轄大金沙江以東野人山地證據。外部非不深知底蘊，特姑為遊辭以支展耳。惟其後段，有讓地互換之說。本大臣遣參贊馬格理告以此等照會暫緩不覆，本大臣但務實事，不必以空文往返，徒延時日。因詢其所讓何地，彼始送到科干地圖及節略一件。告以地太褊小，彼又允添潞江西地，與科干地大小相等，尚未送到圖說。而大金沙江以東之野人山地，仍作中英兩國甌脫。如此既可限制英人，杜其誘脅滇西土司之漸，而中國辦理交涉稍覺得體，可免為各國所輕視。詎料印度部既允復翻，未肯遵辦。現正與外部逐日爭論，俟確有就緒，相機了結，再行咨呈、會外，相應鈔錄外部來文一件，科干地圖並節略各一件，咨呈、會貴衙門，謹請察核，大臣、督部堂，請煩查核。須至咨呈者。

光緒十九年二月初二日。

咨總理衙門並北洋大臣李雲貴總督王兩廣總督李法外部鈔送暫往越南華民免稅兩月新章

為咨呈、會事：竊照越南等處徵收華民身稅一案，屢經本大臣照會法外部，請其設法裁革以蘇民困，無如該外部總以酌辦為詞，久未見復。本大臣因於正月十六日備文照會，重申前說，並飭駐法代理使事參贊官慶常面為催詢，並與反復理論。茲於二月初一日，接法外部照會，內稱聲明尚有未盡情形，應候查核。先將該處鈔送新章一通，咨送查閱。按照西曆一千八百九十年五月十五日定例，凡有華商經中國官員向法國領事等官請領護照者，准赴越南及北圻地方出入往來，限兩箇月內，免徵內地一切賦稅等因。查法外部此次送到越南總督畢楷新定章程，凡有華商赴越南及北圻地方往來，兩箇月內免徵一切賦稅。雖為日太促，究於暫往之華民稍有裨益。自應行知滇粵各省查照，以便嗣後凡有華商請照，赴越南及北圻地方出入往來，兩箇月內即可免交一切賦稅。除俟法外部將越南未盡情形查明知照前來，再咨達外，相應鈔錄兩次問答節略並往來照會各一件，又越南新章一通，咨呈、會貴衙門、大臣、督部堂，謹請查核。須至咨呈者。

計鈔單五件。

光緒十九年二月二十日。

咨總理衙門並北洋大臣李雲貴總督王　滇邊展界並請查勘漢龍關地方

為咨呈、會事：竊照滇緬分界並爭論野人山地一事，本大臣曾於二月初二日鈔錄英外部來文並科干地圖節略各件，咨呈、會貴衙門、大臣、督部堂察核在案。外部既送科干地圖，後又允添潞江以西地，與科干地大小相等，始論及大金沙江以東野人山地辦法，本大臣初仍執劃江為界之說，該外部侍郎山特生乃云可作中英兩國甌脱，本大臣已飭馬格理允之矣。次日外部忽又翻異，堅稱印度部不肯答允，且謂潞江左右，彼已讓地不少，何以此地仍作甌脱？本大臣往晤該外部大臣勞偲伯里，詰以山特生自出此言，堂堂外部，豈可失信？彼以山特生並未請示為辭，迨再三辯駁，始據稱願中國仍受彼讓地兩處，滇西老界毗連野人山地者亦可酌量展出。所展里數若干，俟本大臣辦文去後，再行答復等語。

本大臣因即辦文，酌擬辦法。所索各端，大致皆已與彼議定者，惟邊界外展拓之地，扯算闊二十英里一節，因滇邊直抵大金沙江，約計不滿四十英里，本大臣仍隱主各半均分之意以立説也。行文去後，彼又以電商印度總督為辭，遲遲不復。再三催促，始據稱印度部大臣金白雷願讓我展出邊界五英里，而昔董大寨尚不能在我界内。查五英里，實合中國十六里又半。告以所展太窄，且昔董不歸中國，斷難了結。頃據送到復文，則又稍變五英里之説，改為以庚老、開欽全地讓我約三百英方里，昔馬亦在其内，又將坪隴之南界線以西地一小塊劃歸中國，約數十英方里。如此則我所得地，仍與展五英里之説通計不相上下。查昔馬在野人山地，非盞達邊内之昔馬。去冬印度發兵佔踞，駐營築臺，於滇西形勢不無關礙。彼既堅不肯讓昔董，苟可收回昔馬，亦稍足為固圉之計。惟當與議定退出期限耳。

至漢龍關自明季已淪於緬，騰越八關既去其一，形勢不全。本大臣曾向索還，外部屢電緬員查覆，因華名與土音歧異，彼族亦不能勘得其地。據云若在猛卯土司東南，必可歸還中國。若在猛卯西南，彼恐隔斷與緬屬南坎土司往來之路，勢難歸還。查漢龍關土名宛定金養，檢閱各圖，或在猛卯東南，或在西南，往往歧出。似應咨明請雲貴督部堂、貴督部堂豫電騰越廳，派員會同猛卯土司勘實漢龍關所在地方，以免勘界時為緬員所朦混，實有裨益。除外部來文尚有數端須與理論，再辦復文，一面電達梗概，請總理衙門、貴衙門核示外，相應鈔錄與外部往來文件暨洋漢文地圖，咨呈、會貴衙門，謹請察核，大臣、督部堂，請煩查核。須至咨呈者。

計鈔往來文三件，洋漢地圖各一件。

光緒十九年四月初三日。

咨總理衙門並北洋大臣李南洋大臣劉雲貴總督王與英外部續催緬甸進貢

為咨呈、會事：竊查中英所定緬約第一條內，緬甸每届十年向有派員呈進方物成例，英國允由緬甸最大之大臣，每届十年派員循例舉行，所派之人應選緬甸國人等語。本大臣前聞英國印度部各員頗持異議，有不願遵辦之意，恐此約遂成虛設，曾經行文催論。查此事又與滇緬分界一事互相牽制。蓋英本大國，其輿論恥有納貢中國之名，頗譏外部前此定約為非，法、德各國新報又從而揶揄之，外部不無悔意。然彼亦知此約所關於名者稍損，所得於實者已多。蓋必力行此約，然後可將前出使大臣曾所議界務商務三端悉棄不顧。迨本大臣屢與理論，彼始答文，稱英廷現已豫備於光緒二十年第一次派員赴中國。蓋其用意甚深，實為滇緬分界不能稍讓地也。然彼又於商論界務時屢示微意，謂我於貢事如稍允通融，彼亦於界務可格外退讓。本大臣以中國體面攸關，堅持原約，而於分界各端仍斷斷與爭，乃稍出彼意外。印度部之所以屢允屢翻者，職是之故。外部此文接到已久，本大臣以界務未了，難免變端，未敢信為定論。今既逐漸就範，貢事亦不至誤期，相應譯鈔外部來文一件，咨呈、會貴衙門，謹請察核，大臣、督部堂，請煩查核。須至咨呈者。

計鈔單一件。

光緒十九年四月初三日。

咨總理衙門並北洋大臣李雲貴總督王　收回車里孟連兩土司全權

為咨呈、會事：　竊照英廷前因滇緬分界一事，曾行文爭論江洪即車里、孟連兩土司向為兩屬，又稱新設威邊一廳，係江洪、孟連所分之地，彼不能認中國此舉為合例等語。經本大臣據理答復，曾於光緒十八年十二月初九、十六日鈔錄往來照會，咨呈、會貴衙門、大臣、督部堂察核在案。查英廷用意，在獨踞大金沙江以東野人山地，欲杜我爭辯，因特舉此事以相抵制。本大臣曾與再三駁論，彼已允我收回江洪、孟連全權，而威邊廳亦即在內。外部三月二十三日來文，既照辦矣。次日外部又稱歐格訥寄到證據，謂我自稱新闢夷疆，實不能認為中國之舊地。彼族於中國邸鈔等件，隨處留意，足見其用心之深長。然揣其命意則仍在促我了結，不再多索大金沙江以東之野人山地也。彼視野人山地如此鄭重，則知我發端之初力索野人山地，稍足扼其要領，所以能使彼漸就範圍者，未始不由於此耳。除仍切實理論，相機速了外，相應鈔錄外部來文節略並恭錄邸鈔，咨呈、會貴衙門，謹請察核，大臣、督部堂，請煩查核。惟外部來文所稱原奏，尚未查到。須至咨呈者。

計鈔單三件。

光緒十九年四月初三日。

咨總理衙門並北洋大臣李　與法外部再論越南流寓華民身稅

為咨呈事：　竊照越南等處徵收華民身稅一案，前經法外部先將該處鈔送新章一通，咨送查閱，聲明凡有華商經中國官員向法國領事等官請領護照者，准赴越南及北圻地方出入往來，限兩箇月內，免徵內地一切賦稅等因，比經本大臣咨明貴衙門、大臣查核在案。查華商赴越南及北圻往來，限兩箇月，免徵內地賦稅，為期太促。因飭代理使務駐法參贊慶常往法外部再與理論，須將身稅一項全行裁革，以蘇民困。茲據該參贊稟稱，與法外部大臣德維勒會晤，所論身稅並李梅在京辦理交涉事件，法商辦理鐵路工程之事，以及瀾滄江上游老撾土司之地有屬越南者，應與中國會商如何劃分，請達總理衙門，以便開辦各節，不無關係，均已遵照本大臣所告各節，一一與辯駁等情，並將問答節略錄呈前來。相應鈔錄問答節略一件，咨呈貴衙門、大臣，謹請察核。又法議院會議鐵路一事，應併譯鈔，以備查考。須至咨呈者。

計鈔單。

光緒十九年五月初一日。

咨總理衙門並北洋大臣李　鈔送加那大新議華民入口例章

為咨呈事：竊查英國屬地加那大政府苛待華民一案，本大臣前經照會外部，請英廷設法令其革除，俾華人往來加那大者可以自便。旋接外部照覆，內稱加那大政府改易一千八百八十六年華人入口之例第十三條一節，已轉咨藩部大臣，俟接回音，再當照復，請為查照等語。經本大臣於上年九月二十六日備文鈔錄往來照會，咨呈貴衙門、大臣查核在案。茲接英外部尚書伯爵勞偲伯里照會，稱加那大新改華民入口之例，藩部尚書已將此事轉咨加那大之總督，今藩部接得加那大議政院詳單，茲特附上。貴大臣即知其例必須修改之故，並辯明並無不睦於中朝之意等因。相應鈔錄照會一件，報單一件，咨呈貴衙門、大臣，謹請查照。須至咨呈者。

光緒十九年五月二十八日。

咨總理衙門並北洋大臣李　與法外部詢問法暹起釁情形

為咨呈事：竊查法國與暹羅啟釁一事，英報屢言中國將有派兵助暹之舉，以警動法國。法人亦有鑒於越南前事，不能不以中國為虞，稍覺躊躇。本大臣思中國固不願攙預暹羅之事，致生枝節，然處之當在不離不即之間，若竟置不問，難免為法國所輕視，且寓暹華民數十萬，未便漠視。而瀾滄江上下游兩岸皆係中國雲南之地，誠恐法人肆然無忌，得步進步，亦不能不聲明在先。因函飭駐法參贊官慶常赴法外部詢問法暹起釁緣由，並與申說一切。兹據該參贊稟稱已與外部大臣德維勒會晤，詢明各事。據稱事可就範，不致大動干戈。法不願兼併暹羅，亦不廢其自主之權。即將晤談情形及法暹起釁緣由，電囑公使李梅詳達貴衙門、大臣以免疑慮等情。據此並送問答節略前來。相應鈔錄問答，咨呈貴衙門、大臣，謹請察核。須至咨呈者。

計鈔單。

光緒十九年六月十三日。

咨北洋大臣　順直水災捐廉助賑

為咨呈事：竊查今年永定河北運河水勢盛漲，衝決隄埝，順直數十州縣皆成澤國，漂没田廬，為近年未有之巨災。畿輔生靈，屢遭昏墊，困苦飢寒，殊為可念。本大臣查捐賑一事，久成弩末，遠隔海外，措手尤難。去年九月，本大臣曾經奏明請旨，將光緒十四年力襄蘇皖賑務之英國新嘉坡總督施密司等，傳諭嘉獎，以資鼓勵而策後效。除迭次函飭新嘉坡黃總領事陸續募捐，徑匯天津籌賑局外，本大臣又欲就英法兩館設法勸捐。祇因參隨各員所得俸薪疊形減折，殊多竭蹶，不得不酌予體恤。兹本大臣自捐庫平銀三千兩，購買滙豐銀票，相應附文，咨請貴大臣飭交籌賑局查收備用，稍盡微忱，仍請示覆施行。須至咨呈者。

光緒十九年十一月十四日。

咨總理衙門　與法外部議保護暹羅並甌脱之地

為咨呈事：竊照本大臣於十月二十五日承准貴衙門電開，密英使言彼現與法在巴黎商湄江東岸局外地，願歸中國，及保暹之策，欲中國亦助力向法商議，以定三國共保之約，可免後患。希飭參贊思恭塞克與法外部言之，得覆再商辦法等因。本大臣查英、法互商保暹之約，大致可望就緒，不至決裂。所議局外甌脱之地，須由英、法兩國派員往勘情形，再行定奪。其歸中國統轄一節，屢見法國新報，咸以中國並未用力，無端得此利益，衆情頗為不悦。幸外部尚無異言，英外部亦以中國此次為之助力，屢持公論，謂此地歸中國為最妥，且欲令其地形寬闊。本大臣所注意者，一則欲以南狔江即大宣河為東界，可與法人界劃清楚，即將來車里勘界亦省無窮轇轕；一則英法派員，中國亦須派員同往，以免車里南界受彼朦混。已飭署理法館參贊思恭塞克與法外部商議，法人未肯遽允。現託英外部代為磋磨，約須稍緩，方有眉目。至英、法兩國，互約不許，因以甌脱地歸中國，藉此另圖得中國利益。彼既互相猜防，中國尤隱受其益，此舉為有利無弊矣。

竊查英、法現定甌脱之地可歸中國者，東西約一百四五十里，南北約三百餘里，幅員不亞於帕米爾。西南兩面皆據湄江形勝，其襟帶之雄，人物之蕃，土脈之腴，似過於帕米爾遠矣。

除緊要機宜陸續電達外，玆將致英法外部照會暨思恭塞克來函，法外部所印黄書並譯稿，及一切信函節略，共十一件，相應咨呈貴衙門，謹請察核。須至咨呈者。

光緒十九年十一月十四日。

咨總理衙門並北洋大臣李雲貴總督王　與英外部理論英兵焚燒虎踞關野寨

為咨呈、會事：竊照本大臣於光緒十九年十二月十五日承准總理衙門、貴衙門電開，滇督電稱月初有英兵二百餘深入虎踞關，距章鳳街相近之邦且寨，焚燒野寨十餘，虜野人二名。其兵官密約士聲稱上年英兵過境，野人攔路放槍，奉札至彼罰錢，交不滿數，故焚燬十三家。查現有英參贊巴衛理在彼會同勘界，而兵官尚深入邊地橫行，不顧大局。請轉電向外部理論嚴禁，以杜將來等語。除告歐使外，希向外部詰問禁阻，即電復等因准此。本大臣當已赴外部理論，電陳大概情形在案。查虎踞關距滇邊，近守新街較形寫遠，英人始終不肯認虎踞關在我境內。印度總督尤異常狡悍，此發兵焚燬野寨，正在勘明虎踞關界址之時，未始非明示不願讓關之意。蓋恐我力索此關，則彼讓地較多，情有所不甘也。本大臣察度情勢，勘分邊界，不可再緩，未便因爭論一隅致妨全局。因與外部通融商榷，將虎踞關以東界線劃定，所訂條約亦已告竣。自此共泯詐虞，當可相安。前據外部送到節略，亦稱俟劃界條約定妥，英廷當囑英員於擬讓中國各地所居野人，不去切實管理，亦不干預野人之事等語。是此後可無慮生事矣。然本大臣尤以兩國辦理勘界之事，愈速愈妙也。相應譯錄英外部所送節略，咨呈、會貴衙門、大臣、督部堂查核。須至咨呈者。

光緒二十年正月初十日。

咨總理衙門並雲貴總督王　鈔送英外部請展緩緬甸進貢年限

為咨呈、會事：竊查緬甸條約第一款內開，緬甸每屆十年向有派員呈進方物成例，英國允由緬甸最大之大臣循例舉行，所派之人應選緬甸國人等語。本大臣初聞英廷意在延宕，是以商議滇緬條約之先，即將貢事迭次催詢。外部與印度部商議，初次覆稱貢期應在光緒二十七年。經本大臣按約辯論，不稍鬆勁，外部繼稱應在光緒二十三年，最後乃稱光緒二十年為初次派員之期。然本大臣知其意甚勉强，實為議約不肯稍讓起見，姑作是說，以塞中國之望。既而分界通商條款逐漸議定，似聞印度總督深咎外部所讓較多，頗悔貢期之太早，本大臣所以辦文催問。外部覆文，果有聲請展緩之說。本大臣思外部於分界諸事頗能勉力通融，若必責令緬員於本年入貢，為期已甚匆促，萬一辦理不能應手，轉啟後來玩視之漸。爰即辦文，允其暫緩一年，並堅持原約，告以明年必須如約舉行。詎該外部以文中無咨送總理衙門、貴衙門察度字樣，竟將原文送還，堅請轉咨，希冀多許展緩之期。本大臣一面告以總理、貴衙門必不能許多緩，姑允轉達，以候酌復。仍請總理、貴衙門堅持約章，駁以礙難久緩，咨行使館，即可由使館照會外部，以杜彼族之覬覦。抑或由貴衙門再許展緩一年，以示格外睦誼，則日後責彼照約辦理，彼更無辭。總之非有絕大權利，絕大體面，足與貢事相當者，斷難允其常緩。相應將往來照會四件，譯漢鈔咨貴衙門、督部堂察核。須至咨呈、會者。

光緒二十年正月二十四日。

咨總理衙門並雲貴總督王　收回英員新築天馬關大路

為咨呈、會事：　竊照本大臣於上年八月二十九日、九月二十四日迭准雲貴督部堂王、貴督部堂電開，查得天馬關在猛密、邦欠兩山間，坐東北，向西南，營盤基址洞門均存。東北至猛卯屬之蠻允六十里，西北至大石頭一百里，係走猛洞大路，路內屬猛名，路外屬猛密。英人所修由新街達南坎之路，係在關內山梁上。又於十一月二十六日承准總理衙門、貴衙門轉雲貴督部堂王、貴督部堂電開，天馬關既允歸還，關內英修之路，如准其作為借用，則華人亦須出入，情形如此，均請酌定等語。

查本大臣初向英廷索還天馬關之時，不知英兵已築新路，即英廷亦未之知也。既聞關內有英路一條，較形掣肘，固不能因此而遂不收回此關。英人堅稱八募南坎往來之大路，斷難隔斷；歷年所用工程經費，斷難棄擲。且此時尚未竣工，緬官亦未肯罷役。本大臣與外部仔細商議，知南碗河之南，天馬關之北，中國一小段地內，有最捷之大路，可姑允英人行走，則所經中國之境較短，不如所修英路之長，而英路一條，即可永歸中國。英人不復顧問，亦不借用。蓋既為彼自修之路，雖名為歸我，若仍許借用，究恐喧賓奪主。彼將阻抑華人，我亦無從遙制。今許行稍北之大路，則離邊更近，且非彼所自修，在我立約限制尤為名正言順。今於約內議定，除中國商民與土人仍舊任意行走外，亦聽英國官員商民行走。英國如欲修理改築，以臻平穩，告知中國官後，便可動工。或須保護商賈，亦准籌備辦理。議定英國之兵經過此路者，如逾二百名，若未經中國官答允，即不准過此路。如在二十名以上，即須豫先行文，知照中國等因。似於防弊之法略備梗概。

除條約另派妥員賫送總理衙門、貴衙門外，至英外部所詢，能否於未換約勘界之前先將此路借用一節，應請咨行雲貴督部堂、貴督部堂查覆，以便答覆外部。相應將往來照會二件，譯漢鈔咨貴衙門謹請察核、督部堂請煩查核。須至咨呈者。

計鈔單。

光緒二十年二月初二日。

咨總理衙門 進呈新訂滇緬條約

為咨呈事：竊照本大臣遵旨，與英國外部議定滇緬界務商務約款共二十條，擬與英外部大臣勞偲伯里先將草約畫諾，以杜狡變。業於本年正月二十日專摺奏明，並鈔錄原摺咨呈在案。本大臣隨於正月二十四日率同參贊馬格理等赴英外部，會同該尚書勞偲伯里，將華英文約稿互相畫押蓋印。現復照繕正本條約華英文一冊，賫送貴衙門，謹請進呈御覽，恭候批准，以備互換。並將本大臣與英外部互相畫押蓋印之華英文一冊，賫送貴衙門驗收存案，開辦施行。所有繕正之條約暨畫押蓋印之條約，共計二冊，裝成一匣，並畫押蓋印之滇緬分界圖一分二張，茲派駐法三等繙譯官、同知銜候選知縣世增，駐英隨員、同知銜江蘇候補知縣沈翊清，賫赴貴衙門呈交，以昭慎重。除分別札飭妥慎經理外，相應咨呈貴衙門，謹請查照，分別驗收，恭進施行。須至咨呈者。

計開：　恭繕進呈滇緬條約華英合璧文一冊，畫押蓋印滇緬條約華英合璧文一冊，畫押蓋印滇緬分界圖一分兩張。

光緒二十年二月十八日。

附錄新訂滇緬條約

第一條　今議定兩國邊界，自北緯二十五度三十五分起，由格林尼址東經九十八度十四分，即北京西經十八度十六分之尖高山起，隨山脊而行，向西南，過高崙坪及瓦崙山尖，由此過華昌村與高崙村之中間，以華昌村歸緬甸，高崙村歸中國，直至薩伯坪。自薩伯坪起，其綫向西而行，稍向南，過式脱崙坪，到納門格坪。由此仍向西南，隨山脊而行，至大薩爾河。自此河源至此河與南太白江相會處，分尤克村在東，列棒村在西。自大薩爾河與太白江相會處起，界綫溯南太白江而行，至此江與雷格拉江相會，循雷格拉江上至其源，在尼克蘭相近，自雷格拉江發源處，分尼克蘭古庚昇格拉在西，昔馬及美利在東，其線自來色江之西源起，至此江與美利江相會處。復溯美利江上至其源在赫畚辣希岡相近，分克同村在西，列塞村在東，界綫即循穆雷江向東南而行，至與既陽江相會處。然後溯既陽江上至其源在愛路坪，然後由南奔江即紅蚌河西支源起，順南奔江而行，至流入太平江即大盈河，一名檳榔江之處。以上係首段之邊界綫。

第二條　第二段之邊界，由庫弄河一譯作葛龍江與太平江相會處起，循庫弄河經過其西邊一條之支江，至其根源。自此向南而行，與洗帕河即下南太白江相會，適在漢董之西南，以麻湯歸英國，壘弄、格東、鐵壁關、漢董歸中國。至此溯洗帕河之支江而上，此江有根源，最近孟定格江之根源，即循山脊而行，向東南方，至南碗河邊靠南之克沱，以克沱歸中國，配侖歸英國。循南碗河向西南方而行，下至該河轉向東南處，約在北緯二十三度五十五分，其綫由此往南稍向西，至南莫江，以南蓋歸英國。循南莫江而行，至南莫江分開處，約在北緯二十三度四十七分，溯南邊一條之支江而行，至蠻透南邊高嶺之脊，約在北緯二十三度四十五分即循此嶺脊而行。此嶺脊係向東行，稍向北，至瑞麗江即龍川江與南莫江相會處，以蠻秀地方及天馬關欣隆拱卯各村歸中國。此數處在以上高嶺之北首，即溯瑞麗江而上，至此江分流處，再溯南邊一條之支江而上，以江中大洲歸中國。至此江與孟卯相對，東邊合流相近之處，如第三條所開，中國答允由八募至南坎各路中之最捷一條大路，經南碗河之南，中國一小段地內，除中國商民與土人仍舊任意行走外，亦可聽英國辦事官員及商民遊歷之人行走，並不阻止。英國如欲修理此路，或設法改築可臻平穩，告知中國官後，便可動工辦理。又有須保護商賈，或防偷漏等事，英國亦可籌備辦理。又議定英國之兵可以隨便經過此路，但如兵數過二百名者，若未經中國官答允，即不准過此路。
所有帶軍器之兵，如在二十名以上，即須預先行文知照
中國。

第三條　第三段之邊界，自瑞麗江與孟卯相對，東
邊合流相近之處起，照天然界限及本地情形，東南向麻
栗壩而行，約到格林尼址東經九十八度零七分，北京西
經十八度二十三分，北緯二十三度五十二分地方，有一
大山嶺，自此循嶺脊而行，過來邦及來本隴，至薩爾溫
江即潞江約在北緯二十三度四十一分。此段由瑞麗江至
薩爾溫江之邊界，應照第六條所開，由勘界官劃定。所
有歸與中國之地極少，須與孟卯至麻栗壩作一直綫，為
邊界所包括之地相等。儻查得合式可為邊界之處，尚須
加添少許之地歸中國，則中國應將別處邊界之地給還少
許與英國。此事俟日後酌辦可也。自北緯二十三度四
十一分起，邊界綫循薩爾溫江至工隆北首之邊界，即循
此工隆邊界向東，留出工隆全地及工隆渡歸英國，科干
歸中國。由此循英國所屬之瑣麥，與中國所屬之孟定分
界處之江而行，仍隨此兩地土人所熟識之界綫，至界綫離
此江登山處，以薩爾溫江及湄江即瀾滄江之支江水分流處
為界綫，約自格林尼址東經九十九度，北京西經十七度
三十分，北緯二十三度二十分，約至格林尼址東經九十
九度四十分，北京西經十六度五十分，北緯二十二度，將
耿馬、猛董、猛角歸中國。在格林尼址東經九十九度四
十分，北京西經十六度五十分，北緯二十二度處，邊界綫
即上一高山嶺，此山名公明山，循山嶺向南而行，約至格
林尼址東經九十九度三十分，北京西經十七度，北緯二
十二度三十分，以鎮邊廳地歸中國。然後其綫由山之西
斜坡而下，至南卡江，即順南卡江而行，約過緯度十分之
路，以孟連歸中國，孟侖歸英國。然後循孟連與康東之
界綫，此界綫亦皆土人所熟悉，至北緯二十二度稍北處，
即離開南卡江向東略南，循山脊而行，至南壘江，約在北
緯二十一度四十五分，格林尼址東經一百度，北京西經
十六度三十分。由此循康東及江洪之界綫，此界綫大半
係順南壘江而行，惟除屬江洪一小帶之地，係在南壘江
之西。北緯二十一度四十五分稍南，界綫行至江場邊界
後，約在北緯二十一度二十七分，格林尼址東經一百度

十二分，北京西經十六度十八分，即循江場與江洪之界淺而至湄江。

第四條　今議定北緯二十五度三十五分之北一段邊界，俟將來查明該處情形稍詳，兩國再定界綫。

第五條　現因中國不再索問永昌、騰越邊界外之隙地，英國大君主於北丹尼即木邦地及科干，照以上所劃邊界讓與中國之外，又允將從前屬中國兼屬緬甸之孟連、江洪，所有緬甸上邦之權，均歸中國大皇帝永遠管理，英國大君后於該地所有權利一切退讓。惟訂明一事，若未經大皇帝與大君后豫先議定，中國必不將孟連與江洪之全地或片土讓與別國。

第六條　約內所開邊界各綫，及所附之地圖，繪明詳細，應由兩國所派勘界官比較劃定，以免地方官民爭論。如查得無論何處有未甚妥協者，應行更正。兩國勘界官查出所定界綫，必須改易其互易之地，不應僅視其地面之大小，須論其地土地之肥瘠及緊要與否。儻勘界官不能商妥，應速將未妥情形各報明本國國家核辦。勘界官又須設法查勘中國舊邊界名為漢龍關者，儻查得在英國境內，英國當審察可否歸還中國如查係在孟卯東南，即係在孟卯至麻栗壩直綫之北邊，則已歸中國矣。

第七條　劃界之事，經兩國勘界官勘定後，兩國如有越界之兵寨等，於八箇月之內一概退出。彼國兵退，此國立即派兵接駐。兩國應將退兵駐兵日期豫相知照。自駐兵之日起，應各擔保界內所居之各種野人安靜無事。除保護邊界各地安靜必應有之兵寨外，兩國答允各不在邊界十英里之內，建修新舊礮臺營寨。英里量法，係從最近之邊界作一直綫量之。

第八條　英國極欲振興中緬陸路商務，答允自條約批准之日起，以六年為期，中國所出之貨及製造之物，由旱道運入緬甸，除鹽之外，概不收稅。英國製造之物及緬甸土產，運出緬甸，由旱道赴中國，除米之外，概不收稅。其餘悉照第十條、第十一條辦理。以上鹽米之稅，不得多於出入海口所收之稅。

第九條　凡貨由緬甸入中國，或由中國赴緬甸，過邊界之處，准其由蠻允、盞西兩路行走。俟將來貿易興旺，可以設立別處邊關時，再當酌量添設。中國欲令中緬商務興旺，答允自批准條約後，以六年為期，凡貨經以上所開之路運入中國者，完稅照海關稅則減十分之三。若貨由中國經此路運往緬甸者，完稅照海關稅則減十分之四。凡有陸路出入貨物，應給發三聯單即子口稅單，照通海口岸章程一律辦理。運貨經過中國地段，如在此約所准之路之外，及有偷漏等弊，儻中國官願行查辦，即可將該貨充公。

第十條　凡以下所開軍器，非經國家准購，不得由緬甸運入中國，亦不得由中國運往緬甸。此等貨物，僅准售與奉國家明諭購辦之人，不得售與他人。如各種槍礮及實心彈、開花彈、大小彈子，各種軍械軍火，硝磺、火藥、炸藥、棉花火藥及別種轟發之藥。

第十一條　食鹽不准由緬甸運入中國，中國銅錢米豆五穀不准運往緬甸。鴉片及酒不准由兩國邊界販運出入，惟行路之人，准其各帶若干以備自用。每人准帶之數，應照關章定奪。若犯此條及前一條，即將所有之貨充公。

第十二條　英國欲令兩國邊界商務興旺，並使雲南及約內中國新得各地之礦務一律興旺，答允中國運貨及運礦產之船隻由中國來，或往中國去，任意在厄勒瓦諦江即大金沙江行走。英國待中國之船，如稅鈔及一切事例，均與待英國船一律。

第十三條　中國大皇帝可派領事官一員駐劄緬甸仰光，英國大君主可派領事官一員駐劄蠻允。中國領事官在緬甸，英國領事官在中國，彼此各享權利，應與相待最優之國領事官所享權利相同。如將來中緬商務興旺，兩國尚須添設領事官，應由兩國互相商准派設。其領事官駐劄滇緬之地須俟貿易為定。中英兩國領事官在所駐之地與地方大員往來，均係平行。

第十四條　英國商民等欲由緬甸赴中國，應向合宜之英員請中國派駐仰光之領事官，或邊界上之中國官，給發護照，方能前往。其護照式樣，一邊英文，一邊華文，與通商口岸所給護照無異。華民欲由中國赴緬甸，如願領護照者，可向華官請英國駐劄蠻允之領事官給發護照，儻遇中國別地有一英國領事官，亦可就近請給護照。

第十五條　英國之民有犯罪逃至中國地界者，或中國之民有犯罪逃至英國地界者，一經行文請交逃犯，兩國即應設法搜拿，查有可信其為犯罪之據，交與索犯之官。行文請交逃犯之意，係言無論兩國何官，祇要有官印，便可行文請交。此種請交逃犯之文書，亦可行於罪犯逃往之地最近之邊界官。

第十六條　今欲令兩國交涉與貿易日臻蕃盛，並欲中國派駐仰光之領事官與中國大憲往來通電，兩國答允，俟可設法通電之時，應將兩國電綫接連。此綫創辦之始，專寄滇緬官商等往來電報。

第十七條　兩國人民，無論英民在中國地界，凡有一切應享權利，現在所有，或日後所添，均與相待最優之國一律，不得有異。

第十八條　約內所開通商各節，俱非尋常款例。此由兩國察看地方情形，及中緬陸路通商應辦之事，互相允讓而立。所有互給權利，兩國之民除有同樣情形外，不得在別處接壤之地照樣索問；即使有同樣情形，亦必有同樣之允讓方可。

第十九條　以上通商章程，係暫行試辦，俟兩國察看得詳細情形，如何去礙獲益，可於交換批准條約六年後，或中國願行修改，或英國願行修改，均可商議。儻兩國俱願略早修改亦可。

第二十條　此約由大清國大皇帝、大英國大君主五印度大后帝批准，自畫押之日起，准六箇月在倫敦互換，或能略早亦可。此條約應於交換後立即開辦，現在大清、大英國各大臣，先蓋用關防以照信守。

此約共四分：華文二分，英文二分。光緒二十年正月二十四日，即西曆一千八百九十四年三月初一日，在倫敦立。

大清國大皇帝特派欽差駐紮英京大臣、二品頂戴、都察院左副都御史薛，大英國大君主五印度大后帝特派欽差管理外部事務大臣、勳賜極尊韠帶寶星世襲伯爵勞，各將欽奉全權文憑互相較閱，均屬妥協，議定條款如右。

咨總理衙門並北洋大臣李雲貴總督王　送譯印野人山新圖

為咨呈、送事：　竊照本大臣與英廷商議滇緬分界事宜，滇省西南兩面均與野人山地毗連，犬牙相錯，延袤不下千餘里。英外部曾出示野人分部地圖一幅，考覈頗為詳實。即大金沙江以東，野人種類不同，名號不一，分疆畫界，彼此截然。此等野人，雖非内地人民可比，從前中國以不治治之，亦常羈縻勿絕，涵濡聖化者數百年。近被强鄰以兵威脅服，未嘗無喁喁内嚮之心。經本大臣儘力爭論，既酌量劃地分隸中國，以固邊圉而全體統。本大臣尤愛其圖之指畫詳明，因向外部暫借翻印二十分，又將地名另譯華文，亦印二十分，以備分咨查考。除咨送總理衙門、雲貴總督部堂外，相應將華洋文野人山地，各部野人界域圖各二分，另野人山地洋圖二紙，咨呈、送貴衙門，謹請存案備查，貴督部堂，請煩存案備查。須至咨呈、送者。

光緒二十年二月二十二日。

卷三　書函

致總理衙門總辦

論接見外國使臣書庚寅

敬啟者：　六月二十七日肅布英字第五號書，計達荃覽。福成到洋後倏已五月有餘，察看交涉情形，粗有所見。茲謹具一摺二片，敬求貴衙門恭遞。除鈔稿咨照外，有摺中未敢陳明者，請為執事言之。查西洋通例，於各國使臣來駐國都者，平日接待禮文頗為周至，異乎尋常。即如朝會禮節，其待各國使臣，與本國貴戚一體，而與待國中之臣不同，以寓賓敬之意，即以聯彼此之情。福成來英四月，除常例朝會外，樽俎款接、聽樂觀舞已非一次。

前日閱彼國泰晤士新報，將此事著為論說，謂中國皇上親政之後，尚未接見外國使臣。其意不無觖望，且似咎中國使臣不將外人接待情形告知本國，以致中外交際之禮厚薄懸殊云云。在彼族不知中國堂陛尊嚴，自有體制，萬不能與外邦之禮相提並論。然準情酌理，歐洲各使駐京十數年，尚未一邀覲見，似於情誼恝然。福成竊揣彼族不久必有合詞請見之舉，屆時似不能卻。然此議與其發之於彼而我始俯允之，不如發之自我尤為得體。若諭旨定期召見，慰勞數語，俾各如所願而退，此王會之隆儀，實懷柔之勝算。

福成於正摺中微引其端，附片復詳陳之，而於明請諭旨一節，仍不敢輕言於君父之前。誠以事體重大，未可瀆陳，而區區之愚終不能自閟，伏祈回明堂憲裁奪為禱。專肅布達，謹請勛安！　七月初六日，英字第六號。

論英使華爾身議華民入英籍書庚寅

敬再啟者：　昨聞人談及新嘉坡近事，知英使華爾身曾在貴衙門建議，令英屬地華民悉入英籍之說。此舉殊駭聽聞，即飭參贊馬格理至外部詢其知否。外部亦深訝異，謂華使老成穩練，不應輕發此議。福成竊揣情形，或因商議保護新金山華民，華使姑發此說以資搪塞，亦知其未必能行，遂未報知外部。從前威妥瑪常有此等舉動，希冀墮其術中，僥倖成議，出於外部之所不料，彼乃自詡其功。竊謂華使此說，直可置之不理，彼亦無從置喙。今日海外各國屬地寄寓華民，不下二三百萬。其墳墓眷口均在中國，不願竟化為異類，亦正斯民不忘本之意，萬無拒之之理。儻一國强令入籍，則各國必相仿傚。英屬地之待華民，除新金山外，均尚不至十分苛刻。若法屬之西貢，日斯巴尼亞之小呂宋，其虐待華人情狀殆不可言。如悉令就地入籍，則絕百萬華人喁喁內嚮之心。恐各國聞之，益滋輕侮。不獨以後保護二字無可復言，且非吾民所願，辦理必多窒礙。迨我既辦不動，而彼據成約以相責，召衅更多。福成未知華使是否實有此說，貴衙門曾否與之開議，但既有所見，不敢不罄其愚。若因保護新金山等處華民與華使商議，未能就範，似不妨徑飭敝處與彼外部磋磨。此間各島華民消息較靈，且事務稍簡，可以專精經理，斷不敢稍有推諉。除電達大意外，茲再泐陳梗概，希即回明堂憲裁奪是禱。手此再頌勛安！七月二十日。

論英派員駐喀什噶爾及商設香港領事書庚寅

敬啟者：本月初六日，接奉鈞署來電，當即電復大意。查英人欲於喀什噶爾駐員一節，前月下旬敝署英文參贊馬格理因事至外部，晤侍郎山特生，曾言有三事相商：

一、中國回疆之西南，英屬阿富汗之東北，中間有地五六百里，為布魯特遊牧所到，該部久去其地，幾同甌脫，既不屬中，亦未屬英，而逼近俄境，恐日久必思佔據。英人不願阿富汗之與俄為鄰，現擬占先手，會同中國勘明，分轄其地，以杜他族窺伺。

一、中國允俄在喀城駐設領事，其地實無貿易，俄人在彼設官籌度一切，難保不於印度有損。英人隔在嶺外，聲息不通，無從窺測。擬請中國允英在喀設一領事，以便伺察俄人。

一、葉爾羌之南，克什米爾境內，有一廢礮臺，名曰剎衣都拉，現聞中國官兵屯紮其中。此雖無甚緊要，但此後即當永久駐守，勿再棄去，致被俄據。

以上三事，是否與中國使臣在此商議報知中國辦理？抑由英國駐京公使在總理衙門商量辦理？ 囑馬格理詢覆。

福成當時竊揣彼雖設為兩可之詞，實則隱謀已定，必電該使華爾身先探鈞署意嚮，再行相機設法。又念鈞署公事既繁，其中委曲底蘊，未必盡悉。敝處屢於新聞紙中見其梗概，倉猝間又無由詳達，因囑馬格理覆以不妨在此籌商，再告鈞署。外部果不出福成所料，諉以現印度方派員前往察勘情形，須兩月後再商，而喀城駐員一層，果囑華使在鈞署開議矣。福成就馬格理所述三事而論，其第一、第三兩端，若盡如該外部之說，似於中國無損，辦理得宜，或可有益。尚非專係彼之有求於我，故暫匿不以告，或將來由伊自行區畫，竟不再言，亦未可定。其駐員一層，則必須中國允准，方可舉辦，所以先行抽出，來探口氣，再作計議。福成竊思駐員一節，於彼國誠為大益，於中國似尚無損。何以言之？俄人覬覦阿富汗，蓄意已久。若英派員在喀，則俄人圖阿富汗之舉動，纖悉必知。喀與印度呼吸相通，不致落人後著。此所謂有益於彼也。中俄接境幾二萬里，萬一有釁，防不勝防，關外信息阻隔，不能靈捷，尤為可慮。若喀城駐一英員，於英人通信固便，但使新疆大臣駕馭外人有法，於我亦未嘗不便。且喀城北鄰俄而允俄駐員，南鄰印度而允英駐員，彼此接壤，事屬一體。此所謂無損於我也。惟俄於喀城，以貿易為詞，英現無貿易，故不免閃爍其詞。或將來漸有通商之說，亦未可定。然通商一事，固無損於中國也。所慮者，喀城派員係俄之專約，若許英亦駐員，恐開他國照行俄約之漸。欲將此一層斡旋妥協，似亦不難。蓋凡條約本無之事，如一旦驟議開端，必彼此所讓利益足以相當，後來自不滋流弊。喀城添駐英員，此條約之所無，拒之原無不可。但拒之而俄不見德，英適見怨，則不如不拒，而索以利益相當之事。

前奉鈞署大咨，議設南洋各島領事，此事英廷允否，尚未可必。然如檳榔嶼、麻六甲、柔佛等處，能令允設領事，固於保護華民一事有裨。惟香港一區，逼近粵垣，且華人生聚日繁，閩粵盜犯均恃此為逋逃藪。諸多掣肘，從前屢次商設領事，彼國堅持不允。福成現擬乘此機會，與之熟商，稍緩即當鈔稿咨呈查核。彼以英人未到之喀城尚欲駐員，我以華人麕集之香港而與議駐員，名正言順。若彼或有未便，而因此輟喀城之議，我可不任受怨。若彼因喀城設員，勢不能已，則香港之事，彼亦當就我範圍。然福成尚未以此二事明與相提並論。萬一彼遵公法，先允我添設領事，鄙意或留喀城派員之舉，另索他項利益更妙。蓋因舊時交涉，喫虧甚多，所須更正者不止一端。則鈞署此時似不可鬆口，稍露能允之意。儻告華使以此事現方函詢敝處，或稱已交福成就近與英外部妥商，似尚渾含無迹。是否如此？即乞回明堂憲裁奪，並乞先將大意電示為盼。肅泐密布，敬請勛安！

八月十二日，英字第八號。

論中外辦事情形書 庚寅

敬再啟者：福成自到洋後，熟察交涉情形，大約彼國外部尚能遇事主持公道，不如駐華使臣一味自逞私意，强人所難。如從前威妥瑪、巴夏里之徒，動輒要挾，實皆以此為見長之地，非盡出英廷本意。論者咸謂外部筦數十國交涉之事，統籌大局，故其心寬平；駐華公使所筦祇一國之事，其心迫隘，皆欲多占利益，取悦於其本國商民。況從前中國未知外洋情形，所予外人利益，每以勉强得之，因而習以為常。華使為人，雖較威、巴諸使忠厚，不甚生事，然受在華商民之慫恿，恐所難免。又如所議英地華民入籍一事，亦於理勢多所窒礙。彼或如鈞署綜理各國各口交涉之事，公務繁冗，海外情形倉猝又難詳達，所以輒思嘗試。近來外部亦頗恃此為獨得之秘。

鄙意交涉之事，有必須在內地辦結者，如重慶通商等事，非由鈞署主裁，斷難如此妥洽。以其與內地督撫大臣行文商辦，亦較順手也。其不必盡由內地辦結者，如保護華民等事，或徑檄出使大臣與外部從容辯論，或由鈞署主持，而與使臣函電頻商，務求靈通一氣。蓋因使署事簡，可以專精考究，全神應付，且海外大局與彼國命意所在，信息較內地靈捷也。惟中外相隔既遠，函牘往來，每延時日，又苦電價太昂，細情難達。福成現方籌輕減電價，疏通消息之法，俟有端倪，再當詳細布達。請鈞署酌核示遵，敬泐，再頌勛安！ 福成又肅。 八月十二日。

論添設香港領事及英派員駐喀什噶爾書庚寅

敬啟者： 南洋添設領事一節，昨備文照會英外部，已譯稿咨呈冰案。 旋准外部文，稱此事英廷現須詳審，稍緩即復。福成惟恐其將香港一區聲明除開不設，則仍無異買櫝還珠，因囑馬格理以己意微探外部侍郎山特生口氣，明指香港而言。 山特生謂只要中國能得一深明洋務之領事，不致侵權越分，亦無礙難之處。 察其詞意，似尚易商。 惟每事必設法支展，俟迭經催商而始辦，則外部之常例也。

至喀城駐員一節，邇來外部尚未提及，竊思此事係華使在鈞署所請，與南洋所請領事初不相涉。 惟目前彼之鬆口，實因有求於我。 若知鈞署於喀城之事竟不通融，彼或因絕望而變前議，抑或遽爾允許，又恐其已得所欲，轉將我商設領事之議擱起。 刻下鈞署似亦宜用支展之法，告以未知喀城情形，以函詢彼處疆吏為辭，一往返之間，即可展緩數月，以觀動靜。將來確知其無甚關礙，再由鈞署另索他項利益相當之事，更為妥洽。

總之香港設領事與喀城駐員二事，本係分開各辦，現似不必相提並論，惟內外消息卻須靈通，仍乞隨時電示。至鈞署慮及喀城通商一事，似尚非彼族命意所重。如眾議以為不便，或將此層預與說明，以杜後患，亦無不可。即乞回明堂憲裁奪。除將外部照復譯稿咨呈外，肅泐奉布，敬請勛安！ 九月初十日，英字第九號。

論藏印通商事宜書庚寅

敬再啟者： 查藏印條約第四款，有藏哲通商應如何增益便利一事，容後再議之語。福成詢之馬格理，據云廓爾喀等國與印度通商，入印度境，不收進口稅，以英人意在招徠也。印度貨入廓爾喀境，須納進口稅，以其地素貧，不能不藉供國用也。將來印藏商務，若與議藏貨入印不納稅，印貨入藏須收稅，英官似可應允等語，自不妨以此說知照升大臣，存為此時議約之料件。因從前各約，當時未審利弊，日久每形掣肘。此後爭得一分利益，即有一分體面，且可據為別案張本也。愚見如此，伏乞回明堂憲裁奪為荷。肅此再請勛安！九月初十日。

論添設南洋領事書庚寅

敬啟者：南洋添設領事一節，頃已准英外部照復應允，尚無難詞。其所稱間有待查地方情形，刻下或難照給文憑，須由英廷察看定奪者，係指新金山一處而言。福成現擬先將調左秉隆前往香港開辦一層，及改新嘉坡為總領事，兼轄檳榔嶼、麻六甲各島之說，備文照會外部，以免緩則彼族另生枝節。查前任郭大臣議設新嘉坡領事時，開辦之初，大費筆舌，始獲應允。後曾侯擬設香港領事，辯論再三，迄無成議。此次南洋各島及香港之議，彼遽慨然允諾，固由朝廷威福漸摩所致，亦因喀城駐員一層，彼所注意，或以此示先施之義。聞華使在鈞署開議，未知曾否略索他項利益，示以可允之機，抑或以行查一說，藉稍宕緩以觀動靜，想堂憲必有主裁。此事福成既未與聞，未敢遙參末議。惟念南洋准添領事，則法、日、荷各國屬地皆可以次仿行，徐商添設，於海外商民大有裨益。香港准設領事，則於廣東省垣政事裨補尤多。是此舉在我所收權利已不為少。其喀城派員，英意重在伺察俄情。聞其所遣之員，不必定以領事為名。若我駕馭有方，萬一中俄有釁，我亦可藉英以察俄情，似尚有益無損，侍訂議時斟酌可耳。鄙見如此，伏乞回明堂憲酌奪為荷。除將英外部照復原文譯漢咨呈外，肅泐奉布，敬請勛安！十一月初一日，英字第十一號。

論添設南洋領事經費書庚寅

敬再啟者：香港及檳榔嶼各島事宜，福成再四籌思，將來開辦之日，香港歲費約略與新嘉坡相等，當以七千金左右為譜。似須由廣東督、撫院就近在粵海關劃撥，歸出使經費項下扣除。免如新嘉坡之由敝處收撥，以銀易鎊，又以鎊易洋銀，輾轉耗折，更添往返匯費。惟派員則須歸出使大臣，以便外部如有異議，可與理論。仍兼歸粵省與使臣統轄，蓋其所辦交涉之事大半關係地方之事，所以與使臣勢難隔膜，而與粵省尤為切近。義當兩屬，稍殊各口領事情形也。

至新嘉坡附近各島，查丁軍門原文所叙，計檳榔嶼、麻六甲、芙蓉、白蠟、石蘭莪、柔佛，共有六處。若必處處循照定章，添設領事，殊恐所費不貲。今籌變通之法，擬改新嘉坡領事為兼轄檳榔嶼、麻六甲總領事，俾其銜秩稍崇，便於控制。暫不必盡照總領事之例支領月薪，稍資撙節。惟其所管華民倍多，事務較繁，不能不添派繙譯、隨員各一人襄理一切。至其出赴各島巡護華民之費，亦須覈實開報，不出則不開支。又芙蓉等四處，應令該總領事選擇各處殷實公正之紳商，畀以副領事名目，月薪約以百金為度。如未得其人，甯闕毋濫。統計所用歲費，當不逾八千餘金之數。較之歷年新嘉坡所用，僅加一倍，而六十萬華民均獲保護，裨益實多。此缺地當衝要，局面更廣，非熟悉洋情者不能勝任愉快。查有使署參贊黃道遵憲精明幹練，曾充舊金山總領事，措置裕如，堪膺斯任。

以上辦理各節，擬請回明堂憲詳悉指示。一面容與外部商定，明年再行開辦。手泐，再請勛安！十一月初一日。

再論添設香港領事及英派員駐喀什噶爾書庚寅

敬啟者：英廷允設南洋各島領事，及調左秉隆往香港開辦，業經外部照復，陸續鈔稿咨呈冰案。福成前於英字第九號函中，曾聲明香港設領事與喀城駐員二事分開各辦，不必相提並論。誠以向來中外交涉之件，外部往往設法支展，且因到洋日淺，外人之情實亦未能深信，不敢遽謂確有把握也。乃此次外部始終無一言阻難，且並未支展時日，慨然應允，力顧兩國交誼，實出意計之外。福成前函謂其必因喀城一事，以示先施之義，第念此事由華使在鈞署所請，應由堂憲主裁，非使臣所敢遙參末議，則仍不欲以兩事相提並論之意。乃近日外部侍郎山特生致本署參贊馬格理函，措詞雖極婉轉，而已微示責報之意。竊思福成初接鈞署大咨，於南洋籌設領事一節頗苦無從著手。及聞華使有喀城駐員之請，乃得乘間而入，先詰以公法，中國在英屬地皆可添設領事，繼又明指香港一區而言，亦思彼若允我所請，則我收回權利已多，與彼所求既足相抵，萬一不允所請，則喀城駐員就此可作罷論。刻下英廷既一一允許，頗有意結歡中國。若以施報恒情而論，似亦祇可俯允所求。向之不欲以二事相提並論者，今則勢不能不以此絜彼；又念向來外人要求利益，大都不盡循理，勉强得之，或僅有施而無報，此次獨致先施之意，亦未始非朝廷近年德禮漸摩之效。若彼以好來而我漠然不應，恐彼謂中國之事仍須待迫脅而成，轉覺乏味。至於就事而論，此舉在中國實亦無損。

新疆距內地太遠，中外信息每患不能靈通。英、俄同處一洲，而其互相猜忌之心時見於日報。中國若許英在喀駐員，固可藉英以察俄情。駐英使臣常與外部往來，必能聞其消息，報知鈞署。若慮其藉此通商，致各國競思援照，則彼之派員可稍變名目。彼函中所謂經手領事人，即與另商再改，亦無不可。茲將山特生原信譯稿呈覽。敬乞回明堂憲裁奪是禱。手肅布達，敬請勛安！

十一月二十一日，英字第十三號。

三論添設香港領事及英派員駐喀什噶爾書庚寅

敬再啟者：福成八月十二日致尊處函中曾云，萬一彼遵公法允我添設領事，則留喀城派員之舉，尚稍可設法另索他項利益，未知鈞署曾否籌及擬索何項為抵？福成查俄在喀通商，當時曾侯因此路商務初興，貿易未旺，故於俄貨入境關稅一節暫允免徵。今屆修約之期，聞俄尚未肯完稅，此次英欲駐員，或稍有商務，可與議明循照通例，凡貨入喀境，須照值百抽五章程一律徵收，亦可使俄人無詞再圖宕緩。日前馬格理見山特生時，曾言及此。今其來函，似已答允。此亦利益之一端。

然鄙意尚有大於此者，從前洋人在中國欲設領事，並不請中國准照，隨意遣派，竟若在中國有自主之權者。因而輒敢與地方有司遇事掣肘，動輒要挾，蠻橫無理。查此事實不合公法，從前李傅相與巴西議約，欲復領事官領准照之例，甚費躊躇。然僅一弱國，尚辦不動。此次趁英國欲在喀城駐員，可與議明，必須待中國給予准照，然後新疆地方官纔認為英國領事。自此次為始，各口領事亦必須給准照。此亦萬國通行之法，諒彼無詞堅拒。英人允許，即可相機推之各國，一律照行。此則裨益更大。將來如遇外國領事官桀驁不馴，我即可追回准照不認。向時肆行無忌之心，從此當可稍戢。如索此項利益，似較入境徵税一節尤有關係。

至於通商一節，在彼已為第二層義。竊料該處荒瘠之地，貿易亦驟難見旺，但不借商務為名，則無端設一領事，恐啟俄人之疑，故山特生致馬格理函中已有商務字樣。竊謂喀城遠在邊徼，果能商務大興，則照章抽税，於事亦未為無裨，並非損礙之事，似不必過慮也。愚陋之見，是否如此？並乞回明堂憲裁奪為禱。手此，再請勛安！十一月二十一日。

譯錄英外部侍郎山特生致參贊馬格理函

敬啟者：數月之前，此間曾囑駐京公使竇星華爾身，勸中國允許英國派一經手領事人於新疆，以為兩國獲益起見，況俄國已有一領事在彼矣。現英廷已允中國派所擬領事官於英地，望華爾身所勸一節中朝亦能允許。儻貴欽差能相助速允此事，沙侯實為欣望。然此舉亦於兩國商務及政務均有益處。閣下前來此間，曾說英貨入華界，中國或欲略收徵税，每百取五。此節想亦不難，特到辦理時須與印度政府一商。肅布，敬請台安！

山特生謹啟。

論大東大北電報兩公司訂立合同書庚寅

敬啟者：大東、大北兩公司報効官電，訂立合同一節，十一月十八日寄上一電。因查該公司之例，凡為電報公事發電者，不給電費，爰將辦法詳叙電中。惟須俟該局閒暇時，始能發遞。聞逾半月後，甫經達到。旋接鈞署來電，謹悉壹是，已經電覆梗概。所擬合同第二款內，除中國電報局外，不准別國公司在中國海邊安設水綫等語。該公司初意，欲作不准別公司在中國海邊安設水綫，而無別國字樣，則中國電局將來亦不能設，自斷無此辦法。理論數月，始改為不准別國公司字樣，然合同全款皆從此生根。北、東公司所得利益，祇此一事。至第一款明認其在吳淞等處設綫原係空文，並非實惠。蓋彼之設綫已一二十年矣，勢固難以不認而驟撤之。但我須以此說斡旋，方無損於體制，彼亦知此條並無所獲。而彼於第四、第五、第八等款，皆予我以絕大權利，實專酬第二款之益耳。若第二款不行，則全款當廢。功敗垂成，殊屬可惜。

竊意北、東公司前函，謂他國必生異議，實係兩公司爭論時情形。昔年大北來華，先設海綫。大東起而相爭，謂英使威妥瑪前在鈞署理論滇案，曾議請英商在中國設水陸電綫。當時曾否答允，固未可知。而威使之藉端要挾，不循公法，亦與近來各國情形不同。福成近到外洋，竊觀各國於電綫、鐵路等事，尤以自主之權為兢兢，斷不任他人干預。無論交何國何人承辦，惟其自為酌度，友邦不能過問。查蒲安臣所定中美續約第八款，亦聲明電綫、鐵路均係內治之法，美國並無干預之權。光緒初年，英商在吳淞私設鐵路，經沈文肅公力與相持，彼遂停輟者，殆格於公法也。中國二十年前，於此等利害尚未深諳。大北乘隙先來，擅自設綫。當時亦以彼族饒舌為疑慮，並未從嚴禁阻，以致大東相繼效尤，並託威使原議以為券，與大北兩不相讓，勢難堅拒。今大東早經設綫，則於威使前議一層業已安置妥帖。目下各國交涉與前迥殊，均能循理，且不生要挾之端，更無異議。鄙意乘此閒暇，亟定規模，收回權利，最為要著。從前合肥傅相亦與大北訂立合同六條，惟於報效官電之外，尚無別項利益，且於合同字句未及仔細推敲，因有不准別公司設綫之說。彼時中國電局適自造綫，大東又來攙越，而大北乃趁此翻悔，不肯踐約，迄今未有歸宿。福成所深慮者，北、東來華設綫，而我未能禁阻，又不責其報效，若各國公司援照前來，我將無辭以拒之。凡值用兵之時，電綫尤關緊要。儻德、奧、法、倭諸國並遣公司來華設綫，則中國為各邦公共通電之地，門戶洞開，何所底止！即如甲申年孤拔接法廷密電，掩我不備，遂有馬江之失。其時為法通電者，非大北即大東，因我未訂合同，故彼並無所忌也。今之辦法，借北、東兩公司之報效，而予以保護兩公司為名，而杜他綫之來。各國公司既知有此合同，自不妄生覬覦。

前電所云英、丹、俄公使若來問此事，請以中國自主之權回覆決絕者。蓋彼使不能與聞，明非國家交涉之事，則各國自不能援均霑之例為辭。因係我與該公司自訂合同，猶之在英購製機器，法不能以此相責望，在德采辦軍火，奧不能以此相瀆擾也。況北、東既為我用，遇有他公司潛來設綫，彼必偵探密報，我可豫籌設法禁拒，非若昔日辦理之棘手。福成深知電務關繫緊要，派員與兩公司理論，舌敝唇焦，已有八閱月之心力注於其間，始獲漸就範圍。即現擬九款，亦經句斟字酌，與彼往返駁論者五六次矣。硜硜之見，竊謂此舉俾各國不生覬覦，永保中國自主之權，為第一義；有事時受我監察，不為我敵國通電，為第二義；疏通中外消息，辦理交涉，隱獲裨益，為第三義；中外各署，每歲可節省電費數萬金，猶係第四義也。

前電各款，彼此磋磨既久，大致已無甚出入。第三款應改之語，謹遵鈞電，當與北、東商定。惟中國電局與兩公司商訂各項章程一句，仍擬作為允兩公司與中國電局自行商訂各項章程，以下再照電示之語叙入，則電局已獲無形之權利。蓋合同之語，謂電局應商之公司，則權在公司；若云允公司商之電局，則權在電局。查兩公司在中國僅有海綫數處，較之電局陸綫通連各省，究有主客之分，眾寡之殊。察其隱情，似不能不聯絡電局，且其交涉之事甚多，勢固不能不與商也。福成已於臘月初二日移駐巴黎，而大東總辦亦有事外出，仲春始返倫敦，福成擬於回英時，再與商訂合同。俟議妥後，一面咨報候核，一面奏聞請旨。緣前此大北合同六條，北洋曾有奏案，此次必須具奏，以示鄭重，乃足取信於洋人，俾無翻悔，而核定之權仍在鈞署也。重洋遠隔，電價過昂，每致信息不靈。竊冀此局早定一日，即早收一日撙節之益。即使趕速就緒，恐通行開辦已在明年夏秋間矣。

以上各情，敬乞回明堂憲裁奪。肅泐奉布，敬請勛安！十二月二十六日，法字第三號。

再論電報兩公司訂立合同書庚寅

敬再啟者：前與北、東兩公司先議合同節略，據稱該兩公司係英、俄國家扶持創設，今與中國商訂合同，必須請示國家，並請將此節叙入合同之內。福成思我若明認其請示，必受彼國家牽制，且自主之權隱被英、俄干預，殊多不便。所以不允將此層叙入，告以此係中國之事，與英、俄國家無涉。彼之請示與否，非中國所能過問，但我總不能明認耳。兩公司遂亦無辭。萬一英、俄公使詣鈞署詢問此事，請明告以此非兩國交涉之事，應由中國自主，不願他人與聞。否則彼且認為當問之事，始而干預，繼而把持，流弊恐無窮矣。合併縷陳，再請勛安！十二月二十五日。

論與英爭坎巨提事及滇緬界務書辛卯

敬啟者：福成初在巴黎使館，擬與英外部爭論滇緬邊界事務及梅生罪案，早欲剋期啟行，適因感冒，咳嗽頗劇，屢展行期。旋接到鈞署來電，隨於十八日力疾過海赴英，十九日與外部面談一切。廿三日晚，又接鈞電，廿四日至外部辯論，先後電復在案。兹再將詳細情形布陳。查英人認坎巨提為印度屬部一節，去歲七月中外部已有此說。臘月初二日接鈞署十月初五日大咨，並鈔錄光緒十四年四月間疆撫咨呈，五月間英使華爾身照會，益知此事在英人蓄謀已久，故華使照會有云，欲免葛藤，莫若早知坎巨提亦係久歸克什米爾所屬，年呈貢獻，歲受賜金等語。福成第一次晤外部時，遵照電意，祗詰其因何起釁，並告以坎部久隸中國回疆管轄，斷不能聽英國遽爾廢滅。外部初以坎部納貢中國甚微，支吾其詞；繼以我所執者，係兩國會商之正論，遂有廢父立子之説，而仍以電詢印督為活筆。第二次與之會晤，則本鈞署電意，詰以坎部與帕米爾，中國視同一體，新疆巡撫皆有管轄之權，俄不宜佔帕，英亦不宜佔坎，且英若佔坎，俄必佔帕，中國更無詞以折之。外部見我提及帕事，意似稍動，而深訝中國不及時布置。且云英兵欲守興都哥士山門戶，意在保護邊界，亦於中國有益。窺其意似因彼前送帕米爾地圖，華使赴鈞署探問消息，未見動静，疑我竟置度外，遂欲趁此下手，為先發制人之計，免被俄人侵佔。福成告以中國業經行文疆撫，在帕米爾立界牌，修墩臺，常時派兵巡歷，彼始欣然，意似大轉。惟仍以坎部與帕米爾情形不同，瑣瑣致辨。福成告以俄人方伺英之舉動，英若佔坎，俄人豈肯甘休？則兩國兵爭方始，未見其利。外部始云立即電詢印督，迅速妥商，再行回覆。

除佚得確音再發電外，兹將兩次問答節略鈔錄呈覽。

滇邊土司屢有英兵騷擾一節，福成晤外部時，亦經提及。外部答以分界之後纔能相安無事。又云野人山地一帶常有不華不緬之匪徒，出而滋擾，勢不能不示以兵威。福成告以英在緬界剿匪，中國自不過問，但不應涉及滇界，以致土司屬地時有驚惶。設因此啟釁，誰執其咎？且查照曾侯前議，英兵不應到騰越之西北。外部答以時異勢殊，難以執一而論。查從前曾侯與外部議明，緬甸所轄野人山地，以赤道北二十四度為界綫，再北則本非緬屬，當由兩國另議劃分辦法。我如堅持此層，則裨益匪細。但外部以歐格訥前定緬約六條未將此層叙入，頗有不能全認之意，似亦將來分界時所不能不堅持之事。福成因坎事喫緊，恐論事較多，轉難得力，因告以滇邊事，另日尚須詳送文函。又聞英廷現擬派歐格訥為華使替人，將來分界一事勢必以緬甸巡撫主政，或以駐緬較久熟悉邊情之英員主政，而以歐格訥綜其大綱。鄙意曾侯前議，鈞署必有函牘可稽。屆時檢出，與之辯論，似亦不無稍補。

以上各節，伏乞回明堂憲裁奪為禱。再坎巨提即新疆識略及西域水道記之乾竺特，一統輿地圖之喀楚特，中俄交界圖之棍雜，實一地也，不過譯音之互轉耳。福成因教堂等事尚有須與法外部商議之處，俟坎事稍有結束，擬即暫回巴黎，並以附聞。肅泐布達，謹請勛安！

正月二十七日，法字第九號。

論英兵入坎巨提意在謀帕米爾書辛卯

敬再啟者：英兵入坎，意在謀帕。外部已明明說破，足見彼國處心積慮，著著爭先，不肯落後。若帕米爾一地，俄人讓之，英人取之，無論俄人不服，即中國亦何詞以自解於俄。而英、俄兩不相下，其勢必至搆兵，屆時新疆邊外必受波及之累。且兩國必有一勝，勝則更難免乘勢侵佔。為今之計，但求英俄各守本界，則中國西邊亦稍免多事。刻下專候印督回電，未知能否就範。即使此事幸而完結，在我亦宜早設法自固藩籬。

聞外部函告華爾身，有言興都哥士山北，如中國自能整理，原無須英人越境遠謀。帕米爾正在山北，而坎則通帕之道也。查中國一統輿圖所載，回疆之外，分別回部名目，凡哈薩克、布魯特各種，均為中國轄部無疑。自咸豐年間內地多事，未遑遠略，俄人因於中亞細亞境內盡收諸部。英之印度，向以阿富汗為屏蔽。其注意防俄者，乃在阿富汗以北。近年中俄分界既定，英人乃覺阿富汗以東與俄相隔甚近，俄稍得勢，即可直窺印度。客歲所送帕米爾地圖，其是否意存嫁禍？抑或冀我之枝格其間，而俄之競心稍戢？或明知我未必收受，然後彼自取之，乃為有辭？三者均未敢懸揣，但就鄙見測之，帕坎兩事似已牽合為一。若英知我意不在帕，彼以自籌保護為言，中國既難力阻，更非口舌所能爭，而坎部存亡終在不可知之數。然此猶僅一小端，而後患之大者，則不可勝言矣。

竊思鈞署統籌全局，於俄、英交涉之情形，既多成案可稽，即新疆邊界之事勢，亦可函電查問，似宜通盤合計，斟酌一大中至正之道，速定辦法。即帕米爾一事，亦當妥籌所以應之，則彼疑竇既釋，可免枝節叢生。或又謂帕米爾以外，如什克南等處，似未必非中國之地。若我但受帕，則帕以外轉皆棄之，而英坐享其利，未免得不償失。然莫如乘此機會，索性與英理論，兼索什克南等處。彼若不允，則我更有詞矣。大抵此等不毛之地，收之則猶獲石田，去之則慮撤門戶。總之兩利相形，取其重者；兩害相形，取其輕者而已矣。近者各部落之於中國，亦尚喁喁內嚮，有不願服屬外國之意。因勢利導，整頓聯絡，未始非策。管蠡之見，不敢不罄其愚。伏乞回明堂憲為禱。手此，再叩勛安！正月二十七日。

與英外部議坎巨提事問答節略

正月十九日申刻，偕參贊馬格理至外部，晤見尚書兼首相沙侯、侍郎山特生、印度部侍郎貝雷。

寒暄畢，薛云：『本大臣昨接到總理衙門來電，知坎巨提頭目近因英兵侵界，接戰失利，現率男女五百餘人逃至塔克敦巴什卡外，我總理衙門深為詫異。請問英國與坎部究因何事起釁？並欲知英國實意如何。』

沙云：『英廷並無欲阻坎入貢中國之意，亦不欲礙中國在坎所有之權。英兵在坎境內修路一條，僅欲保護疆界，不令俄人侵佔，並可保護中國疆界。因疆界若無別人侵佔，英國亦不欲出興都哥士山界綫之外有所舉動。儻俄人於興都哥士界綫上佔一地方，則界綫東之華地亦必被俄佔據，不啻撤我藩籬。中國既不駐兵守坎，又不為其應為之事，如修路、築臺等類，安能望英人寂然不動，不自籌保護之計乎？況坎酋所報中國之語，類多不確。該酋輕慢英員，已違條約，然我尚能寬恕。且此次築路，曾明告以欲保坎地並保印度門戶之意。彼何得即行招兵以攻我築路之人？」

薛云：「坎酋有錯，亦應會商中朝辦理。何必操切從事？」

沙云：「事機緊迫，實不能待。」

薛云：「路有若干長？築到何處？何時竣工？」

貝云：「印度政府之意，欲築至坎巨提城。須察看情形，或竟築至興都哥士山口進門處，以便扼守山口。現此路或已築進去，或已全成，均未可定。」

沙云：「闖坎部於中國十年一貢，僅沙金一兩五錢，確否？」

薛云：「中國體恤遠人，向不苛責貢物，是以當時定貢甚微。但係每年一貢，並非十年一貢。貴大臣既云並無阻貢之意，亦不欲礙中國所有之權，請即告我坎酋究如何位置，以便報知總理衙門。」

貝云：「前此印度總督來信，頗不欲干預坎巨提內政。惟坎酋弒父母，殺兄弟，罪惡多端，斷難勝任，擬立其子為頭目。但近時尚未接信。」

薛云：「姑將此節報我總理衙門，俟中朝之意如何再說。」

沙云：「英廷諸事，必與印督相商。此係前信所云，尚非定局。但據我看來，印督或不至改易前意，且英廷苟可合中朝之意，無不竭力。」

薛云：「尚有一事須問貴大臣。敝處前接總理衙門電報，現在滇邊土司時有英國弁兵侵擾，此等英兵已越緬界。前曾照會貴大臣，請速發電駐緬英官及早禁止。未知已電止否。」

沙云：「緬界與土司界，總須勘劃之後，才有一定界限。現在英兵所到地方，歸何國管轄，甚未清楚。但近數日內，英廷已告印度政府轉諭駐緬兵官，辦事不可逆中國邊界官之意，亦不可使中國邊界有不便之處。』

薛云：『中國亦極願早將邊界分清，以免滋事。但不知貴國何時派員分界。』

沙云：『大約須俟秋間。先派歐格訥往代華爾身，再議分界之事。』

薛云：『從前曾侯與貴大臣說明緬甸轄境，在野人山左近者，不得過赤道以北二十四度。將來但照此辦理，自易分清界限。且係議定之事，可免多費口舌。』

沙云：『從前歐格訥在北京立約時，可惜未將此層載入曾侯前議，我亦約略記之。大抵此邊所讓之事，必由彼邊所讓之事而來。若所讓之事未經載入條約，必由兌換所讓之事未經讓與之故。但我極願互商，究竟可讓與否？或讓至何處為止？如其可讓，英廷向來辦事大方，決不計較，可以放心。』言畢，握手而散。

與英外部議坎巨提事問答節略

正月二十三日申刻，偕馬格理至外部，晤見尚書沙侯、侍郎山特生、印度部侍郎貝雷。

薛云：『本大臣前日將貴大臣所言電告總理衙門。

昨日總理衙門來電，言坎部服屬中國已百餘年，該頭目即有不是，亦應會商中國辦理。即如近日俄兵遊獵帕米爾，本大臣電達中國言英廷意欲防俄佔帕，我總理衙門即電許大臣告俄外部。俄國立刻發電，將該弁兵撤回。坎部歸中國回疆管轄，與帕米爾事同一體。俄現不佔帕，則英亦不應佔坎，請早日將兵撤回。』

沙云：『此次起釁，由於修路。請問此路應該修否？假如英國不去修路，中國肯修此路否？我知中國風氣，凡緊要邊境，平時並不防備，竟似開門待賊，直至有人經理，偏又出而阻之。我實告貴大臣，坎巨提乃中、英最要門戶，可以直達帕米爾，不能不及早經營也。』

薛云：『我接總理衙門來文，已行文新疆撫臺，須於帕米爾境內立界牌，修墩臺，常時派兵巡歷。仍須查明實在情形，妥商辦法。』

沙云：『我聞此語甚喜，只要中國有備便好。但說坎巨提與帕米爾一樣，此卻有辨。坎巨提服屬克什彌爾已久，向聽印度總督號令，其於中國不過年例進貢沙金一事，為數甚微，似不能說與帕米爾一樣。此層我要聲明在先。』

薛云：『此事我昨已說過。中國不重在貢物而重在體統，且坎之入貢，在服屬印度之先。設使百餘年之屬國，一旦置之不顧，豈不於中國體面大有關礙？』

沙云：『中國於屬國凡有政治大端，一切利害，並不代之經理。此與歐洲各國之事不同。歐洲所謂屬國，均有管理政治之權。』

薛云：『總之英若佔坎巨提，俄必再入帕米爾，中國斷無辭以阻之。若英專恃兵力，則英、俄戰爭方始，亦未見兩國之利也。』

沙云：『我立即發電與印度總督，總須商量妥法。俟得回電，再以奉告。』

薛云：『尚有告知貴大臣者，我總理衙門之意，萬一坎酋有廢立之事，必應會商中國辦理，方昭公允。本大臣因法國有事，不日即赴巴黎，並速候印督回電，以憑轉報。』言畢而散。

論爭回坎巨提兩屬體制書庚寅

敬啟者：二月初三、初九日續奉鈞署兩電，當經先後電復在案。福成自到英後，已將坎巨提事與外部晤談三次。第一、二次情形，前已函達。末後一次，因守候半月，彼未將印督回電送來，不能不再往詰問，外部始終不肯吐一實語，總以印度政府目前既未商妥，礙難憑空回覆為詞。揣其用意，良由狃於從前琉球、越、緬榜樣，彼謂此等極小部落，一被吞併，中國斷不能用大力與爭。若祇爭以口舌，彼更可置之不理，所以一聞派員會辦之說，即甚不願，慮我從此分其轄坎之權也。乃託言未接回電，欲為併翻前議地步，堅執如故，且謂外國即辦事遲緩，較之中國猶為快速。因詰以華使所行照會，亦僅認為兩屬，今英廢立坎酋，不使中國與聞，兩屬之體何在？彼云坎酋更換，中國向不遣使冊立，今忽欲派員，恐係創舉。答以英忽廢立坎酋，亦係創舉。辯論一時之久，彼始微露其意：若中國派員會立坎酋，將來不沿為常例，或可與印督相商。福成知再爭無益，不得不見風收帆，允暫回法候信，且申明向來坎酋繼立，是否由喀道就近派員，我不深知，日後之事，不妨查照向章辦理，以昭公允。又微諷以坎事尚小，若英不還中國體面，使他國視為榜樣，將來遇有中、英、俄三國交涉之事，恐更棘手。沙侯聞之，頗似心動。頃在法館接英館來信，知外部已送回音，願遵前說，已發銑電陳明。

又探聞坎酋實係惡人，不值保護。印督現擬於其兄弟子侄中擇立一人，擇定後，即請中國派員會同往立。竊思此事選酋之權隱屬於英，在我則僅如告朔餼羊，稍存體制。然坎之政權在英，實非一日。中國因有越、緬前事，稍欲爭回體制，已若登天之難，爭回一分，即保全一分，不過求勿損上國聲名，勿使他國效尤耳。派員一節，如電喀什噶爾道就近遴委赴坎，尤覺途捷而費省。且免彼以不能久待為詞，則事不致中變也。

鈞署擬將帕米爾作為中、英、俄三國不侵佔之地，辦法甚善。前遣馬格理赴外部微露此意，雖未始非英人所願，然亦有疑我受俄人之囑者。有云三國既皆不筦，終究恐多事者，而俄人之能否意見相符，亦尚難逆料。即華使樂聞一層，想亦須由外部詳審，再行定奪。在我衹能相機措注，遇便調停。但就節次而論，總須俟坎事妥協之後，始能理論帕事耳。再目下與英外部辯論之件，一滇緬邊事，一梅生罪名，俱在喫緊時候。若件件不放鬆，必致件件不得力。權其輕重，則坎事視二者關係較輕，坎事既可暫作收束，鄙意滇邊之事緊要十倍於坎。何以言之？滇邊袤延三四千里，環境錯列之土司不下數十，每一土司地廣人眾，皆數倍於坎。英人初倖我不遽與分界，乘間派兵迭入土司各境，肆其誘脅，俾為兩屬，及我致詰問，則以遊歷為名，以勘界為詞。蓋西人狡謀，先誘我所屬之小邦，號為兩屬，及既兩屬，然後劫以兵威，奪其權利，使我無從插手，乃其慣技也。

今聞普洱之車里、孟連諸土司已被英脅為兩屬矣。王夔帥函電頻仍，邊警日至。竊恐日後非但原議之作為甌脫地者，及撣人南掌之應歸中國者，俱為英有，漸且齮及土司，漸且睨及內地，大局將不堪設想。福成是以不憚煩難，擇邊事之確有證據者，逐件與之理論。雖未能顯著全效，或可冀爭回二三。而其不早分界之隱謀，微經福成點破，所以近有欲商分界之說。刻下最要關鍵，似宜由鈞署主持，趕速派員分界以清轇轕。譬之門戶謹嚴，則宵小自絕覬覦也。

以上各節，伏乞回明堂憲酌核為禱。肅泐布達，敬請台安！二月十九日。

論駐京各使覲見書辛卯

敬再啟者：前奉堂憲吉字第十三號公函並鈔件，敬悉。覲見一節，此係各使無理取鬧。福成以為承光殿之見已屬格外優待，曲示懷柔，若再有後言，祇可暫置之不理。福成正月間抱病在法，未能自赴外部，先飭參贊官慶常往告以鈞署來函大意，法外部尚無偏聽為難之處。但以年例在邇，德國巴使駐華已久，當推渠領袖，法使無格外吹求，亦難獨甘退讓云云。迨福成由英回法，二月十一日偕慶常往晤外部尚書李寶，其語意尚與前無異。茲將面談節略一件鈔錄附寄。

又有瑞士國女子遊歷廣東一案，粵省以無約之國，不肯蓋印。外部則謂無約之國可請友邦領事保護，係各國通行之例，斷斷爭論。福成因思中國駐法、駐德使臣往來俄、奧、荷、義等國，偶或道經瑞士，未嘗不用德、法護照保護。智利、厄瓜多等處華民，我亦煩英公使、領事保護。若我力擯此例，自立於公法之外，尤多窒礙喫虧之處。此事似與認法保護別國教務不同，若果無甚關係，應否速許，以省口舌，方可於事之大者以全力與之堅持。附鈔外部節略呈覽，擬請回明堂憲酌核為荷。手泐，再頌台安！二月十九日。

論商立坎巨提新酋書辛卯

再此次坎事與英理論，英雖隱司其柄，而面子則大半須讓中國。英亦有借重於我之處，已算格外遷就。惟初議立坎酋之子，而坎酋舉族出奔，不敢還國。現令坎酋舊臣暫攝，仍由印督設法招致。聞坎酋之子甚幼，恐難一定招到。現議在其兄弟子侄中招立一人，總不出舊酋一家之中。惟華員未到以前，英人不得先將選定人名說出。並請鈞署電告疆撫或喀道嚴諭舊酋，以中國最重孝悌之道，該酋平日所為悖於倫理，是以中國不能許其復位，現已會商英廷，在其家中選立一人云。不必宣明廢立為英人之意，示若中國之意本如此者，則體統益尊矣。擬請回明堂憲察酌辦理。福成又肅。二月十九日。

論滇緬界務書辛卯

敬啟者：前奉客臘鈞電，以騰越西北沿邊土司報稱英兵遊弋邊外，已過野人山，勢將入境，人情洶洶，屬告外部速電緬督，轉飭英兵切勿越境等情。旋即商之外部，彼以我電不能指出英兵實到何地為辭，謂印度部不肯發電。福成竊思土司所屬極小地名，華洋各圖多未採入，且中外命義不同，譯音更滋歧異，本屬無從查考。曾發漾東兩電，略陳梗概。旋將滇省來函仔細查核，並閱倫敦新報，稍知英兵所到地名，於是迭發照會與外部理論。如隴川土司所屬之漢董，有英兵四百踞駐，則請其立即撤退；野人山地之薩洞納，被英兵攻破，則責其不應輒至近邊滋擾。已各將洋文牘稿譯漢咨達冰案。外部均以行查緬督，為徐作轉圜之計，固未敢悍然不認也。伏查英人佔據全緬已七八年，聞其密計，在遲遲分界，欲使我門戶洞開，彼乃以派兵勘界及遊歷為名，窺伺滇邊數十土司，往來飆忽，脅為兩屬，然後徐與我分界。各土司既有兩屬證據，一俟有隙可乘，彼即以兵佔取。再閱數十年後，土司之存者幾何？土司盡而內地亦告警矣！此其狡焉思啟之故智也。

福成頗窺見及此，故於野人山地各事，不憚悉力與爭。春初因坎巨提事赴英之便，復與沙侯商論兩次，微示以滇緬若未分界，則商務斷難開辦。彼既欲盼通商之利，又自覺機謀漸露，知我未必竟墮其術中，於是毅然有劃界之說，送到節略一通，附圖一幅。彼時坎事相持正急，未暇詳細復覈，日內始擬一節略覆之。檢查舊卷，當英兵進據緬甸之初，鈞署疊電，有展拓邊界之議。英人亦自以驟獲全緬，已饜所欲。曾惠敏乘其有願讓之意，遂與外部議定節略，大致讓我約有三端：一、普洱西南邊外之撣人南掌各地，均歸中國；一、大金沙江上立一中國碼頭；一、大金沙江為兩國公用之江，俾中國船可行走出海。

又野人山地在二十四度以北者，昔時本非緬地，應俟滇緬劃界之後，另由中英兩國會勘劃分。此一端則我有此議，而英人亦未駁復者。竊繹鈞署展界之意，豈不知邊外磽瘠之地收之無益？誠以界不稍展，則彼之鐵路直抵沿邊，各土司被其侵逼，而無甌脱之地以闌之，必寖受彼誘脅，後患甚巨，故拓之所以固吾圉也。迨鈞署與歐格訥議約五條，似以兩國派員會勘一語括前數端在內，或因罷去西藏遊歷一節，稍有更換，亦未可知。然此數端於滇邊大局關係甚重。覯於外部所送節略，反欲我將滇邊讓進一層，則我之不能不堅持前説，更可概見。總之邊外隙地，如撣人、野人等種類不齊，所有翡翠玉石、紅藍寶石、琥珀、金剛鑽之屬，礦產多出於此。我視之為棄壤，彼視之為寶山。我得之固無甚裨益，彼得之則獲利無窮。然我得之以屏障諸土司，俾其地不與强鄰犬牙相錯，則無用之用，為用實大。蓋此等地在百年前得之，猶獲石田，今則恃有石田環其外，而膏腴之地方可任我安心耕穫。此形勢之自然者也。且此數端，爭之亦未必全得，然有明知彼甚欲之，而我故靳之，繼乃相機度勢，徐讓一二，以調換他項之利益，如是則棄之亦不徒擲。通盤計算，或能爭得十之六七，當於滇邊大局有裨。

福成所以先答外部節略，一一援照前案聲明鈞署難允之意，則將來更易措詞。但條約中並未叙入，彼必藉端辯論，不得不徑以漏叙告之。明知當時或别有調換之處，或因有他事牽掣，未必定係遺漏。然使竟如此次外部劃界節略，則是中國既失緬甸於前，復蹙滇界於後，殊覺喫虧已甚。今欲與之爭論，必須援引前議，方能得勢；欲解條約未載前議之故，必以漏叙為詞，方可著力。且此間卷據較齊，人證具在，料外部亦難盡翻舊説。馬格理亦云譬之購物，此次外部節略係是第一次討價，彼亦將視我還價以為進退。福成恐彼希冀一生，較難應付，是以不待鈞署之裁示，輒先告以難允之意也。

惟外部派歐格訥來華，似有深意。聞須秋初起程。其人精明强辯，過於華使，且係原訂條約之人，萬一堅韌不肯稍讓，或假託外部之意，不允通融，則屆時易致棘手。儻由福成徑商外部，則中間先少英使一層之隔閡，或稍易於磋磨。福成因在洋不服水土，俟到冬底期滿之時，亟盼趕早交卸啟行，回華調理。儻此函到時，鈞署欲乘歐使未到之先，豫為措注，應請斟酌機宜，或函示，或電示，並明告華使以商議界務一事已交敝處辦理，則外部亦不能見拒。福成尚有半年工夫，可與外部妥商。外部如能就範固善，即使堅持不讓，冬間必已定局，再瀆亦自無益。竊料此事，歐使若不從中阻撓，外部自少扞格。如能爭到得半之數，或更有進於此者，福成自當相度情勢，遙承指示，為見風收帆之計，但能將大概規模先行商妥。即歐使到京，不過再商詳細節目。彼自不能要挾，鈞署亦不致為難。抑或索性俟歐使到京，由鈞署一氣與之妥商，亦請示知大略。福成尚當檢鈔舊卷之緊要者咨送，以備查核。除野人山地事已另案議辦外，茲將外部往來節略各一件，外部所送地圖一幅附寄，伏乞回明堂憲定奪為禱。外部洋文地圖，茲已譯填漢文，並將古今地名略為考證，而英人前所議讓之地及今所欲進佔之地，形勢似尚清晰。肅泐布達，敬請台安！三月初四日，法字第十一號。

論會立坎巨提新酋書辛卯

敬再啟者：坎巨提事已詳法字第十號函，續奉鈞署兩電，華使所解後不為例語，全係臆說。然若不加駁正，彼必執為把柄，將來又多波折。福成前與沙侯所論，此次廢立坎酋，事屬非常，必須由中國派員會立新酋，以作兩屬之證。至於尋常繼位，是否由喀道就近派員，須查照向章辦理。如向係派員則仍派員，向不派員，亦不因此次派員而援為常例。萬一再有廢立，即係非常之舉，非但必須派員，且必須會商中國無疑矣。華使忽謂坎再鬧事，英自辦理，中國不能過問，似係有心朦混，因函飭馬格理赴外部申明前議，並詰以華使誤解之語。山特生云：『外部發電並無此說，想係華使誤會。然將來中國援別理以爭會立坎酋之事，外部無阻止之意，何必多慮？惟尋常繼立，照向來同樣辦理。印督已電駐坎之英員採訪呈報』等語。立子一節，並中國派員未到，不得說出所立人名，業經再四申論，外部均允切實電商印督。貢金、賞緞，一切均照舊章。總之英人狃越、緬前事，謂一經吞併，中國即不能過問。此次坎事，尤忌我之插手，動以中國向不筦坎事為詞，儻彼竟置不理，殊難以口舌與爭。福成不能不相機應付，委曲求全，以派員到埸會立新酋暫作收束，保全兩屬面子，僅稍勝越、緬事一籌耳。雖較之會辦字義為稍輕，然當時若再與爭，恐其併翻前議。據山特生稱外部勉囑印督轉圜，甚費周折，似非盡誑語。帕米爾事尚未與議，聞外部之意，似欲我先與俄商定耳。再頌台安！三月初四日。

四論添設香港領事及英派員駐喀什噶爾書辛卯

敬密啟者：前在巴黎，接奉吉字二三四號堂憲鈞函，謹悉壹是。三月廿五、本月初一、初六等日，疊奉三次電示，敝處發有三電，布達大意，想均登籤記矣。鈞署來電之意，欲將喀員、港員兩罷，以作收束。自因華使言香港領事，請派稅司，又謂英廷不發准照，致有此議。然與外部現商情形實已不符。電文簡略，易致誤會，兹特詳陳之。溯查喀事發端，係在去秋七月。其時敝處添設南洋領事一層，尚未咨照外部。迨後外部照復允准，始又明提香港一區，已在十月以後，與喀議絕不相涉。福成秋冬之間疊次布函，俱謂兩事分開各辦。即與外部言港事，從未一語牽連喀事在内。不過因彼意有所求，隱相抵制，並非顯為互换之局。此次若因喀事而罷港議，不獨喀事能罷與否尚無把握，而港員之設原據萬國公例而言，且暹羅、日本皆已有香港領事，而中國獨無之，英人亦自覺其不情，所以不能不允。今既得而又棄之，轉覺難以措詞，若明言因喀事難在應俄，牽連而罷，則恐更着痕迹。

邇來兩國相交，有不妨揭其隱情以告人者，有不宜露其隱情以示人者，即如華使來言喀事，固可明告以難在應俄，藉索應得之利益，兼以示德於彼。若以喀事而至願罷港員，使英人謂我意在親俄，則必以忌俄而啟嫌，謂我意在畏俄，則必以輕我而變計。鈞署慮及俄之見猜，亦宜防及英之生隙。大抵港議之成，由於英廷明示睦誼。客秋華使請喀城設員，鈞署以香港之事折之，實已握其肯綮，俾英人有歉於中，而激其先施之意者，未始不因乎此。然沙侯以宰相而兼外部，位尊望重。左、黄之派港、坡，既有復文允准在先，今我忽欲罷議於後，在我固失其權利，在彼亦失其體面。以後遇有交涉之事，恐難和平商辦，勢當較前棘手。諒鈞署必不願有此。反覆籌思，祇能抱定原議，責其不應將港、喀兩事牽混，致華使在鈞署嘵瀆。外部此次辦事，亦尚大方，不欲顯露抵制之形，業已電飭華使勿阻港事。此事因福成馳赴法、義兩國，留住數月，不能兼顧，遂生波折。費盡氣力，與之理論，始仍以辦妥港員為收束，然已舌敝唇焦矣。

至於試辦一年之說，福成初亦疑其卜喀事成否，旋聞香港總督不願中國在彼設員，轉謂華民多所疑慮。有函到其藩部。茲外部已商之藩部，函勸港督勿稍梗阻，並云以試辦釋華民之疑，且為港督前議轉圜。又據侍郎克蕾面稱決不因喀事而圖抵制，但使年內華民不與領事為難，領事不侵英官之權，即係長局。從前新嘉坡開辦之初，亦云試辦，久而相安無事，即以為常。蓋華民之喁喁慕義，不至滋事，實有可豫必者，請紓廑慮。

交犯一層，須領事官設定後，察看情形，方可妥議章程。此事自有公法，不必預提。且所關不僅香港一區，不宜於此時添入，多費筆舌。准照一層，英章與美國不同，必須奉有諭旨，始給文憑。外部電告華使，亦如此說。現惟靜待電傳奉旨日期，即可請發准照，飭左、黃前赴新任矣。

竊思華使以港、喀兩事相提並論，致多周折，似非盡出外部初意。或因赫德近在咫尺，就與商議，作此狡獪，亦未可知。九龍稅司兼辦一層，既與外部申說，外部亦不謂然。蓋華使既欲用稅司，斷無不與赫德籌商而先自開口者，況赫德意在攬權，彼既聞有此事，恐不免挾私指使，另生枝節。尚祈鈞署隨時留意為禱。刻下喀事既言明與港事不相牽涉，則操縱之權自在鈞署，儘可從容商辦，談笑應之。

福成竊觀近年中外交涉大局，似有轉機，歐洲諸大國頗思結好中朝，引以為重。中、英交固，則俄益重中國；中、俄交固，則英亦重中國。英、俄雖互為猜忌，旦夕亦未必有釁，其視用兵極為鄭重。各報館播弄筆墨，臆測之談，未可盡信。竊謂中國此時，正宜兩利俱存，於投桃報李之中寓鑑空衡平之意，則柔遠綏邊，中外蒙福矣。愚見如此，伏乞回明堂憲裁示為禱。除俟將修約各事另函續陳外，肅泐密佈，敬請勛安！四月十二日，英字第十四號。

論英員駐喀偵俄書辛卯

敬再啟者：正在封函，接奉吉字第五號堂憲鈞諭，敬悉種種。港員既允，喀事亦難終拒，憲意極為持平。西陲逼近强鄰，得英牽制，亦可戢俄戎心，尤為不刊之論，無任欽佩！蓋交涉權利，撈到一分，即得一分之益。前者港員機有可乘，未便逆料其別有所求而拒之不受。現敝處已與外部論明，不能將港員、喀事兩相牽涉，則鈞署應付此事尤可操縱自如。第念英廷既力顧邦交，則中國不能不答其好意。將來應允之時，稅則一端固為易辦，准照一節亦似不難。

福成初回倫敦之時，聞外部以早允港員，有自悔失其把握之說。因念英廷既意在偵俄，乃告以派員遊歷常住喀城，亦可偵探，而於事更無痕迹，不致啟俄猜嫌。外部始以實情相告，謂現有遊歷之員在彼，由鈞署給與護照前往。福成因謂如此則同一偵探，何必更請設員，多費周折？外部亦遂無辭。但平心察度，彼既先施於我，恐未必遂能忘情。鄙意俟其再來開議之時，鈞署當詢以虛設領事與派人遊歷常住，有何利益分別？因告以如允設員，此後亦仿西法，凡設領事，須中國給予文憑，方可作准，即以此次喀城之事為始。並告以英國既允，將推行各國，度華使亦不致為難。而納稅一層，已有端倪在先，祇須臨時一提，不必多費議論。是兩端利益或尚可兼而有之。即使僅得一端，而我據以明告於人，則各國無從援照，俄人亦不啟嫌疑矣。

福成因昔年舊約喫虧之處頗多，如能相機乘便，逐漸收回利權，未始無裨，似未便逆料其不允，過於持重，坐失事機。此事當由鈞署主持，福成特竭其一得之愚，用備芻蕘之採，並乞回明堂憲，是否可行？裁示為禱！

論辦理教案書辛卯

敬密啟者：五月二十八日接奉鈞署來電，謹悉壹是。敝處於本月初二、初五日發過兩電，知已早經鑒及。

福成接電之後，當日即赴英外部詳達鈞署之意。外部副尚書克蕾初聞辦法，似已滿意，且云緝犯既嚴，再議賠償，即可了結。越數日，侍郎山特生又稱有一天主教之公爵及威妥瑪相繼到署，謂中國不認真辦理，則法人不服，必糾合英、德兩國多生枝節。且教門力量較大，足以鼓動議院，屆時外部亦無法阻止。察其詞色，似因接在華英官文函，又稍蓄他意者，當即相機與之剖辯。又據駐法參贊官慶常來稟，言往告法外部，據外部之意，祇在嚴防未來，不在苛懲既往，所言極為近情。越數日，又稱有法兵官自中國發電到巴黎，謂此次滋鬧，係有會匪煽動，中國官員束手無策，勢須彼國自辦云云。此係彼族恫喝長技，若欲藉此啟釁者。然我自審辦法不錯，豈能盡如彼意？彼固無如我何也。福成現又函致該參贊，以目下平靜情形告之矣。

竊查西人傳教，雖條約所許，而數十年來民教不和，勢同水火，終非久計。似宜俟全案清結之後，借此事為由，與之理論，設法挽回。即如中國與美立約，明言待中國人與待最優之國無異，及至華傭在彼種種不妥，即云有礙於其地方平安，初議立法限制，繼竟禁絕不許登岸。若執條約而言，大相逕庭，而彼竟悍然行之。中國不能責其違約者，以民情之所不便，條約可得而變通也。且近日德、法、義、奧等國於教民限制約束，與二十年前大不相同。彼在本國則禁約之，在中國則縱庇之，亦甚不合於公法。

福成愚見，此次拆毀教堂之案，幾近十起之多，初疑有會匪暗中鼓煽，繼思民情憤激，亦概可想見必其平日有恃教欺壓情形。蕪湖並無殺死教士必須擬抵之事，業已正法二人，辦理非不從重，而彼國公使猶在鈞署嘵瀆，是直一味蠻横而已。猶憶同治庚午年，天津案結之後，當時鈞署會議辦法八條，照會各國公使，旋聞各使相約駁回，其議遂罷。實則此等情形，若令彼國外部詳知，未必盡以各使為然。刻下中國既有使臣駐洋，與彼外部可以和平商辦，非復如前隔膜。竊謂此次案結之後，或仍將庚午年所擬辦法八條，或量為增損，由鈞署行文來洋，囑使臣照會外部，稍改前約，妥籌辦法。但抱定民教不和，有礙地方太平立論，不過多費筆舌，儻稍能就我範圍，所裨甚大。即使竟難依允，而我先自立腳，萬一再有民教不和之事，轉足間執彼族之口，似亦相時補救之一道也。查西國通例，遇有此等案件，大抵命意重在賠償，不在多誅兇犯。竊謂除人命緝兇擬抵外，其餘各案，若僅愚民逞忿，既許賠償，似當堅持定見，不允株連，庶可固結民心。至此中如查出會匪實在蹤跡，固當嚴辦，乃自治之道如此。其跡雖因教案牽涉，其意實不與教案相關也。

再威妥瑪居鄉家食已久，素不出門，而精神甚健。前日忽聞親赴外部，頗以中國教案迭起，有慫恿藉端挾制之言，似有覬覦復出之意。果爾則以後辦事又將棘手。福成尚須設法措辭，以解外部之惑。

以上各節，伏乞回明堂憲裁示為禱。專肅布達，敬請勛安！六月十一日，英字第十七號。

卷四 書函

致總理衙門總辦

論英兵焚殺野人山寨書辛卯

敬啟者：本月十一日肅布英字十七號函，想達籤記。敝處於五月二十八日接奉鈞署三月二十九日吉字第七號堂憲公函並鈔示滇省督撫咨文一件，謹悉壹是。福成查騰越鎮所稟野人與英人互相焚殺一案，其地是否係中國土司轄境，並未申說明晰。但稱隴川與緬甸分界，係在洗帕河，麻湯在洗帕河以內，洋人所焚之三寨尚距麻湯五六十里。究竟野人殺斃洋人之處及洋人焚寨之處，是否在洗帕河之內？抑在河外？此係緊要關鍵，亟宜澈底根究，查出實在地址。使館無滇界精確地圖，而相隔過遠，倉猝難以查考。因思此處野人，若果係中國土司轄境則有殺斃洋人多命，彼族或未肯甘休，我一提及，轉恐惹出枝節。若我明知此事，而視為無甚要緊，恐其指為緬屬舊境視為己有，不但將來據為分界張本，或彼邊吏藉端嘗試，滇邊從此多事，皆在意中。所以此時照會外部，必須斟酌盡善。

至騰越鎮所稟洋人在該土司境內繪畫地圖，及普洱鎮迤南道所稟委員刀丕文遇見洋官踏勘緬屬地界各節，大抵皆預為將來中緬分界起見，洋人到處用心，凡事必占先手，此其長技。福成正月間所陳滇緬界務一摺，謂我若不求展出，彼或反將勘入，即已慮及此層。前據遊歷人員姚道文棟密報英兵屯駐新街，為剿撫野人山之計，果爾則騰越一隅愈形侵逼。鄙議所以欲及早開談，稍留甌脫，以界隔中外也。英員不請中國給發護照，輒至中國所屬土司地方，於理亦屬不合。洋人性情，我若準情據理直指其失，轉可使之折服。福成已於本月初五日照會英外部，告以近來英兵遊歷中緬交界地方，有未合常規之處，請英廷諭知鎮守緬甸大員，如有遊歷人員欲往中國地界者，必須先行知會，給發護照，以便保護。儻兵丁等遊歷邊界者，不得准其越界，免滋事端。並以英緬相距路遠，囑其從速電知鎮緬之員。而於野人洋人焚殺之事，暫置不提。俟查考明確，如有必須理論之處，不妨補行照會，如此庶較活動。昨已接到外部照復，允為迅速查辦。

除另備公文，譯鈔往返照會，咨呈冰案外，所有以上情形，伏乞回明堂憲為禱。肅此布達，敬請勛安！　六月十八日，英字第十八號。

論長江教案書辛卯

敬再啟者：　六月初九日接奉鈞署來電，教案除七起外，又如臯毀堂三十餘間，南昌拆華教士房一進。現各省嚴防，尚安靜。惟武穴已誅正兇二人，而英領事意在株連，並欲罪及印官，多方作難，尚未提及恤償等因。除函飭駐法參贊慶常往告外部，俾免著急，並勸李梅暫緩回華外，因思英外部前聞威妥瑪之議，頗勸藉端挾制，儻該領事再唆華使，華使或聳外部，又將多生枝節，不得不先事豫防，為釜底抽薪之計。乃告外部侍郎山特生，以教案已共誅四人，獲犯數十人，即武穴亦已誅正兇二人。此等案件，雖在西國，恐辦理亦不能如此之嚴且速。而領事意在株連，不欲了結，實所不解。且當教案初出之時，中國不待各國催問，辦理格外從嚴。今地方業已平靜，辦法亦無可復加。領事雖欲苛求，中國亦不過如是而止，蓋凡事自有一定繩尺也。威前大臣所論，乃中國二三十年前情形，與今日已格不相入矣。

山特生云：『中國向來事急之時，則拏兇犯，事緩則仍釋去，所以公使領事不能不爭。』答以『所拏之犯，姑置勿論。今教案已誅四人，死者不可以復生矣。且英國向遇教案，尚稱公允。因教案而喜多事者，乃在法國。此次教案除武穴外，以法教堂之受損為多，而多方作難者乃在英領事，何也？』山特生云：『蕪湖英領事館亦被滋鬧。』答以『此因法教堂而波及，究係略受虛驚，並無大損』。

山特生云：『英之貿易在中國者最多，公使領事意在保護商務，故欲嚴懲教案，以儆將來。』答以『從前法國教案，辦理常失其平。中國民心積憤愈深，所以日久不能相安，一發不可復遏。凡事未能持平者，往往激變。譬之救火，非以遏其焰，正以揚其焰也』。

山特生云：『威大臣謂法國必借此案大得中國便宜，是以英國不可落後。』答以『我接中國電報後，函飭駐法參贊往告外部尚書李寶，李寶謂中國辦理如此認真，甚為感激，並無他辭。則威大臣之言，似看錯矣』。

山特生聞言色動，乃舉筆記之。且云將轉達沙侯，或當電致華使，俾止領事云云。刻下是否議及恤償？能否一律妥結？至以為念！再頌勛安！六月十八日。

論外國領事宜由中國給予准照書辛卯

敬再啟者：正擬封函，接到鈞署來電，謹悉武穴已誅正兇二人，英領事尚意在株連，多方作難。揣其情不過知償恤一層非中國所難，視為勢所必得，是以借端盤旋作勢，或別欲肆其奢望，或仍歸於多索償恤之費，均未可知。福成思蕪湖、武穴兩案已誅四人，辦理不可謂不嚴，而公使領事尚思無理取鬧者，則由該領事之設，不由中國給予准照，雖肆行無忌，中國不得而撤去之也。領事以無厭之求嗾公使，公使以無厭之求瀆鈞署，實則彼國外部絕未聞知，成則公使、領事以此居功，不成彼無所損。此數十年來受外人欺侮之積弊，言之可為太息者也！

福成前議中如允喀城設員，必商明英外部，此後亦援西例，須由我給予准照，權其得失，所益較多。鈞署二月十七日堂憲公函亦謂港事就緒，喀員勢難終拒，而亦歸重於給發准照一層。刻下港員之設，未審鈞署已否覆奏？近日華使曾否又來提及喀事？敝處聞華使現將任滿，威妥瑪希圖復出。儻鈞署以喀城駐員無甚大礙，或及華使任內與之妥商，援照西例，收回中國給發領事准照之權，得從早辦成最妙。儻慮一時未必就範，或逕將此事交敝處與外部熟商，亦無不可。福成為領事蠻横，不得不思駕馭之術起見。總之交涉事件，應挽回者甚多，然欲挽回一事，不能憑空如願，必須有所抵換。夫抵換非盡不可行，在權其利害之輕重耳。

喀城設員，充其究竟，不過通商，然通商亦於我無大礙。公函謂得英牽制，亦可戢俄戎心，未始無益。實洞見癥結之論，亦持平切實之言。福成既有所見，不敢不再三煩聒，亦並無迴護前說樂於多事之意。港員一節，略而不論可也。伏乞回明堂憲，是否可行？ 裁示為禱。肅此再叩勛綏！ 六月十八日。

論帕米爾情形書辛卯

敬啟者：昨英外部侍郎山特生送來節略一件並地圖一幅，言上年七月所談喀什噶爾邊外帕米爾之地，英廷派兵官楊哈思班至彼處遊歷，詳細測繪形勢，審定界綫，現將梗概報知國家。英廷之意，原因該處係回部遊牧舊地，既未屬中，亦未屬俄，而與阿富汗逼近，是以初擬會同中國勘明，分轄其地，以免俄人得占先手，致與阿富汗有損。頃據遊歷官楊哈思班云，曾詢喀什噶爾道員，當時喀道答以帕米爾係中國地界。詢其以何為憑？則云西邊界上有大石，上書『中國某年某官帶兵驅逐叛回，至此接仗獲勝。』此即中國地界之證。楊哈思班云，此尚不足為憑。緣帶兵接仗之事，不必定在界內也。外部又云，英廷本無利此土地之心，既據喀城道員認為中國轄境，亦屬甚好，但須及早豎立界碑，或時派兵四五人在彼巡哨，見有遊歷者，但詢問有無護照，毋須攔阻。俄人知其地屬中國，方不萌佔據之意。茲將勘明該處地圖及註中西地名字樣，移送中國一分，以表英廷睦誼。但事須秘密，不便備具公文，或致漏洩，招俄人見怪。是以函交本署參贊官馬格理，由福成轉呈鈞署察收云云。竊思英廷派員至喀遊歷，探察地形，蓄謀甚深。徒以喀城道員認為轄境，遂不復萌他想，且將地圖慨贈，是其志在聯絡中國，謹防俄人，顯而易明，似無惡意。惟福成檢查洪文卿侍郎新譯中俄交界圖，帕米爾部落係在中國界綫之外，亦非俄境所屬。但既據英官稱喀道認係中國轄地，而英廷亦非定欲中國派兵駐守，但願我始終明認，勿使他族生心而已。相隔過遠，此中詳細情形，福成無從遙揣。應否由鈞署密致新疆巡撫，轉行喀道，迅速查復，籌定辦法，以便敝處轉復外部。伏乞回明堂憲裁奪為禱。所有山特生致馬格理函一件，秘密節略一件，一並譯呈。又將來圖照樣摹譯一分，隨函同寄。因原圖係洋紙，易致碎裂，不便封遞也。肅泐敬請勛安！ 七月二十三日，英字第二十號。

譯英外部侍郎山特生致參贊馬格理密函

敬啟者：頃奉沙侯命，飭送節略一紙。內言中國與阿富汗在帕米爾交界之事，祈即轉呈欽差查閱。作為秘密文件，是為至要。此請台安！山特生謹啟。

譯英外部秘密節略

中國使館英文參贊昨在外部，談及兵官楊哈思班到帕米爾平原荒地探路，並到喀什噶爾遊歷各節，欲請將印度政府所以派楊兵官前往之故明白示知，以便轉稟中國欽差。當時已告知該參贊，派楊兵官前往，一則考查是處與英國邊界相連地方之地理形勢，一則考查該處地方官暨居民等，有認定實在界限，能指明何處屬阿富汗，何處屬中國與否。因阿富汗國王與英國交際情形，英廷視為甚關緊要故也。據楊兵官稟稱：查悉舊有界限，足備考證之用。此界限自穆司搭格嶺及因都庫什嶺志略作興都哥士山兩山毗連不遠之處起，有一大山嶺，可以畫分南北。南為音達司窪地，北為葉爾羌與阿克蘇河。自此山嶺起，由克里克山口而西，共分六段，今列如左：

第一段，以水流入阿克蘇河之兩枝河為分界，一西流入噴赤河一譯作阿布噴治。一東流入阿克蘇河，分開小帕米爾為兩段。

第二段，自大帕米爾北相離不遠之處起，以水流入噴赤河及阿克蘇河為分界，至大山嶺，隔開大帕米爾與阿爾楚爾帕米爾而止。以上兩段界限，英廷可以認為定界。

第三段，向西而行，以水流入大帕米爾湖，及葉西庫爾湖為分界葉西庫爾為棍屯河之發源處。此界經過布才拱巴什及哈爾果什兩山口，至相近哥意德色一譯科衣帖色山口為止。此段界限，亦甚明晰。

第四段，經過以上所說哥意德色山口相近處，以水流分界後，往北直行，向棍屯河或阿爾楚爾河下游處，經過葉西庫爾湖之下，再折而往北，斜行直上，仍以水流入阿爾楚爾及穆爾格布河地方為分界。再從帕米爾高地，遠望什克南低地。此段界限，雖無天然形勢，不甚清楚，然亦足備行事考證之用。

第五段，折向東行，以水流入阿爾楚爾河及穆爾格布或阿克蘇河為分界，過模乍奈一譯作瑪三奈山口，至察提爾塔什之北一處爲止。

第六段，自以上某處起，往下直入穆爾格布下游，至梅丁一譯作瑪地安之下，再由此處轉而往北，復上行，以水流入麥爾格比江之二枝河爲分界，至俄人所稱爲俄國邊界，相近阿克拜塔爾河源某處爲止。

以上所開界限，圖説並觀，便知詳細此圖已交馬參贊。此次所開界限，未審中國政府以該處所轄邊界，認爲相符與否。英國之意，認此爲無悮，儻中國亦以爲然，希即示知，即當知照印度政府遵照辦理可也。一千八百九十一年八月十六日，自英外部衙門發。

再論長江教案書辛卯

敬啟者：八月十一日，接奉六月十九日蘭字第四號堂憲公函，敬悉各教案起事緣由。十五日又接到鈞署來電，當即詳告英外部，並飭駐法參贊官慶常告法外部，已於十七、十八日將問答大意，摘要電復在案。兹再詳晰陳之。查此次未接來電之先，外洋各新報譏謗之詞不勝枚舉。大略謂中國始終毫無振作，視上諭爲具文，政令不行於四境。照約保護一層，各國不能相信。英國則以宜昌新案之故，屢接公使、領事等電，稱大局岌岌，請速添派兵船來華。並聞赫德致畢稅司函，亦有中國將大亂之語。是以各國外部聞此信息，咸謂此事於歐洲全局有損，必須添兵到華，合力自衛。據駐法參贊官慶常稟報：本月十四日，法外部李寶約伊面談，聲色俱厲。大旨以中國不能竭力保護各公使，將與鈞署絕交云云。並有節略一件，譯出寄來。自接到寒電之後，復電飭該參贊往告外部，詳加開導。外部意似轉圜，而仍以未提杜絕後患一層爲言。該參贊答以此係中國分内應盡之責，不必另提。外部意始釋然，已允會同各國籌議，並電囑李梅和平商辦。此法外部近日情形也。

十六日，福成見英外部山特生，詳述電意。因詰以各使在華所請辦法，不外四端，曰緝犯、劾官、賠償及保護將來。今中國於緝犯、劾官、賠償三者既一一辦到，至於保護將來，中國無不盡心竭力，且須從容詳議，不知各國何尚如此紛紜。山特生聞電開各節，尚無挑剔，惟云可惜辦理太遲。又云現在駐華各公使方聯名稟請各國政府，求添派兵船，自行保護，此事應俟各國政府核奪。福成謂此案以英、法為領袖，法又視英為轉移。中英近方輯睦，自應篤念交誼，妥籌善法。山特生以沙侯現尚避暑在外，必須轉告，方可照復。旋於十九日接到復函，謂沙侯之意，中國果能力任保護，不再出事端，英國當與各國妥商辦法，再行函告。此英外部近日情形也。

大抵英、法兩國，均注意防範將來，杜絕後患，為第一要著。英重商務，甚於法之重教。此次人心惶擾，英商受累較多。故英、法始終一氣，驟不可離。刻下法允與各國籌議，英亦允與各國妥商善策，似已漸有轉機。但求不再出新案，可冀平安無事。惟各國公使於鈞署則惡語相加，於本國則危詞聳聽，不但無消弭之意，並有挑釁之思，其用心殊為可惡。此次九國聯幫，勢盛謀狡，尤覺棘手。祇可暫示包荒以柔其氣，相機應付以戢其謀。且各國外部於公使亦多袒護。即如英、法外部，往往經福成詳告之後，意似豁然，及一接彼使唆聳之詞，則轉疑福成前言為不實。蓋其信中國使臣之言，自不如其本國使臣之言。此外洋辦事極難之處，求其機括，惟有鈞署平日接待各國使臣，妥為駕馭，加以聯絡。儻能使集泮之鴞，懷我好音，或亦省事之一道也。

茲將法外部問答節略二件，節略一件，敝處答復節略一件，英外部問答節略一件，復函三件，一併鈔呈。伏乞回明堂憲為禱！嗣後情形當俟陸續奉告。肅泐敬請勛安！八月二十二日，英字第二十二號。

論分派兵輪保護長江口岸書 辛卯

敬再啟者：前閱外洋新報，謂此次沿江上下滋事之時，正值北洋閱看海軍，所有南洋兵輪盡數北行，以至會匪乘間而動。甚有稱蕪湖四月出案在前，閱兵之期在後，不應拘泥前說再調南洋之船，謂係中國不肯實心防範之明證。彼族强詞奪理，壹意吹求，大抵如此。及聞各國公使、領事迭次電請添派兵船，謂由中國不能力任保護之故。昨晤山特生，亦云六、七月間不再滋事，乃彼各國分派兵船鎮守，極力彈壓之效。方悟前報所言大局可危，實因今年鬧事之處過多，西人驚心風鶴，顧念身家，不免視此事太重。彼既視之太重，動輒疑我視之太輕，遂有因懼生忿之意。

又聞六月間丁軍門帶鐵艦七艘駛往日本遊歷，雍容於樂敦之間。西人謂值此人心紛擾，而我海軍不為保護，顯形漠視，益滋藉口。福成謂成事不說，且我之辦法亦豈能盡如彼意！惟東遊之事既畢，兵艦正合用之時。北洋之艦尤多於南洋。若分派南、北洋兵輪巡駐江海要埠，顯示保護，隱寓防維，且杜彼自護之說。俟一半年無事，洋輪逐漸撤退，即可與議善後章程。是全案轉圜在此，結穴亦在此。

惟聞北洋兵輪喫水較深，不能入江。或者沿海各埠，北洋兵輪任之，沿江各埠，南洋兵輪任之，似亦變通盡利之一說。而其樞紐則仍在鈞署籠絡各使，使之就範。各使非盡虛言可動，事之較有實際者，其在分派兵輪保護之一說乎？計此函到日，或者大局已定。萬一尚有紛擾，彼所注意，專重在杜後患一端。福成既有所見，不敢緘默。伏乞回明堂憲，裁示為禱。肅此再頌勛綏！八月二十二日。

論仰光及加里吉打埠宜設領事書辛卯

敬啟者：香港設領事一節，英外部答允於前，華使阻難於後，以致九仞之功虧於一簣，事機不順，良可慨惜！鈞署覆奏，囑告外部以試辦一年之説，中國未能滿意，看其如何答復。竊揣執定原議與之磋磨，不難變為常局。惟港、喀兩事，雖可不相抵換，而彼族注意在此，我能令其全允港事。若欲保其不再提喀事，似無把握。則屆時仍費鈞署蓋籌，似不妨暫置不提，留為後圖。

福成所致慮者，從前西洋各邦向不以公例待中國。客冬外部答允中國於英屬地通設領事，其來文之意甚為堅決，非若香港、新金山兩處，尚有須審量之語。無非明示睦誼，意在結歡。是以外洋新報多有忌中、英之親睦者。我能乘此機會，多設幾處領事，即可證明英廷允照以公例待中國之券，且可據為照商他國推行張本，亦可為抽換舊約喫虧之處張本。所關係者，非僅一時一地已也。刻下香港如作罷論，而新嘉坡係原設領事之埠，雖永改為總領事，究無顯然添設確證，日久恐其狡變，漸翻成議。查英屬仰江一埠，亦號為南緬甸，華商不下五六萬人。東印度孟加臘之省城加里吉打埠，志略作加爾各搭，尤多殷實華商。此兩埠華民之多，均在新嘉坡之前。本年春間有德國隨員姚守文棟呈請遊歷印、緬地方，福成札令順道探查中、緬交界，兼察仰江商務情形，曾經咨呈冰案。旋據該道稟稱，華民在緬不獨受英人淩虐，兼受緬人欺侮。沿途環訴，叩求稟請設官保護。又聞升竹珊星使去年由藏赴印，有閩、廣巨商環求籌設領事，竹翁許以相機留意。現據姚守亦稟稱該處殷商不少，貿易頗旺，自應一例添設。且該處係歐人東來孔道，又與西藏邊外相近，萬一印、藏有事，該處有一中國官員可通聲息，裨益非淺。福成現擬籌設此兩處領事，以為英廷答允中國在英屬地照公例通設領事之券，不致異時變易前說。而英人視之，亦非如香港較為鄭重，更不與他事牽涉。惟必須先與鈞署函商妥協，方敢具摺上陳。至港事雖暫不提，並非永罷。如一二年內事勢稍變，亦可再議。伏乞回明堂憲，酌奪示復。如謂該二處無須添設領事，仍應將港事辦妥，福成亦即遵照也。專泐布達，敬請勛安！十月二十一日，英字第二十五號。

再論滇緬界務書壬辰

敬啟者：四月十九日，接奉鈞署來電，敬悉壹是。瑞士女子遊歷，電粵准行。此係通融省事辦法，但當示以顧全睦誼起見，自主之權實在中國耳。帕米爾事，初因英外部沙侯出遊未回，是以稍緩開談。帕部舊係中屬，英既送圖於前，俄亦撤兵於後，在彼兩國皆有不能侵佔之證據。今中國既願推而勿有，與兩國共之，論理當無窒礙。探聞英廷已飭駐俄英使先自與俄外部商論，英、俄各須派員赴帕察看情形，再與中國會商，是定議須在明年矣。

滇緬邊界一事，據山特生云，印度部各員見福成所覆節略，援案索取三端利益，意不甚以為然。至外部於劃界之事，擬令華使在鈞署商辦。竊揣其意，或恐福成固執不讓，勢難全拒，姑令華使先探實在消息，稍作宕筆，仍待歐使到京之後，俾其一手始終經理，則此事須在鈞署收束者，乃一定之理勢。鄙意彼即狡詭百端，我當一成不變。查閱舊卷，當日英人所以許此三項利益者，實因鈞署之意，重在索還八募。曾侯據此立論，故彼意既不將八募讓還，則此三項亦足稍為點綴，用示睦誼。刻下事移勢易，彼族審知中國現無展界之心，是以決計將前議置而不論，但欲乘機進取。大抵外部初意，未嘗不欲顧全大局，而英之疆吏則一味以進取為功。外部仍察度彼我之情勢，苟可俯順疆吏之意，亦未始非其隱願。今我若不執前案與之力爭，則彼勢必以上次所送節略地圖作為定本，恐滇邊界外各土司自此將悉為英屬矣。

竊謂此事無論在外洋在鈞署開談，總以抱定展界舊說與之堅持為要。即令此數端未必全得，或得一二端，或另得他項利益以相抵換，亦未為不可。譬之逆水行船，必力爭上游，透過數步，則從容放棹之時，乃可適如吾意所欲住之處。此案能辦到以稍展滇界為歸宿，庶可保全附近滇邊各土司。否則彼得步進步，恐未必能容我安守舊境也。日內擬將舊卷中緊要之處，擇其可據以執辨者，摘鈔數件，具牘咨呈冰案以備查核。伏乞回明堂憲，裁示為禱。肅泐布達，敬請勛安！四月十三日，英字第二十六號。

再論帕米爾情形書壬辰

敬啟者：四月二十四日奉到鈞署來電，敬悉壹是，業於五月初二日摘要電復在案。帕米爾之事，福成月前會晤沙侯，以三國各不佔之說告之。沙云：『既作公共之地，辦法諸多窒礙。緣帕部人才物產不能為自立之國，設或有似生番劫殺之事，究歸何國承辦？何國管理？』福成答以『自應三國會同辦理』。沙云：『如此必多意見不合，易啟猜嫌。從前歐洲常有此種地方，此種辦法，終無有能善其後者。』福成直告之云：『帕地孤懸三面，不易設防。如守此地，勞費既多而裨益甚少，是以中國不願收取。貴國與此地隔一大山，守之亦頗不易。果爾則俄必取之，俄取之恐於中、英兩國均多不便，似不如立約公同保護，較可經久。』沙云：『英廷已飭駐俄公使與俄外部商議，英俄須各自派員赴帕察看情形，再告中國』云云。

昨得竹篔同年來信，謂俄外部之意，以帕地係中、俄接壤，英衹因保護之阿富汗稍有毗連，與中、俄情事不同，似欲擯英不使與聞。福成竊謂俄人所以欲拒英者，以去英則中國較易商量也；中國所以願合英者，以得英則中國隱張聲勢也。刻下此事能否就範，其樞要在俄而不在英，尤在英、俄之先自籌商，而中國暫無從攙越。中國衹能靜候音信，隨宜應付，遲速聽之可也。

滇緬界務，既交敝處開議，如能先定大略規模，則勘界大臣可稍免臨時周折。駁辯數條，頃始接外部覆文，堅持不肯稍讓。據外部稱緬督將到，尚當約同集議。馬格理係原議畫押人員，屆時擬遣往爭論，須儘數月之内與之磋磨，希冀爭到得半之數，亦可收場，已甚喫力。總之此事，持論則以援案展界為詞，命意則以保固滇邊為主，要使數十土司稍有外障以闌之，不致被英邊吏脅為兩屬。此則於大局不無裨益耳。

以上各節，伏乞回明堂憲為禱。肅泐奉達，敬請勛安！五月初八日，英字第二十七號。

論英國禁煙會始末書壬辰

敬再啟者：上年五月間，有英國禁煙會紳士埽司屋爾、阿來山德兩人來敝處謁見，面陳本年該會紳等在下議院議禁止印度種煙一事，議員中意見相同者多至一百六十餘人，為向來所未有。當即聞之英廷，英廷交上議院，答覆之詞頗以印度餉項無出為慮，惟謂此時中國如欲加重抽稅，以期禁止，或從此禁止不准進口，英國決無啟釁之意云云。該紳等念鴉片流毒中國已久，今英廷顧念大局，既有此言，應請中國乘此機會設法禁止。當將上議院答覆會紳之文面呈敝處，以為憑證。並攜呈同治八年鈞署照會英國阿使之文，内有勸英國禁止販煙之語，謂今日情形異於疇昔，中國如持此議，該會紳等竭力相助，不難辦到。囑將此意轉達鈞署請示。

福成明知事體重大，辦理正復不易，念其來意誠懇，未便漠然不應。因囑該會紳繕具公函，許為轉達。此五月杪事也。旋值内地教案蜂起，該會中係教士居多，衆心惶怯，不暇及此。未幾而議院放假，會紳各自散歸。

至十一月初在巴黎接到該紳等來函二件，當即譯出，核其所言，大旨即係五月間面談之語。本擬即時代陳，惟念交涉事繁，如梅生之案，坎部之事，滇邊之議，頭緒方多，恐鈞署不遑議及，是以暫將此件擱起。昨該紳等又來使署探問回音，福成自不得不為轉達鈞署。

第體察目前事勢，議院諸人既有悔禍之心，英政府亦無啟釁之意，但以禁止一節聽中國辦理為詞，雖其意仍在諉過中國，未必真有願我禁止之心，然我於此時果能迎機而導，未始非轉弱為强之候。且洋人所謂禁止之道，仍不外乎加重抽稅一法。查光緒十一年，曾侯與外部議定稅釐並徵之時，奏稿及條約中俱已預為陸續議加張本，是此事如果籌辦，亦非全無根據。儻因此而進口之數少減，固為正本清源之上策。即不減而稅釐有加於舊，亦不失為取益防損之善謀。惟事體關係較重，非到機緣十分湊拍，究未敢輕於發端。所有該會紳先後交來各件，一併譯稿錄呈。應如何答覆之處，即請回明堂憲，裁示為禱。肅此再叩勛安！五月初八日。

譯禁煙會參贊阿來山德來函

敬陳者：七月初一日蒙大人接見，並埽司屋爾，囑將禁煙之事繕具公函呈閱。自謁見後，適值放假之期相近，是以耽延時日，不能早將此稟繕成，殊深悵悵！兹本會董事等已擬就一稟，經總統、董事、參贊等簽名，並將四月初一日寶星茀爾克孫在議院代國家所議各節一併載入，送呈鈞鑒。蓋本會欲鄭重出之，令一切良法美意足備中朝之採擇，非敢輕忽此事，遂致遲延也。現已將稟刊印，所簽之名亦照原底彙列，諒與大人之意吻合。本會欲刷印此稟者，非即欲流傳廣布，故不刻入本會報單，亦不刊入新聞紙，不過備會中各董事閱看而已。儻中朝欲將此稟付梓，亦無不可。今附上稟稿三分，並報單，如再要多，容後續寄。特肅布陳，敬請鈞安！阿來山德謹啟。

譯禁煙會董事麥的生、總統比斯、參贊阿來山德公函

敬陳者：本會總統前在下議院所擬各節，蒙大人允達貴國政府，不勝欣幸之至。本會設立已閱十七年，

會中皆公保各黨執政之人及各方耶穌教人。查一千八百四十年間，為鴉片事兩國搆兵，旋經議和修好，而洋煙從此暢銷中國，有損華人，且與華律相背，本會每深悵惜！自天津條約稅則定後，鴉片不在禁貨之列。竊揣此非中朝頓改初意，謂鴉片無害於民，良由迫於歷年戰事，無暇驟禁。本會故欲力助中朝，冀兩國修改條約之時，中國可以力禁鴉片進口。前煙台條約議改稅釐併徵，卒於一千八百八十五年立約。此約係照中朝所擬而定。時前任大臣曾侯訂立此約，極嘉許本會相助之意，語載曾侯信內。此信曾刊於一千八百八十六年十二月本會報單中，但本會不能以立此約後，即已副期望之意。若印度政府仍做此害人貿易，本會意總不安。嘗聞道光年間，我國公使勸中國將鴉片作進口貨收稅，當時奉中國上諭，曾云欲朕收取害民貨稅，萬不能行。本會每思此言，極為欽佩。凡教中規矩，視四海如同氣。譬如兄弟二人，兄受利，弟受害，則大以為不然。歷年以來，本會每乘機會，陳說於議院中。所可喜者，議院各紳近以此為非者較多於往年。本會總統議院紳士寶星比斯於四月初十日擬一應辦之意見，附列於下：

本議院意見，以為但加重鴉片稅則，尚非合理辦法，須力勸印度政府不再給發種煙及賣煙之准單。除售作藥料之鴉片不計外，又應禁止馬爾華鴉片過英國印度之境。

此意見一百六十人為是，一百二十九人為非。

本會甚願各紳意見多合。當議論時，前孟買總督、外部侍郎寶星茀爾克孫代國家聲明禁煙之語，附列於下：

此事我可聲明，儻中國欲加重鴉片煙稅，雖加至極多，或竟全行禁止不准入口，英國必不欲費一鎊金錢以買藥彈，以傷一兵，强令鴉片入中國。

本會欲將此要語，請大人轉告貴國政府。至如何趁此機會禁止此等害人貿易，本會固不敢代為設法，但所欲表明者，中國儻有禁止印度鴉片之意，本會極願扶持。刻下英國知中國受喫煙之毒較前更詳。一千八百六十九年間，總理衙門行文於寶星阿里國，極言鴉片之害。茲將此文譯錄於後，內載所擬各條，彼時竟置之不理，今若擬有此辦法，必不至於寢擱。但中國内地不准種罌粟一層，亦須切實擔保在内。本會極望大人並中國國家承受天祐，速滅鴉片無窮之災難，及中國民人昌盛。肅稟敬請鈞安！伏惟垂鑒。總統比斯、董事麥的生、參贊阿來山德代禁煙會簽名。一千八百九十一年十一月十一日。

譯禁煙會刊刻阿公使申報本國原文

一千八百六十九年，英公使阿大臣與恭親王及總署大臣，往來會商多時，恭親王等欲將鴉片准入中國之款作為廢紙。兹將中國來文節錄如左：

華商賣給貴國者，乃佳茶好絲，均係有益之物。英商賣給中國者，乃係鴉片，無異毒藥。似此作為，殊屬不公，無怪人心不服。最可慮者，中國官民每謂英國有意毀壞中國，並無真實和睦之情。英國既稱富而好禮之邦，專為流通中外貿易而來，何不將此害人之物除去？想英國必不因此無益生理，致招中國官民怨恨，通國斥罵。蓋停止種煙，所失帑項有限。特請貴大臣轉稟貴國，飭下印度及他處，將種煙之地改種穀米、棉花，我中國亦嚴禁栽種罌粟，則此項生理既停，自無喫煙之害矣。本王等深有厚望焉。

卷五　書函

致總理衙門總辦

論與英國爭梅生罪案並八募設關書壬辰

敬啟者：五月初八日肅布一緘，詳論各事，計達典籤。六月初四日接奉堂憲四月十三日公函，敬悉壹是。梅生一案，外部初次復文及敝處第二次照會外部文，前已譯稿咨呈冰案。近日外部尚無復文，惟據馬格理述及外部之言，初次則謂接上海英按察使來信，稱上海華官於渠判斷此案均已愜意，並無謂其辦理不公之處，且有送禮酬勞之說，頗疑敝處有心挑剔。又謂律例之事由刑司專政，即外部亦不能盡知等語。及接敝處第二次照會，則云此文甚為利害，頗覺不易回答。又聲稱已交大律師秉公速斷。惟現距監禁九月之期將滿，福成慮其屆時先行釋放，然後以不能捕得為詞。昨已電達南洋，請其在滬延西律師担文於前控炸藥之外，另以三事控之英按察使：一通會匪，二違例雇人，三偷運禁物。並將敝處與外部前後照會洋文原稿函鈔寄去。

總之梅生之事，若不切實理論，彼必以含糊了結，則後患滋多。鄙意必須辦到更判定罪，庶足彰公道而儆將來。外部度我堅持到底，或稍有轉圜之說。馬格理又云：『此事喫緊一分，則周漢之案暗中即可放鬆一分，其餘可隱相抵制者亦頗不少。雖小事而實要端也。』滇、緬分界之事，近遣馬格理赴外部，與山特生、歐格納及印度部侍郎貝蕾會議一次，貝蕾謂中國向不講求商務，此次必欲在八募近地設埠，以大金沙江為兩國公用之江，究屬是何命意？馬格理答以聞福成云雲南礦產甚富，而運道極艱，即如目前起解京銅，勞費遲延，至為不便。若由滇境內之大盈江，取道大金沙江入海，一水可達天津。此中國所必爭，且此事於英人在緬商務亦未始無益。若滇貨不出大金沙江，則越南之東京現已通商，如由滇境經紅江，取道富良江入海，較之目前運道由滇而蜀，由江而海，亦尚便捷，則通商之利盡歸法人之手。商人既走熟越南一路，而欲改使入緬，勢有所難，似非中、英兩國聯絡交誼之意也。山特生等均大以為然，用筆誌之。福成之意，則以我不立商埠於緬境，彼必立商埠於騰越。騰越陸路，直接印、緬。若使異族麕集，窺我礦產之富，將來事端必多。故不如由我設埠緬境，綰轂大盈江之口，分彼八募之利，設關徵稅，必可暢旺。以上兩端，若無中變，似稍易商。其南掌、撣人之境，劃歸中國一層，頗難就緒。

又野人山地，在大金沙江以西者約四分之三，在大金沙江以東者約四分之一。鄙意與議以江為界，則彼此畛域劃然中分，或可屏蔽數十土司，不致被彼蠶食，無如印、緬各員以翡翠玉石等礦皆在此處，堅不肯舍。福成尚當據理與爭，雖甚喫力，亦所不憚。能多爭得數分甌脫之地，究於各土司有益。刻下適屆英議院更換議員之期，英人向分公保兩黨，就所選議員之眾寡，而政府及各部大僚之更動亦視為轉移。恐外部或須換人，尚難預定。月內此事暫停會議，須至閏月始能再談。福成愚見，趁此時候，滇中派員先查明附近滇邊之野人山地，或各土司之地，有與犬牙相錯者，必須大勢瞭然，庶稍杜彼族希冀朦混之心。此本係兩國當查之事，彼之查勘已不止一次，我亦先宜派員往查，明示彼以不忘此土之意，或較易於就範，亦免兩國會勘之時更滋口舌。伏乞回明堂憲，裁示為禱。

又福成面晤歐格訥，據云約需冬初赴華，計到滬已值封河時候，擬先至朝鮮，明春入都。蓋歐兼任朝鮮使事也。此人能稍遲到京，免其另生枝節，於事亦未始無裨。謹以附聞，肅泐布達，敬請勛安！六月初八日，英字第二十八號。

論阿富汗侵擾蘇滿卡倫書壬辰

敬再啟者：五月二十一、二十五，六月初三日，疊奉鈞署三電，敝處當復電在案。查此事第一次詰問外部時，外部謂因我未將欲守帕地之意先告英國，致有此誤。是彼意仍跟上年送圖一節而來，如謂阿富汗此番舉動，英人全未與聞，固難深信。竊料英之嗾阿，當在去冬窺我欲棄帕地之時，迨我守帕而阿爭之，已出英人意外，至後來之逼遷布回，似該處阿員妄作，不但英廷不知，或並非阿酋之意。頃告知外部，據稱已立電印督，轉告阿酋，諭什克南頭目立時釋放。惟阿、什等處尚未通設電綫，聞由印度寄信至彼，約需兩旬方到。福成現擬告外部，必須阿酋認錯賠禮，並償恤被遷之回民，方可完結。能否辦到，雖無把握，然必如此下手，方為得體。其若何收束，則祇可相機為之。

鈞署來電，謂告喀使以阿兵佔地，彼不甚在意。許竹使來函，亦謂俄外部於此事佯為不知。其意殊難揣測，然我若不於此時明告俄人，非特代英、阿兩國受俄之催逼，即他日俄有責言，我轉無以應之，故不如明告之為愈。昨已電商竹使矣。三國分地，自是將來歸宿。但蘇滿地方既有御製碑文，似應竭力爭為中界。此體統所關，不能過於退讓。現交阿兵暫守，他時與英理論，或尚較易於俄。

嘉峪關至烏魯木齊電綫，既發款興辦，仰見堂憲綢繆全局，應機立斷，欽佩無已。此後西事方殷，信息靈捷，裨補大局，實非淺鮮。但不知需費若干，何時可成耳。肅此再頌勛綏！六月初八日。

論阿酋擾卡及梅生罪案滇緬界務書 壬辰

敬啟者：六月初八、初九、十六、十九，閏六月初一、初五、初十日，疊奉鈞署各電，敝處先後電復在案。查近日交涉各端，中、英會立坎巨提新酋一事，大致業已妥協。但冀新疆派往會立之員妥慎將事，不亢不卑，即可完竣。本日謹具摺奏明，另鈔稿咨呈冰案。

帕米爾事，自以三國分界為歸宿。而俄廷於勘界一事尚未開議，現又派兵巡帕。據英外部函告敝處云，近接駐俄公使來信，言俄廷現派遊擊喬瑙夫率師赴帕，意在探視該處情形，且冀阿富汗因俄師之來，不與布回為難，並聲明此行不犯阿富汗，亦不犯中國，但冀中國駐帕之兵或因此可撤去云云。惟外部之意，頗慮俄人言不由衷，且欲慎觀其後。近日英京各新報論說紛紛，大意謂俄兵入帕，英人於印度早已有備無患，恐中國將來不免受虧。此雖英、俄素日互相猜忌之習，然時會所趨，局外之言，不無可採。茲將英外部來函及新報二則譯稿鈔呈。

阿富汗逼遷布回一節，近接外部函稱印度來信，據阿富汗酋覆云，此事伊處並無所聞，如果確實，渠自當將布目釋放。又閱新報，阿境内屬部近有叛亂之事，俄兵與阿兵鬨於蘇滿，俄兵被擒殺者十餘人。内訌方亟，外患將乘。前函所擬飭令賠禮恤償之處，衹可相機酌辦。所有外部來函，一併譯呈。

梅生之事，敝處屢電南洋，於炸藥之外請律師再控，以便更讞，迄未辦到。旋接英外部函，稱准於監禁期滿之日逐出華境。福成念其與鈞署初意尚合，且人既釋放，勢須另起爐竈，因亦不復再爭。昨已照會外部，綜論始末，以著兩國辦理懲犯各案，我甚嚴而彼甚寬。借一事以形他事，仍寓立竿見影之法，藉作釜底抽薪之計。容即另具公牘咨呈，以備查核。

滇、緬界務，因首相沙侯將告退，外部尚書閏換勞偲伯里，月杪能否會議，尚難豫定。古勇薩、洞納二地，既承電示，久隸版圖，自當據以力爭，以杜彼族覬覦之意。一切情形，俟會議後得有梗概，再行續布。

以上各節，祈即回明堂憲為禱。肅泐敬請勛安！

閏六月十九日，英字第二十九號。

譯英外部寶星克蕾致參贊馬格理函

敬啟者：　本衙門頃聞印度衙門云，阿富汗王答覆所問之事，據阿富汗王云，並無拿獲布回頭目之信，儻此信果確，渠自當將布目釋放，應回明貴欽差為荷。此復，順請台安！　克蕾謹啟。

譯英外部侍郎山特生致參贊馬格理函

敬啟者：　沙侯請閣下轉達貴欽差云，代理駐俄公使自俄京來信，稱俄外部云，阿富汗既奪布回之羊，以當貢獻。中國兵仍駐紮阿爾楚爾帕米爾，是以俄將遣遊擊喬瑙夫率師至該處巡閱，約八月中可歸。俄外部聲明此行無意據地，不過探視情形而已，且冀阿富汗因俄師之來，不再與布回為難，而中國兵或因此可撤。又云喬瑙夫此行，奉命不犯阿富汗，亦不犯中國兵，且不近興都哥士山云。　山特生謹啟。

節譯馬格理之子馬繼業自喀什噶爾來信

此間諸事棘手。俄領事勢不相容，時嗾華人從中為難，因華人固深畏之也。帕米爾事如何了結，實難懸揣。

兩月前約有俄兵三百名，至大喀喇庫爾南眉喀爾地方，距華兵駐紮之郎庫爾約尚有一日半路程。當時情形甚為可駭。自俄兵復回阿賴爾之後，較為平靜，又深恐華兵與阿富汗兵或至起釁。六禮拜前，果有阿人約二十名忽至阿爾楚爾之蘇滿塔什，謂此地屬阿富汗，令華兵退出。華兵初不允，嗣後議定兩國之師均退出蘇滿塔什地方。此係華兵所定之議，聞華兵駐阿爾楚爾者盡已退至色勒庫爾之布倫庫爾矣。

譯斯丹達報論帕米爾事西八月初三日

俄羅斯經營中亞細亞，近更有事於帕米爾，觀其用意，較往年尤深。記去年我英武員數人遊歷上奧克蘇斯河荒地，突見俄幟數處，臨風飄搖，遂裹足不復深進。彼時俄師駐紮該處，雖不至無禮於諸員，然示此地若屬彼管轄，可以閉絕外人也者。考此地半屬阿富汗，而餘屬中國，從未聞為俄屬。當時沙侯立即馳牘森彼德堡，申問緣由。而俄廷謂此非朝廷命意，乃該處將領所為，以致開罪英員，謙詞謝過。無何印度之市，謠傳四起，謂可薩克馬軍俄兵名又至，其勢洶洶，視前更甚。今日我英政府接有信息，謂所傳皆確。回憶俄廷謝罪，言無幾時，而舉止不同如是也。然歷觀往事，來者可知。俄之理外務也，其在京城，恒辭謙而理正，婉言謝罪，甘語允從，而將領在外，仍自得步進步，有利必趨。至政府何以對答，外人有若弗知也者，時而倔强不順君命，時而無端又興師徒。此固開疆拓地之狡謀，實俄羅斯之故智。若謂帕事獨不類此，有識者必知其非矣。俄在中亞細亞，進取斷無已時。俄政府必以此事明告中國，而華員必知俄員之狡詐强猛，爭論而折服之，以保守其固有之地，尤為要圖。至我英曾與阿富汗立約，如有外患，必保護之。則俄廷又必觀我英政府之意，安知不限以界畫，以阻其直進哉？

夫此地猶屋之脊，赤露天空，不足以蔽商旅，曾不屑費此唇舌。然以大局計，則阿爾楚爾帕米爾，乃由北犯印度之要區，則俄將領之欲撫有其地，或欲通道其間，固有意中。幸印度邊防鞏固，可恃無恐。然俄師近逼，則防堵加警，而軍需驟增，禍變漸滋，而外藩騷擾，不如及其尚遠，盡力以阻其來，乃今日所最急者耳。

阿王安勃特臘蠻之才幹警敏，善交印度，毋暱强俄，彼固知之矣。惟其天性素慢，盛氣不平，又確知若過屈於我英，非所以示其民，故近者獨行其是，未免侵侮境内各小部。國中内訌，境内京城及侯勒特周圍諸屬部，本屬阿富汗者，又起兵變，勢甚倉皇。故阿富汗之率師在外者，奉召馳歸，以剿叛部。近聞諸兵調自北省者，為賊所敗。兵爭一事，在阿富汗本習為常，然此次為患尤巨。該王幾有不安於位之苦。觀此知阿富汗境内有諸部之變，境外有强俄之侵，則該王必應與印度結好也明矣。

譯遊歷印度人致斯丹達報館論帕米爾事書西曆八月初三日

俄兵據帕消息，於中、英兩國極有關係，然於中國尤甚，敢詳言之。

甲必丹喬瑙夫已至興都哥士山一事，儻此説果真，則俄政府竟無異負諾失信，是不可以一息姑容者矣。帕米爾俄兵之數，甲必丹喬瑙夫所帶者，必不踰五百人。蓋此行彼自認專為探路人，多則令人生疑。況糧餉輜重，載運甚難，非大措置不能進大軍。帕米爾人煙稀少，正亦無須動大軍耳。俄兵或已至中國境内之塔戛爾瑪及阿克塔什，則未可知。因中國極西邊界，固在蘇滿塔什也。我英政府近於乞托拉爾、雅辛、那戛爾之舉，先患預防，印度兵力保守有餘，故俄人此時進犯，與我英關係較輕。中國則正與我英相反，刻下俄之舉動，於中國何等岌岌！試展地圖，一覽而知。俄兵業至塔戛爾瑪及阿克塔什，儻據有其地，必將進窺回疆，並先圍喀什噶爾，成功而後已，直逼南北西三面，而後待時而動，竭全力以塞其東面，乃可取道以直達於西藏矣。

僕謂近者乞托拉爾、雅辛、那戛爾之布置，防穆斯塔格、興都哥士之南則有餘，然俄若遷移其帕米爾東之邊界，而至阿克塔什之南，則此後步驟必及其西，或侵佔阿富汗一面，然後我英之責任伊始，因此面尚未設防耳。但就俄現據塔戛爾瑪及阿克塔什觀之，我英原可不甚經意。然如下棋然，俄人目下此着，後患可想而知。而帕米爾西面並阿富汗一面，亟須嚴防。彼此後舉動，必不出此數處，豈可不思患而預防哉？

譯英外部侍郎山特生致參贊馬格理函

敬啟者： 上海總領事來電云： 中國官員所聘訟師謂梅生並無加重罪名實據，然彼亦並未設法覓保，是以是月之杪，即須逐出華境矣。沙侯囑告閣下轉達貴欽差為荷！ 山特生謹啟。

三論滇緬界務書壬辰

敬啟者： 本月初七日，祗誦堂憲六月十九日公函，並大咨及鈔件等，領悉壹是。自前月至今，疊奉鈞電，均經先後電復在案。滇緬界務，因值英外部交替，延擱多時。至本月十二日，方接新外部勞偲伯里照會，定於十二日派山特生、貝蕾與馬格理會同商議。計又談過兩次。查從前曾惠敏所索三端利益，其中以大金沙江為中英公用之江，及中國於八募附近之地設立商埠，此兩端大致曾經議論。其南掌、撣人之地，劃歸中國一節，現尚未談。緣此次福成所與力爭者，在分劃野人山地。自二十四度半以北，以大金沙地即厄勒瓦諦江為界，江以東盡歸中國。此層辦法，原在舊索三端之外，當時曾侯雖偶有此說，尚未暢所欲言，外部亦未允許。但思目前不如此劃界，則滇緬之境總未能截然不紊，將來仍不免有誘脅我騰越邊外土司作為兩屬之事。

聞緬督現方建議，由八募造鐵路，直至米紀納之地，再由米紀納渡大金沙江而東，直達昔董，是其用意已可概見。福成因探得劃江為界之說，英廷前雖未允，卻不甚以為非，頗合西例。馬格理謂祗須鈞署堅持相助，似可如志。如得此一端，則其利益足抵前議三端而又過之。且其勢如順流而下，即三端中亦必有兩端可得者，如此則滇西諸土司安如磐石。且鈞署來電，所稱騰越各關外土司地數十里及一二百里者，如在太平江以北之地，均已總括在內，無待煩言。現擬以全神爭此一著，萬一倉猝不能辦到，則相機轉圜，歸到三端，似更易於就範。

惟既爭此地，則南掌、撣人等地不能不略為放鬆，已囑馬格理向外部微露其意。蓋以野人山地，與撣人等境比較，其利益大小相去懸殊。又聞南掌、撣人實已大半歸屬暹羅，故不欲受其虛惠也。昔董即薩洞納，敞處春間曾照會外部，催令將英兵速撤，至今未接復文。據馬格理云：英兵如退出昔董，則大金沙江以東，彼亦無險可據，自然悉為我有，故以催令撤兵為緊要關鍵。前日會議之時，山特生謂英兵如離昔董，則彈壓野人，保衛商旅，應由中國任之。答以中國自必力肩此任，無須豫訂。蓋從前西人嘗以此等措詞嘗試中國，因得遂其侵佔之計，今宜有以力折之也。

又聞英駐昔董兵僅二百名，因得地勢，輒思久據。萬一彼果撤兵，應請鈞署電告滇督，迅即派兵一營填紮其地，以據形勢而資鎮定，必可永久相安矣。所有訂期會商情形，合先布陳，伏乞回明堂憲為禱。肅泐敬請台安！七月二十五日，英字第三十號。

論漢口英領事帶兵船赴湖南書壬辰

敬再啟者：漢口英領事聲稱帶兵船赴湖南一節，鈞署以其違約妄為，囑商外部撤去，當飭馬格理往告。據外部云，此事關係頗重，總須待華使來文聲說明白，或撤或留，方可酌辦云云。竊意華使徇庇領事，決不肯據實陳報，必多遁飾之詞。聞其前日電告外部，謂鈞署並未向彼提及，初無欲撤領事之說。外部因謂此意出自敝處。然疑竇一啟，諸事掣肘，恐妨全局。昨奉鈞電，知已電鄂鈔寄該領事致蔡道函件，屆時自可據以辯論。仍請鈞署明告華使，以前電敝處日期，囑電外部以釋前疑。至兵船入湖一說，空言無實，彼易狡賴，恐領事或難撤動。然幸賴此一著以柔華使及領事之氣，暗中不無裨益。俟鈔函到後，當再切實理論一番，然後相機了結也。並乞回明堂憲為禱。再頌台安！七月二十五日。

論辦理教案善後章程書壬辰

敬啟者：敝處曾因清查教堂育嬰一事電商鈞署，茲再詳晰言之。查上年教案事結之後，本擬妥籌善後章程，峴帥亦屢有信來，意在及時補救，以保內治之權。冬間又接傅相來函，知有教士在津門遞呈，請由教王派總主教來華，專理教務等情。福成悉心體察，此事應由南北洋妥商建議，請鈞署主持，奏明飭使臣照會外邦，則步驟方不淩亂。今春曾擬善後章程十條，函商南北洋。福成駐巴黎時，飭參贊慶常與教王所派駐法公使一再晤談，微示此意。該公使深以為然，允報明教王定奪。又聞土耳其近與教王通使立約之後，教士皆安分守法，一變舊習。因又囑常向土國駐法公使詢問章程，譯寄北洋以備採擇。自三月杪回英之後，因理論坎巨提及梅生罪名、滇緬界務諸事，未暇籌議及此。近接北洋來電，知改派總主教一層，尚難就緒，而教王於敝處亦無的實回音，自以暫緩為是。

惟乘去年教案之後，總宜略有變更。因於前擬章程十條中，抽出育嬰一項，專以清查此事，藉釋群疑為言，囑慶常往商法外部，詎外部以各省新出揭帖及陝西教案為詞，堅不就範，且據送閱領事所收各項揭帖。福成查帖內有庚寅年刊刻等字樣，因令慶常答以教案及周漢等案，疊次議結。此等數見不鮮之件，一概不能再提。外部謂此項揭帖，實係新出，至年月則可隨意捏造。又答以年月捏造者頗少，且安知非領事去年所收藏，至今始呈報乎？至各處教堂啟釁之由，咸以育嬰為藉口。欲為經久之計，不得不設法剖白以靖浮言。再三爭論，外部始允以後准中國官紳到堂觀看，即日函囑李梅酌辦。茲將擬商育嬰堂條議一件，鈔稿呈覽，伏乞回明堂憲，並將鈞署近日與李梅商論情形示知，以便飭慶常相機因應，於事不無裨益。再據英外部稱漢口嘉領事報湖南揭帖愈出愈多，力請電達衙門嚴禁。昨已發電矣。歐格訥於旬內啟行，專肅泐布，敬請勛安！八月初三日，英字第三十一號。

擬商育嬰堂條議

查西國教會，在中國各處所設之育嬰堂，因中國士民素懷疑慮，恐致匪徒造言生事，是以擬定辦法，俾釋群疑而杜訛言。茲將各條開列於後：

第一條　現在西國教會在中國各處所設之育嬰堂，共有若干處，坐落何地，應由各國駐京大臣開單，知照總理衙門存案。將來添設之處，亦由該大臣開單知照。均由中國國家飭令各省督撫，轉飭地方官認真保護。

第二條　各處教會所設之育嬰堂，應准中國官紳及體面之人前往觀看，俾官紳等皆知該堂為正經善舉，以便開導百姓，而使該堂之功德昭然共見，則人自敬佩，毫無疑惑矣。

第三條　各處育嬰堂首領，應按季將本堂嬰孩出入數目，開單報明地方官存案。遇有死亡者，亦報明地方官查驗，飭派土工斂埋，並准令紳民往看，以破疑團而杜仇口，則剜眼剖心之謠不辯自明矣。

第四條　凡育嬰堂收養嬰孩之時，應查其來歷。如有形跡可疑者，即報地方官；儻係竊取之孩，查有實據，仍給還其家。如該堂曾經報官存案之嬰孩失去，亦可報明地方官設法查追。

第五條　教堂收育嬰孩，本係為善之道，斷無中國愚民所疑之事，然愚民所以起疑者，則中國拐匪累之也。中國有等拐匪，慣騙小孩，肆行殘酷，如大清律例所謂採生折割之事，無所不有。迨經地方官嚴捕，往往投入教堂，恃為護符。教士不知而誤收之，俾得仗勢欺人，遂致眾情忿怒，轉以拐匪所為之事指目教堂，百喙莫解。況拐匪亦甚狡獪，往往騙得數孩，以一孩送之教堂，俾教堂與之同擔惡名，亦太不值矣。自宜嚴飭教士，切不可濫收莠民。如接地方官符檄，即速交出。如此可保育嬰堂不至誤收被拐之孩，亦可保教堂聲譽日起。

第六條　育嬰堂如能限定，但收十歲以上或十二歲以上之孩童，更可免招浮議。

第七條　各教堂育嬰堂首領，與中國地方官紳應和衷共濟，彼此以禮相待，但不准干預地方公事。儻遇有事之時，可速報地方官妥為保護。

第八條　以上各條，應飭地方官及各育嬰堂遵照施行。

論豁除海禁招徠華民書壬辰

敬啟者：近日接到新嘉坡總領事黃道來稟，大略謂坡埠富商多屬閩人，雖正朔服色仍守華風，然大抵土著多而流寓少，其視中國官吏有同陌路。偶有回華再來者，無不切齒痛恨，極言宗族戚里之訛索，官長胥吏之欺侮，多自居化外，不願歸國。間有以商賈往者，不曰英人，則曰荷人，反倚勢挾威，干犯國紀。推原其故，蓋緣中國舊例，有不准出番華民回籍各條。

當順治、康熙之時，因海寇盛行，嚴設海禁，例意森嚴。今則鄰交已訂，海禁久弛，與往昔情形截然不同，而舊例並無廢棄明文，奸胥劣紳恃有此條，得以藉端訛索，致回籍華民萬萬不能出頭。必須大張曉諭，將舊例革除，庶華民耳目一新，往來自便。力請福成奏開舊禁，本日業已具牘，據原稟咨呈冰案。竊思此等舊例，在今日原同隔歲之舊曆，積年之廢券，存之毫無所用，而一經剗除，可以禁遏訛索，招徠羈旅，收拾既散之人心，挽回積壞之大局，所裨實非淺鮮。

惟事關各國交涉，與數十萬華民之向背，似不當由福成一人具奏，必須鈞署以全力主持，方能與沿海疆吏呼應靈通。擬請回明堂憲，酌奪具摺上聞，恭俟命下之日，通飭沿海各省暨出使各國大臣一體遵行。愚見如此，此信到後，無論堂憲能否允辦，尚祈先行電示，以便轉告黃總領事，似於公務有裨。專肅布達，敬請勛安！

九月二十二日，英字第三十四號。

四論滇緬界務書壬辰

敬啟者：十月十五日，接奉堂憲吉字二十一、二十二號兩函，敬聆壹是。嘉領事各項函件，均經細閱，即遣馬格理赴外部，告以實在情形。據山特生稱，嘉領事年來多病，難免性情躁急，而漢口事務又繁，已密商歐格納，酌量調一簡缺，俾資休息，或漸須告退回國，均未可定。但不能不稍有遲迴，以化形迹耳。滇省新繪沿邊地圖，考證詳覈，可備證據。夔帥稱英所注意，似在騰越西北通藏之要路，實係洞見癥結之論。此即大金沙江東西之野人山地，敝處所以力爭劃江為界者。職是之故，近據外部稱此地嘗歸緬甸管轄，現方催彼呈出確據，以驗其虛實。

普洱以南、潞江以東之撣人地，歸我頗難控制，歸彼又慮內逼，自係實情。惟權其利害重輕，則內逼尤所當慮。作為甌脱一節，英廷向不喜此辦法。且恐名為甌脱，仍漸被彼佔據，進窺滇境。自不如先索之歸我，約章既定，流弊較少。仍令各該土酋列為屏藩，處之羈縻之列，由我保護，實與甌脱無殊，似亦不難控制。惟聞撣人各地大半已歸屬暹羅，客歲英與暹羅定界，又稍割以畀暹，所存似已無幾。又查車里、孟連兩土司，幅員頗廣，久在滇省版圖之內。外部忽稱向屬緬甸，福成初甚駭異。嗣將數十年來，洋人遊歷車里、孟連各書仔細翻閱，每稱有緬官到此，又稱入貢於緬。始知乾隆中年以後，如孟艮、孟密、木邦、蠻暮諸大土司，悉為緬甸所吞噬，車里、孟連雖屬中國，不免陰與緬通，以圖固圉，英人遂得藉端饒舌。然中國既失緬甸於前，斷不可於車里、孟連諸地稍有所讓。幸福成於發端之始，已索潞東全地，獲占先著。由此益知我不索地，則車里、孟連，彼必益思侵占，抵制愈難矣。

自索分野人山地以來，外部設辭延宕已三閱月。迭經催駁，甫於十月二十七日、十一月朔日會議兩次。大抵野人山地為英人全神所注，能否竟允劃江為界，尚難預定。然此事原為前索三端盤旋作勢，儻三端中能得其二端，似可見風收帆，察看情形，總當以辦到為歸宿。伏乞回明堂憲為禱。肅泐布達，敬請台安！十一月初四日，英字第三十六號。

論巴西招工事宜書壬辰

敬再啟者：巴西遣使駐京一事，前函已陳梗概，頃復詳加探訪，知該國政府用意實係專注招工。竊查從前美洲各國在華招工之弊，如古巴、秘魯等處，皆有洋人集貲在中國招雇華工，與立合同，給發船費，運送該處，轉鬻於種植田園。實需雇工之人，視為奇貨。迨合同限滿，又被一再轉鬻，終身淪於異域，役使無異牛馬，所以有豬仔之稱。

自日、秘兩國訂立條約，稍革此弊。然當時因欲顧全先到之華工，不免受彼牽制，所立約章尚難盡如人意。惟赴美國之華工，人人有自主之權，獲利較豐，稱為樂土。邇來該國又有驅逐之政，而華民之生計稍絀。今欲為吾民廣濬利源，莫如准赴異域傭工，而保其自主之權，杜其驅逐之漸，則必待彼再三籲懇，與之議立專章，添設領事，方可操縱由我。儻彼稍未就範，不妨始終堅拒。蓋彼因注意招工而遣使，或因不許招工而撤使，似亦不妨聽之，然後招工可無流弊。

竊謂此事樞紐在許華工自往，而不宜允其來招。華民適彼國者，苟獲贍身家，蒙樂利，往返自如，出入無禁，則聞風者且源源而往，本無所用其來招。務使人人有自主之權，去留久暫，悉從其便，則田主非但不能虐待，而挾制扣留轉鬻諸弊亦不禁自絕矣。

至訂約之始，尤宜以重領事之權，杜驅禁之萌為歸宿，然後稽查有法，而規模可久。若夫洋人或挾重貲，或駛巨艦，動輒來招數千百人運往該國，輾轉販鬻，必當嚴立章程，懸為厲禁，自無疑義。因遣使一節，福成既為轉達，故再將招工利弊切實言之，便中回明堂憲，察核為禱。再頌台安！十一月初四日。

五論滇緬界務書壬辰

敬啟者：滇緬界務，自仲冬朔日會議兩次後，未能合龍。又遣馬格理到外部數次，設法磋磨。惟野人山地，印度英官全神所注，不肯劃大金沙江為界，異常堅韌。印度部尚書金白雷尤蠻橫無理，受印度武員之慫慂，謂中國向不爭邊地，儘可遣兵徑自經理。所以昔董

既未撤兵，旋又紮營昔馬，攻擊野人，復派兵至盞西邊外之開社，公言不諱。查野人山本中國有權之地，彼不俟兩國理論妥協，輒先派兵占踞，非特顯違公法，大有藐視中國之意。

觀其如此舉動，則彼既得野人山地，難保不再聽武員之言，誘脅沿邊諸土司，窺伺滇西一帶要地，殆有必至之勢。其端倪已呈露矣！且聽印度部各員議論，其所以揣測鈞署及滇帥之語，至為可恨，所以連發兩電，力請示以堅持不讓，使彼自知所揣未確，必稍奪氣。外部亦深以印度部為非，惟不欲與顯立異同，所以必欲俟我嚴詰，方可從中轉圜。昨告以中國亦須派兵赴夙昔有權之地保護華商，其意稍有顧忌，蓋在我不違公法，而在彼必形掣肘也。

大抵兩國辦理交涉，其詘伸損益之數仍各以力量為主，使臣口舌筆墨之功，不過可得十之二三。中國實在力量並不讓人，無如數十年來辦理交涉，尚未處處力爭先著，以致積重難返，為彼所輕，固不能不設法整頓。而滇省逼近强鄰，選將練兵，必不可緩，庶和局乃可長恃

耳。至野人山地，滇圖既在邊外，無論爭之難得，即令得之，福成亦知滇省派兵派官尚有為難之處。然使彼族得之太易，又必益啟戎心。故宜儘力理論，使彼稍讓我以利益，然後我之讓之亦為有名，庶可窒狡謀而資持久。福成擬即親赴外部，晤勞偲伯里，切實爭論。

頃據山特生來函，昔馬似有兩處，英兵所踞，蓋非盞達之昔馬山，實盞西邊外之昔馬也。伏乞回明堂憲為禱。除備牘咨呈梗概外，肅泐布達，敬請台安！十二月初九日，英字第三十七號。

卷六　書函

致總理衙門總辦

六論滇緬界務書癸巳

敬啟者：客歲臘月初九日暨十六日肅布英字第三十七、三十八號兩函，計登籤室。厥後疊發六電，布陳梗概。旋奉鈞署五電，敬聆壹是。滇緬界務，迭經福成親赴外部，晤該尚書勞偲伯里，向之再三催促，始訂元旦再行會商。山特生約印度部侍郎貝雷與使署參贊馬格理仍赴外部集議。彼族全神所注，專在大金沙江東之野人山地，繼乃漸露在潞江以東讓地之意。詢以所讓何地，據稱即送圖略而散。旋據送到科干地圖節略，福成遣馬格理告以地太褊小。彼又訂正月十三日會議一次，允再於潞江以西讓地一處。其戶口與科干相等，卻未據送圖說。繼議野人山地，彼謂大金沙江以東，中國老界以西，須盡歸英統轄。馬格理與之力辯，山特生云：『必不得已或作為兩國甌脫之地，再就中間勘一分界之處，其東近中國者，名為東甌脫，歸中國管理，其西近大金沙江者，名為西甌脫，歸英國管理。』馬格理因以福成可允之意告之。詎料我甫應允，貝雷即云此事尚須電商印督。馬格理詰以此議發自外部，並非使館之言，外部必早與印督商定，始能出之於口，何再電詢之有？貝雷不以為然。次日復邀馬格理往議，託云印度部尚書金白雷不肯答允，且謂潞江既經讓地，則大金沙江以東野人山地應歸英轄。野人山地既作甌脫，則潞江左右不能讓地。馬格理詰以外部首崇信義，豈可忽允忽翻？山特生、貝雷堅稱前說應作罷論。

現經福成設法磋磨，屢次責問勞偲伯里，並隱囑倫敦紳士在議院詰問英廷，不應過徇印度之意，致與中國齟齬，妨礙大局。外部頗為著急，意欲速了，復於二十九日會議一次，仍未就緒。總之野人山地與滇境毗連，印督受武員之慫恿，窺我滇西武備之廢弛，未嘗不思得步進步。若全佔野人山地，即可相機誘脅諸土司，俾為兩屬。彼所以儘力爭之者在此。福成所以儘力阻之者亦在此。如山特生前次所許，適與我之本計相合。蓋大金沙江以東有一甌脱，足以阻隔印度，使其地不能生根，無從侵軼滇西。固宜其靳之甚堅，不肯遽舍。

福成於初三日復率馬格理往晤勞偲伯里，詰以外部自出此言，豈可無端翻悔？勞堅稱山特生並未請示，自陳所見，實係錯誤。福成爭論良久，勞始微露其意，願允滇西老界稍加展拓，其潞江東西兩地仍請收受，並請福成辦文照會，再當酌復等語。竊思彼族異常狡黠，異常堅韌，動輒籍端停議，迨用盡氣力，催趲益緊，亦必閲月經旬始議一次，議又猝難合龍，曷勝焦灼！目下審度情形，甌脱之議，斷難辦到，祇可就彼展拓之説見風收帆。雖未能設天然藩籬，但留此展拓形迹，可使印度武員知中國讓地之不易，或稍杜其侵佔之意耳。伏乞回明堂憲為禱。肅泐布達，敬請台安！二月初五日，英字第三十九號。

敬再啟者：向來使署與外部商辦要務，必須詳敘問答節略，以備查考。此次理論滇緬分界事宜已逾半年，英之外部，既浮滑而兼堅韌，其印度部又强悍而兼狡黠，互相串謀，復互相牽掣，以致議論游移，事倍功半。或此部允而彼部復悔，或今日諾而明日復翻。所言既不足為憑，迨往返駁正，彼此各執一辭，而前後實多重複。除關繫尤緊者迭經電陳外，其餘已撮敘於迭次函牘之中。此事應期會議與傳述語言，皆係馬格理一人。馬既承辦使館事務，又令奔走外部，實已萬分忙碌。若再責其屢敘問答節略，轉恐耽誤要務。且馬不知漢文，更多周折。目下英、法兩館人員差期屆滿，其事理通達，可以執筆者，已有數人陸續銷差，人手不齊，此問答節略所以稍缺之故。理合聲明，再請台安！二月初五日。

再論阿富汗侵擾蘇滿卡倫書癸巳

再客歲六月，連奉鈞署來電，疆撫電稱阿富汗佔蘇滿後，進踞波孜納及家什激伯孜，遷布民八九十戶赴什克南，布目不從，均捆去。應告英，飭阿賠禮償恤布回等因。當時曾屢向外部理論，外部允俟行查明確，始能照辦。惟英廷祇能電告印度總督，而由印度至阿富汗，由阿富汗至蘇滿及什克南，多尚未通電綫，郵音往返，動須數月。正在根查之際，忽俄兵遊獵帕米爾，與阿兵開仗力爭蘇滿。俄、英、阿三國，正在口舌紛煩之際，中國自不必插入其間。是以暫緩詰問，迨冬間俄兵既退，不能不理前說。頃始據外部函稱阿王查覆並無此事等語。刻下時異勢殊，蘇滿等處尚未知誰屬，則查究布回之事亦可姑緩。並乞回明堂憲，再請台安！二月初五日。

七論滇緬界務及帕米爾事書癸巳

敬啟者：四月杪奉到堂憲吉字二十三號公函並與歐使問答簡略，敬聆壹是。堂憲堅持大金沙江為界之說，甚覺得勁！外部設法轉圜，未始不因乎此。自接外部三月二十三日來文以後，大致已覺就範，除節次電達梗概外，因候滇省詳查地名回電，中間小有停頓。又自紅蚌河起，至天馬關一帶邊界，亦係最關緊要。初因力爭野人山地，不暇旁及，近始與議此段。據云印度日內有詳圖寄到，即可開談。敝處亦於五月初六日答彼來文，示以所分野人山地不能愜意，蓋又為紅蚌河以下一段作勢也。若此處議定，便可妥議商務，訂立條款，具疏覆陳，計已在秋深矣。

車里、孟連兩土司，地形遼闊，實可抵內地半省，姚道前有英人誘為兩屬之信。新設威邊一廳，亦從孟連土司地分出，又係卡瓦諸種舊地，英人因其向曾入貢於緬，遂欲索為兩屬，以與野人山地相抵制。然此兩土司一廳，久在滇界之內，豈容稍更舊制！今彼允我收回全權，亦係堅索野人山地之力也。至孟艮土司地亦頗大，今已分散為十餘土司，皆在潞江以東，直與暹羅接界。英人以其屬緬已久，未肯讓我，僅分科干地歸中國，乃孟艮之迤北一隅耳。舊八募作埠之說，係本曾侯前議三端而來。客歲外部屬稱丙戌立約以後，當另起爐竈，於所謂三端者，堅不承認。福成恐徒勞無功，不得不另闢畦徑，改為索野人山地之說，扼定主腦，與之力爭。今計所得權利，較之三端，又互有異同矣。惟商務尚未開議，設埠係商務中事，舊八募雖難索為我埠，新街設一租界或可辦到，以商務須求彼此有益也。

帕米爾事，俄外部雖允英使之請，暫不派兵入帕。

然聞英、俄各派員入帕察看一節，至今尚未成議。帕境西南一面，俄人亦未與商。其意或欲俟中國事有眉目，再與英人會商，亦未可定。俄人狃於從前黑龍江一帶獲地之太易，得步進步，貪求無厭。即如光緒十年所定喀約，因承辦此事者倉猝未及考究，不免受彼欺朦，遂有自烏仔別里往南之說，今已無可奈何。然俄人自知理曲，決不肯輕於發難。如鈞署與許竹使堅持喀約，力與磋磨，似可不再有所讓也。

海禁自嘉慶以後，實已早弛。細核美續約第五條語意，則舊例不删而自删，確有證據。今遵照堂憲指示，恭疏具陳。然此不過為之嚆矢，即使議准之後，所以使疆吏實力奉行，不致徒成具文者，仍視鈞署精神之所注。此百餘萬華民所喁喁感戴者也！

以上各節，伏乞回明堂憲為禱。肅泐布達，敬請台安！五月十五日，英字第四十二號。

論坎巨提照舊進貢書癸巳

再承堂憲示及英領兵官刁勒答復陶方之中丞照會，語意太覺自專，直以坎部為印度所管，中國官吏無須飭諭，實與兩屬之義不符等因。前奉鈞電，因俄人有中國已將坎部讓與英國之謠，擬派員駐坎，為兩屬憑據，以杜俄口而爭小帕米爾。曾向外部商議，據克蕾答云：坎本兩屬，英未損我權，若欲權反加於舊則難。小帕地屬中國，各國皆知，可嚴拒之，已發電布陳在案。今復趁彼兵官之出言背理，告以中國不能不派員，否則彼之兵官蠻橫自專，不顧體制，將兩屬者漸變為專屬，中國豈能甘心退讓！爭論良久，外部始稱與印度部妥商再覆。鄙意彼如允諭飭兵官，一切均照原議辦理，亦勿干與華官與坎部交涉之事，自可姑允所請，徐觀其後。俟得的音，當由恰克圖電布陳。再去秋張都司鴻疇等赴坎會立頭目後，據稟稱各項禮節尚稱妥洽，惟於封立時，曾向坎酋言及歲貢舊例，英官輒攔阻云。此事應由兩國大員議定後飭遵。敝處接到此信，即向外部理論，告以此事早經議定，何以英官復有此說，明係不阻之阻。外部亦已囑印度部轉飭英官，如坎部入貢中國，該員不必與聞。敝處亦已函致喀什噶爾李道，囑其自向坎部徵貢，並以英官必不攔阻明告坎酋矣。請即回明堂憲，知照陶方之中丞，飭屬遵辦為禱。肅泐再請台安！五月十五日。

論與法國聲明瀾滄江外滇屬土司書癸巳

敬啟者：法國與暹羅啟釁一事，已兩次電陳梗概在案。數月以前，法國群議洶洶，咸謂暹羅湄江以東之地係越南與柬埔寨即真臘兩國舊壤，兩國既已歸法保護，湄江東岸均應割歸法國。湄江即瀾滄江下游也。初時暹羅未肯就範，兵釁遂開，警信日至。駐英暹使遣其參贊前來，探問中國能否設法相助。福成囑馬格理告以該國久輟朝貢，一旦有急，勢難援手。姑以此說卻暹使之請，然就大計而論，中國未嘗不隱懼暹羅之亡也。英廷為暹羅之事連日聚謀，頗形忙碌，並密勸暹人速與法和。法人隱慮中、英兩國之援暹，遂未敢窮其兵力，兩發戰書，要以割地賠餉。暹人一一依允，現正互商和約。

惟湄江東岸既盡歸法國，法地多與雲南接壤，該外部所以有屢催分界之說。竊查車里土司轄境甚廣，有四大城在湄江以西，八大城在湄江以東，東境今皆與法毗連。近見法人新刻地圖，竟將車里東八城劃入法國界線之內，似豫為將來爭地張本，意殊叵測。然車里東八城屏蔽南徼，關繫臨安、開化、普洱各府形勝，萬一稍為所侵，彼必蹈瑕伺間，得步進步，滇疆之患，不可勝言。福成因囑參贊慶常赴外部詰問。外部答稱圖中本已聲明，尚難作為實據，且云湄江東西滇屬土司之地，法國願不侵佔。彼因暹事未了，措詞尚屬和順。所以電告擬仿英廷辦法，乘其未生覬覦之時，速商外部，依言寫立憑據。彼既無可狡賴，勘界雖稍緩，亦無妨礙矣。

至議界一節，近數月內，自不值於法、暹多事之秋，攙與其間，轉嫌示弱，似應電告滇帥，遴派幹員，將車里東八城界限及湄江以東各土司密速勘查，俟詳覆到後開議，方有依據。商辦或在一年之後，福成交卸在邇，病體難支，久客思歸，擬將詳細情形告知龔仰蘧星使，俾得相機因應，抑或由鈞署與李梅妥議。大約此事籌之豫而了之速，必可順手。若辦理愈遲，則愈恐枝節叢生耳。

以上各端，應請回明堂憲為禱。附呈英上議院問答節略，即可知法暹近事梗概。肅泐布達，敬請台安！六月二十八日，英字第四十四號。

譯泰晤士報載英上議院問答節略西六月二十一日

沙侯問於外部尚書勞偲伯里曰：『暹羅允法之實在條款，未悉可以告知議院否？』答曰：『法人兩次戰書：第一次暹人於禮拜六晨約十點半鐘承允；第二次法廷謂即第一次戰書補編，此書條款，我於今日下午方知消息，亦經暹羅答應矣。第一次戰書六條：一、認柬埔寨及越南有至湄江左岸及各島之權；二、限一月之内，所有湄江左岸暹羅兵寨全行退出；三、侵淩湄南江法船水手及寓暹法民，須愜意賠禮；四、懲辦罪人，並賠銀給受害者之家眷；五、各種受虧法民，應賠補法銀二百萬佛郎；六、擔保照行第四、第五條所開之事，暹羅須立即出銀三百萬佛郎，如不出銀，即將先利潑及班德本兩處歸法國收稅。第二次戰書四條：一、法國佔踞湛地門江及岸，待暹兵退出江左岸，然後讓還；二、離湄江二萬五千尺地内，不准暹羅兵入其地；三、暹羅兵船，不得入大湖；四、法國有設立領事於孟范及哥拉脱之權。』

八論滇緬界務及辭行國書書癸巳

敬再啟者：滇緬界務，自接外部三月二十三日來文以後，大致已覺就範。惟由穆雷江以南，至太平江以北，中間邊界最關緊要。迭與外部妥議，外部囑待印督所寄詳圖及所查兩國邊界憑據。既多停頓，加以勞偲伯里與山特生等或養病，或避暑，累次下鄉，動輒稽延旬月。洋人辦事之遲緩，實過於中國遠甚。

漢龍、天馬兩關，經福成再四磋磨，雖已許歸中國，總須於勘界時格外留意。又查印度所繪鐵壁、虎踞兩關，似較中國舊圖稍移而東。或疑係印員之詭計，冀我不能確指，彼即可售其欺；或關有東西兩口，皆有十餘里、數十里之長，彼但就東口填寫，致滋歧異。現與外部切實理論，彼亦不能强辯。擬儘三箇月中，將界務商務約章一概議結，似不再拖延矣。

再前此劉芝田星使回華，在英則遞國書辭行，在法則仍循舊例，未遞國書。全彼體面，已將問答節略鈔咨冰案。竊思英、法兩國，遇事多相競之意，此等虛禮，在我能一視同仁，尚無所損，而於邦交則有裨益。擬請回明堂憲裁示為禱。再頌台安！ 六月二十八日。

論法使李梅覬佔車里土司書癸巳

敬啟者：前接六月二十五日鈞電，李梅請我議界，所擬界綫在緯綫二十三度零，覬將車里全境佔去，已駁其誤。希設法探訪車里貢暹之若干處，若何名目，能得詳圖尤妙等因。查法人初與暹羅啟釁，頗鑒於越南一役，時時以中國干預為虞。又慮英人隱勸中國合力助暹，故法外部兩次與參贊慶常晤談，聲明不欲傷中國權利。

福成初聞法藩部所印地圖，擅將車里全境劃去，又聞有擬綫至二十三度之意，因囑慶常向外部詰問。外部謂車里劃在中國界外，係照英國舊圖所繪，本不作為證據。至北至緯綫二十三度之說，則諉為新報傳訛之詞。昨已將六月十九日問答節略鈔咨冰案。竊思法外部欲使中國不助暹羅，故其措詞頗尚馴順，不謂李梅復以其餘緒到衙門嘗試也。李梅非必竟受外部之囑，彼或素聞其國中隱謀，而不知外部已自更改，或知外部雖已更改，欲姑試為朦混，自以為功。竊謂衙門應付之詞，口氣不可稍鬆，恐彼乘間而入，或異日執為憑據也。

車里屬部貢暹一節，細訪實無其事。英外部於車里各部查考甚詳，亦證其說之誣。至法人謂車里劃在中國界外，係本英圖，亦曾向英外部詰問。外部謂倫敦輿圖，各店出圖甚多，各式皆備，原非國家所及過問。轉瞬界約一定，續出之圖，必將車里劃在中國界內矣。茲購得法印地圖四幅，惟第一幅可查暹羅及車里各境，特稍譯注地名，並標明原界及法所自擬之界，附呈察閱。應請回明堂憲為禱。肅泐布達，敬請台安！ 七月十二日，英字第四十五號。

九論滇緬界務書癸巳

敬再啟者：外部前送印度所繪滇緬界圖，其鐵壁、虎踞、天馬三關，地位皆較舊圖稍移而東，似係有心朦混，稍不審慎，便恐蹙地。今已將鐵壁關理論明確，其虎踞、天馬兩關，數日內必有確電，便可就範，界務即稱全竣。滇緬三面接界，犬牙相錯，周圍四五千里，一處稍不認真，即開罅漏。而印度各官又狡黠異常，動思佔地，一加駁詰，音信往返，動輒稽延時月。故此次分界，實為異常繁重，異常喫力。今界務幸已蕆事，商務祇立簡明條約，自有大概規模，無甚爭論。現擬剋期於秋杪一概議結，先以奉聞，再頌台安！七月十二日。

論英法兩國議將車里南界外甌脫之地讓歸中國書癸巳

敬啟者：八月中旬，接奉堂憲蘭字二十一號公函，以法、暹有事，李梅送到洋圖一分，指所畫紅綫為界，意欲舉車里土司全為法有，貪狡已極！俟據滇圖度數，再與辯論等因。查保護車里一事，已疊發咨函電報，縷陳梗概在案。外部覆文，亦經參贊慶藹堂往催，始據送到，前已鈔稿咨送備查。昨聞送圖係李梅臆見，並非外部之意。所以接到衙門照會，迄未轉達外部，恐為外部所詰也。洋使在華，遇事輒思朦混，以自為功，往往如此。李梅在華日久，積習尤深。近將受代回國，大約新使明年可到。福成慮其別有覬覦情事，囑藹堂於晤談時詳曉之矣。至法割暹境直抵湄江，車里必先受逼。即彼允不損我權利，而車里原界終難保不稍被侵佔。且勘界必多轇轕，此鄙懷所竊用耿耿者也。

嗣據法外部告藹堂云：『英、法現議於車里南界外設一甌脫之地，俟議妥後，可讓歸中國管轄。』蓋在彼本無所費，不過藉此見好之意。福成知英廷必不肯讓法人獨自見好於我，因令馬格理赴外部故露此說，既而外部開送節略，果亦有歸中國之言。且云現正與法爭論，欲使格外寬廣。查車里南界外之地，譯音或作江墾，或作整欠，似即孟艮土司舊壤。乾隆以前本屬中國，曩曾惠敏與外部原議，亦有由中國收為屬地之說。旋因滇緬久不分界，英乃割與暹羅。今暹羅既不能有，英、法又不能管，惟中國受之，可息三國爭端，且有利無弊。西南兩面，均以湄江為界，形勢既極穩固，勘界時可省無窮周折。祇有車里東面，與越南毗連，自不至大受損礙。蓋得此甌脫之地，而後車里可安，車里安而滇省南境皆安。此地東西約百五十里，南北約三百里。計其幅員與形勢，似不遜於帕米爾，而土脈膏腴則遠過之。若不煩口舌，不起風波，坐得此地，則中國威望愈隆，聲勢愈盛。

屬我之後，不過用其土司，俾仍舊貫，薄其職貢，善為羈縻。且有英、法保護公約在，更可無虞外患。此等難得之機會，不可錯失，似無疑義。惟此時英、法議其四至，尚未定局。姑靜待之，暫不露出收受之意。敝處告以報明鈞署斟酌，使中令慶、馬兩參贊示以我無所貪，必不得已而為彼調停，亦自不妨收受。蓋所以杜彼市德責報，更防其限制我之權力。萬一屆時有不便收受之處，亦不妨拒而不納。我之進退，更自綽有餘裕矣。

以上辦法，慶、馬兩參贊皆喻此意，經理無不合宜。儻數月內未能就緒，新任到此，想意見亦必相同也。伏乞回明堂憲酌奪為禱。茲附上英外部節略一件，車里節略二件，以備察閱。肅泐布達，敬請台安！十月初二日，英字第四十八號。

英國外部開送節略

近來法國待暹情形，中朝諒必深知。今法國將向來屬暹地方大股奪去，勢甚岌岌。儻仍聽其侵削，恐即吞併暹羅，未悉中朝漠然置之否耶？刻下英與法商，擬於英、法兩國屬地中間，自江洪南邊界至湄江自東向西轉灣處，中間立一局外之地，各不佔據，讓歸中國管轄。並欲令該處地形寬大，法人則欲令其窄小，現正商議最要之時，儻中國欲爭聲勢，必速往開議矣。

車里屬部節略（從西人遊歷書內譯出）

車里一名江洪，分為十二板納，土人呼十二為細魄松，是以名為細魄松板納（板納又作猛），即十二部之意也。每部有一頭目，各頭目皆歸宣慰司管轄。宣慰司前居湄江西岸之九龍山，約距江五里（中國里）。近居湄江東岸之曉明陽，約距思茅六日程。

英人麥克牢曾於一千八百三十六年遊歷其地。又法人辣葛里帶人一隊於一千八百六十七年亦曾往遊，其遊歷隊之第二頭目，名葛爾尼者，曾刊辣葛里遊歷之書。自西貢起程至東川地方，辣葛里歿，時一千八百六十八年三月十二日也。葛爾尼繼辣葛里為領隊頭目。遊歷之隊帶總理衙門護照，自江洪行至漢口，遂乘輪至滬。旋由水路回西貢，於是年六月間到西貢。距起程之日，約二年之久。葛爾尼云：江洪之國分十二部，其名如下：

猛拉太緊接中國為中國之門戶、猛紀為緬甸之門戶、猛郎為景東之門戶、猛豐為暹羅之門戶。

右四大部，皆係要地。

猛拉近猛豐、猛虎、猛洪、建東近猛拉太、猛興、猛邦、猛衣佛。

右八小部，皆次要地。

葛爾尼又云：名單有時不同，從前包括猛尤在內，如是則有十三部矣。

英國領事波恩曾於一千八百八十五年遊歷江洪，分十三部，但未詳其名。

英國駐紮曼谷暹羅京城領事阿爾哲曾於一千八百九十年年底遊歷江洪，據云今已無細魄松板納之名矣，現在各部之名如下：

猛分、猛拉、猛狉此部又分為狉紐、狉太、猛拉太、猛興、建東。

右在湄江以東。

猛紀、猛蒙、猛郎、猛海及猛星、王及分、奧及安、板及建陸。

右在湄江以西。

辣葛里遊江洪時，宣慰司所住之江洪鎮雖仍在湄江西岸，而其地位已與麥克牢遊歷時不同。蓋因國內有事，舊鎮燬為平地，後於別處復建新鎮矣。

車里疆界節略

江洪即車里別名，東北為十二部之猛狉，佔括南狉江上游全地，南狉江及南德江之水流分界處，即接連近布分之法國地。此地之下即南德江，又名黑江，此處已為法國地矣。

猛狉之南，江洪邊界之地，至江鎮止，係在猛拉之地內，佔括南拉江上游全地，東邊南拉江及南狉江之水流分界處，可為實在之邊界，界綫可以劃得極清。此嶺上一山口相近處大辣干地方，有柱數條，數百年前所建也。大辣干譯言金柱嶺今雖僅存其柱，而此處自古以來，兩邊之人皆認為江洪與隆勃剌邦即南掌國之界綫。我曾遊歷其地，覓得刻字石碑一小塊，今尚存我處。此處想即是所說之老辣干，又名阿倫辣吉。但其上無旗，亦不與安南相干涉。自大辣干起，猛拉之邊界，轉而向西，為南狉江與南太江之水流分界處，係天然之界綫。但江洪之地展及於南太江低地處，南太江及南拉江之水流分界頗低，界限難分。邊界綫過南太江之支江，南德倫江之低地，截大麥鹿高崗為二，由此登山脊，此山脊即在江鎮之後，界綫不清，無處可為好界限。因南太江之低地及江洪內各小地，皆山嶺崎嶇，人民稀少，俱係遊行無定之土番，亦無貴重之樹本，僅一二處有鹽井而南拉江低地處鹽井較此更勝。至此處作邊界之故，須考其本地史乘，方能詳悉。一千八百年間，猛南之土司進攻江鎮，時並入江洪之邊境，將該處居民移往南邊，餘逃往北邊，其地遂無居人。徑至距今二十年之前，北邊羅人即老撾人始復來居南奧江之低地，想因此處有鹽井之故耳。由是逐漸開闢，至南太江之上游。此處之地，係暹羅人所棄去者。數年之前，暹人欲越江洪界外數英里路為邊界，密士得哥林及暹羅測繪之人屢次設法入江洪繪圖，俱被孟拉之官阻住，致未成功。

自猛狁東角至江鎮邊界全綫一帶地名，今查得如下：

霍南羅即南羅江之根源，南瓦江之東支、班達、班顒南狁江岸旁一小廟、猛安太南安江低地處、大庚南庚江及南倫江之水流分向處、大辣干南奧江及南法江之水流分向處、洽潑林、好南募、好南邁以上係南分江三支之源、葛倫德大石一塊，約距南分江三英里、大登雲係一高山，在南德倫江及邊界相近，又與南掌及猛南相近、黃庚特在南德倫江上、南紐本前有花樹一株，為邊界之記號，今已枯矣、浙倫門在大麥鹿、脫辣邦在南太江上、山布白克在猛星之南。

老撾人皆謂往南邊之邊界，係在南分江口及海松納，約距浙倫門之北七英里。

十論滇緬界務書癸巳

敬啟者：滇緬界務商務約稿，與英外部疊次商論，大致已算合龍。騰越八關，其迤北四關尚在老界之內，可無轇轕。現既劃得野人山地一塊，四關更有外障矣。惟迤南四關，除漢龍關自明季已淪於緬，天馬關為野人所占跨，此二關，英人已允勘明後歸還中國外，尚有鐵壁、虎踞二關，中英均但知其名，究未審其實址所在。福成以為必在滇界，英人亦視為中國所固有，遂徑認為我地，並未深論。近因與外部商劃界綫，而不知該關坐址度數分杪，則界綫不能劃定。特詳查中外圖説，並由敝處徑電滇帥，請其派員尋勘，始知四關皆在滇之極邊。漢龍、天馬，儼同異域，固不待言，即虎踞、鐵壁，亦早為英人所占矣。英兵越虎踞關而東者一二十里，越鐵壁關而東者亦近十里，皆已築兵房，修道路。幸彼早有成議，似難狡賴。現已由滇員馳抵新街，會同英員履勘數關，半月内可以竣事，必有來電，即可定約。此又訂約稍遲之故也。至通商各款，外部必欲以天津所定越南條約為藍本，且謂如有異同，則英不如法，彼必為議院所責備。福成與之磋磨半年，似尚稍有進步。至八募設租界，大金沙江行船，彼雖不認曾惠敏前議，已有八九分答允之意。若訂約時不再翻悔，則我所獲利益較多矣。擬俟約章一定，由電寄呈。但電詞簡約，難以解釋原委。兹特將界務商務各條用意之處，略為表明，冀電到時可互相參證。或此函到時，電音業已先到，亦未可定。

一、分界各條，悉照三月間原議。惟所叙山水及地名，繁瑣纖悉，或係土音，圖記無從考核，但期不致歧誤。若悉照原文電達鈞署，則電費不貲。是以渾括其意，轉覺大勢瞭如。

一、英人原讓之野人山地兩處，約三百七八十英方里。現因查出野人種類不一，分地而居，不能不查照原議，兼依野人所居地勢，酌量分劃。中國所得約短數十英方里。兹於分劃猛卯以東至潞江西岸之地，照數補償中國。

一、英人所注意經營者，欲由滇西野人山通入西藏。惟自昔董以北，俅夷怒夷之地，英人亦未嘗深入其境。外部初議，約略分至二十八九度之間。但既為人迹所不至，滇中亦無從查考，萬一受彼朦混，分入藏地，將來彼必執條約為證據，關繫非輕。現已再四與爭，訂明自二十五度三十分以北，暫不劃分。

一、八募設關及租界一節，福成援曾惠敏原議，與之辯論，彼族始終不肯承認。據稱地球各國，無此國設關於彼國地界之事。福成答以香港、澳門，中國皆已設關，即其成例。彼既恐中國留為將來索地之據，疑慮多端，又謂華商之在八募者不甚肯遵英官約束，若再設有華官，必更多所倚恃。福成告以兩國分界已定，斷不再生枝節； 華商得華官照料勸諭，漸守規矩，必可相安無事。彼終懷疑莫釋，告以立約試辦數年，如有流弊，不妨停止。現令馬格理先擬約稿，俟定約時再行互商，大致可以就緒。蓋洋藥稅釐併徵章程，其初亦訂明試辦，至今收其利益，毫無阻礙。若八募設關及租界，可免彼在滇境開埠，利一； 八募水陸輻湊，關稅必旺，利二； 設關在綰轂要口，不必多設分卡稽查，利三； 八募華商，有官聯絡，可收無形之益，利四。有此四利，不能不儘力磋磨。儻將來能如九龍、拱北兩關之徵收巨帑，不妨添設關道，更可收利柄而張國勢矣。

一、大金沙江為滇邊外絕大尾閭，較之潞江、瀾滄江，尤為寬深，兵商各輪，暢行無阻。西人皆視名山大川為國家之寶，苟有機會，必以全力爭之。雲南遠隔邊隅，宜有通海便捷之道，局勢方為靈活。即解運京銅，亦可減省鉅費。茲將行船一事力與磋磨，若作為公用之江，則形勢與彼共之，利益與彼均之。彼始以慮他國援照為辭，業已層層辯駁，定約時當可如志。

一、英人援照越南條約，謂中國允法設領事者共有五處，雖滇、桂暫議緩設，而法於蒙自、龍州、蠻耗等處已設領事三員，未聞中國設一領事於越南。外部初議，在雲南省城設立領事，繼又指定普洱、順甯、永昌三處領事。均已與極力爭論，設法翻騰。現議定中、英各設領事一處，中國設領事在緬甸之仰光，英國設領事在雲南之順甯。福成初意本欲罷設領事，乃彼執越南條約為辭，竟不能不允設一員，且方與爭八募設關，尤宜稍示牢籠。而英人運貨入滇，亦不可竟無一員照料，致難鈐束。惟英人以限於一員，謂與法人相形見絀，意終未慊。定約時是否稍有爭論，亦尚未定。

以上數端，關繫較鉅，大致似可就範。其餘各條，或援照成案，無甚出入，或臨時商辦，容再續陳。所以豫為申說者，因重洋遠隔，每達一函，輒逾數月，恐誤事機也。伏乞回明堂憲察核為禱。肅泐布達，敬請台安！ 十月十六日，英字第四十九號。

呈送滇緬條約並論小帕米爾及車里甌脫之地書甲午

敬啟者：滇緬商界條約，英廷疑慮多端，內外互相牽制，遲遲不決。直至歲杪，甫經定議，已於正月初七日電陳梗概在案。旋准鈞署復電，奉旨照辦。福成於正月二十四日率同參贊等，赴外部會同該尚書勞偲伯里互簽草約。現乘各員銷差之便，擬派繙譯世增、隨員沈翊清賫送條約，赴鈞署呈交，以昭慎重。福成遂於二月初四日馳抵巴黎使署，摒擋交代事宜，靜候龔仰使莅任，以便即日內渡。

福成創議經營，尚未遽了之事，在英則小帕米爾之地，可與商劃歸中國，即瓦罕帕米爾，英亦有願讓之意；在法則車里以南湄江以東甌脫之地，可與議明，收為中國藩籬，俾滇南形勢屹然穩固。惟此二事，若索之過急，就之過殷，轉恐蹈躐等之弊，或啟彼挾制之謀，似宜靜以待之，稍俟機緣湊拍，則披卻導窾，不難迎刃而解。應由仰使到英法後，督同馬、慶二參贊相機因應，不難循序以收厥效。總之洋人辦事，審慎遲迴，頗有急脈緩受之意，自不能不磨以歲月也。應請回明堂憲為禱。肅泐布達，敬請台安！二月十五日，英字第五十號。

論熱河法國教堂賠款書甲午

再福成於抵巴黎之後，往晤外部尚書白立業，面遞說帖，尚以熱河教堂賠款為言，福成嚴折而詳曉之，辯論數四，白立業無可置辭，但請代為電致鈞署察核。此事自法使李梅發其端，彼自謂熟諳中國情形，輒思肆其恫喝故智。觀其迭次照會，辭意倨傲，直以從前積習待我中國。英、德等國已稍不如是矣。迨李梅辦理不能如志，轉為外部所尤，是以有撤換之舉。新遣熱使，素有能名，諒尚必再三嘵瀆，以相嘗試。然彼實違背公法，不妨以不願商量四字拒之，彼其奈我何哉！茲將外部說帖譯漢附上，並乞回明堂憲為荷。再頌台安！二月十五日。

卷七　照會　劄文　批答

照會江南製造局總辦彙送譯刻西學書籍

為照會事：照得本大臣奉命出使，亟應督率隨帶各員研求西學。貴局於天算、輿地、製造、格致各書譯刻不少，均屬有裨實用，今擬將局中譯刻各書，每種攜帶一部，以資印證，相應照會貴總辦，請將局中譯刻各書一分前來，以便本大臣攜帶出洋。為此照會貴總辦，請煩查照施行。須至照會者。

光緒十五年十一月二十五日。

札繙譯學生寫呈日記

札學生王豐鎬、胡惟德、郭家驥知悉：照得該學生等隨本大臣出使泰西，以策勵精神，增長學問為先務。惟不宣之筆墨，本大臣無由考其底蘊，課其淺深。今自登公司輪船之日始，該學生應各置日記一本，每日隨所見聞，自一行以至數十行，各聽其便。凡緯度、道里、山川形勢、風土物產、礮臺，苟閱歷有得，皆可登記。該生等每於次日，將前日所記呈本大臣親閱。一則藉覘該學生能否用心，可以隨時討論，一則備本大臣擇要選記，免得再費一番查訪，實屬兩有裨益。合行札飭，札到該學生即便遵照，勿稍違誤。切切！特札。

光緒十五年十一月二十五日。

札駐法參贊官陳季同合算中西權度表

為札飭事：照得光緒十六年四月十四日，承准北洋大臣李咨開據北洋沿海云云，相應咨會，請煩查照，會同核明見復，以憑轉咨等因，到本大臣承准此。前經接到總理衙門來咨，正在核辦。間查法、義、比三國均用法文，該參贊久居法國，精熟法文，應飭該參贊查詢明白，彙編成表。先以中國之整數計外國之散數，如中國一寸，當英因制一四一之類。再以外國之整數計中國之散數，如英國一幅地，當中國八寸五一零六三八之類。彼此互相對勘，由分至丈，由分至斤，編列成表，彙同稟覆，以憑核辦。再查外國尺寸斤兩，名目繁多，有量體積、量面積、量流質、量乾物之法，有權寶物、權藥料、權雜物之名，又有至微極細，虚有其名而實無其物者。該參贊若能分別臚舉固善，如或一時未能，查海軍原咨，係專為購買船礮、軍械等項起見，即先將尋常用物之尺寸觔重及銀兩數目詳細聲明，分別比校可也。合行札飭，札到該參贊即便遵照辦理，毋違！此札。

光緒十六年五月二十二日。

札新嘉坡領事官左秉隆籌設義塾章程

為札飭事：照得本大臣案查前卷，有光緒八年十月該領事稟復在新嘉坡擬設義塾章程，甚為詳備。前經前出使大臣曾咨呈總理衙門核復，旋准復稱以經費支絀，礙難撥款興辦，或能就地勸捐試行，自無不可，應仍由出使大臣酌量地方情形辦理等因。查該領事原擬章程，以初設經費，如房屋、書籍等項，約需五六萬金，日後經費，如束修、獎賞等項，亦須另籌五六萬金，以備生息。經前大臣曾批示，將創設局面收縮，量入為出，徐圖增廣。後來畢竟如何辦理之處，查前卷未據詳報，是否因集費不易，以致中輟。現本大臣擬酌採該領事前議，小試其端。如原擬章程購地造房一節，似可改為租屋暫住。原擬挑選生徒二百四十人，延訂總教習一人，教習八人，現擬先挑選生徒二十四人，或三十二人，至多以四十人為則，延訂教習二人，分為兩班。原擬董事四人，僕役七名，現改為董事一人，僕役二名。所支束修薪水工銀，即照該領事前定之數給發，合之獎賞等項一切雜款及租屋之費，約計每歲共需二千餘員。查該領事原稟，稱該埠商董於創興此事尚能就地籌款，如示以鼓勵，捐資更當踴躍。若照現擬之數，歲需二千餘員，則捐集二萬金，常年生息，選定紳士數人管理。此項經費，仍由領事督察查覆，已可源源接濟。縱有不敷，為數亦屬無多，可由本大臣酌量籌貼。自應察度情形，及時舉辦。合行札飭，札到該領事即便遵照，妥籌詳細稟復，及時興辦。切切！特札。

光緒十六年八月初五日。

札直隸候補知府姚文棟順道查訪滇邊及緬境情形

為密札事： 照得現據該員面稱前以在洋期滿，稟請銷差回華，擬於光緒十七年正月由巴黎起程，順道遊歷印度、緬甸等處，當經出使德國大臣洪批准在案各等情。本大臣查接管卷內，光緒十一年英國、印度派兵進據緬甸時，前大臣曾所與互商緬甸各事，除業經改議各節無庸申述外，英文參贊官馬格理與外部侍郎克蕾迭次商論，據克蕾稱英廷願將潞江以東之地，自雲南邊界之外起，南抵暹羅北界，西濱潞江，即薩爾溫江，東抵湄江左右，其中北有南掌國，南有撣人各種，咸歸中國。或留為屬國，或改為屬地，悉聽中國之便。

曾侯咨總理衙門，又云現所爭論者，係索八募之地。八募似即新街，在雲南邊界之西，厄勒瓦諦江上游之東，龍川江下游之北，大盈江即檳榔江下游之南。中國若得之為通商之埠，則邊防較為鞏固，收稅亦扼要隘等語。復查光緒十二年六月中、英所訂緬甸條約內第三款稱，中、緬邊界應由中、英兩國派員會同勘定，其邊界通商事宜應另立專章等語。目下中緬界務雖尚未議定，聞英廷已迭次派員，或議築鐵路，或察看形勢，或探詢礦產，現又議辦暹羅界務。彼俟布置妥協，再與中國會議，則彼考校已精，而我諸事茫然，斷無不受虧損之理。

本大臣前已咨呈總理衙門，並照會英國外部申明舊議，一俟暹緬界務事畢，即當開議辦理等因。查得該員精勤穩練，留心時務，研究輿地之學。茲既身歷緬境，便可順路諮訪。儻有切要情形，不妨隨時稟報本大臣暨雲貴督部堂王，以備他日派員勘界之用。但此係乘便密查，尚非定期專勘，切勿顯露端倪，俾外人知我有查探之意，或致轉生窒礙。再緬甸之仰江，亦名漾貢，聞有華民三四萬人，亦係扼要之地，本大臣尚擬商設領事。該員如經此地，亦即留心查訪，據實稟復。茲特酌給路費銀三百兩，稍資津貼。合行札飭，札到該員即便密速遵照。此札。

光緒十七年正月初五日。

札仰光紳董林作秉襄辦就地義舉公會並文報

為札行事：本大臣現據鹽運使銜直隸候補知府姚委員文棟稟稱行抵仰光，察看商情。該處當英、緬交兵之際，賴各紳董維持調護，華民得以安堵。且義舉善會，次第舉行，設立公會，宣講聖諭，俾童蒙得讀華書，遠方咸被帝澤，於化民成俗之中，寓忠君愛國之意，實為他埠之所未有等情。據此本大臣查華民流寓各國不下數百萬人，國家一時未能徧設領事，全賴各紳董等苦心保護，和衷辦事，全國體即所以禦外侮。今仰光紳商能體此意，本大臣披閱之餘，曷勝忻慰！本大臣擬於仰光增設領事，雖未與英國商定，將來諒可照行。俟領事到任之後，該紳等務須竭力襄辦，佐理一切。本大臣當援案擇尤保獎，以酬勞績。為此札行該紳董等，札到仰即遵照。切切！此札。

光緒十七年四月十三日。

札新嘉坡總領事官黄遵憲給發英君主准敕

為札發事：照得本年九月二十一日，承准總理衙門文開發給駐紮英國新嘉坡兼轄海門等處總領事黄遵憲文憑一分，遞寄本大臣查照辦理等因。當經照會英國外部，並將總領事文憑送驗，請給英君主准敕。去後，茲據外部聲稱將總領官之憑照一紙附遞，並將君主文憑給與黄遵憲領事官之權一併寄上各等因。合行札發，札到該員祗領，仍將收到日期申復，以便查核存案可也。務希該總領事於任內應辦事宜，悉心經理，以副厚望。切切！此札。

計發准敕一件，附憑照一件。

光緒十七年十一月初三日。

札新嘉坡總領事官黄遵憲繙譯官那三代理領事酌給俸薪

為札飭事：照得該黄總領事現丁父憂，援案照舊留差，仍給假百日回籍治喪；那該繙譯官代理總領事事務。查出使章程，惟出洋期滿三年，請假六箇月回華者，仍准坐支薪俸。其奔喪給假人員，無坐支薪俸明文。該黃總領事雖經本大臣咨請總理衙門，准其接算舊金山前資，照章請獎，若就到倫敦之日起算，僅滿兩年，且領事非隨員可比，既有應辦之事，則必須有代理之人，以一缺而支銷兩分薪俸，章程既無明文，勢必難於開報。惟該黃總領事回籍治喪，費用既繁，且坡署要務亦須照料籌商，本大臣現擬體恤變通辦法，所有該黃總領事及那該繙譯官薪俸均照舊支領。那該繙譯既代理總領事，酬應較煩，應由該黃總領事每月津貼庫平銀一百二十兩，以濟辦公而免偏枯，則本大臣開報既可仍舊貫，毫無出入，而該黃總領事與那該繙譯通融酌劑，以全寅誼，庶公義私情兩得其平。萬一該黃總領事到期滿之時，未能剋期回任，則既出百日之外，所有總領事薪俸應暫歸那該繙譯支領，俾昭公允。除檄行那繙譯官、黃總領事外，合行札飭，札到該道，員即行遵照。切切！特札。

光緒十八年三月十八日。

札新嘉坡總領事官黃遵憲設法嚴查華商船隻販私結會

為札飭事：照得本年五月初六日，承准總理衙門咨復，內開准咨稱據新嘉坡總領事黃遵憲稟稱，新嘉坡等處流寓華人日增繁盛，其往來貿易與內地互相關涉者，有船舶、財產、逃亡、拐誘、誣告數端，自應設法革除。擬請此後遇有事端較大者，由總領事稟請出使大臣轉咨閩、粵督撫核辦，其小事由總領事逕咨各地方道府州縣辦理，以期中外官商息息相通，互相關照保護。除批准分咨閩、粵督，粵撫外，呈請查核等因。查該總領事所擬各條，為保護華民起見，自應飭令照辦。至該處緊要事件，若必稟由使署轉咨閩、粵督撫，輾轉稽延，動須逾月，設有要事，恐誤機宜。自應一面稟明使署，一面逕稟閩、粵督撫，消息更覺靈通，辦理可無隔閡。再文內所稱華商自造之船甚多，其中輪船、帆船及有無西人股分，該總領事均應詳查具報。此項船隻冒險販私，及水陸平安會、飛龍角等名目，切須預籌弭患。大約船上買辦若不串通，斷難作祟，坡港安分商民舉能言之。曾於上年正月吉字四號函内，詳指流弊，請飭查禁在案。現在既設立總領事官，事權較重，應再由貴大臣轉飭該總領事官隨時密查各船買辦，如有前項情弊，即將姓名知照閩粵地方官，設法嚴禁，以遏亂萌而安商旅，並將辦理情形聲復本衙門等因。本大臣查該總領事於華商船隻，如有冒險販私及水陸平安會、飛龍角等名目，亟須嚴禁。尤宜密查各船買辦，務期隨時整頓，以安商民而杜奸(究)宄。遇有緊要事件，一面稟明本大臣，一面徑稟閩、粵督撫，免誤機宜為要。合行札飭，札到該總領事即行遵照。此札。

光緒十八年五月十四日。

札委檳榔嶼紳商候選知府張振勳充當副領事官

為札委事：照得英屬新嘉坡改設領事官兼轄海門等處，其附近要埠酌設副領事官，前經奏明在案。本大臣屢飭黃總領事留心訪察，總期人地相宜。前據黃總領事稟稱選得紳士候選知府張振勳，在海門等處經商三十年，聲望素著，若為檳榔嶼及其屬地威利司雷省並丹定斯等處之副領事官，堪以勝任等情。當經本大臣照會外部，請英廷允准，並發諭照辦在案。兹接英外部大臣函稱，接到新嘉坡及海門等處總督來函，稱已認張振勳為中國副領事官等語。合行札委，札到該副領事遵照，仰即盡心職守，保護中國民商，遇事隨時稟商總領事官，並稟報本大臣查核，務於任内應辦一切事宜，妥為經理，以副厚望。切切！此札。光緒十九年正月二十日。

批新嘉坡領事官左秉隆稟查各島華民情形由

據稟各島華民數目及辦法次第，均係實在情形。惟本大臣查香港一島，為中外咽喉，且逼近粵省，交涉事務，極為衝煩，亟應選派賢員，咨商外部，核給准照，前往開辦。至新嘉坡等處，或改為兼充檳榔嶼、麻六甲領事，或改為總領事兼轄新嘉坡附近之英屬各地。及歸英保護各國之華民，仍須覓有妥員，再行籌辦。其就地擇派殷商，酌充副領事等官，相助為理，事屬可行。但宜隨時隨地，察看情形，存甯闕毋濫之意。總期於保護華民有益，而經費略有加增，不致過鉅，乃為切要。仰候妥商英國外部，並咨呈總理衙門，酌度辦理。此繳。

光緒十六年十月十六日。

批直隸候補知府姚文棟呈報設立仰光文報由

據稟已悉。緬甸既歸英轄，中英界務，交涉益繁，暫於仰光設立文報，易於通中外之信，似於滇南邊務有裨。所需信資，應准其開報，由英館撥給。該經理委員，既不支領薪水，或可援照出使文報之例辦理。三年之後，咨請雲貴總督部堂酌保一二人，仰候咨商雲貴總督部堂察核辦理。除札委仰光紳董林作秉，並咨明雲貴總督部堂外，此繳。

光緒十七年四月十三日。

批姚文棟稟請仰光商董著有勞績援案請獎由

據稟已悉。仰光商董歷年調護華民，得以安堵，且義舉善會次第舉行，設立公塾，宣講聖諭，具徵拳拳故國之心。披閱之餘，實深忻慰！至請將紳董援案保獎一層，查近年吏部有嚴核保舉之章，極為認真。前出使美、日、秘國大臣陳擇保金山、古巴紳董數名，出使日本國大臣徐亦援案擇保橫濱紳董數名，均在開辦領事數年之後，摺中即以襄助領事辦理一切為詞。本大臣現擬於仰光設立領事，應俟領事到任以後，再行擇尤保獎，以勸勞勩。稟存繳。

光緒十七年四月十三日。

批姚文棟稟寓居印度華商擬請奏頒廟額由

據稟已悉。關帝、天后均列祀典，朝野上下，莫不崇敬。惟中國內地廟宇莊嚴，馨香崇奉，隨處而有，其得邀御書匾額者不過數處。近年日本橫濱華商捐助山西賑款一萬二千餘員，美國舊金山華商捐助順直賑款三萬零六七千員，該商民等不請獎叙，籲頒匾額，經直隸總督、順天府尹先後奏頒該處關帝廟御書匾額。蓋因該商民等急公好義，勇於為善，故有此特舉，以答神庥，即以勸民義也。此係破格創辦之事，礙難援以為例。且該處廟宇，駐藏大臣有堂基狹小，門戶壅塞之語，本大臣尤不便遽行瀆請。想該商民等素知大體，必能諒悉也。此繳。

光緒十七年四月十三日。

批印度華商黄琨熊昭盛等稟請設立加里吉打領事由

據稟已悉。查萬國公例，無論何國商民，寓居此國地方，即應遵守其政令，受治於法律。即如加里吉打，俄、法、德、美各國雖設有領事，而地為英屬，必應遵照英例，不得以本國之風俗有異，政教不同，自滋疑惑也。該商民等遠出貿易，務宜勉為良善，恪守章程，保全中國聲名，毋貽外人恥笑，是為至要。至請設領事一節，我華人流寓海外者不下數百萬人，而刻下止設七八處。該處不過二三千人，設立領事，經費浩繁，一時尚難照辦也。此繳。

光緒十七年四月十三日。

批越南華商林蕙軒等稟控梁雲峰盜賣農山煤礦由

據稟及鈔件均悉。梁雲峰承辦農山煤礦，以辦理不善，經衆商議令退職。經將所領越南戶部執照、廣南巡撫部照當衆交出，香港總理人收存，並繕立退權字據，事屬可信。其退權字據中，既聲明以後不能干涉盤據該公司事務，而梁雲峰仍擅將該礦賣與華人江亞木等，其為盜賣，亦毫無疑義。惟該商等於梁雲峰退職之後，竟不稟告越南戶部及廣南巡撫，更换名字，繕立新憑。直至數年之後，查悉梁雲峰盜賣，始行稟控，而梁雲峰等先既稟法國全權公使，由越南機密院准令法商姑尊等買受。新商有辭可執，舊商無憑為據，此實該商等自誤之由，亦即今日爭訟不勝之故也。該商等以鉅萬之資歸諸烏有，不平則鳴，情殊可憫！本大臣接稟之後，登即函告駐法慶參贊，囑令訪問律師梳威利，原冀設法申理。昨據慶參贊函稟，接律師覆函，此案經代控都察院，詎於上月初九日批駁未准，無可挽回等語。查法國體制，上控之案，如批駁不准，案即不能再翻。本大臣亦頗為悵惜！惟據稟稱此礦現因失火，延燒數月，火尚未熄，即使爭回，諒亦不能收拾餘燼，再圖利益，且尚須納稅，仍有餘累。該商等遭此不幸，祇可諉之氣數。所望改圖他業，冀獲大利，庶慰該商等積年辛苦之心。本大臣亦有厚望焉。

此繳。

光緒十七年六月二十二日。

批廣東惠潮嘉道曾紀渠稟陳辦理南洋各島情形由

來牘閱悉。廣東惠、潮、嘉三屬民人，在南洋各島謀生者日眾。外國屬地政令寬苛不一，中國已設領事之處，尚可隨時妥籌保護，其未經設員地方，誠苦呼籲難通。貴道所陳應行事宜三端，條理精詳，規畫久遠，具見良吏苦心，深堪企佩！查英屬地在南洋者，現新嘉坡已改為總領事，其附近屬地，亦奏准添設副領事，布置漸密，於粵省內地呼應較靈。所有事宜三端，係該總領事等分內應辦之件，自應責成悉心經理，毋庸再行派員。此外如緬甸之仰光，東印度之甲谷他，近雖議設領事而尚未就緒。新金山一埠，前經英外部聲明有礙難設官之處，似須通融酌量辦理。凡此皆英屬地也。小呂宋係日國屬地，加拉巴係荷蘭國屬地，其餘各國屬島在南洋者尚多，非本大臣奉使之國，勢難越俎過問。又查前廣東督部堂張派員出洋查探，係以遊歷為名，並非久駐其地。與來牘現擬辦法，情形不同。即如其中緝拏逃犯一端，萬不能不照會本地洋員，商同辦理。若各國未允設官之先，遽擬辦此，必生枝節，且亦萬辦不到。此層在三端之中最有關係，似應由貴道稟請廣東督部堂、撫部院咨商總理衙門，可否變通酌辦之處，必有確實把柄，方可派員前往。又出使大臣於外國屬地，除札委領事官及領事署中人員，係照章辦理，向無於例外札委人員駐洋辦事成案。所請派員商辦，援案咨行各節，於事例均有未協，礙難照辦。本大臣極欽貴道盡心民瘼，不遺在遠，但謀事經始，不厭反覆求詳，率抒所見，以副商榷之雅。此復。

光緒十八年正月二十八日。

批新嘉坡總領事官黃遵憲稟稱出巡各島由

據稟出巡南洋各島，情形極為詳晰，足見實事求是之意，至為欣慰！檳榔嶼設副領事，既據稱查有候選知府張振勳，智計過人，群相推重，足膺斯任。應俟與英外部商定後，即行札派，以專責成。大小白蠟等地，各國既未設領事，則中國獨設副領事，有無窒礙？亦俟與外部詳細妥商，再行知照可也。此繳。

光緒十八年五月二十八日。

卷八　洋文照會

與英外部商設英屬各埠領事

為照會事：照得華民寓居英屬各地者極多，中英往來交情，日加友睦，日增緊要，而中國領事官仍僅新嘉坡一處，本大臣擬請貴爵部堂漸除此等立異之見，稍合兩國親睦之道及中朝惠顧出洋華民之意。本大臣奉總理衙門來文，囑與貴爵部堂相商中國設領事官於英地之事。從前議設中國領事官於新嘉坡時，一千八百七十八年四月十六日貴爵部堂致郭大臣照會內，曾云中國與各國往來，係照特定和約之章，非遵各國通好之道，況中國尚未盡准洋人入內地，洋人商務亦未各處開辦，故不能援引各國之式，准派領事官分駐英地等因。此事於一千八百七十八年，中國與別國往來或有此等情形，但於近日觀之，實無此等情形。中國並未不遵萬國公法，而近來十五年之內，更覺按照萬國公法辦事。雖尚未將內地各處盡准西人通商，然即中國所辦之事論之，亦足有准設領事官駐紮英地之理。各友邦均許派領事官分駐英地，中國深望英廷照此例一律辦理。中國有二十餘處地方，准令外國人民居住經商，其收稅之輕，與有約各國比之，中國實可稱無稅之地耳。計有二十二處，英國曾派領事官駐紮其地。本大臣請貴爵部堂詳察之，蓋非恐英廷有不允之意，不過於貴爵部堂前一為講解而已。一千八百七十八年四月十六日貴爵部堂繕寫照會時，煙台條約尚未核准。此條約內已言中國有派領事官至英地之權。又一千八百六十九年十月二十四日條約中，曾明言英國願認中國有派領事官至英國各處之權。此約雖未曾照行，本大臣必提及此者，因欲聲明英廷已早有允中國派領事官之意，而其約之未經批准者，係由別事之故耳。今本大臣又向貴爵部堂言明，如此事商妥，中國並非欲一時徧派領事官分駐英國各處地方，因有酌量添設之處，並為以後陸續派領事官時請給文憑之事而已。相應照會貴爵部堂，請煩查照。須至照會者。

光緒十六年八月十五日。

與英法外部請給姚文棟遊歷印度緬甸越南等處護照

為照會事：照得本大臣接准出使俄、德、奧、荷國大臣洪咨稱，據駐德隨員候補道姚文棟期滿，稟請銷差，擬順便遊歷印度、緬甸、暹羅、越南等處，舍海登陸，繞出滇黔。查該員所擬遊歷之印度、緬甸、越南等處，非有洋文護照，深恐艱阻難行各等因。為此特請貴爵部堂、部堂給發護照一張，轉交該員領收，以利遄行可也。須至照會者。

光緒十七年正月初八日。

與英外部阻止駐緬英員率兵私越滇邊土司

為照會事：照得本大臣奉總理衙門來函之意，照會貴爵部堂，中、緬交界地方，近來英兵遊歷其地，有未合常規之舉。總理衙門接得雲貴總督及雲南巡撫會銜西曆五月初一日公文一角，內開騰越、普洱文武官員稟稱，英員帶兵多名，至麻湯、壘弄、猛海等處中國所屬土司地方，在猛海地方又與土官宣慰司會晤。麻湯、壘弄係騰越廳所轄土司地界。來此英兵約有百名，馬二十匹，大眾約有三百人。又在普洱鎮地界之洋兵，約有六十名，帶領官二員。其一員似即監督北揮人各地把總德理友也。中國委員刀丕文遇見洋兵之地係猛海，其日期係西曆三月初六日。當經刀丕文勸令折回，並探問其來此情由。據稱係奉鎮守緬甸大臣飭令踏勘邊界，到猛海來見宣慰司。查外國官員，與中國屬下之土司徑相往來，似不合於公法。邊界上突見兵丁，即使不越邊界，亦恐驚擾人民，滋生事端。中朝欲令中、英兩國邊界人民往來和睦，是以囑本大臣請英廷諭知鎮守緬甸大員謹慎辦事。如有遊歷人員欲往中國地界，必須先行知會，給發護照，以便保護。儻兵丁欲遊歷中國邊界，不得准其越界，並不得准與中國所屬土司交往為望。此種要事，若行文告知鎮守緬甸大臣，必多日方到。儻能將以上之意電達駐緬大臣，深為欣感！相應照會貴爵部堂，請煩查照。須至照會者。

光緒十七年六月初五日。

與義外部請交還中華書院產業

為照會事： 本大臣前據貴國納玻里城中華書院學長等九人呈稱，納玻里府向有中華書院，一百七十年前義教士馬國賢所建。馬國賢曾在中國效力有年，蒙聖祖仁皇帝恩賚優加，回國後自出資財創立書院，俾中國子弟學習文字、語言、格致諸術。按照學規，共計學生三十四名，內設中國學生二十二名作為常額。乃近年以來，貴國學部侵挪學產，以致興訟。經貴國刑司斷明，中華書院產業乃民家私產，不得侵挪等語。而學部創定新例，擬將中華書院裁撤，以其產業改設東文學堂，致華生二百年來所享利益一旦剝削無遺。此諸生呈訴之原委也。

以上各情，本大臣前駐羅馬時，曾於二月二十三日向貴大臣面陳梗概。茲將原呈譯送查閱。本大臣查中華書院設立已久，為中、義兩國交誼綿遠之據，況諸生所習語言、文字、格致諸學，使兩國往來貿易，通達情意，聯絡邦交，彼此有益之事。想貴大臣居心公正，辨事和平，必能悉心查核，持平辦理，以仰副中朝柔遠睦鄰之意。

本大臣有厚望焉。須至照會者。

光緒十七年二月初七日。

與英外部駁除新金山加那大限制華民新例

為照會事： 照得自光緒二年在倫敦設立中國使館以來，本大臣之前任各大臣曾辯駁英國屬地數處，看待寓居華民及往來該處華民之無理。除前任劉大臣辦理葛龍巴一案，得以辦妥，廢其舊例，其餘各大臣之竭力辦理者皆不獲成效。因澳大利亞仍設分別之例，以禁華人入境。加那大總政府之議院，復設前葛龍巴議院所定違法之例，不過稍改式樣而已。加那大新設之例，名為一千八百八十六年禁止華人入境之例，其首段云係英君主所定，加那大上下議院所允，備載所有中國屢次駁詰之條，如英屬地澳大利亞所立禁止華人入境之例一式。中國國家所不悅於此例者，非在限制之嚴，丁稅之重，而在專為禁止華人入境之例。且明言非禁止他國人入境，乃專為禁止華人而設，未免輕視中朝，不以友邦相待。

本年二月二十四日及二十五日，葛龍巴議院擬設加嚴之例，禁止華民赴加那大。辯論之際，擬將此例用以禁止日本人入境，與華民同。後仍將原議擱起，不言日本。此舉非由議院之喜日人，實恐載日人於例內，致犯日本國家之怒耳。本大臣實不解此理：議院計及日本國家，何以與中國國家不同？看待各屬地華民，何以與待各屬地別國之民不同？各屬地與中國，均有極大商務。英屬地所索利益，自昔至今，皆如願以償，載入條約。今苛待華民如此，則以後英國屬地之民亦不能得此利益，祇能照萬國公法而行。

總之無論如何，概不得以相待如仇之例施於友邦之民。而此苛待華民惡例，為澳大利亞及加那大所立，中國國家聞之，深滋不悅，屢由前任各大臣照會貴爵部堂，按照萬國公法與兩國條約，細心合議。本大臣兹亦不必贅說。是以僅將以上數事為貴爵部堂言之，並達總理衙門之意，望英廷速將此事革除。中朝以此事非僅輕視中國，實是阻止兩國人民日漸親睦之情。此等用意，斷不可施，應由兩國設法更改也。相應照會貴爵部堂，請煩查照。須至照會者。

光緒十七年六月二十五日。

與英外部請保護智利厄瓜多流寓華民

為照會事：照得寓居智利及厄瓜多之華民，前承貴國盛情，經貴國駐紮各該國等處公使暨領事保護等因。今本大臣接准總理衙門來文，囑本大臣照會貴爵部堂，中朝欲請英國國家仍隨時保護寓居該國各處華民，至將來中國能有别種料理而止。如蒙照准，中朝深為欣感。本大臣是以請貴爵部堂垂察，望英廷准如所請。為此照會貴爵部堂，請煩查照。須至照會者。

光緒十七年七月二十三日。

與英外部請重定英犯梅生罪名

為照會事：照得去年九月間本大臣照會貴爵部堂，總理衙門來電，稱有英民梅生一名，在鎮江海關當差，因代會匪販運洋槍，已被拿獲，又於其衣箱内搜出炸藥禁物。後經審問，僅審其炸藥一項之罪，上海按察使

英民之例第八十一條幫助亂黨抗拒中朝之罪，又犯在外梅生又犯一千八百六十五年英國所定管理在中國、日本內，又何以僅定第四條之輕罪，而不定第五條之重罪？例懲辦，何以僅判梅生炸藥一項之罪？ 即炸藥一項例箱之多。梅生犯此重罪，且有多條。一查此案，即應照畫可稱精詳。僅鎮江一處查出之貨，已裝有洋槍三十五炸藥先赴上海，一面囑所雇之人附搭別船隨後來滬，籌十五箱，包紮極好，假寫別物，以便到滬欺騙關官。自帶其黨。又赴英屬香港雇募歐人十九名，並裝各種洋槍三與不知姓名數人結成私黨，並力勸關上同事及委員俱入明為哥老會中會友與中國為難，而身任鎮江關要職，隱令寓華英民各守規矩，自不待言。迨閱梅生口供證據，

查條約言，英民在中國，歸英員懲辦。英員宜如何知此案之緊要，亦不知其分內責任之鄭重。

察使判斷之詞，而失望之心更有甚焉。蓋以為按察使未罪，極為失望。疑其判斷之不公，及細閱此宗案卷與按信，告知貴爵部堂，中朝初聞此重大案件，斷得如是輕判斷定罪，監禁九箇月結案。今本大臣奉總理衙門來

國雇人之罪。以上所犯，指不勝屈，僅定炸藥一款最輕之罪，此何以故？

按察使云，帶炸藥一罪，有極輕，有極重，此案宜斟酌於輕重之間，監禁之期故減輕為九箇月。此實非秉公辦理之道，因察該犯行為絕無可以從輕之理也。況此時適值民教不和，無論何國人民，查有幫助亂黨騷擾中外之罪狀，必須格外重辦，方足以警效尤。而梅生行為，更覺恕無可恕。中朝欲梅生供出同謀之人，可以略從寬恕。而梅生既不肯供黨羽姓名，亦不肯供買槍雇人之銀由何而來。若謂梅生不肯供出之故，因恐洩漏之後陷人於罪，則渠在公堂上已自供明初入會之意，係欲查探哥老會之細底，然後將其機密實情告知中國官員。今前後口供不符，明係叛黨始終通同一氣，巧為遁飾之語。

判斷此案，既不得其平，然補懲猶為未晚，是以欲望英廷俟梅生監禁期滿之時，解至香港再審，判其所犯別項之罪，較為妥當，亦合一千八百六十五年英廷所定第六十七條之例。中朝極懇英廷切不可令梅生於未辦之前先行逃脫，是為至要。因各海關上雇用之人及各處通

商口岸，外國領事衙門，各洋行中細崽人役，多有會黨託迹其中。本大臣現欲嚴辦梅生之理，不必詳説，但請貴爵部堂一為斟情酌理，即可知中朝於此事必大為失望。貴國之人要中國保護，而洋人敢私入哥老會以與中國相抗，中朝安能不慮及將來之禍，且與各國睦誼有傷乎？相應照會貴爵部堂，請煩查照施行。須至照會者。

大清光緒十八年正月十三日。

炸藥例第三條：懲辦欲做轟發之事，或製造炸藥，或藏備炸藥，有欲害人命或毁物產之意。英民無論何人，在英地内，或在英地外，違例舉動：

一、蓄意用炸藥，或幫人用炸藥，以做轟發之事，欲害人命，或毁壞物產。

二、製造炸藥，或備帶炸藥，或管理炸藥，有欲害人命，欲毁壞物產之意，或嗾令别人用炸藥以傷人命，或毁壞物產。無論炸藥曾否轟發，此人即已犯罪。俟審實後，即當辦其充軍，不出二十年，或監禁，或連作苦工，或不作苦工，均不出二十年。其炸藥隨即充公。

一千八百六十五年三月初九日，英國軍機處所定管理在中國、日本英民之例第八十一條：懲辦雇人打仗及謀叛之罪。

一、在中國，當英君主與中國皇上友好之時，有英民欲開戰，或同做戰事以抗中朝，又或幫助或鼓勵欲戰之人，又或幫助或鼓勵謀叛之人以抗中朝。

二、在日本國，當英君主與日本王友好之時，有英民欲開戰，或同做戰事以抗日朝，又或幫助或鼓勵欲戰之人，又或幫助或鼓勵謀叛之人以抗日朝。

犯以上之罪，俟審實後即當懲辦監禁，其期不出二年，連做苦工；或不做苦工，連罰銀五千員，或不連罰款；或罰銀五千員，即不監禁。聽憑當時公堂定奪。

以上辦法，懲辦之後又有加辦之法，可將此犯驅逐出境，不必再審。公堂可以發諭，逐出中國或日本。至於逐出往何處，聽憑公堂審定。

第六十七條：提解犯人至香港審辦。

無論有何英民犯罪，凡在中國、日本之地已設有英公堂者，如審判各案，應移至公堂審判較妥，即可改至英地訊斷定罪。如是則犯人可解至香港審辦。如提解犯人至香港，可將原審公堂所有一切此案卷宗俱送香港，並可令所有在事時英民到香港公堂作為見證。

與英外部轉飭駐緬英員撤兵退出漢董地方

為照會事：照得近年以來，本大臣迭奉上諭，向貴衙門或面談，或行文，告知貴爵部堂，緬督擅自派兵多股，赴中、緬邊界野人之地查察地理，以致人心恟懼，大有不便。本大臣去年十月二十八日照會內所開之事，及此次照會所說情形，知英兵所到之處，不特已入一千八百八十六年七月二十四日北京所定條約俟兩國派員查探之公共地方，且已至絕無緬甸管理證據之地。非惟緬甸無管理之證據，實為中國向來管轄之地，有真實憑據可證。英兵雖在邊界各地去留無定，然此時派往，殊不合理，且恐與邊界土人滋事。中朝不欲別有舉動，惟有急催英廷早日派員，以辦理兩國界事為要，況中朝於此事等候已久。從前英兵所到之處，云僅查察地理起見，刻下英兵竟已佔踞一地，故派員定界之事不宜再緩。查雲貴總督及各員文函，去年五月十四日有英兵四百名，由八募起程，十九日到漢董。該地向屬隴川土司，被英兵焚燬房屋，佔踞其地。其地在山上，可下望隴川、猛卯兩土司之城，兩土司俱歸中國管轄。總理衙門以為此舉深不合理，致緬甸本地之官，似欲趁劃界未定之前擅踞地方各節。是以望英廷立即發諭，囑其退出漢董。貴爵部堂或未知漢董在於何處，查漢董係在隴川、猛卯中間，距兩處各遠九英里。閱飛智所繪地圖，猛卯正在中國邊界之內。又查加爾各搭印度政府輿圖局一千八百七十一年所印之圖，講解安得生遊歷滇省西境報單，隴川在中國地界一邊，距華界有數英里云。相應照會貴爵部堂，請煩查照。須至照會者。

光緒十八年正月二十八日。

附錄英外部尚書侯爵沙復文

為照會事：照得本爵部堂接准貴大臣前月二十五日來文，內開貴國國家欲兩國趕緊派員，以定中緬疆界，又告知八募英兵佔踞隴川土司所屬漢董地方等因，均經領悉。今本爵部堂欲告知貴大臣，英廷自當審量此事。為此照會貴大臣，請煩查照。須至照會者。

西曆一千八百九十二年三月初一日。

與英外部請禁香港軍火出口展期

為照會事：照得前承香港政府於十月初一日發諭，禁止軍火出香港口，以六箇月為期，至四月初一日止。今聞兩江總督劉報知，中朝揚子江一帶各省，經其竭力整頓之後，雖地方安靜，大有起色，惟私會尚未全行斂跡。前因私會之故，致請禁止軍火，今此事仍須嚴禁。本大臣奉總理衙門來電，請英廷諭囑香港政府，俟禁期滿日，仍行發諭展期再禁。本大臣望貴爵部堂詳察，准如所請為感。相應照會貴爵部堂，請煩查照。須至照會者。

光緒十八年二月十二日。

與英外部請阻止英兵過野人山境

為照會事：照得西正月十四日，本大臣告知貴衙門，以總理衙門來電，據滇督稱土司呈報英兵入野人山境，以致騰越西北邊界野人騷擾異常。前因電語簡略，本大臣未能告知英兵所到何地，且貴衙門亦未有英兵到該處之實信，今觀目下情形及騰越邊境之避難人，知總理衙門之電，即係指都司尤利所帶之兵攻擊薩洞納即昔董之葛干人一事。此兵於正月初到薩洞納，遂與葛干人及居於滇省北境野人相戰數次。都司尤利之兵，在中國邊界，其所備軍器槍礮等，非僅為遊歷查地應帶之物，此事緬官必能知之。此等情形，實出中國官員意料之外。後英兵將薩洞納佔踞，更覺詫異。查薩洞納地方及又有一處古勇地方，都司尤利所到，係上厄勒瓦諦江一段，皆緬甸界外之地，向來未經緬轄。此地所居皆野人，無國政亦無擔當責任之政府，將來中、英兩國定界，應照一千八百八十五年曾侯告知外部辦法，分歸兩國管轄。刻下中朝以兩國界事未定，此等地方，不得驚擾。即兩國如欲遊歷查地，或有不能不懲辦野人及干預野人事件之處，兩國亦應各在自己邊界一邊舉動，或在自己邊界相近處之野人地舉動，斷不得至鄰國邊界相近處滋擾也。相應照會貴爵部堂，請煩查照。須至照會者。

光緒十八年二月十五日。

與法外部議裁越南等處華民身税

為照會事：本大臣前准本國總理衙門來函，以中國請裁越南等處身税一事，業經前任出使大臣許於光緒十二年間，知照貴國前任總理外部事務大臣佛來希尼查辦在案。先是貴部佛前大臣遣員面稱此事，應俟將來查看情形，再為酌辦等語。又於光緒十二年七月初五日照會許前大臣，内開本部前將遣員轉達之意，今再聲明祇要中國襄助，便能有成等因。彼時本國總理衙門因越南等處尚未平定，經費支絀，是以未肯催辦，以示體量。現在該處地方漸臻安静，諸事大有起色，歷見公牘，信而有徵。竊喜貴國當年未能照辦之事，至此必可施行。況中國於越南等處邊界通商，不憚煩難，妥為籌辦，原冀往來交涉等事日增月盛，相與有成。諒貴國國家當有同心，自不待言。今身税一事，既與中、越等處工商藝業實有妨礙，想貴國必肯毅然革除，以表善政。且此税雖名亞細亞客民身税，其實大半出於華民。華民困累較重，人所共知，是以本大臣將裁革之請復為申明。務請貴大臣體察情形，允許照辦，以為敦篤睦誼之據。而此事發端，已閲五載，緩至今日，尤徵中國委曲求全，辦事和平之意。故望貴國通飭越南三圻等處，即所謂華印屬部之地，將所徵之華民身税一律革除，以蘇民困。俾中國工商雜藝人等，貿遷有無，通力合作，推廣利源，共沾實惠，為越南等處富庶之資，於貴國大有利益，而貴國行此德政，中國自必欽佩，可使兩國交涉通商邊界等事益加和睦，裨益良多。此正互相維持，彼此交孚之道，想貴大臣定能洞見無遺，不待本大臣之贅述也。相應照會貴大臣，請煩查照施行。須至照會者。

光緒十八年二月二十四日。

與英外部預擬滇緬劃界事宜

為照會事：照得貴爵部堂前月二十四日所寄中緬劃界事之節略，兹值候總理衙門回諭之時，本大臣先寄答覆節略一通，請貴爵部堂察奪答允為荷。相應照會貴爵部堂，請煩查照。須至照會者。

光緒十八年二月二十九日。

附答覆英外部滇緬劃界節略

昨接貴大臣本年二月二十日所寄節略，附圖一幅，繪明英廷所擬劃清中緬疆界大略，已轉寄中朝矣。但恐圖內所繪界綫，中朝未必能允者，其端有三：一、上厄勒瓦諦江之地段即大金沙江在潞江以西，滇邊之外，通貫緬境，入於南海，中國所應有分者，須全讓與英國。近中國邊界之人，向認中國為上邦者，亦由此而歸英。此不允者一。一、將中國各處疆界推進一層，須有一大變動，由滇邊之西向厄勒瓦諦江至八募之東，及東北方如舌形之地，本係方形，平日所見中西各地圖皆如是。今新圖將此地忽改為三角形，與昔迥殊。此不允者二。一、欲令雲南商務興旺，由厄勒瓦諦江運貨出海，最為緊要。而今將鎣達以北商貨悉改由穆雷江一名麻里江，在檳榔江下游之北，入於大金沙江運出，反將厄勒瓦諦江之水路割去。此不允者三。從前英廷極願幫助中朝令邊境上往來商務興旺，已允厄勒瓦諦江為滇貨出口之路。而中朝之意，欲令此事易行，必須於八募相近之處立一中國碼頭，則雲南出海礦產既可省費，而緬甸貿易亦必大有增益。所以曾侯曾議及此，擬於太平江即檳榔江下游，一名大盈江，亦入於大金沙江及穆雷江之間，厄勒瓦諦江之上，設一中國碼頭，庶幾滇緬商務各有起色。英廷亦以為然。因於一千八百八十六年，允派員往八募及厄勒瓦諦江上段窄處，覓一合式之地，設立中國碼頭。今英廷若仍照曾侯前議，則敦信睦鄰之道益加厚矣。

大約中朝望英廷允許者，其要亦有三端：一、將薩爾溫江以東之地即潞江潞東之地，係指普洱、順甯西南邊外之各土司而言，非謂滇境內之騰越以東地也並英國剋緬甸時所得撣人之地，均讓與中國。二、厄勒瓦諦江上立一中國碼頭。三、厄勒瓦諦江為中、英兩國公用之江，令中國船隻出海與英船同。以上三事，亦係一千八百八十六年英廷已允中朝者。前因英國已得緬甸全境，此等事件關繫較小，且於兩國均有裨益，是以英廷慨然允許。厥後倫敦商辦條約之事，改往北京商辦，英廷所索各要事，一千八百八十六年所定條約，一切均載齊備，而中朝所索各利益，無一條載入約內。英廷必知此係中朝疏忽遺忘，非因前允之事未曾給與貴國是以不載。向來英廷辦事，悉秉大公，此事諒仍照舊給與中朝。

至於節略末段云云，尤不得不一為聲明。孟連、江洪即車里兩地，英廷擬讓與中朝者，此地實皆屬中國。因中國在彼聲勢大於緬甸聲勢，謂之理應歸還中國則可，謂之讓與中國則不可也。現正候中朝答覆節略之時，謹代中朝先一為陳說。

光緒十八年三月初一日。

譯英外部秘密節略

所附之圖，繪明英廷所擬中、英兩國邊界大略： 北緯二十五度三十分之北，邊界信息尚未全備。自此處至南邊一帶，英廷可與中國會同派員劃界，以此圖所繪界綫為底稿。英廷之意，所有上戹勒瓦諦江之地均歸英國管轄，則兩國俱有益處，商務亦交相有益。蓋有天然之山可為界限，則英廷可保護雲南來之商路。英廷極願令其商務易行，使界上來往商務興旺，又於戹勒瓦諦江預備中國商務出路。並願與中國於邊界上商立電綫，可將印度電綫與北京電綫相接。現印綫已築至八募，照此辦法，歐洲與中國之電綫又可另多一條矣。英廷並願將江洪、孟連地歸中國。查孟連、江洪，有時進貢中國，有時進貢緬甸，今可認此為中國屬地，但中國須擔當治理該處政事，以後亦不得送與別國。

西曆一千八百九十二年二月二十四日。

與英外部解明會立坎巨提酋之事

為照會事： 照得三月十二日寶星山特生來函，所說英廷答允中國派員會立坎巨提王一事，總理衙門所會之意，似乎與貴衙門所告及本大臣所知之意不同，本大臣是以必解明前說。來函云： 此次會立坎王辦法，以後不得援以為例云云。總理衙門所聞之華爾身者，似限定僅可會立此次坎王，以後再立坎王，中朝即不得與聞。本大臣以為此非函內字句之意，亦非外部所欲達之意。本大臣所知者，係英廷不令中朝援刻下立王之例為後爭辯會同立王之據。儻有別項可問之理，儘可查照向章辦理。現因中朝不欲失在坎納貢舊章，是以解明函內所說之意最為緊要，不得稍涉游移閃爍。總理衙門前聞英廷俟坎新王選定，即請中朝派員會立等因，甚為欣慰。今再講明，必更釋然矣。相應照會貴爵部堂，請煩查照。須至照會者。

光緒十八年三月十一日。

與法外部催請裁去寓越華民身稅

為照會事：照得華印屬部等處請裁華民身稅一案，前經本大臣按照總理衙門之意，於本年二月二十四日知照貴大臣辦理在案。查此案前後懸擱，已閱六載。中朝頗以此事為重，故不憚反覆申辯。況此等苛徵之稅，於中越等處工商事業實有妨礙，徵之則彼此受累，革之則彼此有益。此中利害關鍵，前文已詳言之。諒貴大臣早已明白，無須贅述。且總理衙門所以囑再催詢者，皆因兩國真心和好，推誠相信，似此案件，斷無不能速結之理。本大臣前駐巴黎，曾與貴大臣晤談此事，承貴大臣告以查明酌辦等語。乃至今尚無回音，未知究竟如何。如已查明，即請示知，如尚未查明，務請作速飭查，允如所請，並望從早見覆，以便本大臣咨復總理衙門也。相應照會。須至照會者。

光緒十八年六月十五日。

與英外部再論英犯梅生罪名

為照會事：照得本大臣接准貴爵部堂二月二十三日來文，英民梅生一案，上海英公堂訊斷定罪。總理衙門以為懲辦未當，不足昭公道。承貴爵部堂允為細心察奪，本大臣特陳謝悃。已蒙貴爵部堂往詢審斷此案之正按察使亨甯及官律師威金生，並欲本大臣解釋總理衙門所云之意。茲本大臣告知貴爵部堂，總理衙門謂應辦梅生之罪不止一款。當訊問梅生時，梅生自認為違例私會之會友，由香港購辦長槍、手槍及藥彈等，偷漏運入中國，以供會黨之用。又雇十九人為助，自帶炸藥，後經搜出，並有實據。此皆梅生顯犯各罪，斷不能掩飾者。而官律師卻僅控其帶炸藥一罪，謂梅生帶此炸藥，疑其謀為不軌所用，梅生當即招認。設即按此論罪，照一千八百八十三年所定炸藥之例，亦應監禁十四年，並作苦工。今定梅生之罪，何以僅監禁九箇月，不作苦工？又未言定將來逐出境外。試觀近貴國華爾沙爾一案，所定懲辦炸藥之法，其罪輕於梅生，而懲辦反重，則所以懲辦梅生之輕，不辨自明矣。貴爵部堂接本大臣照會，雖辯駁數端，而於梅生辦法之輕亦無所措詞。

查本大臣二月十四日照會，貴爵部堂所辯論者：一、梅生不能援一千八百八十三年炸藥之例第三條控告，因此第三條之例係專辦在英國犯款之人。二、梅生亦不能援一千八百七十年外國雇人之例控告。三、如援一千八百六十五年三月英廷所定辦理在中國、日本英民之例第八十一條控告，亦未見有加重梅生之罪。緣此條辦法，監禁不出二年。今本大臣聲明各節，查此次梅生一案，罪重罰輕。總理衙門所最不解者，當此案審實之後，僅按炸藥例一條懲辦，且辦法並未全照英例。此案若出英國，懲辦必無此種輕法。此中關鍵，不得與可告梅生別項之罪，與不可告別項之罪，兩說相混也。總理衙門謂現辦梅生已認之罪與律例已不能合，儻將梅生所犯別罪再行提審，則知辦法之輕，與其應得之罪更大相徑庭矣。

至於貴爵部堂所駁三層，本大臣逐一詳究，欲知來文所論之理是否，先須知何者為律例。今照兩國條約而論，一查軍機處所定之例，即知管理在華英民當用英例治之。軍機處所定之例第五條內，言管理爭案及罪案之權，應照平常之理及公平之道，並國家議定之例及當時通行之例，在英國及為英國辦理，並給與審事公堂審判各權柄。本大臣查閱此條，即足以答貴爵部堂之辯，梅生亦可援一千八百八十三年炸藥例第三條控告矣。或者第三條例不能用於英屬地，本大臣亦不參意見。但英民在中國，應用在英國通行之例以管轄之，則梅生之案，即不得因例內有在英國字樣，遂云不能援引也。若謂同一律例，第四條可以援，而第三條則不能援，斷無此理。猶之英民在中國走近官房，有可疑之情形，可以辦其監禁十四年，並作苦工。同是此人，因僅帶有炸藥，見其將炸藥放於官房，而正在逃避時被獲，反不可以辦罪，有此理乎？

貴爵部堂又謂梅生不能援犯一千八百七十年外國雇人之例控告，本大臣二月十一日照會，尚未確知此例可援與否。今觀此例第三十條內，云外國國家字樣，非僅作外國國家之解，並可作一省之解，亦可作省內無論何人，或多人，或一人，欲與國家相抗之解。洵如此言，則哥老會亦可作外國國家之解矣。則梅生亦定可援外國雇人例第四、第五、第六等條控告矣。因梅生在英屬香港雇募歐人十九名，購買軍器以供匪用，俱有實據，理應從重分別治罪也。

若貴爵部堂第三端所駁一節，謂控梅生犯一千八百六十五年軍機處第八十一條之例亦屬無益，照此審辦，罪名既不加重，辦法亦不加多。本大臣詳加考核，意見與貴爵部堂不同。本大臣查得英國辦理犯人，常見有一人被控多款。儻審實其犯罪多於一款者，即照多款分別治罪。如前嫡智邦一案，審得發假誓兩次，後定其罪，每次坐監七年。七年之禁非同時兩罪並銷，乃分作前後計算。是以此犯坐監十四年，非僅七年而已也。儻將梅生應得各罪分別科斷，所犯決非一條，必如嫡智邦一案，逐款治罪而後可。即使別項罪款尚未能審實，而入哥老會之各證據定可查出，則梅生之罪亦不應如此之輕，僅監禁九箇月，不連作苦工也。今日午刻有一華人，由圜慈華次監牢期滿放出，此人坐監三月，連做苦工，詢其罪為偷漏稅項之故。偷漏僅梅生罪中最輕一款，辦法尚如是之重。今乃因僅控梅生一款之罪，又因其自己招認，案遂未曾深究，則訊判亦有名無實，枉法寬縱，太不公平。

梅生與哥老會來往證據，官律師應出力搜尋，在中國須與在英國一樣。此官律師職分應辦之事，不得以無從搜查推諉。緣英廷既允遵照條約，管理在中國之英民不作壞事，英廷尤須力任應辦事件。凡英民在中國結黨鬧事之案，中朝雖無交出應有證據責任，而無不願幫英員搜查。自上海審判梅生之後，總理衙門查出梅生罪款甚多。儻再提審，即當交與香港審事公堂察辦。刻下本大臣將以上各情節告知貴爵部堂，聽憑辦理。

近來歐洲各國頗患炸藥，國家人民皆受其損，實可懼也。梅生係首引炸藥，謀禍中國之罪魁。本大臣知貴爵部堂必將此人重辦以示警戒，俾後人不敢效尤。且查英國懲辦炸藥之案，自一千八百八十一年至一千八百八十五年，犯炸藥案者二十九人，內十七人辦以終身監禁，連做苦工，其餘十二人監禁五年，連做苦工。自一千八百八十五年之後，審辦炸藥之罪，祇有日漸加重，未見日漸減輕。日前華爾沙爾炸藥一案，罪犯三人，其所辦者與辦梅生同一條例，其罪若與梅生比之，直可云無罪耳，而按察使所定之罪，一犯監禁連做苦工五年，二犯監禁連做苦工十年。梅生所犯之罪，實為有教化國家所當結實懲辦，不可稍從寬恕者，乃梅生所受之罰，僅如平常竊賊。是以本大臣欲其再行提審，分別定罪，不許再至中國。緣華人入哥老會者，多辦死罪。梅生逗留中國，衆人見之，必起不服之心也。相應照會貴爵部堂，請煩查照。須至照會者。

光緒十八年四月十八日。

與英外部理論緬甸入貢事宜

為照會事：照得本大臣接准貴爵部堂三月初九日來文，承示按照一千八百八十六年七月二十四日中、英所立緬甸條約第一款內，緬甸每十年派員赴中國入貢一次。因款內未曾載明第一次派員日期，印度政府誤從定約之日算起料理派員赴華。本大臣欲告知貴爵部堂，條約內雖未載明第一次派員日期，而載有照向章辦理每十年派員云云。即此可知緬甸十年一貢之例，非定約時從新另立，乃照向來緬王分所應辦者接續辦理。第一次派員之期，非照緬甸歸英國管轄日算起，須由緬甸未曾服屬英國時，統前計後，每屆十年則入貢一次，照章辦理。茲從諦保王派員之期，迄於今日，逐年計算，英國應派員赴北京，逾期已久矣。相應照會貴爵部堂，請煩查照。須至照會者。

光緒十八年五月初五日。

與英法義比外部鈔借用洋債奏案

為照會事：照得本大臣接奉總理衙門來文，奏明嗣後中國各省督撫借用洋商銀兩，必須預先奏明有案，方准借給。若無奏准案據，而私借給者，朝廷概不承認。已於光緒十七年十月二十四日，奉硃批依議欽此。此係慎重借款，以免洋商受累起見。除由總理衙門照會各國駐京公使，並分咨出使各國大臣通行各國外部查照外，相應鈔錄原咨照會，知照貴大臣查閱，即請曉諭貴國官商人等一體遵照施行。須至照會者。

光緒十八年四月初八日。

與比外部派員赴考核罪犯會

為照會事：本大臣接奉總理衙門來函，知本年西曆八月初七日貴國都城開設考究罪犯形體之會，因貴國駐京公使之請，擬由本大臣派員赴會觀看。本大臣查使署既無驗犯官醫，又無形名律師，姑委三等繙譯官吴宗濂屆期前往看會，以盡禮儀。其入會之費法銀二十佛郎，已交該員祇領，面交會中可也。相應照會。須至照會者。

光緒十八年閏六月初七日。

卷九　洋文照會

與英外部三論英犯梅生罪名

為照會事：照得本大臣接准貴爵部堂西七月初二日來文，詳辨英民梅生一案，並鈔示上海英公堂官律師來函，備述辦理此案巔末，及按察使來函所言大意，以辨總理衙門怪其定罪太輕等因，均已閱悉。查梅生自供在鎮江通匪謀叛，又在香港招雇英人十九名，滬關查獲洋槍三十五箱，種種罪狀，無可遁飾。本大臣現雖不欲再為多辯，然究不能不將官律師及按察使所言各節一申論之。官律師告知貴爵部堂，南京制台一面怪梅生定罪太輕，一面專派一員嘉其在公堂陳說之是，後云伊亦不必辯論，請本大臣自己解釋，伊所辦之事，早經制台極意稱贊，何以至今反被批評云云。本大臣欲告知貴爵部堂，本大臣非為各省官員辦事，乃代本國國家辦事。即就制台而論，亦未見本大臣初次照會意見，與制台意見有不同處。制台贊官律師陳說之是，本大臣亦未嘗以官律師之陳說為非。本大臣所怪官律師者，非怪官律師之陳說，乃怪官律師於此案應行查辦各節，未曾妥為查察，並怪其僅控梅生一罪，致按察使雖欲審辦別罪而不能。

至於律例一節，本大臣前次照會已經詳論，茲亦不必贅說。惟云梅生不能援外國雇人之例訊問，亦不能援一千八百六十五年英廷所定管理中國、日本英民例之第八十一條訊問，此語殊屬不解。同一例也，第五條內明明詳載訊問英民，自有英國尋常之例及議定之例，何以英民在華結黨鬧事，偷漏犯禁軍火入境，而謂無例可援，俾得脫逃羅網？此實讞定梅生案情，未能曲當者也。若謂華員不知哥老會作何事，欲向梅生探聽確信，此必官律師誤會華員之意。蓋中國嚴禁此會，案已不計次數。儻不知其有害，必不懲辦如此之嚴。

按察使謂彼職司係照英律審斷，不計如何辦法。本大臣亦以為然。蓋按察使應辦之事，即照所控之罪按例懲辦而已。官律師控告梅生犯炸藥例第四條罪，按察使照例應斷監禁二年，並作苦工，或斷充軍十四年。今按察使僅斷梅生監禁九箇月，不作苦工。按諸律例，相去太遠。中國之所怪者在此，非欲按察使照華例懲辦也。

至謂梅生僅若與同席之人造戲一齣，並無實在險事，不過癡妄之想。本大臣殊不以此說為然。梅生確為結黨謀叛之人，即就克老司開之口供證據核之，可決其非癡妄之想。蓋梅生早蓄異謀，實有望其必成之意，直至公堂審問時，忽佯作癡呆耳。故其語甚虛幻，前後不符。且本大臣不解梅生寫於日記簿之事，何以與造戲消遣一樣？此時同席之克老司開已不在海關矣，初雖不信梅生欲為不軌，後既見其真實，何又為之幫手？梅生將一切私事均託克老司開經理，此外又有梅生力辦各種證據，如此舉動，何人能信為兒戲耶？蓋梅生捨一生事業，不憚數千里，遠赴香港，出銀購辦軍火，雇人作亂，而尚不得為真實證據，試問貴爵部堂，更有何種證據為真實乎？尤可異者，官律師盡知其情，於陳說時則詳論其罪，於控告時則不詳叙各罪在內。官律師云梅生已入亂黨，係極險事，彼實欲將此軍火交與亂黨耳。此皆官律師自陳之言，而控告時卻不將各罪叙入，以致按察使無從審辦，而按察使亦以事同兒戲一語，輕為開脫，則英國之例必待重新修改矣。

總之梅生所犯各罪，理應懲辦，不得以無例可援為辭。官律師及按察使，理應照職辦事，不得袒庇英民，以致案情遁飾。

去年教案一起，貴國公使疊向總理衙門催逼懲辦鬧事罪犯，必如願而後已。稍不遂意，則謂中國法令不行，動以絕交用武為辭，其情形何等利害！今英廷於官律師所信為與亂之人，竟不一問其別項之罪，願英廷詳察之。今中朝正辦理教案，所有撤官、懲犯、賠恤諸事無不竭力為之，以順各國之情。將辦理不力，不能彈壓頑民之員革職撤退，懲犯則正法者數名，軍流徒杖者多名，賠恤則通計各處共銀三十餘萬兩。本大臣平心論之，當日愚民之蠢動，以有會匪為之倡也。會匪之鴟張，以有代辦軍械之梅生助其膽也。中國被擾實甚，受虧實多，皆隱受梅生之累。謂此舉僅係癡想，且云不能實有險事，本大臣實深悵悵。明係招人謀叛，而謂之癡想，則愚民之攻擊教堂，皆可云癡想矣。顯有洋槍炸藥，而謂無險事，則不服西教者之謗書揭帖，更可無險事矣。中國愚民甚多，彼不知西洋律法之執一，而但見中外辦理之失平，萬一再有燒毁教堂及别項滋擾之事，亦將曰我兒戲也，瘋癲也。自此中國懲辦之法，更形棘手。請問貴爵部堂，將何以處之？即西洋各國公使，亦將不復辯論乎？

貴爵部堂來文謂照英國常規，按察使所做之事，必令其全由自主，國家不得干預。然我中國督撫司道之辦事，亦有一定辦法。去年所辦教案，各省督撫實係委曲勉强從事，其撤官懲犯各節，若照中國原定律例之意，本不應如是加重。所以如是加重者，亦為顧全中外睦誼起見耳。自今以後，各省督撫是否視貴國此次辦事為榜樣？此非本大臣所敢懸揣。但望兩國交涉，從此平安無事，方不至再啟爭論及一切難辦之事耳。相應照會貴爵部堂，諸煩查照。須至照會者。

光緒十八年閏六月初七日。

與英外部告知奉旨商辦滇緬界務

為照會事：照得本大臣接准貴爵部堂來文，為中、英擬劃中國與上厄勒瓦諦江地及英屬緬甸地之界綫事。本大臣將此文並貴爵部堂前次言此事之來文，報知總理衙門。今奉到本國上諭，著與貴爵部堂商辦，並商辦本大臣三月二十八日節略内所説别項之事。俟貴爵部堂何日有便，即可起手商量。本大臣擬各派一員，照從前商議各事同式。貴大臣派一員以代外部，本大臣亦派一使館中之員，先行相商。因本國國家望此事早日商妥，務俾兩國劃界之事趕於秋凉開辦也。相應照會貴爵部堂，請煩查照。須至照會者。

光緒十八年六月十六日。

與英外部催請商議劃清野人山地及滇緬界務

為照會事：照得本大臣七月初八日照會所説一節，中、英兩國派員，會同劃清野人山地及中、緬交界之事，必須預商。本大臣望貴爵部堂於放假期内，可以料理商議之事。因中國急欲辦此劃界之事，不可令其再遲。兹查劃界之期，轉瞬即至，本國國家望此大概情形早為商妥，俾兩國委員可以派出，剋日相會也。為此照會貴爵部堂，請煩查照。須至照會者。

光緒十八年七月初二日。

與英外部派參贊官馬格理與英員會議界務

為照復事：照得本大臣接准貴爵部堂來文，承示劃清中緬交界之事，當預備開議，均經領悉。今本大臣已遣本使館參贊寶星馬格理，與貴爵部堂及印度部尚書所派二員，於明日下午四點鐘，在貴部衙門會商。相應照會貴爵部堂，請煩查照。須至照會者。

光緒十八年七月十一日。

與英外部請退昔董英兵並索問厄勒瓦諦江上段之地

為照會事：照得本使館參贊馬格理呈閱寶星山特生本月十二日來函，内稱貴爵部堂聞本大臣奉到上諭，請英廷退出昔董之兵，為商議中緬邊界之首事，貴爵部堂甚為詫異，並欲本大臣言明索問中國邊界與厄勒瓦諦江上游中間一帶地段之理。今本大臣據理而論，昔董即在此段地内，請英兵退出昔董，並請允以後不再佔踞，為商議劃界之先務。此乃自然之理，否則中國索問其地，豈非徒屬虚文矣！本年二月間英兵初至昔董近地，本大臣即奉特諭，告知英廷。英兵過野人山，在騰越西北地方，該處人心惶惑，後為英兵所攻，佔踞其地。又遵本國上諭，請英廷速諭退兵，並不准再行前進。因察勘上厄勒瓦諦江東邊形勢，必應歸入中國。查本大臣與貴部前任外部大臣沙往來文書及面談一切，本大臣方謂貴爵部堂必能即允退兵。況緬王屬地以北，上厄勒瓦諦江東之地，在英國剋緬甸時，曾侯出使任内，早經論及。嗣後本大臣與貴部照會中，及五月間與沙侯會晤時，亦曾論及。故昔董退兵之事，前次會見貴爵部堂及函内，無須再行贅述，因早經言過也。

中朝既欲索歸金沙江東邊之地，自必力請英兵退出昔董。其地應歸中國，正無須説出證據，然既承貴爵部堂詢及，本大臣亦甚願答覆。今將索問前緬王屬地以北，厄勒瓦諦江東所有之地起，至厄勒瓦諦江之根源而止，中國索問之理，可證者約有五端：一、照大概規矩，中國邊界一帶野人之地，有別國進來，不得不預備保護。二、其地所居之民認中國為上邦，凡遇有事之秋，每請中國之示及請中國幫助。三、該處貿易及一切工作居民，皆中國人，或中國種類之人。四、該處民人之教化，皆中國之教化。五、貿易之事，皆中國人，且每年加增。中國有此五證，非特可索東邊之地，並可索問厄勒瓦諦江西邊之地，則分界更覺均勻。但必照此而行，或致界事難辦，中朝亦願省去跋涉，不欲多索，可令劃界之事不致耽延。儻因退兵之請，遂致商議界事延擱多日，本大臣實深悵悵。蓋因緬約在北京立後，至今已六年矣。界事候商已久，又因此而致緩議，殊大失所望也。且厄勒瓦諦江東邊之地，中朝已屢次索問，即請昔董退兵一事，於議界之先早經說及。今乃一言此事，貴爵部堂即以為異，尤本大臣之所不解。

本大臣之意，儻英廷能允華兵到後，英兵即退，則其餘劃界之事仍可從早開議，本大臣亦不必再述本月初八日本使館參贊在外部所說各節。英兵如退出昔董，至厄勒瓦諦江之西境，中朝擔承自中國邊界至厄勒瓦諦江一帶地方居住之民不至滋事，務令道路通達，及保護商人可也。相應照會貴爵部堂，請煩查照。須至照會者。

光緒十八年七月二十七日。

與英外部請增修管理在華英民條例

為照會事：照得總理衙門於西曆八月間照會駐京各國欽差，請增修管理在華英民條例，諒經貴欽差轉達。今本大臣奉文告知貴爵部堂，總理衙門前次照會，係欲照行天津條約，禁止軍火進口各款益加嚴密。去年梅生之案，及朝陽、建昌亂民所用軍火，皆外洋製造之物，由私運而得，藐法妄為。不得不重申禁令，以便保護地方。按照一千八百五十八年十一月初八日所立通商章程第三款，內云凡有違禁貨物，如火藥、大小彈子、礮位、大小鳥槍，並一切軍器等類概屬違禁，不准販運進口。又通商章程第五款第五節，內云硝磺、白鉛，均為軍前要物，應由華官自行採辦進口，或由華商特奉准買明文，方准進口。如違，查出充公。此等大件，較難偷漏，尚易防範。若第三款所說之貨，即不易查察。一因此等之物，掩藏極易；二因舊樣軍器，其價在歐洲極廉，運赴中國，每得重價，偷漏入口，習以為常，即查出充公，亦不能絕其來路。一千八百六十五年貴國所定之例，未載懲辦此等違約事條款。即查出英民出售軍火，衹要華人非明作叛逆之事，即無懲辦英民之法。官律師不能控告梅生犯偷漏軍火之罪，可為此節之明徵也。中朝深望英廷即命律例官察度情形，於管理在華英民例內修改數條，或續增數條，俾臻周備為要。本大臣請英廷詳察總理衙門照會，並請諭知寓居中國通商口岸英民。相應照會貴爵部堂，請煩查照。須至照會者。

光緒十八年八月二十三日。

與英外部添設檳榔嶼副領事

為照會事：照得華民寓居檳榔嶼頗眾，中國國家欲於該島設一領事人員。本大臣囑駐紮新嘉坡及海門等處之中國總領事黃遵憲選擇一合式之人，為檳榔嶼及其屬地威利司雷省並丹定斯等處之副領事官，今已薦舉紳士張振勳莅此任。查張振勳係候選知府，即檳榔嶼之富商，在新嘉坡及海門等處經商約三十年矣，頗有聲望。本大臣欲請英廷允准，並發諭照辦，曷勝紉感！相應照會貴爵部堂，請煩查照。須至照會者。

光緒十八年八月二十七日。

與英外部刪除加那大苛待華民新例

為照會事：照得本大臣去年七月三十日照會所開，及本年八月二十日與貴爵部堂面談之事，因英國屬地看待寓居華民與別國之民不同。近聞加那大域多利亞議政院又新改一例，於本年七月初九日照行，此例於寓居加那大華民大有關礙。一千八百八十六年間所立華人入口之例，本大臣總望英廷不可准行。此例之第十三條，為近所修改，煩苛已甚，頗覺不平，屢經中朝批斥。今不料所改之條，不特未將前語刪除，且較前更加嚴酷。同一寓居之民，而待別國之民與待中國之民顯分區別，殊屬太不公平。查所定原例華人欲離加那大赴別處，將來仍欲回加那大者，給與執照一紙，以便回加那大時出示執照，可免付丁稅洋五十員，不與第一次入境同。今改易之條，將執照廢去，加入以下所開章程：

一、每華人欲離加那大，將來仍欲回來者，應在起程海口或內地呈送該處管理官知單一紙。單內開明欲赴外國某處海口或內地，去時及來時路程走法。送此知單時，須出費洋一員。管理官即將其人姓名住址，行業年貌，並別項應載之端，注入冊內。

二、如此註冊之人，欲回加那大，須在六箇月期內。自註冊之日算起，期內回加那大，經管理官查看無誤，便可向該官收回登岸時所付進口稅。如該官看此人可疑，原銀即不能收回，亦不能控告。

今觀此等章程，是限定華民離加那大祇六箇月之久。六箇月為時甚促，離加那大之華民，難保無關涉貿易，或患疾病，或遇行船不測之事，每易耽延逾限，俟其回加那大，覺已逾期。看待即如初次到埠之人，稅銀即不交還，是令其付第二次之丁稅矣。再如即在六箇月期內回加那大，若必須在前起程之地方官處證其是否本人。儻華人由加那大西邊文古法赴別國，回來時欲在加那大東邊哈力法克司寓居，則必由加那大東邊，不辭遼遠，奔赴加那大西邊管理官處，以證其原人矣。本大臣告知貴爵部堂，新例一事係加那大政府所改，看待華民，殊屬不公。而中朝見怪之大端，尤在分別看待華民耳。在加那大各國之民，均給與一切權利，獨於華民異樣看待，此中朝所以常欲批斥耳。

英國有議政院之各屬地，設此分別看待華民之例，既不合中國條約之理，亦與萬國公法相背。且此等屬地與中國貿易最大，得中英條約益處最多。其看待華民，乃至今如是，本大臣望英廷速將此例革除。況如香港等處，寓居者華民為最衆，華民享受一切權利，與別國民同。其管理之例，亦用同樣之例，未見有不足管理華民者，何以僅加那大與澳大利亞必另設苛例以管理華民乎？相應照會貴爵部堂，請煩查照。須至照會者。

光緒十八年九月十一日。

與巴西駐法公使允准照約遣使

為照復事：前准貴大臣西曆十月二十五日文開，貴國大伯理璽天德願照光緒七年八月十一日兩國所定條約，遣派使臣駐紮京師，請代奏大清國大皇帝允准照辦，以固邦交等因，本大臣比將貴國之意電達總理衙門。茲接北洋大臣李轉到總理衙門電，稱貴國既願照約遣使，自應按照中國現行禮節，與各友邦使臣一例接待，以敦睦誼。貴國派使，何時能到中國？如將所派銜名開示，即可轉達總理衙門，奏明大皇帝允准照辦。相應照覆貴大臣，轉報貴國查照可也。須至照會者。

光緒十八年九月二十五日。

與英外部續催會議滇緬界務

為照會事：照得西九月初九日，兩國委員在外部會議劃界事務。中國以昔董退兵為商議界務第一件事，因此轉使界務輟議。英廷以為有所阻礙，至今仍未肯續商。茲本大臣請貴爵部堂以退兵之請作為未有其事。但本大臣欲聲明者，謂此次照會所請，並非於索問厄勒瓦諦江上游東段之地稍行改易。中朝仍欲索問前說一切全數，不過去其阻礙，仍可復續前議。望從速定一日期，以便續商界務。本大臣昨與貴爵部堂面談時，許於下禮拜可以示覆。今本大臣靜候來文，盼切施行。相應照會貴爵部堂，請煩查照。須至照會者。

光緒十八年十月十四日。

與英外部三催會議界務並聲明失望情形

為照會事：照得本大臣接准貴爵部堂本月初七日來文，所言之事，類多含混，本大臣殊為失望。前月三十日與貴爵部堂面談之頃，英廷所詢中朝索問厄勒瓦諦江之東、緬甸之北一帶地段之意，均經本大臣答覆，承允下禮拜可有回音，迄今未蒙見告。又遵照貴爵部堂收回昔董退兵之請，以便續開中緬界議，今仍未蒙定一續商日期。本大臣之照會，係九月十七日中國索問厄勒瓦諦江東上游之地，一係觀該處實在情形，一係照萬國公理。若欲查訪該處細情，現已數月，英廷諒必查清。若論萬國公理，亦無待再辯。江東地歸中國之說，不難早定。刻下此段有數地，雖經英兵佔踞，本大臣知英廷本不以此等地方即據為英國之地，無庸過慮。即暫佔踞昔董，亦不過欲懲辦葛干人即科干所為不善而已。以後治理此等地方之人，悉由中朝肩任其事，務俾安靜可也。相應照會貴爵部堂，請煩查照。須至照會者。

光緒十八年十月二十四日。

與英外部遵旨致謝英君主送呈自製書集

為照會事：照得貴國駐京欽差昨日覲見我大皇帝時，特呈貴國大君主所贈盒一隻，內裝書二本，一係阿爾白王行述，一係居巴麻宮之日記。內有一本，即大君主自著。大皇帝見之，甚為貴重。因此見大君主與大皇帝極為親睦之據。今本大臣奉總理衙門電傳諭旨致謝，應請貴爵部堂轉達此意於大君主前。相應照會貴爵部堂，請煩查照。須至照會者。

光緒十八年十月二十六日。

與英外部聲明開欽野人並厄勒瓦諦江上游應歸中國

為照會事：照得本大臣接准貴爵部堂西去年十二月十三日來文，內言中朝索問厄勒瓦諦江以東、緬甸以北地段之事，係答覆本大臣西九月十七日之照會，辯駁中朝索問之理。其實僅駁復本大臣前文五條內之一條，此一條又非五條內要事。貴爵部堂僅辯開欽即葛干、野人不屬中國一事。此事本無關緊要，儻貴爵部堂不詳問中朝索問之理，本大臣直不計及此等土人之事。今據來文，謂英廷未能查得此等土人，中國曾經治理之實據。此說不然，緣各國屬地土人，有向屬其國而無治理實據者甚多，非特邊界外有之，即中國十八省內亦有之。如湖南貴州苗人、傜人各種，居於山中，平時不甚歸中國治理，而實未嘗不歸中國統轄。由此觀之，即使中國未經治理開欽人，亦不得因未見治理實據，遂謂中國不能有治理之權。

英廷查得百年以來，中國未經管理厄勒瓦諦江之上游，遂謂厄勒瓦諦江兩邊之地，至恩梅開江及邁立開江匯流之處，必係緬王派員管理。本大臣殊不以此說為確。英廷創此一說，是否欲索問厄勒瓦諦江與中國邊界中間之地？若果如此，乃此時商議界務新創之說，緣本大臣向未聞英廷提及也。緬甸北境與中國邊界中間之地，係一千八百八十六年間曾侯與外部商議時，曾說明留出此地在緬甸之外，日後須另行商議。自一千八百八十六年以後，凡有說及江東邊地之事，無不以此為中國有聲勢之地，即英廷亦屢有此議。昔董在華界一邊，照地理形勢，定應歸屬中國。西一千八百九十二年春間，中朝請英兵退出昔董，英廷並無辯論。儻此段之地亦係緬甸所管，彼時必早說及矣。又貴爵部堂前任尚書沙侯在外部時，使館與外部往來文書及談論之際，分地之理為兩國所共認，未嘗有所駁辯。西去年二月二十四日沙侯節略內云：『英國治理厄勒瓦諦江東之地，係因兩國利益有關，保護利益起見，必須先請中朝答允，並非英國有治理之權也。』本大臣於西去年末次與沙侯會晤時，言及厄勒瓦諦江上段之地為野人所居，自緬甸歸英國以來，情形改變，此等野人之地，將來必須兩國分之。此說已談及多次矣。

中朝雖知英廷必不改此辦法，惟貴爵部堂來文既言及緬甸歷來之事，並云緬甸曾管理厄勒瓦諦江東之地，直至恩梅開江及邁立開江匯流之處。本大臣即不得不將從前詳細情形再說一番。中朝仍以為厄勒瓦諦江上段之地並非緬屬，與一千八百八十六年七月二十四日條約所載分界之事不同，今兩事自應乘便同議。商賈往來中國與厄勒瓦諦江之路，自宜保其安穩；開欽野番，亦宜妥為管轄。中朝亦以此為要事，俟厄勒瓦諦江上游界限定妥後，中朝當審量辦理此事也。相應照會貴爵部堂，請煩查照。須至照會者。

光緒十八年十一月二十四日。

與英外部聲明管理江洪孟連及新設鎮邊廳權勢

為照會事：照得本大臣接准貴爵部堂西十二月二十六日來文，内開英廷近查知一千八百八十七年，雲南中國官曾發兵至孟連北方山中老瓦之地，後即隸入滇省，設立鎮邊廳同知以管轄其地，又管轄鎮邊及湄江中間一帶之地。此係麥人及別類土人所居，前為孟連、江洪所屬等因，今本大臣已經察核矣。英廷怪中國官如此舉動，大約因見江洪、孟連兩頭目同時進貢中國及緬甸，似有同樣索問之權，謂華官管理其地，稍改變一千八百八十六年前歷來辦事之情形。

英廷所得信息，本大臣未知是否確實。儻係確音，本大臣欲告知貴爵部堂，雲南制台管理此等地方，並非改變向時情形。即使江洪、孟連實有貢緬之事，中國亦未曾阻止。江洪、孟連地方，中國之聲勢較大，英廷已早答認。緬甸與江洪、孟連之關涉，較中國大不相同。中國所以索問江洪、孟連者，非如緬一方[一]僅在進貢一節，進貢不過有上邦之權而已。若江洪、孟連，非僅認中國為上邦，實資中國為治理。回匪在雲南作亂以前，江洪、孟連向屬中國。惟此管轄之權，作亂時暫為停阻。該處小事，中國雖聽宣慰司辦理，而其如何計地輸糧，係由滇督派員定奪，且徵收錢糧數目，大清會典所載甚明。滇境設立鎮邊同知，及管理鎮邊與湄江中間一帶之地，不應視為中國在該地別有舉動，不過將一千八百五十一年間回匪作亂時暫行退出之管理稅務官員仍行派往，收回從前權勢而已。

本大臣以上所說，自足去英廷誤會之見。中朝之意以為中、英兩國交情所關，儻能於此劃界之事愈早議定則愈妙耳。相應照會貴爵部堂，請煩查照。須至照會者。

光緒十八年十二月初二日。

【校】

〔一〕『一方』原為空白，此係校者據上下文意補。

與法外部申論刪除寓越華民身稅有益無損

為照會事：照得越南等處徵收華民身稅一事，迭經本大臣咨請貴國設法裁革，並飭代理使務駐法參贊官慶常面催在案。查此稅於該處工商事業均有損害，業將其中情形詳於歷次文牘，諒貴大臣查閱案卷，必能洞悉，無煩贅述。上年七月接准前部大臣李照會，稱此事正在籌畫，一俟酌定辦法，即行知照等因。今遲至數月，未得要領，是以遵照總理衙門函囑之意，再向貴大臣重申前說。

按身稅一項，於華民固有所損，於貴國亦得不償失。緣該處工商事業皆須華民為之，華民稅輕，則工省價廉，百廢俱舉，其利仍歸於貴國。若華民稅重，則工費價昂，諸務拮据，其害亦仍歸於貴國。此中得失關鍵，一經道破，想貴大臣自然解悟也。況華民勤苦耐勞，安分守法，尤非他國人所可及。以越南物產之饒，自然之利，所在皆是，苟者華民通力合作，必能日臻富庶，裨益良多。惟貴國必須薄其稅斂，蘇其困苦，方能有濟。儻徵稅太重，財匱力竭，是自塞利源矣。

試觀南洋各屬部物阜民豐，商賈輻湊，皆賴華人經營之功。而其優待華民諸善政，實有足取法者。今貴國欲開利源，致富庶，曷不擇善而從，准如所請，則異日生發之利，取償之資，常有十倍於身稅者。捨目前多損少益之小利，而圖將來富庶豐盈之大利，是所望於貴國之賢大臣也。且今歲北圻各處，盜賊滋熾，邊境擾攘，而法兵亦疲於奔命。比因貴國之請，經總理衙門飭令邊界官員設法防範以靖疆圉，護援法兵以敦鄰好，足徵中朝休戚相關，遇事提攜之美意。即此一事而論，想貴國所得之益，所省之費，亦當數倍於身稅矣。

貴國素講禮尚往來之道，則革除身稅以恤華民，正與此道相符，且可表明貴國推誠相待之心，使兩國邦交日固，彼此皆獲裨益。除飭代理使務參贊官慶常面陳一切外，相應照會貴大臣，請煩查照，見復施行。須至照會者。

光緒十九年正月十六日。

與英外部條擬展界讓地辦法

為照會事：　照得本大臣於本月二十日與貴爵部堂面議中緬劃界事，因貴爵部堂不認兩國分管甌脫地辦法，議論不協之際，貴爵部堂囑本大臣另擬一法，以八募東北中國界外一條之地，由中國稍加展拓。今本大臣雖仍以分管甌脫辦法為是，然因貴爵部堂之請，仍允收受貴國所願讓地兩處，姑擬辦法四條：

一、中國所索問厄勒瓦諦江東邊全地歸中國，今改為中國邊界應行展拓之地，距邊界外扯算酌中之數，闊二十英里，自穆雷江起，至北緯度二十五度四十分止歸中國。

二、自北緯度二十五度四十分之外之地，俟查得該處地理情形稍詳細後，然後兩國再定。

三、所行照以上所定地界之外，至厄勒瓦諦江之地，均歸英國。英國須將江洪、孟連各處上邦之權皆歸中國，並將薩爾溫江之東九鄉之地，俗呼為科干者，讓與中國。又由薩爾溫江之西中國屬地猛卯城相近處，包括漢龍關在内起，作一直綫，至薩爾溫江對面馬里百地方止，一切之地皆歸中國。

四、所有兵寨，刻下或日後，兩國之兵，儻遇駐於以上所説之地，非歸其本國者，俟議定邊界後，兩國再定退兵日期。

本大臣擬此四條，送貴爵部堂察核。如或不允此辦法，則中國國家索問厄勒瓦諦江上游全地之權仍舊如前耳。相應照會貴爵部堂，請煩查照。須至照會者。

光緒十九年二月初五日。

與英外部續擬展界讓地辦法

為照會事：照得本大臣接准貴爵部堂五月初八日來文，内開本大臣三月二十二日照會所開中緬劃界事宜，英廷均經察核，惟所擬劃分上厄勒瓦諦江一節，未能應允，另擬辦法等因，本大臣即將英廷所擬，寄呈中國國家查核矣。前本大臣所擬，欲將中國界外，自穆雷江起，至北緯二十五度四十分止，一條帶形之地，闊二十英里，包括昔董在内，均歸中國者，因華人散布厄勒瓦諦江各處，並勒開伯陽壆拓陽及南塞陽地方為最多，以便易於管轄耳。乃今英廷所擬，則大不然。劃歸中國之地，一在穆雷江北，一在穆雷江南。此二處絜長補短，僅五英里闊，一條帶形之地，亦祇包括昔馬，而不包括昔董，則與本大臣所擬迥不相符。儻英廷所擬之條，不至相去太遠，中朝無不應允。今將厄勒瓦諦江東段匀分兩半，歸英國者皆係平地，歸中國者僅為山嶺，肥磽懸殊，奚啻倍蓰！即此一端，已可易英廷所許薩爾溫江東西之地及江洪、孟連之權利矣。乃英廷又擬自薩伯坪北，以薩爾溫江及恩梅開江中間之山，水流分界處為界綫，兩江相距，如此之近，中間之山，如此之大，是仍以老邊界為邊界也，是以未能答允。若照公平辦法，以邁立開江及恩梅開江中間之地分一界線，較為公允，望貴爵部堂一詳核之。

至於英廷所詢中朝索問穆雷江北、厄勒瓦諦江全股地段之理，云英亦有實在憑據彙集，印度不難出以相示。本大臣曾於去年十一月十七日照會內，將中朝索問之理開列多條，除一條經貴爵部堂辯過，其餘至今未覆。即外部商議界務各英員，皆以為厄勒瓦諦江東山嶺之地向不歸緬甸管理，平地上亦僅米紀納相近一小地為緬甸所轄。儻印度所得憑據異是，顯屬新創此說。本大臣不解緬甸索問此股地段之理在何處耳。若云二十英里帶形之地劃歸中國以後，山中土番來攻英地，英廷便難防禦，此論殊太牽强，實非持平之見。即如近日厄勒瓦諦江東邊情形，亦屬英人自好窮兵黷武，中朝屢次勸過，不可輕攻開欽野人，因攻非其時。照羅馬古例，自開邊釁，不得向人索償兵費也。相應照會貴爵部堂，請煩查照。須至照會者。

光緒十九年五月初六日。

與英外部轉催坎巨提進貢沙金

為照會事：照得總理衙門接准新疆巡撫電信，稱坎巨提每年到進貢之期而貢物未來，請示如何索問等因，總理衙門知貢使未到之故，非坎酋不願進貢，必因諸事更新，恐駐格里格提英員不悅，是以不貢。本大臣欲請貴爵部堂諭知坎酋，英員並無此等意見。前沙侯與本大臣所議之事，貴爵部堂諒必記憶。若坎巨提不歸併印度，中國原不欲加權於該國，而向來所有受貢及別項權利仍應照常。坎部貢金一兩五錢，為數甚微。若就權柄而論，則所關甚巨。總理衙門頗以此事為重，因外間有中國將坎權利已經棄去之訛傳，致令與別國交涉，辦理殊多棘手。中國欲去此訛傳，故必出而辨論。

自印督發兵佔踞棍雜與那戛爾之後，本大臣奉總理衙門電信，向英廷商論，擬派中國官駐紮棍雜。雖未經貴爵部堂答允，仍望英廷一再思維，緣此事實在較妥。

中國若無員駐彼，即不能與坎酋通信，覲到期不貢一事是其明徵。派員駐紮棍雜，雖屬創舉，但不可以此加權於舊耳。相應照會貴爵部堂，請煩查照。須至照會者。

光緒十九年八月二十八日。

與英外部願收受緬越甌脫之地並保護暹羅

為照會事：照得本大臣奉總理衙門電信，告知貴爵部堂，中朝極願暹羅恒為自主之國及完全之地，今聞英廷俱有此意，極為欣喜。英、法擬如何保護，中朝深願幫助辦理。至於湄江上段，英、法地之中間，擬設一甌脫之地，貴爵部堂前言願將此地歸中國大皇帝屬下。茲本大臣告知貴爵部堂，儻能令該處地形寬闊，無礙於中國利益，議明送來，中朝亦甚願接受。今查甌脫地之北邊，與中國江洪毗連，江洪南邊之疆界，向未分劃清晰。無論何事如劃界等情，中朝自應與聞。甌脫地之疆界，揆之於理，應以南禹江（即南狁江）為東方之界限較妥。蓋南禹江在江洪之猛禹（一名猛狁）府內者，既全係中國之江，即出猛禹境後，其西岸亦仍屬中國。儻以南禹江為甌脫地東邊界綫，將甌脫地歸中國，則江洪邊界之難處可免矣。相應照會貴爵部堂，請煩查照。須至照會者。

光緒十九年十一月初九日。

與英外部再催緬甸進貢

為照會事：照得緬王每屆十年派員進貢中朝，其期將及，遵照中國向例，自應先行知照等因。一千八百八十六年七月二十四日，緬甸條約第一條所載派員進貢之事，如訂定一千八百九十二年者，其初次英國進貢之員應於本年年內抵京。今未悉所派之員何時起程，何時可望到京？請貴爵部堂示悉，以便本大臣轉告本國朝廷，俾得預為料理，於邊界上接待該員並護送到京等事，不勝欣感。相應照會貴爵部堂，請煩查照。須至照會者。

光緒二十年正月十一日。

與英外部暫緩緬甸進貢一年

為照會事：照得本大臣接准貴爵部堂本月二十一

日來文，內開現因緬甸進貢，赴中國應過之地未定情形，擬將派員一節今年應到北京者展緩一年。俟兩國邊界劃定，治理兩邊地方比今更臻完備，然後再行舉辦等因。本大臣以派員起程，路上或有未妥，今願自肩責任，答允展緩一年。但本大臣未奉國家特諭，不能再允展至俟邊界土人安靜之期，漫無限制。現在所議條約，已奉國家明諭畫押，本大臣更不能聽貴爵部堂所勸，因條約載有改變情形，便可將十年派員之事停止舉行。所有未能從命之處，本大臣殊為悵悵。是以請貴爵部堂預為料理，務使派員之事明年舉行，以遵一千八百八十六年七月二十四日緬甸條約第一款辦理。相應照會貴爵部堂，請煩查照。須至照會者。

光緒二十年正月十一日。

與英外部問照約定期收回新築大路

為照會事：照得本大臣接准貴爵部堂前月二十二日來文，內開印度政府俟八募至南坎經過華地捷路，其權利全歸印度後，即可照本月初一日簽名條約第二款內，自蠻秀至南坎之路，永遠讓與中國，並停止建築等因，均經領悉。今欲問何時可將條約照行，以便修理赴南坎之捷路，因本大臣將此情節，於條約簽名後，已告知總理衙門也。相應照會貴爵部堂，請煩查照。須至照會者。

光緒二十年正月二十八日。

與英法義比外部告知皇太后萬壽慶典

為照會事：照得本大臣接准總理衙門電開光緒二十年十月初十日，即西曆一千八百九十四年十一月初七日，恭值皇太后六旬萬壽，普天同慶，典禮攸崇，擬請貴部堂轉奏貴國大君主、大伯理璽天德，本大臣不勝欣感之至！相應照會貴部堂，請煩查照。須至照會者。

光緒二十年正月二十八日。

與英法外部告知呈遞辭行國書

為照會事：照得本大臣接准總理衙門電開新任出使貴國大臣龔將次抵洋，所有本大臣辭行國書，前曾陳明奉託貴部堂轉遞，兹特送上，敬請貴部堂恭呈貴國大君后、大伯理璽天德，曷勝感紉！本大臣奉使以來，屢承貴國國家優待，兼荷貴大臣遇事和衷，易於商辦，現屆任滿，敬陳謝悃！須至照會者。

光緒二十年二月二十日。

卷十　電報

光緒十六年六月十八日遞天津

中堂李：密。海部咨外部撤回羅哲士等，昨勸外部暫緩，如琅威理事能轉圜，敷衍到滿限尤妙。成嘯。

八月初七日遞北京

總署：密。英欲駐員喀城，意在與俄爭勝。通商尚難定，即詳細函陳，請且堅勿允，以函詢敝處為辭。成虞。

八月二十四日遞武昌

督院張：四月電詢鐵廠用鐵柱瓦等價，諦廠謂須繪圖確估。今據稱貝色麻鋼及做鋼路廠鐵料，價萬七千一百鎊；熟鐵爐及拉條廠料，價萬六千九百八十九鎊。候電再訂。鐵礦磷質多，難錬鋼，另覓佳礦尤妥。成敬。

十一月二十七日遞北京天津

總署、中堂：醇邸薨，擬照會外部，並下半旂十日。似應電知各使館一律，仍候示。成沁。

十一月二十八日遞北京天津

總理衙門、中堂李：密。今年到洋，鄂電較繁，而電價甚昂。因憶大北公司前議報效官電，後忽翻悔，又不肯完落地稅。各國電綫，國家皆有應享權利，並不准商人擅設。大北、大東來華設綫，本無核准明文。惟事閱廿年，驟難驅撤。聞東、北兩公司由英、俄暗中扶持，自為有事時通電起見。惟該商擅來設綫，奪我自主之權。若德、法、美、倭各商援例效尤，中國門户洞開，何所底止！即如甲申年孤拔接法廷密電，掩我不備，遂有馬江之失。愚見藉保護先在華效力之兩公司為名，即杜外洋他綫之來，俾報效官電，以全體統，節巨費。凡遇要務，可多發電，以通中外消息。且有事時不為我敵國通電，關係尤鉅。因飭馬格理與兩公司理論，舌敝唇焦，始無定議，未敢瀆報。茲彼已就範，願訂合同。約陳大旨：

一、大東、大北兩公司素為中國出力，今明認其在上海、福州、厦門辦理電報事務。其吴淞口、川石山、鼓浪嶼及吴淞口外之大戢山四處，向有登岸之水綫頭，允其仍享所有利益。

二、自合同批准之日起，以十五年為期，准兩公司獨享利益。除中國電報局外，不准別國公司在中國海邊安設水綫。期滿後中國與兩公司，或照行原訂合同，或酌量修改，半年前互相知照。

三、允兩公司與中國電報局自行商訂各項章程，祇須無礙國家應有之權利，均可准其通行。

四、兩公司如未稟經中國核准，不得於向有海綫之外，在中國別處海邊安設海綫，並擔保查看所發電報，如有損礙中國之事，均即停阻。

五、中國六部、海軍總理衙門、各省將軍、督撫、欽差大臣、海軍提督統領、出使大臣、領事官、代辦使事之參贊，所發官電及答覆此電之電報，兩公司均不取貲。惟經過別綫之費，兩公司實在付出者，中國允照數償還。

六、兩公司應將中國電報所經別綫之價單，隨時送中國官員察閱。儻該綫有減價之處，亦即照減。

七、兩公司允將現在電價相機酌減，俾商民廣用電報，振興中國商務。俟減定後，所有與上海、福州、厦門往來之電價，無論水綫旱綫，一體遵照。

八、無論中國與何國動兵，或似欲開戰之時，中國國家可將該公司電報館看守，或派員住局監察，或徑自管理其寄電等事，或全行禁止其寄電等事，或佔據其電館，暫用以寄中國電報，均聽中國之便。

九、訂立合同，應繕成華文、英文各兩分，仍以華文合同為憑。如有應辦事件，在中國由南北洋大臣行知兩公司，在外洋由出使大臣行知兩公司，以便遵辦。

以上九款，雖經別綫仍須出費，可減原價三分之二。歲省數萬金，多事時或省十餘萬金。且並無限制，更可廣捷聲息。惟須趁此機會，速與訂定，免彼再聽人言翻異。可否代奏請旨，准訂合同。再由成具疏恭候批准，即可開辦。此係收回國家權利，與電報局無涉。且第三款已留電局餘地，請勿發議，以杜漏洩。亦慮兩公司漸生異意，至盛道去年所議合同牽於數國，一國不允，即難照行，徒滋延誤。今英廷已批駁矣。此電為電事而發，各公司例不取費。再英、丹、俄公使若問此事，請告以中國自主之權，不願他人干預，回覆決絕。仍祈速示。成儉。

十二月十九日遞北京

總理衙門：密。陽電謹悉。第二款不准別國公司在我海邊設水綫，北、東兩公司函謂他國必生異議。此係北、東爭論時情形，當大北初來設綫時，大東起而相爭，謂威妥瑪前在鈞署理論滇案，曾言明在中國設水陸電綫。雖允否未可知，威使擅稱鈞署允之，所以北、東兩不相讓。今大東既設，英已無辭。趁此訂立合同，各國現無要挾之端，必無異議。蓋自主之權，非他人所能干預，美續約亦明言之。況借此杜他綫之來，乃永保自主之權。前電不欲英、俄、丹使與聞者，明與彼國家無涉，即非各國所能問也。北、東於第四、五、八等款，與我絕大權利。若第二款不行，則全款當廢，殊覺可惜，擬仍照原議商訂。第三款應改之語，當遵與北、東商辦前電各款，彼此推敲既久，大致已無甚出入。擬俟議妥，一面咨報，一面具奏。緣洋人性情，知係奏案，始無翻悔。而核定之權仍在鈞署，鄙意此事早定一日，即早收回權利，關繫大局非淺也。成效。

光緒十七年正月初二日遞北京

總理衙門：英允設香港領事，新嘉坡總領事轄各島。此次易商，因望喀城設員，先示睦誼。已咨明外部，調左秉隆任香港，黄遵憲任新嘉坡。成現駐巴黎肅。

四月初二日遞北京

總理衙門：密。華使之說，係外部見喀事難成，自悔失其把握，疑我不顧交情，託云港督謂華民不願，顯示抵制，尚恐翻南洋各島全局。英廷偵俄之謀甚亟，將以全力赴之。再三理論，始允左、黄仍住港、坡，猶謂試辦一年再定，實卜喀事也。昨勸電止華使，告以或暗許設員，明認為遊歷常住人員，或俟俄約修定後再議，尚無復音，准照尚未發。請電示左、黄奉旨日期，以便請發文憑。交犯俟設領事後，另議章程。曾侯前議，實關大局，不僅香港，惜回華中止。應否重理前説？諸候電示。成蕭。

四月初九日遞北京

總理衙門：密。承示兩罷作收束，細思喀事發端在先，港議在後。事屬兩起，則港罷喀不罷，權仍在彼，港議成於英示睦誼。事固有領情為相好，卻情轉生隙者，鈞署統籌全局，不欲徇英招嫌，亦不值代俄任怨。使臣在洋，賴鈞署扶持，方能辦事。港議倖成，而鈞署飭罷，則使臣前説為誑外部，從此難以辦事，諒非鈞署所願。外部前文所允，若果作罷，於彼亦無體面。昨執原議，詰其不應將港、喀兩事牽混，微露港事無足重輕之意。理論數日，已電飭華使勿阻港事。此事華使忽生波折，費盡氣力，以辦妥港員為收束。儻彼仍提喀事，可以談笑磋磨，允否權在鈞署，若奉旨後無准照，請惟使臣是問。一年之説，外部言明實係常局，但使年内華民無事，決可接續。此係為港督前議轉圜，昔新嘉坡亦由暫而常，幸釋疑慮。成佳。

六月初三日遞北京

總理衙門：密。有電謹悉。已詳告英、法外部，均無異辭。辦理認真，不過如此。惟思滋事地廣，恐有會匪鼓煽。愚民可憫，會匪可誅。自治之道，拿匪不得不嚴，亦即杜彼族之口。成肴。

六月十四日遞北京

總理衙門：庚電謹悉。教案已誅四人，辦法無以復加。昨告外部，以華使苛求過急，非以靖變，正恐激變。外部然之，稱將電止華使云。成寒。

七月初二日遞天津

中堂李，請轉總署：密。法外部以閩、蜀等處又燬教堂，大局可慮，稱已約英、德兩國調兵自護，聽巴蘭德調度等語，意在合力觀變。似應飭各省格外嚴防，杜彼藉口，速結前案，免彼勾串一氣。成蕭。

七月十七日遞天津

中堂李，請轉總署：坎巨提事詢外部，據云克什米爾王築一礮臺，近坎非侵坎。聞俄兵攜精槍礮，遊獵帕米爾，相機覓地。請電飭喀什噶爾道留心邊界，但派人問有無護照，彼自知我境。成篠。

八月十三日遞天津

中堂李：海部因添船趕練，不暇旁收華徒。琅威理宿嫌未釋，教案迭出，彼怪北洋不派船巡江為漠視，馬現向外部轉圜，候回音。成江。

八月十七日遞天津

中堂李，請轉總署：寒電分告英法，慶常稟稱法外部云，接滬領事電，各口西人，朝不保夕，各使謂中國疲玩成習，煌煌上諭，視為具文，口舌難爭，擬即絕交，會商各國為自全計。又送節略，謂中國如無嚴厲痛切辦法，難再顧睦誼等語。探各國有添兵船分據商埠之議，俟再出案即下手。英外部於登岸耀武，持之甚堅。且謂各埠暫安，賴洋輪保護之力。此權一失，後患無窮。可否再電飭各省悉力保護，有教堂處暫紥哨勇，多派兵輪，分巡要口，查禁匿名揭帖。前奉上諭，再飭徧貼，聲名不准刪節，處分最遲延者一員，力任保護之權，隱寓自强之計。祈酌定電示，以便答復外部。成篠。

八月十八日遞天津

中堂李，請轉總署：告法外部懲犯、效官、恤償三事已辦到，尚何求？彼欲我力任保護，告以保護本係中國責任。彼謂如此自妥，允電李梅和平商辦。梅即到，稍加聯絡，可就範。篠電所陳，與其待彼催迫，不如由我自辦。兵輪無事，現正合用。派巡要埠，顯示保護，隱寓防制，亦杜彼自護之說。俟不再滋事，洋輪漸退，可與議善後章程。成嘯。

十一月十三日遞北京

總理衙門：英報緬甸英兵進驅華兵，對放空槍。不早劃界，恐肇釁。請電催滇帥，速查復措注為妥。成元。

十二月二十三日遞北京

總理衙門：真電告外部，據云須告知英兵實到何地，方能發電。滇帥指出地名，惟邊界不分。即電緬督，亦恐多爭執，宜速定計。成漾。

十二月二十四日遞倫敦

使館張：馬清臣意欲趁此索問野人山地，甚合鄙意，望速照辦。薛。

十二月二十五日遞倫敦

使館張：如能辦到野人山劃歸中國，總署必甚合意。俟有眉目，當電總署。請清臣儘力辦之。薛。

光緒十八年正月初一日遞北京

總理衙門：細思滇邊小地名，查亦無益。野人山舊案應歸中國，作天然界劃，去之則滇日蹙。即力爭滇不分界，難通商，華使嘗試，請堅拒。梅生罰太輕，即查英律力爭。成東。

正月十一日遞北京

總理衙門：梅生斷罪太輕，難以警後。已照會外部，請告華使以示一氣。覲見事，法外部云年例在邇，擬聽巴蘭德等會商。成軫。

正月十九日遞北京

總理衙門：咸電詰外部，據云英兵修路，通至礮臺，坎酋合那戛爾攔阻，英兵攻之，坎酋出奔，揚言借俄兵恢復。印督以坎酋弑父虐民，不能還。議立其子，尚未定。鈞署再向華使堅持，或辦到。成皓。

正月二十四日遞北京

總理衙門：　養電遵詰外部，似疑我置帕米爾度外，乃先動手。告以在帕立界牌，修墩臺，派兵巡歷。彼欣然，稱立電印督，妥商回覆。又云我受坎貢甚微，無管轄權，實非屬國。合先聲明，復與力辨，彼始無言。成敬。

二月初五日遞北京

總理衙門：　派員會辦一說，彼謂戊子年華使照會，早聲明坎事，當時並未駁回。中國向不管坎事，今忽欲管，未免多走一步。旋聞印督回電，願存坎而立其子，外部並不來告，及往詢則云因有續議，難送回音，大有並賴前議意。俟晤沙侯，再力爭。成微。

二月十六日遞北京

總理衙門：　英人狃越緬前樣，不願我預聞坎事，殊難以口舌爭。現始允我派員會立新酋，後不為例。恐其翻改，不得不見風收帆，允以此次由彼請我派員，後來查照向章辦理。惟派員宜速，免彼以不及久待為詞，須電喀道派員尤捷。成銳。

二月十七日遞北京

總理衙門：　巧電悉。即照會外部定案，告以華員未到以前，不得說出所立人名，後不為例。另有說，已函達，請暫緩辯，免翻全局。成皓。

二月二十四日遞北京

總理衙門：　華使臆說，請勿認。所論此次派員會立，其尋常繼位，是否由喀派員？應查向章，派則仍派，否則難援此次為例。若非常之舉，必須會商中國，貢金賞緞如舊。員未到，不說明一節，彼允電印督。初議立子，因坎酋挈家出奔，乃言明選其兄弟子侄，難豫定人。現與言立子更好，餘函詳。成敬。

三月初十日遞北京

總理衙門：　屢爭滇邊事，外部送劃界節略，內有數端，已先指駁，並寄呈。儻華使來議，請答以俟敝處寄到再談，以免兩歧。成蒸。

三月十四日遞雲南

督院王：現與英爭論野人山地，責令退兵，外部韙之。忽閱新報，永昌、騰越官出示責罰野人，不應阻止英兵。英必藉此盡踞各地，進佔滇邊，敝處難再開口。請電飭速收前示，查明出示之官，顯加處責，或稍補救。候電復。成願。

三月十五日遞北京

總理衙門：現爭野人山地，責令退兵，彼已辭屈。忽閱新報，永昌、騰越官出示嚴責野人，不應阻止英兵。英必執為進佔滇屬土司案據，敝處難再開口。請電飭速收前示，查明出示之官，顯加處責，或稍補救。成咸。

三月十七日遞北京

總理衙門：坎事早定，靜候選定新酋信息。帕事值外部放假，俟兩旬後開議。成篠。

三月二十二日遞北京

總理衙門：英接印電，擬立坎酋弟摩韓美德拏星為酋。據云喀道亦函薦之，請電飭員赴坎。成養。

四月二十一日遞北京

總理衙門：會立坎酋事，外部文詢派員官銜姓名，請電示以便照復。成馬。

四月二十八日遞北京

總理衙門：英廷已飭駐俄英使與俄外部商議帕事，須各派員赴帕察看，再告中國會議。此事在我，干係已輕，儘可俟從容商榷，而著重尤在俄國。滇界事如交敝處先議大略規模，儻華使照會到署，請答以已交敝處詳復外部，且趕商數月，希冀爭得數分，稍固滇邊。歐使到京，此問恐難著力。成儉。

五月初六日遞北京

總理衙門：　漾江電敬悉。帕事英、俄先自妥商再定。滇界事外部甫答文，堅韌不讓。緬督半月後來英，外部須約使署與印度部及緬督會議一次，當露端倪。成魚。

五月十六日遞柏林

中國欽差許：　接總署電，云帕地非界內，是屬地，詳載西域圖志。四月致竹使函，繪圖錄說，可備辨論，希向竹使索觀。此局不定，後慮正多。德館歲稅事不速覆，巴使屢催詢，希電竹使商定迅聞。成轉電。

五月二十日遞北京

總理衙門：　新疆巡撫派盛令會立坎酋，微嫌官小。如速電派參遊等員，尚趕得及。或電准盛令，暫照知府銜行事亦可。候電示，再照會外部。成號。

五月二十二日遞柏林

中國欽差許：　總署電云，請轉電竹使轉疆撫，會立坎酋，英已知派張鴻疇，不便改員。盛令官小，不足為國重。請仍派張往，隨帶二三十人，不可再多。英定閏六月會立，宜速往。馬格理之子在喀，通華、英語，張可帶往。本署今日與英使商定。成轉電。

五月二十三日遞北京

總理衙門：　阿富汗奪蘇滿卡，外部謂我未先將欲守帕地之意告英，致有此誤，俟電查明白，送回信。惟我既勢成騎虎，擬催令電飭阿酋速讓此卡，再候三國會商。西事日多，音信過遲，似宜速展電綫由肅州至烏魯木齊。成漾。

五月二十五日遞柏林

中國欽差許：　總署電云，漾電悉。俄使來言，俄因我不肯撤邊外卡，將派兵進紮穆爾格阿布河。據理力斥，始允電告本國，以阿兵佔地告之，彼不甚在意三國不佔之說。據云本國不以為然，但允勘界。現若促阿退兵，慮俄進佔，英又有詞。此事只可以三國分地為歸宿，試與英相機商之，並轉竹使設法辨論，一面電喀城，告以俄兵如進，不必驚慌，不可生事，俄固謂非來尋釁。新疆電綫已撥款興辦。成轉電。

五月二十七日遞天津

中堂李，請轉總署：已告外部，蘇卡交阿兵暫守，勿讓俄佔。各不佔之說，難辦到；三國分地，事較易商。惟須延時日，且著重在俄。成沁。

六月初一日遞江甯洋文

督院劉：因梅生監期將滿，出監之後，不可令其逃逸，是最要緊。請飭上海道與担文相商，速報英按察使：梅生之罪，一通會匪，二違例雇人，三偷運禁貨。儻按察使不允審辦，即請軍機處發諭。此間正在與外部爭論此事，洋文原電示英律師担文，渠自能知如何辦理。

以上辦法，尊意以為然否？請電示。薛。

六月初二日遞北京

總理衙門：滇界事設法磋磨，漸有轉機。惟外部有換人之說，又須閱月，方能會議。約計秋間當有端緒，擬請豫電滇督，派員先查野人山地，現可不必秘密，彼知我往查明白，則於各土司犬牙相錯之地方不敢圖朦混。成冬。

六月初三日遞柏林

中國欽差許：阿部佔帕地，請速告俄人，俾出理論，以資牽制。成江。

六月初五日遞天津

中堂李，請轉總署：冬電詰外部，已電阿酋清理。據云兩旬方到。今擬商外部，飭阿賠禮，並償恤布回。雖難盡如志，必如此方得體，且可早釋布回。候電示，並請電疆撫查布回受虧情形。成歌。

六月初七日遞北京

總理衙門：　外部來信，印督定閏月廿三日會立坎酋。由喀至坎須兩旬，因陶撫有改派周折，未知趕得及否？成虞。

六月十二日遞北京

總理衙門：　賠禮償恤已告外部，彼云俟飭阿戢兵釋放回戶再議。越南身稅事，擬再辦文催法外部，請尊署亦催問李梅。彼於鐵路等事無罅不尋，無理取鬧，今我按約應論之事，豈可聽其推宕！　梅生罪名，英聽律師之言，堅不就範。擬再辦文與爭，一面電南洋，設法勿令釋放。以上二事，雖難收速效，亦可掣其他事之勢。　會立坎酋禮節，外部云英使居中，我使與克什米爾使在左右。　昨與力爭，彼允我使、英使為一班，左右各便，克使居後。　議定後擬由此間函告喀道，尚趕得及。成文。

六月十五日遞江甯

督院劉：　梅生事，外部來文，謂尊處已愜意，不允加罪。釋放期近，爭辨俱窮。仍留中國，為患可慮。　英例已定之罪，難再議。　前電三罪，係在原控之外，或一二罪亦可，外部已露允辦意，謂難照辦，恐係洋人相護之習。若明言出鄙意，徒授洋人口實，且難辦到。　請以尊意電飭滬道招狀師，報英按察使，上控英廷，此間方可再爭。否則請示難辦緣由，以便電覆總署，由此罷論。成。

六月十八日遞江甯

督院劉：　電悉。招律師上控，權在我。　祈速辦成，勿告領事，免掣肘。成。

六月二十四日遞江甯

督院劉：　英領事電外部云，律師已告華官，謂控梅生證據不足。　可見彼聯一氣，亦畏我再控。　如担文不遵，可由道臺照會領事，以偷運禁物違例雇人，請其報英廷審訊。勿再提火藥案。外部雖允驅逐梅生，然難以儆後。現擬辦文再爭，無論效否，暗中有益。成。

六月二十八日遞北京

總理衙門：俄廷密告英使，派兵巡帕，無據地意，秋初即歸，但冀怵華兵全退，亦不尋釁。梅生將釋，外部謂原控炸藥，罪止此。我前受律師騙，控輕罪，今又在滬阻再控。請電南洋飭滬道，以偷運洋槍等罪照會領事，即可再爭。成儉。

閏六月初二日遞北京

總理衙門：滇事照會外部，據云沙侯去留未定，難速答。約計兩旬後，外部事定，當可開談。會立坎酉，已展緩一月。成冬。

閏六月初四日遞北京

總理衙門：二月間咨呈滇邊事，祈查文中薩洞納地，及鄂刻一統圖古勇土司地，請滇督電騰越官查二地向歸中國最近實據，電復。半月內盼回音。儻到會議此事，得實證則全局皆振，否則恐失勢。成支。

閏六月初八日遞喀什噶爾

道台李：會立坎酉，已展緩至西九月二十五，即中七月十五。盛、張二員已過喀否？有一訂明禮節要函，託英外部徑寄棍雜城。薛，倫敦。

閏六月十二日遞北京

總理衙門：英接阿富汗酋回信，據云不知前事，即飭阿員查釋布回。梅生已逐出華境，昨發照會與外部，綜論前事完案。成文。

閏六月十五日遞柏林

中國欽差許：俄兵分三隊入帕，聞在蘇滿與阿兵爭鬨，其靠東一隊，似已軼入華境。尊處所聞如何？請示。成咸。

閏六月十五日遞北京

總理衙門：　客臘接真電，騰越西北土司報英兵遊邊外，報者有昔董土目否？亦可作屬我之證。請電滇督查示。成咸。

閏六月二十七日遞北京

總理衙門：　今日外部新舊交替，領事調兵船事，外部深為詫異，允立電華使查覆。請先以違約擅動詰責華使，俟外部接覆音，再與理論。成沁。

七月初五日遞北京

總理衙門：　華使覆外部電多支飾，其分別在兵船多少，兩船則近挾制，一船則資乘坐，所以須得領事函件為證，則華使他語皆虛。竊意船若入湖，可以爭令必撤。今空詞，易狡賴，恐難如志。然此等事須與切實理論，亦可做後。外部謂撤領事事，俟華使覆文核辦，恐華使必有捏飾。據電稱領事僅擬帶兵船一號，而鄂電云二號，請電鄂，檢該領事函件，寄來作證尤妙。成微。

七月十三日遞北京

總理衙門：　現爭昔董事甚急，外部疑非出鈞署意，請面催華使，速催英兵退出昔董，以示內外合志。成覃。

七月十八日遞北京

總理衙門：　滇事會議兩次，告以昔董撤兵，中國自能保護商旅。請再乘機嚴催華使，可裨全局。又華使電外部云，撤領事似非出署意。日前有此一著，華使隱為奪氣。今雖不催速撤，請告華使，前因領事謊稱英廷令調兵船，所以電使署商撤。否則外部見疑，恐妨他事。成號。

七月二十八日遞北京

總理衙門：　屢催昔董撤兵，外部忽造停商之說，冀聳聽聞，足見氣餒。擬請堅持，似即就範。昔董退則滇西土司皆安，界務迎刃而解。請告華使以地即非中屬，敝處所爭，別有道理，英不能不認，而況早經收撫。成儉。

同日遞北京

總理衙門：昔董亦野人山地。英去昔董，必退至大金沙江以西，方可劃江為界，以保固諸土司。乙酉舊議，英雖滅緬，而野人山地數千里，本非緬屬，勘界時須兩國均分。夏間向沙侯申此議，沙云頗有道理。今爭劃江為界，英自無詞。因江以西野人山地，尚贏兩倍也。成儉。

八月初五日遞北京

總理衙門：請電滇督急查電示，昔緬甸在大金沙江東岸轄地，逾八募以北尚有多少里？至何地為止？華文地名及土人譯音並須詳示。再緬盛時於何年管過昔董否？成微。

八月二十一日遞北京

總理衙門：圖說盼切。昔董駐英兵，各土司終不安。英廷謀議已轉，若不索昔董，更可速了。但關係全局，敢不慎重！成馬。

八月二十七日遞北京

總理衙門：滇帥電俱悉。聞穆雷江左右，從前野人設卡以拒緬甸，須查此卡所在地名，詳示華名及土音，並距八募若干里，可作實證。請電騰越官向滇商查詢，必得梗概。雖回電稍遲，目下英漸轉圜，能備而不用尤妙。成沁。

九月初六日遞北京

總理衙門：外部於滇事口氣早鬆，卻以英廷審量為辭，未答實信，或慮其密屬歐格訥到鈞署試探消息，再作翻騰。歐使攜去滇緬圖說甚多，轉瞬到京，儻來嘗試，恐中外持論稍歧，授以罅隙。擬請鈞署但催昔董撤兵，且告以諸事交敝處在英商辦，無須置議。彼計難施，當有結束。法外部屬李梅商辦數事，滇殺教士，如果確實，自宜迅速查辦。所云華匪越界，近於無理取鬧，似應嚴斥。問答節略即寄。成魚。

九月十五日遞北京

總理衙門：英之印度部及邊吏，壹意佔地，貪多無饜。昔董駐兵，勢必誘脅土司，窺伺滇境。外部尚知大體，顧公法，惟總疑催昔董撤兵及索劃野人山地非鈞署本意。密屬歐使到署磋磨，冀可俯順邊吏之意，或圖另索利益。此策不行，方肯與敝處了結。乞賜始終主持，告歐以前兩端實國家之意，但已責成敝處商辦，無須多論，滇事可速就範。成咸。

九月二十二日遞天津

中堂李：滇界事將就範。惟歐格納過津，或進異說，冀相牽掣，請勿理。成養。

九月二十七日遞北京

總理衙門：頃赴外部催滇事，確知專待歐格訥電信，始肯回答。歐磋磨之法，或借別項難事繞到滇事。請答以事須各辦，勿容牽混。外部又論湖南揭帖，告以必切實嚴防，互全睦誼。成沁。

十一月初八日遞上海

道台聶：請轉滇督王，外部鈔送張鎮鄒守等二月十三會銜告示，嚴拒野人為昔董不退兵之證，致諸事難爭。可否暫撤張鎮，或記過，以明告示非國家意，俾資辨論。成齊。

十一月十九日遞天津

中堂李：儉電諒蒙鑒核，請轉總署。滇緬真界，悉照滇圖界綫議定，無甚出入。今所爭論，惟撣人、野人山地，暨昔董退兵事，已彼此稍讓。成皓。

十一月二十六日遞北京

總理衙門：滇事議到八分，外部微允野人山作甌脫，印督不遵，忽派兵赴息馬，攻野人，以逼滇邊。請鈞署向歐使詰責：何以昔董未退兵，又紮營息馬？外部隱願我嚴詰，可轉詰印督。此事了則全局定。成宥。

十二月初四日遞北京

總理衙門：印度部蠻横，又停商界務，據云俟征服野人再議。既以護商為名擾我息馬，現又派兵赴近盞西之開社。請告歐使，彼停商非理，不俟兩國説妥，擅派兵，更非理。若不速退，我亦須派兵赴我應分之地保護華商。外部已示意，我愈嚴詰，彼可為力。滇局安危所繫，祈鼎力主持。再彼稱中國向不重邊務，又狃春間騰越鎮廳告示，恐漸肆侵佔。請電滇帥籌整邊防，多偵確信，電達鈞署。謹候電示。成支。

十二月初五日遞北京

總理衙門：爭野人山地，非期得地，期立妥約，保滇疆。外部願速了，印度部有窺滇意，以數十年前事揣測鈞署及滇帥，昌言無忌。鈞署、滇帥示以力爭不讓，彼自奪氣，外部可用力，必速了。了此則竹使議帕事亦有勁，少阻礙。成微。

十二月初十日遞北京

總理衙門：印督恃强嘗試，恐漸窺滇，事機緊要，已赴外部爭論，告以中國衆議，亦須派兵赴野人山地保護華商，以符公法。外部允與印度部妥商。如歐使來探，請免答辭兩歧。成蒸。

十二月十三日遞北京

總理衙門：齊電甫到，野人地息馬亦非緬界，請駁之，否則彼據為默許之證。外部固與印度部一氣，仍視鈞意鬆緊為進退，祈鼎力堅持。屢請英速退兵，議定界務，再治野人，彼答妥商，似候歐使密電者。蒸電所言，英廷頗顧慮，亦請微諷歐使。成元。

十二月二十三日遞北京

總理衙門：齊電催外部，允訂期商議。惟英廷稱鈞署意和平，使館認真過分。請再催歐使電印督撤兵，以示辦法一律。成漾。

光緒十九年正月初九日遞北京

總理衙門：有魚電悉，仍請堅持。騰越八關，除漢龍淪於緬外，黄楙材日記謂天馬亦淪緬，滇圖尚在綫内。又滇圖銅壁在紅蚌河内，洋圖在河西，英廷方爭紅蚌河為界，謂華使曾向鈞署説過。然恐失去銅壁，請電滇帥再將二關實址電查速示。成佳。

正月二十九日遞北京

總理衙門：昨英廷允自金沙江東至中國老界，作為兩國甌脱，又在潞江左右稍讓我地。我既體面，亦可風示俄、法。次日印度部忽將讓地事翻悔，外部願調停依原説，現正候信。請告歐使，國家總盼金江以東盡為華界，必有益。成宥。

正月二十九日遞北京

總理衙門：印督有窺滇意，必欲全得野人山，故翻甌脱之議。成知其叵測，磋磨半年，彼尚枝梧。請告歐使，廷意必欲以金沙江為界，則此間可辦到甌脱。議院方責英廷不應徇印督意，與中國齟齬。擬請申派兵護商之説，辭雖嚴，必無礙。合龍在旬内，一失此機，恐又拖延。成艷。

三月十二日遞北京

總理衙門：密。外部允潞江左右各讓一地，滇西老界連野人山者，悉展出十六里，作我外障。惟昔董大寨未在内，姑向索之。據云電商印督，即有回電。鄙意得昔董固妙，不得亦擬了結，以杜變端。惟彼有願商鈞署之言，恐其復悔前説，希圖翻去。萬一歐使來嘗試，想鈞署自有權衡。成文。

三月二十五日遞天津

中堂李，請轉總署：密。滇事磋磨已久，彼堅不認曾侯前議。又謂新設威邊廳係卡瓦舊地，與車里、孟連兩土司向均入貢於緬，索為兩屬，緬官又以照約入貢為恥，隱圖狡賴。外部被印度部牽制，動輒停商，殊覺計窮力竭。惟印度覬逼滇疆，意甚叵測。此次分界，若不稍展拓，無以折彼隱謀，兼啟他國窺伺。賴鼎力始終扶助，伸金沙江為界之議。彼有所憚，漸就範圍。頃外部來文，據與印督商定孟定橄欖坡西南邊外，讓我一地曰科干，抵潞江左岸，凡七百五十英方里。又自猛卯土司邊外作直綫，抵潞江麻栗壩之對岸止，悉劃歸中國，約八百英方里。又久淪於緬之漢龍關，勘界時可歸中國。至展出野人山十六里一層，因山河形勢未能畫一，印督又稱昔董野人最悍，失此則彼不能彈壓，堅不肯舍。現議以野人山地之息馬及其迤北、迤南歸中國，約三百八十英方里，彼此較易分守。又允我收回車里、孟連、威邊全權，自後與英無涉。又允飭緬員明年呈進方物。查展地皆係靠邊，較易控轄。其餘分界可悉照滇圖界綫。似此收場，雖稍變換曾侯前議，尚足與三端相絜。明知荒地無益，必稍有所展，一杜各國輕視，二窒印度狡謀，三護滇邊土司，四免彼勘界時侵境。正定議間，歐使謬稱威邊地實兩屬，寄到證據，外部又來文索取。惟據密稱成議在先，若速了結，以便兩國派員，歐說仍可罷論。彼族異常黠韌，刻思乘機翻悔。歐使又暗中惎撓，事機呼吸，應否摘要先呈御覽，電示機宜？迅與定局，杜彼狡變，一面由鈞署奏陳，敝處亦具摺詳奏，並與外部商訂條約。通商章程，擬草後當再電再奏。約三四箇月可了事。前論分界，索彼已得之地，故難。今議通商，歆以可獲之利，故易。八募開埠係商務中事，隨後再議。惟新任請簡，逾期到洋，必在滇事全了後，懇速定。再由古勇經高隴瓦城至昔董大寨，其間尚有何地，及靠邊地名，各地相距里數，請電滇帥查示。成宥。

三月二十七日遞北京

總理衙門：　英廷允還漢龍關，惟華名土音歧異，地難指出實據。云若在猛卯土司東南，必還，否則難定。查漢龍關土名宛定金養，近猛卯城，隔瑞麗江。請電滇帥電騰越廳，派員同猛卯土司查勘確實電示，先與外部證明，免勘界時受彼朦混。成沁。

四月初七日遞天津

中堂李，請轉總署：　條款大概不出前意，惟須互爭字句，或與商務並訂，非三四閱月不辦。約既定，事即了矣。新任簡放後，非大半年不到。孱軀難於事了後再待半年，乞賜體恤。簡新任與訂約本二事，若合併為一，恐心緒忙迫，轉致貽誤。私志不以難事遺後任，現與外部說明，不因放後任而變卦。惟歐使來探，宜渾示不滿意耳。成虞。

四月二十一日遞北京

總理衙門：　滇帥前電稱天馬關被野人占跨，今外部稱此關早歸緬屬木邦土司管轄，請電滇帥查詢。若僅屬野人，尚可爭回；果入木邦，勢必歸英；如另有可爭之鐵據，亦請電示。成箇。

六月十七日遞天津

中堂李：　寓暹華商稟求兵船保護，英、德等國皆添船護商，華民在暹尤眾，請派兵船赴暹海口，隨同英、德等船進止，最妥。可慰輿情，尊國體。若須入口，中、暹向無條約，可告駐英暹使電知該國，隨後再議。成篠。

六月二十二日遞北京

總理衙門：　法脅暹羅割瀾滄江東岸地，與滇接壤。外部屢催分界，應電滇督勘查，非可猝議。外部告敝處願不稍侵滇屬土司，彼因暹事未了，措詞和順，宜仿英廷辦法，由使臣請外部依言寫立憑據。如此，雖一兩年後議界無妨。若暹事大定，彼必漸生覬覦，或致棘手。立據一節，擬請先告李梅，再由敝處試辦。萬一未能辦到，應早由署與李梅妥議，以弭後患。成養。

六月二十六日遞北京

總理衙門：暹已割地議和。查車里有四城在湄江西，八城在湄江東，法所覬者，東八城也。法印地圖將東八城繪入法界，敝處詰之，外部自認錯誤。英以車里歸我，明知狡計，然會典一統圖及滇督來圖，皆隸滇境，斷難一旦棄之。法人現詢英廷，英願助我作證。現商所以答法人者，俟中英條約刊出，更多一重公案矣。暹尚自主，土司貢暹，與法無涉。請將與李梅所論，詳告仰蘧星使，以便內外接洽。成宥。

同日遞北京

總理衙門：車里屏蔽滇南，關繫形勝。李梅朦混，駁之甚當。似應明告李梅，俟滇督詳覆，再與妥議。洋圖購寄。成宥。

六月二十七日遞北京

總理衙門：細思李梅意甚狡，外部立據，不過聲明車里所屬十二城在法國權利之外。雖難辦到，請姑試之。順則旬日必成，日後免大爭論；不成則知法謀不善，可由署速與李梅議界。今但請告李梅，已電使臣與外部先商大概規模，便可著手。成沁。

六月三十日遞上海

道台聶，請轉滇督王：界務將竣，惟印督繪圖，虎踞關在南碗河東，冀蹙我地。儘力與爭，外部謂指明實址，即可更正。請電派騰越一員，督同該關撫夷親履虎踞關，查明四至近地里數並土音名目，即攜電報新編赴八募，速電敝處，並報明住址。如再不信，可由外部電八募英員，隨我員赴該關一觀。成。

七月初五日遞北京

總理衙門：中國稱車里為十三猛，洋稱十二板納，即十二城也。然屢次遷徙，要地已多更改。法刻地圖，將車里及普洱邊地劃入法界。前詰外部，據認不足為憑，問答節略已寄。照會提否？請酌。成微。

七月初十日遞巴黎

中國使館慶：接總署電，近已照會法使，云中越兩界，孟賓為止，其西係雲南土司所屬十三猛地方。若由孟賓沿暹羅而抵湄江，須向南轉西，繞過車里邊界，並非一直向西。來圖不符，俟滇督查覆再商。應先聲明，法國欲由孟賓通至湄江，自無不可，惟車里土司所屬界內，不許法國侵及，亦不得稍損中國權利，法暹界務，中國亦不與聞，庶免辯論而昭睦誼。請電達外部候覆等語。希將此意再照會外部，即請照擬洋漢文稿待發。薛。

七月十一日遞上海

道台聶，轉滇督：仍請電騰員速赴八募，以虎踞關址告英員。已請英廷電八募官接應。不如此則爭不明白。成。

七月十八日遞上海

道台聶，轉滇督：查虎踞關在邦杭山。天馬關在邦欠山。如兩關久圮，請查明邦杭、邦欠山實址亦好。邦杭離漢董尤近，請查相距里數。成。

七月二十五日遞北京

總理衙門：磋磨數月，界務已竣，又索得英前駐兵擾邊之漢董。商務已論明大意，現擬約款，並先疏報大概情形。成有。

七月二十七日遞上海

道台聶，轉滇督：已告外部，候滇員赴八募。虎踞東至南碗河，西至孟威，西南至盆干天馬，東至南蓋，各若干里？查出尤妙。成。

九月初十日遞上海

道台聶，轉滇督：騰員尚未到八募，悵甚！英廷接八募電，稱滇官飭南莫江外緬屬之毛秀土司勿完英官賦稅，又因華官將到，飭緬屬盆干土司辦差，憤甚，幾至決裂。蓋虎踞、天馬，英早據之，今既查出，彼始悔前誤許還我，每欲借端尋隙。請飭邊吏切勿生事，以便索還兩關。若毛秀、盆干有屬我鐵據，亦請電示。成急欲定約赴法，並交卸，專候二關消息。若不妥協，祇可於約內聲明二關俟勘界時再定耳。成。

九月二十二日遞上海

道台聶，轉夔帥：委員久不到八募，恐墮敵計。請電催督，十月十二莅八募。台端如發電，由騰送八募問好，更聯交誼。成。

九月二十四日遞八募

中國委員：與英員格外聯絡，望詳示虎踞、天馬關情形，能探明漢龍關實址更妙。薛。

九月二十七日遞北京

總理衙門：法外部告敝處願保全暹羅自主之權，湄江東岸暹兵退淨，條約照行。法必退兵，然後再議保護。據又云現與英議車里南界外局外之地，俟議妥讓歸中國管屬。英廷送節略，亦願歸中國。查此係難得機會，英、法、暹皆不能管，惟中國受之可息爭端，有利無弊，車里格外穩固。西南兩面，以湄江為界，勘界時更省事，中國聲望亦愈隆矣。不受則反多後患，聲望更損。英人又稱得我隱助，事有轉機，願與中、法同約保護暹羅。此亦不費之惠。成沁。

十月初八日遞北京

總理衙門：商界約稿可定，因虎踞、天馬兩關，滇中不知其址，難以懸寫。英電邊吏會滇員往勘，兩旬後得報可定。英擬保暹約稿，由歐使送署，如何商核？請示大意。辭行國書，祈查電核發。成齊。

十月二十八日遞北京

總理衙門：英外部稱湄江東岸甌脱，最要緊者東面，須以南瓦江即大宣河為界，方與法人界劃分明。車里等處自然穩固，即勘界亦甚省事，請與法使言之。成宥。

十月二十九日遞新嘉坡

中國領事黄：洋藥新章速遵辦，圖補救。巴西招工數百人，迹近拐販，望嚴查截禁。薛。

同日遞北京

總理衙門：條約將定，先陳大意：除分界妥照前議外，一、英人本謀由野人山通西藏，惟怒夷以北，人迹難到，無從查勘，恐受彼朦混，誤分藏地，關係非輕。現與爭二十五度半以北暫緩劃分。一、八關内之虎踞、鐵壁二關，今始知亦早被英人占踞，賴有成議在先，彼難遽翻。俟英員偕滇員勘確，即有來電，當可劃還。一、彼堅不認曾侯前議，而大金沙江行船，補益全局，磋磨半年，已漸答允。一、八募設中國租界及税關，尤關重要，力與爭論，據云可商。一、英人恥居法後，援天津法越條約，謂法添龍州、蒙自、蠻耗領事三處，亦欲設雲南、普洱、順甯三領事。爭論久之，現議我在仰光，彼在永昌，互設一領事，英人意尚未愜也。一、法越條約，陸路通商，進口税比海口減十分之三，出口税減十分之四。現因英人欲與法一律，方設法翻騰，與議正子税並交，每貨值百兩，交税七兩五錢，任入内地無税，如此則税數不減海口。若英必不允，祇可仍照越約。一、現議華貨運緬，英關概不收税，似於華商有益。以上皆係大端，如臨時小有變動，亦擬通融了結。其餘照舊約通行之式，彼此無甚出入。俟定全約即電陳。成艷。

十一月初三日遞北京

總理衙門：前向英索還久淪於緬之漢龍、天馬兩關，英既允許，其餘六關閲滇圖皆在滇邊，英人亦無疑義。今英員、滇員會勘虎踞關址在極西，已屬緬百餘年，深入敵境四五十里，英人屢加工程，勢難索回，又不值因一處而礙全局。天馬關內亦有英兵修路一條，現將定約，應否留出一款，聲明此段俟滇督與英員細勘劃分，抑或兩邊相讓，擬定界址，一了百了，以省後來轇轕？請電詢滇帥示復。成江。

十一月二十五日遞森彼得堡

中國欽差許：署電述尊電，英允讓俄小帕米爾。頃詰外部，據稱俄使送節略，內云俄不越小帕山嶺，並無小帕歸俄之說。且英祇能自顧界限，界外即非所問。小帕既在中國界綫，當自向俄爭論，非英所能代爭。添兵畫守東南一節，亦與節略相背等語。鄙意俄人假託嘗試，固在意中，似當辯證明白，勿受朦混為要。成有。

十一月二十六日遞北京

總理衙門：小帕事詰外部，據云本非英地，英自不能管，非讓與俄，中國可自爭，勿受朦混，添兵畫守，亦無此說等語，已電許。成宥。

十一月二十七日遞森彼得堡

中國欽差許：節略云，俄人蹤跡至小帕嶺北為止，想係渾淪言之。因非英地，英亦不復深求，但絕無讓地一說。成沁。

十二月初十日遞柏林

中國欽差許：已遣清臣與英外部商小帕之地，外部似願意，另函達。成蒸。

十二月十三日遞天津

中堂李，請轉總署：滇緬約已竣，即電呈。英、俄劃帕界，小帕米爾已歸英綫。昨商英廷，可將小帕劃與中國。據云俄不能阻，如得小帕，中國面子已好，祇須與俄商定西界。帕事較易了，惟英俄約將定，稍遲便難商，速商則旬內可定。應否與議？請呈御覽，候旨定奪。成元。

十二月十六日遞柏林

中國欽差許：總署電云，元電悉。英願劃小帕與中國，實為兩益。趁此機會，如能將南界議定，則西界專與俄商，較易措手。應即與妥商，並將辦理情形告許，遵旨電達云。成鋭。

十二月十六日遞天津

中堂李，請轉總署：英劃小帕，西界瓦罕，南界大山，大約無甚可議。惟我如失阿克塔什、塔克敦巴什，則小帕為俄所隔，須力爭此二地，則西南界皆定矣。寒電詰外部，據云不在我境。印督為不讓虎踞關作勢，今既了結，當可相安。成銑。

光緒二十年正月初六日遞天津

中堂李，請轉總署：滇緬商約，以磋磨八募設關，大金沙江行船二事，稽延半年，均已就範。正將電呈，印督忽復翻異，所索過奢，有萬不能允之事。印督跋扈，外部無權，事之難辦在此。祇可刪去八募設關，以杜狡謀，並限制其領事及商路，滇境亦不開埠，但設邊關。茲將商界廿條撮要電呈，惟地名煩碎，祇約舉大勢：

一、兩國界綫，自北緯廿五度三十五分，北京西經十八度十七分，岡尼格山起，隨山脊西南，過薩伯坪峰，溯南太白江，以昔馬歸中國。又溯穆雷江東南，溯既陽江，順南奔江即紅蚌河，入太平江。

二、溯庫弄河南，經洗帕河，以鐵壁關漢董歸中國。循山脊至南碗河，向西南，轉東南，溯南莫河西支，以蠻秀天馬關歸中國。東溯瑞麗江至孟卯，又天馬關北有大路，除華民行走外，可借與英人行走，亦許修路護商。惟英兵過路，不得逾二百名，廿名以上，須行文知照。

三、自孟卯向東南，約劃一直綫，至麻栗壩，過潞江，以科干地歸中國。曲折向東南，至瀾滄江。

四、北緯廿五度三十五分之北，俟將來查明情形，再定界綫。

五、英國允將車里、孟連兼屬緬甸之權均歸中國，惟訂明中國必不將車里、孟連一小地讓與別國。

六、勘界官限定換約後一年内相會，三年内一律勘定。

七、劃界後八箇月内，兩國各將越界兵寨退出。兩國駐界之兵，各擔保界内野人安静無事。兩國皆不在邊界三十里内建修新舊礮臺。

八、英國於華貨入緬，緬貨入滇，除鹽米外，六年内概不收税。

九、凡出入滇緬邊界之貨，祇准由蠻允、盞西兩路行走，暫照陸路章程減税之數，俟貿易興旺，或當酌量添設邊關。

十、各種槍礮、軍械、軍火，非經國家准購，應禁販運出入。

十一、緬鹽不准入滇，銅錢五穀不准運出中國。兩國洋藥土藥，不准由邊界販運買賣，犯者貨即入官。

十二、中國運貨運礦産各船，任意大金沙江往來行走，與英國船一律。

十三、中國在仰光設領事一員，英國在蠻允設領事一員。俟商務興旺，兩國再商添設。

十四、兩國商民赴緬赴滇，可請蠻允、仰光領事給發護照。

十五、兩國如有逃犯，一經行文，即應設法拏獲互交。

十六、察看情形，俟可以通電時將兩國電綫接連。

十七、兩國人民凡有權利，均與相待最優之國一律。

十八、此約係中緬陸路應辦之事，互相允讓而立。如有索問此權利者，亦必有同樣允讓方可。

十九、商務章程，試辦六年，續議修改。

二十、此約畫押後六個月内，在倫敦互换，立即開辦。

以上界務，則西南兩面均有展拓，收回車里、孟連兩土司全權，鐵壁、天馬等關，昔馬、漢董等要地。商務惟大金沙江行船，係我所得格外權利。其餘多仿約章通例，而我獲益稍多。雖八募設關為印督所阻，亦已將給彼權利稍稍撤去。惟各條互相牽抵，稍有更動，恐掣全局。印督嫌外部讓地較多，至今耿耿，又恨未能在滇多設領事，力圖宕緩此約，則界址未定，門户洞開，彼可相機占進，改訂條約。可否進呈請旨，俾速與外部畫押，以杜變端？既將滇事結束，方可開談小帕。前雖據滿口應允，似無枝節，然彼族善於翻悔，總以速定為宜。鵠候電示。成虞。

正月二十六日遞天津

中堂李，請轉總署：條約已畫押，小帕商之外部，願讓與中國。據云前告俄廷，尚無回音，彼雖不能阻，總須得覆，方可互立約據。竊思中俄界未定，俄未必答英，求之過急，又恐啟英索報之意。擬初四赴巴黎，摒擋交代事務，請俟龔使到後，俾督同馬格理商辦，必可妥協。成宥。

二月十二日遞天津

中堂李，請轉總署：法外部索熱河教堂賠款，仍多嘵辯，已堅拒而詳曉之。恐法使到京，尚須饒舌。成文。

二月三十日遞北京

總理衙門：英外部接印督電，稱現方等候劃界，滇邊華官不認向來界綫，請我飭邊吏暫照常辦理，俟行條約後再更動，可免生事。成卅。

三月十四日遞北京

總理衙門：英廷執辛丑年為貢期，屢爭始改訂今年。旋自悔太早，定滇約時，不肯畫押，要挾頗多，姑允暫緩以免決裂。彼懇代達鈞署，答以無益。彼云請而不允，無悔。是此事權本在我，丙戌條約，彼知難翻。其覆文本不為憑，故作攙擾，非其實意，不足與辯。惟滇約未換，催之過急，恐生他變。最妙莫如由署允再展一年，告以丙申年辦貢，斷難再緩。實尚早於原說五年，此以鬆為緊之法，彼更無辭，新任並不為難。成寒。

六月初一日遞天津由上海發

中堂：廿八抵滬，大為紅海炎熱，閩洋颱風所苦，困頓殊甚！休養旬日，擬依原奏暫回無錫。滇緬界約互換，期在七月。約本已否寄英？念甚！請轉總署。成朔。

六月十七日遞天津由上海發

中堂：日内即擬回錫，趕九月二十前到京，不誤覆命及慶典。成篠。

庸庵文别集

凡例

一、别集分類纂次，謹依文編體例。首奏疏、次書牘、次論説、次書後、次記、次序、、次家傳，各類仍按年月先後為序。

一、先公遊曾、李兩相國幕府，前後各八九年，所擬疏稿書牘多關繫時局之文，惟曾幕諸作，大半散佚，故是編採輯疏牘，以李幕為多。

一、擡頭之字，概作平擡，以歸簡易，體例均與前刻文編相同。

一、别集編次未經先公手定，雖仍正編體例，而先後次第恐不能悉當，幸大雅教正焉。

光緒二十九年仲春月，薛瑩中識。

卷一

代李伯相籌議交收伊犁事宜疏 己卯

奏為遵旨籌議交收伊犁事宜，恭摺密陳，仰祈聖鑒事。

竊臣承准軍機大臣密寄，八月二十三日奉上諭：『總理各國事務衙門奏籌辦交收伊犁事宜，請飭疆臣覆議一摺，據稱連接崇厚電報，內稱約章皆定議畫押，并將現議條約十八款摘要知照。償費一節，尚不過多。通商則事多轇轕，分界則弊難枚舉，亟宜籌畫布置，迅圖補救各等語。崇厚出使俄國，固以索還伊犁為重，而界務、商務，關繫國家大局者，自應熟思審處，計出萬全。且疊經總理衙門電致崇厚，若照來函，有礙大局，節略內并言所損已多，斷不可行。該大臣尤應遵照辦理，設法辯論，乃竟任其要求，輕率定議，殊不可解。現在俄約既經議定，其第七款中國接收伊犁後，豗爾果斯河西及伊犁山南之帖克斯河歸俄屬，第八款塔城界址擬稍改，是照同治三年議定之界。又於西境、南境劃去地段不少，從此伊犁勢成孤立，控守彌難。況南山劃去之地，內有通南八城要路兩條，關繫回疆全局。至第十款於舊約喀什噶爾、庫倫設領事官外，增出嘉峪關、烏里雅蘇台、科布多、哈密、吐魯番、烏魯木齊、古城七處，亦酌設領事。第十四款俄商運俄貨走張家口、嘉峪關，赴天津、漢口，過通州、西安、漢中，運土貨回國同路，不特口岸過多，並與華商生計亦有妨礙。允行則實受其害，先允後翻，則曲仍在我。自應没法挽回以維全局，著左宗棠、金順、錫綸將界務、商務各款悉心酌覆。李鴻章、沈葆楨素顧大局，除商務各條詳加籌畫外，其界務如何辦理，始臻周妥，分別詳細密陳等因。欽此。』仰見聖謨廣運，思患豫防，至周且密，欽佩莫名。

伏查俄人踞守伊犁，將近十年，每歲收其商農之利數十萬金，其平時注意開疆拓土，得尺得寸，不稍退讓。即迫於公論，礙於成約，不能不返我故地。然彼國上下深謀，視為奇貨，藉肆要挾，不饜其欲壑不止。俄人陰鷙狡詐，雖英、德等國，皆視為勁敵而憚與其事。我出使大臣宜沈毅堅忍，置得失榮辱於度外，又必統籌全局，相機應付，以全力與之磋磨，乃不至墮其術中。中國士大夫風氣，向以出使為畏途，平時講習俄事者尤少。而此事一出一入，關繫極鉅。往者微臣籌及西事，每不免鰓鰓過慮者，誠恐恢復故疆，則有名而無實，變通商務，或受損於無窮也。議者初慮俄人浮開兵費，俾我力不能償，為久假不歸之計，今覈計償銀二百八十餘萬兩，尚不甚多。俄人之善於操縱，而隱肆要求者在此，崇厚之受其牢籠，而不免遷就者亦在此。不知償費一層，中國即多出數百萬金，雖竭蹶於一時，不至貽患於事後。若界務、商務，則幾微不慎，後悔難追。在崇厚或因使俄之役，以索還伊犂為重，既急欲得地以報命，而他務之利病遂不遑深計，誠未免失之輕率。謹將議定約章，詳加考覈，除其中不甚關輕重者無庸置議外，其第四款，俄人在伊犂准照舊管業。第十款，於喀、庫二城設領事外，准添設嘉峪關等七處領事官。第十二款，俄國在蒙古、天山南北路貿易，均不納稅。第十三款，設領事處及張家口准設棧。第十四款，俄商運俄貨走張家口、嘉峪關，赴天津、漢口，過通州、西安、漢中，運土貨回國同路。凡此俄商所沾之利，不如是不足慊其意，而伊犂亦不肯交還。然彼此民人雜處，則界限仍未分明，添設口岸太多，則辦理易生枝節。其餘奪華商之生計，侵官茶之引地，在彼獲益不少，在我耗損已多。至分界之事，第八款塔城界址稍改，現尚未知其詳。第七款，中國接收伊犂後，晛爾果斯河西及伊犂山南之帖克斯河歸俄屬。就總理衙門寄到分界圖說覈之，伊犂西界割去一條長數百里，其患猶淺。南界劃去一條亦數百里，跨踞天山之脊，隔我南八城往來要道。細揣俄人用意：一則哈薩克、布魯特游牧諸部新附俄邦，今復遮其四境，絕彼嚮化之塗；一則扼我咽喉，使新疆南北聲氣中梗，心殊叵測。夫中國所以必收伊犂者，以其居高臨下，足以控制南八城。談形勢者，謂欲守回疆，必先收伊犂也。今三面臨敵，將成孤注，自守方不易圖，豈足控制南路，想左宗棠等必難遵辦。是界務與商務相較，界務固尤重矣。總理衙門原奏謂收回伊犂，尚不如不收之為愈，洵為洞見底蘊。查同治八年，英國新約，以彼國未經批准，至今不行。同治二年，葡萄牙使臣來津訂約，以爭論澳門設官一事，迄未互換。現修俄約，既有批准後通行之語，又有西國成例可援，原可置而不行。且於萬國公法所論，亦有相符之處。

第此次崇厚出使，係奉旨給與全權便宜行事字樣，不可謂無立約定議之權。若先允後翻，其曲在我，俄人從此不歸伊犁，得所藉口。是未遣使而伊犁尚有可歸之望，一遣使而伊犁永無可復之機； 未遣使而俄人雖踞伊犁，尚憚爽約之譏，一遣使而中國既失伊犁，復居不直之名也。熟籌通計，所失滋多，且彼仍必以分界修約為辭，時相促迫，促迫不已，必啓兵端。而西北路各軍，與俄人逼處，積不相能。若因舊疆不返，猜忌愈深，難保不漸開邊釁。中俄接壤之處約萬餘里，實屬防不勝防。況日本探聽伊犁消息，以為詘伸進止，若聞俄事不諧，或將伺隙而動，即英、德各國修約，恐亦因而生心。是崇厚所定俄約，行之既有後患，不行亦多後患，中國須自度果能始終堅持，不至受人擠逼，退讓於後，又必自度邊備完固，軍餉充裕，足資控禦，固不妨毅然為廢約之舉。否則長慮卻顧，祇能隨宜設法，徐圖補救，或請旨改派使臣，與之婉商。竊思崇厚電音簡略，其定約時如何辯議，尚未盡知。若使當日明告俄人，各事必候批准後方能舉辦，或略參變通之語，或別有轉圜之法。約計該大臣冬初可以回京，應由總理衙門王大臣密與詳詢，體察情勢，俟換約時，能否將界務、商務酌議更改。如改得一分，亦獲一分之益，倘實無可改易，無可延宕，嗣後界務應如何布置，諒左宗棠等必能就近酌度妥辦。

至商務補救之方，大要有二： 一曰立法，一曰用人。查泰西各國，彼此商民皆可隨地貿易居住，耦俱無猜，由其用法之善。中俄舊約，原許俄商順便往蒙古各處貿易。今既擴充甚多，宜審各處民情地勢，俾當事者督同地方官妥議章程，由總理衙門核定畫一，暫為試辦，以便籌商經久之道。其張家口、嘉峪關，為東西兩路入內地扼要之處，尤宜嚴密稽查。凡沿途抽換私賣逃稅等弊，分別照約罰辦，勿稍含混。如果沿途不得銷售包攬，則於無限制之中稍有限制，此立法之要也。惟是人存則政斯舉，徒法不能治民。將來陸路通商益廣，交涉益繁，更制必益多。其安肅道及張家口監督兩缺，宜與海關道員并重。新疆各城，如郡縣暫難改設，或擇要添設道員，遴選洋務人才，設法調劑以期辦理妥洽。至各路將軍大臣持節臨邊，責任艱鉅，必得熟諳時務，威惠交孚，乃有裨益。似應不拘資格，滿漢文武并用，以重邊防而資整理，此用人之要也。以上兩端，非敢謂於商務確有裨益，不過就崇厚已訂之約，略圖一二之補救，是否有當，謹候聖裁。

所有遵旨籌議交收伊犁事宜，恭摺由驛密陳。伏乞皇太后、皇上聖鑒訓示。謹奏。

代李伯相覆陳遵旨繕函密勸朝鮮與各國立約疏己卯

奏為遵旨繕函密勸朝鮮與泰西各國立約通商，鈔稿進呈，恭摺仰祈聖鑒事。

竊臣承准軍機大臣密寄七月初四日奉上諭：『總理各國事務衙門奏泰西各國欲與朝鮮通商，事關大局，縷晰密陳等語。日本、朝鮮，積不相能，將來日本恃其詐力，逞志朝鮮，西洋各國群起而謀其後，皆在意計之中。各國既欲與朝鮮通商，儻藉此通好修約，庶幾可以息事，俾無意外之虞。惟該國政教禁令，亦難强以所不欲。朝廷不便以此意明示朝鮮，而顧念藩封，又不能置之不問。據該衙門奏李鴻章與朝鮮使臣李裕元曾經通信，略及交鄰之意，自可乘機婉為開導。在該督必不肯輕與藩服使臣往來通問，而大局所關，亦當權衡輕重。著李鴻章查照本年五月間丁日昌所陳各節，作為該督之意，轉致朝鮮，俾得未雨綢繆，潛弭外患等因。欽此。』仰見聖謨廣運，眷念東藩，指示機宜，無微不至，欽佩莫名。

伏惟朝鮮孤峙海隅，向不願與遠人交接，英、法、美諸國屢為所拒。前歲日本脅以兵威，始與立約通商，猜疑未泯，積有違言。日本知其孤立無援，儻一旦伺隙思逞，俄人亦將隱啓雄圖，英、德、法、美諸國復群起而議其後，非惟朝鮮之大患，抑亦中國之隱憂。本年五月間，前福建撫臣丁日昌所陳各節，為朝鮮計，實為中國計。惟朝鮮地僻俗儉，囿於風氣，彼於近日海外情形，茫乎未有聞見。日本最與相近，交涉數年，尚多隔閡，若驟語以遠交之利，恐彼國君臣成見未融，勢難相强。此臣所以久欲設法，而不能不躊躇審顧者也。

至朝鮮原任太師李裕元自光緒元年秋奉使來京，是冬十二月間事竣回國，道出永平，囑該知府游智開轉寄一函，道其仰慕。臣以古者鄰國相交，其卿大夫不廢贈答之禮，矧朝鮮久列藩服，誼同一家，現值時事多艱，臣職在通商，既不能不廣示牢籠，稍通遐邇之氣，復不能不代為籌畫，俾免杌隉之虞。因於復書略著外交微旨，嗣後間歲每一通函，於備禦俄人，應付日本之方，常為道及。本年春間，李裕元來書，頗陳日本非禮侵侮，臣尚未及裁答。適蒙聖慈垂訓，頃已專泐覆函，作為微臣之意，反覆開導，加封遞至盛京將軍衙門，請兼署將軍臣岐元妥速轉遞。查李裕元現雖致仕，據稱係其國王之叔，久任元輔，尚得主持大政，亦頗曉暢時務。如能因此廣諮博議，未雨綢繆，庶於大局有裨。惟泰西各國立約，如傳教內地及販運鴉片煙入境，為該國上下所深惡，恐其因此疑畏，是以書中豫為剖晰，俾毋過慮。將來朝鮮若果定議，事務正多，該國於約章利病，素未深究，立約之時，或不能不代為參酌。朝鮮臣民未諳洋情，驟與西人雜處，欲其措注悉協，永無瑕釁，亦尚難保，仍應由中國隨時隨事妥為調處，庶幾柔遠綏邊，較有實際。

除俟接李裕元覆書再行陳奏外，謹將此次來往函稿鈔呈御覽。所有遵旨繕函密勸朝鮮與泰西各國立約通商緣由，恭摺由驛密陳。伏乞皇太后、皇上聖鑒訓示。謹奏。

代李伯相籌購鐵甲兵船疏 庚辰

奏為籌辦海防，通融挪款，先購鐵甲船二隻，以壯聲威而備戰守，并預籌交收調撥事宜，恭摺仰祈聖鑒事。

竊臣疊奉寄諭，籌議海防購船，並代福建等省定購蚊船及碰船兼快船，以備分布各口等因，欽遵在案。臣於上年十月覆陳海防摺內，聲明南、北洋口岸叢雜，不能處處設防，必購置鐵甲等船，練成數兵，決勝海上，乃能以戰為守，擬擇其與中國海面相宜者，酌量訂購。荷蒙諭旨，許為要圖。總理衙門籌議南洋海防經費摺內，稱土耳其所定八角臺鐵甲船兩隻，已發電信詢出使大臣李鳳苞查明，如未出售，而價不甚昂，自應購備，臣亦函屬李鳳苞隨時探問。旋據函稱，遵由巴黎致書英海部，詢以實價若干，先因俄人欲購以禦英，故英人急購之，今或肯轉售等語。又接李鳳苞十二月二十四日電報，八角兩鐵甲，英肯轉售，兩船實價共英金五十四萬三千三百八十磅，合中國銀兩核計約二百餘萬兩之譜。頃又接李鳳苞同日函，稱該鐵甲船一名柏爾來，一名奧利恩，英海部尚書諄囑，當趁中國未開鄰釁之前成議，其價分毫不能再讓等語。臣前詢之出洋學生劉步蟾等，據稱在英時曾上該船閱過，甚為堅固合式。夫中國購辦鐵甲船之舉，中外倡議，已閱七年。沈葆楨、丁日昌等斷斷持論，以為必不可緩。臣深韙其說，祇以經費支絀，迄未就緒。

近來日本有鐵甲三艘，遽敢藐視中國，耀武海濱，至有臺灣之役，琉球之廢。彼既挾所有以相陵侮，我亦當覓所無以求自强。前李鳳苞來函，謂無鐵甲以為坐鎮，無快船以為迎敵，專恃蚊船，一擊不中，束手受困，是直孤注而已。洋監督日意格條議，亦謂能與鐵甲船敵者惟鐵甲船，與巡海快船敵者惟快船，故鄰有鐵甲，我不可無，若僅恃數號蚊船，東洋鐵甲往來駛擾，無可馳援，必至誤事等語。日意格由法國水師出身，現帶藝徒在洋學習製駛，聞見既確，多閱歷有得之言。西洋均屬島國，海口水深，不似中國各口之淺。其大號鐵甲喫水至二十六七尺，購價至二百餘萬者，中國無所用之，且船既笨重，能來中國者亦少。土耳其八角臺船喫水十九尺九寸，用之中國海面，抵禦日本及西洋來華之鐵甲，最為相宜。且甲厚樣新，似出日本鐵甲之上，日本聞我有利器，當亦稍戢狡謀。向來洋廠訂造鐵甲，須三年後方能下水，今英國既肯轉售，其柏爾來一船，俟訂定後匯給現銀，即可來華； 奧利恩一船，須遲一年後交付。值此多事之秋，得兩船先後來華，稍張聲勢，較之定造需三年之久者，緩急懸殊，尚覺合算。臣與總理衙門往復函商，意見相同，一面由電信覆知李鳳苞，屬其與英海部切實商訂，如何分期兑付，詳細驗收，再行專函商辦。

惟是此項船價，南北洋海防經費，以各省關報解甚微，積存無幾。近又籌購蚊船、碰船，竭力集款，無可再撥。若機會一失，中國永無購鐵甲之日，即永無自强之日，殊屬可惜。又查蚊船宜用於内洋淺港之處，福建海面寬深，臺灣尤形勢孤懸，口岸歧錯，即有數號蚊船，難數防守，必需得力水軍，隨宜策應，乃為活着。現擬通融辦法，福建已先後奏明定購蚊船四隻，碰船兩隻。內蚊船價銀，赫德原定每隻約需銀十五萬兩，何璟奏稱兩船約需費三十餘萬圓。新式兼碰、快船，赫德原定兩隻，需銀六十五萬兩，續又申呈應帶之水雷船，未計其內。總理衙門奏稱碰船兩隻約需銀六十萬兩，均係傳聞之誤。臣就赫德原訂文單核計，共該約需實價銀一百三十萬兩，似可暫緩購置。即以此款先買鐵甲一號，專歸臺灣防剿，福建調撥。如有一鐵甲，輔以原有之福勝、建勝兩蚊船，再擇船政兵輪之堅利者配之，練成一軍，料敵所向，相機戰守，則臺防可固，倭患可弭。所需款項，現有部撥三十萬兩，該省奏明籌備三十餘萬圓，約得二十五萬兩，又奉旨令續籌六十萬兩。果能如數解齊，足可抵買鐵甲之用。

查户部原撥海防經費，福建洋税、釐金兩宗，每年應解南、北洋者約四五十萬。去歲部議准其截留，原為經營臺防起見，後山之役，現既停辦，亦可撙節若干。現據李鳳苞函報，柏爾來一船交價後即可赴華，臺防尤為急需，自應即將此船撥歸閩省調用。擬請旨敕下福建將軍督撫臣於税釐項下籌撥船價，合之原有的款，先湊成一百萬兩。俟李鳳苞與英定議，即由臣知會剋期匯付，以便船價兩交，免致失信於人。如此則以該省應解之費，籌該省應辦之防，尤為義不容辭。南洋擬購之碰、快船二隻，應需六十五萬。兹抵購鐵甲一船，所短約僅需三十數萬兩，將來或由出使經費續撥，或由京外設法匀湊，尚易為力。奥利恩一船，據稱須一年後交卸，亦可分期籌匯價銀。俟該船到華，臣當與南洋大臣隨時會商調派，合之原有蚊、碰及各兵輪船，練成一軍，無論何處有警，不分畛域，遣令援應，庶幾聲威較壯，海防稍有端倪，大局不無裨益。惟英國磅價，隨時低昂，合之中國銀兩，不能豫定確數。計兩船磅價合銀二百萬，已有盈無絀，將來交收及運送來華，需費亦不可豫計，必應寬籌窄用。臣與李鳳苞深知帑項艱絀，事竣核實開報，斷不任經手者稍有浮冒。並請敕下閩浙督臣、船政大臣，豫行選派管駕及輪機生徒、舵水等六十人赴英，隨同所雇洋員在船歷練。其學習期滿之學生，亦可附搭幫帶回華，隨時與李鳳苞函商妥辦。

至鐵甲船到華以後，修船須有塢基，上海及廣東黄埔船塢，喫水二十尺以內之船，尚可設法修理。而造就人才，尤為急務。駕駛雖有學生肄習，而司軍火、司帆纜、司機器及管事、舵水等人，亟宜由練船學堂認真教導挑選，源源濟用，萬不可以游手充額。即舊有之兵輪船，亦宜陸續汰換，乃可漸收實效。蓋鐵甲船購成後，事務正繁，措注稍不如法，易滋流弊。臣既創斯議，不敢置身事外。福建所購之船，雖專供一省之用，將來船到後，管駕人員如何遴派，教習西人如何延訂，及一切布置之方，臣當與閩浙督臣、船政大臣隨時商辦，冀可漸有進境。再近年閩廠經費不敷，修船、養船復耗其半。現有快船圖式，及出洋學生陳兆翱等精通製法，終以款絀，未能仿造。臣比已函商黎兆棠，屬其到任後察酌情形，停造尋常木船，專造快船，此項工竣遲速，與購之外洋者相等，而與鐵甲船相輔並行，為用甚大。惟養鐵甲船之費，逾於尋常輪船數倍，未便責令船政供支。

查福建一省，額設水陸兵數至六萬餘，勇營在外。今既另設輪船水師，則原有之外海戰船與各路緑營之兵，分防之勇，當可量加裁減。如能於通省中酌去一二成，即以其餉供養鐵甲等船之費，綽有餘裕。應請敕下福建督撫臣遵照正月間諭旨，將水陸師營分別酌量減汰，庶節流即以開源，日久不致竭蹶矣。

所有籌辦海防，通融挪款，先購鐵甲兵船，並豫籌交收調撥事宜，恭摺由驛密陳。伏乞皇太后、皇上聖鑒訓示。謹奏。

代李伯相籌議朝鮮講求武備疏 庚辰

奏為朝鮮講求武備，遵旨妥籌，恭摺密陳，仰祈聖鑒事。

竊臣承准軍機大臣字寄八月二十九日奉上諭：『禮部奏據朝鮮國王咨稱該國講究武備，懇為轉奏請旨，俾該國匠工學造器械於天津廠等語。著李鴻章妥籌具奏，其咨內所請簡選解事人員，或於邊外習教一層，並著李鴻章詳審其意，一併妥籌迅奏。該國使臣業經該部安置居住，俟該督覆奏到日，再降諭旨，原咨著鈔給閱看等因。欽此。』仰見聖謨廣運，眷顧東藩至意，欽佩莫名。

伏查朝鮮僻處海隅，向於外交之道，禦侮之方，漠不介意。日本窺其孤弱，脅以兵威，先與立約通商，實則隱圖侵逼。去年七月，臣密奉諭旨，查照前福建撫臣丁日昌所陳各節，致書朝鮮原任太師李裕元，勸以密修武備，慎固封守，與英、法、德、美諸邦逐漸立約，藉以牽制日本，即可備禦俄羅斯，並告以熟悉西國商情，軍火利器不難購辦等語，已將原稿鈔呈御覽。是年十月，朝鮮貢使入都，道出永平。據前永平府知府游智開密禀，李裕元給伊另函，謂該國本意不欲與他國來往，牽於眾議，不敢主持。惟該國輿論，擬仿古外國入學之例，咨請禮部，揀選明干人員，赴津學習練兵製器之法。臣謂果有成議，未始非該國自强之基，曾密屬游智開詳告該使。本年二月，復由游智開遞到李裕元去冬覆函，大致謂泰西之學，素所深惡，不欲有所沾染。又以該國貧瘠，不能多容商船為辭。已將原函鈔寄總理衙門存案。

竊思地球諸國，惟朝鮮風氣最晚。該國士大夫囿於見聞，昧於時勢，墨守成法，閉拒忠謀，雖日即於危弱而不顧，此殆有氣運主之，非人力所能為者。今該國既以講武為請，正可因其一線之明，迎機善導，增彼軍實，固我藩籬。惟是該國練習此事，即使始終勤奮，其收效亦在數年之後，就目前事勢而論，則有迫不及待者。自去冬以來，中俄和約未定，積有違言，俄之鐵甲快船、兵船二十餘隻，陸續東駛，並厚集陸軍，分布吉林海濱之海參崴、摩闊崴一帶，豫儲煤糧軍火甚富。六月間，有美國水師總兵蕭佛爾赴朝鮮議約被拒，旋來津與臣會晤，據稱美國尚無用兵逼勒之意。但俄人已費巨餉，遣將調兵，勢必不肯中止，若不圖中華，恐遂吞併朝鮮。八月間，法國水師提督瞿貝賚過談，謂探聞俄海部尚書里沙士幾之意，欲赴琿春攻奪朝鮮海口，陸則斷奉、吉之右臂，水則扼北洋之襟喉，規畫甚為雄遠。又謂朝鮮東界海口，形勝為東方之最，俄人故欲取之，以與琿春、海參崴等處犄角。其餘各處探報及新聞紙所論，大致相同。蓋俄人所據之海參崴、綏芬河、圖們江各境，皆與朝鮮東北接壤，彼既佔東海口岸為巢穴，自必漸圖開拓。若吞併朝鮮，即掎我東三省之背，使中國岌岌不能自安，是朝鮮與我國實有唇齒相依之勢，不能無休戚相關之情。當此兵餉兩絀，中國沿海各口尚未能處處周防，斷無餘力兼顧藩服，似只能就其力所逮者而利導之。萬一俄事稍紓，俾朝鮮得於數年内力擴新機，整軍經武，保衛東隅，未始非中國之幸也。

惟該國匠工來津學習機器，此中亦有繁難之處。查天津初設機器局，不過仿造洋火藥、銅帽等項，厥後叠次擴充，添購機器，火藥多出數倍，自造士乃得林明登後膛槍子，克鹿卜格林後門礮子，蚊船大礮子之屬。光緒元、二年間，亦曾自製後門槍，因工費甚鉅，較之購自外洋者價幾逾倍，即經停止。各軍所用槍礮，專向西洋定購，但源源供給子藥零件。今朝鮮匠工來學，即使盡嫻各法，聞該國所用土槍，僅與中國緑營之擡鳥槍相等，其製造機器及新式槍礮，仍須購自外洋，是無其器而不能用也。西洋槍礮，其準線、口令、步伍，非操演數年，難以純熟，是無其人而不能用也。臣愚以為既准該國來習機器，將來必須代為購器，代籌練兵，皆事之連類而及，缺一不可者。又該國匠工言語不通，來局之後，應如何設法教導，俾獲漸窺門徑。擬請敕下禮部揀派通事人員，伴送該國使臣卞元圭到津，由臣督同局員，與之熟商辦法，再行奏明請旨施行。

至該國王原咨内所稱簡選解事人員，或於邊外習教及來學往教等語，文義似未甚明晰。臣就事理度之，今如中國派員往教，該國既無機器匠工，又無現成槍礮，斷難獲益。自應先由該國挑選匠工來廠學習，並選聰穎子弟來津，分入水雷、電報各學堂，俾研西法，本末兼營，較有實際。至練兵一事，將來或選派熟悉員弁往教，或由該國派隊來從我兵操演。購器一事，或乘中國訂購之便，寬為籌備劃付，均應隨時酌度情形，妥商辦理。

臣比接李裕元來書，頗知戒備不虞，以講戎敕械為兢兢，並致送禮物甚厚，想因所圖之事，關係頗重，意在豫聯情誼。從前李裕元以該國邊事與臣通問，每附土儀數種。臣援古人贈縞獻衣之義，兼仿盛世薄來厚往之經，必為加倍酬答。此次禮物較多，未敢擅便，謹將原函及禮單鈔呈御覽，應否收受，由臣加倍酬答之處，伏候聖裁。至朝鮮與西人通商一節，實係謀國要圖，與練兵製器相輔而行，其李裕元來函，俟奉諭旨後，即當裁復。臣仍擬不憚苦口，善為開導，冀其或有轉機，庶免為他國所兼併。

所有朝鮮講求武備，遵旨妥籌緣由，恭摺由驛密陳，是否有當，伏乞皇太后、皇上聖鑒訓示。謹奏。

代李伯相直境開辦礦務疏 辛巳

奏為直境招商購器，仿用洋法，開辦礦務，疏通運道，漸有成效，恭摺仰祈聖鑒事。

竊惟天地自然之利，乃民生日用之資，泰西各國以礦學為本圖，遂能爭雄競勝。英之立國，在海中三島，物產非甚豐盈，而歲出煤鐵甚旺，富强遂甲天下。中國金、銀、煤、鐵各礦，勝於西洋諸國，祇以風氣未開，菁華閟而不發，利源之涸，日甚一日。復歲出鉅款，購用他國煤鐵，實為漏卮之一大宗。從前江西之樂平及山西、湖南等省，皆以土法開採煤鐵等礦，工力較繁，而所得較微，無裨大局。近來如臺灣之基隆，湖北之荊門，安徽之池州，經營煤礦漸用洋法。然或因創辦伊始，或因經費未敷，尚難驟得大效。

臣於光緒元年四月間，欽奉寄諭：『著照所請，先在磁州試辦，派員妥為經理等因。欽此。』仰見朝廷恢拓遠圖至意，旋經屢次委員，往查磁州煤鐵，運道艱遠。又訂購英商鎔鐵機器不全，未能成交，因而中止。旋聞灤州所屬之開平鎮，煤鐵礦產頗旺，臣飭招商局員、候選道唐廷樞馳往察勘，攜回煤塊鐵石，分寄英國化學師鎔化試驗，成色雖高低不齊，可與該國上中等礦產相仿，採辦稍有把握。三年八月，臣檄派前任天津道丁壽昌、津海關道黎兆棠會同唐廷樞熟籌妥辦，旋據酌擬設局招商章程十二條，批令刊刻施行。迨丁壽昌、黎兆棠先後離津，現任津海關道鄭藻如復會辦局務。查初定章程，擬招商股銀八十萬兩，開採煤鐵，並建生熟鐵爐機廠，就近鎔化。繼因招股驟難足額，鎔鐵爐廠成本過鉅，非精於鐵工者不能位置合宜，遂先專力煤礦，採煤既有成效，則鍊鐵必可續籌也。唐廷樞奉檄設局後，勘得灤州所屬，距開平西南十八里之唐山，山南舊煤穴甚多，土人開井百餘口，只取浮面之煤，因無法取水而止。光緒四年，鑽地探試，深六十丈，得有高煙煤六層，第一層厚十八寸，第二層二尺，第三層七尺，第四層三尺，第五層六尺，第六層八尺，其第六層之下，尚有一二層。但計所得之煤，已足供六十年之用，因是不復深探。旋於五年購辦機器，按西法開二井，一提煤，一貫風抽水。其提煤井開深六十丈，貫風抽水井開三十丈。地下開横徑三道，一在提煤井二十丈開洞門，作旋風之用，一在三十丈，一在五十六丈，兩道係取煤之用。所有地下横徑直道，均與兩井相通。其第一條横徑南開四丈，得見第一層煤質略鬆，煤層過薄，豫備不用。北開八丈，得見第二、第三層煤，兩層相隔，只有一尺，其質堅色亮，燃燒耐久，性烈而蒸氣易騰，燒燼之灰亦少。就目下二十丈深之煤論之，可與東洋頭號煙煤相較，將來愈深愈美，尤勝東洋。

惟煤產出海，銷路較廣，由唐山至天津，必經蘆臺，陸路轉運維艱，若夏、秋山水漲發，節節阻滯，車馬亦不足供用。因於六年九月議定興修水利，由蘆臺鎮東起，至胥各莊止，挑河一道，約計七十里，為運煤之路。又由河頭接築馬路十五里，直抵礦所，共需銀十數萬兩，統歸礦局籌捐。非但他日運送煤鐵諸臻便利，抑且窪地水有所歸，無虞積潦。而本地所出鹽貨，可以暢銷，是一舉而商旅農民皆受其益。所佔地畝，均照民價購買。本年二月興工挑挖，五六月可一律告蕆。從此中國兵商輪船及機器製造各局，用煤不致遠購於外洋。一旦有事，庶不為敵人所把持，亦可免利源之外洩，富强之基，此為嚆矢。

據總辦開平礦務局員唐廷樞將大略情形，具禀前來，臣查唐廷樞熟精洋學，於開採機宜，商情市價，詳稽博考，胸有成竹，經理數年，規模粗備。當夫籌辦之始，臣因事端宏大，難遽就緒，未經具奏。今則成效確有可觀，轉瞬運煤銷售，實足與輪船招商、機器製造各局相為表裏。開煤既旺，則鍊鐵可以漸圖。開平局務振興，則他省人才亦必聞風興起，似於大局關係非淺。

所有直境招商購器，開辦礦務，疏通運道緣由，理合恭摺具陳。伏乞皇太后、皇上聖鑒。謹奏。

請減出口煤稅片

再據候選道唐廷樞稟，稱開辦礦局以來，購備機器，延訂洋匠工司及買地、築路、挑河經費，約共用銀七十餘萬兩。成本既重，煤價亦因之而昂。若再加現定之稅額，即難敵外洋之煤，其勢必不能暢銷，而關稅亦鮮有實獲，與其稅重而少所收，不若減輕而多所納。中國原定洋貨稅則過輕，土貨稅則較重，以致華商疲累，難與洋商頡頏。

查西洋各國通例，於外來進口貨稅，無一不重，於本國出口貨稅，無一不輕。所以徵外人之利，而護本國之商，斟酌損益，實有至理。乃中國初定約時，為外人所蒙，轉使外洋進口之貨稅輕，內地出口之貨稅重，不啻抑華商而護洋商。此通商後數十年之流弊，隱受厥累而不覺者也。即以煤觔而論，洋煤每噸稅銀五分，土煤每擔稅銀四分，合之一噸實有六錢七分二釐。若加復進口半稅，已合每噸銀一兩有奇，盈絀懸殊，至二十倍之多。前兩江督臣沈葆楨於臺灣基隆開煤時，奏准土煤每噸徵稅一錢，較洋煤業已加重。嗣湖北用機器開採，亦奉諭旨，准照臺灣稅則在案。

揆從前嚴定土煤稅章之意，或恐煤稅減輕，則土煤出口日多，內地煤價必長，故特重其稅以示限制。惟是土法採煤，只能售於近地，若從陸路車運出口，腳價太重，斷不合算，況其所採浮面之煤，實不足供輪船、製造等用。如直隸西山等處煤產，專濟京城內外之需，並無轉運來津者，是其明證。似多運出口一節，本無可慮。今開平煤礦全用西法，每日出至五六百噸之多，據洋師測量，足供六十年採取。除運往要口，分供各局及中外輪船之用，並可兼顧內地民間日用。刻下運道疏通，腳價既省，若再將稅則減輕，煤之售價必廉，可以暢銷無滯，而運售於各局者，不致再用洋商昂貴之煤，其有裨於公款不少等情前來。

臣復飭津海關，查明歷年洋煤、土煤進口數目，開具清摺，自同治十年起，至光緒六年止，洋煤進口計八萬一千五百餘噸，土煤進口僅五千五百餘噸。而出口土煤，則天津向所未有，蓋由稅則厚薄不一，土煤壅滯難銷，遂使厚利為洋商所壟斷。若不變通設法，更定章程，殊非通籌理財之大計，合無仰懇天恩，俯准開平出口煤觔，援照臺灣、湖北之例，每噸徵收稅銀一錢，以恤華商而敵洋煤，庶風氣日開，利源日旺，而關稅亦必日有起色矣。理合附片具陳。伏乞聖鑒訓示。謹奏。

瀝陳招商局情形片

再招商局創辦之時，經臣劄委已故道員朱其昂等領款集股，以攬載與運漕相輔并行。維時貲本尚薄，船數寥寥，經理亦未盡得訣，朱其昂恐獨力難支，自請專辦漕務，臣復陸續訪派道員唐廷樞、徐潤總司其事。該二員於洋務貿易一道，素所諳習，釐定章程，廣招商股，規模稍擴。自光緒二年冬間，歸併旗昌以後，輪船添至三十餘號，各碼頭棧房悉佔江海形勝，局勢益形展拓。然既驟需鉅價二百二十餘萬兩，連年湊還洋款，又適值福星、厚生、江長等船累次失事之後，而太古、怡和等洋行，皆跌價攬載以相傾軋，該局亦須跌價，與之相持。此數端者，耗折既多，局中款項甚形竭蹶，由是存款者聞風催索，入股者裹足不前。

該局於兩年前頗有岌岌難支之勢，而外間浮議亦因之滋起。且該局所用多係市道中人，流品稍雜，豈敢信其毫無弊端。是以臣處凡行招商局批牘函札，無不痛加申飭，責令竭力整頓，而於事勢危急時，每多方設法以扶助之。光緒四年冬間，復遣道員盛宣懷馳赴滬局，會同唐廷樞、徐潤逐細考究，將用煤、修理兩事，另議章程。並將各局棧房船隻事宜，分別責成局董船主包辦，局中漏卮已去十之六七。又添派道員葉廷眷接辦漕務，每屆撙節經費約數萬兩。唐廷樞等亦與太古洋行議和，不復互相傾擠，所獲客貨水腳，日有起色。且旗昌既經歸併，船隻較多，局中可自行保險，此宗巨費，不致歸於洋行，裨益甚大。所以光緒五、六兩年，該局結賬，皆有盈餘。旗昌欠款既清，復折去船舊八十餘萬兩，今又議分繳官本，此即漸有起色之明證。若數年內將官帑繳畢，則成本愈輕，獲利益厚，入股者自更踴躍，商務可望振興，此歷年辦理招商局之實在情形也。

大抵理財一事，群情既視為利藪，局外之人不知局中底蘊，往往以風影之談，啓猜疑之竇，輾轉傳播，舛誤滋多。即如王先謙摺内所稱各情，皆屬已往之事，尤多告者之過，或又以愛憎為抑揚，增減愈非其實。至盛宣懷尚未駐局辦事，臣於派委唐廷樞、徐潤之初，因與該二員素不相識，由盛宣懷為之介紹。盛宣懷在臣處當差有年，廉勤幹練，平日講求吏治，熟諳洋務商情，遂委以會辦之銜，使之往來查察。盛宣懷與臣訂明，不經手銀錢，亦不領局中薪水，遇有要務，則與唐廷樞等籌商會稟。該員先在湖北開礦，繼赴直隸候補，臣向未責以專司招商局務，固與唐廷樞、徐潤不同也。光緒二年七月煙臺之役，盛宣懷與唐廷樞、徐潤同赴煙臺，曾稟商歸併旗昌之事。臣謂果能有成，固屬盛舉，但恐旗昌未必肯售，且一時籌集鉅款，亦甚不易。又慮局面既拓，唐廷樞、徐潤二人或難兼顧，因是躊躇未許。迨是年冬間，前兩江督臣沈葆楨決計歸併，且謂此局向係北洋主政，聲明時值凍阻，不及函商，毅然以籌款自任。臣於是嘆沈葆楨之識力宏毅，當機立斷，非臣所及，亦非中無定見而自作聰明者所及也。沈葆楨原摺謂明知籌撥帑項，歸併洋行，為數百年來創見之事，必有起而議其後者。然論時則人謀務盡，適赴借賓定主之機，論理則天道好還，是真轉弱為强之始，可謂要言不煩。厥後事會不諧，局款稍形拮据，議者果歸咎於旗昌之歸併，即臣亦不能無疑。然事已至此，只有强忍做去。既而局務日有起色，碼頭既據便地，生意亦易招徠，且去一勁敵，則太古之勢已孤，不得不折而議和。迄今長江生意，華商已佔十分之六，南、北洋亦居其半，固非歸併旗昌不能及此。是沈葆楨之洞達時勢，堅定不摇，本非他人所能慫恿。即使盛宣懷首發其議，亦於大局有功無過。況當日者，唐廷樞等與洋商已有成議，始邀盛宣懷由湖北前赴金陵，謁見沈葆楨。其事前之關説，事後之付價，實皆唐廷樞等主之也。

葉廷眷經臣於光緒四年秋間檄令入局，初意望其綜理一切。葉廷眷自以為貿易非其所長，稟請專辦漕務，乃又與江蘇、江西糧道意見牴牾，諸事頗不順手。續請添發巨帑、運漕展期、長江運鹽三事，臣以此非一人所能主政，且事勢諸多窒礙，未從其請。葉廷眷意已不悦，旋因保薦其同族葉顯昭辦理津局，虧挪公款，經臣撤去差事。葉廷眷遂疑有人排擠，迭稟告退。臣處批劄温語慰留，終亦堅辭不出。不知臣於葉廷眷，始終未聞有人進排擠之言，臣亦自信素尚不為讒言所惑。葉顯昭虧款不能不撤，與葉廷眷無涉也。至葉廷眷辦漕一屆，計所節省，比較朱其昂辦漕之時，約在二萬兩以內，自不能掩其勞績。而唐廷樞與太古等洋行議和，實在葉廷眷未入局之先。總分各局用費，改章包辦，係唐廷樞、盛宣懷等主議，葉廷眷初不謂然，當時並未畫押，此局中員董所共知。乃葉廷眷竟自居為伊一人之功，布散謠言，劉瑞芬等亦復信之，殊非事實。且所得餘利，亦焉有數十萬兩之多也。

竊維招商一局，自臣經始，不過因運漕之便，小試其端。事勢所趨，逐漸擴充，亦賴同志互相幫助。現既佔江海生意之大半，此非臣力量所能，亦非臣意料所及。統計九年以來，華商運貨水腳少入洋人之手者，約二三千萬兩。雖為辛工修理局用所耗，而其利固散之於中華，所關於國體商務者甚大。該局船不時駛往東南兩洋，今且駸駸開駛赴西洋之先路。直、晉、豫等省旱災之時，該局船承運賑糧，源源接濟，救活無數灾民。往歲臺灣、煙臺之役，近日山海關、洋河口之役，該局船運送兵勇，迅赴機宜，均無貽誤，洵於時事大局有裨。惟是經理商局，與別項官事稍有不同，只能總其大綱，略其細故。頭緒既繁，豈能處處盡善，交涉既多，豈能人人愜意。若必吹毛求疵，朝令暮改，則凡事牽制，商情渙散，已成之局終致決裂，洋人必竊笑其後，益肆其壟斷居奇之計。是現成之生意且將為外人所奪，更無暇計及東西洋矣。

臣前接劉坤一來函，略及招商局事，似尚惑於浮議與葉廷眷一面之詞。臣於此局係倡議之人，干係尤重，此中利弊顛末，與前後線索，皆所親歷，知之稍詳。從前歷任兩江督臣，如何璟、李宗羲、沈葆楨等，皆以到任未久，局務得失，容有未審，每遇一事，無不與臣和衷商搉。臣亦知局多地廣，必有真精神貫乎其間，乃可少滋弊竇，斷非襲整頓之虛文者所能有濟。由是時時留意，循名課實，深恐顛覆貽機。即每有言路彈章，無論事之是否確實，臣必召該局員等嚴加訓誡，以為提撕警覺之資。然眾口鑠金，風聞難實，即如劉瑞芬所稟盛宣懷招股及中金兩事，實多歧誤，已於正摺中詳言之。劉瑞芬、李興鋭駐滬稍久，尚且如此，其他可知。蓋身居局外，則疑竇必多，坐而責人，則持論較刻也。

臣前奏有商為承辦，官為維持之説。維持云者，蓋恤其隱情，而輔其不逮也。招商局即繳清公款，不過此後商本盈虧，與官無涉，並非一繳公帑，官即不復過問，聽其漫無鈐制。從前議者多以商局將虧官本，嚴加彈劾，該商等懼擔重咎，故以提還公款為汲汲，未嘗非急公奉上之義。乃王先謙復以為疑，殊令該商等無所適從，誠恐共事之人惑於浮議，意見參差，則徒啓紛紜，將礙大局。

臣於招商局向不敢置身事外，然王先謙既謂上海及濱江碼頭多係南洋所轄，應請就近派員總理，臣何敢蹈越俎之嫌，貽人口實。且局務雖漸有起色，究竟於用人立法是否合宜，臣亦未敢自信，才力實愧竭蹶。可否請旨敕下南洋大臣劉坤一，詢其於用人立法與保利權而息浮言之道。如已確有把握，請即責成劉坤一一手經理，臣即勿庸過問，以一事權。至盛宣懷本未專莞局事，現在直隸候補，尚多承辦經手要務。前因商局屢次代人受過，堅辭會辦一差，已於去年秋間准其不復列銜矣。臣因此事關係較鉅，義難緘默，不敢有所顧慮，亦不敢稍涉偏見，理合附片詳確瀝陳。伏乞聖鑒訓示。謹奏。

代李伯相招集華商創設公司往英貿易疏 辛巳

奏為招集華商創設公司，專赴西洋貿易，以立富强之基，恭摺仰祈聖鑒事。

竊查光緒六年十月，祭酒王先謙奏請令商船出洋片內，聲明船政大臣黎兆棠前議創立宏遠公司，運貨出洋，請咨商舉行，湊集商股，作速開辦。欽奉寄諭：『目下情形能否及此，將來如何漸次開拓興辦，著妥籌具奏等因。』旋經臣等先後覆陳，擬暫就招商局現有輪船酌量試辦，逐漸推廣，並緘屬黎兆棠，請其勸諭粵商設法倡導。

茲准黎兆棠咨據廣東職員梁雲漢、劉紹宗、梁紹剛等禀稱：泰西以商立國，商務之盛衰，即國勢强弱所由判。凡有益商務者，必竭全力以圖之。年來日本步趨泰西，亦四出通商，以為利國利民之本。中國地大物博，商務為四洲之冠，洋人視為利藪，紛至沓來，有可以從中圖利者，鮮不多方要挾，實由彼來而我不往也。即有到金山、古巴、秘魯等處者，亦僅貧民傭工，并無殷商前往，似未足以立富强盛業。現已招集殷商，湊成鉅款，名曰肇興公司，擬往英國倫敦貿易，以為中國開拓商務之倡。該員梁雲漢在粵東總理，劉紹宗、梁紹剛往倫敦管事，不領公帑，不准洋商附股，一切進出口貨完税章程，請照洋商一律辦理，以昭平允。惟事屬創始，必須官為維持，請由通商大臣給諭前往，並轉咨中國駐英大臣隨時主張，俾得與各國在英商人一體優待等情，請奏前來。

竊惟西洋富强之策，商務與船政互相表裏，以兵船之力衛商船，必先以商船之税養兵船，則整頓通商，尤為急務。邇者各國商船爭赴中國，計每歲進出口貨價約銀二萬萬兩以外，洋商所逐什一之利，已不下數千萬兩，以十年計之則數萬萬兩。此皆中國之利，有往而無來者也。故當商務未興之前，各國原可閉關自治。逮風氣大開，既不能拒之使不來，惟有自擴利源，勸令華商出洋貿易，庶土貨可暢銷，洋商可少至，而中國利權亦可逐漸收回。前此招商局輪船嘗駛往新嘉坡、小吕宋、越南等埠攬載，近年和眾、美富等船，分駛夏威夷國之檀香山，美國之舊金山，載運客貨，究止小試其端，尚未厚集其力。英國倫敦為地球内通商第一都會，并無華商前往。黎兆棠志在匡時，久有創立公司之議，盡心提倡，力為其難。現既粗定規模，自當因勢利導，期於必成。惟草創之初，能否獲利，尚無把握，祇有官商上下，合力維持，以冀漸推漸廣。所有該公司出進口貨物，在中國通商各口者，應准照洋商一律辦理，其出洋後沿途及抵倫敦一切貿易章程，應得與各國在彼商貨一律辦理。臣等擬即咨商駐英大臣曾紀澤，隨時設法主持保護，俾該商等遇事有所禀承，並給諭與該公司，仿照泰西通例，五年之内，只准各處華商附股，不准另行開設字號，免致互相傾跌，貽誤大局。

除俟開辦後各口分支設棧，及未盡事宜，隨時酌核咨行查照外，所有招集華商，創設公司，前往英國倫敦貿易緣由，謹會同南洋通商大臣劉坤一、船政大臣黎兆棠合詞恭摺具陳。伏乞皇太后、皇上聖鑒訓示。謹奏。

代李伯相酌議巴西增删條約疏辛巳

奏為巴西使臣商請增删原訂條約，經臣酌量相機議辦，恭摺具奏，仰祈聖鑒事。

竊臣於光緒六年六月間，遵旨與巴西國使臣喀拉多、穆達議立通商條約，已於上年八月初一日定稿繕本，畫押鈐印，專摺具奏。並將條約正副本及照會稿分送軍機處及總理各國事務衙門備查在案。臣因從前中國與各國立約，多倉猝定議，又未諳西洋通例，受損頗多。是以與該使臣往復駁辯，按照各國約章，酌量變通，冀可收回權利。亦乘巴西有求於我，先就一國稍倡其端，將來各國續來議約，即可逐漸設法轉移。該使等遵允畫諾，喀拉多於去年九月出都，穆達賫約回國，方謂條約已定，計期即可互換。

詎本年三月十九日，喀拉多自滬至津，據稱接伊國電報，禁販洋藥，已允照辦，請即添入條款，並酌擬增删原約各節。如第一款『與別國民人』句，請改為『與相待最優之國民人』字樣。第十一款案内華巴民人有未甘服，應聽照會覆訊一節，恐兩國民人藉此拖延滋訟，案難了結，務求准删。臣以已定之約，向不能於未換以前另議删改。惟彼國既願將禁販洋藥添入條款，似於中國有益。該使復聲請原約第三款領事官不得以商人兼充，擬改作商人亦可兼充。第四款遊歷印照，須照會關道請領，擬改照各國條約，仍由領事發給地方官蓋印。臣查當日訂約，此二款原為防弊起見，斷難允改。其第一款、第十一款無關緊要字句，未始不可酌删。喀拉多旋即回滬。

五月杪該使復派繙譯官微席葉來謁，謂穆達回國後，議院查出原約第十款内，華人有本身犯案，或牽涉被控，凡在巴人公館、寓所、行棧、商船者，均聽中國官派差徑往拘傳，此與各國條約照會領事官交出者顯有區別。去冬美國修約，在巴國訂約之後，美約並無此議。巴西礙難獨遵，力懇改照布約第三十二款，以全巴國體面等語。臣思華民在各口行棧、商船傭工者，每恃洋人為護符，遇有犯案，不聽傳唤，雖行文領事飭交，往往庇縱成習。由於前此立約未妥，一時驟難更改，以致流弊甚多。

今欲藉巴西議約，漸收中國自主之權，於約内聲明派差徑往拘傳，具有深意，堅不允行。微席葉去後，喀拉多函託津海關税務司德璀琳屢來懇商，均以嚴詞拒絶。七月二十日，該使自滬來津面遞辯論第十款節略一紙，謂出自該國朝廷之意，若不准改，必將該使調回，另行派員來華從新議約，情詞甚為迫切。臣反覆開導，該使總謂此條不改，全約俱作罷論，該國絶不肯互换，并引中俄新約改訂為辭，如堅執不改，即索一答覆節略回國覆命。臣於閏七月初一日，擬具答覆四條，節略面交，毫未鬆口。該使遂於初二日來署辭行，勢將決裂。

臣因思巴西已成之約，照西國各約挽回不少，今又允將禁販洋藥添入約款，洵於大局有裨。彼既出於甘讓，我亦當略為酬報，所議增删各節，尚覺無甚關係，惟第十款末節稍重。若遽改照各國條約華犯由領事交出，何能漸收自主之權。若全不通融，如滬、津等處各國租界早定，巴人來必借寓，倘華官徑往拏犯，巴官雖不敢阻，他國領事必出頭阻抗，則華、巴兩面均有關礙。且公館、商船皆有巴西國旗號，巴人可以自主，亦未便不知照巴官，徑往拏辦。況第三款已聲明領事等官必須奉到中國批准文憑，方得視事，如領事官辦事不合，可將批准文憑追回，此層最為緊要關鍵。倘巴官庇縱華犯，尚可照約追回文憑，是操縱仍屬在我，似未便因拏犯一事，致將全約所得便利盡行廢棄。遂與該使商改，由地方官一面知照領事官，一面立即派差協同設法拘拏，不得庇縱措留等語，較各國約款文義稍變。蓋由地方官派差，仍不失中國自主，知照領事官，則巴國體面亦無所礙，該使允即照改。並將禁販洋藥，照美國新約全文，添作第十四款，共成十七款。此臣與巴西使臣喀拉多酌議稍改原約之情形也。

喀拉多已於初三日回滬，據稱電覆本國，俟接回信，於三禮拜後來津謄寫約本，另與訂期畫押，專用喀拉多一人銜名，其前次已定條約正副本即作為廢紙。事關改訂條約，於原議微有參差，而大致無甚出入，亟應先事具奏。謹照鈔巴西改訂約款，分别黏籤貼説，並照録該使喀拉多面遞節略，及臣答覆節略，恭呈御覽。

除緘商總理衙門外，所有巴西使臣商請增删原約，經臣酌議辦理緣由，謹繕摺由驛據實具陳。是否有當，伏乞皇太后、皇上聖鑒訓示遵行。謹奏。

代李伯相遵旨妥議朝鮮通商章程疏辛巳

奏為遵旨妥議朝鮮水陸通商章程，以維藩服而擴利權，恭摺仰祈聖鑒事。

竊臣前接署北洋大臣張樹聲函，稱承准軍機大臣字寄四月二十九日奉上諭：『禮部奏接准朝鮮國王咨文，請飭會議一摺，據稱該國請於已開口岸互相交易等語。朝鮮久列藩封，典禮所關，一切均有定制，惟商民貨物，不准在各處私相交易。現在各國既已通商，自應量予變通，准其一體互相貿易。應如何詳定章程之處，著張樹聲函商李鴻章妥議具奏。此後該國貿易事宜，應由總理各國事務衙門覈辦。其朝貢陳奏等事，仍照向例由禮部辦理等因。欽此。』仰見聖謨廣運，因時制宜，曷任欽佩。

查朝鮮國王前遣問議官魚允中、李祖淵等，於四月初一日賫文到津，所請與咨禮部大略相同。維時臣將起程回籍，未及轉奏，旋經禮部奏蒙諭旨，該問議官魚允中等由京赴津，聽候覈辦。適值朝鮮有事，前署北洋大臣張樹聲以派軍赴援，檄令隨營照料，事竣復與朝鮮全權大官趙甯夏、副官金宏集等偕來商辦善後事宜。

竊惟富強之要，以整頓商務為一大端。朝鮮僻在東隅，貧弱已久，臣等前為代籌與美、英、德各國陸續議約，開埠通商，無非欲使日臻富盛，隱以備俄而抗日，導其風氣，即所以鞏我藩籬。惟中國地大物博，與朝鮮尤為密邇，華貨之可銷於朝鮮者固屬不少，即該國參、布、皮紙，亦為華人日用所需。若仍拘守舊章，不開海禁，則兩國物產，有無不甚相通，徒使東西洋商船獲倍收轉運之利，殊屬非計。至內地漁船，往往在朝鮮元山鎮等處違禁逞兇。臣於光緒六年七月，在直督任內曾奉寄諭，飭沿海州縣遍查嚴禁。本年正月又有漁船數百隻前往騷擾情事，推原其故，蓋由山東漁户因海濱之魚為輪船驚至對岸，每年私至朝鮮黃海道大、小青島捕魚者以千計。既為小民衣食所資，雖設為厲禁而勢難盡行，似不如稍寬其禁，由地方官查察收稅，轉可束之於法令之中。從前兩國邊民，如越界漁獵、伐木、挖礦之案，層見叠出，雖從嚴懲辦，而未能禁絶，此舊法之宜稍變通者也。

又如朝鮮之咸鏡道會甯、慶源等處，由吉林、甯古塔、庫爾喀人等，每年委員前往市易，人馬芻糧，供億煩費。彼國官吏辦理不善，民不堪命，逃入俄境，殆將萬人。去冬魚允中力陳其弊，請罷斯例，以便彼國招還流民，且豫防俄人陸路通商之漸。臣嘗以此事函詢督辦甯古塔等處防務吴大澂，據覆稱互市所换貨物，以耕牛為大宗，而朝鮮牛種，不如吉林本地所產，此外亦非必不可少之貨，如停互市，似於吉林地方毫無所損，或近邊百里内准民間自相貿易，在外藩可省浮費，而商貨仍得通行等語，自係經久無弊之法。又奉天鳳凰城等處，每年春秋往朝鮮義州市易，流弊亦多。兹既擬開海禁，則此兩路互市，自應另訂妥章，此又舊法之宜稍變通者也。

臣比已督飭津海關道周馥、候選道馬建忠與趙甯夏、魚允中等再四酌議，擬定中國朝鮮商民水陸貿易章程八條。旋據魚允中開送節略，有欲修改句語，經臣詳加斟酌，略為改易。章程之首，聲明此次所訂，係中國優待屬邦之意，不在各與國一體均霑之列，藉此正名定分，明與兩國互訂之約章不同，俾他國不得援以為例。第一條，由北洋大臣札派商務委員前往駐紮，朝鮮亦派大員駐津，照料商務，自與尋常敕使貢使有别。第二條，朝鮮商民在中國各口財產罪犯等案，悉由地方官審斷，仍遵會典舊制，與各國約章辦法稍異。第三條，朝鮮平安、黄海道與山東、奉天等省濱海地方，聽兩國漁船往來捕魚，不得私以貨物貿易，違者船貨入官。如有犯法等事，由地方官拏交就近商務委員懲辦。魚税俟兩年後酌定，予以便利，束以科條，冀化其前此凶頑之習。第四條，准兩國商民入内地採辦土貨，仍照納沿途釐税，較與日本相待為優。第五條，定於鴨緑江對岸柵門與義州二處，又圖們江對岸琿春與會甯二處，聽邊民往來交易，設卡徵税。從前館宇、餼廪、芻糧等費，悉予罷除，所以體恤藩邦，休養民力，而商貨更可流通，税項亦稍裨益。第六條，申明嚴禁之物，紅參一項，照例准售，應酌定税則。第七條，派招商局輪船每月定期往返一次，由朝鮮政府協貼船費若干，既省驛道往來之煩費，並可昭迅捷而聯聲息。第八條，豫計增損之處，隨時商辦。以上各端，或變通舊章而稍祛積弊，或參酌時勢而務順輿情。現已籌商妥洽，趙甯夏、魚允中等均翕服無異詞。

至於典禮攸關之事，自未便輕議更張，謹將章程擬稿鈔呈御覽。並請敕下總理各國事務衙門迅速核覆，俟奉旨准後即可頒行，欽遵辦理，庶與他國互訂條約，須由兩國批准者體制有殊。

除將津海關道周馥與魚允中、李祖淵問答節略，魚允中駁議節略，周馥、馬建忠覆魚允中節略，鈔送總理衙門備查外，所有擬議朝鮮通商章程以維藩服而擴利權緣由，理合恭摺由驛具陳。伏乞皇太后、皇上聖鑒訓示。謹奏。

代李伯相津滬電報巡費暫由淮餉開支疏 辛巳

奏為津、滬電報官督商辦，所需弁兵巡電等費，部議駁歸商人自給，擬仍請暫由淮餉内開支，以符原議而示大信，恭摺仰祈聖鑒事。

竊查津、滬電報，經前署督臣張樹聲核明續支用款，循案截數，開單報銷，奉旨：『著照所請該衙門知道。欽此。』旋准户部咨開各節，並稱該局雖有認繳官本之名，而官本悉歸烏有，惟憑以後官報信資，巧為充抵，信資數目，又未據實開報。以後限令按季將一季中發遞官報若干件，信資若干數，按期報部查核。至各汛弁兵津貼乾糧，原為巡護電線而設，電報既自八年三月起卸歸商辦，此項津貼乾糧及修理巡房，歲約需銀一萬一千兩，若再由淮餉代給五年，是前項官本既歸烏有，而後此又將添撥，商享其利，官認其需，辦理實屬未妥，所請仍由淮餉内開支，俟五年歸商自給之處，礙難准行等因。臣當即札飭電報局總董查照部指各節，妥籌分晰具覆，旋經該總董等傳詢衆商，據情詳覆前來。據稱信資數目一節，光緒八年三月初一日改歸商辦起，至十二月底止，官報信資銀三千四百七十四兩有奇，已經造報詳送。九年以後，遵當按季將發遞官報若干件，信資若干數，如期詳送，決不敢稍有含混。沿途緑營各汛弁兵津貼乾糧一節，前經稟明由官項開支，俟五年後電局倘能立腳，再歸電局自行給發。因奉奏准有案，始敢刊單招股，衆商共見共聞，如使股商承辦，有利可贏，原應報効。

惟查光緒七年十一月至八年二月，官局共收報費銀六千餘兩，開銷八局薪工銀一萬九千餘兩，入不敷出，已有明證。即使馬乾口糧，常撥官款，商力實亦難支。所冀歷年稍久，商報漸繁，勉可支持，再請停發。但查外洋各國電線，得以四通八達而不廢者，有官設之線，有商設之線。凡關係國家政務者，線由官造，局由官辦。凡商貨稠密之區，方由商人設立，並以電線初設，開銷較鉅，例由國家認付股商利息每年五六釐。日本初設線時，其國家認至八釐，故能日增月盛，有舉無廢。至於巡護之事，各國沿路均有巡捕，其口糧亦由公家給發。凡有官報，仍照商民一體給費，恤商如是而不嫌其優，蓋以商利愈厚，則電務益興，深有裨於軍國大計也。衆商之意，擬懇將馬乾口糧一項，准照上年奏案辦理，抑或略仿西例，不設年限，永歸官款開支以恤商困。如不蒙允准，惟有仰求退還商本，將電線仍歸官辦。又稱洋商近來在上海開設公司，每招股份，華商趨之若鶩，多以中國之銀錢，增洋商之氣焰。及至華員招股，衆商反不免觀望，誠恐官不保護，無以示信。故洋商日富，華商日貧，凡有捐輸報效之事，日見其微。此次添設閩、粤、潯、漢電線，續招股分，本形竭蹶，若已定之案更有游移，必至商情日渙。且今電局所寄之報，官報居其半，局報居其半，皆無報費可收，其商報不過三分之一，商人咸以本重利輕，毫無把握，甚覺畏沮等語。

臣查電報之設，裨益軍國甚大，經臣督率局員，殫力經營，幸而有成。即如去年朝鮮定變，赴機迅捷，實賴電報之力。此外如籌措海防，偵察邊情，酌調兵勇，及出使各國大臣購船製械，商辦交涉機宜，莫不於數萬里外傳遞要信，瞬息互答，成效已著，無待贅陳。當臣創辦之初，以常年用費頗繁，擬先於軍餉內酌籌墊辦，俟辦成後招集商股，認繳本銀，隨飭道員盛宣懷等督同衆商籌議。據稟稱電報原為軍務洋務，緩急備用，自北至南，絕少商賈碼頭，線長報稀，取資有限，非官為津貼不可，請改歸官督商辦，除由商繳還官本銀六萬兩外，五年後分年續繳銀二萬兩，其餘不敷銀兩，以軍機處、總理衙門、各省督撫、出使大臣、洋務軍務電報應收信資，陸續劃抵。俟此項抵繳完畢，別無應還官款，則前項官報，永不領資，以盡商人報効之忱。各局常年經費，即以官商信資抵支，無論不敷多少，不得再請津貼。其沿途綠營弁兵巡電各費，每年由淮餉内支銀一萬一千兩，俟五年後歸電局自給。以上各情，經臣迭次奏明奉旨允行在案。

竊思電局所以必歸商辦者，總分各局迢遥數千里，常年用費甚繁，未便官為經理。各州縣驛站歲支正項錢糧已巨，斷無餘力再籌此費。若酌取商民電資貼補，則以官吏較此錙銖，稍失體統，且出納之間，稽核難周，弊混滋甚，必改歸商辦，斯國家收消息靈通之益，而無耗損巨帑之虞。惟是商民勢渙力散，非善為倡導，則不能集事。商情見利則趨，非稍予贏餘，則無由鼓舞。臣前提撥軍餉，創成要務，初不患前款之虚糜，而特慮後費之難繼。今既有衆商承辦，若衡情酌理而論，倘該商等能將官款全繳，并自給巡費，則局事應由商主持，官即不能過問，中外官報亦應照章給貲，官商轉多隔膜。今因所繳官款尚有未足，又暫貼巡費，雖名為商辦，仍不啻奉行官事。目下中外緊要官報，絡繹往來，毫無貽誤，其捷速過於驛遞奚止百倍。且究於臣所提撥淮餉二十萬兩之内，認繳銀八萬兩，較之外洋創成一事厚酬商利者，其省費不啻倍蓰。歲貼綠營弁兵巡費僅一萬一千兩，餘則不費一錢，較之官自經理者，其省費又不啻倍蓰也。況巡費俟五年後仍責商局自給，則是將來可不動公帑，而軍國重務，獲呼應靈通之效。前此僅用銀十餘萬兩，而為公家及商民創永遠無窮之利，於大局亦不為失算。

況前此英商大東、丹商大北兩公司迭來嘵瀆，謀在中國設立電線。臣復擬展設閩、浙電線以至廣東，左宗棠亦議展設長江電線以至漢口，藉收自主之權利，以杜洋人之覬覦。概招商股，未借官款，實因津、滬電線，創立其基，商情踊躍，乃能不待籌費而推行盡利。臣默自循省，似尚無辦理不妥之處。臣之愚計，與其使洋人窺伺，不若使華商獲利，華商苟有以自立，則要務可開拓經營，緩急可通融報効，果使商利日旺，亦不失藏富於民之意。特是電局初設，風氣尚未大開，該商所逐什一之利，尚難確有把握。經臣累飭局員，勸導衆商，始勉為承辦。今該商董等又以仍歸官辦為請，臣欲派員經理，則慮耗費愈多，欲從此停輟，則數年心力與已成之功，棄之可惜，而南北及海外信息又滯，且恐為外人所竊笑而攘取矣。欲仍責令商辦，則招商之事，不可盡慴以官勢，必令出於眾願，又必有信約可憑，始能行之久遠。再四籌思，惟有責成該總董開導眾商，依舊經辦，仍照奏奉旨准之案，巡費暫由官發給。該商等所請巡費不設年限，永支官款，斷難准行，應令五年後自行籌給，以符原議。

臣嘗謂時至今日，地球諸國通行無阻，實為數千年來未有之奇局。故於政務得失利病，往往有非思議所及，例案所有者，非從事海疆，周諮博訪，考究多年，未由窮其曲折。微臣措注洋務，經用餉項，實不敢不躊躇審慎而出之。即如輪船招商局，數年以前，群疑眾謗，方謂上虧國帑，下耗商本，今則官款漸可繳清，而使洋人少佔中國商利三四千萬，公家不出絲毫造船養船之費，坐得輪船三十餘號，縱橫江海，稍壯聲威，天下亦知其利矣。惟要務愈辦愈多，初非一端可竟。臣所辦諸事，平時與總理衙門往返函商，未嘗不詳，故此中甘苦，惟總理衙門頗知其梗概。若户部既未專司洋務，勢難先與籌商，又難詳告顛末。此等創辦之事，驟而察之，未有不滋疑竇者。在部臣實事求是，有此一駁，而臣乃得稍伸其說，未始無益。惟慮此後鑿枘之處尚多，不能不豫為陳明。

至電局巡兵、修房各費，歲需銀一萬一千兩，擬懇聖恩，仍准暫支官款，俟五年後歸商自給。臣當嚴飭該總董等將續繳銀二萬兩，不准愆期，無論局費如何不敷，不准再請津貼。

除將户部咨查各節另行咨覆外，所有津滬電報、巡電、修房等費，請照原議，暫由淮餉内開支緣由，恭摺瀝陳。伏乞皇太后、皇上聖鑒訓示。謹奏。

代李伯相妥籌朝鮮造器練兵疏 辛巳

奏為遵旨詢問朝鮮一切情形，妥籌學習製造及練兵購器事宜，恭摺覆陳，仰祈聖鑒事。

竊臣承准軍機大臣字寄九月初六日奉上諭：『李鴻章奏遵籌朝鮮請派匠工學造器械一摺。朝鮮為東北藩服，唇齒相依，該國現擬講求武備，請派匠工前來天津學造器械，自宜俯如所請，善為指引。已諭令禮部揀派通事，伴送該國賫奏官卞元圭赴津，著李鴻章詢問一切情形，再行奏明辦理。李裕元致李鴻章書函，並著酌度情形，作書答覆，俾知領會等因。欽此。』仰見聖主撫字藩邦，有備無患至意，欽佩莫名。

旋准禮部遵派通事，伴送朝鮮賫奏官卞元圭於九月十六日抵津。臣即委令津海關道鄭藻如，永定河道游智開及辦理機器軍械各局候補道許其光、劉含芳，候選道王德均等先行會同傳詢一切。該道等連日與之筆談，稍知該國大概情勢，復導往機器局、製造局、軍械所及西沽儲備火器、火藥各庫，徧加觀覽，俾識端緒。臣旋於九月二十二日傳見卞元圭，亦與筆談良久，該使臣頗留心時局，非囿於一隅、拘執成見者可比。玩其辭旨，甚有憂國之志，亟欲整練士卒，購造利器，以備不虞。其怵於外侮迫不及待之情，與倚我聲援切求保護之意，時於言外見之。

茲督同鄭藻如等就時地之宜，與該國力所能逮者，酌擬辦法。蓋製器必求用器之人，則與練兵相連，練兵而所用之器，有非倉猝所能自製者，則又與購器相連。今為該國籌畫製造一事，當擇易辦而急需者行之，如子彈、火藥及修理軍械之機器，必須酌量購備。朝鮮王城現兵三萬，應分礮隊、馬隊、步隊為用器之則。礮隊擬購克鹿卜後膛鋼礮，馬隊擬前後膛槍各半，步隊以三分之二用前膛槍，其餘間用後膛槍，而沿海要隘之需，及水雷、電機之學，又在該國循次量力而行。

至來學、往教兩層，該國君臣初意重在往教。查朝鮮義州與奉天新設之安東縣，僅隔鴨緑江。彼意欲購取機器，邀往教師，由中國揀派明干人員，即在安東設局，傳習製器操兵之要，仍不時遣人到津，通聲息而便觀摩。惟機器購之西洋，非經年不能運到，應由該國先選聰穎藝徒來津，就現成之器，師衆工之巧，可以事半功倍。俟其粗得門徑，然後器匠同歸，即教者亦易為力，此製器之宜來學而後往教也。槍隊、礮隊，操法不同，若先派數員往教，恐言語不通，即步伐止齊，口令手法，呼應不靈。若先選該國弁兵數十人來津，分隸各隊，朝夕操演，耳濡目染，所得較多。俟槍礮購到，然後隨同所派之員，歸司幫教，庶可遞相傳授，此練兵之宜來學而後往教也。

該道等將此數端，與該使臣往復籌議，擬具節略，均甚周妥。惟舉辦之遲速，購器之多寡，視乎該國經費之優絀，非該使臣所能豫定，應俟歸報國王，與其大臣妥商定議。臣飭局先選來福前膛槍十桿，酌配子藥、銅帽各項，毛瑟後膛馬槍十桿，連後門子二千箇，交該使臣攜帶回國，俾該國觀其式樣，稍知梗概。

除已飭卞元圭回京候旨外，謹將擬具來津學習製器練兵各條鈔呈御覽，擬請敕下禮部咨照該國王相度便宜，自行酌辦。李裕元寄臣書函，亦即妥為答覆，俾知領會。所有遵籌朝鮮學習製造兼練兵、購器事宜，恭摺由驛覆陳。是否有當，伏乞皇太后、皇上聖鑒訓示。謹奏。

再朝鮮與西人通商一事，係其今日謀國要圖。臣前奏明俟覆李裕元函，仍擬善為開導，冀有轉機。惟李裕元致仕家居，雖尚得與聞朝政，而一切謀議設施，究由該國君相主持。此次賫奏官卞元圭來津謁見，臣與筆談良久，觸類引伸，俾徐悟保邦之大計。即臣上年七月致李裕元一函，彼亦知為忠告，因與開誠布公，迎機善導，剴切而詳示之。聞朝鮮與日本通商數年，尚未收税，彼並不知税額重輕。臣告以西洋各國通例，令勿為日本所蒙，且知重税之有裨國計。朝鮮與法、美有怨，慮其見侵。臣告以法、美志在通商，並無用兵强逼之意，而俄人則窺伺甚急，朝鮮東北海口與俄接界，防禦太疏。臣告以德源、永興口既准日本開埠，倘俄人以兵船闖入，或先禮後兵，應派員相機接應，酌允通商議約，免致動兵，格外喫虧。朝鮮欲在德源埠築臺置礮，恐為日本藉口。臣告以東西各國通商口岸，未有不築礮臺以自防護者，乃係自主之權。凡此皆所以破其惑而使之自强，開其意而使之自悟。該使臣似聞所未聞，中心悅服，一切俟歸報國王，妥為酌度，當不至如從前之扞格。

查朝鮮三面環海，其形勢實當東北洋之衝，而為盛京、吉林、直隸、山東數省之屏蔽，其民人能耐勞苦，物産亦非甚絀，五金、煤鐵之礦，未經開採，倘為俄人佔踞，與吉林、黑龍江俄境勢若連鷄，形如拊背，則我東三省及京畿重地，皆岌岌不能自安，關係甚重。日本近與開埠，陽為各國先容，而陰嗾朝鮮堅拒，其意亦甚叵測。茲欲杜俄、日之隱謀，惟有與泰西各國一律通商，尚可互相牽制，孑然常存。然聞見以閱歷而始廣，風氣由倡導而漸開。該國於製器、練兵，既知加意講求，商務一端，或終有擴充之望。謹照録臣與卞元圭筆談問答節略，恭呈御覽。除密咨總理各國事務衙門知照外，謹附片密陳。伏乞聖鑒。謹奏。

代李伯相官軍平定朝鮮摺壬午

奏為官軍捕治朝鮮亂黨，大勢粗定，朝鮮派員抵津，妥商善後事宜，恭摺仰祈聖鑒事。

竊臣承准軍機大臣字寄七月二十三日奉上諭：『張樹聲奏吴長慶等統領官軍馳至朝鮮國都，將李昰應獲致，現已解送到津，著暫行妥為安置，俟李鴻章到津後，會同張樹聲向李昰應究出該國變亂緣由，及著名亂黨，詳細具奏，候旨遵行。吴長慶現派隊伍圍攻枉尋、利泰兩村，著飭令該提督穩慎進攻，將亂黨渠首迅速捕除，一面妥籌防範，鎮定人心以安反側。吴長慶所統各營不敷分布，現已添調黄金志帶隊前往，將來應否添調重兵，著李鴻章等隨時體察情形，酌量辦理等因。欽此。』仰見聖謨廣運，綏靖藩邦至意，曷勝欽佩。

臣於煙台行次，接據提督丁汝昌、道員馬建忠十六、十八日禀報，自獲送李昰應登舟後，馬建忠隨請朝鮮國王由其政府將願修舊好之意，函達日本使臣花房義質，即派全權大臣李裕元、副官金宏集馳赴仁川港會議。其亂黨之聚居枉尋、利泰二里者約數千人，世隸兵籍，跋扈難制，與李昰應勾結一氣，迭為變亂。今李昰應雖已就拘，而其長子載冕以大將新握兵柄，仍恐該黨奉以為亂，爰於十五日傍晚，先將李載冕誘拘南别宫，以水兵數十人守之。是夜吴長慶調派副將張光前、何乘鰲，總兵吴兆有率領親兵慶字三營往捕枉尋里亂黨，窮搜巢穴，短兵巷戰，直至天明，生擒一百五十餘人，其餘悉由屋後竄去，我軍帶傷者僅二人。其利泰里亂黨，吴長慶親往掩執，以地近營址，已先期聞風遠颺，僅獲二十餘人。是役共獲一百七十餘人，當經訊明，戮其魁首罪狀較著者十人，其餘概交朝鮮酌予釋放，俾脅從者知為法所不誅，藉以潛消反側。此次天威震讋，群凶奔竄，老巢既覆，則散處四方者不難隨時續捕。而李載冕不安於位，亦即於是日請釋兵柄，此朝鮮亂黨已被剿散、國勢粗定之大略情形也。

至日本於中國勘辦朝鮮内亂，始終未敢攙越，尚屬恪遵公法。惟與朝鮮議約，以焚館逐使為言，藉端要挾，多開條款。朝鮮既自行派員，赴距京八十里之仁川議事。馬建忠因朝、日為多年有約之國，其交涉之案，未便由中國顯與主持，但將其可許、不可許各條，預為指示。又適在王京與吴長慶謀靖内亂，不遑他顧。而朝鮮大臣李裕元等已於十七日與日本定議簽押，核計約款八條，尚屬無甚流弊，惟填補日本各費至五十萬圓，為數較多。該國王以外患内憂，事機危迫，特命其臣迅速了事，冀消鄰釁，遂有不能不甘讓之勢。猶幸中國水陸各軍，聲勢較盛，日本隱有所憚，未遽將割地、開礦及陸路通商各事，强朝鮮以必從。此朝日和約既定、暫弭釁端之大略情形也。

臣抵津後晤商張樹聲，以朝鮮事大致就緒，續撥黄金志三營，自可暫緩前往，稍省煩費。惟李昰應已起解赴京，旋奉暫行安置之旨，經張樹聲派員追令折回。俟其到津後，臣當會同張樹聲詳細究問，再行奏明辦理。

刻下朝鮮王鑒於積弱，力圖振作，已派全權大官趙甯夏、副官金宏集、從事李祖淵等，隨同馬建忠、丁汝昌於二十五日抵津，謁商一切。查朝鮮善後各事，關係重要，頭緒尚繁，容臣與之悉心商度，次第酌辦。日本兵船、陸軍未撤之先，我軍應暫留坐鎮，俾朝鮮有隱然可恃之資。現仍留吴長慶統率各營續捕亂黨，並令丁汝昌馳回會商，相機妥辦。

除將丁汝昌等稟單二件，馬建忠所録筆談及朝日約款，鈔送總理衙門備查外，所有官軍捕治朝鮮亂黨及該國派員抵津緣由，理合會同署直隸督臣張樹聲合詞恭摺由驛具陳。伏乞皇太后、皇上聖鑒訓示。謹奏。

卷二

代李伯相復鮑爵軍門書乙亥

春霆仁弟大人閣下： 闊别相思，時縈寤觳。前聞寵膺特召，馳企正深。頃接客歲冬月惠書，就諗養望東山，起居篤祜，曷任抃頌。

承示東人啓釁，患在癬疥； 西人窺伺，患在腹心。所籌制勝持久之方，碩畫鴻謨，洞悉時勢，至以為佩。刻下日本業已行成，收師而退，雖受我中國撫恤之費，而得不償失，自悔失計，當不復萌故智。

尊意以中國帆檝之力，不逮輪船遠甚，宜令商賈軍民自造輪船，駛往外洋貿易，一有緩急，可倚為用，洵係當今急務。惟輪船一號，需費總在十萬兩内外，商民獨造則力有不支，合辦則勢難歸一，加以中國工匠未嫻製造之法，以故商民自造輪船者竟寂寂無聞。前經奏定在上海設立招商局，俾商民租僱輪船藉資貿易，選明幹之員，經理其事，數年以來，頗著成效，商民措貲願合股者源源而來。倘由此規模日擴，或可開風氣而收利權。

至西洋火器，愈出愈巧，中國各廠所造，斷不能與之相敵。現惟有隨時購買存儲，以防不測之虞，募工仿造，以為經久之計。將來仍須多選巧匠，俾往遊外國各廠，察其製造之精意，轉相傳習。其能自出心裁者，尤須設法鼓舞，庶可精進不窮。

總之，中國人民之衆，物産之富，才力聰明之勝，甲於地球諸國，原自大可有為。無如彼則法簡令行，我則拘文牽義，彼則合縱連横，我則孤力無助，幾幾乎有積弱難支之勢。今誠中外上下，戮力同心，於儲才、裕餉、選將、練兵、製器、造船之道，一一講求。如越勾踐之卧薪嘗膽，諸葛武侯之廣益集思。一面擇泰西諸國可交者，隱與聯絡，結為外援，俟一二十年後，確有把握，然後舉一最無禮之國，揭其罪狀，布告同盟，用全力而撻伐之。一敗再敗之後，彼必傾國復來。是時宜持重養威，百審一發，使之連敗，則彼國内空虚，商窮民困，必將罪其始謀之大臣，廢其啓釁之國主，從此議和、議戰，可以惟我所為。若彼駐京與各口洋人一旦交兵，自宜各自引去，此乃泰西常例，無庸我之驅逐。

至謂一勝之後，即可使中西劃分為二，終古不相交涉，勢恐萬萬不能。蓋宇宙大勢，合者不可復分。春秋之時，吴、楚、秦、蜀，皆稱蠻夷，今已為中原腹地。漢唐之際，匈奴、突厥，皆為邊患，今即是蒙古外藩。刻下中外情形，殆已不能閉關獨治，亦在制馭得其道耳。

因台端惓惓時務，籌維深遠，故略道鄙懷，用相質證。肅泐，復頌台祺，不宣。

代李伯相復部觀察書乙亥

荻舟仁兄大人閣下：頃接惠函，猥承飾序，紉戢曷任，就諗藎績日隆，蓄蘊雲蔚，至為抃頌。

承示中外大局，兢兢以通商為至慮，以防海為急務，具見深籌時變，懲前毖後之意。刻下雲南一案，漸有端倪。威使在都，嘵嘵瀆辯，多所要求。鄙人與總署再四函商，擇其稍無害者許之。其不可行者，一意拒絕。至滇邊通商一事，已允俟案結後勘辦。

方今中國疆圉遼闊，防不勝防，而泰西諸國航海東來，實為數千年未有之創局，其勢斷不能深閉固拒。且自古互市之政，雖兩國用兵而有所不廢。中國數十年來，節次與西人立約通商，更未使一朝爽約。總之，中國能自強，雖斥塞通商，而彌見懷柔之盛；中國未能自強，雖閉關獨治，而益多杌隉之虞。在通盤籌畫而已。至於自強之道，半係氣運主之，是在中外上下，戮力同心，破除積習，發憤有為，士大夫戒虛務實，戒無用而求有用，風氣既闢，賢才日興，斯不難操鞭笞八荒之具，殆非一朝夕、一手足之力也。

來示又謂前此洋人招粵勇為前驅，至議和則又多索兵費，是則以我之財，招我之勇，為我之敵，言之令人慨嘆。泰西風俗，凡遇出師，餉項甚鉅。昨聞英國議院以往年搆釁中國，耗費極重，得不償失，是以躊躇審顧，未敢遽爾決裂。窺其微意，亦以中國營勇與軍械，漸非從前可比，所以持重而不輕發。於此知練兵簡器之效，不可不益事講求者也。復頌台祺，不宣。

代李伯相復劉制軍書乙亥

峴莊仁兄大人閣下：四月初四日接奉二月二十九日惠函，並鈔示雷瓊道稟批一件。藎籌碩畫，措注周詳，循誦再三，良殷企佩。博税司現擬瓊州海口開辦章程，雖大致於潮關相同，然一切事理，移步換形，當此規模草創，必須豫防弊竇。執事令與海關監督詳加斟酌，尤見審慎周妥。

瓊州通商口岸，與停泊船隻之海口，將來劃定界限，不宜過寬。界限寬則流弊孔多，界限嚴則事端漸弭，似係碻論。瓊州海口淺窄，艱於泊船，近聞洋人有謀在鋪前港泊船之説。檢查地圖，鋪前在瓊山、文昌兩縣之間，去海岸數十里，可以避風，又與海口一水可通，較諸白沙、夏門汪洋無際，其形勢之相去，奚啻霄壤，難保洋人不意存覬覦。若將界限議定，此地既在界外，并堅守條約原議與之理論，彼亦無可置喙。

遊歷一節，該領事既願於領照蓋印時，由該道查明艱險之區，轉告領事，阻止洋人前往，否則縱有疏虞，與地方官無涉，此層最為緊要。若於議章之時，將前說重與申明，立為定案，他日可隱消許多事變。即一旦有事，亦不難折之以理。

抽釐一節，將巡洋經費，量為變通，務令不完子税之洋貨、土貨，一律抽釐，既無損於商民，亦無礙於成案，實屬兩得之策。向來瓊州海口每年出入貨物，不及一百萬兩。該處民貧財少，恐洋貨未必暢銷，即英人亦本不甚注意，祇因上年粵海關拿獲瓊州卸貨輪船，罰充入官，遂憤激而為此舉。前繙譯梅輝立過津，亦復明言不諱，與來示所述大略相同。瓊州開埠之後，彼以一副領事往來其間，初無縻費，而我海關税務不旺，勢難久支，彼於此時即可任意走私，蓄謀殊為狡獪。鄙意瓊關入款必少，刻值創議新章，一切局面似宜從儉，庶幾稍可持久，不至墮彼術中。彼生意清淡，商船來者日少，又不能走私以圖厚利，久之或廢然而返，亦事之未可知者。惟宜戒諭官民，勿稍露阻撓之意，使彼有所藉口。

台端疊次布置，籠絡紳商，既經勸慰於前，旋復彈壓於後，洵已批卻導窾，收效無形。該道所稟洋人租屋不易，自係實情，能勸令暫住輪船最善。刻下地方官部署漸有端緒否？專泐肅復，敬頌勛祺，不宣。

代李伯相復盛觀察書 乙亥

杏蓀世仁弟大人閣下：接五月二十七日惠書，就諗藎績日隆為慰。馬利師履勘興國諸山，先從馬鞍、半壁興工鑿孔一事，奏效不易，愈深愈難進步，鑿至極深之處，每日僅能進二三尺耳。馬鞍山一孔，誤為工匠鑿斜，復纏卸土石。今竭晝夜之力，提起土石，改正斜孔，固已煞費鉅工。至飭馬利師專志一處，俟馬鞍山稍為得手，再在半壁山開工，以免紛歧貽誤，措注甚為合宜。興濟煤礦分列南北兩岸，所用機器須備兩副，方足以資周轉。北岸非三百尺不能見層，與南岸地形低者迥乎不同，其應如何布置，必俟煤層鑿有眉目，方可開單核辦，理勢宜然。刻下民情不患不順，地產不患不富，煤質不患不佳，三者既皆確有把握，惟察看煤層最旺之區，如形家揣穴，不容毫髮錯誤。

膋煤全賴鑿孔，而鑿孔又極艱難。洋人開煤，或深至一千五百餘尺，或深至三千餘尺，始遇第一層煤。則欲收效於異日，須持之以堅忍，要之以久遠，斷不可見小欲速，淺嘗中輟。洋法之成敗利鈍，全在所用洋人之本領。馬利師在日本開礦，未見功效。今觀其看山，主意游移，決非煤師之上選，新泰興洋行推薦之語，未可據為定評。現既與玉階商定，屆滿六箇月後，姑留接辦，俟有效驗，再行另訂合同，尚覺妥協。惟馬利師於鐵事未經辦過，則煤鐵兼諳之洋人，亟應僱覓，以便比較本領，分優絀而定去留，且為推廣採鐵地步。此項洋人既不易僱，執事擬即赴滬籌商，但須旁詢博考，斷不可憑洋行一二人之推獎，信為實然。如出新聞紙，以頭等考單為憑，則外國煤鐵各師聞風麕至，挑選較易為力，雖半年後不妨靜俟，亦不必拘定英人。鄙人於各領事來見之時，便中當代為詢訪。至謂畢德格等在敝處決不欺妄，亦未必然也。

目前局費擬藉土礦售煤，彌補抵銷，要能敷用為佳。入秋出煤暢旺，挹注自更舒展。客臘以前商本墊用錢文，准即由官本撥還，以清界限。翁帥於開礦一事未免過慮，然土法效速而利微，洋法效遲而利廣。方今中國欲圖自强，先求自富，自富之道，以礦務為一大宗，必就臺灣廣濟已成之局，先開風氣，萬一中止，則中國利源漸被洋人佔去，所關非細故也。專泐，復頌台祺，不具。

代李伯相復劉制軍書 乙亥

蔭渠仁兄年大人閣下：南北睽違，久疏音敬。客歲聞榮膺簡命，晋督滇黔，衹以塵務碌碌，未及肅箋奉賀。頃奉四月二十八日手書，眷逮周至，過執謙挹，感悚交并。比維玉節揚庥，抵省視事，宏謨新政，炳耀南天，無任企頌。滇中自經兵燹，創痍未復，民氣澆漓，加以兵將之悍，練紳之横，其難治更甚於他省。執事威惠素著，歟歷巖疆，宿望所孚，邊人翕服。將欲轉移風氣，感格愚頑，操縱駕馭之權，自非尋常所能測識。式巖中丞志同道合，助理多年，兹復共事一方，令人益羨同舟之樂。家兄在滇日久，每盼旌節遄臨，諸資商推。兹已差竣東旋，來信亦以不獲晤教為憾。

查辦馬嘉里一案，自覆奏後，威使未滿所欲，大肆咆哮，其所要挾，多在本案以外。總署百方羈縻，仍形決裂，刻已出都，將來興波作浪，不知何時乃能妥結，焦憤莫名。滇邊陸路通商一節，須於案結後勘辦，為期尚早，籌議章程，事體繁鉅，原非一端可盡。惟與外人交涉，只能折之以條約，示之以公溥，持大體而略細故，嚴界限而泯猜嫌。素諗台端忠信明決，不設城府，又奏調丁觀察贊助一切，必可弭釁於無形。

大疏詳明剴切，於中外情勢，瞭如指掌。所論開礦之策，實係救時要着，伐謀先幾。滇中五金並産，尤取不竭而用無窮。惟購器興工，皆非鉅款莫辦，滇餉久涸，似無此餘力。如能在湘、楚招商集股，選募精於地學之洋師，略備必須應用之機器，由漸而入，或日起有功。至蘇、閩機器局内，諳習製造洋法，尚不乏人，開礦之學與器，則素少研求，未堪專任也。

畿輔各屬亢旱過久，麥禾枯萎，衆情惶惶，所冀速沛甘霖，普種秋稼，尚可補救一二，否則不堪設想。蕭規猶存，時艱愈棘，力小任重，竊自悚愧。專泐肅復，敬頌勛祺，不具。

代李伯相復張觀察書乙亥

樵野尊兄大人閣下：八月間曾復寸函，旋接龔觀察挈到尊銜會詳海防事宜一稟，地勢兵機，瞭如指掌，至以為佩。所議煙臺、威海、登州三處建造礮臺一節，自為捍禦東陲起見。近來談海防者，以製器、造船、選將、練兵為最急，而建礮臺則次之。建臺以關係數省形勢者為最要，關係一省者次之，關係一路一郡者又次之。蓋建臺而價廉，則不足恃，若欲堅實經久，則需費甚鉅，設或敵人不經此路，則仍置諸無用之地。故惟形勢最扼要者，建臺為不可緩。今自登州廟島，直接旅順，海面約二百里，誠於各島間置鐵甲船，備活礮臺，層層布置，實為北洋設險第一關鍵。然需費在一二千萬以外，力既有所不能，則築臺亦祇為東府設防。然東府山路崎嶇，即令彼族登岸，我軍亦處處有險可扼，彼族未必注意。就東省煙臺、威海、登州三處論之，登州尤僻在一隅，無關得失。稚璜宮保所以暫緩築臺者，諒亦以此。鄙人則以為煙臺、威海，若祇擇一處建臺，尤可騰出經費，籌辦他項要務。閣下既已返省面商，想稚帥必有權衡也。

前論白狼河壖安設機器之地，船多擱淺，駁運綦難，誠宜重加履勘。邇來創辦機器，購器固難，而安設廠基則尤難。蓋基地切近海口，則彼族易生覬覦，有事之際，恐遭刦奪。若離水次太遠，則購材運料，諸多不便。故各省沿海之區，往往數百里中不能得一善地。徐仲虎太守於此事研求有素，聞已到東，必可籌商妥洽。頃聞又有在灤口規畫廠基之說，由黄河直達海口，取材較捷，刻下想已定局矣。復頌台祺，不具。

代李伯相復豐將軍書乙亥

漢文尊兄將軍閣下：頃接九月二十八日惠函，並鈔示摺片清單及圖説各件，藎勤彌篤，擘畫周詳，曷勝企佩。

大疏前請於練兵六千名外，添設西丹四千名，馬二千匹，歲餉及馬價軍械銀兩，准由各省協撥，急切固未能解齊。至江蘇釐金，近以出款過多，極形支絀。即如本年部撥海防經費，尚未報解絲毫，江省馬價銀二萬四千餘兩，一時恐難照撥。尊意以緩不及事，騰挪正餉，先發西丹口糧，揀選精壯入伍。如此一轉移間，而操期早得舉行，餉需暫不竭蹶，可云措注盡善。方今練兵、籌餉諸務，練兵固難，籌餉尤難，而欲仰各省之協濟則更難。來示諸須撙節，不涉鋪張之說，實為洞見本源。

江省呼蘭廳本境雖無賊踪，而鄰省馬賊金匪，不時出没，酌留防兵，自不可少。黑龍江副都統久未到任，奏請與墨爾根副都統對調，人地既屬相宜，防務更為有裨，自是用人要着。

又承示及夷屯兵數、里數清單，詳審明晰，幾有聚米畫沙之概。蝦夷全島，在中國地圖則謂之庫頁島，中外新聞紙則謂之蝦夷，始屬中國，旋以荒寒棄之，後為日本所踞，今聞讓給俄人，與之易地，俄人經營墾闢。該處煤礦甚旺，將成沃壤，實係黑龍江海口之門户。查黑龍江全省，綿亘數千里，處處與强鄰毗連。卡倫之外，擊柝相聞；卧榻之旁，有人鼾睡。防範與羈縻，二者均屬不易。台端飭屬嚴密布置，戒以勿見小利，勿介小嫌。又謂防範在我，羈縻在彼，卓識偉論，洵足弭釁於無形。

江省馬隊操練久廢，技藝蕩然。近聞宣諭各旗，戒其奢心佚志，而勸以報國保家之義，數年之後，當可漸復舊規。自古絶大事業，本無一蹴可幾之理，皆由時時常存此心，歷久不懈，乃漸有成效可睹耳。松花江北扼要設卡，與吉省聯絡聲勢，實係必不可緩之圖，條規亦甚周妥。至鄂倫春人極强悍，為俄所憚，及時收羅，編隊給糧，既以備我緩急，即不受彼牢籠。且或隱防俄人闖卡内竄之勢，尤見籌維深遠，動合機宜。

總之，黑龍江在東三省中，地形雖偏在一隅，實關北路之全局。俄國在西洋諸國中大勢既趨重陸路，實為中國之隱憂。兹仗閣下綢繆牖户，實力整頓，不難循序漸進，日起有功，幸勿過執謙挹，良欣盼。肅泐，復頌勛祺，不宣。

代李伯相復崔觀察書乙亥

曉江尊兄大人閣下：頃接六月二十七日惠函，具聆壹是。英國馬嘉理之事，經迤西道府實力查辦，業已追出馬匹，訪得兇徒，七月間即將贓賊解省，至以為慰。

惟彼行兇之輩，必須嚴究根由，確有證據，將來辦理此案，布告外人，盡法懲治，庶足以綏邊圉而儆兇頑。承示緬國失地過半，其勢不振已久。越南被法人蠶食，割三省以求和。二國皆殘敗之餘，殆難恃為車外之輔。然英、法既得志於二國，駸駸有通商雲南之意，乃理勢之必然。近來蠻允一案，尤適以激彼之怒，固彼之交，將使速成斯舉。滇省經廿年劫運，民物凋殘，兵餉兩絀，實不堪再被蹂躪。即以大局論之，內顧中原則創痍未復，外顧各口則戰守難憑。而彼西人以戰事為生涯，窮年累世，不勝不休。越南、緬甸之所以削弱者，蓋啓釁一次則挫衄一次。既挫而復求和，則非割地不足了事，陵夷至乎今日。故欲審度彼己，慎籌始終，則惟以保境息民為第一要義。設防固不可緩，仍宜略泯矜張之迹，乃可收效於不覺，而弭釁於無形，務望以此意隨時稟商大府，播告寮屬，實於大局有裨。

他日緝兇訊案諸事，如有端倪，仍望詳細見示為荷。肅復，敬頌台祺，不宣。

代李伯相復陳廉訪書乙亥

俊臣尊兄年大人閣下：頃接惠函，以中外交涉事件，蓋注殷勤，並以秋間辦理，未遽決裂，過蒙獎藉，非所敢任。承詢所定條款有無他事為難，並以夷情叵測為慮，具見思患豫防至意。此次中外大局，總以馬嘉里被戕一案為關鍵。家兄於十月間抵滇，該省雖報緝獲兇犯十餘名，未知是否的實，其案情是否審有端倪，尚無確耗。威酋於初一日由津入都，亦專聽雲南消息。至其要求各事，八、九月間三次諭旨，已見邸鈔。此外尚有數端：一曰滇邊通商；一曰添設口岸；一曰洋貨完正稅半稅後，無論洋商、華商，一律准免釐稅；一曰租界內禁設釐局。蓋就大勢而論，俄人恰克圖陸路久准通商，英、法欲由緬甸、安南通滇，蓄意已非一日，馬嘉里之事，又適足以激之，實恐終難禁遏，現已由總署允俟案結後斟辦。至洋貨免釐之說，則英約二十八款及善後條約第七款，本極分明，該酋執約以爭，中國似無從置喙。惟刻下餉需支絀，衹此涓滴之利源，藉資挹注，包攬影射，弊竇已多。若盡如所求，無論洋商網利獨厚，即華商亦將以稅單為護符，以租界為逋藪，中國釐餉必至損絀。蓋洋貨免釐，租界停捐，內地添設口岸三事，實相為表裏，雖或載在條約，不能不妥商力辯，設法抵制。現已飭令各關局查明詳細情形，咨達總署，統籌全局，主持辦理，大約三者須允其一事乃得已。至防務為自强經久之計，苟能隨地隨時未雨綢繆，總屬有益無損。因來示殷殷見訪，故略布及。復頌台祺，不宣。

代李伯相復馮觀察書乙亥

卓儒仁弟大人閣下：前月杪曾復一函，旋接十月二十七日惠書，具聆壹是，比維藎猷懋著，履祉綏愉為頌。威使抵津面晤，卻未提及釐捐，業於初一日啓程入都。前遞到尊議二則，其租界停捐一條，即已鈔致總署。至雲南通商條説，謂宜援照日本之法，關稅則自為主持，巡捕則自為約束，遊歷則派人伴送，權貨物之輕重盈虛，以定進出口之稅則。誠能如是，則有通商之利，無通商之害，誰曰非宜。惟中國各關章程久定，將來訂約之始，彼必援成例以相爭，如能妥籌布置，俾中國多占得一分地步，便多受一分之益。此事須滇中當事及總署臨時與該使熟議耳。

英之國勢未遑遠略，誠如來示所言。刻下俄、德兩國雄長歐洲，俄人攻服基發，又謀侵土耳其，則英國之藩籬將撤。德人恃强以割法地，則英國之唇齒將寒。倘因滇事遽爾啓釁，非特曲有攸歸，或者兵連不解，則俄人將乘間以窺印度，德人亦蹈瑕以噬鄰封。英既內顧不暇，其不肯遽敗和議以開兵端者，必然之勢也。威使逞其操縱離合之術，忽南忽北，忽剛忽柔，徘徊審顧而若所待，亦未始不由於此。然使中國竟不為之調停，彼將老羞變怒，迫而走險，以決勝於一戰，亦非所難。且中國各口，戰守俱無足恃，彼已窺見底蘊。而論近日西南大局，俄人冀由伊犁以通甘，法人亦由越南以入滇，是彼三國於通商一事，皆未嘗須臾或忘。一旦有變，彼必同心合謀，狼狽相倚，其黨固而其力厚，中國所以終難禁阻其通商者，職此之由。

至租界停捐之議，前已由津海、東海、九江、江漢諸關，陸續詳陳梗概。除津、東、九、江各關租界交涉尚少，江漢關租界内雖無釐卡，而李觀察來禀，頗慮此議一定，華商以税單為護符，以租界為逋藪，他日愈形擁擠，適啓彼族拓開租界之謀，與尊恉大略相同。蓋上海一口為各口釐捐之大宗，租界又握釐捐之關鍵。來示謂因停捐而餉源立匱，未便稍為通融，因停捐而租界遂不可問，尤未便稍為通融，所見固甚遠大。至洋藥加税一節，以洋藥之税，抵華商之捐，便可毫無滲漏，集成巨款，自於餉需有益。惟彼必得有大便宜之事，始肯議加。大便宜者何？或添宜昌、重慶口岸，或普減釐捐，二者斷不可行，則洋藥税未必肯加也。尊議縷陳各條，於此事利害深切著明，可云暢所欲言，足佐總署辯難之端，而杜洋人狡譎之計。昨已照咨，以便折衷定議。

總之，滇邊通商，既不能阻，祇有妥訂章程以救之；租界免釐，既不能允，祇有酌添口岸以餌之。但該使欲添口岸在長江上游，總署擬准口岸在長江下游，則亦難遽定論耳。復頌台祺，不具。

代李伯相致劉制軍書乙亥

峴莊仁兄大人閣下：頃接總署咨函，以瓊州通商，英使已派領事前往開辦，中國亦擬派博税務司會同地方官，商擬章程，申明酌核等語。查瓊州一口，久載條約，各國所以遲遲未往者，蓋地近香港，南洋貿易祇有此數，多分口岸，本無大利。而英人以其有礙香港租餉，尤所未願。兹威使因雲南一案，方欲減釐金，添口岸，乃忽派領事駐瓊，其意當有所在。凡應議之事，尤宜慎之於始，俾無罅漏可乘。鄙人離粵甚遠，未敢遥為臆度，素諗藎籌碩畫，穩練精詳，届時諒必選派幹員，會同該領事、税務司等妥為籌議。

至總署所殷殷致意者，約有數端。抽釐一節，雖已停止，不能不舉行於開港之後，以保洋商之子税。内地税一節，雖不過數百金，若稍示通融，則他口援以為例，恐致掣動全局，是雖一無所入，亦不可放鬆。厦門泊船一節，須查勘該口，能另擇華船泊所固妙，否則定以界限，稍杜商貨影射之弊，亦免船隻碰撞之虞。

若其最難處置者，莫如洋人遊歷一節。查條約，凡洋人在沿海百里内來往，無庸另給護照。今議海口以百里為限，内地以五六十里為限，倘各國問知内地為黎界，恐如日本往臺灣故事。若照約給照，任其深入，恐如馬嘉里在雲南故事。勢屬兩難。且黎人不異生番，恐非地方官力量所能及，而洋人之逐利冒險，不顧性命，亦在意計之中。所以總署再四躊躇，尤用此為兢兢。鄙意始基不慎，後悔無及。况黎人實同化外，彼族何嘗不知，特不必揭出此意。惟守定照約辦理之一説，議明以百里、六十里為限，但言過此以外，山水惡劣，瘴癘薰蒸，官吏足跡所不到，斷然不能保護，無庸給照前往，始終堅韌，一成不變，後患似可少弭。抑或台端另有妙法，可以相機措注，仍望隨時示知為荷。除將總署來文咨達冰案外，原函亦鈔呈台覽。肅泐密布，敬頌勛祺，不宣。

代李伯相復成都轉書 乙亥

子中仁弟大人閣下：頃接惠函，猥以黑龍江解餉優叙，遠勞齒飾，非所敢承，就諗履祉增綏，藎猷懋著，無任企頌。承示滇案顛末，與威使要挾之情，中國措持之法，宏謨遠識，洞中竅要，敬佩無涯。溯自中外通商各國，環而牟利，刻值德、俄議修條約，英、美創築鐵路，方求各遂所圖，原無意於决裂。即中國查辦滇案，緝兇議恤，亦無可開釁之端。乃威使欲乘此機會，肆其恫喝，攘我利權。此次赴滬，本為往晤格維訥，熟籌結案之方，博訪商情，搜剔取益之計。而乃順便嚇詐，以圖饜其所欲，用意亦殊狡獪。

華商領單免釐一節，不但釐金盡失，并恐有礙常税。税釐全屬無着，則中國餉源立絶，百事俱廢，關係非輕。來示謂仍就本案，杜其要挾，復歸雲南通商，遂其本意，即或允添口岸，猶較輕於商務各節，倘不獲已，允辦正子併交。租界免釐各事，豫與之約，嗣後中國遇有大役，應仍徵華商貨釐以供挹注，洵為思深慮遠之圖。蓋華商應徵與否，係中國自主之權，彼族本不應干預。且中國剿平粤、捻各寇，專恃釐餉為大宗，豈可一旦全授外人。尊議將來如索兵費，可與議明，就釐金一項償還，藉資抵制，所見尤為精確。惟赫議前四條，總署已允為畫一辦法，恐不易挽回耳。至滇案提京一節，彼實有意刁難，若竟允其所請，轉足折彼詭謀。惟於大員無咎不能提訊，證據不確不能牽連兩層，始終堅持，彼亦無可置喙，又較擱署不覆為有詞也。

總之，威使詭譎多端，其於中國利源所在，蓄意已久，特於此時藉端發難，復聽諸洋商慫恿，欲壑難盈，號召兵船，藉圖索費，乃其伎倆所優為。聞日本又有乘機射利之意，若二寇合謀，為患更鉅。幼帥静以待動，俟機商辦，未識能否就緒，藩邸索閱全卷，有無别項疑議，仍望密速示知為幸。專泐，復頌台祺，不宣。

代李伯相致徐部郎唐觀察朱觀察書乙亥

景星、雨之、雲甫尊兄大人閣下：頃接友人來信，述及貴局近事，除一二新船外，船隻類皆窳朽，所有搭客皆怨聲載道，船價雖減，生意更淡。一切貨物惟不甚要緊者，方與攬載，蓋不能剋期運送也。至搭客上船，百事不管，每有五六十人在船，而船主但具十餘人之食，終日無水，眾客喧爭，船主亦置若罔聞。所用柁水人等更屬駑下，並沙線暗礁，亦不諦認。一味省錢，經營日拙。中土招商，原為開此風氣，行之既久，自然商本充足。乃承辦之人，惟見小利而不顧大局，以致不理人口。承辦者人各一心，各不相合，招商一役，久必窒而不通，見笑外人，尚是第二層。設商局傾跌，則後來者更必裹足不前，此徑仍盡歸諸洋人，誠可惜也。以上友人所述如是，雖其中不無傳聞稍誤與激烈過當之語，然平心考覈，所言似非無因。

查洋商經營生意，皆堅忍耐苦，不貪近功，不惜小費，其與人合夥，則同心併力，絕無猜嫌，故能善建不拔之基，而同享無窮之利。今中國人辦事，處處與斯意相反，其所以動而無成，貽笑外人者，職此之由。招商一局，原所以力開風氣，收我利權，若誠有如前項各弊，則生意不逮洋商，必致漸難支持，全局瓦解，不特鄙人一片苦心付諸東流，即諸君子多年辛苦，亦終置之無用。讓彼族以厚利，而予後人以口實，思之令人增悚。所以不得不詳述顛末，務望查明弊竇，和衷酌議，實力整頓。其照料客位之人，尤要精細周到，俾聲名日漸昭著，生意日就擴充，漸駕洋商之上，實所厚望。抑或其中另有窒礙，以致呼應不靈，亦不妨詳晰言之，以便籌商盡善。富强之基，在此一舉，精神所注，日起有功，行當拭目俟之也。專泐布達，即頌台祺，不具。

代李伯相復岑中丞書乙亥

彥卿尊兄大人閣下：客歲夏秋之間，連接惠函，敬承壹是。維時威妥瑪適在天津，終日辯論，以致公務延擱，刻無暇晷。又以滇案尚懸未結，恐徒託空言，愈生枝節，用是久稽裁答，諒蒙鑒原。

馬嘉里一案，自去歲以流言籍籍，始而指及騰越官紳，繼於台端不無妄加疑揣，而威妥瑪疊次遞來節略，尤復言之鑿鑿。雖明知誣衊之詞，斷難依據，然市虎成於三人，投杼信於屢告。相隔萬里，局外既無以共明，加以西人性情狡悍，各國聯為一氣，動思藉端搆釁，鄙人調停其間，幾至管禿唇焦，耿耿苦衷，諒當事亦所深悉。邇來迭接家兄來信，於案情大略，頗得梗概，而前此傳聞之疑義，業經渙然冰釋。並聞執事辦理此案，備極盡勞，所有吏治軍政，措注井井，尤令人敬佩不已。英員格維訥等二月初旬可抵滇垣，恐尚大費唇舌，未知究應如何議結耳。總署允俟案結後勘辦，將來籌議章程，事端繁鉅，而滇省與外人交涉事件，亦從此益多。

總之，條約不可不遵，而有時折服以正理；籌備不可不密，而不必顯示以猜嫌。至於邊氓震於所罕覩，往往因疑致駭，遇事生風，宜得良有司善為勸諭，永戢其喜事之心，釁端或可稍弭也。肅覆，敬頌勛祺，不宣。

代李伯相復劉觀察書乙亥

毅齋尊兄大人閣下：頃接三月初六日惠函，就諗侍祉綏愉，勛猷懋著，企抃良殷。承示西事顛末，左相定議駐節肅州，通關內關外之氣，綜足兵足食之謀，最為穩著。貴部肅清隴右，勞苦功高，今復奮然長征，不憚艱阻，實足令人欽佩。刻下規度新疆軍務，所難在採辦轉運，而籌餉猶次之。所慮在度磧踰險，而接仗猶次之。況以百戰雄軍，為西陲大局所繫，尤宜養威持重。來示籌及萬全，可行則行之說，洵已洞中窾要。安西、哈密、巴里坤三處儲備稍豐，根本既立，進取無難。前聞張朗齋一軍屯田哈密，已墾至二萬餘畝，想尚能陸續推廣，是南路軍食或可漸望充裕。惟北路古城，存糧無幾，執事與金帥所部人數尤多，必須於糧運一事，慘澹經營，節節布置，然後可移營前進。古城為北路扼要之地，西瞰烏魯木齊，南隔吐魯番，皆不過二百餘里，漢之車師後王庭，唐之北庭都護府，皆在此處。誠能多積糧餉，屯以重兵，厚蓄其勢而徐觀其釁，彼烏、吐兩城，或不難於規復。惟當餉需支絀之時，辦理能盡如意否？俄人本意，專在覓路通商，代辦軍糧一說，但可視為額外之接濟，不可視為意中之饋餫。左相老謀深算，諒早鑒及。據英使面稱烏、吐兩城回衆，與安集延勾結一氣，喀酋實主其謀，未知是否？瑪瑙斯地方戰事勝負若何？此後進止消息，及關外軍情，尚希詳示一一為荷。肅泐，復頌勛祺，不宣。

代李伯相復沈觀察書廣饒九南道　乙亥

品蓮仁弟親家大人閣下：接四月二十五日手書，具聆壹是，比維勛猷懋著為頌。潯郡北岸江隄年久將壞，經執事捐廉修築，並於塘隄中央改建石閘，非特民事所關，抑亦江防所繫。礮臺參用洋法，經費較鉅，工程亦較可恃，未便惜小費而忽遠圖。近來各口築臺，間有減省工料，暫飾外觀者，一經時雨，漸見坍卸，以至貽笑外人，臺基孤露，並不能俯擊敵船，是有臺不如無臺。茲仗大力堅持原議辦理，裨補時局，良非淺鮮。

滬上鐵路不過二十餘里，運貨搭客，尚無大利，洋人特以此為嚆矢，俟一有定局，則各口援照成案，中國無以禁之。此事未能救阻於先，沈、馬二君似均不得辭其責。然卓儒為此一事，往復争執，舌敝唇焦，可謂不遺餘力。昨有惟洋人既儲材購地，劇費經營，斷不可戛然自止。中國備價收回之議，亦未就緒，殊深焦悶。

來示謂辦洋務如涉風濤，挨過一番即算了一事，此係閱歷甘苦之語。洋務日繁，亦日見其難，即有大智慧、大力量者身處其間，亦必限於權力，撓於風氣，格於形勢，豈盡能設施如意。但世變如此，無論主持大局與分辦一事，只可盡其職所當為，與力所能為，人才多出一分，即於時事補救一分。尊意謂事變無窮，欲早退以全終始，此係獨善其身之所為，似非留心匡濟者所宜出此也。復頌台祺，不具。

代李伯相復張觀察書乙亥

海帆尊兄大人閣下：頃接惠函，猥承存注。承示屯田濟餉之策，具見通籌大局，志挽時艱，良以為佩。屯田乃裕餉要術，所以濟轉運之不足，而紓民力於無窮，其功至溥且鉅。然自古以屯田著者，若魏武帝、諸葛武侯、鄧艾之倫，皆躬履其地，審度周詳，然後專精畢力於一事，蓋必擇可屯之地，值可為之時，而又得人以治之也。若通行各省，一律興屯，督飭者據為美名，奉行者視為故事，恐利未睹而弊已伏其中。今天下無主荒田，與有主之民田，犬牙相錯，并無數百頃畛陌相連，可以整段開屯者。若侵耕民田，既非政體，兵民雜處，又啓争端，而一切製器、給種、開渠、濬河經費，無從籌措，此兵屯未易遽行也。農夫終歲勤動，僅獲餬口，與逐什一之利者，勞逸迴殊。彼商人褕衣甘食，不習農事，招佃耕種，動多虧折，勢恐招之不來，此商屯未易遽行也。由此而推，則天下事有治人無治法，已可概見。此間大沽軍糧城一帶，舊有稻田四百餘頃，日久漸荒，現調防軍就近耕墾，妥立章程，需費殊煩，而責效尚不能速。可見凡事言之甚易，行之實難耳。執事拳拳於經世之務，故特抒所懷以相質證，未識以為何如。專泐，復頌台祺，不具。

代李伯相復劉制軍書乙亥

峴莊仁兄大人閣下：頃奉八月十三日惠函，並承示金山華民情形清摺，敬聆種切。中外通商條約，原有酌派領事前往各國駐紮之文，泰西遠隔重洋，如俄、法、德、奥等國，華商赴往貿易者尚少，其餘如英屬之新嘉坡、印度及南洋各島，美屬之舊金山及附近各島，實為華民輻輳之區。刻下既議遣使一事，則領事之設，原所以護商民而張國體，揆時度勢，終難視為緩圖。至金山一帶，華民最多，而埃及土人與英之愛倫人，來謀生者，多懷憎嫉，屢下逐客之令，將至逞蠻用武，岌岌不可終日。粵民以有利可圖，仍復絡續而去，其勢自難禁止。英使請總署另立章程，量予限制之說，並無是事。聞須俟華盛頓派員往查，再行定議。華人工作，較洋人價值甚廉，雖為土人所忌，未嘗無裨於彼國。誠能設立正副領事，與洋官妥為商辦，即彼亦有所憑藉以保護華人。荔秋京卿正在總署計議此事，不久當有定局。

所需經費，以華人二十萬計之，若照外國領事收捐之例，儘可有贏無絀。惟中國在彼尚未設官，聞華人所納人口稅與領牌照公費等項，輸之美國者已屬不少。此時雖設領事，恩信未孚，驟難奪彼予此，又未便於美國所收之外，派捐過重。據荔秋云，捐費恐不足抵領事之用，至欲將金山之捐，分潤古巴，更難如志。荔秋既兼美、日、秘三國星使，將來於金山、古巴、秘魯數處，均須議設領事，其薪廉應照總署奏定新章。至一切費用，若涓滴必出自中國，勢難為繼。應俟其起程過津時，屬以詳察底細，與洋員、華商妥議章程，設法收捐，俾資貼補。執事量宏胞與，海外華民多係粵產，自應隨時籌酌妥辦也。專泐肅復，敬頌勛祺，不宣。

代李伯相復梁主事書乙亥

尊兄儀部閣下：津門判襼，裘葛頻更，頃奉惠函，揄獎溢量，非所敢承。承示滇案未結，不可不思患豫防，並慮沿海奸民為之嚮導，具仰留心時事，用意深遠。方今中英大局，雖貧富强弱，在所自為，不必以一時得失為憑，然揆度彼此情形，皆有不值啓釁之勢。英之水師分布各埠，兵船數十號原可立集，惟勞師襲遠，所費不貲。且於彼之商務有礙，他國或將伺隙而議其後，此英人之不願啓釁也。中國海疆萬數千里，備多力分，船礮之技，又瞠乎其後，一經事變，内地匪徒必將聞風思逞，實恐剿不勝剿，防無可防，此中國之不願啓釁也。既屬兩無所利，所以和好一說，最為穩着。薄物細故，有所不争，宿忿小嫌，有所宜忍。

自英國威使與總署理論滇案，夏間悻悻出都，鄙人奉命馳赴煙臺，妥為商辦，迭經設法牢籠，據約力争，仍就總署所允八條原議，略加删改，迅將全案議結，案内兇犯罪名，悉予寬免，已於七月杪蒇事旋津。

曹沖客民强悍善鬥，前此廣州、天津之事，皆若輩為之先驅，誠堪痛恨。惟既已受撫，未便再加懲治，將來曲突徙薪之計，或設兵鎮撫，或經理屯田，或選擇良有司區處教養，化莠為良，諒粵中當事就近酌度，必有善策。鄙人遠在隔省，未便越俎。刻下滇事已了，儘可從容規畫，磨以歲月，不必倉猝置議也。專泐，復頌禮祺，不具。

代李伯相復馮觀察書 乙亥

卓儒仁弟大人閣下：　前接八月二十七日、九月初一日兩次惠書，知鐵路一事，理論未定，即赴金陵會議；旋接初九日來函，並於公牘中示及訂約十條，彼此畫押，大致已臻妥協，從此有歸結辦法，免啓争端，欣慰無似。吴淞鐵路，中國與之争執，半年以來，未能就緒。細察洋人本意，不過希冀中國見鐵路之利，因羨慕而思效法，遂可推廣於無窮。彼又嗜利如命，既以鉅本經營積歲，未肯甘心賣斷，又慮中國一經收買，即便毁廢，於彼體面有礙，所以齟齬多端者，職此之由。惟中國買歸續辦，價重利輕，固不堪受此賠累。且仍歸怡和洋行把持經理，更乖體制，倘移挪別處，則尤縻鉅費而招鄰謗。幼帥所慮各層，均係老成持重之見。

至謂聽其自造，雖未授以允准之據，然事無歸束，難免釀釁，留此葛籐，終為後患。兹准其試行一年，量予轉圜，並議明不更動關章，不拓出界外，俟一年之後，價值付清，行止之權，操之自我，較為無礙體統。但末條言明買斷後，原僱洋匠，查明原訂合同，給付工價，或留或退，按照合同辦理，是買回後勢在必行，似仍未可中止。然既云權操自我，洋商不得過問，届時即可察其利弊之有無，量為定奪，若果無虧折，中國亦何妨自辦。價值邀公正商人查核定議，亦恐不免争論。春間梅使曾經索價二十萬兩，原係約略言之，續後有無增費，現開行一年之久，若照英國公使向例，又當核減。能否依此規模，與杏蓀會同英領事估一確數，及早定議，則一了百了矣。

杏蓀離廠日久，聞須旋鄂，逸甫病已全愈，所有查核帳目及保護章程，自可妥與酌議也。專泐，復頌台祺，不具。

代李伯相復劉制軍書丙子

峴莊仁兄大人閣下：前接五月十九、六月初二日兩次惠書，並鈔示函劄各件，敬聆壹是。因秘國愛使北來，聲稱赴總署理論，致稽裁答。招工一節，秘魯條約第六款所載甚明：兩國民人，或遊歷，或貿易，或隨時來往，或自願傭工，均得自由；此外別有招致之法，皆非所准；若在各口岸勉强誘騙，即應嚴行懲治，載運之船，一併按例罰辦。美國續約第五條大旨略同。茲事既經嚴禁，乃秘魯復萌故技。客冬美領事林幹申請出示秘國資遣華工回粵，各埠工價甚高等語，彼已暗中布置，意在欺矇煽誘，稍不檢點，便墮彀中。幸執事燭彼詭謀，據約駁覆，秘人亦自知違約，乃勾結美國同孚洋行，許以重利。又恐本國船隻被中國罰辦，乃用比利時國旗號；又慮香港等處英官查禁甚嚴，乃私在省城外設館招工，每招一名，例有規費，獲利既厚，相與朋分。該領事出死力以相助，始則混指秘國招工為照條約，繼則强稱華民供詞為非信讞；又嗾美國兵船進泊省河，希圖挾制；又與愛使等闖入海關，將各華民帶回洋行，種種謬妄，實出情理之外。

蓋秘人與同孚狼狽為奸，一經執法禁阻，既失利藪，又多虧折，故不憚逞其伎倆，任意攙擾，冀必翻局而後已。執事再三駁辯，洵足關其口而奪之氣。飭各委員於洋船出口時設法稽查，並仿照舊章，查水腳以杜影射之弊，取保結以杜教供之弊，又以照誘騙罰辦，該領事必多方狡展，枝節橫生。惟將被誘華人一律扣留，取具的保者，准其出洋，仍飭各處嚴行盤詰，不稍鬆勁，該洋行計無可施，廢然而返。具仰精心果力，確有把握，披郤導窾，操縱咸宜，傾佩曷既。

查美國新修律例，嚴禁商人代他國招工，美商同孚顯違本國禁令。林領事等竟敢徇情包庇，不顧本國法律聲名。稅務司葛德立謂照萬國公法，應不與往來辦公。荔秋星使來信，亦謂英國兵頭等代為不平，足見人心是非之公。荔秋又與愛使往復辯難，告以順赴香港，須詢問英國港督，愛使便亟擺手，囑勿復言。蓋英、美諸大邦於此事例禁綦嚴，僻遠小國，事多曖昧，顧忌英人，其情可見。然彼既不惜巨款，串通奸民，巧為嘗試，若漫無防範，勢將無所底止。鄙人前經致書總署，稱尊處辦理深合機宜，請其與美使隨時理論。

至林領事謂該洋船因中國官阻礙生理，虧本甚鉅，欲向中國索償等情，違例作弊，耗折資本，自貽伊戚，尚復何尤。該領事無理糾纏，固應置之不理。愛使於七月下旬抵津，晤見兩次，盤旋作勢，宛轉商求。鄙人據約折之，彼見無隙可乘，遂即入都。聞美署使何天爵尚欲為同乎出頭，囑愛使赴京協力商謀，美使西華現回本國，難保不增飾一面之詞，聳動彼國朝廷歸怨中國。現已函致荔秋，囑其將全案本末曲折，與彼外部剖辯明白，似亦釜底抽薪之法。荔秋前寄到伍廷芳條議，抵隙蹈瑕，無微不入，所議嚴查搭客章程，當不難漸絶後患，未知能照行否？專泐肅復，順頌勛祺，不具。

卷三

代李伯相復劉制軍俊監督書丙子

峴莊、星東尊兄大人閣下：頃接三月初八日公函，敬聆壹是。煙臺條約所載查議香港巡船一節，此事本非中國所注意。前因威使議整商務，屢以巡船侵界為言，嘵嘵不已。鄙人因思釐定關章，俾華商獲免擾累，亦中國應辦事宜，且章程既定，轉可一勞永逸，免煩唇舌，遂與訂。俟中外派員會同查覆遵辦，期於中國課餉有益，於香港地方事宜無損。果能籌商盡善，妥為整頓，兩國利弊未嘗不適得其平。客秋傅署使在總署屢言巡船之累，又謂會議一節，未准其國丞相咨會舉辦，於此事尚無把握，是香港總督未即能派員會議，乃係實情。茲羅領事情詞閃爍，忽謂作罷論，忽照章請議，且疊次催促，意在必行。尊處派委大員與之商辦，往返辯駁，經數月之久，始有成說。所立章程五條，精當詳明，周密無間，洵足保自主之權，杜包攬之弊，想見主持綱領，折衷至當，企佩無已。該領事既云港督深以為然，可以照辦，乃復日久宕延，辭行回國，且謂後來領事不能干預，狡獪情狀，昭然若揭。然彼既屢議屢翻，我亦空勞筆舌，不妨聽其自然。

邇來中外交涉，每議一事必多波折，彼族心思，如水銀瀉地，無孔不入，稍不檢點，便為所蒙。儻我慮周藻密，無罅可乘，彼自覺少得便宜，則又往往以不行了之。大抵洋人性情褊急，加以多疑。褊急則好動不好靜，雖明知彼國未欲舉辦，必先姑為嘗試，希冀大獲利益。多疑則雖獲利少許，復自慮其吃虧，每寢而不行。即如煙臺所立全約，該國至今尚無定議，其他即可概見。現惟有飭行附近香港各廠及輪巡各船，悉照舊章，稽徵巡緝，但勿滋生事端，免致授人口實。諒藎籌必已布置周妥，至議章已有成案，將來港督派員來議，究竟多一依據耳。專泐肅復，敬頌勛祺，不宣。

代李伯相復劉爵京堂書丙子

毅齋仁弟世大人爵前：頃接八月初九日惠函，就諗勛猷懋著，綏輯邊陲，懷遠招攜，上孚宸眷，至為企頌。承示喀、葉兩城分設總局，善後諸大政均有端倪，歲事豐稔，布魯特野回亦馴謹守法，具仰措注悉當，感召天和，出之水火，登之衽席，大雲所蔭，詎有涯涘。建立行省一節，已否粗具規模，共添道府州縣若干，所有屯營賦税各事，諒必區畫井井。左侯相果於何時出奏，聞朝議頗有不以創設郡縣為是者，究將何道之從也。

白逆收其餘燼，遁逃俄境，屯種為生，雖死灰不能復燃，而巨憝究嫌漏網。俄人覆文，語多支離惝怳，意將視為奇貨。刻下俄商來喀貿易者頗多，執事以白逆未獲，恐奸匪混入卡倫，難於查察，概未許其入境，措詞固甚有情理，亦冀俄員急欲通商，或可迅速歸我叛人。惟咸豐十年北京和約第六條，原許喀什噶爾試行貿易，與伊、塔各城一律辦理，並許在喀給地建房，以便俄商居住。俄之收養白逆，尚未顯居納叛之名，若竟絶其商務，則彼所謂中國交涉各件，未照條約辦理，愈覺坐實。儻彼老羞變怒，藉此為久據伊犁，袒護白逆之端，恐星使到彼，多一口舌，將來轉圜亦較難措手。俄人自恃强盛，於蠻不講理之時，間亦假託有理，我正當以理制馭，可冀其向道回心。麾下長才遠識，諒必能隨機應變，操縱咸宜也。

金將軍委員前往商辦，令彼歸地歸俘，許以重犒。彼但支吾延宕，恐無成議。崇地山宫保銜命出使，昨已由津赴滬，年内可抵俄都。彼國若敦睦誼，或不虚此行耶。台端宿恙稍發，復賦騎省之悲，加以慈闈倚閭盼望。李令伯陳情有表，霍票姚憂國忘家，至為繫念。惟西事關係甚鉅，朝廷倚畀方隆，恐難如願，尚祈加意珍攝，宏此遠謨，是所切盼。專泐肅復，順頌台祺，不宣。

代李伯相復蔡知事書丙子

尊兄足下：頃接惠函，援引古人三不朽之訓，而以立言與立功自勖，想見讀書有識，留心時事，他日藴蓄益宏。時未至則立説著書，昭示來學，時既至則乘機奮績，匡濟世艱，均意中事耳，企佩曷已。承示時政第三書一篇，大旨以為治之道，有因有革，古今殊制，不能不以善為變革者濟時世之窮。自西人通商以來，我之措理洋務，若製器、造船、築臺、遣使諸大端，業已所費不貲。將欲講求富强，則加意理財，尤為急務。理財之道，節目有四：曰洋税，曰商船，曰郵政，曰礦務。四者洵開源節流之要術，便民裕國之良規，鄙人聞之稔矣。然此事在西人已視為當然，坐享其利者數百年，在中國則或礙於條約，或限於時勢，或牽於衆議，有未能遽行者，有行之而未即奏效者。

洋税一節，中國定例，百分抽五。地球各國，惟中華税則最輕。固緣立約之初，未諳西例，亦因中國常關舊制，所取本不甚奢，遂不能如西人之酌劑盈虚，權衡至當。然約章一定，萬難更改。邇來各國公使，動受洋商慫慂，於中國前定税則，加抽釐金，嘖有煩言，不得便宜不止，我雖百方抵制，僅能無大虧損。若再增税，斷難允行，是洋税非不當增，其勢有所不能也。

商船一節，尊議欲仿美國米西昔比江之例，凡長江帆輪之利，專歸土著，俾洋商不能與我争利。按之萬國公法，原無不合。惟長江開設口岸，已非一日，今忽欲獨擅其利，此又勢所不能者也。

郵政一節，西國商民音訊往還，國家設專部以通之，取其值以供國用，為歲入大宗。尊議欲變通其法，刊發鈐記，由州縣擇紳董經理。近來官場一有舉動，易滋弊竇，不知者見聞未慣，必以為與民争利，終恐得不償失。蓋洋人法令簡嚴，事必覈實，故利多弊少。中國風氣未開，固未可旦夕創改。現蘇、杭税司議由各口先辦，或可漸推漸廣耶。

礦務一節，煤鐵為利最溥，前此陸續派員招集股分，在湖南、北及直隸之開平，開採煤鐵各礦，所冀大著成效，則招徠益廣，振興有日。鐵路亦即可徐徐設法，但須中國自立公司以保自主之權耳。執事研精洋務，歷有年所，此後如有所著述，仍希隨時見示為幸。專泐，復頌台祺，不具。

代李伯相復張觀察書丙子

樵野仁弟大人閣下：解餉委員金倅抵津，遞到五月間惠書，陳義甚高，眷逮殷拳，翩然而藻思翔，蔚然而文采耀，發函伸紙，把玩無厭，惟祓飾溢量，祇增慙恧。礮臺工程於五月下旬業已告竣，諒必經營完善，為他年不拔之基。礮位能否陸續購辦？若有臺無礮，不啻無臺，數年之後，必至雨淋日炙，無人防護，日漸坍毁，未免前功盡棄。刻下西洋所製各式，自以德國克虜伯廠鋼礮為最合用，似宜稟商式帥，設法陸續籌辦。

濰縣煤井既奉院批准辦，乃該令未議章程，紳衿漸形解體。執事慮未能獨任，紫垣方伯留意礦務，雅願興辦，若與妥籌布置，決不至獨唱無和。方今中國所需巨款，如新疆之餉，晉豫之賑，海防臺防之經費，皆刻不容緩，而財賦所入，日見支絀，若不稍開其源，豈非坐困之道。礦務一端，取天地自然之利，與抽釐勸捐苛斂小民剜肉補瘡者不同。乃世人囿於成見，或拘風水之説，或存畏事之心，動以易聚難散，疑為前代弊政。不知周禮卝人一官，明係專司礦務。漢、唐以來，時修此政，猶多故蹟可循。宋、元以後，廢此不講，天下日即於貧弱。至明季礦税之禍，其弊並不在開礦，而宦官藉以訛索鄉民，雖無礦税，璫禍亦酷。若今所謂易聚難散，多半由貨棄於地，官不開而無賴之徒相率開之，恃衆抗官，浸成寇盜，如吉林金匪是也。

山東五金之礦，甲於諸省，即如甯海、平度之金礦，登州之銀礦，民間習知，外人覬覦。而濰縣等處煤産尤佳且旺，儻能厚集貲本，廣招股分，購募礦師，徐試機器，精心果力，善為經理，必可收無窮之利，開風氣之先。唐景星頃已帶洋師赴開平鑽穴試探，冀可逐漸經營。惟直境礦産較薄，遠不如登、萊之厚實。鄙人謬學愚公，但恨所處非其地耳。執事才長識練，明敏有為，尚其加意於斯，勤求勿懈，是所至盼。復頌勛祺，不具。

代李伯相復沈太史書 丙子

穀成仁弟館丈閣下：頻年契闊，馳繫良深。頃接惠書，以直、豫、秦、晉奇災，承示籌賑之方，發函伸紙，纚纚數千言，具見留心民瘼，碩畫匡時，至以為佩。客歲南北薦饑，晉、豫尤甚，災區之廣，饑民之多，實二百年來所僅見。而勸賑之檄，逮於十省，南洋諸島國及東西兩洋，亦皆聞風籌款，集腋成裘，以效輸將而全睦誼。各省大吏蒿目時艱，盡心措注，業已無微不至。南中諸善士又有廣刻鐵淚圖及一命浮圖捐册，呼號奔走，竭蹶經營。甚者設桶捐於市，零星湊集以成善舉。仁厚之心，沖和之氣，洵足感召天庥。近來暘雨應時，豐亨有兆，未必非士大夫樂善之報。

借用洋債一節，此法通行於外洋。鄙人往嘗以為中國理財之源與自强之術，百不如西人；惟所欠洋債，未滿千萬，差勝於西洋諸國。蓋西洋風氣，每國家有大事，必向商民籌借，又不足，則借之他國，而歲以其息歸之。積累既多，往往罄一國歲入之款，不足以供一歲之息銀。於是苛斂橫徵，而内變迭作，雖謂國非其國可也。近歲如土耳其之顛危，西班牙之貧弱，日本之困匱，大半皆為國債所累。乃中外籌賑籌餉者，動輒以洋債為妙計，快一時取攜之便，而忘日久盤剥之害，鄙意殊不謂然。蓋中國之財，自足以供中國之用。試思西洋未通以前，中國之用兵、救荒，豈皆仰給於籌借？昔年累奉諭旨，嗣後不得陳請，殆有深謀遠慮寓乎其間。況洋債常例，數至百萬以外，其息銀不過四釐六釐。中國向來借息，亦僅八釐而止。自西征籌餉，借息多至一分二釐，於是洋人遇中國借款，必昂其息，不肯少讓。今即欲借洋債，必先奏明請旨，然後商之領事税司，轉屬洋商，往返稽遲，必待秋冬以後方能集款，於賑事亦已無濟，自可作為罷論。

總之，一尺之時雨，勝於千萬之洋債。此間及晉、豫各屬甘霖疊霈，極貧之民可以傭耕得食，轉瞬秋稼登場，司牧者設法撫綏，孑遺之民，或不盡為溝中之瘠。分業酌捐三策：第一條，與昔之鋪捐、落地捐相似。來示所謂地方官吏，最難取信商民，責成州縣，流弊甚多，已能洞見本原。第二條，鹽斤加價。兩浙既有賑捐現章，揚州生監公呈亦請加江、甘、儀鹽價，為數無多，衆擎易舉。惟川、楚酌加賣價，袁司寇曾有條陳，兩省皆已議駁。此等善舉，該商情殷施濟，儘可酌量書捐，若一律按引加派，近於抑勒，勢不能行。第三條，捐通商進出口之貨。除洋藥、洋貨牽涉洋人，未易辦理，至浙江之絲捐，江鄂之茶捐，皆已於賑務略加佽助，但未能大有裨益耳。賑捐減成核獎，其例既已通行，將届一年截止之期，未便再議更張。因執事眷念時務，殷殷不倦，略抒鄙懷以相質證，未識以為然否？專泐，復頌台祺，不具。

代李伯相復何星使書丙子

子峨仁弟館丈閣下：連接六月十八、七月二十七日惠書，具聆壹是。泰西郵政，皆官為經理，自電信外，文書信函及民間私信，一概由局收發，既無私拆遺失之虞，又無遲延繁難之弊，事權歸一，是以郵税歲入甚鉅。中國創辦驛站，民局不能偏廢，所費較多，推廣及遠，或有羨餘。此間僅由各關税務司仿照西法，於京師、天津、牛莊、煙臺、上海五處先為試辦，較信局價貲少減。如其有利無弊，即可漸次推廣，妥議章程，或歸地方官經理，或由總署派員總其成計，規模觕定，須在數年以後。承譯示日本郵局定章，具仰留心西法，窮究精微，曷任佩慰。其文義稍嫌繁冗，已交局核議採用。經營伊始，既與驛站、民局並行，章法似宜簡要耳。

琉球一案，總署屬令駐倭球使遞稟，發端較為直捷。

中山王咨文既有恭順之心，彈丸小國，逼處强鄰，譬如赤子遠離父母，突遭虎狼之警，强暴之侵，其號譸哀籲，求庇宇下，情殊可憫。執事以發端之後，必邀各國公使評論曲直，乃有歸宿，因與英、美兩國使臣極意聯絡。又查琉球曾與美、法、荷三國立約，約中即用我年號曆朔。因告美使以日本阻貢情節，直視舊約為廢紙，以激怒美使。又召球官屬其稟求美使，代為設法。此所謂題前布置，乃文章自然之節奏。第美使不能自專，必須轉報其國，未知國會議院果允其越俎代謀否？往與歐洲各使閑談，每譏中土之有屬國，如朝鮮、越南、琉球，虛奉正朔，仍歸自治，謂為大而無當，未若英、法之既為屬國，則設官代治，否則雖小國亦立約平行而已。且琉球既與美、法等立約，亦恐不願其永為我屬，但既肯出頭勸争，必能杜絶日人侵佔球國之謀，於大局甚有裨助。執事沈敏有為，切中肯綮，諒能披郤導窾，以無厚入有間，恢恢乎遊刃有餘，企盼曷既。專泐，復頌勛祺，不具。

代李伯相復劉制軍書丙子

峴莊仁兄大人閣下：頃奉九月二十三日惠函，承示總署往復函稿，及與日斯巴尼亞領事理論招工各鈔件，具聆壹是。招工一節，日國條約第十款所載，凡有華民情甘出口承工，俱准立約為憑，由中外官員查照地方情形，保全此項華工，但不得另有拐賣不法情事，大旨已包括無遺。總署與伊使相持數年，費盡唇舌，至去年十月甫議定古巴招工章程十六條，其意仍不出原約之範圍。該國官民未遂所欲，既不便將甫定之約遽行翻改，乃藉工人欠項着追一説，冀用其圈錮華民之計，復欲准船主船行墊付川資，陰施其招致誘騙之謀，雖紆曲繳繞而出之，固已肺肝如見。至多領事在香港將條約另繙洋文，删除不能招工及出洋華民自備川資等語，以示各國官商，衆論譁然，謂日國招工未為違約，尤屬異常狡獪。執事將外間浮言略而不論，而嚴詞拒絶，以杜其詭譎之端，仰見識力堅定，相機應付，至以為佩。

伊使在總署瀆争各節，隱圖改動前約，彼乃得以墊付水脚，影射招工，復蹈美商同孚之故轍。彼既得逞，則禆使與美領事且將反唇相稽，援例而來，勢所必至。西人狡强性成，藉端發難，乃其慣技。現經總署歷次駁辯，毫不鬆勁，復將台端本意剖晰明白，彼已無可措詞。聞伊使日前由津赴京換約，封河前仍南下回國，或可不再纏擾耳。肅泐布復，敬頌勛祺，不具。

代李伯相致李署星使書丙子

丹崖尊兄大人閣下：七月初旬曾復一函，諒達台覽。比諗榮膺寵命，持節德京，藎略宏猷，發攄益廣，迴翔歲月，即卜真除，至以為頌。台駕何日馳抵柏靈？雲生交代文卷各事，想已接收清楚。採辦軍火，及督查出洋武弁、閩廠學生功課，未便遽易生手，敝處奏請仍由執事暫行兼管。曾劼剛通侯出使英、法，冬初當即啓程，更可互相考察，遇事籌商，以期兩有禆益，已鈔録片稿，咨明冰案矣。

德使巴蘭德因修約一事，與總署議論不合，夏初悻悻返國。前屬台端留心訪察，如有見聞，隨時示及。頃據滬道譯出新聞紙，德人近屆修約，因中國釐金一端，將糾合各國前來理論。舊約第三十二、三十三款，及通商章程第六款，並須更改。又津關德税司接德國電信，謂巴使將油倒入火中，現在火焰甚高各等語。巴使於洋貨抽釐原委實未明晰，一味恃强逞蠻，無理取鬧。數年以來，總署往復辯論，奚啻管秃脣焦。聞已將全案鈔致雲生，兹再為閣下言其崖略。

查道光二十二年江甯和約第十條内，載各貨納税後即准由中國商人遍運天下，路過税關，不得加重税則，祇可按估價則例，每兩加税，不過幾分，分字上空一字，因子口課税若干，未得確數也。斯時海内尚無釐金名目，當事又不知中國税額，較之地球各國，有輕至四五倍、七八倍者。第與英人立約如此，厥後創辦釐捐，洋商之貨亦在各子口抽課，洋人嘖有煩言。咸豐八年英約二十八款乃議定洋貨、土貨，儻願一次納税，免各子口徵收紛繁，每百兩徵銀二兩五錢，給予半税單，為他子口毫不另徵之據。維時洋商運洋貨以子口半税抵内地釐税，比華商已大得便宜。迨咸豐十一年九月，總署與英國卜使訂定各口通共章程，内有不領税單，應逢關納税，遇卡抽釐之款，當時未曾知照德國，巴使堅執此節，遂謂德商不能照行。

查德國立約在咸豐十一年七月，而換約則在同治元年十一月間，向例條約未互换者，不能開辦通商。是咸豐十一年與英國定章，本無從知會德國。况布約第二十四款，叙明子口納税，應查照各國通商税則辦理。第四十款日後税則，關口税無論何國施行改變，布、德亦一體遵照。文義實甚明晰，各口通共章程，各國洋商遵行已久，巴使安得諉為不知，亦豈能獨自立異！前歲滇案事起，英國威使執意欲去各口岸洋貨釐金，總署及敝處與之再四駁辯，彼又以半税單既為他口不另徵之據，第一子口應在内地舊設常關處所，必須離海口數十里或百餘里，定為子口界址，界内免再收洋貨釐捐，名為照約立言，似稍近理。

鄙人以各省釐捐，多在通商口岸百貨鱗集之處，若准定子口界，所失過鉅，未可允行，因以全力磋磨，煙臺條約始允免定口界，僅於租界内不抽洋貨釐金。又洋貨運入内地，請領半税單，照議由總署核定畫一款式，不分華商洋商均可請領，凡所以整頓商務流通洋貨者不為不至。兹聞英國朝議，於煙臺條款關涉釐金者未經核准，威妥瑪冬間來華，恐其尚有後言。巴使若果復來，必將狼狽一氣，横生波瀾矣。

蓋外洋朝廷未悉中國情形，並不知釐金為何物。巴使雖久在中華，於約章不甚貫通，不知其回國後如何播弄。然中國於釐金一事，論條約，則有各口通共章程可憑；論事勢，則各省防軍京餉協餉，均恃此為大宗。一旦入款立絀，必益貧弱不振，固當殫中外全力，勉與争持。且西國通例，量出為入，一歲中有額外用度，輒加派於各税之中，殆與中國抽釐，名異實同。中國洋税僅值百抽五，而外洋税例，英國則值百抽二十，美國則值百抽四十，甚有值百抽百者。設令中國酌中定制，海關正税仿英人值百抽二十之例，則一切餉項，綽有餘裕，儘可盡去内地釐捐，奚待外人之强聒。

今中國洋税因昔受彼欺朦，既微之又微，祇此釐課一宗，稍資協濟。而所抽收者僅係未完半税之洋貨，其已完半税，領有單照，概予免收，洋商實毫無虧損。若必去我内地釐捐，莫若令洋商洋貨皆完半税，領單照，則無釐可收，不言去而自去矣。儻彼不論有單無單，欲全去内地釐捐，我祇可以添税與之商辦，明知萬難允從，然彼既以非理相擾，我亦不得不據理相折。況修約之事，本可據兩國所不便互相商訂，洋税之輕，乃中國不便之尤者也。

巴使意在挑釁，必增飾一面之詞，聳動彼國君相，與我為難。竊聞畢斯馬克主持外部，公忠明恕，遠邇交推。該國主曁各執政皆願結好中國，不欲無故興戎，似尚有情可通，有理可説。執事向與巴使之兄交誼甚篤，又與其各部大臣熟識，當能設法從中排解，望於接管卷宗内檢查修約全案，將始終本末，徹底研究，然後與其外部妥為商議，明白剖晰，使之豁然開悟，亦釜底抽薪之策，希隨時詳晰示知為要。專泐，順賀任喜，並頌勛祺，不具。

代李伯相復劉爵京堂書丙子

毅齋世仁弟大人爵前： 十月朔日曾復寸函，諒登籤室。頃接九月二十二日惠書，就諗勛猷懋著，履祉綏愉，曷任企頌。新疆設行省一節，户口、財賦既非繁庶，語言文字又相徑庭，加以纏回、漢民未復故業，戈壁鹼灘難建城池。即令多設郡縣，而籌防之策，經費之源，教養綏緝之方，恐未能經久無弊。然統南、北路計之，幅員寥廓，周圍將逾萬里，强鄰環伺而思逞，伏莽乘間而迭起。況乎大憝未獲，重鎮未歸，欲如漢之儋耳、珠崖，棄之荒服，固慮撤我藩籬；或如唐之安西、北庭，但設都護，亦尚難資控馭。此時而求一勞永逸，勢固有所未能。左相老謀深算，想亦幾經審度，不得已而為此策。

承示將來督撫藩臬，分駐兩路，措注極為周詳。至台端與張朗齋軍門會籌南路辦法，計回疆八城，共設一巡道、四府、兩直隸州、三廳、十二縣，緑營設提鎮各標，分防城汛卡隘，另募戰兵數千，訓練扼紥，以杜內訌而消外侮，具見卓識長才，規畫盡善，欣佩無涯。惟此事聞朝廷頗有異議者，尚須從長籌措究竟如何定局。

近閲中外新聞紙，俄人於官軍之復新疆，本所不悦。茲該國商民每以喀城一帶損其貿易為言，微有伺釁之意。蓋俄人恃强好動，土耳其和議已成，西事方蕆，或圖東略。執事深於閲歷，諒必能妥為應付，守定條約，不授遠人以口實也。遂初之賦，揆之事勢，必不能行。閣下年力正壯，宸眷日隆，行當大攄偉抱，幸勿遽萌退志，是所至禱。專泐肅復，順頌勛祺，不宣。

代李伯相復陳星使書丙子

荔秋尊兄大人閣下：頃接惠書，就諗旌從在横濱盤桓數日，乘風東駛，即已順抵舊金山，刻因華盛頓各官避暑，先赴哈富等候商度公務，至以為慰。舊金山埠華民久為土人所困，近聞中國使臣將到，暫獲相安，從此再有驅迫淩辱情事，得台端與為主持，該處官吏自顧體面，宜稍持平辦理。推之日、秘各國，華民亦當同此情形。大雲所蔭，豈有涯涘。

秘魯違約招工一案，經峴帥盡力查駁，執事復與往復辯難，甚合機宜。愛使於七月下旬抵津，晤見兩次，鄙人據理駁斥，彼見無隙可乘，旋即入都。查美國新修律例，嚴禁船商代他國招工，美商同乎乃私與秘魯訂立運載華工合同，專意欺騙罔利，顯違本國禁令。而美國駐華公使、領事等竟敢徇情包庇，不顧本國例禁聲名，尤出情理之外。税務司葛立德謂照萬國公法，駐粤美領事林幹應不與往來辦公，請伊國撤回另换。現聞美署公使何天爵尚欲為同乎出頭，囑令愛使赴京協力商謀。敝處已函請總署，將全案迅速鈔寄執事，以便與彼國朝廷外部理論。

美使西華既已回國，又必增飾一面之詞，聳動外部，無理糾纏。然此事顯背彼國例章，堂堂大邦官吏，而亦如此徇利營私，一味見好洋行，殊屬荒謬。該外部如稍知大體，一聞此中實情，必以該署使領事等為不然。但發端宜速，乃占先着，務請閣下接到全案後，將本末曲折，逐細研究。然後披郤導窾，拈定主腦，與彼國外部理論，勿稍鬆勁，似亦釜底抽薪之法也。

前使斐迪覓薦礦師，既於七月間起程，深秋當可抵滬，如再會晤，煩代致意道謝為荷。專泐，復頌勛祺，不具。

代李伯相復俊監督書丙子

星東尊兄大人閣下：頃接六月初八日惠函，並鈔示巡閱各口大疏，就諗藎勤日篤，勛望彌隆，曷任企頌。粤省通商口岸，分布廣、潮、廉、瓊各屬，地面遼闊，周巡往返逾二千里。大旆自冬徂夏，兩次出省察度地勢，諮訪商情，固已全局在胸，於國計民生，必能酌劑盈虛，措注咸宜。新安、香山各處洋藥廠濱臨海澨，山徑叢雜，汊港紛歧，堵遏之難於形勢，加以輪船裝運，偷漏益多。惟有嚴飭各船不時巡緝，約束人役，嚴密防範，遇有可設法之處，隨時整頓，當不難收挹注之效。汕頭一關收税最旺，其地居江、閩之交，扼嶺、海之衝，宜為商賈所輻輳。自來貿易盛衰與税課贏絀，不外二端，一須水陸都會，一須居民繁富。瓊州地瘠民貧，孤懸海外，土貨既無所出，洋貨尤未易銷。北海毗連粤西，素非沃壤，無水道可通，無現銀交易，且其地煙户尤少，關税所入當更不逮瓊州。此二關者將來能否敷支經費？儻洋商見生意不旺，漸多裹足，或遂不開設碼頭，亦是佳事。復頌勛祺，不具。

代李伯相復何侍講書丙子

子峨仁弟館丈閣下：月初裁復一函，想達台覽。頃接九月杪惠書，具聆壹是。日本自大久保卒後，執政者不達大體，殊少推誠相與之事。執事諷以唇齒相親，應別立和局，時時聯絡西使，而每事不欲步西人後塵，具見識略閎深，措注悉當，至以為佩。

阻貢一案，疊商外務卿寺島，勸其自行轉圜，而彼執迷不悟。尊意不遽欲西使出場，留為最後一著，辦理甚合機宜。琉球國小民貧，非西人之所垂涎，邀與評論，尚可無妨大局。然此時中、東兩國苟能自為了結，尤屬妙事。日人接到照會後，未知如何措詞回覆？尊擬三層辦法：其上等則中、東兩屬，納彼租稅，貢我土物，如此則悉照舊章，固中國之所大願，一時若驟難辦到。其次，琉球為獨立之國，但立君由兩國認許，如此則日人坐失租稅，恐難聽從。至照俄、土近約立塞、羅諸國之例，琉球立君，由兩國認許，應納日人租稅，不許干預球政，不募球人為兵，通商仍照舊約。若不得已而賴西人調停，恐不出此辦法。照會一通，詞意正大，但彼性情堅韌，未必遽就範圍，筆舌之煩，尚恐未艾。泰西各邦向不輕易滅人之國，今日本於琉球改制設營，行且利其土地，西人必甚不謂然。若專以此層動之，當可盡力相助，俾蕞爾孱邦免於吞噬，將來結局固當別立專條，稍期持久也。

朝鮮僻居東海，孤立無援，俄人意存窺伺。現於圖們江口庀材購器，欲再南侵，而後議建營拓地。一旦狡焉思逞，英、美諸國環視而起，則朝鮮必不支，而中國之隱憂愈大。西法凡入萬國公會者，鄰邦不得無故啓釁，同盟諸國必善為維持，如英、奥諸國之護土耳其是也。中國之於朝鮮，較英、奥之於土耳其，尤為切近。尊議勸令與泰西各國傾心修好，免蹈越南、緬甸之覆轍，自是良策。惟朝鮮局量褊陋，風氣未開，尤不願與西人交涉，若驟語以深遠之謀，尚恐格不相入。該國貢使秋間已到，鄙人致書朝鮮執政李君名裕元者，但告以俄人陰謀之可畏，日本鄰援之當結，開陳形勢，言近旨遠，俟聽者之自悟而已。專泐，復頌勛祺，不具。

代李伯相復張總戎書戊寅

奎垣尊兄總戎閣下：頃接冬月朔日惠函，就諗椒觴介福，蘭錡宣勤，引企喬暉，良殷抃頌。承示臺灣開山撫番各情形，南路經執事察看險易，通闢一道，由山前直達山後，益覺平坦，形勢扼要，足以據番社腹背，於此分段紮營，震懾群番，宜其望風款附。各營諭招番童學習語言冠履，冀以歲月漸摩，柔其頑梗之性，洵為要着。新設恒春縣城，濱臨極南，土狹民貧，開墾難求速效，蓋以地勢所值，不能不添設一縣。至於富庶之全效，當不必注意在此。同知移治卑南，仍須以勁勇護行，恐非久與相處，妥為拊循，不能一律馴服。中路山勢奇陡，瘴惡番蠻，足以傷生，往往登山躊躇，相率返走，報墾者尚屬寥寥，亦地勢使然。惟中路為全臺樞紐，自必盡力開闢，加意招撫，庶可通南北之氣，而聯民番之情。北路瘴氣薰蒸，兇番肆毒，開山頗難措手。現既有張鎮一軍航海飛渡，剋日剿辦，軍威一振，諒能使群醜寒心，邊氓效順，即開墾各務，亦漸可經營布置。總之，臺灣全島，後倚連山，前控鉅海。論州縣之建置，則南路較多，番情亦較安帖；論物產之精華，則北路為最，所有大宗煤礦，以及硫礦、樟腦礦、油、茶葉各產，悉萃其間，如以全力經理，不難取精用宏，雨生中丞頗著意在此。惟是奸民之竄伏，番族之凶橫，與夫各口應設之礮臺，工費繁鉅，措注均非易易，儻能久駐區畫，漸臻成效，非惟東南數省之利，亦天下大局之幸也。專泐，復頌台祺，不具。

代李伯相復劉太守書戊寅

開生尊兄大人閣下：闊别兩年，企念無似。頃接惠書，就諗抱恙珂鄉，漸就康復，比維履祉綏愉，潭祺休暢為頌。承示開礦之利，煤鐵最大，而採銅鑄錢，尤有裨於國計民生，亟宜設法經理，洵係當今要務。前漢如蜀之嚴道，吴之鄣郡，皆有銅山，故鄧氏錢滿天下，而吴王濞因山鑄錢，國以富饒。班史地理志自注云：『丹揚郡，故鄣郡。有銅官。』鄣郡蓋今之皖南及江甯府地也，延袤及於廣德、宜興，其山往往有銅官之稱。蓋自漢以來，取精用宏，發洩已盡。今則皖南、江西一帶，未聞銅礦可開，寶氣所積，亦隨時世為推移。五金之礦，則以奉天、山東、湖南、廣西、雲、貴為最著，而數百年來滇銅之用尤甲於天下。將欲設局鼓鑄，自仍以規理滇銅為上策，其他祇可相機措注。

鑒別各礦，西人視為絶學，然欲請一上等礦師，頗難其選。今一二有志之士，力排群議，未嘗不思奮其智而成其績。然猶有試辦無效，轉授人以口實者，其故有二：一則未得礦師，徒信頑劣工匠之論，茫然不知砂線所在，致虧成本；一則謂此事可獲大利，揮霍鋪張，不能躬親督率，則事廢而耗折益鉅。不知洋人於礦務必幾經鑽試鍊化，確有把握而後下手，又用之甚儉，為之甚勤，非可以率爾操觚者，其視開礦，與農之耘田等。由前一說，猶播種於石田，而無望於刈穫者也。由後一說，猶東帶揖讓於畎畝之間，而責滿篝滿車之報者也。若因此而疑礦務不可為，是又欲悉棄膏腴之地，俾天下之農，袖手廢時而就餒也，將可乎哉！執事廉靜明達，講求有素，能如來示所謂刻意求精，視如身心性命之學者，何難坐言起行，漸與洋人爭勝以溥利源。聞旌從即可北來晤商一切，曷任欣盼。專泐，復頌台祺，不具。

代李伯相復出使日本大臣何侍講書戊寅

子峨仁弟館丈閣下：四月十三日泐復一函，具論俄、日、朝三國交涉之事，諒達台覽。頃接十二日惠書，承示日本阻貢一案，琉球使臣屢次哀籲，冀中國力加保護，藉支危局，情殊可憫。

琉球自明初臣服中國，五百年來，無代不受封，無期不朝貢，舊章具在，班班可考。較之萬曆年間，為薩摩藩屬者，其年代先後，已自不同。一旦恃强陵弱，欲舉附庸者而郡縣之，阻貢不已，旋改年號，改年不已，復欲鎖港，無理已極。琉人喁喁內嚮，思欲託庇宇下，沐我厚往薄來之利，兼收扶危定傾之功。我中國自應善為護持，俾海東片壤稍延宗社，乃足昭字小之誼。且前時副島種臣，既許中、東兩屬之請，是彼未嘗不畏我牽制。中國若隱忍緘默，彼且疑我怯弱，或將由琉球而及朝鮮，由朝鮮而及沿海各島。不如早遏其萌，使無覬覦。是今日日本阻貢之舉，中國之不能不與力争者，理也，情也。

然邇年以來，曾未認真議及者，蓋亦有故。琉球以黑子彈丸之地，孤懸海外，遠於中國，而邇於日本。昔春秋時，衛人滅邢，莒人滅鄫，以齊、晋之强大，不能過問，蓋雖欲恤鄰救患，而地勢足以阻之。中國受琉球朝貢，本無大利，若受其貢而不能保其國，固為諸國所輕。若專恃筆舌與之理論，而近今日本舉動，誠如來書所謂無賴之横，瘈狗之狂，恐未必就我範圍。若再以威力相角，争小國區區之貢，務虚名而勤遠略，非惟不暇，亦且無謂。鄙意以為中國與之淡漠相遭，殆即古人不服藥為中醫之説。至謂言之即恐開邊釁，則未必然。日本餉項之絀，國債之繁，舊族廢藩之思亂，前此聞之稔矣。西鄉隆盛已伏其辜，彼君臣鑒不戢自焚之禍，或者漸思守分。所購鐵甲船，聞甲有四寸，似非鐵皮五六分厚者可比。然核其軍額，頗屬單弱。中國兵力，固自應之有餘，諒彼決不因一言不合，遽起波瀾，惟言之不聽，恐無大益耳。

然琉球既祈懇不已，或不妨相機妥為開導，仍候總署核示辦理。前晤森使有禮，亦曾詢及阻貢之事，彼乃佯為不知，似由情理内屈。但使少有顧忌，俾蕞爾孱邦，不遭吞噬，所獲已多，將來儻有辯論之時，自應援引修好條規第一、第二兩款，與相駁難。並密請總署轉咨禮部，將琉球數百年朝貢成案，鈔備崖略，可以應答不窮。

往年日本於臺灣、朝鮮之役，始以巧言餂我，繼以虚聲疑我，其堅韌狡獪情狀，令人莫測其端。執事果於任事，與倭人交涉稍久，必能詗彼情實，與為推移，先事則審慎周詳，臨事則識力堅定，見可知難，隨時進退，諒必曲中機宜也。順頌勛祺，不具。

代李伯相致丁廉訪書 直隸臬台署津海關道　戊寅

樂山仁弟大人閣下：密啓者，昨接總署來函，以本年十月，值英國修約之期，威妥瑪啓程來華，封河前可以到京。德使巴蘭德夏間返國，聞明春仍來修約，法國亦届修約之期。威、巴二人性情躁戾，所望甚奢，一國獲利，他國坐享其成，推波助瀾，協以謀我，自在意計之中，亟宜預為講求。囑先將英國條款税則，及新約並煙臺條款，所有應修，應改，應辯明，應照舊之處，詳妥核明，並令各關監督，於各條利弊逐加論斷，仍由敝處核覆匯寄，以收集思廣益之效等語。

查戊辰年所修英國新約，得失參半，英商尚未滿意，所以訂而未換。今則威使為人，不如阿禮國之和平。加以德國與英争相雄長，英人獲利，彼既均霑，又必於英約之外增開多款，以明其出人頭地，遂覺愈難措注。揆總署之意，但求辦到戊辰年局面，已非易易。且舊約中一體均沾四字，貽誤最大，我之利益有限，彼之誅求無已。適值英、德同時修約，尤須應付協宜。

今威、巴兩使來勢汹汹，揣其主意，於洋貨免釐一節尤所着重。然近來中國情形，實難應允，必不得已，惟有請添洋税以相抵，明知萬不能行，要亦迫我以不得不然之勢。但未知如何立論較為近情？此中損益，究竟若何？至煙臺條款，試辦經年，利病何在，諒早有所聞見，亦可於此時詳言底藴，以便酌度商辦。尊處為北洋總匯，素多交涉，約中得失緊要之處，講求已熟。執事久居總署，戊辰修約早已與聞，近復辦理關務，閱歷更深。兹將總署原函鈔達台覽，希即逐加研究，妥細籌覆。至中國開送條款，當以何者為最，何者為次，並希示及為要。專泐密布，順頌勛祺，不具。

代李伯相復任方伯書戊寅

筱沅仁兄年大人閣下：接四月二十二日手書，就諗旌從於二十七日啓行，取道玉山，赴浙履新，長才藎畫，必有一番整頓，企頌無似。此間連逢甘澍，晋、豫各屬亦已叠霈祥霖，流氓大半歸業，即無田者亦可傭耕得食。此後暘雨應時，轉歉為豐，或可補救一二。省齋方伯和平穩慎，共事多年，被劾以去，殊屬可惜。

近來言路大開，而切理饜心者頗寡，或見其一而遺其十，或明於小而蔽於大。此弊由來蓋非一日，其源起於閉行取之途，薄京員之俸。内官無一明練外事，窮年累世，囿之八韻小楷之中，一旦望其指陳利弊，切中肯綮，尚安可得。官吏風氣，大半壞於因循曠職，或非不小有才具，專用之粉飾趨避之中，上司每受其欺而不覺。尊意以清理獄訟為第一要義，他如農桑水利，催科緝捕，應興應革事宜，擬分年按月，辨其虛實，而課其優劣，此乃古人綜覈名實之良法，如有真精神貫乎其間，一二年後，必有成效可睹。需次人員，各省充塞，委差委缺，專以考試等第為憑，亦可稍息營謀請囑之風。

至京外捐例，自減成以後，所得甚微，所妨實大，其亟宜停止，或以實銀上兑。前次屢有人言之者，無如户部自司員以至書吏，皆視京銅局為利藪。此外印結之費，飯食之銀，悉取給於是，所以併力護持，牢不可破。此弊終無了期，良堪浩嘆。

開井為備荒良策，尤宜用之北方，現已籌款派員，在河間一屬開井，為以工代賑之舉。執事前守順德，督屬開井無數，並未請撥公項。庚午畿南大荒，而順屬獨無領賑之户，實政之有益於民如此。蓋此等事宜，有司苟善為勸導，民間無不樂於從事。縣令得人，則一縣受其益；郡守得人，則一郡受其益。能於無事時多開磚井，斯一遇偏災，農田之獲利者溥矣。專泐，復頌勛祺，不具。

代李伯相復何星使書戊寅

子峨仁弟館丈閣下：頃接六月初五日惠書，具聆壹是。琉球一案，五月間接總署來函，詢以如何辦法，敝處函覆大旨，與答尊處相同。刻下計已發端辯論，是否略有端緒？執事才識精敏，明知事無把握，而不憚以口舌從事，殊堪企佩。

邇來總署閲事日深，遇有外洋紛争之端，頗以清静無為為宗旨。即如前歲日本使臣森有禮銜命來華，告以將伐朝鮮。總署之意，謂我之兵力，既不能制服日本，保護朝鮮，又不能使朝鮮聽我之言，行成於日本，只可諉之不問，聽其為鷸蚌之争。鄙意則謂朝鮮久屬中國，設有挫失，後患實多。且日本既遣使來告，中情尚有顧忌，因與森使往復辯難，折以條約，諭以情理，告以朝鮮之貧瘠，無甚可欲，諷以强鄰之窺伺，俾圖自固，森使始俯首奪氣而去。厥後與朝鮮議和較速，未始不由於此。

蓋總署專務持重，意在息事而弭釁，所謂不服藥為中醫也。鄙人非不知時事之艱，然勢有相迫，往往欲罷不能，所謂矢在弦上，不得不發也。二者義各有當，在擇而用之而已。朝鮮執政，敝處久欲與書，苦無郵便，其貢使入都，須在冬間，届時當作函暢論形勢，切實開導也。復頌勛祺，不具。

代李伯相復黎參贊書 戊寅

蒓齋尊兄太守閣下：頃接六月中旬惠書，具聆壹是。台駕抵倫敦以後，往來英、法、德三國，域外壯遊，瞬息千里，不特交際各務，諸多藉重，而目見耳聞，均可增長識力，閱歷既久，胸襟意氣，必更超越尋常。西洋局面宏遠，事事精能，其國中善政，若學館、監牢、養老、恤孤之屬，無不具有三代仁者遺風。所以勃焉興起，競富争强，殆非無因，亦非身至而目擊者，不能言之如此親切有味。中國士大夫動以匈奴、回紇相比擬，失之彌遠。歐洲國勢，内施詐力，外假公法，以相維持。俄人蠶食鯨吞，貪得無已，實無異戰國之强秦。德以丹、法、奥仇邦逼處，不得不黨附於俄，亦其國勢使然。論今日中國隱憂，惟俄最大，而德次之，英、法則未遑遠略也。

承示中國宜開建輪路，既足以籠天下大利，而又便官，便商，便民，尤便於用兵轉餉。且揆諸天時、地利、人事，皆有迫不容緩之勢，擬自十八行省以達京師，推而及於新疆等處，具徵深覽古今，擴開大計，宏規碩畫，洵足裨時局而張國勢，傾佩良深。鄙人近於此事亦頗有意提倡，無如中國士大夫囿於風氣，不願創辦，朝野上下，併為一談，牢不可破。即如往年吴淞口鐵路，總以妨民為詞，必驅之而後已，敝處雖不憚再三力争，迄不能止。不知輪路寬處，不過丈餘，並無妨於農務。且西人於中國輪路，覬覦已久。今英將設路以趨雲南，俄將設路以趨新疆，環而相逼，設一旦有事，為彼所持，不得已而後允，失我自主之權，尤為非計。夫以中國人力、物力，如朝廷之上確有定見，各省大吏實力舉辦，則漸推漸廣，漸續漸遠，數十百年後，不患不如今日之西洋。蓋五十年前，西洋亦猶今日之中國也。然中國所以終不能如西洋者，在成見不易融，而浮議不易熄，一切締造之勞，籌費之艱，乃其餘事。雖欲力破群説，創建殊績，而拘攣隔閡，究屬孤掌難鳴，豈勝感喟！

至仿照國債之例。商貸各國，共起公司，同時營建，約定行之若干年，俟本利償還，概由中國收回。此在西國為常有之事，惟授柄外人，中國向務謹慎，決不敢擲此孤注。且成本既鉅，非行之三四十年，不能償清本利，為期稍久。設届時照約收回，有不如志，關係非輕，是此議暫難辦到。鄙意西國鐵路雖如此之長，其初皆枝枝節節而為之，只可隨時隨事，逐漸倡導，遇有萌芽之兆，總當竭力扶持。尤在多得通達洋務者，講明切究，俾人心早悟一日，斯風氣早開一日。電線之設，本與鐵路相附麗，其需費較輕，其異議之阻撓者亦較寡，興辦似稍易耳。復頌勛祺，不具。

代李伯相復何侍講書 戊寅

子峨仁弟館丈閣下：十一月中旬裁復寸函，諒達台覽。頃接冬月初八日惠書，具聆壹是。朝鮮拯救英船，不分畛域，其濟州官長復優待賚函前往之英官，或者風氣稍開，漸悟閉關獨治之非計，思結外交以張國勢耶？日本在東萊府互市，每歲進口貨價僅值三萬，想見地瘠民貧，貿易不旺，雖多開口岸，無甚利益。然兩國結約之後，猜嫌未能盡釋，日人貪利無恥，虛憍喜事，無以見信於鄰邦。此次因關稅加徵，遽發兵艦前往，意在恫喝，能否不至滋生事端？

承示球案摘要一册，琉球君臣於日本阻貢之後，前後上書十四次，哀籲之情，極為迫切。日人自知理屈，竟不能略置一詞，雖叠加批答，但以不得允准四字了之，其恃强逞蠻，已可概見。覆文雖未敢決絶，而所以阻貢之由，並無一字提及，徒以我政府未曾詰責，以刺探為脅制。蓋森有禮駐京兩年，於總署一切措注，意存輕藐。甲戌臺灣生番之役，丙子朝鮮之役，總署皆辭以非所預聞。彼料總署不願多事，謂畏其啓釁，必且知難而退耳。然揆諸時勢與日本君相之本謀，斷斷不敢出此。就令出此，中國亦尚有以應之，其事理與西洋諸國大有徑庭。開釁一説，當可無慮，惟事非倉猝可了，難保總署毫無疑慮也。執事擬俟總署行文後再與理論，一面聯絡各使，以便從旁調處，較有收場，辦理甚為妥協。

副島種臣識略雄深，頗負夙望，前歲布衣來訪，與鄙人再見傾談，其意似欲中、東兩國，推誠相與，同禦俄患。彼前為外務卿，曾許琉球以中、東兩屬，一切照舊。尊意待其出山，徐議此事，或可重申前説，即辦到前函所籌第二、三層，亦有結局。刻下從長計議，海外小邦，區區朝貢，本無益於國計，亦無關於國體，所尤兢兢者，欲昭字小之誼，免為鄰國所輕視耳。然琉球往來中國逾五百年，意尚戀戀不舍。且中國厚往薄來，彼朝貢不無沾潤，事定之後，琉球必籲請及之，殆無俟中國之措意矣。專泐，復頌勛祺，不具。

卷四

代李伯相復何侍講書己卯

子峨仁弟館丈閣下：接二月十二日至三月十五日五次來函，及三月十六日電報，具聆壹是。祇以山陵大差，諸務匆遽，致稽裁答。琉球一案，日本於三四年前，自將琉球改屬内務省，業已勢成騎虎，一旦中國出與理論，彼自覺進退兩難。推原其故，實由前使森有禮自造一說，布之新聞，謂見中國某大僚議及琉球，直謂中國不理此事，遂肆然無所顧忌。東人居心狡獪，往往以巧言餂我，輒用為生事之據。前此臺灣之役、朝鮮之役，皆其明鑒，不知偶爾閑談，本難執為把柄。森使輕躁喜事，貽誤匪淺，無怪彼國當事皆不謂然。今中國必與力爭，亦使倭人知森使之言不盡可聽，或漸改弦易轍。

惟琉球距彼最近，覬覦已久。彼所爭不在朝貢，而特以阻貢為發端； 中國所重亦不在朝貢，而特以貢事為牽制。彼既疑理論各節出於使者一人之意，又疑琉球陰祈各國使臣，或以公論相庇護，故遂迫不及待，始則撥遣巡捕，劫以兵威，欲得琉球專屬日本之證據，以為廢滅張本，繼且出示國中，遽廢琉球為縣。其無情無理，不守條約，不顧公法，實為地球各國所未有，殊堪痛恨。

聞其所遣之宍户公使，以三月初四日出口，而廢改琉球，則十三日出示國中。揣彼之意，如中國竟不與校，彼即決然廢滅琉球。萬一我有責言，彼或猶以遣使在先，為轉圜之説。至其欲在中國議結之故，蓋欲分薩人主持之權，避國人浮議之口，離西人縱横之勢，或又料總署慎守和局，不願啓釁，因欲祖森使故智，肆其恫喝，可以惟所欲為。

惟聞日本帑項告罄，盡用紙幣，一旦有事，軍火既無可購，餉需復無所徵，加以舊族廢藩乘間思逞，而舉國之民莫不欲傾覆政府，此其惴惴而不敢與我開釁者，顯然易明。即令啓釁，以吾兵力、餉力，制彼餉竭兵單之國，似亦綽有餘裕。就理勢而論，或侮彼貧弱，振吾國威，以作榜樣，或乘此可為之時，力争體統，以維大局，俱是一定辦法。

鄙人前月入都，與總署當事晤商一切，論及不得不爭之故，意見亦頗相同。惟總署以聖主尚在沖齡，此等大事，未敢主持。琉球蕞爾小邦，遠中國而邇日本，既難跨海遠征，永為保護，又慮操之過蹙，轉無收場，不得不俟該使到京，專憑情理二字相駁詰。宍户公使於前月下旬入都，議論尚無消息，將來此事結局，終須別立專條。倭人性情，異常頑固，不知議到何時耳。專泐密復，順頌勛祺，不具。

代李伯相復黎參贊書己卯

蒓齋尊兄刺史閣下：頃接客冬惠書，具悉壹是。開設輪路之議，可以便官，便商，便民，此事有成，非特於調兵運餉諸大端獲收無窮之益，即中國之礦政、郵政，與夫輪船、招商、機器諸局，皆與輪路相為表裏，實今日必不可緩之圖。至於起卸貨物，修建棧房，平治道路，及一切馬車、酒館、飯店之設，其有裨於窮民生計甚大。無如中國風氣未開，見聞未擴，自內外當事，以逮士大夫之持清議者，併為一談，牢不可破，咸以為必不宜行。若驟為此舉，誠恐驚駭世俗，浮議蜂起，撓之者眾，則實事亦必無濟。大沽鬬路之說，想因創辦電線，新聞紙誤傳以為經營鐵路耳。然此事實係富强要訣，總當徐圖設法，隨時提倡，遇有機會，自必漸試其端，以為先河之導。

來示謂外洋處事，總以國勢之强弱為是非，洵能洞見底蘊。然彼交涉諸務，或於恃强逞蠻之中，仍假託公法以行之。俄土之役，各國會議伯靈，土之多割要地，是國勢既弱，而公法不能庇之也；土之猶保宗社，是國勢雖弱，而公法足以存之也。故必以張國勢為事，而以守公法為詞，乃係本末兼修之術。阿富汗叛英服俄，近來戰事如何？威妥瑪、巴蘭達狼狽相倚，前聞俄使布策會議巴黎，不知有何陰謀？威、巴不日當來，正思有以禦之。專泐肅復，順頌台祺，不具。

代李伯相復沈廉訪書己卯

品蓮仁弟親家大人閣下：六月間泐復寸函。頃接七月十八日惠書，就諗榮莅樟垣，接篆視事，新猷益懋，至為企頌。日本地狹民貧，邇來宗尚西法，國債纍纍，妄自謂富强之術勝於中國，恒思逞其狡謀以償所費。故數年之間，一入臺灣，再議朝鮮，三廢琉球。琉球彈丸小島，得其地不足以富强，彼特以嘗試中國。此時中國若操之過蹙，固啓兵端，若竟置之不理，彼謂中國畏之已甚，必且得步進步，縱兵四出，無所顧忌。

鄙人前與總署熟商，不必與之啓釁，亦不可過於示弱，略去朝貢之虚名，而惟以繼絶存亡之大義先為理論。日本集群臣密議，咸謂彼國四面受敵，中國自剿平髮捻，武備較精。若我數道並進，而彼國廢藩叛黨應之於內，勢恐不支，乃務為虚詞延宕之法。適美前總統格蘭忒過此東遊日本，鄙人復託其妥為調停，現似稍有端緒。無論此事能否了結，中國宜力圖自强，以杜後此之釁端。至東人求以球易臺一説，係屬外間傳聞之誤。中山自唐世已通中國一説，亦係日本之飾辭，羌無實據。總之，日本狡焉思逞，已非一日。中國因應之道，剛柔貴得其中，戰守尤宜有備，雖有巴酋為之謀主，亦無所施其技耳。

俄人允還伊犂，償款不過二百八十餘萬兩，尚屬近情，惟崇星使原議，將伊犂城西南兩面割去數百里，勢成孤注。又允由漢中、西安兩路通商，總署以界務、商務均覺吃虧，欲再駁辯，已無及矣。此間雨水過多，窪區不免偏災，高阜秋禾尚稱豐稔。西省穡事有秋，良以為慰。肅泐，復頌勛祺，不具。

代李伯相復何星使書己卯

子峨仁弟館丈閣下：十月初三日泐復寸函。頃接九月十九日惠書，具聆壹是。使署公事概從慎密，不使傳播，固屬要義，即籌商未定之事，亦不宜輕於措詞。倭人貪利棄信，詐僞無恥，有西人所不屑為者。執事莅東之始，亟欲聯絡亞洲大局，倚為合縱，又見其應酬款洽，不覺推誠相待。此固聖人忠信篤敬、蠻貊可行之意，無如我以誠往，而彼不以誠來，則惟有審度情勢，隨宜措注。我之所為，始終一轍，事事腳踏實地，既不失其為誠，然明足料事，則不為所欺，智足應變，則不為所詘，此中機括，惟閲歷深，用心專，斯精進不已也。

外務省照覆之文，已到總署，其意堅執如前，其詞閃鑠無定。其派員一層，總署與宍户使會議一次，仍以虛言推諉，毫無成説。細揣倭人用意，似故作延宕，妄希次第布置，俾球人漸漸馴服，中國之氣漸平，則彼得終遂其併吞之志。楊越翰刊布新聞，俱係當時實情。美前統領原不過泛論大勢，勸導日人。彼或始信其言，而中變於後，或佯諾妥議，而別具詭謀，或雖意存了結，而得尺得寸，惟利是視，不肯遽露圭角，三者皆未可知。

總之，東人狡獪異常，能否派員來華，固難逆料。至割島分隸之説，總署與南洋皆不謂然。中國非利其土地，即得其地，可仍以封球，揆時度勢，不如此恐無了局。然其説當出自日人，或出自美人之口，若中國自為此説，恐併此不可得，或彼別有要求，其將何以應之也。肅泐，復頌勛祺，不具。

代李伯相復金將軍書己卯

和圃尊兄將軍閣下：頃接九月廿六日惠函，具聆壹是。就諗勛猷雲蔚，蓋望日隆，至為企頌。承示交收伊犁，分界通商窒礙各節，崇論閎議，洞晰情勢，傾佩無涯。新疆形勢，惟伊犁控制天山南北，向稱重鎮。其地九城羅列，旗、緑拱衛，額魯特、察哈爾各旗環峙於內，布魯特、哈薩克各部落游牧於外，氣勢既甚完固，即與俄境相隔，亦尚一二千里。自明將軍議以常設卡倫為界，則從前移設、外設各卡，均已棄之邊外。迨浩罕諸國為俄所併，布魯特、哈薩克並服屬於俄，游牧至伊犁以東，則今所割去之西邊數百里，早已與俄共之，藩籬盡撤，本難自守。而況伊犁全域久為俄踞，復欲索之强鄰之手，其勢愈逆而事愈艱。地山星使亟欲得地，議將伊犁西南各割數百里，伊犁與回疆八城往來要道，復為俄人所中梗，疆圉已蹙，耕牧無資，將來防守益難矣。

通商一節，俄人往蒙古貿易，本為舊約所有。今添出天山南北科布多、尼布楚各處，關內則度秦隴以達襄漢，由陸通水，將争中國茶商之利。揣地山之意，亦以欲得伊犁，乃為此通融之舉。俄人所奉希臘教，與英、法較異，向無傳教之事，此層暫可無慮。俄人在其本國多修鐵路，然公法條約，不准設鐵路於他國，此事亦尚可無慮。惟通商之路太多，交涉殊覺不易，雖欲設法補救，究恐枝節繁生耳。白彥虎率其餘黨，投入俄國，時時軼出，犯我邊陲。大兵一撤，難保不受俄人之嗾，糾合伏莽，死灰復燃。所賴諸君子妥籌善後，防患未然，實所殷盼。要之俄人性情陰鷙，國勢盛强，斷不能予我以便利。朝廷不以此事為然，地山已被嚴議。刻下俄人能否就我範圍，更議條約，去其太甚，尚不可知； 抑或不免争執，則邊事方殷，亦宜及早籌備。諒左侯相及執事必已成竹在胸，措注咸宜也。肅泐布復，敬頌勛祺，不宣。

代李伯相復洪觀察書己卯

汝舟尊兄大人閣下： 津門執别，結轖為勞，頃接惠函，備紉存注，就諗履祺休鬯，潭祉綏愉為頌。承示籌邊之策，不出和戰兩端，萬不得已而議及戰守，則尤以守為先。現因諭旨令中外臣工各抒所見，尊擬嚴守禦，杜窺越，選將帥，款敵人四條，另摺詳陳，屬為代奏，具見篤念時艱，忠謨奮發，企佩良深。惟近自廷臣集議，衆説紛紜，已奉旨交王大臣妥議具奏，不日當有折衷。鄙人本不在會議之列，祇有静聽廟謨指揮。干城之任，惟力是視。此時既未便攙越，自攄臆見，即各處寄到條議，求為代奏者，亦祇可暫從緩議。將來事勢所至，或採擇施行，或酌量代陳，須審時宜，尚難懸擬也。至大策所籌散營、地網、避礮、伏擊各法，洵屬守禦要著。

鄙意所尤躊躇者，中國自黑龍江以至新疆，與俄接壤約萬餘里。彼有鐵路以調兵，則旬月可以雲集，中國行師絶塞，非經歲不能到防； 彼有電報以通信，則瞬息可以傳命，中國遞文邊界，非三數月不能往還。是欲固藩籬，必加募數百營勁旅，星羅棋布，乃敷調遣。沿海自遼東以至閩粤，亦將及萬里，彼或以數號鐵甲船隨指一口，足以震驚内地。是又必訓練水師，增購船礮，並多備陸軍，乃敷分布。凡此邊防、海防，如能歲得巨餉數千萬金，則措注不患無策，選將不患無人，一切臨機應變之方，不患不愈練愈精，戰守俱有把握矣。

抑聞外洋籌餉之法： 一則關税極重，甚有值百抽百者； 一則通國丁口以至牲畜器皿，莫不有捐，遇有大事，商民尤竭力輸助。故能不惜鉅貲，器械則極其精良，兵餉則極其優厚，一戰不勝必濟師，濟師不勝，則其國主必親臨前敵，不憚以傾國全力相搏。幸而獲勝，則其責賠餉於敵國者，動以數千萬計。今中國欲加關税，則各國不允，欲收丁捐，則衆怨沸騰，内變將作。近來敝軍餉項，且有岌岌難支之勢，豈暇論及添募。然此等大事，必須徹始徹終，通盤籌畫。執事究心時局，能否别有妙策。每歲多籌的餉數千萬金，而又不拂輿情，不冒清議，則一旦有事，不至為無米之炊，如能籌度見示，尤所欣慰。兹姑將原摺寄還，儻台端必欲速上，似可徑呈都察院代遞也。復頌台祺，不具。

代李伯相復徐觀察書己卯

晉齋尊兄大人閣下：頃接惠函，以俄約行廢兩端，較量得失。寄到説帖一件，於中外情勢，洞若觀火，逐層剖晰，有剥蕉抽繭之思；指事詳明，有分風劈流之筆。具見研求時務，深協機宜，與以空言自豪，一倡百和，而實闇於事理者，奚啻有霄壤之隔，企佩良深。新定俄國條約，有大損於中國，群情憤怒，固無足怪。近聞中外臣工，言戰言守，衆説紛紜，廟謨未有折衷。另遣使臣之策，實尚未遑議及。

廢約一節，彼或以兵船恫喝，中國調兵設備，為費甚大。迨各國出而調停，歸於照行條約，則較之照行於始者，徒添一重痕迹，將來與各國交涉，事更難辦矣。若我廢而彼不廢，竟擅將新疆邊地釘界駐兵，勢必肆其蠶食，愈侵愈進，為患益無窮期。凡此尊慮所及，實皆意計中事。蓋使臣已訂之約，原非必不可廢，況約在俄國定議，中國廢之，亦尚有辭，彼雖不能獲益，或不遽爾興戎。然欲與另議，必更遣使，中國全權大臣所定之約，尚難憑信，則此後使臣到彼，固必被其嘲笑，不與議商要務。

鄙意所尤慮者，中國即欲遣使，恐稍有才智之人皆不願往，明知事必無濟，而又有損身名，則誰肯躬蹈覆轍者。尊議託别國使臣往為調處，陽加推服，陰許重酬，此事如遇有機緣，而又妥為駕馭，自屬轉圜妙策。惟歐洲大邦，可恃以排解者，莫如英、法、德三國。英、俄猜忌實甚，勢不可行，法雖與俄親厚，然國勢之强，法不如德。法人久不管外事，德國巴使又因修約與總署齟齬，德人之願為中國用者，急切難得其人，幸而得之，或竟將俄約稍更一二，而德使於修約時，責報於中國者必大。是我得之於俄，而仍失之於德，損益維鈞。

又洋人非我族類，雖彼此用信函存案，若竟以中國利益擅許俄人，而彼本係他國使臣，更非罪譴所能加，其中籠絡操縱，大費經營，此所躊躇而不能決者也。然事勢既極艱難，將來如朝廷敕下敝處籌商，或可參酌尊説，相機設法，台端如續有嘉謨，仍望隨時見示為荷。日本偵伺伊犂消息，已非一日，儻中俄有事，必且乘機竊發，為我肘腋之憂。前此中國自發難端，不籌所以善其後，殆失算之甚者矣。肅復，順頌禮祺，不具。

代李伯相復陳觀察書己卯

海珊尊兄大人閣下：頃接正月二十四日惠函，就諗篴節巡邊，整理庶務，刻已旋駐鳳城，民情静謐，至為企慰。新設各縣城垣衙署，陸續興工，興京、鳳凰兩廳勸募紳耆，捐建學校，育人才而變風俗，莫先於此。該處紳民樂於從事，當可集腋成裘，以襄要舉。邊境遼闊，千數百里，伏莽過多，津軍兩營分駐彈壓，既尚得力，可暫留防，以資控馭。

承示籌議黑龍江邊務稟稿，吉、江兩省與俄接壤，空虚過甚。俄人自咸豐年間，割我外興安嶺，於江北廣漠之區，墾闢經營，屯兵扼險，物産地利，攘據殆盡。若不早籌邊備，誠恐其乘虚窺佔，愈拓愈進，隱患無窮。尊議久遠之圖，莫如兵民相間以治屯田，則土地實而餉源裕，此事若能盡如所議，切實經理，忠謨至計，裨益大局，良非淺鮮。向來江省升科之地絶少，迤北一帶空曠無垠，創闢之始，如練兵口糧，與借給牛種，委員查丈，需費甚鉅。請帑二百萬之説，刻值西餉緊急，釐税減色，恐司農無款可籌，即空文捐撥，亦難湊解。至江省田地，向未墾治，其土宜之肥瘠，究竟若何？招民耕種，是否願就？旗圈與俄屯，犬牙相錯，劃地屯田，有無窒礙？須得大員逐處查訪清丈，乃有把握。

總之，辦成一事，不外財與才兩端。設幸而餉項湊手，則訓練屯兵，須求真正將才；招輯流甿，須求真正吏才，固非一手一足之為力。且必得廉明强毅之大府，廣任賢能，壹意主持，而又重之以事權，需之以歲月，乃有成效可覩。岐將軍博採衆議，默究時宜，諒必據以入告也。執事擬於秋冬之間，請咨引覲，届時可把晤暢談，曷任欣盼。專泐，復頌勛祺，不具。

代李伯相復盛觀察書己卯

杏蓀世仁弟大人閣下：頃接惠函，具聆壹是，就諗履祉綏愉為頌。秋亭赴鄂經理礦務，礦師等均已撤銷，所有虧項，歸執事設法彌補，諒能妥為擘畫，不稍愆期，以清公款而全令名。招商局漸有起色，可冀拔輕成本，望轉告景星、雨之等，乘此機會，精白一心，力求整頓，局務既有轉機，未必於諸君無益，幸勿再蹈故轍為要。怡和、太古添造船隻，惟有仍主和局，庶免跌價争衡。商局輪船二十五號，僅漢廣係兵商兼用，此時暫無庸議。滬廠兵輪未盡適用，閩船雖較堅固，除去撥往各省及馬力太小與原造商船之式，其可以出入風濤，經歷戰陣者，亦復不多，皆係當初講求未精之故。將來如辦大枝水師，非特宜購鐵甲船，即木輪兵船，亦須逐漸添製。統帥之選，尤難其人，津、閩鐵礮船皆不過備守口之用，未足以供海戰。

日本新購鐵甲船三號，據新聞紙及何子峨來信，皆云厚三四寸，即尊處探報内亦云去年所購之金剛艦，現在長崎外面，鐵甲僅二寸半，則所謂厚九寸、六寸者，似係虚聲。惟中國並此無之，不可不早為之圖。數年以來，海防經費為西邊洋債所擠，籌賑各款又資分潤，加以政府之區畫，農部之持籌，言路之清議，皆視此為不急之務，一旦外侮相加，能無掣肘？蓋創辦一事，必須内外上下，戮力一心，又必巨款應手，乃能有濟。今議交收伊犂，應償各費，尚有大宗出款，恐帑項支絀，措注倍難。然日本之狡焉思啓，人所共見，中國綢繆未雨之計，豈可再緩。就目下敵情而論，未必直窺内地，彼所注意者，北則朝鮮，南則臺灣，是海軍之練尤急於陸師矣。

承示海防淺説十條及探報兩摺，具見研求經濟，有補救時艱之志，曷勝佩慰。尊説如決長策，通電報，開鐵礦，亟求才四端，皆係方今急務，稍知政要者皆見及之，而時議尚未能盡行之。簡經略一條，以一人之精力，布置沿海沿江諸省水陸各軍，恐難兼顧。設專鎮一條，自廣東迄奉天，海疆不止六千里，況多事之秋，隨軍情敵勢為變遷，似未可拘定十鎮。成海軍一條，提督駐紮定海，形勢太偏，尚未扼要。練陸軍一條，以徐州為坐營，亦離海稍遠。惟設學堂為造就將才之計，實不可緩。籌現款一條，部撥四百萬，既無可指之款，借洋債尤非長策。至清丈沙田，叢怨招謗，且不必論，恐斷不能得五百萬之多。籌的餉一條，每鹽一斤，抽釐錢三文，其勢必辦不動。以上各節，因執事留心時務，略舉鄙懷以相質證，此後續有探報，仍望隨時示及為盼。專泐，復頌台祺，不具。

代李伯相復李星使書己卯

丹崖尊兄大人閣下：接五月二十六日惠書，具聆壹是。日本廢滅琉球，顯干公法，中國不易應付。尊慮六難之說，洞晰情勢，熟知彼己，蓋籌深識，均係確論。惟謂仍留琉球爵號，由日本代為修貢一節，日本蓄謀吞併，已非一日，虛名尤不肯稍讓，豈能代修職貢？中國若僅為争貢起見，轉示天下以不廣，且授日本以口實，殊非長計。至總署與駐京公使商論幾次，彼惟用推諉延宕之法。

近聞日廷集諸臣密議，主戰者不過數人，其餘咸謂中國地廣人眾，自平粵捻，武備較進，勢恐不支。此時宜設詞延緩，勿激我怒以開兵釁，一年之後，我志漸衰，即可坐據琉球云云。蓋日本債多餉匱，而西鄉餘黨，廢藩舊屬，又將伺間思逞，岌岌之勢，更甚於中國。諺所謂人防虎虎亦防人者，殆非虛語。夏間美前首領格蘭忒來華，鄙人與總署熟商，託其妥為排解。兹聞格君苦勸日本，漸有轉圜之意，將來須由兩國派大臣會議。格君人甚誠篤，非若各公使之惟利是視。彼既從旁評斷，中國若措置得宜，或不至過於吃虧。

至整頓防務，無論球事了否，係今日不容緩之圖。南洋轄境太廣，分設三洋以練水陸各軍，雨帥曾建此議。前次臺灣有事，各省條議可行者頗多，及事平而視為贅論，自强一説，竟成畫餅，此次斷不可復蹈前轍。就中國情形而論，非無自强之良策，特患有此策而不能盡用，或彼此意見不合，拘攣牽制，僅能辦到一二，此所以受制於外人也。

赫德在總署陳請添購蚊子船八隻、碰船二隻，合前船為南北兩隊，分駐大連灣及浙閩交界之南關，延請西人訓練，自謂可制鐵甲，由總署與南北洋檄派赫德為大礮輪船總海防司。鄙人以總署徑已定議，未便堅阻，僅為商訂章程，略與限制，若果照行，未知將來能著成效否。鐵甲船為海戰所必需，而赫德力言徒費無益。鄙人前為總署略剖其利病，似尚疑信參半。

德國告假千總西鐸所擬赴華教營章程，統觀大局，暢述源流，語多中肯，其續議則兼教兼練，體用具備，如能到華，當有裨益。惟其本國恐停恩俸，既須私訂，又須常局，彼乃合算，其薪俸歲需若干，約以幾年為期，便中望為詢明，如有定議，再由營官轉訂。留嬴廠水雷船屢經金登幹催驗，現據柏專敬面稱接六月二十八日電信，雷艇已經裝船起程，諒不至誤。肅泐，復頌勛祺，不具。

代李伯相復曾星使書（己卯）

勛剛世仁弟親家通侯閣下：叠奉惠書，具聆壹是，就諗勛猷懋著，潭祉綏愉為頌。臺灣輪船洋藥走私一案，英外部偏聽星領事之說，頗屬強詞奪理。就案情而論，船主或罰或否，本無足重輕，然條約一字之解，關係甚鉅，若不辯論妥洽，將來遇有走私等案，必致礙難辦理。執事照會外部，引彼國關例，持矛刺盾，深中窾要，且看其如何置答。烏石山租佔地基，英按察頗躂紳董而非教士，乃公使領事把持其間，冀得便宜，目下業經調停遵辦。誠如來示，不過延宕時日，終不能顛倒黑白，遂移南山之判也。

摩利駭島華商籲設領事。前此新嘉坡創設領事，甚費氣力，新金山雖有此議而未成。蓋西人設領事於中國，所得權利，溢於公法，若中國援例舉行，則施報之間，甚難處置，所以百方撓阻。儻論常理，凡海外華民，均宜設法保護，中國果能自強，正可乘此機會，兩相抵制，更定約章，稍去西國領事之權。無如中國力量未遑，且彼此刑章律法懸殊，彼亦有所藉口。若添領事而不能管理華民，非惟經費難籌，亦且無事生擾。

來示謂木強負氣者，將啓口實之爭；柔懦無能者，適招輕侮之漸。洵為洞澈本原，持重老成之見，想總署亦同此意耳。蚊子船不日抵華，統帶該船之船主名郎者，誠實和平，英水師提督古君亦亟稱之，容俟晤談時察其性情才能，酌量留用。惟中國船政方殷，需才漸廣，三年之艾，蓄之宜早，仍望隨時留意，如有水師能員願來中國者，希示及為荷。

筠老決計引退，已奉旨准其開缺，從此杜門著述，恐遂無意於用世。湘中士紳虛憍恃氣，不達時務，固由矜心未化，實由忮心未捐，而浮薄之風，省垣尤甚。凡爵齒稍尊，即加詬病，於洋務尤太隔膜，殆非旦夕所能變更，惟有置不與校而已。肅復，敬頌勛祺，不具。

代李伯相復何星使書己卯

子峨仁弟館丈閣下：頃接惠書，具聆壹是。美使平安接到國會行文，以彼國與中國立約，有不公輕藐，從中調處之條，不得不出而排解。此文在格統領歸國之後，實已曲盡心力。美使既素蓄此意，今又接國會之文，自必力勸日本與中國妥結。否則兩國同請美國評斷，亦有收場。

前月總署與宍戸公使兩次晤談，先以派員會商與撤銷照會之事，往復辯論，始則虛言相抵，繼稍開誠相與。宍戸言外之意，謂依格統領來函，宜有辦法，總署亦因丁雨帥持議，以撤銷照會為是，遂具一稿照覆日本外務省，但言願照美統領函意辦理，用筆頗為虛靈渾括。原稿想已咨達冰案，且看日本如何答覆。若稍就範圍，此事或易了結，若一味狡執，其意亦可概見，不得不速籌戰守之具。中國自臺灣退師以後，議論海防，中外意見不合，築室道謀，徒成畫餅，以致日本伺隙思逞。今即琉案議結，若不圖自强，則一波既平，難保不一波復起。是海軍期在必辦，不能因球事為作輟也。美人素親日本，而廢滅人國，則西俗必不謂然，或能始終出力調停，固未可知。

楊越翰刊布之報，此間未得譯人，尚難翻譯。日本加進口税免出口税一事，上下合謀，經營已久，美約既許其照行，英、德二國似未必始終堅持。惟其全神所注，尤在奪中國之利。加抽糖税，倍於西貨之羽呢，商人難以牟利，勢必裹足不前，每歲華貨少銷三百萬元，久之必為所朘削，日就貧困。此於中國利害所關，實較爭地為尤大。彼不咨商中國，意謂西人得允，不難强我以必行，用心亦殊可惡。然英、德二國，苟許分別酌改，中國亦礙難堅拒，將來相抵之法，惟有查倭貨之入華最多者，加抽進口税以償所損。彼斷不能自加其税而禁我以不增，應請執事就近考究，詳陳總署，以便豫為籌度，屆時因應得宜。刻下姑聽英、德與之相持，勿庸辯論。如彼驟欲開辦，不妨以彼先未照會，暫與枝梧，再行相機措注可也。

絲、茶二宗，論中國之長計，亦必減税而後可以暢銷，毋使日本、印度、意大里奪我之利，他日須因勢而利導之。方今各國協以謀我，其伺間蹈瑕者，如水銀瀉地，無孔不入，真令人應接不暇，可慮亦可悶也。肅泐，復頌勛祺，不具。

代李伯相復王銓部書己卯

問山尊兄大人閣下：客臘接到惠函，以俄人所議條約，礙難允行，我若不許，彼必虛聲恫喝，承示戰守二策，於九邊形勢瞭如指掌，具見篤念時艱，忠謨奮發，傾佩曷勝。此事誤於遣使之初，審擇未精，迨全權重臣輕率定議，遽欲翻悔，譬猶挽既倒之狂瀾，其勢固多周折。鄙人本不在會議之列，既未便攙越，自攄臆見，現經王大臣定議具奏，已明降諭旨，前定條約章程作為罷論，另遣使臣前往商辦。俄人之能否就我範圍，固未可知，設事有不諧，鄙人忝領封疆，祇有静聽廟謨指揮。干城之任，惟力是視。

來書所陳各節，既我實多。方今時事多艱，惟有除粉飾，屏浮議，乃能實事求是。僕請以覈實之説，為執事略陳梗概。中國與俄交界，東西萬里，非有勁旅百數十營，星羅棋布，不足以資控禦。近來各省關解濟西餉，竭於轉輸，即敝軍餉項，遞年減色，遂有岌岌難支之勢。聞西帥奏明所部各軍，祇能顧新疆一路，是科布多、烏里雅蘇臺、庫倫各處，尚將置之度外。敝軍全部拱衛畿甸，兼顧南洋、江、海各防，是黑龍江、吉林亦只能置之度外。若僅請旨敕下該將軍等經理，各將軍皆不過中材，直虛糜鉅餉而已；即薦舉得人，而不為籌鉅餉，是空行文書而已。至内外盟蒙古部落，貧弱異常，亟宜聯絡訓練。

然非得忠清强毅、才望卓著者，挾鉅餉以往，亦猶是具文也。至南北萬里海防，非購船礮，練水師，兼添募陸營，難資戰守。且慮日本狡焉思逞，將起而議其後，尤宜豫為之防。

總之，今日事勢，如能每歲多籌的餉千餘萬，則滿盤皆成活著，一切選將練兵，不患無布置之方。然兵端一起，洋稅釐金，方將枯竭，必須於二者之外，另籌大宗餉項，而又不拂輿情，未審有何良法？因斯事關係重大，故不憚覼縷，質之高明，以為思患豫防之計。復頌勛祺，不具。

代李伯相復曾大臣書己卯

劼剛世仁弟親家通侯閣下：冬月迭布蕪緘，計可先後達到。頃展手書，具聆壹是，就諗勛猷懋著，潭祉綏愉為頌。承示出洋生徒，進境有限，宜設立學院，專聘教師，慎擇英材而樂育之，自是扼要之論。往時鄙人嘗持斯議，以各處意見不齊，未能決然興辦。然將來必用此一著，乃有成效可覩，遠猷雖不足，而近功則有餘。

閩局學生頗多聰穎可愛之才，其學業之精進，固得力於船政學堂，沈幼帥與吳薇隱觀察不無提倡之功。惟所選既屬同鄉戚友，平時遇之過優，已不免惠勝於威，該生等一得自矜，漸難抑制，華洋監督所以不甚責備者，或有不得已之苦衷。在法諸生紛於酬應，未能專心致志。在英諸生厭常喜新，到船未久，輒往他處，一暴十寒，既少實詣，即外部海部，亦將因煩生玩。現已函請丹崖，設法整頓。但丹崖遠在柏林，呼應或有未便。台端耳目較近，且既持使節，本有兼轄之權。其在英、法諸生，如有任意遊行，或伴侣不睦者，應請隨時酌加訓責；或函商丹崖，勤為教誡，庶免虚糜公帑。前以議停蟬聯商之幼帥，大不謂然，仍會奏續派前往。兹事既無止境，惟賴在事諸君子切實籌辦，救弊補偏，將來或收拔十得五之效，而執事兼膺兩國使節，似不得視為隔膜也。

美國肄業幼童中學太淺，恐滋流弊。當時因風氣初開，無可倚任，僅得純甫為先路之導，文正師與鄙人及雨生往復商籌，而後定議。今純甫既兼使事，未能專心照料，荔秋尤老態龍鍾，鞭長莫及。他日洋學即有所成，究未必能得實用，殊深焦慮。中國上下囿於成見，鐵路尚難驟開，礦務、商政、電線雖略有端倪，一時無從開擴。至操練水師，尤為自强急務，創辦之初，不得不借才於英，前請執事物色將才與教練之能出衆者，邇來已得其人，有成約否？復頌勛祺，不具。

代李伯相復周中丞書庚辰

福皆仁兄大人閣下：昨肅復緘，計已達到。頃奉臘月二十三日惠函，敬聆壹是，就諗勛猷雲蔚，履祉春長，至為企頌。開礦一事，今年言路條陳最多，總署皆議令敝處籌辦，直境之開平、磁州、順德、宣化等處，皆委員分投經理，原冀逐漸推廣，以開風氣。前聞嶧縣之棗莊煤礦甚旺，與濱臨運河之臺莊相近，運道便利，居民以土法開採，業經多年，因成本不繼，未能大開。據米令協麟、戴令華藻稟請招集股分，前往妥辦。鄙人查詢礦苗甚旺，若經理得宜，南運清江，北運濟甯，銷路必暢。該股三萬兩，係米令等在津湊集，並非由敝處籌給。

竊謂官商採煤，與士民所開之礦，原可通融合濟，將來出煤日多，一切工作駁運，在在需人，為貧民拓衣食之源，於地方甚有裨益。米令籍隸濟甯，曾任嶧縣教官，士民信服，熟諳情形。其人樸實耐勞，兼有學問，台端前在畿輔，諒所深知。戴令有津郡要差，尚未前往。兩人泰皆可恃，是以徑允所請，一面咨會冰案。因思此等事件，各衙門吏役視為利藪，多一署鈐束，即多一層陋規，分肥既多，必致商民無利可獲，淺嘗中止。聞該處土人開礦，縣署向有規費，曾面諭該令等，礦務與地方官交涉頗多，必須妥為聯絡，所有規費應酌量繳納，並囑其先往該縣，相度情勢，稍有端緒，即馳赴濟垣，晉謁台端，稟商一切。該令等創辦之初，未遑定局，想不久必赴省垣也。

至兖、曹民情强悍，伏莽未清，時須弁勇往來彈壓，隔省委員呼應不靈，誠宜深慮，惟賴執事顧全時局，妥為措注，以樹中國富强之基。開礦本係利國利民之舉，稍知洋務者皆持此論。東省地博物阜，甲於諸省，尊意既願籌款勻搭股分，將來獲有利息，留備地方公用，非特可以服紳民之心，即該令等獲叨庇蔭，諸務順手，受益必多。直、東誼本一家，儻東省振興礦務，異日公款漸臻饒裕，尤所盼慰。應請閣下俟該令等晉謁時隨宜裁奪，查明官山民地，或出租，或給價，並如何合股會辦之處，議定章程。儻將該縣向例陋規芟除量減，尤為妥協。東省添委妥員，會同經理一節，必不可少。惟候補習氣，向視此等差事為謀利之源，多一需索，又易阻撓，務祈遴選廉正勤幹之員，會同照料，庶礦務所得之餘利，涓滴歸商，即涓滴歸公，可期日有起色。

至購覓機器一節，該令等慮礦穴有水，欲用西洋取水機器，較為便捷。從前濰縣挖煤，曾有此議。此外則仍用土法，無須借用洋人，可釋藎懷。肅復，敬頌春禧，不具。

代李伯相復李星使書庚辰

丹崖尊兄大人閣下：客歲冬月泐復寸函，諒達台覽。旋接惠書，具聆壹是。赫德沈毅而善用人，惟素性陰狠，藐視華人。前此總海防司之說，群議以為既有利權，又執兵柄，恐總署不善駕馭，未免太阿倒持，害多利少，已密商作為罷論。

各國議停鐵甲，而議者自議，造者自造，可知制勝之具，關係大局，非空論所能遽廢。中國集有餉項，必須定購三隻。尊議中國設防之法，須以鐵甲為坐鎮，以快船為迎敵，以礮臺為靠山，則進戰退守，蚊、碰各船膽氣既壯，亦易命中，否則束手受困，洵係確論。刻下各海口間有礮臺，快船託赫德訂造，僅有二號，亦須明年方到。鐵甲因經費未齊，至今未辦，亟宜豫為綢繆。北軍駐泊之地，以大連灣為得勢，較勝煙臺，且我先踞駐，亦可絕洋人之覬覦。南洋海面遼闊，將來蘇、浙、閩、粵，總須分練兩軍，此時似以南關為適中之地，若水軍駐此，而分哨廈門、臺澎，呼應較靈，但慮諸帥意見不一，未能遽定。各種守雷、行雷、電機、電線，津、滬機器局略可仿造，而未甚精。至裙網、棉藥，有切於實用而未能仿造者，亦須陸續購備。刷次考甫廠魚雷用法，並海部試演數表名目，尚祈鈔譯寄覽。

方今整頓海防，船械固屬緊要，而欲求三年之艾，收百穫之效，尤以陶鑄人才為本。各省官吏紳士，素未究心洋務，驟與詢考事言，大都格不相入。如欲漸開風氣，非創設武備院，延請西國諳練兵官教習不為功，但苦無人倡此議耳。各口岸洋商向歸領事管轄，若此約不改，則地方官無管轄洋人之權，即內地無准洋人通商之理，即以加稅相抵，恐允加數種，未及舉行，洋商已徧內地。尊見以為宜斬絶拒之，告以不准內地買賣，深協機宜，諒彼亦無可置詞也。

伊犂之事，經崇公與俄定議，回華為言路所劾，已干嚴譴。此事誤於遣使之時，審擇未精，崇公急於返旆，壹意欲得地銷差而不顧其他；迨已僨事，廷臣急於廢約，欲重罪使臣而不顧其他。值此人雜言龐，措注固難盡善。現奉明降諭旨，將條約章程作為罷論，另派曾劼侯為使俄大臣，前往商辦。俄人之能否就範，固未可知。萬一俄人置之不理，則劼侯進退維谷，有礙全局，殊為隱憂。劼侯前赴俄國，當過柏靈，執事如與相晤，望將應付布置之方，妥為籌商。

日本廢球之事，經格首領雅意調停，頗思了結此案。惟東人狡獪異常，偵知中俄約章未定，雖有今春遣使來華之説，似非真心了事，而轉思尋釁者，日本新聞紙頗見端倪，赫德來信亦屢言之。設不幸而俄與日本南北交訌，益難處置。

洋監督日意格所陳各節，頗覺中肯。丙子秋間該監督曾上條陳，所開船隻數目稍有異同。統計購造鐵甲二艘，快船四艘，水雷艇二十隻，約合價銀四百六十餘萬兩，尚屬中國力所能辦。無如邇年以來，各省關以全力協濟西餉，額定海防經費，不過解十之一二，況部帑歸款分之，晋豫賑款又分之，而都中清議，動斥經理海防為糜費無益之舉，偶有興辦，掣肘多端。今因俄、日多事，而言戰言守者，紛然而起，不知所操何具，無怪日監督之激切而陳也。

現除快船已訂購二艘外，閩廠雖有仿造快船之説，因費絀迄未舉行，練船亦已遣撤，尤為可惜。敝處擬先於沽口設練船一號，以期選練水兵，淵源不竭，但尚無妥練教師，未卜能否有成。日監督又稱日本兵船若紛至沓來，焚擾商船及海濱要地，非蚊船所能馳援，忠讜切論，深為可佩。英、法使每詢及倭事，互相關切，儻德君見面問及，不便含糊作答，應由執事自行函請總署，將大略情形隨時電示。肅泐，復頌勛祺，不具。

代李伯相復徐部郎書庚辰

鑄庵仁弟大人閣下：頃接惠函，以時事多艱，詳論措注之方，纚纚數千言，卓識閎議，切中窾要，傾佩良殷。都中自去臘以來，衆議盈廷，大抵欲整理邊防，而求其道於理財用人，不可謂非當務之急，業奉諭旨，逐漸施行。然議者身居局外，掇拾陳言，未必練達事理，往往舍大圖小，舉一遺十。其行之而善者，或可損益參半；若其中或有名無實，或窒礙難行，或變本加厲，皆所不免。鄙人忝任畿疆，奉行朝政，其便者相機妥辦，其不便者隨時申請，乃分之宜。

承示求才一節，咸、同年間，人才之盛，皆起自田間，備嘗艱苦，然後量材授事，因事敘勞，蓋獲效而後用，非用之以課效。今時異勢殊，禦外敵與剿内寇，難易迥判，則所以用才者又不同。至才之大小真僞，全視乎主帥之造就，洵係確論。近日廷臣中如二張、黄、寶諸君，皆鯁直敢言，雅負時望，然閲歷太少，自命太高。局外執人長短，與局中任事者不同，恐騖虚名而鮮實濟，尊意能使在外歷練，所成當未可限量，實為當今儲才切要之圖。惟此中機括，不在疆吏而在朝廷。若僅由疆吏奏調，予以差委，則非諸君所願；請為幫辦，則人之意見，豈能盡同，彼此參差，徒滋掣肘，恐有如明代巡按御史之流弊。儻朝廷欲陶鑄人才，不妨使諸君出面驂歷，始計資格而授以司道，繼課成績而任以封圻，似亦實事求是之一法。張幼樵已奉諱在籍，敝處現訂於三月間來幕襄助，亦冀其練習時事，他日可不僅託之空言。至地方紳士出佐治理者，往往瑕瑜參半，乃視疆吏之賢否，以為用人之得失。尊議取才之法，專尚悃愊無華，實心任事，可謂要言不煩。

理財一節，户部之策，首重墾荒，果能處處得良有司拊循勸導，未始無效。然兵燹以後，户口大減，鄉農墾荒田一畝，耗費較鉅，往往畏難中止。今欲責令開墾，非特無此人力，亦無此物力。至於履丈升科，則擾累尤甚矣。又捐收兩淮票本，其意以從前票商獲利已鉅，雖按年加徵，並不為苛，然每票每年運賣一次，獲利多者千金以外，少者僅數百金。鄙意所定上中下三則，若僅捐一次，各商或尚可勉力，若按年加徵，必至增價滯銷，私梟充斥。來示所謂加增之利不可得，而本有之利亦俱窮，非虛語也。淮商疲困已久，近聞稍有起色，此令一行，恐淮綱又將不振，殊屬可惜。清查州縣交代，立法不可過嚴，而要在必行。

此間新立交代章程，行之數月，頗有成效，外省各項奏銷，皆先講定部費成數，然後造報，從無實用實銷。今復申明定例，嚴核奏銷，是益授部胥以訛索之柄，從此耗費益鉅，公帑益虧，流弊滋多，莫此為甚。其通核關稅，整頓釐金，雖獲效未可必，尚屬應辦之事。停止工程，核實折價，每歲或可撙節若干。至減成養廉及減平銀兩，即令各省全數解部，每歲不過得二三十萬兩。從前倡議之人，本係不達大體，蓋各官必廉俸足敷辦公，乃能下不病民，上不病國。舊制所定廉俸，本非甚裕，今復減之，勢必剥取民財，暗虧國帑，所得甚微，所失甚大，此掩耳盜鈴、挖肉補瘡之術也。

方今救時之策，以籌餉為第一要義。但能提綱挈領，則權衡得失，當務其大者遠者。查國家定制，緑營兵額六十萬，需餉近二千萬，幾耗天下歲入之半。然剿平粵、捻、回各寇，皆恃勇營，未見緑營稍立功績，而勇營之餉不能不籌，是添一宗鉅款矣。自海防多故，而築礮臺，造輪船，設機器局，是又添一宗鉅餉矣。今勇營雖已漸撤，而一旦有事，仍不能不藉勇營之力，海防又不可稍緩，是惟緑營可以大加裁汰。以國用如此之支絀，而每歲以二千萬之鉅款，耗入於無何有之鄉，天下烏得不貧？儻拘於舊章不可輕改，而惟鰓鰓為瑣屑之圖，亦復於事何裨。

來示所謂查點各營，以現可應操者為率，其餘概行斥革，洵可去無用之兵，以節有用之餉，但恐格於時論，不能推行耳。直隸各處練軍，現頗整肅可用。至所謂保陽軍不過二百餘人，係劉蔭帥在任時所設，募集省城無賴，專供省城差操，非練軍也，若遂裁撤，必至游手滋事。局卡之經理釐金，州縣之徵收錢漕，似在委任得人，未便限以成法。其餘各項領款，為數無幾，而政體所關，似可無庸停止。執事研求時務，確有心得，與空談無實者不同。至謂中外大局，宜求一能發能收之策，勿為清議所撓，此事措置未善，已一誤再誤，操縱之權，將在强鄰，能否就範，尚難逆料耳。專泐布復，順頌台祺，不具。

代李伯相復張觀察書庚辰

樵野仁弟大人閣下：頃接惠函，猥承存注，就諗勛猷懋著為頌。日本慕效西法，國債纍纍，窮極無賴，輒思一逞於中國以彌其闕。然彼國小民怨，豈不自知，所以徘徊觀望，未敢公然發難，若或伺隙而動，則蜂蠆之毒，亦不能不豫為之防。

俄事以定界、通商、償款為三大端。償款可暫置勿論，應視伊犁之得失為定奪。界務則伊犁西邊一條，尚可通融酌辦，其南邊一條，為回疆八城往來要道，必不可去。俄商乘亂時所置產業，概令經管，則伊犁雖還，奚啻有城無民，自須變通另籌辦法。商務如內地添設領事，流弊較多，惟有周於防範，乃可補救一二。俄人運貨以磚茶為大宗，西安至漢口一路，尤所注意，華商生計恐將漸為所佔。至華民願隸俄籍，中國待如俄人一節，漫無限制，其弊不可勝言。來示謂如香港、新加坡、舊金山等埠，隸英、美籍者援以為請，無以處之，洵為確論。此層必宜酌改，斷難含混。松花江自伯都訥至船廠，僅半月程，船廠為吉林將軍所駐，尚無堅城，自應慎其門户。新約所議伯都訥行船一條，廷議以為必不可行。庫倫一路，為俄商運茶之途，且道里窵遠，饋運莫繼，兩國彼此同之，彼或有事，似未必由此進發，致自梗其商務也。

邇年以來，中國以全力供支西餉，奚啻杼軸其空。聞左相僅以新疆自任，其北如科塔等城，尚將度外置之。若烏里雅蘇臺、庫倫等處，自更無暇兼顧。值此餉源支絀之際，沿邊萬里，處處空虛，徒深焦急。各海口雖有各國通商，彼或為恫喝之計，以兵船隨指一口，足以震驚內地。各國恐擾其商務，出而評斷，必令中國吃虧，從之則受損彌甚，不從則兵端難免。且倭人又將觀釁而動，不能不為未雨之綢繆，而海疆萬餘里，措注防務，需費甚繁，餉力艱窘，尤可慮耳。專泐，復頌台祺，不具。

代李伯相復陳觀察書庚辰

海珊尊兄大人閣下：頃接十月初九日惠函，具聆一是，就諗勛猷雲蔚，藎望日隆，至為企頌。承示東邊地方，枕山襟海，綿亘千餘里，原設道標練軍三營，布置難期周密，乃係自然之勢。東南兩面，處處與朝鮮接壤，以鴨緑江為界，雖僅隔一衣帶水，然該國向列東藩，最稱恭順，原可禮義為防，不必嚴於設備。惟日本勾結俄人，蓄謀叵測，若使逞其狡圖，恐撤我輔車之勢，自應隨時設法，扶彼顛危。至於倭人在海口測量水勢，及遊歷不遵條約，此等詭譎伎倆，藉為恫喝虚聲，斷不足慮。執事於求發印照之倭人，婉言拒阻，具徵相機應付，伐彼狡謀，至以為佩。

俄人調集鐵甲兵輪及水陸各軍，由日本之長崎進赴海參崴一帶，經營守具，甚為嚴密，並廣購倭煤以備接濟。據各路探報確音，俄人實為自固門户起見，尚未蓄意啓釁。惟烽燧相望，逼處堪虞，尊意欲整頓邊防，綢繆未雨，自是遠謀。奉屬濱海各島有險可憑，且其中沃壤可資經理，固無委棄之理。執事三次奏稿，規畫井井，坐言可以起行。大抵奉天一省之形勢，以金州為最要；而東邊一道之形勢，以大孤山為最要。然僅守大孤山，而於金防無甚裨益，力守金州，而大孤山可資屏蔽，此其關係全局者也。至金州扼要設防之地，以大連灣、旅順口為最，然大連灣口門太寬，内澳太廣，非兵船數十隻不敷布置，旅順口狹水深，恰與登州對面，水師駐此，可以進退如志。敝處已派員在該口門勘度形勝，修築洋式礮臺，將來擬駐碰、快及蚊船，與礮壘相依護，與大沽、煙臺相犄角，是守旅順即所以守金州，而經營奉天門户，即所以經營北洋門户也。

東邊雖居奉省偏隅，與俄界相去較近，台端所擬添餉練兵之策，洵屬要圖。惟刻下餉源支絀，奉省向恃鄰疆協濟，未必能另籌款項，萬一上游倚任，依議舉辦，則來示所謂折衝禦侮之材者，敝處亦不多得，得之亦需用方殷，未遑分遣。但念執事殷勤之意，與東邊衝要之區，届時再酌度辦理可耳。專復，敬頌勛祺，不具。

代李伯相復何星使書庚辰

子峨仁弟館丈閣下：　十月十三日泐復寸函。頃接十月初八日惠書，具聆壹是。總署與日本議結球案，其中改約均霑一節，雖作彼此兩面之詞，然中國地寬而富，日本地狹而貧，相校已多不值；且近聞華商運貨東洋，頗難獲利，商船往者寥寥，恐未必能霑其益。倭人貪利無恥，一入內地，雖由各關道嚴禁包攬華稅及設店零售，此弊恐難終絶，凡事待官為稽察，已落第二義矣。

從前中國與英、法兩國立約，被其脅制，兼受朦蔽，西洋諸小國又無端得均霑之益，中國吃虧已甚，且適使之協以謀我。昔年日本遣使初來立約，曾文正公始建議刪去均霑一條，鄙人與該使伊達宗城往復商訂，强而後可，自是秘魯、巴西立約，亦稍異於前。此則訂約之初，原為漸次挽回各國條約張本，用意不為不深，今若允與西人一律優待，則於舊約廢棄已多。

至南島畸零荒瘠，無可立足，球人竟不肯受。中國派兵設官，徒多耗費，而經營亦甚不易，刻下既無其餉，又無其人，雖於中國國體無虧，然球王不釋，實乖中國繼絶存亡之意，而又多添一累，殆非計也。

聞總署雖與宍户定議，並未畫押蓋印，敝處前此遵旨密陳一疏，擬俟俄事了結後，決計翻改前説，廟謨頗以為然。現復交南洋及蘇、浙、閩、粵等省籌議，蓋因宍户屢次催問，而此三數月中又不能不設法宕緩，故藉此為支展之圖也。執事如晤彼外務卿，亦只以渾含答之，勿露端倪為要。專泐密復，敬頌勛祺，不具。

代李伯相復容副使書庚辰

純甫尊兄大人閣下：　疊奉惠書，具聆壹是。金山華民經美邦調兵保護，並將埃黨頭目照例懲辦，雖足抑其恣睢之氣，而愈激其忿恨之情，端賴執事暗中設法，維持調護，俾海外窮黎，不為兇黨所魚肉。新例禁公司僱用華人，此於美之官商實大不便，公司勢必上控，又得律師尊治力助為辯駁，巡按司自無准行之理，雖提至都察院再議翻案，亦正不易耳。金山議設苛例，大有礙於華人，此次駁例，尊治力之功居多，陳總領事延請律師之議，實能因時制宜，深得竅要。將來遇有此等事件，儘可勸導華商，勿惜小費而誤大計。

美使西華調回本國，另派使臣三人，其二人專來修改條約，彼總統、外部之意，原不甚以此事為然。但不遣使則無以服議院紳耆，遽遣使又恐中國未必允從，所以躊躇審顧而為此舉。儻中國持之稍堅，彼亦有以謝其國人矣。惟議院硬自設例，限制華人，殊屬可慮。若得格蘭忒為總統，當能顧全大局，不至歧視華人。若以布連接任，必與議院聯為一氣，袒護埃黨，華人之憂，殆猶未艾。檀香山設立商董，釐定規模，彼處素無虐待華傭之弊，又無別國在彼轉販之事，是較之金山埃黨，仁暴固殊，即比之秘魯、古巴，苦樂迥異，招商局派船前往，洵屬美舉。朱主政會同商董相機酌辦，能否漸有端緒？金山華人請給護照，前赴古巴，該處既確無拐誘情弊，自應照發，以便流寓。紐約日報所論曲直利害，不為無見，其意以限制華人太過，中國或責其違約，竟將全約廢棄，則美之貿易為英所擅，此統籌全局之言也。專泐，復頌勛祺，不具。

代李伯相復劉制軍書庚辰

峴莊仁兄大公祖大人閣下：頃奉惠書，敬聆壹是。執事會同雪琴宮保查勘沿江礮臺礮隄，往返千餘里，想見蓋勞彌篤，成竹在胸。暗臺不如明臺之佳，此中竅要，非執事躬親閱歷，考覈精詳，無由得其崖略。敝處大沽北塘各海口，亦以明礮臺為最得力。各省競築暗臺，糜費多而未能合用。創辦之初，每難得法，以後當知變計矣。雪帥奏添兵輪十號之多，未稔擬添何式？今日外洋戰守之具，論聲威雄壯，莫如鐵甲船；鋒棱精鋭，莫如碰快船；扼守港口，莫如蚊子船；伺間襲擊，莫如水雷船。若止尋常木輪，僅可為通音信、運糧械之用耳。

俄事展限兩月，察其舉動，意似不在開釁。即使漸有成議，所索償費盧布十二兆，合之地山所許，已在九百萬以外，日後籌款大費周折。東三省各軍，宋祝三營口一旅人數過單，難當大敵；吉林新募萬人，甫經開練，尚無把握。尊議謂中俄逼處，不可輕言戰，不可專恃和，內則發憤自强，外則委蛇求濟，雖諸葛復生，無以易此，洵係破的之論。左相奉召入都，諒必別有嘉謨，聞會議諸公，將待之以主持全局。

鄙人與朝鮮使臣筆談各節，不過相機開導，化其成見，儻該國君臣幡然改圖，未始不可增中國藩籬之固。日本公使宍戶璣在總署催結球案，牽涉改約，明係乘俄事未定，圖佔便宜。總署惑於議者聯日拒俄之説，遂與日使議定，僅割琉球南島，而更改舊約，許以利益均霑及內地運貨各事，吃虧較鉅。且日本仍不肯釋放球王，南島又畸零荒瘠，無可立足，是既乖中國繼絕存亡之意，而又多添一累。況日人之詭譎，斷不肯助我拒俄。適廷旨交鄙人籌議，不得不據實密陳，意在俟俄約定後，決計翻改前説，廟謨頗以為然。聞復交尊處及閩、粵、浙各省籌議，大約因日使屢次催問，此兩三月內不得不設法宕緩，故借外間一議以搪塞之耳。昨密鈔疏稿，補咨台覽，未知有當否？肅泐，復頌勛祺，不具。

代李伯相復劉制軍書庚辰

峴莊仁兄大公祖大人閣下：頃奉惠函，敬聆壹是。

招商局自歸併旗昌以後，連年湊還洋款，又適遭福星、江長、厚生等船先後失事，局中款項稍形拮據，而其初經理未盡得訣，豈能毫無弊端。是以敝處於戊寅、己卯兩年，凡行招商局批牘函札，無不痛加申飭，責令竭力整頓。迨唐、徐、盛諸道逐細考究，將用煤、修理兩事，另議章程，並將各局棧船隻分別責令司事包辦，局中漏卮已去十之六七。又經葉道接辦漕務，節省經費數萬。邇來局務定章後，招徠生意，日有起色，旗昌拔款既清，復可分繳官本。若從此海上無事，維持得人，此局幸可自立，不至貽譏外人。而都中議者蜂起，蓋其所聞，多往歲之情形，抑且加以訛傳也。至葉道經手五年分漕項一次，不過撙節四五萬兩，何所得九十餘萬兩之多。葉道前經敝處檄令入局總理，所以任之者不為不專，該道因請添巨帑，運漕展期，長江運鹽三事，不遂其意，不問局事，僅辦漕務一年，復叠次具禀告退。敝處批劄温語慰留，所以待之者不為不優，不知其何所疑慮，何所覬覦，而堅辭不出也。

王司成所奏，明係有人賄屬。蓋招商一局，所用多生意場中人，流品稍雜，原不敢謂辦理處處盡善，但此事由商經理，只求不虧官帑，不拂商情，即於中外大局有益。苟有顯著之弊端，必當隨時整理。然或掇拾浮議，輒據無稽之詞，妄相牽掣，必致商情渙散，更無人起而善其後矣。敝處現委津滬兩關道查明具覆，稍緩即據實上陳。尊處委劉道、李道就近核明，將來覆奏時儘可縷細上聞，自不必迹涉扶同，致啓群喙。收買股票一節，雖難保其必無，恐亦難得確據。官帑息銀，前已奏明繳本後分年補息。所領輪船應提之價，亦應分別妥議。蓋商局輪船日舊，雖應每年遞折以固根本，繳清官帑之後，究竟歲有贏利，似不難逐漸清繳也。

鄙人初設商局，奏明官督商辦，欲使權歸於官，利歸於商，此即古者藏富於民之意，亦仿西國通例，由官保護商人之意。迭與沈幼帥借撥官帑，原欲創成斯局，漸收中國利權。今議將官本拔還，即於公家無損，至將來利息之多少有無，似不必斤斤計較，但使商局常存，輪船不廢，已足張中國體面，而伐洋船橫行內地之謀。吾儕處世，宜務其大者遠者，若如王司成之説，必欲剥削之，摧折之，亦獨何心？商船出洋貿易，固屬要圖，果能鳩集鉅資，自不妨於商局外別樹一幟，否則附入商局，以冀漸次擴充。即如和眾輪船駛往金山、檀香島各處，近又擬派該局海琛輪船，明春載弁勇赴倫敦，未始非販運西洋之先導。然亦必在上者主持保護，有真精神貫乎其間，乃能漸收成效，非若今之議者，一創此論，即謂商船可絡繹前往耳。專復，敬頌勛祺，不具。

卷五

代李伯相復錫參贊書辛巳

子猷尊兄年大人閣下：夙仰英名，久殷渴想。弟前赴京華，與令兄厚庵同年時相過從，稍傾積愫。委員徐守等來津，遞到四月望日惠函，猥蒙存注，掞張溢量，非所敢承，就諗懋膺眷倚，勉紹家風，建萬里之勳名，積廿年之勞勩，翹詹喬靄，企頌無涯。承示塔城形勢，及所以措注之方，禦侮之要，藎謨碩畫，盱衡今古，洵足宏濟時艱。塔城為大宛康居古域，金山屏障其左，鄂爾齊斯河襟帶其南，伊犁為新疆形勝之區，而塔垣又踞伊犁上游，來示謂猶內地之有荆襄，獨得地利，久為俄人所注意，自是確論。惟地居西北極邊，三面與俄接壤，甌脱隙地，日被侵佔，沿邊哈薩克諸部又被脅服，蒙古積弱不振，緩急更不足恃。尊議欲固鄰交，防隱患，非實備不可，實備非利兵不可，洵為探本扼要之論。方今强敵環伺，狡焉思逞，將欲綢繆未雨，惟有訓練將士，廣儲利器，力圖自强，庶足建威銷萌，固吾邊圉，鄙見早已及此。接奉大咨，即飭局照數撥給軍火，並揀派教習妥弁，酌定月餉，容另文咨達冰案。

僕自夏初奔喪旋里，負土未成，適值朝鮮亂黨滋事，迭奉廷旨敦趣上道，不得不援金革毋避之義，亟起襄事。振軒制軍亦已欽奉廟謨，迅派水陸雄師，星馳東渡，剿捕亂黨，渠魁就執。鄙人甫回津門，而大局粗定，現將朝鮮善後事宜逐漸籌辦。遭時多故，畏此簡書，負疚何極！肅復，敬頌勛祺，不具。

代李伯相復區水部書辛巳

海峰仁弟大人閣下：頃接惠函，就諗台猷雲蔚，履祉春長為頌。開築鐵路之説，前已奉到廷旨，應毋庸議。此事自去冬省三軍門建議，鄙人早知都人士疑謗滋多，斷難有成。惟以中國欲圖富强，舍此實無他策，關係既鉅，未便驟加駁斥，是以敝處覆奏一疏，於調兵轉餉、國計民生、郵政、商政、礦政諸大端，既已縷陳其利。至如妨民衣食，壞民廬墓，及恐反為敵人所用，一切臆揣無根之説，剖晰其誤，亦頗詳明。無如士大夫之見，大抵自護其短。或堅持前説，而於實事之利弊，一概置之不問；或雖心知其故，而不肯自改初議，蓋其所争，祇在意氣而不在事理也。當事諸公亦以人言為畏，且國家富强之計，效在日後，輿論毁謗之來，患在目前，故不能不委曲求全，暫以省事為務。是知人心之向背，與運數為轉移，不至其時，固亦未可輕言。然此等要務，實天地自然之氣運，終非人力所能把持。中國數十年後，將必有行之者，亦必行之而後可以富强，此一定之理也。

津、通距京愈近，若開鐵路，阻撓必衆，但無事時不妨豫為講求，以備異日之用。承開示津通鐵路用款，以一百萬兩為率，核算甚精。洋匠開來已逾三倍，似有浮數。至拓地既遠，必須開山取鐵，出關取木，庶免購運之費漏入外洋耳。專復，順頌台祺，不具。

代李伯相復出使日本大臣何侍讀書辛巳

子峨仁弟館丈閣下：頃展惠函，具聆壹是。中俄新約，經邵筱村參贊於四月初旬賫送到京，奉旨批准，六月杪當可在俄互换。俄新主嗣位後，欲體先皇遺意，以仁厚為政，布告使臣，有知足知止之意，從此兩國邊鄙不聳，兵民汔可小休，惟彼虛無黨意在無君，族類繁夥，則俄之內變似未有艾。中國以自强為本，詰戎兵，慎封守，乃係當然之理，原不問鄰邦之多難與否耳。

朝鮮與日本交涉，但許仁川開港，未許使臣駐京。所議税則，出口貨值百取五，進口貨值百取十，珍異之物值百取二十五，果能堅持此説，則與西洋通例相仿，而較中國税則為優。春間該國使臣來津，敝處代為籌畫，告以酌定税章要策，與此相仿佛也。

日本議廣開鐵路，設法提倡，不遺餘力，以彼國貧瘠若此，仍不惜鉅本以籌之，岩倉欲使運輸利便，增殖物產，尚能於富强之道握要以圖。中國濟時之政，亦以鐵路為急務，前經省三軍門建其端，鄙人復暢其説，乃起而相撓，舉國若狂，議論汹汹。其巧於趨時如劉雲生者，復以力阻是事，為乘機攻擊之階。習俗錮人，未可家喻户曉，若天心之不欲驟强中國者，即令不寢其事，亦必終於無成，而徒啓無謂之風波耳。時勢至此，良堪增喟。天津至京一路，都人士耳目切近，群疑衆駭，勢亦難辦。

承示鐵路説與日本鐵路歲出入之數，美人科羅佛爾所算造路之經費，具仰留心時政，識略閎遠，迥越時流，可否鈔送總署，使政府諸公稍明其理？惟憶冬春之交，群議蜂起，攖其鋒者莫不寒心，恐一二十年内，未必有人議及此耳。專復，敬頌勛祺，不具。

代李伯相復曾宫保書辛巳

沅浦宫保姻世叔大人閣下：頃奉十月十一日惠函，敬聆壹是。英商欲於香港置設電線以達粤省，前由威使屢向總署瀆請。然自港至省，半係中國海面，半係内河，一切權利應由中國主持，能保全一分，斯多得一分之益。洋人在中國沿海設立電線，本非條約所有，上年批准大北公司原稟，凡遇總署南北洋各省督撫由該公司電線轉遞者，概免報資，中國亦酌予年限，不准他國人另立海線。誠以大北既設線在先，無從禁阻，不得不藉此報効，以遏後來繼起者之萌芽也。英商請在粤設水線，即使堅持勿允，彼固無如我何。總署因威使之煩瀆，姑允函致粤省，察酌辦理，衹准在黄埔停泊船上引設線端，寓限制於通融之中。迨威使請引線至沙面，則與引至岸上無異，已露得步進步之機。

粤商請設華合公司，添置陸線，藉以抵制英人水線，誠於中國大局有裨。英領事慮陸線既設，則海線本鉅利輕，願與華商合辦，九龍至省垣一路盡歸華商，香港至九龍一路渡海電線歸於英商，果能通力合作，共享利益，較之洋商設水線徑至粤垣奪我利權者，奚啻霄壤。無如英商又欲獨擅其利，與大北相持不下，既見華商所設陸線被增城鄉民所阻，遂復翻改前説，將九龍合辦一事作為罷論，仍申獨造水線之議。惟華商請將九龍一線直接香港，英人既不准行，則英商設線至粤，亟應援例阻止，不准上岸，持矛刺盾，彼自無詞。況粤省民情强悍，線在水中，斷難防其損壞。萬一遂其所請，洵如來示：異時民之受害，吏之受挾，百弊叢生。而由省至港消息，彼可日夜得通，不能不善為之防也。

近日各國又欲請添自港至滬海線，鄙人與總署亦力持之。尊意飭華商迅設陸線，俟至九龍地界，即可開辦，冀以折彼之氣，實為切要辦法。惟風氣初開，動被愚民阻礙，即地方官亦狃於成見，往往不肯盡心保護，應請臺端嚴飭州縣加意照料，如有玩視要務者量予懲儆，如此則華商陸線必可有成。英商自知水線用鉅利微，必且聞風奪氣，仍願與華商合辦。九龍至香港一段海程甚近，如英商能不獨專其利，丹商亦稍獲轉圜，再使發電之權歸之華商，自可酌量合辦，以免彼再議水線。如英商壹意居奇，丹商將與興訟，彼時設法撮合，或易商量。凡此籌辦各節，仰見因應合宜，操縱在握，曷任傾佩。月初尊處所覆電報，此間並未接到，不知在何處浮沈邪？肅復，敬頌勛祺，不具。

代李伯相復何制軍書辛巳

筱宋仁兄同年大人閣下：頃奉九月初三日惠函，猥蒙注飾，感悚交並。承示黔軍撤回，另派三營赴臺北、基隆防守。彥卿興築之大甲溪隄，用費十四萬金，仍被山水沖潰，且有鐵籠、篾籠等物橫梗溪濱，道路阻隔。昨津關稅司好博遜自淡水調來，亦言大甲隄工，岑撫銳意修築，官民皆疑其不可靠，卒至潰決，嘖有煩言。彥卿勇往耐勞，於邊省治軍較為相宜，至若綜理庶務，穩慎精密，是其所短，臺地情形不熟，措施任性，此其一端，殊為可惜。現在若再籌修，無此巨款，亦恐未能經久，或設法除去鐵篾等器，令復舊觀，俾可徒涉，徐籌妥便之方，是在台端隱為維持耳。

第一號鐵艦原訂合同，本於九月竣工，因該廠依式訂造，稍不如期，約須明春正二月方能開駛來華。其第二號船成，應在明年冬杪、後年春間乃可來華。此二船或分或合，留北留南，鄙人原無成見。近者都中議論，皆欲乘綏定朝鮮之先聲，責問球案，鄧給諫、張庶子先後疏請調集戰艦，密定東征之策。鄙議以中國現有兵輪，本不敷用，即使兩鐵艦到後，實力訓練，仍須添製鐵甲、碰、快等船，厚集其勢，庶足張聲威而伐敵謀。奏明請旨敕下户部總署，添撥的款，備購大宗船械等語，尚未知廷議如何結束。

蓋戰艦分防各處，則勢渙力孤，而號令不能畫一，會集一處，呼應一氣，忽北忽南，俾敵人莫測吾之所向。彼區區日本，自顧不暇，斷不敢窺我邊圉，實不獨閩臺一省之利，此中機括，可轉下風為上風，化呆著為活著，固兵家所宜留意，亦謀國所當兼權也。至現造鐵艦二號，因柏爾來兩船，英人未肯出售，另籌新製，陸續添配魚雷、電燈、連珠小礮各件，每艦約合銀一百七十萬兩，既就閩款論之，尚短數十萬兩，不敷甚多，皆由北洋籌湊。各省通力合作，互維大局，原係不分畛域，無彼此人我之見存。尊意如必欲專歸臺防，且供常年養船經費，容俟届時相機籌商妥辦。

茲有礦學學生羅臻祿等查得侯官穆源鐵礦，質佳苗旺，水口既便，且多木炭，可煉純鐵精鋼。近來礦務風氣雖開，而佳礦實不易得，即得之而或遠水口，或乏煤炭，亦難暢旺，若三者兼備，實係天造地設之寶藏。儻招商採煉，既奪洋鐵銷售之利，且船政及南北機器局所需各料，獲免遠購，利益無窮，所輸稅課，亦於本省帑項有裨，茲將節略鈔呈鑒核。召民前有集股籌辦之議，嗣又中止，聞該處民情近頗樂從，棄利於地，亦當事之責。馬道建忠等擬集股份，已有端緒，乞速與召帥籌商，如可允行，即由尊處挈銜會奏試辦，並希卓裁示復為荷。肅泐，敬頌勛祺，不具。

代李伯相復邵觀察書 辛巳

筱村仁兄大人閣下：月前道出吳淞，猥承枉顧，藉獲暢談。頃接初二日惠函，並清摺兩件，敬聆壹是。皖省水災沖決隄岸，現籌工賑，需款甚鉅。蘇省當事先後就關稅撥款接濟，經執事籌解銀二萬兩，並慨捐廉泉，分送皖局濟用，具仰胞與為懷，惠敷鄰省，曷任感佩。滬上紳商雲集，仍望酌量籌勸，以收集腋成裘之效。滬關入不敷出，淮黔軍餉暨直隸協餉遞年欠解，積成鉅數，固係時勢使然。尊意擬隨時竭力籌湊，解舊抵新，月清月款，不致再有增欠，足徵力顧大局，倍紉舟誼。近因朝鮮有事，淮軍東渡者須發滿餉，球案未結，海防各軍，均宜及時整頓，需款孔殷，仍祈加意儘力湊撥，先其所急為幸。

德國續議新約，試辦關棧一事，商棧與官棧并行，惟出棧之貨，轉運他口者，至他口完稅，恐滬關稅數短絀愈多。赫德既引日本條約作證，又不將其關棧章程一年之限聲明，轉欲增為兩年，未免意存放寬限期，為見好洋商地步。總署既經面諭赫德，以一年為限，諒可遵辦。赫德現無出京之便，一時恐難晤及也。德船在吴淞口上下貨物章程，即與前定長江起下貨物章程歸併辦理，以昭一律，尚屬平允。華商求造小火輪船，分走内河，非但奪民船之利，磕碰之案必至層見叠出，内地税釐亦將大絀，且洋人如援案攬擾，無以拒之，自應暫作罷論。浙、漢等處添設電線，可期聲息靈通，於官民軍國實有裨益。陳福勳所稱絲茶洋藥各董謂上海客商駢集，盈虧參半，與貿易無裨者，似非確論，司中能勿議駁為妙。

德國巴使商辦土貨在口内改造售賣各節，左侯相謂洋商仿織綢緞，分中國工匠之利，與土著織業有礙，亟應早為籌畫，或内禁，或外禁，以守定條約為主，衛帥亦謂宜詳核條約，設法阻止，均係確論。華貨行銷外國，以絲繭為大宗，洋人始而烘繭，繼而繅絲，得步進步，已無底止。彼用機器在中國製造綢緞紗羅等物，未必盡運外洋，若准在口内銷售，不僅奪華民生計，且於税釐大有妨礙。洋商惟利是趨，必更陸續赴華開設廠棧，佔我利源，來者既多，而地方官不能約束，後患豈有窮期。巴使創改造土貨就地售賣之議，總署初不欲允，繼因不耐巴使之嘵瀆，勉强答應，然仍非意在必辦。其所以發南北洋各關核議者，蓋欲藉助外間議論，以為抵拒巴使之詞，又欲從重徵收税釐，使改造之貨本重難銷，無利可獲，為不禁自止之法。

尊擬改造之貨，須完繳兩倍半税，方免出口。惟貨不出口，即不過關，則税之完不完，無憑查驗，能否設法稽核，使之無可漏税？ 其收買改造所用之土貨，須於改造時報關補完半税，能否禁其漏報，不至有名無實？ 至運内地銷售，逢關納税，遇卡抽釐，亦慮其與洋貨無甚區別，易於影射朦混。總之，加重税釐，難在核實，必使涓滴無可滲漏，則不禁之禁確有把握矣。此事前經振帥轉行各關，玉山就津關情形極言改造銷售之弊，與尊議稍有異同，未知總署究竟如何議辦，大抵能堅持一分即獲一分之益耳。

華商慕效西法，公司名目至數十種之多，固由經辦者希圖沾潤，而貿易製造之風氣則已漸開。惟其動輒依附洋行，慫恿洋人出頭扛幫，情既可惡，掣肘亦多，然必洋商所霑利益勝於華商之故。今除綢緞、紡紗等業不准添設外，其餘一切公司，似可責令華商自行出名報官，由官保護維持，俾所霑利益與洋商無異，或漸冀化洋為華，尚望執事督飭印委各員，細訪情形，詳籌妥辦為要。

紡紗公司與織布局爭利，事在必禁。昨接局員來稟，已延訂律師預備控訴，儻該公司不遵諭禁，應由尊處照商美國總領事查辦，諒彼亦不能强詞奪理也。僕抵津後，朝鮮內亂已平，叛黨亦經剿散，現為朝鮮代籌善後事宜，並將李昰應妥為安置，勿令回國生事。時艱適遘，負土未成，抱憾何極！專泐布復，敬頌勛祺，不具。

代李伯相復張觀察書辛巳

西園尊兄年大人閣下：頃接二月十四日惠函，以球案未結，倭使東旋，欲乘俄約既成，定謀選帥，剋期大舉，仗義執言，以為鋤强扶弱之舉，研究情勢，無異不捜，卓識遠謨，非於中外大局確有體會者，未由窺其涯涘，曷勝欣佩。此事自去年俄事初起之時，倭人乘我釁端未定，欲來議結球案，兼圖改約，以享西人均霑之利，經鄙人駁斥以去。而倭使宍户璣復與總署商議，志在必成。適值都中議者皆持聯倭拒俄之説，總署既憂外患，又迫眾論，遂許日本以改約，僅分琉球不毛之南島，而球案亦將擬結。不知倭人畏俄如虎，詭譎嗜利，斷不能助我以拒俄。

至利益均霑一條，向來日本每藉西人之勢以恫喝中國，猶幸條約稍有異同，尚未合而為一，今使與西人同霑此利，是為日本樹黨也。就使日本盡復琉球，始許改約，在中國已覺不值，而況球王仍被羈囚，未能釋回，南島荒瘠僻隘，無以立國，既失中國存球本意，若使自守此土，恐蹈義始利終之嫌，徒為倭人分謗，且滋勞費而貽後患，此其必不可行者也。朝廷既交敝處籌議，輒即據實直陳，幸總署亦尚未畫押，遂姑置之，不與議結，以俟俄事之定。

倭使出都返國，初意本在要挾，旋聞中俄修好，即已奪氣，未敢顯啓釁端。聞其意在暫擱球案，就目下情形而論，强弱之勢，曲直之理，貧富衆寡之形，皆在我而不在彼。設令彼敢藐視中國，如甲戌年故事，或以孤軍窺我臺灣，或圖犯南洋諸島，我即不妨用孫子伐魏救韓之策，撤防俄之勁旅，分軍三道，載以輪舶，直趨長崎、横濱、神户三口，彼備多力分，四面受敵，國中所用紙幣，未能多購西洋軍械，廢藩叛黨聞風響應，斯時制其死命，或封琉球，或重議約章，皆惟我所欲為矣。若彼尚徘徊審顧，懼為戎首，我當蓄鋭揚威，待時而動，一面整理水師，購辦船械，聲威既壯，敵膽自寒。即使琉案懸宕稍久，猶愈於去冬僅分南島，徑以利益均霑一條予之，大受虧損也。前聞南洋各省籌議球案，意見頗歧，未能畫一，自不能不待政府主持。邇者左相所論，亦與鄙見無甚懸殊。總之，剛柔和戰之機，其權皆在廟謨而已。專復，敬頌勛祺，不具。

代李伯相復岑宮保書太子少保貴州撫台調任福建撫台　辛巳

彦卿仁弟宮保大人閣下：　頃奉春杪惠函，敬聆壹是。就諗榮膺新命，調任閩疆，勛望彌隆，兼圻即晉，曷任企抃。倭使悻悻返國，惟有置之不理。現計日本財匱兵寡，民心不靖，諒未必遽爾啓釁。惟是備豫不虞，古之善教。臺灣孤懸海島，逼近强鄰，為形勢所必争，朝廷綢繆牖户，環顧邊才，亟欲修武備而伐敵謀。執事忠勳才望，超越等倫，東南一席，非公莫屬，奉旨後想已剋日交卸東行，抵閩履新。

此時防倭切要之圖，不在閩而在臺。經營臺灣之法，練兵選器，固為急務，然内馭群番，外聯西人，尤賴藎籌相機應付，剛柔操縱，庶得其中。該處四面濱海，得力以水師為先，與山地用兵既有不同，凡選將募勇，配船置械，非仿照洋法不能辦到好處。其他如集人才以興地利，裕餉項以固邊防，尤非經理數年，逐事考究，不能洞徹原委，秩然就緒。執事洞晰事理，公忠勤敏，加以虛衷善訪，不厭精求，必能折衷至當，宏此遠謨。肅復，順頌台祺，不具。

代李伯相復岑宮保書辛巳

彦卿宮保仁弟大人閣下：　頃接五月初六日惠書。

猥以台端調任閩疆，遠勞注飾，非所敢承。執事勛望卓著，東南防務相需正殷，鄙人何力之有，就諗旌從交卸黔事，駪征就道，轉瞬履新，至為企慰。承示臺灣孤懸海外，兵番雜處，必須周歷已徧，方能扼要設防，並籌及可慮者三端，仰見擘畫精詳，臨事而懼之意。惟就目下閩臺情形而論，衹須循序布置，因時制宜，正有勿庸過慮者。倭使返國後，該國君臣頗嫌其孟浪，決不驟來尋釁，萬一蠢動如甲戌年故事，其勢焰魄力遠遜西洋諸國，中國尚足制之。至臺防應由執事主政，寄諭甚明，自不患事權之不壹。何筱帥長於吏治，必以兵事推重藎籌，是閩省沿海防務亦可和衷商搉，分別緩急，妥籌經理矣。

近來制勝之道，專恃將卒精練，器械堅利，與夫築礮臺審地勢等事，皆在實處著力。辦理洋務，守定約章，出以情理，固亦無他謬巧。雖兵不厭詐，而虛機似無甚可用，果能腳踏實地，知彼之長，去吾所短，臨事自有權衡，即敵人反間之計，固無所施，更無足懼。津、閩相去雖遥，輪船行駛迅速，函牘旬日可達，遇有要務，當不憚詳晰籌商，期臻妥協，不敢稍分畛域也。日本議約未定，利益均霑一條，中國既靳而不予，彼亦不肯將球島退出，現並無續求之事，一二年内或尚不至用兵。復頌勛祺，不具。

代李伯相復陳觀察書辛巳

子餘尊兄大人閣下：頃展惠函，具聆壹是，就諗蕃釐雲蔚，勛祉秋高為頌。承示新疆戡定未久，滿目創痍，處今日而議田賦，非大破成格不可。舊例招民墾田，專視地之肥瘠，畝數則以多作寡，科糧則以寡作多，加以渠水通塞無常，宜於均賦之中，隱寓招徠之意。準今酌古，審量時宜，實能切中竅要。大抵田畝之廣狹，隨地不同，周禮計户授田，有不易、一易、再易之分。顧亭林、陸清獻、閻百詩考論天下田賦，少者以一畝八分為一畝，多者以十一畝為一畝。西域地曠人稀，酌以兩畝折一升科，仍暫照六成徵收，實足示體恤而廣生聚。總之，經營荒地，以招徠墾闢為要義，墾田日廣，則民財不患其不阜，賦額不患其不增，固未便拘定什一之徵，致類刻舟求劍也。專復，順頌勛祺，不具。

代李伯相復周觀察書辛巳

玉山仁弟大人閣下：昨接總理衙門密函云，各海關設有税務司，經理收税事宜，每年經費數逾鉅萬，俱由總税務司派充，幾成偏重之勢。嘉峪關通商伊始，税課盈絀，尚未可知，甘肅為缺額省分，經費不敷，無可撥給。是添設税務司一節，目前有窒礙難行之處，惟該關事屬創始，不能不代為籌畫。天津辦理通商有年，委員中於陸路章程明曉者當不乏人，是以奏請商調二三熟悉税務之員，前往經理，或募洋人可當扞手者，酌帶數人以供指使，不特可節糜費，且由中國自為主持，亦可少分總税務司之權等語。

查此間新關税務，向由税務司主政，委員隨同辦理，無甚事權，加以更換不常，欲求精通税務者似難多得。然天津開辦陸路通商最早，若謂竟無諳練税務人員，亦總署所不信。且此事果能辦到，可以節糜費而收利權，大局不無裨益。應請執事就關員中逐加遴選，如達崇阿情形較熟，陳忠儼才具頗長，是否堪勝斯任？如其才猷明達而不願遠行，不妨勸以功名之路，並與税務司商募扞手數名，隨同委員偕行，或由該委員自行察訪酌募，即具牘由敝處咨送總署，以備考驗講習。又始終在關而熟習税務章程者，書吏或勝於委員，亦不妨酌帶數人，以備一格。儻或憚於遠役，惟有厚其廩餼，優其出路而已。除將總署議覆嘉峪關事宜摺稿另檄行知外。專泐，敬頌台祺，不具。

代李伯相復何侍讀書辛巳

子峨仁弟館丈閣下：頃接七月朔惠書，具聆壹是。左相奏請興修畿輔水利，此係絶大題目，亦身任國計民生者一日難緩之事，然創其議則甚易，求其效則甚難，昔自虞伯生倡其端，徐貞明著其説，而皆未見之實事。雍正年間，怡賢親王殫八載之勤勞，用全盛之財力，加以廟堂倚任，無請不從，僅得稻田六千餘頃，未數年而即廢，所以然者，地勢民情限之也。御批通鑑輯覽謂北方土性滲水，水勢湍悍，非若東南可施溝圳，而以潞水客譚為書生迂闊之見，後人所百試而悟之者，聖人以一言而斷之，足埽千古拘文牽義者之翳障矣。近世如林文忠公，生平功業，皆聰明多而實力少，所籌新疆水利，江南漕務，往往議論勝於績效，其畿輔水利議亦於疏瀹決排之法未及考究，左相篤信其說，而按諸今日之形勢，似難盡合。鄙人忝領畿疆，惟有勉吾力所能為，盡吾職所當為而已。

尊議盡力溝洫，不足以治北方之水患，洵係明通之論。蓋緣水挾泥沙，今日濬而明日淤，其民情本惰而極窮，見其如此，益莫肯用力也。溝洫之外，似莫如隄防為善，然自康熙以來，永定、子牙兩河相繼築隄，而水患更亟。邇者官隄民埝，修築日多，其弊在與水爭地，既不能禦之使勿沖，轉足以攔之使難去，久之隄防愈峻，河身愈高，橫流四溢，如高屋建瓴而下，又勢之必然者也。方恪敏公整頓吏治，有功畿輔，然其時實未大濬海口，亦未久慶安瀾，時勢如此，固不必為恪敏病。

來示又謂直隸水患，一在中流淀泊不能蓄，一在下游尾閭不能洩，宜別籌蓄水洩水之道，其説甚善。惟滹沱下流，並無徙入西淀之事。文大窪地勢最低，久為滹沱之壑，今子牙河高於文大窪幾一丈，南運河又高於子牙數尺，平時常俟子牙秋水退後，開引河閘之壩，放窪水稍入子牙，疏消固甚艱難，自子牙導入南運，其勢更多不順。今若欲以兩窪蓄水，彼處形如釜底，有來路而無出路，斷不可行。本年敝處於獻縣朱家口另開滹沱減河，使歸子牙故道。文大窪涸，偏種稻禾，人工昂貴，水深處僅有二三寸，是滹沱已云順軌，而借窪蓄水更可勿論矣。津靜南窪地勢亦較海河為高，不足以納漲流，尊著治水議一篇，大意極是，治法尚未盡善。

總之，治水一事，其情勢頃刻千變，不能豫執成局，頗與用兵相同，若一二十年前之舊法，已多窒礙矣。至於治下口以洩水，治中流以容水，治上游以分水，自古宣防，原不離此三術，固當統籌全局，不可枝枝節節而為之。然人力、財力既有所限，亦惟有因勢利導，得尺得寸，乃不失實事求是之道耳。敝處覆陳直隸河道地勢情形節次辦法疏稿附寄一本，尚希指正。復頌勛祺，不具。

代李伯相復邵觀察書 辛巳

筱邨尊兄大人閣下： 頃接十月朔日惠函，具聆壹是，就諗侍祉綏愉，勛猷日懋為頌。設立關棧一事，轉口之貨均往他口完税，滬關收數之減色，自在意中。惟此絀彼贏，各關税項或有漸旺之處，想總署農部必能體察情勢，將支解各款酌量勻撥。現值整理防務，加以留軍守護朝鮮，需餉孔亟，尚望將此間協款源源籌解，感盼曷任。

巴使堅求改造土貨，其意欲將華商生計一網打盡。尊議重加其税，為不禁自止之法，惟洋人設廠後，由關派人查驗督造，必須彼族恪就範圍，毫無逞强及隱瞞情弊，收税乃有把握。今巴使於加税一層尚不肯允，則派人赴廠稽核之説，恐其更難聽從。總署趁此機勢，函覆巴使，辭以從緩商酌，措注甚為合宜，從此壹意堅持，可保釐税而衛華民，並少後來無限枝節，裨益良非淺鮮。至土貨改造，尚未定議，而洋商已擅自開辦，禁之不可不嚴，執事慮外間向各領事申禁過緊，彼必唆聳巴使，曉瀆不休，未免使總署為難，具見應事之苦衷。然彼將萬難允行之事貿然來請，無理取鬧，如内外設法拒絶，必有一為難之處，非特總署不便辭難，即外間尤當力任其難，況認定事理，決計不許，彼亦無如我何也。

紡紗招股之俞少山等業既尊諭退股，又因左相嚴檄查拿，避赴煙臺；織綢公司經手人胡培基亦經退股不辦，應請執事督同地方官乘機諭禁，始終不懈，或能竟杜洋商之狡謀。旗昌、公平兩行用機器造絲，亦係改造土貨，應在查禁之列。尊處已照會該管領事禁止，係屬正辦，在彼固未必允，但不可自我弛禁。萬一因開辦稍久，未能截然中止，或令酌議報效，略如從前待大北電報公司故事，飭令報關立案，藉以遏後來效尤者之萌芽，或亦轉圜之一端，此則全仗人才之相機酌辦矣。

電線之設，既有利於商民，尤大裨於軍國，前歲中俄議約，今年朝鮮定亂，皆著明效。浙漢添線之舉，竟遭駁罷，良可慨惜，彼絲茶洋貨各董所言，似是揣摩時局，未必盡係實情也。京津設電線一條，總署久有此議，但無人肯發端耳。

小火輪船入内河攬載之議，業經駁斥，保全實多。滬上各公司集資招股，尊議令華洋劃分界限，從前互相搭股者，准其報官立案，華人新設公司，必將章程稟官酌定，然後舉辦，其藉端斂財，有名無實者，照律嚴懲，最為平允切實之法。專復，敬頌勛祺，不具。

代李伯相復何制軍書辛巳

筱宋仁兄同年大人閣下：連接客臘二十四、二十九日兩次惠函，並清摺各件，敬聆壹是，就諗履綦集祜，節鉞延釐，至為企頌。臺北鷄籠煤廠頻年虧折官本，其弊不在銷路之不暢，而在出煤之不旺。煤之不旺，亦非礦苗短絀，由於夏秋之間，嵐瘴最盛，匠工逃避病故，勢須停工。此數月中用項如常，而産煤有限，賠累之端，實由於此。本地股商見此情景，視為畏途，莫肯出而承肩，他處華商復罕諳煤務，是商辦亦正難言。至鷄籠海口，久為彼族所垂涎，華商或暗領洋本，洋人始則從中干預，繼則出頭把持，事勢所有，不可不防。執事與少仲中丞所慮，洵屬洞中窾要。既籌商辦，則洋商搭股，與華商暗領洋本，皆宜立法禁止，不容稍任朦混也。

來示又謂管理礦務，未得其人，在我既無把握，而專倚洋人，難見起色，亦係探源之論。中國既無廉明耐勞之員專理斯事，動須聽礦師調度，其所添機器，能否件件覈實，固未可知，礦師又恃氣以凌華工，華工心多不服，則齟齬多而事難劃一，又勢所必然也。今臺灣張道既議歸船政辦理，所陳七益甚是，蓋船政為用煤大宗，而一切製器用人，事事相為貫通。尊意與召民妥商，當可承任試辦。臺産硫磺極佳，一律開採，每歲若得盈餘二萬元，約可津貼煤務所賠三分之一，不無小補。煤井量風等事，尚非煤師翟薩指點不可，目前未便撤退。然船政向派學生在工，又有出洋習礦之學生可以添派，如能漸臻精熟，接替洋人，則煤師薪水節省頗多，浮費愈少，斯成效可著矣。

至船政派員經理，非品秩較崇，不足以壹事權而資鎮壓，又必精勤廉幹而能久於其任者，乃得孜孜不倦，日起有功，想執事與召民必已豫為物色，隨時籌措，勿任此舉中廢也。閩廠輪船除撥歸各省外，其堅整精利，堪資禦侮者，誠屬無多。承允以威遠、濟安兩船，俟開凍派赴津沽，仰見力顧大局，不分畛域，至以為佩。北洋既添此二船，轉瞬碰、快船來華，與原有各船會合操練，冀可先成水師一枝，將來南洋閩廣，如須熟練，亦較易於分枝，以符原議化一為三之説。至閩臺等處萬一有警，北洋斷不置之度外也。琉球一案，現尚延宕，倭使宍户璣返國後，聞續派宫本小一赴京議辦。臺灣逼近强鄰，以十五營分防南北，兵力尚非甚厚，然揣日本情勢，未必遽敢啓釁耳。肅復，敬頌勛祺，不具。

代李伯相復蔡知事書 辛巳

尊兄閣下：頃接惠函，承示理財之道，立幹為先，宜責諸官，宜責諸商，宜官商相維而始責其效，具見留心時務，熟諳西法，佩慰良深。查西洋之有郵政，亦為理財之一端，雖較之礦務、商務，其規模之大小有間，其招股之難易亦有間，然苟經理得宜，則於帑項不為無裨。近聞日本創辦郵政，雖未能如西洋之盡善，亦頗著成效。前者德税司建議在津滬試辦華洋書信館，雖價值之廉，遞送之速，較勝於尋常信局，然數年以來，未能確有贏餘，亦未能逐漸擴充，固由時值多事，未嘗以全神貫注其間，亦由中國事勢，動多牽掣，迥與外洋情形不同也。蓋外洋經營郵政，必禁民間私開信館，故書信以薈萃而日多，章程以劃一而無弊。中國若欲仿行，議者必謂與民爭利，群起阻撓，政令未布，而毁謗叢生矣。既不能禁民間私館，則餘利無多，而擴充未廣，乃必然之勢也。尊意擇久操信業、家道殷實者，各認股份，分領事局，而以通達時務之員統之，議定章程，以幾成入官，餘入商股，並招得數人願分認股金三萬兩，驗貲承辦，自是審時度勢之要務，果能循此規模，漸推漸廣，必當日起有功，惟此事應由總署主政飭辦，敝處實難遥制耳。專復，順頌台祺，不具。

代李伯相復曾宫保書 辛巳

沅浦宫保姻世叔大人閣下：頃奉惠函，並鈔示越南國王先後來文及照覆稿兩件，敬聆壹是。越南危迫無措，籲求中國援護，而於法人如何要挾，該國如何因應，一切情形均未切實聲叙，總署以其盡屬空言，函請尊處駁復。查該國王初次來文，語多敷衍，第二次來文所述中法兩國軍情，較為詳晰，惟緊要關鍵在法國求補約一事，中國恐其與法人私定約章，大有虧損，故必詳詢顛末。來文河内法兵尚未退出，法領事已回嘉定等語，似議約尚無定局也。此事誤於越南與法人前次立約，不告中國，致今日與法人理論更形棘手。

檢查甲戌年法越立約第二款云，大法國明知大南國係操自主之權，非有遵服何國，故大法國自許幫助云云。是法人早伏狡謀，欲使中國不能與聞，而越人自墮其術中矣。第十一款云，大南國平定省施耐汛與海陽省甯海汛溯上洱河達大清國雲南省境及河内鋪應開許西洋並新世界諸國人通商賣買，另定商約云云。則法人之要求補約，更非無因。越人擅稱自主，此等立約要事，并不商請中國，自致顛危，至今日而求援救，固已無及。劼剛屢向法國外部商辦，彼並不明認越南為中國屬邦，則越人自貽伊戚也。如以此層詰責越南，該國王當無以自解。然今不患無拒絶之詞，而患無善全之策，設令竟被法人吞併，或立約限制，收其政權，均有大損於中國。

總署初慮據情入告，驟難處置，故暫囑駁復以作宕筆，頃因法國駐京寶使理論此事，或可趁勢轉圜。總署擬奏請簡派大臣與寶使會議妥辦，果能立一公平條約，扶持越南，由中、法兩國永為保護，則邊防商務兩有裨益，關係良非淺鮮。屆時應如何措注，想總署必具函知照。至越人求給憑照，往聘西洋諸國，可使漸開風氣，樹援大邦，未始非扶助之一法，在我亦屬不費之惠，日後似可允行耳。專泐，敬頌勛祺，不具。

代李伯相復醇賢親王書辛巳

再蒙示及鐵路之當造與不能遽收大效之故，名言至論，綜括利害，慮遠思深，曷深欽服。查鐵路一事，為泰西各國富强最要之端，鄙人明知中國風氣未開，揆諸輿情則論者必嘩，籌諸經費則款難應手，時勢所限，原非人力所能勉强。惟以中國土壤之博，物産之豐，人才之盛，十倍於西洋各國，而富强之勢遠不逮各國者，察其要領，固由兵船兵器講求未精，亦由未能興造鐵路之故。

夫中國有可富可强之資，若論切實辦法，必籌造鐵路而後能富能强，亦必富强而後可以居中馭外，建久遠不拔之基，但今尚非其時，似須俟諸數十年之後。適值劉提督銘傳力倡斯議，敝處若遽加駁斥，則中國日後富强之機因此阻遏，誠屬可惜。是以力舉九利，蓋皆得諸親歷外洋者之議論，而參合中土之情勢，欲使世人略知此中底藴，庶迂拘之意見漸融，或將來之創辦較易耳。目下經費難籌，必借洋債，曩時所舉宜慎者三端，固關係緊要之件，亦實見夫洋人最重借款，有此三端，必多顧望，蓋深慮時勢有所窒礙，而徐議以免後悔，適與鈞恉相合也。

至敝疏九利之説，固必天下皆有鐵路而後其效始全。鐵路徧於各省，則徵兵、運餉、銷貨、榷税之利，亦徧於各省，原非謂清江、漢口一有鐵軌，即不必籌及他處也。夫專開一路，則有一路之益，統開四路，則有四路之益，然必先開一路而後四路可以漸開，先開四路而後各省之路無不可開。五十年前，西洋諸國尚無鐵路，迄今縱横交錯，為路至數十萬里，其鐵路與軍實之多少，彼此若勢均力敵，遇有争端，不輕發難，而和局即可長保，勢使然也。中國若仿其法而行之，西洋去我太遠，知有鐵路，必不敢妄生覬覦，亦勢使然也。今若能創辦一二處，使商民咸知其利，則各處或願集股，措辦較易為功，固不必盡籌官帑矣。

竊謂清江一路既開，則由清江以至瓜洲不難續造，從此直東兩省内地徵兵運餉，直達江海，其汛捷必十倍於曩時，推之漢口有一路，而河南、湖北等省當亦視此。若夫遇水則建橋梁，遇山則或鑿其穴，或跨其嶺，西洋皆有成法可循。雖巴蜀隴阪，山川阻深，江淮以南，水道苞絡，亦尚可平其艱阻，但須導以先路，則雖創造之費或多於平地，不患商民之不踴躍也。

鈞諭又謂銷貨一節，惟煤鐵實有厚利，其他百貨，北方之資財不加益，不能保其銷路之加多，仰見準盈酌虚，洞徹原委，已為燭照無遺。竊謂鐵路既成，則北方煤鐵之礦自必大開，若其民覩運銷之便，或更願於藝植之利，工作之利，格外講求，地方官亦當隨事督勸，未必不有裨生財之道。猶之江浙等省，輪船既通以後，絲茶之出其地者數倍於曩日，直東從前漕船盛行，沿河生計較旺，而鐵道轉運之多且速，更百倍於漕艘也。

又蒙諭以民間田廬可徙，墳墓不可徙，小民各有恒業，改圖甚難，仰見籌畫周詳，諄諄以保民生、順民情為本，敬佩無已。查南北大道，田廬墳墓在其中者尚少，鐵路多依官道，本可於墳墓不相妨礙。間有一二當徙者，鄙人前此行軍各省，每築營壘，客冬加築天津土圩，遇有墳墓阻礙，貧民領錢十數千文，即皆欣然樂徙，從未壓以官勢，亦未致生怨讟，蓋貧民營葬本甚簡便，其稍有財力者必不至迫臨官道也。萬一有抵死不遷之民，即稍紆迴以避之，亦非難事，苟能經理得人，訟牒當不致繁夥，亦不必竟以申商之法繩之也。惟是事端宏大，創始宜慎。現在外間軍民有風聞其說者，尚多引領欣盼，以為貧瘠之區或可漸變為富盛，而官場迂謹無識，及京城學士大夫之私議，尚未盡翕然，本不敢存必欲速辦之意。

今蒙詳示以試行於煤鐵之礦，開墾之地，以及屯軍設防之一二口岸，俾見聞習熟，漸推漸廣，權衡至當，深協機宜。至海防籌餉，宜裁笨船，汰緑營，似亦時勢之不得不然。鈞座統籌全局，洞晰利弊，所冀贊襄大計，默運潛移，曷任企禱。肅泐，再敂鈞福。

代李伯相致總理衙門書辛巳

敬肅者：昨接越南國王阮福昇七月初一日來文，大略以前王奄逝，國人因值艱難，意在立長，推令權攝邦事以待朝命，并稱繕具告哀表文，其委員循例應由廣西陸路入都，惟法國尚踞北圻，恐為所阻，擬懇稍予通融，准由海道進京叩陳等因。查越南為中國屬邦，向以封貢二事為重，定例該國貢使由鎮南關經廣西北上，中國冊使亦由此路行走。蓋承平無事之時，恪守舊章，一則杜藩邦之窺伺，俾有範圍；一則便州縣之供應，俾有程式也。惟時勢迭有變遷，事機不能執一，邇來法人侵逼越南，日就危蹙，中國亟思存此外藩以固吾圉。是昔之慮其桀驁者，今且憂其孱弱；昔之意存裁制者，今宜力為扶持。蓋越南之河內、南定、海防，既為法人所踞，復逐漸取其廣安、海陽等城，若越之貢使必令仍由原路入關，動多阻礙，或被法人邀截。且從前中國冊使但至河內為止，越南國王親往受封，自道光二十九年，該國以王少國疑，不敢輕離國都為請，始變通成例，奉旨俾使臣前至富春成禮，富春即其順化都城也。今册使若由陸路赴越都，法人所踞之河内乃必由之路，勢必中梗。該國前王咨請廣西巡撫代奏酌改貢道，豹岑中丞援成例以拒之，現該嗣王又申前請，實有萬不得已之苦衷。細繹該嗣王來文，語意恭順，尚不敢以國王自居，必俟朝命册封，王位始定。值此事勢艱危，間不容髮，儻該嗣王早定位號，或者憑國寵靈，權力較厚，呼應較捷，得以搘持危局。

中國於援越一事，既因與法和好，未便横挑强敵，而越南君臣懇切求援，始終不懈，惟此封貢名目，尚屬不費之惠，亦稍慰其慕義之誠。況中國迭次與法人辯論，證明越南為屬邦，各國亦深信無異詞者，賴有封貢一説為之標準。是昔日之封貢尚覺無甚重輕，至今日則封貢尤為緊要關鍵，趁此越王自來籲請，正可相機應付。萬一因循不舉，法人轉指為中國甘心讓越之明證，將益啓其鯨吞之志。查前日上海電局轉寄法越新約，第一條，東京均歸法屬，彼所謂東京，蓋指北圻而言，不僅河内一處也。第三條，紅江沿河歸法，設礮臺防守。果如所言，是法人所踞之地，一時斷難讓出。又李丹崖寄到法議院六月初官報，法廷上下皆欲固守河内等處，以為立足之地，其新派駐越使臣訓條，則誡其用全力設法，不令中國參與越事，並阻斷中越之交。此次若不酌改貢道，即封貢礙難舉行，從此中國與越南遂無往來聯絡之誼，即將來與法人理論，亦更無言可執。況該嗣王文意肫切，望早蒙册封恩禮，紹守藩封，以濟艱危，設令久延不辦，則該國外患方殷，新王未定，難保不因孤弱而生内變；該嗣王求封不獲，又迫於强寇，更難保不因觖望而啓他圖。此當與時變通，審機急赴者也。

竊謂越南貢使，如由海道徑詣廣東省城，再附招商局輪船前赴天津入都，除該使行李及貢物准其查驗免税外，如有附帶商貨，仍令照例納税，尚於關章税務無損。中國册使亦由廣東乘輪船徑赴順化都城，海程往來，不過旬餘，較陸路尤為迅速。如此則封貢兩使，既無阻隔之患，藉免跋涉之勞，陸路州縣省供億之費，控馭機宜，收便捷之效，似一舉而數善備焉。越南陪臣範慎遹、阮述等昨因前王薨逝，稟請回國受制，此間業經批允，咨明冰案。頃復據該陪臣等賫稟進見，謂該國仍令其在津静候申訴，察看情形，甚為迫切。擬請鈞處據情轉奏，或會同禮部核議，暫予通融，改由海道，俟法越事定，仍照舊例，届時再相機繹辦。是否有當，尚祈卓裁核示，以便飭遵。謹將越南嗣王來文鈔呈督閲。專肅泐布，敬敂鈞福。

代李伯相復朝鮮致仕太師李裕元書辛巳

橘山尊兄太師閣下：前接客冬十一月十二日環章，久稽裁答。八月間賫咨卞君入都，道出永平，遞到七月初九日惠書，推挹過當，非所敢任。嘉貺益腆，禮隆情摯，拜登之餘，愧謝愧謝。比諗起居曼福，頤養林泉，宏□艱難，嘉謨入告，至為企頌。

日本與貴國通好以來，漸能融洽，德源開港，商船出入，尚稱静謐。貴國遣使江户，書牘往返，兩無圭角，此由貴國綏邊睦鄰，措注咸宜，故能戢狙詐之風，化囂淩之氣，俾日本不敢以非禮相加，欣慰無似。法、美兩國倩日本代遞書函，求立約通商，貴國以非條約所有，未經允許，日人原自無詞。惟據鄙人所聞，日人陽順法、美兵官之請，為之介紹，實並不欲此事之有成，何也？貴國僅與日本通商，則一國專其利，若兼與西人通商，則各國分其利，實則貿易祇有此數，於貴國並無出入也。又聞法、美兩國，雖志在通商，並不欲修舊怨，用兵脅逼。其兵官過津謁晤者恂恂然懷他人之我先，謂貴國東北海口，形勢險固，寒冬不冰，用屯舟師，俯瞰一切，俄人久蓄此謀，見派其海部尚書來沙弗斯基經畫東瀛，開闢口岸，殆有意焉。

鄙人嘗代為籌慮，以謂與西人通商，足以牽制俄、日兩國，俾不得逞其壟斷，惟近察俄人舉動，奚啻剥膚之患，燃眉之急，如欲保疆禦侮，宜更有倉猝濟變之方。自來謀國以遠交近攻為上策，今俄在北，倭在南，於貴國最為切近，似非遠交無以防近患，想老成深識，必有以處之也。貴國王賢明英武，横覽時局，精求至計，以講戎敹械為兢兢，誠屬當務之急。但使風氣漸開，日新不已，其明效當在數年之後，僕雖不敏，自應不分畛域，盡力襄助，拭目以觀其成。

昨我禮部咨送卞君來謁，已飭局員與之籌議大致辦法，並妥擬章程，聲明請旨施行，仍由貴國王自行酌辦。執事久襄大政，熟於國計之盈虛，軍制之得失，參酌損益，必得其宜。卞君明敏多才，虛衷善問，所有切要之圖，鄙人已與略談梗概矣。附呈菲儀廿四種，另具別幅，稍答盛誼。惟為國為民，順時自愛，書不盡意。

代曾侯相復丁封翁書辛未

儉卿尊兄大人閣下：日前在浦承示大著，弟於俗冗之中，稍攄膚末之見，匆促裁答，冀求折衷。辱荷報章，過蒙採納，益見虛懷卓識，超邁等倫。洩冶、仇牧、孔父、荀息諸人，尊指既重在褒崇節義，扶植世教，自可不必改削。至如蕩意諸殉宋鮑之難，師曠論衛衎之事，杜註似無大謬，而焦氏掊擊甚虐，傅會司馬太后，曲加周內，宜可量予删汰以存大體。

孔父稱名，鄙人亦嘗疑之。就本傳而言，上稱華父督，下稱孔父嘉，立文相等，則似督與嘉皆其名，而父皆其字也。又竊疑孔子之稱其先世，不特不稱其名，亦並不稱其字，但尊之曰父耳。蓋古人於君父二字，既以為至尊之專號，亦以為尊長之通稱，不必見臣者而後為君，生我者而後為父也。君字為尊長之通稱，經傳既不勝數矣。亦有稱其父為君者，如孟嘗之子稱曰『君所以不舉五月子』，王章之女稱曰『我君素剛』是也。亦有稱遠祖為君者，如孔北海曰『先君孔子』是也。父字為尊長之通稱，方言既有明文，亦有稱其臣為父者，如武王稱太公曰『尚父』，齊桓稱管仲曰『仲父』，魯哀稱孔子曰『尼父』，平王稱晉侯曰『父義和』，漢文稱馮唐曰『父何自為郎』是也。亦有稱伯叔為父者，如疏廣與其兄子授經稱父子是也。亦有稱祖為父者，如朱虛侯本高帝之孫，吕后稱曰『爾父知田』是也。孔子稱其先世曰孔父，或者尊之而不名，猶稱曰孔君云耳，猶稱祖曰父云耳。迂謬之見，謹獻所疑以相質正。

讀經說一首，仰見由博反約，學有本原。自乾嘉以來，學者分別漢宋，黨同妬異，判若水火，鮮不揚其頹波，失其初旨。求諸淮揚老輩，惟寶應王白田先生專精宋學而未嘗疏於考證，高郵王懷祖先生篤宗漢學而未嘗詆毁程朱，學之最無流弊。今閣下持論平實，又將去其吹求已甚之詞，其猶有兩先生之遺韻乎，企佩曷已。專函布復，順請台安，不一。

代曾侯相復彭大令書辛未

笛仙尊兄閣下：客冬兩接惠書，具承一切，就諗台祉綏亨，榮問嘉邕，至以為慰。『體無古近，題無大小，一視作者手筆為高下』數語，誠為破的之論。僕嘗謂墓碑墓誌之類，體至卑也，其初不過門生故吏諛頌之辭，醵資徵文而立一碑，如今世醵資而送壽屏者然。蔡伯喈往往一人而作二碑、三碑，亦如今世文人應酬，或一家之壽而作二屏三屏，此其體何足尊重。自退之墓碑高古邁倫，後世從而尊之，美其名曰金石文字，藩黄等至著書以明金石之例，强作解事，尊其體而不溯其源，言者蓋深病之。又如送行贈序，不過後世生日贈序、遷官贈序、上梁贈序之類，體至卑下，唯退之贈序雄奇獨出，後世從而尊之，雖以姚惜抱之好學，不免為俗所囿，至特立贈序一門，僕亦病之。能辨文體之本原，又能識文之高下，不繫乎體之古近，庶幾觀其會通之君子已。復頌台安，不具。

答伯兄書乙酉

撫屏大哥大人尊前：二月初八日馬遞一函，諒早收到。頃接十一日手書，具聆壹是。此間與法開仗情形，大致已括於致傅相及王仲良兩電之中。仲春以後，法船在金塘洋面呆泊，每日或豎紅旗以示欲戰之意，或對岸開數礮而已。此次防務得力，在法船初來之際，礮臺、兵輪連擊，壞其兩船，以後遂不敢駛近礮臺，遠泊十餘里外，仍思乘夜放魚雷入口，又用舢板撲岸，皆為我軍所覺，屢次擊退擊沈。又以開花大礮對我礮臺轟擊，每一彈大至五百餘斤，其彈或墜麥田，或墜海岸及内河，皆不開花，此中大有天意。間有一二打著礮臺者，嵌入泥土，亦不開花。

蓋自客歲弟到任後，中丞委弟綜理海防營務處，獲與歐陽軍門及楊、錢兩統領講求布置，而宗太守源瀚、杜司馬冠英皆以通才，好談時務，凡有陳説，弟無不酌擇行之。軍門、統領均老於軍事，閲歷甚深，其所以綢繆防務者不遺餘力。沿海兩岸修築長墻，綿亘殆二三十里，衝要之口埋伏地雷，每於山岡顯露之處設立疑營，壁壘森羅，旗旛高竪。凡礮臺皆換石為土，取以柔制剛之妙，換明為暗，務使虛實相間，敵不知吾礮吾兵之所在。

從前洋人構釁，中國籌防未盡得訣，堅瑕虛實，一望了然。彼以千里鏡注視吾兵民所居，軍實所萃，貨物所屯，以開花礮攻之，一彈所炸，鮮不糜爛，故當之者無完壘，攖之者無堅城。今經營半年而狡寇適至，彼但遥見一片長墻，既無以辨吾孰堅孰瑕，孰虛孰實，或對高處疑營開礮，則虛無一人，徒耗藥彈。敵在海面，風潮顛簸，所放之礮，往往不能取準，如欲闖入口門，既以水道不諳，恐困於險礁淺灘，又為礮臺、兵輪叢椿水雷所阻。且法人涉數萬里遠來，煤米藥彈，必不充足，彼一彈之價，值數十金，若放礮而漫無把握，不啻以艱貴之物浪擲諸無根之海岸，正欲其墮吾術中，亦恐法人覺而自止。弟早與軍門、統領言之，今果不出所料。彼既不肯漫然放礮，即放礮亦毫無所中，蓋炸彈一遇鐵石，立即開花，今皆遇水土，竟無一人損傷，我軍亦置之不理，但欲伺其近岸而擊之，彼終不敢駛近，自此遂不甚開戰矣。

至於遷去天主教士以清間諜，客歲費兩月心力，然後辦到，今甯、鎮、定海廓然無内顧之憂，所以能放手辦事，此層亦最得力。又如海口百餘丈之寬，釘椿沈船，周密無間，係弟督同杜冠英始終經理。今敵艦果不能駛入，而南洋三輪入口後有所憑依，不致被轟於魚雷者，椿船力也。他若造甯鎮電線以捷軍報，豫以厚糈僱養善領港之洋人，以絶法船之嚮導，密聳英領事揚言保護定海以杜法人之窺伺，由今思之，皆係必不可緩之要著。其他小事隨時相機措注，更難縷述。

弟自元宵以後，百務環集，寢饋為廢，飛檄發電，筆不停揮，手腕欲脱，今始稍覺清暇。鄙意所尤快者，如滇如粵如閩如直隸如奉天如臺灣，皆星使聯翩，會辦絡繹，宿將棋置，且由部撥大宗巨餉，然要不過勝負互見，甚者如馬江之敗績，惟浙防無督辦之大臣，亦未撥巨餉，僅由弟與健飛軍門承乏其間，健翁任戰事，而籌畫一切，則弟任之，位望最輕，用餉最省，而氣勢完固，有勝無敗，非特中法開戰後所僅見，實與洋人交涉後初次增光之事也。

承詢邸鈔未見弟名，蓋因中丞匆匆叙戰，偶爾遺漏，然正與弟意暗合。夫為其實而不居其名，最為上乘。凡人求見姓名於奏報者，蓋為希冀獎叙起見。弟之本心，惟兢兢以不能盡職防海為懼，豈復稍計及於獎叙。中丞平日倚弟籌防，始終言聽計從，毫無掣肘，今或鑒及弟之不汲汲於表見，故不以其待諸將者待之，夫課其實用而緩其虛名，不可謂中丞非真知我也。雖然，此事之梗概，請再為兄詳陳之。大抵中丞叙戰之疏，悉本軍門、統領報戰之文，軍門、統領於此素不甚留意，一以屬之營中之文案。近來營中文案，大率貧窮餬口之士，本無識時務、知文墨者，不過掇拾浮辭，潦草塞責而已。蓋論海防報戰之體，與剿粤捻寇時情形迥異。剿寇之役，重在臨陣決勝，故叙戰宜詳；海防之役，重在平時布置，故叙戰宜略。今鎮海兩次擊敗法艦，若覈實甄叙，不過彼此各開幾礮，法艦受傷旋退，寥寥數語，足以括之。惟必將事前布置之曲折，擇要叙明，而所以致勝之由，不言自喻，正文不過淡淡著筆，則愈簡實而愈精神。彼營中辦文案者固不足以語此，於弟之布置各端，既一字不及，即於軍門、統領之布置各端，亦一字不及，突叙礮臺開礮一事，無以起發人意，使人閱之，轉覺其敷衍無聊，疑非事實。然則浙省以卓然非常之績，而出以黯然無光之文，固屬可惜。弟推本於營中文案之無好手，雖係實情，仍宜曲諒，以前敵倥傯之際，實不暇精心營度也。且務實不務名者，固不於此争得失，因來書殷殷詢此，輒縱論及之。至當時弟不專具稟牘以備中丞採擇者，嫌與諸將争功也。方今和議已成，或不致再有翻異，鏡清砥平，可翹待矣。泐此縷復，敬請大安。二月二十七日，弟福成謹上。

此係遞通州家信，因其指述防務情形頗為詳悉，特附録以備查考。自識。

卷六

論大東大北電報兩公司訂立合同書致總理衙門　庚寅

敬啓者：大東、大北兩公司報效官電，訂立合同一節，十一月十八日寄上一電。因查該公司之例，凡為電報公事發電者，不給電費，爰將辦法詳叙電中，惟須俟該局閑暇時始能發遞，聞逾半月後甫經達到，旋接鈞署來電，謹悉壹是，已經電覆梗概。

所擬合同，第二款內『除中國電報局外，不准別國公司在中國海邊安設水綫』等語，該公司初意欲作『不准別國公司在中國海邊安設水綫』，而無『別國』字樣，則中國電局將來亦不能設，自斷無此辦法，理論數月，始改為『不准別國公司』字樣。然合同全款皆從此生根，北、東公司所得利益，祇此一事。至第一款明認其在吴淞等處設綫，原係空文，并非實惠。蓋彼之設綫已一二十年矣，勢固難以不認而驟撤之，但我須以此說斡旋，方無損於體制。彼亦知此條並無所獲，而彼於第四、第五、第八等款，皆予我以絶大權利，實專酬第二款之益耳。若第二款不行，則全款當廢，功敗垂成，殊屬可惜。

竊意北、東公司前函謂他國必生異議，實係兩公司爭論時情形。昔年大北來華，先設海綫，大東起而相爭，謂英使威妥瑪前在鈞署理論滇案，曾議請英商在中國設水陸電綫。當時曾否答允，固未可知，而威使之藉端要挾，不循公法，亦與近來各國情形不同。福成近到外洋，竊觀各國於電綫、鐵路等事，尤以自主之權為兢兢，斷不任他人干預，無論交何國何人承辦，准其自為酌度，友邦不能過問。查蒲安臣所定中美續約第八款，亦聲明電綫、鐵路均係內治之法，美國並無干預之權。光緒初年，英商在吴淞私設鐵路，經沈文肅公力與相持，彼遂停輟者，殆格於公法也。中國二十年前於此等利害尚未深諳，大北乘隙先來，擅自設綫，當時亦以彼族饒舌為疑慮，並未從嚴禁阻，以致大東相繼效尤，並託威使原議以為券，與大北兩不相讓，勢難堅拒。今大東早經設綫，則於威使前議一層業已安置妥帖。目下各國交涉與前迴殊，均能循理，且不生要挾之端，更無異議。鄙意乘此閑暇，亟定規模，收回權利，最為要著。

從前合肥傅相亦與大北訂立合同六條，惟於報效官電之外，尚無別項利益，且於合同字句未及仔細推敲，因有不准別公司設綫之說。彼時中國電局適自造綫，大東又來攙越，而大北乃趁此翻悔，不肯踐約，迄今未有歸宿。福成所深慮者，北、東來華設綫，而我未能禁阻，又不責其報效，若各國公司援照前來，我將無辭以拒之。凡值用兵之時，電綫尤關緊要，儻德、奧、法、倭諸國並遣公司來華設綫，則中國為各邦公共通電之地，門户洞開，何所底止！ 即如甲申年孤拔接法廷密電，掩我不備，遂有馬江之失，其時為法通電者，非大北即大東，因我未訂合同，故彼並無所忌也。今之辦法，借北、東兩公司之報效，而予以保護兩公司為名，而杜他綫之來，各國公司既知有此合同，自不妄生覬覦。

前電所云英、丹、俄公使若來問此事，請以中國自主之權回覆決絶者，蓋彼使不能與聞，明非國家交涉之事，則各國自不能援均霑之例為辭。因係我與該公司自訂合同，猶之在英購製機器，法不能以此相責望，在德採辦軍火，奧不能以此相瀆擾也。況北、東既為我用，遇有他公司潛來設綫，彼必偵探密報，我可豫籌，設法禁拒，非若昔日辦理之棘手。福成深知電務關繫緊要，派員與兩公司理論，舌敝脣焦，已有八閲月之心力注於其間，始獲漸就範圍，即現擬九款，亦經句斟字酌，與彼往返駁論者五六次矣。硜硜之見，竊謂此舉俾各國不生覬覦，永保中國自主之權為第一義； 有事時受我監察，不為我敵國通電為第二義； 疏通中外消息，辦理與交涉，隱獲裨益為第三義； 中外各署每歲可節省電費數萬金，猶係第四義也。前電各款，彼電此磋磨既久，大致已無甚出入，第三款應改之語，謹遵鈞電，當與北、東商定。惟『中國電局兩公司商訂各項章程』一句，仍擬作為『允兩公司與中國電局自行商訂各項章程』，以下再照示之語叙入，則電局已獲無形之權利。蓋合同之語，謂電局應商之公司，則權在公司，若云允公司商之電局，則權在電局。查兩公司在中國僅有海綫數處，較之電局陸綫通連各省，究有主客之分，眾寡之殊，察其隱情，似不能不聯絡電局，且其交涉之事甚多，勢固不能不與商也。

福成已於臘月初二日移駐巴黎，而大東總辦亦有事外出，仲春始返倫敦。福成擬於回英時再與商訂合同，俟議妥後，一面咨報候核，一面奏聞請旨。緣前此大北合同六條，北洋曾有奏案，此次必須具奏以示鄭重，乃足取信於洋人，俾無翻悔，而核定之權仍在鈞署也。重洋遠隔，電價過昂，每致信息不靈，竊冀此局早定一日，即早收一日撙節之益，即使趕速就緒，恐通行開辦，已在明年夏秋間矣。肅泐奉佈，敬請勛安。

論添設香港領事及英派員駐喀什噶爾書致總理衙門

辛卯

敬密啓者：疊奉三次電示，敝處發有三電，布達大意，想均登籤記矣。鈞署來電之意，欲將喀員、港員兩罷以作收束，自因華使言香港領事請派税司，又謂英廷不發准照，致有此議，然與外部現商情形實已不符，電文簡略，易致誤會，兹特詳陳之。

溯查喀事發端，係在去秋七月，其時敝處添設南洋領事一層，尚未咨照外部。迨後外部照復允准，始又明提香港一區，已在十月以後，與喀議絶不相涉。福成秋冬之間，疊次布函，俱謂兩事分開各辦，即與外部言港事，從未一語牽連喀事在内，不過因彼意有所求，隱相抵制，並非顯為互换之局。此次若因喀事而罷港議，不獨喀事能罷與否尚無把握，而港員之設，原據萬國公例而言，且暹羅、日本，皆已有香港領事，而中國獨無之，英人亦自覺其不情，所以不能不允，今既得而又棄之，轉覺難以措詞。若明言因喀事難在應俄，牽連而罷，則恐更着痕迹。

邇來兩國相交，有不妨揭其隱情以告人者，有不宜露其隱情以示人者。即如華使來言喀事，固可明告以難在應俄，藉索應得之利益，兼以示德於彼。若以喀事而至願罷港員，使英人謂我意在親俄，則必以忌俄而啓嫌；謂我意在畏俄，則必以輕我而變計。鈞署慮及俄之見猜，亦宜防及英之生隙。大抵港議之成，由於英廷明示睦誼。客秋華使請喀城設員，鈞署以香港之事折之，實已握其肯綮，俾英人有歉於中而激其先施之意者，未始不因乎此。然沙侯以宰相而兼外部，位尊望重，左、黃之派港、坡，既有復文允准在先，今我忽欲罷議於後，在我固失權利，在彼亦失體面，以後遇有交涉之事，恐難和平商辦，勢當較前棘手，諒鈞署必不願有此。反覆籌思，祗能抱定原議，責其不應將港、喀兩事牽混，致華使在鈞署曉瀆。外部此次辦事，亦尚大方，不欲顯露抵制之形，業已電飭華使勿阻港事。此事因福成馳赴法、義兩國，留住數月，不能兼顧，遂生波折，費盡氣力，與之理論，始仍以辦妥港員為收束，然已舌敝唇焦矣。

至於試辦一年之說，福成初亦疑其卜喀事成否，旋聞港督不願中國設員，轉謂華民多所疑慮，有函到其藩部。茲外部已商之藩部，函勸港督勿稍梗阻，並云以試辦釋華民之疑，且為港督前議轉圜。又據侍郎克蕾面稱決不因喀事而圖抵制，但使年内華民不與領事為難，領事不侵英官之權，即係長局。從前新嘉坡開辦之初，亦云試辦，久而相安無事，即以為常，蓋華民之喁喁慕義，不至滋事，實有可豫必者，請紓廑慮。交犯一層，須領事官設定後察看情形，方可妥議章程，此事自有公法，不必預提，且所關不僅香港一區，不宜於此時添入，多費筆舌。准照一層，英章與美國不同，必須奉有諭旨，始給文憑，外部電告華使亦如此說。現惟静待電傳奉旨日期，即可請發准照，飭左、黃前赴新任矣。

竊思華使以港喀兩事相提並論，致多周折，似非盡出外部初意，或因赫德近在咫尺，就與商議，作此狡獪，亦未可知。九龍稅司兼辦一層，既與外部申說，外部亦不謂然。蓋華使既欲用稅司，斷無不與赫德籌商而先自開口者。況赫德意在攬權，彼既聞有此事，恐不免挾私指使，另生枝節，尚祈鈞署隨時留意為禱。刻下喀事既言明與港事不相牽涉，則操縱之權，自在鈞署，儘可從容商辦，談笑應之。

福成竊觀近年中外交涉大局，似有轉機。歐洲諸大國頗思結好中朝，引以為重，中英交固則俄益重中國，中俄交固則英亦重中國。英、俄雖互為猜忌，旦夕亦未必有釁，其視用兵，極為鄭重，各報館播弄筆墨，臆測之談，未可盡信。竊謂中國此時正宜兩利俱存，於投桃報李之中，寓鑑空衡平之意，則柔遠綏邊，中外蒙福矣。愚見如此，伏乞回明堂憲裁示為禱。除俟將修約各事另函續陳外，肅泐密布，敬請勛安。

論仰光及加里吉打宜設領事書 致總理衙門　辛卯

敬啓者：香港設領事一節，英外部答允於前，華使阻難於後，以致九仞之功，虧於一簣，事機不順，良可慨惜。鈞署覆奏囑告外部，以試辦一年之說，中國未能滿意，看其如何答復。竊揣執定原議，與之磋磨，不難變為常局。惟港、喀兩事，雖可不相抵換，而彼族注意在此，我能令其全允港事，若欲保其不再提喀事，似無把握，則届時仍費鈞署藎籌，似不妨暫置不提，留為後圖。

福成所致慮者，從前西洋各邦向不以公例待中國，客冬外部答允中國於英屬地通設領事，其來文之意甚為堅決，非若香港、新金山兩處尚有須審量之語，無非明示睦誼，意在結歡。是以外洋新報多有忌中英之親睦者，我能乘此機會，多設幾處領事，即可證明英廷允照以公例待中國之券，且可據為照商他國推行張本，亦可為抽換舊約喫虧之處張本，所關係者，非僅一時一地已也。刻下香港如作罷論，而新嘉坡係原設領事之埠，雖永改為總領事，究無顯然添設確證，日久恐其狡變，漸翻成議。

查英屬仰江一埠，亦號為南緬甸，華商不下五六萬人；東印度孟加臘之省城加里吉打埠志略作加爾各搭，尤多殷實華商，此兩埠華民之多，均在新嘉坡之前。本年春間有德國隨員姚守文棟呈請遊歷印緬地方，福成札令順道探查中緬交界，兼察仰江商務情形，曾經咨呈冰案。旋據該道禀稱華民在緬，不獨受英人凌虐，兼受緬人欺侮，沿途環訴，叩求禀請設官保護。又聞升竹珊星使去年由藏赴印，有閩廣巨商環求籌設領事，竹翁許以相機留意。現據姚守亦禀稱該處殷商不少，貿易頗旺，自應一例添設。且該處係歐人東來孔道，又與西藏邊外相近，萬一印藏有事，該處有一中國官員可通聲息，裨益非淺。

福成現擬籌設此兩處領事，以為英廷答允中國在英屬地照公例通設領事之券，不致異時變易前說，而英人視之，亦非如香港較為鄭重，更不與他事牽涉，惟必須先與鈞署函商妥協，方敢具摺上陳。至港事雖暫不提，並非永罷，如一二年内事勢稍變，亦可再議，伏乞回明堂憲酌奪示復。如謂該二處無須添設領事，仍應將港事辦妥，福成亦即遵照也。專泐布達，敬請勛安。

先公辛卯八月朔日記：『余前與英外部商定香港設領事，新嘉坡領事改為總領事，於正月間具摺陳奏。奉旨交總理衙門議奏。會有沮之者，總理衙門遂久擱不覆。而外部亦乘機稍有翻異，謂香港領事先給試辦一年准照，如不侵英官之權，不違華民之意，即可換給常准照，而沮之者因得益以為辭，欲罷此事。余屢發電争之，相持未決。至是，適因新嘉坡領事左秉隆以親老多病，告假回籍，左即擬調香港領事者也。余乃為調停之法，電致總理衙門云：擬暫緩港事，請先議准新嘉坡總領事並發憑，以便請外部給准照，此事關係南洋全局，亦不牽涉他事，且為英待中國與他國一律之據，似應受之。旋接回電云：新嘉坡總領事，已奏准以黃遵憲充補。香港領事暫緩，可告以一年之議未愜，看其答復如何，再由尊處請旨。』瑩中註。

致王制軍再啟 壬辰

敬再肅者：捧讀另示，於滇緬邊界，考覈源流，究極利病，形勢瞭然，想見藎畫籌邊，久操成算，鉅細無遺，曷任欽佩。又以英兵年來静謐，並不游弋邊地，齒及敝處詰問之功會逢其適，過承獎譽，祗增慚恧。滇邊界務已與外部争論數月，尚無歸宿。外部頗知顧大局，畏公法，惟印度部蠻横無理，壹意佔地，貪得無厭，雖外部亦無如彼何，以致管秃唇焦，尚未就範。

曾惠敏原議三端，固尚有做不到處，而不能不從此下手以占先著。旋又思穆雷江以北之野人山地，為通藏要路，尊示所云英人最屬意者，實係洞見癥結之論。且昔董大寨英兵不撤，事定之後，恐又誘脅騰越諸土司，俾為兩屬，滇邊從此多事，不得不為固圉百年之計。因復按照泰西公法，索分野人山地，以大金沙江為界，如此則自穆雷江以北，大金沙江以東，皆為我有，斬斷許多葛藤，滇西可無邊警。曾惠敏雖嘗有此意，尚未引申其說。大抵此一端可兼前索之三端而又過之。明知彼族尚難輕允，然所以必索此一端者，為冀可稍得三端計也。所以必索彼三端者，為免彼進侵滇界計也。苟非透進一層兩層，盤旋作勢，恐至著著落後，受制於人。現正相持未決，不憚以筆舌力爭，待到結束之時，或冀於三端中得其兩端，即可見風收帆。

潞東擺人歸我，既難控制，歸彼又慮侵逼。若但留作甌脱，英人向不喜用此法，且恐名為甌脱，仍漸被彼佔踞，窺我滇境，自不如徑定一辦法，堅明約束，較為妥協。竊查擺人各地，大半已歸屬暹羅，客歲英與暹羅定界，又稍割以畀暹，所存似已無幾。鄙意但欲於車里洋圖謂之江洪、孟連兩土司邊外酌量索地，庶可保護該兩土司，而擺地原各有土酋，仍可處以羈縻之列，不必收為屬地，似亦不難控制耳。

至大金沙江以東之野人山地，萬一果能索到，則自穆雷江以北，直至二十七八度之間，皆不過在沿邊數十里外，亦並非收為屬地，不過羈縻勿絶，仍聽野人各自為治。聞英兵駐昔董大寨者僅二百名，因其地頗得勢，已足以資彈壓。中國素為野人所歸嚮，乘彼怨恨英人之後，若遣能員諭以德意，必可翕然從風，仍選有節制之練勇一營，填紮昔董及沿江一二要地，則江東野人並皆安堵，並可保護華民，疏通商路。二十年後，野人漸化為良民，似可建設州縣矣。若果得此一端，則前所索三端者恐致減色，必難如願相償，然就利害重輕相較，自以舍彼獲此為尤善，但印度部堅韌異常，有難必得之勢，或當仍以三端為退步耳。專肅縷復，敬請勛安，不宣。

再密啓者：前歲福成與英廷商定，凡英之屬埠，華民萃居之處，中國均可設立領事，與西洋各國領事一律看待。今新嘉坡已改為總領事，其相近之檳榔嶼、麻六甲等處，均歸兼轄，並可相機添設副領事，以期保護華民。又仰光一埠，即洋圖所謂南緬甸者，亦有華民數萬，客冬曾經函請總署添設領事。頃接署中總辦密函相告云，堂憲握槧者亦知此事於華民頗有關係，但要務繁多，易致延擱；緬事為台端與敝處之專責，似應函商執事先請奏設仰光領事，並續請設新街等處領事，則兩地分疏不謀而合等語。斯言頗有見地，尊意如以為然，或奏明先設仰光領事，並請旨敕下敝處，遴派妥員，遵照定章，請英外部發給領事憑照。其新街領事，俟滇界大局議定之後，亦當及早聲請新街領事，須兼莽達拉等處，可轄北緬甸全境華民，似於撫綏事宜必有裨益。福成期滿，交卸在邇，此信到時，已在三閲月後，台端如奏請設仰光領事，可否先電達梗概，俾福成得據以電請總署之示，則事不致稽延矣。再頌崇安，福成又肅。

日本商務勝於中國説出使日記　辛卯

亞洲諸國酷慕西法者莫如日本，甚至改正朔，易服色，即西人亦姗笑之。然二十年來，於富强之道，竭力整頓，頗能大著成效，即如商務一端，已遠勝於中國矣。大抵通商之要，不外四端，曰培物産，工製作，精仿造，廣流通，四者既備，乃可與各國争衡。中國不知此理，一切聽其自然，絲、茶兩宗，本恃為出洋鉅款，今則日見其衰，售之西人，西人謂其貨愈劣，若有戒心，日本、印度、義大利、法蘭西乃起而攘其利。且自洋貨入中國，而土貨之銷於中國者亦日滯，近且停工不作。洋布盛則土布微矣，洋紗贏則土紗絀矣。細至洋針、洋綫、洋鈕、洋刀，無不尚西人所製，邇復製造食物，仿織綢緞，精益求精，務奪我利，此中國未獲通商之益，反受通商之害也。

日本則不然。國中土産培植壅護，灌溉翦裁，必求佳種，必令豐收，一切所出，今勝於昔，是物産培矣。銅器漆器，本屬擅長，近如魚鮓、鹿脯、紫苔、果實，無不慎加選擇，味美物良，況如紙料之佳，瓷器之美，無不販致遠近，是製造工矣。仿造西貨，率多形似，如所製寒暑針、風雨表、鐘表，機括具備，價又極廉，西商射利者轉販東洋之物，指為西洋所造，是仿造精矣。日本地小物稀，曩時通商中土，其貨有限，今則製造日多，且精皮酒一項，西人亦喜日本所釀者，自遠來沽，是流通廣矣。此四者，振興商務之本也，中國有一於是乎？然則講求西法以奪西人之利者，環顧亞洲，舍日本其誰屬哉！

論中國未能洞識洋情出使日記　壬辰

西洋各國駐華公使領事無不任意挾制，遇事生風，余以為洋人性情剛躁，不講禮義之故。及至歐洲，與各國外部交接，始知其應付各事，頗有一定準繩，周旋之間，彬彬有禮，亦尚能顧交誼，不肯顯露恃强淩人之意，亦不顯露矜智尚術之意。非特英、法也，各國皆然；非特外部也，各員皆然。即如前駐京英使威妥瑪，我中國人皆以為妄人也，暴人也。而威妥瑪與余交，情文並摯，隨時襄助，具其學問議論，即在中國，斷不能以常人視之。然苟再至中國，不能保其不為患也。

且洋人之恣挾制於中國也，其所由來，非一日矣。始於道光年間之和戰無定，屢戰屢敗，既為洋人所輕；繼以咸豐季年為城下之盟，定喫虧之條約，益為洋人所輕。厥後雖設總理各國事務衙門，而堂司各官皆未洞識洋情，因應不能得訣，每遇一事，大抵御之以多疑，示之以寡斷，二者適與洋俗相反，寖至格格不能相入。其剛者争非所争，柔者又讓非所讓，而事益不可為。且偶有一二洋使，性情稍愨，不甚施挾制之術者，非特要事無一可商，且有以微事而受嚴拒者，彼見夫善挾制者之多得所欲也，於是相承而趨於挾制之一途，即愨者亦漸化為黠，儒者亦漸變為悍矣。此風釀之者非一日，即改之者亦非一時。嗚呼！安得識洋情有風力之大臣，久居總理衙門而一挽此習也。

論公司不舉之損 出使日記　壬辰

中國聖賢之訓，以言利為戒，此固顛撲不破之道。孔子曰：『放於利而行，多怨。』孟子曰：『苟為後義而先利，不奪不饜。』其言尤為深切著明，然此皆指聚斂之徒，專其利於一身一家者言之也。大學平天下一章，半言財用，易言『乾始能以美利利天下』，可見利之溥者，聖人正不諱言利，所謂『生財有大道，生之者衆，食之者寡，為之者疾，用之者舒』，此治天下之常經也。後世儒者不明此義，凡一言及利，不問其為公為私，概斥之為言利小人，於是利國利民之術，廢而不講久矣。

數十年來，通商之局大開，地球萬國不啻并為一家，而各國於振興商務之道無不精心研究。其糾合公司之法，意在使人人各遂其私求，人人之私利既獲，而通國之公利寓焉。故論一國之貧富强弱，必以商務為衡，商務盛則利之來，如水之就下而不能止也；商務衰則利之去，如水之日洩而不自覺也。亞洲東方諸國之商務，向不如泰西諸國風氣之開，然邇來日本、暹羅經營商務，亦頗蒸蒸日上。

中國地博物阜，本為地球精華所萃，徒以怵於言利之戒，在上者不肯保護商務，在下者不肯研索商情，一二饒才智知大體者，相率緘口而不敢言，偶有攘臂抵掌而談之者，則果皆忘義徇利之小人也。即使糾合巨款，為孤注之一擲，無不應手立敗，甚且乾没人財以售其詐，致使天下之人相率以商為畏途。試取各關貿易總册閲之，中國之財，每歲流入外洋者白金二三千萬兩，以三四十年通計之，則白金之一去不返者，已有十萬萬兩之多矣。再閲一二十年，中國將何以為國乎！吾用是嘆息流涕於當軸者之不知變計，即有一二知變計者，而又未盡得其術也。

總理衙門堂司各官宜久於其任説出使日記　壬辰

英、法諸國外部尚書雖不時换人，而其下侍郎、總辦，則皆數十年在此署中，往往終身不换。如英之外部侍郎克蕾、副侍郎山特生，法之外部侍郎尼薩等，皆在外部辦事二十餘年。比國之侍郎郎貝爾芒，已專辦外部事三十年矣。其他或自使館隨員參贊升入外部，或自外部出為公使，又由公使入為侍郎、尚書者，不可以更僕數。蓋職業專則志壹而不雜，經畫久則才練而益精，所以西人辦理交涉，措注周詳，鮮有敗事，閲歷使然也。

中國自文文忠公而後，總理衙門大臣萃畢生全力，以經理交涉事務者，殆鮮其人。或以官高挂名，或以淺嘗自熹，或驟出驟入，聽其自然，一聞海國圖志、瀛環志略兩書之名，尚有色然以驚者；謂景秋坪尚書。或又有一二清流，如李高陽、閻朝邑兩相國，皆自謝為不知洋務，以終年不一至衙門為高。至於章京考取之券，皆以小楷，固有居署十年，尚於洋務不甚通曉者。其或號為明敏出色之人，不過取能了日行公事而止；若既了公事，而又稍通洋務，則其人固更出色矣，則必由章京而管股而幫辦而總辦；如是者十年而不簡放關道者，則群相與目笑之。故在署十年而稍習公事，無不得關道以去矣。迨既得關道，而外升藩臬，内升京卿，又不復入總理衙門矣。如是而欲洋務人才之練習，其可得乎！如是而欲辦理洋務之不至於歧誤，其可得乎！吾是以謂中國欲圖自强，必自精研洋務始；欲精研洋務，必自整頓總理衙門始；欲整頓總理衙門，必自堂司各官久於其任始。

論古今教宗 壬辰

中國上古之聖人，不可考矣。其可考者，伏羲、神農、黄帝、少皞、顓頊、帝嚳、堯、舜、禹、湯、文、武、周公、孔子，皆聖人也。而皋陶、稷、契、伯益、伊尹、傅説、召公、太公、顏、曾、思、孟，亦聖人之亞也。宋之周、二程、張、朱五子，亦未必非聖人之亞也。是中國五六千年以來，可稱大聖人者十四，稍亞於聖人者十七，其大較也。而伯夷、柳下惠之聖，尚不可計焉。

歐洲各國，自耶穌未生以前，則奉摩西為聖人；耶穌之後，則但知有耶穌而已。其説以為後之聖人，較前之聖人，尤精尤備，則前之聖人可勿道也。至如耶穌之弟子，曰彼德，曰保羅者，西人亦以聖呼之，然不過因稱耶穌而兼及之。西人之敬耶穌如天，殆有統於一尊之意。今耶穌之教盛於歐美兩洲，而亞洲、阿洲亦頗行之。生耶穌之前者，則有釋迦牟尼之教，近尚盛於亞洲。生耶穌之後者，則有謨罕默德之教，今行於歐、亞、阿三洲。此三人者，皆中國以外之聖人也。若論其所行之地之廣遠，則耶穌之教為最，回教次之，佛教又次之。

余於此三教，未暇考其深淺，然如謨罕默德者，不過以市儈而兼奸雄耳。稱説天神以愚弄其徒，不服其教者，則興兵以擊之。其所以得尊為聖人者，大都恃智力以取之，非真聖也。余姑就彼教之所謂聖者則聖之而已矣，雖然，釋迦牟尼生於印度，耶穌生於猶太，謨罕默德生於阿喇伯，皆在亞細亞洲境内，而歐美諸洲從古無一聖人焉。意者其人之生性，長於形而下之器，究不長於形而上之道歟？抑天地清淑靈秀之氣鍾於亞洲，故篤生中國諸聖人之外，復以餘力啟彼所謂三聖人者歟？而耶穌之庇蔭，泰西尤宏矣。

書漢書外戚傳後三 癸酉

漢因秦制，帝母稱皇太后，嫡妃稱皇后。惠帝崩，少帝立，張皇后以帝之嫡母，仍稱皇后，於名則舛，於禮則替，宦官、宮妾見其名位與帝邈不相屬，未必不因輕侮而生浮議。然則少帝之有怨言，后之無尊號致之也。呂太后崩後，少帝在位尚九十餘日，后仍無尊號。當是時，呂禄女既為少帝后矣，兩朝之后，稱謂相等夷，非惟不足別子母之嫌，抑且無以嚴姑婦之分，后之孱弱失勢有自來矣，然此豈太后意乎！

吾謂抑后之權而殺其禮者，産、禄、辟陽侯等之謀也。夫惠帝嘗怒辟陽侯，下之獄，將殺之，用閎孺救得免，則辟陽侯於惠帝有舊怨矣。少帝出怨言而太后知之，安知非辟陽侯輩鼓弄於其間哉。且太后臨朝，産、禄、辟陽侯等皆入居宮中用事，當是時宮中之濁亂甚矣。彼見太后春秋高，后為惠帝嫡配，甯不欲豫通款曲，為異日挾以臨制諸大臣之計。然后居嫌疑之際，卒能皭然不滓，則其秉節守禮，必早與呂氏相違矣。産、禄等知后不能助己，乃謀抑其權，殺其禮，必其説有足動太后之聽者。夫太后立后，始愛其柔慤無權略，繼知其不能威制諸大臣，故遂不付以後事。后以孑身寄食，不啻漢宮一贅旒，然獲免於禍亦實由此。烏虖！后當漢宮無主，産、禄恣横之時，避勢保躬，且身居閫位二十五年，孤苦幽辱而默然安之，此予所以悲其遇而益嘆其賢也。

書漢書外戚傳後五癸酉

漢廢后多不得其死，獨孝惠張后獲令終，非必文帝之仁厚能保全之，蓋於孝惠、高后時卜之矣。后之初立，惠帝後宮美人擅寵於內，太后以暴抗雄猜之性臨制於上，后方惕焉救過不贍，雖名居中宮而未必有其實。迨惠帝崩，諸呂、辟陽侯入居宮中用事，氣勢益横，蔑視惠后，而太后亦待之益疏。史記呂后紀云：『宣平侯女為孝惠皇后時，無子。』夫曰為皇后時無子，則斯時似竟不以皇后視之，貶之曰『宣平侯女』，則少帝非惟未上太后之尊號。吾意諸呂等在宮中，必已揚言后實無子，不得以惠帝嫡配之禮禮之，其平時私相指目之辭，不過曰『宣平侯女』而已。且其意亦恐太后晏駕，后繼主宮中事，則張氏當奪呂氏之權，所以太后終以呂禄女配少帝為后也。諸呂既有蔑視之意，私語流播，少帝乃自知非后子，漸出怨言，此即后威福不能及人之一證。假若後漢馬后之撫章帝，宋劉后之撫仁宗，未見有人敢洩之於帝者，蓋以一宮權勢所歸，即為宦官、宮妾之所畏附也。是時后方益之韜晦，甘為漢宮若有若無之人。惟其始未享尊榮，故其後能忘憂辱，不以炎涼而生怫鬱，不以觖望而招咎戾，而衆人耳目所輕藐者，即讒忌亦不生焉。蓋后在呂太后時，雖不廢而無異於廢，故文帝亦以不廢廢之，若忘其為有是人而已。惟后能忍人不能忍，而自全之道亦在此。老氏所稱禍福倚伏之理，豈不信夫，豈不信夫！

書漢書外戚傳後六 癸酉

文帝即位，封故魯王偃為南宮侯，續張氏，説者謂帝所以褒功臣後也。不知張耳、張敖並無大功，特以敖尚魯元公主，其女又為孝惠皇后，故太后特封敖子偃為魯王。大臣既誅諸呂，恐偃黨於呂氏，且以其非劉氏而王，故並廢之，文帝即位而復封偃，余於是知敖與偃之愨願，未嘗倚太后稍近權勢也。張皇后非惟不黨呂氏，必其素有幹蠱之賢行，為中外所知也。當大臣誅諸呂時，呂氏親黨無不死，雖以樊噲之功，其子伉亦被誅滅； 況偃親太后外孫，又最被顯寵，而竟獲免禍者，則當時大臣亦知張氏無罪也。帝封偃而大臣無沮止之言，其意更可知矣。是時文帝方封母舅薄昭及齊王舅駟鈞、淮南王舅趙兼皆為侯，因而推及惠帝之後弟，蓋恐天下傷惠帝無後而並憐后，故為此舉以示天下，此亦帝之深於黃老之學也。然帝實蓄嫌忌之懷，不以后之嘗為天下母，而致其尊親之禮。惟后亦以寡居孑立之身，洊遭大變，勢孤意怯，哀懼交集，惴惴焉以得終天年為幸，所以能蠲去憂忿，消釋嫌疑也。不然，后之所處，艱於他廢后百倍，顧不若孝武陳后、孝成許后之橫被蜚語，又不若孝宣霍后、孝成趙后、孝哀傅后之躁忿自戕，豈非柔静之德有以處之哉。然張敖之後，自偃續封，至於漢末二百年不絶，外戚恩澤未有若是之久者，或者是非久而必明，漢之諸帝追念張皇后之賢，而推及其外家，亦猶文帝封偃之意歟。

西軺日知錄序 甲午

光緒十六年，福成奉命出使英、法諸國，頗摭見聞，兼抒胸臆，排日纂記，自庚寅正月，訖辛卯二月，輯為六卷，既成書矣。辛卯以後，逮甲午春，使事將蕆，忽忽又越三年，得日記未成書者若干卷。余之初創日記也，稍變舊體，務裨實用，凡尋常事悉擯不録，即交涉要務，既有奏疏公牘，亦不盡筆之於書。此書用意在備遺忘，資考證，研古今之變，究事物之窮，體例於亭林顧氏日知録為近。卷帙稍多，乃併前後日記，汰其冗瑣無關宏旨，刺取要最，以類相從，顔曰西軺日知録云。

自東漢甘英臨地中海而不渡，幾謂天地之際盡於此矣。豈知海之西別有天地耶，又豈知其疆域博奧遼闊，車不同軌，書不同文，行不同倫如此耶。數千年間，人挾拘墟之見，一聞鄒子大九州之説，則疑其閎大不經。元、明以來，西人雖有至中國者，而中國於彼形勢政俗茫然也。中國之習知西事，蓋自近年軺車四出始。顧余謂中西之理雖不同，苟得深於理者觀之，未嘗不見其大同，設令中國聖人復起，吾知子思子所謂天之所覆，地之所載，莫不尊親者，其理斷不誣也。惟默審其所以異，乃能知其所以同。苟循其流，必窮其源而後已。吁！其理之日出而愈我者，詎有涯涘也哉！光緒二十年春三月，無錫薛福成自序於法國巴黎使廨。

繙譯歐洲和約輯要序辛卯

黄生伯申通法國語言文字，得法蘭西人歐洲和約輯要一書，譯成，乞序於余。余觀歐洲立國，以傳教、通商兩大端為樞紐；失其均平，不能不争，有所格禁，不能不解，於是争戰之後，必有盟約、和約者，固歐洲諸國得失之林也。夫前事所終，後事所始，為源為委，為倚為伏，循環曲折，怵然其可戒，戛然見其難為，是書深得其審慎之用心焉。寡固不可以敵衆，弱固不可以敵强。夫豈無要挾恫喝，張虚聲以憑陵，失人心之公，犯鄰國之怒，亦彼族之所恥也。至於陰謀遠慮，從容壇坫，而轉敗以為功，收效於無形者，乃亦有之。唯英人據險宅幽，修政具於一國之中，窮武力於四境以外，馴致富强，隱然坐大，其諸礮艦堅利之故歟！因利乘便，投間抵隙，十常得其七八，計之上已。三百年之間，法强而蹶，英盛而久，德以弱國勃興，而波蘭分，土耳其裂，黑海之盟敗矣，歐洲大患，將在於俄。然此亦何與於我哉？古人有言曰：天下有道，守在四夷。外患外懼，聖人藉以興。蓋未來者智士不可知，而未嘗不可覩已成之勢，微乎危乎！於是書誠有感焉爾，余既嘉黄生之意，即弁數言於簡端焉。光緒辛卯春正月，無錫薛福成序於法蘭西之巴黎中國使署。

日本國志序 辛卯

日本自同治初年以後，尊信泰西之法，如軍政、商務、輪船、鐵路、電線、槍礮以及機器製造之屬，同時並興，智創巧述，駸駸乎有蔑視中國之意，於是滅琉球，窺朝鮮，甚且擾我臺灣，屢講不戢。余嘗建議謂禦侮之道在自强，苟船械齊集，水師練成，不特足以彌各國輕侮之端，亦足以平日本囂張之氣。比年以來，朝廷經營海軍，漸著功效，其專對四方措置交涉之事者，亦知其要而得其機，日本蕞爾國，頗稍讋我聲威，遵奉約章惟謹，意者余曩所言為不謬歟。

上海姚君子梁通知時事，研究輿地之學，嘗隨吾友遵義黎蒓齋使者于役日本，為日本國志十卷，閲三年而書成，其論疆域、形勢、沿革、建置，綱舉而目張，條分而件繫，瞭然如示諸掌。至維新諸政事，尤必備載之以徵風氣。今年春正月，姚君自德至法，將遊歷緬甸、越南以歸，乃以稿本眎余，屬為之序。

余嘗謂中國古書雅記流傳日本者甚夥，或且展轉復至中國，競相珍賞，資以考證。獨其國古今圖史，則見者卒尠，語焉不詳。蓋九度之陋，自古已然，而士大夫至其地者又不少概見。近始遣使東西洋以聯邦交而刺外事，而日本官私著述時時間出。姚君乃為之繙譯篡輯以成此書，視夫古所謂國俗風土，可得略記者，庶幾過之。

君子之為學也，期於有用而不託諸空言。今者時事方殷，外患孔棘，而瞀儒拘論，猶且深幘太息，鄙洋務為不屑道，及問以環瀛大勢，外國近事，輒窈冥而莫知其原，而我且門户洞開，堂奥畢見，如之何其可也。余聞日本水陸將卒，皆有中國地圖，知我險要之所在。妙君曾為日本地理兵要若干卷，所述中國往來海道，至詳且悉，可以見之施行。自來兵法與輿地相為表裏。一旦海上有事，當必有取於此，因序此書，並為治國聞者告焉。光緒辛卯春正月，無錫薛福成序於法蘭西之巴黎中國使廨。

代曾侯相江南昭忠祠記 乙丑

同治元年夏四月，我軍既清皖北，將有事於金陵，予弟國荃率諸將轉戰渡江，連下太平、蕪湖諸城，剋東西梁山等隘十數。五月，進逼金陵。方是時，江以南無完堵，赤蝗元蜂，若象若壺，邀遮掩襲，晝夜搏戰。閏八月，賊以援師六十萬薄我，勢張甚，會我軍天疫，將士弔死扶病，鏖鬥四十日，圍乃解，死者餘五千人。二年春，分兵西援舒廬，其夏攻剋雨花臺，迭有傷亡，北會水師，大搏九洑洲，凡五晝夜，覆其城，殪驍賊數萬，我軍死者亦且數千。其九月，賊渠李秀成穴地來攻，相守拒者累月，而諸軍亦於是時徇列城，拔東壩而進矣。三年正月，剋天堡僞城，遂圍城，不剋。五月，治隧道數十不就，於是各軍迭戰環攻，礮聲殷天，血流漲江，死傷駢積，旬有五日不解甲。六月十六夜，我師自隧道入，遂梟元惡，城中賊數十萬獮薙無遺。楚軍戰金陵前後越二歲，將吏士卒凡戰死若病歿者幾二萬六千人。予既移駐金陵，修治缺口。予弟國荃念諸將士死事之烈，將建祠以祀，屬予疏聞，報可。得地於江甯城北蓮花第五橋，故僞館也。斥而新之，為屋七重，為廂為龕若干，祀營官某以下若干人，勇丁某以下若干人。

予觀金陵面江負山，自古稱形勝地，然竊怪晋氏以來，舉金陵者往往乘勝席卷，不煩血刃而下，何其易也。豈能適會其成功，敵雖有戰且守之資而莫能用歟？自洪孽僭亂，扼險恃衆以遻王師，放兵四出，則南北為之震撼，良將健卒，萃於城下，折北而不救者，踵相接也。迨楚師以孤軍深入，諸將士與賊死咋，猶且再易寒暑，屢瀕於危，而根芽甫拔，嗚呼！可謂難矣。當其肉薄臨城，魚貫穴攻，裹創忍饑，面無人色，冒白刃，突飛鉛，嬰毒癘，之死靡悔，彼豈不知頂趾髮膚之可愛邪？義有所激而利害不暇計也。今大役就蕆，孑遺黎民，稍獲休息，而諸君子固已賫志歿矣。感念今昔，悲愴不能為懷。雖然，此祠也成，後之人瞻望肅拜，必且升高矚遠，以追弔其提戈陷陣之地，而益想慕忠義於無窮。其英毅之魄，固不隨異物腐散，瞬然上與三光同明，下與江水同清也，豈不偉哉！

重濬甯波城河記 戊子

甯波濱甬江為郡，水自大雷它山匯諸溪流，分灌城中，源近而節短，外遏江潮，恃三喉為啓閉，宣洩不暢，易致壅塞，加以人户稠密，闤闠相連，河之受淤，有繇來已。

余既莅浙東之四年，海防無事，方思興修水利，裨益民生。會夏秋之交，郡城大疫，詢之父老，咸以水流不潔為病。先是光緒四年，知甯波府上元宗君源瀚倡議浚河，設局抽捐市租為費，凡用錢二萬餘緡，有郡城濬河徵信録。迨今未及十年，河道淤濁已甚，且有夷為平陸者，殆如宗君所云，浚河者在一時，病河者日積而月累，此河所以恒不治也。余乃邀集紳士，亟謀重濬。既慮商民日疲，抽捐市租之舉，殆不可復，於是蠲金為之倡，更謀之提督歐陽軍門、知甯波府胡君元潔、知鄞縣徐君振翰，各量力佽助，並督勸文武官紳，集貲襄事，檄委鄞縣丞汪龍珠、試用主簿王藩、試用巡檢張汝鏞，會同郡紳户部郎中童揆尊、四品封職張善仿、候選府經歷華志青、候選教諭盧友焜分董其役。賴諸君雅意，謂官斥私財以治民事，吾等豈自恤其私，則凡辦公所支輿馬之費，薪水之資，皆辭勿受，又不設專局以節經費，而於所以慮役賦功者益覈且劬。

經始於去冬十月，至今年十二月，工竣，城中經河支河，次第修治，並濬江東碶浦橋河，凡為工五千二百二十七丈，凡出土六千一百八十一方，凡用錢三千餘緡。蓋較量工程，與前十年之役略相等，而用費乃不及五之一，則在事諸君勤勞撙節，裁減浮費之實效。且幸獲因舊軌，源益濬，流益暢，新雨之後，河清如鏡，飲汲不污，沴氣潛消，民無勞費，坐得美利，僉謂自來濬河所未有也。

凡治河之法，先築壩兩端，使河身顯出，然後按方出土。此次遇春夏水漲、冰雪沍寒皆輟役，專俟水涸時并力施工，故歷時至一年有餘，而財力稍省，蓋與時變通之一端，而諸君籌畫之盡善亦可想見云。光緒十四年冬十二月，布政使銜升授湖南提刑按察使分巡浙江甯紹台兼管水利海防兵備道監督浙海關無錫薛福成記。

美人倍爾創德律風記 壬辰

電報之法奇矣，德律風則奇之又奇。此器成於光緒三年，有美國人倍爾者，用電氣收入人聲，由綫通彼處之電氣，復發為人聲。先是光緒二年美國賽百年大會，倍爾製德律風，已粗具規模，陳之會中，任人聚觀，試驗之靈便異常。有英國格物士黨生者，記其器之形質用法，謂電氣之用至此，超前絶後，惟此器初創，恐尚未盡善，願再加研究，務使不及片時，可傳至千百里以外。倍爾遂復精思更改，迨明年五月五號，就暴斯敦大堂聚集衆人，又於十五里外集衆亦如之，以德律風傳言，互相問答，其應如響，又歌一曲，音調鏗鏘，如在耳際。又一綫通至一百二十九里外，歌聲自器中出亦如之，由是而德律風之妙用始彰。倍爾又建於紐海紋大書院中，學徒十六人相聯以手，一人手執西邊電綫，既而東邊屋内發聲，電由十六人身上傳過而人不知，斯亦奇矣。其用以傳述事務，則始自某書信局員伯司斯，既而市肆及煤礦俱用之。後黨生經理礦政，用一千八百尺長之綫，由總局通至礦内，向有量空氣表，及用德律風相接，出聲如報時鐘，以報空氣之多寡焉。

蓋倍爾夙精格致之學，謂萬物本無聲，擊動空氣，始得成聲。試以極薄之鐵皮，成一空心圓泡，就其口呼吸之，則鐵皮動有凹凸形，即於泡外置一小筆頭，用紙條移過，則筆因泡動而作點畫，如電報然。因悟聲者擊動空氣而得，遂用電綫傳聲，成此德津風。其聽之之法，用木製一筒，如人耳然，筒有竅，竅中以極薄銅皮置為耳膜，筒中置有電之吸鐵，繞以細銅絲以接電綫，傳語時語音擊動筒内耳膜，使吸鐵受其聲，由電綫傳至彼處，聽之絶不模糊。後有謂此可備戰陳之用，恐電桿易被敵毁，乃將電綫埋入地中，敵莫能得其端緒。近又有美國人愛迭生者，製成納音器，開其機軸，裝以蠟筒，一人口向皮帶語之，則聲留蠟筒上，可郵致他處，供人聽聞，雖相距數萬里，遠隔數十年，無殊晤對，此則尤變化出奇矣。

觀賽佛爾官瓷新窑記壬辰

余昨偕慶靄堂張讓三往觀賽佛爾官瓷新窑，在巴黎西賽納瓦斯府東北，其地背山瀕江，由此而進，即散格羅大林草地，風景絶勝。乾隆十年，法國在文散納設窑造瓷，後移至賽佛爾，是為舊窑，以公司集股為之，嗣歸國家經理，由是製造大興，通行漸廣。復受法於日耳曼之薩克索國，尋取泥於巴黎南之里母市，遂建新窑於舊窑之西南，始事於咸豐十一年，竣工於光緒二年，即今官瓷窑所稱為泰西第一者也。

下車入門，有總辦來迎，先導觀瓷器博物院。中廳置花瓶高八九尺，徑一尺有奇，葱翠潤澤，係為議院所製，價五萬佛郎云。又有白地青花大瓶，製仿中國瓷，嘗陳於賽奇會者也。其餘各器璀璨耀目。中廳左右各有長廳，廳凡三間，以厨隔之，每間有厨，面背各五；左右兩廳為間凡六，每間為厨凡十。

左廳之厨，有埃及、希臘古瓦器，古樸斑駁，夏商時物也。有羅馬及法國古瓦器，亦秦漢時物也。瓦器有花者素者，似篆籀蟲鳥書者，著色者，堆油者，殘缺分裂，衹存片瓦零甓者，大率得之古礦荒野。蓋泰西陶器，虞夏時埃及已有之，惟瓷器仿自中國，得法稍遲。又有各國新舊瓦器、石器、砂器、各色玻璃器，有中國、日本、朝鮮、印度、波斯、土耳其諸國瓷器。

右廳之厨，有法國各窑瓷器，其稱上品佳製者，有中國諸瓷，日本瓷，又有英、俄、德、奥及薩克索瓷。薩克索瓷器在泰西最早而精，尤佳者與中國瓷埒，惟賽佛爾能及之，油色既佳，繪畫尤妙，有淡青色如董窑者，有象牙色如象窑者，有如硃砂紅、鸚哥緑者，惟天青不如柴窑，純白不如定窑，礬紅不如饒窑。又有以銅作身，以瓷作飾，如古所謂大食窑佛郎嵌及戧金者。其畫有人物、花果、蟲鳥、魚藻之屬，方之中國古窑佳瓷，殆無以過。壁間所掛哥熱班爾所寫花果瓷畫，值二萬佛郎，盎利底斯巴黎得勝圖瓷畫，值四萬佛郎。

聞法人始造瓷器，嘗取中國瓷之油色泥料，細刮精研，用法化分，求之既久，方得其訣，蓋製瓷必賴化學也。中國之窑横而長，西洋之窑橢而圓，而上安泥坯下燒柴火則同。

遊六汀騰海口記壬辰

余偕王省山乘馬車赴六汀騰海口遊覽。六汀騰距白雷敦約四英里，凡居白雷敦者皆往遊焉。余車循海岸而往，循山徑而回。其地本非大鎮，而鄉村臨海，頗有疏野之趣。一路山不甚高，墾田者皆在山半，大麥甫穫，風景絕佳。

田將過貧孩院，叩户入觀之，該院總辦款客殷摯，導觀各處，規模宏敞。院中男女孩凡三百餘人，有厨房，有書庫，有浴室，有飯廳，有讀書堂，有講經堂，有做工所，有演藝場，有洗衣所，有男孩卧室，有女孩卧室，秩然不紊。養牛二十五頭，日取其乳以供院中之用。凡貧孩二歲以上，即可送入院中，迨二十歲左右，皆成一藝以去，俾能自給衣食，無饑寒之慮焉。

是時適值午飯之後，須赴場操演以舒其筋骨，總辦邀余觀之。有孩一班，專奏兵樂，其餘則演槍法陣法，無不手勢嫻習，步法整齊，蓋遊樂也而操練之意寓焉。又邀余聽諸孩奏樂，年皆不過十歲左右，而按之樂譜，悉協宫商。又邀余聽七歲以内諸孩演唱，調皆一律，雖甚幼稚，而意象嚴肅，無有敢跛倚嘩笑者。其教導皆用女師，亦頗愛諸孩如其子。聰穎之孩，常有成學業以去者，其次則出為兵丁，為樂工，為畫師，為木匠，為裁衣，及一切眾技，歲有若干人。諸孩所造器皿，無不精巧，即代鬻之以供本孩之用。

於戲！至矣盡矣，毫髮無遺憾矣。吾不意古先聖王慈幼之道，保赤之經，乃於海外遇之也。

知府銜分發補用同知前知江西永新縣華君家傳戊子

君諱翼綸，字贊卿，號篴秋，世居無錫析縣金匱之蕩口鎮。道光二十三年中順天鄉試副榜，次年恩科中正榜舉人。君少即卓犖不羈，慨然有當世之志，視世俗屑屑無當意者。

當粵賊初起，同縣鄒壯節公鳴鶴巡撫廣西，知君才，邀之往，既至，則投效經略賽尚阿公大營，襄理營務。總兵官長瑞奉檄剿賊，又請君隨幕府。後長公歿於陣，君獨身於亂兵中求其尸，既殮，為作傳表其忠，且歸其喪於京師。在廣西凡二年，所策慮多當成敗。一日有礮子擊其枕，陷入壁，見者皆驚，君固坦然不為意也。

選江西永新縣知縣，精察吏事，宿獄一埽刮絶。永新西南鄉有巨猾王姓者，虎狼行，人呼之曰『石角牛』，群吏莫敢何問。其黨至湖南茶陵州大掠，多殺人，踞峽自守，官兵捕之不得入。君單騎馳往峽口，牛故懾君名，謹出謁，君直前數其罪。牛曰：『我非殺人者，而能擒殺人之人。』詰其期，曰明日，姑縱之。至期，牛果擒殺人者八人至，訊之咸服，僉謂君之德格暴頑矣。

劇寇石達開犯江西，陷五十餘城，永新亦陷，君落職歸。俄而金陵大軍潰退，君集族人倡行團練，長洲徐氏、張氏皆翕然應之，聲勢頗盛。當是時蘇、常諸郡皆不守，而蕩口以一鄉孤峙賊中，與勁寇相持者二年，事聞於朝，優旨嘉獎。君察知賊勢强，非藉楚軍之力不能滅賊，適曾文正公駐安慶，方欲東兵以援蘇、常，隔賊未能進，君乃間道赴上海，偕太倉錢敏肅公鼎銘等乘輪船上駛，謁文正公乞師。同治元年，今伯相合肥李公以道員統水陸諸軍東下，檄君辦船捐、協餉、大營嚮導、文報、善後各事，皆能力任勞怨，叙功開復原官，旋保以同知分發補用，加知府銜，賞戴花翎，然君自以精力將衰，無復用世志矣。

君為人伉直敢任事，居鄉非公事未嘗入城，里黨有事，無鉅細輒白君，君出而處分之，人人各得其意去。性劬學，雖老，益孜孜。為文及詩畫，皆磊落有奇氣，同里秦澹如先生尤賞之，謂非今之世所有也。年七十有六，以光緒十三年八月十七日卒。子二：長蘅芳，候選知府；次世芳，拔貢生，俱有異才，皆君所自課也。所著書將十種，其荔雨軒文集已梓行，餘藏於家。

薛福成曰：予與君雖同里閈，平生未嘗數數見，每於鄉人傳述，得君之為人，以為才氣雄邁，偉然近古豪傑士也。然君罷官時年未五十，其才與力尚足以有為，而決然不復再出者，何哉？豈其多閱事變，志意已稍倦歟？然君磊落奇偉之氣，實至老未嘗少減，每觀君詩文與所作畫，為想見之焉。

誥授光禄大夫頭品頂戴都察院左副都御史薛公家傳

甲午

公諱福辰，字撫屏，别號時齋，江蘇無錫薛氏。曾祖諱世琛，祖諱錦堂，郡學生，考諱湘，廣西潯州府知府，三世皆贈光禄大夫。曾祖妣許氏，祖妣顧氏，妣顧氏，皆贈一品夫人。

公幼習制舉業。先考光禄公謂學有根柢，則枝葉自茂，教以温經讀史，兼覽百子，熟玩朱子近思録，涵而操之，務俾理博才贍，又綜考有明以來制藝之卓然者，而擷其華，師其意，由是沿流溯源，學乃大進。咸豐五年，中順天鄉試第二名舉人，援例以員外郎分發工部行走。會光禄公知湖南新甯縣事，選知潯州府，未及行，卒於官。公奔走經營，歸喪於鄉，身留湖南，清理官逋。事未蕆，而粵寇陷無錫，太夫人挈家僑徙江北，公未得音問，偕弟福成走數千里，微服穿賊境，屢瀕於危。航海涉江，始覲太夫人於寶應，相見悲喜，遂奉母鄉居以避寇。公弟福成、福保等始皆從公學制舉文，至是見時變方殷，兄弟互相切磨，研極經濟及古文辭，浩然有用世之意。公入都，浮沈工部，積六七年，居閒無事，乃大肆力於醫書。始宗長沙黄元御坤載之説，以培補元氣為主，繼乃博究群書而劑其平，出診人疾，無疢不瘳。蓋公之學凡三變，初攻時文，中治古文辭，最後研醫術，用力尤劬，而遭遇之隆亦終以此。累試禮部不第，居工部又久不補官，出參伯相湖廣總督合肥李公幕府，積勞改知府，分發山東補用，又以治河功改道員，補濟東泰武臨道。

越四年，丁内艱，服闋入都，格於例，不補官，將歸隱矣。適皇太后慈躬不豫，徧徵海内名醫，伯相李公鴻章與總督李公瀚章、巡撫彭公祖賢交章論薦，供奉内廷者三年，每製一方，潭思孤往，湊極淵微，或與同值諸醫官齗齗争辯，必得當乃已。一日辯聲甚厲，皇太后在内聞之，問曰：『此薛福辰耶，何戇也？』然由此知公益深。公援引古書，亦精覈無間，諸醫終無以奪也，而公之擔荷亦獨鉅云。迭賜文綺、銀幣、黄玉搬指，又賜御寶雲龍福壽字，又賜『職業修明』匾額及七字句對聯，又賜貂裘蟒、玉珠串。恭報皇太后大安，特簡廣東雷瓊遺缺道，補督糧道。旋報皇太后萬安，特賞頭品頂戴，調補直隸通永道，賜紫蟒袍玉帶鉤，又賜福壽字及黃辮荷包，並賜宴體元殿，長春宮聽戲，西廠子觀燈，又賜七字句對聯。當是時，公之功在天下，殊恩異數，焜耀絡繹，有將相大臣所不敢望者，天下不以為侈而以為宜。莅官通永，三年擢順天府府尹，以抨劾骫骳吏，為群小慍焉。御史魏迺勱摭瑣事劾公，且請以太醫院官降補。迺勱坐言事不實，鐫職去，尋轉宗人府府丞。

公夙研經世事，在山東為巡撫丁文誠公所倚任，凡整軍、治獄、賑饑及防河大工，壹坤遺之。塞侯家林決口也，公綜理全局，聯絡兵民，捧土束薪，萬指駿作，窮四十五日夜之力，河流順軌，民困大蘇。通州為出都孔道，僦車者公私騈集，牙儈把持，大為民病，公創設官車局，排斥浮議，力任其難，商民稱便。尹順天時，值歲大祲，災黎嗷嗷待哺，公精心擘畫，集鉅款，選賢員，濯痍噓槁，全活甚眾。為監司時，即深惡屬吏之瘝官者，糾彈不少貸。伯相李公暨丁文誠公、前順天府尹沈公秉成屢以治行尤異密薦，天子亦自知之，顧以醫事荷殊眷，而吏治轉為醫名所掩，頗用此鬱鬱不樂。

公素性通敏，閱事多，於世路險巇，人情曲折，必欲窮其奧而探其隱。然天性徑遂，凡人一言之善，或一事稍可人意，則傾誠推服，必逾其量倍蓰，或稍拂其意，則賤簡之也亦然。其待交游與在家庭之間，莫不皆然。顧用情未協於中，則意氣稍不能平，意氣不平，而養生之道盭矣。會遷都察院左副都御史，而公已疾不能視事，累疏陳請，始允開缺調理，扶疾南還，未浹月，遽以光緒十五年七月二日卒於無錫里第，年五十有八。配王夫人，繼配樊夫人，先卒，繼配竇夫人，皆封一品夫人。子邦彥，側室出，出后從弟殉難優廩生福楏，襲雲騎尉。邦襄，三品蔭生，候選知縣。邦龢，刑部候補主事。邦藩，出后第五弟福祁。是年九月十七日，卜葬縣東漆塘山之陽，王、樊兩夫人祔。

福成曰：余昔見公好圍棋，嫂王夫人屢諫未聽，則舉棋局而投諸井。王夫人早卒，而公復篤好之，曩居通永道署中，見公秉燭達旦，或演棋譜，或與客對弈，其起居失時，稍致人言者，未始不用此為累。公之得風痹疾也，醫者言用心過度，内受傷損而不自知，允矣。人之精力幾何，公於治事，用心本專，復耗之於技藝，此必不支之勢也。不然，以公之遇與年，其建樹詎止於此耶？由今思之，賢哉嫂也。甚矣，養生之術之不可不講也！

庸庵筆記

凡例

一、是書於平生見聞隨筆記載，自乙丑至辛卯，先後閱二十七年。所記漸多，始自刪存，其有精藴及有關繫者，復各以類相從，不能盡依先後為次。諸篇於近世鉅公名人，或稱其謚，或稱其字與官，蓋所述之人，生死不同，而所稱之官，又有前後不同者，則以纂述非一時故也。若必追改為一律，轉失核實之意，所以各仍其舊。

一、昌黎韓子有云：『誅奸諛於既死，發潛德之幽光。』兹編亦頗存此意，雖不過隨時涉筆，而所以挽回世道人心者，未嘗不兢兢焉。其次亦有裨經世之學，惟所書善惡，務得其實。善者，則盡力表章，不嫌溢美；惡者，則慎之又慎，必為世所共棄者，而後加貶絕焉。以附善善從長，惡惡從短之義。

一、是書所記，務求戛戛獨造，不拾前人牙慧。固有當時得之耳聞，而其後復見於他書者，則隨手刪去。亦有一二偶未見及，致未盡刪者。然各記所聞，其用筆亦稍不同矣。

一、筆記與文編相為表裏。凡關係大局之事，與其人最可師法，堪備史料者，既有一二十篇刊在庸庵文編矣，筆記中即不復贅。

一、史料一類，涉筆謹嚴，悉本公是公非，不敢稍參私見。即軼聞、述異兩類，無不考訂確實。惟幽怪一類，雖據所聞所見，究覺惝怳難憑，以其事本無從核實也。蓋神怪雖為聖人所不語，然孔子又曰：『鬼神之為德，其盛矣乎！』體物而不可遺，此天地之功用，中庸所謂微而顯也，故並録之。

一、筆記據平日見聞，隨意抒寫，亦間有閱新聞紙，取其新奇可喜，而又近情核實者録之，以資談助。今於新聞紙得軼聞一條、述異四條、幽怪二條，為刪其蕪冗，存其簡要，各附於本類之後。

卷一　史料

裕靖節公殉難

道光年間，靖節公裕謙由知府薦擢封圻，英鋭任事，亦頗講求吏治。自禁鴉片煙之事起，英吉利陷定海踞之。於是林文忠公以兩廣總督被劾落職，而大學士文勤公琦善往代其任。琦相力主和議，許以香港割畀英人，以易定海。是時，裕公已署兩江總督，每論時務，慷慨激發，堅持清議，疏糾琦相之咎，而推服林公甚至。廟謨亦已中變，褫琦相職，逮下刑部獄，命將分道出師，絡繹赴浙粤諸省。而裕公以欽差大臣馳抵鎮海視師，提督余步雲為之副。

當是時，英人因與琦相議和，已讓定海，而盡調兵船南駛。朝廷遣總兵葛壯節公雲飛、王剛節公錫朋、鄭忠節公國鴻率師駐守。裕公所擕制兵四千，皆由各省分調，畸零湊集，號令不齊，且承平日久，未經訓練，實不耐戰。余步雲尤恇怯巧滑，善結奥援，屢冒軍功，加太子少保。營外掘濠如淺溝，一孺子能踰之，遠近皆知其不足恃也。裕公駐鎮海城内，步雲駐招寶山。一日，裕公望見招寶山上有白旗，頗心疑之，乃勸步雲以竭誠報國，且與之盟。步雲僞稱足疾，勉强莅盟。有一英人名嘔哩，以舢板船擱淺，為浙民所擒。送至大營，裕公命生剥其皮，並抽其筋以為馬韁，呼號三日而後死，其聲慘厲異常。英人聞之，怒曰：『中國自命為守禮義之國，而酷虐不仁如此乎？』會廣東亦旋和旋戰，久無成議。英遂駛兵船復攻定海，陷之。三總兵同日戰死。

英兵進攻鎮海，用舢板船蟻附登岸，而余步雲守招寶山之師先潰，諸營繼之。裕公自投泮池，水淺不得死。一武弁負之以趨，僱得小舟，僅與幕友陳若木、吴如渤二人退至寧波。寧波吏民皆已倉皇驚擾，莫之省者。裕公自登舟，即吞金堅卧不語。陳、吴二幕友，亦惟恐裕公之急切不能遽死。次日黎明，舟過慈谿縣城，幕友往艙中撫之，已冰。皆喜曰：『公薨矣！』遂往告縣令，殯殮之。余步雲始奏稱退守寧波，而英人陷寧波。步雲奏稱退守上虞，且言裕謙大營先潰，以致各營相繼奔逃。復奏言：『聞裕謙率其幕友、家丁，舟過慈谿，不知所往。』於是宣宗皇帝諭旨，歎恨用人之難，謂柔懦無能者既僨事，而剛果有為者復鮮效也。

陳若木者，以字行，宜興人，習刑名，痛裕公之為步雲所賣也，乃代裕公夫人草訴冤之辭，遣裕公舊僕赴都察院呈遞，而步雲始奉旨逮問。然步雲供辭狡展，又素通聲氣，朝貴多隱為之地者，獄久不定，將待以不死矣。刑部尚書李莊肅公振祜堅執不允，加以刑訊。步雲畏李公之威，一一吐實，不敢復有所隱。讞既上，得旨步雲正法，而裕公亦獲優恤，建祠予謚，飾終之典隆焉。若木由是名聞江南，凡兩江總督到任，必卑辭厚幣，敦請入幕，為上賓者數十年。

蒲城王文恪公尸諫

道光中，林文忠公則徐以欽差大臣馳赴廣東查禁鴉片煙，與英吉利兵船相持海上，宣廟倚任甚至。既而中變，命大學士直隸總督琦善馳往查辦，嚴劾林公，革職遣戍新疆，盡撤守備，與英吉利講和。於是輿論譁然，皆罵琦善之誤國，及宰相穆彰阿之妨賢，而惜林公之不用也。其後河決祥符，上命大學士蒲城王文恪公鼎臨〔一〕塞決口，亦命林公赴工效力。蒲城一見林公，傾誠結納，且言還朝必力薦之。及大工合龍，朝命林公仍往新疆。蒲城還朝，力薦林公之賢，上不聽。是時，蒲城與穆相同為軍機大臣，每相見，輒厲聲詬罵，穆相笑而避之。或兩人同時召見，復於上前盛氣詰責之，斥為秦檜、嚴嵩，穆相默然不與辯。上笑視蒲城曰：『卿醉矣！』命太監扶之出。明日，復廷諍甚苦，上怒，拂衣而起，蒲城牽裾，終不獲伸其說。歸而欲仿史魚尸諫之義，其夕自縊薨。

是時，新城陳孚恩為軍機章京，性機警，最為穆相所寵任。方早朝，軍機大臣惟蒲城不到，孚恩心知其故，乃駕而出，急詣蒲城之宅。其家方搶攘無措，尸猶未解下。蓋凡大臣自縊，例必奏聞驗視，然後敢解也。孚恩至，命其家人急解之，檢衣帶中得其遺疏，其大旨皆劾穆相而薦林公也。孚恩謂公子編修某曰：『上方怒甚，不願再聞此言。若奏之，則尊公恤典必不可得，而子亦終身廢棄。子而猶欲仕於朝也，不如屏此疏勿奏，且可為尊公邀優旨，子其圖之。』會張文毅公芾亦至，文毅故穆相最親厚之門生，而亦蒲城同鄉且門生也。相與共勸編修，編修從之。孚恩代為改草遺疏，以暴疾聞。上震悼，命成郡王奠茶酒，晉贈太保，入祀賢良祠，孫三人皆俟及歲時帶領引見，飾終之禮隆焉。孚恩袖蒲城原疏以去，返至樞垣，呈穆相。穆相大喜，於是推轂孚恩，不十年，至兵部尚書、軍機大臣，而張公亦於數年間由翰林躋卿貳。惟編修以不能成父志，為蒲城諸門生及陝甘同鄉所鄙棄，亦自愧恨，遂終身不復出。

蒲城薨未幾，而林公召還，復為陝西巡撫。世俗皆言自蒲城薨後，宣廟常聞空中呼林公姓名，故不久賜環。此說雖未盡然，然亦足見人心所歸仰云。

【校】

〔一〕『臨』，底本及萬本皆以『鼎臨』為王公的名字，查當時大學士只有『王鼎』，故據南本改。

劫數前定

兵燹之劫，皆有定數，余既屢著於筆記矣。咸豐癸丑二月金陵之陷，粵賊募得黔人之善挖煤者，由儀鳳門穴地火攻而入。至同治甲子六月，威毅伯中丞曾公仍募得其人，由太平門外穴地火攻而入。斯事固已奇矣，尤奇者，常州府城以咸豐庚申四月初六日午時，為粵賊所陷。今傅相合肥李公之巡撫江蘇，也以同治甲子四月初六日午時攻剋常州。相距匝四年，而一失一復，月日時皆不爽，謂非有定數而能如是乎！

至如上海，以道光壬寅陷於英吉利，咸豐癸丑復為群匪所踞，迨粵寇之難，四鄉雖為戰場，而城獨不陷。寧波亦以道光辛丑陷於英吉利，同治壬戌復為粵賊所陷，迨光緒乙酉法蘭西以鐵艦來攻，竟不能入口。

大抵兵燹之劫，重於前則輕於後，冥冥中若有為之主宰者焉。

訥相臨洺關之敗

故相訥近堂閣部訥爾經額之總制直隸也，酣嬉廢事，吏治日壞。咸豐三年，以欽差大臣督兵馳救懷慶，適賊解圍，奔竄山西。訥相督兵回防直隸，初有獻計於訥相者，言潞城、黎城之間有一小徑循太行東出，可由河南之武安徑趨直隸之臨洺關。近時商賈皆由此往來，其路甚捷。然有險可扼，若遣兵五六百人守之，雖十萬之衆不能過也。

訥相拘守太平時舊制，以為潞城、黎城皆山西地，乃具咨文，請山西巡撫派兵守之。咨未及達，而賊已陷潞城、黎城，果由此路東出。是時，訥相方督凱旋之軍萬餘人，次臨洺關。先一日有冒訥相旗幟責州縣供張者，蓋賊之先驅已過而北矣，而訥相尚未知也。次臨洺之日，賊衆麇至，官軍倉皇失措，車馳卒奔，萬餘人潰散略盡。訥相以數十人走入廣平府城，盡失其關防、令箭、軍資、軍書等物，幕友吏僕皆星散。

既已不能具奏，廣平知府為之稟達省垣。是時，桂燕山相國桂良以刑部尚書駐守保定，為之入奏。訥相奉旨革職拿問。賊焰由此大張。蓋訥相為承平大吏已數十年，養尊處優，素不知兵，行軍既無偵探，又無營壘，加以拘牽文例，故及於敗云。

江忠烈公殉難廬州

新甯江忠烈公忠源生平忠孝大節，出於天性，猿臂長身，目炯炯有神，顧盼磊然。與人交，披肝瀝膽，終始不渝。尤愛才服善，聞人孝友節義事，務成就闡揚之。嘗以公車至京師，曾文正公目送之曰：『此人必立名天下，然當以節烈死。』是時，天下尚承平也。後江公知浙江秀水縣事，卓著循聲。丁憂歸里，會廣西洪、楊等賊勢焰日張，江公出參副統都統烏蘭泰公軍事，甚相契洽。烏公既遇伏殉難，江公遂自募楚勇千餘人與賊搏戰。楚勇出境剿賊由此始。全州蓑衣渡之役，以寡擊衆，殺賊數千，殲斃賊渠馮雲山，威名大著。嘗率所部援桂林，保長沙，守南昌，厥功甚偉。由縣令未及二年，超擢安徽巡撫。

是時，江公方在武昌庀守具，奉詔云：『楚皖一體，當相其緩急為去留，不必以成命為拘。』江公以廬州事急，率所部千餘人力疾遄行，至六安州城，病益劇。復有旨令暫駐六安，俟兵餉齊集，相機前進。廬州知府胡元煒具稟告急，詭言廬州糧械極富，團勇多而得力。江公以為廬州重地，有可守之資而棄之，可惜也。乃分所部之半留守六安，自率其半馳赴廬州。問元煒以守具，則糗糧、軍火一無所有。守城兵僅元煒腹心徐淮所募勇及公所募六安勇各數百人，皆新集不足恃。廬州城大而圮，兵勇人數不敷一門之守。江公悟為元煒所紿，且知廬州城萬無可守，然既已至廬，不肯為棄城退守計。又怒元煒不能布置於平日，復詭詞貽誤於臨時，每見必斥責之，元煒遂伏匿不敢出。江公巡城，見水西門枕高阜，環城一面皆山，度賊必據山俯攻，因部分文武吏守城，而自守水西門，下令有能助守城者悉聽，廬民赴之者萬餘人。部署稍定，越日賊大至，環城急攻，駕雲梯攀堞，官軍屢擊卻之。賊穴東城威武門為隧道，公募死士迎隧出。有賊黃禰據隧口下窺，外委馮貴引刀劈削其面，賊驚噪，官軍自城上擲火彈擊之，皆反奔。公守水西門，賊據山引矢，射及公幄。公久病，益不支，眾力請公宿城下。賊復穴水西門，伏地雷轟城，崩數丈。公躍而起，手大旗緣堞上督眾，連斃賊目，堵築闕口。會援師數道皆為賊所敗，城中勢益孤。元煒部勇分守北城拱宸門，勇首徐淮故縣役也，素無賴，與賊交通，夜開門引賊。城上兵與賊鏖戰竟夕，天且明，霧薂薂如雨。江公左右擁公行，公手劍自刎，不殊。都司馬良勳負公疾馳，公齧其耳，良勳負痛，因墮地，至水關橋，自投古塘死之。從公死者，曰布政使劉裕鉁，知府陳源兗，同知鄒漢勳、胡子雍，副將松安，都司馬良勳、戴文瀾，縣丞艾延輝、興福，時咸豐三年十二月十七日也。

胡元煒竟降於賊。或云元煒之初仕也，告貸戚友，得數百金，將入都，捐從九雜職。方在渡口僦舟，忽有一人來共渡，與語甚洽，因結伴同行入都，後僦屋共居焉。越月餘，其人忽問元煒曰：『子來何事？』曰：『將捐官。』曰：『然則盍將履歷示我？』元煒示之。數日後，忽謂元煒曰：『吾已為子上兑捐知府矣，子攜來之物即可作歸費。大丈夫生當斯世，何必齷齪為小官。且朋友有無相通，我有餘財，豈敢不為子良圖也。』元煒且驚且喜，遂拜謝，云不敢忘德而已。出都到省未久，即奉檄署理廬州府知府。元煒資望尚淺，忽得權守雄郡，復出意外，蓋亦其人為之經營，而元煒初不知也。及在圍城中，一日，忽有人持名帖入署，元煒視之大驚，蓋即代捐知府之人也，出都後，已久不相聞矣。屬元煒毋衣冠迎我，恐涉張皇，令外人知也。元煒迎入，拜述前德。其人謂元煒曰：『子毋然。吾將以十二月十七日下廬州，子能迎降，必受封王之賞。不然，則命在今日矣。且子受我德甚大，今廬州兵餉兩絀，決不能守。與其執迷而自速厥死，孰若報德以取富貴乎？』元煒躊躇良久，既已無可奈何，乃決意從賊。屆期果由元煒所守之門入城。廬民聞元煒通賊狀，方城破時，相率入府署，滅元煒之家。元煒降賊，賊使擔水執爨，旋授以偽職。後官軍剋安慶，執元煒戮之。

噫！捐例之開，仕途龐雜，其流弊一至於此，可不懼哉！當元煒飾詞具稟時，不知其用意何在，或陰受賊計以陷江公，固未可知。夫以江公之忠勳才略，若稍假之年，其所建樹當與曾文正公、胡文忠公相頡頏，不幸中道摧折，未竟厥施。此余所以詳書其事，而感唏隨之也。

科爾沁郡王擒獲林鳳翔李開方

粵賊洪秀全之陷金陵也，遣其偽將吉文元、林鳳翔、李開方等率悍黨萬餘人北犯，由皖入豫，由豫入晉，由晉入畿輔，連陷郡縣，裹脅日眾。而欽差大臣勝保躡擊其後，頗有斬獲，圍之靜海及獨流鎮。科爾沁郡王僧格林沁統領蒙古諸部兵，及京營各將軍都統等，馳往會剿。

適金陵賊遣其黨黃生才等率眾北援，陷臨清州，脅從至五六萬人。勝保與領侍衛內大臣土默特、貝子德勒克色楞等，督兵迎剿。賊無食可掠，脅從者解散大半，沿途復被鄉團截殺。勝保晝夜窮追，至豐縣，剿滅全股。黃生才被山東官軍擒獲，伏誅。其靜海、獨流鎮之賊，南竄阜城，僧邸追圍之。賊聞黃生才一股為勝保所滅，相謂曰：『莫余援也已。』遂並力突圍，奪越三濠三壘，竄至連鎮，立木柵，掘深濠守之。復分其馬隊竄踞高唐州。當是時，吉文元已被吉林兵射死；林鳳翔在連鎮，僧邸圍之；李開方在高唐，勝保圍之。高唐賊眾皆百戰精銳，糧食充足，緣城複立木柵，悉用土壅週挖濠溝陷坑，又挖地窟，賊皆潛居，並有地道直通城外。每黑夜劫營，官軍頗有失亡。勝保鑄大礮，樹雲梯攻城，皆不能剋。遂築壘挖濠以困之。僧邸以咸豐五年正月十九日攻剋連鎮，搜捕餘匪，悉數殲滅，惟不見林鳳翔。擒賊供稱在窟室中，官軍窮搜得之。則見林鳳翔方在地洞挾二美人宴飲歡呼，已將長髮薙去，蓋欲乘間潛逃也。遂與其黨十一人，一並生擒解京誅之。

僧邸晉封博多勒噶台親王，即移得勝之師馳赴高唐，自德貝子以下俱受節制。勝保以師久無功，逮京治罪。僧邸故撤高唐南面站牆兵勇，誘賊出巢。賊果出城，棄其馬隊，全數步行，竄踞馮官屯。屯距高唐四十五里，距茌平十八里，賊脅民夫用各種大木器週圍堵住，內又徧掘陷坑，排列槍礮，守禦嚴密。屯內本多豪富，皆高樓大厦，外匝磚牆，十分堅固，礮不能入。僧邸追至屯外，用馬步隊圈圍。賊目持旗登樓眺望，見我兵近前，即放槍礮，勢難驟進。僧邸相度地勢，知非水攻不可，即擬引運河水以灌之。衆謂屯中地勢墳起，恐非水力所能及。僧邸內斷於心，神機密運。先於屯外週築圍牆，牆外掘濠溝甚寬廣，又以掘濠之土加倍內牆，布置周匝。旋據已革廣西左江道張晉祥稟稱，願捐貲獨任其事。僧邸許之。遂挑挖運河，自東昌三孔橋起，至馮官屯石橋止，共一百二十三里，計長二萬二千一百七十六丈，口寬一丈七八尺，底寬六七尺，深五六尺不等，計需工價京錢五萬二千餘貫。自二月初旬起，至三月初四日工竣，竟引水入濠。僧邸旋即飛飭僱集民夫二三千人，或用水車，或用巴斗，灌入牆內。牆外築墩，排列槍礮。一面令兵勇站立瞭望，防賊突出挖牆倒浸；一面督役晝夜輪流灌注不息。由是漸灌漸滿，牆內水深三四五尺不等。賊穴糧草火藥盡濕，賊聚居樓上，我兵用礮不時轟擊。賊之柴米漸乏，勢甚窮蹙。

四月十三日巳刻，李開方遣其心腹百餘人混入難民內，泅水出降，意欲藉為內應。僧邸心知其僞，訊出被脅難民遣回原籍，其餘賊黨一百四十餘人分撥各營，乘夜盡誅之。遂令兵勇越牆逼近土堰，放火燒燬賊巢，賊萬分窮蹙。十六日黎明，僧邸又令兵勇越牆，四面進攻。忽大風驟起，飛沙揚塵，瞬息不辨南北，僧邸即命撤隊。

巳刻，李逆遣一賊呈送降稟，僧邸諭令限本日午時先繳軍器，方准投誠。約半時許，果來繳軍器，遙見賊隊數十人，高張紅傘，擁李逆前進，志在乘此脫逃。僧邸偕德貝子等逆探其詐，暗令馬步隊數萬人張左右翼以待之。李逆既入彀中，遂與其黨八十八人俱在濠邊擒獲。僧邸傳令將八十八人撥入各營，其賊目八人在營外帳棚守候，但令李逆進見。李逆頭戴黃綢繡花帽，身穿月白綢短襖，紅綢褲，紅鞋，年約三十二三。攜兩賊童，身穿大紅繡花衣褲，紅鞋，年約十六七，美如女子，左右揮扇，隨李逆直入帳中。李逆僅向僧邸、德貝子等各屈一膝，即盤腿坐於地，兩童東西侍立。帳內總兵以下，皆持刀環立，怒目視之。李逆與二童仰面四顧，毫無懼色。但稱能寬貸其罰，願說金陵諸賊來降，並求賜飯。遂開懷大嚼，笑語如常，旁若無人。僧邸知其心叵測，飯畢遣出。又令八賊目進帳，皆跪見求赦，亦即遣出。遂將李逆與八賊目解至京都，淩遲處死。

僧邸查明連鎮、高唐、馮官屯三處陣亡官弁兵勇八千餘人，設立祭案，將就擒餘匪八十人並二賊童，捆縛挖心祭之。作祭文曰：『爾官爾民，為國忘身。沙場戰死，英靈未泯。天鑒爾志，振我軍聲。渠魁既殲，賊黨悉擒。剖其心肝，慰爾忠魂。尚饗。』僧邸放聲大哭，官弁兵勇無不墮淚。僧邸前經晉封親王，於是奉旨世襲罔替，並賞肩輿。其餘文武各員，賞賚爵秩有差。

溫壯勇公守六合

咸豐三年，賊陷金陵，分黨往攻六合。知縣溫公紹源徇於民曰：『吾聞粵賊所至殺掠甚慘，與其束手受屠，不如殺賊而死。今與諸君約：能殺賊者，奪得賊所掠物，任自分之。』六合民素悍，一呼而集者數萬人。賊以六合下邑不設備，大敗而去。溫公以所獲輜重頒之於民，民既獲利，又知賊伎倆，氣勢益壯。賊每至，民團輒敗之。

一日，賊偃旗息鼓，乘黑夜薄城，而民團未之知。賊豎雲梯將登城矣，忽見城上燈火齊明，燈有九江王字樣，驟聞天崩地塌之聲，賊疑為中伏也，驚遁。蓋城內向有九江王英布廟，而火藥局在其中。是夕失火，而居民亦見九江王燈在城上，登城視之，始知有賊。出追之，復大得賊所棄財物軍仗。賊前後六犯六合，皆不剋。溫擢至道員加布政使銜，仍權六合縣事，而江北大帥亦奏請加九江王封號。

既而大帥託明阿忌溫公威名，疏劾溫公縱團肆掠，與賊無異。坐革職，發往軍臺。何根雲制軍桂清總督兩江，疏言溫公實有功，請免發遣，仍令守六合，既而請開復原官。八年，悍賊四眼狗圍六合，總統張公國樑率師援之。至陳板橋，去城三里，大霧不得進，停軍一時許，以待之。天明霧開，疾趨六合，則城已先一時陷矣。溫公遇害，賊刳其腹，殘其尸。聞大軍至，即棄城去。事聞，贈溫公布政使，謚壯勇。

張忠武公逸事

張忠武公國樑謀勇兼優，戰無不勝，保障蘇浙郡縣垂七八年，吳越之人至今尸祝。其後以兵餉大權為共事者所掣肘，功敗垂成，卒以身殉。其奇勛偉節，彪炳史冊，無待余之贅述。若其年少時逸事，有人所未盡知者，茲特采輯一二，以著英雄之氣概焉。

公初名嘉祥，廣東高要縣人，美秀而文，恂恂如儒者，然喜任俠，跅弛不羈。年十五之粵西，從其叔父學賈，顧心弗喜也。日與輕俠惡少年遊，其黨有為土豪所困者，公往助之，殺人犯法。官捕之急，遂投某山盜藪。盜魁奇其貌，以女妻之。女嫌其疏賤，不可。盜魁欲拔為己副，其黨又不可。山中例呼盜魁為老大，其支黨皆為兄弟稱，自二三四五以下，各以才能之大小為次之先後，乃呼嘉祥為老么。么者，第十也。然每出劫必倍獲，抗官軍必告捷，群黨皆驚服。

一日山中糧匱，因往劫越南邊境，名為借糧。越南人驅象陣來禦，盜馬皆奔。嘉祥使其黨捕鼠數百，明日復戰，擲鼠於地，縱橫跳踉。象見之，皆慴伏不敢動。遂獲全勝，大掠而歸。

頃之，盜魁病死，群黨推嘉祥為盜魁。嘉祥有眾萬人，以兵法部勒之，與之約曰：『凡劫官商，毋得殺人。財貨必留還十之一，俾得為商之貲本、官民之旅費。』既而官軍討之，山中倉猝無兵器，嘉祥使人揭一竹竿以禦兵器，戰益久，則愈削愈鋭，以刺人，無不死且傷者，又獲大捷。然兵吏為所執者，皆禮而遣之。且具書自陳不得已為盜狀，苟蒙赦宥，願盡死力。及洪秀全反於金田，遣黨招之，嘉祥拒不往，曰：『吾之為盜，非得已也。豈從叛賊者哉？』

向忠武公榮提軍廣西，使紳士朱琦為書招之。嘉祥約官軍壓其巢，出禦而偽敗。乃悉括山中財物，散遣其黨，使歸為良。而自降於布政使勞崇光軍前，改名國樑，得旨賞千總銜，歸向公差遣。由此戰必為士卒先，威名聞天下。蓋公年十八而作盜魁，二十八而折節從軍，為國虎臣，三十八而致命遂志。平生大小數十百戰，善以寡擊眾，每出己意，坐作進止，率與古兵法暗合云。

李傅相入曾文正公幕府

合肥傅相肅毅伯李公，始以丁未翰林供職京師。其封翁愚荃先生，與曾文正公戊戌同年也。傅相未第時，嘗以年家子從文正習制舉文。既得翰林，亦常往問業。咸豐二年，文正丁憂回籍，傅相與其封翁從侍郎呂文節公賢基奉旨回籍治團練，自是遂不甚通音問。厥後皖北糜爛，呂公殉舒城之難，而團練事遂無可為。傅相旋入皖撫福元修中丞濟幕府，中丞蓋傅相座主也。然中丞本不知兵，措注未盡合宜，傅相亦不甚得志。會粵賊勢益橫，傅相病官軍之退避也，力請大舉一戰。是時，鄭軍門魁士為總統，謂賊強如此，君既欲戰，如能保其必勝，願書軍令狀否？傅相毅然書之。官軍與賊戰而大敗，賊漫山偏野而來，合肥諸鄉寨皆被蹂躪，傅相所居寨亦不守。封翁先已捐館，傅相與諸兄弟奉母避之鎮江，而自出謁諸帥，圖再舉，既落落無所合。久之，聞曾文正公督師江西，遂間道往謁焉。謂文正篤念故舊，必將用之。居逆旅幾一月，未見動靜。此時，在文正幕府者，為候補道程桓生尚齋、前翰林院庶吉士陳鼒作梅、今江寧布政使舉人許振禕仙屏。陳鼒與傅相本係丁未同年，傅相使往探文正之意，不得要領。鼒因言於文正曰：『少荃以昔年雅故，願侍老師，藉資歷練。』文正曰：『少荃，翰林也，志大才高。此間局面窄狹，恐艨艟巨艦非潺潺淺瀨所能容，何不回京供職？』鼒曰：『少荃多經磨折，大非往年意氣可比，老師盍姑試之？』文正許諾。

傅相入居幕中，文正每日黎明必召幕僚會食，而江南北風氣與湖南不同，日食稍晏，傅相欲遂不往。一日，以頭痛辭，頃之差弁絡繹而來，頃之巡捕又來，曰：『必待幕僚到齊乃食。』傅相披衣踉蹌而往。文正終食無言，食畢，舍箸正色謂傅相曰：『少荃，既入我幕，我有言相告，此處所尚惟一誠字而已。』遂無他言而散。傅相為之悚然。蓋文正素諗傅相才氣不羈，故欲折之使就範也。傅相初掌書記，繼司批稿、奏稿。數月後，文正謂之曰：『少荃天資於公牘最相近，所擬奏咨函批，皆有大過人處，將來建樹非凡，或竟青出於藍，亦未可知。』傅相亦自謂從前歷佐諸帥，茫無指歸，至此如識南針，獲益非淺。既而文正進駐祁門，傅相謂祁門地形如在釜底，殆兵家之所謂絕地，不如及早移軍，庶幾進退裕如。文正不從，傅相復力爭之。文正曰：『諸君如膽怯，可各散去。』會皖南道李元度次青率師守徽州，違文正節度，出城與賊戰而敗，徽州失陷。始不知元度存亡，久乃出詣大營，又不留營聽勘，徑自歸去。文正將具疏劾之，傅相以元度嘗與文正同患難，乃率一幕人往爭，且曰：『果必奏劾，門生不敢擬稿。』文正曰：『我自屬稿。』傅相曰：『若此，則門生亦將告辭，不能留侍矣。』文正曰：『聽君之便。』傅相乃辭，往江西，閒居一年。

適官軍剋復安慶，文正移建軍府焉。傅相馳書往賀，文正復書云：『若在江西無事，可即前來。』傅相乃束裝赴安慶，文正復延入幕，禮貌有加於前，軍國要務，皆與籌商。明年，吳中紳士僱輪船來迎援師，文正奏遣傅相募淮軍赴滬，而密疏薦其才大心細，勁氣內斂，可勝江蘇巡撫之任。抵滬未及一月，奉命署理江蘇巡撫。練兵選將，剋復蘇、常、嘉興等郡，遂實授巡撫，加太子少保，賞黃馬褂、雙眼花翎，封一等肅毅伯，勳名幾與文正相並，距出幕府時僅逾兩年耳。未幾，績望日隆，卒蕆文正未竟之緒。文正之志業，傅相實繼之。同治十一年，文正薨於兩江總督官廨。傅相郵寄輓聯云：『師事近三十年，薪盡火傳，築室忝為門生長。威名震九萬里，內安外攘，曠世難逢天下才。』蓋紀實也。

肅順推服楚賢

肅順於咸豐年間始為御前大臣，貴寵用事，後遂入值軍機，屢興大獄，竊弄威福，大小臣工被其賊害，怨毒繁興，卒以驕横僭擬獲罪伏法，其人固無足論矣。然是時，粤賊勢甚張，而討賊將帥之有功者皆在湖南。朝臣如祁文端公、彭文敬公，尚瞢焉不察，惟肅順知之已深，頗能傾心推服。平時與座客談論，常心折曾文正公之識量、胡文忠公之才略。蘇、常既陷，何桂清以棄城獲咎，文宗欲用胡公總督兩江，肅順曰：『胡林翼在湖北措注盡善，未可挪動。不如用曾國藩督兩江，則上下游俱得人矣。』上曰：『善。』遂如其議，卒有成功。

左文襄公之在湖南巡撫幕府也，已革永州鎮樊燮控之都察院，而官文恭公督湖廣，復嚴劾之。廷旨敕下文恭密查，如左宗棠果有不法情事，可即就地正法。肅順告其幕客湖口高心夔碧湄，心夔告衡陽王闓運紉秋，闓運告翰林院編修郭嵩燾筠仙。郭公固與左公同縣，又素佩其經濟，傾倒備至，聞之大驚，遣闓運往求救於肅順。肅順曰：『必俟內外臣工有疏保薦，余方能啟齒。』郭公方與京卿潘公祖蔭同值南書房，乃挽潘公疏薦文襄。而胡文忠公上敬舉賢才力圖補救一疏，亦薦文襄才可大用，有『名滿天下，謗亦隨之』之語。上果問肅順曰：『方今天下多事，左宗棠果長軍旅，自當棄瑕錄用。』肅順奏曰：『聞左宗棠在湖南巡撫駱秉章幕中，贊畫軍謀，迭著成效，駱秉章之功，皆其功也。人才難得，自當愛惜。請再密寄官文，錄中外保薦各疏，令其察酌情形辦理。』從之。官公知朝廷意欲用文襄，遂與僚屬別商具奏結案，而文襄竟未對簿。俄而，曾文正公奏薦文襄以四品京堂襄辦軍務，勳望遂日隆焉。

此說余聞之高碧湄，未知確否。碧湄與紉秋皆嘗在肅順家教其子者也。

巡撫折藩司之焰

咸豐八九年間，昆明何根雲制軍桂清總督兩江，王壯愍公有齡素為所識拔，以一鹽大使，不數年間，薦擢至江蘇布政使。總督、藩司互相倚重，而巡撫傫然不能問一事。壯愍志得氣盈，不以巡撫置意中，每詣院謁巡撫，仰面視天，言如泉湧，但自陳其所辦之事，而不請示焉。趙靜山中丞德轍大不能堪，而無如之何，竟引疾以去。歸安徐莊愍公有任由湖南布政使升撫江蘇，素聞壯愍之專横也，思有以折之。壯愍初次上謁，左右兩俊僕各執白銅煙筒裝送水煙，莊愍謂之曰：『君仕至兩司，尚未知官場通例乎？藩司謁巡撫，但許吸旱煙，不准吸水煙。君雖才略無雙，定例其未可違也。』遽揮二俊僕使去，壯愍愕然，出不意無可置辭，喪氣而出，然於公事專擅如故。

未幾，何制軍力保壯愍升任浙江巡撫，而莊愍為何制軍所壓，終不能收回巡撫之權，隱忍而已。俄而，制軍失陷常州，莊愍殉節，遺疏劾之，何制軍竟伏法。

庚申杭垣之陷

咸豐年間，賊擾江西、安徽等省。浙江之軍，以常玉山、昱嶺關、四安鎮三路為重防，其餘則覘賊所趨而調撥之。己未十月，江南借浙闈鄉試，皖南之人赴浙者，率由廣德、四安，徑從安吉、孝豐山中抵杭，蓋小路也。自是，人始知山中有塗徑，而賊亦偵探得之。庚申春，大軍圍金陵甚急，僞忠王李秀成欲救金陵，乃以悍賊數百沿路裹脅，由安吉、孝豐、餘杭越山而至杭郡。巡撫羅壯節公遵殿以事出倉卒，未暇調兵，不知所措，數日而城陷。賊進攻滿城，將軍瑞昌悉力固守，而杭城内錫箔匠數萬人群起擊賊。又值金陵分大軍繼至，賊仍由此路遁走，大會群賊，攻陷東壩，乘金陵大軍之虚，攻陷老營，而東南遂糜爛矣。

藎臣憂國

有合肥人劉姓，嘗在胡文忠公麾下為戈什哈，既而退居鄉里。嘗言楚軍之圍安慶也，文忠曾往視師，策馬登龍山，瞻眄形勢，喜曰：『此處俯視安慶，如在釜底，賊雖强，不足平也。』既復馳至江濱，忽見二洋船鼓輪西上，迅如奔馬，疾如飄風。文忠變色不語，勒馬回營，中途嘔血，幾至墜馬。文忠前已得疾，自是益篤。不數月，薨於軍中。蓋粤賊之必滅，文忠已有成算，及見洋人之勢方熾，則膏肓之症著手為難，雖欲不憂而不可得矣。閻丹初尚書向在文忠幕府，每與文忠論及洋務，文忠輒搖手閉目，神色不怡者久之，曰：『此非吾輩所能知也。』噫！世變無窮，外患方棘，惟其慮之者深，故其視之益難，而不敢以輕心掉之。此文忠之所以為文忠也。

咸豐季年三奸伏誅

怡親王載垣、鄭親王端華，皆於咸豐初年襲爵，俱官宗人府宗正，領侍衛內大臣。而端華同母弟肅順，方為戶部郎中，好為狹邪遊，惟酒食鷹犬是務，無所知名。五年夏，官軍既剋馮官屯，剿滅粵賊之北犯者。載垣、端華漸以聲色惑聖聰，薦肅順入內廷供奉，尤善迎合上旨。上稍與論天下事，三奸盤結，同干大政，而軍機處之權漸移，軍機大臣皆拱手聽命，伴食而已。惟軍機大臣大學士柏葰，資望既深，性頗鯁直，不甚遷就，三奸畏而惡之。戊午科場之獄，竟置柏相大辟，蓋三奸以全力羅織之，欲以樹威。於是朝臣震悚，權勢益張矣。

肅順又借鑄錢局〔一〕一事興大獄，戶部司員皆褫職逮問。京師自搢紳以至商店，被其株累破家者甚多，皆怨肅順次骨。肅順恃寵而驕，陵轢同列。是時，周文勤公祖培以戶部尚書協辦大學士，而肅順亦為戶部尚書，同坐堂皇判牘。一日，周相已畫諾矣，肅順佯問曰：『是誰之諾也？』司員答曰：『周中堂之諾也。』肅順罵曰：『唉！若輩憒憒者流，但能多食長安米耳，烏知公事？』因將司員擬稿盡加紅勒帛焉，並加紅勒帛於周相畫諾之上。累次如此，周相默然忍受，弗敢校也。諸大臣亦往往受其侵侮，無不飲恨於心，而唯諾維謹。惟大學士翁文端公心存引疾乞退以避之。

十年七月，英吉利、法蘭西兵船犯大沽，陷東西礮臺，入天津，逼通州，焚圓明園。肅順方以協辦大學士兼步軍統領，與載垣、端華同勸上舉木蘭秋獮之典，巡幸熱河。熱河行宮本湫隘，內外禁防不甚嚴，三奸益得出入自便，導上娛情聲色，實為希寵攬權之計。迨和議成，英法兵退至天津，留京王大臣疏請回蹕。上將從之，為三奸所尼，屢下詔改行期。十一年秋七月，上不豫。十六日，上疾大漸，召載垣等及軍機大臣至御榻前，受遺詔立皇太子。是日辰刻，文宗顯皇帝崩。三奸輒矯遺詔，與御前大臣額駙景壽、軍機大臣兵部尚書穆蔭、吏部左侍郎匡源、署禮部右侍郎杜翰、太僕寺少卿焦佑瀛等共八人，自署為贊襄政務王大臣。又擅遏禁留京王大臣恭親王等不得奔喪。自是，詔旨皆出三奸之意，口授軍機處行之，多未進呈御覽，中外惶惶。

八月十日，御史董元醇疏言：『皇上沖齡，未能親政，天步方艱，軍國事重，暫請皇太后垂簾聽決，並派近支親王一二人輔政，以繫人心。』三奸不悅。明日，上奉皇太后召見贊襄王大臣，命即照董元醇所奏行。三奸勃然抗論，以為不可。退，復以本朝無太后垂簾故事，令軍機處調旨駁還。然恭親王遂得於此時奔赴熱河，叩謁梓宮。端華等頗不以近支視之，以為贊襄政務之權在我，彼雖近支，何足重輕。蓋三奸中，肅順尤專橫狂躁，端華之所為，皆肅順使之，而載垣又為端華所使，二王實皆庸憒無能，其攬權竊柄，一以肅順為主謀云。

恭親王先見三奸，卑遜特甚，肅順頗蔑視之，以為彼何能為，不足畏也。兩宮皇太后欲召見恭親王，三奸力阻之。侍郎杜翰昌言於眾，謂叔嫂當避嫌疑，且先帝賓天，皇太后居喪，尤不宜召見親王。肅順拊掌稱善曰：『是真不愧杜文正公之子矣。』然究迫於公論，而太后召見恭親王之意亦甚決。太監數輩傳旨出宮，恭親王乃請端華同進見，端華目視肅順，肅順笑曰：『老六，汝與兩宮叔嫂耳，何必我輩陪哉！』王乃得一人獨進見。兩宮皆涕泣而道三奸之侵侮，因密商誅三奸之策，並召鴻臚寺少卿曹毓瑛密擬拿問各旨，以備到京即發，而三奸不知也。次日，王即請訓回京，以釋三奸之忌。兼程而行，州縣備尖宿處，皆不敢輕居，懼三奸之行刺也。及抵京，密甚，無一人知者。先是載垣等自陳職事殷繁，實難兼顧，意在彰其勞勩。詔即罷其所管火器健鋭營，外示優禮，實奪其兵柄也。兩宮俟恭親王行後，即下回鑾京師之旨。三奸力阻之，謂皇上一孺子耳，京師何等空虛，如必欲回鑾，臣等不敢贊一辭。兩宮曰：『回京後設有意外，不與汝等相干。』立命備車駕。三奸又力阻，兩宮不允，乃議以九月二十三日派肅順護送梓宮回京。

上恭送登輿後，先奉兩宮間道旋蹕，載垣、端華皆扈從。於是大學士賈楨、周祖培，戶部尚書沈兆霖，刑部尚書趙光合疏稱：『我朝聖聖相承，從無太后垂簾聽政之典。前因御史董元醇條奏，特降諭旨甚晰，臣等復有何議。惟是權不可下移，移則日替；禮不可稍渝，渝則弊生。我皇上沖齡踐祚，欽奉先帝遺命，派怡親王載垣等八人贊襄政務。兩月以來，用人行政，皆經該王大臣等議定諭旨，每有明發，均用「御賞」、「同道堂」圖章，共見共聞，內外皆相欽奉。臣等尋繹「贊襄」二字之義，乃佐助而非主持也。若事無鉅細，皆憑該王大臣之意先行議定，然後進呈皇上一覽而行，是名為佐助，而實則主持，日久相因，能無後患？今日之贊襄大臣，即昔日之軍機大臣。向來軍機大臣事事先面奉諭旨，辨駁可否，悉經欽定，始行擬旨進呈，其有不合聖意者，硃筆改正，此太阿之柄不可假人之義也。為今之計，正宜皇太后敷宮中之德化，操出治之威權，使臣工有所稟承，不居垂簾之虛名，而收聽政之實效。昔漢之和熹鄧皇后、晉之康獻褚皇后、遼之睿智蕭皇后，皆以太后臨朝，史冊稱美。宋朝之宣仁高太后，有女中堯舜之譽。明代穆宗皇后，神宗嫡母，上尊號曰仁聖皇太后；穆宗貴妃，神宗生母，上尊號曰慈聖皇太后。維時神宗十歲，政事皆由兩宮裁決施行，亦未嘗居垂簾之名也。我皇上聰明天亶，正宜涵泳詩書，不數年即可親政。而此數年間，外而賊匪未平，內而奸人逼處，何以拯時艱？何以飭法度？固結人心，最為緊要，儻大權無所專屬，以致人心驚疑，是則目前大可憂者。至皇太后召見臣工禮節，及一切辦事章程，乃循向來軍機大臣承旨舊制，或應量為變通，擬求敕下群臣會議具奏，請旨酌定，以示遵守。庶行政可免流弊，而中外人心益深悅服矣。』會欽差大臣侍郎勝保亦奏請簡近支親王輔政，以防權奸之專擅。

十月朔，車駕至京師。將至之日，諸大臣皆循例郊迎，兩宮對大臣涕泣，縷述三奸欺藐之狀。周祖培奏曰：『何不重治其罪？』皇太后曰：『彼為贊襄王大臣，可徑予治罪乎？』祖培對曰：『皇太后可降旨先令解任，再予拿問。』太后曰：『善。』乃詔解贊襄王大臣八人之任，以恭親王奕訢為議政王，從民望也。垂簾典禮，令在廷大小臣工集議以聞。先召見議政王大臣，上南面稍東席地坐，兩宮亦南面坐稍北。皇太后面諭三奸跋扈諸不法狀，且泣下。上顧曰：『阿嬭，奴輩如此負恩，即斫頭可也，請勿悲。』遂與王大臣密定計，即另派大學士桂良、戶部尚書沈兆霖、戶部左侍郎文祥、右侍郎寶鋆、鴻臚寺少卿曹毓瑛為軍機大臣。初二日，恭親王率周祖培、文祥等入朝待命，載垣等已先至，尚未知解任之信。蓋三奸解任之旨及召見王大臣等，已在初一日之申酉間，特命辦事處勿知會怡、鄭二王，故二王皆不知。然已微有所聞，見恭親王等則大言曰：『外廷臣子，何得擅入？』王答以有詔，復以不應召見呵止王，王遜謝，卻立宮門外。俄詔下，命恭親王將載垣、端華、肅順革去爵職，拿交宗人府，會同大學士、六部、九卿、翰詹科道，嚴行議罪。王捧詔宣示，載垣、端華二人厲聲曰：『我輩未入，詔從何來？』王命擒出。復呵曰：『誰敢者！』已有侍衛數人來前，褫二人冠帶，擁出隆宗門。尚顧索肩輿及從人，或告已驅散矣，遂踉蹌擁至宗人府幽之。肅順方護送梓宮，次於密雲。逮者至，門已閉，乃毀外戶而入，聞肅順在臥室咆哮罵詈。又毀其寢門，見肅順方擁二妾臥於床，遂械至京，亦繫宗人府。肅順瞋目叱端華、載垣曰：『若早從吾言，何至有今日！』二人曰：『事已至此，復何言！』載垣亦咎端華曰：『吾之罪名，皆聽汝言成之。』故論者謂三凶之罪，肅順尤甚，端華次之，載垣又次之。蓋肅順之鷙悍過於二人，自忖護送梓宮，僅遲數日至京，不至有變。然使俟肅順至而圖之，彼耳目既廣，布置漸密，則措手較難矣。惟車駕至京而即日下詔，辦理神速，為中外人情所不料，尤有疾雷不及掩耳之勢云。

廷議既上，請均照大逆律，淩遲處死。初六日，詔曰：『載垣、端華、肅順，朋比為奸，專權跋扈，種種情形，均經明降諭旨，宣示中外。至載垣、端華、肅順於七月十七日皇考升遐，即以贊襄王大臣自居。實則我皇考彌留之際，但面諭載垣等立朕為皇太子，並無令其贊襄政務之諭。載垣等乃造作贊襄名目，諸事並不請旨，擅自主持，兩宮皇太后面諭之事，亦敢違阻不行。御史董元醇條奏皇太后垂簾事宜，載垣等非獨擅改諭旨，並於召對時有伊等係贊襄朕躬，不能聽命於皇太后，伊等請皇太后看摺亦屬多餘之語。當面咆哮，目無君上情形，不一而足。且屢言親王等不可召見，意在離間。此載垣、端華、肅順之罪狀也。肅順擅坐御位，於進內廷當差時，出入自由，目無法紀，擅用行宮內御用器物，於傳取應用物件，抗違不遵。並自請分見兩宮皇太后於召對時，辭氣之間互相抑揚，意在搆釁。此又肅順之罪狀也。一切罪狀，均經母后皇太后、聖母皇太后面諭議政王、軍機大臣，逐條開列，傳知會議王大臣等知悉。

茲據該王大臣等按律擬罪，將載垣等淩遲處死，當即召見議政王奕訢、軍機大臣戶部左侍郎文祥、右侍郎寶鋆、鴻臚寺少卿曹毓瑛、惠親王、惇親王奕誴、醇郡王奕譞、鍾郡王奕詥、孚郡王奕譓、睿親王仁壽、大學士賈楨、周祖培、刑部尚書綿森，面詢以載垣等罪名有無一綫可原。茲據該大臣等僉稱，載垣、端華、肅順跋扈不臣，均屬罪大惡極，國法無可寬宥，並無異辭。朕念載垣等均屬宗支，以身罹重罪，應悉棄市，能無淚下？惟載垣等前後一切專權跋扈情形，謀危社稷，是皆列祖列宗之罪人，非獨欺淩朕躬為有罪也！在載垣等未嘗不自恃為顧命大臣，縱使作惡多端，定邀寬典。豈知贊襄政務，皇考實無此諭，若不重治其罪，何以仰副皇考付託之重？亦何以飭法紀而示萬世？即照該王大臣等所擬，均即淩遲處死，實屬情罪相當。惟國家本有議親議貴之條，尚可量從末減。姑於萬無可寬貸之中，免其肆市，載垣、端華均著加恩賜令自盡。即派肅親王華封、刑部尚書綿森，迅即前往宗人府空室傳旨，令其自盡。此為國體起見，非朕之有私於載垣、端華也。至肅順之悖逆狂謬，較載垣等尤甚，亟應淩遲處死，以伸國法而快人心。惟朕心究有所未忍，著加恩改為斬立決，即派睿親王仁壽、刑部右侍郎載齡，前往監視行刑，以為大逆不道者戒。至景壽身為國戚，緘默不言；穆蔭、匡源、杜翰、焦佑瀛於載垣等竊奪政柄，不能力爭，均屬辜恩溺職。穆蔭在軍機大臣上行走已久，班次在前，情節尤重。該王大臣等擬請將景壽、穆蔭、匡源、杜翰、焦佑瀛革職，發往新疆效力，均屬罪有應得。惟以載垣等兇焰方張，受其箝制，實有難與爭衡之勢，其不能振作，尚有可原。御前大臣景壽，即革職，仍留公爵並額駙品級，免其發遣。兵部尚書穆蔭，即革職，改為發往軍臺效力贖罪。吏部左侍郎匡源、署禮部右侍郎杜翰、太僕寺少卿焦佑瀛，均著即行革職，加恩免其發遣。欽此。』是日，載垣、端華自縊。肅順以科場、鈔票兩案，無辜受害者尤多，都人士聞將殺肅順，交口稱快。其怨家皆駕車載酒，馳赴西市觀之。肅順身肥面白，以大喪故，白袍布靴，反接置牛車上。過騾馬市大街，兒童歡呼曰：『肅順亦有今日乎！』或拾瓦礫泥土擲之。頃之，面目遂模糊不可辨云。將行刑，肅順肆口大罵，其悖逆之聲，皆為人臣子者所不忍聞。又不肯跪，劊子手以大鐵柄敲之，乃跪下，蓋兩脛已折矣，遂斬之。

少詹事許彭壽疏請治奸黨，詔曰：『前因許彭壽於拿問載垣、端華、肅順時請查辦黨援，當令指出黨援諸人實迹。嗣據明白回奏：形迹最著者莫如吏部尚書陳孚恩；最密者莫如侍郎劉琨、黃宗漢等；平日保舉之人如侍郎成琦、德克津太、候補京堂富績，外間嘖有煩言。陳孚恩，於上年七月，大行皇帝發下硃諭，巡幸熱河，是否可行？陳孚恩即有「竊負而逃，遵海濱而處」之語，意在迎合載垣等，當時會議諸臣無不共見共聞。大行皇帝龍馭上賓，滿漢大臣中惟令陳孚恩一人免赴行在，是該尚書為載垣等之心腹，即此可見。黃宗漢於本年春間前赴熱河，皇考召見時，即以危辭力阻回鑾。迨聞皇考梓宮有回京之信，該侍郎又以京城情形可慮徧告於人，希冀阻止，其為迎合載垣等，眾所共知。以上二人，均屬一二品大員，聲名如此狼藉，品行如此卑污，若任其濫廁卿貳，何以表率僚屬？陳孚恩、黃宗漢均著革職，永不敘用，以為大僚諂媚者戒。至侍郎劉琨、成琦，太僕寺少卿德克津太，候補京堂富績，與載垣等雖無交通實據，而或與往來較密，或由伊等保舉，或拜認師生，眾人耳目共見共聞，何能置之不議？劉琨、成琦、德克津太、富績，均著即行革職。許彭壽糾劾各節，朕早有所聞，用特懲一儆百，期於力振頹靡。載垣、端華、肅順三人事權所屬，諸臣等何能與之絕無干涉，此後惟有以寬大為念，不咎既往。爾諸臣亦毋須再以查辦奸黨等事紛紛陳請，致啟訐告誣陷之風。惟當各勤厥職，爭自濯磨，守正不阿，毋蹈陳孚恩等惡習。朕實有厚望焉。』未幾，查鈔肅順家，得陳孚恩手書，有不臣語，乃復逮戍伊犁。

先是載垣等擬進年號曰『祺祥』，已頒憲矣。有言其意義重複者，遂置不用。初九日，甲子昧爽，穆宗毅皇帝御正殿即位，禮成，大赦，以明年為同治元年，上母后皇太后尊號曰慈安皇太后，聖母皇太后尊號曰慈禧皇太后，垂簾聽政。先是欽天監奏八月朔旦，日月合璧，五星聯珠。登極之日，久陰忽霽，八表鏡清。於是權奸既去，新政如旭日初升，群賢並進，内外協力，宏濟艱難，遂啟中興之治。

【校】

〔一〕『鑄錢局』，底本及萬本皆作『鐵錢局』，南本作『鑄鐵局』。此據上下文意改。

卷二　史料

慈安皇太后聖德

慈安皇太后以咸豐初年正位中宮，當時已有聖明之頌。顯皇帝萬幾之暇，偶以遊宴自娛，聞中宮婉言規諫，未嘗不從；外省軍報及廷臣奏疏寢閣者，聞中宮一言，未嘗不立即省覽；妃嬪偶遭譴責，皆以中宮調停，旋蒙恩眷。顯皇帝幸熱河，逾年龍馭上賓。當是時，肅順專大政，暴横不可制，太后與慈禧皇太后俯巨缸而語，計議甚密。於是羈縻肅順，外示委任，而急召恭親王至熱河，與王密謀。兩宮及皇上奉梓宮先發，俾肅順部署後事。既至京師，則降旨解肅順大學士之任，旋革職拿問，遂誅之。肅順素蓄異謀，以皇太后渾厚易制，故忍而少待，不意其先發制之。臨刑時，頗自悔恨云。於是兩宮太后垂簾聽政，首簡恭親王入軍機處議政事。當是時，天下稱東宮優於德，而大誅賞大舉錯實主之；西宮優於才，而判閲奏章，裁決庶務，及召對時諮訪利弊，悉中窾會。東宮見大臣，吶吶如無語者。每有奏牘，必西宮為誦而講之，或竟月不決一事。然至軍國大計所關，及用人之尤重大者，東宮偶行一事，天下莫不額手稱頌。

同治初元，鑒曾文正公之賢，自兩江總督簡授協揆，以正月朔日下詔，凡天下軍謀吏治及總督巡撫之黜陟，事無不諮，言無不用，中興之業於是乎肇矣。何桂清失陷封疆，厥罪甚重，刑部已論斬矣，陰祈同鄉同年及同官京朝者十七人上疏救之，朝廷幾為所惑。東宮太后獨納太常寺卿李棠階之奏，命斬桂清以警逃將，天下為之震肅。尋以李棠階碩望名儒，命為軍機大臣，一歲中遷至尚書，其後頗多獻替。勝保以驕蹇貪淫，逮下刑部獄，亦用棠階言賜死，天下頗以為宜。金陵、蘇浙之復也，曾、李、左三公錫封侯伯，實出東宮之意，而西宮亦以為然。及太監安得海稍稍用事，潛出過山東境，巡撫丁公寶楨劾奏之。東宮問軍機大臣以祖制，大臣對言當斬，即命就地正法。天下皆服丁公之膽，而頌太后之明。

西宮太后性警敏，鋭於任事，太后悉以權讓之，頹然若無所與者。後西宮亦感其意，凡事必諮而後行。毅皇帝孝事太后，能先意承志，太后撫之亦慈愛備至，故帝亦終身孺慕不少衰，雖西宮為帝所自出，無以逾也。毅皇后之立，實太后以其端淑選中之，蓋其聖德為相近云。邇年以來，太后益謙讓未遑，事無鉅細，必待西宮裁決，或委樞府主持。或者以天下大定，可以垂拱而治，故益務韜晦歟！

嘉順皇后賢節

國朝家法，遠軼漢、唐、宋、明之上，而尤有亘古所未睹者。一則開創之功與中興之業，皆出皇太后訓政之力；一則以椒房之貴，而殉大行皇帝於百日之内，如穆宗毅皇后是也。后為今承恩公崇文山尚書之女，幼時即淑靜端慧。崇公每自課之，讀書十行俱下。容德甚茂，一時滿洲、蒙古右族皆知選婚時必正位中宮。

同治十一年，穆宗皇帝將行大婚禮，后與鳳秀之女俱選入宮。當是時，后年十九，慈安皇太后愛其端莊謹默，動必以禮，欲立之；鳳秀之女年十四，慈禧皇太后愛其姿性敏慧，容儀婉麗，欲立之。兩宮意雖各有所屬，而相讓未決，乃召穆宗俾自定之。穆宗對如慈安旨，於是乃立后為中宮，而封鳳秀女為慧妃。大婚之夕，后應對頗稱旨，穆宗使后背誦唐詩，無一疐字，穆宗甚悅。慈禧皇太后憐慧妃之未得尊位也，召穆宗諭以慧妃賢慧，雖屈在妃位，宜加眷遇。皇后年少，未嫻宮中禮節，宜使時時學習，帝毋得輒至中宮，致妨政務。穆宗性至孝，重違太后意，而又憐皇后之不得寵於太后也。乃不敢入中宮，亦竟不幸慧妃，常在乾清宮獨居無聊。既而有疾，慈安皇太后偵知諸太監越禮狀，於是兩宮太后輪流省視。帝疾稍瘳，太后回宮，亦召皇后留視之。皇后權素輕，不能以威讋諸太監，又性羞澀，守禮法，帝亦命皇后回宮，每苦口極諫然後去。無何，疾復大作，龍馭上賓，慈禧皇太后召皇后訓責備至。蓋本朝家法最嚴，又值太后哀痛之餘，故不覺有疑於皇后而責之過深也。

今上即位，皇太后懿旨封為嘉順皇后。而后自穆宗之崩，慟極，誓以身殉，遂不復食，以光緒元年二月二十日崩，年二十二，距穆宗大行未百日也。嗟乎！自古烈婦殉夫者多矣，若以椒房之貴，猝遭變故，攀龍偕逝，則前古所未聞也，豈不懿歟！

日月合璧五星聯珠之瑞

占驗家謂五星同在一次曰合，同在一宿曰聚。咸豐十一年八月丁巳朔，有日月合璧，五星聯珠之瑞，從塡星也。考是日卯正，日月同在張八度，歲星熒惑在張五度，太白在軫三度，塡星在張九度，辰星在張七度。蓋日月與木、火、土、水四星同聚一宿，惟太白在軫。然與日月及水土二星相距不滿三十度，則猶可謂之合也。尤難遇者，五星皆順行而無遲留退逆之愆，且皆晨見而不伏匿，斯所以為盛瑞也。是歲，官軍即以八月朔日卯刻剋復安慶，由此各路大帥相繼奏捷。甫逾一紀，而粵、捻、苗、回諸巨寇以次蕩平。中興之功，何其偉也！

占驗家又謂自張至軫為楚分野。是時輔翊中興者，如曾文正公、胡文忠公、江忠烈公、羅忠節公、李忠武公、李勇毅公，以及今相國恪靖侯左公、巡撫威毅伯曾公、前陝甘總督楊公、兵部侍郎彭公，皆係楚材，可云極盛。惟今相國肅毅伯李公所屬淮部諸將，皆係皖人。然春秋時，皖北安、廬、鳳、潁六郡本皆楚地，則分野占驗之說似不誣矣！

沈約宋志謂周將伐殷，五星聚房；齊桓將霸，五星聚箕；漢高入關，五星聚東井。大抵皆隆盛治平之象。然則中興景運尚未艾也！

賊犯歲星致敗

天文家又謂歲星所在之分野，其國有福，伐之者敗。春秋時，越得歲而吳伐之，史墨以為必受其殃，既而吳果為越所滅。同治丁卯四五月間，捻酋任柱、賴汶光等竄入山東登、萊、青一帶，官軍依膠萊河築牆而守，蓋欲拘之海隅，而以勁兵驅殄之也。

余於五月杪夜觀歲星在危宿，光甚明亮。夫虛危齊之分野，乃濟東泰、武、登、萊、青諸郡也。登、萊、青得歲而賊擾之，理當敗滅。余謂論地勢，則如獸入阱中，論天時則彼自犯歲星，不滅何待？俄而賊乘膠萊河尾海灘乾涸，尚有數十里營牆未築，潰防而出。余拊髀驚歎，以為天時地利究難盡恃也。幸今伯相李公早依運河築牆，以防賊之竄逸。賊猛撲河牆，不能逞志。迨九月間，銘軍會合諸軍擊之安邱、濰縣之間，槍斃任柱，竟殲巨股，仍在虛危分野也。余乃信天時地利實有可憑云。

威毅伯攻克金陵

宮保威毅伯曾公之圍金陵也，猛攻二年，盛暑鏖兵，迄不能下。自朝陽門至鍾阜門，開地道三十三處，篝火而入地，崖崩而窟塞，則縱橫聚葬於其中。賊或穿隧以迎我，薰以毒煙，灌以沸湯，則趫者倖脫，而憝者就殲。蓋每穿一穴，為賊所覺，而將士須臾殞命者率常數十百人。一日，穴地已過城根，賊尚未覺。會賊有以槍插地者，穴內軍士見槍首入地，疑賊已覺而刺之也，急以手引槍入地數尺，賊始知官軍在地下，復迎擊之，官軍或退或死。復開他道，或為山石所隔，或將近城根，賊酋李秀成登陴遙望，見其上草色，輒知下有地道。

官軍既克偽天堡城，即所謂龍脖子者也，在太平門外，高踞鍾山之頂，俯瞰城中。提督李臣典與公密商，排巨礮三層於其上，晝夜對城轟擊，無一息停。城堞皆頹，賊不能立足。曾公始下令，軍士各持柴草一束，擲之城下，高與城齊，示將由此登城者。賊併力嚴備，不暇他顧，又隔於柴草，不能瞭望。官軍於近城龍脖子山之下覓得一隧，乃前數月所開，為賊所覺而中廢者。曾公知賊不復防此道，派千人由此挖至城下，實火藥三萬斤於其中，封築完固，填以大石。口門留一穴，以粗竹數丈為引綫貫入穴中。竹內用大布數匹，包火藥實之。及期，各軍嚴陣以待，火始入時，但聞地中隱隱若雷聲，約一點鐘之久，俄而寂然，眾又以為不發矣。忽聞霹靂砰訇，如天崩地坼之聲。城垣二十餘丈，隨煙直上，屬眾矚目，咸見是城聳入雲霄也。大石壓下，擊人於一二里外，死者數百人。諸軍由缺口衝入，其上有黑雲一陣隨之。既而城中火起，共見火光中有若金星一箇騰入雲端，繼有白光一道衝上，蓋皆寶氣所化也。

先是咸豐三年，粵寇之陷金陵也，募得一黔人善挖煤者，掘地道自儀鳳門入。及官軍圍金陵，黔人復在軍中，曾公使掘地道自太平門入。噫！一省垣也，而得失係於一挖煤者之手，亦異矣。曾文正公既至金陵，修治缺口，鑱石識其處，銘曰：『窮天下力，復此金湯。苦哉將士，來者勿忘！』

李秀成被擒

金陵之拔也，偽忠王李秀成偕一僮遁走方山，突遇樵者八人，有識之者喈曰：『若非偽忠王乎？』秀成長跪泣曰：『若能導我至湖州，願以三萬金為壽。』樵夫相與聚謀，以為不如執獻大營，金其焉往，且可獲重賞。遂麇之以歸，其村名曰澗西。是時，秀成與其僮兩臂金條脫皆滿，又以一騎負箱篋，皆黃金珠玉寶貴之物，約值白金數十萬兩。村民盡拘之一室，其珍寶尚未敢分也。村民陶姓者，八人之一也，時有族人在太平門外李臣典營中，將往告之。道過鍾山，腹中饑渴。時提督蕭孚泗駐營鍾山，營中有伙夫素與陶姓相識，遂入少憩，語及獻俘事。伙夫以語親兵，親兵以告統領，乃使一人留陶姓與之酒食，雅意縶維，不使得行。孚泗自率親兵百餘，馳抵澗西村以秀成歸，盡收其珍寶，將並殺陶姓以滅口。伙夫陰告之，分以寶珠五枚、良馬一匹，俾乘夜逸去。孚泗竟以擒獲秀成，膺一等男爵之封。其後威毅伯曾公微聞其事，賞村民八人白金八百兩，復為營中親兵分去，僅以五十兩畀八人者共分之。

張洛行被擒

張洛行為捻寇渠魁，跳梁十年，官軍無如之何。同治癸亥，洛行為僧邸所敗，以五千人保於尹家溝。僧邸率大軍圍之，洛行自知勢不敵，以數百人突圍出。僧邸召騎將恒齡率數千騎追之，擒斬賊黨略盡。洛行以二十人奔西洋集。圩主陳天保，故賊黨也，甫於是日降官軍，而洛行夕至，天保納之，陰遣人馳報宿州署中。時西林宮保英翰署宿州知州，率壯丁二百人赴之，直至洛行臥所。洛行方吸洋煙，英公呵之起曰：『汝非張洛行乎？』曰：『然！』曰：『從我走。』乃併其甥侄數人皆擒以歸，解送僧邸軍前，淩遲處死。僧邸保獎英公，俟補直隸州，後以知府用。朝廷頗嫌其賞薄，未數月，擢知潁州府，旋遷鳳、潁、六、泗道，兩年間遂至安徽巡撫。

謝忠愍公保衛天津

咸豐三年，粵賊北犯畿輔。長蘆鹽運使楊霈為防禦計，捐廉製洋槍五百桿，招募壯丁在署教演，號曰『蘆團』。旋奉旨派前任浙江巡撫梁寶常等，協同天津地方官辦理團練。闔縣紳商立義民局二十八處，每局五六十名，按期訓練。縣人張錦文者，前為麟見亭河帥家丁，為司庖政，繼以鹽筴致富，倡捐團練經費，並上守禦策於鹽政文謙。鹽政善之，發令箭一支，給錦文俾籌布置。錦文自練壯丁三千名，號曰『鋪勇』，當是時，天津鎮協各兵，連年徵調在外，城中惟有『蘆團』、『鋪勇』，而義民二十八局散布一縣，通計惟有數千人。

天津地平衍，無險可扼。悍賊七八萬由南而來，自春徂秋，寇氛日逼，民心大震。八月朔夜，疾風甚雨，城西芥園河隄驟決。天津道張起鵷督率官弁馳往堵築，見有紅燈隱隱前導，奔流隨之。此隄高與城齊，地勢東窪西仰，乃水不東趨，反灌西南。居民廬舍無恙，而城南彌望汪洋，倏成巨浸。靜海、滄州來路及諸歧徑，皆没於水，僅存大道而已。決口前一日，隄上有二人徘徊往來，一人曰：『當在何處？』一人指曰：『此處即可。』眾咸異之。次夜隄潰，即所指處也。

九月二十六日，偵知賊已入滄州境，錦文夜謁縣令謝子澄曰：『寇逼矣，當奈何？』謝公曰：『無餉無以辦事，為之奈何？』錦文獻票錢四千緡，為募勇費。且謂賊勢鴟張，非遏其銳氣不可。明日募夫萬餘，掘長濠於小稍直口，復以席裹土如鹽包然，疊成礮臺，置礮盤六座於臺上。即日工蕆，錦文入見縣令，令告之曰：『昨夜獄犯喧嘩，恐生變，奈何？』錦文曰：『莫若擇其罪不至死者出之，激令殺賊贖罪。』從之。回民劉繼德者甫出獄，振臂一呼，回民奔集者千餘人，遂率赴教場聽令。適錦文豫引鹽課銀二萬兩至，儘數易錢分寫小票，以給勇糧。官紳議誰可督隊者？謝公奮然請行，衣短後衣，持槍上馬，率練勇至城西小園駐焉。

先是邑人賈慶堂獻策，恐賊於水淺處偷渡，村民有弋鳧者，善用排槍置小舟，上覆以席，推行水中，百發百中，僉呼之為『雁戶』，宜招募設伏以備不虞。官紳皆以為然，倉猝募五百人。是日，使慶堂率往伏於稍直口之東南。二十八日，闔郡文武齊集教場，忽一老人來營曰：『賊已在城西黄家墳造飯矣。』言訖，不知所往。登臺瞭望，果蜂擁而來。謝公率眾迎剿，『蘆團』搶槍，乘勢堵截。縣民數萬，持械相助。賊首名小禿子者，矯健絕倫，賊中呼為『開山王』，手執黄旗，左右指揮，奮迅剽疾。我軍以火槍擊之，擊上則鼠伏，擊下則猱騰，槍甫止則隨煙而進。有大沽老卒喈曰：『是賊狡猾，非巧取不可。』乃以兩槍上下交擊之，立斃。賊氣奪，猶奮突而前，至設伏處呼渡。『雁戶』佯應，推舟前行，距賊數武，號鑼一聲，排槍轟發，賊紛紛倒地，驚以為水雷，遂大潰。

是役也，賊因水阻，迂道東走，僅遲至一日，而稍直口得以為備。且歧徑皆淹没，可豫料賊所至，而以全力專備一路。斬賊五百餘級，而我兵勇無一傷者。由是小稍直口改名『得勝口』，旌戰功也。是時，惜無大軍夾擊，不能一鼓殲賊。又以賊眾我寡，未敢遠追。賊遁至楊柳青，旋據靜海之獨流鎮。十月十七日，督師大臣勝保始統大兵由深州至天津，旋赴獨流鎮剿賊，並調謝公至大營辦理糧餉，帶練殺賊。十一月二十三日，副都統佟鑑擊賊獲勝，殺數百人，因拽取濠板，被賊擁圍，手執長矛，殺賊數人而死。謝公馳往援救，身受七傷，赴水而死。

勝保奏聞，得旨：謝子澄著贈布政使銜，即照布政使陣亡例賜恤，並給騎都尉世職入祀京師昭忠祠，准於四川原籍建立專祠。佟鑑、謝子澄並准於天津陣亡地方合立一祠。謝公旋予謚『忠愍』，而天津紳民先於西門外雙廟街建立謝公祠。光緒六年，始合祀佟公，改號雙忠祠。然津人尤虔事謝公，每遇誕辰及死之日，皆有賽會。張錦文因頻年捍寇，有功桑梓，縣人前後贈匾額數十方。大吏入告，賞給一品封典，子汝霖由道員加二品頂戴，孫鴻壽欽賜舉人。錦文既卒，縣人附祀之雙忠祠內。

竊思天津癸丑一役，官紳戮力，天人相應，用能擊敗粵寇，保全郡城。當時，合群策群力，以有此功。主其事者，殆不止謝公一人，況縣令秩稍微，事權所屬在名位素高之官紳。厥後謝公獨尸其名者，則以其慷慨激發，願為前驅，成功指顧，旋以殺賊捐軀，合於『能禦大患以死勤事則祀』之義，至今廟食一方。而錦文亦得附祀焉，所以報之者隆矣！夫聞鼓鼙之聲，則思將帥。當粵賊披猖，時事孔棘之秋，顯皇帝側席求賢，有能倡衆殺賊者，往往不次超擢。謝公已升知府，將大用矣，忽而臨陣死綏，此天津父老所以尤感唏不置也。楊霈以捐募『蘆團』，天子謂為知兵，由長蘆運使擢湖北巡撫，連擢湖廣總督，統兵剿賊。後以遇寇退避，失陷列郡，貽誤封疆，褫職逮問。尤可見偶值事會，僥倖居功者之不足恃也！

星變奇驗

天文家每測象緯以占人事之吉凶，其法由來舊矣。西人則謂星行有一定之軌度，與人事毫不相涉。以是習西法者，但精測算，而不言占驗。然見於史冊者，數千年來治亂禍福，往往十驗七八，其説有未能盡廢者。

余所親覩，如咸豐十一年五星聯珠之瑞，既誌之矣。又如咸豐八年九月，彗星出西北，其芒掃三台並及文昌四輔，月餘乃滅，余謂三公中必有當其災者。未幾，而科場之獄興，軍機大臣大學士柏葰以失察門丁舞弊，肅順等復深文周內，竟罹大辟。十年七月，熒惑入南斗。是時，英法兵船犯大沽、北塘，陷踞礮臺，入天津，逼通州，天子以秋獮駐蹕熱河。十一年五月，彗星復出西北，長數十丈，犯紫微垣及四輔。余見其芒焰熊熊，幾及帝座一星，心甚憂之。至八月，而文宗龍馭上賓。光緒八年，法蘭西始謀越南，端倪大露。是年八月，彗星見於張翼之間，余謂越南分野在翼軫，而彗所以除舊布新，越其為法所併乎？未及三年，而越南全國果盡歸於法矣。

夫天象變於上，人事應於下，有不期然而然者，孰謂天文家占驗之説不可盡信乎？

多忠勇公薨於盩厔

欽差大臣西安將軍多隆阿忠勇公，由黑龍江馬隊從征楚皖，洊擢大帥，身經數百戰，料敵如神。其奇勳偉績，尤在廬桐之間，摧滅粵寇陳玉成，實能轉移天下全局。曾文正公嘗稱其智勇兼備，為中興名將第一。同治元年，提師入關，嘗以親兵七十人解商南之圍，以二千人破捻寇五六萬之衆，伏尸四十里，山前巨壑窈不見底，人馬層積，填與路平。驅剿回寇，如風掃籜，其計畫常出人意表，萃而迫之山谷之間，大川之旁，殺賊動以數萬計，陝西叛回幾盡。將移剿甘回矣，適滇匪藍大順由蜀竄陝，陷踞盩厔城中，老賊僅數百人，脅從人數亦不甚多。多公引兵圍之，大順百計守禦，城小而固，久不能拔。

朝廷既知賊勢之衰，又以多公用兵素稱神速，訝其師久無功也，嚴旨詰問。多公起自武員，不耐摧折，又自恥其困於小寇也。同治三年二月二十三日，掘地道，燃火藥，轟開月城丈餘。公自率穆圖善、姜玉順等驟入其城，不意城內尚有堅卡五道，將士力攻不能破。公在礟臺親自擂鼓，賊見其穿黃馬褂也，知為大帥，以鳥槍狙擊之。頭眼受傷，忍創回營，傳令諸將：『此城速剋，傷重亦可痊；如不剋，傷輕亦不欲復活。』諸將四面環攻，以次日三更剋復縣城。藍大順逃至漢陰，為團練所截殺。而公傷病益劇，巡撫劉公蓉往視之，見其臥於躺椅，困憊殊甚，竟瞠目不能語。遂以四月十五日薨於盩厔。

公生平愛士卒如骨肉，而威令嚴明，凡所指揮，湯火不敢避。屢殄巨寇，勳滿海內。而此次忽為小醜所困，殆有數焉。方受傷時，上發內府珍藥敷治，並命黑龍江將軍傳其子雙全馳驛往視。而公本無家，雙全依戚族而居，身無完衣。將軍憐駭，贈以行資，始得馳往，已不及見。公遺疏云：『不使家有長物，身有餘財。』洵非虛語也。或曰駱文忠公奏報早稱大順死於四川，守盩厔者實大順之弟二順。然陝西兵民則皆指為藍大順云。

曾左二相封侯

曩聞粵寇之據金陵也，文宗顯皇帝顧命，頗引為憾事，謂有能剋復金陵者可封郡王。及曾文正公剋金陵，廷議以文臣封王似嫌太驟，且舊制所無。因析而為四，封侯、伯、子、男各一。曾文正公封一等毅勇侯，世襲罔替；曾沅甫宮保封一等威毅伯；提督李臣典封一等子；提督蕭孚泗封一等男。

左文襄公之肅清甘肅新疆也，廷議援文襄公長齡平張格爾封公之例，擬封一等公爵。皇太后謂：『從前曾國藩剋復金陵，僅獲封侯。左宗棠係曾國藩所薦，其所用得力之老湘營，亦係曾所遺，將領劉松山等，又曾所舉也。若左宗棠封公，則前賞曾國藩為太薄矣。』乃議左公以一等恪靖伯晋二等恪靖侯，所以不獲一等者，示稍遜於曾公也。

聖明燭照，纖悉靡遺，權衡輕重，適劑其平。雖前後事隔十年，而評量猶不爽銖寸若此，此其所以成中興之業歟！余昔遊京都，聞談時事者皆有此説，因憶而錄之。

駱文忠公遺愛

駱文忠公秉章，以咸豐初年巡撫湖南，適值粵寇鴟張，曾文正公以在籍侍郎幫辦團練，旋創籌餉募勇之議，益陽胡文忠公、新甯江忠烈公實左右之。風氣既開，人才蔚起。於是，塔忠武公塔齊布、羅忠節公澤南、李忠武公續賓、李勇毅公續宜、王壯武公鑫，及前總督楊公岳斌、前侍郎彭公玉麟等，先後卓著戰功，名聞海内。其他以殺賊躋顯秩者，尤不可數計。當是時，精卒偏於畎畝，良將布於閭閻，但患招之不能盡，不患其無可用也。駱公以休休有容之度，適蒞是邦而逢其盛。每與諸公共事，頗能不掣其肘，不掩其長，以故勳望日隆。

會今大學士恪靖侯左公以在籍舉人，就駱公前任張石卿中丞亮基之幕。張公既去，駱公復賓禮之。左公練習兵事，智略輻湊，駱公專任以軍謀，集餉練兵，選用賢將，屢卻悍賊，兩敗石達開數十萬之衆。復分兵援黔援粵援鄂援江西，丰采幾與曾、胡二公相並，則左公帷幄之功也。駱公每公暇適幕府，左公與幕賓二三人慷慨論事，證據古今，談辯風生，駱公不置可否，静聽而已。世傳駱公一日聞轅門舉礮，顧問何事，左右對曰：『左師爺發軍報摺也。』駱公頷之，徐曰：『盍取摺稿來一閲？』此雖或告者之過，然其專任左公可知。惟時楚人皆戲稱左公曰『左都御史』，蓋以駱公官銜不過右副都御史，而左公權尚過之也。然駱公外樸内明，於賢不肖之尤著者，口雖不言，而辨之甚精，既能推轂賢才，賢才亦樂為之用。至其清介自守，尤為一時封疆大吏所不及，此其建樹之本也。余往嘗游湖南，聞楚人皆曰：『駱公治吾楚十年，而吏民安堵，群寇遠遁，此吾楚福星也。』

厥後督師入蜀，蜀中值藍朝鼎、李短搭搭等群寇蜂起揭竿，烏合之徒，所在屯聚，全省被蹂躪者四十餘州縣。駱公僅募楚勇萬人以行。是時黄子春觀察醇熙為統將，劉霞軒中丞蓉實以同知佐戎幕，旋超授四川藩司，贊畫軍事者二年。楚軍入蜀，一戰大捷，鼓行而西，驅殄群孽，連解定遠、綿州之圍。而黄觀察亦遇伏戰没，駱公選裨將代領其衆，會合蜀軍，分途追剿。藍、李等巨酋十餘人，以次擒戮。未一年，而全蜀肅清。蓋藍、李各寇皆起於草竊，聲勢雖盛，並無遠略，實不耐戰。駱公以楚中節制之師，進與之角，鮮不剋捷。既捷之後，群賊望風瓦解，自就夷滅，故其摧陷廓清之功為甚捷也。蜀民見駱公用兵如此之神速，以為諸葛復生，且出水火而衽席之，皆曰：『駱公活我。』石達開率其悍黨竄犯蜀疆，自入絕地，諸土司扼守險隘，會合官兵擒滅之。天下聞之謂石達開著名劇寇，不過稍亞於洪秀全，而駱公擒之易於反掌，莫不仰其威名。蜀民亦謂駱公用兵果不可測，於是感之如父母，而望之如神明矣。

蜀中地大物博，駱公既削平群醜，省中司道建議整理財賦，因而籌餉籌兵，南援滇黔，北援秦隴。當是時，曾文正公督兩江，凡湖廣兩粵閩浙等省大吏之黜陟，及一切大政，朝廷必以諮之；駱公督四川，凡滇黔陜甘等省大吏之黜陟，及一切大政，朝廷必以諮之。二公東西相望，天下倚之為重。而駱公所陳大計，亦多能統籌全局，不愧老成典型。先中蜀中童謡曰：『若要川民樂，除非馬生角。』蓋俗稱『駱』字為『馬各駱』，而南方又『各』『角』同音也。然則駱公當立勳名於蜀，其數早已前定矣。

駱公既薨，成都為之罷市，居民皆野哭巷祭，每家各懸白布於門前，或書輓聯以誌哀思。適文勤公崇實以將軍署總督，謂為不祥，遣使禁之。蜀民答曰：『將軍脱有不諱，我輩決不敢若此。』聞者為之粲然。迄今蜀民敬慕駱公，與諸葛武侯相等。駱公專祠，蜀民亦呼之為丞相祠堂，雖三尺童子入其祠，無不以頭搶地者。或謂駱公生平不以經濟自命，其接人神氣渾穆，人視之固粥粥無能，而所至功成，所居民愛，在楚在蜀，自有諸賢擁護而效其長，豈其大智若愚耶？抑駱公之旗常俎豆，早有定數，大功之成不在才猷而在福命耶？余謂駱公之當享勳名，固由前定，然其德器渾厚，神明廉靜，推誠以待賢俊，亮直以事朝廷，斯其載福之大端也。同時張石卿制軍，其初名位與駱公相埒，而才調發越則十倍駱公，然有為不能有守，好用權術，多謀少斷。又所居皆貧瘠之地，所與共事多庸妄人，其遭逢不如駱公遠甚，崎嶇二十年，不能以功名終。蓋其德不足以運其才，器不足以載其福，適若與駱公相反云。

勞文毅公善居危城

善化勞文毅公崇光為封疆大吏二十年，值咸豐、同治用兵之時。其所居亦率多貧窘艱危之境，雖無卓然傑出之經綸，然每能履變不驚，化險為夷，以功名終，則其從容應事之度有可稱者焉。先是文毅以廣西布政使統領一軍，出省剿賊，招降賊首張嘉祥改名國樑，即後在江南殺賊為名將，殉大節謚『忠武』者也。

文毅既擢巡撫，洪秀全、楊秀清等大股悍賊雖已出粵境，而餘寇蜂起，群盜如毛。廣西餉絀兵弱，搘持數年，賊勢益熾，與湖南、廣西諸省音問阻絶，餉道不通，省城數十里以外皆賊也。文毅與人書云：『忝膺疆寄，困守孤城，不特毫無官趣，抑且毫無生趣。』適蔣果敏公益澧以候選知府為羅忠節公澤南營官，中道散去。文毅招之赴粵，蔣公請立功後必保至實缺按察使，所需糧械毋稍缺乏，然後願行，文毅許之。蔣公乃募楚勇三千人入粵，擊平群寇，剋復諸府縣城，楚粵之路始通。

無何而文毅調撫廣東，權兩廣總督。自咸豐七年，葉崑臣使相名琛為英吉利所執，英人踞守廣東省城者數年。迨庚申和約既定，次年英人交還省城，督撫司道仍駐佛山鎮，不敢入城。英人常目笑之，謂兩國既和，斷不復存惡意，中國大員何怯也？然是時，上下議論皆謂一入省城，必受洋人挾制，將復如葉相之事。文毅內決於心，獨備儀從，呵殿入省城，城外萬人夾道觀之，將軍都統司道府縣遂皆從之。洋人既覺其無所懼，諸事稍稍就範。議者亦始知與葉相彼此異時，以是稱文毅之毅焉。

旋實授總督，量移雲貴。雲南自巡撫徐之銘倚叛回以自重，總督潘忠毅公鐸至為所戕。厥後之銘雖死，而回黨內外盤踞，耳目甚廣。巡撫劉公嶽昭、藩司岑公毓英，皆統師在外。文毅始駐貴州，既而道路稍通，遂入雲南。或勸文毅毋遽入省城，文毅曰：『省城未失，而大吏皆憚不敢入，則彼寇將終據之。且彼所以欲害我者，恐或有圖之之意也。今我未挾重兵，則彼固無虞矣。』遂入城莅總督任，終日閉鈴閣，以示無事，日寫白摺三四開，告人曰：『吾以此陶情適性，且泯彼猜疑也。』於是，在位數年而薨。

夫文毅治廣西最久，其所籌亦殆無遺憾。若在廣東，則是時已與英人講解，入城本無後慮。文毅之智，殆能見及之。其在雲南，蓋有不服藥為中醫之見存焉。總之，兩粵及雲南三城者，以常見度之，皆危地也。然惟攖之以無心，則雖履至險，而往往能化其險。觀文毅之所處，殆猶佛家能狎蛇虎，而蛇虎亦竟不為之害歟！

鄧子久中丞被害

江甯鄧子久中丞爾恒以翰林為雲南道員，洊擢藩司。咸豐十年十月升授貴州巡撫，未及赴任，明年春調陝西巡撫。是時，徐之銘撫雲南，綱紀廢弛，回寇與營將勾通為患。之銘非但不能禁遏，又從而黨庇之，浸遂為所挾制。副將何有保者，始亦為之銘私人，既而黨羽日眾，勢焰縱橫，作惡多端，之銘亦無如之何。凡滇中大小官員，以升調病休出境者，有保輒遣其黨追之境上，盡劫其宦囊以去，無敢與校，皆以得出虎穴為幸。有保等恃此為生涯者數年矣。

中丞之將赴黔也，行李馬馱中途被劫，中丞聲稱俟到京參奏。適調陝撫，行至曲靖，借居府署。何有保聞有參辦之言，密嗾其黨史榮、戴玉堂夜率練眾，擁入署中，戕害中丞，所攜衣物旅費，搜括無遺。於是遐邇紛傳：之銘以中丞久任雲南司道，知其陰事，恐中丞一入都而其劣蹟盡聞於朝也，故密諷何有保害之。之銘亦奏中丞被戕之事，大致稱鄧爾恒由滇赴陝，經臣派撥兵練護送，行抵曲靖，在府署偏院居住。署知府唐簡等素知府署不甚嚴密，欲派兵練巡查，鄧爾恒自稱行李無多，不須防衛，僅留兩僕在內伺候。是夜竊賊李寶踰垣而入，鄧爾恒聞院內有賊，親自堵門喊捕。李寶素恨鄧爾恒，聞其在內，遂與其夥黨一擁而入，遽將鄧爾恒殺害。該府聞警，傳集兵役拿獲各犯，即經就地正法等語。並將曲靖文武原稟鈔呈。

文宗諭旨云：『鄧爾恒在曲靖府署居住，知府唐簡等既欲派兵練巡查，何以輒復中止？竊盜拒捕傷人，固屬常有之事，惟鄧爾恒係屬大員，何以輕身堵門？即謂該犯李寶係因懷恨，故將該撫殺害，然昏夜之中，何以知堵門喊捉之人即係該撫？且知李寶之殺該撫，實為挾仇起見，在場各犯既已就獲，該府等自應迅速解省聽候審辦，何以遽將各犯正法，以致無可質對？鄧爾恒既留兩僕在內，則被害情形均應目擊，何以並未取有供辭？曲靖文武原稟，種種情節支離，徐之銘並未駁斥，輒行入奏。以大員被戕之案，並不徹底嚴究，草率了事，實堪詫異！新任總督劉源灝已諭令趕緊前往雲南，著將鄧爾恒被害情形密速訪查，據實具奏，務期水落石出，不准稍存徇隱消弭之見。欽此。』源灝竟不敢赴滇，遷延半年，中途乞病而歸。

臺諫交章論列，前任總督張亮基亦疏劾之銘。奉穆宗諭旨云：『鄧爾恒被戕之案，日久未予查辦，亦無以彰國憲。著張亮基迅速馳赴雲南，督辦軍務，將徐之銘先行撤任，並將鄧爾恒被戕之案徹底根究，按律懲辦。何有保父子如此跋扈，必須設法翦除，又宜防其設計暗害。欽此。』於是，復起江甯潘忠毅公鐸於家馳往查辦。先是戴玉堂等既害中丞，掠其行裝，何有保以其隱匿贓物，執縛玉堂，拷打甚酷，玉堂氣忿潛逃。嗣聞潘公查辦之信，同治元年閏八月，糾黨夜攻何有保，殺之。史榮、戴玉堂旋皆被潘公拿獲，研訊各情，供認不諱，即予正法。潘公據實覆奏，並稱訊據各犯供稱，徐之銘並無知情徇縱情事，但以疏於防範，請交部議處；何有保仍戮尸梟示，以儆兇殘。遂由此結案。

然謂之銘並不知情，世多疑之。潘公或自以萬里孤蹤，威惠尚未周浹，而之銘在滇日久，私黨蟠結，驟難參撤，既須與之共事，不得不為之湔祓，以安其心歟？然余謂何有保等本無甚伎倆，並非難除之賊，一聞潘公查辦，其黨即自相攻擊，而之銘安坐兩年，置之不理。律以春秋誅心之法，雖之銘實不知情，謂之知情可也。

潘忠毅公遇害

潘忠毅公鐸始自河南巡撫降調湖南布政使。咸豐二年，粵寇之攻長沙也，公嘗以藩司護理巡撫守城有功。後乃引疾以去，優遊林下者十餘年。同治元年，雲南叛回蜂起，全省分裂，而省城回眾亦與叛回相通，魚肉良民，脅制官府，大小衙門皆有黨蟠踞。巡撫徐之銘貪淫昏懦，既已自失其權，為回人所箝制，因又挾回自重，怙惡不悛。是時，之銘雖已罷斥，而朝廷所新授之巡撫賈洪詔、林鴻年等，皆不能入滇境，僑寓成都，每遙探雲南軍務具摺奏報而已。之銘為諸回所擁護，託言新任未到，不能交篆，踞位奏事如故，如是者三四年。之銘既嗾其黨殺升任陝西巡撫鄧爾恒於境上，總督張亮基頗有戒心，引疾求退，疾馳而去，深以得出滇境為幸。朝廷方起用舊臣，遂命潘公署雲南總督，時同治二年也。

潘公不避艱險，毅然入滇，道經曲靖，回弁馬聯陞來謁，面稱有人給信，令其設謀殺害總督。聯陞固回黨之黠悍者，或故為恫喝之言，或徐之銘與省城回眾慮公之至，早欲害之，均未可知。而公置之不問，行至板橋，署布政使岑毓英、總兵馬如龍排隊迎入省城。既視事，亟欲力振威權，安輯回漢。而同僚異心，寇盜逼處，殊難措手。回人掌教馬復初者，名德新，以字行，昆明縣諸生，在回教中行輩最先，推為大酋，滇省群回皆隱聽號令。自徐之銘以下無不仰其鼻息，受其挾制。之銘嘗與德新遣回人武進士田慶餘招撫杜文秀，許割大理、永昌、麗江三府封之。德新復親至姚州議和。文秀在姚州偏貼偽示，謂馬復初已允分給迤西之地矣。馬如龍者，亦回眾中之渠魁，慓悍好鬥，之銘奏署臨元鎮總兵。

潘公察知回黨內外盤結，之銘又從旁掣肘，滇事遂無可為，然德新、如龍雖首鼠兩端，尚未顯露逆迹，頗欲羈縻勿絕。而署督標中軍副將楊振鵬亦陰與回通。馬德新使人示意，欲封平南王。公嚴拒之，德新不懌。馬如龍恃其徒眾，欲兼併迤東諸郡。惟臨安土豪梁士美不服，以忠義激勵官紳，糾眾據險，以抗如龍。如龍屢請剿士美，公不許。如龍懷怨，徑率所部往攻臨安。公念如龍若踞臨安，則回勢益强，且梁士美忠義宜保全之，密檄士美固守待援。又檄他郡練眾之素與如龍為仇者數千人，陽為會攻臨安，實令與士美合圖如龍。蓋如龍去，則回稍弱，而後滇事可籌也。

公念徐之銘雖不足恃，究係同辦一事，嘗向之銘微露其意。之銘歸告其妾，之銘之妾多與回酋狎昵，酋以告德新，德新怨懼交並，密召武定營參將回酋馬榮率練黨二千餘人，即冒公所調練眾旗幟，入居省城五華書院，日出騷掠，居民訟之督撫兩署。同治三年正月十五日，公親往書院彈壓，諭令出城，請期五日不許，請期三日亦不許，限以即日出城。是時回眾矛戟森列，馬榮攘臂大言曰：『即不出，當奈我何？』嗾其眾使前，公大罵，身受七傷死之。雲南府知府黃培林、昆明縣知縣翟怡曾上前救護，同及於難。中軍楊振鵬在側，默然無言。是日也，公約徐之銘同往，之銘陽諾之而不至，蓋早知其有變云，賊亦不攻其署。岑毓英以兵練數百扼守藩署，自臬司以下官吏未死者，皆避入藩司官廨。徐之銘迎馬德新入居總督署，號令一切，陽稱請其彈壓回眾，德新以總督關防送交徐之銘。公尸暴露三日，其家丁哀懇楊振鵬轉求德新發回字令旗，始得殯斂，面如生。

德新之召馬榮，初意欲使官與回相持不下，已乃出而調停之，以市德於總督，並解馬如龍之厄，不料其構成大釁。且所忌惟潘公，今公已死，又欲討馬榮以示己無背叛意，乃密召馬如龍率師赴省。岑毓英亦致書如龍，獎其忠誠，召之入援。如龍攻臨安，數日不剋，得書欲退，恐梁士美追襲，乃以情告士美。士美登城謂之曰：『汝若奔援省城，盡心王事，當不汝追也。』如龍折矢與之盟。以二月一日夜回至省城，自南門入，與岑毓英夾攻賊黨，賊死傷過半。楊振鵬登城勸止官軍勿開槍礮，天明送馬榮出城，逃回武定。初五日，眾議徐之銘仍署總督，馬如龍署提督，疏通道路。厥後馬聯陞以叛聞。是年十二月，林鴻年奏稱馬聯陞伏誅；馬榮為官軍所擒，解至省城正法；楊振鵬受之銘檄，往權鶴麗鎮總兵，與回匪通謀作亂，為如龍所擒斬。

任柱賴汶光伏誅

同治五、六年間，捻寇竄突蘇、皖、鄂、豫、山東等省，黠猾以賴汶光為最，而慓悍善戰莫如任柱，所統馬隊頗多。方諸軍劃運河而守，捻衆馬步約近十萬，盤旋濟、青、沂、海之間，行蹤飄忽。官軍追逐，往往落後，實尚未能制勝。

一日，銘軍逐賊於安邱、濰縣之交，獲一賊目曰潘貴升者，訊知為任柱帳下健兒，將殺之，貴升呼曰：『赦我！我願投誠。』其甥有唐姓者在銘軍作哨官，亦願保而釋之。劉省三軍門聞之，呼貴升謂曰：『汝能為我殺任柱乎？』對曰：『能。』乃畀以洋槍一枝，曰：『此去若成功而返，當賞汝三品銜花翎及白金二萬兩。如不能殺，亦不汝責。任汝相機為之可也。』蓋劉軍門之意，本非望其必成，以為即不能成，不過棄一洋槍耳。貴升執槍馳馬而去，復歸任柱。柱信而不疑，仍置帳下。明日復戰，貴升忽以槍擊任柱，殞於陣前，縱馬奔向官軍，告劉軍門曰：『我已殺任柱矣。』始猶不信，繼見捻黨不復耐戰。銘軍與諸軍連日大捷，賊勢如土崩瓦解，追至贛榆、沭、宿境內，降賊供稱任柱實死，乃賞貴升如前約。

賴汶光既哭任柱而埋之，其黨震懼，潰散略盡。汶光率敗賊千餘名搶渡六塘河，南趨揚州。諸軍水陸窮追，賊至灣頭，手無器械，饑疲已甚，競入民家掠食。會大雨，吴香畹觀察毓蘭偵知賊無去路，夜率所部華字兩營，會同水師急擊之。各勇丁爭取牛馬財物，懷挾甚富。觀察恐為賊所乘，急令撤隊，時已二更，歸營各釋所負，復於三更出隊。諸賊冒雨淋漓，阻於河水，正在徬徨饑窘之時，官軍縛之如執雞豕，生擒賴汶光，淩遲處死，東路捻股遂滅。

總兵陳國瑞驕暴取戾

已革記名提督處州鎮總兵陳國瑞，年十餘歲為粵賊所虜，既而降於官軍，總兵黄開榜養為義子，隸大帥袁端敏公甲三部下。未及弱冠，積軍功至都司，然慓悍不馴，動輒犯法。是時，吴勤惠公棠以漕運總督駐節清江浦，索將於臨淮大營，端敏乃以國瑞予之，始將七百人與捻寇追逐於淮、揚、徐、海之郊，每戰輒勝，威名日隆。吴公既倚為長城，壹切順其所為，如奉驕子，漸增募其衆至二三千人。復隸故科爾沁忠親王麾下，掃蕩練匪苗霈霖及山東白蓮池教匪，皆以國瑞為首功，積官至記名提督處州鎮總兵，幫辦清淮軍務。國瑞益自鳴得意，令軍中稱己曰大帥，自謂名位與吳公相並，有輕之之意矣。

忠親王戰没曹南，諸將皆以不能救護主帥獲罪，國瑞獨以戰功素著，免予議處。時曾文正公督師北上，適劉省三軍門銘傳剋復濟寧之長溝，國瑞率軍後至，見淮軍將士所攜洋槍精利，心獨豔之。國瑞向以黠悍自雄，諸將無敢與抗者，既惡淮軍之先入長溝也，又思奪其利器。自率親兵五百人突入長溝，見淮軍勇丁即殺之，凡殺數十人。劉軍門聞變，親督所部與戰於塞中，淮軍盡攜火器，發無不中。國瑞親兵多執長矛〔一〕，狹巷中不能轉掉，五百人皆殲焉。國瑞躍登民屋，劉軍門使其眾梯而執之，置之空樓三日，給以糜粥，使饑而不至於死。國瑞見軍門，泣曰：『此五百人皆數年來所糾合四方之精鋭，一旦為君所殲，吾軍從此衰矣。』軍門乃憐而釋之。於是，劉、陳二人皆稟訴於曾文正公，互相指訐。

文正惡國瑞之獷也，欲摧其盛氣而磨勵陶成之，凡批牘數千言，大旨奬其長而戒其短，歷舉其罪惡十餘事，俾速自悛改，且明白稟覆。並勸其去欽差字樣，勿與英康兩軍同紮，勿擾民，勿梗調，勿私鬥，勿虚報勇額。國瑞具稟，詞多巧飾，不肯任過。文正歎曰：『是真不可教也已！』乃具疏彈劾，撤去幫辦軍務名目，革去提督，褫去黃馬褂，仍留處州鎮總兵，以示薄懲而觀後效。國瑞悚息聽命，馳往徐州，謁見文正，受約束維謹，旋復還駐清江。國瑞馭下嚴酷，手刃膳夫不下百餘人，將士無罪被殺者不可數計。

國瑞有養子曰陳振邦，亦積功至總兵。一日，國瑞忽欲殺之，振邦求救於漕帥吳公為之緩頰，國瑞不聽，振邦乃走匿漕帥署中。國瑞再三索之不得，自率親兵數百馳赴帥署，欲掩執振邦。時已二鼓，署中聞變，急閉大門。國瑞督兵攻之，守門者在内叱曰：『汝賴漕帥卵翼扶持以有今日，乃敢反邪？』國瑞怒曰：『以子叛父，非反而何？吾捕反父之子，且討匿反賊之人耳。』力攻久之，壞大門而入。復攻二門，破之。署中人退守宅門，其堅過於大門，國瑞猛攻不剋。然署中人情愈急，罵愈厲，國瑞益怒不可忍，自以頭觸門，痰湧氣厥，頹然仆地。吳公乃命開門，使數人舁國瑞置一古廟中，派員看管，而檄別將代統其軍，疏劾國瑞革職，永不叙用。

越二年，捻酋張總愚馳突畿輔山東。是時醇邸方領神機營，密薦國瑞，欲倚以辦賊，復召為頭等侍衛，俾募數千人討賊。國瑞之復出也，頗染鴉片煙癮，兼有好色之稱，鋭氣已大不如前，而性情驕暴如故。倚恃邸眷，陵侮諸將。遇欽差大臣恪靖伯左公營中所運餉銀軍械，於中途擅自截留。左公具疏劾之，請以都司降補。奉旨留中，而命國瑞歸左公節制。國瑞上書左公，歷數其短，如排擊曾文正公為背恩，裁抑鮑超、蔣益澧為攘功等語，指摘不遺餘力，而密致其稿於醇邸，醇邸奏之。朝廷慮國瑞不復能為左公用，乃命改歸安徽巡撫英公翰調遣。越日，復改歸山東巡撫丁公寶楨調遣。既而連次改隸大學士官公文、將軍都公興阿部下，最後隸欽差大臣肅毅伯李公部下。國瑞軍實無戰功，而捻寇適全股蕩平，國瑞亦獲受上賞，開復記名提督黃馬褂花翎勇號，並賞雲騎尉世職。

諸軍既皆凱撤，國瑞往來南北。庚午天津焚燬教堂之案，洋人以其激怒津民致殺領事豐大業，檄索陳國瑞甚急，賴曾文正公嚴詞駁斥，倖得無事。國瑞乃寓居揚州，與提督李世忠過從遊宴。先是國瑞在清淮時，嘗截留李世忠營中餉鹽，值銀鉅萬，又殺世忠部將之攻下蔡圩者，取其軍械，而誣其勾通苗霈霖，世忠皆不敢與校。及是欲泄宿憾，而陽與為歡。國瑞不悟，日與狎飲，時時以戲言虐之，世忠積不能平。一日清晨，率親兵數十，突入國瑞之舍，擒國瑞以出，聲言解往金陵，聽總督曾侯相處置。挾以登舟，揚帆南下，國瑞之兄子陳澤培率眾追之。是時，湖北運銅船數百號停泊河干，其水手皆楚人，國瑞同鄉也。澤培號於眾曰：『孰能追奪吾叔者，賞以萬金！』於是應募者數千人，追及世忠於瓜州之四里鋪，圍其大舟。世忠乘夜挾國瑞登舢板礮船，潛行出口，溯江西上。黎明，澤培登其大船，取世忠妾婢三人以歸揚州，扶以遊街。官吏馳往彈壓，送歸世忠本宅。而船中尚有二女，於紛呶之際，懷金寶赴水以死。曾文正公既接世忠稟牘，嚴批：『責令先釋國瑞來轅聽候訊辦。』世忠泊舟蘆葦叢中，先自來謁文正。文正拒不見，遣武弁以一令箭偕世忠同至礮船，釋放國瑞。始於船底掖出之，饑憊幾無人形。時同治十年閏四月十八日也。李、陳二人同交營務處，委員訊具供詞，文正衡情剖斷：世忠以擅執大員，被劾褫職，國瑞累次滋事，又濫殺世忠部將，因事在赦前，劾以都司降補，均交地方官嚴行管束；澤培革去監生。時議允之。

越數年，國瑞復以詹啟綸殺人之案，讞有唆聳主使等情，發往黑龍江充當苦差。伯相合肥李公嘗與予論及，陳國瑞經此番磨練，將來有事似尚可用。余答云：『陳國瑞驕暴之性，終不能改，究難任用。且邇來困於煙色，其精銳已銷竭矣。萬一此番磨折稍久，意氣漸平，將來再用，多不過將一二千人，非任重之才也。』伯相頗韙其言。其後廷旨密詢吉林將軍，云陳國瑞是否尚堪起用？將軍覆奏謂陳國瑞兇暴桀驁，不堪復用。論將材者，皆以為定評焉。

【校】

〔一〕「矛」，原作「錨」，據南本改。

左文襄公晚年意氣

左文襄公自同治甲子與曾文正公絕交以後，彼此不通書問。迨丁卯年文襄以陝甘總督入關剿賊，道出湖北，與威毅伯沅浦宮保相遇，為言所以絕交之故，其過在文正者七八，而亦自認其二三。文襄常與客言：『我既與曾公不協，今彼總督兩江，恐其隱扼我餉源，敗我功也。』然文正為西征籌的餉，始終不遺餘力，士馬實賴以飽騰。又選部下兵最練、將最健者，遣劉忠壯公松山一軍西征，文襄之肅清陝甘及新疆，皆倚此軍之力。是則文襄之功，文正實助成之，而文襄不肯認也。文襄每接見部下諸將，必罵文正。然諸將多舊隸文正者，退而愠曰：『大帥自不快於曾公斯已矣，何必對我輩煩聒？且其理不直，其說不圓，聆其前後所述，不過如是，吾耳中已生繭矣。』

迨壬申二月，文正薨於位，文襄寄輓聯云：『謀國之忠，知人之明，自愧不如元輔。同心若金，攻錯若石，相期無負平生。』又致書唁劼剛襲侯，措辭頗為懇摯。余謂文襄自此意氣可平矣。庚辰、辛巳間，文襄奉旨召入樞廷。文武官僚於中塗進謁者，皆云左相言語甚多，大旨不外自述西陲設施之績，及詆譏曾文正公而已，談次不甚及他事。

既入軍機，文襄奏言直隸永定、滹沱等河，水患日劇，請自出相度機宜，督率舊部數營挑浚修治。閱數月，文襄奏報河工蕆事，頗多鋪張，並有數十年積弊一掃而空之語。於是，清議之士漸多失望，咸謂左相之疏未免虛誇，遠不逮李相節次治河之奏周詳核實，意者其西陲功績皆不過如是乎？余謂議者推崇文襄，始固不免過當，因而責望亦太重。不知北河末流之弊，本非歲月所能奏功，且距京師咫尺，有效無效，衆所共知。文襄出筆太易，乃其習慣使然，殆不始於此日也。

頃之，文襄總督兩江。官紳有赴金陵者，皆云文襄見賓客無他語，不過鋪陳西陲功績，及歷詆曾文正公而已。蘇紳潘季玉觀察以地方公事特赴金陵，欲有所陳，歸而告人曰：『吾初謁左相，甫寒暄數語，引及西陲之事，左相即自述西陲功績，刺刺不能休，令人無可插話。旋罵曾文正公，語尚未暢，差弁侍者見日已旰，即舉茶杯置左相手中，並唱送客二字，吾乃不得不出。翼日，左相具柬招飲，方謂可乘間言地方公事矣。乃甫入座，即罵曾文正公，迄終席，言尚如泉湧也。既撤席，吾又不得不出。越數日稟辭，左相始則罵曾文正公，繼則述西陲之事，終乃兼罵合肥李相及沈文肅公，然其意若謂本不如己遠甚，初無待其力攻也。侍者復唱送客，吾於起立時，方欲陳地方事數語，左相復引及西陲之事，吾乃疾趨而出』云。潘君之言如此，可謂形容惟肖矣。

又李相覆陳海防事宜一疏，即余代草，刊在庸庵文編者也。疏上時，適文襄在關外奉召將至，恭邸及高陽李協揆以事關重大，靜俟文襄至乃議之。文襄每展閱一葉，每因海防之事而遞及西陲之事，自譽措施之妙不容口，幾忘其為議此摺者，甚至拍案大笑，聲震旁室。明日復閱一葉，則復如此。樞廷諸公始尚勉强酬答，繼皆支頤欲臥，然因此散值稍晏，諸公並厭苦之。凡議半月，而全疏尚未閱畢。恭邸惡其喧聒也，命章京收藏此摺。文襄亦不復查問，遂置不議。

樞廷忌滿六人

自雍正七年設立軍機處以後，必以大學士、尚書、侍郎之幹略優長、默契宸衷者為大臣，承寫諭旨，籌商大政。蓋猶唐宋之入中書同平章事，明之入閣預機務也。不入軍機，則雖位居大學士，不得謂之真相。顧聞樞廷裏外各一室，本不甚宏敞，大臣如滿六人，坐位固嫌逼窄，相傳必有一人不利者。遠者余不能盡知，姑就同治以來言之。

同治十三年中，樞臣未有逾五人者，大都自恭邸而外，滿漢各二人也。光緒初年，仍循此例。維時軍機大臣則恭親王及大學士文忠公文祥、佩蘅相國寶鋆，協揆沈文定公桂芬、李蘭生尚書鴻藻。厥後秋屏侍郎景廉入軍機，既滿六人，而文忠薨於位。未幾，李尚書丁憂，王賡虞侍郎文韶入軍機以補之。迨尚書服闋再入軍機，又滿六人，而文定薨於位矣。辛巳春，左文襄公入軍機，復滿六人。幸在值未久，即出督兩江，所以無事。壬午冬，王侍郎以陳情終養去位，而翁叔平、潘伯寅兩尚書同入軍機，又滿六人。未幾，而潘尚書奉諱。甲申春，軍機大臣五人皆出樞廷，而禮親王及閻丹初尚書敬銘、額筱山尚書額勒和布、張子青尚書之萬同入軍機。未幾，許星叔侍郎庚身入值。又未幾，孫萊山侍郎毓汶入值，復滿六人。閻公已晉東閣大學士，宸眷忽衰，屢奉嚴旨詰責，乃引疾予告以去。

追溯十餘年事，則相傳之舊說殆不謬矣。然如閻相之引年歸田，優遊林下，固大臣所難得者也，不得謂之非福也。

彭尚書迴翔文武兩途

衡陽彭雪琴宫保，始以諸生傭書營中。道光季年，新甯雷再浩之變，湖南提督率師往剿。事平，彭公獲保以把總拔補。曾文正公之起兵討粵賊也，彭公帶水師一營為營官。文正詢知其實係諸生，始保候選訓導。厥後累立戰功。

咸豐十一年，由惠潮嘉道擢廣東按察使，遂授安徽巡撫。是時，官軍初剋安慶，彭公尚統領水師，常居舟中，未及莅任。偶至安慶，命府縣限三日内，將閭巷所貼僞示剔除淨盡。屆期，首府據知縣之稟，上謁銷差。彭公馳馬通衢視之，果無僞示，及入窮街僻巷，則見僞示張貼者如故，且多悖逆之辭。彭公大怒，知其猶是官場敷衍舊習，召首府擢髮罵之，復奮拳毆之。明日，值衙參之期，大小官員無一至者，皆曰：『恐遭毆罵。』

彭公素志雅，不欲入官場，先已具疏瀝請開缺，專意剿賊，繼復陳難離水營，力辭巡撫。曾文正公奏稱彭某素統水師，一旦舍舟登陸，未免用違其長。於是奉旨允其開缺，以水師提督候補，旋改以侍郎候補兵部左侍郎，繼改漕運總督則辭，授兩江總督則辭，復以巡閲長江水師擢授兵部尚書。光緒十四年，因病請開缺回籍。夫彭公始以把總改訓導，繼以提督改侍郎，遂為兵部尚書以歸，迴翔文武兩途之中，亦自古名臣未有之局也。

談相

今世談麻衣柳莊之術者，於人之貧富貴賤壽夭言之鑿鑿，並云某運佳某運不佳，若其事之有定格者。子夏曰：『雖小道，必有可觀者焉，致遠恐泥。』蓋信之過深，求之過詳，則泥矣。世俗頗傳曾文正精相術，於文武員弁來謁者，必審視其福量之厚薄，以定用舍及所任之大小。余謂文正於相術不必精，然接見一人，每於其才之高下、德之淺深、福之厚薄，往往決之而終身不爽，以是負知人之鑒。夫文正雖不可學，但使閲人稍多而能用心者，亦未嘗不可得一二焉。至若並世諸名公，多富貴耆壽，而所藴又有不止於此者。恐談相之士未必能道之，使必執麻衣柳莊之説以求之，則常有合有不合。

余不敏，於並世諸名公未能盡接其光儀而薰其德意，姑就見聞所及者述之：曾文正公器宇凝重，面如滿月，鬚髯甚偉，殆韓子所云：『如高山深林鉅谷，龍虎變化不測者。』余所覿當代鉅公，無其匹也。知府張濂翰善相人，有癩龍之目，謂公端坐注視，張爪刮鬚，似癩龍也；惟眉髮稍低，故生平勞苦多而逸豫少。威毅伯沅浦尚書，體貌頗似文正，而修碩稍遜焉。合肥傅相肅毅伯李公，長身鶴立，瞻矚高遠，識敏辭爽，胸無城府，人謂其似仙鶴之相。胡文忠公，精神四溢，威稜懾人，目光閃閃如巖下電，而面微似皋陶之削瓜。駱文忠公，如鄉里老儒，粥粥無能，而外樸内明，能辨賢否。左文襄公，貌亦如老儒，而倜儻好奇，議論風生，適若與駱公相反。蓋駱公能用才，而左公喜自用其才者。羅忠節公，貌素不揚，目又短視，不善馳馬；衡陽彭雪琴尚書，恂恂儒者，和氣藹然可親；道州楊厚盦尚書，意思深長，貌亦儒雅；鮑武襄公，軀幹不逾中人，文弱如不勝衣。四公之貌皆與其行事不同，殆非世俗所能揣測也。故相朝邑閻公，短小精健，辭意懇摯，不改關中敦樸氣象；丁文誠公，志節清挺，狀貌修偉，綽有威風；岑襄勤公，雄姿沈毅，形容黧黑，老於兵間。三公常度，皆人意料所及，聞其行事，即如見其人焉。又如倭文端公，體亦不逾中人，而灑然出塵，清氣可挹；霍邱吳竹如先生，學養完粹，道味盎然；巴陵吳南屏先生，貌雖樸野，而氣韻高潔，文似其人。數公道德文章之藴，亦自有充積流露者。

凡余以上所述，謂之盡合相經不可也，謂之盡不合相經亦不可也。余故就耳目所及者著於篇，俾後有所考焉。若為見聞所不逮者，則不敢論列也。

卷三　軼聞

四千五百餘年元鶴

凡人壽不及百年，羽毛鱗介之族壽不過數年至數十年而止，此就尋常人物言之也。若其煉神服氣，遁迹深山，年壽既永，而偶顯其蹟者，今華山有毛女洞，相傳毛女是秦始皇時宫人，避亂入山，徧體生毛。羅浮山中有黄道人，相傳東晉時葛洪煉丹仙去，道人撈其鼎中餘丹吞之，遂為地仙，時時披髮敞衣出行山中。又世所傳神仙如鐘離祖師、呂純陽，常著靈異，然皆生三代以下，壽不過千歲以外耳。

若舍人而論物，今洪澤湖濱之龜山，有井名曰巫支祈井，相傳神禹鎖巫支祈於此，有大鐵練繫於井欄，垂入井中，其下深黑，莫窺其底。明季及國初，嘗有人拖鐵練出而觀之，蓋一老猴也。此物不知生於何代，然自洪水時至今，厥壽已四千餘年矣。猶有前乎此者，甘肅有崆峒山，黄帝訪道之地，廣成子所居也。廣成子既昇仙，所養元鶴一雙留此不去。每逢朔望，天氣晴明，於日出時自山巔遥望雲際，有兩鶴張翼如車輪，徘徊翔舞，良久乃去。今出使美國大臣陳荔秋副憲蘭彬語余云，昔遊崆峒，嘗親見之，且曰：『今兩鶴外又多一小鶴，道士謂近百年來所添也。』

夫兩元鶴生於黄帝之世，其壽當在四千五百年以外矣。今宇宙間動物，此殆其最古者也。副憲壯年好奇，嘗匹馬遊青海，踏冰至龍駒島，居喇嘛寺數日云。

鬼神默護吉壤

世俗篤信地理家言，謂葬親得吉壤，則子孫富貴蕃祉，否則貧賤衰絕，故凡稍有力之家，咸汲汲焉尋覓吉壤為務。而地理家稍有學識者，亦往往誦『陰地好不如心地好』之説。謂凡人之獲吉壤，必其德足以居之；否則，或失之目前，或雖幸獲葬而鬼神不容也。地理家有所謂鈐記者，大抵集古地師之言，謂得非常吉壤而默識之，其説似出於唐宋以前。攻此業者，轉相鈔習，流傳至今不替。

鈐記所登無錫、金匱兩縣境内非常吉壤有二十餘處，或出王侯將相，或葬王侯將相，而以鴻山泰伯墓居第一。大約十之七八皆已為前人所用，其十之二三未用者，則今人亦莫能確指其地也。吳塘山濱臨太湖，兩峰夾峙，為吾錫形勝之地，謂之吳塘門。鈐記有云：『吳塘東，吳塘西，玉兔對金雞，代代出紫衣。』鄉先輩尤文簡公袤之封翁，實葬得其穴。文簡以清德碩學為南宋名臣，當時既欽其丰采矣。相傳封翁葬時，文簡廬於墓側。一夕，隱隱望見神燈無數，有金甲神擁一貴人從空中過，貴神忽問曰：『近有何人葬此？』金甲神對曰：『無錫人尤時亨也。』貴神詫曰：『此大地將發福三百年，誰敢葬此？速告雷部，明日發之。』文簡大慼，涕泣望空遙拜，且祝曰：『父既葬此，誠不忍見雷擊之慘，願身受其罰，以保父墓。』金甲神為請曰：『尤氏累世積德，且其子真孝子也。彼既願膺其罰，盍許之？』貴神曰：『尤氏之德，尚不足當此地，念其子之純孝，姑許葬之。然彼既矢受罰之願，俟三百年後再議可也。』俄而寂然，神燈亦冉冉而没。文簡既卒，卜葬於無錫孔山灣。尤氏子孫自元迄明入國朝，掇科第入宦途者，蟬聯不絕。

迨道光年間，尤氏忽控張氏盜買文簡公墓餘地，有司履勘，連年不能決。蓋張氏既葬此數世，年代稍遠，並不知尤氏子孫何人所賣。然府縣以先賢墳墓，例不能不保護。張氏聲勢本微，而尤氏以舊紳合全族之力攻之。適有他郡尤姓人為常州府署刑幕，遽與互聯宗譜，遂押遷張氏諸墓。數日前，即聞每夜鬼哭聲，日稍昃，鬼聲啾啾，數月不輟。張氏子孫以黄袱負骨，號泣而去者三十九塚。有一家遷至四十九塚，中間一墓稍高者，墓門既啟，忽見朱漆巨棺隨風而化，隨有一白鬚方面古朝服朝冠者蹶然坐起，亦隨風而化。讀其誌銘，則宋尚書尤公墓也。是時，距文簡没時近七百年矣。或者神鑒文簡之德，又展緩四百年，雖前言必踐，而年代既遥，尸早腐化，所以遇風即散也。尤氏子孫因既涉訟，不量重輕，必欲求勝，實則併文簡公之主穴，且不能知。後雖懊喪無地，將奈之何。自是之後，尤氏日以式微。蓋吳塘墓之旺氣既發洩將盡，而孔山墓又忽被遷，宜其衰也。尤氏之興訟者既死，示夢其子曰：『吾將絕嗣矣！吾以一念好勝，至剗平張氏百餘塚，罪孽匪輕，已矣，吾其餒矣！汝亦不久於人世矣。』已而果然。

近又聞，吳塘門有土豪乘尤氏之衰也，謀佔封翁之墓。墓旁有廢庵數間，其蹟甚古，視其舊記，乃某氏所施，土豪姓也。因執此為憑，訟之於官，官驟無以折之。一日，廢庵忽火起，頃刻成灰燼。居民皆見對面屋脊坐一白鬚老翁，滿身孝服，注視火光，群意以為救火者，不之異也。須臾火熄，因忽不見。或遂悟曰：『此文簡公神也。公以土豪借廢庵以謀墓地，故火之以絕禍根。』自此，土豪無辭可執，竟不敢覬覦。夫文簡之純孝，其靈能保父墓於七百年之後，而不自保其墓。非不能保也，蓋因發誓在前，不如此，不酬其願也。

桂林劉仙巖

出廣西省垣文昌門三里，有劉仙巖，幽石玲瓏，嵌連屬結，枕清漪，茁芳芷，至此耳目一開。相傳：仙，元時人也，名仲遠，以屠豕為業。家於巖下，上有小庵，仙每旦聞鐘聲則起，磨刀霍霍，屠豕趁墟有年矣。

忽一夕，僧夢緇衣老婦跪而泣曰：『我母子八口之命，懸於上人手。』僧駭問故，曰：『勿擊曉鐘，即生全之德也。』僧起，憶夢中語，因暫緩撞鐘，以觀其異。日向晨，聞巖下疾呼而至者，劉仙也，問：『晨鐘何為失鳴？汝貪高臥，致余廢趁墟之業。』僧以夢告，仙斥其妄。歸家，則母彘生七子矣。仙恍然有悟，擲屠刀於溪，向僧謝罪，即隱於庵旁巖穴中，煉神服氣。久之，為人決休咎，多奇中。京師長春館道士邱處機聞其名，致札邀往。歲餘而還，後不知所終。

村人疑其羽化，改庵為道院，肖像祀之。巖中高曠如大廈，其右有小巖，即劉仙當日坐臥處也。山故多虎，而巖無門垣，僅蔽風雨，虎狼之患終不及云。乾隆中，山陰人俞蛟遊此，記其事頗詳。

殺字碑

四川成都府署中有殺字碑，連書七個『殺』字，別無他字，相傳張獻忠手筆。每知府到任，必祭碑一次，否則必受奇禍。平時終日關閉，不敢開視，否則必有刀兵之災。余謂獻忠固天地間之沴氣所鍾，當時全蜀被其荼毒，今其遺碑尚能為祟，是不可解。或者人心畏之過甚，至數百年而不衰，足以感召斯異歟？是當毅然決然投之水火，雖能為禍，亦不過一次，而其祟則從此銷滅矣。

學使舊宅

余幼居無錫西溪上外家顧氏宅中，其右鄰秦氏，亦巨宅也。父老嘗告余曰：『此前福建學政俞鴻圖舊宅也。雍正年間，俞君督學閩中，關防頗嚴，操守亦慎。每扃試之日，戒其僕從分值內外，毋得擅自出入，將以絕傳遞之弊。乃其妾與僕勾通，作奸犯科。每傳遞之文，即貼在俞君背後補褂之上，僕役輕往揭取，授之試士，而俞君不覺也。久之，考取益濫，遠近大嘩，為言路所彈劾。上遣侍講學士鄒升恒往代其任，並令將俞君腰斬。鄒君即為監斬官，而鄒君與俞君本兒女姻親，以讋於天威，不敢漏洩。俞君倉猝受刑，及赴市，方知之。劊子手於腰斬之犯，向索規費，得費則可令其速死，不得則故令其遲死。俞君既斬為兩段，在地亂滾，且以手自染其血，連書七『慘』字。其宛轉求死之狀，令人目不忍睹。鄒君據實奏陳，上亦為之惻然，遂命封刀。從此除腰斬之刑者，蓋自俞君止也。俞君既死，其宅鬻於他人，居之者多不利，至今已七八易主矣。前歲，宅主某君正在浴室，忽見半段血人滾出，一驚而絕。其厲氣之未散，可知矣。』父老之言蓋如此。

夫傳聞之說，能否翔實無誤，固未可知。然其鬼往往見形，且居之者皆不昌，則余固聞之已熟，殆非虛語也。

入相奇緣

乾隆中葉，和珅以正紅旗滿洲官學生，在鑾儀衛當差，選舁御轎。一日，大駕將出，倉猝求黃蓋不得，高宗云：『是誰之過歟？』各員瞠目相向，不知所措。和珅應聲云：『典守者不得辭其責。』高宗見其儀度俊雅，聲音清亮，乃曰：『若輩中安得此解人。』問其出身，則官學生也。和珅雖無學問，而四子書五經則尚稍能記憶。

一路舁轎行走，高宗詳加詢問，奏對頗能稱旨。遂派總
管儀仗，升為侍衛，洊擢副都統，遂遷侍郎，在軍機大臣
上行走，尊寵用事，旋由尚書授大學士。
蓋自乾隆四十二三年以後，嚮用益專。其子豐紳殷
德，復指尚公主，而權勢愈熏灼矣。性貪黷無饜，徵求財
貨，皇皇如不及。督撫司道畏其傾陷，不得不輦貨權門，
結為奧援。高宗英明，執法未嘗不嚴。當時督撫如國
泰、王亶望、陳輝祖、福崧、伍拉納、浦霖之倫，贓款累累，
屢興大獄。侵虧公帑，鈔没貲產，動至數十百萬之多，為
他代所罕睹。其始未必非皆和珅之黨，迨罪狀敗露，和
珅不能為力，則亦相率伏法。然誅殛愈眾，而貪風愈甚。
或且惴惴焉，懼罹法網，惟益圖攘奪刻剝，多行賄賂，隱
為自全之地。非其時人性獨貪也，蓋有在內隱為驅迫，
使不得不貪者也。
當是時，阿文成公以元勳上公首相，為樞府領班，然
十餘年中，常奉命出赴各省治河、賑災、查案，席不暇暖。
和珅益得潛竊魁柄，行文各省，凡有摺奏，並令具副封先
白軍機處。專政既久，吏風益壞，釀成川楚教匪之變。
和珅復任意稽壓軍報，並令各路統軍將帥虛張功績〔一〕，
以邀獎敘，而和珅亦得晉封公爵。且於核算報銷，勒索
重賄，以致將帥不能不侵剋軍餉。教匪且愈剿愈多，幾
至不可收拾。
嘉慶四年正月初三日，高宗龍馭上賓。和珅被言路
廣興、王念孫等列款糾參，初八日奪職下獄，十八日賜和
珅自盡。厥後節次查鈔家產，定親王綿恩奏呈，查出正
珠朝珠一挂。仁宗閱之，謂正珠朝珠為乘輿服用珍物，
豈臣下所應收藏，深為駭異。定親王奏稱，曾詢之和珅
家人，供稱和珅日間不敢帶用，往往於鐙下無人，私自懸
挂，臨鏡徘徊，對影談笑，其語言聲息甚低，即家人亦不
得聞悉。
諭旨：『此種情狀，竟有謀為不軌之意，若此事敗
露於正月十八日以前，即不淩遲處死，亦當予以大辟。
今已賜自盡，幸逃顯戮，姑免磔尸。伊子豐紳殷德，著革
去伯爵，賞給散秩大臣銜，當差行走。綿恩等能細心查
出，使和珅逆蹟不至掩覆，辦理甚為認真，均著交部議
敘。』未幾，廣興由給事中擢左副都御史，旌其糾劾和珅

之功也。而和珅在嘉慶三年以前，用事二十餘年，竟未一挂彈章。惟乾隆間御史曹錫寶，劾其家人劉全藉勢招搖，家資豐厚。高宗派大臣查覆，皆曰無之。曹錫寶奉嚴旨詰責。此時已卒，亦奉仁宗特旨，贈左副都御史云。

【校】

〔一〕『績』，原作『級』，據石、南本改。

查鈔和珅住宅花園清單

嘉慶四年正月初八日，江南道監察御史廣興、兵科給事中廣泰、吏科給事中王念孫等，參奏和珅弄權舞弊，僭妄不法。本日奉旨，將和珅、福長安拿交刑部嚴訊，並查鈔家產。本日奉旨派八王爺、七額駙、劉中堂、董中堂訊問，隨上刑具監禁刑部；派十一王爺、慶桂、盛住同鈔和珅住宅；派綿二爺鈔和珅花園。十一日奉上論：『昨將和珅家產查鈔，所蓋楠木房僭侈踰制。其多寶閣及隔段式樣皆仿照甯壽宮制度，其園寓點綴竟與圓明園蓬島瑤臺無異，不知是何居心。又所藏珍寶內，珍珠手串二百餘串，較之大內多至數倍。並有大珠，較御用冠頂珠尤大。又有真寶石頂數十顆，並非伊應戴之物。而整塊大寶石不計其數，且有內府所無者。所藏金銀玉石古玩等類尚未鈔畢。似此貪黷營私，從來罕見罕聞。除交在京王公大臣會審定擬外，著通諭各督撫，將指出和珅各款應如何議罪，並此外有何款跡，據實迅速覆奏。』

同日奉上論：『據十一王爺、綿二爺、盛住、慶桂等具送查鈔和珅住宅及花園，並劉、馬二家人宅子等處金銀古玩清單進呈。』十六日奉旨：『將和珅罪狀二十款傳諭王公大臣，及在京文武三品以上官員，並翰詹科道閱看。』十七日奉上論：『前令十一王爺、盛住、慶桂等查鈔和珅家產，呈送清單，朕已閱看。共有一百零九號，內有八十三號尚未估價，將原單交八王爺、綿二爺、劉中堂、盛住，會同戶工二部，悉心公同估價，另單具奏。已估者二十六號，合算共計銀二萬二千三百八十九萬五千一百六十兩，著存戶部外庫，以備川陝楚豫撫恤歸農之需。』十八日奉上論：『和珅悖逆專擅，罪大惡極，姑免肆市，賜令自盡。固倫十額駙暫留伯爵，在家閑住，不許出外滋事。欽此。』

附録清單

正屋一所，十三進七十二間。東屋一所，七進三十八間。西屋一所，七進三十三間。徽式屋一所，六十二間。花園一所，樓臺四十二座。東屋側室一所，五十二間。欽賜花園一所，樓臺六十四座，四角樓更樓十二座，更夫一百二十名。雜房一百二十餘間。古銅鼎二十二座。漢銅鼎十一座。端硯七百餘方。玉鼎十八座。宋硯十一方。玉磬二十八架。古劍十把。大自鳴鐘十九座。小自鳴鐘十九座。洋表一百餘個。大東珠六十餘顆，每顆十兩。珍珠十八顆手串，共二百二十六串。珍珠數珠十八盤。大紅寶石一百八十餘塊。小紅寶石九百八十餘塊。藍寶石大小共四千零七十塊。寶石數珠一千零八盤。珊瑚數珠，三百七十三盤。密蠟數珠十三盤。寶石珊瑚帽頂二百三十六個。玉馬二匹，高一尺二寸，長四尺。珊瑚樹十棵，高三尺八寸。白玉觀音一尊。漢玉羅漢十八尊，長一尺二寸。金羅漢十八尊，長一尺八寸。白玉九如意三百八十七個。玭璽大燕碗九十九個。白玉湯碗一百五十四個。白玉酒杯一百二十四個。金碗碟三十二桌，共四千二百八十八件。銀碗碟四千二百八十八件。嵌玉如意一千六百零一個。嵌玉九如意一千零十八個。水晶酒杯一百二十三個。金鑲玉簪五百副。整玉如意一百二十餘枝。金鑲象箸五百副。白玉大冰盤二十五個。玭璽大冰盤十八個。白玉煙壺八百餘個。玭璽煙壺三百餘個。瑪瑙煙壺一百餘個。漢玉煙壺一百餘個。白玉唾盂二百餘個。金唾盂一百二十個。銀唾盂六百餘個。金面盆五十三個。銀面盆一百五十個。金面盆六十四個。銀面盆八十三個。鑲金八寶炕屏四十架。鏤金八寶大屏二十三架。鑲金炕屏二十四架。鑲金炕床二十床。四季夾單紗帳全。老金縷絲床帳六頂。鑲金八寶炕床一百二十床。金鑲玻璃炕床三十二床。金珠翠寶首飾大小共計二萬八千件。金元寶一千個，每個重一百兩，計銀一百五十萬兩。銀元寶一千個，每個重一百兩。赤金五百八十萬兩，估銀一千七百萬兩。生沙金二百萬餘兩，估銀一千八百萬兩。元寶銀九百四十萬兩。洋錢五萬八千員，估銀四萬零六百兩。制錢一千五十五串，估銀一千五百兩。人參六百八十餘兩，估銀二十七萬兩。當鋪七十五座，查本銀三千萬兩。銀號四十二座，查本銀四千萬兩。古玩鋪十三座，查本銀二十萬兩。玉器庫兩間，估銀七十萬兩。綢緞庫兩間，估銀八十萬兩。洋貨庫兩間，五色大呢八百板，鴛鴦一百十板，五色羽緞六百餘板，五色嗶嘰二百餘板。皮張庫一間，元狐十二張，各色狐一千五百張，貂皮八百餘張，雜皮五萬六千張。磁器庫一間，估銀一萬兩。錫器庫一間，共估銀六萬四千一百三十七兩。珍饈庫十六間。鐵黎紫檀器庫六間，八千六百餘件。玻璃器皿庫一間，八百餘件。貂皮女衣六百十一件。貂皮男衣八百零六件。雜皮男衣八百零六件。雜皮女衣四百三十七件。棉夾單紗男衣三千二百零八件。棉夾單紗女衣二千一百零八件。貂帽五十四頂。貂蟒袍三十七件。貂褂四十八件。貂靴一百二十雙。藥材房一間，估銀五千兩。地畝八千餘頃，估銀八百萬兩。

外鈔劉、馬二家人宅子：內外大小共一百八十二間。金銀古玩，估銀三百六十八萬六千兩。衣飾器皿，估銀一百四十一萬三千兩。洋貨皮張綢緞，估銀三萬兩。人參，估銀四萬兩。當鋪四座，本銀一百二十萬兩。古玩鋪四座，本銀四萬兩。地畝六百餘頃，估銀六十萬兩。市房二十七所，契價銀二萬五千兩。

以上清單，係近見世俗傳鈔之本，從友人處録得之。已估價者二十六號，既有銀二萬二千三百八十九萬餘兩之多。內有八十三號，尚未估價。邇閱王益吾祭酒先謙所纂東華續錄，恭讀嘉慶四年正月十五日諭旨宣示和珅大罪二十款。內以和珅家內銀兩及衣服等件數逾千萬，為十七罪。夾牆藏金二萬六千餘兩，私庫藏金六千餘兩，地窟埋藏銀百餘萬兩，為十八罪。通州、薊州均有當鋪錢店，查計貲本不下十餘萬，為十九罪。查鈔家人劉全貲產竟至二十餘萬，並有大珠珍珠手串，為二十罪。則與此單查鈔之數迥不相符。及考此單所錄連日所奉諭旨，與東華續錄相同。惟十七日上諭宣示查鈔家產估價之數，則東華續錄無之。

余猶疑和珅定罪時，其家產尚未鈔竣，此係後來陸續所鈔之數。世俗所記，或顛倒其月日耳。既又讀東華續錄，是年四月二十五日諭旨云：『前據薩彬圖奏，和珅財產甚多，斷不止查出之數，必有埋藏、寄頓、侵蝕、挪移等弊，刑部查審時，司員意存含混，請密派大臣研鞫追究等語。朕當即詳加開導。昨又據奏，向伊親戚問出和珅家掌管金銀內帳使女四名，請交伊一人至慎刑司提訊，更屬乖謬。薩彬圖係副都統，並非原派籍没和珅之員，忽思越俎，欲以一人獨訊數女子，且開列使女之名形之奏牘，實從來未有之事。朕特派怡親王永琅、尚書布彥達賚同薩彬圖提集使女等，再三究訊，仍無指實，果不出朕所料。王大臣從未於朕前奏及和珅財產隱寄，乃薩彬圖屢以為言，豈視朕為好貨之主，以此嘗試乎？自古有籍没之例，所以懲戒貪黷，初不計多寡而事株連。此項查鈔貲物，縱有隱寄，自朕觀之，亦不過在天之下地之上耳，何以輾轉根求，近於搜括耶？薩彬圖摺內有和珅窖藏金銀不離住宅之語。和珅之宅已賞慶郡王永璘居住，和珅之園已賞成親王永瑆居住。以王府寓園，令番役多人偏行掘視，斷無此事。薩彬圖謬妄冒瀆之咎，實難寬貸，著交部嚴加議處，先將副都統開缺另簡。嗣後大小臣工，不得再以和珅貲產妄行瀆奏。欽此。』大哉皇言，洵足昭垂萬世。

由斯以觀，則查鈔和珅家產似已盡括於正月十五日諭旨之中，故薩彬圖疑其尚多隱匿。然和珅花園及其珠玉寶玩等類，亦最為精華所萃，當時尚無估價，再合之地畝八千餘頃，及隨後查出當鋪銀號之貲本，其數亦已不貲，豈實有數萬萬兩之多，而薩彬圖尚以為少耶？抑此皆陸續查鈔，隨即賞賜王大臣及公主，未必盡發明諭，故薩彬圖有所未及知耶？又豈查鈔之物呈明入官者，不過如正月十五日之數，而世俗私相傳鈔之本乃其實數耶？抑或當時共諗和珅之富，遂於查鈔清單之下浮寫其估價之數，日久相沿，遂莫能辨真偽耶？總之，此單傳鈔已舊，余所見數本大致相同，斷非憑空捏造，而與東華續錄又似不無牴牾之處。蓋私家記載頗資耳食，難盡為憑，官書又外間所不能多見。事隔九十餘年，見聞已歧異若此，茲特兼誌於此，以待搜考，並質世之博物洽聞者。

嗟乎！乾隆中葉最為天下全盛之時，不幸和珅入相，倚勢弄權，貪婪罔忌。自督撫以至道府，往往布置私人。或畏其勢焰，競營獻納，以固其位。浸至敗壞吏治，刻剝民生，釀成川楚教匪之變，元氣一朘，至今未復。和珅卒伏其辜，一朝籍没，多藏厚亡，豈不信哉！亦書之以為黷貨無厭者戒也。

學政總裁先後甄拔得人

諸城竇東皋先生光鼐學行深純，尤長於制藝，屢掌文衡。乾隆五十一年，因浙江州縣倉庫虧空，特派大臣阿文成公與姜晟、曹文埴、伊齡阿先後馳往查辦。伊齡阿旋留為巡撫。是時，竇公以吏部右侍郎督學浙江，甄拔名宿，聲譽翔起。高宗密敕將倉庫事據實陳奏。竇公嚴劾平陽知縣黄梅丁憂演戲，借彌補倉庫為名，科斂肥橐，贓款累累。温旨褒其不避嫌怨，而阿公等查覆，則謂並無其事。竇公具疏執辯不休，並親赴平陽訪查。伊齡阿劾其在明倫堂招集生監，詢以黄梅劣蹟，答以不知，則咆哮發怒，用言恐嚇，勒寫親供。奉旨褫職。竇公未及覆奏，伊齡阿又劾其在平陽城隍廟多備刑具，傳集書役，追究黄梅款蹟，生監平民，一概命坐，千百為群。及回省時，攜帶多人，晝夜兼行，致水手墮河淹殞，並有不欲作官、不要性命之言。奉旨拿交刑部治罪。

竇公抵杭，旨尚未到，而官民皆知學使被譴，巡撫已密遣人守其衙署。忽有歸安諸生王以銜、王以鋙以門生投刺來謁。竇公見之，二生請間入内，脱留棉襖一件，稱報老師識拔之恩。竇公拆視，則皆黄梅按畝勒捐之田單、印票、圖書、收帖二千餘張，喜極欲狂。蓋竇公雖親赴平陽，而自撫藩以至府縣，早已豫為布置，故於黄梅贓款雖略得佐證，仍未獲其確實憑據。二王以鄰郡諸生，密為收積，人固不及防也。竇公於是奏稱黄梅以彌補虧空為名，按畝捐錢，户給官印田單一張，在任八年，侵贓二十餘萬。因將田單、印票、圖書、收帖，各檢一紙呈遞。奏甫出，而中丞派員押解銀鐺就道矣。上謂凡事可偽，而官印與私記不可偽，且斷不能造至二千餘張之多，況字帖俱有業户花名排號，確鑿可據。因命阿公中道折回浙省，且免竇公拿問，同往審訊。阿公旋奏黄梅勒借民錢，侵用田單、公費是實。奉旨伊齡阿與前撫福崧皆嚴議革職，阿公等亦皆議處。竇公回京，署理光禄寺卿。

乾隆六十年，竇公以左都御史為會試正總裁。副考官二人皆資望較淺，一切悉推竇公主政。榜既發，則第一名王以鋙，第二名王以銜也。和珅在上前指出，上查知為同胞兄弟，則大疑之，因派大臣覆試。王以銜列二等第四，王以鋙列三等七十一名。磨勘大臣奏稱，王以鋙中式之卷，次藝參也魯，後比用一日萬幾、一夜四事等字，膚泛失當，疵累甚多。遂罰停王以鋙殿試。諭旨斥竇公年老昏憒，先行開缺，聽候部議；副考官交部議處。越八日，進呈殿試卷十本，名次既定，拆視彌封，則第一名乃王以銜也。和珅與諸大臣瞠目相視，因奏曰：『此次閱卷諸臣，皆秉公認真，毫無私弊，如有失當，何妨易置？』上曰：『若此，則彼之兄弟聯名，或出偶然。科第高下，殆有命焉，非人意計所能測也，何必易置？且既拆彌封，而再易置，則轉不公矣。』臚唱之日，輿論翕然，蓋以二王素著才名也。

自是竇公之取士，與王氏兄弟之得會狀，遂傳為佳話。余幼聞故老娓娓談此事，聽之熟矣。然考東華續錄，竇公奏稱印票、收帖皆由平陽生監繳出，豈因王氏兄弟大魁天下，而世俗率相附會歟？抑竇公陳奏，不能不歸其事於平陽生監歟？因徧閱諸家紀載，尚無詳誌此事者，姑錄之，以廣異聞。確否？則未敢懸揣也。

某制軍為乞丐

乾隆中，有某制軍者，八旗人也。其盛時，姬侍僮僕服飾飲食玩好之屬，窮奢極侈，日費不貲。及罷官歸京師，數年成窮窶子，又數年成乞丐。王公貴人皆嚴絕之，惟大興朱文正公戒閽人勿卻。每旬日必一至，文正輒手贈青蚨二百。一日，制軍入文正書室，窺其無人，竊取小鏡而出。從者覓不得，喧言制軍實來。文正命勿覓，且勿聲，如制軍至，伺候侍茶而已。或曰：『人生實難，古人豪侈逾度，勢窮則死。若制軍之壽，不如其速死也。』

聞昔有嗜鴨者，每飯必殺生。忽夢一處，有數大池浴鴨，守者告以皆君口中物也。醒益自喜，恣殺弗止。後復夢至故處，則一池數鴨而已，遽命勿殺。適有疾，親故饋食，皆鴨也。數之，適符夢中所見，遂驚悸而死。嗟乎！人烏知已鴨之將盡？又烏知鴨盡而已尚不與之俱盡耶？

東方三大

吾錫秦小峴侍郎瀛，博學工古文，而書法素非所長。始以孝廉家居，聞純皇帝東巡泰山，特赴召試之典。過清江浦，偶於市中見鈔白破書一本，皆記零星典故，以五錢得之。歸而略翻視之，有一條曰：『東方三大者，謂泰山也，東海也，孔林也。』及試，題為『東方三大賦』。侍郎首段渾冒三項，以下分點三段。大臣擬取十餘卷，呈〔一〕純皇帝閱之，無當意者，因問大臣：『通場試卷，竟無知題義者乎？』大臣對曰：『有一卷分點三大，以書法太劣，擯之。』上曰：『顧學問如何耳，何以書法為哉？』命亟以進。覽之稱善，御筆加圈點，拔置第一，遂授中書舍人，入值軍機處。不數年，授杭嘉湖分巡道，數遷而為倉場總督。噫！人之名位，自有生以來，冥冥中皆前定矣，又何容存得失於心哉！

【校】

〔一〕『呈』，原缺，據石、南本補。

四子書集註宜熟讀

今世教童子讀四子書者，往往摘朱註精要者讀之，其圈外註及稍無涉於舉業者，皆不讀也。乾隆年間，大考翰詹，題為『也作乎賦』。諸名手皆擱筆，不知其出於何書。一老翰林獨從容交卷而出，語人曰：『吾每試輒後於諸君，此次當稍出一頭地。』榜發，果居第一。蓋論語『子張問十世可知也』註內陸氏曰：『也一作乎。』讀者皆易忽略，故通場無第二人知也。又有鄉先輩某太史，以拔貢生舉乾隆元年博學鴻詞科，授翰林院庶吉士。一日，高廟問某太史：『增廣生員始於何代？見於何書？』太史錯愕不知所對。高廟謂：『論語集註且不能熟讀，何以得為博學。』遂散館，改授知縣以終。蓋『子適衛』章圈外註，有『唐太宗增廣生員』句也。合此二事觀之，居文學侍從之職者，可不熟讀朱註及圈外註哉？

窮達有命

湖口高碧湄大令心夔，少有才名，其駢文、書法及散體詩，均造深際，惟古文尚未成家。晚以知縣分發江蘇，權吳縣數年，頗有聲績。然性偏而政酷，卒以此被劾，憂憤而卒。碧湄以咸豐己未科會試中式，覆試因試帖詩出韻，遂列四等，罰停殿試一科。因留京師，入戶部尚書肅順幕中，為課其子讀書。次年為庚申恩科殿試，碧湄列在二甲。及朝考前一日，肅順問碧湄曰：『子向來寫作遲速何如？』答以文思尚不甚鈍，日中以後當可交卷。明日，肅順監場，僅交未刻，見碧湄卷已交，即命搶諸人之卷，高才宿學以不完卷被黜者甚衆。然碧湄因急欲交卷，心手忙亂，試帖詩又出韻，遂列四等，以知縣歸班用。然後，知巍科上第，有命存焉，非可勉强得也。碧湄兩次出韻，皆在十三元韻中。衡陽王紉秋孝廉闓運贈以詩曰：『平生兩四等，該死十三元。』

學使以快短明衡文

今之督學使者，按臨各郡考試生童，每次須分十餘場，往往因公事繁冗，期限迫促，不能從容評閱，悉心搜校。康熙、雍正以前，功令未嚴，格式未備，院試尚無試帖，僅四子書題文一篇而已。江蘇為人文淵藪，聞昔學院有以快、短、明三字衡文者，大抵交卷愈快愈妙，篇幅愈短愈妙，而意義則取其明白軒爽。題紙一下，不可構思，振筆疾書，奔往交卷，取額一滿，則不待終場而出案。往往考者方據案呻唔，研墨潤筆，忽鼓吹聒耳，龍門洞開，始知出紅案也，乃皆踉蹌不終卷而出。

一日，文題為『山梁雌雉』，有一卷文僅十六字，曰：『春秋絕筆，西狩獲麟，鄉黨終篇，山梁雌雉。』遂拔取冠軍。

又一日，題為『孟之反不伐』，有一卷文曰：『不矜功，良將也。夫伐，情也，反不然，良將哉。春秋時，不伐者二：一介之推，一孟之反。之推不貪天功以為己功，之反不假人力以為己力。吁！良將哉。』又拔取冠軍。蓋以其僅五十五字，而全篇規模已具，文乃劈分兩比格也。

又有塾童五六人同赴試，一送考之傭工，年近四十，蓋因學業未成，改讀而耕者也。好論文，貪飲食，偶見塾師評改諸童文，或試不前列，則亦從而指摘之。諸童使具酒食，每先自飲啖。諸童皆惡之，相與謀曰：『傭工喜自炫其能，當有以困之。』乃用傭工姓名，密為購備一卷，俾攜考具，若令送考者。既唱名，一童在傭工後代應之，而推傭工使前。傭工不得已，接卷而入，且笑曰：『若輩欲困我乎？當顯我才學矣。』是日，題為『夫微之顯』。傭工猶憶少時在塾讀此題舊文，起講下，既承上文，接筆曰：『夫然而微矣，夫然而顯矣，夫然而微之顯矣。』提比後用複筆，亦如之。後比後之結筆，亦如之。傭工因鈔襲之，而其他皆不知所云也。首先交卷。學使見三複筆，即提筆圈之，亦不暇細閱其他處，拔取冠軍。

諸童見已出案，倉皇交白卷而出。傭工已在門外為接考具，且謝曰：『承諸君厚意，使我遊庠。』諸童皆喪氣垂頭而返。

河工奢侈之風

余嘗遇一文員老於河工者，為余談道光年間南河風氣之繁盛。維時南河河道總督駐紮清江浦，道員及廳汛各官環峙而居，物力豐厚。每歲經費銀數百萬兩，實用之工程者十不及一，其餘以供文武員弁之揮霍、大小衙門之酬應、過客游士之餘潤。凡飲食衣服車馬玩好之類，莫不鬥奇競巧，務極奢侈。

即以宴席言之，一豆腐也，而有二十餘種；一豬肉也，而有五十餘種。豆腐須於數月前購集物料，挑選工人，統計價值非數百金不辦也。嘗食豚脯，眾客無不歎賞，但覺其精美而已。一客偶起如廁，忽見數十死豚枕藉於地，問其故，則向所食之豚脯一碗，即此數十豚之背肉也。其法：閉豚於室，每人手執竹竿，追而抶之，豚叫號奔繞，以至於死，亟劃取其背肉一片，萃數十豚僅供一席之宴。蓋豚被抶將死，其全體菁華萃於背脊，割而烹之，甘脆無比。而其餘肉，則皆腥惡失味，不堪復食，盡委之溝渠矣。客驟睹之，不免太息，宰夫熟視而笑曰：『何處來此窮措大，眼光如豆。我到纔數月，手抶數千豚，委之如螻蟻，豈惜此區區者乎？』

又有鵝掌者，其法：籠鐵於地，而熾炭於下，驅鵝踐之，環奔數周而死，其菁華萃於兩掌，而全鵝可棄也，每一席所需不下數十百鵝。有駝峰者，其法：選壯健駱駝，縛之於柱，以沸湯灌其背立死，其菁華萃於一峰，而全駝可棄，每一席所需不下三四駝。有猴腦者，豫選俊猴，被以繡衣，鑿圓孔於方桌，以猴首入桌中，而拄之以木，使不得出，然後以刀剃其毛，復剖其皮，猴叫號聲甚哀，亟以熱湯灌其頂，以鐵椎破其頭骨，諸客各以銀勺入猴首中，探腦嚼之。每客所吸不過一兩勺而已。有魚羹者，取河鯉最大且活者，倒懸於樑，而以釜熾水於其下，並敲碎魚首，使其血滴入水中，魚尚未死，為蒸氣所逼則擺首搖尾，無一息停。其血益從頭中滴出，比魚死，而血已盡在水中，紅絲一縷連綿不斷。然後再易一魚，如法滴血。約十數魚，庖人乃撩血調羹進之，而全魚皆無用矣。此不過略舉一二，其他珍怪之品，莫不稱是。食品既繁，雖歷三晝夜之長，而一席之宴不能畢，故河工宴客，往往酒闌人倦，各自引去，從未有終席者。

此僅舉宴席以為例，而其餘若衣服，若車馬，若玩好，豪侈之風，莫不稱是。各廳署內，自元旦至除夕，無日不演劇。自黎明至夜分，雖觀劇無人，而演者自若也。每署幕友數十百人，遊客或窮困無聊，乞得上官一名片，以投廳汛各署，各署無不延請。有為賓主數年，迄未識面者。幕友終歲無事，主人夏饋冰金，冬饋炭金，佳節饋節敬，每逾旬月必饋宴席。幕友有為棋博摴蒱之戲者，得赴帳房領費，皆有常例。每到防汛緊急時，有一人得派赴工次三日五日者，則爭羨以為榮，主人必有酬勞，一二百金不等。其久駐工次與在署執事之幕友，沾潤尤肥，非主人所親厚者不能得也。新點翰林有攜朝貴一紙書謁河帥者，河帥為之登高而呼，萬金可立致。舉人拔貢有攜京員一紙書謁庫道者，千金可立致。

嗟乎！國家歲糜巨帑以治河，而曩者頻年河決更甚於今日，竭生民之膏血，以供貪官污吏之驕奢淫僭，天下安得不貧苦？以佛氏因果輪迴之說例之，則向之踞肥缺、飽欲壑者，安知其不為豚、為猴、為駝、為鵝魚也？余又見一京員論清江浦之盛衰，今昔頓異，嘗切齒扼腕，謂漕運、河工二者不復，天下不可得而治也。夫復漕運、河工，不過京員往來南北，足以潤其囊橐而已，而謂遂可治天下乎？

縣令意外超遷之喜

武進趙厚子廉訪仁基以道光六年進士爲江西知縣，時年且四十矣。旋調知安徽涇縣，權懷寧縣事。道光十三年，以捕獲桃源掘河奸民陳端，優詔褒勉，賞戴花翎，以直隸州升用。明年，補滁州直隸州，召見便殿，宣廟嘉之，歸任滁州、六安州。甫越數月，升平陽府知府。又數月，升江西南贛兵備道。蓋去爲縣令時，未一年也。又數年，遷湖北按察使，未赴任而卒。向使稍假之年，方且駸駸大用，洊擢封疆。而其所以騰躍天衢者，則實因捕獲陳端一事，膺特達之知也。

先是江蘇桃源縣有聚衆挖河之事，大吏遂以入奏，奉旨嚴檄各省擒捕，久之不獲，官吏稍稍懈弛矣。陳端棄妻子，變姓名，去鬚毀形，潛附漕艘，爲句讀師以自給，家於懷寧之某鄉。一日，有捕役過一茅舍，聞有婦人微呼陳先生者，一老學究開門應之。捕役正迫歲暮，思得額外賞項以自贍，因私忖此人殆即陳端邪，欲乘其不虞以試之，遂直前呼之曰：『陳端，汝在此邪？』陳端出其不意，錯愕應之曰：『唯。』捕役乃擒之以歸，逮入縣城，已夜半矣。趙廉訪方爲縣令，署門已閉，捕役呼而啟之，見縣令，先賀有升遷之喜，且請曰：『速賞我三百金，俾我得以度歲，則異日之事我概不問矣。』廉訪如數予之，而置陳端於獄，時道光十二年除夕也。

廉訪素爲大吏所賞識，至是遂優列剡章，超遷不次。蓋時運既至，則宦途通達，初非意料所及，其事亦並非人謀所得爲也。

名醫治中消病

祥符孫雨農孝廉育均嘗爲余言，昔汴人有得中消病者，日食米一二斗，腹日以彭亨，面日以黃瘦，而身日以饑憊，人無能救藥者。聞某縣有名醫，往就之診。醫開一方，僅砒霜四兩，別無他物。且戒之曰：『汝忍饑不食兩日，然後食之。食必盡，否則不救。』衆無不駭且怪者，又以其名醫也，姑減半食之，則噭然大嗀，吐出白蟲數十枚，其長六七寸不等，皆死矣。於是腹稍小，饑稍瘳，而尚未霍然也。復詣名醫請診，醫唶曰：『汝必食藥未盡也。凡汝之一食即消者，皆此蟲為之。今僅殺其半耳，余不能救矣。』問再食之可乎？醫曰：『不可。夫蟲既食人之食，亦有知識。吾之開砒霜四兩者，乃酌量蟲數而投之。蟲慣食人之食，故於久饑之後，一見即食。彼已見前蟲之死，肯再食乎？蟲既不食，則砒毒汝自當之。今汝食之則以砒而死，不食則以蟲而死，均之死也，復何言！』病者不聽，食之果死。

猛藥不可輕嘗

益陽湯海秋侍御鵬，雄於制舉文。道光年間，以少年捷科第，登言路，高才博學，聲名藉甚。一時勝流，如曾文正公及王少鶴、魏默深、邵位西、梅伯言諸君子，皆與之交。侍御氣甚豪，旬日間章屢上，遂由御史改部曹，頗鬱鬱不樂，然不見於面也。乃研精著述，所著浮邱子尤自憙。一日，諸友集其舍，或言大黃最為猛藥，不可輕嘗，如某某等為庸醫所誤，皆服大黃死矣。侍御曰：『是何害？吾向者無疾，常服之，謂予不信，請面試之。』命奚奴速購大黃數兩來，諸友苦止之，不可。及既購到，諸友競起止之，侍御已連取大黃六七錢吞之矣，一友飆起奪之，侍御復攫吞大黃一塊，且罵奪之者，遂皆反唇，諸友不歡而散。抵暮，聞侍御泄瀉不止。黎明，諸友趨往問疾，始知侍御已於中夜暴卒矣。故曾文正公祭文有曰：『一呷之藥，椓我天民。』惜哉侍御，以戲服猛藥殺其身，年僅四十有四。不然，則所就固未可量也。

祿命同而不同

節相恪靖侯左公有中表弟曰吳偉才，與侯相同以嘉慶十七年十月初七日寅時生。所居相距九里許，兩家報喜者相遇於適中之地。其八字則壬申、辛亥、丙午、庚寅也。少有奇童之目，與侯相同。道光壬辰，侯相與兄景橋中書宗植同舉於鄉，而偉才改業屠豕。侯相督閩浙時，偉才嘗一至閩。侯相勳業爛然，殺賊以千萬計，而偉才祿命中之殺刃僅用之於屠豕。昔有與文潞公同命者，僅得同席而食者數十日，以此類也。偉才好大言，嘗曰：『太公隱於屠沽，何獨余也？』同治八年，已不在屠肆，而親舊歲時用牲或召之，輒欣然鼓刀而往云。侯相在涇州軍次，與王孝鳳家壁言之。

讞獄引律同而不同

刑部律例，凡調姦婦女未成，致婦女羞忿自盡者，厥罪應絞，而有情實、緩決之分，其手足勾引者入情實，語言調戲者入緩決，此中區別蓋甚微矣。

近聞友人述兩案，其事相似，而其情實不相同。有一人便旋於路，偶為婦人所見，其人對之而笑，且以手自指其陽物，婦人歸而自縊。有司讞獄，以其人既無語言調戲，又非手足勾引，擬入緩決。刑部司員駁之云：『調戲雖無言語，勾引甚於手足。』獄遂定，論者咸以為平允。又一訓蒙師設帳委巷中，偶至僻處便旋，其對面有樓翼然，一年少女子適俯窗下窺，訓蒙師仰首見之，莞然一笑，女子即變色閉窗。俄聞鄰家一女子忽雉經而死。女子之弟方在館讀書，倉皇返視，其師不覺拍案呼曰：『噫！今日誤矣！』童子歸告其父母。父母疑其別有他故，遂鳴之官。官研訊得實，以為調戲勾引，均無實事，亦擬入緩決。刑部司員駁之云：『雖無實事，其心可誅。』訓蒙師遂絞決焉。越一年，司員方與人為葉子戲，忽瞠目作退避狀曰：『冤鬼至矣！』已而復作楚音曰：『汝以刀筆殺人，吾已訴於上帝，不汝宥也。』言未終，氣已絕矣。蓋訓蒙師乃湖南人也。

余合二事觀之，前之所斷不愧南山鐵案，蓋其情實可誅，則雖死而無怨也；後之所斷不免深文周內，罪不當死而死，故其鬼得索命於既死之後。觀於訓蒙師之拍案驚呼，則豈惟笑出無心，抑且有自悔之意，其與調戲者有間矣。大抵讞獄雖依律例，不外情理。善折獄者斟酌於天理人情，然後衡之以律例，不容毫髮偏倚於其間，故殺之而不能怨，亦生之而不必感也。噫！難言之矣。

六指人冤獄

嘉慶年間，浙江某縣鄉人有娶妻者，合巹之夕，新郎自洞房出如廁，至夜半，家人皆已倦臥，始聞新郎返入房中。黎明，家人方起，見洞房已開，詢知新郎早出門矣，亦未知異也。既而數日不歸，家人始怪之，相與跡至廁中積薪之下，忽見一尸，則新郎也。大駭，詰問新人，云：『花燭之夜，新郎入房片時，旋出入廁，夜半始入房就寢。天將明，詳問我金銀首飾共有若干，藏於何所。我一一告之。彼云：「性喜早起。」囑我且睡，少頃則聞其已出。今檢視首飾皆無有矣。』家人問其狀貌若何？答云：『夜半燈影朦朧，未能諦視，但見其右手六指。』蓋新郎方如廁時，適有賊藏廁中，欲俟夜深行竊，既見新郎，恐其號，而執之也，遽前搤其項殺之。因假其衣，以入洞房，次早席捲而去。

是時，村中有一六指人，素無行，為眾所不齒。家人聞新人之言，以為必此人矣。遂鳴之官，捕六指人加以刑訊，遂自誣服。獄既具，論如律。新人以新郎既死，復遭污辱，遂自縊。新郎之母惟一子，見子婦俱亡，亦自縊。

越數年，郡人有商於閩者，遇一人於逆旅，詢之同鄉也。其人忽問曰：『吾鄉有一新郎被殺之案，其賊已得否？』郡人曰：『獄早定矣，賊且伏誅矣。』其人面有喜色。方盥沐，不覺自匿其右手。驟視之，六指也。郡人覺有異，因窮詰之，且告以有人抵死，今雖告我何害？賊具吐其實，蓋賊與新郎相隔一村，自殺新郎後，遠適閩省。既遇同鄉，乃欲探一實音也。郡人許以不洩於他人，陰遣人報本地有司執賊，一訊即伏。閩省督撫為之具奏，移案至浙江核辦，論賊如律。於是知縣以失入抵罪，自巡撫至知府皆照例議處云。

戊午科場之案

咸豐八年順天鄉試，主考為大學士柏葰、尚書朱鳳標、左副都御史程庭桂。甫入場，監臨順天府尹梁同新、提調順天府丞蔣達，即因細故，意見不合。達徑開龍門而出，疏劾同新。知貢舉侍郎景廉，又具疏併劾二人。二人皆被吏議降調以去。而至公堂，於某夕嘩傳大頭鬼出見。都人士云：『貢院中大頭鬼不輕出見，見則是科必鬧大案。』

榜既發，有旗籍滿洲平齡中式，在前十名中。平齡素嫻曲調，曾在戲院登臺演戲。蓋北方風俗，凡善唱二黃曲者，雖良家子弟，每喜登臺自炫所長，與終歲入班演戲者稍有不同。然京師議論譁然，謂優伶亦得中高魁矣。御史孟傳金疏劾平齡硃墨不符，請特覆試。奉硃諭派載垣、端華、金慶、陳孚恩查辦，牽涉柏葰之妾及其門丁靳祥。於是考官及同考官之有牽涉者，皆解任聽候查辦。是時，載垣、端華、肅順方用事，與柏葰不相能，欲藉此事興大獄以樹威。

前刑部尚書陳孚恩終養起復，候補年餘，上意不甚嚮用。孚恩窘，乃自昵於肅順，得補兵部尚書，遇事每迎合其意。孚恩素與程庭桂相善，方言路未劾之前，孚恩馳往見庭桂曰：『外間喧傳，此科中者條子甚多，有之乎？』條子者，截紙為條，訂明詩文某處所用之字，以為記驗。凡與考官、房官熟識者，皆可呈遞，或輾轉相託而遞之。房、考官入場，凡意所欲取者，憑條索之，百不失一。蓋自條子興，而糊名易書之法幾窮矣！　庭桂聞孚恩之言，以為無意及之，乃答曰：『條子之風不始今日矣，奚足為怪。今科若某某等，皆因條子獲售者也；某某等，皆有條子而落第者也。吾輩衡文取士，文章之力，仍居七八，條子不過輔助一二耳。』孚恩問：『然則吾子亦接條子乎？』庭桂笑曰：『不下百餘條。』乃出而示之。孚恩曰：『盍借我一觀？』袖之而去。

不數日，孚恩奉旨審問此案，按條傳訊，株連益多。庭桂之次子秀，嘗遞數條，孚恩謂但到案問數語即無事。庭桂召其長子炳采，謂之曰：『汝弟氣性不馴，若令到案，必且獲罪，汝姑代汝弟一行。陳公與我至厚，必無事也。』炳采既到堂，孚恩窮詰不已，且命用刑，遂一一吐實。而孚恩之子亦有條子，託庭桂之次子遞之，孚恩知不能隱，奏請迴避嚴議，並請革伊子景彥職。詔即革景彥員外郎，孚恩交部議處，毋庸迴避。孚恩乃請載垣等設法開釋其子，而擬炳采以重辟；並奏言此案情節甚多，非革職逮問不能澈究。奉旨柏葰、朱鳳標、程庭桂皆革職下獄，而孚恩於庭桂用刑訊焉。柏葰之門丁靳祥聞案出，即逃逸至潼關，為陝西巡撫曾望顏所拿獲，解至刑部，歸案審訊。案未結，先死獄中。

大抵平齡之中式，靳祥實為經營，而柏葰不知也。若僅失察之罪，不過褫職而止。肅順與載垣、端華必欲坐柏葰大辟，鍛鍊久之，終無納賄實迹。上意亦以柏葰老成宿望，欲待以不死。肅順等力言取士大典關係至重，亟宜執法以懲積習。九年二月獄成，上聞，大旨以柏葰雖無納賄情事，而靳祥之求請柏葰撤換試卷，其弊顯然；靳祥未伏厥辜而死，當即以靳祥罪名加之柏葰等語。於是上召諸王大臣，諭以不得已用刑之故。柏葰及同考官浦安、中式舉人平齡、羅鴻繹，及為羅鴻繹行賄之主事李鶴齡、程庭桂之長子炳采，皆棄市。程庭桂發往軍臺效力。朱鳳標從寬革職，未及一年，旋復起用。其餘各員獲咎褫革降調者數十人。程炳采既出獄，將赴西市，乃大哭曰：『吾為陳孚恩所紿，代弟到案以至於此。陳孚恩諂媚權奸，吾在冥間當觀其結局也。』聞者皆為揮淚。

當咸豐之初年，條子之風盛行，大庭廣眾中不以為諱。敏給者常制勝，樸訥者常失利。往往有考官夙所相識，闈中不知而擯之，及出闈而咎其不遞條子者。又有無恥之徒，加識三圈五圈於條上者，倘獲中式，則三圈者饋三百金，五圈者饋五百金，考官之尤無行者或歆羨之。余不知此風始自何時，然以余所見，則世風之下，至斯極矣。識者早慮其激成大獄，而不知柏相之適當其衝也。然自戊午嚴辦考官之後，遂無敢明目張膽顯以條子相授受者。迄今三十餘年，鄉會兩試規模，尚稱肅穆，則此舉誠不為無功，然肅順等之用意，在快私憾而張權勢，不過假科場為名，故議者亦不以整頓科場之功歸之也。

良吏平反冤獄

胡文忠公撫鄂時，嘗明保東湖縣令張建基之治行，洊擢府道，至湖北布政使。以貪黷著聞，大府勒令告病歸田，世頗訝胡公之濫保。其後乃知胡公之保建基，以其平反東湖冤獄，而實則理是獄者，建基之前任張君也。

先是東湖有民婦某氏者，事姑素孝。每晨起，灑掃庭除治中饋，然後適姑寢問安，以盥水一盆，雞卵兩枚置案上，如是以為常。一日清晨，排闥入，見姑床下有男子履，大駭，亟低聲下氣為掩門而出。姑已覺之，羞見其婦，自縊而死。鄉保以婦逼死其姑，鳴於官。婦恐揚其姑之惡，不復置辯，遽自誣服，已按律定讞矣。

此張君前任事也。及張君莅任，過堂見此婦，神氣靜雅，舉止大方，謂必非逼死其姑者。疑其有冤，再三研詰，矢口不移。因諭之曰：『汝若有冤，我能為汝直其事。此時不言，不得活矣。』婦答曰：『負此不孝大罪，何面目復立人世，願速就死。』令終疑之，沈思累日。縣有差役某甲者，其妻素以兇悍著。令忽召某甲云：『有公事須赴某縣一行，俾還家束裝，速來領票。』頃之，某甲到署，令忽大怒曰：『汝在家逗遛，誤我公事，必為汝妻所縻也。』即發簽拘其妻，鞭之五百，血流浹背，收入獄中，與獲罪婦同繫。某甲之妻終夜詛罵，謂縣令如此昏暴，何以服人。婦聞其絮聒不休，忽言曰：『天下何事不冤？即如我任此死罪，尚且隱忍不言。鞭背小事，盍稍默乎？』縣令使人潛聽於戶外，聞言來告，令大喜。

明旦，提婦與某甲之妻同至堂上，詰以昨夕所聞之言，婦不能隱。令悉心鞫問，盡得其情，平反此獄，而薄犒某甲之妻，慰而遣之。通省驚為神明。及胡公撫鄂，訪知東湖張令之事，而其時張建基適令東湖，胡公誤以為平反此獄者也，遂登之薦牘。而前任之張令已卒，竟致湮沒不彰，其籍貫名字至今已不可考矣。惜哉！

墨吏設誓受譴

咸豐年間，有某刺史在遵化直隸州任，自撰一聯懸之，堂皇曰：『我如枉法腦塗地，爾莫欺心頭有天。』然刺史黷貨枉法之事不止一端，州人皆能道之。既謝事歸田，饒於貲財，享林下之福者近十年。家在河南某縣，適值捻寇擾鄉里，刺史率其兒孫登一山頂避寇，失足顛隕，觸於巨石而死，頭破腦裂焉。

又有某大令宰江南之青浦，欲加漕費，每石錢數百，縣民不聽。縣令謂：『所加公費出於不得已，非以肥私橐也。』乃率胥吏等二十人，自誓於城隍神前，曰：『辦漕加費，涓滴歸公。有沾染一錢者，官不能保，首領以沒，胥吏等皆立受顯罰。』相傳青浦城隍神，乃築隄禦水以死勤事之周太僕也。太僕生為循吏，歿為明神，廉惠最著，威靈顯赫。縣民素所敬信。又聞大令誓語迫切，乃各輸費如數，官吏以是大獲贏餘。未一歲，胥吏二十人相繼夭亡，大令生瘍於頭，日益危篤。一夕，閽者見一人，白面黑鬚，酷似城隍廟神塑像，手挽大令頭，出門徐步而去。閽者驚愕失措，奔入詢問，則哭聲已舉於內，大令頸爛頭落而死矣。人始知漕費之多侵蝕云。

夫天網恢恢，豈能求貪墨之吏而盡殛之？然既肆其貪，復行其偽，甚且以偽濟貪，則鬼神有斷不能容之理。彼假誓語以欺人者，方自喜得售其術而名利可兩全也，然終至罰及其身，而名利因之兩失。嗚呼！貪偽之吏，亦可以知所警矣。

早慧不壽

安慶諸生有孟昭暹者，年甫十二，補博士弟子員。其詩文書法具臻完美，尤善屬對，嘗以盤庚對箕子，名噪一時。曾文正公適駐安慶，聞而召見之。詢其家世，知其祖亦諸生也。文正口占四字使屬對，曰：『孫承祖志。』昭暹應聲對曰：『孟受曾傳。』文正大加激賞，謂此子必可有成。乃自甲子至癸酉科，四應鄉試，皆不售。癸酉出場後，遽以疾卒。古人謂早慧不壽，於此益信，殊足令憐才者惋惜也。

太監安得海伏法

予前有太監安得海伏法書事一篇，已選入庸庵文續編矣。茲再輯其崖略，補記於此。先是丁文誠公聞安得海將過山東，密屬德州知州趙新，如見其有不法情事，可一面擒捕，一面稟聞。趙新，能吏也，閱事多，計較利害亦頗熟。及安得海過境，欲勿稟，則懼為丁公所怒；欲顯稟，則恐不能去之，反攖其禍。因與幕客商用夾單密稟，意謂丁公如不參奏，則夾單非例行公事可比，既不存卷，安得海斷不知之。若竟參奏，則禍福丁公自當之，與地方官無涉也。及丁公疏既上，兩宮皇太后召軍機內務府大臣議之，皆力請就地正法。留中兩日未下，醇親王復諍之。

同治八年七月某日，奉上諭：『丁寶楨奏太監在外招搖煽惑一摺，據德州知州趙新稟稱，有安姓太監坐太平船二隻，聲勢烜赫，自稱奉旨差遣織辦龍衣。船旁有龍鳳旗幟，帶男女多人，並有女樂品竹調絲，觀者如堵。又稱本月二十一日，該太監生辰，中設龍衣，男女羅拜。

該州正訪拿間，船已揚帆南下，該撫已飭東昌、濟寧各府州跟蹤追捕等語。覽奏曷勝詫異！該太監私自擅出，並有種種不法情事，若不從嚴懲辦，何以肅宮禁而儆效尤？著山東、江蘇、直隸各督撫迅派幹員，於所屬地方，將六品藍翎安姓太監嚴密查拿，令隨從人等指證確實，毋庸審訊，即行就地正法，不准任其狡飾。儻有疏縱，惟該督撫是問。其隨從人等，有迹近匪類者，並著嚴拿，分別懲辦。欽此。』安得海既在濟南伏法，籍其輜重，有駿馬三十餘匹，最良者日行六百里，黃金一千一百五十兩，元寶十七個，極大珠五顆，真珠鼻煙壺一枚，翡翠朝珠一挂，碧霞朝珠一挂，碧霞犀數十塊，最重者至七兩。其餘珍寶甚夥，陸續解歸內務府。

歷城縣令為安得海購地葬之，營一小墳。越數年，歷城鄉人有病者，忽為鬼所附，聆其口音，京腔也。眾怪病者素不習京腔，環集問之，鬼自言：『安姓，南皮人，在北京內廷供職多年，有要差赴廣東，留滯於此，寓屋數間，久不修理，天雨下漏，令人難住，煩諸君為我稍加補葺。』眾問：『到此後曾回京否？』答曰：『吾曾回京兩次，宮中景象不異曩時，守宮之金甲神，因昔時習見吾面，不吾禦也。惟黃河難渡，往反不易，故僅行兩次耳。』眾往視其墳，果有兩洞，為拾泥土補之。明日，鬼復來附病者，謝曰：『煩諸君厚意，為我葺屋，可勿漏矣。』拱手而別。

曾文正公輓聯

曾文正公以同治壬申二月四日薨於兩江總督署內。其世子劼剛通侯紀澤以五月中旬奉喪南旋，余送之江干而別。其在金陵百日之內，遠近吊者，絡繹前來，殆無虛日。余為襄理喪事，以各省鉅公名流輓聯佳者，美不勝收。厥後同幕有匯刻為榮哀錄者，又覺瑕瑜同登，甄取稍濫，茲憶其周密無疵，為當時所推誦者，錄之左方。

恪靖伯左公輓聯云：『謀國之忠，知人之明，自愧不如元輔。同心若金，攻錯若石，相期無負平生。』蓋左公始為文正所薦舉，中間以事相齟齬，不通函問者已九年矣。如此措詞，既合分際，亦頗善於斡旋。

孫琴西太僕，文正門下士也，時為江寧鹽巡道，其輓聯云：『人間論勳業，但謂如周召虎、唐郭子儀，豈知志在禹皋，別有獨居深念事。天下大文章，殆不愧韓退之、歐陽永叔，卻恨老來湜軾，更無便坐雅談時。』見者以為澹雅無俗氣。

李眉生廉訪鴻裔輓聯云：『位冠百僚，而勞謙自牧，威加四海，而盛德若愚，不震不騰，隱几獨居勳業外。年垂大耋，而神觀弗衰，病至彌留，而鞅掌靡息，如臨如履，易簀猶在戰兢中。』

郭筠仙中丞輓聯云：『論交誼在師友之間，兼親與長，論事功在唐宋之上，兼德與言，朝野同悲惟我最。其始出以奪情為疑，實贊其行，其練兵以水師為著，實發其議，艱難未與負公多。』

謝麟伯編修維藩輓聯云：『吾楚多武功，新甯偉節，羅山邃學，益陽雄略，湘陰衡陽，皆卓犖勳名，相度恢然眾賢匯。國朝六文正，睢州巨儒，諸城名相，大興賢傅，歙縣濱州，並承平宰輔，公時獨較昔人難。』

李次青廉訪元度輓聯云：『是衡獄洞庭間氣所鍾，為將為相為侯，自吾鄉蔣安陽後，歷三唐兩宋迄元明，二千年僅見。與希文君實易名同典，立功立言立德，計昭代湯睢州外，較諸城大興暨曹杜，一個臣獨隆。』

蒯子範太守德模時將赴夔州之任，送輓聯云：『公今與皋夔伊傅同遊，翳古元勳齊頫首。我正泝江漢沱灊而上，每經遺壘輒傷心。』

以上諸聯，均能掃去陳言，別具機杼。今坊本所刻榮哀錄，不分優劣，采輯太濫，故余重甄敘之。然余所選諸聯，亦有榮哀錄所未登者。

曾文正公勸人讀七部書

昔曾文正公嘗教後學云：『人自六經以外，有不可不熟讀者凡七部書，曰史記、漢書、莊子、說文、文選、通鑑、韓文也。余嘗思之，史記、漢書，史學之權輿也；莊子，諸子之英華也；說文，小學之津梁也；文選，辭章之淵藪也。史、漢，時代所限，恐史事尚未全，故以通鑑廣之；文選駢偶較多，恐真氣或漸漓，故以韓文振之。』曾公之意，蓋注於文章者為重。此七部書，即以文章而論，皆古今之絕作也。人誠能於六經而外，熟此七部書，或再由此而擴充之，為文人可，為通儒可，為名臣亦可也。

聖武記叙川楚教匪謀篇尚未盡善

邵陽魏默深先生源著作等身，所著聖武記、海國圖志尤風行海內。然海國圖志采輯雖博，未經翦裁，尚不及聖武記鎔化之精。蓋記事諸篇，各有章法，似皆已烹鍊而出之，惟所記川楚教匪事，不免煩碎。嘗聞曾文正公論及之，文正之言曰：『凡記事之文，須先定章法，然後落筆。史記樊、酈、滕、灌諸傳，另是一種體裁。蓋諸人所經戰事，不盡關係大局，若必逐事而記之，則太繁瑣，故必立一簡法以綜貫之。諸傳文雖不長，而所包舉者實廣。魏君嘉慶川湖陝靖寇記八篇，病在逐事登記，而無去取，無提掇消納、虛實布置之法，以致頭緒不甚明顯，線索不甚清晰。試思教匪所竄之地，忽川忽楚，所糾之人，忽多忽少，其能綜舉之而無掛漏乎？知此，則必有謀篇之訣矣。』文正之說如此，錄之以誌記事文之法。

盾鼻隨聞錄當燬

盾鼻隨聞錄者，蘇州人汪堃所著也。堃於咸豐初年任四川永甯道員，以性情乖僻，不孚輿望，屢掛彈章。始為學使何子貞太史紹基所糾，恨之次骨；繼以地方公事忤黃制軍宗漢，被劾罷官。堃於是刊布此事之始末，及督院批札、道署稟牘，詆諆制軍。制軍固非大吏中之賢者，然天下閱堃書者，皆謂此事制軍未必非，而堃未必是也。堃又借記粵匪之事，著盾鼻隨聞錄，而附益以子虛烏有、憑空編造之辭，其命意專為道州何氏而發，兼以謗一二平生所憾之大吏。如吳文節公文鎔，賢督撫也，而堃亦毀之。何氏自文安公淩漢以下，並逮其家婦孺，無不痛詆醜詆，至令人不忍觀，所以報太史糾參之怨也。何根雲制軍桂清督兩江時，曾飭禁其書，毀其板。然余見書賈仍刻售之，改其書名曰鈔報隨聞錄。余恐其流傳於世，疑誤後學，混淆黑白，不能不誌其崖略，以著其當燬。余弟季懷屬纊時，口中喃喃，謂將往審汪堃一案，俄而遂卒。意者吾弟素性正直，生平最惡人之挾私誣謗，故陰間尚需其勾當此事歟？

庸閑齋筆記褒貶未允

庸閑齋筆記數卷，海甯陳子莊大令所著也。大令名其元，為金華教官二十年，以卓異薦為知縣，歷任江蘇大缺，復調上海，數年告歸。陳氏為浙江第一舊族，故大令於先朝掌故、家世淵源，述之較詳，又頗能留心時務，閱歷既深，凡所纂論，均愜人意。惟每於左文襄公事，頗覺推崇過當。又其間所論文襄與曾文正公齟齬一條，則更持議偏頗，褒貶失當。

余固疑大令嘗受文襄私恩者也。後又閱之，果言文襄於去浙時，保薦浙士三人，丁丙、陳政鑰與大令也。然文正實嘗訪得大令，而薦之文襄者，何以大令又不知感？竊謂文正之宏奬素廣，廣則受之者不以為奇；文襄之薦剡素隘，隘則得之者益以自憙。即大令於涉筆之時，亦時存一沾沾之意，曰：『我左公所薦也。』且文襄意氣之矜忮素著於時，彼意以為偶一紀述，毋寧抑曾而揚左，抑曾則斷無後患，抑左則或招尤悔。此又因畏之之心轉而為譽，亦人情所時有也。

嗚呼！世風之偷薄久矣。余常怪世之議者，於曾、左隙末之事，往往右左而左曾，此其故亦有兩端：一則謂左公為曾公所薦，乃致中道乖違，疑曾公或有使之不堪者，而於其事之本末。則不一考焉；一則謂左公不感私恩，專尚公義，疑其卓卓能自樹立，而群相推重焉。斯皆無識者流也。

夫公義所在，不顧私恩，可也。若既受其薦拔之恩，復挾爭勝之意以求掩之，又得群無識者助之以取勝，而名實兩全，則人何憚而不背恩哉？余恐後之在上位者，以文正為鑒而不敢薦賢也，此亦世道之憂也。

微員食祿有定數

李筱泉制軍巡撫湖南時，有一捐班選得某郡通判者來謁上官。制軍循例，出題考試。通判一到花廳，即掩卷高臥。制軍召首府使往問之，通判對曰：『吾儕若能考試，早以科第得官矣！今因不解文字，故以捐例得之，何考之有？』制軍謂此等劣員亟應參革，遂於發月摺時具一片參之。及批摺已回，不見此片，旋於書案抽屜內得之，蓋拜摺時忘封入也。制軍欲復上，時馬端敏公巡撫浙江，與通判有舊，適馳書為之說項，制軍謂其命運尚佳，遂飭令到任，食祿八年。及王夔石侍郎文韶巡撫湖南，復調通判考試，以不完卷劾罷之。蓋通判之不才，當以考試被斥，而尚有八年之祿，故始不能劾而終竟被劾云。

死生有命

余弟季懷，以戊寅夏初入蜀，赴丁稚璜宮保之約，由滬趁輪船至宜昌，四月十一日由宜昌買舟西上，正值水勢未旺，號為行船最穩之時。十五日行至巴東以下三十里之巴斗灘，聞其險也，乃登陸傍舟而行，未數十步，舟忽為下水船所撞，立即沉溺，僅將衣物撈起。隨與下水船理論撞船之事，忽聞空中雷聲隆隆，水勢洶惡異常，烈風暴雨，隨之而至，敗舟壞屋，蔽江而下，望之神怖，詢知上游五里之牛口灘，蛟水陡發。是日，舟過巴斗灘者，無不覆溺，惟季懷以坐船被撞之故，始而撈物，繼而理論，停住江邊，幸免奇厄。蓋使舟不被撞，則必過灘而遇蛟水，使不先舍舟登陸，則人與被撞之舟俱溺。此皆偶然之事，間不容髮，而冥冥中若或有使之者。

嘻，異矣！因憶季懷幼時常居小書房中，房牆外乃荒場也，驛舍中常以清晨牧馬牆外。一日黎明，牆忽轟然崩塌，蓋為馬所踶觸也。季懷適以首抵牆而寢，忽於夢中蹶然而起，躍至床外，醒而回顧，忽見殘月，俯視其床，已被壞牆壓破矣。家人驚問其故，自云：『夢與人鬥，其人執梃將擊之，一人在後大呼曰：「汝被擊必死，胡不速走！」乃始怵然，盡氣而奔，而不知自夢中躍起也。』書此以誌死生有命，有非人力所及謀者矣。

戒鴉片煙良法

自鴉片煙盛行中國，而染其癮者，如饑者之不能去食，渴者之不能去飲。甚有飲食可減，而煙癮必不可缺者。每見癮到之人，涕泗交頤，寢饋難適，故吸煙者為癮所牽縛，皆沉迷不返以終其身。近世有為戒煙丸者，其方藥品不一，然能絕去真癮者十無一二。或謂丸中須置煙膏，故吞丸而癮不發，卻丸而癮複來，其說似非無因。

余嘗聞蜀人傅麗生別駕誠論戒煙之法，凡為人戒煙，必先審其歲月之淺深、精氣之强弱、飲食之多寡，然後依方以定藥品之加減，必與其人同室臥起，順其氣候而調攝之，察其宜忌而去留之，逾一月則癮可絕矣。通計一生，拯拔者不下數十百人。此其用心甚仁，用力甚勞，然恐不能徧及也。

伯兄撫屏論戒煙之法，尤為簡便。凡人煙癮至重者，不過數兩而止。初戒之時，每日減去五厘，兩旬則減去一兩矣，四旬則減去二兩矣。繼則每日減去一厘，一月則減去三錢矣。最後每日減去五毫，兩旬則減去一錢矣。中等之癮，閱三月而可以盡去。其癮多於此者，則閱時稍久焉；癮少於此者，則閱時亦稍短焉。惟矢志欲誠，校秤欲準，用力欲果，自始戒以至絕癮，毫無所苦，不必用藥也。不問其人之老弱羸壯也，如法行之，無有不效，其後亦竟無他疾。此可謂最便最捷之法矣，惜乎知之者尚尠，而行之者猶未專壹也。安得有心世道之君子，家喻戶曉，以行其博施濟眾之術也乎？

又：庚寅十一月二十九日，滬報載有人每日吸煙須五六錢，獲癮五載矣。一日，見救生煙方，衹用鹽湯一味。忽悟鹽之為用，利於潤腸，兼有清火解毒之功。鹽與煙如水火格格不相入，故吸煙者多喜甜而惡鹽。自得此方，晨起飲鹽湯一碗，每欲吸煙，又飲一碗。甫逾二日，便覺吸煙少味，六錢之癮，減至三錢。又數日，減去日間二次，止留晚間一次，僅吸一錢，亦覺無味。又數日，竟絕癮矣。

右旋白螺

右旋白螺，乾隆年間西藏班禪額爾德尼所進也。凡螺皆左旋，而此螺紋獨右旋，謂為定風之寶。乾隆五十二年，林爽文之變，福文襄王以陝甘總督奉命為將軍，赴臺灣征剿，特頒給右旋白螺。攜以渡臺，風穩濤平，迅速抵岸，遂由鹿仔港前進，擒滅爽文全股。事既平，文襄內渡亦極穩順。調為閩浙總督，已將白螺恭摺繳進。五十三年十一月己卯，高廟以閩省總督、將軍、巡撫、提督等，每年輪往臺灣巡查一次，均須涉歷重洋，特再將右旋白螺發交總督，俾於署內潔淨處敬謹供奉。每年大臣赴臺灣時，無論何員即令帶往渡海，俾資護佑。差竣內渡，仍繳回督署。並諭云：『巡查大臣亦不必因有白螺，冒險輕涉，總視風色順利時，再行放洋，以期平穩。』旋賜號『大利益吉祥右旋螺』。厥後又不知何年繳進。嘉慶十一年，特授將軍賽沖阿為欽差大臣，馳赴福建剿海寇蔡牽，頒發此螺，以資護佑。既而賽公不果赴閩，螺亦未出。而冊封琉球使臣，亦間有獲祇領攜用者，大抵事竣，必恭繳回京供奉焉。

孤竹古松附

古孤竹城，在永平府大灤河西岸，山上有夷齊廟，廟前有清風臺。下望灤水，晶瑩如鏡，深一二尺，中有一泉可七八尺，相傳此即海眼，其深無底，流沙不能淤澱。寺中古松一株，久已枯死，後乃自根下復生新芽，將枯樹包裹在內，外長新皮，厚尺許，樹大四五圍，或謂此樹壽已一千餘歲云。

古塚現寶附

蜀漢後主降晉，封安樂公，歿而葬焉，墓在今山東樂陵城南之五里村。村方圓一畝，近有耕氓拾得銅槍頭，長二尺許，寬約二寸半；鋼刀頭，長三尺餘，寬約五寸；又有杯盂等物，皆古磁，極華美，夏時存肉不臭。入都售之，因得小康。又有惠王塚，在樂陵城南四十餘里，相傳塚內有金人男女十二，騾馬雞犬及一切器皿皆係黃金。有人得金鴿一隻，售之亦小康，每年立冬後，五更報曉。又有夜明珠，深宵出現，行路疑為皓月落地，趨至其處，渾黑無所見，遠觀之仍如明月焉。

卷四　述異

曾文正公始生

曾文正公之生也，以嘉慶辛未年十月十一日亥時。曾祖竟希封翁，年已七十，方寢，忽夢有神虬蜿蜒自空而下，憩於中庭，首屬於梁，尾蟠於柱，鱗甲森然，黄色燦爛，不敢逼視，驚怖而寤，則家人來報添曾孫矣。封翁喜召公父竹亭封翁，告以所夢，且曰：『是子必大吾門，當善視之。』

是月，有蒼藤生於宅内，其形夭矯屈蟠，絶似竟希封翁夢中所見。厥後家人每觀藤之枯榮，卜公之境遇。其歲枝葉繁茂，則登科第，轉官階，剿賊迭獲大勝。如在丁憂期内，或追寇致敗，屢瀕於危，則藤亦兀兀然作欲槁之狀。如是者歷年不爽，公之鄉人類能言之。

饒州知府張澧翰，善相人，相公為龍之癩者，謂其端坐注視，張爪刮鬚，似癩龍也。公終身患癬，余在公幕八年，每晨起，必邀余圍棋。公目注楸枰，而兩手自搔其膚不少息，頃之，案上肌屑每為之滿。

同治壬申二月初二日申刻，公偶遊署中花園，世子劼剛侍，公忽連聲稱腳麻腳麻，一笑而逝。世子亟與家人扶公入室，蓋已薨矣。是時，城中官吏來奔視者，望見西面火光燭天，咸以為水西門外失火。江甯、上元兩縣令，亟發隸役赴救，至則居民寂然，徧問遠近，無失火者。黄軍門翼升祭文有曰：『寶光燭天，微雨清塵。』蓋紀實也。自後，龐觀察際雲來自清江浦，成遊戎天麟來自泰州，皆云初二日傍晚見大星西隕，光芒如月，適公騎箕之夕云。

左侯相之夢

左侯相未遇時，夢應省試，領解額，甚覺得意。既而連舉進士不第，忽遇干戈擾攘，參佐戎幕，大帥言聽計從，動望隆然，中外大臣交章推薦，遂出而典兵，屢摧悍寇，進膺方面之任，爵列五等。其始旌麾所莅，皆山水靈淑，人物秀美。驅除數省，忽調赴西北，所歷皆巖關、險塞、雄鎮、名都，漸移漸遠。但見黄沙莽莽，一望無際，復笞兵萬里，長驅而進，掃蕩邊氛，功名益盛，累荷超遷封拜之寵。收地愈廣，設官置防，布置粗定，然後振旅入塞，返其故鎮。蘧然而覺，乃知是夢。

是歲，秋試舉於鄉，自知無翰林之望，會試一兩次後，遂不復上公車。旋入駱文忠公幕府，名聲籍甚。曾文正、胡文忠兩公交章論贊，起家四品京堂襄辦軍務，超授浙江巡撫。及剋杭州，至西湖之上，恍然如素履其地者，蓋其景皆夢中所見也。其後，以所歷之境印證前夢，一一吻合。及關隴肅清，議者皆謂新疆地勢遼遠，轉運艱難，頗以進取為疑。而左公慷慨出師，無少顧慮，蓋自知大功之必成也。

噫！凡人一金之獲、一第之榮，莫非前定，而況奇勛偉業如左公者乎！

漢惠帝後裔在爪華島

定海某茂才，為粵寇所虜，逃出後改業為賈。嘗賃夾板船運貨，至南洋之新加坡，遭風觸礁，飄至爪華島，即瀛環誌略之噶羅巴也。流寓五年，然後得歸。嘗言爪華南境有劉莊者，其民皆劉氏，約數千家，聚族而居，蓋前漢惠帝之苗裔也。茂才素有文學，兼習方言，西洋及巫來由文字，皆能繙譯，為土人所敬。適劉氏重修宗譜，屬茂才為之序。茂才閲其首卷載劉氏入島顛末，其事甚奇。茂才已不能記其詳，因稍述其崖略焉。

其譜曰：漢宣平侯張敖，尚惠帝姊魯元公主為嫡室，而以其前婦陳餘之女為次妻。陳氏生一女，美而賢，公主愛之如己出，惠帝亦見而悦之。吕太后乃託言公主所生，年僅十三，聘以配帝。在中宫四年，無子。後宫美人得寵者十餘人，共生七子。吕太后取帝之第六子，付皇后育之，名為皇后子。惠帝崩，太子立為皇帝，時年二歲。又四年，太后幽殺之，所謂前少帝者也。復立惠帝庶長子宏，是為後少帝。越四年，吕太后病篤，以將相大權付吕產、吕禄。太后崩，張皇后年方二十五，產、禄欲擁之臨朝，以制諸大臣，后堅不允。諸大臣攻殺產、禄，遂滅吕氏。當是時，惠帝尚有四子。少帝年已十五，其三弟皆為王。少帝後宫生一子，甫三月。張皇后居長樂宮，忽聞金鼓喧擾之聲，語其侍女曰：『太后結怨於人深矣，今大臣既滅諸呂，並滅惠帝之嗣，吾孫生甫三月，外間尚不知，可亟馳至未央宮取之。』須臾，侍女取帝子以來，藏之密室。諸大臣果誣少帝及諸王為呂氏子，以車一乘載少帝出宮，遂與諸王皆被殺，遷張皇后於北宮。后既入北宮，攜兒同寢，躬自哺之。以重金許宦者，乘夜抱兒出宮，徑送南宮侯張偃之家。偃，乃后之弟也，收兒密養之。稍稍成立，適南粵使者入貢於漢，張偃夜見使者，俾挾兒入南粵。南粵王趙佗，詢知為惠帝長孫，官以列卿，封之南海蠻夷中地方四百里。後傳數十世，失其故地，遂為編戶。然族姓蕃衍，雖輾轉遷徙，而二千年宗譜秩然可稽。

其家祠所藏有三寶：一曰漢玉小璽，方不盈寸，蓋高祖立惠帝時，取藍田玉製璽賜之，惠帝奉為至寶，常付皇后藏之；一曰圓徑五尺之古銅鏡，惠帝召巧工為之，而鏤皇后像於中間，時后年僅十七，端豔無匹，以顯微鏡照之，宛如生人；一曰三尺長之玉如意，相傳惠帝初納皇后，定情之夕，以此賜之。及帝崩，皇后每夕必捧之而泣，積淚所漬，古采五色，斑駁可愛。此三寶皆張皇后授之，帝子既乃載以南奔，遂永為傳世之寶。劉氏祠宇宏敞，前祀帝子為始祖，後祀惠帝及張皇后塑像，皆極精緻云。蓋茂才所述如是。

予謂惠帝本漢賢主，若使享國稍久，其布德當不後於文帝，而張皇后亦賢后也，二千年後尚血食千萬里之外，其澤長於漢之諸帝后遠矣。

徐庶成真

翼駉稗編載羅軍門思舉追賊終南山，遇真人徐庶饋糧一事。以余所聞，世俗所傳者尚有數則焉。

乾、嘉之際，廣東某縣某村忽到一道士，衣衫襤褸，向村人乞食，莫之應者。一老嫗以盂飯餉之，道士曰：『我欲救此一方人，孰知天數難回，不可强也。』村人異其言，稍稍聚觀之。道士喫一盂飯至盡，已而復嘔之石上，指謂人曰：『今歲天降大疫，死者無算，此飯每吞一粒，可救一人。汝等欲生乎？』村人乃爭食之。問道士姓名，對曰：『徐庶。』遂翩然而去。既而縣中果大疫，而啜是飯者皆不死。

又聞康熙中三藩之變，有某將剿賊而敗，賊追之甚急，自分必死。忽有一古衣冠者立於道旁，鬚眉皓白，道貌偉然，謂之曰：『汝勿怖！此賊甚劇，非助汝一臂之力不能滅此賊。』因解佩劍授之，曰：『賊至此，汝但拔劍，劍即飛去，自能取賊將之頭矣。』問：『劍何以歸還？』曰：『余自能取之。』因指某山曰：『與汝相會於此。』問其姓名，曰：『吾徐庶也。汝前生與吾有舊，吾故特來救汝，勉之！』俄而，眾賊麇至，某將倉卒拔劍，劍即飛去。須臾，賊眾紛紛棄甲倒戈而北，詢知賊酋已擊死矣。追至某山，果見古衣冠者已先在，捧劍拱手作別曰：『吾去矣！』遂不知所往。

又有訓蒙師顧洪山先生者，余之外曾叔祖也。余六七歲時，從之受業，時先生已八十餘矣。嘗自言少時寓無錫城內藥王廟讀書，廟有道士數人。一日，忽一外來道士求暫寓，古心古貌，神氣灑然，博談古今，無所不通，尤喜談三國時事，感慨淋漓，令人歌泣。所述事蹟，每有出諸史之外者。叩其姓名，笑而不答。越數月，一小道士病且死，其人命取桑葉十餘石，置大鍋中，熬其汁以灌之，霍然而愈，遂辭去。老道士覺為異人，固留之，不可。遂行，老道士猶力挽之，其人曰：『實告汝，我徐庶也。小道士二十一世前為劉豫州部下小校，我念其樊城之役頗有戰功，故來救之。與汝何緣，而欲强留我也？』徐步而去。老道士疾走追之，終不能及，數十步外，遂失所在。

郭汾陽王墓被掘

同治元年，關中回寇蜂起，屠戮之慘，甚於粵寇。是時，督師大臣勝保由豫入陝，其隨員洪觀察貞謙過華陰，曾呼一整容匠，問以汾陽王後人如何？其人憮然曰：『我即郭姓，汾陽王後裔也，從前合族有十餘家，皆零落不振，無讀書者。今遇此大變，存者無幾矣。鄉人以慘遭荼毒，無所洩憤，則群嘩曰：「始引回人入中國者，是汾陽王之咎也。」乃相率往掘王墓，其中羌無所有，惟得古劍一柄，亦已幽黯朽折矣。今雖稍加修葺，竟無力能復舊觀。』感唏不已。洪觀察為余述之如此。

余謂汾陽王雖借回紇兵復兩都，然回紇之入中國，實不始於汾陽。且回回與回紇又是兩種，鄉愚無知，偶聞讕語，信為實然，一唱百和，且奮其憤毒之氣，何所不至！當時，雖其子孫不能禦，官法不能禁也。而自唐迄今已逾千年，則墓中一無所有亦理之固然，無足怪云。

桃花夫人示夢

湖南郡縣往往有桃花夫人廟，蓋祀春秋時息媯也。長沙某生，偶因遊山，借宿古廟，視其額則桃花夫人。默念：『息媯不能殉夫，隱忍事仇，為生二子，縱使終身不言，無補於其失節，而況其未嘗無言也；此等淫祠，安得起狄梁公而毀之？』是夕，某生夢夫人遣使召之，至殿上，夫人服飾古雅，環佩璆然，南面高坐，侍女十餘人植立兩旁。

某生竊視，夫人端麗無匹，而懍若冰霜，謂某生曰：『春秋左氏傳一書紀事失實，或因傳聞稍誤，而毀人名節者甚多，汝知之乎？即如我從息侯入楚，不甘受辱，自殺以殉，志節皦然，可表天日。其始而守身如玉，幽餓空宮，繼而徐遭誘脅，屈志為楚夫人，生有二子者，乃我之姪也。左氏不考其詳，而混我姑姪為一人，俾我受千古之譏評，豈不冤哉！又如左氏所稱衛宣公烝於夷姜，晉獻公烝於齊姜，後人辯之，以為夷姜、齊姜實宣公、獻公之夫人，其說甚為確鑿。此等烝淫大惡，豈可輕誣古人？又如僖公十五年傳，晉惠公烝於賈君，注者以為賈君即獻公之妃賈女也，其人是矣。然所謂烝者，則又有訛謬焉。夫獻公初娶於賈為元妃，齊姜乃其次妃，其入宮在賈女之後。賈女甚美而賢，與衛莊姜相仿佛。厥後獻公既得驪姬，立為夫人，乃幽賈女於宮中，然其初實晉之小君也，故稱之曰賈君。當惠公入立之時，賈君年已七十左右。秦穆姬念其嫡母之幽憂孤苦，故屬惠公善視之。孰知惠公並不加禮，復逼淫其侍婢，致令賈君憤鬱而卒，穆姬所以怨之也。然竟曰烝於賈君，則誣賈君甚矣。又如楚平王為太子建聘婦於秦，曰伯嬴，容德甚美，王乃自娶之。此在王為慚德，而非秦女之罪也。厥後吳人入郢，以班處宮，夫人伯嬴獨能閉門自守，稱說禮義，俾吳王慚而退舍。秦亦以其女之故，發兵救楚，卒復楚國。是夫人既有功於社稷，而貞毅明達，葆全節於危難之中，實巾幗中所罕覯，宜其能生昭王為中興之令辟也。左氏不著一字，使如此賢媛幾至湮没，亦其疏漏之失也。凡吾所述，子之博雅，自能知之。吾所以復言之者，欲子轉告世人，俾知書之不可盡信也。大抵以一人之才智，纂二百餘年數十國之事，豈能一無舛誤，然被其誣者，則奇冤莫白矣。此左氏晚年所以有失明之罰也。』

夫人舉袖一揮，某生遽醒。歸而檢列女貞順傳曰：『楚伐息，破之，虜其君，使守門將妻其夫人而納之於宫。楚王出遊，夫人遂出宫，見息君曰：「人生要一死而已，妾終不以一身更貳醮，生離於地上，豈如死歸於地下哉？」乃作詩曰：「穀則異室，死則同穴。謂予不信，有如皎日。」遂自殺，息君亦自殺。楚王賢其夫人守節有義，以諸侯禮合葬之。君子謂夫人鋭〔一〕於行善，故序之於詩。』某生因思劉向博極群書，其言必有根據，何以與左傳相鑿枘？　今知為姑姪二人之事，則疑義涣然矣。蓋古者諸侯一娶九女，息夫人雖死，而其娣姪未必能俱死，人但知為楚夫人者亦號息嬀，而不知其截然兩人也。若息夫人之貞固不二，則廟食千秋宜矣。

又楚平伯嬴亦列於貞順傳，曰：『伯嬴者，平王夫人，昭王之母也。吴入郢，昭王亡，吴王闔閭盡妻其後宫，次至伯嬴。伯嬴持刃曰：「君王棄儀表之行，縱亂亡之欲，犯誅絶之事，何以行令訓民？妾聞生而辱不若死而榮，妾若有淫端，則無以生世。壹舉而兩辱，妾以死守之，不敢承命。」吴王慚，遂退舍。伯嬴與其保阿閉永巷門三旬，秦救至，昭王復矣。君子謂伯嬴勇而精壹。』某生因思夫人之言，與此傳適相吻合。

又檢春秋大事表，於衛夷姜、晉齊姜論之頗詳。玩夫人之言，似已知有此書矣。惟賈君之事，無書可考，後讀史記晉世家云，自獻公為太子時，重耳固已成人矣。獻公二十二年，重耳年四十三，出奔狄國。某生始憬然悟曰：『重耳在魯僖公四年，年已四十有三。申生乃重耳之兄，秦穆姬又其女兄，則其母齊姜年必在六十以外。賈君乃獻公初娶之夫人，其年又當長於齊姜。惠公入國，在魯僖公九年，則賈君年在七十左右無疑矣。惠公淫其侍婢，而左氏誤信傳聞，以為烝於賈君，其誣賈君實甚，宜夫人為之表白也。』某生常以所夢語人，復作文，考論其事甚核。

後數年，復夢夫人召之，出彩筆一枝贈之曰：『此翰苑筆也，聊贈一枝，以報發潛闡幽之厚意。』是秋，果捷鄉試。明年，成進士，入翰林。

【校】

〔一〕『鋭』，原作『說』，據南本改。

馬端敏公被刺

同治九年七月二十七日，為兩江總督月課武職之期，馬端敏公新貽親臨校場閱射。校場在督署之右，有箭道可通署後便門。端敏閱射畢，步行由箭道回署，將入便門，忽有跪伏道左求助川資者，乃一武生，端敏同鄉也。接呈狀閱之，謂曰：『已助兩次矣，今胡又來？』言未畢，忽右邊有人大呼伸冤者，未及詢問，已至端敏身前，左手把其衣，右手以小刀揕其胸。端敏謂從人曰：『我已被刺，速拿兇手！』言訖而絕。從人舁端敏入室，武校聞聲奔集，執縛兇犯，並執武生，付首縣熬審。兇犯為張汶祥，河南汝陽縣人。武生實不知情，蓋適逢其會耳，乃先釋武生使去。

是時，人情洶洶，訛言朋興，朝廷調曾文正公還督兩江，兩發重臣按此獄。越半年，事乃定。先是有丹陽某生者，夢見吏役持名單一紙，所錄殆數十人。第一名為張汶祥，第三名為馬新貽，而己則在數十名以外。寤而告人，決計不與秋試。未半月，而端敏被刺，某生以是冬十月卒。惟張汶祥名列第一，而死在明年二月，咸莫測其故也。端敏騎箕之夕，張子青漕帥之萬在清江浦，忽夢端敏以年愚弟名帖來拜。端敏故與漕帥丁未同年也，神色慘澹，久之默然，徐曰：『吾事專託同年。』拱手而去。未幾得旨，前赴金陵熬審兇犯。漕帥至金陵時以語人，謂凡事莫不有定數云。

是年，又有湖州人費以耕，字餘伯者，以鬻畫遊上海，病臥客舍。馬公被刺之日，費忽語人曰：『制府馬公今日已死，一百二十餘年前之案發矣。此案共數十人，吾名亦在其中，不能久居人世矣。』越三日，而費卒。

張汶祥之獄

馬公未被刺之前數日，忽接到公文一角，其封模糊，不知為何署印章。拆視之，並無文書，但畫死馬一匹而已。亟命執投文者訊之，已不知所往。蓋即張汶祥所為也。及馬公薨，汶祥所持刺刀，深入胸中四寸，從人為之拔出，刀已刓曲，刀首敷毒藥，人遇之立死，並不見血云。意其處心積慮非一日也。是時，事出非常，訛言四起，或謂必有指使之人，或有以帷薄事疑馬公者。蓋謂汶祥奮不慮死，非深仇不至此也。

方獄急時，余在金陵，頗加意訪察此事。其謂有指使者，固全無影響；謂涉及帷薄事者，尤大謬不然。蓋汶祥所自供之籍貫蹤跡，已與世所傳不相應，且馬公果有隱慝，汶祥盡可昌言之，不必為之隱諱也。先是朝廷命漕帥張公之萬赴江南莅獄，既定讞矣，會言路有異議者，復遣刑部尚書鄭公敦謹赴江南，讞如前。乃以辛未二月十五日，磔汶祥於金陵城北之小營，摘心致祭於馬公柩前。而馬公先已奉旨建祠予謚，飾終典禮甚優云。

方汶祥之被執也，江甯將軍魁玉公詰問主使，汶祥張目答云：『我為天下除一通回匪者。』蓋以馬公先世出於回教，故誣之也。及星使至，與承審司員先後熬問，汶祥終無一詞，或時為夸謾不遜語而已。或勸刑訊，星使以汶祥重犯，儻未正典刑而瘐死獄中，誰執其咎？故始終不敢用刑。定案之日，孫觀察衣言、袁觀察保慶皆以承審大員不肯畫諾，以未刑訊故也。二公皆嘗受知於馬公者，然當是時推究汶祥蹤跡，並徧逮其姻戚支黨，供證確鑿，所讞已十得七八，殆無甚疑義云。

汶祥始為粵匪所虜，繼而逃出至寧波，以押當貿利自給，並與諸海盜通，食其糧者數年。值馬公巡撫浙江，擒斬海盜頗眾，復禁歇押當。汶祥益貧無賴，乃時思為海盜報仇。汶祥又有妻為人誘之以逃，汶祥追而執之，復以失物訴巡撫，求為追繳。馬公以此小事不宜煩瀆，格其訴不納。其後，汶祥妻又謀逃逸，汶祥迫令自殺，既而怒曰：『巡撫不為我追贓，使吾妻有輕我心，是殺吾妻者巡撫也。』遂懷必報之志。會馬公總督兩江，汶祥千里間關，候伺兩年，而始遂其志。天下固有以睚眦之忿結滔天之釁者，其張汶祥之謂乎？

知府被刺

同治八年，青州府知府王君汝訥被刺而死，其兇犯乃青州營步兵也。營中定制，凡馬兵出闕校閱，步兵精騎射者補之。有一步兵，武藝絕倫，發矢連中，而參將抑之，竟不得補馬兵闕。步兵懷恨，常欲刺之而未得間。

會某月某日丁祭之期，步兵私念此其時矣。因磨白刃，先埋諸學宮方磚下。至期，文武官皆已就位，步兵取白刃徑往祭所。於時黑夜中，雖有燈燭，眼光朦朧，步兵平素又但知參將為最貴，乃就首席一官，猛力刺之，應手而倒，則知府王君也。步兵曰：『誤矣。』亟往刺參將，參將負重傷，疾走以免。其下兵丁倉猝格鬥，死且傷者數人。步兵馳出廟門，左執刀，右挾矢，以禦追者，每發一矢無不中，復殺數人，於是追者不敢迫。至東門，門者呵之，復殺門者，斬關而出。遇一農夫驅驢負柴將入城，又殺農夫，推柴於地，而騎其驢以行。驢至水邊不肯渡橋，步兵亦若迷不識道者，盤旋往返，自晨至午仍在水邊。追者愈聚愈眾，乃就執。訊之，則瞠目直視，但云欲殺參將而已，遂寘之極典。

初，王太守之父為山東某縣令，接印之夕，滅燭將就寢時，窗外月明如晝，月光映射室中，忽見有人持白刃自屋簷飛下，破窗而入。太守之父自帳內窺之，見其在室中摸索，知欲刺人也。大駭，屏息移出帳後，伏於床下，刺客摸至床邊，果連斫之。旋覺無人，復破窗而去。既而詢知，此室為前任縣令所居，其仇家不知其移寓，故欲刺之。然使不見機速避，已代人受刺矣。因是寒心，即日告病棄官歸，亦可謂哲於保身者。乃閱數十年，而其子仍在山東代人受刺，豈冥冥中果有定數歟？

知縣被戕

同治九年，兩江總督馬公被刺於金陵。是年三月初五日，先有浙江嵊縣知縣嚴君被戕之事。嚴君名思忠，鎮江人，治嵊縣頗著政聲。有櫛工龐姓，設鋪縣城，而令其子學技於新昌。會清明節，其子由新昌回家，至中途，忽發瘋疾。櫛工赴鄉省墓，俾一徒與瘋子居鋪中。夜將半，瘋子忽放火自焚其屋。鄰人奔救，火既滅，而瘋子不見。人皆謂其懷慚自遁，未之覓也。是時，嵊縣令無公廨，僦民室以居。瘋子竊菜刀置之懷，徑趨縣令公館。登館後土山，壞後門以入，館中人皆不覺，倏入縣令正寢。寢室凡七間，皆有簾帷而無門戶。縣令與一妾居東，縣令之女年約二十，與傭媼居西。瘋子先遇一媼，斫之，負傷仆地，遂趨縣令臥床，遽斫之。其妾聞聲呼救，復趨斫之，皆在床呻吟。瘋子見床後花裙一條，遂取而自束之，復趨西室，見縣令之女，斫之數十下，負重傷未死。仍入東室，斫殺縣令。其女聞聲匍匐往救，瘋子出遇之，復被斫以死。縣令與其女皆受七十餘刃以死，而面目模糊，不可辨云。瘋子取印佩之，開箱取寶銀一枚，復出後門而去。

天既明，有豆腐店翁方開店門，忽見一人滿身血污，腰束花裙，執刀來撲，店翁以門板禦之，墜其印及刀於地。瘋子挾銀而遁，居民拾印與刀來叩縣令公館，則大門猶未啟也。既知縣令已死，遂報典史，先來相驗，發捕役嚴緝兇手。瘋子泅伏水中，執而訊之，若茫然不自知前事者。縣令之妾，逾一日而死。置瘋子於極典，然終莫解其由來也。

或曰：『嚴君少時，其父為山東博山縣令。嚴君讀書學宮之魁星閣，閣有三層，嚴君居中層，其上為人迹所罕到，而嚴君每若見人憑欄眺望，知為狐也。陰戒其僕蹤跡之，知其窟在數里外之古墓中。歸而告其母曰：「某處有狐窟，兒將召獵戶殲彼醜類。」其母先一夕夢一老人來見曰：「吾族與郎君夙無嫌怨，兩不相侵，郎君居心陰狠，吾族氣數已到，恐遭毒害，然吾必有以報之。」其母既感是夢，乃叱止之曰：「彼雖異物，然無害於人，何必殲之？敢若此，非吾子也。」嚴君重違母教，數月未發。厥後技癢不能自已，遣其僕陰購火藥，藏之墓中，乘夜以引線發之。清晨往觀，則死狐枕藉穴內。人有知其事者，以為龐瘋子之案，老狐為之也。』嚴君被戕之歲元旦，館中階石忽裂為二，血痕殷然。嚴君自占一課，謂縣中當有逆倫重案，亟召其吏役教誡之，俾各慎厥職，而不知其身自當之也。

水神顯靈

鬼神為造化之迹，而迹之最顯者莫如水神。黄河工次，每至水長之時，大王、將軍往往紛集河干〔一〕，吏卒居民皆能識之，曰某大王、某將軍，歷歷不爽。同治七年，捻賊張總愚竄入直隸、山東交界，今伯相合肥李公扼守黄運兩河，設大圍以困之。當是時，各營兵勇不滿十萬，而汛地綿廣數千里，人數不敷甚鉅。賊以全力併衝一處，一處失防，則全局皆廢，固非確有把握也。然竟以滅賊者，是時大雨時行，河水泛溢，平地積潦往往盈丈，賊四面奔突，皆為水所阻，官軍因得以合力痛剿，蓋若有神助焉。

李公調長江水師提督黄軍門翼升率舢板礮船北上，至張秋，阻淺不能進，衆人咸請軍門詣大王廟行香。舟人忽報曰：『黨將軍至矣。』曰：『何在？』曰：『在河干。』先是北運河涸如平地，至是河水驟湧，船隨水進，所向無阻。隱隱於數十步外，見一紅旗在前，大書『黨』字。軍門祝曰：『此役若滅賊，必請於大帥奏加封號。』於是，李公調軍門扼守泊頭鎮至捷地壩，共河牆一百二十里。軍門既至，審視形勢，謂將吏曰：『吾水師力尚單薄，而汛地頗廣，且運河水旺，尚無可虞。賊若由減河北竄，則大局壞矣。吾欲決捷地壩，引運河水入減河，則吾可高枕無虞。又恐居民不願，致啟爭論。』正躊躇間，衆又請軍門拈香，曰：『大王現矣。』軍門登河牆拈香畢，憑牆下望，見若有一蛇蜿蜒河側，長不過尺餘，或曰黨將軍也，或曰楊四將軍也，或曰某某大王也。方欲遣人諦視，忽對岸隄上有一蛇，長十餘丈，首如七石巨缸，鱗彩燦爛，三昂其首，驟聞天崩地塌之聲，則捷地壩陷矣。運河水滔滔滾滾灌入減河，賊果北竄，阻水不得度，望洋歎恨而去。賊既滅，軍門以語李公，請為黨將軍奏加封號。未及舉行，但為奏請南書房書一匾額而已。

及李公總督直隸，歲辛未，畿輔大水。一日，天津吏民歡言黨將軍見於河干，請郡守、縣令往迎之。縣令讓以坐轎，不肯入；郡守乃以坐轎讓之，送入大王廟中。既而大王、將軍陸續踵至，津民連日焚香演劇以侑之。已逾兩月，李公謂屬吏曰：『今值饑饉之年，物力艱貴，與其耗之演劇，不如賑濟饑民。』欲將大王、將軍送之河干〔一〕。正在商議，外間尚未知也。一優人忽自廟中戲臺跳至臺下，大言曰：『我黨得住也，李少荃與我有舊，本是一會之人。戊辰之役，我為出力不少。滅賊成功，得有今日。乃既不為我請封，今者演劇為樂，復欲驅我，何太無情誼也？』言畢，優人偃臥於地，良久乃醒。問以前事，茫然不知。於是屬吏力請李公聽其演劇，凡三閱月，而大王、將軍乃漸去。津民復相與醵錢重修大王廟，煥然一新。

【校】

〔一〕「干」，原作「工」，據南本改。

賈莊工次河神靈蹟

同治甲戌，河決賈莊，山東巡撫丁稚璜宮保親往堵塞，以是年冬十二月開工，頗見順手。而大王、將軍絕不到工，至光緒乙亥二月間，險工疊出，用秸料至五千六百七十萬斤、䔹料至二百七十萬斤。十三日後，停工待料占埽，或蟄或走，或似嘔吐。連日西北風大作，大溜自引河直射口門，萬夫色沮。十五日午刻，口門里許，河水清忽見底，毫髮可鑒。十七日，栗大王至。越日，黨將軍至。又明日，金龍四大王至。自十六至十九日，桃汛忽發，口門深至五丈四五尺，種種奇險，兵弁員役束手相向。二十一日，大溜忽入引河口門，水勢日平。

二十三日以後，䔹料大集，各大王、將軍亦雲集兩壩。二十六日，南壩開工。二十八日，北壩開工。是日，金門中流忽浮黑鴨一對，游泳上下，幾一時許，倏不復睹。河員謂係抱鴨將軍，每遇堵口，出現最利。越日，復有虎頭曹四將軍端坐捆箱船上，形同綠蛙，而體較長，請入香盤，毫不驚躍。又有楊四將軍者，狀如蜥蜴，長衹寸餘，雙眸怒突，徧體生花，從簷際躍入宮保帽中，遣官送至大王廟，行七八里，伏不稍動，安坐供盤數日。三月初六日寅刻正，兩壩合龍，然壩基尚未壓到河底，河水自壩下潰湧而出，形勢岌岌。初八日，雷雨大作，共言陳九龍將軍至矣。是夜，雷雨不止，龍占打下丈餘，隨即添培高厚土櫃邊壩，一齊填壓到底，即刻斷流。蓋人力無所不施，不得不借於神力也。

聞河工凡見五毒，皆可謂之大王、將軍，如蛇、蠍虎、蟾蜍皆是也。然託於蛇體者為最多，但其首方，其鱗細，稍與常鱗不同。位愈尊，靈愈顯，則形愈短。金龍四大王長不滿尺，降至將軍有長三尺餘者。又如金龍四大王金色，朱大王朱色，黃大王黃色，栗大王栗色，皆偶示迹象，以著靈異。各就其神位之前蟠伏盤中，而昂其首，或一二十日不動，或忽然不見，數日復來，其去來皆無蹤跡。而鱗色璀璨，或忽然黃變為朱，朱變為綠，謂之換袍；或忽然死於盤中，謂之脫殼。其死蛇須送水濱，即自沈於河底，或數日後仍現於河干，蓋其所附之蛇偶死，而大王實未死也。又有某大王在盤中，生數蛋而去者。

此次大功告成，宮保即專摺請加封號，奉旨金龍四大王封號，著禮部查照康熙二十三年加封天后成案辦理；其黃大王、朱大王、陳九龍將軍、楊四將軍、黨將軍、劉將軍、曹將軍，著禮部一併議奏，並建立栗大王專祠，以答神庥云。

武員唐突河神

丁稚璜宮保在山東，兩次治河，前則侯家林工，後則賈莊工也。侯家林之役，大王、將軍來集工次，每日演劇敬神。有眾蛇各就神位之前昂首觀劇，優人或以戲單呈上，請大王、將軍點戲。蛇以首觸戲單，所點之劇往往按切時事，非漫無意味者也。而點第一曲者，必金龍四大王，其次第亦不稍紊。有總兵趙三元者，戟手謂人曰：『此皆蛇耳，何神之有？』言未已，忽叫云：『不敢不敢！』群趨視之，則有蟠其頸者，有繞其背者，咸勸總兵跪神座前自責，且願演劇三日以贖罪。倏忽間，已見大王復位矣，然未見其去來之迹。

賈莊之役，有某提督駐河干，忽見大黿順流而下，或謂此元將軍也，宜設香案，望空叩禱，可獲神助。提督怒曰：『吾乃將軍耳，彼區區介族，何足懼焉？』命軍士舉火槍擊之，黿遽返而上駛，若畏避者。提督方自鳴得意，忽見大小黿數千蔽流而至，波濤洶湧。提督正命舉槍，則向所見之巨黿已倏忽近岸，昂首濆沫，眾黿隨之，奔流箭激，聲勢震盪，軍士皆驚恐奔潰。提督知不可禦，亟策馬登高避之。而其所駐之河濱草屋十餘間，皆被水捲去，沈汩無餘矣。

噫！宇宙間靈蹟昭然者，莫如河神。彼武人粗鹵，不知敬畏，幸而未降之罰，乃著異於俄頃之間，以示薄懲，神顧可慢乎哉？

河上旋風

光緒丁丑七月，余偕諸昆季謹扶先太夫人靈柩，由濟南回里。舟經張秋黄運之交，適值戴村壩決陷運河口門，水深一尺，內外河沙淤澱，舟不得進，泊口門外十有四日。乃假振字營勇丁百餘名，浚挖〔一〕淤沙。越一日，曳舟入運河十里堡閘，仍不得進，此閘乃運河入黄之口也。

明日午刻，天晴無纖雲，忽見旋風揚沙起，南岸頓成白雲一道，若有白鳥及蝴蝶翔舞其中者。時舟人以蘆席為舍，舍河之濱，頃刻間捲入雲霄間，其下風沙相薄，如旋轆轤，漸迫挖河諸勇丁。諸勇丁鳴金拒之，風息雲散。而河之北岸復有飛沙衝起，橫亘天半，有若白龍之飛遊者，或曰：『此旱龍也。』其首偃仰向日，兩目炯炯如巨盎，諦視之，即蘆席兩方也；其身如數百匹白練舒布空中，諦視之，則揚沙映日光也。其下塵沙亂刮，若以尾掃地，而南岸蘆席七八方，須臾盡至北岸，飄轉青冥間，久之始杳。

余初疑此以為水怪，蓋畏挖河勇丁之逼其巢穴而遷徙者。或又告余曰：『此風自南而北，先至戴家廟。是日適逢市集之期，鄉人麇聚，風不敢過，人知其神也而避之，風乃旋轉而北』云。然不知其所止息，亦不知果何神也。

【校記】

〔一〕『挖』，原作『控』，據石、南本改。

忠靈破賊

江忠烈公既殉廬州之難，其弟達川方伯忠濬率援兵千餘，為賊所阻，距城數十里。越八日，遣一勇丁微服入城，出公尸於塘水，面如生，負以出城，斂之歸葬。官軍初次剋復廬州，於水西門內建公專祠。數年，廬州復陷。同治壬戌，將軍多隆阿忠勇公率大軍圍廬州，俾其裨將石清吉攻西門外之得勝卡。賊以全力守之，堅不可拔。忽見卡後有一枝人馬，皆執白旗，旗心有『江』字，襲賊之背，賊乃大潰，官軍遂剋廬州。是時，賊與居民皆望見之，後知官軍並無白旗隊者。而破賊之所，實與江公祠相近，其旗白色，則公生平行軍所用也。至今廬人道公遺威，猶懍懍有生氣。每議大事，必在江公祠。祠中鑄胡元煒鐵像跪階下云。

已死七日復生

蘇州西洞庭山陸某，妻家在蘇城內。一日入城，暴病而卒。其妻家遣舟至洞庭山，迎其妻來視含斂，阻風中途，越七日然後至。時天氣嚴寒，尸尚未變。將大斂矣，開棺忽蘇，又十餘年乃卒。

人嘗問以死後情狀，自言將死之時，魂從頭頂鑽出，急切不能離身，奮力掙去，甚覺苦楚，已乃翛然解脫，遂與身判為二矣。由是入冥漠之鄉，若有知，若無知，似人睡著後光景。有時隨風飄蕩至洞庭山家中，自覺其身已死，忽念及父母兄弟妻子，悽然以悲，則魂氣為之一聚，若炯然有知者，已而漸復昏昏然。或遇大風吹散，或被鐃鈸及銅鐵器聲驚散，凝聚最覺費力。不見有日月，不知有晝夜，凡所稱陰界地獄及閻羅王，俱未之見，亦未遇一鬼。既復飄至一處，若有兩人痛哭者，其下赫然一尸，醜惡可畏，不覺驟與之近，陡合為一，遂復生矣。哭者，則其妻與妻母也。

陸某所述頗為近理，其未至陰界，蓋以陽壽未盡，故無引導之鬼，所以能復生者亦即以此歟？施叔愚廣文為余言之。

獄囚囚官

各郡縣獄中重囚，例皆鐐其足而桎其手，鉗其口而鎖其頸。晚近獄規不肅，每一囚入獄，獄卒皆有例定規費，僅於州縣典史巡獄時，為上刑具，官去即便弛之，習以為常，官亦知之而不深究也。

廣東有某縣令，欲察獄中積弊，一日屏去儀從，突入獄中，獄卒未及知也。獄囚百餘人見之曰：『汝來甚善。』群起縛縣令，宣言曰：『官欲出獄，須縱我輩百餘人與之同出。如門外人有來前者，我輩先扼殺縣官以待死，均之一死耳。與其束手而死，不如與官同死。』復連縛獄卒數人。有餉縣令飲食者，獄囚數人傳遞而入。獄囚口糧或不時給，則亦絕官餔啜以相抵。縣中幕吏，皆無如之何。典史至門外遙呼獄囚，始而婉諭，繼而哀祈，囚皆不應。不得已，稟達郡守。

郡守親自赴縣，至獄外諭囚曰：『縣令自到任後，並未苛待汝等，汝等入獄皆在前令手中。今如致縣令於死，汝等罪名益重，豈得幸全，不如速釋縣令。汝等有冤抑者，必為伸理。其犯重辟者，亦當設法超拔。決不汝欺也。』獄囚皆曰：『今日我輩與縣官出則同出，死則同死，不必多言。』郡守徘徊莫措，相持已及旬日，恐縣令死於獄中，釀成重案。不得已，密稟大府，請發兵兩營到縣。許赦囚罪，盡縱出獄。因復言，當攜官同行五十里，至某山頭，方能釋官。亦許之。獄門既啟，群囚擁縣令，歡呼疾走，官吏尾之而行。行五十里至某山頭，囚乃釋縣令，欲遂分道颺去。官兵伏隘以待，四面兜圍，百餘人皆就擒，惟逸去三人而已。郡守、縣令攜囚回城，盡法懲治，加以酷刑，死於杖下者二十餘人，其餘皆從重擬罪，剋期處決。此光緒六年事也。

夫蛟龍失水，螻蟻困之。縣令之所以威伸令行者，以有堂皇儀仗之尊嚴，吏卒僕隸之擁衛耳。微行入獄，俾獄卒等不及掩其弊，用意非不勤也。不幸逢意外之變，致蹈危機，遭僇辱。吁！為官者可不慎哉？

閘刀殺人

今之藥店皆有閘刀，刀重數十斤至百斤，聯於鐵架之上，關捩靈便。刀每切下，則與架相吻合，以剸各種藥料，雖巨材無不立斷。咸豐年間，某縣藥店有一童子方六歲，配一童養媳方五歲，兩小無猜，時共嬉遨。一日，童子拉童媳陪出門外，童媳不從。童子曰：『不從，將殺汝。』童媳以首湊閘刀架上，戲謂之曰：『請汝殺我！』不意閘刀驟然落下，首領竟斷焉。蓋店夥之置閘刀，本未妥帖，忽有人倚其架，觸動關捩，乃猝墮而殺人也。童子驚懼號哭，店主執以報官，童子自願抵償。聞將定以誤殺之罪，俟及歲時按律辦理，後不知究竟如何也。

蕈毒一日殺百四十餘人

寒山寺在姑蘇城外，唐人詩已累累見之，千餘年來，爲吴下一大禪院。道光年間，寺僧之老者、弱者、住持者、過客者，共一百四十餘人，忽一日盡死寺中。既已無人，鄉保爲之報縣。縣令前來相驗，適一竈下養死而復蘇，縣令問：『諸僧今日食何物？』對曰：『食麵。』縣令復詳詢煮麵之人與澆麵之湯，竈下養對曰：『今日值方丈和尚生日，特設素麵以供諸僧。我適見後園中有蕈二枚，紫色鮮豔，其大徑尺，因擷以調羹澆面。但覺其香味鮮美異常，未及親嘗，忽然頭暈倒地，不省人事。今甫醒而始知諸僧食麵死矣，不知是何故也。』縣令使導至後園採蕈處，則復見有蕈二枚，其大如扇，鮮豔無匹。命役摘蕈，蕈下有兩大穴。縣令復集夫役，持鍬钁，循其穴而發掘之。丈餘以下，見有赤練蛇大小數百尾，有長至數丈者，有頭大如巨碗者。蓋兩穴口爲眾蛇出入之所，蕈乃蛇之毒氣所嘘，以自蔽其穴者。諸僧既皆食之，故無一生。竈下養僅嗅其香味，故幸而復蘇。縣令乃命儲火種，發鳥槍，一舉焚之。蛇之種類盡滅，而寒山寺由此亦廢。

愚民含忿輕生

通州東鄉農人有佃富家之田者，一日入城還租，因米色不佳，頗受斥辱，農人忿不欲生。其家有一妻三子三女，長女已嫁，合家尚有七人。農歸告其家人曰：『吾雖貧賤，義不受辱。今因佃人之田，無端被其淩辱，吾不欲居人世矣。汝等當如之何？』家人皆曰：『願同死！』農乃盡鬻其穀米器物，得錢百緡，赴匠室買棺七具，匠人不問其故，貿然與之。棺既到家，先一日告其鄰人曰：『明日吾家有事，請子一來！』鄰人於清晨入其家，則見七棺陳於中庭，合家七人各臥棺中，蓋皆已服毒矣。鄰人懼而反奔出，遇其已嫁之女於陌上，告以其家父母弟妹皆已死矣。長女號哭入門，見其幼弟氣尚未絕，灌救得生。其餘六人則已長往。此光緒五年事也。夫愚民因一朝之忿，自輕其生，固已傎矣，乃至合家殉之，則尤愚之甚者。然愚者難以驟覺，而死者不可復生，故君子不輕斥辱人也。

柁工謀財酷報

無為州有舟子兩人，合夥駕一舟往來江上，一在船首為篙工，一在船尾為柁工。一日，有孤客僱船，行囊甚富。柁工瞰其累累也，謀之篙工，欲殺孤客而取其財，篙工以為不可，柁工再四强之，篙工曰：『吾兩人雖同舟，不妨各行其是，我不問汝事，亦不洩汝謀也。』是夜，客到船尾溲溺，柁工推而墮之於江，大呼撩救，篙工亦起，客已沈没無蹤。柁工乃檢其財物，欲分少許與篙工，不受；欲以其舟贈之，又不受。且曰：『吾自知貧窮有命，不敢冀驟富以速災也。』柁工乃挾所有以歸，置買田產，家道日隆，子孫鼎盛。篙工亦歸耕於家，每見柁工添丁益產之喜，輒歎曰：『天道無憑！』篙工之妻子聞而怪之，以為忌其富也。

既而柁工之孫以武舉得進士，還鄉宴客，賀者盈門，篙工亦往焉。柁工率其子孫婦女，將往某處敬神酬願，自無為濱江之白馬嘴登舟，離岸僅數十武，大風驟起，遽覆於江，合家男婦老幼三十餘口，無一免者。送者猶未旋踵也。篙工歎曰：『天道果有憑也！』人怪而問之，篙工笑而不答。後其妻子私問之，乃具言其顛末。

噫！柁工僅殺一客，而全家之死於江者三十餘人，其報似太酷矣。然柁工得不義之財以肥其家，以長其子孫，享榮富之樂者數十年，天將待其時而降之罰，殆猶借債者之愈久，而息愈厚歟？

娶妾得泥佛

吾鄉有某生者，中年無子，謀置簉室，乃買舟渡江，赴通州一帶訪購。某生既省小費，又欲速成，會有客來言一鄉民願鬻其女。導往觀之，其色甚美，問其價則甚廉，但須以花轎迎娶。某生大喜，亟與定議。屆期以花轎迎至舟中，女家有二媪來扶女出轎登床，衣裙楚楚，紅帕障首。某生但覺其穠纖合度而已，然二媪方伴坐床上，不能遽前揭帕。某生犒輿夫等既畢，二媪亦即辭去。某生步至床前，見新人端坐不動，私念此必因羞畏而矜持也。乃以手微撼之，仍不動，遽揭其帕，則一泥像，甚為端麗，蓋係百年前所塑，近時無此良工也。某生懊悶已極，正欲追媒媪理論，已有村人數十歡噪而至，且曰：『此吾村觀音庵之大士像也，環而祈福者且千戶，汝何得擅擡至此？』或欲鎖其舟，或欲縶其人，某生惶遽失措。一老翁出為排解，某生乃苦訴其見紿之狀，老翁對眾言曰：『姑念此人異鄉遠客，願諸君稍恕其褻嫚菩薩之愆，但令出洋銀二百員，以示薄罰。吾輩自舁佛回村，何如？』眾作勉强允許之狀。某生不得已，出洋銀二百員付之，眾共舁泥像歡呼馳去。某生踉蹌歸里，大喪資斧，而妾仍未得。此可為見小欲速，謀事不慎者戒。

雷震總兵

同治五年二月初六日，有皖南鎮總兵張志邦赴金陵拜年，將返，乘船由江中自上而下。陝甘總督楊厚菴宮保之委員，由上海製辦軍械，乘船自下而上，相遇於棉花隄，因避風雨，同泊隄邊，又有一船先泊者，共為三船。忽空中霹靂一聲，先泊之船錨練纜索皆斷，飄至對岸。其二船攝起空際。再擊一聲，並皆粉碎。張鎮及船中三十餘人同震死，其骨肉指節寸寸墜下，布滿田野。惟船戶一子一婦墮地皆無恙。彭雪琴宮保馳書告曾文正公於徐州軍中，余親見而錄之。或謂張鎮及委員有隱惡焉，然未必同死三十餘人皆有隱惡者，則西人偶觸電氣之說較為近之。而何以飄至對岸之一船，與船戶之子婦同免於難？在蒼蒼者似又非無意也，是真不可妄測矣。

雷殛惡人

同治戊辰歲杪，合肥東南鄉地名府大圩者，有一貧人，無以度歲，步行二十餘里，告貸於戚友家，得米數斗、錢兩貫以歸。中途迫於飢渴，叩一村戶乞茶。有張氏婦方與其幼子共飯，見貧人有飢色，問其故而憐之，留給午餐。其錢米在筐中，置於門外。是時，張婦之夫遠出貿易。其鄰有禿子者，素遊蕩無賴，見門外錢米一筐，私念夫不在家，而其婦容留外客必有他故，遂擔其筐以去。

蓋既利其錢米，又欲藉為異日婪索之具也。然張婦素勤儉持家，好行方便，實並無他意。貧人飯畢而出，不見錢米，惶窘欲死。婦又惻然憫之，遂給以錢米如原數，並畀一器使擔之，貧人感泣而去。

越數日，其夫自外歸，禿子布造蜚語，謂張婦有外遇，並以私給錢米為證。其夫以婦平時素賢淑，尚未之信，姑詰其盛米之器所在，則云已借貧人矣。夫謂禿子言果不謬，頗加斥責。婦無以自明，遂自縊。其夫悲憤交集，又迫歲事，遂草草厝於祖塋之側。

明年正月四日，貧人感張婦之德，備微禮往其家賀年，並歸其盛米之器，始知婦死，遂痛哭，力白其誣。其夫亦悟，淚下如雨。遂二人同至婦墳前哭奠，且呼曰：『善人遭誣，何天道之無知耶！』忽見黑雲迷漫，迅雷驟作，霹靂一聲，從空中攝禿子至墳前，跪而自訴其情甚詳，然後擊死。又霹靂一聲，將婦棺自墳中掀出，棺開而婦遽甦，與其夫相見，恍如夢覺。俄而，遠近奔走來觀。蔡子方司馬家矩，合肥人也，目睹其事，為余述之，且云張婦至今尚存，其子亦秀慧能讀書云。

雷救人命

無錫北鄉有農家養一童媳，其姑遇之甚虐，督使撚棉放紗，每日以十索為度。一日，忽少紗一索，苦搜不得。其姑謂其偷賣鄰家也，既嚴撻之，又將置之死地。忽陰雲四合，雷聲陡作，震死家中一老牛，其腹亦已劈開，有紗一索宛在腹中，蓋牛實吞之也。然後，養媳之冤始白。天道以人命為至重，牛固無知，吞紗一索，亦罪不至死，然因吞紗而將致人於死，則不能不速擊之，以救人也。

劇盜婉言辭雷擊

吾錫東鄉有巨盜曰林增嬉，常隻身行劫江湖間，血案累累。尤善采花，常自言良家婦女為所汙者甚眾。一日，雷火繞其前，增嬉跪而辭曰：『以增嬉之罪，當死國法。若以雷擊死，太便宜矣！』雷遽收聲，陰雲盡散。越一年，果為金匱縣令許君誦宣所弋獲，問以積案，堅不肯承，曰：『增嬉將全身而死。』加以夾棍、鷹架、吊梁及諸酷刑，無不受。最後燃燭臍中，遂死。時方暑熱，比拖出狴戶，尸已腐矣。

雷疑

蔡子方司馬家矩語余云：甲戌之夏，嘗讀書金陵清涼山之陽惜陰書院，用老蒼頭，秣陵關鄉人也。日午後，因事回里，與其鄰人結伴偕行。鄰人買一乳驢，中途遇雨，驢不肯前，鄰人乃身披舊蓑衣，負驢於肩，屈躬而行。忽覺雷聲殷然，電光奔掣，兩人疾行十數里，則雷電常在左右，若相追逐者然，有欲下不下之象，而聲勢愈逼愈近。兩人大驚，皆停趾以覘其異。鄰人因暫釋驢脫蓑，小憩道旁，雷遽收聲，電光亦斂，雲中現出無數神靈之像。須臾，則濃雲盡散矣。兩人於是豁然大悟，曰：『此雷疑也。夫蓑衣狀本蒙茸，復加驢於其上，則人首為所遮蔽，而蒙茸益甚焉。神靈見之，疑以為怪物，奮欲一擊。又以諦視未審，不能遽下也。迨見釋驢脫蓑，始悟為人而速去之。』蓋鄰人雖無好怪之心，祇以一時事與怪類，幾蹈不測之禍，然則人之背常襲怪以干神靈之怒者，豈不愚哉？吁！可畏也。

雷擊學徒

光緒四年七月十三日，無錫賈人許氏子，年十六，在塾中忽被震雷擊死。方雷之未發也，衆聞有硫磺氣味甚烈，許氏子告同學友云：『我今日微覺寒噤，不知何故？』遂不待晚餐，入帳高臥，時在申酉間也。天既暝，忽迅雷閃電，挾狂風驟雨而來，其勢震盪洶湧，如百萬甲兵從空而下，又如排山倒海之聲，內外房屋豁然洞開，雖有木門銅鎖者，皆自解脫。

有一老者年八十餘矣，謂人曰：『吾聞人有當受雷擊者，其地之城隍土地及諸鬼神無不畢集，門戶皆能自開。今雷聲若此，大非佳事。』言未既，忽聞霹靂一聲，提許氏子出帳中，悶伏於地。同學友亦自投於床下，驚悸已絕。雷聲殷殷，如千百火星散迸一室，又如無數燭龍閃爍不定，而許氏子床帳則已如巨燈照耀。塾師深恐雷火燒帳及屋，與其家人盡力撲救，迨帳已掀下，則固無焦痕，但見四角有龍爪迹而已。又聞霹靂一聲，則許氏子已震死，而同學友蘇矣。於是其父聞信，偕一店友奔赴塾中，遂與塾師共三人皆執香長跪，仰而祝曰：『此子素謹願無大過，極知上天降殃，決無誤罰之理，彼若有隱慝，尚祈雷神擊而活之，使彼自言，然後受殛。或硃書數字，誌其過惡，既使吾人明白無疑，亦可以為世炯戒。』三人苦祝，久之無應，又久之，而雲散雨止，天已霽矣。計氏以其子被雷擊為大恥，乃書冤單千餘言，分貼四門，表厥子之無罪也。方雷之初至，有一大火球墮入東鄰鄒氏之大庭外，旋騰躍而上，從一人頭上滾過。其人並無所苦，又覺耳邊有雷針擦過，亦並無微傷。然里人皆謂此次天威之隆赫，實數十年來所未睹也。

論者搜求計氏子之惡而不可得。若以西人電氣之說當之，則雷似有所專注，並非偶然相觸者。或為之解曰：『此子前生必負大罪孽，或是大奸慝而幸逃顯戮，漏天網，故於今生致罰焉。』或又曰：『世傳人於天瞋日受胎者，必遭雷擊，其即此子非耶？』夫天地之大，造化之理之博，固無所不有，然皆並無左證云。

雷擊水缸

寧波，水國也。然甬江與海潮相吞吐，厥水皆鹹，故凡取淡水者，必上溯鄞江，其源乃清。居民則戶列巨缸，積受雨水而用之。余任甯紹台道五年，署中用水，皆以船載之十里之外，府縣署中亦然。丙戌之夏，雷聲殷殷，忽將道署廚房外一水缸擊碎。其缸容水十餘石，迸流滿地，缸外有八九尺之蛇蛻一條，余乃悟曰：『是缸之水，闔署之人飲食皆取給焉，蛇浴於缸，行至缸外而脫殼，其水必毒，可以殺人，故驟擊之。天之愛人甚矣！淡水固養人之物，蛇初入浴，人尚未知，而蒼蒼者早已知之，奮雷一擊，俾闔署之人免罹其害。於戲！何其仁與明之無弗周也。』

一日中雷擊三人一死二活

光緒十五年五月十七日，武進戚氏堰田隴中，有一人被雷擊死。須臾，又一人奔至，狀似瘋顛，自訴前事。眾人聽之，始知死者一素願無能之鐵工，其一人則傭工也。先是鐵工運鐵數擔，由無錫南鄉駕一野航，回至戚氏堰。有一素識之鄉人來求附行，鐵工問：『來此何事？』曰：『索逋賬。』問：『索得幾何？』曰：『得洋銀七十四員。』鐵工乃招令登舟中，夜與其子及傭工密謀，欲殺之而取其財，傭工以為不可，其子依違其間。俄聞汩然一聲，則已乘客出溺而墮之水中矣。客首自波間冒出，則舂之以篙，凡三冒三舂之，客尸遂飄没不見。鐵工因取其財，分傭工以洋銀十員。及聞鐵工之被殛也，傭工自念既分其利，必同受其殃，驚悸發狂，奔至田畔，盡言其隱。眾人以質諸其子，猶囁嚅不肯吐實。世傳人被雷擊，三日內必有回覆陣。次日，果有飄風奔電，雷聲隱隱旋繞，鐵工之子大懼，眾人皆為跪求，且謂之曰：『上天欲汝自陳其父之惡，為世炯戒也。』其子長跪自訴，一一與傭工之言相符。久之，雷始收聲，雲散天霽矣。

同日，無錫城內有一學徒，在塾中忽被迅雷旋繞，眾皆望見金甲神挺鞭圍坐四簷，又有奇形異狀似仙佛者往來空中。於是，父兄及塾師皆為執香跪求，且使學徒自言過惡，願立即改悔。學徒言：『昨日大解，偶不檢點，有制錢二百墮入溷中，未及撈取，願速往撈之。』雷仍不散，學徒乃跪祝曰：『我有欲害人之事，今已悔悟，斷不敢再作妄想。』雷聲漸止，眾隨往淘糞坑，果得制錢二百。其害人之事，則堅不肯言。後有人在其枕邊搜得銛刀一柄，蓋與舊友某甲為仇，欲刺殺之而未發。聞雷聲後，決計銷燬，尚未得暇，適為人所見云。

同日，又有一茂才因喪其妻，肆口怨尤，忽迅雷擊其足。茂才跣走以免，回視一履已燬矣。蓋因茂才罪不至死，故燒其一履以警之。

以上三事，同在一日。余檢時憲書，是日為天刑日。而盛夏又純陽當令之時，雷部於此宣其威柄，亦所以救人道之變而濟王法之窮。天道神明，豈不信哉？

甯遠府城地震

道光季年，四川甯遠府地震，環府城數十里城垣房屋傾陷尤甚，人民牲畜死者無算。前此三年，有一道士呼於市曰：『牛鳴地裂！』人以其顛狂，不之異也。及是，知甯遠府事牛雪樵先生樹梅壓於壞垣之下，三日後遇救而蘇，遂有跛疾，而全家皆已壓死，終以無嗣。知西昌縣事鳴謙及其全家皆死。有人夜睡，忽覺床屋滉漾，如在舟中，已而墮於床下，驟聞天崩地裂之聲，房屋傾倒，竟被床板撐拄，因得不死。徐自挖開壞牆而出，思其父在某街某店，欲往救之，而街道幾不可辨，僅誌仿佛，既而見某店招牌臥地，因呼其父，忽聞有應者曰：『速救我出！汝父尚在我下一層，救我乃可救汝父也。』如其言救之，復救其父，皆得不死。是時，天色朦朧，莫辨晝夜，冥然孤往。凡諸戚鄗朋友恍惚遇之，與相慰勞，知其無恙。旋見大地劃然迸裂，海水湧現，奇鬼突出，有頭大如車輪者，長身蟠腹者，百般怪異之狀，森然可怖。須臾，地合如故。久之，有礮聲震耳者三，聞人言天礮鳴矣。於是豁然開朗，復見天日，知已晦冥三日矣。向所遇之戚鄗朋友詢其無恙者，實皆鬼物云。

牛太守嘗自悼曰：『我生平行事不背古人，為官未嘗不勤民事，而遽搆此阨，天道庸可問乎？』一夕忽夢城隍神拜會，告之曰：『子之所遇誠酷矣，然此定數，不可違也。吾奉上帝命已三年，迭請展緩，至於無可延宕而後行事。此三年中耗盡心血，其不在數而居此地者，既須設法遣去；其在數而未到此地者，又須引之使來。終日忙碌，刻無暇晷，即如吾子本在數中，然吾以子剛方誠篤，力請上帝僅免其身，亦已煞費苦心矣。』太守自是遂不復怨尤，後仕至四川按察使。

甯遠淫風最盛，地震之後，有司督率吏役檢尸於瓦礫中，凡得男女合抱之尸三千餘具，而實係夫婦者不過八百餘具。淫慝之風，上干天怒，故有此劫云。

長沙火藥局災

同治九年二月某日，長沙城中火藥局不戒於火。其驟發也，十里之內，忽聞天崩地坼之聲，牆屋震撼，門戶動搖。人皆奔向天井，仰視則如黑雲遮空，又如群鴉蔽天而過，翏然騞然，其聲砰然，間有墮地者，則皆門窗磚瓦器皿及死人血肉。煙霧迷漫空際，閱兩時始散。長沙府城隍鐵像，素稱靈異，碎鐵群飛，不知所往。府學教授某君方在署，忽一巨石洞壁而入，中其頭顱，腦漿流出。巡撫駱文忠公延醫以兼金良藥療之，得不死。有一人自半空墜下，適在巡撫署前，依然徐步而行署外。人怪而執訊之，答云：『我乘氣而上，乘氣而下，初不自覺也。』距城二十里以內，皆有死人手足肩股絓罥屋脊樹枝，累累不可勝數。先是局中火藥皆藏地窖，不知火從何入。有一最大之窖相去較遠，幸未引動火氣，否則轟陷全城矣。然環局二三里外，居民無一免者。局外本有溪河，今亦變為平陸。是日也，管理局務委員某同知與某都司，相約赴局，某同知忽憶公館中有未了之事，半途而返，某都司行抵局門，未及下馬，火發殲焉，而某同知竟免於難。

火藥之災

同治六年四月初五日，河南滎陽縣城中，忽聞轟聲，震空迅厲，似從東來。縣令派差四出查問，始知城東七八里有甘肅委員運解洋藥及銅帽車十二輛，正下石坡，騾驚車覆，擦動銅帽，洋火迸發，連及五車同時轟烈。車夫、居民死者二十餘人，民房震壞三四十間，洋藥轟失百二十桶，銅帽轟失一箱十萬顆云。是年十月二十五日，武昌火藥局災，詢係陝甘火藥局曬藥不檢，延及城內之製藥局，轟動半里外之藥庫，附近居民死傷不少。

又聞同治四、五年間，山東省城有委員解火藥至濟寧者，舟泊濼口，歷城縣知縣陶某往送之，登舟與委員敘談，良久乃別。既登岸，委員在船首拱揖，陶某登輿還揖，忽聞驍然震動之聲，煙焰迷目，船與委員皆已不見，岸旁有一古庵亦不見。須臾，則木片磚瓦與人之骨節紛然墮下，蓋船與庵及委員俱為火藥所轟矣。陶某之輿，夾在庵船之中央，獨得無恙，不解其故，惘惘然馳歸縣署。

嗚呼！自槍礮盛行以來，火藥之害既酷矣，而局庫舟車偶因失慎而遭劫者亦復不少。然其所遭似有定數焉，又有遭之而仍免於難者。彼鄂省被害之民，迫於地勢者，無論矣。若滎陽城外之居民，何其不幸，而登輿之陶某，又何其幸也！蓋一則無妄之災，一則非望之福也。

龍陣風之災

同治十年三月二十二日，湖州有龍陣風，自西方起至於南潯，約及百里。同時折木發屋，揚沙石，死者甚眾。有數村被風捲去，變為平地，數百年大樹有拔者。四月十三日，有六龍鬥於高淳之石臼湖，湖水飛騰，聲勢震盪，壞舟數十、茅屋數百間，人有死者。而嘉興亦於是日有龍陣風，壞屋千餘間，死傷頗眾。夫高淳與嘉興相距數百里，同日遇龍陣之災，豈高淳之鬥者，即嘉興起風之龍，追至石臼湖中而始相鬥耶？不可知矣。

己丑八月祈年殿災

京師天壇，在正陽門外之左隅，繚以長垣，周九里十三步。圜丘在壇中，形圓象天。南嚮三成，內壝形亦圓，外壝形方。北為皇穹宇，環轉八柱圓簷，上安金頂，基高九尺，徑五丈九尺九寸，石欄四十九，陛各十四級。北門外為祈年殿，殿在壇上，其制俱圓，壇南嚮三成，面甃金磚，圍以石欄，殿高九丈九尺，共八十一楹，上安金頂，瓦均藍色琉璃。每歲上辛，皇上祀天祈穀之所也。後為皇乾殿齋宮，在殿之東南。

光緒十五年八月二十四日寅刻，雷電交作，大雨如注，西便門外有一槐樹陡被雷擊，樹中有蟒蛻一具，長約丈餘。或曰蛇已被雷收去，或曰避而之他。喧傳之際，雷又大震，獄撼山搖，霹靂一聲，直擊祈年殿前所懸之額，碎墮陛上，雷火燃著懸額之楣木。未刻，殿內火起，煙焰從槅扇窗櫺冒出，燒著樑柱，其光熊熊如赤虹亘天。守壇官弁鳴鑼報警，步軍統領發令箭傳集官兵及五城坊官水會奔救。殿宇過高，水激不到，雖雨勢傾盆，又為琉璃亭頂所隔。奉祀劉世印率人進殿，將列祖列宗楠木雕刻之九龍大寶座搶出，而皇天上帝之寶座火已燃及，無從措手。戌刻後，祈年殿八十一楹及檀木雕成之朱扉黃座，悉為灰燼。數十里內光同白晝，香氣勃發。蓋其楹棟皆以香楠木為之，大逾合抱，乃前明成祖時所建，今世無其材也。夜過半，火勢猶未衰，至天明乃熄，丹陛上之漢白玉石欄杆悉皆炸裂。二十六日奉詔，懲處太常寺各官及壇戶有典守之責者，嘉獎五城水會紳董；並以寅畏天災，君臣交儆之意，宣示内外大小臣工。於是，都人士皆言祈年殿額後有蜘蛛精，或云有蛇蠍踞之。連日見雷電圍繞殿頂，盤旋空際數日矣。

余謂壇殿規模宏敞，終歲空閉，且其地愈尊嚴，向為妖精避雷之所，或者蜘蛛蛇蠍夙踞其中，或者西便門外樹中之蛇尚未死，逃匿殿額之後，天威顯赫，必殲之以除民害，固未可知。然竟延燒是殿，何也？尤可異者，蘇浙鄂諸省本皆大稔，乃殿災以八月二十四日，而各省亦多於是日始逢陰雨，淫霖奇潦四旬有餘，迨十月初五日始放晴光，而歲事已無可救矣。天心仁愛，未必非先以殿災示警也。恭讀詔旨，力戒因循，勵精圖治，正與殷中宗、高宗遇災修省之意相同。固宜弭變無形，歲雖歉而民不至大病也。

太平火藥局災

自槍礮興，而各省各郡之火藥局林立，然必擇空曠僻靜之區，俾離城市稍遠，所以重民命而避凶危也。長江水師提督衙署建在安徽平太府城中，而火藥局亦設於東門内，蓋赳桓之武員但圖取攜之便，不復顧及民生也。當設局之初，紳民屢具公稟請移建城外，不聽。

光緒十六年九月二十一日巳刻，忽聞天崩地裂之聲，煙焰彌空，兩時始散，遠近數里街衢屋舍蕩為平地。有大礮數尊飛起，與各種鋼鐵彈及巨石磚瓦，擊人於數里或十里之外，有閱兩時始墜下者。是日，有木匠、泥水匠各數人在局作工，轟然一震，皆不知所往，守局之卒數人與其全家亦皆不見，並不知火所由起。一灌園叟方在菜畦，其首與左臂忽不見，俄墜在城牆上。一婦人在水濱擣衣，驟聞震聲，起立仰視，其首倏已不見。知府吳潮治甯國十餘年，今歲忽奉大府檄，調署太平莅任，甫數月，因修衙署，賃居公館，正坐廳事理官書，忽一巨匾墮下，壓傷頭顱臂膊，痛極而暈，既而復甦，明日遂卒。上南門夫子廟，及學使考棚、縣署大堂，悉皆摧毁。監獄亦毁大半，監犯有逸去者。局旁有一浴堂，當火發時，藥彈為水所壓，皆從地底衝過，泥土竟被淘空，遂成巨沼。此次被毁者約一百數十家，死者無從查考，約有三百餘人，死於轟焚與死於摧擊覆壓者各半。其生者亦多焦頭爛額，露宿風棲，搭蓬席而居之。至於各處殘肢斷體，血肉模糊者，令人目不忍睹。

居民以禍起提署之藥局，往往舁死者之尸入中軍署中哭詈，中軍宛轉避之。又有提署巡捕委管火藥局差事，居民嘩入其家，擊毁器皿以洩忿。迨各官捐貲賑恤，乃稍止焉。嗚呼！失慎難防，生靈何罪，可不審度於締造之時哉？

福星輪船沈没

光緒元年二月二十八日，招商局福星輪船放洋北上，將至黑水洋，逢大霧，為西洋澳順輪船所撞，沈没海中，海運員董死者二十四人。伯相李公既為奏請優恤，且建祠津滬矣。其後，上海道馮焌光與英領事再三理論，斷令澳順船主賠償銀五萬六千餘兩，撫恤一款：職官二十四員，每人家屬給銀三百兩，共銀七千二百兩；搭客死者三十八名，每人恤銀一百兩，共三千八百兩。此案方結。

委員長棶者，需次蘇州，家亦在焉。沈之次日，長君之妻忽作囈語曰：『吾已死於黑水洋矣，速請吾友顧竹臣大令來！』大令者，知元和縣事顧思賢也。家人諦其音，知為長君之魂，相與環泣，鬼曰：『此乃定數，豈能幸逃。吾在水府已有職事，亦無所苦，何必悲也？』因將家事一一囑付家人，且使勸其妻勿悲念。顧君既至，寒暄數語畢，即自道其已死，且以其子託之，俾代為教督。顧君唯唯。鬼因曰：『吾在水府事極繁，偶趁閒暇到此，不能久稽，請從此別矣。』遂拱手而去。其妻如夢初覺，問以前事，亦不知也。於是蘇人喧傳福星失事。越一日，而上海始得信。又越一日，而蘇垣始得信云。

又一委員某君，於正月初六夜夢至一衙署，官冊填委，左旁一公案尚虛無人，有老吏指示之曰：『此君之位也，不久即來矣。』某君匆匆出門，回顧門額大書『水府』二字，遽然而醒。至是亦及於難。

又一委員江姓，甫上輪船，見各艙已滿，行李幾無可位置。且見在船諸人面目模糊，形狀可怖，即而視之，則皆人也。乃決意搬行李回逆旅，俟下屆輪船再往，竟獲免焉。

附錄江浙員董死事者姓名

蒯光烈、張溍、朱聲槐、黄爾祉、齊岳、王綬、謝鳴鳳、覺羅綽勒歡保、榮椿、呂廷宰、胡權立、貴成、劉齊煜、長林、張培生、李松年、李錫田、甘立功、許林身、姚濬源、趙德輅、葉錦泉、石師鑄、魏文彬。

輪船失火

嗚呼！生民之厄，惟水火為無情；無妄之災，惟焚溺為尤慘。故知命者，恒有戒心焉。若夫被回祿者，即有焚廬燬物之驚，而逃生者十有八九，以其出路較寬也。涉江海者，即有觸礁遇風之險，而倖免者十常六七，以其待援較易也。若以輪船行水，而遇猝然之火，則兩厄交乘，不死於火即死於水，誠人生之至不幸也已。自有輪艦以來，外洋行海各船，防火之法，規例極嚴，失慎之事，所聞尚寡。惟上海長江各船公司愈眾，生意愈艱，往往自紊其規例，以廣招攬。

同治丙寅，旗昌洋行之湖廣輪船在長江失火被焚，當時詫為創見之事。光緒庚寅之春，寶清輪船又在長江被焚，因其攬載自來火若干箱，貨艙失慎，延及艙面，燃著自來火，遂至不可撲滅，死者近二百人，其尸未能撈獲者約數十人。冬間復有上海輪船被焚之事，其得禍之酷，更甚於寶清。一年之中，焚輪兩見，且同在鎮江大河口左右。吁！可怪也，亦可傷也。

是年十一月十三日，太古公司之上海輪船由滬開駛，搭客約逾三百人，是晚十二點鐘抵鎮江碼頭裝卸貨物，而搭客踵至者一百數十人，統計近五百人，合之全船執事及水手等，則近六百人。人數既多，客艙實不能容，司事者遂以鑰啟大艙，俾暫宿焉。大艙裝貨之處，平時不輕啟鐍，火禁更嚴密異常。此時既有客入，遂不能禁其舉火。十四日早四點鐘，由鎮江躉船開行，至七點鐘，始過大河口十餘里，近鐵板洲之旁，距泥磯臺尚十八里，距鎮江約九十里，距儀徵約六十里。司事者正驗收客票，暫閉樓上下諸艙門，以便稽查。忽聞警鐘亂擊，其聲喤喤，急起視之，惟見黑煙紅焰，從大艙直衝而上。據司艙人云，火起時，但見近桅杆處有鋪蓋約二十具，火從鋪蓋中出，一經搬動，火益炎炎，延及棉紗大包。須臾，煙焰遂成火球，往來奔突。大副令水手急曳救火皮帶，是時諸客紛紜擾攘，多站立皮帶上，遂致不能吸水。水手急以桶取水潑之，驟聞訇然一聲，艙板迸裂。船主急令轉舵向江灘。須臾，船頭已近岸上，欲解舢板船，已無所及，乃以粗繩繫於船首，俾諸客得緣之而下。

是時東北風大作，倏忽之間，全船皆火，船首船尾猝已燒斷，而客艙多近船尾，諸客無可存身，紛紛跳入水中。天寒浪急，游泳為難，十不活一。時有在旁礮船、鹽船、漁船，皆坐視不救。惟船主及水手等，得扶繩登岸。船上人死者，惟茶房、庖丁、司艙各一人。諸客在船首者，皆因心慌意亂，不知奔避，以及於難。故扶繩而生者僅半之，若在船尾諸客，則生者甚少。此次火起迅捷，未及十五分時候，已全船俱燼，死者約逾三百人。上海仁濟堂紳董遣人僱救生船，連日打撈，得尸二百數十具，斂以棺衾，並有善士為一一照相存留，家屬由遠至者，尸雖腐壞而得以認領。其無人認領者，則叢葬於義塚。生者約二百餘人，除去本船諸人外，則搭客之遇救者僅百餘人而已。越七八日，燼餘之船由兩輪船幫扶拖帶行，泊鎮江之七濠口。船中尚有餘煙，亦有焦臭，莫不掩鼻而過。

論者推究起火之由，傳聞臆測，言人人殊。或曰：『有客在大艙吸水煙，遺火煤紙於艙板，覓之不見，以壺中茶灌之以為熄矣。不虞少時煙焰迷漫，火仍冒起。』或曰：『有人吸鴉片煙既畢，置燈於鞋籃中，未之熄也。驟見鞋籃燃著，遽取擲之水中，而餘火已延及棉花包矣。』或曰：『客每以炭置爐中煮食物，其旁有棉紗二百包，一經燃著，遂致蔓延。』要皆揣測之辭，均非目睹，以目睹者，皆已葬身火中也。或又謂此船之火，殆匪徒所縱，因其緝捕扒手，立即嚴辦，匪徒銜恨，施此毒手。然此小竊之輩，豈不知一經種火，四面波濤，無可逃避，將必同歸於盡。彼計雖兇狠，未必若是之愚也。

此次逃出者，有洋人聶勿來挈同日本細崽二名，語人云：『事急時，欲回入房取要件，而勢已無及，祇得捨棄一切，儘力逃生。既獲登岸，回顧諸華人，或緣上船畔護欄，或立艙面呆若木雞，並不逃生，蓋駭極而神志昏瞀也。』鄉人欲褫細崽衣物，洋人助禦之，乃免。副將賈君由臺灣來，奉檄招勇，見船頭已近岸，逃者悉緣船側之繩縋而下水，水淺僅及腰際，少壯者遂一躍而下，均獲生全。賈君既隔在船尾，見船後波濤與江心無異，恐無生理，姑捉巨繩坐在船旁鐵欄上，一被擁擠，即懸空際，幸繩在手中，徐徐溜下，和衣倒臥水面，浮沈半里許，經一小船救起。蓋彼先見直下者，無不沈没，因思横臥衣不盡濡，或可倖免，亦一時之急智也。又有鄧姓者，與李姓並榻而臥，見火已逼，促李速行。李始則結襪，繼乃覓帶，彷徨無措。鄧恐其迷於所向，趨捉其袂，反仰面而坐。鄧遂衝火突出，回顧則火已封門矣，意其必死於火。厥後載尸回滬，裘在身而履在足，蓋亦躍入水中者也。又有一人逃出，見某縣令衣已著火，後聞亦頗得生，然已受驚不淺。

其罹此厄者，則有權瓜州司之陳少尉，晉省繳委，與一人同抱木板，浮巨浪中，謂其人曰：『我與若同歸於盡，不如讓爾幸登彼岸。當赴江甯石壩街陳公館，告以瓜州司三字，俾得收吾骨於江濱。』其人曰：『諾。』陳即撒手，攸然而逝。此人附板得生，回顧陳沈而復起者再，乃哀紅船拯之，船上人不應。遂告諸其公館，其妻親往打撈半月，始獲少尉之尸。又有江西候補某官胡姓挈同眷屬僕從、安徽候補主簿潘姓、金陵怡昌公綢號主人陳茂才，皆死焉。又有儀徵某觀察亦在此船，未卜生死。又有揚州某店主，本欲往附輪赴蕪湖，途中因事稍遲，小車復推挽不前，比至江岸，輪船甫過，將責車夫，忽聞警信，乃轉怒為喜，蓋若有定數云。

於是，有為輪船防火議者：一、輪船勿裝引火之物，凡洋油、自來火、棉紗、棉花等類，概宜堅拒，勿貪水腳；一、貨艙中勿納搭客；一、搭客人等概勿吸煙、點燈，船中本別有吸煙之地，所有旱煙、水煙、鴉片煙、雪茄煙、紙捲煙，不得隨地呼吸，隨手亂拋。此外，如救火皮帶宜隨時試練，小舢板船宜多備幾艘，艙面艙下宜不時巡察。所論固多扼要，余謂江海輪船之規例本是如此，特法久弊生，或廢弛而不能恪守耳。夫苟能恪守成法，則何事不可防，豈獨輪船失火也哉？

中泠泉真蹟

中泠泉在金山下，金山本在江南岸，故過客皆得汲水烹茶，所由品為第一泉也。厥後長江愈趨而南，金山既在江中，而中泠泉遂不可得見。取水之法，常别製機器，以長繩縋入江中，既得泉水，以蓋蓋之，然後取出，所以不為江水所混。近來汲泉者，既無其人，而知製此器者亦絶少，中泠泉乃在若有若無之間。同治九年三月，江水淺涸，過客皆於此停舟，汲泉煮茗，始知泉上護欄曲檻布置絶佳，乃日夜被江水衝齧而不損壞，蓋數百年前之工程，其堅緻實不可及。而中泠泉之真蹟，殆閲數十百年而始見也。是時，吴竹莊方伯坤修方由皖入覲，過此酌茗，嘗為余言之。

徐州府署中蘇姑墓

余以乙丑八月隨曾文正公駐營徐州，太守汪君堯辰招幕府同人飲於府署。署中有東坡祠，又有蘇姑墓。相傳東坡知徐州府時，河水驟決，城將没矣。其幼女年甫十三，投河而死，水遽退，城獲全，至今知府歲祀其墓。墓在一室中，有磚級如螺旋然。室外有一樹，其根高二丈餘，其幹不上出而旁出，夭矯蟠曲如龍蛇。有一大幹引而南，約三丈許，復曲而上出，共四五曲，懸在空中而不墜。其一小幹北趨，亦然。墓後有霸王樓，高三層，無級可緣而上。樓上祀霸王、虞姬焉。竊思蘇姑有禦災捍患之功，乃正史既不載，而東坡詩文集中未嘗一見，亦異矣！豈其偶遺之歟？徐人至今鑿鑿言之，且不廢其墓祀，似非附會無稽者。若其樹之奇古，殆靈氣所化也。

湄洲大魚獻燈油

天后威靈顯赫，佑庇生民，其神力著於南北海面者二三萬里，蓋近千年矣。福建莆田之湄洲，為天后故里，有天后宫，素稱閎麗。每歲三月二十三日，為天后聖誕。先期數日，輒有大魚暴鬐瀕海之沙灘，聲如牛吼，聞十餘里。湄洲之人皆曰：『大魚來獻燈油矣。』廟祝率數十人，擔筩挈缶而往。大魚長十餘丈，或數十丈，開口馴伏不動，若有待者。人皆攜尋丈巨木，撑拄其上下齶，恐其一鬣而殺人也。遂各負擔秉燭而入，兩足皆穿草鞋，恐其被滑傾跌也。諸人皆歷魚喉，抵魚腹，觀其臟腑間積油甚多，無不任意挹取，滿器而出，或既出復入者數次。大約取油至數十石，可敷神前數年點燈之用，即不復入。去其口中拄木，魚即揚鬐鼓鬣而逝。觀其意，若甚自適者。或曰：『魚腹中滯油過多，其氣不能舒暢，去其有餘，則魚意自樂也。』或曰：『魚以得獻悃於神為快也。若人謀捕而殺之，必有殃咎，故相戒不敢萌此意。即偶有此意，而魚亦似知之，必飄然而去也。』據閩人述之如此。

蛟龍利害懸殊

余弟誠伯知興國州年餘，告我曰：『凡有泉水之地，其下皆有伏龍。興州民皆於山間或平地搜得一泉，可以致富。其水或溉數百畝，或溉千餘畝。凡泉水經行之地，其兩旁田皆可沽善價。夏秋苗長之時，則有泉者尤得居奇。州民或妒其鄰之得佳泉也，適逢歲旱以求雨為名，殺黑犬滴其血入泉中。龍大怒，挾風雷而出，驟降大雨，四鄉霑足，視其泉則已為平地矣。其鄰甚恚，將訟之官，父老勸慰之，且按田家之得雨者，斂財以償之乃已。』

誠伯又逢黔人談及蛟水，則為之色變。蓋黔居萬山之中，常受蛟害也。據述出蛟之地，有去巨川稍遠者。水既去，而蛟猶涸在山間，其首似牛，其身在龍蛇之間，鄉民畏其為患，皆焚香跪禱其旁。久之，知其蠢蠢然無知覺，禱之無靈，乃縱槍礮擊之。蛟或大吼，奔入巨水，或激其暴怒，尚能於平地出水，則田廬民人必有傷損。

余曰：『然則龍與蛟之為利害，相去懸殊矣。蛟有害無利者也；龍降澤於民，為利甚溥，有時激之亦能為害，然非其本意也。』

白龍朝山附

浙江上虞縣之西門外，居民多遵海而處。海之石塘西自夏蓋山而止，山巔有夏蓋夫人廟，俗傳為夏禹王妃塗山氏也。海中向有一白龍，每年於中秋前後，例必朝山一次，居民於此數日內，見雲腳鱗生，即指為龍，然其形，卒不得而見也。光緒四年八月十四日下午，涼雨新霽，海波如鏡，忽西北方雲疊魚鱗，極其整密。俄有白光一道，上沖霄漢，至半空夭矯騰拿，變化不測，四爪畢現，全身盡露，鱗甲萬點尤覺分明，但其首則模糊不辨。頃之，龍尾亦隨波而上，盤旋空際，陡見其掉尾一掃，霎時間黑風捲地，海水壁立，狂雨猛至，雷電交作，震山撼谷。迨雨過天霽，則已月出東山。縣中父老皆謂四五十年來未見此瑞，見則歲必大熟。道光二年曾見一次，是歲禾稼倍登，棉花豐稔，今茲歲必大穰矣。已而果然。

發蛟附

湖北黃陂縣之西有鄺山者，層巒滴翠，高矗雲霄，與木蘭山對峙。山之麓有古寺曰『清淨庵』，地僅半弓，編茅為屋，一老僧卓錫其中。同治十三年四月二十五日，天朗氣清，曠無雲翳。甫交亭午，忽聞庵後石壁如裂，聲震遠近，屋瓦皆飛。僧亟出探望，但見石崖內水勢滔天，飛流直下，霎時山門已衝去。僧隨手攀一板片，浮沈其間。俄有逐浪而來，其頭如牛，仰露水面，偶觸木石，則波濤激起丈餘。由蔡店而至黃邑西濠，沿岸民房衝塌無算，漂沒不下千人。蓋自鄺山至河口，被災者幾及二百餘里云。

巨蛇出遊

無錫西定橋，跨梁溪上，當溪水入五里湖之口，有橋洞五，俗稱五環洞橋。由城望之，如亘虹天半。吾邑鄒敬甫先生安鬯嘗言，某年月日，與友人坐橋上納涼，忽見湖水驟漲，若將漫橋者。諦視之，一大蛇乘水而來，長數十丈，不見其尾。大駭，急與友人趨避，未及下橋，蛇昂首一躍，越橋而過，蓋橋洞不足以容其身也。方其躍時，空中似大雨下注，衣為之濕。其行甚駛，嚮蘇州河而去，倏忽不見。此蛇蓋居五里湖及太湖中，近橋居民常常見之，然猶其次也，謂之二將軍。

又有稱為大將軍者。乾隆年間，有一煤客泊船北門外之缸尖嘴，夜望見曠野中掛兩紅燈，問舟人曰：『彼處有店戶乎？』舟人曰：『無有。』煤客夙工彈丸，姑以彈擊之。甫一發，兩燈忽不見。舟人曰：『吾矚之久矣，凡燈在風中，其光輒晃漾不定，惟此燈光極定，且一擊而兩燈俱滅，此必怪也！』越半月，居民多覺腥臭不可耐，相與搜尋至深山叢莽之中，一大蛇長近百丈，死焉。蓋此蛇方掛林間小憩，其兩眼如紅燈，及中煤客之彈，負痛疾走入山，然後死。今僅存其次者，然亦未嘗為人害云。

物性通靈

北方人以狐、蛇、蝟、鼠及黃鼠狼五物為財神。民家見此五者不敢觸犯，故有五顯財神廟，南方亦間有之。錢子蓮大令青，江蘇通州人也，嘗言年十七八時，獨寢書齋，忽若有物壓其胸者，欲言不能，欲起不得，如是數日。張眼微望，見一黃鼠狼高一尺以外，踞地而坐，對床噓氣，人即被魘，精神疲倦異常。次日，子蓮覓一鐵尺，暗置床隅，坐以待之。三更以後，黃鼠狼復至帳外，對床噓氣。子蓮出其不意，以鐵尺猛力擊之，腦裂而死。次夕，復有一黃鼠狼繞室哀鳴，旋至床前噓氣，蓋其雄者既死，而雌者來求其侶，且意欲報仇也。子蓮以鐵尺驅之不去，乃覓一鐵夾，追而鉗得之，仍以鐵尺捶擊，每擊一下則放一屁，黃煙繚繞，厥臭令人難耐。子蓮忍臭擊之十餘下，遂死。魘人者由此始絕。

又嘗與塾友數人由城赴鄉作會課文，因天時炎暑，五更即起，步月而往。行至橋邊，忽見螢火無數起自草間，漸眯人目。諸友在後者，見此而懼，避入村祠中。惟子蓮與一塾友業已過橋，忽見一物長尺餘，頭蓬鬆，不知所頂何物，躑躅而前。塾友謂子蓮曰：『此蝟也，可脫新鞋以左手擊之。』子蓮迫於無奈，如法一擊，頹然而倒。遂馳至村祠中，呼諸友舉火燭之，蝟已縮成一團，其頭所頂則河泥與水草揉雜而成者也。遂以帶縶之，攜至鄉間，聚薪圍而焚之。良久，蝟在火中毫無傷損，蓋其刺足以自衛也。乃至藥鋪假一大鍘刀，剖其身為二，然後死。先是村人皆言橋邊有水鬼，行旅死者數人，蓋即此蝟為祟，至是遂絕。設使倉猝之間，震於所見，進退失措，則必為所陷矣。

子蓮又言，所居天津房屋有書室三間，平時常鎖其門，家人或於戶下見有女子弓鞋在內移動。一日，忽聞室內如有數人談心者，家人穴窗窺之，見有一大鼠踞坐坑桌上，兩中鼠在坑左右踞坐，其餘小鼠踞坐於地，若隱分少長之序焉。

噫，異矣！夫物性有靈蠢之別，若此諸物，其性較靈，閱世稍久，往往能著怪異。人見其怪而能不改常度，則怪自絕矣。

物性相制

嘗見一蜘蛛布網壁間，離地約二三尺，一大蛇過其下，昂首欲吞蜘蛛，而勢稍不及。久之，蛇將行矣，蜘蛛忽懸絲而下，垂身半空，若將追蛇者。蛇怒，復昂首欲吞之，蜘蛛引絲疾上。久之，蛇又將行矣，蜘蛛復懸絲疾下，蛇復昂首待之，蜘蛛仍還守其網。如是者三四次。蛇意稍倦，以首俯地，蜘蛛乘其不備，奮身飆下，踞蛇之首，抵死不動，蛇狂跳顛擲，以至於死。蜘蛛乃鹽其腦，果腹而去。

又見一壁虎與一蠍相遇，蠍素無目，貿然前行。壁虎故以其尾略逗之，蠍怒，猛力螯之，壁虎之尾圓轉光滑，即被蠍螫，毒亦不能驟入。而壁虎又性黠而行捷，早已縮避。蠍尾適自中其身，而怒愈不可遏，欲得壁虎而甘心焉。壁虎復以其尾逗之，迅速縮去，蠍螫之不中，又自中其身。如是者三次，蠍遂不復動，蓋已死矣。壁虎於是恣啖其軀，僅存殼焉。聞壁虎以是術制蠍，百不失一，蓋其以蠍為糧也久矣，故又謂之蠍虎云。

又見一蜈蚣，盤旋蚓穴之上，蚓匿穴中，忽探首拔去蜈蚣一足。蜈蚣怒，欲入穴，而穴小不能容。正徬徨旋繞，蚓復乘間拔其一足，蜈蚣益怒而無如之何，守穴口不肯去，蚓遂漸拔其足。閱一時許，則蜈蚣已無一足，身雖未死，而不能轉動，橫臥於地，如僵蠶焉。蚓乃公然出穴，噬其腹而吸食之。

噫！萬物並生並育，一相食之機也。余偶見之而偶誌之，其未為余所見者，固不可以殫述，殆變態無窮矣。夫物之大小强弱有定，而相制之機則無定，得其機則小可以制大，弱可以制强，蓋鬥智不鬥力云。

雷擊巨蠍

咸豐乙卯之夏，京師暴風雨，咸見一緋衣小兒騰空南行，如有翼能飛者，迅雷閃電隨之，聲勢驚人。越一日一夜，小兒集於天津之城樓，手執一帕，揮舞不已，雷聲轟轟然旋繞左右，不敢下擊。如是者又一日，有一獵戶在其下試發一鳥槍，小兒出不意，方俯首下視，忽聞霹靂一聲，則已墮死城下矣。衆共視之，乃四尺長巨蠍也。其所執，則婦人之騎馬布云。

生吞壁虎附

俗稱壁虎在五毒中亦曰蜥蜴，亦曰守宫，亦曰旋龍。恒在陰濕牆壁間，大者長二三寸，尾則倍之。平湖縣北有豆腐店夥，常食此物，以博好事者之酒食銀錢。一日，有人捕得最長大者，與賭洋蚨四圓，並有酒肉，向來常用腐皮捲而嚼之，此次不許包裹。店夥因賭數之較豐也，毅然任之。未及舉齒，壁虎本極活潑，倏已下咽，久之竟無他患。一年後，漸覺消瘦無力，有江湖走方醫見而驚問之，謂腹中必有動物。其妻頗憶之曰：『得毋所吞壁虎乎？』醫曰：『是矣。』索謝洋蚨十六圓，將病者各竅閉塞，僅留其口而倒懸之，咽喉周圍搽以藥粉。少頃，物從咽喉探出，急欲捉取，物既滑膩，一時不及措手，忽已縮入。醫曰：『難矣！人倒懸久則發暈，若坐起彼必不肯再出。』家人懇之，醫即多搽藥粉於咽喉，物再探出，立用鐵鉗夾住。衆人圍視，壁虎通身紅色血豔。醫曰：『此物食時未死，彼即涵養血中。人正血旺之時，不能翻動。偶或血枯，彼即搖動。猶幸是雄物，苟食其雌，能於血中散子，早已不可為矣。』衆人相視而嘻，皆知毒物之不可妄食也。

蛇跌鱉附

世傳蛇跌鱉，性最毒，食之能殺人。買鱉時，須以繩穿其尾，倒掛兩時許試之。如蛇也，則頓復原形矣。上海鄉人素以販雞為業，一日擔籠遇雨，避大樹下，忽聞橐然一聲，有物自樹巔墜下，視之鱉也，大如九寸盆，首尾皆伸出五六寸，尚係蛇形，鄉人捕置籠中。比歸，則籠雞皆死。鱉之頭尾已與鱉無異，惟腹帶紅線耳，遂埋諸土，而棄死雞於地。明日有黃鼠狼、野貓各一，死於雞旁，蓋皆食雞而致斃者。其毒如此！

永平古蹟附

滬報云，永平府城內，三山不顯，四門不對。有黑水井，一石柱巍然豎於井旁。柱上有鐵練一條入井，鄉老稱神禹治水時，捉一水怪鎖於井底，人如掣練向上，水即上湧，故無敢掣者，且有人看管。又有銅壺滴漏，每日按時滴水，如自行鐘錶，自古至今，並不添水，而壺中之水常滴不竭。即藏壺之樓，日久亦不塌壞。又豐潤縣城內十字街上有串心十字閣一座，共三層。下層鐵人、鐵馬各一，又有寶塔一座，直通閣之上層、中層。三層閣中，石碣甚多。燕雀過此閣，皆不敢飛落，周圍並無雀糞，相傳閣內有辟雀珠云。

適吳中大饑，封翁家素清貧，欲賑濟而無力，僅存古帖一通。聞某學使酷嗜書畫，欲售與之而無從也。書賈有曹姓者，里人呼之曰『曹作惡』，常遊學使之門。封翁謂作惡曰：『吾帖價值千金，因急欲賑饑民，雖減價亦當鬻之。』作惡攜以呈學使，且告之故。學使曰：『此帖本值千金，吾亦欲救饑民，當倍與之價。』以二千金購之。作惡還告封翁曰：『學使謂此帖僅值百金，特因賑饑而倍其價，今有二百金在此。』封翁不得已而受之，設廠施粥，繼以勸募，躬自經畫，劬勞萬狀，全活頗多。當封翁籌賑時，作惡忽得疾而死，示夢於其妻曰：『吾一生乾没人財多矣，然尚在可原之列。此次侵蝕顧先生帖價千八百金，數非甚多，陰司以民命至重，吞賑不仁，譴罰甚酷，既奪余壽，又將絕余後嗣。顧先生雖限於財力，施濟未周，然仁心發於至誠，善機充溢，福在其子，不日可掇科第，登顯秩。吾一念貪財，累及妻子，曹氏之祖宗餒矣。』啜泣而去。

里中微聞其事，或謂顧氏子頑鈍如此，豈能驟得科第，疑信參半。未及一年，作惡之妻及其三子相繼夭没，

卷五　幽怪

魁星為學徒換心

無錫顧響泉廉訪光旭以乾隆間名進士，由御史歷官甘肅按察使，歸而享林下之福，一時風流文采，巋然為江左靈光。相傳廉訪幼時，資性極鈍，年十四五，讀書無成，封翁使在市廛學賈。吳俗，凡初入廛者，一切灑掃傳餐雜役皆任之，並須為先入廛者滌溺器。越日，廉訪悻悻辭去，告人曰：『雜役吾所不敢辭，滌溺器胡為者？』請於封翁，誓必奮志讀書，雖餓死不願學賈。於是，下帷攻苦，讀書不熟，焚香跪而讀之，猶不熟，則夜以繼日。稍欲睡，則以水沃面，以錐刺股，至旦不休。及詣塾師背誦，茫如也。塾師為講解書義，每至舌敝唇焦，戒以牢記勿忘，明日試之，又茫如也。越一年，塾師謝封翁曰：『此子篤志有餘，而吾力已竭，愧無寸效。盍早改業，毋徒自苦。』廉訪涕泣，固請卒業，塾師憐而許之。

曹氏遂絕。廉訪年十七八，學業無所成，塾師教以作文，每命一題，窮日夜之力，僅成一起講，且格格不成文理。廉訪發憤研思，每忘寢食。一夕作文，苦索不得一字，倦極隱几而臥，忽見一神如學宮所塑魁星狀，左手執盤，內盛人心一枚，右手執利刃，蹀躞而前，驟剞其胸，劃然中開，遽以手探其心去，復以盤內心補入之，拊摩數周，胸前吻合如故，魁星徐步而去。廉訪驚醒，則一燈熒然，覺戶外尚有足音也。自捫其心，始而怦然，繼而豁然，注視所搆之題，則已徹上徹下，融會貫通，振筆疾書，遂成全篇。明日以呈塾師，塾師疑駭，謂為抄襲，欲撻之。廉訪請試他題，頃刻間援筆成篇。塾師讀之，驚曰：『汝可以為吾師矣！此吾所百思不到者也。』自是，廉訪讀書十行俱下，博覽多識，為文章操筆立就，冰雪聰明，名震一時。往應小試入泮，聯捷鄉會試，成進士，入部曹，年未弱冠也。

管子云：『思之思之，又重思之，思之不通，鬼神將通之。』以廉訪之誠心嚮學，固無不通之理，所謂誠至則金石開也。然苟非封翁有大陰德，則感通不能若是之速。蓋必二者兼至，而讀書斷無不成矣。嗚呼！孰謂天道之無報施邪？

亡兵享關帝廟血食

咸豐年間，貴州貴築縣一馬兵因事伏法。越一年，其同營一步兵，奉差道出某村，宿於逆旅，有老嫗忽發狂囈語，諦聽之，馬兵音也。對步兵拱手曰：『賢弟！相別一年矣。我此來無他事，我生前在伍當差，扣至某月某日尚有應領錢糧銀六兩八錢，吾營把總欺我已死，竟思乾没，致令吾母無以度日。今託吾弟歸告把總，速將我名下餉銀六兩八錢付與吾母為衣食資。彼早已列入報銷冊內，若欲侵蝕一分，我定不與干休也。』步兵唯唯。因問：『今在何處當差？』馬兵曰：『吾雖死於法，然時運所值，非吾罪也。上帝憐我一生忠直，派我在此村關帝廟享受血食，三年後即須有人更替矣。』步兵曰：『關帝乃最顯赫之神，何能容汝頂冒？』馬兵曰：『天下關帝廟，奚啻一萬餘處，關帝豈能一一而享之。故選各處有靈之鬼代享血食，以功德之大小定歲月之久暫，各如其量，不爽分寸。若我所享，不過三年耳。』步兵歸營以告把總，把總大驚，查閱餉冊，果已列銷，其數果得六兩八錢。亟召其母，如數予之。後詢知某村，果有關帝廟，新著靈異，能禍福其村民。余謂馬兵雖死，尚耿耿不忘其母，為謀衣食，則其生前之孝可知，其享血食三年也固宜。

寶應戚烈婦祠

寶應城中有戚烈婦祠，殿宇軒敞，乾隆年間奉旨發帑特建者也。咸豐庚申之歲，有諸惡少在祠中挾妓飲酒，歡呼譆譃，無所不至，樂而忘疲，夜以繼日。忽狂風起於殿外，窗戶傾倒，燈燭盡滅，諸人驚怖失據，或為窗櫺所摧壓，或自隕於庭階，皆血流被面，身負重傷，踉蹌奔散。一少年生平惡蹟最多，自觸殿前石獅，頭腦破裂，越日而死。兩妓顛頓塵堁中，面目為糞土所汙，幾失人形，見者無不失笑。城中父老聞而驚歎曰：『嗟乎！諸人敢在烈婦祠中狎飲，宜其自速厥戾矣。』

於是，有談烈婦之事者云，烈婦生於明之季世，不知何氏女也，幼字戚氏之子，戚子既長而得廢疾，僅與一老母同居，貧窘不可言狀。父母議別為烈婦擇配，烈婦涕泣，請歸戚氏，然知其父母意不可回。一日，烈婦乘間自往戚氏，請於其姑，願留為戚家婦。其姑辭之曰：『吾子既成廢人，家貧又不能養汝，當從汝父母另擇佳配為便。』烈婦曰：『女子從一而終。吾父母既以妾許字吾夫矣，不幸夫以疾廢，妾之命也。敢冒非義而改字乎？吾從父母之初命也。』遂留戚氏，為主中饋，專以女紅養姑與夫，孝敬備至。其姑病卒，其夫早已廢在床褥，復侍養數年，而夫亦卒。烈婦歎曰：『吾失所天矣。一身飄泊，安所歸乎？』遂自盡以殉焉。

其鄰里為之棺斂掩埋，然久未得旌表。乾隆中，高廟南巡，舟至清江浦，高廟望見一婦人舉止異常，行不甚速，而常在御舟之前。直過寶應，入高郵境，始不見。及自杭州回鑾，將至寶應，復見此婦。高廟使侍衛登岸問之曰：『汝有冤欲訴乎？抑欲乞錢米乎？』婦人稽首對曰：『我戚家寡婦也。』因忽不見。高廟悟曰：『此必節烈婦人來求旌表者也。』因特旨下院司府縣，詳求戚寡婦事蹟。是夕，夢見婦人在舟前拜謝。惟因歲遠人湮，府縣訪查數年，未得實蹟。及高廟二次南巡，復見此婦人，猛憶前事，嚴旨催問府縣，實力訪查。父老始有述其事者，府縣據以詳覆，江蘇巡撫為之覆奏。特旨旌表，頒發帑金建立專祠，規模稱宏敞焉。

夫宇宙間，惟忠孝節烈歷久不磨，烈婦能自達於聖主，以彰潛德幽光於百年之後，其靈爽實足貫終古而不敝。何物惡少，敢在祠中肆其狎戲，其獲譴也宜哉！

殉難知縣顯靈

金匱華君元超，字鰲峰，平生為人佚蕩，不拘細行。咸豐七年，以拔貢授廣西向武州州判，大府檄權平樂縣事。未幾，賊陷平樂，被執。賊偉其貌，誘之降，不屈。脅以白刃，被傷數處，勃然大罵，賊乃懸之密室，每日毒打，凡十四日。問以降否，仍大罵不已，乃殺之，而殘其尸。其中表弟薛文元覓得其一足，招魂具棺，奉其妻子縋城而出，沿路乞食以行。適遇蔣廉訪益澧統兵將赴平樂，文元具稟，稍求資助。廉訪瞿然召見之，問曰：『平樂故令姓名是華元超乎？』對曰：『然。』問：『其貌是美髯豐頤，頎然以長者乎？』對曰：『然。』廉訪曰：『然則且留此一二日，待吾進剿平樂，剋賊而回，然後送行可乎？吾於華令素不相知也，前日忽夢平樂令來謁，見其手版，知其姓名。迨進見，但請一安而退，別無言語。而子適至，意者吾軍其捷乎？』越二日，聞官軍得勝而回，並縶得害平樂令之二賊。廉訪召文元，使視之，一則毒打用刑，一則手刃加害者也。廉訪乃為華君設位，殺賊摘心致祭。明日，贈白金八兩為路費云。

浩劫前定

姑蘇顧杏園太守鴻逵自部郎出守潯州，由瓜州口浮江西上，舟泊蟂磯。磯上有蟂磯夫人廟，祀蜀漢孫夫人，嘉慶二年間封為崇節惠利靈澤夫人者也。磯在蕪湖北岸，並無高岡，遙望之，不過亂石堆耳。相傳泊此者多不利，故遊宦賈客必越而過之。太守之舟因日暮遇風，不得已而泊焉。是夜，舟人夢入夫人廟，見儀仗森嚴，執事者奔走雜遝，夫人翠羽明璫，儼然高坐。一人古衣冠狀如判官者，前稟曰：『今夕泊舟之人將貽誤大局，害數千百萬生靈之命，不如就此溺之，以救無辜之民。』夫人笑曰：『汝之意則善矣，然此等大劫，雖上帝亦祇聽其自然，豈我輩所能挽回耶？』遽揮之出。

舟人驚醒，太守竟無恙。抵任視事，會金田會匪洪秀全、楊秀清、韋正、馮雲山等斂錢惑眾，流毒鄉里。是時，李武愍公孟群知桂平縣事，訪縣中公正紳者，親造其廬，詢以捕治方略，紳謝不敏，既而曰：『家有善本藏書，請入觀之。』李公會意，屏其從者於外，與入密室。紳白曰：『縣中自僕從書吏以至皂役，無不為賊耳目者。公能單騎相從，某等願效力。』李公曰：『諾。』屆期，李公戒從者，出拜某客。至中途，見道旁一騎，呼問之，則某客之騎也。問：『客何在？』曰：『在某處。公如欲訪之，請即乘此騎以往。』李公乃悉屏騶從，上馬前行。頃之，悉執洪秀全等以歸。蓋諸紳既與公約，部勒其眾，導公掩捕群酋，悉獲之，無一免者。遂置之獄，請於郡守，將殺之。

郡守不許，固爭不聽。李公拂衣而出，郡守追謂之曰：『諸賊皆廣東花縣人也。子必欲治之，我為子辦文，遞解回籍斯已矣。』諸賊既出獄門，即被其黨劫去，盡滅諸紳之家，遂舉兵反。數年，勢遂滔天，荼毒生靈數千百萬。太守以縱賊殃民，被議遣戍，後復釋回，考終牖下。豈劫數前定，冥冥中不以相責耶？然數千百萬生靈貽誤於一人之手，而竟不伏其辜，何也？

故相索命

柏靜濤中堂，以戊午科場案伏法。其咎祇在失察，予以褫革，已覺情罪相當。若軍臺效力，則重矣。乃肅順等用意在修怨以立威，必殺之而後快。天下頗謂用法過當，甚有為之呼冤者。肅順將敗之前數日，在熱河直廬獨坐，其僕從忽聞室中喧嚷聲，倉猝奔入，則見肅順方作逐避狀，但連聲曰：『七哥，請勿怪我！七哥，請勿怪我！』七哥者，肅順平日稱柏相者也。兩僕前扯肅順曰：『日尚未入，中堂何驚？』肅順如醉如醒，謂其僕曰：『汝等見柏中堂乎？頃柏中堂以手自挽其頭，對我而笑，口稱索命，令人可怖。』因指示之曰：『尚在彼處。』忽復驚曰：『耆中堂垂帛於頸至矣，當奈何？』耆中堂，即耆英，亦因肅順專疏劾奏，奉旨賜自盡者也。俄而家人環集，肅順如夢初覺，若已忘前事者，自是神氣頹喪，智慮亦大不如前。未十日，而奉旨褫逮矣。蓋死期將至，敗氣已見，而怨鬼乘之為厲也。

大臣某公轉生為光州牧女

欽差大臣某公，於咸豐、同治年間督師剿賊。其初頗號能軍，既而聲望頓減，獲罪遣戍。旋釋回，仍出督師，功過頗不相掩。繼而過多功寡，屢起屢躓，凡三握大臣關防，終奉嚴旨逮下刑部獄，遂賜死。其獲戾之故，在忌才好勝，恃氣陵人，晚年耽於酒色，兼好財貨。營中聚貪詐無恥之徒為委員，每日暮，駐營各員四出搜羅婦女以進。明日拔營，復委棄之，所汙不可數計。至於納賊妾，通賊妻，見於彈章者復累累也。

同治甲子，余遊大梁，則聞人言某公已轉生矣，蓋為知光州直隸州某君之女也。某君在光州署中，一夕夢人以某公名刺投入，因素所熟識也，倉猝冠帶將出迎之，見金甲神縛送某公自天而下，倏忽入其妾之房中。一驚而醒，內室遣人來報妾生女矣。某君入內，其妾告以所夢，與某君相同。某公生前面有青記，而此女亦有之，觀其神氣，宛然某公也。

是說也，余無以審其虛實，或出於世人之附會固未可知，然以某公生平淫佚，陰間罰令轉生為女，或亦理之固然。且其為我言之者，從前實在某公營中當差者也。

鬼罵陳尚書

戊午科場之案，陳孚恩紿殺程庭桂之長子，余既已記之矣。孚恩將敗之前兩月，其長媳有病，為鬼所附，忽變男子口音，細聆之，蘇州話也。鬼罵曰：『陳孚恩老賊，汝殺我以媚權奸，賺得一尚書好官，亦不過做得三歲有零耳！』因拊掌大笑曰：『白頭老翁，官興雖濃，乃亦有此一日乎！我看汝兩月之後，必以奸狀敗露獲罪。然此猶其小者，再閱一年，老賊且不能保首領，與我相同，我不過死於都中，老賊當死萬里之外，我至此怨氣方平矣。』自是，鬼無日不至，無日不鬧，往往抉其隱微，數其奸慝，一家僕婢亦掩口而笑。孚恩至不敢歸寓，或託辭借宿於外，且使人哀懇之，願為延僧唪經拜懺超度。鬼曰：『吾既已喪吾首領矣，超度何為？且老賊之禍，皆其所自取，我不過宣播之以出其醜耳。』及肅順伏誅，孚恩以奸黨遣戍伊犁，鬼始寂然，其媳病亦大愈。明年，回寇陷伊犁，孚恩全家死焉。人始知靈鬼之能知一歲前事也。

玩視民瘼酷報

光緒元年，伯相李公以直隸蘆僧河淤塞，籌款浚築，派某觀察督辦工役。盧星五太守應楷為總辦，所屬有委員數人分司局務。既清丈河身及身旁地畝，分段取土築隄。有老嫗赴局控訴云：『業田十畝，與一媳一孫賴為衣食資。今在所丈河隄之內，請為伸理。』委員以空言慰之曰：『已丈之地，不能更改，自當給汝地價。』老嫗曰：『給價則無田可種，終非久計，請另撥田十畝以償之。』委員佯應曰：『諾。』久之，老嫗復來，委員仍以空言慰之。久之又來，委員厭其煩瀆，厲聲斥之，復呼吏役，示將拘執加扑責者，蓋欲懾之使退也。老嫗號哭而去，自念失田無以為生，遂赴水死。其媳見其姑死，不知所為，亦抱其子投水死。此事惟委員以下知之，而督辦與總辦皆不知也。

明年，盧太守權正定府篆，大病幾危，忽若有持帖來請者，隨往一處，則府城隍廟也。城隍神迎謂之曰：『去歲有一事，君知之乎？』因舉其顛末。且見老嫗及一少婦一小兒跪階下，作訴冤狀。太守辭以實屬不知，城隍神曰：『我亦知君不知也。此事在陽間不過失察處分，雖得小咎，尚無大譴。彼為委員者，經老嫗屢次申訴，而置之不理，又不以告君。貧民恃田地以資衣食，若坐視其衣食將絕而漠然不動，於彼豈有不死之理？在委員不過偷懶一時，而致死三命，絕人之祀，是委員雖無欲殺人之心，不能不科以抵命之罪也。』言未既，聞呼號聲甚慘，則見兩委員執縛在階下，鬼卒以炭火灼其偏體，身無完膚，奄奄垂斃。

太守一驚而醒。既卸篆晉省，則聞一委員已偏體生瘡，潰爛而卒；一委員亦生瘡痏甚劇，胸腹已穿，臟腑流出，頃之亦卒。

山東某生夢遊地獄

山東某生者，老儒也，以授徒為業，博通古今，性鯁直，好任俠，見世間有不平事，則眥裂髮指。少時讀左氏春秋及史記，至楚穆王事，輒拍案呼曰：『嗟乎！商臣罪惡如此，而獲保首領，子孫有楚國者數百年，尚得為有天道乎？』至為廢食泣下。其後讀史，至不平之事，輒鬱鬱不樂，搔首問天，或飲酒至醉，頹然就枕，鼾聲如雷。

一日方寢，忽見一吏役持柬來邀，不覺隨之。至一處，宮殿巍峨，門卒若已豫知，謂吏役曰：『王已坐殿相俟矣。』吏役引某生入殿，見一古衣冠者南面坐，白鬚頳顏。左右侍立者數十人，儀仗如王者。吏引某生行參謁禮，王者以手招之，使隅坐於旁，謂某生曰：『汝好善惡惡之心，誠屬可嘉。然汝每讀書輒呼天道無知，使汝徒見之，灰其為善之心，而長其為惡之膽。殊不知造物之理，因人善惡以為報施，銖兩悉稱。或前世有善惡，而今世報之。或今世有善惡，而來世報之。其他善惡，或本身受其報，或子孫受其報。變化萬殊，不可執一。若夫汝所不平之事，固有罪大惡極而身享榮富、慶流子孫者，非特汝為之不平，即千古人心皆為之不平。今非借汝之口不足以播告世人，故特召汝一遊地獄。』某生懼曰：『某生平無大罪孽，應不至入地獄。惟遇憤激不平之事，每呼天道無知，則有之。請從此力改。』王者笑曰：『非欲汝常在地獄，今遣判官導汝一觀，即送還陽矣。』

判官請曰：『地獄寒氣慘烈，銷鑠元神，非授以辟冷丹，恐遂不能還陽。』王者付以二紅丸，判官以一粒噙之於口，一粒授某生噙之。導至後園，地面有大石板，判官命鬼卒舁去之。俯視洞穴，黝黑如漆。穴有石磴，判官與某生拾級而下，高呼開門，則見兩石門豁然洞開。陰風撲面如刀割，門內亦有光，與風雪陰晦之天相似。鬼卒倚門而立，皆突目獠牙，形狀可怖。內有牢獄十餘所，鎖錮嚴密，某生欲入觀之，判官曰：『此為第一層地獄，凡罪孽較輕者與下層地獄罪孽將滿而減等者居之，數百年後便可出獄，不必觀也。』導至空曠處，復有一石板，鬼卒仍舁去之。石磴、石門及監牢十餘所，皆與前無異。如此旋繞而下，凡經十八層。愈下愈冷，漸不可耐，幸口噙紅丸，勉强支持。某生瑟縮不前，謂判官曰：『吾不能復下矣。』判官曰：『此為最下一層地獄，無復有冷於此者，汝可放心。』因導觀各獄，鬼卒以鑰開獄門。

其一曰暴賊之獄。入其中，則裸身反接者數百人。鬼卒或鋸其項，或剝其皮，或斷其手足。一鬼卒提五首梟之長竿，判官曰：『此乃朱粲、黄巢、秦宗權、李自成、張獻忠也。天道以人命為至重，凡殺一人者，必使飲刃一次，殺十人者使飲刃十次，其餘皆各如所施於人者以報之。五賊殺人最多，今在此每日必斬首一次，明日合其尸首，灌以續命湯則復活，乃復斬之，每年斬首三百六十次。然巢賊殺人八百萬，獻賊殺人千餘萬，以一人一日抵之，其罪限正無窮期也。』某生曰：『白起自長平坑卒四十萬外，節次殺人復不下四十餘萬，今其魂何在？』判官曰：『彼居此二千餘年，罪孽甫滿，今出獄不久耳。』

復導觀逆子之獄，則見鐵架排列，數百人皆裸身反接，倒懸架上。鬼卒以驢糞雜穢水澆之，自踵至頂，淋漓腥臭，令人難耐。及水將滴淨，則復澆之。架上皆有牌標姓名，某生多不省識，惟見楚商臣、匈奴冒頓單于、吴孫皓、宋元兇劭及其弟濬，皆在焉。判官曰：『凡人富貴皆前定。商臣即不弑父，亦可得楚國。陰律凡獲罪而及身未受其報者，罰加倍焉。子孫未受其報者，罰又加倍焉。商臣為楚君時，尚無過惡。又在此年代久遠，本可赦至第十七層獄，然彼得保首領，而子孫又昌熾數百年，兹所以罰愈久也。』問：『孫皓豈嘗弑父母乎？』判官曰：『以弑其叔母朱太后也。』又遥望一小室，有鐵柵，四面冰雪瑩然，一人單衣躑躅於其中，口噤項縮，呼曰：『寒甚。』判官曰：『此隋煬帝也。凡曾為一統天子者，未便施之以刑，但使千百萬年在此寒冷之中，其苦不減於受刑也。』

又導觀逆臣之獄，多有三代以前姓名，某生不暇諦視，但就其可記憶者，則寒浞、陳乞、陳恒、華督、王莽、董卓、司馬懿、司馬師、司馬昭、石虎、蕭道成、蕭鸞、高澄、高洋、侯景、武三思、安禄山、李希烈、朱溫、石敬瑭、吴玕、吴儔、范瓊、胡沙虎、崔立皆在焉。每數十人共荷一長枷，復桎其手，梏其足，鉗其口，稍一轉動，則互相牽掣。判官曰：『此輩生前皆喜專擅權勢，故死後束縛拘困，使不得自由。』某生曰：『曹操之惡不減司馬懿，胡不在此？』判官曰：『曹操罪惡甚多，然芟刈群雄，使生民不罹兵革，其功亦稍足相抵。且享國未久，其子孫為司馬氏所魚肉，受報已慘，故在第七層地獄。若司馬懿陰險過於曹操，專以狐媚得天下，而東西晉享國至一百六十年，雖其時變亂頻生，仍覺便宜太甚，故受罰於死後倍酷也。』又聞夷羿、趙鞅、田和、王鳳、梁冀、孫綝、王敦、桓溫、桓元、王世充、史思明在此上一層，即第十七層獄也。

又望見冰室兩處，如隋煬帝所居，判官指之曰：『此為隋文帝。此明永樂皇帝也。夫隋文帝毫無功德，欺外孫以篡其國，而殺機深險，至盡滅宇文氏之族。明之燕王不過吳王濞、趙王倫之徒，僥倖篡奪，而屠戮忠良，用心慘刻，絕無人理。此二人自隋、明既亡之後，拘到此間。隋文帝陰毒尤甚，故使坐針棘之上，每一動則痛徹心骨；燕王罪孽尤重，故其冰室四旁，獨置糞缸百餘，俾萬古薰蒸於惡臭之中，罰亦酷矣。』言未已，陡遇腥風一陣，濁臭難忍，某生幾至嘔吐，亟掩鼻疾趨而過。忽聞冰室中呼曰：『某生救我！我往時一逞雄心，罪惡滔天，後悔無及。所尤難受者，此百餘缸皆係驢糞，臭氣沁我心脾，子其為我偏告世人，世上多一人知，我亦得早一日離此也。』判官笑謂某生曰：『燕王至此方悔，已晚矣！』生未及答，忽聞左邊呼痛聲甚慘，則隋文帝也。遙視其室，則四周皆以赤棘為藩，針長數寸，令人心悸。

又導觀讒佞奸臣之獄，人數不下數千。某生所記憶者，則潘崇、費無極、豎牛、伯嚭、郭開、江充、主父偃、息夫躬、賈充、蕭遙光、元韶、王偉、虞慶則、楊素、李義府、許敬宗、周興、來俊臣、李林甫、高尚、嚴莊、盧杞、柳璨、呂惠卿、章惇、蔡確、蔡卞、邢恕、蔡京、王時雍、徐秉哲、黃潛善、汪伯彥、張俊、万俟卨、韓侂胄、賈似道、胡惟庸、陳瑛、石亨、焦芳、江彬、嚴嵩、嚴世蕃、趙文華、魏廣微、顧秉謙、溫體仁、崔呈秀、許顯純、楊嗣昌、馬士英、阮大鋮皆在焉。大抵割舌斷腕之罰為最多，以其好用筆舌陷人也。亦每日一次，鬼卒各執一氣筒，以生氣煦之，則復連續。某生問：『秦檜何在？』判官曰：『此人跪在岳墳前，使萬目昭彰，眾口唾罵，且日飲過客之溺數十百次，厥味無奇不有，使彼嘔逆眩暈，奇苦萬狀，亦奸臣受罰之變格也。』

又導觀淫妒悍逆婦人之獄，則園囿一大區，其中多毒蛇猛獸惡鳥，而人數不下萬餘。鬼卒皆褫其衣，以陳醋灌其背，諸鳥獸聞臭味即來，或吞或啄。明日隨鳥獸糞溺而出，鬼卒復以氣筒吹之，須臾復變為人形，則復為鳥獸所食，循環不窮。聞妺喜、妲己、褒姒、趙合德等皆在其中，而未及睹。有兩婦匍匐階下，忽有豹來餂破其腹，先食其腸胃臟腑，再食其身體。判官曰：『此晉之賈后，及明天啟乳母客氏也。』復指一大釀甕，有一人浸在酒中，掩面啜泣，腥臭難近。判官曰：『此唐之武后也。此甕即彼浸死王皇后之甕，陰司收其甕與酒之餘魄，積年愈久，酒愈臭敗，今已隔千餘年，故腥穢若此。武后常浸此中，每閱三日，有一蟒一虺一梟輪流食之。食而復生，終不離此甕。』某生曰：『王皇后何在？』判官曰：『上帝憐其質直柔婉，慘遭殘虐，已列名仙籍矣。』

導出獄門，歷過酷吏之獄、逃將之獄、貪夫之獄、悍僕之獄、猾隸之獄、陋醫之獄、奸商之獄，判官謂某生曰：『汝來此已久，恐不耐冷，無庸一一細觀矣。』又過淫賊之獄、兇僧之獄，某生曰：『此中最著名者何人？』判官曰：『淫賊以北齊主高湛、金主完顏亮受罰為最重；兇僧以楊璉真伽、姚廣孝受罰為最重。』最後過奸閹之獄，聞內有呼號聲甚厲，判官曰：『此魏忠賢方受礮烙之刑也。』問：『此中尚有何人？』則云：『趙高、曹節、李輔國、仇士良、王振、劉瑾皆在焉。』

於是周覽既畢，判官導由原路旋繞而上。至第三層，適過一逆子之獄，判官曰：『此中亦有一冰室。』某生問：『何人？』判官曰：『唐宣宗皇帝也。』某生曰：『宣宗乃唐賢主，何以在此？』判官曰：『以其弑嫡母郭太后也。且宣宗以瑣屑治天下，不達大體，始兆衰亂，何賢之有？』頃之，已至殿上，王者笑問：『汝來此頗增識見否？』某生曰：『某今始知天道之果不爽也。』王者命吏役送還其家，為吏所推，一跌而醒，則厥去已半日矣。

覺寒冷特甚，亟煮姜湯飲之，數日始復常度。某生常語門人：『妒婦之獄，未見呂后，或者在第十七層以上，惜未一問判官也。』

此篇大有功於名教。須看其用筆虛實繁簡，精心瞥度處，文法故自井然。

江南某生神遊兜率天宫

相傳前明萬曆年間，江南某生遊幕山西，忽接家書，抱斷絃之戚。某生固翩翩年少，品高學博，而其妻尤以端麗著於里黨。于歸之日，見者皆驚歎曰：『天人！天人！』忽有神尼入告曰：『此兜率天宫仙女降凡也。八年後，當返其真。』既而其言果驗。某生感悼不已，因念神尼之言，有求仙訪道之意。居停與河南濟源為鄰境，因往遊王屋山，搜奇探勝，冀有所遇。尋至巖穴幽處，夕陽在山，獨憩神祠，見一偉丈夫昂然直入，土偶神像皆下迎之，稱曰大仙。某生膝行而前，以左手捉其右臂，緊握不舍，呼曰：『大仙度我！』偉丈夫始而堅拒，繼而熟視之，曰：『子尚有夙因，吾當攜汝一遊天宫，姑坐毋躁。』乃於神座前席地坐談，謂某生曰：『我鍾離祖師也。汝因喪妻之故，意在求仙。汝妻本天宫仙女，汝亦天宫之人，偶謫此地，俾了塵緣。汝妻今已歸天，我數日前遊天宫，見其與諸仙女散步玩月也。』

某生問曰：『竊觀蒼蒼者，實係清虛之氣，而仙佛諸家皆有天宫之説，何也？』祖師笑曰：『汝所謂拘墟之見也。今吾與汝所履之大地，周圍凡九萬里，浮於太空，僅如滄海之一粟。地面以上有清氣包裹，再上則愈清愈輕。人但望見蒼蒼者則謂之天，不知皆地之清氣所浮也。離地百數十里之外，並蒼蒼者而無睹矣。蓋太空無外，固是空之又空。而觀日與地之森布太空，則空者未嘗不實。夫地之所以浮於空中而不墜者，以日之陽力吸之也。今吾與汝所仰之日，其力能吸二百數十之大地於空中，終古旋繞不息。而日之陽力，又能自浮空中而不墜，所吸之地，其大有千百倍於吾地者，其小亦有千百分於吾地者。而太空中之日，雖有善算者，亦不能計其數。而在吾輩目力所及，九重天之內，共有八百餘日，其大有千百倍於吾所仰之日者，其小亦有千百分於吾所仰之日者。而一日之力，皆能吸引千百之地球，佛家所謂三千大千世界也。汝試仰而視天，其光熒熒者，一星即一地也。地何以有光？日之所照也。又或星體較大，其光熊熊者，日也。日離吾地過遠，光不能燭吾地，故視之若星也。而其所吸引之地，大者視如微茫之星，其較小且遠，為人目力所不及者，又不知凡幾也。夫一地即一星，是一地即一天。佛家所謂三十三天，不過就其苦樂等級言之。儒家所謂九重天，就目所能見略分遠近言之。其實此地之上下四旁，雖擴之千重萬重萬萬重，皆日也，皆地也，即皆天也。吾不能究其所極也。』

某生問曰：『然則仙佛家所謂天宮者，實由此地到彼地耶！敢問此地在三十三天中，苦樂如何？』祖師曰：『若分九等，此地當在四五之間。夫佛家之說，有肉界天，有色界天，有無色界天，此地乃肉界天也。若佛家所謂極樂世界者，不在西方，實在兜率天宮，乃儒家所稱第一重天也。蓋宗動天中有一大地，為極清極虛之境，即是無色界天。惟其清虛，所以能樂。古來吾地之神聖仙佛，大半由此天降生，一謝塵世，神仍歸天。亦有苦志潛修，功德圓滿而升此天者。蓋必其充養完粹，純係太和元氣，平生無七情之牽縛，其神乃能居此清虛之境。否則，雖有生天之樂，亦難到此天也。』

某生曰：『世俗有上八洞神仙之說，而大仙為之領袖，想皆能到此天。敢問第一天之上尚可到乎？』祖師曰：『吾地開闢以來，神仙不少，皆地仙也。即間有能遨遊諸天，然其道力廣遠，能到第一天者，亦惟余輩數十人，其數不必拘以八也。蓋由此地至第一天有數萬萬里之遙，太空之中無風可御，無雲可駕，惟道力最大者能乘日光一綫之所射而至焉。然第一重天之外，雖尚有萬萬重天，以其過於遼絕，星日之光所不能相接者，雖神聖仙佛，亦終不能到，殆亦猶兩地之懸於太空，此地之人不能到彼地也。』某生傾聽祖師之言，不覺日已西沈，山空夜靜，星斗燦然，因有攜遊天宮之說，力懇不已。祖師曰：『第一天宮，離此極遠。吾以神行而不以迹行，本可緣星光而上，但既須攜汝，則非緣日光不可。盍再縱談俟日出乎？』於是，互相問答，已過夜分，某生多聞所未聞者。

祖師出一枕授之，曰：『汝姑就此假寐，先洗汝塵俗氣。吾將往東海觀日出，與純陽祖師一敘，即來攝汝神遊天宮也。』某生就枕而臥，所歷之境與舊說所傳黃粱夢相似，覺而神氣灑落，解脫塵慮，翛然有淩雲之意。祖師適返，正日出也。祖師令某生閉目，在其腦後一拂，某生即自覺入祖師袖中，微聞矢激風飄之音，已而寂然，良久有聲，復寂。如是者數次。約兩時許，祖師引某生自袖中出，曰：『到矣！』則見綺霞成文，奇花異禽，別一天地。謂之曰：『汝嚮者所聞之聲，乃拂大地之罡風所激，迨過太空，則並無風。又聞聲數處者，則過數處大地之邊也。』於是，祖師導某生御風而行。某生自訝何以忽能御風？祖師笑曰：『汝之形軀何嘗到此？吾今攝汝之神也。』

忽到一大園林，異香馥郁，樹皆大逾十圍。祖師曰：『此旃檀樹也。』俯視道旁，綠草繽紛，間有幽蘭高八九尺，諦審之如世所謂素心蘭者，奇芬撲鼻，沁人心脾。又見叢桂數千株，黃英爛漫，金粟飄墮，香風徐拂，每粟一粒，其巨如碗。又過梅塢、荷沼、芍藥、牡丹之榭，無不異境特開，黃牡丹、紫荷花，皆大逾車輪。祖師曰：『吾地佳花一開便謝，此間則四時不斷，隨處皆有。』又指偏地綠草如茵，目光一新者曰：『此瑤草也。』大樹下輪囷斑駁，徑逾數丈者曰：『瑞芝也。』又見白鶴、孔雀、錦雞、鴛鴦之族，巢於巨樹，如鳥雀之多。有四五大鳥，五色璀璨，飛鳴而過，聲音嘹亮，令人神氣一清。祖師曰：『此鳳凰也。昔以虞舜、文王之聖，降生吾地，此鳥亦隨而下降，今已久不到吾地，此間則隨處有之也。』又見街衢整潔，居民皆熙皞自得，或在木樨旃檀樹下乘涼，或垂釣幽溪曲澗以為樂。黃金、白玉皆以鋪地，民家牆壁皆砌以白玉、翠玉，或如大理石之屬。祖師指曰：『此間此物到處有之，人人皆得享受，非若吾地之以罕見珍也。』

某生問曰：『此間未見有男女同居者，亦未見孺子，何也？』祖師曰：『凡人修到此間，皆已六根清淨，無飲食男女之欲，所以永無爭端，永無劫數，終古人民不增不減。亦有偶動塵心，謫下諸地者，謫限已滿，即返其真。或因昧本根，終於謫墮。或因積世苦修，新升到此，究亦不多。惟此地為上帝所居，凡諸日所攝引之地球，十萬有餘，其成毀盛衰治亂，悉受上帝之主宰。或欲開闢一大地，或有除舊布新之事，則選此地之大有道力者降生其地，以奉天行事，事畢亦仍返其真。此地之人，乃十餘萬大地之人之根柢也。大抵每一地球由開闢而混沌，而復開闢者，或不能以數計。凡地球行到軌道極寒之處，人物不生，即是混沌。閱千萬年而軌道又改，即復開闢，即如盤古氏為吾地開闢之祖已十餘次，其為各地開闢之祖又不知凡幾。蓋以其性情純樸，於人生之初最為相宜。上帝用人，亦各盡所長也。』

正談論間，祖師忽憬然曰：『今日為上帝召樂正、后夔奏韶樂之期，凡曾降生吾地為神聖仙佛者，皆應召往聽樂。此會一年一次，不可失也。努力速行，從我聽之，且可瞻仰神聖仙佛。』俄至一處，宮闕巍然，閎麗無匹。適聞內殿傳呼開門，中門洞啟，祖師謂某生曰：『神聖帝王將入矣。吾與汝屏息遠立，姑就前史所記之謚號姓名一一告汝。雖其神皆各返其真，今並無此名號，而欲使汝易知，則非實指其人不可。』俄見由中門入者百餘人，祖師所指有身長二丈餘者，盤古氏也。天皇、地皇、人皇，亦皆長一丈以外。又古皇之聖者數十人，多前史所不傳者。又有巢氏，燧人氏，無懷氏，葛天氏，伏羲氏，女媧氏，神農氏，軒轅氏，少皞氏，顓頊氏，高辛氏，唐帝堯，虞帝舜，夏王禹、啟、少康，商王成湯、太甲、太戊、祖乙、盤庚、武丁、祖甲，周文、武、成、康、宣王，漢高祖、惠帝、文帝、武帝、昭帝、光武帝、明帝、章帝、昭烈帝，北魏孝文帝，北周武帝，唐高祖，後周世宗，宋太祖、仁宗、孝宗，金世宗，元世祖，明孝宗。

俄有搢笏垂紳而入者，則周公、孔子也。中門既闔，左門復闢。祖師所指，則有古皇之佐數十人。又見有四目者，倉頡也。於是風后、力牧、太山稽、常先、大鴻、沮誦、稷、契、皋陶、伯益、伯夷、夔、龍、垂、奚仲、女艾、伯靡、相土、關龍逢、伊尹、萊朱、彭祖、咎單、伊陟、臣扈、巫咸、巫賢、甘盤、傅說、祖巳、微子、箕子、王子比干、膠鬲、太公望、召公奭、畢公、榮公、泰顛、閎夭、散宜生、南宮括、虢叔、鬻熊、辛甲、周任、史佚、召虎、仲山甫、尹吉甫、張仲、正考甫、萇弘、公孫僑、蕭何、張良、曹參、文翁、汲黯、丙吉、黃霸、龔遂、鄧禹、馬援、寇恂、卓茂、袁安、楊

震、李固、王允、諸葛亮、魯肅、蔣琬、羊祜、祖逖、謝安、高
允、元勰、蘇綽、劉文靖、房元齡、杜如晦、魏徵、狄仁傑、
徐有功、張柬之、崔元暐、劉幽求、姚崇、宋璟、蘇頲、張九
齡、張巡、郭子儀、顔真卿、李泌、崔祐甫、陸贄、楊綰、杜
黄裳、李絳、裴度、韋處厚、李石、王朴、呂端、呂蒙正、李
沆、寇準、王旦、王曾、韓琦、富弼、范仲淹、包拯、司馬光、
鄒浩、陳瓘、李綱、宗澤、趙鼎、岳飛、洪皓、陳俊卿、趙汝
愚、真德秀、魏了翁、陸秀夫、文天祥、耶律楚材、廉希憲、
余闕、劉基、方孝孺、于謙、王恕、劉健、謝遷、劉大夏、王
守仁、楊繼盛，陸續入門。

俄而右扉復闢，則又有太古衣冠者十餘人，及南仲
方叔、鮑叔牙、管夷吾、先軫、狐偃、百里奚、甯俞、鬥穀於
菟、孫叔敖、士會、叔孫婼、子家羈、申包胥、沈諸梁、樂
毅、田單、魏無忌、李牧、韓信、周亞夫、衛青、霍去病、霍
光、趙充國、蘇武、張騫、魏相、陳湯、吳漢、賈復、馮異、岑
彭、耿弇、來歙、祭遵、班超、皇甫規、孫策、趙雲、龐統、張
飛、周瑜、陸遜、陸抗、周處、王導、周訪、溫嶠、陶侃、謝
元、慕容恪、王猛、韋叡、張須陀、李靖、薛仁貴、蘇定方、
裴行儉、李光弼、段秀實、李晟、馬燧、渾瑊、韋皋、李德
裕、錢鏐、韓通、曹彬、狄青、張詠、韓世忠、吳玠、劉錡、虞
允文、孟珙、張世傑、穆呼哩、託克託、速不泰、察罕特穆
爾、董摶霄、庫庫特穆爾、徐達、常遇春、鐵鉉、徐輝祖、張
輔、李賢、楊一清、張居正、王崇古、戚繼光、俞大猷。隨
後又有夏禹之佐五人，及李冰、王景、王横、賈魯、宋禮、
潘季馴等。隨後又有太古衣冠者數人，及僦貸季、歧伯、
俞跗、巫彭、伯高、少俞、桐君、太乙、雷公、長桑君、扁鵲、
倉公、張機、華陀、王叔和、皇甫謐、葛洪、巢元方、孫思
邈、韋慈藏、王冰、錢乙、朱肱，及忘其姓名者十餘人，陸
續並入。

左門復闢，祖師曰：『此經師、人師與諸孝子將入
也。』旋見古衣冠者三十餘人，及吳泰伯、仲雍、伯夷、叔
齊、柳下惠、季札、蘧瑗、史鰌。又顔子、曾子、閔子、二冉
子等三十餘人，皆七十二弟子中之尤著者。又子思、孟
子、周子、二程子、張子、邵子、朱子，及伏生、大小毛公、
董仲舒、轅固、河間獻王、劉德、許慎、鄭玄、郭泰、黄憲、
徐穉、陳寔、龐德公、司馬徽、管甯、陶潛、王通、孔穎達、

元德秀、陽城、楊時、羅從彥、李侗、張栻、呂祖謙、陸九淵、黃幹、何基、王柏、金履祥、許謙、劉因、許衡、吳澄、薛瑄、曹端、胡居仁、羅欽順、陳獻章。又有孝子近百人，其能憶其姓名者，僅孝巳、伯奇、董黯、姜肱、王裒、王祥、華寶等數人。亦有史冊失載湮没不彰者，皆陸續入門。

俄而右扉又啟，祖師曰：『此仙佛將入也。』告以釋迦牟尼並彌勒諸佛，率文殊、普賢、觀世音諸菩薩已入。又古衣冠者十餘人，及廣成子、許由、巢父、卞隨、務光、善卷、伯成子高、老子、赤松子、浮邱公、洪崖先生、列御寇、王子喬、關尹喜、羨門子高、安期生、魏伯陽、梅福、嚴光、梁鴻、徐庶、陶弘景，及呂巖、陳摶、邱處機等，共三十餘人皆入。

祖師攜某生手曰：『願同入乎？』遂詣謁者，觀門簿，則祖師本有座在內，復請謁者為某生添一坐於末位。樂之始作，聲之以金，俄而八音迭奏，復振之以磬，而條理終焉。樂師復為韶箾之舞、韶濩之舞、象箾南籥之舞。某生觀聽既畢，覺薰陶聖人之德意，穆然神清，陶然氣平，其樂不可思議。祖師挈某生隨諸賓而散，且談且行，謂曰：『此即孔子在齊所聞之樂，三月忘味者也。吾地自孔子既往，不能復生聖人，其元氣遂不足以存。此蓋上帝主宰群地之道妙，惟聖人能與暗合，雖仙佛不能無偏也。』

某生默念向見帝王，漢惠帝美麗少年，而昭帝狀貌魁梧，因問：『漢宣帝不在此，而轉有惠帝、武帝、昭帝，且又無唐太宗，何也？』祖師曰：『凡人得生此天者，必於誠明二字有一獨至之處，譬如精金成色，毫無渣滓。文帝為人，較之惠帝稍有渣滓，而其功不可没。武帝魄力雄大。宣帝雖察察不如昭帝之自然，今宣帝在第二層天。又第三層天內，有一地球，適逢鼎革，上帝知唐太宗才力雄厚，獨俾降生，以掃蕩之，事定即仍到此天。又如元太祖，明太祖，原自此天降生吾地，元祖殺伐過重，上干天和，明祖屠戮功臣，淫刑以逞，今皆降在第三層天矣。』

某生又問：『韓信、張居正等，或不甚純而生此天，何也？』祖師曰：『汝不知上帝之妙用乎？ 凡由此間降生者，或偶因獲譴，俾下罹災厄以折磨之，且立功以贖罪，罰滿則仍到此，韓信是也。且左右兩班，原不盡拘文武之說，在右班者，或氣性稍有不純，而才力實不可及也。』某生問：『何以未見關公？』祖師曰：『關公為吾地大神，督察不平之事。有時上帝偶召至此，今日適值事務殷繁，不遑暫離。即如湄洲天后，以專顧數萬里海面，濟危扶傾，亦未暇來此也。』

某生仰視天際，忽見紅日銜山，雲霞五色，層疊而上，如蜀錦之燦爛，或如巨虹橫亘天半，五色相間。祖師曰：『此卿雲也。吾地數十百年乃一見，詫為異瑞。此間則日入日出之時，無不有之。蓋山川之氣至輕且清，薄雲偶升，映斜照則為卿雲，映明月則為月華，亦惟生此天者能享此眼福也。』俄見皓月東升，仰視天中，又懸一月。某生問：『有兩月，何也？』祖師曰：『此天有四月環繞，或此缺而彼圓，或此沈而彼升，故每宵無無月之時。亦有四月俱圓，同時並照者，每月不過兩日，則光華逾於白晝。今夕適逢良宵，去此百餘里有名勝一區，吾與汝俱往小憩，此區為曾經降生吾地之諸女仙賞月之所，而雅客遊人亦俱集於此。汝適值此良緣，或可與汝妻一會也。』乃駕雲而行，須臾即到。樓臺池榭，引人入勝。

路口有一亭，祖師曰：『可在此小住，女仙來者必由此過，吾與汝坐曲檻候之。』於是三月已上，俄而四月齊輝。亭下有一醴泉，可鑒鬚髮。亭外有仙人掌，大逾數丈。祖師俯汲醴泉，仰掇甘露，各半相和，與某生分飲。其甘香清冽，非世間所有。頃之，見輕雲出岫，蒸為綺霞，掩映四月，如滿天錦繡，輝煌五色，異樣奪目。祖師曰：『此月華也。』

俄而清風徐來，隱隱聞雲璈仙樂，諸女仙已簇擁而至，駕輕車者、乘駿馬者、坐肩輿者、吹洞簫者、吹玉笛者、擊檀板者、揮羽扇者、執麈尾者，或聯袂同行，或獨自瞻眺，服色各異，鳴佩鏘然，皆由此亭徑進內殿。祖師一一指示，除太古女仙二十餘人外，某生所能憶者，后妃則有華胥、附寶、嫘祖、姜嫄、簡狄、慶都、握登、娥皇、女英、塗山氏、太姜、太任、太姒、邑姜、周宣姜后、衛莊姜、晉獻賈姬、楚平伯嬴、魯吳孟子、代摩笄夫人、秦武皇后、魏姬、齊無鹽后、漢戚夫人、孝惠張皇后、邢尹二夫人、孝昭上官皇后、孝哀傅皇后、孝平王皇后、班婕妤、王昭君、光烈陰皇后、明德馬后、宏農王妃唐姬、昭烈帝之孫夫人、吳朱后、全后、晉孝懷梁后、穆章何后、苻秦毛后、唐文德長孫皇后、懿安郭太后、後唐韓淑妃、後周世宗之小苻后、宋開寶宋后、英宗高后、神宗向后、哲宗孟后、欽宗朱后、元泰定帝之巴拜哈斯皇后、甯宗之塔哩雅圖默色皇后、明高慈馬后、誠孝張后、宣德胡后、正德夏后。公主則有虞霄、明燭、光秦、弄玉、漢魯元公主、金岐國公主等十餘人。命婦約有百餘人，因去亭稍遠，祖師匆匆僅指示三人曰：『孫伯符之橋夫人，孫翊之徐夫人，周公瑾之橋夫人。』又西王母約同賢母、壽母百餘人登含元閣，賞玩月華。祖師約略望見孔子之顏母，及前史所著之孟母、陶母，皆在其中。又聞有節婦、貞女、孝女百餘人在景德樓玩月，如緹縈、竇娥、曹娥、高愍女、岳鄂王之幼女、徐中山王之第三女皆在其中。惟自樓後幽徑入門登樓，未之見也。

又有民間婦女無品秩者百餘人，三五為群，各在亭榭徘徊憑眺。祖師曰：『此散仙也。』遥指一亭，謂羅敷、木蘭、綠珠、紅拂皆在其中。某生旋望見其妻姗姗來遲。其妻亦已有所見，謂其伴曰：『吾口微渴，當往亭邊掇仙人掌甘露飲之。』隔檻謂某生曰：『吾在此甚樂。君夙根甚深，得藉大仙之力來此一遊，然尚有十一年塵限未滿，屆期可仍到此間，花晨月夕，良覿有緣也。』遂翩然而去。是時，月華益朗，五色之雲蒸為異彩二十餘樣，或鋪如織錦，或亘如橋梁，或矗如七級浮圖，或分如千條匹練，諸仙皆鼓掌稱奇。

某生漸見曩時聽樂之帝王將相，亦有來遊者，或駕麒麟，或駕角端，或駕神獅，皆文彩彪耀，非世間所得見。俄見漢惠帝與張后同載，昭烈帝與孫夫人同載，周世宗與苻后同載，孫伯符、周公瑾與二橋夫人同載，皆馳騁笑語以為樂。某生訝問：『大仙纔言此間無男女之欲，故無生育，亦永無劫數。適又見夫婦同車，何也？』祖師曰：『彼皆朋友也，非夫婦也。此間本無男女之欲，故男女相友不以為嫌。諸仙皆在此已千萬年，各就其性情所近而相與為友。或有相視一笑，偶動塵心，遂下降為夫婦者。夫上帝豈暇一一察之？亦豈有意謫之？蓋塵心一動，則此間至輕至清之氣自不能居也。至塵緣之久暫，視其情之深淺而定。諸仙在塵世為夫婦，不過數年或數月耳。其暫為夫婦者，幻也。及各返其真，則雖仍相與為友，而其心寂然不動，故雖同車而不以為嫌，以本無嫌之可避也。汝將來到此，與汝妻晤叙之處，亦必在此等名區耳。』

俄見蹁躚女仙跨一鸞，持柬飛行，於是漢惠后、昭后、哀后、平后、孫夫人、吳全后、晉懷后、穆后、唐韓淑妃、周苻后、宋宋后、孟后、朱后、元甯宗后皆騎鳳凰向景德樓而去。但聞人云，曹夫人班昭邀諸后妃往樓中賞月也。某生問：『景德樓中皆貞女、節婦所聚會，何以諸后妃又往？』祖師曰：『此諸后妃皆貞節之最純者也。人知貧賤之難葆貞節，而不知位至后妃苟為事勢所迫，其艱難有十倍於平民者。此中諸仙以漢惠后之全節為尤苦，向皆在景德樓玩月，今獨不在，諸女仙覺寂寞寡歡，故遣使邀之耳。』

某生因問：『曩所聞之韶樂，上帝亦一年僅聽一次耶？』祖師曰：『如今日之盛會，固一年一次。上帝又每年自召后夔奏樂四次，並有小會二次，一則五教之師，一則供奉內廷之人，如吾地所謂翰林院是也。』

某生問：『吾地但聞有三教，而此有五教，何也？』祖師曰：『孔子為儒教之師，其道默契帝心，最為顛撲不破，雖亘千萬古，統千萬地球，皆不能易也。佛氏、老氏皆窺見聖道之一偏，所謂失之毫釐，差以千里，然亦未可盡廢。佛老之前，本有楊墨。楊氏近於老，墨氏近於佛，而又各有不同，當時為孟子所闢，其道固已熄矣。然楊子之書雖無傳，後世有山林隱逸獨善其身者，實楊氏之學也。墨子學雖有弊，而救世之心無窮，自知其道不能行於中國。當時泰西鴻荒初闢，教化未行，乃請於上帝，願生此土，遂降為耶穌，歐美兩洲皆崇其教。蓋聖教不能驟及，得此以維持絕域之人心者幾二千年，其功自不可沒。雖其形迹又與墨氏之教稍殊，然其原實出於墨氏之學。至天主教實已悖耶穌之旨，尤為彼教之異端，不可同年語也。夫人同此心，心同此理，雖到九重天外，恐不出五教之範圍矣。』

某生問：『謨罕默德之教所行廣遠，亦與耶穌相埒，何以不在此列？』祖師曰：『回教陰鷙悍戾，專尚詐力，究屬魔道，其焰將熄矣。今到夜半，遊人已散，姑勿多談。吾導汝往翰林院一訪諸賢，待到天明即可送汝歸也。』

於是復御微風而行，過一甲第，巍如宮殿。祖師指曰：『此孔子及諸大儒所居也。』其左右兩旁院稍低，指左院曰：『此釋迦牟尼及諸菩薩所居也。』指右院曰：『此吾師老子及諸仙所居也。』指又左一院曰：『此自古山人隱士所居也，而楊子亦在其中。楊子並不能為此教之首，不過推闡其說耳，且其道力遜於許由等遠矣。』指又右一院曰：『此墨子，即耶穌所居也。』某生望見中殿之上瑞氣罨護，如黃雲繚繞，與月華爭輝。左右兩院，則雲氣作紫色。再左右兩院，雲氣作淡紅色云。

又至一處如衙署者，入一總門，則其內又有千門萬戶，各自為一署。祖師歷指數署曰：『此第二層天人所居也。』又歷指數署曰：『此第三層天人所居也，皆非汝所能知。』步行良久，導進一署，其內亦有廣厦千餘間，一院甚大，諸人皆在此納涼玩月，吹竹彈絲，賓朋既多，不相聞問。祖師與某生徑自入座，而一一指示其人，大抵博收總攬，文武兼資，如容成、大撓、伶倫、隸首、羲和、仲叔、唐都、洛下閎、李純風、僧一行、郭守敬之推步及律算，晏嬰、羊舌肸、東方朔之博辯，屈原之辭，莊周、枚乘、賈誼、劉向、韓愈、柳宗元、李翺、歐陽修、曾鞏之文，宋玉、司馬相如、揚雄、張衡之賦，曹植、左思、郭璞、李白、杜甫、蘇軾、黃庭堅、高啟之詩，及離婁之明，師曠之聰，垂殳、斨伯與公輸般之巧，詹何之釣，弈秋之弈，養由基之射，宜僚之丸，瓠巴之瑟，伯牙、蔡邕、嵇康之琴，孫登之嘯，顧愷之、吳道子、張僧繇、倪瓚、唐寅之畫，王羲之、褚遂良、虞世南、歐陽詢、柳公權之書法，張旭之狂草，凡有專長，無不畢集。

旋又導至一院，見室中書籍汗牛充棟，排列長案，秉燭鈔寫如書吏者約千餘人。祖師曰：『上帝欲搜羅十萬地球之史事，輯為成書。命左史倚相、左邱明、司馬遷、班固四人為總纂，酈道元、劉知幾、杜佑、劉恕、范祖禹、劉攽、宋祁、馬端臨等十餘人為分纂，並有供事三千餘人分班輪寫。然方言文字之各殊者，不下九百餘萬種，繙譯已大不易，所以開辦將二千年，尚難告成。四君亦為此事所縻，未及降生。吾地久無良史才，職是之故。』某生偶取案上一冊繙閱，皆蟲書鳥篆，竟不能辨一字。

祖師曰：『天明矣！』遂尋原路而行，展袖使某生入其中，閱二時許，仍還王屋山之神祀。某生見一人形骸與己無二，奮力合之，遂蹶然而起，恍然如一大夢。祖師笑曰：『此遊樂乎？吾去矣！』縱行數步，忽已不見。某生復遊幕閱十一年，果無疾而終。

上篇誅奸諛於已死，此篇發潛德之幽光，非二十四史爛熟於胸中，斷不能如此平允的當。兩篇雖由佛家地獄天堂之説推闡而出，然意義宏闊，理解澄瑩，實有佛氏所未發揮者。此篇處處歸到中和，并無佛經偏駁艱深之弊。前後約六千餘字，融會貫通，思議展拓超邁，均為前人所未及。觀其點綴情景，令人穆然神往。

漢宮老婢

同治初年，群寇蔓延秦隴，江西某生以拔貢從戎。一日，隨官軍逐賊終南山，窮搜蹤跡，塗徑幽險，日影西沈。某生單騎落後，傍徨無投宿處，遥望山坡隱約有人家，策馬赴之，僅有土室兩間。室外花草奇秀，泉石幽勝，繫馬於樹，徘徊四矚。倏見一人自林中出，以薜蘿為衣，毛鬢蓬鬆，驚為怪物而避之。其人呼曰：『勿走！我乃人也。』返而視之，頭面皆有綠毫長七八寸，然疏而不密，見其本質嫣然，蓋一妍淑之女仙也。某生告以借宿意，女仙指土室曰：『此吾之敝廬也。』然男女有別，因導往一石室使居之。俄而皓月騰輝，山空境寂。女仙呼某生坐石上，對談古今事。

某生問女仙里居年歲，女仙曰：『我漢宮舊婢也，居此已久，不復能記歲月矣。我本長安良家女，生於漢高帝入關之歲。惠帝四年，選立中宮。是時，帝姊魯元公主為宣平侯張敖妻，宣平侯前婦有一女，太后以其美且賢也，欲與張氏為重親，遂以黃金二萬斤為惠帝聘立為皇后。我亦被選為宮婢，專司椒房之廁。漢制，凡宮中廁數十處，皆以閹人蠲除不潔，惟皇后燕寢之地，雖閹人不得輒入，故別設宮婢四人，我其一也。我侍張皇后十二年，每伺后將入廁，為之灑掃，為之揭裙捧匜，蠲除糞溺。久之，后悅余勤謹，賞賜稠疊。會呂太后崩，大臣誅諸呂，立文帝。用曲逆侯陰謀，誣惠帝諸子為呂氏子，而盡殺之。幽廢張皇后於北宮，僅留侍女數人，余乃被遣歸家。是時，宮門扃鐍牢固，每日僅啟小門片時以通食物。余乃背圓筐，手長鑱，為除不潔者。晨起，隨食物入宮，皇后見余，悲喜交集。重賂閽者，出入始無所阻。余誓終身不嫁，復侍后居北宮者十七年。后年四十二，無疾而薨。文帝用大臣議，葬之安陵旁域，不發喪，不起墳，不用珠襦玉匣，其禮與待惠帝後宮諸美人無異。余遂披髮入終南山，饑啖木實，渴飲泉水，常兀坐土室中。一日，忽見白雲護廬，一女仙冉冉而下，謂余曰：「張皇后已歸無色界天，感汝忠誠，特貽神丹一粒，服之可常為地仙。」余自是徧體生毛，無寒暑，迄於今日，不知幾經甲子也。』

某生曰：『史言張皇后佯為有身，取後宮美人子名之而殺其母，有之乎？』女仙曰：『此皆太后所為也。惠帝晚年多病，太后欲定人心，遂告大臣曰：「皇后已有身矣。」其後，大臣乃誣后佯為有身，實則后並不知有此事也。后配惠帝不及四年，無子乃其常理，而帝所幸後宮美人已先後生子七人，皇后性不妒忌，皆撫如己出，太后乃命后取其一人立為太子。太后又恐其母有漏言，潛遣宦者縊殺之，后亦未之知也。少帝即位四年，乃自知非后所生，頗出怨言，太后幽殺之，而立常山王宏為後少帝，茲所以訛言紛起也。』

某生問：『張皇后既無大過，而廢處北宮，何也？』女仙曰：『太后斂怨於大臣久矣，后實因太后而波及也。然太后臨朝八年，后多所匡正。太后誅諸大臣，又謀害代王、齊王等，后皆泣諫止之。太后欲引宣平侯與產、祿同秉政，后又為之力辭。及呂氏將作亂，張皇后斂諸門鑰，使產、祿等不得輒入殿門，呂氏遂敗。此其賢德，外廷亦有所聞，所以諸呂及樊伉等皆被誅，而張氏獨無恙，少帝兄弟皆被殺，而后但徙北宮也。』

某生曰：『張皇后親則帝嫂，義則母后，文帝獨無尊崇之禮，何也？』女仙曰：『一興一廢，疑忌之懷，賢者不免。當是時，或議賜后死，或議出后歸張氏。文帝知其素性柔愨，無足深慮，故置后於北宮，而貶損其禮數，不以后禮供養。又遣一宦官一宮婢監護北宮，此兩人揣摩時局，肆意陵侮。當惠帝之納后也，行問名之禮，呂太后賜后之名曰嫣。及是時，兩人於北宮之宦官侍女，皆改其名曰嫣，並其姓名呼之，后亦默然無言。北宮有一小苑，花草幽勝，后每喜往瞻眺，二人曰：「彼幽廢之人耳，何得輒至殿外瞻眺？」因常鎖苑門。后每逢春秋佳日，必再四向二人請鑰，始得一往，由是鬱悶成疾。余有一寶鏡，願觀之乎？」因袖出古銅鏡，噓之以氣，忽見鏡中千門萬戶，宮闕巍煥者，未央宮也。有一冕旒者，容貌秀偉，臨御前殿，儀仗甚盛，宮娥數輩扶一美人，服飾麗都，容儀端豔，向上三跪六肅。女仙曰：『此惠帝臨軒冊立皇后，后方謝恩也。』某生問：『此時皇后年幾何矣？』女仙曰：『惠帝四年，后年十四，然漢初以十月為歲首，若以夏正核之，乃在惠帝三年之冬，是后實年不過十三耳。』某生曰：『后年十三，而如十六七者，何也？』女仙曰：『宣平侯狀貌修頎，后早年長成，實肖其父，是以惠帝見而悅之。太后探帝意而立之。』

某生復諦視，見未央宮內一殿陳設精麗，篆額曰『椒房』。皇后方對鏡梳裝，鬟髮如雲，侍女數十人奔走左右。房內有琴、書、織機，其首飾有玉珥、珠旒、金步搖之屬。冠上有一大珠，徑六七寸，精光奪目。梳裝已畢，宮娥以禮服進，佩以瓊琚，帶以鞶鑑。女仙指示之曰：『此將朝太后也。后自正位中宮，每日黎明即起，傅姆為修容飾，朝太后宮，上食如禮。禮畢，傅姆為述前訓及古德言容功之教。至於鼓琴習書，每日皆有恒課，有專師。紡織為導民之本，亦宜習之。終日汲汲，幾無暇晷。名為皇后，實一女弟子耳。』忽見后起立更衣，兩足露於裙下，其履式圓頭方底，織以翠羽，飾以金葉，綴以明珠，履長約五六寸。女仙曰：『此所謂遠遊之文履也，漢宮后妃皆用之。』某生始悟古者婦女之足與男子無異云。

女仙復拭鏡噓氣，忽見宮中如發喪之狀，后與美人百餘伏哭殿上，群臣數百人伏哭殿下。女仙曰：『此惠帝晏駕時也，張皇后年十七矣。』因指一素服端坐，面有剛猛之象者，曰：『此呂太后也。』須臾，復見后素服在宮，支頤半晌，旁有一婦人年三十餘，若與后絮語者。女仙曰：『此后母魯元公主也。后居喪甚哀，水漿不入口者七日矣，故太后召公主入宮勸慰之。』

復拭鏡噓氣，忽見宦者八人以軟輿舁后，面有愁容。女仙曰：『此呂太后寢疾時，欲使后臨朝稱制。后自以稚齡守寡，是時年僅二十有五，不欲接見群臣，尤恐受產、祿、辟陽侯之狎侮，故往見太后，涕泣力辭也。』某生曰：『后之裝束竟與老嫗無異，昔何華麗，今何樸略也？』女仙曰：『后自守寡以來，撤環瑱，去簪珥，屏脂粉，每朝太后祇御青素布衫一襲，產、祿、辟陽侯等恒伏兩廂窺伺之。后意在自毀其容，首挽椎髻如老嫗者，然彌覺澹豔如仙人，后亦益自危也。』

於是復拭鏡噓氣，見未央宮北又一別宮，蓋北宮也。庭階闃寂，侍女不過二三人，后方手執一編，焚香靜坐，女仙曰：『此時后居北宮已八年，年三十三矣。后早年多病，惠帝、太后常徵名醫，購珍藥為后療疾，迄未全愈。及入北宮，每召一醫，必敦請宦者轉奏天子，然後有司發管鑰，啟宮門納醫。醫官望風希旨，既不盡力，藥物亦以濫惡者充數。有時宦者斥后為假病，不肯轉奏。后誓不再御醫藥，臥病一年，幾致不起。一日，忽理舊篋，得惠帝所遺煉神修性之書，服而習之，遂能導引辟穀，一年以後已得仙訣矣。』

因復拭鏡噓氣，見一羽士徘徊北宮門外，瞻望久之，復有美人百餘陸續向后再拜出宮。女仙曰：『此后年三十七歲時，惠帝后宮美人咸來拜別，羽士乃新垣平也。新垣平得寵於文帝，嘗過北宮哂曰：「此中有幽人焉，吾封侯之機在此矣。」於是入奏文帝，謂北宮有兵氣，恐不久有變。文帝曰：「彼一失勢幽廢之婦人，復何能為？惟惠帝後宮美人百餘聚居北宮，怨氣所積，恐干天和。」於是，下詔出惠帝後宮美人，皆令得嫁。新垣平力勸並出張皇后於外，且曰：「惠帝無後，嫁之亦可。」帝不許，於是始覺新垣平之奸，後遂誅之，而夷其三族云。』

某生曰：『今觀后之端麗，雖碩人之詩、洛神之賦，不能磬其形容。即以豐頎而論，何百餘美人竟無一及之者？』女仙曰：『此百餘人，在惠帝時皆極一時之選，然每見張皇后未嘗不自慚也。』某生方凝神注視，女仙忽索鏡袖之曰：『日已出矣。』某生欲商借其鏡，女仙笑曰：

『子尚未悟邪？凡子所欲見者，須臾間皆見之矣。雖千萬年以來之事，在吾鏡中猶須臾也。久借何為？』遂策某生之馬曰：『走！』馬乃絕塵而馳。須臾已歸大營，而前事恍如夢境焉。

北齊守宮老狐

莫子偲大令友芝常為余言，其同年生有王君者，雅俊士也。會試後，就館晉陽，所居在魏樓之下。樓有狐仙，終年封閉。時聞樓上有嘻笑聲、行步聲。既久，與之習，初不以為異也。王生故豪於酒，工於詩，嘗儲美酒置案上。一夕既寢，篝燈未熄，忽見一美人憑案繙閱新詩，旋吸兩壺酒，傾之。須臾頹然倒地，化為玄狐。王生乃揭帳徐起，抱狐置床上，以衾覆之，而危坐吟詩不輟。至四更許，狐已醒，宛轉復化為美人，見生大慚，起身欲走。王生止之，曰：『今夕可共為樂，何必走也？』美人笑曰：『我塵心已斷千餘年矣，徒以耽詩嗜酒，為君所賣，令人赧然。然君故風雅士，我與君又比鄰也，他日不妨為清談良友。』遂瞥然而逝。

其後每風月之夕，美人輒至，與生對談，所述古事多有與前史不合者。生問：『居此幾何年矣？』美人曰：『已千二百餘年矣。我乃北齊守宮狐也，始居鄴宮，常往來晉陽，後乃定居於此。上帝以我捨身護主，注名仙籍。今再修煉數百年，當可飛昇。』王生曰：『吾聞南北朝時，北齊最淫虐無道，汝為之守宮，何也？』美人曰：『固也！以主德論之，當時南有梁北有周，皆勝於齊遠甚。以吾所事之主論之，彼乃兜率天宮仙女，偶謫人間，群仙以其入昏亂之世，選我守宮以護之。伊古以來，自天子諸侯以至卿相之家，皆有狐守宮，人自不見耳。』

王生曰：『汝所事何人也？』美人曰：『北齊文宣皇后李祖娥也。后為趙郡李希宗第二女，生於魏孝莊帝二年己酉九月九日，名曰祖娥，即以為字焉。自其幼時，余入希宗之家為婢事之，亦旋知余為狐也，呼余為狐婢。祖娥年十五，大丞相高歡聞其賢且美，納為次子太原公洋之夫人。洋兄澄為大將軍，見祖娥而驚豔之，乃以其意告洋，願得一近仙姝而已。洋懼禍，以告祖娥，祖娥日夜啼泣，欲自引決。余不得已，跪告祖娥，願以身代。祖娥大喜。余聳身一變，態度舉止儼然李夫人也。是夕，余代夫人伴大將軍寢，大將軍甚喜，初不知為僞也。趙郡李氏故禮法名家，既聞祖娥失節，則大訾議之，祖娥亦無以自明也。其後，大將軍為奴所殺，太原公代其任，遂廢魏主，稱號大齊皇帝，立祖娥為皇后，余亦封為守宮仙主。祖娥生二子，長曰太子殷，次曰太原王紹德，皆溫雅韶秀，酷肖其母。而齊主昏暴淫酗，殺人如麻。後宮妃嬪稍不如意，或斷其首，或使左右裸而辱之。惟於皇后則始終敬憚，所言必聽。然齊主性奇妒，椒房之中雖宦者不許輒入。皇后出，則以珠旒蔽面，不使左右得見之。祖娥性最慈仁，每見齊主嗜殺，或淒然不食，終日不言不笑。齊主懼，每為之罷殺。或時以片言徐解上意，前後全活不下數萬人。

齊主在位十年而殂，謚曰文宣帝。其弟常山王演，弑太子殷而自立，逾一年殂。其弟長廣王湛代立。湛為王時，窺見李皇后之美，及即位，李皇后居昭信宮，湛欲逼淫之，不從。乃謂曰：「不從，將殺爾子。」后大懼，欲自殺。余復跪告祖娥，願以身代，聳身一變，態度舉止儼然李皇后也。於是齊主常入昭信宮，亦以余為李皇后也，頗甚得寵。如是者半年，每聞齊主入昭信宮，則祖娥倉皇藏匿，懼其久而覺也，乃與余謀詐稱有身，以卻齊主，齊主果不復入宮。將及一年，齊主怪其久不生子，乃掩其不備，微服馳入昭信宮。是時，余方應東嶽之命，至海濱驅疫鬼，未及在宮保護。祖娥方憂思半晌，支頤而坐，見齊主茫然不識，錯愕視之。齊主怪其不為禮也，怒曰：「汝自稱有身，今子何在？」左右欲為解圍，乃詭對曰：「昨李皇后生女，一日即自死矣。」齊主愈怒曰：「爾殺我女，我何不殺爾兒。」立命左右執太原王紹德入宮，亂棒擊殺之。祖娥大哭，呼天不已。齊主命左右褫其衣袴撻之。時值臘月嚴寒，祖娥身無寸縷，齊主手自撾撻之百餘下，流血淋漓而死，投之渠水。

余方由東海還宮，忽見祖娥已罹酷禍，亟以真丹置其口中，煦以生氣，閱兩時而蘇。齊主命盛以絹囊，載以犢車，送入妙勝寺為尼。時祖娥年三十四矣，遂終身蔬食，皈依佛教。余亦朝夕調護，不離其側，凡養傷半年而愈。其後十五年，齊為北周所滅，后妃皆送入關，而周人素慕文宣李后之名，必欲得之。余不得已，隨護西行，以重金賄周有司及宦者，后亦㪗衣毀容，竟免入宮，置之長安尼寺。而高湛之后胡氏等，皆選入周宮，醜聲大播。越二年，祖娥得放還趙郡，蓋至是而其謫限始滿，其數十年禍患磨折，非人所堪也。限滿之後，原可還天仙本位，惟其久染腥聞，非一朝夕可以湔滌。當其被撻之時，哀怛驚懼，大損元神，是以滯於地仙，必靜攝千餘年之後乃可飛昇，今亦為期不遠。而余三次設法護主，竟使謫仙完貞守節，群仙感之，上帝嘉之，已得注名仙籙，當與祖娥同時上昇矣。』

蓋王生所聞於狐者如此，以語莫君子偲。子偲曰：『吾觀北齊書李后傳，言后容德甚美，夫趙郡李氏乃北方第一名家，后又素著賢德，固知姊姊腹大之語，雖后子太原王亦誤聽傳聞也。』因又曰：『狐言李后尚為地仙，則彼當知其所在矣。盍再詢之？』王生曰：『諾。』

北齊李后為地仙

其後美人復至齋中夜談，王生問曰：『汝言李后為地仙，今果何在？』美人曰：『君十九世前為北周長安令，方祖娥之居長安尼寺也。適周天元皇帝即位，淫侈逾度，連立五皇后，意猶未饜，謂左右曰：「古稱燕趙多佳人，吾聞高氏諸婦，李后最美。先帝滅齊，得此國色，差快人意。今雖年已五十，吾將選入宮中，立為皇后。」祖娥聞信，欲自殺。余時方為侍婢，復以奇寶賂君，選一老婦詭稱李后。天元詫曰：「此等老物，亦負重名邪？立遣出宮。」祖娥之獲葆貞節，君與有力焉。今當有一面之緣，君盍往五臺山一遊乎？』因告以路徑曲折，且云徑旁奇花異草，當以綠絲繫之。

王生如其言以入，果有綠絲誌花草上。行十餘里，徑將窮，忽見美人俟於道左，笑引之前行。復經數轉，異境益開，曲澗飛橋，珍禽馴獸，儼然仙界，巍樓矗立雲表，隱隱如宮殿。至門，宿衛之士皆古衣冠，美人為通姓名，司賓者引入客廳。美人曰：『我請入內，為君先容。』久之，聞環珮聲璆然，有四宮人引一麗人搴簾而出，圖畫中所未睹也。行禮畢，分賓主坐，相去丈許。王生竊視之，年似未滿三十者，亦端莊，亦淑豔，亦靜逸。手攜佛珠一串，珠皆徑寸，如明月。未及諦視，忽宮人移一黃紗步障隔於前，始聞有言曰：『老身屏居深山一千二百餘年，閉門習靜，未嘗見一塵世。今日吾子有一面之緣，亦係前生注定。既承枉顧，宅東有花園一區，當令司賓者導往居之，周遊三日，可窮其勝。』因聞嚶然一聲曰：『來！』宮人趨而前，移步障隨之，環珮聲漸遠，遂入內矣。

王生悵立凝望，司賓者導往花園，床帷几案及一切陳設，皆極精雅奇古，飲膳皆山中果品，嘗一二枚即可終日不餒。司賓者導之徧遊園中，凡泉池樓閣之勝，鳥獸草木之奇，多人世所未見。過一小屋，門上題『黑獄』二字，因問：『此何獄也？』司賓者笑曰：『君欲觀之乎？』曰：『然。』因命獄卒開門，窈然深黑，陰風慘澹。獄卒入內久之，取一銅盤以出，其蓋鐫八字曰『北齊淫賊高湛之魂』。啟其蓋，有一蛇黑質白章，長尺許，伏盤內。其旁有巨蠍、蜈蚣數十，蛇每一動，輒為所螫，蛇即輾轉縮繞，如不勝其痛者。因問：『此蛇終歲如是乎？』曰：『自一千二百餘年以來，無日不如是。此賊淫兇之罪，上通於天，然彼取精用宏，既死之後，分為數魂。群仙議拘其原魂，置之此獄，受無量苦。其餘魂則生在閩廣海濱，為梟徒蛋戶之賤妓。稍久，則患紫雲大麻瘋，其病最劇，至無人形，又十餘年而後死。死而復生，世世如是。今廣東瘋院中有一受病最深者，即高湛之魂也。』

王生曰：『如此罰不太酷乎？且文宣帝之淫虐亦與高湛無異，今果何在？』司賓者曰：『文宣帝之罪孽自然亦在地獄，今不必復提，恐傷吾主之心。此賊所以受罪尤重者，以其污蔑仙媛，俾蒙詬辱，至今不得上昇，皆彼之所為也。』王生曰：『此賊既廢李后為尼，則后髮已髡矣。嚮者見鬟髮如雲，何也？』司賓者曰：『吾主既入尼寺，恐此賊復起淫心，因敝衣蔬食，不肯留髮者七年。此賊已死，始復留髮，然茹素誦佛則終身不改也。』言未既，蛇昂首竊聽，既而俯首觸盤，若服罪哀籲者。忽有兩巨蠍從旁刺之，蛇復大痛，旋繞不止。王生不忍復觀，獄卒乃闔盤送入獄中，仍鍵其戶。

司賓者復導之他遊，凡三日，觀覽已畢。忽見一宮人捧榼到院，贈以徑寸大珠一顆，巨棗二枚，曰：『此珠佩之，可以辟邪。此棗啖之，可以益壽。吾主無以為贈，聊表微意，請從此別矣！」於是，有兩蒼頭導之，仍循原路送出洞口。王生乃徧遊五臺，盤桓二月始返晉陽。其大珠珍藏維謹，嘗以示莫君子偲。置之暗室中，光如明月，可以觀書。洵奇寶也！

後唐韓淑妃為真仙

王生謁見李后之後，美人仍常至齋中，王生問：「太原城內何地最幽勝？可導我一遊乎？」美人索紙翦二驢，叱之曰：「起！」忽毛鬣奮張，清風肅然。美人自跨其一，使王生跨其一，曰：「但閉目勿開視。」須臾至一處，四顧空曠，可十餘畝，中有一小山，土皆五色，頂平如砥，周僅丈餘，有石磴五六可列坐。時在春杪夏初，月明如畫，山上下多芝蘭，奇芬撲鼻。又有海棠、芍藥、山茶、牡丹之屬，齊開如錦，花大如盆，皆非人間所有，恍入仙界焉。

美人告之曰：「此山吾輩名之曰韓邱，世人不知也。昔後唐莊宗為晉王世子時，娶晉陽人韓逵之女為嫡室，而伊氏女為次妃。韓夫人諱愔，字靜娥，容德尤盛。以余所見，二千年中晉產美人，當以夫人為第一。與趙產李皇后相上下，而貞靜端重尤過之。夫人事舅姑甚孝，莊宗既即王位，夫人掌內政十五年，力崇節儉，至自罄妝奩以贍軍費。時進直言，箴規闕失，佐莊宗艱難締造，以得天下。農家女劉氏嘗為夫人之侍婢，久從在軍中，以妖豔得寵，生子繼岌，遂重賂宰相豆盧革、郭崇韜，建議越次立為皇后。既冊劉后，莊宗乃迎曹太妃及韓、伊二夫人，由太原至洛陽，相見有慚色，始詔封韓夫人為淑妃，伊夫人為德妃，位亞皇后一等。明年為同光二年，以中秋節賜后妃宴，適南漢獻孔雀二十雙，莊宗曰：「吾聞孔雀見美人則舞。置金唾壺、白玉磬、明月珠於殿上，能得孔雀全舞者賜之。」後宮寵嬪三十人相繼至，孔雀有一二舞者，有竟不舞者。虢國夫人夏氏至，孔雀舞者六雙。汧國夫人侯氏至，舞者八雙。侯氏即夾寨夫人也。劉后豔服盛飾，鳴珮璆然，故作媚態，孔雀舞者三雙耳，后頗有慚色。德妃伊氏至，舞者十雙。是時，淑妃年四十一，尚如二十許人。妃曰：「吾老矣，豈能與年少婦人爭寵？」屏粉黛，撤簪珥，御敝衣，為宮中老媼裝束者，姍姍而來。衆皆聳目瞻視，肅然神驚。孔雀二十雙皆舒兩翼，如錦屏之高張，異彩翔耀，與淑妃容色相輝映。既而和鳴應節，對舞不已。殿上下皆呼萬歲，私相語曰：「此真足母儀天下矣，乃不得為皇后，而立假皇后耶？」莊宗以諸寶賜淑妃，妃辭不受，劉后竟自取之。莊宗既得天下，志意驕怠，盤於遊畋，劉后復導以減削軍費，猜戮功臣，激成大變。四年三月，李嗣源引兵西嚮。四月丁亥朔，莊宗為伶人所弒。節度使朱守殷入宮，選宮女三十人以去。其裨將闖入淑妃宮，見淑妃縗麻哭泣，歎曰：「天仙！天仙！」乃出引軍士復入，欲遂劫取淑妃。忽見宮門有丈六金甲神挺鞭而立，瞋目視之。裨將驚怖走出，三日而死。

明宗入洛陽即帝位，遣使賜劉后死。韓、伊二妃在宮中，帝夙聞其賢，不敢失禮，然心畏其逼也，時遣人微諷二妃，欲嫁之。二妃皆齧指自誓，固請徙居太原，以避嫌疑。明宗敕有司供養如禮，而宰相命加防閑，有司遂希上指，又加嚴焉。給宅一區，前後廣厦各十楹，二妃分居之，各攜侍女四人，有圃可十畝，即此地是也。有司於牆外圍之以棘，而錮其門戶，但於戶傍開一穴，每日進飲食，出糞溺焉。頃之，守門卒大言曰：「吾輩躍馬赴沙場，立功取金印如斗大，安能日日擔婦人糞乎！」其意蓋欲索賂云。德妃予之，卒為出糞如故；淑妃不與，侍女之糞臭氣充積，漸致疾病。是時，余奉群仙命，護視二妃。余知淑妃本係真仙，暫謫塵世，真仙之糞輕清靈秀，積之可以祛疫。乃為設法通一陰溝，每日侍女糞溺，由此流出，以水濯之。余以七寶金盆獻韓淑妃，受其糞，積之圃中。比及十年，遂成此邱，土皆五色。奇花異卉，甲乎宇內，芳馨異常，蓋得真仙之靈氣也。」

因指稍北一石光明如鏡者，曰：『此拜仙石也。當韓叔妃居此室時，每臨窗玩月，容顏上映月光，照耀大地，驚動吾族，咸來瞻望。余每率吾族之將成道者百餘人，拜於此石上，而淑妃不之見也。迨二妃既去，舊宅遭兵燹為廢址，吾族戀此勝境，仍來聚會。偶有人來謀營造者，則出巨蟒、奇鬼以驚懼之。故此地雖在城中，而庸衆以榛莽棄之。千年以來，獲常留為吾輩會真之所，天上真仙亦往往間歲一臨焉。群仙以其為韓妃積糞所成，故名之曰韓邱也。』

王生問曰：『二妃去此後，徙往何處？』美人曰：『此事略見於五代史，而後世不能知其詳。唐廢帝時，石敬瑭舉兵反，遣使求援於契丹，許割燕雲十六州之地。使者三反，契丹援兵尚未發，或獻計曰：「唐莊宗嫡配韓、伊二妃在此，聞契丹主常稱為塞南第一麗人，慕一見而不得，今許獻之，契丹主必大喜，赴援必速。」敬瑭曰：「二妃年已逾五十，奈何？」對曰：「二妃容顏甚少，盍繪圖獻之？」敬瑭乃募善畫者潛往繪二妃之容，遣使獻於契丹。契丹主果大喜，曰：「昔匈奴得一王昭君，遂為千古佳話。今我一舉而得二美人，死且無憾。」即日舉兵南下，大敗唐兵，冊敬瑭為晉皇帝。敬瑭遣其宰相趙瑩等迎二妃，將送契丹軍中，隱士鄭遨聞之曰：「石氏其無後乎？二妃乃唐莊宗嫡配，天下之母，亦敬瑭之母也，而以賂敵人，不滅何待？」二妃皆哭罵石敬瑭非人也，狗彘不食其餘矣。皆欲求死，則已為人所守，無隙可乘。眾人强捉登車，契丹主待於穹廬，盛設儀仗。余恐二妃受契丹主之辱，隱形從往，用障眼法迷契丹主。契丹主遙望二妃，皆皤然白髮老媼也，乃謂群臣曰：「汝等豈以朕迎唐二妃為好色哉？昔先帝與晉王約為昆弟，是朕與唐莊宗亦昆弟也。莊宗蓋世英雄，國滅無後，留此煢煢二嫂，幾無立錐之地，朕甚憫之！今迎養北廷，以完二嫂之節。即令二嫂年少色盛，朕亦決無他意，可送二嫂與述律太后同居，常為太后誦說中原舊典，如漢曹大家故事，此朕之志也。」契丹主左右望見二妃，皆額手曰：「真天人也！唐莊宗若立韓妃為皇后，何至失國。然如此福德之相，而伶仃孤苦，亦可怪也！」契丹主後望見二妃容貌皆如花如玉，然前言已出，不能悔也。淑妃居契丹三年，無疾而薨，年五十六。薨時異香滿室，空中音樂嘹亮，鹵簿甚盛，蓋返其真仙舊位云。太后命以唐皇后禮葬之，表曰「唐莊宗神閔皇帝嫡配貞淑韓皇后之墓」，建憫節寺於墓旁。明年，德妃亦薨，年五十四，與淑妃同葬焉。』

美人方與王生踞石對談，不覺白露霑衣，雞唱一聲，東方將白。美人乃呼起二驢，自跨其一，拱手作別，曰：

『吾去矣！吾所以來見君者，為表章李、韓二仙也，今吾事畢矣。』遂冉冉向東南白雲深處而没。王生跨驢還館，驢蹶然倒地，視之紙也，乃什襲藏之。美人自是不復至齋中。

神護漢陵

光緒五年，河南巡撫涂宗瀛奏稱：孟津縣之鐵謝鎮，相距里許，有漢光武帝陵寢一區，歷經遵守。同治十二年，河流沖刷套灣，逼近陵垣，兼沖及鐵謝鎮寨前，撫臣派員修築魚鱗石壩。迄今黄河北岸積有石子灘，其形尖突，挑水南趨，石灘迤東長出雞心灘，一片溜勢，愈形淘刷，致將鐵謝鎮臨河一面寨牆沖塌，勢將淪陷。該鎮為順河船隻屯運糧穀碼頭，居民二千餘家。寨内有陰皇后陵寢，已沖去三分之一。亟應籌款修防，估計工料價銀四萬三千餘兩。旋奏稱馳抵孟津鐵謝鎮查閲工程，如漢后陵前磨盤石壩，以及陵西石壩五道、陵東託壩一道，均按照原估丈尺抛築堅實。其寨東崖尖及北岸石子灘尖，亦均刨去。初勘黄河南圈套灣，已成入袖之勢。寨邊大溜奔騰，逐日坍塌。興工以後，河勢稍落，大溜北趨，南岸淤墊，工程易施。僉謂靈祇效順，原估需四萬餘金，現僅用一萬七千八百餘兩等語。

先是孟津縣令夢見一金甲神告之曰：『我漢將軍賈復也。奉上帝命，將以某月某日會同金龍四大王保護陰皇后陵寢。汝可鳩集人夫先期興工，並速請巡撫親臨工次，俾我得以成功。』縣令問：『將軍既有神力，屆期行事足矣，何必借助巡撫？』金甲神曰：『不然。夫巡撫為陽世之尊官，所謂當王者貴也。若得千百人夫群集河干，藉其氣焰，助我威靈，則事半功倍耳。』縣令如言鳩工，並請巡撫莅工。屆期風雨驟至，夜見神燈無數，明滅河湄，但聞波濤洶湧，其聲如雷。黎明視之，則大溜已北徙四五里，南岸河身皆淤為平陸矣。

余嘗謂：自古美人往往有容德而無福壽，惟陰皇后則容德與福壽兼著。當時既備極尊崇，身兼五福，足為千古美人生色。至其陵寢，雖在二千年後，尚獲神靈呵護，然後知中興帝后功德在民，天之報之者厚也。

狐仙談歷代麗人

黔中某孝廉，以博學高才主持風雅。道光壬辰會試，落第出都，每過名區，輒停驂遊覽。道出西安，嘗策馬登眺五陵，且尋秦漢故宮遺址，流連彌月，忽忽已到中秋。是夕月明如晝，孝廉在逆旅獨居無聊，跨馬出郊玩月，不覺至未央宫故址，荒煙蔓草，滿目蒼涼。正欲吟詩憑弔，忽見稍北有巍峨宫殿。前行二里許，見宮門內外闃寂無人，繫馬門外，步行而入，越室三重，則見華燭滿堂，陳設璀璨，有五六麗人望月而拜。一麗人澹妝靚服，年可三十許，尤覺端豔奪目，甫拜而起，徐步數周，其行如輕雲出岫，諸麗人皆注目凝視。步畢就坐，嚶然細語，口操秦音，其幽韻若微風振簫。

孝廉不覺移步上堂，一麗人呼曰：『有生人在此窺伺，如此良夕，被其攪擾，可恨可恨！』言已，堂上燈燭盡滅，復聞暗中有一人曰：『今夕良會，雖作罷論，然此人本係雅士，盍明燭留與一談？』堂上燈燭復明，有青玉几兩座，各設茗碗，清香沁鼻。於是，五六麗人圍坐一几，孝廉特坐一几，而向者澹妝靚服之麗人，形狀服飾又稍變矣。與孝廉寒暄畢，謂之曰：『實告君，我等皆非人也。我等不幸墮入異類，欲得仙訣，其難過人十倍。方其致力之初，雄者須求世上忠孝勳業卓著之人與夫耆儒碩學，擇一人而慕效之；雌者須求世上容德兼茂之麗人，擇一人而慕效之。謦欬笑貌，無一刻忘懷也；言動舉止，無一事相歧也。如此步趨不倦，五百年而形似，又五百年而神似，一千年之後，始獲離獸而入人。然後修煉益精，擴充益廣，訪世人之可慕可效者，必往從而取法焉，如是者又一千年，始得超列仙班。我生於世二千六百餘年矣，近甫脱離塵俗，略識仙機。』因指其旁麗人曰：『此皆吾弟子也。彼生也晚，見聞尚隘，故吾向者演習第一等麗人之狀貌、舉止、言笑以示之。然吾成仙之日淺，尚恐未能逼肖，貽笑大方也。』

孝廉問：『向所演習者何人也？』麗人曰：『前漢孝惠張皇后也。此處即北宮故址，張后廢居於此者十七年，每逢令序，吾率諸弟子演習於此，冀稍霑其靈淑之氣，亦甚於吾道有益也。』孝廉問：『既欲學道，何必慕效？』麗人對曰：『世間名媛有德無容者甚多，劉向列女傳所載，豈必人人姝麗，皆未嘗不可學步。然吾輩結習難忘，必覓麗人而師之。且其人果容德兼美，必係神仙偶謫塵世，故欲求仙以此為較捷也。』

孝廉問：『大仙初學道時，所慕效者何人？今之狀貌乃何人也？』對曰：『吾於春秋之世，亦嘗遊歷諸侯之宮。迨戰國時所最慕效者，乃秦武王后魏姬也。姬乃魏襄王幼女，吾少時聞其容德，遂隱形入魏宮而依侍之。迨秦武王聘后於魏，吾亦隨之入秦。甫越四年，而武王薨，王弟昭王爭立，不以禮待其嫂，始則幽廢空宮，繼則欲强嫁之。姬誓死不從，遂逐之，使大歸於魏。是時，姬年甫十九，復守節八年而卒。吾始終不離一步，故其神態皆能逼肖。向吾方摹仿張皇后，僅仿佛其十之六七，為子所窺，令人恧然，故仍返吾初師魏姬之貌也。』

孝廉問：『大仙所見古今麗人，共有幾何？』對曰：『吾自魏姬没後二千年來，凡帝王之宮，以及名都大邑、僻壤窮鄉，無不周遊物色。計吾所常竭力追摹者，不下二百餘人。然吾所謂麗人者，必兼容與德言之。若僅美於容而其德不純，效之適足為害耳。且古所傳麗人者，或承帝王之寵，威福驚人；或為文士所褒，揄揚溢量。及考其實，則真麗者僅居少半，其餘幸得美名者大都不過中人。若其遭逢不偶，或早年守寡，或聲勢難憑，則其沈淪埋没於深宮之中與窮閻之下者，何可勝數？至若趙飛燕合德之淫妒，武媚娘之悍逆，貌非不麗，而腥聞遠播，適增其醜。吾每過之，未嘗不唾其背也。西施、楊玉環誠不失為上等麗人，然夫差寵之而吳亡，明皇寵之而唐亂，吾亦無取焉。』

孝廉問：『大仙所見二百餘人，請為我述之。』對曰：『吾姑就史冊所見之人言之。然有史冊未傳其美，而吾親得之目睹者，有端重一流，如衛夫人莊姜，楚武夫人鄧曼，晉獻夫人賈姬，漢之魯元公主、孝昭上官皇后、光烈陰皇后、明德馬皇后，蜀漢昭烈吳皇后，唐之文德長孫皇后、懿安郭太后，宋欽宗之朱皇后，遼天祚皇后蕭多囉羅，元泰定帝之巴拜哈斯皇后、甯宗之塔哩雅圖默色皇后，明之高慈馬皇后、莊烈周皇后，此其人皆莊麗閒静，其性皆仁慈敦厚，福德兼全，而當以陰皇后為之冠。

宋之朱后，隨欽宗北狩，艱險備嘗，卒於燕京，年僅二十有六。元之塔哩雅圖默色皇后，七歲冊立，甫一月而甯宗崩，后守節三十六年，實元宮一老貞女，其遇皆有可憫者。

有明豔一流，如息夫人烈媯，楚平夫人伯嬴，漢之戚夫人、孝武陳皇后、邢夫人、尹夫人，吳周瑜之橋夫人，晉之明穆庾皇后、穆章何皇后、石崇之妾梁綠珠，江南女子羅敷，北周靜帝之司馬皇后，隋之宣華夫人陳氏，唐莊宗之德妃伊氏，南唐李後主之繼后周氏，宋之開寶宋皇后，遼懿德蕭皇后，金衛紹王之幼女歧國公主，明福王之選后徐氏，此其人皆體質妍妙，其性皆明慧柔婉，而當以晉何后、金歧國公主、明徐后為之冠。何后諱法倪，廬江何準之女，年二十一，穆帝晏駕，后諷誦佛經，守節四十餘年。歧國公主，自其父紹王為强臣所弑，與其母俱幽入高牆。及元兵圍燕京，乃以公主歸元太祖而議和焉，太祖始舍金而攻西域，金得以延國祚者三十年，實惟公主之力。徐后乃中山王之裔，年甫十五被選入宮，未及冊立而殉南都之難，蓋亦一貞女也。

有修嫮一流，如秦穆夫人穆姬及其女簡璧，即弄玉也，晉文夫人文嬴，西楚之虞姬，蜀漢先主之孫夫人，吳孫翊之徐夫人，晉之孝懷梁皇后，秦苻登之后毛氏，北魏之木蘭，隋之紅拂，明之費宮人，石砫土司之妻秦良玉，此其人皆天姿偉麗，才識無雙，智勇兼備。其未及發攄而齎志以歿者，當以孫夫人為之冠。晉之梁后，字蘭璧，安定人，司徒梁芬之女。洛陽之陷，羊后被虜，而梁后殉節，晉書失於紀載，亦太疏漏矣。

有淡雅一流，如晉文前夫人齊姜、悼夫人杞姒，魯文夫人哀姜，昭夫人吳孟子，漢孝成許皇后、班婕妤、孝哀傅皇后、孝平王皇后、宏農王之唐妃，吳廢主亮之全夫人，唐高宗之王廢后，宋哲宗之孟皇后，明宣宗之胡廢后，武宗之夏皇后，世宗之張廢后，此其人皆窈窕貞慤，雖蒙難居憂，而秉節不回，其德皆足以稱其容。而容色之尤姝者，實以全夫人為之冠。夫人，錢塘人，諱惠解，十歲立為吳皇后。吳主既廢，貶號夫人，年十八而廢主卒，崎嶇權臣劇寇之間，卒能保身完節，時議憐之。至於許后之獄，由王莽鍛煉而成，其不足信也明矣！

以上共六十二人，或端重，或明豔，或修嫮，或淡雅，各有所宜，間世一出，皆山川之間氣所鍾。吾當年師法已久，皆能幻其形，並能肖其神。

若其數體兼備，不可以一格名，如漢之王昭君、吳長沙桓王夫人橋氏、景皇后朱氏、魏之文昭甄后、唐之崔鶯鶯、後周世宗之繼后苻氏，亦端重，亦明豔，亦修嫮，亦淡雅，無美不該。夫昭君遭遇非時，陷身匈奴，世人多惋惜之，不知其寢兩國之兵，厥功甚大； 甄后以潛養袁氏之孤致遭譖害，惓惓故夫，其心可原； 橋夫人歸桓王未及兩年，桓王遽薨，夫人哭泣數月亦卒，節烈可欽； 朱后舍子立侄，大公無我，可謂盛德，遽遭反噬，逼令自縊，孫皓之罪，上通於天； 崔鶯鶯許字鄭恒，從一而終，元微之謀娶鶯鶯而不可得，乃作會真記以誣之，亦見微之心術之不端； 苻后，宛邱人，魏王苻彥卿之幼女，年十七，世宗聘以為后，未及行禮而世宗崩，后詣柩前成禮，宋受周禪，遷之西宮，後竟遣出為尼，賜以「玉清仙師」之號，蓋亦一貞女也。

以上六人，大抵嶽瀆之精氣所凝，或閱數百年而始一見。余亦嘗從而慕效之，然能形似而不能神似也。

若出類拔萃，既不以一格名，即以一格求之，亦莫不臻其極者：

一曰漢之孝惠張皇后。后諱嫣，大梁人，宣平侯張敖之女，生於趙而長於秦，故在漢宮口操秦音。惠帝崩，后年甚少，辟陽后及呂產、呂祿入居宮中，后守禮遠嫌，如防大敵，卒能自潔其身。又常以仁厚勸呂太后，保護代王及諸功臣，陰德甚大。及被幽廢，后亦終不自明。乃其容德之美，史傳絕無知之者，斯可怪也！

一曰北齊文宣李皇后。后諱祖娥，趙郡李希宗之次女，幼不好弄，天性淑惠，為文宣帝所賓禮，嘗以婉言諫文宣之暴，保全者數萬人。年三十一，文宣之弟高湛即位，慕后容德，欲逼淫之，后以死自誓，然卒遭僇辱者，非后之罪也。其後削髮為尼，卒成仙訣。

一曰後唐莊宗之嫡配韓淑妃。妃，晉陽人，韓逵之女，佐莊宗二十餘年，以創大業。妃之侍婢劉氏，交通宰相，得超立為皇后，而妃反居其下。以至敗亡，莊宗既殂，妃居晉陽，年五十二，被虜於遼。遼主以母禮事之，妃常懸劍帳中以自防，遼人敬之如神。

一曰明熹宗之配懿安張皇后。后，祥符諸生張國紀之長女，剛正嚴明，深惡客氏、魏忠賢而裁抑之。客、魏構機陷害，幾為所撼。及熹宗崩，忠賢意欲篡位，后年甫二十一，即能不動聲色，密召莊烈帝立之，共誅大憝，竟延明祚。闖賊入都，后得信稍遲，自縊而懸絕，幾落賊手，危乎殆哉！幸李巖保護之，始得從容引決，蓋若有神助焉。

此四人者，大抵乾坤之淑氣所萃，或閱數百年而不能一見，且本係神仙中領袖偶到人間，雖碩人之詩、洛神之賦不足以罄其形容。如孝惠張后以淡雅勝，文宣李后以明豔勝，韓淑妃以修嫭勝，懿安張后以端重勝，雖各擅一格，而未嘗不備諸體之妙。吾竭力追摹，但能形似十之六七而已。

凡吾所舉其人，皆見於史冊者。此外，委巷之間，幽閨之內，與埋没空宮而不得一見君王者，正復不少。余素所心儀，尚有一百數十人，但其姓字不見於史傳，雖欲相告，恐子不能記憶也。』孝廉以為聞所未聞，因與縱談古今人物，其所評賢否是非，多有出正史之外者。正暢談間，忽聞遠村晨雞一唱，麗人曰：『子可歸寓，吾亦從此逝矣。』孝廉與之揖別。出門上馬，但見殘星幾點，皓月西匿，天已曙矣。回頭一望，宮殿已失所在，惟有畦畛縱橫，滿目沙礫而已。孝廉自為文紀其事，余從黔人得見之，惜已逸孝廉姓名，因稍刪錄之如此。

同治癸酉年，余在蘇州書局，有友人見此文，攜寄上海申報館，刻在瀛環瑣紀中，已稍被館中執筆者竄改，今特重著於此，以存原璧。

牛太守前生為戰馬

吾錫汪寫園先生士侃以進士為四川縣令，其本管知府牛姓，與先生鄉榜同年，乃嘉慶甲子科某省亞元也。太守右手係人手，左手係馬蹄，能自記三生之事，歷歷不昧，嘗告先生曰：『余前生一將官，因征苗殺戮太多，冥司罰令轉生為馬。余既生在櫪間，回顧本身，儼然馬也。因悲鳴踶齧，不食而死。冥司以其罰不稱罪也，仍令為馬，不敢復求死。既壯，而為某將官乘馬。某將暴戾性成，往往鞭刃交施，受盡百般痛楚。一日與敵戰而敗，追兵已逼，余負某將疾奔，忽臨一山澗，寬約丈餘，對面鋭石削立如鋒。余念躍過則身死，而吾主或可救；不躍，則吾主必為追兵所殺。乃一躍而過，余腹絓於鋭石，腸裂而死，某將竟以身免。冥司以余忠於所事，許轉人身，且為文官，秩至四品。方余之初為馬也，鬼卒以馬皮著余身。及余復為人也，鬼卒又將馬皮剝去。而余已兩世為馬，皮肉粘合無間，乃以刀劃之，痛徹心骨，劃至蹄尖，尤不勝其痛。余因縮去左蹄，鬼卒竟未之覺也。孰意轉為人身，而馬蹄猶未去乎。』蓋太守所自述者如此。太守又告寫園先生曰：『吾官終於此，且不久在人世矣，死期在某月某日。』已而果然。

卷六 幽怪

明相沈文恭公故宅

浙江提督駐寧波府城，其署乃明萬曆年間宰相沈文恭公一貫故宅也。有空樓九間，人不敢居，沈氏子孫每於冬至、元旦入署祭拜，提督不之禁也。相傳沈公時見形樓上，若朱衣紗帽，則提督必得議叙加級等事；若藍袍或便服，則提督必有丁故降革等事。一夕，陰雨晦冥，營兵在樓下支更者，喝號敲鑼，適打四更，見樓上有前代弁兵裝束者喝號敲鑼，亦打四更。營兵大懼，暈絕於地。久之，其夥怪更鑼不鳴，群趨視之，始共救醒。余謂沈公相明神宗偏私多而補救少，且為末季黨人之魁，考其相業，殊無足稱，何以逾二百年尚能獨著靈怪？蓋其為相實專且久，取精用宏，所以遺焰猶未歇絕歟！

嫁女爭花轎釀人命

雍正、乾隆間，吾錫顧持國先生維以工制舉文名於世，然性情頗執拗，既久不得志於場屋，有憤時嫉俗之心，行事益與世背馳，故兄弟四人皆以科第發聞，先生獨以諸生終其身。晚年將嫁其女，當時風俗以用花轎為貴，然如賃之，則婿家約須多用錢十緡，婿之父母未之允也。先生謂媒曰：『若無花轎，我當養此女不嫁。』婿之父母亦謂媒曰：『若必索花轎，我當以其費為子買妾。』媒於是奔走兩家，陳說百端，皆堅不見聽。先生設誓不嫁其女，而婿家竟為其子納妾，媒亦敬謝不敏，婚事遂作罷論矣。明年元旦，其女方盛服拜賀父母，先生怒目視之曰：『汝尚有顏來見我乎！』其女含淚歸房，距戶自經。

慧山有東嶽大帝廟，素著靈異。是夕，廟祝聞殿上有鬼哭聲，如是者三夕。於是，婿之父及兩媒皆夢至嶽廟就質，神研訊良久，其案始定。神謂鬼曰：『花轎於婚事無關輕重。汝父以不得花轎而誓不嫁女，已大誤矣。復無端罵汝，迫汝於死，是此案汝父之過為最多。然女無訟父之理，故汝父不必到案。今但以眾供確鑿，定案可也。汝父命中本無科第，然念其皓首窮經，子孫當有得科名者。今以此事，皆削去之。』謂婿之父王姓者曰：『兒女婚姻非用意氣之地，若親翁一使氣，一不使氣，則無事矣。今汝激於顧翁之言，不肯相讓，釀成人命。且花轎為費無幾，何至慳吝若是？汝命中本有一舉人，今罰汝三世之後得之。』謂媒某姓者曰：『凡傳兩家之言，當有斟酌。今汝於其負氣之辭，非惟不肯稍隱，又加甚焉。釀成人命，職汝之由。汝尚有十八年陽壽，今減去一紀以示罰。』謂媒劉姓者曰：『汝於此事頗欲排解，然於某媒之傳言不謹，不能救正，亦有過焉。汝今年本可捷鄉闈，且有進士之望，當罰停十三科，至汝孫方得之。』鬼哀籲曰：『吾父操行廉介，不得一第，其子孫科名可否免其罰去？』神曰：『凡人自詡操行，但見己之是，見人之不是，其居心已薄矣。且汝知執拗之為害無以勝於操行不正者乎？此案亦猶是也。吾之斷獄，雖就案論案，然亦參核其人生平之居心制行而定焉。豈汝所能籲乎？』明旦，婿父往見兩媒，以夢相告，無一歧異。

厥後，王姓之曾孫果得一舉人，逆溯之已三世矣；某媒如期而卒；劉姓之孫名承本者，果捷道光八年鄉闈，適符十三科之數，旋成進士；顧氏自持國先生迄其元孫，竟無得一第者。

立誓減壽遊庠

錫、金兩縣，於承平時童生應學院試者一千數百人，而學額僅三十人。世俗之視秀才也頗重，而得之者亦頗難。往往有文學均優，寫作俱佳，而佹得佹失，年至班白猶溷迹於童子軍中者。西溪顧氏，無錫舊族也，捷鄉會試者近十人。有諱鎬者，亦工制舉文，縣府兩試常冠其軍，年將四十，未博一衿，既困於貧，又素懼內，頗遭其妻之白眼。意鬱鬱不樂，乃赴慧山之東嶽廟，詣神前立誓曰：『如我命無遊庠之望，願折陽壽以易之，但能一得秀才，雖速死無憾矣。』是年試於學院，果獲雋。舊例，凡院試所取者，必由本學教官擇日率新生謁夫子廟，始得列於附生之籍。顧生未及謁廟，病不能興。新生謁廟之日，正顧生垂危之日也。越日而遂卒。余少時嘗聞顧氏長老相戒，謂東嶽廟威靈顯赫，大神之前不可冒昧立誓也。

麻姑締姻

乾隆年間，無錫陳翁遊幕河南，雋雅拔俗，常為郡縣上賓。晚歲倦遊里居，室有三女皆賢孝工詩，戚黨推為國色。其次女，即外祖母陳太夫人，歸我外祖顧公願堂先生者也。實以乾隆丁酉三月三日生，年十九，尚未字。顧氏與陳氏舊為姻婭，顧氏長老每至陳氏，見三女臨窗刺繡，儼若神仙，歸而嘆羨不置，乃為外祖求婚，陳氏未之許也。外祖年十七，學幕山西，會赴京兆試，見燕市中有卜者，因就卜焉。卜者曰：『子今生於科名無分，然將有非常之福。凡人祿享萬鍾，榮居一品者，俗福也；山水怡情，著述壽世者，清福也；其介於俗福、清福之間者，莫如豔福，非有夙緣，終身無望。玩此卦象，子若向南方，當得神仙為嘉耦，亦得神仙為媒灼，豈非常人罕得之福乎？』及榜發落第，南歸省親。

先是，曾外祖母供一麻姑像，神彩精雅，數百年物也。曾外祖母朔望焚香展禮，事之甚虔。至是夢麻姑謂曰：『汝年老無婦，當為汝子締姻。』會陳翁陳母六旬雙壽，慶者盈門。凡女賓至，則延之內室，三女周旋迎送。有一女賓，年未三十，澹妝靚飾，翩然入內，三女陪侍於旁，戚黨婢媼同聲驚訝曰：『今日賓主，真天仙聚會也！』女賓欲見壽母，陳母出而見之，問：『何姓？』答曰：『麻氏。』問：『居何里？』答曰：『余無家，今日為作冰人而來，不必多作寒暄語。頃見女公子皆係天上謫仙。長者端莊，較有世福；季者豔麗，恐難永年；仲氏容德尤備，然八年後恐遭奇厄。此係前定之數也。余所以來者，乃欲為締姻緣，亦係前定。今日午時，有某冠某服自西方來者，年甫十七，即其人也。』遂翩然而出，陳母追送之，已忽不見。家人相與驚詫，以為遇仙。俄而外祖以姻家子往祝壽，其時地年歲冠服悉合。陳翁亦素高外祖之才，遂以女女焉。陳太夫人既歸顧氏，見所供麻姑仙像若素熟識者，蓋即見之壽筵者也，益竦然敬之。

其後八年，陳太夫人年二十七，果無故自縊而卒。其姊歸沈氏，妹歸曹氏，境遇年壽，皆如所言。陳太夫人生一女，後歸曹氏。外祖續娶侯太夫人，亦生一女，即先妣太夫人也。余幼居顧氏，見顧氏族黨每逢元旦，必來拜陳太夫人畫像，瞻慕久之始去。有周孺人者，外祖之從母也，年八十餘矣。每來談陳太夫人，則口講指畫，娓娓不倦。因指畫像曰：『方陳太夫人自縊時，理妝不異平時，余奔往解救，欲灌薑湯，以刀抉口，堅不可開。上脣漸縮，微露兩齒，畫工亦遂仍之，此不過肖十之五六耳。然南鄉有觀音庵者，其比邱尼來嘗齋奠，延善畫者摹繪以去，供為大士像。今聞靈異乃益著，戚黨皆知其生有夙因云。』

扶乩問題

道光甲午科江南鄉試，題為執圭一節。合肥縣諸生有先期扶乩問題者，乩盤大書『唐伯虎』三字，遂寂然不動。諸生沈思苦索，有悟者曰：『唐伯虎自號六如，此題中必有六如字也。』因檢論語，得執圭一節。為文會者十人。是歲，合肥諸生舉鄉榜者七人，而六在會課中，惟李玉泉封翁以鄉居未與於此會。又道光癸卯科浙江鄉試，題為子曰加我數年兩章。杭州諸生亦先期扶乩問題，乩盤大書『在白雲紅葉之間』。當時莫能解者，及題既出，始悟題之上為『於我如浮雲』之雲字，題之下為葉公之葉字，與紅葉之葉字音異而文同。塾師教童子讀論語，向於葉字加一小紅圈，讀作葉公之葉字，則乩書紅葉之紅字亦有著落云。

扶乩奇驗

曾文正公嘗告幕客曰：『余向不信扶鸞等術，然亦有奇驗者。李忠武公續賓之剋九江也，余方銜恤家居。一日，偶至余弟沅甫宅中，塾師方與人為扶鸞之戲，問科場事。余默念此等狡獪何足為憑？乩盤中忽寫賦得偃武修文得閒字。余言：「此係舊時燈虎，作敗字解，所問科場事，其義云何？」乩盤中又寫為九江言之也，不可喜也。余詫曰：「九江新報大捷，殺賊無遺類，何為言敗？」又自忖九江去此二千里，且我現不主兵事，忽提及此，亦大奇事。因問：「所云不可喜者，為天下言之乎？抑為曾氏言之乎？」乩判為天下大局言之，即為曾氏言之。時戊午四月初九日也，余始悚然異之，而不解所謂。至十月，而果有三河之敗，全軍盡没，忠武及余弟溫甫咸殉焉。乩仙自言彭姓，河南固始縣人，新死於兵，將赴雲南某城隍之任，道經湖南云。』噫！一軍之勝負，關繫甚巨，此時文正雖奉諱里居，而東南全局隱倚以為輕重，忠武固文正舊部，而文正之弟又在軍中。半年之前，敗徵未見，而鬼神早有以告之，凡事莫非前定，豈不信哉！

城隍神世故

李幼泉都轉昭慶，相國肅毅伯之季弟也，常統萬餘人剿賊，以功擢鹽運使。將入都候簡，遇疾不果，以癸酉之夏卒於天津。方病篤時，都轉厭其困苦，乃密自為一疏，遣人赴城隍廟焚之，大旨謂：『上念老母，不忍遽謝人世。然修短有定數，原難勉强。自揣生平尚無大過，若壽數未絕，請即令痊癒；若壽限已到，亦即早令溘逝，免受此淹纏之苦也。』焚疏未及半時，都轉忽夢城隍神遣人持柬來招，隨之俱往，與城隍神款語片時即返。伯相適來問疾，尚未知都轉焚疏之事也。都轉自稱疲乏口渴，呼湯飲之，遂語伯相以焚疏之故，且曰：『我向者到城隍廟一行也。』伯相問：『見城隍行何禮？』都轉曰：『如世俗賓主相見禮，一揖而已。』因述城隍神之詞曰：『人之壽數非我所能主持，我已將大疏轉奏上帝矣。子之壽數原止於此，然子上念老母，孝意可感。且子多年帶兵，有功無過，我料上帝必有延壽之命，子盍歸乎？』拱手而別。伯相聞之頗喜，冀其或有轉機也。不料是日都轉遽卒。此事伯相親為余言之，且曰：『當城隍神轉達奏疏之時，彼豈不知上帝之未必能允，而以延壽慰予弟者，蓋城隍神之世故也。』

生作城隍三日

嘉興石蓮舫廣文中玉於同治壬戌移居上海三林塘，病中夢有相迓者，出則旌仗喧闐，隸役擁衛，掖之升輿。

視轎前兩提燈，則淮安城隍府也。及至署，南面高坐，判官及諸隸役以次參拜。判官捧公牘請判，堆積盈案，茫然不知牘內何詞，判官摘紙尾，但令畫行標硃而已。判畢，階下衆囚環列，分起就訊。廣文不知所為，目視判官。判官曰：『杖！』則杖之。曰：『鞭！』則鞭之。曰：『付某獄。』即牽去。廣文偶舉首，見對面一戲臺，其臺上聯額，皆默識之。凡在署理事三日，始送之歸。未至家數武，有一廟，廟門新貼上海縣令告示，廣文命停輿視之。俄至家忽甦，則病已三日不食矣。呼其子芳采曰：『上海縣令新出告示，其詞云云，盍往視之？』芳采往視，果一字不差。乙丑歲，廣文公車北上，過淮安，入城隍廟，視戲臺聯額，一一如夢中所見。嘉興人趙桐生太守銘為余言之。

死生前定

李忠武公續賓三河之敗，全軍五千人皆熸於賊。有勇丁某甲，匿積尸中以免。夜半，忽聞傳呼聲自北而來，以為大股賊復至，戰慄不敢出聲。竊視其燈，知為本地城隍神，騶從甚盛。既至，神據案南面坐，展閱一簿，土地神閱尸唱姓名，見死者皆能自起應之。唱至某甲，城隍神詫曰：『是人當死於江西萍鄉縣，胡為在此？』土地神跽曰：『實尚未死。』乃復按簿閱尸，天將明而甫畢。神既去，某甲徐起，四顧無賊，乃負傷匍匐乞食，輾轉山谷，逾一月始歸衡陽本籍，誓不再出從戎。家居數年，貧乏日甚，因念勇丁某乙有素負若干，索之可以供饘粥。其軍時在醴陵，尚非江西境，不妨一往。至則某乙一營甫拔向萍鄉，又念萍鄉去賊尚遠，往留一二日當無恙也。因先致書某乙，俾豫措所負之數，然後往取之。某乙如所囑，召某甲往，甫留一餐，某甲亟取資斧，束裝將行，忽端坐不起，視之氣已絕矣。

蓬萊仙跡

登州蓬萊閣頗多仙跡，土人往往有所見聞。表弟楊墨卿嘗以事至登州，適值溽暑，夜不能寐。黎明，登城納涼，至蓬萊閣邊，紅旭方升，見兩童子容貌蹁躚，方在雉堞賭跳，每移一堞，迅如鳥飛，捷如猱升，數丈外猶見之。

及迫近雉堞，童子忽跳出城外。亟俯視之，固無所見，且城堞離地殆四五丈，不知其為人歟？為仙歟？抑為狐也？

縊鬼為祟

余外家顧氏，居無錫城內西溪上，數百年舊族也。相傳雍正初年，有一道士過其門，忽植立瞠視，曰：『吁！縊鬼入矣。』頃之，連聲稱縊鬼者七，乃詣閽人告曰：『此宅有七縊鬼入門，自今以後，當有七人自縊者，及今驅之，尚可為也。何不請我作法，以拯此厄？』閽人入報。是時，宅主顧持國先生，先妣太夫人之高祖也，性方嚴，以道士為妖妄，斥去之。道士笑曰：『固知定數不可挽也。』長歎而去。

越數年，持國先生將嫁其女，與婿家爭花轎不得，女忽自縊。其後，先生之從孫某，為母所斥責，與其妻同縊於樓上。孫婦高孺人與其夫不相得，遂自縊。其夫旋亦自縊。先生之曾孫某，歸自書塾，忽自縊於桑下。七十年中，男女縊死者六人。

外祖母陳太夫人，既歸顧氏，柔順靜默，終日垂簾刺繡，與諸姑娣姒無間言。每晨起梳妝，窗外桂樹一株，常有小鳥鳴其上，若曰：『蠟梅花上街，披裹去，披裹去。』陳太夫人以問左右，左右不聞也。有吳媼者，陳太夫人之乳母也，目能視鬼，常云：『見一縊婦手持髮一綹，短繩一條，徘徊房戶外。』陳太夫人斥之曰：『咄！速去，毋妄言！』越數年，媼忽語家人：『宜謹為備。昨見縊鬼抃舞雀躍，揚揚出入者數日矣。』而顧氏祖宗皆切切聚謀，若甚有憂者，果何為耶？』於是家人防護維謹。先是陳太夫人性喜佩蠟梅，以其格高而韻遠也。嘉慶八年十二月十七日，陳太夫人晨起盥漱，忽聞門外有賣蠟梅花者，亟遣吳媼出呼之，逮持花入，則陳太夫人已就側室自縊矣。側室者，家人所呼為披裹者也。自是鳴鳥不復至。

閱年餘，家人或夢陳太夫人來告曰：『吾請於上帝，已驅除一方縊鬼矣。』故至今城西數里無縊者云。

淑靈呵護家人

相傳縊死之人，往往在其死所為厲，然亦有不盡然者。余聞外祖母陳太夫人之初卒也，每清晨薄暮，家人恍惚見其形影出入家祠中，丰神不異平生。其所縊之披裏者，後改為廚房。一夕，竈下養遺火於積薪，夜將半，家人如有聞呼救火者，皆於夢中驚起，則竈前煙焰已迷漫矣。室中固有水缸，缸內有瓢，咸於煙焰內望見一麗人以瓢酌水，連沃叢薪，火已漸熄。家人遽前逼視，見薪邊濕水淋漓，瓢亦投在缸外，乃合力傾水滅火，始悟救火者實陳太夫人也。

外祖早卒，外祖母侯太夫人艱苦守節，撫育二女，一為從母適曹氏者，一則先妣也。是時家貧赤立，恃女紅以度日。侯太夫人旋得膨脹疾，臥在床褥九年未愈。侯太夫人常怨言曰：『彼無端縊死，以後累遺我，使我受百般苦況，求死不得。鬼如有靈，能攜我同去乎？』一夕，忽夢有姝一人翩然來前，謂之曰：『我自没後，得返舊位，未嘗不樂。然繫戀故廬，常來呵護家人。即良人之死，我籲求上帝，跪膝將穿，竟不獲允所請。顧氏家運衰矣，所幸者吾妹一女福德兼全，他日外孫鼎盛，吾妹猶及見之，且有三十年陽壽，今疾當全愈矣。』乃以手摩腹，覺冷氣自臍間湧出。一驚而醒，則殘燈熒然，仿佛有人影瞥然而去，腹中癥結覺已盡消。明日，霍然而起，以夢語家人，驚詫良久，終身不復怨陳太夫人。

其後，余與諸昆季常從先妣居外家。道光乙巳，余年八歲，陡患爛喉痧症，諸醫皆束手以為必死。余忽於病中見一人，仿佛如陳太夫人畫像，手執盂水灑之，徧體清涼，未數日痧透痂落，病遂釋然。迄今思之，其遺像猶在目中也。光緒五年，始以伯兄撫屏前任山東濟東泰武臨道二品頂戴，貤贈外祖及外祖母如例。距陳太夫人之卒，已七十七年矣。然顧氏已絕無後，余志尚欲為置祭田云。

水鬼白晝拉人

兩江總督衙署在金陵城北，粵賊踞金陵時，嘗為偽天王府。內有花園，園內有池。甲子六月，官軍剋金陵，洪逆偽宮人赴池水死者百餘人。辛未十月，復營為督署。余時在曾文正公幕府，幕賓所居之地，與花園相距甚近。余夜觀書常至三鼓，往往聞窗外剝啄聲，余知為鬼，置之不理。如是者數夕，余厭其煩，乃右手秉燭，左手執棍，出驅之，羌無所見。既返室中，則拊窗聲、敲門聲與板壁外彈指聲，終夜不息。余亦置不與校，然竟未敢入余室也。

其後，余習與相忘，不以為意，而所聞亦轉少於前。及李雨亭制軍宗羲總督兩江，甲戌之秋，幕客有遣其僕赴茶爐取水者，怪其久不至，復遣一僕往趨之，行過花園，微聞有呻吟聲，則見前僕顛仆池邊，兩手據地，作竭力支撐之狀，黑氣一團旋繞其旁，駸駸將入水矣。後僕大呼，同事者聞聲奔集，黑氣跳入池中，汩然有聲。僕悶不省人事，以湯灌之，良久始醒，但云：『行到花園，忽見一鬼出自池中，拉余入水。余驚懼仆地，然口雖不能言，而心尚有所覺。極力掙拄，已為所拖。若再無人呼救，則命休矣。』是日甫值下午，不過二三點鐘，天陰微雨，水鬼儼然出池拉人。於是，過此者咸有戒心。

未及兩旬，而制軍之猶子忽死於池中。猶子年已四十餘，先數日接得家信，有喪明之痛，故水鬼得因其慼而祟之。是年冬，制軍遂引疾去位。數月之前，衰氣已見，故水鬼敢白晝拉人，至其夜間，僅在余窗外剝啄，則猶斂戢之至者矣。

水鬼假冒舢板船

余在曾文正公幕府時，蜀人中往來較密者，曰李眉生廉訪鴻裔、蕭廉甫大令世本、唐柏存大令煥章，而三人者又甚相得也。壬申二月，文正公薨。其五月喪舟取道長江南旋，時柏存奉大府檄護送。眉生亦自具一舟，送至洞庭湖口。於是，喪船、眷船及屬吏之送別者、水師舢板之護行者，不下數十號。大府調火輪船三號拉之，日駛三四百里。柏存每往來於眉生及曾劼剛通侯紀澤之船，晝則聚談，夜則歸其本舟，習以為常。

自登舟之後，柏存舉措言語，頗改常度，嘗謂眉生曰：『吾不久於人世矣，欲以後事相屬。』眉生詰其故，則欲言復止，恒咄咄書空，皆頹喪無聊語也。眉生百端譬曉，輒復豁然自失，言笑如平時。一夕，舟泊大通，柏存於二更歸舟，舟中人皆寢矣。蓋柏存蹤跡飄忽，時往時來，舟中人習見之，故不之伺候也。明旦，其從者將進盥水，不見柏存，徧問舟人，有一老者答云：『昨夜三更時，聞船後有人，聲稱李大人遣舢板船來接唐老爺者，旋聞洞然有水聲。余謂彼船以篙激水，未之問也。』是時，船已開駛百許里，咸謂柏存在眉生船也。是晚，舟泊九江，乃赴眉生船問之，不見柏存，且云並未遣舢板船。又徧問水師各舢板，皆云不知。於是有悟者曰：『噫！柏存死矣。此必水鬼冒為舢板，以誑柏存也。柏存今已入水矣。』既而久之不得確耗，乃懸賞格於沿江上下：有告得柏存尸者，賞銀五百兩。

閱月餘，有一木客在金陵告云：『木簰過大通時，忽一浮尸隨篙而起，惟失一首，蓋已飽魚腹矣，因取而埋諸江岸。』木客，亦四川人也。乃遣人隨木客往大通掘視之，衣服靴帶皆係柏存之物，靴頁內尚有唐煥章名片。乃賞木客，而斂其尸歸諸四川云。

初柏存之溺也，蕭廉甫方為天津縣令，未得柏存凶問，忽夜夢見柏存倉皇而至，滿身淋漓，如冒大雨者。見廉甫憮然無言，問以適從何來？不答。固問之，乃曰：『吾亦不知何以一滑便下，竟至於底，不能出也。』因不坐而去。既醒，而凶問至。

鬼笑可畏

梅伯言郎中有友某君，素以膽力自負。郎中與之戲，請必以實事為證。是時，金陵城內有一池在曠野中，素號多鬼。每薄暮，居民相戒不敢行，即有事，必紆道疾趨過之。郎中與某君約以一物置池濱，俾於深夜往取之，取來則輸以酒殽一席，不能者罰亦如之。某君往至池邊取物，並立而俟之，以觀其異。須臾，水面發泡。頃之，冒出兩手及身至踵，一鬼踏水面而行，登岸復前行。某君踵而隨其後，入一窮巷，前無出路。某君植立巷口，鬼將返，欲出不得。作諸怪狀以怖之，不為動。相持至五更，後鬼披髮吐舌，作欲前搏噬之狀，某君亦披髮吐舌對之，曰：『汝技止此耳。』天將明，鬼技益窮，乃長嘯一聲，咥然而笑。某君不覺驚懼，昏暈仆地。明旦，巷中人啟戶見某君，灌而醒之，送還其家。自是某君膽益小，夜間非有三四人不敢出門，嘗謂人曰：『鬼百般怪狀，皆尚可耐。所最難視者，其笑耳。迄今思之，猶令我悽神寒骨，毛髮俱豎也。』

新鬼回家

朱雲甫觀察其昂以光緒戊寅五月朔日病卒天津招商局。是時，天津疫氣流行，死者甚眾。觀察感受時症，本非甚劇，庸醫誤以犀角、地黃藥之，遂至不起。其家在上海，有兩宅，一在城內，一離城二十餘里。是月初五日午後，城內宅中一傭嫗忽瞠目囈語，家人環聽之，觀察聲也。從而問之，乃大哭曰：『我已於初一日辰時死矣。』家人大驚，問：『既死何以能到此？』曰：『我鑽在報喪信函中，附輪船南來，將近海口，我急欲到家，離船而走，甚勞倦也。』問：『報喪信何時可到？』曰：『明日辰刻。』問：『以何病死？』復哭曰：『今日甫經查明，吾尚有陽壽二十五年。前因母親大病，減借十年，亦尚有十五年，誤服庸醫之藥，遂至枉死。吾到陰間，一無拘束，以生平無罪孽也，亦各不收納，以死期未到也。可速焚一紙輿給我，我將到城中大王廟及蕭王廟一行，即無事矣。我再當赴鄉間報知母親，此事非可久隱，告之則慟在一時，不告則憂疑轉無窮也。』家人問：『債項如何？』曰：『我積虧久矣。今既死，不過以不了了之。』問：『所用錢有細賬乎？』曰：『無有。我生平用錢，無一不在面子上者。即無細賬，朋友自能代我清釐也。』家人如其言，買紙輿焚之。須臾，老嫗遂醒，問以前事，茫然不知。是夕，觀察之母在鄉間宅中，甫晚膳，即倦而就寢，寢甚酣。久之，忽在床上哭曰：『吾兒死矣！』問之，則所言盡與老嫗同。已而報喪之信果以初六日辰時至。

庸醫殺人有定數

同治元年，京師大疫。有某部郎病後汗出不止，身熱頭暈，忽覺離其寢室，出其大門，門外有駕車以待者，乘之而行，街道皆素所未經。至一巷口，遇同年某孝廉，亦乘車而行。頃之，至一衙署，則一素識之某主事已先在。三人並不交言語，閽者延入花廳，有一官人方面而白鬚眉者，非本朝衣冠也。分賓主坐，官人取桌上冊檢查，忽謂其下曰：『某老爺何以至此？速即送回。』即有兩人擁某部郎出門登車，見其亡父立於道左，呼曰：『汝何以至此？汝壽命未盡，昨日誤服某醫生之藥，麻黃三錢，足以殺人。吾為汝減去三分之二，速即回家，尚可活也。』言訖而去。車倏忽已至大門，兩人者從車上推之，一跌而醒，則僵臥床上，妻子環而哭泣，死已半日矣。忽呼口渴，索粥湯飲之，命取藥渣稱之，僅得麻黃一錢，視藥方則固三錢也。問之藥鋪，鋪中人答云：『麻黃三錢，係某夥所稱，掌櫃疑其太少，復重稱之，確係三錢，雖兌去而心終懷疑也。』又遣人問某主事、某孝廉，皆已死半日，其時刻正同；其藥方皆係某醫生所定，俱用麻黃三錢云。

村童夜陪鬼飲

距無錫數十里，有鄉鎮曰大牆門者，明季富室某氏居之，貲雄一郡。其居址自大門以及內宅，占地幾五六里，今雖改為村落，而土人猶名其地曰大牆門。光緒初年，有村婦攜一七歲子同居，其夫出外貿易，而童子讀書村塾。一夕，童子自塾歸，晚餐後忽云有記書條忘在塾中，欲往取之。村婦以塾中相隔不過數家，命童子攜燈前往。良久不返，俄而雨聲淅瀝，村婦倚閭盼望，中心如焚，而大雨滂沱矣。待至三更後，雨勢稍止，村婦自往塾中詢問，塾師則云童子並未到塾。村婦徧走村中，循戶問之，皆云未見。復赴溪邊呼問，傍岸各船俾以篙撩水，恐其或溺於河也，亦竟杳無蹤跡。只得歸家，自念衹此一子，而無端失之，恐為其夫所斥責，愁悶欲死。其族婦有來伴居勸解者，延至四更，忽聞門外剝啄聲，亟啟戶視之，則儼然童子也。其衣履並無濕痕，詳詢其故，童子曰：『方余啟門欲往塾中，忽有一人從旁突出，挾余而走，其行甚疾。須臾至一處，燈燭滿堂，僕婢雜沓，排筵宴十餘席。左男右女，忽抱余入座，見其相對言笑，略聞其聲，而不辨為何語。一美人款余嘉殽數種，余微嗅之，有泥土氣，因嚼而不咽，潛吐於地。久之，見一翁一媪大呼入門曰：「何故騙誘我孫？速即還我。」始在堂下與僕婢爭論，繼而上堂拍案揮拳，燈燭盡滅，男女僕婢皆不復見。身在暗室，無路可出，適有微光射入窗內，細審之，知為某氏家祠，覺媪與翁尚在堂上，媪謂翁曰：「何不挾之送往家中？」翁遂挾余而走。斯時窗戶關閉，不知何以能出，往返所經街道似與常路微有不同。倏忽至門，翁遂舍余，回首無見也。』既而童子之父歸家，詳詢翁媪狀貌，果童子之祖父與祖母也。蓋翁媪於粵賊滋擾時投水殉難，宜其靈爽昭著，能護其孫矣。拍案一怒，使某氏之鬼銷聲匿跡，殆其正氣所懾云。

狎遊客遇無常鬼

嘉慶中，先祖鄰圃府君，設帳無錫北門外。有施生者，年逾二十，荒廢學業，為狎邪遊，屢誡不悛。先祖擯之門牆外，施生益流連酒色。一夕，在妓室酣飲，四更後肩輿歸家，適經一橋，忽見一人身長丈餘，白衣高冠，肩掛紙錢，如世所稱無常鬼者，植立轎前，對之嘻笑。轎夫皆驚駭狂竄，委肩輿於橋上。頃之，有擊柝行夜者，見轎中人已半死，復為呼集轎夫，舁至家中，灌以薑湯，嘔綠水一盂而卒，蓋其膽已破矣。夫施生困於酒色，神不守舍，死期將至，而後陰氣乘之，固非無常鬼之能嚇人也。

楊孝廉遇煞神

俗稱人死之時，皆有煞神，其氣甚凶，而見之者亦往往不利。道光初年，吾錫楊緝甫孝廉熙以制藝名於時，為東林書院山長。一日，往其族叔家中問病，未至廳事，陡覺冷氣逼面，仰首一望，忽見一物似雄雞者集於廳屋之上，其眼中綠光兩道直射人面。凝神視之，漸覺己之眼中亦有紅光兩道，出與綠光相接。其始紅光甚短，繼而漸放漸長，紅光放長一寸，則綠光縮短一寸，相持良久，紅光將逼雞身，忽聞怪嘯一聲，雄雞奮飛而去，廳屋亦塌倒半間。孝廉始徐步入內，知其族叔病勢初甚危殆，既而稍覺平安，蓋紅光與綠光相持之時也。於是，方悟向者所見實係煞神，今既逼之使去，病或可愈，欣然將歸。甫出門，則哭聲舉於內矣。夫孝廉之目光，能與煞神相抗而終勝之，其所養必有過人者。然人之生死，業既前定，故其族叔之亡雖稍緩須臾，而終不能免也。

離婚酷報

湖南某觀察以鹽筴致富，卜居揚州。其長子娶某太守之女，憎其貌寢，納妓為妾。妾恃寵陵嫡，而其夫常右之。久之，某氏有孕，其母家恐妾之甚之也，迎之以歸。觀察之子聽妾之訴，即令其弟寫離婚書，告絕於某氏，而沒入其貲財甚富。某氏生女，遣人來報，冀觀察之子或許其歸也。而觀察之子執意甚堅，復令其弟作書拒之曰：『此女非我所生。』某氏聞之，先殺其女，取剪刀自斷其喉，大呼一聲，由床上自投於地以死。數日，而觀察之次子有疾，鬼附言曰：『汝助兄為虐，作書絕我，我將捉汝以去。』病者之妻出，訴之曰：『汝自見棄於夫，不能報怨，乃反欲令我作寡邪？』鬼應之曰：『夫之惡我，豈舍之哉？我夫不能書，而叔代為書，叔罪實大。且渠陽祿已盡，吾故先捉之。』言畢寂然，氣已絕矣。此同治戊辰年事也。辛未四月，觀察大病，死而復蘇，召其長子，使速辦後事，曰：『我與汝終不免，吾適至陰府，與新婦對質而不勝，以我不能訓汝。六十日必來捉我，次當及汝矣。』六月中，觀察果卒，蓋六十一日矣。後數日，長子亦卒。其妾見鬼謂之曰：『吾將使汝守寡一二年，再來捉汝。』余聞人談此事時，妾尚未死云。

鬼魅現形

道光季年，揚州鹽商有家婢為魅所擾，設法驅之，皆不應，婢言魅有形質，夜半即至，與之共臥，其冷如冰。商命兩媼挾與俱寢，夜半魅至，二媼狂呼奔竄。商無如之何。或獻計：召優伶四人，使扮王靈官、溫元帥、趙元壇、周將軍，環坐婢床，而徙婢於他室以待之。夜三鼓，有風肅然，窗戶自啟。王靈官知魅已至，挺鞭將起禦之，忽見黑氣一團直奔婢床。王靈官驚而顛仆，悶絕於地，而魅亦不復見。於是，商家男女婢僕皆驚起，煮薑湯以灌王靈官，良久始甦，已折去一齒矣。一僕燃燭於室隅，忽大呼曰：『鬼在此！鬼在此！』群趨視之，則見一鬼影嵌在壁間，其黑如墨，亦有面目鼻口，而不甚清晰。蓋魅與王靈官相遇之時，王靈官固為所驚，而魅亦驟見以為真神，慌張失措，故嵌於壁間，以致不能遁去也。衆以燭火炙之，唧唧有聲，愈炙則黑影愈淡。然其後壁上終仿佛有鬼形，雖常炙不能去也。自是，魅不復至，婢亦無恙云。

鬼負壞牆

道光年間，浙江臬署花廳屋倒。是時，某廉訪方宴客，忽聞小兒在院中大哭，廉訪怪而出視之，諸貴客相隨趨出，而屋塌然倒矣。後問小兒何哭，小兒云：『適見青面獠牙者數十人，皆以肩背負牆，若甚用力之狀，余心怖焉。』蓋廉訪與諸客不當壓死，故群鬼為之負牆，復借小兒一哭，使之驚出而後頹塌也。趙桐生太守從軍山東，夜已就寢，風雨暴至，臥室傾崩，聲震數里，同人驚起奔救，皆謂桐生必死。有號哭而呼桐生者，微聞有答應聲，乃使勇丁撥瓦礫掖出之，則固毫無損傷。衆詢其故，知桐生方睡熟時，夜半忽醒，披衣起坐，欲取便壺溲溺，未及俯取，而耳中聞排山倒海之聲，牆宇四面壓下，桐生所坐之旁適有一柱支拄，廓然中空，僅容一人。向使桐生首尚在枕，則其腦必被巨磚破裂，而其足亦必為壞梁壓斷。又使桐生果取便壺，俯身床外，亦不免於壓死。乃寢而忽坐，坐而未俯，不先不後，間不容髮，非若有使之者乎？然後知人之死於非命者，莫非前定。雖知命者，不立巖牆之下，而人之所以受巖牆之禍者，蓋亦其命然也。

旅鬼索路憑歸費

陳作梅觀察鼒嘗為余言，少時居山西學院，幕中同人有患瘧疾者，往往作囈語，人俟其清醒時問之，則云：『嘗見有一人年四十餘，自稱與我同事，三年前曾居此室，因日長無事，特來相訪，以破岑寂。』衆詢諸署中老吏，前任學院果有一幕友年四十餘病死室中，述其狀貌衣服，無一不合。一日，鬼復憑病者對衆言曰：『我久客思歸，而苦無路憑，恒為關津吏所留阻，諸君如能為我辦一文書，感且不朽。』諸幕客言於學使者，用鬼姓名填一路票，蓋印既畢，禱而焚之。須臾，病者拱手謝客曰：『諸君惠我甚厚，雖然我欲啟行，而苦無旅費，若之何？』衆復醵貲，為買紙錢、紙錠焚之，病者復拱手謝曰：『荷諸君之贈，行囊頗豐，吾今從此逝矣！』言未既，旋風忽起於地上，紙灰亂飛如蝴蝶，漸轉漸高，結成圓球，吹入雲霄，倏忽不見。病者亦遂霍然而愈。

鎮江府學署中鬼聲

余年十二三歲時，先大人官鎮江府學教授，余兄弟皆在署中讀書。署乃數百年舊屋也，前官及眷屬多有病歿於此者。每三更人靜，臥室外輒聞履聲橐橐然，如著方頭靴蹀躞於中庭者。或啟戶持燈出視，則寂無音響。既入復然，久而與之習慣，不復以為異也。或聞女子弓鞋木底聲，又或聞推窗拔閂啟戶聲，明日視之，則掩閉如常。或置算盤及棋筒於桌上，輒聞推算與落子之聲，或據案彈指之聲，或移動坐椅之聲，又若有喟然歎息者。一夕，大兄與仲兄方在書室論文，忽聞對面案上有剝啄聲，將燈光旋轉照之，其聲如故。逮移步往視，則無聲。既還，則復響矣。遂置之不理。又一日，大姊因瘧疾偃臥床上，忽聞帳後如有人驅貓者，俄一貓自床下走出，乃即署中所畜之黑貓也。至於天陰微雨之夕，夜深月黑之時，鬼聲啾啾，若近若遠，或在簷際，或在樹間，又余所習聞而不措意者矣。

荒徼人鬼雜處

咸豐年間，有謁選得廣西某土州州判者。是時，廣西甫罹鋒鏑，而此州被禍尤慘。州判既赴省謁見上官，始知歷任州判皆僦居省垣，不之官者十餘年矣；上官亦知而不問，或反予之差事，以示調劑。州判以為無論此缺如何瘠苦，總當一莅其地。僚友咸尼其行，適有自州來者告之曰：『此州城中居民僅數十戶，荊榛瓦礫，滿目蕭條，鬼多於人約數十百倍。惟日中時不見鬼影，及日稍昃，則群鬼已出沒牆隅，與人無異，其聲啁啾，不甚可辨。終日人鬼雜處，肩摩踵接，不相畏避，亦不相聞問，雖居之，幸無他禍。然此所謂鬼鄉也，不如勿往！』州判不信，毅然前往。

將至州，行百餘里不見人煙，田中樹木皆大可合抱，野獸叫嘷相逐，州判始有戒心。既入城，忽見闤闠夾道，陳設百貨，熙攘往來者幾與繁庶之區相似，私念邊城有此景象，傳聞之言殆不可信矣。謁見知州，知州嚬蹙，謂之曰：『我居此荒城，今已安之若素，乃勢有所不得已也。子可以不來而必來，亦太憨矣。』州判問：『向見城中繁庶之象，通都大邑不過如是，何謂荒城？』知州笑曰：『日後當自知之。既已到此，此間不乏空宅。』呼吏導往署外一甲第居之。征裝甫卸，似聞內宅尚有婦女笑語聲，私念：『當別有官眷賃居此耶？』因連日勞頓，遂即酣寢。

明旦，甫啟房闥，見對面有一房陳設精麗，揭起錦簾，一美婦人方對鏡梳妝梳畢，呼婢取水盥漱，旋入內室，婢復梳盥如前。忽聞外宅有傳呼某太太拜會者，室內婦人冠帔補服出迎。又一婦人年近四十，亦冠帔補服而入，兩婦互道寒暄，攜手就坐。州判又念：『今日天氣清明，所見決非鬼物。且鬼多飄忽，而此則形聲確鑿；鬼多陰慘，而此則容貌華美。土城中有此等官眷，正不得以荒僻概之，何知州之欺我也？』移步前進，將諦視之，兩婦一婢忽皆以手自挈其頭，對州判而笑。州判魂不附體，盡氣狂奔，徑詣州署，復見知州，告以所見，即日啟行。知州復遣兩吏，以小車送之出城。州判欲覓向所經之闤闠，但見頹垣破瓦、蔓草荒煙而已，始悟前日所見乃鬼市也。於是，疾馳出境，返至省垣，即日引疾歸里，終身不仕。

人鬼對談

無錫南鄉人有過七者，以賣鍋席為業，設肆寶應數代矣，因寓居焉。年近五十，忽喪其妻，過七鰥居一室。有婢曰小鸞，年十四五，嘗使展衾寢於床下，以備不時役使。一夕三更後，過七睡醒，呼小鸞進茶，忽聞小鸞連呼七官，諦而視之，其妻音也。過七乃披衣起坐，與之對談。

小鸞忽近握其手曰：『七官別來半年，我因思念不置，今夕特來一會。』問以死後情景，對曰：『我生平為人直道，尚無大惡，故死後並無拘束，大概情形與在陽世無異，惟不見日光耳。』問以死後曾回無錫否？對曰：『我曾還鄉數次，往來迅速，自較陽世為便易。惟族中窮人見我回家，糾纏借錢者不少，是以我不敢久留，仍來寶應。』蓋過七之妻向以儉嗇聞於鄉，故為鬼而其性不變也。問以今居何處？有人相伴否？對曰：『我即在此宅間壁，賃一室居之，僱一老嫗相伴。嫗即寶應鄉人，口音與我不對，又不善煮飯，諸多不便，亦勉强用之耳。』問以家有要緊契據某件徧覓不見，今果何在？對曰：『在某匣某抽屜内隔層之下，因索契者但搜尋抽屜，而不觀其下層，是以不見也。』問以店夥查姓領本錢百餘緡回南置貨，乃一去不來，自在無錫開張席店，殊屬可恨，我將赴無錫呈控嚴追，可乎？對曰：『我專為此事而來，斷斷不可涉訟。凡事讓人一分，在我受益三分。若一經官府，則受人氣惱，耗費錢財，經年累月不得休息，殊非長策。且查某居心險詐，殆將自斃。若往追前賬，則禍及吾家，恐所費不止數百緡已也。』既而曰：『吾去矣！吾兩人不久可仍相會，塵世之事，勸君看破，亦勸君千萬保重。小鸞年已及笄，可即配人，勿久留也！』

於是，小鸞如眠初醒，甚覺疲倦，問以前事，則曰：『我方將進茶之時，忽見一嫗手執紗燈，自壁角走出。主母隨後而行，近及吾身，主母忽以手擊吾腦後，遂已不省人事，亦不自知作何語也。』明日檢查某匣抽屜之下層，契據宛然在焉。未及兩月，聞查姓為他債主所逼，服毒而死，債主多受波累，過七始悟其妻言之不爽也。逾年，過七亦以疾卒。

舊鬼玩月

無錫北鄉有村曰胡家渡者，一塾師訓蒙於其間。每日暮，有一挑雜貨擔者至村，如糖果蜜餞之類皆有焉。訓蒙師與其徒各稍買食物以為消遣，每日入至三更而返，日以為常。一夕忽不至，盼之兩月，而雜貨擔始來。塾師問其故，挑擔人曰：『此次一病幾死，幸而痊癒，余從此往來此道，不免有戒心也。』蓋挑擔人之家距村約十里，是夕三更後，由村回家，月明如晝，道經一橋，忽見兩人憑欄玩月，身長不及三尺，而鬚眉皓白，相對啁啾，其語了不可辨。挑擔人心知為鬼，然四顧曠野，欲退無路，只得放膽，挑擔上橋徑過，且曰：『請先生稍讓！』聞一人曰：『是人可惡，速擊之！』挑擔人由此暈倒，人與擔直墜至橋下。五更以後，有行夜者見而呼醒之，送之回家，一病兩月。夫鬚眉皓白，而長不滿三尺，春秋左氏傳所謂新鬼大故鬼小者，豈不信歟？

鬼買糕哺子

句容鄉婦有以產死者，厝棺荒墟。其鄰近賣糕店，每日見一婦人來買糕兩枚，及晚穿錢，必有紙錢灰，適如婦人買糕之錢數，店主怪之。明日復來，乃以盆水受其錢，婦遽泣曰：『實告君，我非人也。我以產死，既入棺，而子生。每日買糕哺之，當佑店中多獲生意。凡買客夜來者，皆我所為也。』因復哀籲曰：『吾家現已無人，此子久在棺中，終難得活，且與店主同姓，如蒙救出，撫育為子，則生生世世銘此大德矣。』店主惻然許之，因曰：『吾恐以開棺獲罪，奈何？』婦人曰：『方感大恩，開棺何害？』因告以地址方向，嗚咽拜謝，瞥然而没。店主依言覓之，果得一棺。啟之，尸尚未朽，即買糕婦也。一孩微有溫氣，灌以薑湯，始能啼能動。店主遂撫為子，而葬婦棺。及兒已長，頗以貿易致富，店主告以其母墓所在，使往祭焉。夜夢其母告曰：『吾昔為汝買糕，每過某溪，浮水而渡，甚覺苦楚。汝今宜建一橋，以便行人。』其子乃建橋溪上，名之曰買糕橋。句容人至今能道其事。

鬼欺衰老

吾錫北門外大橋，縣令決死囚之地也。道光中，有顧君字雲萼者，以書畫名，年七十餘矣。一日三鼓後，提燈獨過大橋，陰風忽起於橋上，燈光陡滅，有數十無頭鬼逐之，大駭。奔至橋下，背一店門而立，鬼已踵至，皆手挈其頭，對之而笑。顧君魂不附體，頹然倒地，忽見紅光兩道自遠而至，鬼皆散走。近而視之，則所素識之王氏兄弟也。驚喜呼救，乃送之歸，未數月而病卒。顧君嘗語人謂：『王氏兄弟必貴！』既而一舉孝廉，一以監生終，頗以干涉訟事，見輕鄉里。豈其根基雖厚，而行事有以折滅之歟？抑年少氣盛，不必有大福祿，而亦為鬼所畏歟？

東平州牧相尸遇鬼

余友朱偉度太守祖駿之權知東平州也，頗有能名。一日，赴鄉間相一老嫗尸，冒雪前往。偉度向有喘病，又飢寒半日，及回署，氣息奄奄，面無人色。偉度之妻捧薑湯進之，甫啜數口，陡然大吐，噴及其妻之面，其妻暈倒於床，而偉度則爽然神清矣。其妻忽作囈語，審其音，若六十餘老嫗者，儼然東平人也。瞪目言曰：『余子無狀，終日在外賭博，不問家事，致余氣忿尋死。乃復移余於富家某氏之門，藉尸圖詐，生不能事，死又暴露之。且遠勞太爺之駕，若不嚴治余子，余死不瞑目。』偉度謂之曰：『汝子固當嚴治，但衙署深嚴，汝何敢至此？』對曰：『余抱憾無窮，亟欲申理，太爺在尸埸時，余鑽入轎中。惟時太爺偏身發冷，余乘間入太爺之口，由口入腹。適飲薑湯半碗，余熱不可耐，由喉間衝出，不意適值太太。今特借之以宣余意。』偉度怒曰：『汝混入衙署，又纏擾太太，不自知罪乎？』因呼曰：『速取杖來，我將扑之！』其妻作惶怖叩頭狀曰：『我速去，我速去。但求太爺處治余子！』偉度問曰：『汝子洵有罪，將絕其性命乎？』對曰：『不必絕其性命，但求杖之一百，警其將來而已。余欲出署，懼為門神所執，求太爺遣人炷香引余則出矣。』偉度命如其言，其妻遂醒。明日，偉度為斷是獄，杖其子而遣之，州人多服其公明云。

冤鬼鳴冤

余弟誠伯之知漢川縣也，去城三十里之蚌湖口，有劫盜數人拒殺事主一案。盜首何大安逃奔十五里，天尚未明，為兵役所盤獲，收禁獄中，供稱夥黨五人已逸。正在緝捕，會有形迹可疑者三人前來探獄，禁卒怪而羈留之。執而訊之，皆盜夥也。明日，又在河邊盤獲二名。數日之間，劫盜六名全數擒獲。縣民驚謂：『非鬼神默佑，不能至此。』時壬午十月初六日也。先是十月朔四更，誠伯在內寢將臥時，聞後牆外有喊冤者，若近若遠，乍左乍右，其聲慘厲，意其必非鬼物。連喊三夜，姑遣差往查，皆云牆外離居民甚遠，此殆非人，不日當有重案。初四夜，喊聲較早，闔署無不聞者。然鬼聲無若是之發揚，僉謂當係更夫與冬防巡勇警夜聲也。初五夜，尚有喊聲。初六日，諸賊悉被擒後，即寂無音響。而查事主被殺之期，乃初一夜也。其鬼既能鳴冤於縣署，又使諸盜不緝自獲，鬼亦靈矣。誠伯又細詢更夫巡勇，並無警喊之事云。

廳署貓精

外叔祖顧半厓先生，遊幕河工，嘗言道光年間居南河某廳署內，屋上常有一貓精，長二尺許，頭戴氈笠，肩挑兩小筒，效擔水夫之狀。每晨起，必從簷前經過，人亦習與相忘。後因偷喫食物，庖人狙擊殺之。庖人即擔水夫也。視其氈笠，蓋拾取敗氈緝成者。其兩小筒，則取小木片捆紮為之。夫貓而成精，其閱世當已久矣，然擔水夫能擊殺之，究尚無甚伎倆。至其所慕效，不過擔水夫之屬，貓之心目間，但知有此人，蓋亦積威壓之漸也。

怪物幻形

憶余十一歲時，居西溪顧氏宅中，聞鄰右秦氏言狐為祟。每至初更，舉族健男十餘人執刀槍劍槊，各持燈火升屋四望，方紛呶時，鄰舍左右忽聞有人在屋簷上咳且笑者，又有見兩蒼頭從高樓跳下者。余在家方輟讀，亦聞有人履屋瓦而行，聲甚厲。余亟推窗視之，則聞踉蹌奔避聲益厲，迄無所見。明日，又有鄰翁言，天甫黎明，見巨盜四人，面繪五色，開秦氏大門而出，揚揚向西去。及天明後視之，秦氏門固未開也。於是形聲變幻，倏忽無定。比鄰十餘家，皆云有所見聞，疑懼不敢安寢。如是者匝月。一夕四更後，余家寢室外，一銅盆忽在桌上旋轉不已，時惟先太夫人與一戚媪分兩室而居，余與諸弟亦居室中。太夫人聞銅盆旋轉聲，覺有異，乃喚戚媪取床下鑼鳴之，鑼聲起則無所聞，鑼聲止則銅盆旋轉如故。太夫人謂戚媪曰：『吾與汝不可不出。』乃皆啟寢門而出，聞物自窗隙奔逸，其聲甚惶遽，窗外大桂樹珊珊搖動。天已微明，太夫人自窗隙窺之，樹下原有一大缸覆地，忽見缸中透出黃爪在地爬搔。須臾，一物闖然而出，固家中所畜黃貓也，四顧而嗅，遂忽不見。未數日，太夫人右腕患一疽，危篤異常。家人復取所畜黃貓，覆之大缸以試之，貓嗚嗚在內叫號，竟不能出也。他日，貓偏身發腫幾死。而外祖母侯太夫人素不信鬼怪，聞之叱曰：『烏有是事！』未幾，外祖母亦發毒，數月甫愈。太夫人病轉劇，醫治年餘乃愈，怪亦不復至。不知是何物也？或以為狐，或以為蛇云。異哉！物之自窗間突出，似尚有所畏忌，乃太夫人一病幾殆，豈其毒氣所中歟？然自是比鄰左右不復聞怪物為幻，蓋已毆之遠去矣。

蒙陰狐報仇

山東蒙陰縣之蒙山向多狐，獵戶以冬令入山，圍而獵之。定例：蒙陰縣令於一月前出示曉諭，准於某日開獵，某日封山，俾諸狐知之，得以先期徙避。蓋古者網開三面之意，而狐亦必故留其老者、病者、有罪當死者，以供獵戶之求，歲以為常。衆獵戶雖執業在一時，皆足供終歲之食。惟所獲多草狐，類皆賤品，欲驟致重利不能也。某大令方莅任，頗以好貨聞，獵戶相與合謀，斂貲賂之，緩其出示之期，而准獵戶入山縱獵。狐出不意，狂奔驚竄，駢死於火槍之下。於是羅列珍品，有青狐、黃狐、火狐、玄狐之屬，獵戶皆獲利數倍，大令亦遂饜其所求。一日，大令方坐衙齋治文書，有一白鬚老人突入，謂之曰：『余狐祖也。汝為縣令，凡事當循舊章辦理，乃貪利骫法，忍徇獵戶之請。余之子孫為汝所殲多矣，余必有以報汝！』佛然而去。出戶數步，遂忽不見。越數日，大令之子方在浴室，忽墮水死。未一月，大令遂丁外艱以去。論者謂大令之父老病侵尋，其子無故墮水，殆狐之所為，若丁憂則偶值其時也。厥後，同里許君國瑞往權蒙陰縣篆，見署中有空室三楹，相傳狐祖所居，往往現形一叟，青衫氈笠，貌頗樸野云。

甯紹台道署內狐蛇

余將赴甯紹台道任時，即聞甯波有三將軍之說，皆巨蛇也。其在提督署中者，曰大將軍；在道署中者，曰二將軍；在府署中者，曰三將軍。然向不輕出見。及余到署，細察形迹，惟署後有小屋，供財神，其旁塑白鬚而坐者三人。詢之舊吏，乃云狐也。署室承塵上，常有聲響，始以為鼠，久而諦之，與鼠稍異。或於板壁及桌椅上作剝啄聲，余厲聲呵之，乃稍止，然既止復響。既而試得一訣，但若無所聞者，置之不理，再響數次，即不復響矣。僕婢有失小物，及頭足微疾者，均往財神祠中燃香燭，亦頗有奇驗，但事稍重大則不靈。一日，余方午食，仰指承塵，謂內子曰：『彼已數月不響矣。』言未已，而聞墮塵之聲若撒豆者，各室中多有微響，旬餘乃止。乙酉上元之晨，余起盥沃，忽聞板壁有響甚厲，與平時不同。余大聲斥之，亦不稍止。適接電報，知法將孤拔率五戰艦已入蛟門，來攻鎮海，余乃悟彼來報信也。因曰：『此後如有警信，即能來報。待到事平，當書一匾額送之。』自是，凡聞室中有厲響者，必接警電。法船既退，余乃撰書一匾，懸之祠中。余久欲察巨蛇蹤跡，而無所見。惟盛暑之夕，署中人每見一烏蛇，長丈餘，橫臥院中乘涼。欲呼眾人往觀，則忽不見，然並無他異，似不足當將軍之目。又聞前任某觀察，有一族侄女在署，一夕忽不見。明日，東城外十餘里之鄉人來報，有一女墮於田中，遣人驗之，乃迎以歸。女云：『三更睡熟後，忽覺御空而行，鼻中微聞有腥風，然並無所見，天將明，乃墜下』云。眾意此乃蛇之所為，惟余所聞署中之響，不知其果為狐歟？為蛇歟？余無以考其實矣。

蛇死為祟

無錫南門外，窯戶甚多，俗呼之曰老窯頭。同治丙寅，有某甲買一古窯，窯已閉棄數百年矣。將啟而用之，忽見窯中大小蛇無數，皆毒虺也，盡擊斃而火之。有一蛇，大如甕盎，亦死於火。頃之，某甲大病，將死，蛇附之而言曰：『我已修百餘年，未嘗出為人害。汝不與我一信，而突來開窯，使我不及遷避，無故殺我，且殺我子孫甚眾，今日必索汝命。』蓋俗例，凡起造動土，必於數日前祀土神，則百蟲無不徙避。某甲開窯，實未祭土也。於是，家人涕泣哀籲，許蛇以諷經超度，不可；許以拜七日梁王懺，又不可；許以拜懺而兼立蛇王廟，蛇乃允之。某甲尋愈，於是軍將山有蛇王廟云。

巨蚌成精

上海蕭家浜，水通黄浦。咸豐五六年間，土人往往於晦冥之夕見河濱有光燭天，儼同月夜。河濱有大榆樹，數百年物也。一日，有客向土人欲買此樹，願輸錢百緡。土人異而詰之，客曰：『此樹腹空已久，中有靈草一莖，而此河由黄浦通大海，汝等獨不見夜有寶光如明月者乎？此巨蚌也。彼在海中修煉多年，來此欲食仙草，以成正果。吾所以買樹者，將取草以釣蚌也。』土人聞之，皆謂明月之珠乃無價之寶，吾輩何愛於百緡？乃謝客勿售，相與鋸樹取草。復築壩截斷河流，戽水使涸。河底果有兩巨蚌，皆如百斛之舟，相對翕張，作欲裹人之狀。土人既不敢近，乃懸仙草於長竿以誘之。蚌來逐草，其行如風，竿與草皆為所吸食。持竿人駭極，幸而跳免。土人以為蚌不出壩，終當涸死，欲持久以困之。數日後，蚌忽不見，蓋已騰躍而越壩矣。然每夜寶光仍見於黄浦，相去不過數十里耳。俄有兩女子，美麗絕倫，赴縣署投狀，自稱立願出家修道，有惡少年鄔生，强佔為妻，不令得歸母家，求縣主速賜拯拔。問其居址，云在黄浦。既而一書生來訴狀，自稱鄔姓，幼聘彭氏二女為妻，今欲賴婚，求縣主速賜清理。問其居址，亦云黄浦。既而縣役持票拘人，則浦濱固無彭、鄔二姓者。徧詢舟人，亦皆無之，遂置之不理。越半月，兩女子復來縣催訊，並訴於道署。詰以鄔生既難拘到，作何處治？女子稱：『但書黄紙聲明鄔某應按律懲辦，鈐以縣印，以某日某時焚而投之黄浦則可矣。』縣令如其言試之，忽見血湧水面，則一大黑魚，長五六丈，已浮水死矣，身似被刀斫者。是夜寶光遂不復見，後常見於海外之蛇山。始知蚌之久不出黄浦者，為黑魚所阻也。而彼此赴訴，先得縣印者勝，印之威靈亦赫矣哉！

樹靈報仇

光緒辛巳三月初五日，天津府署附近民居失火，燒死四人，其居主則鹽運司署之書吏也。先是，書吏所居院中有老樹一株，書吏以其侵蔽日光，將伐去之。或言此係百餘年舊物，不宜斬伐。書吏不聽。斧尋既縱，紅水噴溢，殷如血痕，亦不顧也。將發火之前數日，書吏每於清晨夢見白鬚老人，戟手謂之曰：『汝與我為仇，我亦當與汝為仇；汝剿絕我命，我亦當剿絕汝命。』如是者三日，書吏怪之，出以告人，亦莫喻其故也。及火發，即在伐樹之處，亦不知其所自來，書吏及其二孫一傭媪皆死焉，其大門及比鄰屋舍均無恙。

趙桐孫告余曰：『凡百年以外老樹，往往能為人禍福，史冊固常見之，而近事則尤可徵。浙江義烏縣署中，有大樹侵礙屋簷。某大令莅任，命伐去杈椏旁出之兩枝。大令有已嫁守寡之女，攜其三歲子在署，忽囈語曰：「方今某氏家運尚旺，我固無如之何。若汝家則門祚衰矣，姑借汝子以顯吾之手段，彼去我兩臂，我亦當取汝子一臂，以洩吾恨。」言畢，瞋目切齒，取利剪斷其子之左臂，鮮血淋漓，旁人奔救不及，女亦醒而大哭，不自知其所以然，蓋為樹神所憑云。嘉興人有陳姓者，由孝廉入貲為中書舍人，家有老槐一株，數百年物也。舍人有妹婿，為狐所擾。一日赴陳氏，狐不復至，比歸則狐擾如初。家人研詰其故，狐始不肯言，繼乃曰：「陳氏有黑將軍，氣象雄猛，吾甚畏之。」舍人乃迎妹婿下榻書室，其居適與老樹相對，狐久不至。陳氏每歲祭樹神一次，以其庇蔭全宅也。祭樹之日，狐忽來擾，家人復詰之，對曰：「今日乘黑將軍之醉，姑再來一敘。」眾始知黑將軍者，實樹神也。厥後數年，樹被雷擊，而陳氏亦漸衰替。人謂陳氏前此家道殷實，人口蕃祉，頗得樹之呵護；一旦雷神致罰，豈樹之精靈歷歲久而將為祟歟？固未可知。而要之陳氏數十年之盛衰，實與此樹為始終云。』余謂桐孫之所聞固不誣矣。

夫草木無知之物也，然老樹閱世至百年，得日月之精華，受雨露之滋培，其靈氣愈積愈厚，則無知而若有知，亦理之可憑者。如謂老樹盡不宜斬伐，伐之必攖其禍，則亘古以來，參天之木將充塞乎宇宙，揆之於理，當不其然。凡人之偶爾獲禍者，或其平日所為背棄常道，殃咎將至，而樹靈乘之為祟，所謂其氣焰以取之也。抑聞古聖人斷一樹殺一獸必以其時，蓋以天地所生之物，不忍無故殘損也，而況老樹閱世至百年以外者乎？彼違天地好生之德，肆意戕物，可以無伐而必伐之，則獲禍宜矣。若夫循自然之勢，審當然之理，而行以惻然不忍之心，樹靈有知，當曉然於氣數之不可逃也，夫孰得而祟之？

孝子獲福

湖南甯鄉農民謝上達，生不識字，而有至性。其母病，掌腕不能動作，上達傭賃以養母。每雞鳴起，炊黍熟，調甘旨一簋，溫盥湯，烹茶，備巾盂盞箸，豫置母榻旁。稟命畢，乃趨傭所。傭甚勤，功常倍他傭。日未暮，白傭主返奉母，餐畢，然後盥濯休息。傭主與酒肉，必歸遺母。傭不遠去，以二三里為率，便定省也。母髮亂，躬為櫛沐，衣襦垢，躬浣濯之。暑月為母澡浴，不少厭怠。母病寒，苦鼻塞，口承母鼻，以氣吸通之。暇則坐母旁，說委巷瑣屑之事以悅母。鄉村有燈會或演劇，必背負往觀之。雖暑雨祁寒深夜，不以為勞。如是者二十餘年。母既卒，每值當祀之辰，出市酒肉楮帛，晚出田隴間，迎神慰問其母，且語且笑如生時。既設奠，則躬坐筵側，勸加餐焉。祀畢，則涕泣哽咽，送之田隴間。上達有兄早世，至是乃呼兄祝曰：『母老矣，病不能行，兄其背負之，毋使疲於道路。』言至此，輒慟哭不能止。道光二十年，長沙人有扶乩者，或問天下有幾許孝子？乩書某某等二十餘人，俱獲天佑，及身富貴。謝某已老，當以來生獲報，可擁八騶也。上達初赤貧，晚乃小康，且健甚，年八十始没。夫孝為百行之先，壽為五福之冠。天之所以報純孝者，亦何必待來生哉？

李遊戎遇魅附

廣州有李遊戎名承烈者，從軍黔省，偶失道，天且暮矣。遙望里許，有寺隱約林際，趨赴之，扃閉嚴固，抉扉入，殿宇宏壯，然蓬蒿没徑，似絕行蹤者。西廊停一柩，東廂頗潔，而空洞無床几，僅一琵琶懸壁上，弗之異也。席地而寢，命兵役秣馬殿後。夜半，若有挾之者，驚寤。適月色横窗，輝耀若晝，見琵琶盤旋空際，戰戰有聲。異之，危坐諦視，忽撲面來撻其額。遊戎躍起，拔刀揮之，忽裂為二，復兩相騰繞，往來如織。連擊之，輒上下閃脫，莫能中。如是者久之，遂無所見。遊戎亦倦極，將就枕，聞院中格格作響。穴窗窺之，見柩憑兩凳若足，躑躅而前，已至戶側，抵觸甚厲，牆宇震搖，即破窗跳出。柩即旋轉隨其後，駭極。奔避殿內，柩亦踵至。乃躡登神龕，甫搴幔，見一紅裳女子立龕內，向之而噓，寒風刺骨，暈絕仆地。天明，兵役入救，則東廂琵琶與西廊之柩皆如故也。遊戎大怒，火其寺而去。

蘇州瑞光塔蟒蛇 附

蘇州盤門有瑞光塔，乙亥之夏，大府籌費將重修之。屆期，工匠緣梯至塔頂，忽見一巨蟒，頭大如巴斗，腰圍三尺，蟠踞塔心，腥穢特甚。驟觸其氣，皆昏暈墜地，死一人，傷一人。董其事者無可奈何，遂設酒餚香案禱之，曰：『今日奉大府之命，一郡風水所關，且恐傾欹而妨民居也。請暫避以蕆此役，俾獲覆命。』夜夢一老人衣冠而前，曰：『君此舉誠美，但余在此修煉已千年，未嘗賊一命戕一物，早知今日有此劫，過此便可得道。惟兩匠因我而死傷，又須遲三百年。乞君成全，後當圖報。』董事者以此覆大府，遂命輟役。後數年，吳子健中丞飭局修建。己卯六月，塔頂被旋風吹折云。

薔薇祟人

駐英二等參贊官黃遵憲公度之弟，名遵路，字公望者，嘉應州諸生也。年三十餘，忽發狂疾，醫調漸愈。越三年復發，人勸之服藥，不應。謂所親曰：『吾疾豈藥所能治耶？自吾始疾，常見一白頭翁，又為天神鬼魅之狀，多方誤我，耳目心口，皆束縛不能自主。此數月來，則宛然一十七八好女也，日就擾我，誠不知何孽？然幸勿語人，恐人疑我生平有遺行也。』又言：『此女自道其姓名及襐飾甚悉。』有時忽瞋目拊床曰：『幸吾有把鼻，不然者殆矣。』先是，公度從祖家有薔薇花一株，或見其化為人，而其家有發狂疾者，乃移植於東偏，與公望居相近。而公望又發狂疾，家人疑此花為妖，議芟夷之。光緒十五年五月十七日，日加午，家人潛伐樹，掘其根，將棄之野，公望不知也。忽於是時剸刃於腹，大叫倒地，創不甚深，越日而卒。

附録

作者傳記

事實

一、故宦薛福成，字叔耘，號庸庵。江蘇常州府無錫縣人。由附監生捐同知銜中式同治六年江南鄉試副貢生。歷官直隸候補同知、直隸州知州、候補知府。賞戴花翎。光緒七年十一月，奉旨署理宣化府知府。八年三月交卸，奉旨以海關道記名簡放。十年正月，奉旨補授浙江甯紹台道。閏五月到任，十一年□月賞加布政使銜。十四年九月，奉旨補授湖南按察使。十五年二月，交卸道篆入都陛見。四月，特簡出使英、法、義、比四國大臣。賞加二品頂戴，以三品京堂候補十六年正月出洋，二月到任。歷屆奉旨補授光禄寺卿、太常寺卿、大理寺卿、都察院左副都御史。因在差次均未到任。二十年四月交卸内渡，五月行抵上海，積勞得疾，六月十九日歿於上海出使行臺。距生於道光十八年三月十八日，年五十有七歲。七月，奉上諭照副都御史例賜卹。恩賜祭葬。

一、故宦曾祖諱世琛。祖諱錦堂，府學生。父諱湘，道光十一年恩科舉人，二十五年恩科進士。官至廣西潯州府知府。三代並覃恩誥贈光禄大夫。

一、故宦天性孝友，踐履篤實。自幼喜觀儒先性理之書，稍長縱覽經史，好為經世有用之學。同治四年夏，故大學士曾公國藩督師剿捻寇，北上張榜郡縣，招致賢才。故宦遂於寶應舟次，上書萬餘言。曾公一見，大加獎譽，延入幕府辦事。自是從曾公者八年。當時幕中多閎俊博雅君子，因得講求經濟文章，相與上下其議論，而於掌故、時政、行軍籌餉、中外交涉之要，所得尤多。光緒元年四月，故宦客遊山東，擬上治平六策、海防密議，又萬餘言。由故山東巡撫丁公寶楨代奏。奉旨留中，旋交軍機大臣發各衙門，議奏多見施行。是年以直隸州知州需次直隸，今大學士李公鴻章復邀入幕，掌箋奏參要政，遇事統籌全局，切實指陳。幕府所擬疏稿書牘，多關繫時局之文。李公諗知故宦可屬大事，遂密疏保奏，以海關道員記名簡放。及故直隸總督張公樹聲署理北洋大臣，需才尤急，檄飭辦理洋務。嘗為李公籌議與英人煙臺立約事宜，收回利權，裨益匪淺。後朝鮮內亂，上書張公，請迅調兵輪渡海保護。迨日本兵艦繼至，我軍已先入定，變志餒氣，懾乃尋盟而返。當時海內名公鉅卿，如前侍郎郭公嵩燾，總督丁公寶楨，今總督張公之洞，應詔薦賢，皆先後密保。蓋其識略冠時，規畫宏遠，早具於幕府辦事之日矣。

一、故宦出守宣化府時，清訟獄弭盜賊，務農勸學。設施甫半載，關外士民已稱為循良不置。及分巡甯紹台道，適值法蘭西與越南搆釁，屢講不戢，瀕海諸行省防務日亟。故宦以光緒十年閏五月到任受事，未及兩月，即聞福建馬江敗仗之信。浙防戒嚴，巡撫劉公秉璋檄令綜理營務，於是聯絡諸將，購置利器，修築礮臺，周護長牆，分布水雷，釘椿沈船。其得計，尤在遷置教士，以去間諜； 雇絕引水，以杜嚮導。自秋徂冬，經營布置，久而加密。復以其間，豫籌餉需，添練洋隊，親至前敵，周莅撫輯。甯波故濱海，輪船往來，海氛既急，謠傳易起。自故宦莅事，忠信相孚，遂安堵市易，如故列郡無遷避者。迨次年正月，法人以追南洋兵輪，直犯鎮海。故宦督飭礮臺將士，用大礮猛擊，而復以輪船之礮附之，奮力抵禦，屢中敵船要害。前後兩戰皆捷。又以我布置嚴密，無從得間，相持四五十日，卒不得逞。迨和議成，復遲久始退。論者謂當時非有鎮南關之捷與鎮海之戰，法人未必即肯就款至甯波一郡。從前英人之變，粵寇之亂，鮮有能堅守卻敵，而民不被兵者； 有之，蓋自是役始云。方事之殷，礮聲轟然，屋瓦震動，故宦不動聲色，措之裕如。軍書旁午或半夜，披衣起，赴機應敵，不少延緩。及事平，朝廷論功行賞，加布政使銜； 遂條上善後事宜，為未雨綢繆之計。迭次馳赴鎮海，相度形勢，擇於南岸小港口之笠山，築礮臺一座，置新式大礮三尊。有此臺，可以外顧游山，內防鎮口。其餘招寶、金雞山各處，皆築臺置礮，前敵後路，節節設險。凡四年而工竣。當其升任以去，尚以妥籌保護新築礮臺為言，其慎重海防如此。

生平勤政愛民，凡遇地方公事，輒虛心咨訪，窮究利病，而不自以為能，故人亦樂為之用。防務告蕆，海疆大定，遂有意於興學造士。就署之東偏闢後樂園，調浙東高才生課之，月凡一集，以殿最其文藝，時或接見，以親為講解。復於園中隙地，創建崇實書院，搆屋數十楹，規模宏敞，廣購書籍，延師主講，俾諸生肄業其中。其設教之法，略分義理、考据、詞章、經濟四科，蓋竊取曾文正公之意。迄今不過十年，人材蔚起，科第稱盛。凡入備侍從、出膺民社者，已有其人。其上者，講求實學，留心時務，皆卓然可為世用。其次，教授後進，亦不失為東修自飭之士。蓋皆奉故宦之教者也。他如修濬甯波水利，嚴辦保甲，修復遺愛祠，以祀巡道之有功斯土者。結紹興教案，懲台州盜風，皆實心為民，寬嚴相濟，而於開通商務，便益民生之事，尤所注意，於是甯波始有機器、紡織之廠。其勤求實政又如此，所以浙東人士至今謳思勿衰，聞其積勞謝世，且為之太息泣下也！

一、故宦奉使出洋，往來英、法、義、比諸國。到任數月，即陳察看交涉事宜，及豫籌各國使臣合請覲見。各疏復議添設南洋各島領事，保護華民，並請申明新章，豁除舊禁，以護商民而廣招徠，俾出洋華民皆得攜貲回國。奉旨准行，於是遂改新嘉坡領事為總領事，兼轄英屬海門屬部等處，並設檳榔嶼副領事。又敕下沿海各省督撫，分途出示，切實曉諭。由是閩、粵人之旅居外洋者，始有懷歸之樂，而免擾累之苦。光緒十七年夏，長江上下游教案疊出，蕪湖、丹陽、無錫、江陰、南昌等處教堂，多被焚燬。既已查拿匪犯，允給賠款，而英、法各國駐京使臣尚忿爭不已。經總理衙門轉行辦理，故宦屢往外部推誠相告，漸就範圍。適有英人梅生代哥老會匪購置軍火，為海關查獲。故宦面詰英廷，謂須從重治罪，以懲效尤，英人始覺氣阻。乃陳分別教案治本治標之計，及嚴禁私購外洋軍火以杜隱患疏。並請調集兵輪，分布各口，以備非常。由是遷延數月，教案遂漸次議結。蓋故宦朝夕籌思，與總署及南北洋大臣函電往來，實不為無助也。光緒十一年，英人據緬甸時，出使大臣曾公紀澤迭向英外部詰問，議久不決，惟允由英駐緬大員按期遣使，賫獻方物，且願稍讓中國展拓邊界。與外部互書節略，旋即交卸，遂停不議。故宦查閱舊卷，上疏請豫為籌備，不使英人獨占先著，以免臨時棘手。經總理衙門請旨，特派專辦滇、緬劃界通商事宜。於是屢往外部伸理前約，外部堅拒不應，停議兩次。經故宦反覆駁斥，持之益堅，爭之益力，辦論逾兩年，始允讓地，並代緬甸進呈方物，守十年一貢之例。維時適今北洋大臣王公文韶為雲貴總督，故宦每與之再三商議，由海道通行文報，以取便捷，並承王公派員迭次查勘，隨時知會，因得熟知邊徼形勢。而總署諸公又信之有素，每有所請無不照行。故宦每言此次立約，實賴總署持之於內，王公助之於外，合力和衷，得以集事，往往形之奏疏書牘中，其公忠退讓如此。是役也，西南則拓野人山內昔馬等地，暨收回鐵壁、天馬等關，南面則拓宛頂邊外之地，潞江以東科干之地，暨收回車里、孟連兩土司全權。凡訂約二十條，於二十年正月與英外部大臣勞偲伯力草約畫諾。每當交涉要務，事機緊迫，輒親至外部，齗齗與爭。洋人堅韌，亦頗奮氣。臨行告辭，英外部招請筵讌，敬意有加，極稱使者辦事，甚為佩服！此外，如會立坎巨提頭目，及查探帕米爾情形，皆關係藩屬邊防，有裨大局；又以強鄰環伺，世變方殷，苟不因時通變，即無以建威而銷萌。上疏具陳勵人才，整武備，濬利源，重使職之策。其憂國奉公，謀深慮遠，時時見於詞色。故外國亦敬而畏之，謂足與曾襲侯並稱云。

一、故宦性情渾穆，學行純粹。其初私淑姚江王氏之學，以收斂身心為主；後師事曾公國藩，奉以終身。生平無書不讀，而於歷代史事、本朝掌故尤所熟悉，他如九州阨塞、山川形勢險要之統紀，以及用兵戰陣、天文陰陽、奇門卜筮之崖略，靡不鉤稽講貫，洞然於心。故遇事立應，略無窒礙。其於中外交涉之事，獨能研究數十年，得其要領之所在。近世士大夫謂本理學而談洋務者，惟故宦一人而已。好治古文辭，不拘拘於宗派，而淵懿精美，所造於梅郎中、曾文正為近。其所為奏疏，蓋受法於曾公。抒誠論事，原本忠孝，而一以閎雅真摯之文行之。凡所陳請，多蒙諭旨允准。其平日得力在此，上結主知亦在此。自壯至老，讀書辦公，日有常課，每日辰刻出而治事，至夜分丑刻始寢。其數十年來，逐日行事俱有日記，勤以率下，儉以奉身，待人接物，無不實事求是。其學以主靜為體，以存誠為用。故雖軍國大事，日不暇給，而端坐凝然，百務就理，蓋其識力有過人者。當其附輪內渡，適值盛夏，海道最稱難行，炎熱、濕蒸、颱颶並作，迭出奇險，觸動舊疾，遂發熱不寐，抵滬未及二旬，遽終於出使行臺。臨歿之日，猶接見僚屬，料量函牘，以潔已奉公為最。乃時事方艱，賫志長逝，天下惜之！

一、故宦好學不倦，著書獨多。其已刻者，有庸庵文編四卷，續編二卷，外編四卷，籌洋芻議一卷，浙東籌防錄四卷，出使日記六卷；迨其歿後，門下士鄞縣張美翊為刻出使奏疏二卷，婿蕭山陳光淞為刻海外文編四卷，筆記六卷，其家又自刻出使公牘十卷，出使續日記十卷。其未刻者，有庸庵別集八卷，宣化從政錄二卷，幕府古文稿數卷，書牘數十卷，東西洋地志譯稿數十冊，皆藏於家。其在甯波時，嘗出貲刻全氏七校水經注四十卷，范氏天一閣見存書目六卷，又選刊浙東課士錄四卷，則書院肄業生之作。性喜藏書，建傳經樓儲之。在外洋時，廣購新出泰西圖籍，謂將譯以授世之談時務者，惜未就而遽歿也。

一、故宦子四人：長翼運，光緒十四年江南鄉試舉人，直隸候補知縣，特旨以知州補用，花翎三品銜，二品頂戴，在任候選道；次剛中，邑庠生，候選知縣；次瑩中，監生，花翎候選道；次敏中。剛中、敏中已前卒。孫三人。

錄自庸庵文編卷首。

薛福成傳

薛福成，字叔耘，江蘇無錫人。以副貢生參曾國藩戎幕，積勞至直隸州知州。光緒初元，下詔求言，福成上治平六策，又密議海防十事。時總稅務司赫德喜言事，總署議授為總海防司，福成上書力爭，迺止。八年，朝鮮亂，張樹聲代李鴻章督畿輔，聞變，將牒總署奏請發兵。福成慮緩則蹈琉球覆轍，請速發軍艦東渡援之。亂定，以功遷道員。

十年，授甯紹台道。法蘭西敗盟，搆兵越南，詔緣海戒嚴。甯波故浙東要衝也，方是時，提督歐陽利見頓金雞山，楊岐珍頓招寶山，總兵錢玉興分守要隘。諸將故等夷，不相統攝。巡撫劉秉璋檄福成綜營務，調護諸將，築長牆，釘叢椿，造電線，清間諜，絕嚮導與窺伺。其南洋援臺三艦為法人追襲，駛入鎮海口，復令其合力守禦。謀甫定而寇氛逼矣，再至，再卻之，卒不得逞而去。十四年，除湖南按察使。

明年，改三品京堂，出使英法義比四國大臣，歷光祿、太常、大理寺卿，留使如故。未幾，坎巨提來乞師。坎故羈縻回部，自英滅克什米爾，遂為所屬。近且築路貫其境，坎拒之，戰弗勝，迺求援，朝旨使福成詰其故。福成晤英外部沙力斯伯里，詗知其防俄心切，遂與訂定會立坎酋，以釋嫌怨。因具選立本末以上，並陳英、俄互爭帕米爾狀，請趣俄分界，冀英隱助。已而被命集議滇緬界線、商務。先是曾紀澤使英，謀將南掌、撣人諸土司盡為我屬，議未決而歸。至是福成繼之，始變前規，稍拓邊界，訂定條約二十款，語具邦交志。

福成任使事數年，恒惓惓於保商，疏請除舊禁，廣招徠。其爭設南洋各島領事官，尤持正義，英人終亦從之。又以英、法教案牽涉既廣，條列治本治標機宜甚悉。其將歸也，復撮舉見聞上疏以陳，大恉謂宜厲人才，整戎備，濬利源，重使職，為棄短集長之策。二十二年，歸，至上海病卒，優詔賜恤。卒後半載，而中英訂附款，致將福成收回各地割棄泰半，論者惜之。

福成好為古文辭，演迆平易，曲盡事理，尤長於論事紀載。著有庸庵文編、筆記、海外文編、出使英法義比日記、浙東籌防錄。

錄自趙爾巽主纂清史稿卷四四六。

薛福成

薛福成，江蘇無錫人。同治六年，副貢生，佐兩江總督曾國藩幕府，以勞績歷保選用同知。嗣因剿平西捻，敘功，以直隸州知州留直隸補用，並賞加知府銜。光緒元年赴部引見，道出山東，恭讀慈安端裕康慶皇太后、慈禧端佑康頤皇太后懿旨，諭令內外大小臣工竭誠抒悃，共濟時艱。福成應詔陳言，呈請巡撫丁寶楨代奏治平六策萬餘言：一肅吏治，二恤民隱，三籌漕運，四練軍實，五裕財用，六養賢才；又陳海防密議十條：一擇交宜審，二儲才宜預，三製器宜精，四造船宜講，五商情宜恤，六茶政宜理，七開礦宜籌，八水師宜練，九鐵甲船宜購，十條約諸書宜頒發。疏入，得旨留中，旋下所司議行。二年，以隨辦洋務出力，總督李鴻章奏請以知府仍留原省補用。三年，丁母憂。四年，出使德國大臣劉錫鴻奏調福成充三等參贊官，以憂辭。

五年，總理衙門議以總稅務司赫德總辦南北洋海防，福成上書李鴻章謂：『赫德總司江海各關稅務，利柄在其掌握，若復授為總海防司，則中國兵權餉權，皆入赫德一人之手。且以南北洋大臣之尊，尚且畫分疆界，而赫德獨綜其全。南北洋所派監司大員，僅獲列銜會辦，而赫德獨筦其政。彼將朝建一議，暮陳一策，既藉總理衙門之權，牽制南北洋，復藉南北洋海防之權，牽制總理衙門。數年之後，恐赫德不復如今日之可馭矣！若謂總理衙門已與定議，不能中止，宜告赫德以兵事非可遙制，須令親赴海濱專司練兵，其總稅務司一職別舉人代之。赫德貪戀利權，必不肯捨此就彼，其議不罷而罷矣。』鴻章以其書達總理衙門，事遂寢。五年，起復。八年六月，朝鮮內變，燬日本使館，署直隸總督張樹聲聞日兵將出，欲請旨發兵往援。福成建議，以為往返籌商已五六日，若倭兵先到朝鮮，擄其王而踞其都，又如琉球故事。請發超勇、揚威、威遠三兵輪即日東駛，仍續發陸軍前往。樹聲從其議。兵船先倭船半日抵朝鮮之仁川口，陸軍繼進，直入朝鮮都城，宵攻亂黨，盡殲其渠。日兵奪氣，尋盟而退。尋由李鴻章、張樹聲上其功，奉旨免補知府，以道員留於直隸歸候補班前先補用。九年，以胞兄薛福辰官通永道，循例迴避，改掣河南。

十年，奉上諭補授浙江甯紹台道。時法人侵越南，與滇桂防軍接仗。福成既受事，海氛益甚，甯波為浙海要區，防軍大集。巡撫劉秉璋檄福成綜理營務，盡護諸軍。十一年正月，法兵輪數艘逴至，官軍開礮縱擊，傷其兵輪，相持四十五日，卒不得逞。十四年，擢湖南按察使。十五年，入覲，簡派出使英法義比四國大臣。旋奉旨開缺，以三品京堂候補，並賞給二品頂戴。十六年，補光祿寺卿。十七年六月，調太常寺卿。八月，轉大理寺卿。十八年正月，英人侵坎巨提回部，總理衙門電致福成詰英外部，福成疏言：『西洋諸國，日肆東封。俄闢琿春，英守香港。彼族知我中國疆土廣遠，向不計較尺寸，尤不力爭藩屬，於是日本滅琉球，法人取越南，英人翦緬甸，相率效尤，竟無底止。英人經營坎巨提，殆非一日。此次乘釁而動，彼謂蕞爾部落，中國必度外置之。臣斷斷與爭，稍出英人意料之外。彼既以立酋為轉圜，我即可藉保小為退步，俾各國知兩屬小部，中國尚不肯捨棄，已稍變琉球、越、緬之前規，於大局不無裨益。』上從之。八月，授都察院左副都御史。

先是，英人既據緬甸，與雲南接壤，分界久未畫清。福成抵英後，密疏請商辦滇緬界線商務。十九年七月，勘界既定，福成疏言：『臣查光緒十一年英兵進據緬甸之初，前使臣曾紀澤先與英外部會商立君存祀，既不可得，英人自以驟闢緬甸全境，喜出望外，是以有允曾紀澤三端之說。界務一端，則稍讓中國展拓邊界。蓋指普洱邊外南掌、撣人諸土司，聽中國收為屬地也。商務二端，則以大金沙江為公用之江，在八募近處勘明一地，允中國立埠設關。八募即中國所謂新街也。當時曾紀澤未深悉滇地情形，持論稍覺游移，又因中外往返商查之際，未能毅然斷而行之，僅與外部互書節略存卷，旋即交卸回華。次年英署使歐格訥，與總理衙門議立緬約五條，又以三端尚非定局，遂未列入約中。臣自去年奉命與英外部議界，蓋在歐使立約之後已六七年。查閱使署接管卷內，有曾紀澤議存節略。參贊馬格里又係原議之人，臣屢遣馬格里赴外部重申前說，外部堅不承認。以西洋公法，議在立約之後不可不遵，議在立約以前不能共守為解。臣思英人併緬之始，深慮緬民不服，及緬屬諸土司起與相抗，萬一中國隱為掣肘，彼則勞費無窮，故不敢不稍分餘利以示聯絡。彼之所以驟允三端者，時為之也。既而英人積年經理，萃其兵力餉力戡定土寇，復於緬境外之野人山地，稍用兵威脅服，收其全土，磐石之形已成，藩籬之衛亦固。彼之所以忽靳三端者，亦時為之也。前議三端既不可恃，則展拓邊界之舉毫無把握。且查滇邊諸土司，雖或久隸中國，然乾隆以後，往往有私貢緬甸，以圖免擾而固圉者。英人執此為辭，或指為兩屬，或分我邊地，殆事勢之所必至。若中國既棄藩屬於前，又蹙邊境於後，非特為鄰邦所竊笑，亦恐啟遠人之覬覦。臣再四思維，深懼措置不善，有辜皇上倚界之恩，適值前歲秋冬以後，英兵遊弋滇邊，常有數百人以查界為名闌入界內，去來飄忽。野番土目，驚聳異常。英兵常駐之地，則有神護關之昔董暨鐵壁關之漢董。英人用印度武員之謀，窺伺近界，以致沿邊騷動，風警頻仍。雲貴督臣王文韶慮生釁端，疊經電達總理衙門。臣承總理衙門急電，照會外部，斥其違理，責令退兵，又屢赴外部苦口爭論，英兵稍自撤退，滇邊至今靜謐。臣又查野人山地綿亘數千里，不在緬甸轄境之內，若照萬國公法，應由中、英二國均分其地。曾紀澤嘗有此意而未申其說，臣復照會外部，請以大金沙江為界，江東之境均歸滇屬。明知英人占此形勝，不肯輕棄，然必借此一著，方可力爭上游，振起全局。外部果堅拒不應，兩次停商，而臣不顧，數次翻議，而臣不顧。外部所稍依允者，印度部復出而撓之。印度部所稍鬆勁者，印度總督復出而梗之。印督至進兵蠻達邊外之昔馬，攻擊野人，以示不願分地之意。臣相機理論，剛柔互用，外部謂此議非出自總理衙門與雲貴總督，盡係使臣之私意。臣電請總理衙門向英使歐格訥辨論，力申畫江為界之議，以昭畫一。外部知我中外同心合謀，堅持不讓，甫稍就我範圍。然猶屢易其說。彼既重視野人山地，不願分割，於是有就滇境東南讓我稍展邊界之說。據稱已與印度商定，於孟定橄欖坡西南邊外，讓我一地曰科干，在南丁河與潞江中間，蓋即孟艮土司舊壤，計七百五十英方里。又自孟卯土司邊外，包括漢龍關在內，作一直線，東抵潞江麻栗壩之對岸止，悉劃歸中國，約計英方八百里。又有車里、孟連土司轄境甚廣，向隸雲南版圖，近有新設鎮邊一廳，係從孟連屬境分出。英人以兩土司昔嘗入貢於緬，併此一廳，爭為兩屬，今亦願以全權讓我，訂定約章，永不過問。至滇西老界，與野人山地毗連之處，亦允我酌量展出。其駐兵之昔董大寨，雖未肯讓歸中國，願以穆雷江北現駐英兵之昔馬歸我。南起坪隴峰，北抵薩伯坪峰，西逾南嶂而至新陌，計三百英方里。又自穆雷江以南、既陽江以東，有一地約計七八十英方里，是彼於野人山地亦稍讓矣。其餘均依滇省原圖界綫割分。刻下界務已竣，商務本不似界務之繁重，商訂條款，計可剋期蕆事矣。』福成又以强敵環伺，世變方殷，疏陳勵人材，整武備，濬利源，重使職四事，奉旨留中。又因各省火藥局屢次失慎，奏請於城外空曠之區建築，以昭慎重，從之。

二十年四月，差竣，六月，抵上海，卒。諭曰：『都察院左副都御史薛福成，由湖南臬司洊擢京卿，派充出使大臣，辦理交涉事件，悉臻妥恰。兹届差旋，忽聞溘逝，軫惜殊深！加恩著照副都御史例賜恤。任内一切處分，悉予開復。應得恤典，該衙門查例具奏。伊子直隸候補知縣薛翼運，著俟服闋後，以知州補用，以示篤念藎臣至意。』尋賜祭葬。

子翼運，知州。

錄自王鍾翰點校清史列傳卷五八。

薛福成

沃丘仲子

字叔耘。無錫人。幼而好學，後參曾國藩、李鴻章戎幕。累官道員，除浙江甯紹台道，授出使英法比義四國大臣，内擢卿寺，歷光禄太常大理。使竣還朝，遷左副都御史，行歿。著有出使日記，庸庵集内外篇。福成好為古文詞，條達整潔，而宏奥弗逮，紀事殊無曲筆。其人長厚若老儒，肆應非所長。任使事數年，適中外寧謐，邦交甚睦，故得從容遊覽，鮮有毁譽。然其爭設南洋各島領事官，固頗持正義，英人終亦從之。弟福保，字季懷，為丁寶楨幕僚，曾從入蜀，予識之，蓋一端雅少年也。亦能文，不逮其兄，而議事有遠識。

錄自沃丘仲子著近代名人小傳。

薛福成傳

夏寅官

薛先生福成，字叔耘，號庸庵。江蘇無錫縣人。性孝友，喜觀儒先性理書，稍長縱覽經史，好為經世之學。中式同治六年副貢。曾文正剿捻寇北上，張榜郡縣招賢才，先生於寶應舟中上萬言書，文正大奇之，延入幕，軍謀機要多所贊畫。光緒元年，以直隸州知州，復入大學士李文忠幕，掌箋奏，文忠知其可屬大事。朝鮮内亂，上書直督張公樹聲，請迅調兵輪渡海，日本艦至，我軍已定變，尋盟而退。當時郭侍郎筠仙、丁文誠、張文襄，皆以賢才密薦。七年，署宣化府。十年，授浙江甯紹台道。法值法越搆兵馬江敗，浙防戒嚴，購器築壘，布置井井。法兵犯鎮海，奮力抵禦，相持四五十日，卒不得逞，論者謂與鎮南關之捷相匹云。十四年，授湖南按察使。十五年，以三品京堂候補，出使英法義比四國大臣，轉光禄寺卿、太常寺卿、大理寺卿、都察院左副都御史，皆未莅任。至英疏請添設南洋各島領事，又請保護華僑，豁除舊禁，飭關役無得擾累，閩粤人尸祝之。滇緬畫界通商事宜，與英外部爭持，逾兩年始允讓地立約。每當交涉迫切，親至外部，齗齗爭駁，不少假借，雖外人亦服其堅韌。二十年四月，卸事内渡，六月十九以微疾歿於上海行臺。生於道光十八年三月十八日，年五十有七。事聞，賜恤賜祭葬，恩禮優渥。

先生初私淑姚江王氏，以收斂身心為主。自師事曾文正，學識日大，凡歷史掌故，山川險要，以至兵機、天文、陰陽奇遁之書，靡不鉤稽講貫，洞然於心。故遇事立應，略無窒礙。近世士大夫謂本理學而談洋務者，先生一人而已。自壯至老，讀書從公，日有常課。辰而治事，夜分始寢。數十年來，逐日行事，悉載日記。勤以率下，儉以奉身，待人接物，一主以誠。故雖軍國大事，日不暇給，而端坐凝然，百務就理，蓋得力於文正者深矣。治古文不拘宗派，原本忠孝，而以閎雅真摯之文行之，所造於柏梘山房、求闕齋為近。其書已刻者有庸庵文編四卷，續編二卷，外編四卷，海外文編四卷，籌洋芻議一卷，浙東籌防錄四卷，出使日記十六卷，出使奏疏二卷，出使公牘四卷，庸庵隨筆十卷，尚有幕府古文書牘、東西洋地誌稿數十卷，藏於家。

夏寅官曰：余與先生長子翼運，戊子同歲生，景仰懿行，未獲親炙，讀集中紀事諸篇，翔實不誣，足徵信史。尤長外交，深識遠慮，燭照暨數十百年以後。今日時局阽危，老成凋謝，緬維先生籌洋諸篇，益令人感喟，噓唏而不能已也。

錄自閔爾昌編碑傳集補卷十三。

薛福成傳

錢基博

薛福成，字叔耘，一字庸庵。城人少負經世之志，中同治六年江南鄉試副榜。先是四年夏，兩江總督曾國藩奉詔剿捻，張榜郡縣招賢才。福成上書言事，略謂節下勳名軒天地，天子倚之，天下信之，必將策富強，定經制，消反側，防外侮，正風俗，則舉世視為轉移，而值變亂之後，百事興革，民心望治，則尤更張不見其迹，設施易蒙其澤，所以相規勉者殊於人人，而不為頌諛之言。國藩歎賞，謂劍州李榕曰：『吾此行得一學人，延入幕府。』由是聲譽隆起，以一書生負天下望。會太監安得海干政八年，秋，奉孝欽顯皇后懿旨，採辦廣東。福成先以事如保定道出，山東巡撫丁寶楨邀與語天下事，頗引為言。福成即力贊寶楨，執殺之境上，而以其罪奏聞，祗曰：『布置欲豫，審幾欲密欲斷，否則不惟賈禍，亦恐轉益其焰，而貽天下患。』寶楨計決，至是斬安得海而籍其貲。曾國藩聞之，語福成曰：『吾病目，久聞是事，積翳為之開矣。』

光緒元年，下詔求言，福成上治平六策、海防十議，一時傳誦，以為馬周、陳亮復出。自是始定遣使駐外國之制，有停止捐例之令，有津貼京員之議，有稽覈州縣交代之新章，而四川之裁撤夫馬局，各省免米商釐稅，及裁汰綠營，添設練軍，吉林、黑龍江相繼遣大臣練兵，十年之間，其大興革，皆以福成此疏發之。已而，直隸總督李鴻章延為上佐，於時局多所斡旋。二年夏四月，英使威妥瑪以旅滇英人被戕，多所要索，與總署王大臣議，不洽遂怒出京，詔李鴻章俟其到津，挽留與互商，而威使則告絕逕去至煙臺，國人恟懼。福成則以為，英自俄德交合，方惴惴顧慮，必不輕用兵中國。設威使因此相持，致兵連禍結，彼將内為國主尤，外見怨商人，非所深願。彼之本計，不過見可進而知難退。我之應之，不妨以拒為迎，一面備戰，一面將滇案本末布告各國使臣，宜將威使自辦滇案以來，始則多方禁阻，不許詳告各國，繼則百端要挾，不使及時議結，兩層反覆詳述，咨明各國駐使，請其評論，仍密飭海關稅務司，設法刊布外國新聞紙，彼都人士非無公論，久必有據理以譏威使者。已而威使果遷延煙臺，不即南下，示轉圜意。六月詔鴻章就與議，而攜福成偕行焉。既德俄美法各國公使咸會，均不直威所為，威為氣沮而事遂定。

五年，總署王大臣將以總稅務司赫德總司南北洋海防，下鴻章議。鴻章復書頗瞻徇，福成則以為公自任天下之重，天下安危所繫，何得不言。夫赫德為人陰鷙，雖食厚祿受高職，其意仍内西人而外中國。彼既總司各關稅務，利柄在其掌握，已有尾大不掉之勢，若復授為總海防司，則中國兵權、餉權皆入赫德一人之手。若總署已與定議，不能中止，宜告赫德以兵事非可遙制，須親赴海濱專司練兵，其總稅務司一職，則别舉人代，赫德貪戀利權，必不以彼易此也。鴻章聞之聳然，即據以告總署。總署遂以專司練兵，開去總稅務司一缺之說告赫德。赫德果不欲行，遂罷此議。

八年夏六月，朝鮮内亂，燬日本使館，日使花房義質奔還。朝鮮故我屬藩，李鴻章新丁憂，而張樹聲代督，聞之與幕僚議，函請總署奏發兵。福成則以為發兵是也，然輾轉籌商，往返之間，若日兵先至，彼且虜其王而據其都，事機得失，間不容髮，請即遣超勇、揚威、威遠三兵輪東駛，扼朝鮮之仁川海口，然後函商總署，發陸軍東渡，直指朝鮮都城。其餘泰安、湄雲、登瀛洲、澄慶等船，陸續進發，一則迅赴事機，取疾雷不及掩耳之勢，一則使日本、朝鮮見我軍絡繹不絕，莫測多寡之數，兵法所謂虛者實之，實者虛之也。我宜乘日兵之未至，為朝鮮速定内變，内變定而日無能為矣。樹聲用其計，我兵先一日至，駛入王京平亂，而日無所逞其志。是時福成所建白甚眾，無與國家大計，故不著。

累保至道員。十年，授浙江甯紹台道。會中法失和，海疆戒嚴。福成至，而巡撫劉秉璋檄令總理營務，籌辦海防事宜。福成曰：『從前洋人搆釁，中國籌防無法，堅瑕虛實，一望了然。彼以千里鏡注視，吾兵民所居，軍實所萃，以開花礮攻之，一彈所炸，鮮不糜爛，故當者無完壘，攖者無堅城。今不可不變計，遂沿海築長牆，亘二三十里，其要口埋地雷，而於山崗高敞地則立疑營，壁壘森羅，旗旛高豎。凡礮臺皆換石為沙土，換明為暗，務使虛實相間。』既而法水師大將孤拔，帥兵船燬我福建馬尾礮臺船廠，乘勝追，敗。南洋援臺兵輪至此，但見長牆綿亘，卒不知礮臺所在，姑向高敞地疑營開礮，擊廑有一二中礮臺者，尤以沙土性柔，彈入不炸，徒耗彈藥而已。孤拔則無所為計，既見防軍無還礮，遂駛入口門，防軍伺敵艦近即發礮，連擊壞其兩舟。自是不敢駛近口門，退泊十餘里外，夜用舢板渡陸軍撲岸，屢被擊沈。相持四十餘日，福成又以定海懸絕海外，恐為孤拔乘，則聳英領事聲明，道光二十一年不得割讓舊約，以杜窺伺。是役也，孤拔乘中國無海軍，以鐵甲舟十餘，齮我海疆，直蘇閩粵臺灣督防，皆特派大臣會辦，絡繹宿將棋置，撥部帑巨萬萬，然要皆倖無事，而臺灣告急，福州喪師，我武未揚。惟浙防無督辦之大臣，亦未請撥帑項，僅福成以一分巡道拄撐，位望既輕，而兵不過數千，兵輪祇元凱、超武兩艘，然屹不為敵軍乘，而防守之固，稱一時最，論者以為難焉。

十五年，擢湖南按察使，旋授三品京堂，充出使英法義比四國大臣。故事中國禁通海，凡出洋久留者，行文外國，解回正法。至是僑民致富者，多以官吏訛索，不敢回。而僑屬國又以中國不保護僑民，因事陵削，告訴無門。福成以為保富之法，肇於周官，懷遠之謨，陳於管子。中國有人滿之患，遂不得不導傭工，以擴生計，開商路，以阜財用，順民志，以聯聲氣。且中國貿易，每歲與各國出入相準，虧短甚鉅。然尚有可周轉者，以華民出洋所獲之利，足資補苴也。倘此禁不開，此源再塞，則內地財匱民窮，事變叢生，不可不蚤計，不可不熟慮。自是議添設南洋各島領事，以保護僑民之在外者，奏除通海舊禁，以安僑民之返國者，僑民便之。先是十一年英人滅我藩屬緬甸，湘鄉曾紀澤方使英，爭立君存祀，英人不可，願以滇普洱邊外之南掌、撣人諸土司地屬中國，而大金沙江為公用之江，於八莫允中國立埠設關，未及定議而紀澤歸，僅與英外部互書節略存卷。十二年，英使歐格訥與中國總署頂緬約，置前議不理。至是福成檢前卷，向英外相葛雷申議，葛雷不可，曰萬國公法，議在立約後不可不遵，而議在立約以前無效。既以有約為憑，而不敘入必作罷論也。福成則以野人山地雖為英據，然不在緬甸轄境，照公法當與中國均分，遂照會葛雷，請以大金沙江為界，江東屬中國。或尼之曰：『英人勞師糜餉，豈易讓我？』福成曰：『不然。天下事不進則退，彼所與而我不欲有者，不妨明指之，以為另索之符。我所欲而彼萬難允者，不妨故求之，以為交換之地。明知英不與我野人山地，然必借此一著，方可力爭上流。』已而葛雷果堅拒不應，兩次停商，而福成不顧，再三翻議，而福成力持。葛雷謂此議非出總署，厘使臣意。福成即電請總署，向英使歐格訥力伸畫江為界之議。惟英人終重視野人山地，不願分割，於是有就滇境東南讓展邊界之說，卒爭回漢龍、天馬、鐵壁、虎踞四關，分得野人山內之昔馬，及潞江以東之科干地方，於滇西南邊外亦有展拓，收回車里、孟連兩土司管理，隱杜英法窺伺滇邊之萌，其有裨邊防，視曾紀澤原議得南掌、撣人諸土司地者尤大。蓋南掌諸部時已盡歸暹羅，匪英屬，而撣人各種，惟康東土司最大，然離我邊境遠，控轄不易，固不若福成之所展皆在近邊也。旋晉大理寺卿、都察院左副都御史。

二十年夏四月，歸國抵上海，感疾而卒。李鴻章聞之痛惜，以為未盡其用。奏稱曾紀澤、洪鈞、劉瑞芬並經出使外洋，著有勤勞，惟薛福成奉使績效，亞於曾紀澤，過於洪鈞、劉瑞芬，論者以其言為允。數十年來，稱使才者並推薛曾云。

錄自閔爾昌編碑傳集補卷十三。

薛福成

劉聲木

薛福成，字叔耘，號庸庵，無錫人，同治乙卯引者按：應為『丁卯』。舉人，官都察院左副都御史。師事曾國藩，受古文法，國藩許以有論事才。福成雖喜言古文。吳汝綸譏其策論氣過重，切中其弊，最為精鑿，福成亦謂汝綸與張裕釗標榜為文，本屬至善，因此失歡，可見直道之難行，古文之不易。撰庸庵全集四十五卷。

［補遺］薛福成謂桐城諸老所講之義法，雖百世不能易。好為古文詞，演迹平易，曲盡事理，尤長於論事、記載，不徒為高論，切於當世之用。

錄自劉聲木撰桐城文學淵源考卷四。

各家序跋

庸庵文編序

黎庶昌

余既叙吾友叔耘薛君浙東籌防録，越四月，其庸庵文編亦踵成。叔耘歉不自足，復以書抵余東瀛，郵致樣本，屬為勘定。庶昌受而讀之，卒業三反，乃引其端曰：古之君子，無所謂文辭之學，所習者經世要務而已。後儒一切廢棄不講，顓並此心與力於文辭，取涂已陋，而其所習，又非古人立言之謂，舉天下大事，芒昧乎莫贊其一辭。道光末年，風氣薾然，頽放極矣！湘鄉曾文正公始起而正之，以躬行為天下先，以講求有用之學為僚友勸。士從而與之遊，稍稍得聞往聖昔賢修己、治人、平天下之大旨。而其幕府辟召，皆極一時英儁，朝夕論思，久之窺見本末，推闡智慮，各自發攄，風氣至為一變。故其成就，上者經綸大業，翊贊中興，次則謨謀帷幄，下亦不失為圭璧自飭，謹身寡過之士。叔耘之從公游，在同治四年北征剿捻時，視余略後，而相從獨久，先後入幕府者八年。文正既没，復參今傅相合肥李公幕府，又踰十年。天下不第以高叔耘，而益歎頌曾、李兩相國之賢，事同一家，士之居其幕，如客得歸，自適其適，為前古所未有也。

叔耘既佐治久，聞見出於人人，紀述論著，亦且獨多，不屑為無本之學。是編所載，如策治平者六，籌海防者十，叙練兵者一，論治河者一，議鐵路者一，議援越南者四，論傳教者一，論援朝鮮者一，論海防總司者一，書僧忠親王、曾文正、胡文忠、程忠烈遺事者十。雖其言用或否，其所述或親見或傳聞，而中括機宜，皆所謂經世要務，當代掌故得失之林也。尤拳拳於曾文正公之德之業，反覆稱述，樂道不厭。蓋自公没已十七年，鄉之同事諸賢，存世無幾，流風餘韻，漸就湮没，幾無復有能言者，得是編而軼事遺聞，網羅無闕。其義比於陳壽之定諸葛氏故事。此尤今日跫然足音，庶昌所為心契叔耘，愈久而彌敬者也。

叔耘辭筆醇雅有法度，不規規於桐城論文，而氣息與子固、潁濱為近。讀是編者當自得之，姑不備論云。光緒十四年七月，遵義黎庶昌叙於日本東京使署。

錄自庸庵文編卷首。

浙東籌防錄跋

楊楷

光緒乙酉春正月，法蘭西寇鎮海，我軍縱礮連卻之，相持數月，卒以無事。時吾師庸庵薛公備兵浙東，以大府檄總理營務，規畫防禦，算無遺策。既事平，公乃裒輯當時往來文牘，釐為四卷，名曰浙東籌防錄，自序而刊之。

方事之殷，公手批口答，草檄發電，筆不停揮，覃思孤往，其運籌常在天下之大，而不遺一事之細。故援公法以謀羈巴使，申舊約以保護定海，電請督府飭臺軍急攻基隆，使孤拔疲於奔命，皆關天下全勢，不規規為一方計，卒之一方亦蒙其福。始楚軍、淮軍分駐南北岸，稍有違言，負意氣不相下，且內鬨。公上書大府曰：『師剋在和，今强敵在門，而將士未協，非所以圖勝也。』大府喻其指，申警將士以相忍為功。公亦委曲調護，衆軍輯睦，遂卻勍敵。蓋公之精神，用之於調和諸將者為最專。其勞既至而效亦鉅，此中曲折，惟楷知之頗深，外人不盡知也。至於憂世之深，思擄其所得，與當世相印證，逆料異時防海得失之林，將日出而不窮，故欲以是為之嚆矢。

昔曾文正公嘗稱文章之可傳者，惟道政事較有實際。張江陵擅文藻，而其不朽者，乃在籌邊論事諸牘。王陽明精性理，而其尤切者，實在告示條約諸篇。韙哉斯言！是錄之成，亦庶幾有裨於經世實學云。丁亥冬十月，門人楊楷謹跋。

錄自浙東籌防錄卷末。

浙東籌防錄書後

鄧濂

浙東籌防錄凡四卷，吾鄉庸庵薛公禦法蘭西，規畫措注之書也。公以光緒十年備兵浙東，值法蘭西寇鎮海，公紓籌料敵，既焯著聲績矣； 及事平，公所以籌其後者，益謹不解。又二年，書成，以示濂。

濂讀之已畢，乃言曰：『封疆戰守之事，豈不以其人乎哉？ 數十年來，泰西諸國紛至中華通商傳教，一旦一國有釁，而其他諸國通商傳教自若也。 即與我搆兵之國，雖和約暫絕，而其傳教之人散布内地者，黨類繁滋，根蒂盤互，急之則激變，縱之則釀禍。 故昔之所謂籌防者，壹意戰守而已。今則欲閉關自固而勢有不能，欲嚴絕内間而勢有不能，甚且欲杜一引水，拒一來船，而勢又不遽能。 域外之人，入居堂奧，分峙角立，隔礙形勢，攻我防者一，撓我防者十，牽制之多，布置之難，殆有倍蓰於前日者。 雖然，震於所難，則誠難矣。 若知其難而利導之，因其難而善用之，則凡我所以受人牽制之端，即轉而為敵所以受我牽制。 受人牽制之端，神而明之，變化無方，淵謀密運，雷動神會，功成而人莫知所以然，乃今於公始親見之。 此書一出，他日籌海防者，推類旁通，不離其宗，可勿震於其難矣。 烏虖！ 戰守之事，豈不以其人乎哉！』或曰：『法人以全力注閩，馬江基隆，迭播其毒，獨於鎮海一役，勢沮氣縮，不能稍逞。 豈閩防固不如浙歟？』曰：『此則不敢知。 然浙之所以勝者，觀於是編，亦可以思其故矣。』丁亥冬十二月，金匱鄧濂書後。

録自浙東籌防録卷末。

庸庵海外文編跋

陳光淞

海外文編，先外舅無錫薛公出使泰西所為文也。公奉使五年，始得代，以光緒二十年夏四月東渡。先以積勞致疾，在舟中復遇颶風大熱，遂益不支。抵滬僅二十日，六月，薨於出使行臺。七月，喪歸無錫。十月，乃葬。今年五月，光淞將至無錫展公墓，與鄞縣張君讓三相會於上海。讓三故公門下士，嘗從公出使者也。時方為公刻出使奏疏竣，更謀刻公所輯譯東西洋地志，屬光淞求其稿，且襄其事。比至無錫，謁墓已，公三子慈明，方謀刻全集。乃致讓三意，相與檢遺篋，得海外文編、出使公牘各數卷，庸庵隨筆十餘卷，日記前後數十卷，幕府古文稿數卷，書牘稿十餘卷，東西洋地志譯稿十餘册。慈明以海外文編相屬，因攜歸寫定。其編次悉依原例，分爲四卷。凡四閱月而工蕆，乃僭書其後曰：

公性情渾穆，學行純粹。初本姚江王氏，以收斂身心爲主。後乃師事曾文正公，奉以終身。其生平好爲經世有用之學，於古今成敗、興壞之局，中外厄塞、山川、形勢險要之紀，以及天文、陰陽、奇門、卜筮之書，靡不鈎稽講貫，洞然於心。故能遇事立應，略無窒礙。發爲文章，淵懿精美。不徒爲高論，皆切於當世之用，而料事罔弗效。

公書已刻行者，久爲海内所宗仰。蓋惟研之也精，故審之也當，養之也裕，故出之也醇。是編之文，以交涉洋務，籌議時政者爲多。觀其謀慮深遠，隱然以天下爲己任，可以知公之志矣。光淞不才，不能窺見公行詣於萬一，而特表其大略如此，以告世之讀公書者。倘弗徒富其言而尋其旨，以期明體而達用焉，是則公之厚望也夫。光緒二十一年十月朔日，蕭山陳光淞謹跋。

錄自庸庵海外文編卷末。

出使奏疏後記

張美翊

右出使奏疏二卷，吾師無錫薛公奉使泰西時手定稿也。嘗用饍印二十五部，分遺知好，美翊忝預參校，亦得一部。今年夏五月從公東渡，舟過印度海，論及公所爲奏議，謂宜校刊，以餉當世君子。公言疏稿無自刻者，他日俟君輩爲之而已。不意至滬未及兩旬，即以積勞致疾，薨於行臺。既爲料理身後諸事，奉喪而歸，乃取饍印原本，重校發刻。閱兩月工竣，因記公語於後，痛知己之長逝，傷時局之逾變，覆觀是編，蓋不止哭其私，且爲天下慟云。光緒二十年冬十月，門下士鄞縣張美翊謹誌。

錄自出使奏疏卷末。

出使公牘跋

張美翊

往者無錫薛公奉使歐洲，嘗手裒公牘文字，命美翊為之編校，總凡十卷。甲午之夏，使旋東渡，舟中無事，乃為寫定篇目。當時惟書牘、電報兩門，因風浪大作，未及選録。逮抵上海，公積勞得疾，薨於行臺，事遂中輟。越三年丁酉三月，為公六十生日，重至無錫，拜公遺像於堂，公子慈明以公牘原稿見囑，為留數日，别録書牘、電報，俾竟其事，付諸手民。又明年七月工竣，乃僭書其後曰：

昔孔子稱使於四方，不辱君命，而推本於行己有恥。春秋戰國之際，群雄競霸，聘問往來，尤尚為命。蓋結好弭釁，端賴使者之一言。苟處事一不當，則辱亦隨之。若是乎專對之重且要也！方今中外互市，時事日亟，奉使絶國，與古大異。自光緒初元以來，使者首稱湘鄉曾惠敏公，而公實繼之。公威重宏毅，學問識量，異於人人。至其憂國如家，深謀遠慮，凡關繫交涉之事，與彼國長官相見，或應機立斷，意在必行，或往復辨難，務衷至當。退則考覽圖籍，稽核舊約成案。每論一事，申之以公牘，加之以書函，載以忠誠，而達以文辭。故當軸諸公，輒從其請，即外人亦敬而服之。

是編所載，如滇緬交界、南洋領事諸案，其所籌議，皆有裨大局。觀其辭命問答，委折美備，殆子產、叔向之亞，若蘇張之流，何足以云也！美翊從公者久，知之頗深，追論遺事，未敢多讓。

自公薨後，東事益棘。朝廷咨嗟太息，深惜中道告逝，未盡其用；而憂時念亂之君子，群居私論且謂使公而在，當不至此。蓋其勳業聲名，既歿而逾彰。獨美翊志衰氣盡，學不加進，愧負知己，時用内疚。秋風海上，極目無際，回憶當日印度舟中，侍公左右，上下議論，猶忽忽若前日事，因黯然流涕而書之。光緒戊戌秋七月，門下士鄞縣張美翊謹跋於天津舟次。

録自出使公牘卷末。

庸庵文別集跋

薛瑩中

身不居朝署，衡劑天下之務，隱居放言，以論時政之得失，後世覽者，驚其文章，而當時聲施爛然者，且弗見稱道，修辭易，處事難也。蓋非長於政治而擅文章者，莫能要其終始。先公著述行世者有某某等若干卷，今所出曰別集，大抵皆佐太傅李公幕時所得，附以篋中晚出者，得八卷，例視文編，不敢違。先公佐太傅曾公、李公幕，前後皆八年，李公尤倚重，無鉅細一以咨，奏議書牘多出先公手，今皆見於李公集，不勝錄。此其尤著者，以見李公之虛己，與先公之所以盡心於國，治國聞者要覽焉。光緒癸卯三月，孤瑩中謹述。

錄自庸庵文別集卷末。

庸庵筆記跋

陳光淞

余既刻薛公海外文編，明年公子慈明復以筆記相屬，亟為校理，期年蕆事。筆記之作，由來舊矣，大抵尊聞談故，間涉寓言。此編體例、分類、編目，悉公手定。其論事平正通達，涉筆謹嚴，與文編相表裏。餘雖隨筆劄記，類皆馳騁精核，自備一格。回憶一鐙侍側，聽論往事，娓娓不倦。今僅得於此編讀之，前日之樂渺焉如夢幻之不可復接，可慨也夫！光緒二十四年三月甲申朔，蕭山陳光淞謹跋。

錄自庸庵筆記卷末。